TORMENTA DE ESPADAS

TORMENTA DE ESPADAS

Canción de hielo y fuego III

George R. R. Martin

Vintage Español
Una división de Random House, Inc.
Nueva York

PRIMERA EDICIÓN VINTAGE ESPAÑOL, JUNIO 2012

Información de catalogación de publicaciones disponible en la Biblioteca del Congreso de los Estados Unidos.

Vintage ISBN: 978-0-307-95120-5

Mapas: James Sinclair
Símbolos heráldicos: Virginia Norey

www.vintageespanol.com

Impreso en los Estados Unidos de América
10 9 8 7 6 5 4 3 2 1

Para Phyllis,
que me hizo meter los dragones.

El Norte
♦ – Castillo
● – Ciudad
◊ – Cast. en ruinas
• – Aldea
Colmillos Helados
Bosque Encantado
Costa Helada
El Muro
Torre Sombría
Castillo Negro
Guardiaoriente del Mar
Corona de la Reina
Agasajo
Bahía de las Focas
Skagos
Bahía de Hielo
Isla del Oso
Último Hogar
Último
Punta Dragón Marino
Bosquespeso
Bosque de los Lobos
Bastión Kar
Fuerte Terror
N
Invernalia
Cuchillo Blanco
Camino Real
Ciudadela de Torrhen
Costa Pedregosa
Los Riachuelos
Los Túmulos
Puerto Blanco
Lanza de Sal
Foso Cailin
Atalaya de la Viuda
Bahía Aguarresplandeciente
Dedo de Pedernal
El Cuello
Mordisco
Guijarro
Los Senos
Cabo Kraken
Acantilados de Pedernal
Atalaya de Aguasgrises
Tres Hermanas
Los Dedos
Los Gemelos
Islas del Hierro
Viejo Wyk
Cabo de Águilas
Varamar
Gran Wyk
Bahía del Hierro
Harlaw
Forca Verde
El Nido de Águilas
Puerta de la Sangre
Valle de Arryn
Piedrasviejas
Forca Azul
Piedra Caída
Forca Roja
Mapa: James Sinclair

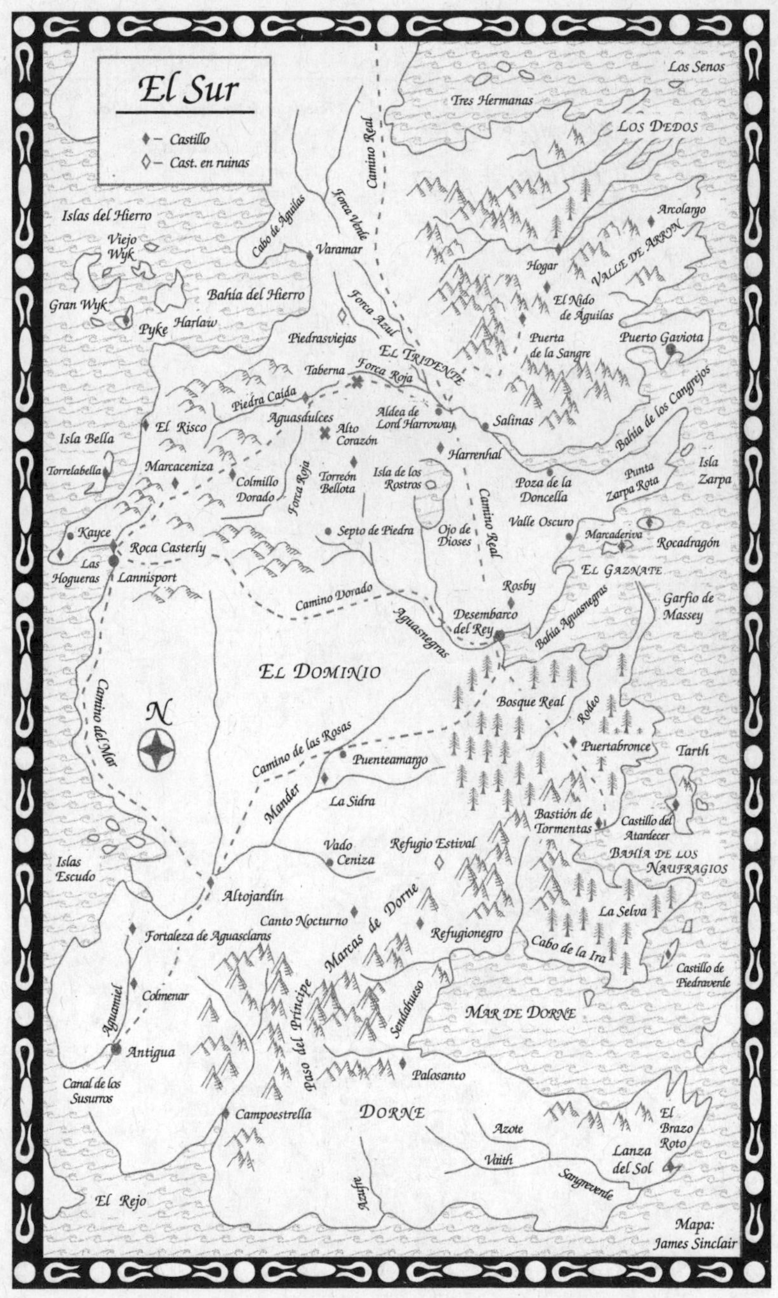

El Sur
Castillo
Cast. en ruinas
Los Senos
Tres Hermanas
Los Dedos
Camino Real
Islas del Hierro
Cabo de Águilas
Forca Verde
Arcolargo
Valle de Arryn
Viejo Wyk
Varamar
Hogar
Gran Wyk
Bahía del Hierro
El Nido de Águilas
Pyke
Harlaw
Forca Azul
Piedrasviejas
Puerta de la Sangre
Puerto Gaviota
El Tridente
Taberna
Forca Roja
Piedra Caída
Aldea de Lord Harroway
Salinas
Bahía de los Cangrejos
El Risco
Aguasdulces
Alto Corazón
Isla Bella
Harrenhal
Torrelabella
Marcaceniza
Colmillo Dorado
Torreón Bellota
Isla de los Rostros
Poza de la Doncella
Punta Zarpa Rota
Isla Zarpa
Valle Oscuro
Kayce
Septo de Piedra
Ojo de Dioses
Marcaderiva
Rocadragón
Roca Casterly
Las Hogueras
Lannisport
El Gaznate
Rosby
Garfio de Massey
Camino Dorado
Aguasnegras
Desembarco del Rey
Bahía Aguasnegras
El Dominio
Bosque Real
Camino del Mar
N
Rodeo
Camino de las Rosas
Puertabronce
Tarth
Puenteamargo
Mander
La Sidra
Bastión de Tormentas
Castillo del Atardecer
Vado Ceniza
Refugio Estival
Bahía de los Naufragios
Islas Escudo
Altojardín
La Selva
Canto Nocturno
Marcas de Dorne
Refugionegro
Fortaleza de Aguasclaras
Cabo de la Ira
Castillo de Piedraverde
Colmenar
Paso del Príncipe
Sendahueso
Mar de Dorne
Aguamiel
Antigua
Palosanto
Canal de los Susurros
Campoestrella
Dorne
El Brazo Roto
Azote
Vaith
Lanza del Sol
Sangreverde
Azufre
El Rejo
Mapa: James Sinclair

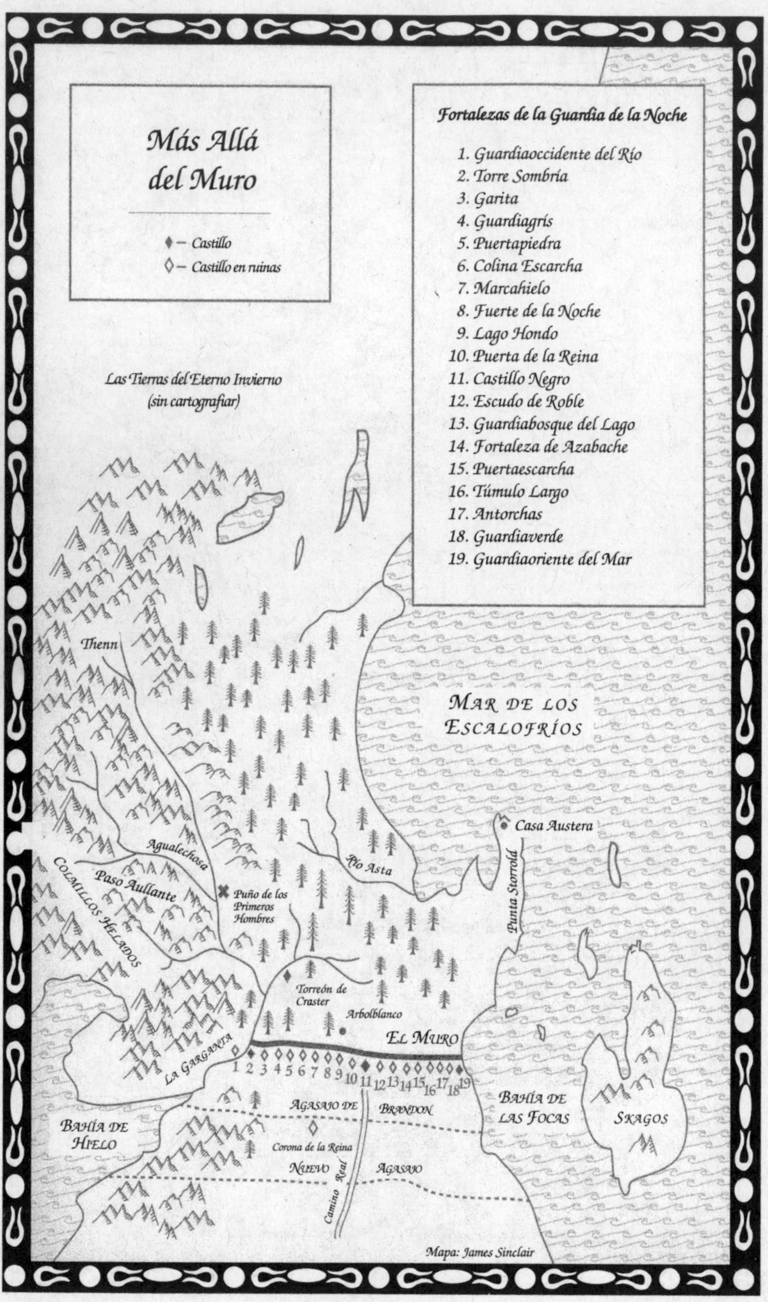
Más Allá del Muro
Castillo
Castillo en ruinas
Fortalezas de la Guardia de la Noche
1. Guardiaoccidente del Río
2. Torre Sombría
3. Garita
4. Guardiagrís
5. Puertapiedra
6. Colina Escarcha
7. Marcahielo
8. Fuerte de la Noche
9. Lago Hondo
10. Puerta de la Reina
11. Castillo Negro
12. Escudo de Roble
13. Guardiabosque del Lago
14. Fortaleza de Azabache
15. Puertaescarcha
16. Túmulo Largo
17. Antorchas
18. Guardiaverde
19. Guardiaoriente del Mar
Las Tierras del Eterno Invierno
(sin cartografiar)
Thenn
Mar de los Escalofríos
Casa Austera
Punta Storrold
Agualechosa
Paso Aullante
Colmillos Helados
Puño de los Primeros Hombres
Río Asta
Torreón de Craster
Arbolblanco
El Muro
La Garganta
1 2 3 4 5 6 7 8 9 10 11 12 13 14 15 16 17 18 19
Bahía de las Focas
Skagos
Bahía de Hielo
Agasajo de Brandon
Corona de la Reina
Nuevo Agasajo
Camino Real
Mapa: James Sinclair

– Ciudad
– Ciudad en ruinas
Skahazadhab
Meereen
Yunkai
Mantarys
Acantilados Negros
Mar de los Suspiros
Bahía de los Esclavos
Tolos
Elyria
Isla de los Cedros
Tierras del Largo Verano
Astapor
Río Gusano
Ghiscar
Oros
Mar Humeante
Tyria
Antiguo Ghis
Golfo de las Penas
Estrecho de Ghiscar
Valyria
Ghaen
Nuevo Ghis
Poniente
Qarth y el mar de Jade
Mar del Verano
Islas del Verano
Islas del Basilisco
Isla Hacha
Zamettar
Isla de los Sapos
Yeen
Naath
Isla de las Lágrimas
Punta del Basilisco
Sothoryos
Mapa: James Sinclair

Si los ladrillos no están bien hechos, las paredes se caen. Lo que estoy construyendo aquí es una pared enorme, por lo que necesito montones de ladrillos. Por suerte, conozco a muchos que los fabrican, así como a toda clase de personas útiles.

Una vez más, mi agradecimiento para esos buenos amigos que con tanta gentileza pusieron a mi disposición sus conocimientos (y en algunos casos hasta sus libros) para que mis ladrillos fueran sólidos y de buena calidad: a mi archimaestre Sage Walker, al capitán de los constructores Carl Keim y a Melinda Snodgrass, mi caballeriza mayor.

Y como siempre, a Parris.

TORMENTA DE ESPADAS

NOTA SOBRE LA CRONOLOGÍA

Canción de hielo y fuego se cuenta a través de los ojos de personajes que se encuentran a veces separados por centenares o quizá millares de leguas. Algunos capítulos abarcan un día; otros, nada más que una hora, y los hay que se prolongan durante una quincena, un mes o medio año. Con semejante estructura, la narración no puede ser estrictamente secuencial; a veces ocurren cosas importantes simultáneamente, a miles de leguas de distancia.

En el caso del volumen que tiene ahora en sus manos, el lector debe tener en cuenta que los capítulos iniciales de *Tormenta de espadas* no son exactamente la continuación de los finales de *Choque de reyes*, sino que se superponen a ellos. Comienzo con la narración de algunos de los hechos que ocurrían en el Puño de los Primeros Hombres, en Aguasdulces, en Harrenhal y en el Tridente, mientras tenía lugar la batalla del Aguasnegras en Desembarco del Rey y durante los días inmediatamente posteriores...

George R. R. Martin

Prólogo

El día era gris; hacía un frío glacial, y los perros se negaban a seguir el rastro.

La enorme perra negra había olfateado una vez las huellas del oso, había retrocedido y había vuelto a la jauría trotando con el rabo entre las patas. Los perros se apiñaban en la ribera del río con gesto triste mientras el viento los sacudía. El propio Chett notaba cómo el viento le atravesaba varias capas de lana negra y cuero grueso curtido. Hacía demasiado frío, tanto para los hombres como para las bestias, pero allí estaban. Torció la boca y casi pudo notar cómo enrojecían de rabia los forúnculos que le cubrían las mejillas y el cuello.

«Tendría que estar a salvo en el Muro, cuidando de los condenados cuervos y encendiendo hogueras para el viejo maestre Aemon.» El bastardo Jon Nieve era quien le había quitado todo aquello; él y su amigo, el gordo de Sam Tarly. Por culpa de ellos estaba congelándose las pelotas con una jauría de sabuesos en lo más profundo del bosque Encantado.

—Por los siete infiernos. —Dio un feroz tirón a la traílla para que los perros le prestaran atención—. Buscad, cabrones. Esa huella es de un oso. ¿Queréis carne o no? ¡Encontradlo!

Pero los perros gimotearon y se limitaron a estrechar filas. Chett hizo chasquear el látigo corto sobre las cabezas de los animales, y la perra negra le enseñó los dientes.

—La carne de perro sabe tan bien como la de oso —la amenazó; el aliento se le congelaba a cada palabra.

Lark de las Hermanas estaba de pie con los brazos cruzados sobre el pecho y las manos metidas bajo las axilas. Llevaba guantes negros de lana, pero siempre se quejaba de que se le congelaban los dedos.

—Hace demasiado frío para cazar —dijo—. Que le den por culo a ese oso, no vale la pena que nos helemos por él.

—No podemos volver con las manos vacías, Lark —gruñó Paul el Pequeño a través del bigote castaño que le cubría casi toda la cara—. Al Lord Comandante no le va a hacer ninguna gracia.

Bajo la aplastada nariz de dogo del hombretón había hielo, allí donde se le congelaban los mocos. Una mano enorme, dentro de un grueso guante de piel, agarraba firmemente el asta de una lanza.

—Que le den por culo al Viejo Oso también —dijo el de las Hermanas, un hombre flaco de cara huesuda y ojos nerviosos—. Mormont estará muerto antes de que amanezca, ¿no lo recordáis? ¿A quién le importa lo que le haga gracia o se la deje de hacer?

Paul el Pequeño parpadeó con sus ojillos negros.

«Puede que se le haya olvidado», pensó Chett; era tan estúpido como para olvidarse de casi cualquier cosa.

—¿Por qué tenemos que matar al Viejo Oso? ¿Por qué no nos limitamos a irnos y lo dejamos en paz?

—¿Crees que él nos dejaría en paz? —preguntó Lark—. Nos daría caza. ¿Quieres que te den caza, cabeza de chorlito?

—No —dijo Paul el Pequeño—. No, eso no. No.

—Entonces, ¿lo matarás? —preguntó Lark.

—Sí. —El hombretón clavó el extremo del asta de la lanza en la orilla congelada—. Lo mataré. No nos tiene que dar caza.

—Yo insisto en que tenemos que matar a todos los oficiales —dijo el de las Hermanas volviéndose hacia Chett y sacando las manos de las axilas.

—Ya lo hemos discutido —replicó Chett, que estaba harto de aquello—. El Viejo Oso tiene que morir, así como Blane de la Torre Sombría. Grubbs y Aethan, también; mala suerte que les haya tocado el turno de guardia; Dywen y Bannen, para que no nos persigan, y Ser Cerdi, para que no envíe cuervos. Eso es todo. Los mataremos en silencio mientras duermen. Un solo grito y seremos pasto para los gusanos, todos y cada uno de nosotros. —Tenía los forúnculos rojos por la ira—. Cumplid vuestra parte y ocupaos de que vuestros primos cumplan la suya. Y, Paul, a ver si se te mete en la cabeza: es la tercera guardia, no la segunda, no te olvides.

—La tercera guardia —dijo el hombretón a través del bigote y el moco congelado—. Piesligeros y yo. Me acuerdo, Chett.

Aquella noche no habría luna, y habían organizado las guardias para que ocho de sus cómplices estuvieran de centinelas, mientras otros dos custodiaban los caballos. Las circunstancias no podían ser mejores. Además, los salvajes iban a caerles encima cualquier día. Y antes de que llegara aquel momento, Chett tenía toda la intención de estar bien lejos de allí. Tenía la intención de vivir.

Trescientos Hermanos Juramentados de la Guardia de la Noche habían cabalgado hacia el norte, doscientos del Castillo Negro y ciento más de la Torre Sombría. Era la mayor expedición que se recordaba, casi la tercera parte de los efectivos de la Guardia. Su objetivo era encontrar a Ben Stark, a Ser Waymar Royce y a los demás exploradores que habían desaparecido, y descubrir el motivo por el que los salvajes estaban abandonando sus asentamientos. Y no se encontraban más cerca de Stark y Royce que cuando dejaron atrás el Muro, pero habían averiguado adónde se habían ido todos los salvajes: bien arriba, a las gélidas alturas de los Colmillos Helados, aquellas montañas dejadas de la mano de los dioses. Por Chett, se podían quedar allí hasta el final de los tiempos, que no se le reventaría ni un forúnculo.

Pero no. Habían iniciado el descenso. Por el curso del Agualechosa.

Chett levantó la vista y lo vio. Las orillas rocosas del río estaban cubiertas de hielo y sus aguas blancuzcas fluían inagotables desde los Colmillos Helados. Y Mance Rayder y sus salvajes seguían el mismo cauce. Thoren Smallwood había vuelto tres días atrás a galope tendido. Mientras informaba al Viejo Oso de lo que habían visto sus exploradores, uno de sus hombres, Kedge Ojoblanco, se lo contó a los demás.

—Están todavía en lo alto de las laderas —dijo Kedge mientras se calentaba las manos al fuego—, pero vienen. Harma Cabeza de Perro, esa ramera con la cara picada de viruelas, encabeza la vanguardia. Goady se acercó sigilosamente a su campamento y la vio junto a una hoguera. El tonto de Tumberjon quería abatirla de un flechazo, pero Smallwood tuvo más sentido común.

—¿Cuántos crees que son? —dijo Chett al tiempo que escupía en el suelo.

—Muchos, muchísimos. Veinte, treinta mil; te puedes imaginar que no nos quedamos allí para contarlos. Harma tenía unos quinientos en la vanguardia, todos a caballo.

Los hombres sentados en torno a la hoguera intercambiaron miradas de preocupación. Ya era muy raro encontrar a una docena de salvajes a caballo, así que a quinientos...

—Smallwood nos mandó a Bannen y a mí a rodear a la vanguardia para echar un vistazo al grueso de las fuerzas —prosiguió Kedge—. No tenían fin. Se mueven despacio, como un glaciar, una o dos leguas por día, y no parece que quieran regresar a sus aldeas. Más de la mitad eran mujeres y niños, y llevaban su ganado por delante: cabras, ovejas y hasta uros que tiran de trineos. Van cargados con pacas de pieles y tiras de carne, jaulas de pollos, mantequeras y ruecas para hilar, todas sus malditas pertenencias. Las mulas y los pequeños caballos de tiro llevan tanta carga que parece se les va a partir el espinazo; igual que a las mujeres.

—¿Y siguen el curso del Agualechosa? —preguntó Lark de las Hermanas.

—¿No te lo he dicho ya?

El Agualechosa los llevaría a las proximidades del Puño de los Primeros Hombres, el antiquísimo fuerte circular donde la Guardia de la Noche había montado su campamento. Cualquier persona con una pizca de sentido común se daría cuenta de que había llegado el momento de abandonar la misión y regresar al Muro. El Viejo Oso había reforzado el Puño con estacas, zanjas y espinos, pero aquello no serviría de nada contra semejante ejército. Si se quedaban allí, los engullirían y arrollarían.

Y Thoren Smallwood quería atacar. Donnel Colina el Suave era el escudero de Ser Mallador Locke, y la noche anterior, Smallwood había visitado la tienda de campaña de Locke. Ser Mallador opinaba lo mismo que el anciano Ser Ottyn Wythers e instaba a regresar al Muro, pero Smallwood quería convencerlo de lo contrario.

—Ese Rey-más-allá-del-Muro no nos buscará nunca tan al norte. —Aquello había dicho, según el relato de Donnel el Suave—. Y ese enorme ejército suyo no es más que una horda que se arrastra, llena de bocas inútiles que no saben por qué extremo se coge una espada. Solo con un golpe se les acabarían las ganas de pelear y huirían aullando a sus guaridas para quedarse allí los próximos cincuenta años.

«Trescientos contra treinta mil.» Para Chett, aquello era, sencillamente, una locura, y el hecho de que Ser Mallador se dejara convencer era una locura incluso mayor, y los dos juntos estaban a punto de convencer al Viejo Oso.

—Si esperamos demasiado, podemos perder esta oportunidad; quizá no se nos vuelva a presentar —le decía Smallwood a todo el que quisiera oírlo.

—Somos el escudo que protege los reinos de los hombres —objetaba Ser Ottyn Wyther—. No se tira el escudo sin una buena razón.

—En un combate a espada —replicaba Thoren Smallwood—, la mejor defensa es la estocada rápida que aniquila al enemigo; no encogerse tras un escudo.

Sin embargo, el mando no estaba en manos de Smallwood ni de Wythers. El comandante era Lord Mormont, que esperaba a sus otros exploradores: a Jarman Buckwell y los hombres que habían ascendido por la Escalera del Gigante, y a Qhorin Mediamano y Jon Nieve, que habían ido a tantear el Paso Aullante. Sin embargo, Buckwell y Mediamano tardaban en regresar.

«Lo más probable es que estén muertos. —Chett se imaginó a Jon Nieve tirado en la cima de una montaña, azul y congelado, con la lanza de un salvaje clavada en su culo de bastardo. La idea lo hizo sonreír—. Espero que también hayan matado a su lobo de mierda.»

—Ahí no hay ningún oso —decidió, de forma repentina—. Es una huella vieja, nada más. Volvemos al Puño.

Se giró con presteza para regresar y los perros estuvieron a punto de hacerlo caer. Quizá creían que les iban a dar de comer. Chett no pudo contener la risa. Durante tres días no los había alimentado, para que estuvieran hambrientos y feroces. Aquella noche, antes de escaparse al abrigo de la oscuridad, los dejaría sueltos entre los caballos, después de que Donnel el Suave y Karl el Patizambo cortaran las riendas.

«Habrá perros enfurecidos y caballos aterrorizados por todo el Puño; correrán entre las hogueras, saltarán la muralla circular y derribarán las tiendas de campaña.» Con toda aquella confusión, pasarían horas antes de que alguien se diera cuenta de que faltaban catorce hermanos.

Lark habría querido llevarse al doble, pero ¿qué se podía esperar de un estúpido con un aliento que apestaba a pescado, como el de las Hermanas? Una palabra en el oído equivocado, y antes de que uno se dé cuenta ha perdido la cabeza. No, catorce era un buen número, suficientes para lo que tenía que hacer, pero no tantos como para que no pudieran guardar el secreto. Chett había reclutado personalmente a casi todos. Paul el Pequeño era uno de ellos, el hombre más fuerte del Muro, aunque fuera también más lento que un caracol muerto. En cierta ocasión le había partido la espalda a un salvaje de un abrazo. También tenían con ellos al Daga, a quien apodaban así por su arma preferida, y al hombrecito gris al que los hermanos llamaban Piesligeros, quien en su juventud había violado a un centenar de mujeres y se jactaba de que ninguna lo había visto ni oído antes de que se la metiera hasta el fondo.

Chett había preparado el plan. Él era el listo; había sido el mayordomo del viejo maestre Aemon durante cuatro años, hasta que el bastardo de Jon Nieve lo desplazó para que su puesto lo ocupara el cerdo grasiento de su amiguito. Cuando aquella noche diera muerte a Sam Tarly, tenía planeado susurrarle al oído: «Dale recuerdos de mi parte a Lord Nieve». Lo haría un instante antes de cortarle la garganta para que la sangre saliera a borbotones entre todas aquellas capas de sebo. Chett conocía a los cuervos, por lo que no tendría el menor problema con ellos, no más que con Tarly. Un toque con el cuchillo y aquel miserable se mearía en los calzones y se pondría a implorar por su vida. «Que implore, no le servirá de nada.» Tras rajarle la garganta, abriría las jaulas y espantaría a los pájaros para que no llegara ningún mensaje al Muro. Piesligeros y Paul el Pequeño matarían al Viejo Oso; el Daga se ocuparía de Blane, y Lark y sus primos silenciarían a Bannen y al viejo Dywen, para que no pudieran seguirles el rastro. Llevaban dos semanas acumulando alimentos, y Donnel el Suave, junto con

Karl el Patizambo, tendrían listos los caballos. Una vez muerto Mormont, el mando pasaría a manos de Ser Ottyn Wythers, un hombre viejo, agotado y con problemas de salud. «Antes de que se ponga el sol estará huyendo en dirección al Muro y no mandará a nadie en nuestra persecución.»

Los perros tiraron de él mientras se abrían camino entre los árboles. Chett divisó el Puño, que asomaba allá arriba, entre la vegetación. El día era tan oscuro que el Viejo Oso había ordenado encender las antorchas. Ardían sobre la muralla circular formando una enorme circunferencia que coronaba la cima de la abrupta colina rocosa. Los tres hombres cruzaron un arroyuelo. El agua estaba espantosamente fría, y en la superficie flotaban placas de hielo.

—Iré hacia la costa —les confió Lark de las Hermanas—. Con mis primos. Nos haremos una nave y pondremos proa de regreso a las Hermanas.

«Y allí sabrán que sois desertores y os cortarán vuestras estúpidas cabezas», pensó Chett. Una vez pronunciado el juramento, no había manera de abandonar la Guardia de la Noche. En cualquier rincón de los Siete Reinos lo atrapaban a uno y lo mataban.

Ollo Manomocha hablaba de regresar navegando a Tyrosh donde, según aseguraba, los hombres no perdían las manos por cometer algún robo honrado, ni los enviaban a congelarse de por vida a tierras lejanas si los encontraban en el lecho con la esposa de algún caballero. Chett había considerado la posibilidad de ir con él, pero no conocía la lengua apocada y afeminada de aquel lugar. Y ¿qué haría él en Tyrosh? No se podía decir que tuviera ningún oficio, pues había crecido en Pantano de la Bruja. Su padre se había pasado la vida escarbando en campos ajenos y recogiendo sanguijuelas. Se desnudaba hasta quedar con solo un grueso taparrabos de cuero y vadeaba las aguas turbias. Cuando salía, estaba totalmente cubierto de bichos, desde las tetillas hasta los tobillos. A veces hacía que Chett lo ayudara a arrancarse las sanguijuelas. En una ocasión, un bicho se le pegó a la palma de la mano y él, asqueado, lo reventó contra un muro. Su padre le pegó hasta hacerle sangre. Los maestres compraban las sanguijuelas a penique la docena.

Lark podía volver a su casa si quería, igual que el jodido tyroshi, pero Chett, no. Ya había visto demasiadas veces el maldito Pantano de la Bruja, no necesitaba volver a verlo jamás. Le había gustado el aspecto del Torreón de Craster. Craster vivía allí arriba, como un señor; ¿por qué no podía él hacer lo mismo? Aquello sí que estaría bien. Chett, el hijo del de las sanguijuelas, convertido en un señor con un torreón. Su blasón podía ser una docena de sanguijuelas sobre campo rosa. ¿Y por qué contentarse con ser un señor? Quizá debiera erigirse en rey.

«Mance Rayder comenzó siendo cuervo. Yo podría ser rey, igual que él, y tener varias esposas.» Craster tenía diecinueve, sin contar las jóvenes, las hijas que todavía no se había llevado al lecho. La mitad de aquellas esposas eran tan viejas y feas como Craster, pero aquello no le importaba. Chett pondría a las más viejas a trabajar para él: a cocinar, limpiar, recoger zanahorias y cebar cerdos, mientras las más jóvenes le calentaban la cama y le parían hijos. Craster no pondría la menor objeción, sobre todo después de que Paul el Pequeño le diera un abrazo.

Las únicas mujeres que Chett había conocido eran las putas a quienes había pagado en Villa Topo. Cuando era más joven, a las chicas del pueblo les bastaba con echar una mirada a su rostro lleno de forúnculos y espinillas para volver la cara con asco. La peor era aquella guarra de Bessa. Se abría de piernas para todos los chicos del Pantano de la Bruja, por lo que había pensado que por qué no lo iba a hacer también para él. Hasta se pasó una mañana recogiendo flores silvestres, pues había oído decir que le gustaban, pero ella se le había reído en la cara y le había dicho que antes se metería en la cama con las sanguijuelas de su padre que con él. Dejó de reírse cuando le clavó el cuchillo. La expresión de su rostro le gustó, por lo que sacó la hoja afilada y se la volvió a clavar. Cuando lo atraparon cerca de Sietecauces, el viejo Lord Walder Frey ni siquiera se molestó en asistir al juicio. Envió a uno de sus bastardos, a Walder Ríos, y lo siguiente que supo Chett era que iba de camino hacia el Muro con aquel demonio hediondo de Yoren. Como pago por un momento de placer, le habían quitado la vida entera.

Pero estaba decidido a recuperarla y, de paso, a quedarse con las mujeres de Craster.

«Ese viejo salvaje tenía razón. Si quieres que una mujer sea tu esposa, tómala, nada de darle flores silvestres para que no te mire los granos.» Chett no tenía la intención de volver a cometer el mismo error.

Todo iba a salir bien, se prometió por enésima vez. «Siempre que podamos escapar sin contratiempos. —Ser Ottyn se dirigiría al sur, a la Torre Sombría, el camino más corto hacia el Muro—. No se ocupará de nosotros, no sería propio de Wythers, lo único que quiere es regresar sano y salvo. —Seguro que Thoren Smallwood insistiría en atacar, pero Ser Ottyn era extremadamente cauteloso y estaría al mando—. De todos modos, eso no importa. Cuando nos hayamos largado, Smallwood puede atacar a quien le plazca. ¿Qué más da? Si ninguno de ellos regresa al Muro, nadie vendrá en nuestra búsqueda; pensarán que hemos muerto con los demás.» No se le había ocurrido antes aquella idea y, durante un momento, lo tentó. Pero tendrían que matar a Ser Ottyn y también a Ser Mallador

Locke para que Smallwood asumiera el mando, y esos dos estaban siempre bien protegidos, de día y de noche... No, el riesgo era excesivo.

—Chett, ¿qué hacemos con el pájaro? —preguntó Paul el Pequeño mientras avanzaban por un sendero rocoso entre centinelas y pinos soldado.

—¿De qué pájaro de mierda hablas? —Lo que menos necesitaba en aquel momento era un cabeza de chorlito preocupado por un pájaro.

—Del cuervo del Viejo Oso —dijo Paul el Pequeño—. Si lo matamos, ¿quién va a darle de comer a su pájaro?

—¿Y a quién coño le importa? Si quieres, mata también al pájaro.

—No quiero hacerle daño a ningún pájaro —dijo el hombretón—. Pero es un pájaro que habla. ¿Y si cuenta lo que hicimos?

Lark de las Hermanas se echó a reír.

—Paul el Pequeño, tienes la mollera más dura que la muralla de un castillo —se burló.

—Cállate, no digas eso —dijo Paul, amenazador.

—Paul —intervino Chett antes de que el hombretón se enfadara del todo—, cuando encuentren al anciano tirado en un charco de sangre con la garganta abierta, no les hará falta ningún pájaro para saber que alguien lo mató.

—Eso es verdad —aceptó Paul el Pequeño tras meditar aquello un instante—. ¿Puedo quedarme con el pájaro? Me gusta mucho ese pájaro.

—Todo tuyo —dijo Chett, solo para hacerlo callar.

—Si nos entra hambre, siempre nos lo podemos comer —sugirió Lark.

—Más vale que no se te ocurra comerte a mi pájaro, Lark —dijo Paul el Pequeño, cabreado de nuevo—. Más te vale.

Chett alcanzó a oír voces entre los árboles.

—Cerrad el pico de una puta vez. Ya estamos casi en el Puño.

Salieron muy cerca de la ladera oeste de la colina y la rodearon hacia el sur, donde la cuesta era menos empinada. Cerca del linde del bosque, una docena de hombres se entrenaba con los arcos. Habían tallado figuras en los troncos de los árboles y les disparaban flechas.

—Mirad —dijo Lark—, un cerdo con un arco.

El arquero más cercano era Ser Cerdi en persona, el gordo que le había quitado su puesto junto al maestre Aemon. Le bastó ver a Samwell Tarly para enfurecerse. La mejor vida que había conocido fue cuando trabajó como mayordomo del maestre Aemon. El anciano ciego no era muy exigente; además, Clydas se ocupaba de la mayor parte de sus necesidades. Los deberes de Chett eran sencillos: limpiar la pajarera, encender las chimeneas, preparar alguna comida... Y Aemon no le había pagado nunca.

«Se cree que puede llegar y echarme porque es de noble cuna y sabe leer. Pues a lo mejor le digo que me lea el cuchillo antes de que le abra la garganta con él.»

—Vosotros, seguid —les dijo a los demás—. Yo quiero ver esto.

Los perros tiraban, ansiosos por irse con ellos en busca de la comida que creían que los esperaba en la cima. Chett le dio un puntapié a la perra, y aquello los tranquilizó hasta cierto punto.

Observó desde los árboles como el gordo luchaba con un arco largo, tan alto como él, con la cara de bollo fruncida por la concentración. Clavadas en la tierra, frente a él, había tres flechas. Tarly colocó una en la cuerda, tensó el arco, mantuvo la tensión un instante mientras trataba de apuntar y soltó. La flecha desapareció entre la vegetación. Chett soltó una carcajada, entre complacido y asqueado.

—No habrá quien encuentre esa flecha, y me echarán la culpa a mí —dijo Edd Tollett, el sombrío escudero de pelo canoso al que todos llamaban Edd el Penas—. Siempre que se pierde algo me miran a mí, desde aquella vez que perdí mi caballo. Como si hubiera podido evitarlo. Era blanco y estaba nevando, ¿qué querían?

—El viento le ha desviado la flecha —dijo Grenn, otro de los amigos de Lord Nieve—. Trata de mantener firme el arco, Sam.

—Pesa mucho —se quejó el chico obeso, pero disparó la segunda flecha de la misma manera. Pasó muy alta, atravesando las ramas a unas cinco varas por encima del blanco.

—Creo que has acertado a una hoja de ese árbol —dijo Edd el Penas—. El otoño ya llega a toda velocidad; no hace falta que lo ayudes. —Suspiró—. Y todos sabemos qué viene después del otoño. Dioses, qué frío tengo. Dispara tu última flecha, Samwell; creo que se me está congelando la lengua y se me pega al paladar.

Ser Cerdi bajó el arco, y Chett pensó que iba a ponerse a berrear.

—Es muy difícil.

—Coloca la flecha, tensa y dispara —dijo Grenn—. ¡Venga!

Obediente, el chico cogió de la tierra su última flecha, la colocó en el arco largo, tensó y disparó. Lo hizo con celeridad, sin bizquear al apuntar, como había hecho en las dos ocasiones anteriores. La flecha se clavó en la parte inferior del pecho de la silueta del árbol y se quedó allí, oscilando.

—Le he dado. —Ser Cerdi parecía asombrado—. Grenn, ¿has visto? ¡Mira, Edd, le he dado!

—Yo diría que entre las costillas —anunció Grenn.

—¿Lo he matado?

—Quizá le habrías pinchado un pulmón, si lo tuviera. Pero, como norma general, los árboles no tienen pulmones —concluyó Tollett al tiempo que se encogía de hombros. Retiró el arco de manos de Sam y añadió—: He visto tiros peores. Incluso míos.

Ser Cerdi estaba radiante. Al mirarlo, cualquiera habría dicho que había hecho algo importante. Pero cuando vio a Chett con los perros, la sonrisa se le desvaneció de la cara.

—Le has dado a un árbol —dijo Chett—. Veremos cómo disparas cuando se trate de los hombres de Mance Rayder. No van a quedarse ahí con los brazos abiertos y las hojas susurrando, de eso nada. Irán hacia ti y te gritarán en la cara, y estoy seguro de que te mearás en los calzones. Uno de ellos te clavará un hacha entre esos ojitos de cerdo. Lo último que oirás será el ruido sordo que hará al entrarte en el cráneo.

El chico obeso estaba temblando. Edd el Penas le puso una mano en el hombro.

—Hermano —dijo con solemnidad—, que a ti te haya pasado eso no quiere decir que a Sam le vaya a suceder lo mismo.

—¿A qué te refieres, Tollett?

—Lo del hacha que te clavaron en el cráneo. ¿Es verdad que la mitad de los sesos se te quedaron esparcidos por el suelo y tus perros se los comieron?

Grenn, un patán corpulento, se echó a reír, y hasta Samwell Tarly sonrió débilmente. Chett le dio una patada al perro más cercano, tiró de las traíllas y comenzó a ascender la colina.

«Sonríe todo lo que quieras, Ser Cerdi. Veremos quién ríe esta noche. —Su único deseo era tener tiempo para matar también a Tollett—. Un idiota agorero con cara de caballo, eso es lo que es.»

El ascenso era abrupto hasta en aquella ladera del Puño, la que tenía menos pendiente. A medio camino, los perros comenzaron a ladrar y tirar de él, creyendo que pronto comerían. Sin embargo, les hizo probar sus botas, y un chasquido del látigo fue la respuesta al animal enorme y feo que le lanzó un mordisco. Tan pronto como los ató fue a presentar su informe.

—Había huellas, como dijo Gigante —informó a Mormont delante de su gran tienda negra—, pero los perros no pudieron encontrar el rastro. Era río abajo; quizá se tratara de huellas antiguas.

—Qué lástima. —El Lord Comandante Mormont tenía la cabeza calva y una gran barba blanca y enmarañada, y su voz denotaba el mismo cansancio que su aspecto—. Nos habría venido bien un buen trozo de carne fresca.

—Carne.... carne... carne —repitió el cuervo de su hombro, ladeando la cabeza.

«Podríamos hacer un guiso con los condenados perros —pensó Chett, pero mantuvo la boca cerrada hasta que el Viejo Oso le dio permiso para retirarse—. Y esta ha sido la última vez que he tenido que inclinar la cabeza ante ese», se dijo para sus adentros con satisfacción. Le parecía que hacía cada vez más frío, aunque habría jurado que era imposible. Los perros se acurrucaron, lastimeros, sobre el duro cieno congelado, y Chett se sintió tentado de meterse entre ellos. Se limitó a cubrirse la parte inferior del rostro con una bufanda negra de lana, dejando libre un pequeño espacio para la boca. Descubrió que si se movía entraba un poco en calor, por lo que hizo un lento recorrido por el perímetro con un mazo de hojamarga, compartiendo una o dos mascadas con los hermanos negros que estaban de guardia, mientras escuchaba lo que le contaban. Ninguno de los hombres del turno de día entraba en sus planes; de todos modos, creyó que no le iría mal tener cierta idea de lo que pensaban.

Lo que pensaban, básicamente, era que hacía un frío de mil demonios.

A medida que las sombras se alargaban, el viento se levantaba. Cuando pasaba entre las piedras de la muralla circular, emitía un sonido agudo y débil.

—Odio ese sonido —dijo el pequeño Gigante—, es como un bebé en el bosque que gime pidiendo leche.

Cuando terminó el recorrido y volvió donde estaban los perros, vio a Lark que lo esperaba.

—Los oficiales están otra vez en la tienda del Viejo Oso discutiendo algo con mucho interés.

—A eso se dedican, sí —dijo Chett—. Todos son de noble cuna, todos menos Blane, y se emborrachan con palabras en lugar de con vino.

—El imbécil descerebrado sigue hablando del pájaro —lo alertó Lark; se le había acercado y miraba en torno suyo para cerciorarse de que no había nadie cerca—. Ahora pregunta si hemos guardado algo de grano para el maldito bicho.

—Es un cuervo —replicó Chett—. Come cadáveres.

—¿El suyo quizá? —preguntó Lark con una mueca.

«O el tuyo.» A Chett le parecía que necesitaban más al hombrón que a Lark.

—Deja de preocuparte por Paul el Pequeño. Haz tu parte; él hará la suya.

Cuando logró liberarse del de las Hermanas, el crepúsculo avanzaba entre los árboles, y se sentó a afilar su espada. Con los guantes puestos era un trabajo durísimo, pero no tenía la menor intención de quitárselos. Hacía tanto frío que el tonto que tocara acero con las manos desnudas perdería un trozo de piel.

Los perros gimotearon cuando el sol se puso. Les echó agua y maldiciones.

—Falta media noche para que podáis disfrutar de vuestro festín.

Ya le llegaba el olor de la cena.

Dywen estaba delante del fuego donde cocinaban cuando Chett recibió un pedazo de pan y una escudilla de sopa de tocino y judías de manos de Hake, el cocinero.

—El bosque está demasiado silencioso —decía el viejo forestal—. No hay ranas junto a ese río, ni búhos en la noche. No había oído nunca un bosque más muerto que este.

—Esos dientes tuyos suenan bastante muertos —dijo Hake.

Dywen entrechocó los dientes de madera.

—Tampoco hay lobos. Antes había, pero han desaparecido. ¿Adónde creéis que se habrán ido?

—A algún sitio cálido —dijo Chett.

De la docena larga de hermanos que estaban sentados en torno al fuego, cuatro eran de los suyos. Mientras comía, le dedicó a cada uno una mirada torva e inquisitiva, para ver si alguno mostraba señales de vacilación. El Daga parecía bastante tranquilo allí sentado, afilando el arma como todas las noches. Y Donnel Colina el Suave era todo anécdotas jocosas y chistes. Tenía los dientes blancos, los labios rojos y gruesos, y unos cabellos rubios ondulados que le caían sobre los hombros formando una hermosa cascada, y aseguraba ser hijo bastardo de un Lannister. Quizá lo fuera. Chett no tenía la menor necesidad de chicos guapos ni tampoco de bastardos, pero Donnel el Suave parecía bastante competente.

No estaba tan seguro respecto al guardabosques a quien los hermanos llamaban Serrucho, más por sus ronquidos que por algo que tuviera que ver con los árboles. En aquel mismo momento, parecía tan inquieto que quizá no volviera a roncar en la vida. Y Maslyn estaba peor. Chett veía como le corría el sudor por la cara, a pesar del viento helado. Las gotas de humedad brillaban a la luz de la hoguera, como pequeños diamantes mojados. Maslyn ni siquiera comía; se limitaba a contemplar la sopa como si su olor estuviera a punto de hacerlo vomitar.

«Tendré que vigilarlo», pensó Chett.

—¡A formar! —El grito repentino surgió de una docena de gargantas y se difundió con rapidez por todos los rincones del campamento, en la cima de la colina—. ¡Hombres de la Guardia de la Noche! ¡A formar junto a la hoguera central!

Con el ceño fruncido, Chett terminó su ración de sopa y siguió a los demás.

El Viejo Oso estaba delante del fuego junto con Smallwood, Locke, Wythers y Blane, que formaban una fila detrás de él. Mormont llevaba una capa de gruesa piel negra, y el cuervo, posado sobre su hombro, se limpiaba las negras plumas.

«Esto no augura nada bueno.» Chett se metió entre Bernarr el Moreno y unos hombres de la Torre Sombría. Cuando todos estuvieron reunidos, menos los vigilantes del bosque y los que hacían guardia en la muralla circular, Mormont se aclaró la garganta y escupió. La saliva se congeló antes de tocar el suelo.

—¡Hermanos! —dijo—. ¡Hombres de la Guardia de la Noche!

—¡Hombres! —gritó su cuervo—. ¡Hombres! ¡Hombres!

—Los salvajes están bajando de las montañas, siguen el curso del Agualechosa. Thoren considera que su vanguardia estará sobre nosotros de aquí a diez días. Sus exploradores más experimentados van con Harma Cabeza de Perro en esa vanguardia. Los demás, o bien forman una fuerza de retaguardia, o avanzan muy cerca del propio Mance Rayder. Sus combatientes se extienden por toda la línea de avance en pequeños grupos. Tienen bueyes, mulas, caballos... pero pocos. La mayoría va a pie; apenas van armados y no están entrenados. Las armas que llevan son más de hueso y piedra que de acero. Transportan consigo la impedimenta: mujeres, niños, rebaños de cabras y ovejas, además de todas sus posesiones. En pocas palabras, aunque son numerosos, son vulnerables... y no saben que estamos aquí. O, al menos, debemos rezar para que no lo sepan.

«Lo saben —pensó Chett—. Puñetero viejo, montón de carroña, lo saben, tan cierto como que hay noche y día. Qhorin Mediamano no ha regresado, ¿verdad? Ni Jarman Buckwell. Si han capturado a alguno, sabes muy bien que los salvajes ya deben de haberles hecho cantar una o dos tonadas.»

—Mance Rayder tiene la intención de cruzar el Muro y llevar una guerra sangrienta a los Siete Reinos —dijo Smallwood dando un paso adelante—. Bien, a eso también sabemos jugar nosotros. Mañana le llevaremos la guerra.

—Al romper la aurora partiremos todos —dijo el Viejo Oso, mientras un murmullo recorría la formación—. Iremos hacia el norte y daremos un rodeo hacia el oeste. La vanguardia de Harma habrá dejado bien atrás el Puño cuando cambiemos de dirección. Las estribaciones de los Colmillos Helados están llenas de valles estrechos y sinuosos, ideales para emboscadas. Su columna se estirará a lo largo de varias leguas. Caeremos sobre ellos en varios puntos a la vez y haremos que juren que éramos tres mil, no trescientos.

—Los golpearemos con toda dureza y nos retiraremos antes de que sus jinetes puedan formar para enfrentarse a nosotros —dijo Thoren Smallwood—. Si nos persiguen, los obligaremos a que nos den caza largo rato, y después giraremos y volveremos a golpear la columna en un punto más lejano. Quemaremos sus carros, dispersaremos sus rebaños y mataremos a tantos de ellos como podamos. Hasta al mismísimo Mance Rayder, si nos tropezamos con él. Si se dispersan y vuelven a sus guaridas, habremos ganado. Si no, los hostigaremos todo el camino hasta el Muro y nos aseguraremos de que dejen un rastro de cadáveres tras ellos.

—Son miles —gritó alguien a espaldas de Chett.

—Todos moriremos. —Era la voz de Maslyn, que estaba verde de miedo.

—Moriremos —graznó el cuervo de Mormont, batiendo las alas negras—, moriremos, moriremos.

—Sí, muchos de nosotros —dijo el Viejo Oso—. Quizá todos. Pero, como dijo otro Lord Comandante hace mil años, ese es el motivo por el que nos visten de negro. Recordad vuestro juramento, hermanos. Porque somos las espadas en la oscuridad, los vigilantes del muro...

—El fuego que arde contra el frío. —Ser Mallador Locke desenvainó su espada larga.

—La luz que trae el amanecer —respondieron otros, y muchas más espadas salieron de sus fundas.

Y de pronto, todos desenvainaban, y había trescientas espadas en el aire y la misma cantidad de voces.

—¡El cuerno que despierta a los durmientes! —gritaban—. ¡El escudo que protege los reinos de los hombres!

Chett no tuvo más remedio que unir su voz a las de los demás. El aliento de los hombres llenaba el aire de vaho, y la luz de las hogueras se reflejaba en el acero. Le complació ver que Lark, Piesligeros y Donnel Colina el Suave se unían a los gritos como si fueran tan idiotas como los demás. Aquello estaba bien. No tenía sentido llamar la atención cuando faltaba tan poco para que llegara su hora.

Cuando los gritos cesaron, volvió a oír el sonido del viento que azotaba la muralla circular. Las llamas temblaban y se arremolinaban, como si también tuvieran frío y, en el súbito silencio, el cuervo de Viejo Oso volvió a graznar.

—Moriremos —dijo una vez más.

«Listo, el pájaro», pensó Chett mientras los oficiales los dispersaban, advirtiéndoles a todos que tomaran una buena cena y descansaran bien aquella noche. Chett se metió bajo sus pieles, junto a los perros, y le dio vueltas mentalmente a todo lo que podía ir mal. ¿Y si aquel maldito juramento hacía que alguno cambiara de opinión? ¿O si a Paul el Pequeño se le olvidaba e intentaba matar a Mormont durante la segunda guardia, y no durante la tercera? ¿Y si Maslyn se acobardaba, alguien los delataba o...?

Se descubrió prestando atención a los sonidos de la noche. Era verdad, el viento sonaba como los gemidos de un bebé, y de vez en cuando oía voces humanas, el relincho de un caballo, un tronco que chisporroteaba en la hoguera... Pero nada más. «Demasiada quietud.»

Visualizó el rostro de Bessa flotando delante de él.

«No era el cuchillo lo que quería meterte —quiso decirle—. Recogí flores para ti, rosas silvestres, atanasias, tulipanes dorados... Me llevó toda la mañana. —El corazón le latía como un tambor, tan alto que temía despertar al campamento. El hielo le endurecía la barba alrededor de la boca—. ¿Por qué pasó aquello con Bessa?» Antes, cada vez que pensaba en ella era únicamente para recordar el aspecto que tenía al morir. ¿Qué le estaba sucediendo? Apenas podía respirar. ¿Se había dormido? Se incorporó sobre las rodillas, y algo húmedo y frío le tocó la nariz. Chett miró hacia arriba.

Nevaba.

«No es justo —habría querido gritar. Sintió cómo las lágrimas se le congelaban en las mejillas. La nieve echaría a perder todo aquello por lo que había trabajado, sus minuciosos planes. Era una nevada copiosa; gruesos copos caían a su alrededor. ¿Cómo hallarían sus depósitos de alimentos bajo la nieve o el sendero de cazadores que pretendían seguir hacia el este?—. Si huimos por la nieve recién caída, no necesitarán a Dywen ni a Bannen para darnos caza. —Y la nieve ocultaba el relieve del terreno, sobre todo de noche. Un caballo podía tropezar en una raíz o partirse una pata en una roca—. Estamos acabados —comprendió—. Acabados antes de empezar. Estamos perdidos. —No habría vida señorial para el hijo del de las sanguijuelas; no habría un torreón que pudiera llamar suyo, ni esposas ni coronas. Solo la espada de un salvaje clavada en las tripas, y después, una tumba sin nombre—. La nieve me lo ha quitado todo... la maldita nieve...»

Nieve: aquello era lo que lo había arruinado en una ocasión. Nieve y su amigo el cerdito.

Chett se levantó. Tenía las piernas rígidas, y los copos de nieve habían transformado las hogueras distantes en un vago resplandor anaranjado. Se sentía como si lo estuviera atacando una nube de insectos pálidos y fríos. Se le asentaban sobre los hombros y la cabeza, se le metían en la nariz y los ojos... Con una maldición se los sacudió.

«Samwell Tarly —recordó—. Al menos puedo ocuparme de Ser Cerdi.» Se cubrió el rostro con la bufanda, se colocó el capuchón y comenzó a cruzar el campamento hacia el sitio donde dormía el cobarde.

La nieve caía con tal intensidad que se perdió entre las tiendas, pero finalmente dio con el pequeño refugio contra el viento que el chico obeso se había construido entre una roca y las jaulas de los cuervos. Tarly estaba enterrado bajo un montículo de frazadas de lana negra y gruesas pieles. La nieve estaba a punto de cubrirlo. Tenía el aspecto de una montaña de suaves redondeces. El acero susurró sobre el cuero con la levedad de la esperanza cuando Chett desenfundó el puñal. Uno de los cuervos graznó.

—Nieve —masculló otro, mirando a través de los barrotes con sus ojos negros.

—Nieve —añadió el primero.

Pasó junto a ellos, colocando cada pie con cuidado. Cubriría con la mano izquierda la boca del gordo para ahogar sus gritos y...

Uuuuuuuuuuuuoooooooo.

Se detuvo con un pie en alto y ahogó una maldición cuando el sonido del cuerno vibró a través del campamento, lejano y débil, pero inconfundible.

«Ahora, no. ¡Malditos sean los dioses, AHORA NO! —El Viejo Oso había apostado observadores a cierta distancia, en un anillo de árboles en torno al Puño, para que dieran la alarma si se acercaba el enemigo—. Jarman Buckwell ya ha vuelto de la Escalera del Gigante —supuso Chett—, o será Qhorin Mediamano, que regresa del Paso Aullante.» Un toque del cuerno significaba el regreso de hermanos. Si se trataba de Mediamano, Jon Nieve estaría con él, vivo.

Sam Tarly se sentó, con los ojos hinchados, y miró confuso la nieve. Los cuervos graznaban muy alto; aun así, Chett alcanzaba a oír los gemidos de sus perros.

«La mitad del puto campamento se ha despertado.» Cerró los dedos, enfundados en el guante, en torno a la empuñadura del puñal mientras esperaba a que el sonido se apagara. Pero apenas se había silenciado, cuando volvió a oírse, más alto y más largo.

Uuuuuuuuuuuuuuuoooooooooooooo.

—Dioses —oyó gimotear a Sam Tarly.

El chico obeso se arrodilló, con los pies enredados en la capa y las frazadas. Las apartó de una patada y extendió la mano en busca de una cota de malla que había colgado de una roca cercana. Cuando metió la cabeza y se retorció hasta ponérsela, notó la presencia de Chett, que estaba allí de pie.

—¿Ha sonado dos veces? —preguntó—. He soñado que oía dos toques.

—No ha sido un sueño —dijo Chett—. Dos toques para convocar la Guardia a las armas. Dos toques que significan enemigo que se aproxima. Allá fuera hay un hacha que lleva escrita la palabra *Cerdi,* gordo. Dos toques quieren decir salvajes. —El terror de aquella enorme cara de bollo hizo que sintiera ganas de reír—. Que se vayan todos a los siete infiernos. Que le den por culo a Harma. Que le den por culo a Mance Rayder. Que le den por culo a Smallwood; dijo que no llegarían aquí antes de...

Uuuuuuuuuuuuuuuuuuuuuoooooooooooooooooooo.

El sonido siguió y siguió, hasta que pareció que no iba a terminar nunca. Los cuervos aleteaban, graznaban, revoloteaban dentro de sus jaulas y chocaban contra los barrotes, y por todo el campamento se levantaban los hermanos de la Guardia de la Noche, se ponían las armaduras, se ceñían los cinturones de los que colgaban las espadas y echaban mano a los arcos y hachas de batalla. Samwell Tarly estaba de pie, temblando, con el rostro del mismo color de la nieve que se arremolinaba en torno a ellos.

—Tres —chilló, dirigiéndose a Chett—, han sido tres, he oído tres. No han tocado tres nunca. Jamás, en miles y miles de años. Tres significa...

—Los Otros.

Chett emitió un sonido a medio camino entre una risa y un sollozo, y de repente, la ropa interior se le mojó; sintió cómo la orina le corría piernas abajo y vio el vapor que subía de la parte delantera de sus calzones.

Jaime

Un soplo de viento del este, tan suave y fragante como los dedos de Cersei, le revolvió el cabello enmarañado. Oía el canto de los pájaros y veía el río que fluía bajo la nave, mientras el impulso de los remos los llevaba hacia la pálida aurora rosada. Después de tanto tiempo en la oscuridad, el mundo era tan hermoso que Jaime Lannister se sintió mareado.

«Estoy vivo y ebrio de luz del sol.» Una carcajada se le escapó de los labios, súbita como una codorniz espantada de su escondite.

—Silencio —refunfuñó la mujer, con el ceño fruncido.

Aquel gesto era más propio de su rostro ancho y basto que la sonrisa, aunque Jaime no la había visto sonreír nunca. Se entretuvo imaginándosela con una de las túnicas de seda de Cersei, en lugar de su justillo de cuero acolchado. «Sería lo mismo vestir de seda a una vaca que a esta mujer.»

Pero la vaca remaba bien. Bajo sus calzones pardos de tela basta había pantorrillas como troncos, y los largos músculos de los brazos se le flexionaban y tensaban con cada movimiento de los remos. Después de pasar remando la mitad de la noche, la moza no mostraba síntomas de cansancio, cosa que no podía decirse de Ser Cleos, su primo, que llevaba el otro remo. «Tiene el aspecto de una moza campesina, aunque habla como si fuera de noble cuna y lleva espada larga y puñal. Pero... ¿sabrá usarlos?» Jaime tenía la intención de averiguarlo tan pronto como pudiera liberarse de aquellos grilletes.

Llevaba esposas de hierro en las muñecas, y grilletes en los tobillos, unidos por una pesada cadena de un par de palmos de largo.

—Cualquiera diría que no os basta mi palabra de Lannister —bromeó mientras lo encadenaban.

En aquel momento estaba muy borracho gracias a Catelyn Stark. Solo recordaba fragmentos sueltos de su huida de Aguasdulces. Habían tenido algunos problemas con el carcelero, pero la moza se había impuesto. Después, habían subido por una escalera interminable, dando vueltas y más vueltas. Jaime sentía las piernas tan endebles como la hierba, y tropezó dos o tres veces antes de que la moza le ofreciera el brazo como apoyo. En algún momento le pusieron una capa de viaje y lo echaron al fondo de un esquife. Recordó oír como Lady Catelyn le ordenaba a alguien que levantara la rejilla de la Puerta del Agua. Declaró, en tono que no admitía discusiones, que enviaba a Ser Cleos Frey de vuelta a Desembarco del Rey con nuevas condiciones para la Reina.

En aquel momento debió de quedarse dormido. El vino le había dado sueño, y era una delicia estirarse, un lujo que las cadenas del calabozo no le habían permitido. Hacía mucho tiempo que Jaime había aprendido a echar una cabezada sobre la silla de montar durante la marcha; aquello no resultaba más duro.

«Tyrion se va morir de risa cuando le cuente cómo me quedé dormido durante mi propia fuga.» Pero ya estaba despierto, y los grilletes le resultaban un poco molestos.

—Mi señora —dijo en voz alta—, si me quitáis estas cadenas, haré vuestro turno con los remos.

Ella frunció de nuevo aquel rostro, todo dientes de caballo y suspicacia.

—Llevaréis las cadenas, Matarreyes.

—¿Creéis que vais a poder remar todo el trayecto hasta Desembarco del Rey, moza?

—Me llamaréis Brienne. No moza.

—Y yo me llamo Ser Jaime. No Matarreyes.

—¿Negáis que habéis matado a un rey?

—No. ¿Negáis vuestro sexo? Si es así, quitaos los calzones y demostrádmelo. —Le dedicó una sonrisa inocente—. Os pediría que os abrierais la blusa, pero a juzgar por vuestro aspecto, eso no demostraría gran cosa.

—Primo, sé más cortés —lo increpó Ser Cleos, mirándolo molesto.

«Este tiene poca sangre Lannister.» Cleos era hijo de su tía Genna y de aquel idiota de Emmon Frey, que había vivido aterrorizado por Lord Tywin Lannister desde el día en que se casó con su hermana. Cuando Lord Walder Frey llevó a Los Gemelos a la guerra en el bando de Aguasdulces, Ser Emmon había preferido mantenerse fiel a su esposa antes que a su padre. «Roca Casterly se quedó con la peor parte en aquel trato», reflexionó Jaime. Ser Cleos parecía una comadreja, combatía como un ganso y tenía el coraje de una oveja particularmente valiente. Lady Stark había prometido liberarlo si le entregaba aquel mensaje a Tyrion, y Ser Cleos había jurado con toda solemnidad que lo haría.

Todos habían negociado en aquella celda y habían hecho juramentos, Jaime más que nadie. Aquel era el precio que ponía Lady Catelyn para liberarlo. Le puso en el cuello la punta de la espada larga de la moza.

—Jura —exigió— que nunca más empuñarás las armas contra los Stark o los Tully. Jura que obligarás a tu hermano a honrar su juramento de devolverme a mis hijas sanas y salvas. Júralo por tu honor de caballero, por tu honor de Lannister, por tu honor como Hermano Juramentado de la Guardia Real. Júralo por la vida de tu hermana, la de tu padre, la de tu hijo, por los dioses antiguos y los nuevos, y te mandaré de vuelta con tu hermana. Niégate, y veré manar tu sangre.

Recordó el pinchazo del acero a través de los harapos cuando ella hizo girar la punta de la espada.

«Me pregunto qué opinará el Septón Supremo sobre la inviolabilidad de los juramentos hechos cuando uno está totalmente borracho, encadenado a una pared y con una espada en el pecho.» No se trataba de que Jaime se preocupara de veras por aquel fraude flagrante ni por los dioses a los que decía adorar. Recordaba el balde que Lady Catelyn había pateado en su celda. Extraña mujer, que confiaba sus hijas a un hombre cuyo honor era pura mierda. Aunque, en realidad, no depositaba mucha confianza en él. «Pone todas sus esperanzas en Tyrion, no en mí.»

—Quizá no sea tan estúpida al fin y al cabo —dijo en voz alta.

Su celadora lo entendió mal.

—No soy estúpida. Ni sorda.

Fue cortés; burlarse de ella en esas circunstancias era tan fácil que no suponía ninguna diversión.

—Hablaba para mis adentros y no estaba pensando en vos. Es un hábito que se adquiere con facilidad en una celda.

Ella lo miró con el ceño fruncido, mientras llevaba los remos adelante y atrás, y de nuevo adelante, sin decir nada.

«Tiene tanta facilidad de palabra como belleza en el rostro.»

—Por tu forma de hablar, colijo que eres de noble cuna.

—Mi padre es Selwyn de Tarth, señor del Castillo del Atardecer por la gracia de los dioses.

Hasta aquella respuesta le fue dada de mala gana.

—Tarth —dijo Jaime—. Una enorme roca lúgubre en el mar Angosto, si mal no recuerdo. Y ha jurado fidelidad a Bastión de Tormentas. ¿Por qué sirves a Robb de Invernalia?

—A quien sirvo es a Lady Catelyn. Y ella me dio la orden de llevaros sano y salvo a Desembarco del Rey con vuestro hermano Tyrion, no de gastar palabras con vos. Manteneos en silencio.

—He tenido un hartazgo de silencio, mujer.

—Hablad entonces con Ser Cleos. No desperdicio palabras con monstruos.

—¿Hay monstruos por aquí? —Jaime soltó una carcajada estrepitosa—. ¿Se esconden quizá bajo las aguas? ¿O entre esos sauces? ¡Y yo sin mi espada!

—Un hombre que viola a su hermana, asesina a su rey y empuja a la muerte a un niño inocente no se merece otro nombre.

«¿Inocente? El crío del demonio nos estaba espiando.» Todo lo que Jaime había deseado era una hora a solas con Cersei. El viaje de ambos al norte había sido un tormento prolongado; la veía todos los días sin posibilidad de tocarla, y sabía que Robert caía borracho en la cama de ella cada noche, dentro de aquella chirriante casa con ruedas. Tyrion había hecho todo lo posible para mantenerlo de buen humor, pero no había bastado.

—Tendréis que ser más cortés en lo que respecta a Cersei, moza —le advirtió.

—Me llamo Brienne, no moza.

—¿Y qué os importa cómo os llame un monstruo?

—Me llamo Brienne —repitió ella, terca como una mula.

—¿Lady Brienne? —La moza hizo tal mueca de incomodidad que Jaime percibió un punto débil—. ¿O tal vez os gustaría más que os llamara Ser Brienne? —Se echó a reír—. No, me temo que no. Se puede equipar una vaca lechera con ataharre, capizana y testera, y cubrirla con un manto de seda, pero eso no significa que se pueda montar para ir a la batalla.

—Primo Jaime, por favor, no debes hablar con tanta rudeza. —Bajo la capa, Ser Cleos llevaba un chaleco con las torres gemelas de la Casa Frey y el león dorado de los Lannister—. Tenemos un largo viaje por delante; no debemos pelear entre nosotros.

—Cuando yo peleo, lo hago con una espada, primo. Estaba conversando con la dama. Decidme, moza, ¿todas las mujeres de Tarth son tan bastas como vos? Si es así, siento lástima por los hombres. Quizá no sepan cómo es una mujer de verdad, pues viven en una montaña lúgubre en el mar.

—Tarth es hermoso —gruñó la mujer, entre golpes de remo—. La llaman la Isla Zafiro. Callad de una vez, monstruo, a no ser que queráis que os amordace.

—¿A ella no le dices que sea más cortés, primo? —le preguntó Jaime a Ser Cleos—. Aunque la verdad es que tiene mucho valor, de eso no cabe duda. No son muchos los hombres que se atreven a llamarme monstruo a la cara.

«Aunque a mis espaldas hablan con toda libertad, eso no lo dudo.»

Ser Cleos soltó una tosecita nerviosa.

—Lady Brienne ha oído todas esas mentiras de boca de Catelyn Stark, sin duda. Los Stark no pueden derrotarte con la espada, y por eso ahora hacen la guerra con palabras ponzoñosas.

«Ya me han derrotado con la espada, cretino sin carácter. —Jaime le dedicó una sonrisa cómplice. Los hombres leen cualquier cosa en una sonrisa de complicidad, siempre que se les permita—. ¿Se habrá tragado el primo Cleos todo este montón de mierda, o está intentando congraciarse? ¿Qué tenemos aquí? ¿Un cabeza de chorlito sincero o un lameculos?»

—Cualquiera que crea —seguía Ser Cleos, con su cháchara sin sentido— que un Hermano Juramentado de la Guardia Real le haría daño a un niño, no sabe qué es el honor.

«Lameculos.» A decir verdad, Jaime había llegado a lamentar el haber arrojado a Brandon Stark por aquella ventana. Más tarde, cuando el niño se había negado a morir, Cersei no había dejado de reprochárselo.

—Tenía siete años, Jaime —le echaba en cara—. Aunque hubiera entendido lo que vio, lo habríamos podido asustar para que se callara.

—No pensé que quisieras...

—Tú nunca piensas. Si el niño despierta y le dice a su padre lo que vio...

—Si, si, si... —La había hecho sentarse en su regazo—. Si despierta, diremos que estaba soñando o que es un mentiroso, y en el peor de los casos, mataré a Ned Stark.

—¿Y qué crees que haría Robert?

—Que Robert haga lo que quiera. Si es necesario, iré a la guerra contra él. Los bardos la cantarán como «La guerra por el coño de Cersei».

—Suéltame, Jaime. —Enojada, se debatió para ponerse en pie.

En lugar de soltarla, la había besado. Ella se resistió un momento, pero a continuación entreabrió la boca bajo la presión. Él recordaba el sabor de su lengua, a vino y clavo de olor. Ella tembló. La mano de él bajó a la blusa y, de un tirón, rasgó la seda hasta liberarle los pechos, y durante un rato se olvidaron del niño de los Stark.

¿Se habría preocupado Cersei por lo del niño con posterioridad y habría pagado al hombre del que hablara Lady Catelyn para asegurarse de que no despertara nunca?

«Si lo hubiera querido ver muerto, me habría enviado a mí. Y no es propio de ella contratar a un matón que convirtió un asesinato en un desastre de primera.»

Río abajo, el sol naciente hacía brillar la superficie del agua azotada por el viento. La ribera sur era de arcilla roja, lisa como un camino. Pequeños torrentes alimentaban la corriente principal, y los troncos podridos de árboles hundidos parecían aferrarse a las orillas. La ribera norte era más agreste. Altos acantilados de roca se elevaban diez varas por encima de sus cabezas, coronados por hayas, robles y castaños. Jaime distinguió una atalaya en los cerros que tenían por delante y que crecían a cada golpe de remo. Mucho antes de que llegaran a su altura comprendió que estaba abandonada, con las gastadas piedras cubiertas por rosales trepadores.

Cuando el viento cambió de dirección, Ser Cleos ayudó a la moza a izar la vela, un triángulo rígido de lona a rayas rojas y azules. Los colores de Tully; seguro que tendrían contratiempos si se tropezaban en el río con fuerzas de los Lannister, pero era la única vela con la que contaban. Brienne agarró el timón. Jaime echó fuera la orza de deriva mientras sus cadenas tintineaban con cada uno de sus movimientos. Al momento, la velocidad de la nave aumentó, pues el viento y la corriente favorecían su avance.

—Podríamos ahorrarnos buena parte del viaje si me llevarais con mi padre en lugar de con mi hermano —apuntó.

—Las hijas de Lady Catelyn están en Desembarco del Rey. Volveré con las niñas o no volveré.

—Primo, préstame tu cuchillo —dijo Jaime al tiempo que se volvía hacia Ser Cleos.

—No. —La mujer se puso tensa—. No permitiré que tengáis un arma. —Su voz era tan inconmovible como la roca.

«Me teme, aunque lleve grilletes.»

—Cleos, me parece que tendré que pedirte que me afeites. Déjame la barba, pero rápame la cabeza.

—¿Te afeito la cabeza? —preguntó Cleos Frey.

—En el reino se conoce a Jaime Lannister como un caballero sin barba, de melena dorada. Un hombre calvo con barba amarilla sucia no llamará la atención de nadie. Prefiero que no me reconozcan cuando llevo cadenas.

El puñal no estaba tan afilado como habría sido conveniente. Cleos se abrió paso a tajos valientemente por la maraña de pelo. Los rizos dorados que tiraba por la borda flotaban sobre la superficie del agua y se quedaban cada vez más a popa. Cuando los mechones desaparecieron, un piojo comenzó a descenderle por el cuello. Jaime lo atrapó y lo aplastó con las uñas de los pulgares. Ser Cleos le retiró algunos más del cuero cabelludo y los lanzó al agua. Jaime se remojó la cabeza e hizo que Ser Cleos afilara la hoja antes de permitirle afeitar los últimos restos de pelo. Cuando terminó, hizo que le recortara la barba.

El reflejo en el agua era el de un hombre al que no conocía. No solo estaba calvo, sino que además parecía haber envejecido cinco años en aquella mazmorra; tenía el rostro más afilado, con los ojos muy hundidos y arrugas que no recordaba.

«Así no me parezco tanto a Cersei. No le va a hacer ninguna gracia.»

Hacia mediodía, Ser Cleos se quedó dormido. Sus ronquidos sonaban como la llamada de los patos en celo. Jaime se estiró para ver cómo el mundo fluía a su alrededor; después de la oscura celda, cada roca y cada árbol eran una maravilla.

Vio pasar varias chozas pequeñas, erigidas sobre altos troncos que les daban aspecto de grullas. No había ni rastro de la gente que vivía en ellas. Los pájaros volaban por encima de sus cabezas o piaban desde los árboles que crecían a lo largo de la ribera, y Jaime distinguió un pez plateado que cortaba el agua.

«La trucha de los Tully, mal presagio», pensó, hasta que vio algo peor: uno de los troncos flotantes que pasaban a su lado resultó ser un hombre muerto, hinchado y desangrado, con ropas del inconfundible carmesí de los Lannister. Se preguntó si el cadáver sería el de alguien a quien hubiera conocido.

Las forcas del Tridente eran la vía más fácil para transportar mercancías o personas por las tierras ribereñas. En tiempos de paz se habrían tropezado con pescadores en sus esquifes, barcazas de grano impulsadas con pértigas que iban corriente abajo, mercaderes que vendían agujas y retales desde sus tiendas flotantes, quizá incluso una barca de actores, pintada de colores vivos, con velas multicolores, siempre río arriba, de aldea en aldea y de castillo en castillo.

Pero la guerra se había cobrado un alto precio. Dejaron atrás aldeas, pero no vieron aldeanos. Una red vacía, cortada y hecha jirones, colgaba de unos árboles como único indicio de que hubiera habido pescadores. Una chica joven que abrevaba a su caballo desapareció a toda prisa tan pronto como divisó su vela. Más tarde pasaron ante una docena de campesinos que cavaban en un campo al pie de los restos de una torre calcinada. Los hombres los miraron con ojos apagados y retornaron a sus labores cuando llegaron a la conclusión de que el esquife no era una amenaza.

El Forca Roja era ancho y lento, un río sinuoso lleno de curvas y meandros, con isletas cubiertas de vegetación, interrumpido a menudo por bancos de arena y con tocones que asomaban apenas de la superficie del agua. Sin embargo, Brienne parecía tener una vista muy aguda para los obstáculos, y siempre encontraba un paso. Cuando Jaime le dedicó un cumplido por su conocimiento del río, ella lo miró con suspicacia.

—No conozco el río —dijo—. Tarth es una isla, y aprendí a manejar los remos y las velas antes que a montar a caballo.

—Dioses, me duelen los brazos —se quejó Ser Cleos mientras se sentaba y se frotaba los ojos—. Espero que el viento dure bastante. —Olfateó el aire—. Huelo a lluvia.

A Jaime le apetecía un buen chaparrón. Las mazmorras de Aguasdulces no eran el lugar más pulcro de los Siete Reinos. En aquel momento debía de oler a queso podrido.

—Humo —dijo Cleos mirando río abajo con los ojos entrecerrados.

Una delgada columna gris se retorcía en la distancia. Se elevaba al sur, a varias leguas, en la ribera izquierda, girando y oscilando. Conforme se acercaron, Jaime pudo distinguir en su base los restos aún ardientes de una gran edificación y un roble lleno de mujeres muertas.

Los cuervos apenas habían comenzado a picotear los cadáveres. Las cuerdas finas se clavaban profundamente en la carne blanda de los cuellos, y cuando soplaba el viento, los cuerpos giraban y se balanceaban.

—Esto es una villanía —dijo Brienne cuando estuvieron suficientemente cerca para verlo todo con claridad—. Ningún auténtico caballero habría aprobado esa carnicería.

—Los auténticos caballeros ven cosas peores cada vez que van a la guerra, moza —dijo Jaime—. Y hacen cosas peores, ya lo creo.

Brienne hizo girar la embarcación hacia la orilla.

—No dejaré que ningún inocente sea pasto de los cuervos.

—Sois una moza desalmada. Los cuervos también tienen que comer. Regresa al río y deja en paz a los muertos, mujer.

Atracaron un poco más adelante de donde el gran roble se inclinaba sobre las aguas. Mientras Brienne arriaba la vela, Jaime salió del esquife, moviéndose con dificultad a causa de las cadenas. El agua del Forca Roja le llenaba las botas y lo empapaba a través de los calzones harapientos. Entre risas, cayó de rodillas, sumergió la cabeza en el agua y se levantó, empapado y chorreando. Tenía las manos sucísimas, y cuando se las frotó en la corriente hasta dejarlas limpias, las vio más delgadas y pálidas de lo que recordaba. Cuando se incorporó, sintió las piernas rígidas e inestables.

«He pasado demasiado tiempo en la maldita mazmorra de Hoster Tully.»

Brienne y Cleos arrastraron el esquife hasta la orilla. Los cuerpos colgaban por encima de sus cabezas, como fruta podrida que la muerte había madurado en exceso.

—Uno de nosotros tendrá que cortar las cuerdas —dijo la moza.

—Yo subiré. —Jaime salió a la orilla, tintineando—. Quitadme las cadenas.

La moza miraba hacia arriba, a una de las mujeres muertas. Jaime se le acercó, a pasitos cortos, los únicos que permitía aquella cadena de un par de palmos. Cuando vio el tosco letrero que colgaba del cuello del cadáver más alto, sonrió.

«Se acuestan con leones», leyó para sí.

—Es bien cierto, mujer, no ha sido una acción nada caballeresca... Pero la ha protagonizado vuestro bando, no el mío. ¿Quiénes serían estas mujeres?

—Mozas de taberna —dijo Ser Cleos Frey—. Esto era una posada, ahora me acuerdo. Varios hombres de mi escolta pasaron la noche aquí la última vez que fuimos a Aguasdulces.

Del edificio quedaban solo los cimientos de piedra y un caos de vigas caídas, totalmente carbonizadas. De las cenizas todavía salía humo.

Jaime dejaba los burdeles y las putas para su hermano Tyrion. Cersei era la única mujer que había deseado en su vida.

—Al parecer, las chicas complacieron a algunos soldados de mi señor padre. Quizá les dieron de comer y de beber. Así se ganaron su collar de traidoras: con un beso y una jarra de cerveza. —Examinó el río, arriba y abajo, para cerciorarse de que estaban solos—. Estas tierras son de los Bracken. Lord Jonos debe de haber dado la orden de que las mataran. Mi padre quemó su castillo; me temo que no nos tendrá mucho cariño.

—Debe de ser un trabajito de Marq Piper —dijo Ser Cleos—. O de Beric Dondarrion, ese bandido del bosque, aunque he oído que solo mata a soldados. ¿No sería una banda de norteños de Roose Bolton?

—Mi padre derrotó a Bolton en el Forca Verde.

—Pero no lo eliminó —dijo Ser Cleos—. Regresó al sur cuando Lord Tywin marchó contra los vados. En Aguasdulces se contaba que le había arrebatado Harrenhal a Ser Amory Lorch.

A Jaime no terminaba de gustarle el cariz que estaba tomando aquello.

—Brienne —dijo, apelando a la cortesía del nombre con la esperanza de que lo escuchara—, si Lord Bolton domina Harrenhal, lo más probable es que el Tridente y el camino Real estén vigilados.

Creyó ver un atisbo de vacilación en los enormes ojos azules de la moza.

—Estáis bajo mi protección. Tendrán que matarme.

—No creo que eso les suponga un problema de conciencia.

—Peleo tan bien como vos —dijo ella, a la defensiva—. Yo estaba entre los siete elegidos del rey Renly. Me puso personalmente la seda a rayas de la Guardia Arcoiris.

—¿La Guardia Arcoiris? Vos y otras seis chicas, ¿no? Un bardo dijo en cierta ocasión que todas las chicas parecen bellas cuando se visten de seda... pero no os conocía, ¿verdad?

El rostro de la mujer enrojeció.

—Tenemos tumbas que cavar. —Caminó hacia el roble y comenzó a trepar.

Las ramas más bajas del árbol eran lo bastante grandes para que pudiera ponerse de pie sobre ellas mientras se abrazaba al tronco. Caminó entre las hojas con el puñal en la mano mientras liberaba los cadáveres. Los cuerpos cayeron, rodeados por enjambres de moscas; con cada uno que dejaba caer, el hedor aumentaba.

—Es tomarse demasiado trabajo por unas putas —se quejó Ser Cleos—. ¿Con qué se supone que vamos a cavar? No tenemos palas, y no pienso usar mi espada ni...

Brienne lanzó un grito. En lugar de bajar por el tronco, se dejó caer.

—Al bote. Deprisa. He visto una vela.

Se apresuraron todo lo que les fue posible, aunque Jaime apenas podía correr, y su primo tuvo que tirar de él para meterlo en el esquife. Brienne se impulsó con un remo e izó la vela a toda velocidad.

—Ser Cleos, necesito que reméis conmigo.

Hizo lo que le ordenaban. El esquife comenzó a cortar el agua con más celeridad; la corriente, el viento y los remos trabajaban en su favor. Jaime permanecía sentado y encadenado mirando río arriba. Lo único que se divisaba era el extremo superior de la otra vela. Según las curvas del Forca Roja, parecía estar más allá de los campos, moviéndose hacia el norte tras una muralla de árboles, mientras que ellos iban hacia el sur, pero sabía que se trataba de una sensación engañosa. Levantó ambas manos para protegerse los ojos.

—Rojo cieno y azul aguado —anunció.

Brienne abría y cerraba la enorme boca sin emitir sonido alguno, lo que le daba el aspecto de una vaca rumiando el pasto.

—Más deprisa, ser.

La posada desapareció pronto a sus espaldas, y también perdieron de vista la punta de la vela, pero aquello no quería decir nada. Cuando los perseguidores dieran la vuelta al recodo, se harían visibles de nuevo.

—Es de esperar que los caballerosos Tully se detengan a enterrar a las putas muertas.

A Jaime, la perspectiva de volver a su celda no le resultaba atractiva. «Seguro que a Tyrion se le ocurriría algo genial en este momento, pero a mí lo único que se me ocurre es atacarlos con una espada.»

Durante casi una hora jugaron al escondite con los perseguidores, mientras se deslizaban por los recodos o entre isletas frondosas. Y cuando comenzaban a tener esperanzas de que, de alguna manera, habían logrado eludir la persecución, la vela distante volvió a hacerse visible. Ser Cleos dejó de remar.

—Que los Otros se los lleven —dijo, secándose el sudor de la frente.

—¡Remad! —ordenó Brienne.

—Lo que nos persigue es una galera fluvial —anunció Jaime después de escudriñar un rato. A cada golpe de remo parecía hacerse más grande—. Nueve remos a cada lado, lo que quiere decir dieciocho hombres. Más, si llevan soldados además de remeros. Y su vela es más grande que la nuestra. No podemos escapar.

—¿Has dicho dieciocho? —preguntó Ser Cleos, se había quedado paralizado con el remo en la mano.

—Seis para cada uno de nosotros. Yo me encargaría de ocho, pero estos brazaletes me molestan un poco. —Jaime levantó las muñecas—. A no ser que Lady Brienne tenga la bondad de quitármelos.

Ella no le prestó atención y puso todo su esfuerzo en bogar.

—Teníamos media noche de ventaja sobre ellos —dijo Jaime—. Han estado remando desde el amanecer, dejando descansar dos remos por turno. Deben de estar agotados. En este momento, la vista de nuestra vela les ha dado nuevos ánimos, pero no les durarán. No tendremos problemas para matar a muchos de ellos.

—Pero... —Ser Cleos tragó en seco—. Son dieciocho.

—Por lo menos. Lo más probable es que sean veinte o veinticinco.

—No podemos derrotar a dieciocho —gimió Ser Cleos.

—¿Acaso dije que los derrotaríamos? Lo mejor que nos puede pasar es morir con la espada en la mano.

Era totalmente sincero. Jaime Lannister no había temido nunca a la muerte.

Brienne dejó de remar. El sudor le había pegado en la frente algunos mechones color lino, y con la cara que ponía estaba más fea que nunca.

—Estáis bajo mi protección —dijo, con la voz tan iracunda que era casi un rugido.

Ante tanta ferocidad, Jaime no tuvo más remedio que echarse a reír. «Es como un mastín con tetas —pensó—. O lo sería, de tener tetas.»

—Entonces protegedme, moza. O liberadme para que pueda protegerme a mí mismo.

La galera, una gran libélula de madera, se deslizaba a toda velocidad río abajo. El agua, a su alrededor, se tornaba blanca ante la furia de los remos. Acortaba distancias de manera visible y, a medida que se aproximaba, los hombres se agrupaban en la cubierta de proa. En las manos se les veían destellos metálicos, y Jaime alcanzó a distinguir los arcos.

«Arqueros.» Detestaba a los arqueros.

En la proa de la galera se hallaba de pie un hombre robusto de cabeza calva, cejas muy pobladas y brazos musculosos. Sobre la cota llevaba un jubón blanco manchado, con un sauce llorón bordado en verde claro, pero se sujetaba la capa con un broche en forma de trucha plateada.

«El capitán de la guardia de Aguasdulces.» En su día, Ser Robin Ryger había sido un luchador de notable tenacidad, pero su tiempo había pasado: tenía la misma edad que Hoster Tully y había envejecido junto a su señor.

Cuando los botes estaban a cincuenta varas de distancia, Jaime ahuecó las manos en torno a la boca para que se le oyera mejor.

—¿Venís a desearme buenos vientos, Ser Robin?

—Vengo a llevarte de vuelta, Matarreyes —vociferó a su vez Ser Robin Ryger—. ¿Cómo has perdido tu cabellera dorada?

—Espero cegar a mis enemigos con el brillo de mi calva. Con vos ha funcionado bastante bien.

Ser Robin no parecía divertido. La distancia entre el esquife y la galera había disminuido a cuarenta varas.

—Soltad los remos y tirad vuestras armas al río, y nadie resultará herido.

—Jaime, dile que nos ha liberado Lady Catelyn... —dijo Ser Cleos volviéndose—. Un intercambio de prisioneros, algo permitido por la ley...

Jaime lo dijo, pero no sirvió de nada.

—Catelyn Stark no manda en Aguasdulces —gritó Ser Robin en respuesta. Cuatro arqueros formaron a cada uno de sus lados, dos de pie y dos de rodillas—. Tirad vuestras espadas al agua.

—No tengo espada —replicó Jaime—, pero si la tuviera, te la clavaría en las tripas y les rebanaría las pelotas a esos cuatro cobardes.

Le respondieron con varios flechazos. Uno se clavó en el mástil, otros dos atravesaron la vela y el cuarto pasó a un palmo de Jaime.

Otro de los anchos recodos del Forca Roja apareció delante de ellos. Brienne ladeó el esquife en la curva. La verga osciló cuando giraron, y la vela chasqueó al llenarse de viento. Había una isla grande en mitad de la corriente; el canal principal iba por su derecha. A la izquierda había un atajo que pasaba entre la isla y los altos acantilados de la ribera norte. Brienne movió el timón, y el esquife viró a la izquierda, con la vela tremolando. Jaime le observó los ojos.

«Ojos bonitos y serenos —pensó. Sabía interpretar la mirada de una persona, y sabía qué aspecto tenía el miedo—. Está llena de decisión, no de desesperación.»

A unas treinta varas por detrás de ellos, la galera entraba en el recodo.

—Ser Cleos, tomad el timón —ordenó la moza—. Matarreyes, coged un remo y mantenednos lejos de las rocas.

—Como ordene mi señora.

Un remo no era una espada, pero la pala podía romperle la cara a un hombre si el golpe llevaba suficiente impulso, y la caña serviría para detener una estocada.

Ser Cleos puso el remo en la mano de Jaime y se trasladó a popa. Cruzaron la punta de la isla y giraron bruscamente hacia el atajo, salpicando la pared del risco cuando el bote se inclinó. La isla estaba cubierta por un denso bosque, una maraña de sauces, robles y altos pinos cuyas sombras oscuras se proyectaban sobre la corriente y escondían los escollos y los troncos podridos de árboles hundidos. A babor, el risco se alzaba abrupto y rocoso, y al pie de este, el río cubría con una espuma blanca los peñones y trozos de roca que habían caído al agua.

Pasaron de la luz solar a la sombra, escondidos de la vista de la galera por el muro de vegetación que formaban los árboles y por el peñón pardo grisáceo.

«Un respiro momentáneo ante las flechas», pensó Jaime, empujando para apartarse de una roca casi sumergida.

El esquife se sacudió. Oyó algo que caía al río, y cuando miró a su alrededor, Brienne no estaba. Un instante después la vio salir del agua en la base del peñasco. Atravesó un charco poco profundo, trepó por unas rocas y comenzó a ascender. Ser Cleos, boquiabierto, la miraba con los ojos como platos.

«Idiota», pensó Jaime.

—Olvídate de la moza —le dijo a su primo—. Ocúpate del timón.

Podían ver la vela que se movía al otro lado de los árboles. La galera fluvial apareció a la entrada del atajo, a unas veinticinco varas por detrás de ellos. Su proa osciló bruscamente cuando la nave giró, y volaron cinco o seis flechas, pero todas cayeron lejos. El movimiento de las dos naves les causaba dificultades a los arqueros, pero Jaime era consciente de que muy pronto aprenderían a compensarlo. Brienne estaba a medio camino en la cara del acantilado, subiendo de asidero en asidero.

«Seguro que Ryger la verá y hará que los arqueros la derriben.»

—Ser Robin, ¡escuchadme un momento! —gritó Jaime; había decidido ver si el orgullo del anciano lo hacía quedar como un imbécil.

Ser Robin levantó una mano, y sus arqueros bajaron los arcos.

—Di lo que quieras, Matarreyes, pero dilo deprisa.

El esquife pasó por encima de varios trozos de piedra en el momento en que Jaime respondía.

—Sé de una forma mejor para resolver esto: un combate singular. Vos contra mí.

—No nací ayer, Lannister.

—No, pero lo más probable es que muráis esta tarde. —Jaime levantó las manos, para que el otro pudiera ver las cadenas—. Pelearé contra vos encadenado. ¿De qué tenéis miedo?

—De ti, no. Si de mí dependiera, eso es lo que más me gustaría, pero he recibido la orden de llevarte de vuelta, vivo si es posible. Arqueros —ordenó—. Colocad. Tensad. Dis...

El blanco estaba a menos de veinte varas. Difícilmente podrían haber errado, pero cuando levantaban los arcos largos, una lluvia de piedras se abatió en torno a ellos. Cayeron piedras pequeñas que rebotaban en cubierta, les golpeaban los yelmos y salpicaban al caer al agua a ambos lados de la proa. Los más listos levantaron la vista en el momento en que una roca del tamaño de una vaca se separó de la cima del peñón. Ser Robin lanzó un grito de desesperación. La piedra se precipitó por el aire, golpeó la cara del peñón, se partió en dos y les cayó encima. El trozo mayor partió el mástil, rajó la vela, echó a dos arqueros al río y destrozó la pierna de un remero cuando se inclinaba sobre su remo. La rapidez con que la galera comenzó a hacer agua hacía pensar que el trozo más pequeño había atravesado el casco directamente. Los gritos de los remeros despertaban ecos en el peñón mientras los arqueros manoteaban como locos en el agua; por la manera en que se movían, era obvio que ninguno de ellos sabía nadar. Jaime se echó a reír.

Cuando salieron del atajo, la galera se iba a pique entre remolinos y escollos, y Jaime Lannister llegó a la conclusión de que los dioses eran bondadosos. A Ser Robin y a sus tres veces malditos arqueros les esperaba una larga caminata, mojados, de regreso a Aguasdulces, y él se había librado de la fea moza.

«Yo mismo no lo habría planeado mejor. Cuando me libre de estos grilletes...»

Ser Cleos soltó un grito. Cuando Jaime levantó la vista, Brienne avanzaba por la cima del acantilado, muy por delante del esquife, tras atajar por un saliente mientras ellos seguían el recodo del río. Saltó desde la roca y casi resultó elegante al zambullirse. Habría sido poco caballeroso esperar que se destrozara la cabeza contra una piedra. Ser Cleos viró el esquife hacia ella. Por suerte, Jaime aún tenía el remo.

«Un buen golpe cuando intente subir a bordo y me libraré de ella.»

Sin embargo, lo que hizo fue tenderle el remo por encima del agua. Brienne lo agarró, y Jaime tiró de ella y la ayudó a subir al esquife. El pelo le chorreaba agua, al igual que la ropa, y formaba un charco en la embarcación.

«Mojada es más fea todavía. ¿Quién lo habría creído posible?»

—Sois una moza de lo más estúpido —le dijo—. Podríamos habernos ido sin vos. Supongo que esperáis que os dé las gracias.

—No necesito tu gratitud, Matarreyes. Juré que te llevaría sano y salvo a Desembarco del Rey.

—¿Y de veras pretendéis cumplir ese juramento? —Jaime le dedicó su más luminosa sonrisa—. Eso sí que es un milagro.

Catelyn

Ser Desmond Grell había servido a la Casa Tully durante toda su vida. Cuando Catelyn nació, era escudero; cuando ella aprendía a caminar, a montar y a nadar, era caballero; y el día en que se casó, era maestro de armas. Había visto a la pequeña Cat de Lord Hoster convertirse en una joven, en la dama de un gran señor, en la madre de un rey...

«Y ahora también me ha visto convertirme en una traidora.»

Cuando se fue a la guerra, su hermano Edmure había nombrado a Ser Desmond castellano de Aguasdulces, por lo que le correspondía a él castigar su crimen. Para aliviar su incomodidad, había llevado consigo al mayordomo de Lord Hoster, el adusto Utherydes Wayn. Los dos hombres, de pie, la miraban; Ser Desmond, fornido, ruborizado y avergonzado; Utherydes, esquelético, adusto y melancólico. Cada uno esperaba que el otro comenzara a hablar.

«Han consagrado sus vidas al servicio de mi padre y se lo he pagado con la deshonra», pensó Catelyn con fatiga.

—Vuestros hijos... —dijo por fin Ser Desmond—. El maestre Vyman nos lo ha contado. Los pobres. Es espantoso, espantoso. Pero...

—Compartimos vuestra pena, mi señora —dijo Utherydes Wayn—. Todo Aguasdulces está de luto con vos, pero...

—La noticia debe de haberos vuelto loca —intervino Ser Desmond—. La locura del dolor, la locura de una madre. Los hombres lo entenderán. Vos no sabíais...

—Lo sabía —dijo Catelyn con firmeza—. Entendía qué estaba haciendo y sabía que era traición. Si no me castigáis, los hombres creerán que hemos estado en connivencia para liberar a Jaime Lannister. Soy la única responsable de este acto, y solo yo debo responder por él. Ponedme los grilletes que ha dejado libres el Matarreyes y los llevaré con orgullo, si así es como debe ser.

—¿Grilletes? —El mero sonido de la palabra bastaba para estremecer al pobre Ser Desmond—. ¿A la madre del Rey? ¿A la hija de mi señor? Imposible.

—Podría ser —intervino el mayordomo Utherydes Wayn— que mi señora consintiera en quedar confinada a sus habitaciones hasta el regreso de Ser Edmure. Un tiempo a solas para rezar por sus hijos asesinados.

—Confinada, sí —dijo Ser Desmond—. Confinada en una celda en la torre, con eso bastará.

—Si he de estar confinada, que sea en los aposentos de mi padre, para que pueda confortarlo en sus últimos días.

—Muy bien —aceptó Ser Desmond tras meditarlo un instante—. No careceréis de comodidades y se os tratará con cortesía, pero se os prohíbe recorrer el castillo. Visitad el septo cuando queráis, pero el resto del tiempo permaneced en los aposentos de Lord Hoster, hasta el regreso de Lord Edmure.

—Como tengáis a bien. —Su hermano no era el señor mientras viviera su padre, pero Catelyn no lo corrigió—. Ponedme un guardia si es vuestra obligación, pero os doy mi palabra de que no intentaré escapar.

Ser Desmond asintió, satisfecho por haber terminado aquella desagradable tarea, pero Utherydes Wayn, con ojos tristes, vaciló un momento después de que el castellano se marchara.

—Habéis hecho algo muy grave, mi señora, pero en vano. Ser Desmond ha mandado a Ser Robin Ryger para que traiga de vuelta al Matarreyes o, en su defecto, su cabeza.

Catelyn no había esperado menos.

«Que el Guerrero le dé fuerzas a tu espada, Brienne», imploró. Había hecho todo lo que había podido; lo único que le quedaba era la esperanza.

Trasladaron sus pertenencias al dormitorio de su padre, dominado por la gran cama con dosel en la que ella había nacido, la que tenía las columnas talladas con la forma de una trucha saltarina. Habían llevado a su padre medio piso más abajo, y habían situado el lecho del moribundo frente al balcón triangular que se abría hacia sus propiedades y desde donde podía ver los ríos que siempre había amado.

Lord Hoster dormía cuando Catelyn entró, así que salió al balcón y se quedó allí de pie, con una mano sobre la balaustrada de piedra áspera. Más allá del castillo, el rápido Piedra Caída confluía con el plácido Forca Roja, y se divisaba un gran tramo río abajo.

«Si viene una vela a rayas desde el este, será Ser Robin que regresa.» Por el momento, la superficie del agua estaba desierta. Les dio gracias a los dioses por ello y volvió adentro para sentarse con su padre.

Catelyn no sabía si Lord Hoster se daba cuenta de que ella estaba allí ni si su presencia lo aliviaba, pero a ella la confortaba estar con él.

«¿Qué dirías si conocieras mi crimen, Padre? —se preguntó—. ¿Habrías hecho lo mismo si Lysa y yo estuviéramos en manos de nuestros enemigos? ¿O también me condenarías y lo llamarías la locura de una madre?»

En aquella habitación olía a muerte; era un olor denso, dulzón, infecto y pegajoso. Le recordaba a los hijos que había perdido, a su dulce Bran y a su pequeño Rickon, asesinados a manos de Theon Greyjoy, que había sido pupilo de Ned. Todavía guardaba luto por Ned, siempre guardaría luto por Ned, pero que le quitaran también a sus pequeños...

—Perder a un hijo es cruel y monstruoso —susurró en voz muy queda, más para sí que para su padre.

Lord Hoster abrió los ojos.

—Atanasia —susurró con voz llena de sufrimiento.

«No me reconoce.» Catelyn se había habituado a que la confundiera con su madre o su hermana Lysa, pero Atanasia era un nombre que le resultaba desconocido.

—Soy Catelyn —dijo—. Soy Cat, Padre.

—Perdóname... La sangre... Por favor... Atanasia...

¿Habría existido otra mujer en la vida de su padre? ¿Quizá alguna doncella aldeana a la que habría perjudicado cuando era joven?

«¿Habrá hallado consuelo entre los brazos de alguna moza de servicio después de morir mi madre?» Era una idea extraña, inquietante. De repente, se sintió como si no conociera en absoluto a su padre.

—¿Quién es Atanasia, mi señor? ¿Quieres que la haga venir, Padre? ¿Dónde puedo encontrarla? ¿Está viva todavía?

—Muerta —dijo Lord Hoster con un gemido. Su mano buscó la de ella—. Tendrás otros... bebés preciosos y legítimos.

«¿Otros? —pensó Catelyn—. ¿Habrá olvidado que Ned ha muerto? ¿Aún habla con Atanasia, o ahora es conmigo, o con Lysa, o con mi madre?»

Cuando el anciano tosió, sus esputos eran sanguinolentos. Se aferró a los dedos de su hija.

—Sé una buena esposa y los dioses te bendecirán... Hijos, hijos legítimos... Aaah.

El súbito espasmo de dolor hizo que la mano de Lord Hoster se cerrara con más fuerza. Sus uñas se clavaron en la mano de Catelyn, que dejó escapar un grito sordo.

El maestre Vyman acudió enseguida para preparar otra dosis de leche de la amapola y ayudar a su señor a beberla. Al poco tiempo, Lord Hoster Tully volvió a sumirse en un sueño profundo.

—Ha preguntado por una mujer —dijo Catelyn—. Atanasia.

—¿Atanasia? —El maestre la miró con ojos ausentes.

—¿No conocéis a nadie con ese nombre? ¿Una chica de la servidumbre? ¿Una mujer de alguna aldea cercana? ¿Quizá alguien de hace años? —Catelyn había estado mucho tiempo fuera de Aguasdulces.

—No, mi señora. Si queréis, puedo indagar. Sin duda, Utherydes Wayn sabrá si una persona con ese nombre ha servido en Aguasdulces. ¿Habéis dicho Atanasia? Con frecuencia la gente del pueblo pone a sus hijas nombres de flores y plantas. —El maestre quedó pensativo un instante—. Había una viuda... Recuerdo que solía venir al castillo en busca de zapatos viejos que necesitaran suelas nuevas. Se llamaba Atanasia, ahora que lo pienso. ¿O sería Anastasia? Era algo así. Pero hace muchos años que no viene...

—Se llamaba Violeta —dijo Catelyn, que recordaba perfectamente a la anciana.

—¿De veras? —El maestre pareció abochornado—. Os pido perdón, Lady Catelyn, pero no puedo quedarme. Ser Desmond ha ordenado que solo hablemos con vos cuando lo exijan nuestros deberes.

—En ese caso, cumplid sus órdenes.

Catelyn no podía desaprobar la actitud de Ser Desmond; le había dado pocas razones para confiar en ella, y sin duda temía que tratara de aprovechar la lealtad que muchas personas en Aguasdulces sentirían aún hacia la hija de su señor para llevar a cabo otra calamidad.

«Al menos, me he librado de la guerra —se dijo para sus adentros—, aunque sea por poco tiempo.»

Tras la marcha del maestre, se puso una capa de lana y volvió a salir al balcón. La luz del sol se reflejaba en los ríos y doraba la superficie de las aguas que corrían más allá del castillo. Catelyn se protegió los ojos del resplandor y buscó una vela distante con miedo a divisarla. Pero no había nada, y aquello significaba que aún podía albergar esperanzas.

Estuvo todo el día vigilando hasta bien entrada la noche cuando las piernas comenzaron a dolerle por permanecer de pie. A últimas horas de la tarde llegó un cuervo al castillo, agitando sus enormes alas negras hasta posarse en la pajarera. «Alas negras, palabras negras», pensó, recordando el último pájaro que había llegado y el horror que había llevado consigo.

El maestre Vyman regresó a la puesta del sol para atender a Lord Tully y llevarle a Catelyn una cena parca: pan, queso y carne cocida con rábano picante.

—He hablado con Utherydes Wayn, mi señora. Está completamente seguro de que ninguna mujer llamada Atanasia ha trabajado en Aguasdulces durante su servicio.

—Hoy ha llegado un cuervo, lo he visto. ¿Han atrapado de nuevo a Jaime?

«¿O lo han matado? No lo quieran los dioses.»

—No, mi señora, no hemos tenido noticia alguna del Matarreyes.

—¿Se trata entonces de otra batalla? ¿Está Edmure en aprietos? ¿O Robb? Por favor, tened misericordia, calmad mis temores.

—Mi señora, no debo... —Vyman miró a su alrededor, como para cerciorarse de que no había nadie más en la recámara—. Lord Tywin ha abandonado las tierras de los ríos. Todo está tranquilo en los vados.

—Entonces, ¿de dónde vino el cuervo?

—Del oeste —respondió, ocupado con la ropa de cama de Lord Hoster y evitando mirarla a los ojos

—¿Eran noticias de Robb?

—Sí, mi señora —dijo, tras una vacilación.

—Algo anda mal. —Catelyn lo sabía por la actitud del hombre; era evidente que le ocultaba algo—. Decídmelo. ¿Se trata de Robb? ¿Está herido?

«Muerto no, sed benévolos, dioses, que no me diga que ha muerto.»

—Hirieron a Su Alteza en el asalto al Risco —dijo el maestre Vyman, aún evasivo—, pero escribe que no es motivo de preocupación y que espera regresar pronto.

—¿Herido? ¿Cómo? ¿Es grave?

—Ha escrito que no es motivo de preocupación.

—Toda herida me preocupa. ¿Lo están cuidando?

—Estoy seguro. El maestre del Risco lo atenderá, no me cabe la menor duda.

—¿Dónde lo hirieron?

—Mi señora, tengo órdenes de no hablar con vos. Lo siento.

Vyman recogió sus pociones y salió presuroso, y una vez más, Catelyn quedó a solas con su padre. La leche de la amapola había surtido efecto, y Lord Hoster dormía profundamente. De la comisura de los labios le manaba un hilillo de saliva que descendía hasta humedecer la almohada. Catelyn tomó un paño de lino y lo secó con delicadeza. Al sentir el roce, Lord Hoster gimió.

—Perdóname —dijo, con voz tan queda que apenas si pudo distinguir las palabras—, Atanasia... sangre... la sangre... que los dioses sean misericordiosos...

Sus palabras la perturbaron más de lo que podía expresar, aunque no entendía nada.

«Sangre —pensó—. ¿Es que al final todo se reduce a la sangre? Padre, ¿quién era esta mujer y qué le hiciste, que tanto necesitas su perdón?»

Aquella noche, Catelyn durmió muy mal, acosada por sueños imprecisos sobre sus hijos, los perdidos y los muertos. Mucho antes de la aurora se despertó con las palabras de su padre resonándole en los oídos. «Bebés preciosos y legítimos...» ¿Por qué iba a decir algo así, a no ser...? ¿Acaso era padre de un bastardo de aquella mujer, de Atanasia? No podía creerlo. De su hermano Edmure, sí; no le habría sorprendido saber que Edmure tenía una docena de hijos naturales. Pero su padre, no; Lord Hoster Tully, no, nunca.

«¿Podría ser que llamara a Lysa con ese nombre, Atanasia, de la misma manera que a mí me llamaba Cat?» En ocasiones anteriores, Lord Hoster la había confundido con su hermana. «Tendrás otros —había dicho—. Bebés preciosos y legítimos.» Lysa había abortado en cinco ocasiones, dos en el Nido de Águilas y tres en Desembarco del Rey... pero ninguna en Aguasdulces, donde Lord Hoster habría estado cerca de ella, para consolarla.

«Ninguna. A no ser... a no ser que aquella primera vez estuviera embarazada...»

Su hermana y ella se habían casado el mismo día, y quedaron al cuidado de su padre cuando sus maridos recién estrenados se marcharon a unirse a la rebelión de Robert. Posteriormente, cuando no tuvieron el periodo en el momento adecuado, Lysa había hablado con alegría de los niños que seguramente llevaban en el vientre.

—Tu hijo será el heredero de Invernalia, y el mío, del Nido de Águilas. Qué maravilla, serán los mejores amigos del mundo, como tu Ned y Lord Robert. De verdad, serán más hermanos que primos, estoy segura.

«Estaba tan contenta...»

Pero la sangre de Lysa había fluido poco tiempo después, y toda su alegría se desvaneció. Catelyn siempre pensó que Lysa solo había tenido un pequeño retraso, pero si hubiera estado embarazada...

Recordó la primera vez que había puesto a Robb en los brazos de su hermana. Pequeño, con la cara roja y llorón, pero fuerte y lleno de vida. Tan pronto como Catelyn dejó al bebé en los brazos de Lysa, el rostro de su hermana se llenó de lágrimas. Súbitamente, le devolvió el bebé a Catelyn y se marchó corriendo.

«Si hubiera perdido un hijo antes, eso podría explicar las palabras de mi padre y muchas otras cosas...» El matrimonio de su hermana con Lord Arryn había sido acordado a toda prisa, y por aquel entonces Jon era ya viejo, mayor que su padre. «Un hombre viejo sin herederos.» Sus dos primeras esposas no le habían dado hijos; su sobrino había sido asesinado junto a Brandon Stark en Desembarco del Rey, y su galante primo había caído en la batalla de las Campanas. Necesitaba una esposa joven si quería que la Casa Arryn perdurara... «Una esposa joven, que se supiera que era fértil.»

Catelyn se levantó, se puso una túnica y bajó los peldaños hasta el balcón a oscuras para detenerse ante su padre. La embargaba una sensación de terror sin paliativos.

—Padre —dijo—, Padre, sé lo que hiciste.

Ya no era una novia inocente con la cabeza llena de sueños. Era viuda, traidora, madre doliente y sabia; había vivido mucho.

—Lo obligaste a casarse con ella —susurró—. Lysa era el precio que Jon Arryn tuvo que pagar por las espadas y lanzas de la Casa Tully.

No era de extrañar que el matrimonio de su hermana hubiera carecido de amor. Los Arryn eran orgullosos, muy celosos de su honor. Lord Jon podía casarse con Lysa para vincular a los Tully a la causa de la rebelión y con la esperanza de tener un hijo, pero para él debió de ser duro amar a una mujer que llegaba a su lecho deshonrada y de mala gana. Habría sido bondadoso, sin duda; cumplidor, sí; pero Lysa necesitaba calor.

Al día siguiente, después de desayunar, Catelyn pidió papel y pluma, y comenzó a redactar una carta para su hermana, que estaba en el Valle de Arryn. Habló a Lysa sobre Bran y Rickon, aunque le costó mucho encontrar las palabras, pero más que nada le habló de su padre.

> Piensa constantemente en el mal que te hizo, ahora que se le acaba el tiempo. El maestre Vyman dice que no se atreve a preparar la leche de la amapola más fuerte. Ya es hora de que nuestro padre les dé reposo a su espada y su escudo. Es hora de que descanse. Pero él sigue peleando sin rendirse; no cederá. Creo que es por ti. Necesita tu perdón. La guerra ha hecho que sea peligroso viajar por tierra desde el Nido de Águilas hasta Aguasdulces, lo sé, pero seguramente, un gran destacamento de caballeros podría traerte sana y salva por las Montañas de la Luna, ¿no crees? ¿Cien hombres o tal vez mil? Y si no puedes venir, ¿no podrías escribirle al menos? Unas pocas palabras de amor, para que pueda morir en paz. Escribe lo que quieras, y yo se lo leeré, para hacerle más fácil la partida.

Incluso mientras dejaba la pluma a un lado y pedía lacre para sellar la carta, Catelyn se daba cuenta de que la misiva no era gran cosa y de que, posiblemente, llegaría tarde. El maestre Vyman no creía que Lord Hoster aguantara el tiempo suficiente para que un cuervo volara hasta el Nido de Águilas y regresara. «Aunque ha dicho lo mismo en varias ocasiones.» Los hombres de la Casa Tully no se rendían con facilidad, se enfrentaran a lo que se enfrentasen. Tras entregar el sobre lacrado al cuidado del maestre, Catelyn fue al septo y encendió una vela al Padre Supremo por su propio padre, una segunda a la Vieja, que había llevado el primer cuervo al mundo cuando escudriñó a través de la puerta de la muerte, y una tercera a la Madre, por Lysa y por todos los hijos que ambas habían perdido.

Más tarde, aquel mismo día, mientras estaba sentada con un libro a la vera de Lord Hoster, leyendo el mismo pasaje una y otra vez, oyó el sonido de voces muy altas y el toque de una trompeta.

«Ser Robin», pensó enseguida, asustada. Fue al balcón, pero en los ríos no se veía nada. De todos modos, se oían cada vez con más claridad las voces que llegaban de fuera, el ruido de muchos caballos, el sonido metálico de las armaduras y, de vez en cuando, algunos vítores. Catelyn subió la escalera de caracol hasta la azotea de la torre. «Ser Desmond no me prohibió ir a la azotea», se dijo mientras ascendía.

Los sonidos procedían del punto más alejado del castillo, junto a la puerta principal. Un grupo de hombres estaba detenido al otro lado del rastrillo, que se alzaba a trompicones, y en los campos, más allá del castillo, había varios centenares de jinetes. Cuando el viento soplaba, hacía tremolar los estandartes, y Catelyn tembló de alivio al divisar la trucha saltarina de Aguasdulces.

«Edmure.»

Pasaron dos horas antes de que su hermano considerase oportuno ir a verla. Para entonces, el castillo se estremecía con el sonido de reencuentros ruidosos, mientras los hombres abrazaban a las mujeres y niños que habían dejado atrás. Tres cuervos habían partido de la pajarera, con las alas negras batiendo el aire al emprender el vuelo. Catelyn los contempló desde el balcón de su padre. Se lavó el cabello, se cambió de ropa y se preparó para oír los reproches de su hermano... A pesar de todo, la espera fue dura.

Cuando oyó por fin ruidos al otro lado de su puerta, se sentó y cruzó las manos sobre el regazo. Las botas, las esquinelas y el jubón de Edmure estaban cubiertos de cieno rojo seco. Al verlo, nadie habría dicho que había ganado la batalla. Estaba flaco y desmejorado, con las mejillas pálidas, la barba descuidada y los ojos demasiado brillantes.

—Edmure, tienes mal aspecto —dijo Catelyn, preocupada—. ¿Ha ocurrido algo? ¿Han cruzado el río los Lannister?

—Los he rechazado. A Lord Tywin, a Gregor Clegane, a Addam Marbrand; los he hecho retroceder. En cambio, Stannis... —Hizo una mueca.

—¿Stannis? ¿Qué le ha pasado a Stannis?

—Perdió la batalla en Desembarco del Rey —dijo Edmure con tristeza—. Su flota ardió y su ejército fue aniquilado.

Una victoria de los Lannister era cosa grave, pero Catelyn no podía compartir la evidente desesperación de su hermano. Todavía tenía pesadillas con la sombra que había visto deslizarse en el pabellón de Renly y la manera en que la sangre había brotado a través del acero del gorjal.

—Stannis no era más amigo nuestro que Lord Tywin.

—No lo entiendes. Altojardín se ha decantado por Joffrey. Dorne, igual. Todo el sur. —Se le tensó la boca—. Y a ti se te ocurre soltar al Matarreyes. No tenías derecho.

—Tenía el derecho de una madre —dijo con voz serena, aunque las noticias sobre Altojardín eran un golpe terrible para las expectativas de Robb. Pero no podía pararse a pensar en aquello.

—No tenías derecho —repitió Edmure—. Era el cautivo de Robb, el prisionero de tu rey, y Robb me encomendó que lo mantuviera a salvo.

—Brienne lo mantendrá a salvo. Lo juró sobre su espada.

—¿Esa mujer?

—Llevará a Jaime a Desembarco del Rey y nos traerá de vuelta a Arya y Sansa, sanas y salvas.

—Cersei no las entregará jamás.

—No se trata de Cersei. Es cosa de Tyrion. Lo juró ante toda la corte. Y el Matarreyes también lo juró.

—La palabra de Jaime no vale nada. Y, con respecto al Gnomo, dicen que durante la batalla recibió un hachazo en la cabeza. Estará muerto antes de que tu Brienne llegue a Desembarco del Rey, si es que llega.

—¿Muerto? —«¿Cómo pueden ser tan implacables los dioses?» Había hecho que Jaime jurara cien veces, pero todas sus esperanzas residían en la promesa de su hermano.

—Jaime estaba a mi cargo, y estoy dispuesto a recuperarlo —dijo Edmure, inconmovible ante la congoja de Catelyn—. He enviado cuervos...

—¿Cuervos? ¿A quién? ¿Cuántos?

—Tres —dijo—, para cerciorarme de que el mensaje le llega a Lord Bolton. Por río o por tierra, el camino desde Aguasdulces hasta Desembarco del Rey pasa necesariamente cerca de Harrenhal.

—Harrenhal. —El mero sonido de la palabra pareció oscurecer la habitación. El horror enturbiaba la voz de Catelyn cuando añadió—: Edmure, ¿sabes qué has hecho?

—No tengas miedo; no he hablado de tu participación. Escribí que Jaime había escapado y ofrecí mil dragones por su captura.

«Peor que peor —pensó Catelyn, desesperada—. Mi hermano es un idiota.» Las lágrimas inoportunas, indeseadas, le llenaron los ojos.

—Si se considera una fuga —dijo con voz queda—, y no un intercambio de rehenes, ¿por qué iban los Lannister a entregar mis hijas a Brienne?

—No se llegará a eso nunca. Nos devolverán al Matarreyes; me he asegurado de ello.

—Lo único de lo que te has asegurado es de que nunca más vuelva a ver a mis hijas. Brienne habría podido llevarlo a salvo a Desembarco del Rey... siempre que nadie les estuviera dando caza. Pero ahora... —Catelyn no podía continuar—. Déjame, Edmure. —No tenía derecho a darle órdenes allí, en el castillo que pronto sería suyo, pero su tono de voz no toleraba discusión—. Déjame con mi padre y con mi pena; no tengo nada más que decirte. Vete, vete.

Lo único que quería era acostarse, cerrar los ojos y dormir, y rezar para no soñar nada.

Arya

El cielo estaba tan negro como las murallas de Harrenhal que habían dejado a sus espaldas, y la lluvia, que caía suave y continua, les corría por la cara y acallaba el ruido de los cascos de los caballos.

Cabalgaron hacia el norte y se alejaron del lago por un camino surcado de huellas, que discurría entre granjas y campos destrozados, hacia el bosque y los torrentes. Arya había tomado la delantera espoleando su caballo robado; lo hizo trotar deprisa hasta que los árboles se cerraron a su espalda. Pastel Caliente y Gendry la seguían como podían. Los lobos aullaban en la distancia, y también alcanzaba a oír la respiración jadeante de Pastel Caliente. Nadie hablaba. De vez en cuando, Arya giraba la cabeza y miraba hacia atrás para cerciorarse de que los dos chicos no se habían retrasado demasiado y ver si alguien los perseguía.

Porque sabía que los perseguirían. Había robado tres caballos de los establos, así como un mapa y un puñal de los aposentos del mismísimo Roose Bolton, y había matado a un guardia en la puerta trasera; le había cortado la garganta cuando se agachó a recoger la gastada moneda de hierro que Jaqen H'ghar le había regalado. Alguien lo encontraría muerto en un charco de sangre, y al momento se armaría un gran escándalo. Despertarían a Lord Bolton y registrarían Harrenhal, desde las almenas hasta los sótanos, y descubrirían que habían desaparecido un mapa y un puña, además de varias espadas de la armería, pan y queso de la cocina, un chico panadero, un aprendiz de herrero y una copera llama Nan… o Comadreja, o Arry, según a quien se lo preguntaran.

El señor de Fuerte Terror no iría personalmente en su persecución. Roose Bolton se quedaría en la cama, con su carne pálida salpicada de sanguijuelas, dando órdenes con aquella voz suave y sibilante. Quien encabezaría la partida sería Walton, uno de sus hombres de confianza, al que llamaban Patas de Acero por las canilleras que llevaba siempre en las largas piernas. O quizá serían el baboso Vargo Hoat y sus mercenarios, que se hacían llamar la Compañía Audaz. Otros los llamaban los Titiriteros Sangrientos, aunque nunca a la cara, y a veces, los Quitapiés, por la costumbre de Lord Vargo de amputar los pies y las manos a aquellos que incurrían en su desagrado.

«Si nos atrapan, nos cortarán las manos y los pies —pensó Arya—, y después Roose Bolton nos desollará.» Llevaba aún su ropa de paje y tenía cosido en el pecho, sobre el corazón, el blasón de Lord Bolton, el hombre desollado de Fuerte Terror.

Cada vez que miraba hacia atrás temía ver el destello de las antorchas al salir por las puertas lejanas de Harrenhal o al desplazarse por la parte superior de sus enormes y altas murallas, pero no vio nada. Harrenhal siguió durmiendo hasta que se perdió en la oscuridad, oculta tras los árboles.

Después de atravesar la primera corriente, Arya sacó al caballo del camino y los condujo por el curso sinuoso del agua a lo largo de quinientos pasos, hasta salir por una orilla pedregosa. Si los cazadores llevaban perros, tal vez les hiciera perder el rastro, o aquello esperaba. No podían seguir por el camino.

«Hay muerte en el camino —se dijo—, hay muerte en todos los caminos.»

Gendry y Pastel Caliente no cuestionaron sus decisiones. Al fin y al cabo, llevaba el mapa, y Pastel Caliente parecía tenerle tanto miedo a ella como a los hombres que podían perseguirlos. Había visto al guardia que había matado.

«Es mejor que me tenga miedo —se dijo—. Así hará lo que le diga, en lugar de cualquier tontería.»

Sabía que debería estar más asustada. Tenía solo diez años; no era más que una niña flaca a lomos de un caballo robado, que tenía por delante un bosque tenebroso, y por detrás, a hombres que de buena gana le cortarían los pies. Pero, por extraño que pareciera, se sentía más tranquila de lo que nunca había estado en Harrenhal. La lluvia le había lavado la sangre del guardia de los dedos, llevaba una espada cruzada a la espalda, los lobos avanzaban por la oscuridad como angulosas sombras grises, y Arya Stark no tenía miedo.

«El miedo hiere más que las espadas», susurró para sus adentros; eran las palabras que Syrio Forel le había enseñado. También susurró las palabras de Jaqen, «Valar morghulis».

La lluvia cesó, comenzó de nuevo, luego paró otra vez y después volvió a comenzar, pero llevaban buenas capas, que impedían que se mojaran. Arya los mantenía en movimiento, lento pero continuo. Bajo los árboles estaba demasiado oscuro para cabalgar más deprisa; ninguno de los dos chicos sabía montar, y el terreno blando e irregular era traicionero a causa de las raíces medio enterradas y las piedras ocultas. Cruzaron otro camino, con surcos profundos llenos de agua, pero Arya lo evitó. Los llevó por las suaves colinas, arriba y abajo, entre zarzas, brezo y chamiza, por el fondo de estrechos cauces secos donde las ramas, llenas de hojas mojadas, les golpeaban el rostro al pasar.

En cierto momento, la yegua de Gendry perdió pie en el cieno, cayó sobre los cuartos traseros e hizo que el jinete se resbalara de la silla, pero no se lesionó ni la bestia ni el jinete, y en el rostro del chico apareció una expresión de obstinación cuando volvió a montar. Al poco rato se tropezaron con tres lobos que devoraban un cervatillo muerto. Cuando el caballo de Pastel Caliente percibió el olor, intentó retroceder y comenzó a encabritarse. Dos de los lobos huyeron, pero el tercero levantó la cabeza y enseñó los dientes, dispuesto a defender su presa.

—Retrocede —le indicó Arya a Gendry—. Lentamente, para que no se espante.

Se apartaron con las monturas hasta que perdieron de vista al lobo y su festín. Entonces, Arya dio la vuelta para cabalgar detrás de Pastel Caliente, que se agarraba con desesperación a la silla mientras se abría paso entre los árboles.

Más adelante atravesaron una aldea quemada, recorrieron con cautela las ruinas de cabañas carbonizadas y pasaron junto a los huesos de una docena de hombres, que colgaban de una hilera de manzanos. Cuando Pastel Caliente los vio, se puso a rezar una oración queda, implorando la misericordia de la Madre, y la repitió una y otra vez en un susurro. Arya levantó los ojos hacia los cadáveres descarnados, envueltos en ropas mojadas y podridas, y pronunció su propia oración. «Ser Gregor, Dunsen, Polliver, Raff el Dulce, el Cosquillas y el Perro. Ser Ilyn, Scr Meryn, el rey Joffrey, la reina Cersei», decía el rezo. Lo concluyó con «Valar morghulis», tocó la moneda de Jaqen donde la llevaba escondida, debajo del cinturón, y después, cuando pasó bajo los cadáveres, estiró la mano y arrancó una manzana que crecía entre los muertos. Estaba podrida y mohosa, pero se la comió, con gusanos y todo.

Fue aquel un día sin aurora. Lentamente, el cielo se aclaró en torno a ellos, pero no llegaron a ver el sol. El negro se volvió gris y los colores regresaron al mundo, arrastrándose con timidez. Los pinos soldado vestían tonos sombríos de verde, y los árboles de hoja caduca, que comenzaban a secarse, lucían un marrón rojizo con pinceladas de oro mate. Se detuvieron el tiempo suficiente para abrevar a los caballos y tomar un desayuno rápido y frío: partieron una hogaza de pan que Pastel Caliente había robado de la cocina y se pasaron de mano en mano trozos de queso duro.

—¿Sabes hacia dónde vamos? —le preguntó Gendry a Arya.

—Al norte —respondió la niña.

—¿Hacia dónde está el norte? —Pastel Caliente miraba dubitativo a su alrededor.

—En esa dirección —señaló ella con un trozo de queso.

—Pero no hay sol. ¿Cómo lo sabes?

—Por el musgo. ¿Ves cómo crece, solo en un lado de los árboles? Ese es el sur.

—¿Y qué buscamos en el norte? —quiso saber Gendry.

—El Tridente. —Arya extendió el mapa robado para mostrárselo—. ¿Veis? Una vez encontremos el Tridente, todo lo que tenemos que hacer es seguir su curso corriente arriba hasta que lleguemos a Aguasdulces, aquí. —Marcó el recorrido con un dedo—. Es un camino largo, pero mientras nos mantengamos cerca del río no hay pérdida.

—¿Dónde está Aguasdulces? —preguntó Pastel Caliente, parpadeando ante el mapa.

Aguasdulces aparecía como la torre de un castillo, en la bifurcación entre las líneas azules que señalaban dos ríos, el Piedra Caída y el Forca Roja.

—Aquí. —Arya tocó el punto—. Ahí pone Aguasdulces.

—¿Sabes leer? —le preguntó el chico tan asombrado como si hubiera dicho que sabía caminar sobre las aguas.

Arya asintió.

—Cuando lleguemos a Aguasdulces, estaremos a salvo.

—¿De veras? ¿Por qué?

«Porque Aguasdulces es el castillo de mi abuelo y allí estará mi hermano Robb», quiso decir. Se mordió el labio y volvió a guardar el mapa.

—Estaremos a salvo. Pero tenemos que llegar allí.

Fue la primera en montar de nuevo. No le gustaba ocultarle la verdad a Pastel Caliente, pero tampoco quería confiarle su secreto. Gendry lo sabía, pero aquello era diferente. Gendry también tenía un secreto, aunque ni siquiera él supiera de qué se trataba.

Aquel día, Arya les hizo acelerar el paso y obligó a trotar a los caballos tanto como se atrevió, y a galopar cuando divisaba un espacio llano por delante. Aunque no servía de gran cosa, porque el terreno se hacía cada vez más ondulado a medida que avanzaban. Las colinas no eran muy altas ni tampoco abruptas, pero parecían no tener fin, y pronto se cansaron de subir por una y bajar por otra, y al rato estaban siguiendo los niveles más bajos del terreno, a lo largo de torrenteras, por un laberinto de valles con vegetación de escasa altura, donde los árboles formaban un dosel continuo por encima de sus cabezas.

De cuando en cuando hacía que Pastel Caliente y Gendry se adelantaran, mientras ella retrocedía con la intención de borrar el rastro, con los oídos alerta para detectar la primera señal de que los perseguían.

«Demasiado despacio —pensó para sus adentros al tiempo que se mordía el labio—, estamos avanzando demasiado despacio, nos atraparán con toda seguridad.» Una vez, desde la cresta de una elevación, divisó sombras negras que cruzaban una corriente en un valle que ellos habían dejado atrás, y con un sobresalto en el corazón tuvo miedo de que los jinetes de Roose Bolton los estuvieran siguiendo, pero cuando volvió a mirar se dio cuenta de que se trataba solo de una manada de lobos.

—¡Auuuuuuuu, auuuuuuuu! —les aulló con las manos ahuecadas en torno a la boca. Cuando el más corpulento de los lobos levantó la cabeza y respondió al aullido, el sonido hizo que Arya se estremeciera.

A mediodía, Pastel Caliente comenzó a quejarse. Le dolía el trasero, dijo, y la silla le dejaba en carne viva la parte interior de los muslos; además, tenía que dormir un poco.

—Estoy tan cansado que me voy a caer del caballo.

—Si se cae —dijo Arya mirando a Gendry—, ¿quién crees que lo encontrará antes? ¿Los lobos o los Titiriteros?

—Los lobos —dijo Gendry—; tienen mejor olfato.

Pastel Caliente abrió la boca y la volvió a cerrar. No se cayó del caballo. Poco después comenzó a llover. Aún no habían visto el sol ni un instante. Cada vez hacía más frío, y había jirones de una pálida neblina, que se enganchaban en los pinos y flotaban por los campos desnudos y calcinados.

Gendry lo estaba pasando tan mal como Pastel Caliente, aunque era demasiado orgulloso para quejarse. Iba sentado de forma poco elegante en la silla y con una mirada de determinación en el rostro debajo de la tupida mata de cabello negro, pero Arya se daba cuenta de que no era buen jinete.

«Tendría que haberme acordado», pensó. Había cabalgado desde que tenía uso de razón, ponis cuando era pequeña y caballos después, pero Gendry y Pastel Caliente eran chicos de ciudad, y en la ciudad, la gente común iba a pie. Yoren les había dado cabalgaduras cuando se los llevó de Desembarco del Rey, pero montar en un burro y recorrer el camino Real detrás de un carretón era una cosa. Ir a lomos de un caballo de caza por bosques tupidos y campos quemados era otra bien diferente.

Sola habría avanzado mucho más deprisa, lo sabía bien, pero no podía abandonarlos. Eran su manada, sus amigos, los únicos amigos vivos que le quedaban y, de no ser por ella, aún estarían sanos y salvos en Harrenhal; Gendry sudando ante la forja, y Pastel Caliente en las cocinas.

«Si los Titiriteros nos atrapan, les diré que soy la hija de Ned Stark y la hermana del Rey en el Norte. Les ordenaré que me lleven con mi hermano y que no hagan daño a Pastel Caliente ni a Gendry. —Pero tal vez no la creyeran, y aunque así fuera... Lord Bolton era vasallo de su hermano, pero de todos modos le daba miedo—. No dejaré que nos cojan —se prometió en silencio, llevándose la mano a la espalda, por encima del hombro, para tocar el mango de la espada que Gendry había robado para ella—. No lo permitiré.»

Más adelante, aquella misma tarde, salieron de la cobertura de los árboles y se encontraron a orillas de un río. Pastel Caliente soltó un grito de gozo.

—¡El Tridente! Ahora, todo lo que tenemos que hacer es seguir corriente arriba, como dijiste. ¡Casi hemos llegado!

—No creo que se trate del Tridente —dijo Arya, mordiéndose el labio.

El río estaba crecido a causa de la lluvia, pero a pesar de ello no tenía ni siquiera quince varas de anchura. Recordaba que el Tridente era mucho más ancho.

—Es demasiado estrecho para ser el Tridente —les dijo—, y no estamos a suficiente distancia.

—Sí que lo estamos —insistió Pastel Caliente—. Hemos cabalgado todo el día, apenas nos hemos detenido. Debemos de haber recorrido un gran trecho.

—Echemos otro vistazo al mapa —dijo Gendry.

Arya desmontó, sacó el mapa y lo extendió. La lluvia salpicó la piel de oveja, formando pequeños arroyuelos.

—Creo que estamos aquí, en alguna parte —dijo, señalando con el dedo, mientras los chicos miraban por los lados.

—Pero si apenas nos hemos alejado —dijo Pastel Caliente—. Mira, Harrenhal está al lado de tu dedo, casi lo estás tocando. ¡Y hemos estado cabalgando todo el día!

—Faltan muchas leguas para llegar al Tridente —dijo—. Nos llevará días. Este será otro río, uno de estos, mirad. —Les señaló una de las finas líneas azules que el cartógrafo había dibujado, cada una con un nombre escrito debajo en letra pequeña—. El Darry, el Manzanaverde, el Doncella... aquí, este, el Pequeño Sauce, puede que sea este.

Pastel Caliente dejó de mirar el río y se concentró en el mapa.

—A mí no me parece tan pequeño.

—El río que señalas desemboca en este otro —dijo Gendry, que también había fruncido el ceño—, fíjate.

—El Gran Sauce —leyó Arya.

—El Gran Sauce, bien. Y ese Gran Sauce desemboca en el Tridente, pero tendremos que seguir corriente abajo, no arriba. Pero si este río no es el Pequeño Sauce, si se trata de este otro de aquí...

—Arroyo Mataolas —leyó Arya.

—Fíjate, aquí describe una gran curva y fluye hacia el lago, de vuelta a Harrenhal. —Siguió el recorrido con un dedo.

—¡No! —Pastel Caliente tenía los ojos como platos—. Nos matarán, seguro.

—Tenemos que saber qué río es —declaró Gendry con su voz más terca—. Es imprescindible.

—Pues no podemos. —El mapa tenía nombres escritos junto a las líneas azules, pero nadie se había molestado en escribir el nombre en la ribera del río—. No iremos corriente arriba ni corriente abajo —decidió al tiempo que enrollaba el mapa—. Pasaremos al otro lado y seguiremos hacia el norte, como íbamos haciendo.

—¿Los caballos saben nadar? —preguntó Pastel Caliente—. Ese río parece muy hondo, Arry. ¿Y si hay serpientes?

—¿Estás segura de que vamos hacia el norte? —preguntó Gendry—. Mira cuántas colinas... Si nos hacen volvernos atrás...

—El musgo de los árboles...

—Ese árbol tiene musgo en tres caras —dijo el chico señalando un árbol cercano—, y aquel no tiene musgo. Podemos estar perdidos, dando vueltas en círculo.

—Podría ser —dijo Arya—, pero de todos modos voy a cruzar el río. Podéis venir o quedaros, como queráis.

Se acomodó de nuevo sobre la silla de montar sin prestar atención a los chicos. Si no querían seguirla, podían buscar Aguasdulces por su cuenta, aunque lo más probable era que los Titiriteros los encontraran.

Tuvo que cabalgar más de quinientos pasos a lo largo de la ribera antes de encontrar por fin un sitio donde parecía que era posible vadear el río con seguridad, e incluso allí, su yegua se resistía a meterse en el agua. El río, fuera cual fuera su nombre, corría muy rápido y turbio, y en la parte más profunda, al centro, el agua llegaba por encima de la panza de la bestia. El agua le llenó las botas, pero Arya no dejó de clavar los talones hasta salir a la otra orilla. A su espalda oyó el sonido de algo que entraba en el agua y el relincho nervioso de una yegua.

«Me han seguido. Bien.» Se volvió para ver como los chicos se esforzaban por cruzar y salían junto a ella, chorreando.

—No era el Tridente —les dijo—. Seguro.

El siguiente río llevaba menos agua, y vadearlo fue más fácil. Tampoco era el Tridente, y nadie puso objeciones cuando dijo que tenían que cruzarlo.

Caía la noche cuando se detuvieron para dar un nuevo descanso a los caballos y compartir otra ración de pan y queso.

—Estoy empapado y tengo frío —se quejó Pastel Caliente—. Seguro que ahora estamos bien lejos de Harrenhal. Podríamos encender una hoguera...

—¡NO! —gritaron Arya y Gendry al unísono.

Pastel Caliente se asustó un poco. Arya miró a Gendry de reojo.

«Lo hemos dicho a la vez, como me pasaba con Jon en Invernalia.» De todos sus hermanos, al que más extrañaba era a Jon Nieve.

—¿Podríamos dormir, al menos? —rogó Pastel Caliente—. Estoy muy cansado, Arry, y me duele el trasero. Creo que tengo ampollas.

—Si te pescan, tendrás algo más que eso —replicó ella—. Tenemos que seguir avanzando. No hay otro remedio.

—Pero ya es casi de noche y no se ve ni la luna.

—Vuelve a montar a caballo.

Mientras avanzaba al paso a medida que la luz se extinguía en torno a ellos, Arya se dio cuenta de que su agotamiento también le pesaba muchísimo. Necesitaba dormir tanto como Pastel Caliente, pero era mejor no hacerlo. Si se dormían, cuando abrieran los ojos podrían encontrarse delante a Vargo Hoat junto con Shagwell el Tonto, Urswyck el Fiel, Rorge, Mordedor, el septón Utt y todos los demás monstruos.

Pero, al rato, el movimiento de su cabalgadura la acunaba acompasadamente, y Arya notaba los párpados cada vez más pesados. Los cerró un instante, y después los abrió con fuerza de nuevo.

«No puedo dormirme —se gritó en silencio—, no puedo, no puedo.» Se frotó los ojos con los nudillos, con fuerza, para mantenerlos abiertos, se aferró a las riendas y puso su caballo a buen paso. Pero ni el caballo ni ella podían mantener aquel ritmo, y bastaron unos momentos para que recuperaran el paso lento y otros pocos más para que los ojos se le cerraran por segunda vez. En esta ocasión no se le abrieron con la misma celeridad.

Cuando volvió a abrirlos se dio cuenta de que su caballo se había detenido y estaba mordisqueando unos hierbajos, mientras Gendry le sacudía el brazo.

—Te has dormido —le dijo.

—Solo estaba descansando los ojos un momento.

—Pues menudo descanso les has dado. Tu caballo vagaba en círculos, pero no me he dado cuenta de que estabas dormida hasta que se ha parado. Pastel Caliente está igual: ha tropezado con una rama y se ha caído del caballo, tendrías que haber oído cómo chillaba. Pero ni siquiera eso te ha despertado. Tienes que parar y dormir.

—Puedo seguir tanto tiempo como tú —bostezó.

—Mentirosa —replicó el chico—. Si eres tan idiota, puedes seguir cabalgando, pero yo me quedo aquí. Haré la primera guardia, tú duerme.

—¿Y qué pasa con Pastel Caliente?

Gendry lo señaló. Pastel Caliente estaba ya en el suelo, acurrucado bajo la capa sobre un lecho de hojas húmedas, y roncaba quedamente. Tenía una gran cuña de queso en una mano, pero parecía que se había quedado dormido entre bocado y bocado.

Arya se dio cuenta de que no valía la pena discutir; Gendry tenía razón.

«Los Titiriteros también tendrán que dormir», se dijo, con la esperanza de que fuera verdad. Estaba tan agotada que hasta desmontar le costaba trabajo, pero tuvo fuerzas para manear el caballo antes de buscar un sitio bajo un haya. La tierra estaba dura y húmeda. Se preguntó cuánto tiempo pasaría antes de que volviera a dormir en una cama y tuviera comida abundante y un fuego para calentarse. Lo último que hizo antes de cerrar los ojos fue desenvainar la espada y colocarla a su lado.

—Ser Gregor —susurró, mientras bostezaba—, Dunsen, Polliver, Raff el Dulce, el Cosquillas y... el Cosquillas... el Perro...

Tuvo sueños rojos y violentos. Los Titiriteros aparecían en ellos, al menos cuatro: un lyseno pálido, uno de Ib, brutal y cetrino, que llevaba un hacha; el dothraki señor de los caballos llamado Iggo, que tenía el rostro lleno de cicatrices; y un dorniense cuyo nombre no había conocido nunca. Cabalgaban sin cesar bajo la lluvia, llevaban cotas herrumbrosas y cuero mojado, y las espadas y las hachas tintineaban contra las sillas de montar. Creían que le daban caza a ella; lo sabía con aquella extraña certeza propia de los sueños, pero se equivocaban. Era ella quien les daba caza.

En el sueño, Arya no era una niña pequeña; era un lobo enorme y fuerte, y cuando salió de debajo de los árboles al encuentro del grupo y le enseñó los dientes con un gruñido grave y estremecedor, percibió el hedor rancio del miedo, tanto en las bestias como en sus jinetes. La montura del lyseno retrocedió y soltó un relincho de terror, y los demás se dijeron algo en su lengua humana, pero antes de que pudieran actuar, los otros lobos salieron de la oscuridad y la lluvia, una enorme manada, flacos, empapados, silenciosos...

El combate fue corto, pero sangriento. El hombre peludo cayó en cuanto lanzó su hacha; el cetrino murió mientras tensaba el arco, y el hombre pálido de Lys intentó darse a la fuga. Sus hermanos y hermanas lo persiguieron, lo hacían girar una y otra vez, tiraban dentelladas a las patas de su caballo, y desgarraron la garganta del jinete cuando, por fin, cayó a tierra.

Solo el hombre de las campanillas logró resistir. Su caballo coceó a una de sus hermanas en la cabeza, y él cortó a otro lobo casi en dos con su garra curva y plateada, mientras su cabello tintineaba suavemente.

Llena de ira, le saltó a la espalda y lo hizo caer de la silla cabeza abajo. Cerró las fauces alrededor del brazo del hombre mientras caían, y le hundió los dientes a través del cuero, la lana y la carne blanda. Cuando tocaron el suelo, dio un fuerte tirón con la cabeza y le arrancó el miembro del hombro. Exultante, lo sacudió en la boca de un lado a otro, dispersando las gotitas rojas y calientes entre la lluvia fría y negra.

Tyrion

El chirrido de viejas bisagras de hierro lo despertó.

—¿Quién va? —graznó.

Al menos había recuperado la voz, aunque fuera ronca y áspera. Aún tenía fiebre y carecía de la menor noción de la hora. ¿Cuánto había dormido aquella vez? Estaba tan débil, maldición, tan débil...

—¿Quién va? —volvió a decir, esta vez más alto.

La luz de una antorcha se filtró por la puerta abierta; dentro de la habitación, la única luz procedía del cabo de una vela, junto a su cama.

Tyrion se estremeció al ver una silueta que se movía hacia él. Allí, en el Torreón de Maegor, todos los sirvientes estaban en la nómina de la Reina, por lo que cualquier visitante podía ser otro de los asesinos de Cersei, enviado para terminar el trabajo que Ser Mandon había dejado inconcluso.

En aquel momento, el hombre entró en la zona iluminada por la vela, miró atentamente el rostro pálido del enano y dejó escapar una risita.

—Qué, te has cortado al afeitarte, ¿eh?

Tyrion se llevó los dedos hasta la enorme cicatriz que le iba desde uno de los ojos hasta la barbilla, a través de lo que le quedaba de la nariz. La carne todavía estaba hinchada y caliente al tacto.

—Sí, con una navaja muy grande.

El pelo negrísimo de Bronn estaba recién lavado y cepillado hacia atrás, dejándole al descubierto las líneas duras del rostro. Llevaba botas altas de cuero blando y repujado, un cinturón ancho con remaches de plata y una capa de seda color verde claro. En la lana gris oscuro de su jubón habían bordado en diagonal una cadena en llamas, con hilos en tono verde brillante.

—¿Dónde has estado? —le preguntó Tyrion—. Te mandé buscar... hace por lo menos dos semanas.

—Dirás más bien hace cuatro días —contestó el mercenario—. Y he venido dos veces, pero estabas más muerto que vivo.

—Muerto no. Aunque bien que lo intentó mi querida hermana. —Tal vez no debería haber dicho aquello en voz alta, pero Tyrion estaba por encima de aquellas cosas. La mano de Cersei se encontraba detrás del intento de asesinato de Ser Mandon; lo percibía con todo su ser—. ¿Qué es esa cosa horrible que llevas en el pecho?

—Mi blasón de caballero —dijo Bronn con una sonrisa—. Una cadena en llamas, de sinople sobre gris humo. Por orden de tu padre, ahora soy Ser Bronn del Aguasnegras, Gnomo. Que no se te olvide.

Tyrion puso las manos sobre el colchón de plumas y retrocedió un poco hasta reclinarse en las almohadas.

—Fui yo quien te prometió armarte caballero, ¿recuerdas? —Aquel «por orden de tu padre» no le había hecho ninguna gracia. Lord Tywin no había perdido el tiempo. Retirar a su hijo de la Torre de la Mano y apoderarse de ella era un mensaje que cualquiera podría interpretar, y aquel era otro—. Pierdo la mitad de la nariz y tú ganas un título de caballero. Los dioses tendrán que darme muchas explicaciones —dijo con tono amargo—. ¿Mi padre te armó caballero en persona?

—No. A aquellos de nosotros que sobrevivimos a la batalla de las torres del cabrestante nos ungió el Septón Supremo, y nos armó caballeros la Guardia Real. Mierda de ceremonia, duró la mitad del día, porque solo quedaban tres de los Espadas Blancas para hacernos los honores.

—Supe que Ser Mandon pereció en la batalla. —«Pod lo lanzó al río, justo antes de que el muy hijo de puta estuviera a punto de atravesarme el corazón con su espada»—. ¿A quién más hemos perdido?

—Al Perro —dijo Bronn—. No murió; solo se largó. Los capas doradas dicen que se acobardó y tú encabezaste la incursión en su lugar.

«No fue una de mis mejores ideas.» Tyrion notaba cómo se tensaba el tejido de la cicatriz cuando fruncía el ceño. Le señaló una silla a Bronn para que se sentara.

—Mi hermana me ha confundido con una seta. Me mantiene en la oscuridad y me alimenta con mierda. Pod es un chico estupendo, pero tiene un nudo en la lengua del tamaño de Roca Casterly, y no confío en la mitad de lo que me cuenta. Lo envié a que me trajera a Ser Jacelyn, y cuando regresó me dijo que estaba muerto.

—Él y varios miles más. —Bronn se sentó.

—¿Cómo murió? —exigió saber Tyrion, que cada vez se sentía peor.

—En la batalla. Tu hermana les mandó a los Kettleblack que llevaran al Rey de vuelta a la Fortaleza Roja, según tengo entendido. Cuando los capas doradas lo vieron irse, la mitad de ellos decidió que se iba con él. Mano de Hierro se les atravesó en el camino e intentó ordenarles que regresaran a la muralla. Dicen que Bywater estaba a punto de hacerlos volver cuando alguien le atravesó el cuello con una flecha. Entonces ya no les dio tanto miedo, así que lo tiraron del caballo y lo mataron.

«Otra deuda que anotar en la lista de Cersei.»

—Mi sobrino —dijo—. Joffrey. ¿Estuvo en peligro?

—No más que algunos y menos que la mayoría.

—¿Ha sufrido algún daño? ¿Lo han herido? ¿Se despeinó, se torció un dedo del pie, se rompió una uña?

—Por lo que tengo entendido, no.

—Ya se lo había dicho a Cersei. ¿Quién está al mando ahora de los capas doradas?

—Tu señor padre los ha puesto bajo las órdenes de uno de sus hombres de occidente, un caballero llamado Addam Marbrand.

En cualquier otro caso, los capas doradas habrían protestado por tener como jefe a un desconocido, pero Ser Addam Marbrand era una elección hábil. Al igual que Jaime, era el tipo de hombre al que los demás seguían de buena gana.

«He perdido la Guardia de la Ciudad.»

—Mandé a Pod en busca de Shagga, pero no ha tenido suerte.

—Los Grajos de Piedra están todavía en el bosque Real. Al parecer, Shagga le ha cogido cariño a ese sitio. Timett volvió a casa con sus Hombres Quemados, con todo el botín que recogieron en el campamento de Stannis tras la batalla. Chella regresó una mañana a la Puerta del Río con una docena de Orejas Negras, pero los capas rojas de tu padre los espantaron, y los desembarqueños les tiraron boñigas y se burlaron.

«Ingratos. Los Orejas Negras murieron por ellos.» Mientras Tyrion yacía allí, narcotizado y soñando, sus parientes le habían arrancado las uñas, una por una.

—Quiero que vayas a ver a mi hermana. Su adorado hijito salió de la batalla sin un arañazo, así que Cersei no tiene ya necesidad de rehenes. Juró que liberaría a Alayaya una vez que...

—Lo hizo. Hace ocho o nueve días, tras los azotes.

—¿Los azotes? —Tyrion se incorporó un poco más, sin hacer caso del súbito pinchazo de dolor que le atravesó el hombro.

—La ataron a un poste en el centro del patio y la flagelaron; después la echaron del castillo, desnuda y ensangrentada.

«Estaba aprendiendo a leer», pensó Tyrion, de manera absurda. La cicatriz que le cruzaba la cara se le tensó, y durante un momento sintió como si la cabeza le fuera a estallar de ira. Alayaya era una puta, sí, pero jamás había conocido a una chica más dulce, valiente e inocente. Tyrion no la había tocado nunca; ella no había sido más que una cortina para ocultar a Shae. Había cometido un descuido imperdonable: no se había parado a pensar en cuánto podría costarle a ella desempeñar aquel papel.

—Le prometí a mi hermana que le daría a Tommen el mismo trato que ella le diera a Alayaya —recordó en voz alta; se sintió como si estuviera a punto de vomitar—. ¿Cómo puedo flagelar a un chico de ocho años? —«Pero si no lo hago, Cersei ganará.»

—Ya no tienes a Tommen —dijo Bronn con brusquedad—. En cuanto supo que Mano de Hierro había muerto, la Reina mandó a los Kettleblack en su busca, y en Rosby nadie tuvo huevos para decirles que no.

Otro golpe; pero también era un alivio, tenía que reconocerlo. Estaba muy encariñado con Tommen.

—Se suponía que los Kettleblack eran nuestros —le recordó a Bronn con una nota de irritación en la voz.

—Lo fueron, mientras les pude dar dos monedas tuyas por cada una que les daba la Reina, pero ha subido las tarifas. Osney y Osfrid fueron armados caballeros después de la batalla, lo mismo que yo. Dios sabe por qué; nadie los vio en combate.

«Mis mercenarios me traicionan, a mis amigos los azotan y deshonran, y yo estoy aquí, pudriéndome —pensó Tyrion—. Y yo que creía que había ganado la mierda de la batalla. ¿A esto es a lo que sabe la victoria?»

—¿Es verdad que Stannis huyó porque lo perseguía el fantasma de Renly?

—Desde las torres del cabrestante —dijo Bronn esbozando una sonrisa— lo único que vimos fueron banderas en el fango y hombres que tiraban sus lanzas para huir, pero hay cientos de ellos en fondas y burdeles que te dirán que vieron a Lord Renly matar a este o a aquel. La mayor parte de las fuerzas de Stannis habían sido de Renly, y dieron media vuelta al verlo glorioso en su armadura verde.

Después de toda su planificación, después del ataque y el puente de naves, después de que le rajaran la cara en dos, a Tyrion lo había eclipsado un muerto.

«Si es verdad que Renly está muerto.» Otra cosa que tendría que investigar.

—¿Cómo escapó Stannis?

—Sus lysenos mantuvieron las galeras en la bahía, al otro lado de tu cadena. Cuando la batalla comenzó a volverse en contra, se aproximaron a la costa de la bahía y recogieron a todos los que pudieron. Al final, los hombres se mataban entre sí para subir a bordo.

—¿Y qué hay de Robb Stark? ¿Qué ha estado haciendo?

—Hay varios de sus lobos abriéndose paso a fuego limpio hacia el Valle Oscuro. Tu padre ha enviado a Lord Tarly para someterlos. Estuve a punto de unirme a él. Se dice que es buen soldado, y manirroto con el botín.

La idea de perder a Bronn fue la gota que colmó el vaso.

—No. Tu lugar está aquí. Tú eres el capitán de la guardia de la Mano.

—Tú no eres la Mano —le recordó Bronn con brusquedad—. Es tu padre, y él ya tiene su puta guardia.

—¿Qué pasó con todos los hombres que contrataste para mí?

—Algunos cayeron en las torres del cabrestante. Este tío tuyo, Ser Kevan, nos pagó a los supervivientes y nos despidió.

—¡Qué amable por su parte! —dijo Tyrion, cáustico—. ¿Significa eso que has perdido el gusto por el oro?

—Ni en sueños.

—Bien —dijo Tyrion—, porque da la casualidad de que todavía te necesito. ¿Qué sabes sobre Ser Mandon Moore?

—Sé que se ahogó bien ahogado —dijo Bronn, echándose a reír.

—Tengo una gran deuda con él, pero ¿cómo pagársela? —Se tocó la cara, palpándose la cicatriz—. A decir verdad, no sabía casi nada de ese hombre.

—Tenía ojos de pescado y vestía una capa blanca. ¿Qué más hay que saber?

—Para empezar, todo —dijo Tyrion. Quería pruebas de que Cersei había pagado a Ser Mandon, pero no se atrevía a decirlo en voz alta. En la Fortaleza Roja, lo mejor que se podía hacer era mantener la boca cerrada. Había ratas por los muros, pajarillos que hablaban demasiado y también arañas—. Ayúdame a levantarme —dijo al tiempo que se debatía con la ropa de cama—. Es hora de que visite a mi padre, y hace tiempo que debería haberme dejado ver.

—Una vista preciosa —se burló Bronn.

—¿Qué importa media nariz en una cara como la mía? Por cierto, hablando de belleza, ¿ya está Margaery Tyrell en Desembarco del Rey?

—No. Pero está a punto de llegar, y la ciudad ya ha enloquecido de amor por ella. Los Tyrell han estado trayendo comida de Altojardín y regalándola en su nombre. Cientos de carromatos a diario. Hay miles de hombres de Tyrell por todas partes, con rositas doradas bordadas en los jubones, y ninguno tiene que pagar lo que bebe. Esposas, viudas o putas, las mujeres entregan su virtud a cualquier adolescente lampiño con una rosa dorada en la tetilla.

«A mí me escupen y a los Tyrell les pagan las copas.» Tyrion se dejó caer de la cama al suelo. Cuando intentó ponerse en pie, sintió como si las piernas se le volvieran de algodón; la habitación comenzó a dar vueltas, y tuvo que agarrarse al brazo de Bronn para no caerse.

—¡Pod! —gritó—. ¡Podrick Payne! ¿En cuál de los siete infiernos te has metido? —El dolor lo roía como un perro sin dientes; Tyrion odiaba la debilidad, sobre todo la propia; aquello lo avergonzaba, y la vergüenza lo ponía rabioso—. ¡Pod, ven ahora mismo!

El chico llegó corriendo. Cuando vio a Tyrion de pie, agarrado del brazo de Bronn, los miró con la boca abierta.

—¡Mi señor! Estáis de pie. ¿Eso es que...? ¿Queréis... queréis un poco de vino? ¿De vino del sueño? ¿Llamo al maestre? Dijo que deberíais quedaros aquí. Quiero decir, quedaros en cama.

—Ya he pasado demasiado tiempo en cama. Tráeme ropa limpia.

—¿Ropa?

A Tyrion le resultaba incomprensible que aquel chico pudiera tener la cabeza tan clara y ser tan resuelto en la batalla, mientras que en cualquier otro momento vivía sumido en la confusión.

—Ropa —repitió—. Túnica, jubón, calzones y calzas. Para mí. Para vestirme. Para salir de esta celda de mierda.

Necesitó la ayuda de los dos para vestirse. Aunque el aspecto de su cara era espantoso, la peor de las heridas era la que tenía donde el brazo se unía al hombro, allí donde una flecha había hecho que la cota de malla se le clavara en la axila. De la carne descolorida aún salían pus y sangre cada vez que el maestre Frenken le cambiaba las vendas, y cualquier movimiento le provocaba un dolor insoportable.

Al final, Tyrion se arregló con un par de calzones y una camisa de dormir enorme que le colgaba suelta sobre los hombros. Bronn le puso las botas, mientras Pod iba en busca de un palo que le hiciera las veces de bastón. Bebió una copa de vino del sueño para coger fuerzas; el vino estaba endulzado con miel y tenía la cantidad justa de leche de la amapola para que pudiera resistir un tiempo el dolor de las heridas.

Y pese a todo, cuando hizo girar el picaporte ya estaba mareado, y el descenso por los peldaños de piedra hizo que le temblaran las piernas. Caminaba con el palo en una mano y la otra apoyada sobre el hombro de Pod. Mientras bajaban se tropezaron con una chica del servicio que subía. Los miró con los ojos muy abiertos, como si estuviera viendo un fantasma.

«El enano se ha levantado de entre los muertos —pensó Tyrion—. Y mira, está aún más feo que antes, corre y cuéntaselo a tus amigas.»

El Torreón de Maegor era el lugar más inaccesible de la Fortaleza Roja, un castillo dentro del castillo, rodeado por un profundo foso seco con estacas afiladas en el fondo. Cuando llegaron a la puerta se encontraron con que el puente levadizo estaba alzado como todas las noches. Ser Meryn Trant estaba allí de pie con su armadura de color claro y su capa blanca.

—Bajad el puente —ordenó Tyrion.

—La Reina ha dado órdenes de levantar el puente por la noche.

Ser Meryn siempre había sido el títere de Cersei.

—La Reina duerme, y tengo cosas que tratar con mi padre.

El nombre de Lord Tywin Lannister tenía algo de mágico. Rezongando, Ser Meryn Trant dio la orden y bajaron el puente levadizo. Había un segundo caballero de la Guardia Real custodiando el otro lado del foso. Ser Osmund Kettleblack compuso una expresión sonriente cuando vio que Tyrion avanzaba cojeante hacia él.

—¿Os sentís más fuerte, mi señor?

—Mucho más. ¿Cuándo es la próxima batalla? Estoy impaciente por combatir.

Sin embargo, cuando Pod y él llegaron a los serpenteantes escalones, Tyrion solo pudo contemplarlos con angustia.

«No podré subir por mi cuenta», se confesó a sí mismo. Se tragó el orgullo y le pidió a Bronn que lo cargara, con la vana esperanza de que a aquella hora no hubiera nadie que pudiera verlo y reírse, nadie que contara la historia del enano al que llevaban en brazos escaleras arriba como a un bebé.

El patio exterior estaba repleto de docenas de tiendas de campaña y pabellones.

—Son hombres de Tyrell —explicó Podrick Payne mientras se abrían camino entre un laberinto de sedas y lonas—. También de Lord Rowan y de Lord Redwyne. No había espacio para todos. Quiero decir, en el castillo. Algunos han alquilado habitaciones. En la ciudad. En posadas y lugares así. Han venido para la boda. La boda del Rey, del rey Joffrey. ¿Estaréis lo bastante restablecido para asistir, mi señor?

—Ni una manada de comadrejas carroñeras podría impedirlo.

Era una de las ventajas que tenían las bodas sobre las batallas: las posibilidades de que alguien le cortara a uno la nariz eran inferiores.

La luz ardía aún débilmente tras las ventanas encortinadas de la Torre de la Mano. Los hombres que custodiaban la puerta llevaban las capas carmesí y los yelmos con el león propios de la guardia personal de su padre. Tyrion los conocía a ambos, y le permitieron pasar al verlo... aunque se dio cuenta de que ninguno podía mirarlo fijamente a la cara.

Dentro se encontraron con Ser Addam Marbrand, que bajaba la escalera de caracol; llevaba el peto negro decorado y la capa dorada de los oficiales de la Guardia de la Ciudad.

—Mi señor —dijo—. Cuánto me alegro de volver a veros en pie. Había oído...

—¿Rumores de que estaban cavando una tumba pequeña? Yo también, y dadas las circunstancias, lo mejor era que me levantase. Tengo entendido que sois el comandante de la Guardia de la Ciudad. ¿Debo daros mi enhorabuena o mis condolencias?

—Me temo que ambas cosas. —Ser Addam sonrió—. La muerte y la deserción me han dejado con cuatro mil cuatrocientos hombres. Solo los dioses y Meñique saben cómo vamos a poder pagar la soldada de tanta gente, pero vuestra hermana me prohíbe que licencie a ninguno.

«¿Sigues nerviosa, Cersei? La batalla ha terminado; los capas doradas ya no te van a ayudar.»

—¿Habéis estado con mi padre? —preguntó Tyrion.

—Sí. Siento deciros que no está del mejor de los talantes. Lord Tywin considera que cuatro mil cuatrocientos guardias son más que suficientes para hallar a un escudero desaparecido, pero vuestro primo Tyrek sigue extraviado.

Tyrek era un chico de trece años, hijo de su difunto tío Tygett. Había desaparecido durante los disturbios, poco después de desposarse con Lady Ermesande, una niña de pecho, que además era la única heredera superviviente de la Casa Hayford.

«Y, posiblemente, la primera novia en la historia de los Siete Reinos que se queda viuda antes de que la desteten.»

—Yo tampoco pude dar con él —confesó Tyrion.

—Está dando de comer a los gusanos —dijo Bronn, con su delicadeza habitual—. Mano de Hierro lo estuvo buscando, y el eunuco prometió una bolsa bien llena. No tuvieron más suerte que nosotros. No insistáis, ser.

—En lo que se refiere a los que llevan su sangre, Lord Tywin es muy terco —dijo Ser Addam, mirando con repugnancia al mercenario—. Quiere al chico, vivo o muerto, y tengo la intención de cumplir su voluntad. —Miró de nuevo a Tyrion—. Hallaréis a vuestro padre en sus aposentos.

«Mis aposentos», pensó Tyrion.

—Ya conozco el camino.

El camino implicaba subir muchos peldaños más, pero esta vez lo hizo por sí mismo, con una mano en el hombro de Pod. Bronn le abrió la puerta. Lord Tywin Lannister estaba sentado al pie de la ventana, escribiendo a la luz de una lámpara de aceite. Al oír el sonido del picaporte levantó la vista.

—Tyrion. —Dejó la pluma a un lado con gesto sereno.

—Me complace que os acordéis de mí, mi señor. —Tyrion soltó el hombro de Pod, apoyó el peso en el bastón y avanzó unos pasos. «Algo anda mal», comprendió enseguida.

—Ser Bronn —dijo Lord Tywin—, Podrick, quizá será mejor que esperéis fuera a que terminemos.

La mirada que Bronn le dedicó a la Mano fue punto menos que insolente; sin embargo, se inclinó y salió de la habitación, con Pod pisándole los talones. La pesada puerta se cerró a sus espaldas, y Tyrion Lannister se quedó a solas con su padre. El frío se hacía sentir en la habitación, a pesar de que las ventanas estaban cerradas por la noche.

«¿Qué mentiras le habrá estado contando Cersei?» El señor de Roca Casterly era tan esbelto como un hombre veinte años más joven e incluso, a su modo austero, resultaba apuesto. Tenía las mejillas cubiertas por patillas rubias de pelo hirsuto que enmarcaban un rostro severo, un cráneo calvo y una boca dura. En torno al cuello llevaba una cadena de manos doradas: los dedos de una agarraban la muñeca de la siguiente.

—Hermosa cadena —dijo Tyrion. «Aunque a mí me sentaba mejor.»

—Será mejor que te sientes —dijo Lord Tywin, haciendo caso omiso de la ironía—. ¿Crees razonable haberte levantado de la cama, dada tu enfermedad?

—Mi enfermedad me pone enfermo. —Tyrion sabía cuánto despreciaba su padre la debilidad; se sentó en la silla más cercana—. Tienes unos aposentos maravillosos. ¿Te puedes creer que, mientras me estaba muriendo, alguien me trasladó a una celda pequeña y oscura en el Torreón de Maegor?

—La Fortaleza Roja está repleta de invitados para la boda. Cuando se marchen te buscaremos habitaciones más adecuadas.

—Me gustaban mucho estas habitaciones. ¿Le has puesto fecha a esa gran boda?

—Joffrey y Margaery se casarán el primer día del nuevo año, que resulta ser el primer día del próximo siglo. La ceremonia será el anuncio de la llegada de una nueva era.

«Una nueva era Lannister», pensó Tyrion.

—Vaya, pues ya tenía otros planes para ese día.

—¿Has venido solamente para quejarte de tu dormitorio y soltar tus patéticos chistes? Tengo que terminar unas cartas muy importantes.

—Muy importantes. Seguro que sí.

—Algunas batallas se ganan con espadas y lanzas; otras, con plumas y cuervos. No me vengas con reproches, Tyrion. Acudí a tu lecho tanto como lo permitió el maestre Ballabar cuando parecía que ibas a morir. —Cruzó los dedos bajo la barbilla—. ¿Por qué echaste a Ballabar?

—El maestre Frenken no está tan decidido a mantenerme inconsciente —respondió Tyrion encogiéndose de hombros.

—Ballabar llegó a la ciudad en la comitiva de Lord Redwyne. Se dice que es un sanador de gran talento. Cersei tuvo la bondad de pedirle que te atendiera. Temía por tu vida.

«Querrás decir que temía que me mantuviera con vida.»

—Sin duda, ese es el motivo por el que no se apartó ni un instante de mi lecho.

—No seas impertinente. Cersei tiene que organizar una boda real; yo estoy llevando a cabo una guerra, y tú llevas al menos quince días fuera de peligro. —Lord Tywin estudió el rostro desfigurado de su hijo, sin permitir que sus ojos verdes parpadearan—. La herida es espantosa, eso sí. ¿Qué locura se apoderó de ti?

—El enemigo estaba a las puertas con un ariete. Si Jaime hubiera liderado la incursión, dirías que se trataba de valor.

—Jaime no cometería la idiotez de quitarse el yelmo durante una batalla. Confío en que hayas matado al hombre que te hirió.

—Desde luego, el muy miserable está bien muerto. —Aunque había sido Podrick Payne quien mató a Ser Mandon, echándolo al río para que se ahogara bajo el peso de la armadura—. Un enemigo muerto es una alegría eterna —dijo con despreocupación, aunque Ser Mandon no había sido su verdadero enemigo. Aquel hombre carecía de razones para querer verlo muerto. «Era solo el ejecutor, y creo que sé quién lo envió. Ella le dijo que se cerciorara de que yo no sobreviviera a la batalla.» Pero sin pruebas, Lord Tywin no prestaría oídos a semejante acusación—. ¿Por qué estás en la ciudad, Padre? —preguntó—. ¿No deberías estar peleando contra Lord Stannis, Robb Stark o cualquier otro?

«Y cuanto antes, mejor.»

—Mientras Lord Redwyne no traiga su flota, carecemos de naves para asaltar Rocadragón. No tiene importancia. El sol de Stannis Baratheon se puso en el Aguasnegras. Y en lo que respecta a Stark, el chico aún está al oeste, pero un gran ejército de norteños, liderado por Helman Tallhart y Robett Glover, baja hacia el Valle Oscuro. He enviado a Lord Tarly para que lo intercepte, mientras Ser Gregor sube por el camino Real para cortarle la retirada. Tallhart y Glover quedarán atrapados entre ellos con la tercera parte de los efectivos de Stark.

—¿El Valle Oscuro? —En el Valle Oscuro no había nada digno de aquel riesgo. ¿Se habría equivocado por fin el Joven Lobo?

—No es nada de lo que tengas que ocuparte. Tienes en el rostro una palidez mortal, y la sangre te empapa las vendas. Di lo que desees y regresa a la cama.

—Lo que deseo... —Sintió la garganta cerrada y en carne viva. ¿Qué deseaba? «Más de lo que tú podrías darme, Padre»—. Pod me dice que Meñique ha sido nombrado señor de Harrenhal.

—Un título vacío mientras Roose Bolton domine el castillo en nombre de Robb Stark, pero Lord Baelish anhelaba el título. Nos prestó grandes servicios en lo relativo a la boda de Tyrell. Los Lannister pagan sus deudas.

La unión matrimonial con la Casa Tyrell había sido en realidad idea de Tyrion, pero alegarlo en aquel momento parecería grosero.

—Esc título podría no ser tan vano como crees —previno—. Meñique no hace nada sin un buen motivo. Pero que sea lo que tenga que ser. Has dicho algo sobre pagar deudas, ¿verdad?

—Y tú quieres tu propia recompensa, ¿no? Muy bien. ¿Qué quieres de mí? ¿Tierras, un castillo, algún cargo?

—Un poco de gratitud no estaría mal, para empezar.

—Los titiriteros y los monos necesitan aplausos —dijo Lord Tywin, mirándolo sin pestañear—. Lo mismo que quería Aerys, por cierto. Tú hiciste lo que te ordenaron, y estoy seguro que pusiste en ello todo tu talento. Nadie niega el papel que has desempeñado.

—¿El papel que he desempeñado? —Los restos de nariz del rostro de Tyrion debieron de encenderse—. Te he salvado esta mierda de ciudad.

—Mucha gente considera que fue mi ataque contra el flanco de Lord Stannis lo que hizo cambiar la suerte de la batalla. Los señores Tyrell, Rowan, Redwyne y Tarly combatieron también con valor, y me dicen que fue tu hermana Cersei la que hizo que los piromantes prepararan el fuego valyrio que destruyó la flota Baratheon.

—Mientras que lo único que yo hice fue recortarme los pelos de la nariz, ¿no? —Tyrion no pudo impedir que la amargura le aflorara a la voz.

—Esa cadena tuya fue un golpe muy astuto y resultó crucial para nuestra victoria. ¿Eso es lo que querías oír? Me han dicho que también hay que agradecerte nuestra alianza con los dornienses. Supongo que te alegrará saber que Myrcella ha llegado sana y salva a Lanza del Sol. Ser Arys Oakheart escribe que le ha tomado mucho cariño a la princesa Arianne y que el príncipe Trystane está encantado con ella. No me gusta entregar un rehén a la Casa Martell, pero me imagino que era inevitable.

—Nosotros también tendremos un rehén —dijo Tyrion—. En el trato estaba incluido un asiento en el Consejo. A no ser que el príncipe Doran traiga un ejército cuando venga a reclamar ese asiento, quedará en nuestro poder.

—Ojalá lo único que quieran exigir los Martell sea un asiento en el Consejo —dijo Lord Tywin—. Tú también le prometiste venganza.

—Le prometí justicia.

—Llámalo como quieras. A fin de cuentas, se reduce a sangre.

—No es un artículo que escasee, ¿verdad? Durante la batalla, crucé lagos de sangre. —Tyrion no veía ningún motivo para eludir el centro de la cuestión—. ¿O acaso le has cogido tanto cariño a Gregor Clegane que no podrías soportar separarte de él?

—Ser Gregor tiene sus cosas, igual que las tenía su hermano. Todo señor necesita una bestia de vez en cuando... Una lección que pareces haber aprendido, a juzgar por Ser Bronn y esos hombres de los clanes.

Tyrion pensó en el ojo quemado de Timett, en Shaga con su hacha, en Chella con su collar de orejas secas. Y en Bronn. Sobre todo en Bronn.

—Los bosques están llenos de bestias —le recordó a su padre—. Y los callejones, también.

—Es verdad. Quizá otros perros puedan cazar igual de bien. Lo pensaré. Si no hay nada más...

—Tienes cartas importantes, claro. —Tyrion se incorporó sobre las piernas vacilantes, cerró los ojos un instante, mientras una oleada de mareo lo sacudía, y dio un paso tembloroso hacia la puerta. Más tarde pensó que debería haber dado un segundo paso y un tercero. Sin embargo, se volvió—. ¿Que qué quiero pedirte? Te diré lo que quiero. Quiero lo que me pertenece por derecho. Quiero Roca Casterly.

—¿Lo que es de tu hermano por nacimiento? —preguntó su padre con dureza.

—Los caballeros de la Guardia Real tienen prohibido casarse, tener hijos y poseer tierras; eso lo sabes tan bien como yo. El día en que Jaime vistió esa capa blanca renunció a sus derechos sobre Roca Casterly, pero no lo has reconocido nunca. El tiempo ha pasado. Quiero que, en presencia del reino, proclames que soy tu hijo y tu heredero legítimo.

Los ojos de Lord Tywin eran de un verde claro con puntitos dorados, tan luminosos como implacables.

—Roca Casterly —declaró con una voz llana, fría y apagada. Y añadió—: Nunca.

La palabra quedó colgando entre ambos, enorme, hiriente, emponzoñada...

«Sabía la respuesta antes de pedirlo —pensó Tyrion—. Han pasado dieciocho años desde que Jaime se unió a la Guardia Real, pero no he mencionado nunca el tema. Debí haberlo sabido. Debí haberlo sabido desde siempre.»

—¿Por qué? —se obligó a preguntar, aunque sabía que se arrepentiría.

—¿Aún lo preguntas? ¿Tú, que mataste a tu madre para venir al mundo? Eres una criatura deforme, taimada, desobediente, dañina, llena de envidia, lujuria y malos instintos. Las leyes de los hombres te dan derecho a llevar mi nombre y lucir mis colores, ya que no puedo demostrar que no seas mío. Para darme lecciones de humildad, los dioses me han condenado a ver cómo te contoneas, mientras exhibes ese orgulloso león que fue blasón de mi padre, y de su padre antes que suyo. Pero ni los dioses ni los hombres podrán obligarme a permitir que conviertas Roca Casterly en tu lupanar.

—¿Mi lupanar? —Por fin se hizo la luz; Tyrion comprendió en aquel momento de dónde había salido toda aquella bilis. Apretó los dientes—. ¿Cersei te ha hablado de Alayaya?

—¿Se llama así? Reconozco que soy incapaz de recordar los nombres de todas tus putas. ¿Quién era aquella con la que te casaste de niño?

—Tysha —escupió la respuesta, desafiante.

—¿Y la que iba detrás del campamento, en el Forca Verde?

—¿Y qué te importa? —preguntó, negándose a pronunciar el nombre de Shae en presencia de su padre.

—Nada. Lo mismo que me importa que vivan o mueran.

—Fuiste tú quien hizo azotar a Yaya. —No se trataba de una pregunta.

—Tu hermana me habló de tus amenazas contra mis nietos. —La voz de Lord Tywin era más fría que el hielo—. ¿Mintió acaso?

—Proferí amenazas, sí. —Tyrion no lo iba a negar—. Para mantener a salvo a Alayaya. Para que los Kettleblack no abusaran de ella.

—¿Para salvar la virtud de una ramera amenazaste a tu Casa, a tu sangre? ¿Así se hacen las cosas?

—Fuiste tú quien me enseñó que una buena amenaza, a veces, dice más que un golpe. Y no es porque Joffrey no me haya hecho perder la paciencia cientos de veces. Si tantas ganas tienes de flagelar a alguien, empieza por él. Pero Tommen... ¿por qué iba a hacerle daño a Tommen? Es un buen chico y lleva mi sangre.

—Igual que tu madre. —Lord Tywin se alzó bruscamente como una torre junto a su hijo enano—. Regresa a tu cama, Tyrion, y no vuelvas a hablarme de tus derechos sobre Roca Casterly. Tendrás tu recompensa, pero será la que yo considere apropiada a tus servicios y tu situación. Y no te equivoques: esta será la última vez que soportaré que avergüences a la Casa Lanister. No tendrás más putas. A la próxima que encuentre en tu cama, la colgaré.

Davos

Contempló durante bastante tiempo cómo crecía la vela mientras decidía si prefería la muerte o la vida.

Sabía que sería más fácil morir. Todo lo que tenía que hacer era arrastrarse de nuevo hasta la cueva y dejar que la nave pasara de largo, y la muerte lo encontraría. La fiebre llevaba varios días consumiéndolo, convirtiéndole las tripas en agua marrón y obligándolo a tiritar en un duermevela agotador. Cada mañana estaba más débil.

«Ya no falta mucho», se repetía.

Si la fiebre no lo mataba, sin duda lo mataría la sed. Allí no tenía agua fresca, a no ser por la escasa lluvia que se acumulaba en los agujeros de la roca. Solo tres días antes (¿o serían cuatro?; en la roca era difícil distinguir un día de otro), los agujeros habían estado secos como huesos viejos, y la visión del agua de la bahía verde y gris que lo rodeaba casi había sido más de lo que podía soportar. Una vez comenzara a beber agua de mar, el final llegaría con celeridad, lo sabía, pero de todos modos tenía la garganta tan reseca que había estado a punto de beber aquel primer trago. Un súbito chaparrón lo había salvado. En aquel momento estaba tan débil que lo único que pudo hacer fue tumbarse bajo la lluvia con los ojos cerrados y la boca abierta, y dejar que el agua le cayera sobre los labios agrietados y la lengua hinchada. Pero después se sintió un poco más fuerte, y los charcos, hendiduras y grietas de la isla volvieron ofrecerle la vida una vez más.

Pero aquello había sido hacía ya tres días, quizá cuatro, y no quedaba casi agua. Una parte se había evaporado, y él se había bebido el resto. Por la mañana estaría de nuevo lamiendo el fango y las piedras frías y húmedas, en el fondo de las hondonadas.

Y si no lo mataban la sed o la fiebre, el hambre acabaría con él. Su isla no era más que un peñasco árido que sobresalía en la inmensidad de la bahía del Aguasnegras. Cuando la marea estaba baja, en ocasiones podía encontrar unos cangrejitos minúsculos en la franja rocosa a la que lo había llevado la corriente tras la batalla. Le daban pellizcos dolorosos en los dedos antes de que los aplastara contra las rocas para chupar la carne de las tenazas y las tripas de los carapachos.

Pero la playa desaparecía cuando la marea comenzaba a subir, y Davos tenía que trepar por las rocas para evitar que el agua lo barriera de nuevo a la bahía. La altura del islote con la marea alta era de unas siete varas sobre el nivel del mar, pero cuando las aguas se agitaban, las salpicaduras llegaban mucho más arriba, así que no tenía manera de mantenerse seco ni siquiera en su caverna (que, en realidad, no era más que un hueco en la roca, bajo un saliente). Solo crecían líquenes en aquel peñasco, y hasta las aves marinas eludían el lugar. De vez en cuando, alguna gaviota se posaba en la cima de la roca, y Davos intentaba cazarla, pero las aves eran demasiado rápidas y no le permitían acercarse. Se dedicó a tirarles piedras, pero estaba demasiado débil para lanzarlas con fuerza, así que incluso cuando lograba darle a una gaviota, esta se limitaba a graznar asustada y después salía volando.

Desde su refugio se veían otras rocas, distantes montículos de piedra más altos que el suyo. El más cercano se elevaba unas veinte varas sobre el agua, calculaba, aunque a aquella distancia no era fácil estar muy seguro. Una nube de gaviotas se posaba allí constantemente, y con frecuencia, Davos pensó en ir a robar los nidos. Pero el agua estaba fría; las corrientes eran traicioneras, y sabía que carecía de fuerzas para nadar aquel trecho. Si lo intentaba moriría con tanta seguridad como si bebiera agua salada.

En el mar Angosto, el otoño era húmedo y lluvioso, lo recordaba de años anteriores. Los días no eran malos siempre que brillara el sol, pero las noches se volvían cada vez más frías, y a veces, el viento barría la bahía, arreando por delante una franja de cabrillas, y Davos no tardaba en encontrarse empapado y tembloroso. La fiebre y los escalofríos lo asaltaban por turno, y sufría ataques de una tos ronca y persistente.

La única protección con la que contaba era su caverna, y resultaba demasiado pequeña. Durante la marea baja, a la orilla rocosa llegaban trozos de madera a la deriva o restos carbonizados de naves, pero Davos no tenía manera de conseguir una chispa para hacer fuego. En cierta ocasión, desesperado, había intentado frotar dos trozos de madera, uno contra el otro, pero estaban podridos, y sus esfuerzos solo dieron como fruto abundantes ampollas. También tenía la ropa empapada, y en la bahía había perdido una bota antes de que el agua lo arrastrara al peñasco.

La sed, el hambre y la intemperie: aquellos eran sus compañeros hora tras hora, día tras día, y ya había llegado a considerarlos sus amigos. Muy pronto, alguno de aquellos amigos se compadecería de él y lo liberaría de su sufrimiento interminable. O quizá, sencillamente, un día se echaría al agua y comenzaría a nadar hacia la orilla que, bien lo sabía, se encontraba al norte, en alguna parte, más allá de su campo de visión. Demasiado lejos para nadar, tan débil como estaba, pero aquello no le importaba. Davos siempre había sido marino; estaba destinado a morir en el mar.

«Los dioses que viven bajo el agua me han estado esperando —se dijo—. Hace mucho que debí ir a reunirme con ellos.»

Pero allí estaba, una vela; solo una manchita en el horizonte, aunque se iba haciendo más grande.

«Una nave, donde no debería haber naves.» Sabía dónde se hallaba su roca, más o menos; era uno de los muchos promontorios que se alzaban en la bahía del Aguasnegras. El más alto de todos se erguía unas cincuenta varas por encima de las aguas, y una docena de peñascos menores sobresalía entre quince y treinta varas. Los marineros los denominaban *Arpones del Rey Pescadilla,* y sabían que por cada uno que asomaba por encima de la superficie, una docena más acechaba debajo. Todo capitán con sentido común mantenía un rumbo bien apartado de ellos.

Davos, con los ojos claros enrojecidos, vio cómo se hinchaba la vela y trató de captar el sonido del viento atrapado en la lona. «Viene en esta dirección.» A no ser que cambiara de rumbo repentinamente, pasaría tan cerca de su miserable refugio que podrían oírlo. Aquello podía significar la vida. En caso de que quisiera seguir viviendo. Y no estaba muy seguro.

«¿Para qué voy a vivir? —pensó mientras las lágrimas le nublaban la vista—. Sed benévolos, dioses. ¿Para qué? Mis hijos están muertos: Dale y Allard, Maric y Matthos, quizá también Devan. ¿Cómo puede sobrevivir un padre a tantos hijos jóvenes y fuertes? ¿Cómo podré seguir adelante? Soy un carapacho vacío, el cangrejo ha muerto y no queda nada dentro. ¿Acaso no lo veis?»

Habían subido por el río Aguasnegras haciendo tremolar el corazón llameante del Señor de la Luz. Davos y la *Betha Negra* habían permanecido en la segunda línea de batalla, entre la *Espectro* de Dale y la *Lady Marya* de Allard. Maric, su tercer hijo, era el capataz de remeros de la *Furia,* en el centro de la primera línea, mientras que Matthos era el segundo de a bordo de su padre. Bajo las murallas de la Fortaleza Roja, las galeras de Stannis Baratheon habían entrado en batalla con la flota más pequeña de Joffrey, el niño rey, y durante unos breves momentos, el río había vibrado con el sonido de las cuerdas de los arcos y el crujido de los arietes de hierro, destrozando tanto remos como cascos de naves.

Y de repente, una enorme bestia soltó un rugido, y se vieron rodeados por llamaradas verdes: fuego valyrio, orina de piromantes, el demonio de jade... Matthos estaba de pie a su lado sobre la cubierta de la *Betha Negra* cuando la nave pareció elevarse sobre el agua. Davos fue a parar al río, donde se debatió impotente, arrastrado por una corriente que lo sacudía. Río arriba, las llamas de veinticinco varas de altura se habían alzado hacia el cielo. Había visto arder la *Betha Negra,* la *Furia* y una docena más de naves; había visto a hombres en llamas que saltaban al agua para morir ahogados. La *Espectro* y la *Lady Marya* desaparecieron, hundidas, destrozadas o tragadas por el velo de fuego valyrio, y no había tiempo para buscarlas, porque la desembocadura del río se aproximaba, y los Lannister habían levantado allí una enorme cadena de hierro. De orilla a orilla no había otra cosa que naves ardiendo y fuego valyrio. Aquella visión le heló el corazón, y aún recordaba los sonidos: el chisporroteo de las llamas, el siseo del vapor, los gritos de los moribundos... y el golpe de aquel calor horrible contra el rostro mientras la corriente lo arrastraba hacia el infierno.

Lo único que tenía que hacer era quedarse quieto. Unos momentos más y estaría con sus hijos, reposando sobre el frío limo negro del fondo de la bahía, mientras los peces le mordisqueaban la cara.

Sin embargo, aspiró todo el aire que pudo y se sumergió en busca del lecho del río. Su única esperanza consistía en pasar por debajo de la cadena, las naves en llamas y el fuego valyrio que flotaba en la superficie del agua, en nadar deprisa hacia la seguridad de la bahía, al otro lado. Davos siempre había sido un buen nadador, y aquel día no llevaba ninguna prenda metálica, salvo el yelmo que había perdido junto con la *Betha Negra*. Mientras cortaba el agua, verde y turbia, vio a otros hombres que pataleaban bajo la superficie, arrastrados hacia el fondo por el peso de la cota y la armadura. Davos los dejó atrás, impulsándose con toda la fuerza que le quedaba en las piernas y dejándose llevar por la corriente con los ojos llenos de agua. Bajó más, y más, y más todavía. A cada brazada se le hacía más difícil retener el aliento. Recordó haber visto el fondo, blando y oscuro, cuando un chorro de burbujas se le escapó de la boca. Tocó algo con una pierna... un obstáculo, un pez o quizá un hombre que se ahogaba, nunca lo supo.

En aquel momento necesitaba aire, pero tenía miedo. ¿Habría dejado atrás la cadena? ¿Estaría ya en la bahía? Si emergía bajo una nave, se ahogaría, y si llegaba a la superficie entre las manchas ardientes de fuego valyrio, al tomar aire se le calcinarían los pulmones. Se revolvió en el agua para mirar hacia arriba, pero salvo una verdosa oscuridad no había nada más que ver; giró con demasiada velocidad y, de repente, ya no habría sabido decir dónde estaba la superficie y dónde el fondo. Le entró pánico. Revolvió el fondo del río con las manos y levantó una nube de limo que lo cegó. Parecía que el pecho le iba a estallar. Manoteó en el agua, movió las piernas, empujó y giró mientras sus pulmones exigían aire, se impulsó con las piernas perdido en las tinieblas del río, siguió, siguió y siguió hasta que no tuvo más fuerzas. Cuando abrió la boca para gritar, le entró agua con sabor a sal, y Davos Seaworth supo que se estaba ahogando.

Lo siguiente que recordaba era el sol en lo alto y él sobre una playa de piedras, al pie de un montículo rocoso rodeado por la desierta bahía, con un mástil roto, una vela quemada y un cadáver hinchado a su lado. El mástil, la vela y el cadáver desaparecieron con la siguiente marea alta, dejando a Davos solo en su roca entre los Arpones del Rey Pescadilla.

Sus muchos años como contrabandista le habían hecho conocer las aguas en torno a Desembarco del Rey mejor que cualquiera de las casas donde había vivido, y sabía que su refugio no era más que un puntito en las cartas de navegación, en una zona de la que los marinos se apartaban sin aproximarse nunca... Aunque por ser un buen lugar para esconderse, el propio Davos había pasado por allí un par de veces en sus años de contrabandista.

«Cuando me encuentren aquí, muerto, si me encuentran alguna vez, quizá le pongan mi nombre a esta roca —pensó—. La llamarán Roca Cebolla; será mi lápida y mi legado.» No merecía otra cosa.

«El padre protege a sus hijos», enseñaban los septones, pero Davos había llevado a sus hijos al fuego. Dale no le daría nunca a su esposa el hijo por el que habían rezado, y Allard, con su chica en Antigua, su chica en Desembarco del Rey y su chica en Braavos, solo dejaría atrás mujeres sollozantes. Matthos no sería nunca capitán de una nave propia, como había soñado. Maric no sería nunca armado caballero.

«¿Cómo puedo vivir si todos ellos han muerto? Han caído tantos caballeros valientes y señores poderosos, hombres de noble cuna, mejores que yo... Métete dentro de tu cueva, Davos. Métete ahí y hazte un ovillo; deja que la nave se vaya y nadie te molestará nunca más. Duerme sobre tu almohada de piedra y deja que las gaviotas te picoteen los ojos mientras los cangrejos te devoran. Se lo debes a ellos, a los que tantas veces has devorado. Escóndete, contrabandista. Escóndete, calla y muere.»

La vela estaba casi a su altura. Un momento más y la nave pasaría de largo, y él podría morir en paz.

Se llevó la mano a la garganta en busca del saquito de cuero que siempre llevaba al cuello. Dentro conservaba los huesos de los cuatro dedos que su rey le había cortado el día que lo armó caballero. «Mi buena suerte.» Los muñones de los dedos palparon el pecho y buscaron, sin encontrar nada. El saquito había desaparecido y con él, las falanges. Stannis no había comprendido nunca por qué Davos conservaba aquellos huesos.

—Para acordarme de la justicia de mi rey —masculló entre los labios agrietados. Pero los había perdido—. El fuego se llevó mi suerte junto con mis hijos. —En sus sueños, el río aún seguía en llamas, y sobre las aguas bailaban demonios con feroces látigos en las manos mientras los hombres ardían y se carbonizaban bajo su azote—. Madre, sálvame —imploró Davos—. Sálvame, dulce Madre, sálvanos a todos. Me ha abandonado la suerte y he perdido a mis hijos. —Lloraba a lágrima viva y las lágrimas saladas le corrían por las mejillas—. El fuego se lo ha llevado todo... El fuego...

Quizá fuera el viento que golpeaba la roca, o el sonido del mar en la orilla, pero durante un instante, Davos Seaworth oyó que ella respondía.

—Tú convocaste el fuego —le susurró, con una voz tan débil como el sonido de las olas en una caracola, con dulzura y tristeza—. Tú nos quemaste... nos quemaste... nosss quemaaassste...

—¡Fue ella! —gritó Davos—. Madre, no nos abandones. Fue ella quien te quemó: Melisandre, la mujer roja, ¡fue ella!

La veía como si la tuviera delante, con aquella cara con forma de corazón, los ojos rojos, el cabello cobrizo y largo, las túnicas rojas que se movían como llamas cuando andaba, en un remolino de seda y satén... Había llegado de Asshai, del este, había entrado en Rocadragón y había conquistado a Selyse y a los hombres de la Reina para su dios extranjero, y después hasta al Rey, al propio Stannis Baratheon, que había llegado incluso a poner en su estandarte el corazón llameante, el corazón llameante de R'hllor, Señor de la Luz y Dios de la Llama y la Sombra. A petición de Melisandre había sacado a los Siete del septo de Rocadragón y los había quemado delante de las puertas del castillo; después había quemado también el bosque de dioses de Bastión de Tormentas, así como el árbol corazón, un enorme arciano blanco con un rostro solemne.

—Fue obra de ella —repitió Davos, con voz más débil.

«Obra de ella y también tuya, Caballero de la Cebolla. Tú remaste para llevarla a Bastión de Tormentas en la oscuridad de la noche, para que pudiera dar a luz a su hijo de la penumbra. No estás libre de culpa, no. Cabalgaste bajo su bandera y la hiciste ondear en tu mástil. Contemplaste cómo los Siete ardían en Rocadragón y no hiciste nada. Ella echó al fuego la justicia del Padre, la misericordia de la Madre y la sabiduría de la Vieja. Al Herrero y al Desconocido, a la Doncella y al Guerrero; ella los quemó a todos para gloria de su cruel dios, y tú estabas allí, en silencio. Y cuando mató al viejo maestre Cressen... Ni siquiera entonces hiciste nada.»

La vela estaba a cien varas de distancia y atravesaba la bahía con presteza. En unos instantes lo habría pasado de largo y se alejaría.

Ser Davos Seaworth empezó a escalar su roca.

Se aferraba con manos temblorosas y la cabeza nublada por la fiebre. En dos ocasiones, los dedos mutilados resbalaron en la piedra húmeda, y estuvo a punto de caer, pero se las arregló para seguir agarrado. Si caía podía darse por muerto, y tenía que vivir. Al menos un poco más de tiempo. Había algo que tenía que hacer.

La cima de la roca era demasiado pequeña para erguirse sobre ella con seguridad, sobre todo estando tan débil, así que permaneció agachado y sacudió los brazos descarnados.

—¡Ah del barco! —gritó al viento—. ¡Ah del barco, aquí! ¡Aquí! —Desde allí arriba podía verlo con más claridad; el casco esbelto a franjas, el mascarón de bronce y la vela hinchada. Había un nombre pintado en el casco, pero Davos no sabía leer—. ¡Ah del barco! —volvió a gritar—. ¡Auxilio, AUXILIO!

Uno de los tripulantes, en el castillo de proa, lo vio y lo señaló. Davos alcanzó a ver a otros marinos correr a la borda para echarle un vistazo. Un instante después arriaron la vela de la galera y sacaron los remos, y la nave viró y puso proa hacia su refugio. Era demasiado grande para acercarse mucho a la roca, pero a unas treinta varas echaron un bote pequeño al agua. Davos se agarró a la roca y vio como el bote se aproximaba. Cuatro hombres remaban, y un quinto iba en la proa.

—Tú —gritó el quinto hombre cuando estuvieron a muy poca distancia de la isla—. Tú, el de la roca, ¿quién eres?

«Un contrabandista que se alzó por encima de sus posibilidades —pensó Davos—, un imbécil que amaba demasiado a su rey y olvidó a sus dioses.»

—Soy... —Tenía la garganta seca y se había olvidado de hablar. Las palabras le causaban una extraña sensación en la lengua y le sonaban más extrañas aún en los oídos—. Yo estaba en la batalla. Era... capitán... caballero, era caballero.

—Sí, ser —respondió el hombre—. ¿Al servicio de qué rey?

De repente se dio cuenta de que la galera debía de ser de las de Joffrey. Si pronunciaba en aquel momento el nombre que no debía, lo abandonarían a su destino. Pero no; el casco tenía franjas. Era una nave lysena, de Salladhor Saan. La Madre la había enviado allí, la Madre misericordiosa. Ella tenía una misión para él.

«Stannis vive —supo entonces—. Todavía tengo un rey. E hijos. Tengo otros hijos y una esposa fiel que me quiere.» ¿Cómo había podido olvidarse de aquello? La Madre era misericordiosa, sin lugar a duda.

—De Stannis —les gritó a los lysenos—. Benditos sean los dioses, sirvo al rey Stannis.

—Excelente —replicó el hombre del bote—, nosotros también.

Sansa

La invitación parecía de lo más inocente, pero cada vez que Sansa la leía, se le hacía un nudo en la boca del estómago.

«Ahora va a ser reina; es hermosa y rica, y todos la adoran. ¿Por qué quiere cenar con la hija de un traidor? —Supuso que sería por curiosidad; quizá Margaery Tyrell quería conocer de cerca a la rival que había desplazado—. ¿Estará resentida conmigo? ¿Creerá que le deseo algún mal...?»

Sansa había contemplado desde las murallas del castillo el ascenso de Margaery Tyrell y su escolta a la Colina Alta de Aegon. Joffrey había recibido a su futura esposa en la Puerta del Rey para darle la bienvenida a la ciudad, y desde allí cabalgaron juntos entre las ovaciones de la multitud; Joff resplandecía en una armadura con filigrana de oro, y la joven Tyrell estaba espléndida con su vestido verde y una capa de flores otoñales que le colgaba desde los hombros. Tenía dieciséis años, y cabello y ojos castaños, y era esbelta y bella. La gente gritaba su nombre a su paso; levantaban a los niños para que ella los bendijera y le lanzaban flores bajo los cascos del caballo. Su madre y su abuela los seguían a corta distancia en una carroza de grandes ruedas cuyos costados estaban tallados con cien rosas entrelazadas, cubiertas de brillante pan de oro. El pueblo también las aclamaba a ellas.

«El mismo pueblo que me tiró del caballo y me habría matado, de no ser por el Perro. —Sansa no había hecho nada para merecer el odio del pueblo, de la misma manera que Margaery Tyrell no había hecho nada para ganarse su amor—. ¿Querrá que yo también la ame? —Estudió la invitación, que parecía escrita del puño y letra de Margaery—. ¿Querrá mi bendición?» Se preguntó si Joffrey sabría algo de aquella cena. Que ella supiera, podía ser cosa suya. Aquel pensamiento la atemorizó. Si Joff estaba detrás de la invitación, tendría preparada alguna broma cruel para avergonzarla en presencia de la otra chica, de más edad que ella. ¿Le ordenaría de nuevo a algún miembro de su Guardia Real que la desnudara? La última vez que lo había hecho, su tío Tyrion lo había impedido, pero el Gnomo no podía salvarla en aquel momento.

«Nadie más que mi Florian podría salvarme.» Ser Dontos había prometido que la ayudaría a escapar, pero tras la noche de bodas de Joffrey, no antes. Lo habían planeado todo detenidamente, su querido y devoto caballero devenido bufón se lo había asegurado; hasta aquel momento, no había nada que hacer más que soportarlo todo y contar los días.

«Y cenar con mi sustituta.»

Quizá estuviera siendo injusta con Margaery Tyrell. Quizá la invitación no fuera más que una simple cortesía, un acto de bondad. «Podría no ser más que una cena.» Pero estaba en la Fortaleza Roja; estaba en Desembarco del Rey, en la corte del rey Joffrey Baratheon, el primero de su nombre, y si una cosa había aprendido Sansa Stark allí, era a desconfiar.

Pero, incluso así, debía aceptar. Ya no era nadie, sólo la hija rechazada de un traidor, la hermana caída en desgracia de un señor rebelde. Difícilmente podría negarle nada a la futura reina de Joffrey.

«Quisiera que el Perro estuviera aquí.» La noche de la batalla, Sandor Clegane había acudido a sus aposentos para sacarla de la ciudad, pero Sansa se había negado. A veces yacía despierta en medio de la noche, preguntándose si había actuado con sabiduría. Tenía su capa blanca manchada oculta en un cofre de cedro, debajo de las prendas veraniegas de seda. No habría sabido decir por qué la conservaba. El Perro se había acobardado, había oído decir; en el ardor de la batalla se emborrachó hasta tal punto que el Gnomo tuvo que hacerse cargo de sus hombres. Pero Sansa lo entendía. Conocía el secreto de su rostro quemado. «Sólo temía al fuego.» Aquella noche, el fuego valyrio había incendiado todo el río y había llenado el aire con llamaradas verdes. Incluso dentro del castillo, Sansa había sentido miedo. Fuera... no podía ni imaginarlo.

Suspiró, sacó pluma y papel, y compuso una gentil misiva de aceptación para Margaery Tyrell.

Cuando llegó la noche señalada, otro de los miembros de la Guardia Real acudió en su busca, un hombre tan diferente de Sandor Clegane como...

«Bueno, como una flor de un perro.» Al ver a Ser Loras Tyrell ante su puerta, a Sansa se le aceleró el corazón. Era la primera vez que estaba tan cerca de él desde su regreso a Desembarco del Rey, al frente de la vanguardia del ejército de su padre. Durante un momento, no supo qué decir.

—Ser Loras —logró articular finalmente—, tenéis... Tenéis un aspecto encantador.

—Mi señora es muy gentil —dijo él, devolviéndole una sonrisa enigmática—. Y muy hermosa. Mi hermana os aguarda con impaciencia.

—Oh, he esperado tanto esta cena...

—Igual que Margaery y mi señora abuela. —La tomó del brazo y la condujo hacia la escalera.

—¿Vuestra abuela?

Cuando Ser Loras le tocaba el brazo, a Sansa se le hacía difícil caminar, conversar y pensar simultáneamente. Sentía el calor de su mano a través de la seda.

—Lady Olenna. Cenará también con vosotras.

—Oh —exclamó Sansa. «Estoy hablando con él, y me está tocando; me coge del brazo y me está tocando»—. La llaman la Reina de las Espinas, ¿no?

—Sí —rio Ser Loras. «Tiene una risa tan agradable...», pensó mientras él seguía hablando—. Es mejor que no uséis ese apodo en presencia de ella, o podéis llevaros un pellizco.

Sansa se ruborizó. Hasta un idiota se habría dado cuenta de que a ninguna mujer le gustaría que la llamasen la Reina de las Espinas.

«Quizá yo sea tan estúpida como dice Cersei Lannister.» Intentó pensar algo a la desesperada, algo ingenioso y agradable que decirle, pero todo su talento se había esfumado. Estuvo a punto de comentarle cuán apuesto era, hasta que recordó que ya se lo había dicho.

Pero era verdad, Ser Loras era guapo. Parecía más alto que cuando lo conoció, pero seguía siendo igual de gentil y esbelto, y Sansa jamás había visto a otro muchacho con unos ojos tan maravillosos.

«Pero no es un muchacho; es un hombre, un caballero de la Guardia Real.» Pensó que el blanco le sentaba mejor aún que los ropajes verde y oro de la Casa Tyrell. En aquel momento, el único detalle de color en su vestimenta era el broche con el que se sujetaba la capa; la rosa de Altojardín, fundida en oro fino y engarzada en un lecho de delicadas hojas de jade verde.

Ser Balon Swann abrió la puerta del Torreón de Maegor para que ambos pasaran. También vestía todo de blanco, pero no le quedaba ni la mitad de bien que a Ser Loras. Más allá del foso lleno de picas, dos docenas de hombres practicaban con espadas y escudos. Con el castillo tan lleno de gente, habían asignado el patio exterior a los huéspedes, para que pudieran erigir sus tiendas de campaña y pabellones, y solo habían dejado para el entrenamiento los pequeños patios de armas. Uno de los gemelos Redwyne retrocedía bajo el ataque de Ser Tallad, con los ojos clavados en su escudo. El pequeño y robusto Ser Kennos de Kayce, que resoplaba y gemía cada vez que levantaba la espada larga, parecía aventajar a Osney Kettleblack; pero el hermano de Osney, Ser Osfryd, castigaba duramente a Morros Slynt, un escudero con cara de rana. A pesar de que las espadas eran romas, Slynt tendría una buena colección de magulladuras a la mañana siguiente. Solo de contemplarlos, Sansa se encogía de dolor.

«Apenas han acabado de enterrar a los muertos de la batalla anterior y ya están practicando para la siguiente.»

En un rincón del patio, un caballero con un par de rosas doradas en el escudo mantenía a raya a tres adversarios. Mientras lo miraba, él logró acertar en la cabeza a uno de ellos, que cayó sin sentido.

—¿Ese es vuestro hermano? —preguntó Sansa.

—Así es, mi señora —dijo Ser Loras—. Por lo general, Garlan se entrena combatiendo contra tres hombres, incluso contra cuatro. Dice que, en combate, rara vez se pelea contra uno solo, por lo que le gusta estar preparado.

—Debe de ser muy valiente.

—Es un gran caballero —replicó Ser Loras—. En verdad, su espada es mucho mejor que la mía, aunque yo soy mejor lancero.

—Lo recuerdo —dijo Sansa—. Cabalgáis de maravilla.

—Sois muy gentil, mi señora. ¿Cuándo me habéis visto cabalgar?

—En el torneo de la Mano, ¿no lo recordáis? Montabais un corcel blanco, y vuestra armadura era de cien tipos diferentes de flores. Me disteis una rosa. Una rosa roja. Aquel día lanzasteis rosas blancas a las demás chicas. —Al hablar de aquello se sonrojaba—. Dijisteis que ninguna victoria era ni la mitad de bella que yo.

—Dije solo una simple verdad que cualquier hombre con ojos puede corroborar. —Ser Loras sonrió con modestia.

«No lo recuerda —pensó Sansa, asombrada—. Solo está siendo cortés conmigo; no se acuerda de mí, ni de la rosa, ni de nada de todo aquello.» Había estado tan segura de que aquel momento significaba algo, de que significaba mucho... Una rosa roja, no blanca.

—Fue después de que desmontaseis a Ser Robar Royce —dijo, con desesperación.

—Maté a Robar en Bastión de Tormentas, mi señora —dijo Ser Loras retirando su mano del brazo de ella. No era jactancia; su tono era de tristeza.

«A él y también a otro caballero de la Guardia Arcoiris del rey Renly, sí.» Sansa había oído a las mujeres hablar de aquello en torno al pozo, pero durante un instante lo había olvidado.

—Fue allí donde mataron a Lord Renly, ¿verdad? Qué terrible para vuestra pobre hermana.

—¿Para Margaery? —preguntó con voz tensa—. Sin duda. Pero ella estaba en Puenteamargo. No lo vio.

—De todos modos, cuando se enteró...

Ser Loras rozó levemente la empuñadura de la espada con la mano. El mango estaba forrado de cuero blanco, y el pomo era una rosa de alabastro.

—Renly está muerto. Robar también. ¿Qué sentido tiene hablar de ellos?

Su tono cortante la sorprendió.

—Mi señor... No quería ofenderos, ser.

—Ni habríais podido hacerlo, Lady Sansa —replicó Ser Loras, pero la calidez le había desaparecido de la voz y no volvió a tomarla del brazo.

Subieron la escalera de caracol en profundo silencio.

«Oh, ¿por qué he tenido que mencionar a Ser Robar? —pensó Sansa—. Lo he echado todo a perder. Ahora está enfadado conmigo. —Intentó pensar en qué podría decir para reparar lo ocurrido, pero todas las palabras que le acudían a la mente eran pobres y vanas—. Quédate callada o solo conseguirás empeorar las cosas», se dijo.

Lord Mace Tyrell y su séquito se habían alojado detrás del septo real, en la larga torre de tejado de pizarra que todos llamaban Bóveda de las Doncellas desde que el rey Baelor el Santo confinara allí a sus hermanas, para no sentir al verlas la tentación de los pensamientos impuros. Delante de sus altas puertas talladas había dos guardias con yelmos dorados y capas verdes, ribeteadas en satén dorado y con la rosa dorada de Altojardín bordada sobre el pecho. Ambos medían más de dos varas y media, y eran de hombros anchos, cintura estrecha y magnífica musculatura. Cuando Sansa se acercó lo suficiente para verles la cara, no logró distinguirlos. Tenían las mismas mandíbulas firmes, los mismos ojos de un azul oscuro y los mismos bigotes rojos y poblados.

—¿Quiénes son? —le preguntó a Ser Loras, olvidando durante un momento su consternación.

—La guardia personal de mi abuela —respondió Ser Loras—. Su madre los llamó Erryk y Arryk, pero mi abuela no sabe cuál es cuál, así que los llama Izquierdo y Derecho.

Izquierdo y Derecho abrieron las puertas, y fue la propia Margaery Tyrell la que acudió, bajando con celeridad los escasos peldaños para saludarlos.

—Lady Sansa —exclamó—. Estoy muy contenta de que hayáis aceptado la invitación. Sed bienvenida.

—Me hacéis un gran honor, Alteza —dijo Sansa, hincando la rodilla en tierra frente a su futura reina.

—Por favor, llamadme Margaery. Levantaos, os lo ruego. Loras, ayuda a Lady Sansa a ponerse de pie.

—Como desees. —Ser Loras la ayudó a levantarse. Margaery lo despidió con un beso fraterno y cogió a Sansa de la mano.

—Venid, mi abuela está esperando, y no es una dama nada paciente.

El fuego chisporroteaba en el hogar, y por el suelo habían extendido juncos de dulce aroma. En torno a la larga mesa había una docena de mujeres, sentadas.

Sansa solo reconoció a Lady Alerie, la alta y distinguida esposa de Lord Tyrell, que llevaba la larga trenza plateada recogida con aros enjoyados. Margaery le presentó a las demás. Había tres primas Tyrell: Megga, Alla y Elinor, todas de la edad de Sansa. La opulenta Lady Janna era hermana de Lord Tyrell y estaba casada con uno de los Fossoway de la manzana verde; la delicada Lady Leonette, de ojos brillantes, era también una Fossoway, casada con Ser Garlan. La septa Nysterica tenía un feo rostro picado de viruelas, pero parecía alegre. Lady Graceford, pálida y elegante, estaba allí con un bebé, y Lady Bulwer era una niña de no más de ocho años. Y a Meredyth Crane, gordita y ruidosa, la habría definido como jovial, término que no era aplicable en ningún sentido a Lady Merryweather, una sensual belleza myriense de ojos negros.

Para finalizar, Margaery la llevó ante la mujer que ocupaba el lugar de honor en la mesa, una muñeca marchita de cabello blanco.

—Tengo el honor de presentaros a mi abuela, Lady Olenna, viuda del difunto Luthor Tyrell, señor de Altojardín, cuyo recuerdo nos sirve de consuelo.

La anciana olía a agua de rosas.

«Está consumida casi del todo; ¿por qué ese nombre?» En ella no había nada que recordara las espinas.

—Dame un beso, pequeña —dijo Lady Olenna, tirando de la manga de Sansa con una mano débil y llena de manchas—. Es una gentileza de tu parte que cenes conmigo y con mi tonta panda de gallinas.

Sansa besó respetuosamente a la anciana en la mejilla.

—Sois muy bondadosa al admitirme entre vosotras, mi señora.

—Conocí a tu abuelo, Lord Rickard, aunque no muy bien.

—Murió antes de que yo naciera.

—Lo sé, pequeña. Se dice que tu abuelo Tully también se está muriendo. Lord Hoster, ¿no te lo habían dicho? Es un hombre anciano, aunque no tanto como yo. De todos modos, al final anochece para todos, y demasiado temprano para algunos. Debes saber que para más de los debidos, pobre niña. Has sufrido mucho dolor, lo sé. Lamentamos tus pérdidas.

—Sentí una gran tristeza cuando supe de la muerte de Lord Renly, Alteza —dijo Sansa mirando a Margaery—. Era muy galante.

—Es muy gentil por vuestra parte —respondió Margaery.

—Sí —resopló la abuela—, muy galante, encantador y muy limpio. Sabía cómo vestirse y cómo sonreír, y sabía cómo bañarse, y no sé por qué dio por hecho que eso lo hacía digno de ser rey. Los Baratheon siempre han tenido ideas raras, sin duda. Les viene de su sangre Targaryen, creo. —Sorbió por la nariz—. Una vez intentaron casarme con un Targaryen, pero enseguida corté por lo sano.

—Renly era valiente y gentil, abuela —dijo Margaery—. A mi padre le gustaba, igual que a Loras.

—Loras es joven —dijo Lady Olenna con brusquedad— y se le da muy bien eso de desmontar jinetes con una lanza. Pero no por eso es sabio. Y con respecto a tu padre, si yo hubiera nacido campesina y con un buen cucharón de madera, habría podido meter algo de sentido común a golpes en esa cabezota.

—¡Madre! —saltó Lady Alerie.

—Silencio, Alerie, no me hables en ese tono. Y no me llames madre. Si te hubiera parido, estoy segura de que lo recordaría. Solo tengo que dar cuentas por tu marido, el estúpido señor de Altojardín.

—Abuela —intervino Margaery—, no digas esas cosas, ¿qué va a pensar Sansa de nosotros?

—Podría pensar que tenemos un poco de seso en la cabeza. Al menos una de nosotras. —La anciana se volvió de nuevo hacia Sansa—. Es traición, se lo advertí; Robert tiene dos hijos, y Renly tiene un hermano mayor, ¿cómo es posible que albergue alguna pretensión con respecto a esa horrorosa silla de hierro? Nada, nada, dice mi hijo, ¿mi dulce madre no quiere ser reina? Vosotros, los Stark, fuisteis reyes en el pasado, igual que los Arryn y los Lannister, e incluso los Baratheon por línea femenina, pero los Tyrell no fueron más que mayordomos hasta que Aegon el Dragón apareció y asó al legítimo rey del Dominio en el Campo de Fuego. A decir verdad, hasta nuestras pretensiones con respecto a Altojardín son algo dudosas, como se quejan siempre esos repelentes Florent. «¿Y qué importa eso?», preguntaréis, y por supuesto la respuesta es que nada en absoluto, salvo para idiotas como mi hijo. La idea de que alguna vez pueda ver a su nieto con el culo aposentado en el Trono de Hierro lo hace hincharse como... ¿cómo se llama eso? Margaery, tú eres lista, sé buena y dile a tu pobre abuela medio lela el nombre de ese extraño pez de las Islas del Verano que, si lo pinchas, se hincha hasta aumentar diez veces su tamaño.

—Se llama pez globo, abuela.

—Claro. Los habitantes de las Islas del Verano carecen de imaginación. A decir verdad, mi hijo debería poner un pez globo en su blasón. Podría ponerle una corona, como hacen los Baratheon con su venado, quién sabe si eso lo haría feliz. En mi opinión, deberíamos habernos mantenido al margen de toda esta idiotez sanguinaria, pero cuando ya se ha ordeñado la vaca no es posible volverle a meter la leche en las ubres. Después de que Lord Pez Globo colocara esa corona sobre la cabeza de Renly estábamos metidos en el lío hasta el cuello, y aquí estamos; a ver cómo salimos del problema. ¿Y tú qué dices, Sansa?

La boca de Sansa se abrió y se cerró. Ella misma se sentía como un pez globo.

—Los Tyrell pueden jactarse de que descienden de Garth Manoverde —fue lo único que se le ocurrió en aquel momento.

—Igual que los Florent, los Rowan, los Oakheart y la mitad de las Casas nobles del sur —resopló la Reina de las Espinas—. Se dice que a Garth le gustaba plantar su semilla en terreno fértil. No me extrañaría que, además de las manos, tuviera otras cosas verdes.

—Sansa, seguro que tienes hambre —intervino Lady Alerie—. ¿No es hora ya de comer un poco de jabalí y pasteles de limón?

—Los pasteles de limón son mis favoritos —dijo Sansa.

—Eso es lo que nos han dicho —declaró Lady Olenna, que obviamente no tenía la menor intención de dejar que la hicieran callar—. Ese tal Varys, por lo visto, cree que tenemos que darle las gracias por la información. Nunca he sabido muy bien para qué sirve un eunuco, a decir verdad. Me parece que son solamente hombres a los que les han cortado las partes útiles. Alerie, diles que traigan la comida, ¿o pretendes dejarme morir de inanición? Ven aquí, Sansa, siéntate a mi lado; soy mucho menos aburrida que esas otras. Espero que te gusten los bufones.

—Creo que... —dijo Sansa, alisándose la falda mientras se sentaba—. ¿Bufones, mi señora? ¿Queréis decir... los que se visten de colores?

—En este caso, de plumas. ¿De qué creías que estaba hablando? ¿De mi hijo? ¿O de los maridos de estas damas encantadoras? No, no te ruborices, con ese pelo tuyo pareces una granada. Todos los hombres son bufones, a decir verdad, pero los que llevan trajes multicolores son más divertidos que los que llevan corona. Margaery, niña, llama a Mantecas, a ver si puede hacer sonreír a Lady Sansa. Y vosotras, quedaos sentadas, ¿es que os lo tengo que decir todo? Sansa va a pensar que mi nieta está atendida por un rebaño de borregas.

Mantecas llegó antes que la comida, enfundado en un traje de bufón de plumas verdes y amarillas, con un gorro blando que parecía una cresta. Era un hombre inmensamente obeso, como tres Chicos Luna, que entró dando volteretas laterales, se subió a la mesa de un salto y colocó un enorme huevo delante de Sansa.

—Rompedlo, mi señora —ordenó.

Ella lo rompió, y una docena de pollitos amarillos escapó y echó a correr en todas direcciones.

—¡Atrapadlos! —exclamó Mantecas.

La pequeña Lady Bulwer logró agarrar a uno y se lo entregó; el bufón echó la cabeza hacia atrás, dejó caer el ave en su enorme boca de goma y pareció tragárselo entero. Cuando eructó, por la nariz le salieron pequeñas plumas amarillas. Lady Bulwer comenzó a gimotear, horrorizada, pero sus lágrimas se convirtieron en un súbito grito de placer cuando el pollito le asomó por la manga del vestido y le correteó por el brazo.

Mientras los sirvientes entraban con una sopa de puerros y setas, Mantecas comenzó a hacer juegos malabares, y Lady Olenna se inclinó sobre la mesa y apoyó los codos.

—¿Conoces a mi hijo, Sansa? ¿A Lord Pez Globo de Altojardín?

—Es un gran señor —respondió Sansa con cortesía.

—Un gran cretino —dijo la Reina de las Espinas—. Su padre también era un cretino. Mi esposo, el difunto Lord Luthor. No, no me entiendas mal, yo lo amé muchísimo. Era un hombre bueno, y no estaba nada mal en la cama, pero de todos modos era un cretino sin remedio. Hasta tal punto que se cayó con el caballo por un acantilado cuando practicaba la cetrería. Dicen que iba mirando al cielo y no se le ocurrió mirar adónde lo llevaba su cabalgadura.

»Y ahora, el cretino de mi hijo está haciendo lo mismo, solo que en lugar de un corcel, está montado sobre un león. Es fácil cabalgar a un león; lo difícil es descabalgar. Se lo he advertido, pero no hace más que reírse. Si alguna vez tienes un hijo, Sansa, castígalo con frecuencia, para que aprenda a tomarte en serio. Solo tuve un hijo y no le pegué nunca, así que le presta más atención a Mantecas que a mí. "Un león no es un gatito doméstico", le dije, y él me respondió: "Vamos, vamos, Mamá". En mi opinión, en este reino hay demasiado *Vamos, vamos.* Todos esos reyes que andan por ahí harían bien en envainar las espadas y escuchar a sus madres.

Sansa se dio cuenta de que, otra vez, tenía la boca abierta. Se la llenó con una cucharada de caldo, mientras Lady Alerie y las demás mujeres reían ante el espectáculo de Mantecas, que botaba naranjas con la cabeza, con los codos y con su amplio trasero.

—Quiero que me cuentes la verdad sobre este niño rey —dijo de repente Lady Olenna—. El tal Joffrey.

«¿La verdad? —Los dedos de Sansa se aferraron a la cuchara—. No puedo. No me preguntéis eso, por favor. No puedo.»

—Yo... yo...

—Sí, tú. ¿Quién va a conocerla mejor? El chico tiene un aspecto majestuoso, sin duda. Algo pagado de sí mismo, pero eso se deberá seguramente a su sangre de Lannister. Sin embargo, hemos oído algunas historias preocupantes. ¿Hay algo de cierto en ellas? ¿Te ha maltratado ese chico?

Sansa miró con nerviosismo a su alrededor. Mantecas se metió una naranja entera en la boca, la masticó y se la tragó; se dio un cachete y escupió las semillas por la nariz. Las mujeres soltaron unas risitas. Los sirvientes iban y venían, y la Bóveda de las Doncellas resonaba con el sonido de cucharas y platos. Uno de los pollos saltó de nuevo a la mesa y atravesó corriendo el plato de caldo de Lady Graceford. Nadie parecía prestarles la menor atención, pero incluso así Sansa tenía miedo.

—¿Por qué miras a Mantecas con la boca abierta? —Lady Olenna se estaba impacientando—. Te he hecho una pregunta y espero una respuesta. ¿Los Lannister te han robado la lengua, niña?

Ser Dontos le había advertido que solo podía hablar con libertad en el bosque de los dioses.

—Joff... el rey Joffrey es... Su Alteza es muy apuesto y justo y... y valiente como un león.

—Sí, todos los Lannister son leones, y cuando un Tyrell se tira un pedo, huele a rosas —replicó la anciana con brusquedad—. Pero ¿cuán bondadoso es? ¿Cuán inteligente? ¿Tiene un buen corazón, una mano gentil? ¿Es tan caballeroso como corresponde a un rey? ¿Cuidará a Margaery y la tratará con ternura? ¿Protegerá su honor como protegería el suyo propio?

—Lo hará —mintió Sansa—. Él es muy... muy atractivo.

—Eso ya lo has dicho. ¿Sabes, niña?, hay quien dice que eres tan tonta como Mantecas, y empiezo a creer que es verdad. ¿Atractivo? Ya le he enseñado a mi Margaery de lo que vale ser atractivo, o eso espero. Algo menos que el pedo de un titiritero. Aerion Fuegobrillante era bastante atractivo, pero también era un monstruo. La pregunta es: ¿cómo es Joffrey? —Estiró la mano y agarró a un sirviente que pasaba—. No me gustan los puerros. Llévate este caldo y tráeme un poco de queso.

—El queso se servirá con las tartas, mi señora.

—El queso se servirá cuando yo diga que se sirva, y lo quiero ahora. —La anciana se volvió hacia Sansa—. ¿Tienes miedo, niña? No temas; aquí solo hay mujeres. Dime la verdad, no te pasará nada.

—Mi padre siempre decía la verdad. —Sansa habló con serenidad, pero de todos modos le costaba trabajo articular las palabras.

—Lord Eddard, sí, tenía esa reputación, pero lo llamaron traidor y le cortaron la cabeza. —Los ojos de la anciana la taladraban, agudos y brillantes como la punta de una espada.

—Joffrey —dijo Sansa—. Joffrey lo hizo. Me prometió que sería misericordioso, y le cortó la cabeza a mi padre. Me dijo que eso era misericordia. Me llevó a las murallas y me obligó a mirarla. La cabeza. Quería que me echara a llorar, pero... —Calló de repente y se tapó la boca. «He hablado demasiado, benditos sean los dioses, lo sabrán, lo habrán oído, alguien me denunciará.»

—Proseguid.

Era Margaery la que la urgía. La futura reina de Joffrey. Sansa no sabía cuánto había escuchado.

—No puedo. —«¿Y si se lo cuenta, y si se lo cuenta? Seguro que me mata o me entrega a Ser Ilyn»—. No tenía la intención... Mi padre fue un traidor, mi hermano también, tengo sangre de traidores, por favor, no me hagáis hablar más.

—Cálmate, niña —ordenó la Reina de las Espinas.

—Está aterrada, abuela, mírala.

—¡Bufón! —llamó la anciana—. Cántanos algo. Una canción bien larga, «El oso y la doncella» por ejemplo.

—¡Ahora mismo! —respondió el obeso bufón—. ¿Queréis que la cante cabeza abajo, mi señora?

—¿Sonaría mejor así?

—No.

—Entonces quédate de pie. No queremos que se te caiga el gorro. Me acabo de acordar de que no te lavas nunca el pelo.

—Como ordene mi señora. —Mantecas hizo una profunda reverencia, soltó un estruendoso eructo, se enderezó, sacó la panza y bramó—: «Había un oso, un oso, ¡un OSO! Era negro, era enorme, ¡cubierto de pelo horroroso!».

—Incluso cuando yo era una niña aún más joven que tú —dijo Lady Olenna inclinándose hacia delante—, se decía que en la Fortaleza Roja hasta las paredes tienen oídos. Pues que los oídos escuchen la canción, y mientras tanto, nosotras podremos conversar libremente.

—Pero Varys —dijo Sansa—... lo sabe todo, siempre...

—¡Canta más alto! —le gritó la Reina de las Espinas a Mantecas—. Estos viejos oídos están casi sordos, ¿sabes? ¿Me estás susurrando, payaso panzón? No te pago para que susurres. ¡Canta!

—«¡VEN!, PEDÍAN LAS MOZAS. ¡VEN A LA FERIA, OSO!» —seguía Mantecas, con una tremenda voz de bajo que retumbaba en las vigas—. «¿A LA FERIA?, DIJO ÉL. PERO SI SOLO SOY UN OSO. NEGRO, ENORME, CUBIERTO DE PELO HORROROSO.»

—En Altojardín tenemos muchas arañas entre las flores —dijo la arrugada anciana con una sonrisa—. Mientras se ocupan de sus asuntos, las dejamos tejer sus telas, pero si se meten bajo nuestro pie, las pisamos. —Dio unas palmaditas en la mano de Sansa—. Ahora, niña, la verdad. ¿Qué clase de hombre es ese Joffrey, que se hace llamar Baratheon, pero tiene un aspecto tan de Lannister?

—«POR EL CAMINO ANDABAN, SIEMPRE DE AQUÍ PARA ALLÍ, TRES NIÑOS, UNA CABRA Y UN OSO QUE BAILABA...»

Sansa sentía como si tuviera el corazón en la garganta. La Reina de las Espinas estaba tan pegada a ella que le llegaba el aliento agrio de la mujer. Sus dedos, largos y finos, le pellizcaban la muñeca. Al otro lado, Margaery también escuchaba. La sacudió un escalofrío.

—Un monstruo —susurró, tan quedamente que apenas pudo oír su propia voz—. Joffrey es un monstruo. Mintió sobre el chico del carnicero e hizo que mi padre matara a mi lobo. Cuando incurro en su desagrado, hace que la Guardia Real me azote. Es malvado y cruel, mi señora. Y la Reina es idéntica.

Lady Olenna Tyrell y su nieta intercambiaron una mirada.

—Ah —dijo la anciana—, qué lástima.

«¡Oh, dioses! —pensó Sansa, horrorizada—. Si Margaery no se casa con él, Joff sabrá que yo he tenido la culpa.»

—Por favor —balbuceó—, no suspendáis la boda...

—No tengas miedo alguno, Lord Pez Globo está decidido a que Margaery sea reina. Y la palabra de un Tyrell vale más que todo el oro de Roca Casterly. Al menos, así era en mis tiempos. De todos modos, gracias por decir la verdad, niña.

—«BAILABA DANDO VUELTAS, TODO EL CAMINO A LA FERIA. ¡LA FERIA, LA FERIA QUE YA ESTÁ AQUÍ!» —Mantecas saltaba, rugía y daba pisotones tremendos.

—Sansa, ¿os gustaría visitar Altojardín? —Cuando Margaery Tyrell sonreía, se parecía mucho a su hermano Loras—. Ahora está cubierto por las flores de otoño, y hay manantiales, fuentes, patios umbríos, columnatas de mármol... Mi señor padre siempre mantiene en la corte a bardos mucho mejores que este Mantecas, y hay flautistas, violinistas y también arpistas. Tenemos los mejores caballos y botes de paseo para navegar por el Mander. ¿Os gusta la cetrería, Sansa?

—Un poco —admitió.

—«QUÉ DULCE QUE ERA ELLA, TAN PURA Y TAN BELLA...»

—Os encantará Altojardín tanto como a mí, lo sé. —Margaery colocó en su sitio un mechón suelto del cabello de Sansa—. Cuando lo hayáis visto, no querréis marcharos nunca. Y quizá no tengáis que hacerlo.

—«LA DE MIEL EN EL CABELLO, LA DONCELLA, LA DONCELLA.»

—Silencio, niña —dijo con brusquedad la Reina de las Espinas—. Sansa ni siquiera nos ha dicho si querría visitarnos.

—Oh, claro que sí —dijo Sansa.

Altojardín parecía ser el lugar con el que ella había soñado siempre, como la preciosa corte mágica que había esperado encontrar en Desembarco del Rey.

—«OLIÓ SU AROMA EN EL AIRE. ¡ERA EL OSO! ¡ERA EL OSO! NEGRO, ENORME, CUBIERTO DE PELO HORROROSO.»

—Pero la Reina... —prosiguió Sansa—. No me dejará partir...

—Claro que sí. Sin Altojardín, los Lannister no tienen la menor esperanza de mantener a Joffrey en el trono. Si se lo pide mi hijo, el señor Cretino, no tendrá otra opción que complacerlo.

—¿Lo hará? —preguntó Sansa—. ¿Se lo pedirá?

—No veo la necesidad de dejarle otra elección. —Lady Olenna frunció el ceño—. Por supuesto, no tiene la menor idea de nuestros verdaderos propósitos.

—«OLIÓ SU AROMA EN EL AIRE, PARECIDO A LA MIEL...»

—¿Nuestros verdaderos propósitos, mi señora? —preguntó Sansa levantando una ceja.

—«Y SOLTÓ UN RUGIDO FEROZ, AMARGO COMO LA HIEL.»

—Verte a salvo y casada, niña —dijo la anciana, mientras Mantecas continuaba bramando la antigua, antiquísima canción—, con mi nieto.

«Casada con Ser Loras, oh...» Sansa se quedó sin respiración. Se imaginó a Ser Loras con su rutilante armadura de zafiro, lanzándole una rosa. Ser Loras vestido de seda blanca, tan puro, tan inocente, tan bello... Los hoyuelos en la comisura de la boca, cuando sonreía. La dulzura de su risa, el calor de su mano. Apenas si podía imaginar cómo sería levantarle el jubón y acariciarle la suave piel del cuerpo, ponerse de puntillas para besarlo, meter los dedos entre aquellos mechones color caoba y hundirse en sus profundos ojos pardos. El rubor le subió desde el cuello.

—«LA DONCELLA, LA DONCELLA NO QUISO BAILAR CON EL OSO: ¡NO BAILARÉ NUNCA CON UN OSO TAN ESPANTOSO!»

—¿Os gustaría, Sansa? —preguntó Margaery—. No he tenido ninguna hermana, solo hermanos. Oh, por favor, decid que sí, decid que consentiríais en casaros con mi hermano.

—Sí, me gustaría. —Las palabras le salían de la boca atropellándose—. Me gustaría más que nada en el mundo. Casarme con Ser Loras, amarlo...

—¿Loras? —Lady Olenna parecía molesta—. No seas tonta, niña. Los miembros de la Guardia Real no se casan. ¿No te enseñaron eso en Invernalia? Estábamos hablando de mi nieto Willas. Es algo viejo para ti, sin duda, pero de todos modos es un chico encantador. No es nada tonto; además, es el heredero de Altojardín.

Sansa se sintió mareada; un instante antes, tenía la cabeza llena de sueños sobre Loras, y se los habían arrancado de golpe.

«¿Willas? ¿Willas?»

—No... —dijo, con expresión estúpida. «La cortesía es la armadura de una dama. No debes ofenderlas; ten cuidado con lo que dices»—. No conozco a Ser Willas. No he tenido ese placer, mi señora. ¿Es... es tan buen caballero como sus hermanos?

—«LA LEVANTÓ POR LOS AIRES. ¡ALTO Y NEGRO ERA EL OSO!»

—No —respondió Margaery—. No ha hecho el juramento.

—Dile la verdad a la niña. —La anciana frunció el ceño—. El pobrecillo es tullido; esa es la verdad.

—En su primer torneo como caballero resultó herido —le confió Margaery—. Su caballo cayó a tierra y le aplastó una pierna.

—La culpa la tuvo aquella serpiente dorniense, el maldito Oberyn Martell. Y también su maestre.

—«YO QUERÍA UN CABALLERO, PERO TÚ SOLO ERES UN OSO. NEGRO, ENORME, CUBIERTO DE PELO HORROROSO.»

—Willas tiene una pierna mala, pero buen corazón —dijo Margaery—. Solía leerme cuentos cuando era pequeña, y me dibujaba las estrellas. Lo amaréis tanto como nosotras, Sansa.

—«ELLA LLORABA Y GRITABA, HASTA PERDER EL RESUELLO, PERO ÉL BUSCÓ SU CABELLO. ¡SU CABELLO! ¡SU CABELLO! TODA LA MIEL TAN CONTENTO SE PUSO A LAMER DE SU PELO.»

—¿Cuándo podré conocerlo? —preguntó Sansa, dubitativa.

—Pronto —prometió Margaery—. Cuando vayas a Altojardín, después de que Joffrey y yo nos casemos. Mi abuela os llevará.

—Exacto —dijo la anciana, dando palmaditas sobre la mano de Sansa y sonriendo con una boca blanda y llena de arrugas—. No te quepa duda.

—«TANTO LLANTO Y TANTO GRITO ABANDONÓ TAN FELIZ. ¡MI OSO!, CANTÓ ELLA. ¡VEN AQUÍ, OSO PRECIOSO! Y ASÍ SE MARCHARON JUNTOS, LA DAMISELA Y EL OSO. POR EL CAMINO ANDABAN, SIEMPRE DE AQUÍ PARA ALLÍ.»

Mantecas rugió el último verso, dio un salto mortal en el aire y cayó sobre ambos pies con una sacudida que hizo estremecerse las copas de vino que había encima de la mesa. Las mujeres rieron y aplaudieron.

—Ya pensaba que esa canción espantosa no se iba a terminar nunca —dijo la Reina de las Espinas—. Mira, ahí viene mi queso.

Jon

El mundo estaba sumido en una penumbra gris que olía a pino, a musgo y a frío. De la tierra negra ascendían jirones de niebla mientras los jinetes se abrían camino entre las piedras caídas y los árboles escuálidos. Descendían hacia las hogueras de aspecto acogedor, que brillaban como joyas dispersas por el fondo del valle fluvial. Había más hogueras de las que Jon Nieve podía contar, cientos de hogueras, miles... Un segundo río de luces parpadeantes a lo largo de las orillas del gélido y blanco Agualechosa. Flexionó los dedos de la mano con que empuñaba la espada.

Bajaron de las montañas sin estandartes ni trompetas, roto el silencio únicamente por el murmullo distante del río, el golpeteo de los cascos y el traqueteo de la armadura de huesos de Casaca de Matraca. Por el cielo planeaba un águila con enormes alas de un azul grisáceo; por la tierra marchaban hombres, perros, caballos y un lobo huargo blanco.

Una piedra rebotó en la ladera, pateada por uno de los cascos, y Jon vio a Fantasma girar la cabeza ante el sonido repentino. Todo el día había seguido a los jinetes a distancia, como era su costumbre, pero cuando la luna se alzó por encima de los pinos, llegó trotando con los ojos rojos encendidos. Como siempre, los perros de Casaca de Matraca lo recibieron con un coro de gruñidos y ladridos feroces, pero el huargo no les prestó la menor atención. Seis días antes, el mayor de los perros lo había atacado por la espalda cuando los salvajes acamparon para pasar la noche; Fantasma se volvió y le lanzó una dentellada rápida, con lo que el perro huyó a la carrera con un anca ensangrentada. Después de aquello, el resto de la jauría se había mantenido a una distancia saludable.

El caballo de Jon Nieve lanzó un relincho quedo, pero una caricia y una palabra afectuosa tranquilizaron enseguida a la bestia. Ojalá sus temores se calmaran con tanta facilidad. Vestía totalmente de negro, el uniforme de la guardia de la Noche, pero el enemigo cabalgaba delante y detrás de él.

«Salvajes, y yo voy con ellos.» Ygritte llevaba puesta la capa de Qhorin Mediamano. Lenyl tenía su cota larga, la corpulenta mujer del acero Ragwyle se quedó con sus guantes, y uno de los arqueros, con sus botas. Y Casaca de Matraca guardaba los huesos de Qhorin en su saco, junto con la cabeza ensangrentada de Ebben, que había salido con Jon para explorar el Paso Aullante. «Muertos, todos están muertos menos yo, y yo estoy muerto para el mundo.»

Ygritte cabalgaba justo detrás de él. Delante tenía a Ryk Lanzalarga. El Señor de los Huesos los había nombrado sus guardianes.

—Si el cuervo sale volando, también herviré vuestros huesos —les advirtió cuando comenzaron la marcha, sonriendo entre los dientes torcidos de la calavera de gigante que utilizaba como yelmo.

—¿Prefieres custodiarlo tú? —le preguntó Ygritte, burlona—. Si quieres que lo hagamos nosotros, déjanos en paz y lo haremos.

«Es verdad que son un pueblo libre», concluyó Jon. Casaca de Matraca los lideraba, sí, pero nadie se mordía la lengua a la hora de responderle.

—Tal vez hayas engañado a esos otros, cuervo —dijo el jefe de los salvajes, clavándole una mirada hostil—, pero no creas que puedes engañar a Mance. Te echará un vistazo y sabrá que mientes. Y entonces me haré una capa con la piel de tu lobo, te abriré esa blanda panza de niño y te coseré dentro una comadreja.

Jon abrió y cerró la mano de la espada, flexionando los dedos quemados dentro del guante, pero Ryk Lanzalarga se limitó a soltar una carcajada.

—¿Y cómo vas a encontrar una comadreja en la nieve? —le espetó.

Aquella primera noche, tras un largo día a caballo, acamparon en una pequeña hondonada, entre las piedras, sobre la cima de una montaña sin nombre, y se acurrucaron junto al fuego mientras empezaba a nevar. Jon contemplaba cómo se derretían los copos que caían sobre las llamas. A pesar de toda la lana, el cuero y las pieles que llevaba encima, el frío le llegaba a los huesos. Ygritte se sentó a su lado después de comer, con el capuchón en la cabeza y las manos metidas dentro de las mangas para darse calor.

—Cuando Mance se entere de cómo acabaste con Mediamano, te tomará enseguida —le dijo.

—¿Me tomará?

—Te tomará como uno de los nuestros —contestó la chica riéndose, burlona—. ¿Crees que eres el primer cuervo que escapa volando del Muro? En vuestro interior, lo que más deseáis es volar libres.

—Y cuando me acepte —dijo él, lentamente—, ¿seré libre de marcharme?

—Claro que sí. —A pesar de los dientes torcidos, tenía una sonrisa cálida—. Y nosotros seremos libres de matarte. Es peligroso ser libre, pero a la mayoría nos gusta. —Le puso la mano enguantada sobre la pierna, un poco más arriba de la rodilla—. Ya lo verás.

«Lo veré —pensó Jon—. Lo veré, lo oiré y lo aprenderé; luego llevaré las noticias al Muro.» Los salvajes lo habían tomado por un perjuro, pero en su corazón seguía siendo un hombre de la Guardia de la Noche, que llevaba a cabo la última misión que Qhorin Mediamano le encomendara. «Antes de que yo lo matase.»

Al final de la ladera encontraron una pequeña corriente, que fluía desde las colinas para unirse al Agualechosa. Parecía que no era más que piedras y hielo, pero se oía el sonido del agua que corría bajo la superficie congelada. Casaca de Matraca los condujo a la otra orilla, mientras la fina capa de hielo no dejaba de crujir.

Los jinetes de la avanzadilla de Mance Rayder los rodearon apenas cruzaron la corriente. Jon los ponderó de una mirada: ocho jinetes, hombres y mujeres, vestidos con piel y cuero curtido, algunos con yelmos o con cotas. Iban armados con lanzas y picas endurecidas al fuego, todos menos su líder, un hombre rubio y grueso de ojos llorosos, que llevaba una enorme guadaña curva de acero afilado. Lo reconoció enseguida: el Llorón. Los hermanos de negro contaban muchas cosas sobre aquel hombre. Al igual que Casaca de Matraca, Harma Cabeza de Perro y Alfyn Matacuervos, era un salvaje famoso.

—El Señor de los Huesos —dijo el Llorón al verlos; examinó a Jon y a su lobo—. ¿Y quién es este?

—Un cuervo que cambia de bando —dijo Casaca de Matraca, que prefería que lo llamaran Señor de los Huesos por la traqueteante armadura que llevaba—. Tenía miedo de que me quedara con sus huesos, además de con los de Mediamano.

Sacudió su saco de trofeos, mostrándoselo a los otros salvajes.

—Mató a Qhorin Mediamano —dijo Ryk Lanzalarga—. Él, con ayuda de su lobo.

—Y también a Orell —dijo Casaca de Matraca.

—Ese chico es un warg, o se le parece —intervino Ragwyle, la enorme mujer del acero—. Su lobo le arrancó un trozo de pierna a Mediamano.

El Llorón volvió a mirar a Jon con los ojos enrojecidos y legañosos.

—¿Sí? Pues ahora que lo miro bien, es verdad que veo algo de lobo en él. Llevadlo con Mance, quizá lo acepte.

Hizo dar media vuelta a su cabalgadura y se marchó al galope, seguido por sus jinetes.

Soplaba un viento húmedo y denso cuando cruzaron el valle del Agualechosa y continuaron en fila de a uno por el campamento, junto al río. Fantasma se mantenía muy pegado a Jon, pero su olor los precedía como un heraldo, y pronto estuvieron rodeados por los perros de los salvajes, que ladraban y gruñían. Lenyl les gritaba que se callaran, pero los animales no le hacían el menor caso.

—No les gusta nada esa bestia tuya —dijo Ryk Lanzalarga, dirigiéndose a Jon.

—Son perros, y Fantasma es un lobo —dijo Jon—. Saben que no es de los suyos.

«De la misma manera que yo no soy de los vuestros.» Pero tenía una misión que cumplir, la tarea que Qhorin Mediamano le había encomendado mientras compartían aquella última hoguera: hacer el papel de cambiacapas y averiguar qué buscaban los salvajes en los pálidos y gélidos eriales de los Colmillos Helados.

—Cierto poder —le había dicho Qhorin al Viejo Oso, pero murió antes de saber de qué se trataba, ni si Mance Rayder lo había encontrado.

A lo largo del río, entre carretas, carretones y trineos, había cientos de hogueras donde preparaban comida. Muchos salvajes habían levantado tiendas de cuero, fieltro y pieles. Otros se protegían tras las rocas en cobertizos rudimentarios o dormían debajo de sus carretas. Junto a una hoguera, Jon vio a un hombre que endurecía al fuego puntas de largas lanzas de madera, y después las tiraba a un montón. En otro sitio, dos jóvenes barbudos ataviados con cuero curtido se entrenaban con varas, atacándose por encima de las llamas y gruñendo cada vez que un golpe hacía blanco. En las inmediaciones, una docena de mujeres sentadas en círculo confeccionaban flechas.

«Flechas para mis hermanos —pensó Jon—. Flechas para la gente de mi padre, para los habitantes de Invernalia, de Bosquespeso y de Último Hogar. Flechas para el norte.»

Mas no todo lo que veía tenía relación con la guerra. Vio también a mujeres que bailaban; oyó el llanto de un bebé, y un niño pequeño echó a correr por delante de su caballo; iba vestido de pieles de pies a cabeza y jadeaba de tanto jugar. Cabras y ovejas vagaban libremente, mientras los bueyes recorrían la orilla del río en busca de hierba. De una de las hogueras salía olor a carnero asado, y sobre otra vio un jabalí ensartado en un largo espetón de madera.

Casaca de Matraca desmontó en un espacio abierto, rodeado de altos pinos soldado.

—Acamparemos aquí —dijo, volviéndose hacia Ragwyle, Lenyl y los demás—. Dad de comer a los caballos; después, a los perros, y luego comed vosotros. Ygritte, Lanzalarga, traed al cuervo para que Mance le eche un vistazo. Después lo destriparemos.

Hicieron a pie el resto del camino, con Fantasma pegado a sus talones, y dejaron atrás más hogueras y más tiendas. Jon no había visto nunca tantos salvajes. Se preguntó si alguien había visto antes semejante cantidad. «El campamento es infinito —reflexionó—, pero se trata más de cien campamentos que de uno, y cada cual es más vulnerable que el anterior.» Extendidos a lo largo de varias leguas, los salvajes no tenían defensas que pudieran considerarse como tales: no había fosos ni picas afiladas; solo pequeños grupos de exploradores que patrullaban el perímetro. Cada grupo, clan o aldea se había detenido donde le había parecido bien tan pronto como encontró un lugar adecuado o vio que otros acampaban. «El pueblo libre.» Si sus hermanos atacaban semejante desorden, muchos de los salvajes pagarían con su sangre tanta libertad. Eran muchos, pero la Guardia de la Noche era disciplinada, y en el combate, la disciplina vence al número en nueve de cada diez ocasiones, como le dijera una vez su padre.

No había duda de cuál de las tiendas de campaña pertenecía al Rey. Era tres veces mayor que la más grande que había visto hasta entonces, y salía música de su interior. Como muchas de las tiendas menores, estaba hecha de pieles cosidas que aún conservaban el pelaje, pero las de Mance Rayder eran las pieles blancas y tupidas de osos de las nieves. El techo, en forma de pico, estaba coronado con las enormes astas de alguno de los alces gigantes que, en los tiempos de los primeros hombres, vagaban libremente por los Siete Reinos.

Al menos allí había guardias: dos a la entrada de la tienda, apoyados en largas picas, con escudos redondos de cuero atados a los brazos. Cuando vieron a Fantasma, uno de ellos bajó la pica.

—Esa bestia se queda aquí —dijo.

—Fantasma, siéntate —ordenó Jon, y el huargo se sentó.

—Lanzalarga, vigila a la bestia.

Casaca de Matraca abrió la entrada de la tienda y, con un gesto, invitó a Jon y a Ygritte a entrar.

El interior estaba lleno de humo y a buena temperatura. En cada una de las cuatro esquinas había recipientes con turba ardiendo, que iluminaban el lugar con una luz tenue y rojiza. El suelo estaba cubierto de pieles. Jon se sintió más solo que nunca allí de pie, con su ropa negra, esperando la clemencia del cambiacapas que se hacía llamar Rey-más-allá-del-Muro. Cuando se le habituaron los ojos a la humeante penumbra roja, vio a seis personas, ninguna de las cuales le prestaba atención. Un joven moreno y una hermosa mujer rubia compartían un cuerno de hidromiel. Una mujer embarazada se afanaba sobre un fogón, asando unas gallinas, mientras un hombre de pelo blanco que vestía una raída capa negra y roja, sentado sobre un cojín con las piernas cruzadas, tañía un laúd y cantaba.

Cual la mujer del dorniense ninguna era tan bella,
sus besos eran más dulces que la pulpa de grosella.
Mas la espada del dorniense tenía muy negro acero;
cuando con ella besaba, el suplicio era certero.

Jon conocía la canción, aunque le resultaba raro oírla allí, en una tienda de piel al otro lado del Muro, a diez mil leguas de las rojas montañas y los vientos cálidos de Dorne.

Casaca de Matraca se quitó el yelmo amarillento mientras esperaba a que terminara la canción. Sin la armadura de cuero y huesos era un hombre menudo, y la cara que había debajo de la calavera de gigante era corriente, con una barbilla carnosa, un bigote fino y mejillas huesudas. Tenía los ojos muy juntos, con una única ceja poblada que le cruzaba la frente, y el cabello, ralo, formaba un pico entre las grandes entradas.

La mujer del dorniense cantaba durante el baño;
tenía la voz más dulce que se haya oído en un año.
Mas la espada del dorniense ofrecía su propia cura
y una punta muy afilada, cual aguijón de sutura.

Junto al brasero, un hombre de baja estatura, pero inmensamente recio, estaba sentado en un taburete y se comía una brocheta de gallina. La grasa caliente le corría por la quijada hasta la barba, blanca como la nieve, pero de todos modos sonreía con placer. Tenía unas bandas de oro anchas y con runas talladas en los gruesos brazos, y llevaba una pesada cota de malla negra, que debió de pertenecer a un explorador muerto. A muy poca distancia, un hombre más alto y delgado, que llevaba una camisa de cuero con placas de bronce, fruncía el ceño sobre un mapa; tenía un mandoble colgado a la espalda, en su funda de cuero. Era esbelto como una lanza, con los músculos muy definidos, bien afeitado, calvo, con una prominente nariz recta y ojos grises muy profundos. Si hubiera tenido orejas, habría resultado apuesto, pero las había perdido, quizá por el frío o a causa del cuchillo de un enemigo, Jon no lo sabía. Su ausencia hacía que la cabeza del hombre pareciera estrecha y puntiaguda.

Una mirada le bastó a Jon para saber que tanto el hombre de la barba blanca como el calvo eran guerreros.

«Esos dos son muchísimo más peligrosos que Casaca de Matraca.» Se preguntó cuál de ellos sería Mance Rayder.

Mientras yacía en el suelo y su vista se nublaba,
notó el sabor de la sangre que la boca le llenaba.
Sus hermanos, de rodillas, rezaban una oración;
pero a él le pudo la risa, y así entonó esta canción:

«Hermanos, heme aquí en mi último día,
pues el dorniense maldito me ha llevado a la muerte;
y aunque dejar este mundo de todos sea la suerte,
a la mujer del dorniense hice mía.»

Cuando los últimos compases de «La mujer del dorniense» cesaron, el hombre calvo y sin orejas levantó la vista del mapa e hizo una mueca feroz a Casaca de Matraca e Ygritte, a ambos lados de Jon.

—¿Qué es eso? ¿Un cuervo?

—El bastardo negro que destripó a Orell —dijo Casaca de Matraca—. Y también hay un huargo.

—Debías matarlos a todos.

—Este se pasó a nuestro bando —explicó Ygritte—. Mató personalmente a Qhorin Mediamano.

—¿Este crío? —La noticia había irritado al hombre sin orejas—. Mediamano era mío. ¿Tienes nombre, cuervo?

—Jon Nieve, Alteza. —Se preguntó si también debería hacer una genuflexión.

—¿Alteza? —El hombre sin orejas miró al obeso de la barba blanca—. Fíjate. Me toma por un rey.

El de la barba blanca soltó tal risotada que salpicó sus alrededores con trozos de gallina. Se limpió la grasa de la boca con el dorso de la manaza.

—Debe de estar ciego. ¿Cuándo se ha visto un rey sin orejas? ¡La corona le iría a parar al cuello! ¡Ja! —Hizo una mueca en dirección a Jon mientras se limpiaba los dedos en los calzones—. Cierra el pico, cuervo. Da media la vuelta si quieres ver al que buscas.

Jon se volvió. El bardo se puso de pie.

—Soy Mance Rayder —dijo mientras dejaba el laúd a un lado—. Y tú eres el bastardo de Ned Stark, el Nieve de Invernalia.

Anonadado, Jon se quedó mudo un instante antes de recuperarse lo suficiente para responder.

—¿Y cómo...? ¿Cómo lo sabéis?

—Te lo contaré luego —dijo Mance Rayder—. ¿Te ha gustado la canción, muchacho?

—Mucho. Ya la conocía.

—Pero todo hombre muere tarde o temprano —repitió el Rey-más-allá-del-Muro, como sin darle importancia—, y yo he probado a la mujer del dorniense. Dime, ¿es verdad lo que ha dicho mi Señor de los Huesos? ¿Has matado a mi viejo amigo Mediamano?

—Así es.

«Aunque fue más obra suya que mía.»

—La Torre Sombría no volverá a ser tan aterradora —dijo el Rey con tristeza en la voz—. Qhorin era mi enemigo. Pero también fue una vez mi hermano. A ver... ¿tengo que darte las gracias por matarlo, Jon Nieve? ¿O maldecirte? —Miró a Jon con una sonrisa burlona.

El Rey-más-allá-del-Muro no tenía aspecto de rey, ni siquiera de salvaje. Era de mediana estatura, esbelto, de rasgos finos y ojos pardos, calculadores, con un largo cabello castaño que se había vuelto blanco casi por completo. No llevaba corona en la cabeza, ni aros de oro ciñéndole los brazos, ni joyas en el cuello, ni siquiera un destello de plata. Vestía de lana y cuero, y la única prenda que destacaba era la harapienta capa negra de lana con largos remiendos de seda roja desteñida.

—Deberíais darme las gracias por matar a vuestro enemigo —dijo Jon finalmente— y maldecirme por matar a vuestro amigo.

—¡Ja! —rugió el de la barba blanca—. ¡Buena respuesta!

—De acuerdo. —Mance Rayder hizo un gesto a Jon para que se aproximara—. Si te unes a nosotros, nos conocerás mejor. El hombre con el que me has confundido es Styr, Magnar de Thenn. *Magnar* significa «señor» en la antigua lengua. —El hombre sin orejas miró fríamente a Jon, mientras Mance se volvía hacia el de la barba blanca—. Este, nuestro feroz devorador de gallinas, es mi leal Tormund. La mujer...

—Un momento —lo interrumpió Tormund poniéndose de pie—. Has mencionado el título de Styr; menciona el mío.

—Como quieras —dijo Mance Rayder, echándose a reír—. Jon Nieve, tienes ante ti a Tormund Matagigantes, el Gran Hablador, Soplador del Cuerno y Rompedor del Hielo. Y también Tormund Puño de Trueno, Marido de Osas, Rey del Hidromiel en el Salón Rojo, Portavoz ante los Dioses y Padre de Ejércitos.

—Ese sí soy yo —dijo Tormund—. Te saludo, Jon Nieve. Resulta que me gustan mucho los wargs, pero no los Stark.

—La mujer que ves junto al brasero —prosiguió Mance Rayder— es Dalla. —La embarazada sonrió con timidez—. Trátala como a cualquier otra reina. Lleva mi retoño. —Se volvió hacia los dos restantes—. Esta belleza es su hermana, Val. Y el joven Jarl, a su lado, es su última mascota.

—No soy la mascota de ningún hombre —dijo Jarl, sombrío y enfurecido.

—Y Val no es ningún hombre —gruñó el barbudo Tormund—. Ya deberías haberte dado cuenta, muchacho.

—Pues aquí nos tienes, Jon Nieve —dijo Mance Rayder—. El Rey-más-allá-del-Muro y su corte en pleno. Y ahora es tu turno de hablar. ¿De dónde has venido?

—De Invernalia —respondió—, pasando por el Castillo Negro.

—¿Y qué te trae al Agualechosa, tan lejos de los fuegos de tu hogar? —No aguardó la respuesta de Jon, sino que miró al instante a Casaca de Matraca—. ¿Cuántos eran?

—Cinco. Tres murieron, y aquí está este. El otro escaló la ladera de una montaña, por la que ningún caballo podía seguirlo.

—¿Erais solamente cinco? —preguntó Rayder, volviendo a clavar los ojos en los de Jon—. ¿O hay otros de tus hermanos fisgoneando por los alrededores?

—Éramos cuatro y Mediamano. Qhorin valía por veinte hombres.

—Eso se decía —dijo el Rey-más-allá-del-Muro con una sonrisa—. Pero... ¿un chico del Castillo Negro con exploradores de la Torre Sombría? ¿Cómo es eso?

—El Lord Comandante me envió con Mediamano para entrenarme —contestó Jon, que tenía lista la mentira—, y por eso me llevó de exploración.

—Dices que de exploración... —intervino Styr el Magnar con el ceño fruncido—. ¿Para qué irían de exploración los cuervos más allá del Paso Aullante?

—Las aldeas estaban abandonadas —dijo Jon sin faltar a la verdad—. Era como si todo el pueblo libre hubiera desaparecido.

—Desaparecido, sí —dijo Mance Rayder—. Y no solo el pueblo libre. ¿Quién os dijo dónde estábamos, Jon Nieve?

—Craster —bufó Tormund—, seguro, o yo soy una doncella inocente. Ya te lo dije, Mance: a ese bicho le sobra la cabeza.

—Tormund, intenta alguna vez pensar antes de hablar —dijo el Rey, mirando irritado al de la barba blanca—. Ya sé que fue Craster. Se lo he preguntado a Jon para saber si decía la verdad.

—Vaya —escupió Tormund—. He metido la pata. —Le hizo una mueca a Jon—. Fíjate, muchacho, por eso él es rey y yo no. A la hora de beber, de pelear y de cantar soy mejor que él, y mi miembro es tres veces más grande que el suyo, pero Mance es listo. Lo criaron como cuervo, ¿sabes?, y el cuervo es un pájaro que sabe muchos trucos.

—Voy a hablar a solas con el muchacho, mi Señor de los Huesos —le dijo Mance Rayder a Casaca de Matraca—. Dejadnos solos.

—¿Qué? ¿Yo también? —dijo Tormund.

—Tú en particular —replicó Mance.

—No como en ningún salón donde no sea bienvenido. —Tormund se puso en pie—. Las gallinas y yo nos vamos. —Agarró otra ave del brasero y se la guardó en un bolsillo cosido en el forro de la capa—. Ja —dijo, y se marchó chupándose los dedos.

Todos los demás lo siguieron, menos Dalla, la mujer.

—Siéntate si lo deseas —dijo Rayder cuando los otros se marcharon—. ¿Tienes hambre? Tormund nos ha dejado por lo menos dos piezas.

—Me gustaría mucho comer algo, Alteza. Gracias.

—¿Alteza? —El Rey sonrió—. No es un tratamiento que uno oiga con frecuencia de los labios del pueblo libre. Para casi todos, soy Mance. Mance con mayúsculas, para algunos. ¿Te apetece un cuerno de hidromiel?

—Con gusto.

El Rey sirvió la bebida mientras Dalla cortaba las crujientes gallinas en mitades y le daba una a cada uno. Jon se quitó los guantes y comió con los dedos, arrancando los trocitos de carne de los huesos.

—Tormund está en lo cierto —dijo Mance Rayder mientras cogía un trozo de pan—. El cuervo negro es un pájaro listo, sí... pero yo ya era un cuervo cuando tú no tenías más edad que el bebé que hay en el vientre de Dalla, Jon Nieve. De manera que no intentes hacerte el listo conmigo.

—Como ordenéis, Alte... Mance.

—¡Altemance! —El Rey se echó a reír—. Bueno, no suena mal. Antes te he dicho que te diría cómo te he reconocido. ¿Todavía no lo sabes?

Jon hizo un gesto de negación.

—¿Casaca de Matraca envió un aviso?

—¿Con un cuervo? No tenemos cuervos entrenados. No, yo conocía tu rostro. Lo había visto antes. Dos veces.

Al principio no le vio la lógica, pero Jon le dio unas cuantas vueltas en la cabeza y lo entendió.

—Cuando erais hermano de la Guardia...

—Muy bien. Sí, esa fue la primera vez. Eras solo un niño, y yo vestía el negro. Era uno entre la docena que escoltaba al anciano Lord Comandante Qorgyle cuando fue a ver a tu padre en Invernalia. Yo paseaba por la muralla que rodeaba el patio cuando me tropecé contigo y con tu hermano Robb. La noche anterior había nevado, y vosotros habíais construido una gran montaña de nieve encima de la puerta y esperabais a que alguien pasara por debajo.

—Lo recuerdo —dijo Jon, con una risa de asombro. Un joven hermano de negro que paseaba por la muralla, sí—. Jurasteis no contárselo a nadie.

—Y mantuve mi palabra. Al menos, en esa ocasión.

—Le dejamos caer la nieve encima a Tom el Gordo. Era el guardia más lento de mi padre. —Tom los había perseguido después hasta que los tres estuvieron tan rojos como las manzanas de otoño—. Pero habéis dicho que me visteis en dos ocasiones. ¿Cuál fue la segunda?

—Cuando el rey Robert fue a Invernalia para nombrar Mano a tu padre —respondió con celeridad el Rey-más-allá-del-Muro.

—No puede ser. —La incredulidad hizo que Jon abriera mucho los ojos.

—Pues sí. Cuando tu padre supo que el Rey iba a visitarlo, mandó aviso a su hermano Benjen, en el Muro, para que acudiera al festín. Hay más comercio entre los hermanos de negro y el pueblo libre de lo que sospechas, y al poco tiempo la noticia llegó a mis oídos. Era una oportunidad demasiado buena, y no me pude resistir. Tu tío no me conocía de vista, así que por su parte no tendría problemas, y no creí que tu padre fuera a acordarse de un joven cuervo con quien se había tropezado un instante años atrás. Quería ver al tal Robert con mis propios ojos, de rey a rey, y ponderar también a tu tío Benjen. En aquella ocasión era capitán de los exploradores y el verdugo de mi pueblo. Así que ensillé mi corcel más veloz y partí al galope.

—Pero el Muro... —objetó Jon.

—El Muro puede detener un ejército, pero no a un hombre solo. Cogí un laúd y una bolsa de plata, crucé el hielo cerca de Túmulo Largo, caminé un par de leguas al sur del Nuevo Agasajo, y compré un caballo. Así hice el camino más deprisa que Robert, que viajaba con una enorme casa con ruedas para que su reina estuviera cómoda. Cuando estaba al sur de Invernalia, a un día de distancia, me tropecé con él y seguí el camino en su cortejo. Los jinetes libres y los caballeros errantes se unen frecuentemente a los cortejos reales con la esperanza de poder servir al rey, y con el laúd conseguí que me aceptaran rápidamente. —Se echó a reír—. Conozco todas las canciones obscenas que se han compuesto al norte o al sur del Muro. Y aquí apareces tú. La noche en que tu padre festejó la llegada de Robert, yo estaba sentado en la parte trasera del salón, con los demás jinetes libres, oyendo cómo Orland de Antigua tocaba el arpa y cantaba historias de reyes muertos bajo el mar. Me convidaron a las viandas y al hidromiel de tu padre, eché un vistazo al Matarreyes y al Gnomo... y me fijé en los hijos de Lord Eddard y los cachorros de lobo que les corrían entre las piernas.

—Bael el Bardo —dijo Jon, recordando la historia que Ygritte le había contado en los Colmillos Helados la noche que había estado a punto de matarlo.

—Me habría encantado serlo. No negaré que las hazañas de Bael han inspirado mis aventuras... pero no recuerdo haber secuestrado a ninguna de tus hermanas. Bael escribía sus canciones y las vivía. Yo solo canto las canciones que han compuesto hombres más ingeniosos que yo. ¿Más hidromiel?

—No —dijo Jon—. Si os hubieran descubierto, os habrían...

—Tu padre me habría cortado la cabeza. —El Rey se encogió de hombros—. Aunque, como había comido de su mesa, estaba protegido por las leyes de la hospitalidad. Las leyes de hospitalidad son tan antiguas como los primeros hombres, tan sagradas como un árbol corazón. —Hizo un gesto hacia la tabla que tenían delante, las migas de pan y los huesos de pollo—. Aquí eres el huésped, no puedo hacerte daño... al menos esta noche. Así que dime la verdad, Jon Nieve. ¿Eres un cuervo que ha cambiado de capa por miedo o hay otro motivo para que estés en mi tienda?

Con derechos de huésped o no, Jon Nieve sabía que en aquel momento caminaba sobre hielo quebradizo. Un paso en falso y podía hundirse en un agua tan fría, que el corazón le dejaría de latir.

«Sopesa cada palabra antes de decirla», se dijo. Bebió un largo trago de hidromiel para ganar tiempo. Dejó el cuerno sobre la mesa.

—Decidme por qué cambiasteis de capa —respondió— y os diré por qué he cambiado yo.

Mance Rayder sonrió, como Jon esperaba. Al Rey le encantaba hablar, y más aún, hablar de sí mismo.

—No dudo de que habrás oído relatos sobre mi deserción.

Unos dicen que fue por una corona. Otros, que por una mujer. Y algunos cuentan que tenéis sangre de salvaje.

—La sangre de los salvajes es la sangre de los primeros hombres, la misma sangre que corre por las venas de los Stark. Y, en lo tocante a coronas, ¿tú ves alguna?

—Veo a una mujer —dijo Jon mirando a Dalla.

—Mi señora está libre de culpa. —Mance la cogió de la mano y la llevó hacia sí—. La conocí cuando volvía del castillo de tu padre. Mediamano era de roble, pero yo soy de carne y aprecio mucho los encantos de las mujeres... lo que me hace igual a tres cuartas partes de los miembros de la Guardia. Hay hombres que aún visten el negro y han tenido diez veces más mujeres que este pobre rey. Vuelve a intentarlo, Jon Nieve.

Jon lo consideró un instante.

—Mediamano dijo que os apasionaba la música de los salvajes.

—Me apasionaba. Me apasiona. Te acercas, pero aún no das en el blanco. —Mance Rayder se levantó, soltó el broche con que se sujetaba la capa y la tendió sobre el banco—. Fue por esto.

—¿La capa?

—La capa negra de lana de un Hermano Juramentado de la Guardia de la Noche —dijo el Rey-más-allá-del-Muro—. Un día, en una expedición, cazamos un magnífico alce. Lo estábamos desollando cuando el olor de la sangre hizo salir de su madriguera a un gatosombra. Lo espanté, pero antes tuvo tiempo de destrozarme la capa. ¿Lo ves? Aquí, aquí y aquí. —Se rio—. También me destrozó el brazo y la espalda, y yo sangraba más que el alce. Mis hermanos temían que muriera antes de que pudieran llevarme con el maestre Mullin de la Torre Sombría, así que me condujeron a una aldea de salvajes; sabían que allí vivía una curandera. Resultó que había muerto, pero su hija me cuidó. Me limpió las heridas, las cosió y me alimentó con papillas y pociones hasta que tuve fuerzas para cabalgar de nuevo. Y también me remendó los rotos de la capa con un poco de seda escarlata de Asshai que su madre había sacado del naufragio de una galera que el mar llevó hasta la Costa Helada. Era su mayor tesoro, y me lo regaló. —Volvió a colocarse la capa sobre los hombros—. Pero en la Torre Sombría me dieron una capa nueva de lana, del almacén, negro sobre negro y rematada en negro, para que combinara con mis calzones negros y mis botas negras, mi pechera negra y mi cota negra. La nueva capa no tenía rasguños ni remiendos, y tampoco lágrimas... y sobre todo, nada de rojo. Los hombres de la Guardia de la Noche vestían de negro, me recordó con severidad Ser Denys Mallister, como si yo lo hubiera olvidado. Me dijo que iban a quemar mi vieja capa.

»Me fui al día siguiente... hacia un sitio donde un beso no fuera un crimen y un hombre pudiera vestir la capa que quisiera. —Cerró el broche y volvió a sentarse—. ¿Y tú, Jon Nieve?

Jon bebió otro trago de hidromiel.

«Solo hay una explicación que se vaya a creer.»

—Habéis dicho que estuvisteis en Invernalia la noche en que mi padre agasajaba al rey Robert.

—Y así fue.

—Entonces nos veríais a todos. Al príncipe Joffrey y al príncipe Tommen, a la princesa Myrcella, a mis hermanos Robb, Bran y Rickon, a mis hermanas Arya y Sansa. Los visteis recorrer el pasillo central con todos los ojos clavados en ellos y ocupar sus asientos en la mesa que estaba directamente debajo del estrado donde se sentaban el Rey y la Reina.

—Lo recuerdo.

—¿Y visteis dónde me sentaba yo, Mance? —Se inclinó hacia delante—. ¿Visteis dónde pusieron al bastardo?

Mance Rayder miró detenidamente el rostro de Jon.

—Creo que será mejor que te busquemos una capa nueva —dijo el Rey al tiempo que le tendía la mano.

Daenerys

Sobre las serenas aguas azules se difundían el toque lento y rítmico de los tambores y el chapoteo suave de los remos de las galeras. La enorme coca gemía siguiendo su estela, arrastrada por gruesos cabos muy tensos. Las velas de la *Balerion* colgaban inermes, como abandonadas en los mástiles. De todos modos, mientras estaba de pie en el castillo de proa contemplando cómo sus dragones se perseguían mutuamente por el cielo azul sin una nube, Daenerys Targaryen se sentía más feliz que nunca.

Sus dothrakis llamaban al mar *agua envenenada,* porque desconfiaban de todo líquido que sus caballos no pudieran beber. El día en que las tres naves levaron anclas en Qarth, cualquiera habría dicho que ponían proa al infierno y no a Pentos. Sus valientes y jóvenes jinetes de sangre miraban la línea de la costa, cada vez más lejana, con los ojos muy abiertos, decididos los tres a no mostrar miedo en presencia de los demás, mientras sus doncellas, Irri y Jhiqui, se agarraban con desesperación a los pasamanos y vomitaban por la borda a cada leve oscilación. El resto del pequeño *khalasar* de Dany permanecía bajo cubierta, prefiriendo la compañía de sus nerviosas cabalgaduras al horripilante mundo sin tierra en torno a las naves. Cuando una galerna repentina los sacudió a los seis días de viaje, ella los oyó por las escotillas; los caballos relinchaban y daban coces; los jinetes rezaban con voces trémulas cada vez que la *Balerion* se alzaba o se hundía.

No había galerna que pudiera asustar a Dany. Daenerys de la Tormenta la llamaban, porque había llegado al mundo aullando en la distante Rocadragón, mientras fuera se desencadenaba la peor tormenta en la memoria de los habitantes de Poniente, una tormenta tan feroz que había arrancado gárgolas de las paredes del castillo y había hecho astillas la flota de su padre.

Las tempestades azotaban el mar Angosto con frecuencia, y Dany lo había cruzado medio centenar de veces en su niñez, cuando huía de una Ciudad Libre a otra, medio paso por delante de los cuchillos de los mercenarios enviados por el Usurpador. Amaba el mar. Le gustaban el olor penetrante y salado del aire y la inmensidad del horizonte infinito, limitado solo por la bóveda de cielo azul que lo cubría. La hacía sentirse diminuta, pero también libre. Le gustaban los delfines que a veces nadaban junto a la *Balerion,* cortando las aguas como lanzas plateadas, y los peces voladores que divisaban de vez en cuando. Hasta le gustaban los marinos, con todas sus canciones e historias. Una vez, en un viaje a Braavos, mientras contemplaba cómo luchaba la tripulación con una enorme vela verde al comienzo de una galerna, había llegado a pensar que sería maravilloso ser marino. Pero cuando se lo contó a su hermano, Viserys le retorció el cabello hasta hacerla gemir.

—Eres de la sangre del dragón —le había gritado—. Del dragón, no de ningún pez de mierda.

«Con respecto a eso, como a tantas otras cosas, era un imbécil —pensó Dany—. Si hubiera sido más sabio y más paciente, sería él quien estaría navegando hacia el oeste para tomar posesión del trono que le pertenecía por derecho.»

Finalmente se había dado cuenta de que Viserys había sido estúpido y malvado; aun así, a veces lo echaba de menos. No al hombre cruel y débil en que se había convertido en los últimos tiempos, sino al hermano que alguna vez le leyó cuentos por las noches y que le permitió resguardarse en su cama, al niño que le contaba historias sobre los Siete Reinos y hablaba de lo maravillosas que serían sus vidas cuando fuese rey.

El capitán apareció a su lado.

—Ojalá esta *Balerion* pudiera volar, igual que el dragón que le dio nombre, Alteza —dijo en valyrio vulgar, muy marcado por el acento de Pentos—. Así no tendríamos que remar, ni ir a remolque, ni rezar para que sople el viento, ¿verdad?

—Muy cierto, capitán —respondió ella con una sonrisa, complacida por haberse ganado a aquel hombre.

El capitán Groleo era un anciano pentoshi, como su señor, Illyrio Mopatis, y se había puesto nervioso como una doncella al saber que en su barco viajarían tres dragones. Cincuenta cubos de agua de mar colgaban todavía de las bordas para prevenir incendios. Al principio, Groleo había querido que los dragones estuvieran enjaulados, y Dany había dado su consentimiento para aliviar los temores del capitán, pero el sufrimiento de los animales era tan palpable que pronto cambió de idea e insistió en que los liberaran.

En aquellos momentos, hasta el capitán Groleo estaba satisfecho de ello. Hubo un pequeño incendio, que extinguieron con facilidad; pero en compensación, en la *Balerion* había muchas menos ratas que antes, cuando navegaba bajo el nombre de *Saduleon*. Y la tripulación, que al principio había sentido tanto miedo como curiosidad, comenzó a mostrar un extraño y enconado orgullo por «sus» dragones. A todos ellos, desde el capitán hasta el pinche de cocina, les encantaba ver cómo volaban los tres... pero a ninguno tanto como a Dany.

«Son mis hijos —pensó—, y si la *maegi* dijo la verdad, son los únicos que tendré en toda mi vida.»

Las escamas de Viserion eran del color de la crema fresca, y sus cuernos, los huesos de las alas y la cresta dorsal eran de un oro viejo que lanzaba brillantes destellos metálicos al sol. Rhaegal estaba hecho del verde del verano y el bronce del otoño. Planeaban sobre las naves describiendo grandes círculos, cada vez más altos, cada uno tratando de sobrepasar al otro.

Los dragones preferían atacar siempre desde arriba, según había aprendido Dany. Cuando uno de ellos lograba interponerse entre el otro y el sol, recogía las alas y descendía en picado con un chillido, y ambos caían desde el cielo, enredados en una gran bola de escamas, lanzándose mordiscos y dando latigazos con la cola. La primera vez que lo hicieron, Dany temió que estuvieran tratando de matarse, pero no era más que un juego. En cuanto tocaban la superficie del agua se separaban y ascendían de nuevo entre chillidos y siseos, mientras el agua de mar se les escapaba de los cuerpos en forma de vapor y las alas se aferraban al aire. Drogon también se mantenía en lo alto, aunque no a la vista; estaría a más de una legua por delante o por detrás, cazando.

Su Drogon siempre tenía hambre.

«Come mucho y crece deprisa. Dentro de un año, de dos como mucho, será tan grande que podré montar sobre él. Y entonces no necesitaré naves para cruzar el gran mar salado.»

Pero aquel momento aún no había llegado. Rhaegal y Viserion eran del tamaño de perros pequeños. Drogon era apenas un poco más grande, y cualquier perro pesaba más que ellos; eran todo alas, cuello y cola, más ligeros de lo que parecían. Y por tanto, Daenerys Targaryen debía confiar en la madera, el viento y la lona para que la llevaran a casa.

La madera y la lona le habían servido muy bien hasta el momento, pero el viento impredecible se había vuelto traidor. Durante seis días y seis noches había reinado la calma, y a la llegada del séptimo día no había ni asomo de brisa que hinchara las velas. Afortunadamente, dos de las naves que el magíster Illyrio había mandado en su busca eran galeras comerciales, con doscientos remos cada una y tripulaciones de remeros con fuertes brazos para manejarlos. Pero la gran nave *Balerion* era muy diferente: un poderoso casco de anchas vigas con mástiles inmensos y enormes velas, pero indefensa en la calma. La *Vhagar* y la *Meraxes* habían tirado cabos para remolcarla, pero a pesar de ello, solo conseguían avanzar con torturante lentitud. Las tres naves estaban repletas de gente y llevaban mucha carga.

—No veo a Drogon —dijo Ser Jorah Mormont cuando se reunió con ella en el castillo de proa—. ¿Se ha extraviado de nuevo?

—Nosotros somos los extraviados, ser. A Drogon le disgusta este lento avance tanto como a mí.

Más atrevido que los otros dos, su dragón negro había sido el primero en probar las alas encima del agua, el primero en volar de una nave a otra, el primero en perderse dentro de una nube pasajera... y el primero en matar. Los peces voladores, en cuanto rompían la superficie del agua, se veían envueltos en una llamarada, atrapados y engullidos.

—¿Qué tamaño tendrá cuando termine de crecer? —preguntó Dany con curiosidad—. ¿Lo sabéis?

—En los Siete Reinos se cuentan historias sobre dragones tan grandes que eran capaces de sacar un kraken del mar.

—Sería un espectáculo digno de verse —dijo Dany riéndose.

—No es más que una leyenda, *khaleesi* —dijo su caballero exiliado—. También habla de sabios dragones ancianos que viven mil años.

—Bien, pero ¿cuántos años vive un dragón? —Dany levantó la vista en el momento en que Viserion bajó en picado, casi rozó la nave y remontó aleteando lentamente y agitando las velas inermes.

—El tiempo natural de vida de un dragón es varias veces más largo que el de un hombre —respondió Ser Jorah encogiéndose de hombros—, o al menos eso es lo que dicen las canciones... pero los dragones más conocidos en los Siete Reinos fueron los de la Casa Targaryen. Los criaban para la guerra, y en la guerra perecían. No es nada fácil matar a un dragón, pero tampoco es imposible.

—Balerion, el Terror Negro, tenía doscientos años cuando murió, durante el reinado de Jaehaerys el Conciliador —dijo volviéndose hacia ellos el escudero Barbablanca, que estaba de pie junto al mascarón de proa, apoyado con la mano delgada en un largo bastón de madera dura—. Era tan grande que podía tragarse un uro entero. Un dragón no deja de crecer nunca, Alteza, siempre que tenga alimento y libertad.

Su nombre era Arstan, pero Belwas el Fuerte lo había llamado Barbablanca a causa de sus patillas y bigotes encanecidos, y ya casi todo el mundo lo llamaba así. Era más alto que Ser Jorah, aunque no tan musculoso; tenía ojos de color azul claro y una larga barba blanca como la nieve y fina como la seda.

—¿Libertad? —preguntó Dany con curiosidad—. ¿Qué queréis decir?

—En Desembarco del Rey, vuestros antepasados construyeron un inmenso castillo con una cúpula para sus dragones. Se llama Pozo Dragón. Aún sigue erguida en la cima de la colina de Rhaenys, aunque en la actualidad está en ruinas. Allí vivían los dragones reales en tiempos remotos, y era un edificio cavernoso, con puertas de hierro tan anchas que treinta caballeros podían entrar por ellas a la vez, hombro con hombro. Pero, a pesar de ello, ninguno de los dragones del pozo llegó a alcanzar las dimensiones de sus ancestros. Los maestres dicen que era a causa de las paredes que los rodeaban y de la cúpula que tenían sobre la cabeza.

—Si las paredes nos encogieran —dijo Ser Jorah—, los campesinos serían diminutos, y los reyes serían grandes como gigantes. He visto hombres corpulentos nacidos en chozas, y enanos que habitaban en castillos.

—Los hombres son hombres —replicó Barbablanca—, y los dragones son dragones.

—Una idea muy profunda —replicó Ser Jorah con una risa despectiva. El caballero exiliado no sentía ningún aprecio por el anciano, y lo había manifestado desde el primer día—. ¿Y qué sabéis vos de dragones?

—Bastante poco, es verdad. Pero serví durante un tiempo en Desembarco del Rey, en los días en que el rey Aerys ocupaba el Trono de Hierro y caminaba bajo las calaveras de dragones que colgaban de las paredes del salón del trono.

—Viserys me habló de esas calaveras —dijo Dany—. El Usurpador las retiró y las ocultó. No podía resistir que lo mirasen cuando se sentaba en su trono robado. —Se acercó a Barbablanca—. ¿Visteis alguna vez a mi real padre?

El rey Aerys II había muerto antes del nacimiento de su hija.

—Tuve ese gran honor, Alteza.

—¿Lo considerabais bueno y gentil? —Dany tomó al anciano por el brazo.

Barbablanca hizo un esfuerzo para ocultar sus sentimientos, pero estaban allí, expuestos en su rostro.

—Su Alteza era... agradable en general.

—¿En general? —Dany sonrió—. Pero ¿no siempre?

—Podía ser muy duro con los que consideraba sus enemigos.

—Un hombre sabio nunca se enemista con un rey —dijo Dany—. ¿También conocisteis a mi hermano Rhaegar?

—Se decía que ningún hombre llegó nunca a conocer a fondo al príncipe Rhaegar. Tuve el privilegio de verlo en un torneo, y con frecuencia lo oí tocar su arpa de cuerdas de plata.

—Junto a otros mil en alguna fiesta de la cosecha —intervino Ser Jorah riéndose, burlón—. Ahora diréis que fuisteis su escudero.

—No pretendo afirmar semejante cosa, ser. Myles Mooton era el escudero del príncipe Rhaegar, y lo sustituyó Richard Lonmouth. Cuando se ganaron sus espuelas, el propio príncipe los armó caballeros, y ellos siguieron siendo sus compañeros más allegados. También el joven Lord Connington compartía el aprecio del príncipe, aunque su mejor amigo era Arthur Dayne.

—¡La Espada del Amanecer! —dijo Dany, encantada—. Viserys solía hablar de su maravillosa espada blanca. Decía que Ser Arthur era el único caballero del reino que podía igualarse a nuestro hermano.

—No me corresponde poner en duda las palabras del príncipe Viserys —dijo Barbablanca inclinando la cabeza.

—Del rey —lo corrigió Dany—. Fue rey, aunque no reinó. Viserys, el tercero de su nombre. Pero ¿qué queréis decir? —La respuesta del hombre no era la que ella habría esperado—. Ser Jorah dijo una vez que Rhaegar era el último dragón. Tenía que ser un guerrero sin par para que lo llamaran así, ¿no es verdad?

—Vuestra Alteza —dijo Barbablanca—, el príncipe de Rocadragón fue un guerrero muy poderoso, pero...

—Continúa —lo instó Dany—. Puedes hablarme con total libertad.

—Como ordenéis. —El anciano se apoyó en su bastón y levantó una ceja—. Un guerrero sin par... son unas palabras muy bellas, Vuestra Alteza, pero las palabras no ganan batallas.

—Las espadas ganan batallas —dijo Ser Jorah con brusquedad—. Y el príncipe Rhaegar sabía cómo usar una espada.

—Sí que sabía, ser. Pero... he visto cien torneos y más guerras de las que habría deseado, y no importa cuán fuerte, rápido o hábil pueda ser un caballero, siempre hay otros que se le equiparan. Un hombre puede ganar un torneo y caer rápidamente en el siguiente. Un resbalón en la hierba puede significar la derrota, al igual que lo que se ha cenado la noche anterior. Un cambio del viento puede traer el regalo de la victoria. —Miró a Ser Jorah—. O el favor de una dama anudado en torno al brazo.

—Cuidado con lo que decís, anciano. —El rostro de Mormont se había ensombrecido.

Dany sabía que Arstan había visto combatir a Ser Jorah en Lannisport, en el torneo que Mormont había ganado con la prenda de una dama anudada en torno al brazo. También había ganado la dama: Lynesse de la Casa Hightower, su segunda esposa, de noble cuna y muy bella... Pero ella lo había abandonado en la ruina, y en aquel momento, su recuerdo le resultaba muy amargo.

—Sed amable, mi caballero. —Puso una mano sobre el brazo de Jorah—. Arstan no tenía ninguna intención de ofenderos, estoy segura.

—Como digáis, *khaleesi* —en la voz de Ser Jorah se palpaba el rencor.

—Sé muy poco de Rhaegar —dijo Dany volviéndose de nuevo hacia el escudero—. Solo las historias que contaba Viserys, y él era un niño pequeño cuando murió nuestro hermano. ¿Cómo era en realidad?

—Era hábil —dijo el anciano tras meditar un instante—. Eso, por encima de todo. Decidido, deliberado, obediente y sincero. Se cuenta una historia sobre él... pero sin duda, Ser Jorah también la conoce.

—Quiero oírla de vuestros labios.

—Como deseéis —dijo Barbablanca—. Cuando era muy joven, el príncipe de Rocadragón era un gran aficionado a los libros. Comenzó a leer tan temprano que la gente decía que la reina Rhaella debió de devorar algunos libros y una vela cuando tenía a su hijo en las entrañas. A Rhaegar no le interesaban los juegos de los demás niños. Los maestres estaban sobrecogidos por su talento, pero los caballeros de su padre bromeaban con amargura, diciendo que Baelor el Santo había renacido. Hasta un día en que el príncipe Rhaegar encontró en sus pergaminos algo que lo hizo cambiar. Nadie sabe qué pudo ser; solo, que el niño apareció repentinamente una mañana en el patio cuando los caballeros vestían sus armaduras de acero. Se dirigió a Ser Willem Darry, el maestro de armas, y le dijo: «Necesitaré espada y armadura. Al parecer, tengo que ser un guerrero».

—¡Y lo fue! —dijo Dany, encantada.

—En efecto, lo fue —asintió Barbablanca—. Perdonad, Alteza. Hablando de guerreros, veo que Belwas el Fuerte se ha levantado ya; debo atenderlo.

Dany lo siguió con la vista. El eunuco atravesaba la pasarela tendida entre las naves, ágil como un mono a pesar de su corpulencia. Belwas era bajito pero ancho; pesaba sus buenas ocho arrobas de grasa y músculo, y tenía la gran panza parda atravesada por viejas cicatrices blancuzcas. Vestía pantalones anchos, un cinturón de seda amarilla y un chaleco de cuero absurdamente pequeño, con remaches de hierro.

—¡Belwas el Fuerte tiene hambre! —rugió, dirigiéndose a todos y a nadie en particular—. ¡Belwas el Fuerte va a comer ahora! —Se giró y vio a Arstan en el castillo de proa—. ¡Barbablanca! —gritó—. ¡Traed comida para Belwas el Fuerte!

—Podéis ir —ordenó Dany al escudero, que hizo otra reverencia y se marchó a atender las necesidades del hombre al que servía.

Ser Jorah lo siguió con el ceño fruncido en su rostro rudo y sincero. Mormont era grande y musculoso, de quijada fuerte y ancho de hombros. No era en absoluto un hombre apuesto, pero Dany no había tenido nunca un amigo tan fiel.

—Debéis ser sabia y desconfiar de las palabras de ese anciano —le dijo cuando Barbablanca estuvo suficientemente lejos.

—Una reina debe escuchar a todos —le recordó ella—. A los de noble cuna y al pueblo llano, al fuerte y al débil, al noble y al venal. —Recordó algo que había leído en un libro—. Una voz dirá mentiras, pero en muchas otras hay verdades encerradas.

—Escuchad mi voz entonces, Alteza —dijo el exiliado—. Este Arstan Barbablanca no es lo que parece. Es demasiado viejo para ser escudero, y habla demasiado bien para ser el sirviente de ese eunuco cretino.

«Eso sí que parece extraño», tuvo que admitir Dany. Belwas el Fuerte era un ex esclavo, criado y entrenado en las arenas de combate de Meereen. El magíster Illyrio lo había mandado para protegerla, o aquello decía Belwas, y era cierto que necesitaba protección. El Usurpador, en su Trono de Hierro, había ofrecido tierras y un título de Lord al hombre que la matara. Ya se había llevado a cabo un intento, con una copa de vino envenenado. Mientras más se aproximaba a Poniente, más aumentaba la probabilidad de otro ataque. En Qarth, el hechicero Pyat Pree había mandado en pos de ella a un Hombre Pesaroso, para vengar a los Eternos que ella había quemado en su Palacio de Polvo. Los hechiceros no olvidaban nunca una ofensa, decían, y los Hombres Pesarosos nunca fallaban al matar. También la mayoría de los dothrakis estarían en su contra. Los *kos* de Khal Drogo dirigían entonces sus *khalasars,* y ninguno de ellos vacilaría en atacar a su pequeño grupo cuando lo divisaran, para matar y esclavizar a los suyos y para arrastrar a Dany de vuelta a Vaes Dothrak, a fin de hacerla ocupar el puesto que le correspondía entre las ancianas arrugadas y marchitas del *dosh khaleen.* Había tenido la esperanza de que Xaro Xhoan Daxos no fuera su enemigo, pero el mercader de Qarth anhelaba sus dragones. Y también estaba Quaithe de la Sombra, la extraña mujer de la máscara de laca roja, con sus crípticos consejos. ¿Era también una enemiga, o solo una amiga peligrosa? Dany no lo sabía.

«Ser Jorah me salvó del envenenador, y Arstan Barbablanca, de la manticora. Quizá Belwas el Fuerte me salvará del próximo. —Era bastante corpulento, con brazos como árboles pequeños, y tenía un enorme *arakh* curvo, tan afilado que podría afeitarse con él, en el caso improbable de que brotara pelo en aquellas lisas mejillas oscuras. Pero también era como un niño—. Como protector, deja mucho que desear. Menos mal que tengo a Ser Jorah y a mis jinetes de sangre. Y a mis dragones; no me puedo olvidar de ellos.»

Con el tiempo, sus dragones serían sus guardianes más temibles, de la misma forma que lo habían sido para Aegon el Conquistador y sus hermanas, trescientos años atrás. Sin embargo, en aquel momento le suponían más peligro que seguridad. En todo el mundo había solo tres dragones vivos, y le pertenecían; eran una maravilla aterradora, y no tenían precio.

Estaba meditando sus palabras cuando percibió un viento frío en la nuca, y un mechón de su cabello color oro plateado le cayó sobre la ceja. Arriba, la lona crujió y se movió, y de repente, un grito brotó de todos los rincones de la *Balerion.*

—¡El viento! —gritaron los marineros—. ¡El viento ha vuelto, el viento!

Dany levantó la vista hacia donde las grandes velas de la enorme coca se ondulaban y se hinchaban, haciendo que los cordajes vibraran y se tensaran, cantando la dulce canción que se había callado durante seis largos días. El capitán Groleo corrió a popa, gritando órdenes. Los pentoshis que no estaban vitoreando treparon por los mástiles. Hasta Belwas el Fuerte dejó escapar un alarido y dio unos pasos de baile.

—¡Alabados sean los dioses! —dijo Dany—. ¿Lo veis, Jorah? Estamos de nuevo en camino.

—Sí —respondió él—. Pero ¿hacia dónde, mi reina?

El viento sopló del este todo el día, primero de manera constante y después en ráfagas violentas. El sol se puso con un resplandor rojo.

«Aún estoy a medio mundo de distancia de Poniente —se dijo Dany aquella tarde mientras chamuscaba carne para sus dragones—, pero cada hora me acerca más.» Intentó imaginar qué sentiría cuando contemplara por primera vez la tierra que había nacido para gobernar. «Será la orilla más bella que haya visto, lo sé. ¿Cómo podría ser de otra manera?»

Pero más tarde, aquella noche, mientras la *Balerion* continuaba avanzando en la oscuridad y Dany permanecía sentada con las piernas cruzadas en su litera del camarote del capitán, dando de comer a los dragones («Hasta en el mar —había dicho gentilmente Groleo—, las reinas tienen precedencia sobre los capitanes»), llamaron con fuerza a la puerta.

Irri había estado durmiendo al pie de su litera (era demasiado estrecha para tres, y aquella noche le tocaba a Jhiqui compartir el suave lecho de plumas con su *khaleesi*), pero la doncella se levantó al oír que tocaban y fue a la puerta. Dany cogió la colcha y se cubrió hasta las axilas. Dormía desnuda, y no había esperado visitas a aquella hora.

—Entrad —dijo cuando vio a Ser Jorah fuera, bajo un farol que se mecía.

—Lamento haber interrumpido vuestro sueño, Alteza —se disculpó el caballero exiliado, inclinando la cabeza al entrar.

—No dormía, ser. Venid y observad.

Tomó un pedazo de tocino del cuenco que tenía en el regazo y lo levantó para que los dragones pudieran verlo. Los tres lo observaron con expresión hambrienta. Rhaegal abrió sus alas verdes y agitó el aire, mientras el cuello de Viserion se movía adelante y atrás como una larga serpiente pálida, siguiendo el movimiento de la mano.

—Drogon —dijo Dany en voz baja—, *dracarys*. —Y tiró el trozo de carne al aire.

Drogon se movió con más celeridad que una cobra al ataque. De su boca brotó una llama naranja, escarlata y negra, que chamuscó la carne antes de que comenzara a caer. Cuando sus afilados dientes negros se cerraron en torno a ella, la cabeza de Rhaegal se aproximó, como intentando robar la presa de las fauces de su hermano, pero Drogon se la tragó y gritó, y el dragón verde, más pequeño, se limitó a sisear de frustración.

—Para ya, Rhaegal —dijo Dany, molesta, al tiempo que le daba un golpecito en la cabeza—. Tú te has comido el anterior. No quiero dragones codiciosos. —Se volvió hacia Ser Jorah y sonrió—. Ya no tengo que asarles la carne en un brasero.

—Eso veo. *¿Dracarys?*

Los tres dragones volvieron la cabeza al oír la palabra, y Viserion soltó una llama de un dorado claro que obligó a Ser Jorah a retroceder con rapidez. Dany soltó una risita.

—Tened cuidado con esa palabra, ser, o podrían chamuscaros la barba. Significa «fuegodragón» en alto valyrio. Quise buscar una orden que nadie fuera a pronunciar de modo casual.

Mormont hizo un gesto de asentimiento.

—Quisiera hablar con vos en privado, Alteza.

—Por supuesto. Irri, déjanos a solas un momento. —Puso una mano sobre el hombro desnudo de Jhiqui y sacudió a la doncella hasta despertarla—. Tú también, amiga mía. Ser Jorah tiene que decirme algo.

—Sí, *khaleesi.*

Jhiqui bajó desnuda de la litera, bostezando, con la cabellera negra despeinada. Se vistió rápidamente y se fue junto con Irri. Cerraron la puerta a sus espaldas.

Dany lanzó a los dragones los restos de tocino para que se lo disputaran y dio una palmada en el lecho, a su lado.

—Sentaos, buen caballero, y decidme qué os preocupa.

—Tres cosas. —Ser Jorah se sentó—. Belwas el Fuerte. El tal Arstan Barbablanca. E Illyrio Mopatis, que los mandó.

«¿Otra vez?» Dany estiró la manta y se cubrió el hombro con uno de sus extremos.

—¿Y por qué?

—Los hechiceros os dijeron en Qarth que seríais traicionada en tres ocasiones —le recordó el caballero exiliado, mientras Viserion y Rhaegal comenzaron a arañarse y a tirarse dentelladas por el último trozo de tocino.

—Una vez por sangre, una vez por oro y una vez por amor. —Dany no lo había olvidado—. La traición de Mirri Maz Duur fue la primera.

—Lo que significa que aún quedan dos traidores... y ahora aparecen estos dos. Eso me preocupa, sí. No olvido nunca que Robert le ofreció el título de Lord al hombre que os mate.

Dany se inclinó hacia delante y dio un tirón a la cola de Viserion para apartarlo de su hermano verde. Al moverse, la manta le dejó el pecho al descubierto. La agarró deprisa y volvió a cubrirse.

—El Usurpador está muerto —dijo.

—Pero su hijo reina en su lugar. —Ser Jorah levantó la vista y clavó los ojos oscuros en los de ella—. Un hijo obediente paga las deudas de su padre. Hasta las deudas de sangre.

—Ese niño, Joffrey, seguramente quiere mi muerte... si se acuerda de que estoy viva. ¿Qué tiene eso que ver con Belwas y con Arstan Barbablanca? El anciano ni siquiera lleva espada. Ya lo habéis visto.

—Sí, sí. Y he visto con qué destreza maneja su bastón. ¿Recordáis cómo mató a aquella manticora en Qarth? Le habría resultado igual de fácil aplastaros la garganta.

—Por supuesto, pero no lo hizo —señaló ella—. El aguijón de aquella manticora estaba destinado a matarme. Me salvó la vida.

—*Khaleesi,* ¿no habéis pensado en la posibilidad de que Barbablanca y Belwas estuvieran confabulados con el asesino? Tal vez fuera un ardid para ganarse vuestra confianza.

La risa súbita de Dany hizo sisear a Drogon, y Viserion se posó, agitando las alas, en su percha, encima de la escotilla.

—El ardid ha funcionado bien.

—Son las naves de Illyrio —insistió el caballero exiliado sin devolverle la sonrisa—, los capitanes de Illyrio, los marineros de Illyrio... y tanto Belwas el Fuerte como Arstan son hombres suyos, no vuestros.

—El magíster Illyrio me ha protegido en ocasiones anteriores. Belwas el Fuerte dice que lloró al conocer la muerte de mi hermano.

—Sí —dijo Mormont—, pero ¿lloró por Viserys, o por los planes que había hecho conjuntamente con él?

—Sus planes no tienen por qué cambiar. El magíster Illyrio es amigo de la Casa Targaryen y es rico...

—No nació rico. En el mundo, como he podido comprobar, ningún hombre se hace rico mediante la bondad. Los hechiceros dicen que la segunda traición será por oro. ¿Hay algo que Illyrio Mopatis ame más que el oro?

—Su pellejo. —Al otro lado del camarote, Drogon se movió; le salía vapor por la nariz—. Mirri Maz Duur me traicionó. La quemé por ello.

—Mirri Maz Duur estaba en vuestro poder. En Pentos, estaréis en poder de Illyrio. No es lo mismo. Conozco a Illyrio tan bien como vos. Es un hombre listo y taimado...

—Si pretendo conquistar el Trono de Hierro, necesito a hombres listos a mi alrededor.

—Aquel vendedor de vino que intentó envenenaros también era un hombre listo. —Ser Jorah sonrió, burlón—. Los hombres listos alimentan planes ambiciosos.

—Vos me protegeréis. Vos y los jinetes de sangre. —Dany recogió las piernas bajo la manta.

—¿Cuatro hombres? *Khaleesi,* creéis conocer muy bien a Illyrio Mopatis. Pero habéis insistido en rodearos de hombres a los que no conocéis, como ese eunuco hinchado y el escudero más anciano del mundo. Tomad ejemplo de lo ocurrido con Pyat Pree y Xaro Xhoan Daxos.

«Solo quiere mi bien —se repitió Dany para sus adentros—. Todo lo que hace, lo hace por amor.»

—Me parece que una reina que no confía en nadie es tan tonta como una reina que confía en todo el mundo. Cada hombre que tomo a mi servicio significa un riesgo, eso lo entiendo, pero ¿cómo voy a conquistar los Siete Reinos sin correr riesgos así? ¿Conquistaré Poniente con un caballero exiliado y tres jinetes de sangre dothraki?

—Vuestro camino está lleno de peligros, no voy a negarlo. —La mandíbula de Ser Jorah se había tensado en gesto terco—. Pero si confiáis ciegamente en cada mentiroso y farsante que aparece, acabaréis como vuestros hermanos.

«Me trata como si fuera una niña.» La obstinación del caballero la irritaba.

—Belwas el Fuerte no podría tramar un complot ni para ir a desayunar. ¿Y me ha mentido Arstan Barbablanca?

—No es lo que afirma ser. Os habla con un descaro impropio de un escudero.

—Habló con franqueza porque se lo ordené. Conoció a mi hermano.

—Muchísimos hombres conocieron a vuestro hermano. Alteza, en Poniente, el Lord Comandante de la Guardia Real es miembro del Consejo Privado y sirve al rey con su talento, lo mismo que con su acero. Si yo soy el primero de vuestra Guardia, os ruego que me escuchéis. Tengo un plan que proponeros.

—¿Un plan? Contádmelo.

—Illyrio Mopatis quiere teneros de regreso en Pentos, bajo su techo. Muy bien, id con él... pero en el momento en que os convenga, y nunca sola. Veamos cuán leales y obedientes son en verdad esos nuevos súbditos vuestros. Ordenadle a Groleo que cambie el curso y se dirija a la bahía de los Esclavos.

Dany no estaba segura de que aquello le hiciera gracia. Todo lo que había oído sobre los mercados de carne en las grandes ciudades esclavistas de Yunkai, Meereen y Astapor era brutal y daba miedo.

—¿Y qué iré a buscar en la bahía de los Esclavos?

—Un ejército —dijo Ser Jorah—. Si Belwas el Fuerte os cae tan bien, podréis comprar centenares como él en los reñideros de Meereen... aunque yo pondría proa a Astapor. En Astapor podréis comprar Inmaculados.

—¿Los soldados de los cascos de bronce con una púa? —Dany había visto guardias Inmaculados en las Ciudades Libres, apostados ante las puertas de magísteres, arcontes y dinastas—. ¿Para qué necesito Inmaculados? Ni siquiera montan a caballo, y casi todos son obesos.

—Los Inmaculados que debéis de haber visto en Pentos y Myr eran guardias domésticos. Es un servicio sin muchos peligros, y de todos modos, los eunucos tienden a la obesidad. El único vicio que se encuentra a su alcance es la comida. Juzgar a todos los Inmaculados a partir de unos pocos esclavos domésticos viejos es como juzgar a todos los escuderos a partir de Arstan Barbablanca, Alteza. ¿Conocéis la historia de los Tres Mil de Qohor?

—No. —La manta se resbaló del hombro de Dany y ella volvió a colocarla en su lugar.

—Fue hace cuatrocientos años o más, cuando los dothrakis cabalgaron por primera vez hacia el este, saqueando y quemando toda aldea o ciudad que hallaron en su camino. El *khal* que los guiaba se llamaba Temmo. Su *khalasar* no era tan grande como el de Drogo, pero sí bastante considerable. Por lo menos cincuenta mil hombres. La mitad de ellos, guerreros con trenzas llenas de campanillas.

»Los qohorienses sabían que Temmo se aproximaba. Reforzaron sus murallas, duplicaron el número de sus guardias y contrataron además a dos compañías libres: los Banderas Luminosas y los Segundos Hijos. Y casi como si se les hubiera ocurrido a última hora, mandaron a un hombre a Astapor a comprar tres mil Inmaculados. Sin embargo, la marcha de regreso a Qohor fue muy larga, y cuando se aproximaron, vieron el polvo y el humo, y oyeron el retumbar lejano de la batalla.

»Cuando los Inmaculados llegaron a la ciudad, el sol se había puesto. Lobos y cuervos se daban un festín bajo las murallas con los restos de los pesados caballos de los qohorienses. Los Banderas Luminosas y los Segundos Hijos habían huido, como hacen habitualmente los mercenarios cuando se enfrentan a situaciones desesperadas. Al caer la noche, los dothrakis se retiraron a su campamento, para beber, comer y festejar, pues ninguno albergaba dudas de que por la mañana retornarían para destrozar las puertas de la ciudad, asaltar las murallas y violar, saquear y esclavizar a quien quisieran.

»Pero cuando llegó la aurora, y Temmo y sus jinetes de sangre sacaron a su *khalasar* del campamento, encontraron a los tres mil Inmaculados desplegados ante las puertas, con el estandarte de la Cabra Negra tremolando sobre sus cabezas. Podrían haber atacado fácilmente a una fuerza tan pequeña por los flancos, pero ya conocéis a los dothrakis. Aquellos eran hombres de a pie, y los hombres de a pie solo sirven para aniquilarlos.

»Los dothrakis se lanzaron a la carga. Los Inmaculados unieron los escudos, bajaron las lanzas y se mantuvieron firmes. Contra veinte mil guerreros vociferantes con campanillas en el cabello, se mantuvieron firmes.

»Dieciocho veces se lanzaron los dothrakis a la carga, para estrellarse contra aquellos escudos y lanzas, como si se tratara de una orilla rocosa. Tres veces ordenó Temmo disparar a los arqueros, y las flechas cayeron como lluvia sobre los Tres Mil, pero los Inmaculados se limitaron a levantar los escudos sobre la cabeza hasta que pasó el chaparrón. Al final, solo quedaron seiscientos... pero en aquel campo yacían muertos doce mil dothrakis, incluidos el Khal Temmo, sus jinetes de sangre, sus *kos* y todos sus hijos. En la mañana del cuarto día, el nuevo *khal* llevó a los supervivientes ante las puertas de la ciudad en procesión solemne. Uno por uno, todos los hombres se cortaron la trenza y la tiraron a los pies de los Tres Mil.

»Desde aquel día, la guardia urbana de Qohor está formada únicamente por Inmaculados, cada uno de los cuales porta una lanza de la que cuelga una trenza de cabello humano.

»Eso es lo que encontraréis en Astapor, Alteza. Desembarcad allí y seguid por tierra hasta Pentos. Os tomará más tiempo, sí... pero cuando compartáis el pan con el magíster Illyrio, tendréis mil espadas detrás de vos, no solo cuatro.

«Es un consejo sabio, sí —pensó Dany—, pero...»

—¿Cómo voy a comprar mil soldados esclavos? Lo único que tengo de valor es la corona que me dio la Hermandad de la Turmalina.

—En Astapor, los dragones serán una maravilla tan grande como lo fueron en Qarth. Quizá los traficantes de esclavos os abrumen con regalos, como hicieron los de Qarth. Si no... estas naves llevan algo más que a vuestros dothrakis y sus caballos. Cargaron mercancías en Qarth. He revisado las bodegas y las he visto. Rollos de seda y balas de pieles de tigre, tallas de ámbar y de jade, azafrán, mirra... Los esclavos son baratos, Alteza. Las pieles de tigre son caras.

—Son las pieles de tigre de Illyrio —objetó ella.

—E Illyrio es amigo de la Casa Targaryen.

—Razón de más para no robar sus bienes.

—¿Para qué sirven los amigos acaudalados si no pueden poner sus riquezas a vuestra disposición, reina mía? Si el magíster Illyrio os las negara, no sería más que un Xaro Xhoan Daxos con cuatro papadas. Y si es sincero en su devoción a vuestra causa, no os echará en cara tres naves de mercancías. ¿Qué mejor uso para sus pieles de tigre que compraros la semilla de un ejército?

«Es verdad.» Dany sintió una emoción creciente.

—En una marcha como esa habrá peligros...

—También hay peligros en el mar. Por la ruta del sur hay corsarios y piratas, y al norte de Valyria, los demonios han encantado el mar Humeante. La próxima tormenta podría hacer que nos fuéramos a pique o dispersarnos, un kraken podría arrastrarnos al fondo... o podríamos encontrarnos con otra calma chicha y morir de sed mientras esperamos a que se levante el viento. Una marcha tendrá peligros diferentes, mi reina, pero ninguno mayor.

—¿Y qué pasa si el capitán Groleo se niega a cambiar el rumbo? ¿Y qué harán Arstan y Belwas?

—Quizá sea el momento de que lo averigüéis. —Ser Jorah se puso de pie.

—Sí —decidió ella—. ¡Lo haré! —Dany se quitó la manta y saltó de la litera—. Veré enseguida al capitán; le ordenaré que ponga rumbo a Astapor. —Se inclinó sobre su baúl, levantó la tapa y agarró la primera prenda que encontró, unos anchos pantalones de seda basta—. Dadme el cinturón con el medallón —ordenó a Jorah mientras se subía la seda por las caderas—. Y mi chaleco... —comenzó a decir mientras se volvía.

Ser Jorah la envolvió entre sus brazos.

—Oh —fue lo único que logró decir Dany cuando la atrajo hacia sí y pegó sus labios a los de ella. Olía a sudor, a sal y a cuero, y los remaches de hierro de su jubón se le clavaban en los pechos desnudos mientras él la estrechaba contra su cuerpo. Una mano la sostenía por el hombro, y la otra había descendido por su espalda casi hasta el final. La boca de Dany se abrió para recibir la lengua de Ser Jorah, aunque ella no se lo había ordenado.

«Me pincha con la barba —pensó—, pero su boca es dulce. —Los dothrakis no llevaban barba, solo largos mostachos, y el único que la había besado antes era Khal Drogo—. No debería hacer eso. Soy su reina, no su hembra.»

Fue un beso largo, aunque Dany no habría podido decir cuánto. Al terminar, Ser Jorah la soltó, y ella dio un rápido paso atrás.

—Vos... No deberíais haber...

—No debería haber esperado tanto tiempo —terminó la frase por ella—. Debí haberos besado en Qarth, en Vaes Tolorro. Debí haberos besado en el desierto rojo, cada día y cada noche. Habéis nacido para que os besen, cada instante.

Tenía los ojos clavados en los pechos de Dany, que se los cubrió con las manos antes de que los pezones pudieran traicionarla.

—Esto... no ha sido adecuado. Soy vuestra reina.

—Mi reina y la mujer más valiente, más dulce y más bella que he visto en mi vida. Daenerys...

—¡Alteza!

—Alteza —aceptó él—. «El dragón tiene tres cabezas», ¿os acordáis? Desde que lo oísteis de labios de los hechiceros, en el Palacio de Polvo, os habéis preguntado qué significa. Pues aquí tenéis lo que quiere decir: *Balerion, Meraxes y Vhagar,* montados por Aegon, Rhaenys y Visenya. El dragón de tres cabezas de la Casa Targaryen: tres dragones y tres jinetes.

—Sí —dijo Dany—, pero mis hermanos están muertos.

—Rhaenys y Visenya fueron esposas de Aegon, además de sus hermanas. Vos no tenéis hermanos, pero podéis tomar maridos. Y en verdad os digo, Daenerys, que no hay un hombre en el mundo entero que os pueda ser ni la mitad de fiel que yo.

Bran

El gran risco se elevaba abruptamente del terreno, como un largo pliegue de roca y tierra con la forma de una garra. De sus laderas bajas colgaban pinos, fresnos y matorrales de espino, pero más arriba, la tierra estaba desnuda, y su silueta nítida se recortaba ante el cielo nublado.

Podía sentir la llamada de la gran piedra. Fue subiendo; al principio trotaba tranquilamente; después, más deprisa; sus fuertes patas devoraban la pendiente a medida que ascendían. Cuando pasaba corriendo, los pájaros abandonaban las ramas y se abrían paso hacia el cielo con patas y alas. Podía oír el viento que suspiraba entre las hojas, las ardillas que intercambiaban leves chillidos y hasta el sonido de una piña al caer al suelo del bosque. Los olores eran una canción en torno a él, una canción que llenaba el hermoso mundo verde.

Mientras recorría los últimos pasos para detenerse en la cima, la gravilla le salía disparada de debajo de las patas. Sobre los altos pinos, el sol se alzaba, enorme y rojo, y debajo de él, los árboles y las colinas se extendían hasta el infinito, tan lejos como podía ver u oler. En lo alto, un milano real describía círculos, oscuro ante el cielo rosado.

«Príncipe.» El sonido humano le acudió a la mente de forma inesperada; aun así, sabía que era correcto. «Príncipe del verdor, príncipe del bosque de los Lobos.» Era fuerte, rápido y feroz, y todas las criaturas del buen mundo verde lo temían y se le sometían.

Abajo, muy lejos, en el bosque, algo se movió entre los árboles. Un destello gris, visto y no visto, pero suficiente para que levantara las orejas. Allí abajo, junto a un raudo torrente verde, se deslizó corriendo otra silueta.

«Lobos», supo al instante. Sus primos pequeños, dando caza a alguna presa. El príncipe ya podía ver a unos cuantos más, sombras sobre rápidas patas grises. «Una manada.»

Él también había tenido una manada, en otro tiempo. Habían sido cinco, y un sexto se mantenía apartado. En algún lugar de su interior estaban los sonidos que los hombres les habían dado para diferenciar a uno de otro, pero él no los conocía por aquellos sonidos. Recordaba los olores, los de sus hermanos y hermanas. Todos tenían un olor parecido, el olor de la manada, pero también se diferenciaban unos de otros.

Su hermano enojado, el de los ardientes ojos verdes, estaba cerca, el príncipe lo notaba, aunque no lo había visto desde hacía muchas cacerías. Pero con cada sol que se ponía, se distanciaba más, y él había sido el último. Los otros se habían alejado y dispersado, como hojas barridas por un vendaval.

A veces podía percibirlos como si aún estuvieran con él, aunque ocultos por un peñasco o un macizo de árboles. No podía olerlos ni oír sus aullidos por la noche, pero sentía su presencia tras de sí... a todos menos a la hermana que habían perdido. Dejó caer la cola al recordarla.

«Cuatro ahora, no cinco. Cuatro y uno más, el blanco que no tiene voz.»

Aquellos bosques les pertenecían, junto con las laderas nevadas y las colinas rocosas, los enormes pinos verdes y los robles de hojas doradas, los torrentes en movimiento y los lagos azules quietos, atenazados por dedos de blanco hielo. Pero su hermana había abandonado los bosques para caminar por los salones de los hombres-roca, donde mandaban otros cazadores, y una vez dentro de aquellos salones era muy difícil encontrar el camino de salida. El príncipe lobo lo recordaba.

De repente, el viento cambió de dirección.

«Venado, miedo, sangre.» El olor de la presa le despertó el hambre. El príncipe olisqueó de nuevo el aire, se volvió y echó a correr, dando saltos a lo largo de la cresta, con las fauces medio abiertas. El confín más lejano del gran risco era más abrupto que el lugar por donde había subido, pero él avanzaba con paso seguro sobre piedras, raíces y hojas muertas. Descendía por la ladera, entre los árboles, devorando el camino a grandes zancadas. El olor lo hacía ir cada vez más deprisa.

Habían derribado al venado, y estaba agonizando cuando lo alcanzó; ocho de sus pequeños primos grises lo rodeaban. Los jefes de la manada habían comenzado a comer; primero el macho y después su hembra arrancaban por turnos la carne del vientre ensangrentado de la presa. Los demás esperaban con paciencia, menos el último, que trazaba círculos inquieto a pocos pasos de los otros, con el rabo entre las patas. Sería el último en comer lo que sus hermanos le dejaran.

El príncipe avanzaba contra el viento, y por eso no lo percibieron hasta que se subió a un tronco caído, cerca de donde comían. El más apartado fue el primero en verlo; soltó un gemido lastimero y desapareció. Sus compañeros de manada se volvieron al oírlo y enseñaron los dientes gruñendo, todos menos el macho y la hembra que los lideraban.

El lobo huargo les respondió con un gruñido grave, de aviso, y les mostró los dientes. Era más corpulento que sus primos, doblaba en tamaño al huesudo de la retaguardia, y era casi tan grande como los dos líderes. De un salto, cayó en el centro del grupo, y tres de los animales huyeron y desaparecieron entre los arbustos. Otro se le aproximó, lanzándole dentelladas. Recibió al atacante de frente y, cuando se enfrentaron, atrapó la pata del lobo entre las fauces, lo lanzó a un lado y lo dejó gimiendo y cojeando.

Entonces, solo quedó frente a él el líder de la manada, el gran macho gris con el hocico ensangrentado a causa del suave vientre blanco de la presa que devoraba. También había algo de blanco en su hocico, lo que lo señalaba como un lobo viejo, pero le mostró los dientes mientras le chorreaba una saliva sanguinolenta.

«No tiene miedo —pensó el príncipe—, no más que yo.» Sería una buena pelea. Se lanzaron el uno contra el otro.

Combatieron durante mucho rato; rodaron sobre raíces, piedras, hojas caídas y las entrañas dispersas de la presa; se atacaban con dientes y garras, se separaban, describían círculos uno en torno al otro y se enzarzaban de nuevo. El príncipe era más grande y, con mucho, el más fuerte, pero su primo tenía una manada. La hembra se desplazaba alrededor de ellos, muy cerca, olfateaba, gruñía y se interpondría si su pareja se apartaba sangrando. De vez en cuando los otros lobos atacaban también, tirando un mordisco a una pata o una oreja cuando el príncipe miraba en otra dirección. Uno llegó a irritarlo tanto que se revolvió como una furia negra y le destrozó la garganta. Después de aquello, los demás se mantuvieron a una distancia prudente.

Y mientras la última luz rojiza se filtraba entre ramas verdes y hojas doradas, el viejo lobo se dejó caer agotado al fango y rodó sobre la espalda, dejando expuestas la garganta y la panza. Se sometía.

El príncipe lo olfateó y le lamió la sangre de la piel y la carne lacerada. Cuando el viejo lobo soltó un leve gemido, el huargo se alejó. Tenía mucha hambre, y la presa era suya.

—Hodor.

El sonido súbito lo hizo detenerse y enseñar los dientes. Los lobos lo contemplaron con ojos verdes y amarillos, brillantes a la postrera luz del día. Ninguno de ellos había oído nada. Era un viento extraño que soplaba únicamente en sus oídos. Metió las fauces en la barriga del venado y arrancó un gran bocado de carne.

—Hodor, Hodor.

«No —pensó—. No, no quiero.» Era el pensamiento de un niño, no de un huargo. El bosque se oscureció a su alrededor hasta que solo quedaron las sombras de los árboles y el destello en los ojos de sus primos. Y a través de aquellos ojos y detrás de ellos, vio el rostro sonriente de un hombre grande y una bóveda de piedra con las paredes salpicadas de salitre. El sabor caliente y delicioso de la sangre se le evaporó de la lengua. «No, no, no, quiero comer, quiero comer, quiero...»

—Hodor, Hodor, Hodor, Hodor, Hodor —entonaba Hodor mientras lo sacudía suavemente por los hombros, adelante y atrás, adelante y atrás. Siempre intentaba tener cuidado, pero Hodor medía dos varas y media, y era más fuerte de lo que él mismo sabía, y sus manos enormes hacían que los dientes de Bran entrechocaran.

—¡No! —gritó con rabia—. Hodor, déjame, estoy aquí, aquí.

—¿Hodor? —preguntó deteniéndose con aspecto avergonzado.

El bosque y los lobos habían desaparecido. Bran estaba de nuevo en la bóveda húmeda de alguna antigua atalaya que debían de haber abandonado hacía miles de años. Apenas quedaba nada en pie. Las piedras caídas estaban tan cubiertas de musgo y hiedra que era casi imposible distinguirlas hasta que uno se encontraba encima de ellas. Bran había puesto nombre al lugar: Torre Derruida; sin embargo, había sido Meera la que descubrió cómo meterse en el sótano.

—Has estado demasiado tiempo ausente.

Jojen Reed tenía trece años, solo cuatro más que Bran, y tampoco era mucho más alto; le llevaba tres dedos, o cuatro a lo sumo, pero tenía una forma muy solemne de hablar, y aquello lo hacía parecer mayor y más sabio de lo que era en realidad. En Invernalia, la Vieja Tata lo había apodado Abuelito.

—Yo quería comer —dijo Bran mirándolo ceñudo.

—Meera volverá pronto con la cena.

—Estoy harto de ranas. —Meera era una comerranas del Cuello, por lo que Bran no podía reprocharle que cazara tantas ranas, claro, pero...—. Yo quería comerme el venado.

Recordó su sabor, la sangre y la sabrosa carne cruda, y se le hizo la boca agua. «Gané la pelea por esa carne, la gané.»

—¿Marcaste los árboles?

Bran se ruborizó. Jojen siempre le decía qué cosas tenía que hacer cuando abría su tercer ojo y vestía la piel de Verano. Arañar la corteza de un árbol, atrapar un conejo y volver con él entre las fauces sin comérselo, colocar varias piedras formando una línea.

«Cosas estúpidas.»

—Se me olvidó —dijo.

—Siempre se te olvida.

Era verdad. Tenía la intención de hacer las cosas que Jojen le pedía, pero cuando se volvía lobo no le parecían importantes. Siempre había cosas que ver y cosas que olfatear, todo un mundo verde para cazar. ¡Y podía correr! No había nada mejor que correr, a no ser perseguir a una presa.

—Yo era un príncipe, Jojen —le dijo al chico mayor—. Yo era el príncipe del bosque.

—Tú eres un príncipe —le recordó Jojen con suavidad—. Lo recuerdas, ¿verdad? Dime quién eres.

—Ya lo sabes. —Jojen era su amigo y su maestro, pero a veces, a Bran le entraban ganas de pegarle.

—Quiero que pronuncies las palabras. Dime quién eres.

—Bran —dijo, malhumorado. «Bran el roto»—. Brandon Stark. —«El niño tullido»—. El príncipe de Invernalia.

De Invernalia, quemada y destruida, con su gente dispersa y asesinada. Los jardines de cristal habían quedado destrozados, y el agua caliente salía a borbotones de las paredes rajadas para soltar su vapor bajo el sol.

«¿Cómo puedo ser el príncipe de un lugar que quizá no vuelva a ver nunca más?»

—¿Y quién es Verano? —insistió Jojen.

—Mi huargo. —Sonrió—. El príncipe del verdor.

—Bran, el chico, y Verano, el lobo. Entonces, ¿eres ellos dos?

—Dos —suspiró—, y uno.

«En Invernalia quería que soñara mis sueños de lobo, y ahora que sé cómo hacerlo, siempre me hace volver de ellos.» Odiaba a Jojen cuando se ponía así de estúpido.

—Recuerda eso, Bran. Recuerda quién eres, o el lobo se apoderará de ti. Cuando estáis unidos, no basta con correr, cazar y aullar en la piel de Verano.

«Eso es lo mío —pensó Bran. Le gustaba la piel de Verano más que la suya—. ¿Qué tiene de bueno ser capaz de cambiar de piel, si no se puede usar la que a uno le gusta?»

—¿Lo recordarás? Y la próxima vez, marca el árbol. Cualquier árbol, no importa cuál, siempre que lo hagas.

—Lo haré. Lo recordaré. Podría volver ahora y hacerlo, si quieres. Esta vez no se me olvidará.

«Pero, primero, me comeré mi venado y pelearé un poco más con esos lobos pequeños.»

—No —dijo el niño con un gesto de negación—. Es mejor que te quedes y comas. Con tu propia boca. Un warg no puede vivir de lo que consume su bestia.

«¿Cómo lo sabes? —pensó Bran con resentimiento—. No has sido nunca un warg, no sabes qué significa serlo.»

Hodor se levantó de un salto y estuvo a punto de golpear con la cabeza el techo cóncavo.

—¡Hodor! —gritó, mientras corría hacia la puerta.

Meera la abrió de un empujón antes de que él llegara y entró en el refugio.

—Hodor, Hodor —dijo el enorme mozo de cuadra, haciendo una mueca.

Meera Reed tenía dieciséis años, toda una mujer adulta, pero no era más alta que su hermano. Todos los lacustres eran menudos, le había dicho una vez a Bran cuando le preguntó por qué era tan bajita. De cabello castaño, ojos verdes y pecho plano como el de un chico, caminaba con una suave gracia que Bran envidiaba al contemplarla. Meera llevaba un puñal largo, pero prefería pelear con una fisga en una mano y una red en la otra.

—¿Quién tiene hambre? —preguntó, mostrando sus presas: dos pequeñas truchas plateadas y seis gordas ranas verdes.

—Yo —respondió Bran.

«Pero no de ranas.» En Invernalia, antes de que ocurrieran todas las cosas malas, los Walder solían decir que comer ranas le ponía a uno los dientes verdes y hacía que le saliera musgo en los sobacos. Se preguntó si los Walder estarían muertos. No había visto sus cuerpos en Invernalia... pero había un montón de cadáveres y no habían revisado los edificios por dentro.

—Entonces tendremos que darte de comer. ¿Me ayudas a limpiar las presas, Bran?

Hizo un gesto de asentimiento. Era difícil enojarse con Meera. La chica era mucho más alegre que su hermano y siempre parecía saber cómo hacerlo sonreír. No había nada que la asustara ni la enfadara.

«Bueno, a no ser Jojen en ocasiones...» Jojen Reed podía asustar casi a cualquiera. Vestía todo de verde, sus ojos eran como el musgo oscuro, y tenía sueños verdes. Lo que Jojen soñaba se hacía realidad. «Salvo que me soñó muerto, y no lo estoy.» Bueno, sí lo estaba, en cierta medida.

Jojen mandó a Hodor a buscar madera, y encendió una pequeña hoguera mientras Bran y Meera limpiaban el pescado y las ranas. Utilizaron el yelmo de Meera como olla, cortaron las presas en trocitos pequeños, añadieron un poco de agua y unas cebollas silvestres que Hodor había encontrado, y prepararon un estofado de ranas. No estaba tan bueno como el venado, pero tampoco sabía mal, pensó Bran mientras comía.

—Gracias, Meera —dijo—. Mi señora.

—No hay de qué, Alteza.

—Llega la mañana —anunció Jojen—; tenemos que seguir.

Bran vio que Meera se ponía tensa.

—¿Lo has soñado?

—No —admitió Jojen.

—¿Y por qué tenemos que irnos? —le preguntó su hermana—. La Torre Derruida es un buen lugar para refugiarse. No hay aldeas cerca, los bosques están llenos de caza, hay peces y ranas en los ríos y lagos... ¿Quién nos va a encontrar aquí?

—Este no es el lugar donde tenemos que estar.

—Pero es seguro.

—Parece seguro, lo sé —dijo Jojen—. Pero ¿durante cuánto tiempo? Hubo una batalla en Invernalia; vimos los muertos. Y las batallas indican que hay guerras. Si algún ejército nos atrapa desprevenidos...

—Podría ser el ejército de Robb —intervino Bran—. Robb volverá pronto del sur; sé que lo hará. Regresará con todos sus estandartes y echará a los hombres del hierro.

—Cuando vuestro maestre agonizaba —le recordó Jojen—, no dijo nada sobre Robb. Dijo: «Hombres del hierro en la Costa Pedregosa», y «Al este, el Bastardo de Bolton». Foso Cailin y Bosquespeso han caído; el heredero de Cerwyn ha muerto, así como el castellano de la Ciudadela de Torrhen. Dijo: «Hay guerra por todas partes; cada cual contra su vecino».

—Hemos discutido esto antes —dijo su hermana—. Quieres llegar al Muro, donde está tu cuervo de tres ojos. De acuerdo, eso está bien, pero el Muro está demasiado lejos, y Bran no tiene piernas, solo a Hodor. Si tuviéramos caballos...

—Y si fuéramos águilas, podríamos volar —dijo Jojen con brusquedad—, pero no tenemos alas, igual que no tenemos caballos.

—Podríamos conseguirlos —replicó Meera—. Hasta en lo más profundo del bosque de los Lobos hay cazadores, campesinos, leñadores... Algunos tendrán caballos.

—Y si los tienen ¿qué hacemos? ¿Robarlos? ¿Somos ladrones? Lo que menos nos interesa es que nos persigan.

—Podríamos comprarlos —dijo ella—. Ofrecer algo por ellos.

—Míranos, Meera. Un chico tullido con un huargo, un gigante retrasado y dos lacustres a mil leguas del Cuello. Nos reconocerán, y el rumor se difundirá. Bran está a salvo mientras lo den por muerto. Vivo, se convertirá en una presa para todo el que quiera su muerte. —Jojen fue a la hoguera y removió las ascuas con un palo—. En algún lugar del norte nos aguarda el cuervo de tres ojos. Bran necesita un maestro más sabio que yo.

—Pero ¿cómo llegaremos, Jojen? —le preguntó su hermana—. ¿Cómo?

—Andando —respondió—. Paso a paso.

—El camino desde Aguasgrises hasta Invernalia fue eterno, y eso que íbamos a caballo. Quieres que hagamos un recorrido más largo a pie, sin saber siquiera dónde termina. Dices que más allá del Muro. No he estado allí, como no has estado tú, pero sé que es un lugar muy grande, Jojen. ¿Allí hay muchos cuervos de tres ojos o solo uno? ¿Cómo lo vamos a encontrar?

—Quizá sea él quien nos encuentre.

Antes de que Meera supiera cómo responder, oyeron un sonido: el aullido distante de un lobo en la noche.

—¿Verano? —preguntó Jojen, que escuchaba con atención.

—No. —Bran conocía la voz de su huargo.

—¿Estás seguro? —dijo el pequeño abuelo.

—Seguro. —Verano había ido lejos aquel día, a campo traviesa, y no regresaría hasta el crepúsculo.

«Quizá Jojen sea verdevidente, pero no es capaz de distinguir a un lobo de un huargo.» Se preguntó por qué obedecían tanto a Jojen. No era un príncipe como Bran, ni tampoco fuerte y grande como Hodor, ni tan buen cazador como Meera, aunque, sin que entendiera por qué, siempre era Jojen quien les decía qué había que hacer.

—Deberíamos robar caballos, como dice Meera —apuntó Bran—, y cabalgar hasta donde están los Umber, en Último Hogar. —Se detuvo a pensar un instante—. O podríamos robar un bote y navegar Cuchillo Blanco abajo hasta Puerto Blanco. Allí manda ese gordo de Lord Manderly, que se mostró tan amistoso en la fiesta de la cosecha. Quería construir naves. Quizá haya construido algunas y podamos navegar hasta Aguasdulces, y traer a casa a Robb con todo su ejército. Entonces no importaría que supieran que estoy vivo. Robb no dejaría que nadie nos hiciera daño.

—¡Hodor! —masculló Hodor—. Hodor, Hodor.

Solo a él le gustaba el plan de Bran, aunque Meera se limitó a sonreírle y Jojen frunció el ceño. No prestaban atención a sus deseos nunca, ni siquiera por el hecho de que Bran era un Stark, y además un príncipe, y los Reed del Cuello eran vasallos de los Stark.

—Hooodor —dijo Hodor, balanceándose—. Hoooooooodor, Hooooodor, Hodooor, Hodooor, Hodooor. —A veces le gustaba hacer aquello, repetir su nombre de diferentes maneras, una y otra vez. En otras ocasiones se quedaba tan callado que uno olvidaba su presencia. Con él no había manera de saber nada por anticipado—. ¡Hodor, Hodor, Hodor! —gritó.

«No va a parar», se dio cuenta Bran.

—Hodor, ¿por qué no vas fuera y te entrenas con tu espada? —le propuso. El mozo de cuadra había olvidado su espada, pero en aquel momento la recordó.

—¡Hodor! —gruñó.

Fue a buscar su arma. Tenían tres espadas, que habían cogido de varias tumbas, en las criptas de Invernalia, cuando Bran y su hermano Rickon se escondieron de los hombres del hierro de Theon Greyjoy. Bran había cogido la espada de su tío Brandon, y Meera se quedó con la que halló sobre las rodillas del abuelo de Bran. La hoja de Hodor era mucho más antigua, una enorme y pesada pieza de hierro, embotada por siglos de olvido y marcada por el óxido. Podía pasarse horas blandiéndola sin parar. Cerca de las piedras caídas había un árbol arrancado, que había golpeado con la hoja hasta casi hacerlo trocitos.

Podían oírlo a través de las paredes incluso cuando estaba fuera.

—¡Hodor! —gritaba mientras le daba espadazos al árbol. Por suerte, el bosque de los Lobos era enorme y, probablemente, no habría cerca nadie que pudiera oírlo.

—Jojen, ¿qué dijiste de un maestro? —preguntó Bran—. Tú eres mi maestro. Sé que no marqué el árbol, pero la próxima vez lo haré. Mi tercer ojo está abierto, como tú querías.

—Tan abierto que temo que te caigas dentro y vivas el resto de tu vida como un lobo del bosque.

—No lo haré, lo prometo.

—El niño lo promete. ¿Lo recordará el lobo? Tú corres con Verano, cazas con él, matas con él... pero te sometes a su voluntad más que él a la tuya.

—Es que se me olvidó, nada más —se quejó Bran—. Solo tengo nueve años. Lo haré mejor cuando sea mayor. Ni siquiera Florian el Bufón o el príncipe Aemon, el Caballero Dragón, eran grandes guerreros cuando tenían nueve años.

—Eso es verdad —dijo Jojen—, y sería sabio decirlo si los días fueran cada vez más largos... pero no es el caso. Sé que eres un hijo del verano. Dime el lema de la Casa Stark.

—Se Acerca el Invierno. —Solo de decirlo, Bran comenzó a sentir frío.

Jojen asintió con solemnidad.

—Soñé con un lobo alado, sujeto a la tierra con cadenas de piedra, y vine a Invernalia para liberarlo. Ahora, las cadenas han desaparecido, pero no quieres volar aún.

—Enséñame entonces. —Bran temía al cuervo de tres ojos que lo acosaba a veces en sus sueños, picoteándolo sin parar entre los ojos y diciéndole que volara—. Eres un verdevidente.

—No —replicó Jojen—, solo soy un chico que sueña. Los verdevidentes eran más que eso. Eran también wargs, como lo eres tú, y el más grande de ellos podía vestir la piel de cualquier bestia que volara, nadara o se arrastrara, y también podía mirar a través de los ojos de los arcianos, y ver la verdad que subyace bajo el mundo.

»Los dioses conceden muchos tipos de dones, Bran. Mi hermana es cazadora. Le ha sido concedido el don de correr muy deprisa y de quedarse tan quieta que parece que no esté. Tiene oído fino, vista aguda y una mano firme con la red y la lanza. Puede respirar cieno y volar entre los árboles. Yo no puedo hacer nada de eso, ni tú tampoco. A mí, los dioses me han dado la videncia verde, y a ti... podrías ser mucho más que yo, Bran. Eres el lobo alado y no hay manera de decir cuán lejos y cuán alto podrás volar... si tienes a alguien que te enseñe. ¿Cómo puedo ayudarte a dominar un don que no comprendo? En el Cuello recordamos a los primeros hombres, y a los hijos del bosque, que eran sus amigos... pero hemos olvidado muchas cosas, y otras no las hemos sabido nunca.

—Si nos quedamos aquí —dijo Meera, cogiéndole la mano a Bran—, sin molestar a nadie, estarás a salvo hasta que termine la guerra. Sin embargo, únicamente podrás aprender lo que mi hermano sea capaz de enseñarte, y ya has oído lo que ha dicho. Si dejamos este lugar para buscar refugio en Último Hogar o más allá del Muro, nos arriesgamos a que nos atrapen. Sé que solo eres un niño, pero también eres nuestro príncipe, el hijo de nuestro señor y el legítimo heredero de nuestro rey. Te hemos jurado fidelidad por la tierra y el agua, el bronce y el hierro, el hielo y el fuego. Eres tú el que se arriesga, Bran, al igual que eres tú el que posee el don. Y creo que también eres tú el que debe tomar una decisión. Somos tus servidores y acatamos tus órdenes. —Sonrió—. Al menos, en esto.

—¿Quieres decir que haréis lo que os diga? —preguntó Bran—. ¿De verdad?

—De verdad, mi príncipe —dijo la chica—, así que medítalo bien.

Bran intentó analizar el asunto de la manera en la que lo habría hecho su padre. Hother Mataputas y Mors Carroña, los tíos del Gran Jon, eran hombres fieros, pero creía que serían leales. Y los Karstark también. Bastión Kar era un castillo resistente; su padre siempre lo había dicho.

«Estaremos a salvo con los Umber o los Karstark.»

O podían dirigirse al sur, en busca del gordo Lord Manderly. En Invernalia se había reído mucho y no había mirado a Bran con tanta lástima como los otros señores. El Castillo Cerwyn estaba más cerca que Puerto Blanco, pero el maestre Luwin había dicho que Cley Cerwyn estaba muerto.

«También podrían estar muertos los Umber, los Karstark o los Manderly», comprendió. Como lo estaría él si lo atrapaban los hombres del hierro o el Bastardo de Bolton.

Si se quedaban allí, ocultos bajo la Torre Derruida, nadie los encontraría. Seguiría con vida.

«Y tullido.»

Bran se dio cuenta de que estaba llorando.

«Niño idiota», pensó de sí mismo. No importaba adónde fuera. En Bastión Kar, en Puerto Blanco o en la Atalaya de Aguasgrises, seguiría siendo un tullido. Cerró los puños con fuerza.

—Quiero volar —les dijo—. Llevadme con el cuervo.

Davos

Cuando subió a cubierta, la larga punta de Marcaderiva desaparecía a popa, mientras a proa, Rocadragón se elevaba del mar. De la cima de la montaña salía una fina columna de humo para marcar el sitio donde se encontraba la isla.

«Montedragón está inquieto esta mañana —pensó Davos—, o será que Melisandre está quemando a alguien más.»

Melisandre había ocupado un lugar prioritario en sus pensamientos mientras la *Baile de Shayala* atravesaba la bahía del Aguasnegras y dejaba atrás el Gaznate, avanzando con dificultad con el viento en contra. La gran hoguera que había ardido en la cima del puesto de vigía de Punta Aguda, al final del Garfio de Massey, le recordó el rubí que ella llevaba en la garganta, y cuando el mundo se tornaba rojo a la salida y la puesta de sol, las nubes pasajeras adquirían el mismo color que las sedas y satenes de sus vestidos susurrantes.

Seguramente lo estaría esperando en Rocadragón, esperándolo con toda su belleza y su poder, con su dios y sus sombras y con el rey de Davos. Hasta aquel momento, parecía que la sacerdotisa roja siempre había sido leal a Stannis.

«Lo ha destrozado como un jinete revienta a un caballo. Si pudiera, cabalgaría sobre él para llegar al poder; por conseguirlo entregó a mis hijos al fuego. Le arrancaré el corazón del pecho para ver cómo arde.» Palpó la empuñadura del fino y largo puñal lyseno que le había dado el capitán.

El capitán había sido muy amable con él. Se llamaba Khorane Sathmantes, un lyseno como Salladhor Saan, a quien pertenecía la nave, aunque había pasado muchos años comerciando en los Siete Reinos. Tenía los ojos de aquel color azul claro tan frecuente en Lys, hundidos en un rostro curtido por la intemperie. Cuando supo que el hombre que había sacado del mar era el famoso Caballero de la Cebolla, le cedió su camarote y su ropa, y le dio un par de botas nuevas que casi le quedaban bien. Insistió también en que Davos compartiera su comida, aunque aquello tuvo un final poco feliz. Su estómago no toleraba los caracoles, lampreas y otros platos con salsas fuertes que tanto adoraba el capitán Khorane, y la primera vez que compartió la mesa del capitán, pasó el resto del día con la cabeza o el trasero asomados por la borda.

Rocadragón se hacía más grande con cada golpe de los remos. Davos podía distinguir ya el contorno de la montaña y, a su lado, la gran ciudadela negra con sus gárgolas y torres en forma de dragón. El mascarón de bronce en la proa de la *Baile de Shayala* levantaba salpicaduras saladas al cortar las olas. Recostó el cuerpo sobre la borda, agradeciendo el apoyo. Su terrible experiencia lo había debilitado. Si estaba demasiado tiempo de pie, le temblaban las piernas, y a veces era presa de ataques de tos incontenibles, que le hacían escupir una flema sanguinolenta.

«No es nada —se dijo—. Seguro que los dioses no me han salvado del fuego y el mar para matarme después de tos.»

Mientras escuchaba el batir del tambor del cómitre, los chasquidos de la vela, los rítmicos crujidos de los remos y el chapoteo que hacían al entrar en el agua, recordó sus días de juventud, cuando aquellos mismos sonidos lo aterrorizaban en muchas mañanas brumosas. Anunciaban que se aproximaba la guardia del mar del viejo Ser Tristimun, y la guardia del mar significaba la muerte para los contrabandistas en la época en que Aerys Targaryen ocupaba el Trono de Hierro.

«Pero aquello ocurrió en otra vida —pensó—. Antes de la nave cebolla, antes de Bastión de Tormentas, antes de que Stannis me recortara los dedos. Eso fue antes de la guerra y del cometa rojo, antes de que yo fuera caballero. En aquellos tiempos era un hombre diferente, antes de que Lord Stannis me encumbrara.»

El capitán Khorane le había contado el final de las esperanzas de Stannis el día que el río había ardido. Los Lannister habían atacado sus flancos, y sus inconstantes vasallos lo habían abandonado por centenares en la hora de mayor necesidad.

—También se vio la sombra del rey Renly —dijo el capitán—, dando espadazos a diestra y siniestra, al mando de la vanguardia del señor del león. Se dice que su armadura verde tomó el fulgor fantasmal del fuego valyrio y que en su cornamenta bailaban llamas doradas.

«La sombra de Renly.» Davos se preguntó si sus hijos también regresarían como sombras. Había visto demasiadas cosas extrañas en el mar para asegurar que los fantasmas no existían.

—¿Ninguno se mantuvo fiel? —preguntó.

—Unos pocos —respondió el capitán—. Los parientes de la Reina sobre todo. Retiramos a muchos que llevaban el zorro y las flores, aunque muchos más quedaron en la orilla con todo tipo de blasones. Ahora, Lord Florent es la Mano del Rey en Rocadragón.

La montaña se hacía más grande, coronada por un humo tenue. La vela cantaba, el tambor sonaba, los remos se movían acompasados y, al poco tiempo, la boca de la bahía se abrió ante ellos.

«Qué desierta está», pensó Davos, recordando cómo había sido antes, con multitud de naves atracadas en todos los muelles y otras más allá del rompeolas, que se mecían con el ancla echada. Veía la nave insignia de Salladhor Saan, la *Valyria,* amarrada en el mismo muelle donde la *Furia* y sus hermanas estuvieron una vez. Las naves que se encontraban a ambos lados de ella tenían también cascos lysenos a franjas. Buscó en vano una señal de la *Lady Marya* o de la *Espectro.*

Arriaron la vela cuando entraron en la bahía para llegar al muelle únicamente con ayuda de los remos. El capitán acudió junto a Davos cuando estaban amarrando la nave.

—Mi príncipe deseará veros enseguida.

Cuando Davos intentó responder fue presa de un ataque de tos. Se agarró a la borda y escupió al agua.

—El Rey —susurró—. Debo ver al Rey.

«Porque allí donde esté el Rey estará Melisandre.»

—Nadie va a ver al Rey —replicó Khorane Sathmantes con firmeza—. Salladhor Saan os lo explicará. Id primero a verlo a él.

Davos estaba demasiado débil para llevarle la contraria. No pudo hacer otra cosa que asentir.

Salladhor Saan no estaba a bordo de su *Valyria.* Lo hallaron en otro muelle, a trescientas varas de allí, metido en la bodega de una coca pentoshi de casco ancho llamada *Cosecha Generosa,* revisando la carga con ayuda de dos eunucos. Uno de ellos llevaba una linterna, y el otro, una tableta de cera y un estilo.

—Treinta y siete, treinta y ocho, treinta y nueve —enumeraba el viejo bribón cuando Davos y el capitán bajaron por la escotilla. Aquel día vestía una túnica color vino y botas altas de cuero blanco con filigrana de plata. Retiró el tapón de un ánfora y la olfateó—. La nariz me dice que la molienda es basta, y la calidad, de segunda. El manifiesto de carga dice que hay cuarenta y tres ánforas. No sé dónde se habrán metido las demás. ¿Esos pentoshis creen que no sé contar? —Al ver a Davos, se detuvo de repente—. ¿Es la pimienta que me arde en los ojos o son lágrimas? ¿Es acaso el Caballero de la Cebolla quien está ante mí? No, es imposible, mi querido amigo Davos pereció en el río ardiente, todos lo dicen. ¿Por qué regresa para acosarme?

—No soy un fantasma, Salla.

—¿Y qué podrías ser? Mi Caballero de la Cebolla no estuvo nunca tan flaco ni tan pálido como tú. —Salladhor Saan se abrió camino entre las ánforas de especias y los rollos de tela que llenaban la bodega de la nave mercante, y envolvió a Davos en un abrazo arrebatador; luego le depositó un beso en cada mejilla y un tercero en la frente—. Todavía estás caliente, y noto cómo late tu corazón. ¿Será posible? El mar que te tragó te ha escupido de nuevo.

Aquello le recordó a Davos la historia de Caramanchada, el bufón idiota de la princesa Shireen. También había desaparecido bajo el mar, y cuando salió estaba loco.

«¿También estaré yo loco?» Tosió cubriéndose la boca con la mano enguantada.

—Pasé nadando bajo la cadena —dijo—, y la corriente me arrastró hasta uno de los Arpones del Rey Pescadilla. Habría muerto allí si la *Baile de Shayala* no me hubiera encontrado.

—Bien hecho, Khorane —dijo Salladhor Saan pasando un brazo por los hombros del capitán—. Tendrás una magnífica recompensa; deja que piense algo. Meizo Mahr, sé un buen eunuco y lleva a mi amigo Davos al camarote del dueño del barco. Dale un poco de vino caliente con clavo. No me gusta esa tos que tiene, échale también unas gotas de lima. ¡Y lleva queso blanco y un cuenco de esas aceitunas verdes que revisamos hace un rato! Davos, enseguida me reuniré contigo, tan pronto como haya terminado de hablar con nuestro buen capitán. Sé que me lo perdonarás. ¡No te comas todas las aceitunas o me enojaré contigo!

Davos dejó que el mayor de los dos eunucos lo escoltara hasta un camarote grande y lujosamente amueblado, en la popa de la nave. Las alfombras eran gruesas; las ventanas tenían vidrios oscuros, y en cualquiera de los tres grandes butacones de cuero habrían cabido tres Davos con toda comodidad. El queso y las aceitunas llegaron al poco tiempo, junto con una copa de vino tinto caliente. La sostuvo entre las manos y bebió a tragos pequeños con gratitud. El calor se le extendió por el pecho, sedándolo.

Salladhor Saan apareció poco tiempo después.

—Tienes que perdonarme por el vino, amigo mío. Esos pentoshis se beberían sus orines si fueran tintos.

—Le vendrá bien a mi pecho —dijo Davos—. El vino caliente es mejor que una compresa medicinal, decía mi madre.

—Creo que también vas a necesitarlas. Abandonado todo este tiempo en uno de los arpones, qué horror. ¿Qué te parece ese magnífico butacón? Tiene las nalgas gordas, ¿verdad?

—¿Quién? —preguntó Davos entre dos traguitos de vino caliente.

—Illyrio Mopatis. Una ballena con patillas, te lo aseguro. Hicieron a medida esos butacones, aunque apenas los usa, ya que casi no sale de Pentos. Un hombre obeso siempre se sienta con comodidad, creo yo, porque siempre lleva encima un cojín, vaya adonde vaya.

—¿Cómo has conseguido una nave pentoshi? —preguntó Davos—. ¿Te has vuelto pirata de nuevo, mi señor? —Puso a un lado su copa vacía.

—Una vil calumnia. ¿Quién ha sufrido más a manos de los piratas que Salladhor Saan? Yo tan solo pido lo que me corresponde. Me deben mucho oro, sí, pero soy un hombre razonable, por lo que en lugar de monedas he recibido un magnífico pergamino, recién escrito. En él aparecen el nombre y el sello de Lord Alester Florent, la Mano del Rey. Me han nombrado señor de la bahía del Aguasnegras, y ninguna nave puede cruzar mis señoriales aguas sin mi señorial autorización, no. Y cuando esos forajidos intentan escapar de mí en la noche para evitar mis señoriales tasas e impuestos, no son más que contrabandistas, y estoy en mi pleno derecho de darles caza. —El viejo pirata se echó a reír—. Pero yo no le corto los dedos a nadie. ¿Para qué sirven unos trozos de dedos? Tomo las naves, la carga, algunos rescates... Nada que no sea razonable. —Miró atentamente a Davos—. No te encuentras bien, amigo mío. Esa tos... Y estás tan flaco que te veo los huesos a través de la piel. Aunque lo que no veo es tu saquito de falanges...

El antiguo hábito hizo que Davos buscara con la mano el saquito de cuero que ya no llevaba al cuello.

—Lo perdí en el río.

«Junto con mi suerte.»

—Lo del río fue atroz —dijo Salladhor Saan con solemnidad—. Incluso desde la bahía, yo lo contemplaba y temblaba.

Davos tosió, escupió y volvió a toser.

—Vi arder la *Betha Negra* y la *Furia* —logró decir finalmente, con voz ronca—. ¿Ninguna de nuestras naves pudo escapar del fuego? —Una parte de él todavía albergaba esperanzas.

—La *Lord Steffon,* la *Jenna Harapos,* la *Espada Veloz,* la *Señor Risueño* y otras que estaban corriente arriba del orín de piromantes, sí. No se quemaron, pero con la cadena levantada, ninguna pudo escapar. Algunas se rindieron. La mayoría remó por el Aguasnegras y se alejó de la batalla; más tarde, sus tripulaciones las hundieron para que no cayeran en manos de los Lannister. La *Jenna Harapos* y la *Señor Risueño* se dedican a la piratería en el río, tengo entendido, pero no puedo asegurar que sea cierto.

—¿Y la *Lady Marya*? —preguntó Davos—. ¿La *Espectro*?

Salladhor Saan puso una mano en el antebrazo de Davos y se lo apretó.

—No. Esas, no. Lo siento, amigo mío. Dale y Allard eran hombres buenos. Pero puedo darte un consuelo: tu joven Devan estaba entre los que recogimos al final. Ese chico valiente no se apartó ni un momento del lado del Rey, o al menos eso dicen.

El alivio que sintió fue tan palpable que casi se mareó. Había temido preguntar por Devan.

—La Madre es misericordiosa. Debo ir con él, Salla. Tengo que verlo.

—Sí —dijo Salladhor Saan—. Y querrás navegar hacia el cabo de la Ira, lo sé, para ver a tu esposa y a tus dos pequeñines. Estoy pensando que necesitas una nueva nave.

—Su Alteza me dará una —dijo Davos.

—Su Alteza no tiene naves —dijo el lyseno con un gesto de negación—, y Salladhor Saan tiene muchas. Las naves del Rey ardieron río arriba; las mías, no. Tendrás una, viejo amigo. Navegarás para mí, ¿verdad? Entrarás bailando en Braavos, en Myr y en Volantis, en lo más negro de la noche, sin que te vean, y saldrás bailando de nuevo, con sedas y especias. Tendremos bien llenas las bolsas, sí.

—Eres muy amable, Salla, pero le debo mi lealtad al Rey, no a tu bolsa. La guerra proseguirá. Stannis sigue siendo el rey legítimo de los Siete Reinos.

—La legitimidad no ayuda cuando todas las naves arden, pienso yo. Y tu rey... Pues bien, me temo que lo hallarás algo cambiado. Desde la batalla no recibe a nadie; solo vaga por su Tambor de Piedra. La reina Selyse mantiene la corte en su lugar, con ayuda de su tío, Lord Alester, que dice ser la Mano. Ella le ha dado el sello real a su tío para todas las cartas que escribe, incluido mi precioso pergamino. Pero lo que gobiernan es un pequeño reino, pobre y rocoso, sí. No hay oro, ni siquiera una pizca, para pagarle al fiel Salladhor Saan lo que se le debe; solo quedan los escasos caballeros que recogimos al final, y no hay ninguna nave, solo las pocas que tengo yo.

Una tos súbita e insistente hizo doblarse a Davos. Salladhor Saan se le acercó para ayudarlo, pero él lo detuvo con un gesto, y un instante después se recuperó.

—¿A nadie? —susurró—. ¿Qué quieres decir con eso de que no recibe a nadie? —El sonido de su voz pastosa le resultaba extraño incluso a él, y durante un momento, el camarote pareció dar vueltas a su alrededor.

—A nadie salvo a ella —respondió Salladhor Saan, y Davos no tuvo que preguntar a quién se refería—. Amigo mío, te estás agotando. Lo que necesitas es un lecho, no a Salladhor Saan. Un lecho y muchas mantas, con una compresa caliente para el pecho y más vino con clavo.

—No te preocupes por mí —dijo Davos con un gesto de negación—. Dime, Salla, tengo que saberlo. ¿Solo a Melisandre?

El lyseno lo miró detenidamente con expresión dubitativa, y siguió hablando de mala gana.

—Los guardias echan a todos los demás, incluso a su reina y su hijita. Los sirvientes llevan comida que nadie come. —Se inclinó hacia delante y bajó la voz—. He oído contar cosas raras, de hogueras hambrientas dentro de la montaña, de cómo Stannis y la mujer roja bajan juntos para contemplar las llamas. Dicen que hay pozos y escaleras secretas que van al corazón de la montaña, a lugares ardientes por los que solo ella puede caminar sin quemarse. Es más que suficiente para aterrorizar a un anciano, hasta tal punto que a veces apenas encuentra fuerzas para comer.

«Melisandre.» Davos se estremeció.

—La mujer roja es la culpable —dijo—. Mandó el fuego para que nos consumiera, para castigar a Stannis por dejarla de lado, para demostrarle que no puede albergar esperanzas de vencer sin sus brujerías.

—No eres el primero que dice eso, amigo mío. —El lyseno escogió una gruesa aceituna del cuenco que tenían delante—. Pero yo en tu lugar no lo diría tan alto. Rocadragón está llena de hombres de esa reina. Oh, sí, y tienen buenos oídos y mejores cuchillos. —Se metió la aceituna en la boca.

—Yo también tengo un cuchillo. El capitán Khorane me lo regaló. —Sacó el puñal y lo puso en la mesa, entre los dos—. Un cuchillo para arrancarle el corazón a Melisandre. Si es que tiene.

Salladhor Saan escupió el hueso de la aceituna.

—Davos, mi buen Davos, no debes decir esas cosas ni en broma.

—No es ninguna broma. Tengo intención de matarla.

«Si es que pueden matarla las armas de los mortales. —Davos no estaba muy seguro de que fuera posible. Había visto al viejo maestre Cressen ponerle veneno en el vino; lo había visto con sus propios ojos, pero cuando ambos bebieron de la copa envenenada, fue el maestre quien murió, y no la sacerdotisa roja—. Sin embargo, un cuchillo en el corazón... Dicen los bardos que el frío metal puede matar hasta a los demonios.»

—Son conversaciones peligrosas, amigo mío —lo previno Salladhor Saan—. Creo que aún no te has recuperado del mar y que la fiebre te ha calcinado el entendimiento. Lo mejor es que te metas en cama para descansar bien hasta que recuperes fuerzas.

«Hasta que mi determinación flaquee, querrás decir.» Davos se levantó. Se sentía febril y algo mareado, pero no tenía importancia.

—Eres un viejo bribón traicionero, Salladhor Saan, pero de todos modos eres un buen amigo.

—Entonces, ¿te quedarás con este buen amigo? —preguntó el lyseno acariciándose la puntiaguda barba blanca.

—No, me marcharé —dijo entre toses.

—¿Te marcharás? ¡Pero mira cómo estás! Toses, tiemblas, estás flaco y débil... ¿Adónde piensas ir?

—Al castillo. Allí está mi cama. Y mi hijo.

—Y la mujer roja —dijo Salladhor Saan con suspicacia—. Ella también está en el castillo.

—Ella también —repitió Davos mientras envainaba el puñal.

—Eres un contrabandista de cebollas; ¿qué sabes de acechar y apuñalar? Y enfermo como estás, ni siquiera puedes sostener el puñal. ¿Sabes qué te ocurrirá si te atrapan? Mientras nosotros ardíamos en el río, la Reina quemaba traidores. Los llamó sirvientes de las tinieblas, pobrecillos, y la mujer roja cantaba mientras encendían las hogueras.

«Lo sabía —pensó Davos sin sorprenderse—, lo sabía antes de que me lo contara.»

—Sacó de las mazmorras a Lord Sunglass —aventuró Davos—, y a los hijos de Hubard Rambton.

—Exacto. Y los quemó, de la misma manera que te quemará a ti. Si matas a la mujer roja, te quemarán en venganza, y si fracasas en el intento, te quemarán por haberlo intentado. Ella cantará y tú gritarás, y morirás. ¡Si apenas acabas de renacer!

—Solo por un motivo: para hacer esto. Para poner punto final a Melisandre de Asshai y a todas sus obras. ¿Por qué otro motivo me habría devuelto el mar? Conoces la bahía del Aguasnegras tan bien como yo, Salla. Ningún capitán inteligente llevaría nunca su nave entre los Arpones del Rey Pescadilla, con el riesgo de destrozar el casco. La *Baile de Shayala* no debió acercarse a mí.

—El viento —insistió Salladhor Saan en voz alta—. Un viento desfavorable, eso es todo. El viento la desvió mucho hacia el sur.

—¿Y quién mandó el viento? La Madre me habló, Salla.

—Tu madre está muerta... —El viejo lyseno lo miraba atentamente.

—La Madre. Me bendijo con siete hijos, pero yo dejé que la quemaran. Ella me habló. Me dijo que nosotros habíamos convocado al fuego. Y además convocamos a las tinieblas. Yo llevé a Melisandre a las entrañas de Bastión de Tormentas y contemplé cómo paría el horror. —Aún la veía en sus pesadillas, con las manos negras y huesudas sujetando los muslos mientras aquello le salía del vientre hinchado—. Ella mató a Cressen, a Lord Renly y a un hombre valiente llamado Cortnay Penrose, y también mató a mis hijos. Ahora, ha llegado el momento de que alguien la mate.

—Alguien —dijo Salladhor Saan—. Sí, exactamente: alguien. Pero no tú. Estás tan débil como un niño y no eres un guerrero. Te ruego que te quedes; hablaremos más, comerás y quizá pongamos rumbo a Braavos y contratemos a un Hombre sin Rostro para que lo haga, ¿sí? Pero tú, no; tú debes descansar y alimentarte.

«Me está poniendo esto mucho más difícil —pensó Davos con cansancio—, y ya era bastante difícil en un principio.»

—Tengo ansia de venganza en las tripas, Salla. No me deja sitio para la comida. Déjame marchar ahora. Por nuestra amistad, deséame suerte y déjame marchar.

—Creo que tú no eres un verdadero amigo —dijo Salladhor Saan, poniéndose en pie—. Cuando estés muerto, ¿quién le llevará tus cenizas y tus huesos a tu esposa? ¿Quién le dirá que ha perdido a su marido y a cuatro hijos? Solo el triste anciano Salladhor Saan. Que así sea, valiente caballero. Apresúrate hacia tu sepultura. Recogeré tus huesos en un saco y se los entregaré a los hijos que dejes detrás de ti, para que los lleven en torno al cuello, metidos en saquitos. —Hizo un ademán irritado con una mano que tenía anillos en todos los dedos—. Vete, vete, vete, vete.

—Salla... —Davos no quería marcharse así.

—Vete. Sería mejor que te quedaras, pero si quieres irte, vete.

Davos se marchó.

La caminata desde la *Cosecha Generosa* hasta las puertas de Rocadragón fue larga y solitaria. Las calles de la zona portuaria, donde antes se veían soldados, marineros y gente corriente, estaban vacías y desiertas. Donde otras veces había tropezado con cerdos que chillaban y niños desnudos sólo se veían ratas escurridizas. Sentía las piernas como gelatina, y en tres ocasiones, la tos lo sacudió con tanta fuerza que se vio obligado a detenerse y descansar. Nadie acudió en su ayuda; nadie miró ni siquiera por una ventana para averiguar qué ocurría. Las ventanas tenían los postigos cerrados; las puertas estaban atrancadas, y más de la mitad de las casas mostraba alguna señal de luto.

«Miles zarparon hacia el río Aguasnegras, y solo retornaron unos pocos cientos —meditó Davos—. Mis hijos no perecieron solos. Que la Madre se apiade de todos ellos.»

Cuando llegó a las puertas del castillo, también las encontró cerradas. Davos golpeó con el puño la madera con remaches de hierro. Al no recibir respuesta, les dio patadas una y otra vez. Finalmente, un ballestero apareció encima de la barbacana y se asomó entre dos gárgolas que sobresalían.

—¿Quién anda ahí?

—Ser Davos Seaworth, para ver a Su Alteza —exclamó Davos echando la cabeza hacia atrás y poniéndose las manos alrededor de la boca.

—¿Estáis borracho? Largaos y dejad de hacer ruido.

Salladhor Saan se lo había advertido. Davos lo intentó de otra manera.

—Mandad a buscar a mi hijo. Devan, el escudero del Rey.

—¿Quién habéis dicho que sois? —preguntó el guardia frunciendo el ceño.

—Davos —gritó—. El Caballero de la Cebolla.

La cabeza desapareció, para reaparecer un momento después.

—Fuera de aquí. El Caballero de la Cebolla pereció en el río. Su nave ardió.

—Su nave ardió —ratificó Davos—, pero él sobrevivió y está ante vos. ¿Jate sigue siendo el capitán de la puerta?

—¿Quién?

—Jate Blackberry. Me conoce bien.

—No me suena. Probablemente estará muerto.

—Entonces Lord Chyttering.

—A ese lo conozco. Se quemó en el Aguasnegras.

—¿Will Caragarfio? ¿Hal el Verraco?

—Muertos los dos —dijo el ballestero, pero en el rostro se le reflejó una duda repentina—. Esperad ahí. —Desapareció de nuevo.

«Han muerto, todos han muerto —pensó Davos mientras esperaba, aturdido, recordando el enorme vientre blanco de Hal, que siempre le sobresalía por debajo del jubón manchado de grasa, la larga cicatriz que un anzuelo había dejado en la cara de Will y la manera en que Jate se quitaba la gorra delante de las mujeres, fueran cinco o cincuenta, plebeyas o de noble cuna—. Ahogados o carbonizados con mis hijos y otros mil más, muertos para coronar a un rey infernal.»

De repente, el ballestero regresó.

—Dad la vuelta, id al postigo y os dejarán entrar.

Davos siguió las instrucciones. Los guardias que lo hicieron pasar le resultaban desconocidos. Estaban armados con lanzas, y en el pecho llevaban el blasón del zorro y las flores de la Casa Florent. Lo escoltaron, pero no hasta el Tambor de Piedra, como él habría esperado, sino que lo llevaron por un camino, bajo el arco de la Cola del Dragón, que bajaba hasta el Jardín de Aegon.

—Espera aquí —le dijo el sargento.

—¿Sabe Su Alteza que he regresado? —preguntó Davos.

—Y qué coño me importa. He dicho que esperéis.

El hombre se marchó acompañado por sus lanceros.

El Jardín de Aegon tenía un agradable olor a pino, y por todas partes crecían árboles altos y oscuros. También había rosales silvestres, altos setos espinosos y una zona más húmeda donde crecían arándanos.

«¿Por qué me han traído aquí?», se preguntó, intrigado.

Entonces oyó el tintineo de cascabeles y risas infantiles, y de repente, Caramanchada el bufón salió de los matorrales arrastrando los pies tan deprisa como podía, perseguido por la princesa Shireen.

—¡Vuelve ahora mismo! —gritaba la niña—. ¡Vuelve, Manchas!

Cuando el bufón vio a Davos, se detuvo de repente, y los cascabeles que colgaban de su puntiagudo yelmo de hojalata tintinearon con más fuerza. Se puso a cantar, dando saltos ora sobre un pie, ora sobre el otro.

—Sangre de bufón, sangre de rey, sangre en el muslo de la doncella, pero cadenas para los invitados, cadenas para el novio, sí, sí, sí.

Shireen estuvo a punto de atraparlo en aquel momento, pero en el último instante, el bufón saltó por encima de una mata de helechos y desapareció entre los árboles. La princesa lo siguió de cerca. Al mirarlos, Davos sonrió. Se volvió para toser en su mano enguantada cuando otra silueta pequeña salió corriendo del seto, chocó contra él y lo hizo caer. El niño también cayó, pero se levantó casi al instante.

—¿Qué hacéis aquí? —preguntó mientras se sacudía el polvo. El cabello, negro azabache, le llegaba al cuello, y tenía los ojos de un extraordinario color azul—. No deberíais cruzaros en mi camino cuando estoy corriendo.

—No —asintió Davos—. No debería. —Mientras trataba de incorporarse, otro ataque de tos lo estremeció.

—¿Os encontráis mal? —El niño lo cogió del brazo y lo ayudó a ponerse de pie—. ¿Queréis que llame al maestre?

—Es solo tos —dijo Davos con un gesto de negación—. Se me pasará.

—Estábamos jugando a monstruos y doncellas —explicó el niño sin darle más vueltas a lo de la tos—. Yo era el monstruo. Es un juego infantil, pero a mi prima le gusta. ¿Tenéis nombre?

—Ser Davos Seaworth.

—¿Estáis seguro? —preguntó el niño, dubitativo, alzando la vista para mirarlo—. No tenéis pinta de caballero.

—Soy el Caballero de la Cebolla, mi señor.

—¿El de la nave negra? —Los ojos azules parpadeaban.

—¿Conocéis esa historia?

—Vos le traías a mi tío Stannis pescado para comer antes de que yo naciera, cuando Lord Tyrell lo tenía bajo asedio. —El niño se irguió en toda su altura—. Soy Edric Tormenta —le informó—, hijo del rey Robert.

—Es evidente.

Davos lo había reconocido al instante. El niño tenía las orejas separadas de los Florent, pero el cabello, los ojos, la mandíbula y los pómulos eran todos Baratheon.

—¿Conocisteis a mi padre? —inquirió Edric Tormenta.

—Lo vi muchas veces cuando visitaba a vuestro tío en la corte, pero no llegamos a hablar.

—Mi padre me enseñó a combatir —dijo el niño con orgullo—. Venía a verme casi todos los años, y a veces practicábamos juntos. En mi último día del nombre me mandó una maza como esta, aunque más pequeña. Pero me hicieron dejarla en Bastión de Tormentas. ¿Es verdad que mi tío Stannis os cortó los dedos?

—Solo la última falange. Aún tengo dedos, pero más cortos.

—Enseñádmelos. —Davos se quitó el guante. El niño estudió su mano con cuidado y preguntó—: ¿No os cortó el pulgar?

—No. —Davos tosió—. No, me lo dejó como estaba.

—No debió cortaros ningún dedo —dijo el niño—. Eso estuvo mal hecho.

—Yo era contrabandista.

—Sí, pero le llevabais de contrabando cebollas y pescado.

—Lord Stannis me armó caballero por las cebollas, y me cortó los dedos por contrabandista. —Volvió a ponerse el guante.

—Mi padre no os habría cortado los dedos.

—Como digáis, mi señor.

«Robert era un hombre diferente de Stannis, eso es verdad. El niño es como él. Sí, y también como Renly.» La idea lo inquietó.

El chiquillo estaba a punto de decir algo más cuando se oyeron pasos. Davos se volvió. Ser Axell Florent llegaba por el camino del jardín; lo seguía una docena de guardias con jubones enguatados. En el pecho llevaban el corazón ardiente del Señor de la Luz.

«Hombres de la Reina», pensó Davos. De repente, comenzó a toser.

Ser Axell era bajito y musculoso, de tórax ancho, brazos gruesos, piernas algo arqueadas y orejas de las que brotaban pelos. Tío de la Reina, había servido como castellano de Rocadragón durante un decenio y siempre había tratado a Davos con cortesía, sabiendo que disfrutaba del favor de Lord Stannis. Pero cuando habló, en su voz no había cortesía ni amabilidad.

—Ser Davos, y no se ha ahogado. ¿Cómo ha podido ocurrir?

—Las cebollas flotan, ser. ¿Habéis venido para llevarme a presencia del Rey?

—He venido para llevaros a las mazmorras. —Ser Axell les hizo un gesto a sus hombres—. Detenedlo y quitadle el puñal. Tiene intención de usarlo contra nuestra señora.

Jaime

Jaime fue el primero en divisar la posada. El edificio principal estaba en la orilla meridional del recodo del río. Tenía unas largas alas de poca altura extendidas a lo largo del agua, como para abrazar a los viajeros que iban corriente abajo. El piso inferior era de piedra gris; el superior, de madera encalada, y el techo, de pizarra. También se veían establos, así como un árbol cubierto de enredaderas.

—No sale humo de las chimeneas —señaló mientras se aproximaban—. Ni hay luces en las ventanas.

—La última vez que recorrí este camino, la posada estaba abierta —dijo Ser Cleos Frey—. Tenían una cerveza excelente. Quizá todavía les quede un poco en la bodega.

—Podría haber gente —dijo Brienne—. Escondida. O muerta.

—¿Os asustan unos cadáveres, moza? —preguntó Jaime.

—Me llamo... —dijo ella, clavándole los ojos.

—Brienne, lo sé. ¿No os gustaría dormir en una cama por una noche, Brienne? Estaríamos más seguros que en el río, y sería prudente averiguar qué ha ocurrido aquí.

Ella no respondió, pero un momento después empujó la barra del timón para que el esquife se dirigiera hacia el muelle de madera desgastada por la intemperie. Ser Cleos se precipitó a arriar la vela. Cuando chocaron suavemente contra el embarcadero, saltó a tierra para amarrar el bote. Jaime lo siguió, moviéndose con torpeza a causa de las cadenas.

Al final del muelle, una tablilla deteriorada colgaba de una barra de hierro; tenía pintado algo que parecía un rey arrodillado con las manos muy juntas, como entonando una plegaria. Jaime echó un vistazo y soltó una carcajada.

—Imposible encontrar una posada mejor.

—¿Se trata de algún lugar especial? —preguntó la mujer, suspicaz.

—Es la Posada del Hombre Arrodillado, mi señora —respondió Ser Cleos—. Está en el mismo lugar donde el último Rey en el Norte se arrodilló frente a Aegon el Conquistador como muestra de sumisión. Supongo que el de la tablilla es él.

—Torrhen trajo a sus fuerzas al sur tras la caída de los dos reyes en el Campo de Fuego —dijo Jaime—, pero cuando vio el dragón de Aegon y el tamaño de su ejército, escogió el camino de la sabiduría y dobló sus rodillas congeladas. —Se detuvo, al oír el relincho de un caballo—. Hay caballos en el establo. Al menos, uno. —«Y uno es todo lo que necesito para dejar atrás a la mujer»—. Veamos quién está en casa, ¿no os parece?

Sin esperar respuesta, Jaime recorrió tintineando el embarcadero, apoyó el hombro contra la puerta, la abrió de un empujón... y se encontró de frente con una ballesta cargada. Detrás había un chico rechoncho de unos quince años.

—¿León, pez o lobo? —preguntó el chico.

—Preferiríamos un capón. —Jaime oyó como sus acompañantes entraban detrás de él—. La ballesta es un arma de cobardes.

—Pero igual atraviesa el corazón con una flecha.

—Quizá. Mas antes de que puedas volverla a cargar, mi primo hará que las tripas se te derramen por el suelo.

—No asustes al chico —dijo Ser Cleos.

—No queremos hacerte ningún daño —intervino la mujer—. Y tenemos monedas para pagar la comida y la bebida. —Sacó una pieza de plata de la bolsa.

El chico miró la moneda con suspicacia, y después se fijó en los grilletes de Jaime.

—¿Por qué lleva cadenas ese?

—Maté a varios ballesteros —replicó Jaime—. ¿Tienes cerveza?

—Sí. —El chico bajó la ballesta un par de dedos—. Quitaos los cinturones con las espadas, dejadlos caer y quizá os demos de comer. —Volvió la cabeza para mirar por los cristales de la ventana, gruesos y con forma de rombo, para ver si había alguien más fuera—. Esa vela es de los Tully.

—Venimos de Aguasdulces.

Brienne se soltó la hebilla del cinturón y lo dejó caer al suelo. Ser Cleos la imitó.

Un hombre cetrino, de rostro enfermizo y picado de viruelas, salió por la puerta que daba al sótano con una hachuela de carnicero en la mano.

—¿Sois tres? Tenemos carne de caballo suficiente para vosotros. El animal era viejo y estaba duro, pero la carne todavía está reciente.

—¿Hay pan? —preguntó Brienne.

—Pan duro y tortas de avena, también duras.

—Aquí tenemos a un posadero honrado —dijo Jaime con una sonrisa—. Todos sirven pan duro y carne correosa, pero la mayoría no se atreve a decirlo con tanta claridad.

—No soy el posadero. Lo enterré ahí detrás, con sus mujeres.

—¿Los mataste tú?

—¿Te lo diría si lo hubiera hecho? —El hombre escupió—. Parece que fueron los lobos, o quizá los leones. ¿Qué importa eso? Mi mujer y yo los encontramos muertos. Y por eso consideramos que ahora el sitio nos pertenece.

—¿Dónde está esa mujer tuya? —preguntó Ser Cleos.

—¿Y para qué quieres saberlo? —preguntó a su vez el hombre, mirándolo con suspicacia—. Ella no está aquí... como no estaréis vosotros tres a no ser que me guste el sabor de vuestra plata.

Brienne le lanzó la moneda. El hombre la atrapó en el aire, la mordió y se la guardó.

—Tiene más —comentó el chico de la ballesta.

—Claro que sí. Chico, baja y tráeme unas cebollas.

El muchacho se colgó la ballesta del hombro, les echó una última mirada malhumorada y desapareció en el sótano.

—¿Tu hijo? —preguntó Ser Cleos.

—Es solo un niño que recogimos mi mujer y yo. Teníamos dos hijos, pero los leones mataron a uno, y el otro murió de colerina. Los Titiriteros Sangrientos asesinaron a la madre de ese chico. En estos tiempos, para dormir se necesita alguien que monte guardia. —Con la hachuela les indicó la mesa—. Será mejor que os sentéis.

La chimenea estaba apagada, pero Jaime eligió la silla más cercana a las cenizas y estiró las largas piernas bajo la mesa. El tintineo de las cadenas acompañaba cada uno de sus movimientos.

«Un sonido irritante. Antes de que termine todo esto, enroscaré esas cadenas en el cuello de la moza, a ver si le gusta.»

El hombre que no era el posadero asó tres enormes chuletones de caballo y frio las cebollas en manteca de cerdo, lo que estuvo a punto de compensar las tortas duras de avena. Jaime y Cleos bebieron cerveza, y Brienne tomó una copa de sidra. El chico mantuvo la distancia y se apostó encima del barril de sidra con la ballesta sobre las rodillas, cargada y lista para disparar. El cocinero se sirvió un pichel de cerveza y se sentó con sus huéspedes.

—¿Qué noticias hay de Aguasdulces? —le preguntó a Cleos, tomándolo por el jefe.

Ser Cleos miró a Brienne antes de responder.

—Lord Hoster está enfermo, pero su hijo defiende los vados del Forca Roja contra los Lannister. Se han librado varias batallas.

—Hay batallas por todas partes. ¿Adónde os dirigís, ser?

—A Desembarco del Rey. —Ser Cleos se limpió la grasa de los labios.

—Entonces, sois tres tontos —resopló el anfitrión—. Lo último que he oído es que el rey Stannis está ante las murallas de la ciudad. Dicen que tiene cien mil hombres y una espada mágica.

Las manos de Jaime se cerraron en torno a la cadena que unía sus manos y la retorció, deseando tener fuerzas para partirla en dos.

«Entonces le enseñaría a Stannis dónde puede envainarse su espada mágica.»

—En vuestro lugar —siguió diciendo el hombre—, me mantendría bien lejos de ese camino Real. He oído que es muy peligroso. Hay lobos y leones, y bandas de hombres quebrados que asaltan a todo el que encuentran.

—Miserables —dijo Ser Cleos, con desprecio—. Gente como esa no se atreverá a molestar a hombres armados.

—Con vuestro perdón, ser, pero solo veo a un hombre armado, que viaja con una mujer y un prisionero encadenado.

Brienne clavó una mirada sombría en el cocinero.

«A la moza le irrita que le recuerden que es una mujer», reflexionó Jaime, mientras retorcía de nuevo las cadenas. Notaba los eslabones duros y fríos sobre la carne, y el hierro, implacable. Las esposas le habían despellejado las muñecas.

—Quiero seguir el Tridente hasta el mar —le dijo la moza al anfitrión—. Conseguiremos monturas en Poza de la Doncella, y cabalgaremos por el Valle Oscuro y Rosby. Eso nos mantendrá lejos de lo peor de la batalla.

—No podréis llegar a Poza de la Doncella por el río —dijo el anfitrión, negando con la cabeza—. A menos de diez leguas de aquí, el canal está bloqueado por un par de naves que ardieron y naufragaron. Allí hay una banda de forajidos que atacan a todos los que intentan pasar, y lo mismo ocurre río abajo, en torno a las Piedras Saltarinas y la isla del Ciervo Rojo. Y también han visto por allí al señor del relámpago. Cruza el río cuando quiere y cabalga en una u otra dirección; no se queda nunca quieto.

—¿Y quién es ese señor del relámpago? —preguntó Ser Cleos Frey.

—Lord Beric, si así os gusta más, ser. Lo llaman así porque golpea con mucha celeridad, como un relámpago que cae de un cielo sin nubes. Se dice que es inmortal.

«Todos mueren cuando se los atraviesa con una espada», pensó Jaime.

—¿Sigue acompañándolo Thoros de Myr?

—Sí. El mago rojo. He oído que tiene extraños poderes.

«Bueno, tenía el poder de beber tanto como Robert Baratheon, y eran muy pocos los que podían decir eso.» En cierta ocasión, Jaime había oído a Thoros decirle al Rey que se había convertido en sacerdote rojo porque las túnicas de ese color ocultaban bien las manchas de vino. Robert se había reído tanto que había escupido cerveza sobre todo el vestido de seda de Cersei.

—No seré yo quien objete —dijo—, pero quizá el Tridente no sea el camino más seguro para nosotros.

—Lo mismo opino —asintió el cocinero—. Incluso si lográis llegar más allá de la isla del Ciervo Rojo y no os tropezáis con Lord Beric y el mago rojo, aún tendríais por delante el Vado Rubí. Lo último que oí fue que los lobos del Señor Sanguijuela eran los dueños del vado, pero eso fue hace bastante tiempo. Ahora, podrían ser de nuevo los leones, Lord Beric o cualquier otro.

—O nadie —sugirió Brienne.

—Si mi señora quiere dejarse la piel ahí, yo no diré nada... pero en vuestro lugar, yo abandonaría el río y atajaría por tierra. Si os mantenéis lejos de la carretera principal y os refugiáis bajo los árboles... Bueno, de todos modos no me gustaría ir con vosotros, pero podríais tener una oportunidad contra los titiriteros.

—Necesitaríamos caballos —dijo la corpulenta moza, dubitativa.

—Aquí hay —señaló Jaime—. He oído relinchar a uno en el establo.

—Sí —dijo el posadero que no era posadero—. Hay tres bestias, pero no están en venta.

—Claro que no. —Jaime tuvo que reírse—. Pero, de todos modos, nos las enseñarás.

Brienne lo miró con cara de pocos amigos, pero el hombre que no era posadero le mantuvo la mirada sin parpadear.

—Enséñamelas —dijo ella a disgusto tras un momento de silencio. Y todos se levantaron de la mesa.

No habían limpiado los establos en mucho tiempo, a juzgar por el olor. Centenares de moscas negras y gordas formaban un enjambre sobre la paja, zumbaban de cuadra en cuadra, y cubrían los montones de boñiga de caballo que había por todas partes, aunque solo se veía a las tres bestias. Eran un trío muy desigual: un caballo de tiro color marrón, que se movía con lentitud; un anciano penco blanco, tuerto, y un corcel pinto color gris, muy brioso.

—No se venden a ningún precio —anunció su presunto dueño.

—¿Cómo has llegado a ser dueño de esas bestias? —quiso saber Brienne.

—Cuando mi mujer y yo llegamos a la posada —dijo el hombre—, el caballo de tiro estaba en el establo, junto con el que os habéis comido. El penco blanco llegó una noche, y el chico atrapó al corcel, que corría libre, llevando aún los arreos y la montura. Mirad, os los mostraré.

La silla que les enseñó estaba decorada con plata repujada. La manta del forro había sido de cuadros rosados y negros, pero ya era casi toda de color pardo. Jaime no reconoció los colores originales, pero no le costó ningún esfuerzo distinguir las manchas de sangre.

—Bueno, no creo que su dueño venga a reclamarlo. —Examinó las patas del corcel y contó los dientes del penco—. Dadle una pieza de oro por el corcel, si la silla va incluida —le aconsejó a Brienne—. Una de plata por el caballo de tiro. Y debería pagarnos por quitarle el penco blanco de las manos.

—No habléis con descortesía de vuestra montura, ser. —La mujer abrió la bolsa que le había dado Lady Catelyn y sacó tres monedas de oro—. Te pagaré un dragón por cada uno.

El hombre parpadeó y alargó el brazo para coger las monedas de oro, pero vaciló y retiró la mano.

—No sé. No puedo montar un dragón de oro si tengo que huir. Ni comérmelo si tengo hambre.

—También puedes quedarte con nuestro esquife —dijo—. Podrás ir río arriba o abajo, como quieras.

—Dejadme probar un poco de ese oro. —El hombre tomó una de las monedas que ella tenía en la palma de la mano y la mordió—. Es bastante auténtico, diría yo. ¿Tres dragones y el esquife?

—Eso es un atraco descarado, moza —dijo Jaime, en tono amistoso.

—También necesitaré provisiones —le dijo Brienne a su anfitrión, soslayando a Jaime—. Cualquier cosa que podáis darnos.

—Hay más tortas de avena. —El hombre recogió los otros dos dragones de la mano de Brienne y los sacudió dentro del puño, sonriendo al oír el tintineo—. Sí, y pescado ahumado en salazón, pero eso te costará plata. Mis camas también tienen un precio. Querréis pasar la noche.

—No —respondió Brienne al instante.

El hombre la miró, intrigado.

—Mujer, no iréis a cabalgar de noche por lugares desconocidos, con caballos que acabáis de comprar. Lo más probable es que os metáis en el fango o que un caballo se rompa una pata.

—La luna brillará esta noche —dijo Brienne—. No tendremos problemas para encontrar el camino.

—Si no tenéis plata —dijo el anfitrión tras pensar un instante—, con unas monedas de cobre podéis pagar las camas, así como una o dos mantas para abrigaros. Yo no dejo a un viajero a la intemperie.

—Eso me parece bastante correcto —dijo Ser Cleos.

—Las mantas están recién lavadas. Mi esposa se ocupó de ello antes de que tuviera que marcharse. No hallaréis ni una pulga, os doy mi palabra. —Hizo tintinear de nuevo las monedas, sonriendo.

—Mi señora, una buena cama nos haría mucho bien —le dijo Ser Cleos a Brienne; se sentía claramente tentado—. Si estamos descansados por la mañana, iremos más deprisa. —Miró a su primo, en busca de apoyo.

—No, primo, la moza tiene razón. Tenemos promesas que cumplir y muchas leguas por delante. Debemos continuar.

—Pero tú mismo dijiste... —objetó Cleos.

—Eso fue antes. —«Cuando creía que la posada estaba desierta»—. Ahora tengo la barriga llena, y lo que hay que hacer es cabalgar bajo la luna. —Sonrió, mirando a la mujer—. Pero a no ser que tengáis la intención de llevarme sobre la espalda de ese caballo de tiro como un saco de harina, alguien tendría que hacer algo con respecto a estos grilletes. Es muy difícil cabalgar con los tobillos encadenados.

Brienne miró la cadena con el ceño fruncido. El hombre que no era posadero se frotó la mandíbula.

—Hay una herrería al otro lado del establo.

—Enséñamela.

—Sí —dijo Jaime—, y cuanto antes, mejor. Detestaría pisar alguna boñiga. Para mi gusto, aquí hay demasiada mierda de caballo. Demasiada. —Clavó una mirada penetrante en la mujer, preguntándose si sería lo suficientemente lista para entender el significado.

Tenía la esperanza de que le quitara también los grilletes de las muñecas, pero Brienne todavía desconfiaba de él. Partió la cadena de los tobillos por el centro, con media docena de fuertes golpes de un martillo de herrero, dados sobre el extremo romo de un cincel de acero. Cuando sugirió que le liberara las manos, ella no le hizo el menor caso.

—A dos leguas río abajo, veréis una aldea quemada —dijo su anfitrión, mientras los ayudaba a ensillar los caballos y cargar los bultos. Esta vez, dirigió sus consejos a Brienne—. Allí se bifurca el camino.

Si os dirigís hacia el sur, llegaréis al torreón de piedra de Ser Warren. Ser Warren se marchó y murió, así que no puedo deciros en poder de quién está ahora, pero es un sitio que hay que evitar. Lo mejor sería que siguierais el sendero que discurre entre los bosques, al sureste.

—Lo haremos —respondió ella—. Tenéis mi gratitud.

«Sería más exacto decir que tiene tu oro», pensó Jaime para sus adentros. Estaba cansado de que aquella enorme vaca con cara de mujer lo despreciara constantemente.

Ella tomó para sí el caballo de tiro y le cedió el corcel a Ser Cleos. La amenaza se cumplió, y a Jaime le correspondió el penco tuerto, lo que puso fin a cualquier esperanza que pudiera haber albergado de espolear a su caballo y dejar a la mujer sumida en una nube de polvo.

El hombre y el chico salieron para verlos partir. El hombre les deseó suerte y les dijo que volvieran en tiempos mejores, mientras que el chico se mantuvo en silencio, con la ballesta bajo el brazo.

—Lleva una lanza o un mangual —le dijo Jaime—; te serán más útiles.

«Mira lo que se gana con consejos amistosos», pensó cuando el chico lo miró con desconfianza. Se encogió de hombros, hizo girar a su caballo y no volvió la vista atrás.

Mientras se alejaban, Ser Cleos era una queja ambulante, de luto aún por la pérdida de su lecho de plumas. Cabalgaron hacia el este, siguiendo la orilla del río bañado por la luna. El Forca Roja era allí muy ancho, pero de poca profundidad; sus orillas eran puro cieno y maleza. La bestia de Jaime iba al paso plácidamente, aunque el pobre bruto viejo tenía tendencia a desviarse hacia el lado de su ojo sano. Le gustaba cabalgar de nuevo. No había montado un caballo desde que los arqueros de Robb Stark mataran debajo de él a su corcel en el bosque Susurrante.

Cuando llegaron a la aldea quemada, se encontraron con dos caminos igualmente desalentadores: dos senderos estrechos, con profundas marcas dejadas por los carretones de los campesinos que llevaban su grano al río. Uno de ellos se dirigía al sureste y desaparecía pronto entre los árboles que podían divisar en la distancia, mientras que el otro, más recto y pedregoso, apuntaba directamente al sur. Brienne los consideró un instante y después dirigió su caballo al camino del sur. Jaime se sintió gratamente sorprendido; era la misma elección que él habría hecho.

—Pero este es el sendero contra el que nos ha prevenido el posadero —objetó Ser Cleos.

—No era posadero. —La mujer se encorvaba, desmañada, sobre la silla, pero de todos modos parecía montar con seguridad—. Se ha interesado más de la cuenta por la ruta que íbamos a elegir, y esos bosques... son famosos escondites de bandidos. Puede que estuviera intentando meternos en una trampa.

—Moza lista. —Jaime miró sonriendo a su primo—. Me atrevería a aventurar que nuestro anfitrión tiene amigos más adelante en ese sendero. Esos cuyas bestias dejaron tan memorable aroma en el establo.

—También puede haber mentido con respecto al río, para que le compráramos estos caballos —dijo la mujer—, pero yo no me arriesgaría. Habrá soldados en el Vado Rubí y donde lo crucen los caminos.

«Será fea —pensó Jaime sonriendo de mala gana—, pero no es estúpida del todo.»

El resplandor rojizo que salía por las ventanas superiores del torreón de piedra los avisó con suficiente antelación, y Brienne los hizo marchar campo a través. Cuando hubieron dejado muy atrás el torreón, giraron de nuevo y regresaron al camino.

Transcurrió la mitad de la noche antes de que la mujer considerara seguro detenerse. Para entonces, los tres cabalgaban medio dormidos. Acamparon en una pequeña arboleda de robles y fresnos, junto a una corriente perezosa. La mujer no permitió que encendieran fuego, por lo que compartieron una cena fría: tortas duras de avena y pescado salado. La noche era extrañamente serena. De un negro cielo de fieltro colgaba una media luna, rodeada de estrellas. En la distancia aullaban unos lobos. Uno de los caballos resoplaba, nervioso. No había ningún otro sonido.

«La guerra no ha tocado este sitio», pensó Jaime. Estaba satisfecho de encontrarse allí, contento de estar vivo y de hallarse en el camino que lo llevaría de vuelta a Cersei.

—Me encargaré de la primera guardia —le dijo Brienne a Ser Cleos, que al momento comenzó a roncar con suavidad.

Jaime se recostó en el tronco de un roble y se preguntó qué estarían haciendo en aquel momento Cersei y Tyrion.

—¿Tenéis parientes, mi señora? —preguntó.

—No —contestó Brienne mirándolo de reojo, con suspicacia—. Fui el... la única hija de mi padre.

Jaime soltó una risita burlona.

—Ibais a decir *el único hijo.* ¿Os considera un hijo? Está claro que como hija sois rara.

Sin decir una palabra, ella le dio la espalda, con los nudillos tensos sobre la empuñadura de la espada.

«Qué ser más infeliz, pobre criatura.» Le recordaba a Tyrion de alguna extraña manera, aunque a primera vista era difícil encontrar dos personas que fueran tan dispares. Quizá fuera aquel pensamiento sobre su hermano lo que lo hizo disculparse.

—No tenía intención de ofenderos, Brienne. Perdonadme.

—Vuestros crímenes están más allá de cualquier perdón, Matarreyes.

—Otra vez ese apodo. —Jaime retorció ociosamente sus cadenas—. ¿Por qué os enojo tanto? Que yo sepa, no os he hecho daño alguno.

—Les habéis hecho daño a otros. A aquellos a quienes jurasteis proteger. A los débiles, a los inocentes...

—Y... ¿al Rey? —Siempre lo mismo. Todo se remontaba a Aerys—. No supongáis que podéis juzgarme por lo que no entendéis, moza.

—Me llamo...

—Brienne, sí. ¿Os ha dicho alguien que sois tan aburrida como fea?

—No provocaréis mi ira, Matarreyes.

—Sin duda, podría hacerlo si me interesara lo suficiente.

—¿Por qué hicisteis el juramento? —exigió ella—. ¿Por qué vestisteis la capa blanca si teníais la intención de traicionar todo lo que implicaba?

—¿Por qué? —¿Qué podía decirle que fuera capaz de entender?—. Era un niño; tenía quince años. Era un gran honor para alguien tan joven.

—Esa no es respuesta —replicó Brienne, desdeñosa.

«No te gustaría oír la verdad.» Se había incorporado a la Guardia Real por amor, claro.

El padre de ambos había llevado a Cersei a la corte cuando ella tenía doce años, para arreglarle una boda real. Rechazó todo lo que le ofrecían por ella y prefirió mantenerla a su lado en la Torre de la Mano, para que madurara y se hiciera todavía más bella. Sin duda, estaba esperando a que creciera el príncipe Viserys, o a que la esposa de Rhaegar muriera de parto. Elia de Dorne no había gozado nunca de buena salud.

Mientras tanto, Jaime había pasado cuatro años como escudero de Ser Sumner Crakehall, y se había ganado las espuelas contra la Hermandad del Bosque Real. Pero cuando, de camino a Roca Casterly, hizo una corta escala en Desembarco del Rey, sobre todo para ver a su hermana, Cersei se lo llevó a un lado y le susurró que Lord Tywin quería casarlo con Lysa Tully, y que incluso había invitado a Lord Hoster a la ciudad para negociar la dote. Pero si Jaime vestía el blanco, siempre podría estar cerca de ella. El anciano Ser Harlan Grandison había fallecido mientras dormía, como era propio de una persona cuyo blasón era un león dormido. Seguro que Aerys querría a un hombre joven para ocupar el lugar del difunto; ¿por qué no un león rugiente en lugar de uno dormido?

—Nuestro padre no lo consentirá —repuso Jaime.

—El Rey no se lo va a preguntar. Y cuando esté hecho, nuestro padre no podrá oponerse, al menos de manera abierta. Aerys ordenó arrancarle la lengua a Ser Ilyn Payne por jactarse de que quien verdaderamente gobernaba los Siete Reinos era la Mano. Era el capitán de la guardia de la Mano, pero nuestro padre no se atrevió a impedirlo. Tampoco podrá impedir esto.

—Pero... —dijo Jaime—. ¿Y Roca Casterly?

—¿Qué prefieres? ¿Una roca o a mí?

Recordaba aquella noche como si hubiera sido la noche anterior. Se habían alojado en una vieja posada, en el Valle de la Anguila, bien lejos de cualquier ojo vigilante. Cersei había ido a verlo vestida como una sencilla sirvienta, lo que por algún motivo lo excitó más aún. Jaime no la había visto nunca tan apasionada. Cada vez que intentaba dormir, ella lo despertaba de nuevo. Por la mañana, Roca Casterly parecía un precio insignificante por estar siempre cerca de ella. Dio su consentimiento, y Cersei prometió encargarse del resto.

Un mes más tarde, un cuervo real llegó a Roca Casterly para informarlo de que había sido elegido para la Guardia Real. Se le ordenaba presentarse al soberano durante el gran torneo de Harrenhal, para hacer los votos y vestir la capa.

La investidura liberó a Jaime de Lysa Tully. Por lo demás, nada ocurrió de la forma planeada. Su padre no había estado nunca tan furioso. No podía oponerse abiertamente, Cersei tenía razón en aquello, pero renunció a su cargo de Mano con un pretexto poco convincente y volvió a Roca Casterly con su hija. En lugar de estar juntos, Cersei y Jaime solo cambiaron de sitio, y él se encontró solo en la corte, protegiendo a un rey loco, mientras cuatro hombres de poca valía se turnaban para ocupar sin éxito el peligroso cargo de su padre. Las Manos ascendían y caían con tanta rapidez que Jaime recordaba sus blasones mejor que sus rostros. La Mano cuerno de la abundancia y la Mano de los grifos bailarines fueron enviados al exilio; la Mano de la maza y la daga fue sumergido en fuego valyrio y quemado vivo. Lord Rossart había sido el último. Su blasón era una antorcha encendida; una elección desafortunada, dado el destino de su predecesor, pero habían ascendido al alquimista fundamentalmente por compartir la pasión del Rey por el fuego.

«Debí haber ahogado a Rossart en lugar de destriparlo.»

Brienne aún esperaba su respuesta.

—No tenéis edad suficiente para haber conocido a Aerys Targaryen...

—Aerys estaba loco —lo interrumpió ella sin escucharlo— y era cruel; nadie lo ha negado nunca. Pero era el rey, coronado y ungido. Y vos habíais jurado protegerlo.

—Sé lo que juré.

—¿Y qué hicisteis? —Se inclinó sobre él, casi nueve palmos de desaprobación, pecas, ceño fruncido y dientes caballunos.

—Lo mismo que hicisteis vos. Si lo que he oído es verdad, aquí los dos somos matarreyes.

—No le hice ningún daño a Renly. Mataré al hombre que diga lo contrario.

—Pues empezad por Cleos. Y, después, todavía os quedarán muchos por ejecutar, a juzgar por lo que cuenta.

—Mentiras. Lady Catelyn estaba allí cuando asesinaron a Su Alteza. Ella lo vio. Había una sombra. Las velas parpadearon; el aire se enfrió y había sangre...

—Oh, qué bien. —Jaime se echó a reír—. Lo reconozco: sois más ocurrente que yo. Cuando me encontraron junto a mi rey muerto, no se me ocurrió decir: «No, no fui yo, fue una sombra, una terrible sombra fría». —Volvió a reírse—. Decidme, de matarreyes a matarreyes, ¿os pagaron los Stark para cortarle la garganta o fue Stannis? ¿Renly os despreció? ¿Fue eso? O quizá teníais vuestra luna de sangre. No se le debe dar nunca una espada a una moza cuando está sangrando.

Durante un instante, Jaime pensó que Brienne iba a golpearlo.

«Si se me acerca un paso más, le cogeré el puñal de la vaina y se lo clavaré en las tripas.» Tensó una pierna bajo el cuerpo, listo para saltar, pero la mujer no se movió.

—Ser un caballero es un don valioso y singular —dijo—, y más aún ser un caballero de la Guardia Real. Es un don que pocos reciben, un don que tú rechazaste y mancillaste.

«Un don que anhelas con desesperación, moza, pero que no podrás tener nunca.»

—Me gané el título. No me regalaron nada. Gané un torneo a los trece años, cuando aún era escudero. A los quince, cabalgué con Ser Arthur Dayne contra la Hermandad del Bosque Real, y él me armó caballero en el campo de batalla. Fue esa capa blanca la que me mancilló, y no al revés. Así que ahorradme vuestra envidia. Fueron los dioses los que se negaron a daros una polla, no yo.

La mirada que Brienne le dedicó rebosaba aversión.

«De no ser por su preciado juramento, me haría pedazos aquí mismo —reflexionó—. Mejor, estoy harto de su patética devoción y de que me juzgue una doncella.» La moza se alejó sin añadir ni una palabra. Jaime se acurrucó bajo la capa, con la esperanza de ver a Cersei en sueños.

Pero cuando cerró los ojos, al que vio fue a Aerys Targaryen, que paseaba en solitario por el salón del trono mientras se miraba las manos arañadas y sangrantes. El idiota se cortaba constantemente con los filos y pinchos del Trono de Hierro. Jaime había entrado sigilosamente por la puerta del rey; llevaba la armadura dorada puesta y empuñaba la espada.

«La armadura dorada, no la blanca, pero nadie se acuerda nunca de eso. Ojalá me hubiera quitado también la puta capa.»

Cuando Aerys vio sangre en la espada, preguntó si se trataba de la de Lord Tywin.

—Quiero muerto a ese traidor. Quiero su cabeza; tráeme su cabeza o arderás con los otros. Con todos los traidores. ¡Rossart dice que están dentro de las murallas! Va a darles una cálida bienvenida. ¿De quién es la sangre? ¿De quién?

—De Rossart —respondió Jaime.

Aquellos ojos violeta se abrieron como platos, y la mandíbula real se descolgó del susto. Aerys perdió el control del vientre, se volvió y corrió hacia el Trono de Hierro. Bajo las cuencas vacías de las calaveras de las paredes, Jaime arrastró por las escaleras el cuerpo del último rey dragón, que chillaba como un cerdo y hedía a letrina. Todo lo que necesitó para acabar con él fue un tajo en la garganta.

«Fue tan fácil... —recordó—. Un rey debería morir con más dignidad. —Rossart al menos había intentado pelear, aunque a decir verdad había luchado como un alquimista—. Qué raro que no preguntaran nunca quién había matado a Rossart... pero por supuesto, no era nadie, no era de noble cuna, fue la Mano durante dos semanas, otro desquiciado capricho del Rey Loco.»

Ser Elys Westerling, Lord Crakehall y otros caballeros de su padre entraron al salón a tiempo para ser testigos de los últimos instantes, por lo que Jaime no tuvo manera de desaparecer y dejar que algún jactancioso cargara con las alabanzas o la culpa. Sería culpa; lo supo de inmediato cuando vio cómo lo miraban... aunque quizá se tratara de miedo. Daba lo mismo que fuera un Lannister; era uno de los siete de Aerys.

—El castillo es nuestro, ser, y la ciudad —le dijo Roland Crakehall, lo que era una verdad a medias.

En aquel momento, los leales a Targaryen seguían muriendo en los peldaños de las sinuosas escaleras y en la armería; Gregor Clegane y Amory Lorch escalaban las murallas del Torreón de Maegor, y Ned Stark conducía a sus norteños a través de la Puerta del Rey, pero quizá Crakehall no lo supiera. No mostró sorpresa al encontrar a Aerys asesinado; Jaime era el hijo de Lord Tywin mucho antes de ser nombrado miembro de la Guardia Real.

—Decidles que el Rey Loco está muerto —ordenó—. Perdonad a todo el que se rinda y hacedlo prisionero.

—¿Debo también proclamar a un nuevo rey? —preguntó Crakehall.

Jaime entendió la pregunta con toda claridad: ¿Será vuestro padre, Robert Baratheon, o tenéis la intención de nombrar un nuevo rey dragón? Pensó un momento en el joven Viserys, que había huido a Rocadragón, y en Aegon, el hijo de Rhaegar, que se hallaba todavía en el Torreón de Megor con su madre.

«Un nuevo rey Targaryen, y mi padre como Mano. Cómo aullarán los lobos; cómo se ahogará de rabia el señor de la tormenta.» Se sintió tentado un instante, hasta que le echó de nuevo una mirada al cadáver que yacía en el suelo en un charco de sangre cada vez mayor. «Los dos llevan su sangre», pensó.

—Proclamad a quien os dé la puta gana —le dijo a Crakehall.

Entonces, subió al Trono de Hierro y se sentó con la espada sobre las piernas, para ver quién iría a reclamar el reino. Resultó ser Eddard Stark.

«Tampoco tú tienes derecho a juzgarme, Stark.»

En sus sueños, los muertos se le acercaban ardiendo, enfundados en un torbellino de llamas verdes. Jaime bailaba alrededor de ellos con una espada dorada, pero por cada uno que derribaba se levantaban dos para ocupar su lugar.

Brienne lo despertó, clavándole la bota en las costillas. El mundo aún estaba oscuro, y había comenzado a llover. Desayunaron tortas de avena, pescado salado y unas zarzamoras que Ser Cleos había encontrado, y volvieron a montar los caballos antes de que saliera el sol.

Tyrion

El eunuco tarareaba para sus adentros una melodía sin letra cuando cruzó la puerta, vestido con amplias túnicas de seda color melocotón y dejando a su paso una estela de fragancia a limón. Al ver a Tyrion sentado junto al fuego, se quedó inmóvil.

—Mi señor Tyrion —graznó con una risita nerviosa.

—Vaya, ¿os acordáis de mí? Empezaba a preocuparme.

—Es magnífico veros tan fuerte y saludable. —Varys le ofreció su sonrisa más devota—. Aunque debo confesar que nunca pensé que fuera a encontraros en mis humildes aposentos.

—Son humildes. En verdad, excesivamente humildes. —Tyrion había esperado a que su padre llamara a Varys antes de colarse allí para hacerle una visita. El alojamiento del eunuco era pequeño y austero: solo tres habitaciones sin ventanas bajo la muralla norte, cómodas y acogedoras—. Esperaba descubrir enormes cestas llenas de secretos jugosos para acortar la espera, pero aquí es imposible encontrar un papel. —También había buscado salidas secretas, porque sabía que la Araña tendría formas de ir y venir sin ser visto, pero tampoco había logrado dar con ellas—. Había agua en vuestra jarra, los dioses son misericordiosos —prosiguió—. Vuestro dormitorio no es más ancho que un ataúd, y esa cama... ¿realmente es de piedra, o solo da esa impresión?

Varys cerró la puerta y pasó el cerrojo.

—Tengo muchos dolores de espalda, mi señor, y prefiero dormir sobre una superficie dura.

—Os consideraba adicto a los lechos de pluma.

—Soy una caja de sorpresas. ¿Estáis enfadado conmigo por haberos abandonado tras la batalla?

—Eso me hizo consideraros como de la familia.

—No fue por falta de amor, mi buen señor. Tengo un espíritu muy delicado, y vuestra cicatriz es horrorosa... —Tembló con exageración—. Vuestra pobre nariz...

—Quizá debería mandarme hacer una nueva, de oro —dijo Tyrion, irritado, frotándose la costra—. ¿Qué tipo de nariz me aconsejáis, Varys? ¿Una como la vuestra, para olfatear secretos? ¿O debo decirle al herrero que quiero la nariz de mi padre? —Sonrió—. Mi noble padre trabaja con tanta diligencia que apenas puedo verlo. Decidme, ¿es verdad que le ha devuelto su puesto en el Consejo Privado al Gran Maestre Pycelle?

—Es cierto, mi señor.

—¿Debo darle gracias por ello a mi dulce hermana?

Pycelle era un hombre de su hermana; Tyrion le había quitado el puesto, la barba y la dignidad, y lo había hecho encerrar en una celda oscura.

—En absoluto, mi señor. Agradecédselo a los archimaestres de Antigua, que insistieron en que se devolviera su puesto a Pycelle basándose en que solo el Cónclave podía nombrar o revocar a un Gran Maestre.

«Idiotas de mierda», pensó Tyrion.

—Creo recordar que el verdugo de Maegor el Cruel revocó a tres con su hacha.

—Cierto —asintió Varys—, y el segundo Aegon alimentó a su dragón con el Gran Maestre Gerardys.

—Vaya, y yo sin dragones. Supongo que podría haber sumergido a Pycelle en fuego valyrio, para que ardiera. ¿Habría preferido eso la Ciudadela?

—Bueno, habría sido algo más acorde con la tradición. —El eunuco soltó una risita ahogada—. Por suerte, se impuso el sentido común, y el Cónclave aceptó el cese de Pycelle y se dedicó a buscar un sucesor. Tras considerar detenidamente al maestre Turquin, el hijo del cordelero, y al maestre Erreck, el bastardo del caballero errante, demostrando de esa manera, para su total satisfacción, que en su orden el talento vale más que el nacimiento, el Cónclave estuvo a punto de mandarnos al maestre Gormon, un Tyrell de Altojardín. Cuando se lo dije a vuestro padre, actuó de inmediato.

El Cónclave se reunía en Antigua, a puerta cerrada, como Tyrion sabía; supuestamente, sus deliberaciones eran secretas.

«Así que Varys también tiene pajaritos en la Ciudadela.»

—Ya veo. Mi padre decidió cortar la rosa antes de que floreciera. —Se rio—. Pycelle es un sapo. Pero es mejor un sapo Lannister que un sapo Tyrell, ¿no?

—El Gran Maestre Pycelle siempre ha sido un buen amigo de vuestra Casa —dijo Varys con tono meloso—. Quizá os sirva de consuelo saber que también han rehabilitado a Ser Boros Blount.

Cersei había despojado a Ser Boros de la capa blanca, por no haber muerto defendiendo al príncipe Tommen cuando Bronn capturó al chico en la carretera de Rosby. El hombre no era amigo de Tyrion, pero después de aquello, había odiado a Cersei casi con la misma intensidad que él.

«Supongo que eso es algo.»

—Blount es un cobarde jactancioso —dijo en tono amistoso.

—¿De veras? Cielos. De todos modos, los caballeros de la Guardia Real, según la tradición, sirven durante toda la vida. Quizá Ser Boros demuestre ser más valiente en el futuro. Sin duda, será muy leal.

—A mi padre —apuntó intencionadamente Tyrion.

—Ya que estamos tratando el tema de la Guardia Real... Me pregunto si vuestra maravillosa e inesperada visita tendrá algo que ver con el hermano caído de Ser Boros, el galante Ser Mandon Moore. —El eunuco se acarició la mejilla empolvada—. Ese hombre vuestro, Bronn, manifiesta mucho interés por él últimamente.

Bronn había sacado a la luz todo lo que había podido sobre Ser Mandon, pero sin duda, Varys sabía muchas más cosas... y ojalá quisiera compartirlas.

—Al parecer, ese hombre no tenía amigos —dijo Tyrion con precaución.

—Es una lástima —repuso Varys—, una verdadera lástima. Si removierais suficientes piedras en el Valle, podríais encontrar algún pariente, pero aquí... Fue Lord Arryn quien lo trajo a Desembarco del Rey, y Robert le puso la capa blanca, pero me temo que ninguno de los dos lo apreciaba mucho. Tampoco era de los que el pueblo llano aclama en los torneos, a pesar de su indudable destreza. Ni siquiera sus amigos de la Guardia Real lo trataban con cariño. Una vez se oyó a Ser Barristan decir que ese hombre no tenía otro amigo que su espada, ni otra vida que el servicio... Pero debéis saber que no creo que lo dijera como alabanza. Lo que, sopesándolo bien, es extraño, ¿no os parece? Se podría decir que esas son, ni más ni menos, las cualidades que buscamos en nuestra Guardia Real: hombres que no vivan para sí, sino para su rey. Bajo esa luz, nuestro valiente Ser Mandon era el perfecto caballero blanco. Y pereció como debe hacerlo un caballero de la Guardia Real, con la espada en la mano, defendiendo a un hombre que lleva la sangre del Rey. —El eunuco le sonrió con delicadeza y lo miró fijamente.

«Querrás decir intentando matar a un hombre que lleva la sangre del Rey.» Tyrion se preguntó si Varys sabía mucho más de lo que le contaba. Nada de aquello le resultaba nuevo: Bronn le había pasado la misma información. Necesitaba un vínculo con Cersei, una señal de que Ser Mandon había sido el instrumento de su hermana. «Lo que obtenemos no siempre es lo que queremos», reflexionó amargamente, lo que le recordó...

—Pero no he venido por Ser Mandon.

—Desde luego. —El eunuco cruzó la habitación hasta la jarra de agua—. ¿Os sirvo, mi señor? —preguntó, mientras llenaba una copa.

—Sí. Pero no quiero agua. —Juntó las manos—. Quiero que me traigáis a Shae.

—¿Será eso sensato, mi señor? —Varys bebió un trago—. Pobre niña... Sería una lástima que vuestro padre la colgara.

No lo sorprendió que Varys lo supiera.

—No, no es sensato, es una locura de mierda. Quiero verla por última vez antes de mandarla lejos. No puedo soportar tenerla tan cerca.

—Lo comprendo.

«¿Cómo podrías comprenderlo?» Tyrion la había visto el día anterior subiendo los peldaños de la escalera de caracol con una tina de agua. Había visto como un joven caballero se ofrecía para llevar la pesada carga. La forma en que ella le había tocado el brazo y le había sonreído hizo que a Tyrion se le hiciera un nudo en las entrañas. Se cruzaron casi rozándose, él bajando y ella subiendo, tan cerca que pudo oler el aroma fresco y limpio de su cabello.

—Mi señor —le había dicho Shae con una leve reverencia, y él sintió el deseo de estirar la mano, agarrarla y besarla en aquel mismo lugar, pero lo único que pudo hacer fue una rígida inclinación de cabeza antes de seguir adelante.

—La he visto varias veces —le dijo a Varys—, pero no me atrevo a hablarle. Sospecho que vigilan todos mis movimientos.

—Sospechar eso es una señal de sensatez, mi señor.

—¿Quién?

—Los Kettleblack informan regularmente a vuestra dulce hermana.

—Cuando recuerdo cuánto dinero les pagué a esos canallas... ¿Creéis que hay alguna posibilidad de apartarlos de Cersei con mucho más dinero?

—Siempre existe esa posibilidad, pero yo no apostaría por eso. Ahora los tres son caballeros, y vuestra hermana les ha prometido puestos aún mejores. —De los labios del eunuco salió una risita malvada—. Y el mayor, Ser Osmund, de la Guardia Real, sueña también con otros... favores... No me cabe duda de que podríais igualar la oferta de la Reina moneda por moneda, pero ella tiene un segundo cofre que es casi inagotable.

«Por los siete infiernos», pensó Tyrion.

—¿Estáis insinuando que Cersei se folla a Osmund Kettleblack?

—Oh, por supuesto que no. Eso sería peligrosísimo, ¿no os parece? No, la Reina solo deja entrever... Quizá mañana, o cuando se haya celebrado la boda... Y basta con una sonrisa, un susurro, un chiste vulgar... un seno que roza levemente la manga de él cuando se cruzan... Eso parece suficiente. Pero claro, ¿qué sabe un eunuco de tales cosas?

La punta de su lengua acarició su labio inferior como un tímido animalito rosado.

«Si pudiera empujarlos a que llegaran más allá de una caricia cauta y arreglarlo todo de tal forma que nuestro padre los pescara juntos en la cama...» Tyrion se acarició la costra de la nariz. No tenía ni idea de cómo hacerlo, pero quizá más adelante se le ocurriría algún plan.

—¿Los Kettleblack son los únicos?

—Ojalá fueran solo ellos, mi señor. Temo que hay demasiados ojos que os vigilan. Vos sois... ¿cómo expresarlo? ¿Conspicuo? Y aunque me resulte triste decirlo, no os aprecian. Los hijos de Janos Slynt os delatarían con gusto solo para vengar a su padre, y nuestro querido Lord Petyr tiene amigos en la mitad de los burdeles de Desembarco del Rey. Si sois tan insensato como para visitar alguno de ellos, él lo sabrá de inmediato, y poco después lo sabrá vuestro padre.

«Es todavía peor de lo que me temía.»

—¿Y mi padre? ¿A quién ha mandado para espiarme?

En aquella ocasión, el eunuco se rio en voz alta.

—Pues a mí, mi señor.

Tyrion lo acompañó en las carcajadas. No era tan tonto como para confiar en Varys más de lo necesario, pero el eunuco ya sabía lo bastante sobre Shae para que la colgaran sin remedio.

—Me traeréis a Shae por los muros, a escondidas de todos esos ojos. Como lo habéis hecho en otras ocasiones.

—Oh, mi señor, nada me gustaría más, pero... —Varys se retorcía las manos—. El rey Maegor no quería ratas dentro de sus muros, ¿captáis lo que os quiero decir? Necesitaba una vía secreta de escape, en caso de que lo rodearan sus enemigos, pero esa puerta no conecta con ningún otro pasaje. Puedo apartar a Shae de Lady Lollys un momento, sin duda, pero no tengo manera de conducirla hasta vuestro dormitorio sin que nos vean.

—Entonces llévala a alguna otra parte.

—¿Adónde? No hay ningún sitio seguro.

—Lo hay —Tyrion hizo una mueca burlona—. Aquí. Ha llegado la hora de darle un mejor uso a esa cama de piedra, digo yo.

El eunuco abrió la boca. A continuación, soltó una risita.

—Últimamente, Lollys se cansa con facilidad. Está embarazada y ha engordado. Me imagino que estará bien dormida cuando salga la luna.

—Sea entonces cuando salga la luna. —Tyrion se incorporó de un salto—. Acordaos de dejar vino. Y dos copas limpias.

—Como ordene mi señor —dijo Varys, con una reverencia.

El resto del día pareció transcurrir tan despacio como un gusano que se arrastrara por melaza. Tyrion subió a la biblioteca del castillo e intentó distraerse con la *Historia de las guerras rhoynar,* de Beldecar, pero con la sonrisa de Shae en su mente apenas lograba ver los elefantes. Llegó la tarde, dejó el libro a un lado y pidió que le prepararan el baño. Se frotó bien hasta que el agua se enfrió, y luego hizo que Pod le recortara las patillas. Su barba era una tortura, una maraña de pelos gruesos amarillos, blancos y oscuros apelmazados en mechones, casi impresentable, pero servía para ocultarle parte del rostro, y era lo que le hacía falta.

Cuando estuvo tan limpio, rosado y acicalado como era posible, revisó su guardarropa y escogió unos calzones ceñidos de satén, del color carmesí propio de los Lannister, y su mejor jubón, el de terciopelo grueso con la cabeza de león bordada. Se habría puesto también la cadena de manos doradas si su padre no se la hubiera robado mientras él yacía agonizando. Hasta que estuvo totalmente vestido no comprendió la magnitud de su locura.

«Por los siete infiernos, enano, ¿acaso has perdido la inteligencia junto con la nariz? Todo el que te vea se preguntará por qué te has puesto el traje de la corte para visitar al eunuco. —Maldiciendo, Tyrion se desnudó y volvió a vestirse con ropa más sencilla: calzones de lana negra, una vieja camisa blanca y un jubón de cuero marrón descolorido—. No importa —se dijo para sus adentros mientras esperaba a que saliera la luna—. No importa qué te pongas, seguirás siendo un enano. No serás nunca tan alto como ese caballero de las escaleras, con largas piernas, vientre duro y anchos hombros viriles.»

La luna asomaba por encima del castillo cuando le dijo a Podrick Payne que iba a visitar a Varys.

—¿Durante mucho tiempo, mi señor? —preguntó el chico.

—Oh, eso espero.

Con tanta gente en la Fortaleza Roja, Tyrion no contaba con pasar inadvertido. Ser Balon Swann estaba de guardia en la puerta, y Ser Loras Tyrell, en el puente levadizo. Se detuvo para intercambiar saludos con ambos. Era curioso ver al Caballero de las Flores vestido todo de blanco, cuando antes había sido tan vistoso como un arco iris.

—¿Cuántos años tenéis? —le preguntó Tyrion.

—Diecisiete, mi señor.

«Diecisiete años, es apuesto y, además, ya es una leyenda. La mitad de las chicas de los Siete Reinos quieren llevárselo a la cama, y todos los chicos quieren ser como él.»

—Si me perdonáis la pregunta, ser, ¿por qué puede decidir un muchacho de diecisiete años ingresar en la Guardia Real?

—El príncipe Aegon, el Caballero Dragón, hizo sus votos a los diecisiete años —respondió Ser Loras—, y vuestro hermano Jaime, a una edad inferior.

—Sé por qué lo hicieron. ¿Cuáles son vuestros motivos? ¿El honor de servir junto a caballeros ejemplares, tales como Meryn Trant y Boros Blount? —Miró al muchacho con expresión burlona—. Por proteger la vida del Rey, renunciáis a la vuestra. Habéis renunciado a vuestras tierras y títulos, y abandonado la esperanza de casaros y tener hijos...

—La Casa Tyrell perdurará a través de mis hermanos —dijo Ser Loras—. Para el tercer hermano, ni casarse ni procrear es necesario.

—No es necesario, pero hay quien lo considera un placer. Y el amor, ¿qué?

—Cuando el sol se pone, no hay vela que pueda remplazarlo.

—¿Es una canción? —Tyrion ladeó la cabeza, sonriendo—. Sí, tenéis diecisiete años, ahora me doy cuenta.

—¿Os burláis de mí? —Ser Loras se puso tenso.

«Vaya, qué susceptible.»

—No. Si os he ofendido, perdonadme. Yo también tuve un gran amor, y también teníamos una canción.

«Yo quise a una doncella hermosa como el verano, la luz del sol en el pelo.»

Le deseó buenas noches a Ser Loras y siguió andando.

Cerca de las perreras, un grupo de hombres de armas hacía pelear a un par de perros. Tyrion se detuvo lo suficiente para ver como el animal más pequeño le destrozaba la mitad de la cara al más grande, y se ganó unas cuantas risotadas groseras al señalar que el perdedor se parecía a Sandor Clegane. Después, con la esperanza de haber disipado las sospechas de los hombres, siguió hasta la muralla septentrional y bajó el corto tramo de escaleras, hasta los humildes aposentos del eunuco. Cuando levantaba la mano para llamar, se abrió la puerta.

—¿Varys? —Tyrion entró—. ¿Estáis ahí?

Solo una vela disipaba las penumbras y llenaba el aire con el perfume del jazmín.

—Mi señor. —Una mujer entró en la zona iluminada; era corpulenta, fofa, con aspecto de matrona, y cabello negro largo y ondulado—. ¿Falta algo? —preguntó.

Se dio cuenta, asombrado, de que se trataba de Varys.

—Durante un momento horrible, he pensado que me habíais traído a Lollys en lugar de Shae. ¿Dónde está?

—Aquí, mi señor. —Desde detrás, le cubrió los ojos con las manos—. ¿Podéis adivinar que ropa llevo puesta?

—¿Ninguna?

—Oh, sois tan listo —susurró, apartando las manos—. ¿Cómo lo sabíais?

—Estás muy guapa cuando no llevas nada.

—¿De veras? ¿En serio?

—Claro que sí.

—Entonces, ¿no deberíais follarme en lugar de hablar conmigo?

—Antes tenemos que deshacernos de Lady Varys. No soy de esos enanos que necesitan público.

—Se ha ido —dijo Shae.

Tyrion se volvió. Era verdad. El eunuco había desaparecido, con falda y todo.

«Hay puertas secretas en algún sitio, seguro.» Aquello fue todo lo que pudo pensar antes de que Shae le volviera la cabeza para besarlo. Tenía la boca húmeda y ansiosa, y no pareció ver la cicatriz ni la reciente costra que ocupaba el lugar de su nariz. La piel de ella era seda tibia bajo los dedos de él. Cuando el pulgar le acarició el pezón izquierdo, este se endureció enseguida.

—Apresuraos —lo urgió entre besos, cuando él comenzó a desabrocharse la ropa—, oh, apresuraos, os quiero dentro de mí, dentro, dentro.

Tyrion no tuvo tiempo de desnudarse del todo. Shae le sacó la polla de los calzones, lo empujó al suelo y se le puso encima. Cuando el miembro la penetró, dejó escapar un gemido y comenzó a cabalgarlo salvajemente.

—¡Mi gigante, mi gigante, mi gigante! —gritaba cada vez que se dejaba caer sobre él. Tyrion estaba tan excitado que estalló al quinto envite, pero aquello no pareció importarle a Shae, que sonrió con picardía al sentir como él eyaculaba y se inclinó hacia delante para besarle las cejas cubiertas de sudor—. Mi gigante Lannister —murmuró—. Quedaos dentro de mí, por favor. Me encanta sentiros ahí.

Tyrion no se movió, excepto para rodearla con los brazos.

«Es tan maravilloso abrazarla y que me abrace... —pensó—. ¿Cómo puede ser esto un crimen por el que merezca que la ahorquen?»

—Shae, cariño —le dijo—, esta puede ser la última vez que estemos juntos. Es demasiado peligroso. Si mi señor padre te descubre...

—Me gusta vuestra cicatriz —dijo mientras la recorría con el dedo—. Os hace parecer muy fuerte y fiero.

—Querrás decir muy feo —se rio Tyrion.

—Mi señor no será nunca feo para mis ojos —dijo Shae, y le besó la costra que cubría el muñón destrozado de la nariz.

—No es mi cara lo que debe preocuparte, sino mi padre...

—Él no me asusta. ¿Mi señor va a devolverme ahora mis joyas y mis sedas? Cuando os hirieron en la batalla, le pregunté a Varys si podía dármelos, pero no quiso. ¿Qué destino habrían tenido si hubierais muerto?

—No he muerto. Aquí estoy.

—Lo sé. —Shae se meneó encima de él, sonriendo—. Exactamente donde debéis estar. —Frunció los labios en un gesto infantil—. ¿Y cuánto tiempo debo quedarme con Lollys, ahora que estáis bien?

—¿Me has oído? —dijo Tyrion—. Puedes quedarte con Lollys si lo deseas, pero lo mejor sería que abandonaras la ciudad.

—No quiero marcharme. Me prometisteis que me llevarías de nuevo a una casona después de la batalla. —Le dio un leve apretón con el coño, y él comenzó a endurecerse de nuevo dentro de ella—. Dijisteis que un Lannister siempre paga sus deudas.

—Shae, malditos sean los dioses, olvídate de eso. Escúchame. Tienes que marcharte. La ciudad está llena de hombres de Tyrell, y me vigilan muy de cerca. No tienes ni idea del peligro...

—¿Puedo ir al banquete de bodas del Rey? Lollys no irá. Le dije que nadie la iba a violar en el salón del trono, pero es tan estúpida... —Cuando Shae se apartó de él, su polla salió del cuerpo de la chica con un sonido húmedo—. Symon dice que habrá un torneo de bardos, otro de malabaristas y hasta uno de bufones.

Tyrion había olvidado casi por completo al bardo de Shae, tres veces maldito.

—¿Cómo conseguiste hablar con Symon?

—Le hablé a Lady Tanda de él, y ella lo tomó a su servicio con el fin de que tocara para Lollys. La música la tranquiliza cuando el bebé comienza a dar patadas. Symon dice que habrá un oso bailarín en la fiesta, y vinos del Rejo. No he visto nunca bailar a un oso.

—Pues bailan peor que yo. —Lo que lo preocupaba era el bardo, no el oso. Una palabra descuidada dicha junto al oído equivocado, y ahorcarían a Shae.

—Symon dice que habrá setenta y siete platos, y cien palomas que hornearán dentro de un enorme pastel —contó Shae muy animada—. Cuando se parte la corteza, se alborotan y salen volando.

—Y después se posarán en sus perchas y dejarán caer una lluvia de mierda sobre los invitados.

Tyrion había sufrido antes a causa de semejantes pasteles. A las palomas les encantaba cagarse sobre él en particular, o al menos era lo que siempre había sospechado.

—¿No podría ponerme mis sedas y terciopelos, e ir como una dama y no como una criada? Nadie se dará cuenta de que no soy una dama.

«Todo el mundo se dará cuenta de que no lo eres», pensó Tyrion.

—Lady Tanda podría preguntarse de dónde ha sacado tantas joyas la doncella de Lollys.

—Dice Symon que habrá mil invitados. Seguro que ni me ve. Buscaré un sitio en una esquina oscura, entre la gente de rango más bajo, pero cada vez que vayáis a la letrina podré reunirme con vos. —Le agarró la polla con las dos manos y se la acarició suavemente—. No llevaré ropa interior bajo el vestido, para que mi señor no tenga que desatar nada. —Las manos de ella, arriba y abajo, lo volvían loco—. O si lo deseáis, podría haceros esto... —Y se metió el miembro en la boca.

Tyrion estuvo listo al momento. Aquella vez duró mucho más. Cuando terminó, Shae se arrastró hacia él y se le acurrucó desnuda bajo el brazo.

—Me dejaréis ir, ¿verdad?

—Shae —gruñó—, es muy peligroso.

Durante un rato no dijo absolutamente nada. Tyrion intentó hablar de otras cosas, pero chocó contra una muralla de malhumorada cortesía, tan gélida e impenetrable como el Muro por el que caminara una vez en el norte.

«Benditos sean los dioses —pensó, fatigado, mientras contemplaba cómo la vela ardía hasta el final y comenzaba a derretirse—, ¿cómo he podido dejar que esto vuelva a ocurrir, después de lo que pasó con Tysha? ¿Soy tan tonto como cree mi padre?» Le habría hecho con gusto la promesa que ella quería oír; de buena gana la habría llevado del brazo a su propio dormitorio para que se pusiera las sedas y los terciopelos que tanto le gustaban. Si hubiera podido elegir, ella se sentaría a su lado en el banquete nupcial de Joffrey y bailaría con todos los osos que quisiera. Pero no podía permitir que la ahorcaran.

Cuando la vela se consumió, Tyrion se separó de ella y encendió otra. Entonces, recorrió las paredes, golpeándolas, en busca de la puerta escondida. Shae lo observaba con las piernas recogidas entre los brazos.

—Están debajo de la cama —dijo por fin—. Los escalones secretos.

—¿De la cama? —Él la miró, incrédulo—. La cama es de piedra maciza. Pesa cincuenta arrobas.

—Hay un lugar donde Varys presiona, y se levanta. Le he preguntado que cómo es posible, y dice que por arte de magia.

—Sí. —A Tyrion no le quedó más remedio que reírse—. Un conjuro de contrapesos.

—Tengo que irme. —Shae se levantó—. A veces, el bebé da pataditas, Lollys se despierta y manda a por mí.

—Varys volverá dentro de poco. Seguro que está oyendo cada palabra que decimos.

Tyrion bajó la vela. En la parte delantera de los calzones tenía una mancha húmeda, pero en la oscuridad no se vería. Le dijo a Shae que se vistiera y esperara al eunuco.

—Lo haré —prometió—. Sois mi león, ¿no es verdad? ¿Mi gigante Lannister?

—Lo soy. Y tú eres...

—Vuestra puta. —Colocó un dedo sobre los labios de él—. Lo sé. Sería vuestra dama, pero no es posible. Si lo fuera, vos mismo me llevaríais al banquete. No tiene importancia. Me gusta ser vuestra puta, Tyrion. Tan solo os pido que me cuidéis, nada más, león mío, cuidadme y protegedme.

—Lo haré —prometió.

«Tonto, tonto —gritaba una voz dentro de él—. ¿Por qué has dicho eso? Has venido para mandarla lejos.» Sin embargo, volvió a besarla.

El camino de regreso le pareció largo y solitario. Podrick Payne dormía en su yacija, al pie del lecho de Tyrion, pero lo despertó.

—Bronn —dijo.

—¿Ser Bronn? —Pod se frotó los ojos para espantar el sueño—. Oh. ¿Debo traerlo ahora, mi señor?

—Pues no, te he despertado para que pudiéramos charlar un poco sobre su forma de vestir —dijo Tyrion, pero su sarcasmo fue inútil. Pod se limitó a mirarlo, confuso, hasta que él levantó las manos y dijo—: Sí, tráelo. Tráelo ahora mismo.

El chico se vistió presuroso y salió del dormitorio casi a la carrera.

«¿De veras soy tan horrible?», se preguntó Tyrion, mientras se ponía un batín y se servía un poco de vino.

Iba ya por la tercera copa, y había transcurrido la mitad de la noche, cuando Pod volvió seguido por el caballero mercenario.

—Espero que el chico tuviera un buen motivo para hacerme salir de la casa de Chataya —dijo Bronn mientras tomaba asiento.

—¿Estabas en la casa de Chataya? —preguntó Tyrion, asombrado.

—Ser caballero es estupendo. No hay que meterse en el burdel más barato de la calle. —Bronn sonrió—. Ahora, Alayaya y Marei se acuestan en el mismo lecho de plumas, con Ser Bronn en el centro.

Tyrion se vio obligado a tragarse su asombro. Bronn tenía tanto derecho a acostarse con Alayaya como cualquier otro hombre, pero de todos modos...

«Por mucho que quisiera hacerlo, no la toqué nunca, pero Bronn no podía saber eso. Debió mantener su polla fuera de ella.» No se atrevía a visitar a Chataya. Si lo hiciera, Cersei se ocuparía de que su padre se enterara, y Yaya sufriría algo más que unos azotes. Para disculparse, le mandaría a la chica una gargantilla de plata y jade, y un par de brazaletes a juego, pero aparte de aquello... «Esto no tiene sentido.»

—Hay un bardo que dice llamarse Symon Pico de Oro —dijo Tyrion con cansancio, dejando a un lado su culpa—. A veces toca para la hija de Lady Tanda.

—¿Qué pasa con él?

«Mátalo», debió haber dicho, pero el hombre no había hecho nada más que cantar unas cuantas canciones. «Y llenarle a Shae la cabeza de fantasías sobre palomas y osos bailarines.»

—Encuéntralo —dijo, por el contrario—. Encuéntralo antes de que lo encuentre otro.

Arya

Estaba escarbando la tierra en busca de verduras en el jardín de un hombre muerto, cuando oyó la canción.

Arya se tensó, se quedó inmóvil como una estatua de piedra y escuchó sin prestar más atención a las tres zanahorias correosas que tenía en la mano. Se acordó de los Titiriteros Sangrientos y de los hombres de Roose Bolton, y un escalofrío de terror le recorrió la columna vertebral.

«No es justo, ahora que por fin habíamos encontrado el Tridente, ahora que ya casi estábamos a salvo.»

Pero ¿para qué iban a cantar los Titiriteros?

La canción llegaba hasta ella procedente del río, de más allá de la pequeña elevación que se alzaba hacia el este.

—«Voy a Puerto Gaviota, para ver a mi amada, vaya, vaya, vaya...»

Arya se levantó, todavía con las zanahorias en la mano. Por el sonido, el que estaba cantando se acercaba por el camino del Río. A juzgar por la expresión de su rostro, Pastel Caliente, que estaba entre los repollos, también lo había oído. Gendry se había echado a dormir a la sombra de la choza quemada, y no estaba en condiciones de oír nada.

—«Y pienso robarle un beso con la punta de mi daga, vaya, vaya, vaya.»

Por encima del suave rumor del río, a Arya le pareció oír también el tañido de una lira.

—¿Has oído eso? —le preguntó Pastel Caliente en un susurro ronco, al tiempo que estrechaba contra el pecho una brazada de repollos—. Se acerca alguien.

—Corre a despertar a Gendry —le dijo Arya—. Pero sacúdelo por el hombro, nada más, no hagas mucho ruido.

Era fácil despertar a Gendry, a diferencia de lo que pasaba con Pastel Caliente, al que había que gritar y dar patadas.

—«Cuando esté fresca a la sombra, la convertiré en mi dama, vaya, vaya, vaya.»

La canción se oía más fuerte con cada palabra de la letra.

Pastel Caliente abrió los brazos. Los repollos se estrellaron contra el suelo con un golpe sordo.

—¡Tenemos que escondernos!

«¿Dónde?» La choza quemada y el jardín cubierto de maleza destacaban junto a las orillas del Tridente. Más arriba, en la ribera lodosa, crecían unos cuantos sauces y juncos, pero por lo demás estaban en campo abierto. «Lo sabía: no tendríamos que haber salido de los bosques», pensó. Pero estaban tan hambrientos que el huerto había supuesto una tentación irresistible. El pan y el queso que robaron en Harrenhal se habían acabado hacía ya seis días, cuando aún estaban en lo más profundo de los bosques.

—Despierta a Gendry, coged los caballos y escondeos detrás de la choza —decidió.

Todavía quedaba un muro en pie; tal vez fuera lo bastante amplio para ocultar a dos muchachos y tres caballos. «Siempre que a los caballos no les dé por relinchar, y que al que canta no le dé por venir al huerto.»

—Y tú, ¿qué?

—Me esconderé detrás del árbol. Seguramente viene solo. Si se mete conmigo, lo mataré. ¡Venga, corre!

Pastel Caliente se alejó, y Arya soltó las zanahorias y desenvainó la espada robada por encima del hombro. Se había ceñido la funda a la espalda; la espada estaba destinada a un hombre adulto, y cuando se la colgaba de la cintura iba rebotando contra el suelo.

«Además, pesa demasiado», pensó al tiempo que añoraba a *Aguja,* como le pasaba siempre que tenía en la mano aquel objeto tosco. Pero era una espada y servía para matar. Con aquello bastaba.

Se movió con pasos ligeros hasta el sauce más viejo y grande que crecía junto a la curva del camino, e hincó una rodilla en la hierba y el lodo, entre el velo de ramas.

«Eh, dioses antiguos —rezó a medida que la voz se oía más fuerte—, dioses de los árboles, escondedme y haced que pase de largo. —En aquel momento, un caballo relinchó, y la canción se interrumpió de repente—. Lo ha oído —supo Arya—, pero puede que esté solo, o a lo mejor tienen tanto miedo de nosotros como nosotros de ellos.»

—¿Has oído eso? —preguntó una voz de hombre—. Me parece que hay algo detrás de aquella pared.

—Sí —respondió una segunda voz, más grave—. ¿Qué será, Arquero?

«Así que son dos.» Arya se mordió el labio. Desde el lugar donde se encontraba de rodillas no alcanzaba a verlos; se lo impedían las ramas del sauce. Pero los oía perfectamente.

—¿Un oso?

¿Era una tercera voz, o la primera otra vez?

—Los osos tienen mucha carne —dijo la voz grave—. Y en otoño con mucha grasa, además. Bien cocinada está muy buena.

—Puede que sea un lobo. O hasta un león.

—¿De cuatro patas? ¿O de dos? ¿Tú qué crees?

—Que no importa. ¿O sí?

—Que yo sepa, no. Oye, Arquero, ¿qué vas a hacer con todas esas flechas?

—Lanzar unas cuantas por encima de la pared. Sea lo que sea lo que se esconde ahí, saldrá a toda prisa, ya verás.

—Pero oye, ¿y si el que se esconde es un hombre honrado? ¿O una pobre mujer con un niño de pecho?

—Un hombre honrado saldría y daría la cara. Los únicos que se esconden son los criminales.

—Pues no te falta razón. Venga, dispara las flechas.

—¡No! —les gritó Arya, poniéndose en pie de un salto.

Vio entonces que eran tres. «Solo tres.» Syrio podía luchar contra más de tres, y ella tal vez podría contar con Pastel Caliente y con Gendry. «Pero no son más que muchachos, y estos son hombres adultos.»

Eran tres hombres que viajaban a pie, con ropa embarrada y sucia por el viaje. Reconoció al que cantaba por la lira; la estrechaba contra su jubón como una madre acunaría a un bebé. Era menudo, aparentaba unos cincuenta años, tenía la boca grande, la nariz afilada y un cabello castaño que empezaba a ralear. Llevaba ropa verde descolorida y remendada aquí y allá con viejos parches de cuero, una sarta de cuchillos arrojadizos a la cintura y un hacha de leñador a la espalda.

El que estaba a su lado medía al menos un codo más y tenía aspecto de soldado. Del cinturón de cuero tachonado le colgaban una espada larga y un puñal, llevaba cosidas en la camisa varias hileras de anillas de acero superpuestas, y se cubría la cabeza con un yelmo corto de hierro negro en forma de cono. Tenía los dientes estropeados y una barba castaña muy espesa, pero lo que más llamaba la atención era la capa amarilla con capucha. Era gruesa y pesada, con manchas aquí y allá de hierba y de sangre, deshilachada por la parte de abajo y con un parche de piel de ciervo en el hombro derecho. Hacía que pareciera un enorme pajarraco amarillo.

El último del trío era un joven tan flaco como el arco largo que llevaba, si bien no tan alto. Pelirrojo y pecoso, llevaba un chaleco tachonado, botas altas, mitones y un carcaj a la espalda. Las plumas de las flechas eran grises, de ganso, y había clavado seis en el suelo ante él, como formando una pequeña valla.

Los tres hombres la miraron. Ella estaba de pie en medio del camino con la espada en la mano. Luego, el bardo rasgueó una cuerda con gesto distraído.

—Chico —dijo—, suelta esa espada si no quieres hacerte daño. Es muy grande para ti; además, mi amigo Anguy te podría clavar tres flechas antes de que te acercaras a nosotros.

—Seguro que no —replicó Arya—. Y soy una chica.

—¿De veras? —El bardo hizo una reverencia—. Mil perdones.

—Seguid por el camino, pasad de largo, y tú, no dejes de cantar, para que sepamos dónde estáis. Marchaos, dejadnos en paz, y no os mataré.

—¿Has oído, Lim? —preguntó el arquero del rostro pecoso riéndose—. No nos matará.

—Lo he oído —dijo Lim, el soldado corpulento de la voz grave.

—Venga, niña —insistió el bardo—, suelta esa espada y te llevaremos a un lugar donde estarás a salvo y podrás llenarte la barriga. Por aquí hay lobos, leones y cosas peores todavía. No es lugar para que una chiquilla ande sola.

—No está sola. —Gendry salió a caballo de detrás de la pared de la choza, seguido por Pastel Caliente, que tiraba de las riendas del caballo de Arya. Con la cota de malla y la espada en la mano, Gendry casi parecía un hombre adulto, y además, peligroso. Pastel Caliente parecía Pastel Caliente—. Haced lo que os ha dicho: dejadnos en paz —advirtió.

—Dos y tres —contó el bardo—. ¿Ya está? ¿No sois más? Y tenéis caballos, muy bonitos, por cierto. ¿De dónde los habéis robado?

—Son nuestros. —Arya los observó con atención. El bardo no dejaba de distraerla hablando, pero el que representaba un peligro directo era el arquero. «Si arranca una flecha del suelo...»

—¿Nos vais a decir vuestros nombres, como las personas honradas? —les preguntó el bardo a los chicos.

—Pastel Caliente —dijo Pastel Caliente al instante.

—Vaya, qué bien —sonrió el hombre—. No se conoce todos los días a un muchacho con un nombre tan apetitoso. ¿Y cómo se llaman tus amigos? ¿Chuletón de Carnero y Perdiz?

—No tengo por qué deciros cómo me llamo —replicó Gendry con el ceño fruncido—. Vosotros no habéis dicho vuestros nombres.

—Si es por eso, yo soy Tom de Sietecauces, pero me llaman Tom Sietecuerdas, o Tom Siete, para abreviar. Este bruto de los dientes podridos es Lim, diminutivo de Capa de Limón. Por llevar una capa amarilla, ¿ves? Además, Lim es un tipo de lo más agrio. Y nuestro amigo el jovencito se llama Anguy, aunque todos lo llamamos Arquero.

—Venga, ¿y vosotros quiénes sois? —dijo Lim con la voz grave e imperiosa que Arya había oído entre las ramas del sauce.

—Si queréis, llamadme Perdiz —dijo Arya. No estaba dispuesta a decirle a cualquiera su verdadero nombre—. No me importa.

—Una perdiz con espada —dijo el hombretón corpulento riéndose—. Otra cosa que tampoco se ve todos los días.

—Yo soy el Toro —dijo Gendry, siguiendo los pasos de Arya.

Se comprendía perfectamente que prefiriese el nombre de Toro al de Chuletón de Carnero.

Tom de Sietecauces rasgueó la lira.

—Pastel Caliente, Perdiz y el Toro. ¿Os habéis escapado de las cocinas de Lord Bolton?

—¿Cómo lo sabes? —preguntó Arya, intranquila.

—Llevas su blasón en el pecho, pequeña.

Arya lo había olvidado. Aún llevaba, debajo de la capa, el hermoso jubón de paje con el hombre desollado de Fuerte Terror cosido en el pecho.

—¡No me llames pequeña!

—¿Por qué no? —se rio Lim—. Pequeña eres, sin duda.

—He crecido mucho. Ya no soy una niña. —Las niñas no mataban a nadie, y ella había matado.

—Eso ya lo veo, Perdiz. Si erais de Bolton, no sois niños ninguno de los tres.

—No éramos de Bolton. —Pastel Caliente era incapaz de tener la boca cerrada—. Ya estábamos en Harrenhal antes de que llegara.

—Así que sois cachorros de león, ¿eh? —dijo Tom.

—Eso tampoco. No somos de nadie. Y vosotros, ¿de quién sois?

—Somos hombres del Rey. —Fue Anguy el Arquero quien respondió.

—¿De qué rey? —Arya frunció el ceño.

—Del rey Robert —replicó Lim, el de la capa amarilla.

—¿Aquel viejo borracho? —bufó Gendry, despectivo—. Está muerto, lo mató un jabalí, eso lo sabe todo el mundo.

—Sí, muchacho —dijo Tom de Sietecauces—, y fue una verdadera pena. —Arrancó una nota triste de la lira.

Arya no creía que fueran hombres de ningún rey. Iban harapientos y zarrapastrosos; más bien parecían bandidos. Ni siquiera iban a caballo. Los hombres del Rey debían tener caballos.

Pero Pastel Caliente se apresuró a intervenir.

—Nosotros vamos a Aguasdulces —dijo, ansioso—. ¿A cuántos días a caballo está? ¿Lo sabéis?

—Cállate o te lleno la boca de piedras, idiota. —Arya lo habría matado de buena gana.

—Aguasdulces está a un buen trecho río arriba —dijo Tom—. Un buen trecho en el que se pasa mucha hambre. ¿No os apetecería una comida caliente antes de emprender la marcha? A poca distancia de aquí hay una posada; es de unos amigos nuestros. En vez de pelearnos, podríamos compartir un poco de cerveza y un bocado de pan.

—¿Una posada? —Con solo pensar en comida caliente, a Arya le rugían las tripas, pero no se fiaba del tal Tom. Nadie que hablara de manera tan amigable era un amigo de verdad—. ¿Y dices que está cerca?

—A tres cuartos de legua río arriba —respondió Tom—. Como mucho una legua.

—¿Qué quieres decir con lo de amigos? —preguntó con cautela Gendry; parecía tan indeciso como ella.

—Pues eso, amigos. ¿No sabes qué significa?

—La posadera se llama Sharna —añadió Tom—. Tiene la lengua afilada y mirada de fiera, sí, pero con un corazón de oro, y le caen muy bien las niñitas.

—No soy ninguna niñita —replicó, furiosa—. ¿Y quién más hay allí? Has dicho «amigos».

—El esposo de Sharna y un chico huérfano que han acogido. No os harán daño. Tienen cerveza, aunque no sé yo si a vuestra edad... Habrá pan tierno y puede que un poco de carne. —Tom lanzó una mirada en dirección a la choza—. Y también lo que hayáis robado del huerto del Abuelo Pate.

—No hemos robado nada —replicó Arya.

—Ah, ¿no? ¿Qué pasa? ¿Eres la hija del Abuelo Pate? ¿La hermana? ¿O la esposa? No me mientas, Perdiz. Yo mismo enterré al Abuelo Pate ahí, bajo ese sauce tras el que estabas escondida. Y no te pareces en nada a él. —Arrancó de la lira un sonido triste—. Este último año hemos enterrado a muchos hombres buenos, pero no queremos enterraros a vosotros, lo juro por mi lira. Arquero, demuéstraselo.

La mano del Arquero se movió a una velocidad que Arya no habría creído posible. Su flecha le pasó silbando junto a la cabeza, a un dedo de la oreja, y fue a clavarse en el tronco del sauce que estaba a su espalda. Y ya tenía otra flecha en el arco tenso. Hasta entonces había creído que comprendía qué quería decir Syrio con «rápida como una serpiente» y «suave como la seda de verano». En aquel momento se daba cuenta de que no era así. La flecha clavada en el árbol zumbaba como una abeja.

—Has fallado —dijo.

—Peor para ti si eso es lo que piensas —dijo Anguy—. Mis flechas van adonde les digo.

—Es verdad —asintió Lim Capa de Limón.

Entre el arquero y la punta de su espada había una docena de pasos. «No tenemos ni la menor oportunidad», comprendió Arya. Habría dado cualquier cosa por un arco como el suyo, y por tener su habilidad para manejarlo. De mala gana, bajó la pesada espada hasta que la punta tocó el suelo.

—Iremos a ver esa posada —concedió, tratando de esconder las dudas que albergaba su corazón tras una cortina de palabras osadas—. Vosotros caminad delante; nosotros os seguiremos a caballo para vigilaros.

—Delante, detrás, qué más da. —Tom de Sietecauces hizo una profunda reverencia—. Vamos, muchachos, les mostraremos el camino. Recoge esas flechas, Anguy, ya no las vamos a necesitar.

Arya envainó la espada y, siempre manteniéndose a distancia de los tres desconocidos, cruzó el camino hacia donde estaban sus amigos a caballo.

—Pastel Caliente, coge esas berzas —dijo al tiempo que montaba—. Y también las zanahorias.

Para variar, no discutió con ella. Emprendieron la marcha tal como Arya había dicho, a caballo, despacio por el camino, a una docena de pasos por detrás de los tres que iban a pie. Pero pronto se encontraron pisándoles los talones. Tom de Sietecauces caminaba despacio, y le gustaba rasguear las cuerdas de la lira de vez en cuando.

—¿Os sabéis alguna canción? —les preguntó—. Daría cualquier cosa por tener alguien con quien cantar, en serio. Lim no tiene ni pizca de oído, y aquí el chico del arco solo se sabe baladas de las Marcas, y todas tienen cien versos o más.

—En las Marcas sí que se cantan buenas canciones —señaló Anguy con voz suave.

—Cantar es una tontería —replicó Arya—. Cantando se hace ruido. Os hemos oído cuando aún estabais muy lejos. Os podríamos haber matado.

La sonrisa de Tom indicaba que él no opinaba lo mismo.

—Hay peores formas de morir que con una canción en los labios.

—Si hubiera lobos por aquí —protestó Lim—, nos habríamos dado cuenta. O leones. Estos son nuestros bosques.

—Pues no sabíais que nosotros estábamos allí —dijo Gendry.

—Yo que tú no estaría tan seguro, muchacho —dijo Tom—. A veces se sabe más de lo que se dice.

—Yo me sé la canción del oso —dijo Pastel Caliente acomodándose en la silla de montar—. Bueno, un trozo.

Tom acarició las cuerdas con los dedos.

—A ver, Pastelito, vamos a ver cómo cantamos juntos. —Echó la cabeza hacia atrás y entonó—: «Había un oso, un oso, ¡un oso! Era negro, era enorme, ¡cubierto de pelo hórroroso!»

Pastel Caliente lo acompañaba con entusiasmo; incluso daba saltitos en la silla al ritmo de la música. Arya lo miró, atónita. Tenía una voz bonita, y cantaba bien.

«No le había visto hacer nada bien, excepto cocinar», pensó para sus adentros.

Poco más adelante, un arroyuelo iba a desembocar al Tridente. Cuando lo estaban vadeando, la canción hizo que un pato saliera volando de los juncos. Anguy se detuvo en el acto, se descolgó el arco, puso una flecha y lo abatió. El ave fue a caer en los bajíos, no lejos de la orilla. Lim se quitó la capa amarilla y se metió en el agua hasta las rodillas para ir a recogerla, sin dejar de quejarse.

—¿Tú crees que Sharna tendrá limones en la bodega? —le preguntó Anguy a Tom mientras veían a Lim chapotear y maldecir—. Una vez, una chica de Dorne me preparó un pato con limones —recordó con melancolía.

Al llegar al otro lado del arroyo, Tom y Pastel Caliente reanudaron la canción, y Lim se colgó el pato del cinturón, bajo la capa amarilla. Sin que supieran cómo, las canciones hicieron que la distancia les pareciera más corta. No tardaron mucho en divisar la posada, que se alzaba junto a la orilla del río, en el punto donde el Tridente describía una amplia curva hacia el norte. Al acercarse, Arya la observó detenidamente y con desconfianza. Se vio obligada a reconocer que no tenía aspecto de guarida de bandidos; parecía un lugar agradable, hasta hogareño, con las paredes encaladas, el tejado de pizarra y una columna de humo que se alzaba perezosa de la chimenea. Alrededor había establos y otras edificaciones, y detrás, una pérgola, manzanos y un pequeño jardín. La posada disponía hasta de un embarcadero propio que se adentraba en el río y...

—Gendry —dijo en voz baja, apremiante—. Mira, tienen un bote. Podríamos ir navegando a vela hasta Aguasdulces. Llegaríamos antes que a caballo.

—¿Has manejado alguna vez un bote de vela? —El chico no parecía muy convencido.

—No hay más que poner la vela; luego, el viento empuja.

—¿Y si el viento sopla en dirección contraria?

—Para eso están los remos.

—¿Contracorriente? —Gendry frunció el ceño—. Iríamos muy despacio, ¿no? ¿Y si se vuelca el bote y nos vamos al agua? Además, no es nuestro, es de la posada.

«Lo podríamos robar.» Arya se mordió el labio y no dijo nada. Desmontaron delante de los establos. No había más caballos, pero Arya advirtió que en muchas de las cuadras había excrementos recientes.

—Uno de nosotros debería quedarse a vigilar los caballos —dijo con cautela.

—No es necesario, Perdiz —dijo Tom, que la había oído—. Entra y come; no les va a pasar nada.

—Ya me quedo yo —dijo Gendry, sin hacer caso del bardo—. Ven a sustituirme cuando hayas comido.

Arya asintió y echó a andar en pos de Pastel Caliente y Lim. Llevaba la espada en la vaina, cruzada a la espalda, y no apartaba la mano del puñal que le había robado a Roose Bolton, por si no le gustaba lo que encontraba en el interior de la posada.

En el cartel pintado sobre la puerta se veía la imagen de algún rey de la antigüedad, que estaba de rodillas. Dentro se encontraba la sala común, donde aguardaba una mujer muy alta y fea, con la barbilla abultada y las manos en las caderas. La miró fijamente.

—No te quedes ahí, chico —bufó—. ¿O eres una chica? Qué más da, el caso es que me tapas la puerta. Entra o sal, pero de una vez. Lim, ¿qué te tengo dicho de mi suelo? Me lo estás manchando de barro.

—Hemos cazado un pato. —Lim lo cogió y lo sujetó ante sí a modo de bandera de paz. La mujer se lo arrebató de la mano.

—Querrás decir que Anguy ha cazado un pato. Quítate las botas, ¿qué te pasa? ¿Eres sordo o solo idiota? —Dio media vuelta—. ¡Esposo! —llamó a gritos—. Sube ahora mismo; los muchachos han vuelto. ¡Esposo!

Por las escaleras de la bodega subió un hombre, con un delantal sucio, sin parar de gruñir. Le llegaba a la mujer por el hombro; tenía el rostro lleno de bultos, y la piel amarillenta y colgante con marcas de viruela.

—Ya estoy aquí, mujer, deja de gritar. ¿Qué pasa?

—Cuelga esto —le dijo al tiempo que le tendía el pato.

Anguy se le acercó arrastrando los pies por el suelo.

—Habíamos pensado que nos lo podríamos comer, Sharna. Con limones. Si tienes.

—Limones. ¿Y de dónde quieres que saquemos limones? ¿Qué te crees, idiota cara de pecas? ¿Que estamos en Dorne? ¿Por qué no te subes a un limonero de esos que tenemos y nos traes un celemín, y ya que estás, unas buenas aceitunas y unas cuantas granadas? —Lo señaló con dedo admonitorio—. Claro que también podría prepararlo con la capa de Lim, si quieres, pero antes tendrá que estar colgado unos cuantos días. Si queréis comer, conejo o nada. Lo más rápido es conejo asado al espetón, si tenéis hambre. O también os lo puedo guisar con cerveza y cebollas.

Arya casi sentía el sabor del conejo.

—No tenemos monedas, pero te podemos ofrecer a cambio unas zanahorias y unas berzas que hemos traído.

—¿De verdad? A ver, ¿dónde están?

—Pastel Caliente, dale las berzas —dijo Arya.

El chico obedeció, aunque se acercó a la anciana con tanta alegría como si se tratara de Rorge, de Mordedor o de Vargo Hoat. La mujer examinó las verduras con detenimiento, y al muchacho, con más detenimiento todavía.

—¿Y el pastel caliente ese, dónde está?

—Aquí. Yo. Es mi nombre. Y ella es... Perdiz.

—No será en mi casa. Aquí, la comida y los comensales se llaman de maneras diferentes, para poderlos distinguir. ¡Esposo!

Esposo había salido al exterior, pero nada más oír el grito se apresuró a entrar de nuevo.

—El pato ya está colgado. ¿Qué pasa ahora, mujer?

—Lava estas verduras —ordenó—. Los demás, sentaos mientras empiezo con los conejos. El chico os traerá algo para beber. —Bajó la vista para apuntar a Arya y a Pastel Caliente con la larga nariz—. No tengo costumbre de servir cerveza a los niños, pero nos hemos quedado sin sidra, no hay vacas que den leche y el agua del río sabe a guerra; corriente arriba está lleno de muertos. Si os sirviera un tazón de sopa lleno de moscas muertas, ¿os lo beberíais?

—Arry sí —dijo Pastel Caliente—. Perdón, quiero decir Perdiz.

—Lim también —dijo Anguy con una sonrisa maliciosa.

—Deja en paz a Lim —bufó Sharna—. Venga, cerveza para todos.

Anguy y Tom de Sietecauces ocuparon la mesa que había junto a la chimenea, mientras Lim iba a colgar la gran capa amarilla de un gancho. Pastel Caliente se dejó caer en un banco, junto a la mesa situada más cerca de la puerta, y Arya se acomodó como pudo junto a él. Tom sacó la lira.

—«En una posada solitaria del camino —cantó mientras improvisaba una melodía para acompañar la letra—, la tabernera era fea y no tenía vino.»

—Como no te calles no nos dará conejo —le advirtió Lim—. Ya sabes cómo se pone.

—¿Sabes manejar un bote de vela? —le susurró Arya a Pastel Caliente, acercándose más a él.

Antes de que pudiera responder, un muchacho rechoncho, de quince o dieciséis años, apareció con picheles de cerveza. Pastel Caliente cogió el suyo con ambas manos, con gesto reverente. Bebió un trago y sonrió con la sonrisa más amplia que Arya le había visto jamás.

—Cerveza —susurró—. Y conejo.

—¡A la salud de Su Alteza! —exclamó alegremente Anguy el Arquero a la vez que alzaba la jarra en un brindis—. ¡Que los Siete guarden al Rey!

—A los reyes, a los doce —mascculló Lim Capa de Limón. Bebió y se limpió la espuma de la boca con el dorso de la mano.

Esposo entró apresuradamente por la puerta, con el delantal lleno de verduras lavadas.

—Hay tres caballos que no conozco en el establo —les dijo, como si para ellos fuera una novedad.

—Sí —asintió Tom al tiempo que dejaba la lira a un lado—, y son mejores que los que regalasteis.

—No los regalé. —Esposo, un tanto molesto, soltó las verduras sobre una mesa—. Los vendí, a muy buen precio, y encima conseguí una barca. Además, ¿no teníais que recuperarlos vosotros?

«Lo sabía, son bandidos —pensó Arya sin dejar de escuchar. Metió la mano debajo de la mesa y tocó la empuñadura del puñal para confirmar que seguía en su sitio—. Si intentan robarnos, lo van a lamentar.»

—No pasaron por donde estábamos —dijo Lim.

—Pues hacia allí los enviamos. Seguro que estabais borrachos, o dormidos.

—¿Borrachos? ¿Nosotros? —Tom bebió un largo trago de cerveza—. Jamás.

—Tendríais que haberlos recuperado vosotros mismos —dijo Lim a Esposo.

—¿Cómo, si solo tenía aquí al chico? Os lo dije y os lo repetí: la vieja estaba en Altozano de los Corderos, asistiendo en el parto a Fern. Y encima, lo más probable es que fuera uno de vosotros el que le puso el bastardo en la barriga a la pobre muchacha. —Lanzó una mirada agria en dirección a Tom—. Me juego lo que sea a que fuiste tú, siempre con esa lira, tocando canciones tristes solo para quitarle las enaguas a la pobre Fern.

—Si una canción hace que una doncella desee liberarse de la ropa y sentir la dulce caricia del sol en la piel, ¿es acaso culpa del bardo? Además, el que le gustaba era Anguy. «¿Te puedo tocar el arco?», le oí decir una vez. «Oooh, qué suave y qué duro. ¿Te importa si le doy un tironcito?»

—Anguy o tú, qué más da. —Esposo soltó un bufido—. Tenéis tanta culpa como yo por lo de los caballos. ¿Sabíais que eran tres? ¿Qué puede hacer uno contra tres?

—Tres —repitió Lim, despectivo—, pero una era una mujer y el otro iba encadenado, tú mismo nos lo contaste.

—Una mujer muy grande, y vestida de hombre —dijo Esposo con una mueca—. Y el de las cadenas... tenía unos ojos que no me gustaron nada.

—A mí, cuando no me gustan los ojos de un hombre, le clavo una flecha en uno. —Anguy sonrió por encima del pichel de cerveza.

Arya recordó la flecha que le había pasado rozando la oreja. Deseó con todas sus fuerzas saber manejar el arco. Esposo, en cambio, no parecía nada impresionado.

—Tú calla mientras los mayores estén hablando. Bébete la cerveza y cierra el pico, o le diré a la vieja que te dé con el cazo.

—Los mayores hablan demasiado, y no hace falta que me digas que me beba la cerveza.

Para demostrarlo, bebió un buen trago. Arya lo imitó. Tras muchos días de beber de arroyos y charcos, y luego del turbio Tridente, la cerveza sabía tan bien como los sorbitos de vino que su padre le había dejado probar. De la cocina salía un aroma que le hacía la boca agua, pero sus pensamientos seguían concentrados en el bote.

«Manejarlo será más difícil que robarlo. Si esperamos hasta que estén dormidos...»

El joven criado reapareció con grandes hogazas redondas de pan. Arya arrancó un buen pedazo y lo devoró a mordiscos hambrientos. Pero costaba mucho masticarlo: era de miga densa y grumosa, y estaba quemado por abajo.

—Qué pan tan malo —dijo Pastel Caliente con una mueca nada más probarlo—. Está quemado y encima es duro.

—Te sabrá mejor cuando lo mojes en la salsa —señaló Lim.

—Mentira, no te sabrá mejor —replicó Anguy—. Pero al menos no te romperás los dientes.

—Puedes elegir: o te lo comes o te quedas con hambre —dijo Esposo—. ¿Qué pasa? ¿Tengo cara de panadero? Ya me gustaría ver si tú lo haces mejor.

—Seguro que sí —le aseguró Pastel Caliente—. Es muy fácil. Este pan lo has amasado en exceso, por eso está tan duro.

Bebió otro trago de cerveza y siguió hablando con entusiasmo de panes, empanadas y pasteles, de todas las cosas que tanto amaba. Arya puso los ojos en blanco.

—Perdiz —dijo Tom sentándose frente a ella—. O Arry o como quiera que te llames de verdad, esto es para ti.

Puso en la mesa de madera, entre ellos, un trozo de papel sucio. Ella lo miró con desconfianza.

—¿Qué es?

—Tres dragones de oro. Tenemos que compraros esos caballos.

—Los caballos son nuestros. —Arya le echó una mirada cautelosa.

—Quieres decir que los habéis robado con vuestras propias manos, ¿no? No es ninguna deshonra, niña. La guerra convierte en ladrones a muchos hombres honrados. —Tom dio unos golpecitos con el dedo sobre el trozo de pergamino doblado—. Te estoy pagando un precio muy bueno. Más de lo que vale ningún caballo.

Pastel Caliente cogió el pergamino y lo desdobló.

—Aquí no hay oro —protestó a gritos—. ¡No son más que letras!

—Cierto —asintió Tom—, y lo siento mucho. Pero lo haremos efectivo cuando termine la guerra; tenéis mi palabra de hombre del Rey.

—No sois hombres del Rey —le soltó Arya apartándose de la mesa y poniéndose en pie—, sois unos ladrones.

—Si te hubieras encontrado con algún ladrón de verdad, sabrías que no pagan, ni siquiera con papeles. Si os cogemos los caballos no es por nosotros, niña, es por el bien del reino, para poder desplazarnos más deprisa y pelear donde haga falta. Siempre por el Rey. ¿Le dirías que no al Rey si te pidiera tus caballos?

Todos la estaban mirando: el Arquero, el corpulento Lim, Esposo, con su rostro cetrino y aquellos ojillos taimados... Hasta Sharna la observaba desde la puerta de la cocina.

«Diga lo que diga, se van a quedar con nuestros caballos —comprendió—. Y tendremos que ir andado hasta Aguasdulces, a menos que...»

—No queremos ningún papel. —De un manotazo, Arya le quitó el pergamino de la mano a Pastel Caliente—. Os cambiamos los caballos por ese bote que tenéis ahí fuera. Pero solo si nos enseñáis a manejarlo.

Tom de Sietecauces se quedó mirándola un instante. Luego torció la boca amplia y fea en una sonrisa pesarosa. Soltó una carcajada. Anguy se echó a reír también, y los demás no tardaron en imitarlos: Lim Capa de Limón, Sharna, Esposo, hasta el criado, que había salido de detrás de los toneles con una ballesta debajo del brazo. Arya habría querido gritarles, pero no pudo evitar esbozar una sonrisa...

—¡Jinetes! —El grito de Gendry tenía el tono agudo de la alarma. La puerta se abrió de golpe, y el muchacho entró—. ¡Soldados! —jadeó—. Vienen por el camino del Río, son una docena.

Pastel Caliente se puso en pie de un salto, y se le cayó el pichel, pero Tom y los otros no mostraron señal de sobresalto.

—Qué bien, manchándome el suelo y desperdiciando la cerveza —bufó Sharna—. Siéntate y cálmate, chico, que ya sale el conejo. Y tú también, niña. Te hayan hecho lo que te hayan hecho, ya ha pasado, ahora estás entre hombres del Rey. Haremos todo lo posible por que no te pase nada.

La respuesta de Arya fue echarse la mano al hombro para sacar la espada, pero antes de que lo consiguiera, Lim la agarró por la muñeca.

—Oye, de eso nada.

Le retorció la mano hasta que soltó el puño de la espada. Tenía los dedos duros, encallecidos, y de una fuerza aterradora.

«¡Otra vez! —pensó Arya—. Es lo mismo otra vez, igual que en el pueblo, con Chiswyck, Raff y la Montaña que Cabalga.» Le robarían la espada y volverían a convertirla en un ratón. Cerró la mano libre en torno al pichel y lo estrelló contra la cara de Lim. La cerveza salpicó los ojos del hombre; oyó el ruido de la nariz al romperse, vio manar la sangre... Él se llevó las manos a la cara, y Arya se vio libre.

—¡Corred! —gritó al tiempo que se zafaba.

Pero Lim volvió a caer sobre ella; tenía las piernas tan largas que cada una de sus zancadas valía por tres de las de Arya. Se retorció y pataleó, pero el hombre la alzó en volandas sin esfuerzo aparente y la sacudió en el aire mientras la sangre le corría por la cara.

—¡Estate quieta, estúpida! —gritó—. ¡Basta ya!

Gendry se acercó para ayudarla, pero Tom de Sietecauces se interpuso con un puñal en la mano.

Para entonces ya era tarde; no podían escapar. Oyó el ruido de caballos en el exterior, y también voces de hombres. Un instante después, por la puerta abierta entró un hombre, un tyroshi más corpulento incluso que Lim, con la barba espesa teñida de verde en las puntas, pero ya encanecida. Tras él aparecieron dos ballesteros, que ayudaban a caminar a un hombre herido, y otros...

Arya jamás había visto a un grupo tan harapiento, pero sus espadas, hachas y arcos no tenían nada de zarrapastroso. Un par de ellos la miraron con curiosidad al entrar, pero ninguno dijo nada. Un hombre tuerto con un yelmo oxidado olfateó el aire y sonrió, mientras un arquero de pelo rubio hirsuto pedía cerveza a gritos. Tras ellos entraron un lancero con el yelmo adornado con la figura de un león, un hombre de edad avanzada que cojeaba, un mercenario de Braavos, un...

—¿Harwin? —susurró Arya.

¡Era él! Debajo de la barba y el cabello enmarañados distinguió el rostro del hijo de Hullen, que solía llevarle el poni de las riendas en el patio, justaba contra el estafermo con Jon y con Robb, y bebía demasiado cuando había un banquete. Estaba más delgado; en cierto modo parecía más duro, y mientras vivió en Invernalia no llevaba barba, pero era él, ¡era uno de los hombres de su padre!

—¡Harwin! —Se retorció y se lanzó hacia delante para liberarse de la presa de Lim—. ¡Soy yo! —gritó—. ¡Harwin, soy yo! ¿No me conoces? ¡Mírame! —Se le llenaron los ojos de lágrimas, y se descubrió llorando como un bebé, como una cría idiota—. ¡Harwin, Harwin, soy yo!

Harwin le miró la cara; luego el jubón, con la imagen del hombre desollado.

—¿De qué me conoces? —preguntó, desconfiado y con el ceño fruncido—. El hombre desollado... ¿Quién eres, chico? ¿Un criado de Lord Sanguijuela?

Durante un momento no supo qué responder. Había tenido tantos nombres... tal vez Arya Stark no fuera más que un sueño.

—Soy una chica —sollozó—. Fui la copera de Lord Bolton, pero me iba a dejar con la Cabra, así que me escapé con Gendry y con Pastel Caliente. ¡Tienes que reconocerme! Cuando era pequeña me llevabas el poni de las riendas.

El hombre abrió los ojos como platos.

—Loados sean los dioses —exclamó con voz ahogada—. ¿Arya Entrelospiés? ¡Suéltala, Lim!

—Me ha roto la nariz. —Lim la dejó caer al suelo sin ceremonias—. Por los siete infiernos, ¿quién es?

—La hija de la Mano. —Harwin hincó una rodilla en el suelo ante ella—. Arya Stark, de Invernalia.

Catelyn

«Robb.» Lo supo en cuanto oyó el coro de ladridos en las perreras. Su hijo había regresado a Aguasdulces, y con él, Viento Gris. El olor del enorme huargo era lo único que provocaba en los perros aquel frenesí de ladridos y aullidos.

«Vendrá a verme», estaba segura. Tras la primera visita, Edmure no había regresado; prefería pasar el día entero con Marq Piper y Patrek Mallister, escuchando los versos de Rymund de las Rimas acerca de la batalla del Molino de Piedra. «Pero Robb no es Edmure —pensó—. Robb querrá verme.»

Hacía días que no dejaba de llover, un aguacero frío y gris a juego con el estado de ánimo de Catelyn. Su padre estaba cada vez más débil, más delirante; solo se despertaba para murmurar «Atanasia» y suplicar perdón. Edmure la rehuía, y Ser Desmond Grell seguía negándose a permitir que recorriera por el castillo libremente, por mucho que pareciera dolerle. Lo único que la animó un poco fue el regreso de Ser Robin Ryger y sus hombres, agotados y calados hasta los huesos. Al parecer, habían regresado a pie. Aunque no sabían cómo, el Matarreyes había conseguido hundir su galera y escapar, según le confió el maestre Vyman. Catelyn pidió permiso para hablar con Ser Robin y averiguar qué había sucedido exactamente, pero se lo denegaron.

No era lo único que iba mal. El día que regresó su hermano, pocas horas después de que discutieran, Catelyn había oído voces airadas abajo, en el patio. Cuando subió a la azotea para ver qué pasaba, había grupos de hombres reunidos junto a la puerta de entrada. Estaban sacando caballos de los establos, ya ensillados y con riendas, y se oían gritos, aunque estaba demasiado lejos para distinguir las palabras. Uno de los estandartes blancos de Robb estaba tirado en el suelo, y un caballero hizo dar la vuelta a su caballo para pisotear el huargo mientras picaba espuelas y se dirigía hacia la entrada. Muchos otros lo imitaron.

«Esos hombres lucharon junto a Edmure en los vados —pensó—. ¿Qué ha pasado? ¿Por qué están tan furiosos? ¿Acaso mi hermano los ha ofendido, los ha insultado de alguna manera?» Le pareció reconocer a Ser Perwyn Frey, que había viajado con ella a Puenteamargo y a Bastión de Tormentas, y también la había acompañado en el regreso, y a su hermanastro bastardo, Martyn Ríos, pero desde tanta altura no estaba segura. Por las puertas del castillo salieron cerca de cuarenta hombres, sin que ella supiera por qué.

No volvieron. El maestre Vyman se negó a decirle quiénes eran, adónde habían ido y por qué estaban tan furiosos.

—He venido a cuidar de vuestro padre, mi señora —dijo—, nada más. Vuestro hermano será pronto el señor de Aguasdulces. Si quiere que sepáis algo, os lo tendrá que decir él.

Pero Robb regresaba del oeste, un regreso triunfal. «Me perdonará —se dijo Catelyn—. Tiene que perdonarme, es mi hijo, mi propio hijo. Arya y Sansa son sangre de su sangre, igual que yo. Me liberará de estas habitaciones y entonces sabré qué ha pasado.»

Cuando Ser Desmond acudió a buscarla, ya se había bañado, estaba vestida y se había cepillado la melena castaña rojiza.

—El rey Robb ha regresado, mi señora —le dijo el caballero—. Ordena que os presentéis ante él en la sala principal.

Era el momento que había soñado y temido. «¿He perdido dos hijos o tres?» No tardaría en saberlo.

Cuando llegaron, la sala estaba abarrotada. Todos los ojos estaban fijos en el estrado, pero Catelyn conocía las espaldas: la cota de malla parcheada de Lady Mormont; el Gran Jon y su hijo, que superaban en estatura a todos los presentes; el pelo blanco de Lord Jason Mallister, que llevaba el yelmo alado debajo del brazo; Tytos Blackwood con su magnífica capa de plumas de cuervo...

«La mitad de ellos querría ahorcarme al momento. La otra mitad puede que se limitara a mirar hacia otro lado.» Además, tenía la inquietante sensación de que faltaba alguien. «Robb ya no es un niño —comprendió con una punzada de dolor al verlo de pie en el estrado—. Tiene dieciséis años, es un hombre. No hay más que verlo.» La guerra le había afilado las curvas del rostro, y tenía los rasgos finos y duros. Se había afeitado, pero el pelo castaño rojizo le llegaba por los hombros. Las recientes lluvias le habían oxidado la armadura y habían dejado manchas marrones en el blanco de la capa y el jubón. O quizá fueran manchas de sangre. En la cabeza lucía la corona de espadas de bronce y de hierro que le habían hecho. «Ya se siente más cómodo con ella. La lleva como un rey.»

Edmure estaba en el estrado lleno de gente, con la cabeza inclinada en gesto de modestia mientras Robb alababa su victoria.

—Los caídos en el Molino de Piedra jamás serán olvidados. No es de extrañar que Lord Tywin huyera para luchar contra Stannis. Ya había tenido su ración de norteños y de ribereños. —Aquello provocó una explosión de carcajadas y aclamaciones, y Robb alzó una mano para pedir silencio—. Pero no nos llamemos a error. Los Lannister atacarán de nuevo, y habrá otras batallas antes de que el reino esté a salvo...

—¡El Rey en el Norte! —rugió el Gran Jon al tiempo que alzaba el puño enfundado en el guantelete.

—¡El Rey del Tridente! —fue el grito de respuesta de los señores del río.

La sala se llenó de gritos, puños alzados en el aire y pies que golpeaban el suelo.

En medio del tumulto, solo unos pocos advirtieron la presencia de Catelyn y Ser Desmond, pero avisaron a los demás a codazos, y pronto se hizo el silencio en torno a ella. Mantuvo la cabeza erguida e hizo caso omiso de las miradas.

«Que piensen lo que quieran. Lo único que importa es lo que diga Robb.»

Se sintió reconfortada al ver el rostro arrugado de Ser Brynden Tully en el estrado. Al parecer, el escudero de Robb era un muchachito al que no conocía de nada. Tras él había un caballero joven con una sobrevesta color arena adornada con conchas marinas, y otro de más edad cuyo blasón mostraba tres pimenteros negros en una banda color azafrán sobre un campo de barras de sinople y plata. Entre ellos había una mujer de cierta edad muy atractiva, y una joven que parecía su hija. También vio a una niña que tendría la edad de Sansa. Catelyn sabía que las conchas marinas eran el blasón de una Casa menor; en cambio, no reconoció las divisas del hombre de más edad.

«¿Serán prisioneros?» Pero ¿para qué haría Robb subir a los prisioneros al estrado?

Utherydes Wayn golpeó el suelo con el bastón ceremonial mientras Ser Desmond la escoltaba hacia el estrado.

«Si Robb me mira como me miró Edmure, no sé qué voy a hacer.» Pero lo que brillaba en los ojos de su hijo no era rabia, sino otra cosa... ¿tal vez temor? Aquello no tenía sentido. ¿Por qué iba a tener miedo él? Era el Joven Lobo, el Rey del Tridente y del Norte.

Su tío fue el primero en darle la bienvenida. Tan pez negro como siempre, a Ser Brynden le importaban un bledo las opiniones de los demás. Bajó del estrado y estrechó a Catelyn entre sus brazos.

—Cuánto me alegro de que estés en casa, Cat —le dijo, y ella tuvo que hacer un auténtico esfuerzo para mantener la compostura.

—Yo también me alegro de que estés aquí —susurró.

—Madre.

Catelyn alzó los ojos para mirar a su hijo, tan alto y tan regio.

—Alteza, he rezado por que regresaras sano y salvo. Me dijeron que te habían herido.

—Una flecha en el brazo, en el asalto al Risco. Pero se ha curado bien. Recibí los mejores cuidados posibles.

—Los dioses son bondadosos. —Catelyn respiró profundamente. «Dilo de una vez. No hay manera de evitarlo»—. Ya te habrán dicho lo que hice. ¿Te dijeron también por qué?

—Por las chicas.

—Tenía cinco hijos. Ahora tengo tres.

—Sí, mi señora. —Lord Rickard Karstark empujó a un lado al Gran Jon para acercarse al estrado, como un espectro sombrío, con la cota de malla negra, la barba canosa descuidada, el rostro demacrado y gélido—. Y yo solo tengo un hijo, cuando antes tenía tres. Me habéis arrebatado la venganza.

—Lord Rickard —dijo Catelyn enfrentándose a él con calma—, la muerte del Matarreyes no les habría devuelto la vida a vuestros hijos. En cambio, su vida puede comprar la de mis hijas.

Aquello no aplacó al señor.

—Jaime Lannister os ha engañado como a una idiota. Lo que habéis comprado es un saco de promesas vanas, nada más. Mi Torrhen y mi Eddard se merecían algo mejor de vos.

—Dejadlo ya, Karstark —retumbó la voz del Gran Jon, que tenía los brazos cruzados sobre el pecho—. Fue la locura de una madre. Las mujeres son así.

—¿La locura de una madre? —Lord Karstark se giró hacia Lord Umber—. Yo digo que fue traición.

—¡Basta! —Durante un momento, la voz de Robb fue más semejante a la de Brandon que a la de su padre—. Que nadie se atreva a llamar traidora a mi señora de Invernalia en mi presencia, Lord Rickard. —Se volvió hacia Catelyn, y su voz se suavizó—. Daría cualquier cosa por volver a tener al Matarreyes en una celda. Lo liberaste sin mi conocimiento y sin mi permiso... pero sé que lo hiciste por amor. Por Arya y Sansa, y por el dolor de la muerte de Bran y Rickon. El amor no siempre es buen consejero, lo sé. Puede llevarnos a cometer locuras, pero seguimos a nuestros corazones... allí adonde nos lleven. ¿Verdad, Madre?

«¿Es eso lo que he hecho?»

—Si mi corazón me llevó a cometer una locura, de buena gana haré lo que sea necesario para desagraviaros a Lord Karstark y a ti.

—¿Acaso vuestros desagravios calentarán a Torrhen y a Eddard en las tumbas frías donde los metió el Matarreyes? —La expresión de Lord Rickard era implacable.

Se abrió paso a empujones entre el Gran Jon y Maege Mormont, y salió de la estancia. Robb no hizo ningún gesto para detenerlo.

—Tienes que perdonarlo, Madre.

—Solo si tú me perdonas a mí.

—Ya te he perdonado. Sé lo que es amar tanto que no se puede pensar en otra cosa.

—Gracias —dijo Catelyn, inclinando la cabeza. «Al menos, no he perdido a este hijo.»

—Tenemos que hablar —siguió Robb—. Mis tíos, tú y yo. De esto... y de otras cosas. Mayordomo, da por terminada la audiencia.

Utherydes Wayn golpeó el suelo con el bastón ceremonial y despidió a los presentes, y tanto los señores del río como los norteños se dirigieron hacia las puertas. Fue entonces cuando Catelyn comprendió qué había echado en falta.

«El lobo. El lobo no está aquí. ¿Dónde está Viento Gris?» Sabía que el huargo había regresado con Robb; había oído ladrar a los perros. Pero no estaba en la sala, no estaba al lado de su hijo, como le correspondía.

Pero antes de que pudiera preguntarle nada a Robb, se encontró rodeada por un círculo de personas deseosas de mostrarle su adhesión. Lady Mormont le tomó la mano.

—Mi señora, si Cersei Lannister tuviera prisioneras a dos de mis hijas, yo habría hecho lo mismo.

El Gran Jon, nada partidario de respetar las convenciones sociales, la levantó en vilo y le apretó los brazos con unas manos enormes y velludas.

—Vuestro cachorro de lobo vapuleó una vez al Matarreyes, y lo volverá a vapulear si hace falta.

Galbart Glover y Lord Jason Mallister fueron más fríos, y Jonos Bracken se mostró casi gélido, pero al menos hablaron con cortesía. Su hermano fue el último en acercarse a ella.

—Yo también rezo por tus hijas, Cat. Espero que no lo pongas en duda.

—Claro que no. —Le dio un beso—. Gracias.

Una vez dicho todo, la sala principal de Aguasdulces quedó desierta, a excepción de Robb, los tres Tully y los seis desconocidos que Catelyn no conseguía situar. Los miró con curiosidad.

—Mi señora, señores, ¿habéis abrazado recientemente la causa de mi hijo?

—Recientemente, sí —dijo el caballero más joven, el de las conchas marinas—. Pero nuestro valor es fiero, y nuestra lealtad, firme, como espero poder demostraros pronto, mi señora.

Robb parecía incómodo.

—Madre —dijo—, permite que te presente a Lady Sybell, esposa de Lord Gawen Westerling del Risco. —La mujer mayor se adelantó con gesto solemne en el semblante—. Su esposo fue uno de los señores que hicimos prisioneros en el bosque Susurrante.

«Westerling, claro —pensó Catelyn—. Su blasón son seis conchas marinas blancas sobre campo de arena. Una Casa menor, vasalla de los Lannister.»

Robb fue llamando uno por uno al resto de los desconocidos.

—Ser Rolph Spicer, el hermano de Lady Sybell. Era el castellano del Risco cuando lo tomamos. —El caballero de los pimenteros inclinó la cabeza. Era un hombre robusto, con la nariz rota y la barba blanca rala, y tenía aspecto de valiente—. Los hijos de Lord Gawen y Lady Sybell. Ser Raynald Westerling. —El caballero de las conchas marinas sonrió por debajo del poblado bigote. Joven, delgado y tosco, tenía unos dientes bonitos y una espesa mata de cabello castaño—. Elenya. —La niñita hizo una reverencia rápida—. Rollam Westerling, mi escudero.

El chico fue a arrodillarse, pero al ver que nadie más hacía ademán, se inclinó en una reverencia.

—Es un honor —dijo Catelyn.

«¿Será posible que Robb se haya ganado la lealtad del Risco?» Si era así, no tenía nada de extraño que lo acompañaran los Westerling. Roca Casterly no se tomaba bien las traiciones como aquella. Al menos, no desde que Tywin Lannister había tenido edad suficiente para ir a la guerra...

La doncella fue la última en dar un paso adelante, y lo hizo con timidez. Robb le tomó la mano.

—Madre, tengo el gran honor de presentarte a Lady Jeyne Westerling. La hija mayor de Lord Gawen y mi... mi señora esposa.

El primer pensamiento que pasó por la cabeza de Catelyn fue: «No, no es posible, no eres más que un niño».

El segundo fue: «Además, estás prometido con otra».

El tercero fue: «Que la Madre se apiade de nosotros. Robb, ¿qué has hecho?».

Entonces, ya tarde, cayó en la cuenta. «¿El amor puede llevarnos a cometer locuras? Me ha llevado por donde ha querido. A ojos de todo el mundo, parece que ya lo he perdonado». De mala gana, pese al enfado, sentía también admiración. La puesta en escena había sido digna de un genio del teatro... o de un rey. Catelyn no tenía más opción que tomar las manos de Jeyne Westerling.

—Tengo una nueva hija —dijo con voz más tensa de lo que habría querido. Besó a la aterrada muchacha en ambas mejillas—. Te doy la bienvenida a nuestras salas y a nuestras chimeneas.

—Gracias, mi señora. Os juro que seré una buena esposa para Robb. Y una reina tan sabia como pueda.

«Una reina. Sí, esta hermosa chiquilla es una reina, no lo debo olvidar.» No cabía duda de que era hermosa, con aquella melena castaña, el rostro en forma de corazón y la sonrisa tímida. Catelyn advirtió que era esbelta, pero tenía buenas caderas. «Al menos no tendrá problemas a la hora de parir hijos.»

—Esta unión con la Casa Stark es un gran honor para nosotros, mi señora —intervino Lady Sybell, antes de que nadie añadiera nada más—, pero estamos muy cansados. Hemos recorrido una larga distancia en muy poco tiempo. ¿No sería mejor que nos retirásemos a nuestros aposentos para que podáis hablar con vuestro hijo?

—Sería lo mejor, sí. —Robb besó a su Jeyne—. El mayordomo os buscará unas habitaciones adecuadas.

—Yo os llevaré a verlo —se ofreció Edmure Tully.

—Sois muy amable —dijo Lady Sybell.

—¿Me voy yo también? —preguntó Rollam, el muchachito—. Soy vuestro escudero.

—Pero ahora no hace falta que me escudes —dijo Robb riéndose.

—Ah.

—Su Alteza se las ha arreglado sin ti durante dieciséis años, Rollam —dijo Ser Raynald de las conchas marinas—. Me imagino que podrá sobrevivir unas horas más. —Cogió con firmeza la mano de su hermano pequeño y salió de la estancia.

—Tu esposa es muy bella —dijo Catelyn cuando los demás se alejaron—, y los Westerling parecen personas honorables... aunque Lord Gawen es vasallo de Tywin Lannister, ¿no?

—Sí. Jason Mallister lo hizo prisionero en el bosque Susurrante, y lo tiene retenido en Varamar hasta que se pague el rescate. Por supuesto, voy a liberarlo, aunque puede que no quiera unirse a mí. Lamento decirte que nos casamos sin su consentimiento, y este matrimonio lo pone en peligro. El Risco no es fuerte. Por amarme, Jeyne podría perderlo todo.

—Y tú —señaló en voz baja— has perdido a los Frey.

La mueca de su hijo lo decía todo. Catelyn entendía ya los gritos furiosos y por qué Perwyn Frey y Martyn Ríos se habían marchado de manera tan precipitada, pisoteando el estandarte de Robb.

—Me da miedo preguntarte cuántas espadas aporta tu esposa, Robb.

—Cincuenta. Una docena de caballeros.

Lo dijo con voz lúgubre, y razones tenía para ello. Cuando se pactó el matrimonio en Los Gemelos, el viejo Lord Walder Frey había enviado a Robb un millar de caballeros montados y casi tres mil de infantería.

—Jeyne no es solo hermosa, también es inteligente. Y bondadosa. Tiene un corazón gentil.

«Lo que necesitas son espadas, no corazones gentiles. ¿Cómo has podido hacer esto, Robb? ¿Cómo has podido ser tan inconsciente, tan tonto? ¿Cómo has podido ser tan... tan... joven?» Pero los reproches no servirían de nada.

—Cuéntame cómo has llegado a esto —se limitó a decir.

—Yo me apoderé de su castillo, y ella, de mi corazón. —Robb esbozó una sonrisa—. La guarnición del Risco era débil, así que lo tomamos por asalto una noche. Walder el Negro y el Pequeño Jon iban al frente de dos grupos de escalo en las murallas, y yo comandaba el que atacó la puerta con un ariete. Me alcanzó una flecha en el brazo justo antes de que Ser Rolph nos rindiera el castillo. Al principio no parecía nada, pero luego se infectó la herida. Jeyne me había cedido su cama y cuidó de mí hasta que pasó la fiebre. También estaba conmigo cuando el Gran Jon me llevó las noticias de... de Invernalia. De Bran y Rickon. —Por lo visto, le costaba pronunciar los nombres de sus hermanos—. Aquella noche, ella me... me consoló, Madre.

No hacía falta que nadie le dijera a Catelyn cómo había consolado Jeyne Westerling a su hijo.

—Y al día siguiente, te casaste con ella.

—Era la única opción honorable que tenía. —Robb la miró a los ojos, orgulloso y abatido a la vez—. Es gentil y bondadosa, Madre; será una buena esposa.

—Es posible. Pero eso no aplacará a Lord Frey.

—Ya lo sé —respondió su hijo, afligido—. Quitando las batallas, en el resto no he hecho más que meter la pata, ¿verdad? Creía que el combate sería lo más difícil, pero... Si te hubiera hecho caso y hubiera conservado a Theon como rehén, aún dominaría el norte, y Bran y Rickon estarían sanos y salvos en Invernalia.

—Puede que sí. Y puede que no. Tal vez Lord Balon habría intervenido de todos modos. La última vez que quiso ganar una corona le costó dos hijos. Es posible que le pareciera una ganga perder solo uno en esta ocasión. —Le puso una mano en el brazo—. Después de que te casaras, ¿qué pasó con los Frey?

—Tal vez habría podido desagraviar a Ser Stevron —dijo Robb sacudiendo la cabeza—, pero Ser Ryman es un verdadero zoquete, y en cuanto a Walder el Negro... te aseguro que no le pusieron el nombre por el color de la barba. Llegó a decirme que sus hermanas no harían ascos a casarse con un viudo. Lo habría matado en aquel momento si Jeyne no me hubiera suplicado que tuviera misericordia.

—Has insultado muy gravemente a la Casa Frey, Robb.

—No era mi intención. Ser Stevron murió por mi causa, y Olyvar era el escudero más leal que un rey puede pedir. Quiso quedarse conmigo, pero Ser Ryman se lo llevó junto con todos los demás. Junto con todos sus hombres. El Gran Jon insistió en que los atacara...

—¿En que lucharas contra los tuyos rodeado por tus enemigos? Habría sido el final para ti.

—Sí. Pensé que tal vez podríamos acordar otros enlaces para las hijas de Lord Walder. Ser Wendel Manderly se ofreció a casarse con una, y el Gran Jon dice que sus tíos quieren volver a contraer matrimonio. Si Lord Walder se mostrara razonable...

—No es razonable —replicó Catelyn—. Es orgulloso y susceptible hasta la saciedad. Lo sabes de sobra. Quería ser abuelo de un rey. No lo aplacarás ofreciéndole a dos bandidos ancianos y al segundón del hombre más gordo de los Siete Reinos. No solo has roto tu juramento, sino que, al desposarte con una mujer de una Casa inferior, además has deshonrado a Los Gemelos.

—La sangre de los Westerling —saltó Robb— es de más alta raigambre que la de los Frey. Son un linaje antiguo; descienden de los primeros hombres. Los Reyes de la Roca contrajeron matrimonio a menudo con la Casa Westerling antes de la Conquista, y hace trescientos años hubo otra Jeyne Westerling que fue la reina del rey Maegor.

—Todo eso solo sirve para hurgar en la herida de Lord Walder. Siempre le ha molestado que otras Casas más antiguas despreciaran a los Frey y los considerasen advenedizos. No es la primera vez que se siente insultado de esta manera. Jon Arryn no quiso acoger a sus nietos como pupilos, y mi padre rechazó el ofrecimiento de que una de sus hijas se casara con Edmure.

Inclinó la cabeza en dirección a su hermano, que en aquel momento volvía a reunirse con ellos.

—Alteza, sería mejor que siguiésemos con esta conversación en privado —dijo Brynden el Pez Negro.

—Sí. —Robb tenía voz de cansancio—. Daría lo que fuera por una copa de vino. Vamos a la sala de audiencias.

Mientras subían por las escaleras, Catelyn planteó la pregunta que la había estado atormentando desde que había entrado en la sala.

—Robb, ¿dónde está Viento Gris?

—En el patio, con una pata de carnero. Le he dicho al encargado de las perreras que le diera de comer.

—Antes siempre lo tenías a tu lado.

—Los lobos no deben estar entre cuatro paredes. Viento Gris está inquieto, ya lo has visto. Gruñe y lanza dentelladas. No debería habérmelo llevado a las batallas. Ha matado a demasiados hombres para tener miedo de ninguno. Jeyne se pone muy nerviosa cuando lo tiene cerca, y a su madre le da mucho miedo.

«Así que ese es el motivo», pensó Catelyn.

—Forma parte de ti, Robb. Tener miedo de Viento Gris es temerte a ti.

—Me llamen como me llamen, no soy ningún lobo. —Robb parecía molesto—. Viento Gris mató a un hombre en el Risco y a otro en Marcaceniza, y también a seis o siete en Cruce de Bueyes. Si hubieras visto...

—Vi cómo el lobo de Bran le desgarraba la garganta a un hombre en Invernalia —replicó, cortante—. Y jamás había presenciado un espectáculo tan bello.

—Esto fue muy diferente. El hombre al que mató en el Risco era un caballero al que Jeyne conocía de toda la vida. Es normal que tenga miedo. Además, a Viento Gris tampoco le gusta su tío. Cada vez que ve a Ser Rolph, le enseña los dientes.

—Aleja de ti a Ser Rolph. —Catelyn sintió un escalofrío—. Cuanto antes.

—¿Adónde quieres que lo envíe? ¿De vuelta al Risco, para que los Lannister puedan clavar su cabeza en una pica? Jeyne lo quiere mucho. Es su tío, y también un buen caballero. Necesito más hombres como Rolph Spicer, no menos. No voy a deportarlo solo porque a mi lobo no le guste su olor.

—Robb. —Se detuvo y lo cogió por el brazo—. Te dije que conservaras cerca y bien vigilado a Theon Greyjoy, y no me hiciste caso. Hazme caso ahora. ¡Manda lejos a ese hombre! No te estoy diciendo que lo destierres. Asígnale alguna misión para la que haga falta un hombre valiente; encomiéndale una tarea honorable, no importa cuál... ¡Pero que no esté cerca de ti!

—¿Quieres que haga que Viento Gris olfatee a todos mis caballeros? —preguntó el muchacho con el ceño fruncido—. Puede que haya otros cuyo olor no le guste.

—No quiero cerca de ti a ningún hombre al que Viento Gris no quiera. Estos lobos son más que lobos, Robb. Lo sabes de sobra. Creo que tal vez nos los enviaran los dioses. Los dioses de tu padre, los antiguos dioses del norte. Cinco cachorros de lobo, Robb, cinco para los cinco hijos de Stark...

—Seis —replicó Robb—. También había un lobo para Jon. Yo fui quien los encontró, por si no te acuerdas. Sé muy bien cuántos había y de dónde vienen. Y antes pensaba lo mismo que tú: que los lobos eran nuestros guardianes, nuestros protectores. Hasta que...

—Sigue —lo apremió.

Robb apretó los labios.

—Hasta que me dijeron que Theon había asesinado a Bran y a Rickon. De mucho les sirvieron los lobos. Ya no soy ningún niño, Madre. Soy un rey y sé cuidarme solo. —Dejó escapar un suspiro—. Buscaré algún pretexto para enviar lejos a Ser Rolph. No por cómo huela, sino para que estés tranquila. Ya has sufrido demasiado.

Catelyn, aliviada, le dio un beso en la mejilla antes de que los demás llegaran al recodo de la escalera, y durante un momento volvió a ser su hijo, no su rey.

La sala privada de audiencias de Lord Hoster era una estancia pequeña, situada sobre la sala principal, y más adecuada para reuniones familiares. Robb ocupó el asiento de la tarima, se quitó la corona y la puso en el suelo junto a sí, mientras Catelyn llamaba al servicio para pedir vino. Edmure no paraba de contarle a su tío todo lo relativo a la batalla del Molino de Piedra. El Pez Negro esperó a que los criados se marcharan antes de carraspear para aclararse la garganta.

—Ya estoy harto de oír cómo te vanaglorias, sobrino.

—¿Cómo me vanaglorio? —Edmure se quedó boquiabierto—. ¿Qué quieres decir?

—Quiero decir —replicó el Pez Negro— que tendrías que estar agradecido a Su Alteza por su magnanimidad. Ha representado esa farsa en la sala principal para no humillarte delante de los tuyos. Si hubiera dependido de mí, en vez de alabarte por esa locura de los vados te habría hecho despellejar.

—Muchos hombres valientes murieron para defender esos vados, tío. —Edmure parecía rabioso—. ¿Qué pasa? ¿Nadie puede conseguir una victoria más que el Joven Lobo? ¿Te he robado parte de la gloria, Robb?

—Llámame *alteza* —lo corrigió Robb con voz gélida—. Me juraste lealtad como tu rey, tío. ¿O también te has olvidado de eso?

—Tenías orden de defender Aguasdulces, Edmure —dijo el Pez Negro—. Nada más.

—Defendí Aguasdulces y además le di una bofetada en la cara a Lord Tywin...

—Exacto —dijo Robb—. Pero con bofetadas no vamos a ganar esta guerra. ¿No te paraste a pensar por qué nos quedábamos en el oeste tanto tiempo después de lo de Cruce de Bueyes? Sabías que no tenía suficientes hombres para atacar Lannisport ni Roca Casterly.

—Pues... porque había otros castillos..., oro, ganado...

—¿Pensaste que nos estábamos dedicando al saqueo? —Robb lo miró, incrédulo—. Yo quería que Lord Tywin viniera al oeste, tío.

—Nosotros íbamos a caballo —dijo Ser Brynden—. El ejército Lannister iba en su mayor parte a pie. Nuestro plan era acosar a Lord Tywin a lo largo de la costa y obligarlo a seguirnos, y luego situarnos en su retaguardia y ocupar una posición defensiva fuerte de lado a lado del camino Dorado, en un lugar que habían encontrado mis exploradores, y donde el terreno nos favorecería en gran medida. Si se hubiera enfrentado a nosotros allí, habría pagado un precio muy alto. Pero si no atacaba habría quedado atrapado en el oeste, a mil leguas de donde hacía falta su presencia. Y durante todo ese tiempo nos alimentaríamos de sus tierras, en vez de alimentarse él de las nuestras.

—Lord Stannis estaba a punto de caer sobre Desembarco del Rey —dijo Robb—. Tal vez nos hubiera librado de Joffrey, de la Reina y del Gnomo, todo de un golpe. Y entonces quizá hubiéramos podido firmar la paz.

—No me lo dijisteis. —Edmure miraba alternativamente a su tío y a su sobrino.

—Te dije que defendieras Aguasdulces —le espetó Robb—. ¿Acaso no estaba clara la orden?

—Al detener a Lord Tywin en el Forca Roja —prosiguió el Pez Negro—, lo retrasaste lo justo para que llegaran hasta él jinetes de Puenteamargo, con las noticias de lo que estaba sucediendo en el este. Lord Tywin hizo dar media vuelta a su ejército de inmediato, se reunió con Matthis Rowan y Randyll Tarly cerca del nacimiento del Aguasnegras, y avanzaron a marcha forzada hasta la Cascada del Volatinero, donde se reunieron con Mace Tyrell y dos de sus hijos, que los esperaban con un gran ejército y una flota de barcazas. Bajaron por el río, desembarcaron a medio día a caballo de la ciudad y atacaron a Stannis por la retaguardia.

Catelyn recordó la corte del rey Renly tal como la había visto en Puenteamargo. Un millar de rosas doradas ondeando al viento, la sonrisa tímida y las palabras gentiles de la reina Margaery, la venda ensangrentada en torno a las sienes de su hermano, el Caballero de las Flores.

«Hijo mío, si tenías que caer en los brazos de alguna mujer, ¿por qué no fue en los de Margaery Tyrell? —La riqueza y el poderío de Altojardín habrían supuesto una gran diferencia en las batallas que aún estaban por llegar—. Además, puede que a Viento Gris le hubiera gustado su olor.»

—Yo no tenía intención de... —Edmure tenía el rostro ceniciento—. De verdad, Robb... ¡Tienes que permitirme que haga algo para reparar mi error! ¡Iré al mando de la vanguardia en la próxima batalla!

«¿Para reparar tu error, hermano? ¿O lo haces por la gloria?»

—La próxima batalla —dijo Robb—. No falta mucho, desde luego. En cuanto Joffrey contraiga matrimonio, los Lannister volverán a atacarme, y no cabe duda de que los Tyrell les darán todo su apoyo. Y si Walder el Negro se sale con la suya, puede que también tenga que luchar contra los Frey...

—Mientras Theon Greyjoy esté sentado en el trono de tu padre —dijo Catelyn a su hijo— con las manos manchadas con la sangre de tus hermanos, el resto de los enemigos tendrá que esperar. Tu principal obligación es defender a tu pueblo, recuperar Invernalia, colgar a Theon en una jaula para cuervos y dejarlo morir muy lentamente. O eso, o quitarte para siempre esa corona, Robb, porque los hombres sabrán que no eres un verdadero rey.

Por la mirada que le dirigió Robb, era evidente que hacía mucho que nadie se atrevía a hablarle de manera tan brusca.

—Cuando me dijeron que Invernalia había caído, quise volver al norte de inmediato —dijo con cierto tono defensivo en la voz—. Quise liberar a Bran y a Rickon, pero creía... Nunca imaginé que Theon les pudiera hacer daño, de verdad. Si hubiera...

—Es demasiado tarde para cambiar el pasado —dijo Catelyn—, demasiado tarde para rescatar a nadie. Ya solo nos queda la venganza.

—Con las últimas noticias que llegaron del norte —dijo Robb— nos enteramos de que Ser Rodrik había derrotado a un ejército de hombres del hierro cerca de la Ciudadela de Torrhen y estaba reuniendo un ejército en el Castillo Cerwyn, para recuperar Invernalia. Puede que ya lo haya logrado. Hace tiempo que no llegan mensajes. Además, ¿qué sería del Tridente si volviera ahora al Norte? No les puedo pedir a los señores del río que abandonen a su gente.

—No —dijo Catelyn—. Déjalos aquí para que cuiden de los suyos, y recupera el norte con norteños.

—¿Cómo quieres llevar a los norteños hasta el norte? —preguntó su hermano Edmure—. Los hombres del hierro controlan el mar del Ocaso. Los Greyjoy ocupan Foso Cailin, y jamás ha habido ejército capaz de tomar esa fortaleza por el sur. Incluso marchar hacia allí sería una locura. Podríamos quedar atrapados en el camino, con los hombres del hierro delante y una horda de Freys furiosos a la espalda.

—Tenemos que volver a ganarnos a los Frey —dijo Robb—. Si contamos con ellos, todavía tendremos alguna posibilidad de vencer, aunque no muchas. Sin ellos no veo esperanza. Estoy dispuesto a conceder a Lord Walder lo que quiera: disculpas, honores, tierras, oro... Tiene que haber algo que apacigüe su orgullo.

—Algo no —dijo Catelyn—. Alguien.

Jon

—¿Qué? ¿Son grandes o no?

Los copos de nieve salpicaban el rostro ancho de Tormund y se le derretían en el cabello y en la barba.

Los gigantes se mecían lentamente a lomos de los mamuts mientras avanzaban en fila de a dos. El caballo de Jon se encabritó, aterrado por lo extraño del espectáculo, pero no se sabía si lo que los asustaban eran los mamuts o sus jinetes. El propio Fantasma retrocedió un paso y enseñó los dientes en un gruñido silencioso. El huargo era grande, pero más grandes aún eran los mamuts, y además eran muchos.

Jon tiró de las riendas del caballo para detenerlo y así poder contar los gigantes que emergían entre los copos de nieve y las nieblas del Agualechosa. Iba por más de cincuenta cuando Tormund dijo algo, y perdió la cuenta. «Debe de haber cientos.» Su número no parecía tener fin.

En los cuentos de la Vieja Tata, los gigantes eran hombres de gran tamaño que vivían en castillos colosales, peleaban con espadas inmensas y calzaban unas botas en las que se podría esconder un niño. Como iban sentados, no era fácil calcular su estatura.

«Unas cuatro varas, más o menos —pensó—. Cinco como mucho.» Tenían un pecho que podría pasar por el de un hombre, pero en cambio, los brazos eran muy largos, y la parte inferior del torso parecía la mitad de ancha que la superior. Las piernas eran más cortas que los brazos, aunque muy gruesas, y no llevaban botas: los pies eran anchos, desparramados, duros, callosos y negros. Carecían de cuello; las enormes cabezas sobresalían hacia delante directamente desde los omoplatos, y los rostros eran aplastados y brutales. Entre los pliegues de piel callosa se veían ojillos de rata, apenas del tamaño de cuentas de collar, y no dejaban de husmear, como si se guiaran tanto por el olfato como por la vista.

«No van vestidos con pieles —se dio cuenta Jon—. Es vello. —Tenían el cuerpo cubierto de pelo, muy espeso de cintura para abajo, más escaso de cintura para arriba. El hedor que despedían era asfixiante, aunque tal vez procediera de los mamuts—. Y Joramun hizo sonar el Cuerno del Invierno y despertó a los gigantes de la tierra. —Buscó con la vista enormes espadas de cuatro varas de longitud, pero lo único que vio fueron garrotes. Muchos eran, sencillamente, ramas de árboles secos, algunos aún con ramitas que iban arrastrando por el suelo. Algunos llevaban bolas de piedra atadas a un extremo, lo que los convertía en mazas colosales—. La canción no dice si el Cuerno los puede dormir de nuevo.»

Uno de los gigantes que se acercaban parecía mayor que los demás. Tenía el pelaje gris salpicado de blanco, y el mamut que montaba era más grande que ninguno de los otros, también gris y blanco. Tormund le gritó algo al pasar, unas palabras ásperas y repicantes en un idioma que Jon no conocía. Los labios del gigante se separaron y dejaron al descubierto una boca de dientes grandes y cuadrados, y emitió un sonido a medio camino entre un rugido y un eructo. Jon tardó un instante en darse cuenta de que se estaba riendo. El mamut volvió un momento hacia ellos dos la enorme cabeza, y uno de los colmillos le pasó a Jon por encima de la capucha mientras la bestia volvía a ponerse en marcha, dejando huellas profundas en el barro blando y la nieve recién caída a lo largo de la orilla del río. El gigante gritó algo en el mismo idioma bronco que había utilizado Tormund.

—¿Ese era su rey? —preguntó Jon.

—Los gigantes no tienen reyes, como tampoco los tienen los mamuts, los osos de las nieves ni las grandes ballenas del mar gris. Ese era Mag Mar Tun Doh Weg. Mag el Poderoso. Si quieres, te puedes arrodillar ante él; no le importará. Me imagino que ya te picarán las rodillas de ganas: te mueres por tener un rey ante el que inclinarte. Pero ten cuidado, no te vaya a arrollar. Los gigantes tienen mala vista, y puede que no vea a un cuervecito que está tan abajo, junto a sus pies.

—¿Qué le has dicho? ¿Eso que hablabas era la antigua lengua?

—Sí. Le he preguntado si ese al que espoleaba era su padre, porque se parecían mucho, aunque su padre olía mejor.

—Y él, ¿qué te ha dicho?

—Que si la que cabalgaba junto a mí era mi hija, con unas mejillas tan rosadas y suaves. —Tormund Puño de Trueno mostró los huecos de la dentadura en una sonrisa. Se sacudió la nieve del brazo e hizo dar la vuelta a su caballo—. Puede que sea la primera vez que ve a un hombre sin barba. Vamos, tenemos que volver. Mance se enfada si no me encuentra en mi lugar habitual.

Jon dio la vuelta y siguió a Tormund de regreso a la cabeza de la columna. La capa nueva le pesaba sobre los hombros. Estaba hecha de pieles de oveja sin lavar, con el lado de la lana hacia dentro, tal como le habían recomendado los salvajes. Lo resguardaba bastante de la nieve y lo abrigaba por las noches, pero también conservaba la capa negra, doblada debajo de la silla de montar.

—¿Es verdad que en cierta ocasión mataste a un gigante? —le preguntó a Tormund mientras cabalgaban.

Fantasma trotaba en silencio junto a ellos; sus patas iban dejando huellas en la nieve recién caída.

—¿Acaso dudas de un hombre poderoso como yo? Era invierno, y yo era casi un crío, tan idiota como son los críos. Me alejé demasiado, se me murió el caballo y me encontré en medio de una tormenta. Una tormenta de verdad, no cuatro copos mal contados, como ahora. ¡Ja! Sabía que moriría congelado antes de que amaneciera. Así que me encontré con una giganta que estaba durmiendo, le abrí la barriga y me metí dentro. Me dio calor, sí, pero casi me mata de la peste que despedía. Lo peor fue que, cuando llegó la primavera y se despertó, me confundió con su bebé. Me estuvo dando el pecho tres meses enteros, hasta que conseguí escapar. ¡Ja! Aún echo de menos a veces el sabor de la leche de giganta.

—Si te amamantó, no es posible que la mataras.

—No la maté, pero que no corra la voz. Tormund Matagigantes suena mejor que Tormund Bebé de Giganta.

—¿Y cómo te ganaste los otros nombres? —quiso saber Jon—. Mance te llamó Soplador del Cuerno, ¿no? Rey del Hidromiel en el Salón Rojo, Marido de Osas, Padre de Ejércitos...

En realidad, lo único que le interesaba era lo relativo al Cuerno, pero no se atrevía a preguntar de manera demasiado directa. «Y Joramun hizo sonar el Cuerno del Invierno y despertó a los gigantes de la tierra.» ¿De allí habrían llegado, tanto ellos como sus mamuts? ¿Había encontrado Mance Rayder el Cuerno de Joramun y se lo había entregado a Tormund Puño de Trueno para que lo hiciera sonar?

—¿Todos los cuervos sois igual de curiosos? —preguntó Tormund—. En fin, ahí va la historia. Hubo otro invierno, un invierno aún más frío que el que pasé en la barriga de aquella giganta. Nevaba día y noche; caían unos copos del tamaño de tu cabeza, no estas menudencias. Nevaba tanto que el poblado entero estaba medio enterrado. Yo me encontraba en mi Salón Rojo, sin más compañía que la de un barril de hidromiel y sin nada que hacer aparte de beberla. Cuanto más bebía, más pensaba en una mujer que vivía cerca, una buena mujer, fuerte ella, con las tetas más grandes que hayas visto en tu vida. Menudo genio tenía, ni te imaginas, pero también era cálida cuando quería, y en lo más crudo del invierno a uno le hace falta calor.

»Cuanto más bebía, más pensaba en ella, y cuando más pensaba, más dura se me ponía, hasta que ya no aguanté más. Idiota de mí, voy y me envuelvo en pieles de pies a cabeza, me pongo un trapo de lana en torno a la cara y allá que voy a buscarla. Nevaba mucho, y el viento me derribó dos veces. Estaba helado hasta los huesos, pero al final llegué a su casa, envuelto como un fardo.

»Qué genio tan espantoso tenía aquella mujer, no veas cómo se resistió cuando la agarré. Casi no pude arrastrarla hasta mi casa y quitarle las pieles, pero cuando lo conseguí... Increíble, era aún más ardiente de lo que recordaba, y pasamos un buen rato. Luego me quedé dormido. Por la mañana, cuando me desperté, había dejado de nevar, y el sol brillaba, pero yo no estaba para disfrutarlo. Estaba lleno de golpes y desgarrones; me había arrancado medio miembro de un bocado, y allí, en el suelo, había una piel de osa. Así que el pueblo libre empezó enseguida a hablar de una osa despellejada que vivía en los bosques, y que tenía un par de cachorros rarísimos. ¡Ja! —Se dio una palmada en uno de los carnosos muslos—. Ya me gustaría volver a tropezarme con ella. Menudo polvo tiene esa osa. Ninguna mujer me ha presentado tanta batalla, ni me ha dado hijos tan fuertes.

—¿Qué harías si te tropezaras con ella? —preguntó Jon con una sonrisa—. Has dicho que te arrancó medio miembro de un bocado.

—Solo medio. Y medio miembro mío sigue siendo el doble de largo que el de cualquier otro hombre —resopló Tormund—. Venga, ahora cuenta tú. ¿Es verdad que cuando os llevan al Muro os cortan el miembro?

—No —replicó Jon, ofendido.

—Seguro que es verdad. Si no, ¿por qué rechazas a Ygritte? Me huelo que no te pondría muchas pegas. A esa chica le gustas, salta a la vista.

«Vaya si salta a la vista —pensó Jon—, tanto que la mitad de la columna se ha dado cuenta. —Se concentró en los copos de nieve que caían, para que Tormund no viera que se había puesto rojo—. Soy un hombre de la Guardia de la Noche —se recordó—. Entonces, ¿por qué me sonrojo como una doncella?»

Se pasaba la mayor parte de los días en compañía de Ygritte, y también la mayor parte de las noches. Mance Rayder no estaba ciego; había visto claramente la desconfianza de Casaca de Matraca con respecto al cuervo desertor, de manera que, después de entregarle a Jon la nueva capa de piel de oveja, le había sugerido la posibilidad de cabalgar con Tormund Matagigantes. Jon había accedido de buena gana, y al día siguiente, Ygritte, Lanzalarga y Ryk dejaron también el grupo de Casaca de Matraca para pasarse al de Tormund.

—El pueblo libre cabalga con quien quiere —le dijo la chica—, y ya estábamos hartos de Saco de Huesos.

Todas las noches, cuando acampaban, Ygritte tiraba sus pieles para dormir junto a las de Jon, tanto si se ponía cerca de una hoguera como si se ponía muy lejos. Una noche se despertó y la encontró acurrucada contra él, con un brazo sobre su pecho. Se quedó tendido largo rato, escuchando su respiración y tratando de no sentir aquella tensión en las ingles. Los exploradores de la Guardia de la Noche compartían las pieles a menudo para darse calor, pero tenía la sospecha de que Ygritte buscaba algo más que eso. Después de aquello adoptó la costumbre de utilizar a Fantasma, para que no se le acercara tanto. En los cuentos de la Vieja Tata, había caballeros y damas que dormían en la misma cama con una espada entre ellos para salvaguardar su honor, pero estaba seguro de que era la primera vez que un huargo ocupaba el lugar de la espada.

Pese a todo, Ygritte no se daba por vencida. Dos días atrás, Jon había cometido el error de decir cuánto le gustaría poder bañarse en agua caliente.

—La fría es mejor —dijo ella al momento—, si tienes a alguien que te dé calor después. El río está helado solo en parte; ve a bañarte.

—Ni hablar —contestó Jon riéndose—, me congelaría.

—¿Todos los cuervos sois igual de frioleros? Un poco de hielo no le hace daño a nadie. Te lo voy a demostrar, me bañaré contigo.

—¿Y luego cabalgaremos todo el resto del día con la ropa mojada, congelada sobre la piel? —objetó.

—Qué tonterías dices, Jon Nieve. Nadie se baña con ropa.

—Yo no me baño, y punto —replicó con firmeza, justo antes de oír a Tormund Puño de Trueno, que lo llamaba a gritos (no lo había llamado, pero tampoco importaba).

Por lo visto, los salvajes consideraban que Ygritte era una auténtica belleza, a causa de su cabello. El pelo rojo no era común entre el pueblo libre, y se decía que los que lo tenían habían recibido el beso del fuego y que daba buena suerte. Tal vez diera suerte, y de que era rojo no cabía duda, pero el cabello de Ygritte era una maraña tal que Jon sentía la tentación de preguntarle si solo se lo cepillaba cada cambio de estación.

Sabía muy bien que, en la corte de cualquier señor, sería considerada una chica corriente. Tenía un rostro redondo de campesina, la nariz respingona, los dientes un poco torcidos y los ojos muy separados. Jon se había fijado en todos aquellos detalles la primera vez que la había visto, cuando le puso el puñal en la garganta. Pero en los últimos días se estaba fijando en otras cosas. Cuando Ygritte sonreía, no se le notaban los dientes torcidos. Y sí, tenía los ojos muy separados, pero eran de un color gris azulado muy bonito, y los más vivaces que había visto nunca. A veces cantaba con una voz grave, ronca, que lo hacía estremecer. Y a veces, cuando se sentaba junto a la hoguera y se abrazaba las rodillas, y las llamas despertaban destellos en su melena rojiza, y lo miraba, y le sonreía... En fin, también lo hacía estremecer.

Pero era un hombre de la Guardia de la Noche y había hecho un juramento. No tendría esposa, tierras ni hijos. Había pronunciado el juramento ante el arciano, ante los dioses de su padre. No podía retractarse... Igual que no podía explicar la razón de su reticencia a Tormund Puño de Trueno, Padre de Osos.

—¿No te gusta esa chica? —le preguntó Tormund mientras pasaban junto a otra veintena de mamuts, estos montados por salvajes en altas torres de madera, en vez de por gigantes.

—Sí, pero... —«¿Qué puedo decirle que sea verosímil?»—. Todavía soy demasiado joven para casarme.

—¿Casarte? —Tormund se echó a reír—. ¿Y para qué te vas a casar? ¿Qué pasa? ¿En el sur los hombres tienen que casarse con todas las chicas que se llevan a la cama?

Jon notó que volvía a ponerse rojo.

—Intercedió en mi favor cuando Casaca de Matraca quería matarme. No la puedo deshonrar.

—Ahora eres un hombre libre, e Ygritte es una mujer libre. ¿Qué tiene de deshonroso que os acostéis juntos?

—Podría dejarla embarazada.

—Sí, ojalá. Un hijo fuerte o una hija vivaracha y risueña besada por el fuego. ¿Hay algo de malo en eso?

Durante un momento no supo qué decir.

—El chico... el bebé sería un bastardo.

—¿Y qué pasa? ¿Los bastardos son más débiles que los otros niños? ¿Más enfermizos, más inútiles?

—No, pero...

—Tú mismo eres bastardo. Y si Ygritte no quiere tener un hijo, acudirá a alguna bruja de los bosques y beberá una taza de té de la luna. Una vez plantada la semilla, tú ya no pintas nada.

—No engendraré a un bastardo.

—Los que os arrodilláis sois muy idiotas. —Tormund sacudió la melena enmarañada—. Si no querías a la chica, ¿por qué la secuestraste?

—¡Yo no la secuestré!

—Claro que sí —replicó Tormund—. Mataste a los dos que la acompañaban y te la llevaste: eso es secuestrar, ¿qué si no?

—Lo que hice fue tomarla prisionera.

—La obligaste a rendirse a ti.

—Sí, pero... te juro que no le puse un dedo encima, Tormund.

—¿Seguro que no te cortaron el miembro? —Tormund se encogió de hombros, como dando a entender que aquellas locuras no había quien las comprendiera—. En fin, ahora eres un hombre libre, pero si no quieres a la chica, al menos búscate una osa. El miembro que no se utiliza se va haciendo cada vez más pequeño, hasta que llega el día en que quieres mear y no lo encuentras.

Jon no supo qué decir. No era de extrañar que en los Siete Reinos se creyera que los del pueblo libre no eran humanos.

«No tienen leyes, ni honor, ni la decencia más básica. Se pasan el día robándose unos a otros, se aparean como animales, prefieren la violación al matrimonio y llenan el mundo de niños bastardos. —Pero, pese a todo, le estaba tomando cariño a Tormund Matagigantes, por fanfarrón y mentiroso que fuera. Y también a Lanzalarga—. Y a Ygritte... No, en Ygritte no quiero pensar.»

Pero, junto a Tormund y Lanzalarga, cabalgaban también otros salvajes. Hombres como Casaca de Matraca y el Llorón, a los que tanto les daba matarlo a uno como escupirle. Estaba Harma Cabeza de Perro, una mujer rechoncha y achaparrada con mejillas como tajadas de carne blanca, que no soportaba a los perros y cada dos semanas mataba uno para tener una cabeza reciente en su estandarte. Styr el Desorejado, Magnar de Thenn, cuya gente lo consideraba más dios que señor; Varamyr Seispieles, un hombrecillo menudo y ratonil cuyo corcel era un oso de las nieves salvaje que, cuando se alzaba sobre las patas traseras, medía casi cinco varas. Allá donde iba Varamyr, siempre lo seguían tres lobos y un gatosombra. Jon solo había estado una vez en su presencia y no le apetecía nada repetir; solo con ver a aquel hombre se le ponía el pelo de punta, igual que a Fantasma se le había erizado el pelaje al ver al oso y al esbelto felino blanco y negro.

Y había hombres aún más fieros que Varamyr; habían llegado de las zonas más septentrionales del bosque Encantado, de los valles escondidos en los Colmillos Helados, o hasta de lugares aún más extraños: los hombres de la Costa Helada, que viajaban en carros de huesos de morsa tirados por manadas de perros salvajes; los terribles clanes del río de hielo, que según se decía, comían carne humana; los habitantes de las cuevas, con los rostros teñidos de azul, de morado y de verde... Jon había visto con sus propios ojos a los hombres Pies de Cuerno, que trotaban en columna, descalzos, con las plantas de los pies duras como el cuero curtido. En cambio, aún no había divisado snarks ni grumkins, pero por lo que había visto, no le extrañaría que Tormund los hubiera invitado a cenar.

Jon calculaba que la mitad del ejército de salvajes no había visto el Muro en su vida, y de ellos, muchos no sabían ni una palabra de la lengua común. No tenía importancia. Mance Rayder hablaba la antigua lengua, incluso sabía canciones; tañía las cuerdas de su laúd y llenaba la noche con una música extraña y salvaje.

Mance había pasado años reuniendo aquel ejército enorme que avanzaba lenta y pesadamente; había hablado con la madre de aquel clan o con aquel otro magnar; había ganado una aldea a golpe de palabras bonitas, la siguiente, con canciones, y la tercera, con el filo de la espada; había puesto paz entre Harma Cabeza de Perro y el Señor de los Huesos, entre los Pies de Cuerno y los Corredores Nocturnos, entre los hombres morsa de la Costa Helada y los clanes caníbales de los grandes ríos de hielo. Había convertido cien puñales diferentes en una lanza enorme, dirigida contra el corazón de los Siete Reinos. No tenía corona, ni cetro, ni vestiduras de terciopelo y seda, pero a Jon le resultaba evidente que Mance Rayder no era rey solo por hacerse llamar así.

Jon se había unido a los salvajes por orden de Qhorin Mediamano. «Cabalga con ellos, come con ellos y combate con ellos todo el tiempo que sea preciso —le había dicho el explorador la noche antes de morir—. Y observa.» Pero, por mucho que observaba, poco había descubierto. Mediamano sospechaba que los salvajes habían ido a los gélidos y yermos Colmillos Helados en busca de alguna arma, algún poder, algún hechizo destructor que les permitiera abrir una brecha en el Muro... Pero si lo habían encontrado, fuera lo que fuera, nadie alardeaba de ello abiertamente, ni se lo había mostrado a Jon. Mance Rayder no lo había hecho partícipe de ninguno de sus planes ni estrategias. Desde la primera noche, no lo había vuelto a ver más que de lejos.

«Si es necesario, lo mataré.» Era una perspectiva que a Jon no le proporcionaba el menor placer. Matar así a alguien no era honorable; además, también significaría la muerte para él. Pero no podía permitir que los salvajes traspasaran el muro, que amenazaran Invernalia y el norte, los Túmulos y los Riachuelos, Puerto Blanco y la Costa Pedregosa, o incluso el Cuello. Durante ocho mil años, los hombres de la Casa Stark habían vivido y habían muerto para proteger a su pueblo de aquellos pillajes y saqueos... Y, bastardo o no, por sus venas corría la misma sangre. «Además, Bran y Rickon siguen en Invernalia, con el maestre Luwin, Ser Rodrik, la Vieja Tata, Farlen y sus perros, Mikken y su forja, Gage y sus hornos... Todas las personas que he conocido, todas las personas que he amado.» Si Jon tenía que matar a un hombre al que casi admiraba, que casi le caía bien, para salvarlos de las atenciones de

Casaca de Matraca, Harma Cabeza de Perro y el desorejado Magnar de Thenn, lo haría sin dudarlo.

Pero tenía la esperanza de que los dioses de su padre le evitaran una misión tan triste. El ejército avanzaba con gran lentitud, demorado por el ganado de los salvajes, sus niños y sus miserables riquezas, y la nieve los ralentizaba todavía más. La mayor parte de la columna se alejaba ya del pie de las colinas y avanzaba lentamente por la orilla oeste del Agualechosa; su movimiento era como el fluir denso de la miel en una mañana fría de invierno. Seguían el curso del río hacia el corazón del bosque Encantado.

Y Jon sabía que, no muy lejos, el Puño de los Primeros Hombres se alzaba por encima de los árboles, y que allí aguardaban trescientos hermanos negros de la Guardia de la Noche, armados y a caballo. El Viejo Oso había enviado otros exploradores, aparte de Mediamano y, sin duda, Jarman Buckwell o Thoren Smallwood habrían regresado ya y les habrían dicho qué estaba bajando de las montañas.

«Mormont no huirá —pensó Jon—. Es demasiado viejo y ha llegado demasiado lejos. Atacará, sin que le importe que nos superen en número. —El día menos pensado, más pronto que tarde, oiría el sonido de los cuernos de guerra y vería una columna de jinetes que avanzaban contra ellos con las capas negras al viento y el acero frío desenvainado. Por supuesto, trescientos hombres no tenían la menor esperanza de acabar con un ejército que los superaba cien veces en número, pero Jon creía que no sería necesario—. No hace falta que mate a mil, solo a uno. Lo único que los mantiene unidos es Mance.»

El Rey-más-allá-del-Muro hacía todo lo que podía, pero los salvajes eran indisciplinados hasta lo indescriptible, y aquel era su principal punto débil. En la serpiente de leguas de longitud que era la columna había guerreros tan valerosos como cualquier hombre de la Guardia, pero al menos un tercio de ellos iban agrupados al principio y al final, en la vanguardia de Harma Cabeza de Perro y en la retaguardia de los salvajes, con sus gigantes, uros y lanzafuegos. Otro tercio cabalgaba con el propio Mance, en la parte central, para vigilar los carromatos, los trineos y las carretas tiradas por perros donde se transportaba la gran mayoría de las provisiones y suministros del ejército, lo único que quedaba de la última cosecha del verano. Los demás iban divididos en pequeños grupos, bajo el mando de hombres como Casaca de Matraca, Jarl, Tormund Matagigantes o el Llorón, servían como exploradores, forrajeadores y arreadores, y se pasaban el día recorriendo la columna de arriba abajo para que avanzara de manera más o menos ordenada.

Y todavía más, solo uno de cada cien salvajes iba a caballo.

«El Viejo Oso los atravesará como un cuchillo atraviesa unas gachas.» Cuando llegara el momento, Mance tendría que movilizar el centro de la columna para tratar de paliar la amenaza. Habría un combate, y si él cayera, el Muro estaría a salvo por lo menos cien años más, en opinión de Jon. «Si no...»

Flexionó los dedos quemados de la mano con la que manejaba la espada. Llevaba colgada de la silla a *Garra,* la gran espada bastarda con el pomo tallado en forma de cabeza de lobo y la empuñadura cubierta de cuero suave. La tenía siempre cerca.

Cuando alcanzaron al grupo de Tormund, varias horas más tarde, nevaba copiosamente. Durante el trayecto, Fantasma se alejó y desapareció en el bosque tras el rastro de una presa. El huargo regresaría cuando acamparan para pasar la noche, como muy tarde al amanecer. Por mucho que se alejara en sus merodeos, Fantasma siempre regresaba... y lo mismo pasaba con Ygritte.

—¿Qué? —preguntó la chica en cuanto lo vio—. ¿Nos crees ahora, Jon Nieve? ¿Has visto a los gigantes con sus mamuts?

—¡Ja! —rio Tormund antes de que Jon pudiera responder nada—. ¡El cuervo se ha enamorado! ¡Se va a casar con uno!

—¿Con un gigante? —rio también Lanzalarga Ryk.

—¡No, con un mamut! —rugió Tormund—. ¡Ja!

Ygritte trotó hasta situarse al lado de Jon, que había tirado de las riendas de su montura para ponerla al paso. La chica decía que tenía tres años más que él, aunque era un palmo más baja; pero, tuviera la edad que tuviera, era una muchacha tan dura como menuda. Cuando la capturaron en el Paso Aullante, Serpiente de Piedra había dicho que era una «mujer del acero». No estaba casada, y su arma predilecta era un arco corto y curvo de cuerno y madera de arciano, pero el nombre le iba como anillo al dedo. Le recordaba a su hermanita Arya, aunque Arya era más joven, y quizá también más delgada. No era fácil saber si Ygritte era delgada o regordeta; llevaba demasiadas pieles encima.

—¿Te sabes «El último gigante»? —Sin esperar respuesta, se apresuró a añadir—: Para cantarla bien hace falta una voz más grave que la mía. «Mirad, aquí estoy, el único gigante que aún no marchó a la última morada» —entonó.

Tormund Matagigantes oyó los versos y sonrió.

—«De la montaña, el último gigante... ¡Y el mundo gobernaban antes que llegara!» —vociferó hacia atrás a través de la nieve.

Ryk Lanzalarga se les unió.

—«El pueblo pequeño ha tomado el bosque. Los árboles tala y el monte ha esquilmado...»

—«Ya no quedan peces en ningún estanque. ¡Y con un muro, los valles ha cortado!» —le respondieron a su vez Ygritte y Tormund, con adecuadas voces de gigantes.

Toregg y Dormund, hijos de Tormund, añadieron también sus voces de bajo, y luego los siguieron Munda y todos los demás. Otros comenzaron a hacer chocar las picas contra los escudos de cuero para marcar burdamente el ritmo, hasta que todo el destacamento guerrero se puso a cantar a medida que avanzaba.

En salas de piedra prendieron hogueras.
Con yunques de acero forjaron sus armas.
Mientras, yo camino por esta ladera,
¡siempre solo y triste en horas amargas!

De día, sin tregua, me sigue la jauría;
me cazan con teas en las noches frías.
El pueblo pequeño, con sus pocos días,
¡envidia la altura de esta raza mía!

De la montaña, el último gigante.
Atiende mi lamento y escucha la canción:
Cuando yo me vaya, solo lo que cante
¡romperá el silencio de mi desaparición!

Cuando terminó la canción, Ygritte tenía los ojos llenos de lágrimas.

—¿Por qué lloras? —le preguntó Jon—. No es más que una canción. Quedan cientos de gigantes; los acabo de ver.

—Bah, cientos —replicó ella, furiosa—. No sabes nada, Jon Nieve. No... ¡JON!

Jon se volvió ante el sonido repentino de un batir de alas. Unas plumas azul grisáceo le cubrieron la vista, al tiempo que unas garras afiladas se le hundían en el rostro. Un latigazo rojo de dolor lo recorrió, repentino y feroz, mientras las enormes alas le batían contra la cabeza. Llegó a ver el pico, pero no tuvo tiempo de protegerse con las manos ni de sacar un arma. Jon se echó hacia atrás; perdió pie en el estribo, se le encabritó la montura y cayó. Y el águila seguía aferrada a su cara, le desgarraba la piel, aleteaba, graznaba, lanzaba picotazos... El mundo se puso del revés en un caos de plumas, carne de caballo y sangre, y entonces, el suelo se le estampó en la cara.

Se encontró de bruces contra el fango, con la boca llena de barro y sangre, mientras Ygritte se arrodillaba a su lado para protegerlo, con un puñal de hueso en la mano. Aún oía el batir de las alas, aunque ya no veía el águila. La mitad del mundo estaba a oscuras.

—¡Mi ojo! —gritó con pánico repentino, al tiempo que se llevaba la mano a la cara.

—No es más que sangre, Jon Nieve. No te ha picado el ojo; solo te ha desgarrado la piel.

Sentía un fuerte dolor en la cara. Mientras se limpiaba la sangre del ojo izquierdo, vio por el derecho que Tormund estaba de pie, rugiendo. Se oían las pisadas de los caballos, gritos y el entrechocar de huesos secos.

—¡Saco de Huesos! —retumbó la voz de Tormund—. ¡Quítanos de encima a tu pájaro de los infiernos!

—El único pájaro de los infiernos es ese cuervo. —Casaca de Matraca señaló en dirección a Jon—. ¡El que sangra en el barro, como un perro! —El águila bajó batiendo las alas y se posó en la calavera de gigante que utilizaba como yelmo—. Vengo a por él.

—Pues acércate si te atreves —replicó Tormund—. Pero más vale que vengas con la espada desenvainada, porque así es como la voy a tener yo. A lo mejor luego hiervo tus huesos y me meo en tu cráneo. ¡Ja!

—En cuanto te pinche, se te escapará el aire y acabarás del tamaño de esa chica. Hazte a un lado o se lo diré a Mance.

—¿Qué? ¿Es Mance quien lo quiere ver? —preguntó Ygritte poniéndose en pie.

—Ya te lo he dicho, ¿estás sorda o qué? Levantadlo.

—Si te llama Mance —dijo Tormund, mirando a Jon con el ceño fruncido—, será mejor que vayas.

—Sangra como un jabalí desollado. —Ygritte lo ayudó a ponerse en pie—. Mirad cómo le ha dejado Orell la cara, con lo guapo que es.

«¿Es que un ave puede odiar?» Jon había matado al salvaje Orell, pero una parte de él vivía aún dentro del águila. Los ojos dorados lo miraban con maldad fría.

—Ya voy —dijo. La sangre le corría por la frente y le cegaba el ojo derecho; la mejilla era una llamarada de dolor. Cuando se la tocó, los guantes negros se le mancharon de rojo—. Espera que busque mi caballo.

No tenía tanta necesidad del caballo como de Fantasma, pero el huargo no aparecía por ninguna parte.

«Puede que esté a muchas leguas; le estará desgarrando el cuello a algún alce.» Tal vez fuera lo mejor.

El caballo lo rehuyó cuando se acercó a él; sin duda, la sangre que tenía en el rostro lo asustaba, pero Jon lo tranquilizó con unas cuantas palabras susurradas, y por fin consiguió acercarse lo suficiente para coger las riendas. Cuando montó, la cabeza le dio vueltas un momento.

«Me tienen que curar esto —pensó—, pero luego. Que el Rey-más-allá-del-Muro vea lo que me ha hecho su águila.» Flexionó los dedos de la mano derecha, se agachó para recoger a *Garra* y se colgó la espada bastarda del hombro antes de volver al trote adonde aguardaban el Señor de los Huesos y su grupo.

Ygritte aguardaba también, ya a lomos de su caballo y con una expresión fiera en el rostro.

—Voy con vosotros.

—Lárgate. —Los huesos de la coraza de Casaca de Matraca entrechocaron—. Me han enviado a buscar al cuervo desertor, y a nadie más.

—Una mujer libre va adonde quiere —replicó Ygritte.

El viento le metía nieve en los ojos a Jon. Sentía como se le congelaba la sangre en la cara.

—¿Qué vamos a hacer? ¿Cabalgar o parlotear?

—Cabalgar —replicó el Señor de los Huesos.

No fue un trayecto alegre. Cabalgaron casi una legua junto a la columna, entre torbellinos de nieve, atajaron a través de un caos de carromatos de provisiones y cruzaron el Agualechosa en el punto donde describía una amplia curva hacia el este. Los bajíos del río estaban cubiertos por una fina capa de hielo; los cascos de los caballos la quebraban a cada paso, hasta que llegaron a aguas más profundas, once varas río adentro. En la orilla este parecía nevar con más intensidad, y la profundidad de la nieve era mayor.

«Hasta el viento es más frío.» Además, estaba anocheciendo.

Pero, pese a la ventisca, la forma de la gran colina blanca que surgía amenazadora por encima de los árboles era inconfundible.

«El Puño de los Primeros Hombres.» Jon oyó el graznido del águila que sobrevolaba al grupo. Un cuervo lo miró desde las ramas de un pino soldado y graznó a su paso. «¿Habrá atacado el Viejo Oso?» En lugar del entrechocar del acero y el silbar de las flechas, lo único que oía Jon era el crujido quedo del hielo, bajo los cascos de su caballo.

Rodearon en silencio el Puño hasta la ladera sur, por donde la subida era más sencilla. Fue allí donde Jon vio el caballo muerto, al pie de la colina, casi enterrado en la nieve. Las entrañas le salían del vientre como serpientes congeladas, y le faltaba una pata.

«Han sido los lobos», pensó Jon, pero no podía ser. Los lobos devoraban las presas que mataban.

Había más caballos caídos por toda la ladera, con las patas retorcidas en posturas grotescas y los ojos ciegos mirando a la muerte. Los salvajes se movían entre ellos como moscas; les quitaban las sillas, las riendas, las alforjas y las protecciones, y los despedazaban con hachas de piedra.

—Arriba —le dijo Casaca de Matraca a Jon—. Mance está en la cima.

Desmontaron junto al círculo de piedra y entraron por un hueco angosto, entre las rocas. En las estacas afiladas que el Viejo Oso había hecho clavar junto a todas las entradas vio empalado el cadáver de un caballo pequeño, de pelo castaño e hirsuto.

«Estaba tratando de salir, no de entrar.» No había rastro de su jinete.

Dentro había más, y era peor. Era la primera vez que Jon veía nieve rosa. El viento soplaba a ráfagas en torno a él y le tironeaba de la pesada capa de piel de oveja. Los cuervos iban revoloteando de un caballo muerto a otro.

«¿Serán cuervos salvajes, o los nuestros?» No habría sabido decirlo. Se preguntó dónde estaría en aquel momento el pobre Sam. Y en qué condiciones.

Una costra de sangre congelada crujió bajo el talón de su bota. Los salvajes habían recogido hasta el último fragmento de cuero y acero de los caballos; hasta les estaban arrancando las herraduras. Unos cuantos registraban el contenido de las mochilas que se habían volcado en el suelo, en busca de armas y comida. Jon pasó junto a uno de los perros de Chett, o mejor dicho, de lo que quedaba de él, tendido en un charco de sangre fangosa semicongelada.

Todavía quedaban en pie unas cuantas tiendas al otro lado del campamento, y allí era donde los esperaba Mance Rayder. Bajo la capa rajada de lana negra y seda roja llevaba una cota de malla negra y unos calzones de piel de pelo largo, y llevaba la cabeza cubierta con un gran yelmo de hierro y bronce con alas de cuervo en las sienes. Con él estaba Jarl, así como Harma Cabeza de Perro. También vio a Styr, y a Varamyr Seispieles con sus lobos y su gatosombra.

—¿Qué te ha pasado en la cara? —le preguntó Mance a Jon, echándole una mirada torva y fría.

—Orell le ha intentado sacar un ojo —dijo Ygritte.

—Le he preguntado a él. ¿Qué pasa? ¿También se le ha comido la lengua? Sería lo mejor; así no nos volvería a mentir.

—A lo mejor el chico ve más claro con un ojo que con dos —dijo Styr el Magnar sacando un cuchillo largo.

—¿Quieres conservar el ojo, Jon? —preguntó el Rey-más-allá-del-Muro—. Si es así, dime cuántos eran. Y esta vez procura que sea verdad, bastardo de Invernalia.

—Mi señor... —Jon tenía la garganta seca—. ¿Qué...?

—No soy tu señor —replicó Mance—. Y no creo que haga falta explicar el «qué». Tus hermanos han muerto. La pregunta es: ¿cuántos eran?

A Jon le dolía el rostro; la nieve caía sin cesar. Le costaba mucho pensar... «Te exijan lo que te exijan, no puedes negarte», le había dicho Qhorin. Las palabras se le trababan en la garganta, pero hizo un esfuerzo supremo y las pronunció.

—Éramos trescientos.

—¿Éramos? —restalló Mance.

—Eran. Eran trescientos. —«Te exijan lo que te exijan», le había dicho Qhorin. «Entonces, ¿por qué me siento como un cobarde?»—. Doscientos del Castillo Negro y un centenar más de la Torre Sombría.

—Esa es una canción mucho más interesante que la que me cantaste en la tienda. —Mance miró a Harma Cabeza de Perro—. ¿Cuántos caballos hemos encontrado?

—Más de ciento —replicó la mujer corpulenta—. Menos de doscientos. Hay más muertos hacia el este; están cubiertos de nieve, no se sabe cuántos son.

Tras ella estaba su portaestandarte, que llevaba un asta con una cabeza de perro clavada en la punta. Era tan reciente que aún chorreaba sangre.

—No deberías haberme mentido, Jon Nieve —dijo Mance.

—Ya... ya lo sé.

«¿Qué podía decir?»

—¿Quién estaba al mando? —El rey salvaje le escudriñó el rostro—. Y dime la verdad. ¿Era Rykker? ¿O Smallwood? Wythers no, seguro; es un blando. ¿De quién era esta tienda?

«Ya he dicho demasiado.»

—¿No encontrasteis su cadáver?

Harma soltó un bufido; el hálito desdeñoso se le congelaba en las fosas nasales.

—Estos cuervos negros son imbéciles.

—La próxima vez que me respondas con una pregunta, te entregaré al Señor de los Huesos —le aseguró Mance Rayder a Jon. Se le acercó un poco—. ¿Quién estaba aquí al mando?

«Un paso más —pensó Jon—. Solo un paso. —Acercó la mano a la empuñadura de *Garra*—. Si no digo nada...»

—Como se te ocurra echar mano a la espada, te habré cortado la cabeza antes de que la consigas sacar de la vaina —dijo Mance—. Me estás agotando la paciencia a marchas forzadas, cuervo.

—Díselo —lo apremió Ygritte—. Fuera quien fuera, está muerto.

Al fruncir el ceño, se le cuarteó la sangre seca de la mejilla.

«No puedo, es imposible —pensó Jon, desesperado—. ¿Cómo puedo hacerme pasar por cambiacapas sin convertirme en cambiacapas?» Qhorin no se lo había dicho. Pero el segundo paso siempre es más fácil que el primero.

—El Viejo Oso.

—¿Ese vejestorio? —Por el tono de Harma, era evidente que no lo creía—. ¿Vino él en persona? ¿Y quién está al mando del Castillo Negro?

—Bowen Marsh.

En aquella ocasión, Jon respondió al instante. «Te exijan lo que te exijan, no puedes negarte.»

—En ese caso, ya hemos ganado la guerra. —Mance se echó a reír—. Bowen es mucho más eficaz contando espadas que utilizándolas.

—El Viejo Oso estaba al mando —dijo Jon—. Este punto estaba a buena altura y era fuerte, y él lo reforzó más aún. Hizo excavar zanjas y clavar estacas; almacenó alimentos y agua. Estaba preparado para...

—¿Mí? —terminó Mance Rayder—. Cierto, lo estaba. Si yo hubiera sido tan imbécil como para intentar tomar la colina por asalto, habría perdido cinco hombres por cada cuervo que consiguiera matar, y eso con suerte. —Apretó los labios—. Pero, cuando los muertos caminan, los muros, las estacas y las espadas no sirven de nada. No es posible luchar contra los muertos, Jon Nieve. Es algo que nadie sabe ni la mitad de bien que yo. —Alzó la vista hacia el cielo, que se oscurecía por momentos—. Puede que los cuervos nos hayan ayudado más de lo que imaginan. Me preguntaba porqué no nos habían atacado. Pero aún tenemos cien leguas por delante, y cada vez hace más frío. Varamyr, manda a tus lobos a rastrear a los espectros. No quiero que nos cojan desprevenidos. Mi Señor de los Huesos, dobla las patrullas y encárgate de que cada hombre tenga una antorcha y un pedernal. Styr, Jarl, partiréis a caballo en cuanto amanezca.

—Mance —dijo Casaca de Matraca—, quiero unos cuantos huesos de cuervo.

—No se puede matar a un hombre por mentir para proteger a los que fueron sus hermanos —dijo Ygritte, dando un paso para ponerse delante de Jon.

—Todavía son sus hermanos —declaró Styr.

—Es mentira —insistió Ygritte—. Le dijeron que me matara y no me mató. En cambio, sí que mató al Mediamano; eso lo vimos todos.

«Si le miento, se dará cuenta», pensó Jon; el aliento se le condensaba en el aire. Miró a Mance Rayder a los ojos y flexionó los dedos de la mano quemada.

—Llevo la capa que me disteis vos, Alteza.

—¡Una capa de piel de oveja! —exclamó Ygritte—. ¡Y más de una noche hemos bailado debajo de ella!

Jarl se echó a reír y hasta Harma Cabeza de Perro esbozó una mueca a modo de sonrisa.

—¿Así estamos, Jon Nieve? —preguntó Mance Rayder con voz suave—. ¿Ella y tú...?

Más allá del Muro era fácil extraviarse y perder el camino. Jon ya no sabía si era capaz de distinguir entre el honor y la vergüenza, entre el bien y el mal.

«Perdóname, Padre.»

—Sí —dijo.

—De acuerdo —accedió Mance—. Mañana al amanecer partiréis los dos con Jarl y con Styr. Sí, los dos. Ni se me ocurriría separar dos corazones que laten como uno.

—¿Hacia dónde? —preguntó Jon.

—Hacia el Muro. Ya es hora de que demuestres tu lealtad con algo más que palabras, Jon Nieve.

—¿De qué me sirve a mí un cuervo? —El Magnar no parecía nada satisfecho.

—Conoce a la Guardia y conoce el Muro —dijo Mance—. Y conoce el Castillo Negro mejor que ningún explorador. Si no le encuentras ninguna utilidad, es que eres idiota.

—Puede que todavía tenga el corazón negro. —Styr tenía el ceño fruncido.

—Entonces se lo arrancas. —Mance se volvió hacia Casaca de Matraca—. Mi Señor de los Huesos, mantén la columna en marcha a toda costa. Si llegamos al Muro antes que Mormont, habremos vencido.

—Seguirá en marcha —respondió Casaca de Matraca, con la voz ronca de ira.

Mance asintió y salió, seguido por Harma y Seispieles, con los lobos y el gatosombra de Varamyr pisándoles los talones. Jon e Ygritte se quedaron con Jarl, Casaca de Matraca y el Magnar. Los dos salvajes de más edad miraron a Jon con resentimiento mal disimulado.

—Ya habéis oído —dijo Jarl—, partiremos al amanecer. Cargad con todas las provisiones que podáis; no tendremos tiempo de cazar. Y que te echen un vistazo a la cara, cuervo. Das asco.

—Bien —dijo Jon.

—Más vale que no estés mintiendo, chiquilla —le dijo Casaca de Matraca a Ygritte, con los ojos brillantes tras el cráneo de gigante.

Jon desenfundó a *Garra.*

—Apártate de nosotros o te llevarás lo mismo que se llevó Qhorin.

—Ahora no tienes a tu lobo para que te ayude, chico. —Casaca de Matraca fue a echar mano de su espada.

—¿Estás seguro? —rio Ygritte.

Sobre las piedras del muro en forma de anillo estaba Fantasma, al acecho, con el pelaje blanco erizado. No emitía el menor sonido, pero sus ojos color rojo oscuro hablaban de sangre. El Señor de los Huesos apartó la mano de la espada muy despacio, retrocedió un paso y se alejó mascullando maldiciones.

Fantasma caminó al lado de sus monturas cuando Jon e Ygritte emprendieron el descenso del Puño. Hasta que estuvieron en medio del Agualechosa, Jon no se sintió a salvo para hablar con ella.

—No te he pedido que mintieras por mí.

—Y no he mentido —replicó ella—. He omitido algunas cosas, nada más.

—Pero has dicho...

—Que más de una noche follamos como locos debajo de tu capa. Pero no he dicho cuándo empezamos. —Le dirigió una sonrisa que era casi tímida—. Esta noche, busca otro sitio para que duerma Fantasma, Jon Nieve. Ya has oído a Mance. Basta de palabras, pasemos a la acción.

Sansa

—¿Un vestido nuevo? —preguntó, tan recelosa como sorprendida.

—El más hermoso que hayáis tenido jamás, mi señora —le prometió la anciana. Midió las caderas de Sansa con un trozo de cordel con nudos—. Todo de seda y encajes de Myr, con forro de satén. Estaréis muy hermosa. Lo ha encargado la Reina en persona.

—¿Qué reina?

Margaery no era todavía la reina de Joff, pero sí había sido la de Renly. ¿O tal vez se refería a la Reina de las Espinas? ¿O a...?

—La reina regente, claro.

—¿La reina Cersei?

—Ni más ni menos. Hace muchos años que me honra con sus encargos. —La anciana dejó caer el cordel a lo largo de la cara interior de la pierna de Sansa—. Su Alteza me ha dicho que ya sois una mujer; no debéis seguir vistiendo como una niñita. Extended el brazo.

Sansa alzó el brazo. Era cierto que necesitaba un vestido nuevo. El año anterior había crecido cuatro dedos y la mayor parte de su antiguo guardarropa había quedado destruido por el humo cuando intentó quemar el colchón, el día de su florecimiento.

—Vais a tener un busto tan hermoso como el de la Reina —dijo la anciana al tiempo que rodeaba el pecho de Sansa con el cordel—. No tendríais que esconderlo tanto.

El comentario la hizo sonrojar. Pero la última vez que había salido a caballo no había podido anudarse el corpiño hasta arriba, y el mozo de cuadras la miró fijamente mientras la ayudaba a montar. A veces también sorprendía a hombres adultos mirándole el pecho, y algunos vestidos le quedaban tan apretados que apenas le permitían respirar.

—¿De qué color va a ser? —le preguntó a la costurera.

—De los colores me encargo yo, mi señora. Ya veréis como os gusta, estoy segura. También tendréis ropa interior, y medias, mantos, capas y todo... todo lo que le corresponde a una hermosa dama de noble cuna.

—¿Estará listo para la boda del Rey?

—Antes, mucho antes. Su Alteza tiene un gran interés. Tengo seis costureras y doce aprendizas, y todas hemos dejado a un lado el resto de los encargos para ocuparnos de este. Más de una dama se enfadará con nosotras, pero es una orden de la Reina.

—Transmitidle a la Reina mi más profundo agradecimiento por sus atenciones —dijo Sansa con educación—. Es extremadamente bondadosa conmigo.

—Su Alteza es muy generosa —asintió la costurera mientras recogía sus cosas y se despedía para salir.

«Pero ¿por qué? —se preguntó Sansa cuando se quedó a solas. Aquello la intranquilizaba—. Seguro que este vestido es cosa de Margaery o de su abuela.»

Margaery le había demostrado una amabilidad constante e incondicional, y su presencia lo había cambiado todo. Sus damas también habían acogido a Sansa. Había pasado tanto tiempo sin disfrutar de la compañía de otras mujeres que casi había olvidado lo agradable que podía resultar. Lady Leonette le daba clases de arpa, y Lady Janna compartía con ella los mejores chismorreos. Merry Crane siempre tenía una historia divertida que contar, y la pequeña Lady Bulwer le recordaba a Arya, aunque no era tan indómita.

Las de edad más similar a Sansa eran las primas Elinor, Alla y Megga, todas ellas Tyrell de las ramas más recientes de la familia. «Rosas de la parte baja del arbusto», bromeaba Elinor, espigada e ingeniosa. Megga era regordeta y ruidosa, y Alla, tímida y bonita, pero Elinor era la cabecilla por derecho propio: ya era una doncella florecida, mientras que Megga y Alla solo eran niñas.

Las primas aceptaron a Sansa en su grupo como si la conocieran de toda la vida. Pasaban largas tardes haciendo labores o charlando mientras tomaban pastelillos de limón y vino con miel; al anochecer jugaban a las tabas o cantaban juntas en el septo del castillo... Y a menudo, una o dos de ellas eran elegidas para compartir el lecho con Margaery, donde se pasaban la mitad de la noche charlando en susurros. Alla tenía una voz muy bonita, y a base de lisonjas se la podía convencer para que tocara el arpa y cantara canciones de caballería y amores contrariados. Megga cantaba muy mal, pero estaba loca por recibir un beso. Confesaba que a veces jugaba a los besos con Alla, pero no era lo mismo que besar a un hombre, y mucho menos a un rey. Sansa se preguntaba qué pensaría Megga acerca de besar al Perro, como había hecho ella. La había visitado la noche de la batalla; apestaba a vino y a sangre.

«Me besó, amenazó con matarme y me obligó a cantarle una canción.»

—El rey Joffrey tiene unos labios tan bonitos... —suspiraba Megga, ensimismada—. Ay, pobre Sansa, se te debió de romper el corazón cuando lo perdiste. ¡Cuánto has tenido que llorar!

«Joffrey me hizo llorar más de lo que te imaginas», habría querido responder, pero Mantecas no estaba presente para ahogar sus palabras, de manera que apretó los labios y contuvo la lengua.

En cuanto a Elinor, estaba prometida a un joven escudero, hijo de Lord Ambrose. Se casarían en cuanto el joven se ganara las espuelas. Había llevado la prenda de Elinor durante la batalla del Aguasnegras, en la que había matado a un ballestero de Myr y a un soldado de Mullendore.

—Alyn dice que la prenda le dio valor —apuntó Megga—. Dice que su nombre era su grito de batalla, qué caballeroso, ¿verdad? Yo quiero tener algún día un campeón que lleve mi prenda y mate a cien hombres.

Elinor le dijo que se callara, pero parecía muy satisfecha.

«Son unas niñas —pensó Sansa—. No son más que chiquillas, hasta Elinor. No han visto nunca una batalla, no han visto morir a un hombre, no saben nada...» Los sueños de aquellas niñas estaban llenos de canciones y de cuentos, igual que lo habían estado los suyos antes de que Joffrey le cortara la cabeza a su padre. Sansa las compadecía. Sansa las envidiaba.

En cambio, Margaery era diferente. Era dulce y apacible, pero en cierto modo también se parecía a su abuela. Hacía dos días había llevado a Sansa a cazar con halcón. Era la primera vez que salía de la ciudad desde la batalla. Ya habían quemado o enterrado los cadáveres, pero la Puerta del Lodazal estaba astillada allí donde los arietes de Lord Stannis la habían golpeado, y los cascos de los barcos destruidos destacaban en ambas orillas del Aguasnegras, con unos mástiles carbonizados que surgían de los bajíos como descarnados dedos negros. El único barco que navegaba era el trasbordador de casco plano que las llevó al otro lado del río, y cuando llegaron al bosque Real se encontraron con una desolación de ceniza, carbón y árboles muertos. Pero las marismas de la bahía estaban llenas de aves acuáticas, de manera que el azor de Sansa cazó tres patos, mientras que el peregrino de Margaery capturó una garza en pleno vuelo.

—Willas tiene las mejores aves de los Siete Reinos —le dijo Margaery en un momento en que se quedaron a solas—. A veces caza con águila. Ya lo verás, Sansa. —Le cogió la mano y se la apretó—. Hermana.

«Hermana.» Sansa había soñado con tener una hermana como Margaery, bella y gentil, dotada de todas las gracias. Como hermana, Arya había resultado muy poco satisfactoria. «¿Cómo puedo permitir que mi hermana se case con Joffrey?», pensó, y de repente se le llenaron los ojos de lágrimas.

—Margaery, por favor —dijo—. No lo hagáis. —Le costó pronunciar las palabras—. No os caséis con él. No es lo que parece. Os hará daño.

—No creo. —Margaery sonrió con seguridad—. Has sido muy valiente al avisarme, pero no temas. Joff es vanidoso y malcriado, y no me cabe duda de que es tan cruel como dices, pero mi padre lo obligó a darle un puesto a Loras en su Guardia Real antes de acceder al matrimonio. El mejor caballero de los Siete Reinos me protegerá día y noche, igual que el príncipe Aemon protegió a Naerys. De manera que el leoncito tendrá que portarse bien, ¿no te parece? —Se echó a reír—. Vamos, hermana querida, echemos una carrera hasta el río. Ya verás cómo se enfadan nuestros guardias. —Sin aguardar la respuesta, picó espuelas y partió al galope.

«Qué valiente es», pensó Sansa mientras galopaba tras ella. Pero las dudas la corroían. Ser Loras era un gran caballero, no cabía duda. Pero Joffrey tenía a otros en la Guardia Real, y también a los capas doradas, y a los capas rojas, y cuando fuera mayor estaría al mando de sus ejércitos. Aegon el Indigno no le había hecho nunca daño a la reina Naerys, tal vez por miedo a su hermano, el Caballero Dragón... Pero cuando otro hombre de la Guardia Real se enamoró de una de sus amantes, el Rey los hizo decapitar a ambos.

«Ser Loras es un Tyrell —se recordó Sansa—. Aquel otro caballero no era más que un Toyne. Sus hermanos no tenían ejércitos para vengarlo, solo espadas. —Pero, cuanto más lo pensaba, más dudas tenía—. Joff podrá contenerse unos pocos meses, puede que un año, pero más tarde o más temprano sacará las garras, y entonces...»

El reino tendría tal vez a un segundo Matarreyes, y habría una guerra dentro de la ciudad cuando los hombres del león y los hombres de la rosa tiñeran de rojo el agua de los sumideros.

Sansa no comprendía cómo Margaery no se daba cuenta.

«Es mayor que yo; tiene que ser más lista. Y su padre, Lord Tyrell, sin duda sabe lo que hace. Me estoy comportando como una boba.»

Cuando le dijo a Ser Dontos que iba a ir a Altojardín para casarse con Willas Tyrell, pensó que sería un alivio para él y que se alegraría. Sin embargo, él la agarró por el brazo.

—¡No lo hagáis! —exclamó con la voz ronca por el espanto y el vino—. Os lo digo yo: estos Tyrell no son más que Lannisters con flores. Os lo suplico, olvidad esta locura, dadle un beso a vuestro Florian y prometedme que seguiréis el plan que habíamos trazado. La noche de la boda de Joffrey, ya no falta mucho, poneos la redecilla de plata en el pelo y haced lo que os dije, y después escaparemos.

Trató de darle un beso en la mejilla. Sansa se liberó de su presa y se apartó de él.

—No quiero. No puedo. Seguro que algo saldría mal. Cuando yo quería escapar no me ayudasteis, y ahora ya no me hace falta.

—Pero pequeña, ya está todo acordado. —Dontos clavó en ella una mirada estúpida—. El barco que os llevará a casa, el bote que os llevará al barco... Vuestro Florian lo ha hecho todo por su dulce Jonquil.

—Siento que os hayáis tomado tantas molestias —dijo—, pero ya no tengo ninguna necesidad de botes ni de barcos.

—Pero si todo es para poneros a salvo...

—Estaré a salvo en Altojardín. Willas me protegerá.

—Él no os conoce —insistió Dontos— y no os amará. Jonquil, Jonquil, abrid esos dulces ojos: para esos Tyrell no sois nada. Se quieren casar con vos por vuestros derechos.

—¿Mis derechos? —Sansa no comprendía nada.

—Pequeña —siguió él—, sois la heredera de Invernalia.

Volvió a agarrarla por el brazo, le suplicó que no siguiera adelante, y Sansa tuvo que soltarse por la fuerza. Lo dejó tambaleándose bajo el árbol corazón. Desde entonces no había vuelto a visitar el bosque de dioses.

Pero tampoco había olvidado qué le había dicho. «La heredera de Invernalia —pensaba en la cama, por las noches—. "Se quieren casar con vos por vuestros derechos." —Sansa había tenido tres hermanos. Jamás pensó que hubiera derechos para ella, pero Bran y Rickon habían muerto—. Pero aún queda Robb; ya es un adulto, pronto se casará y tendrá un hijo. Además, Willas Tyrell heredará Altojardín. ¿Para qué querría Invernalia?»

A veces susurraba su nombre contra la almohada, solo para oír cómo sonaba.

—Willas, Willas, Willas.

Willas era un nombre tan bonito como Loras; bueno, más o menos. Hasta se parecían un poco. ¿Qué importaba lo de su pierna? Willas sería señor de Altojardín, y ella sería su dama.

Se imaginaba con él, sentados en un jardín, los dos con cachorrillos en el regazo, o escuchando a un bardo que rasgueaba su laúd mientras se deslizaban por las aguas del Mander en una barcaza.

«Si le doy hijos, tal vez llegue a quererme. —Los llamaría Eddard, Brandon y Rickon, y los educaría para que fueran tan valientes como Ser Loras—. Y para que odien a los Lannister.» En las fantasías de Sansa, sus hijos eran iguales que los hermanos que había perdido. A veces incluso había una niña parecida a Arya.

En cambio, no conseguía visualizar durante mucho rato seguido a Willas; en su imaginación, enseguida se transformaba en Ser Loras, tan joven, tan gallardo, tan apuesto.

«No pienses eso —se dijo—. O cuando os conozcáis verá en tus ojos la decepción, ¿y cómo va a querer casarse contigo si sabe que a quien amas es a su hermano?» Se recordaba constantemente que Willas Tyrell la doblaba en edad, era tullido, tal vez incluso regordete, y de rostro congestionado como su padre. Pero, por feo que fuera, quizá fuese el único campeón que tendría jamás.

En cierta ocasión soñó que todavía iba a casarse con Joff, ella, no Margaery, y en su noche de bodas se transformaba en el verdugo Ilyn Payne. Se despertó temblorosa. No quería que Margaery sufriera tanto como ella había sufrido, pero la aterraba la idea de que los Tyrell se negaran a seguir adelante con el matrimonio.

«Se lo he advertido, se lo he dicho, le he contado cómo es de verdad. —Tal vez Margaery no la creyera. Cuando estaba con ella, Joff se comportaba siempre como un perfecto caballero, igual que había hecho con Sansa—. No tardará en verlo tal como es. Si no es antes de la boda, será después.» Sansa tomó la decisión de encenderle una vela a la Madre que estaba en los cielos la siguiente vez que fuera al septo, para pedirle que protegiera a Margaery de la crueldad de Joff. Y tal vez otra vela al Guerrero, por Loras.

Mientras la costurera le tomaba las medidas decidió que luciría el vestido nuevo en la ceremonia que tendría lugar en el Gran Septo de Baelor.

«Por eso lo habrá encargado Cersei, para que no parezca una desharrapada en la boda. —Necesitaba otro vestido para el banquete que tendría lugar después, pero se conformaría con uno de los viejos. No quería arriesgarse a que el nuevo se manchara de comida o de vino—. Tengo que llevarlo a Altojardín. —Quería aparecer radiante ante Willas Tyrell—. Aunque Dontos tenga razón, aunque desee Invernalia, y no a mí, puede llegar a quererme por mí misma.» Sansa se estrechó los brazos con fuerza mientras se preguntaba cuándo estaría listo el vestido. Se moría de ganas de ponérselo.

Arya

Las lluvias llegaron y pasaron, pero el cielo estaba más gris que azul, y todos los arroyos bajaban crecidos. La mañana del tercer día, Arya se dio cuenta de que el musgo crecía sobre todo en el lado de los árboles por el que no debía.

—Nos hemos equivocado de dirección —le dijo a Gendry cuando pasaron cabalgando junto a un olmo que tenía mucho musgo—. Estamos yendo hacia el sur. ¿Has visto en qué lado del tronco crece el musgo?

—Estamos siguiendo el camino, nada más. —El muchacho se apartó un mechón de pelo negro de los ojos—. Lo que pasa es que este tramo va hacia el sur.

«Llevamos todo el día viajando hacia el sur —habría querido decirle—. Y ayer, cuando íbamos por el lecho del arroyo, también.» Pero el día anterior no había prestado mucha atención, así que no estaba segura.

—Creo que nos hemos extraviado —dijo en voz baja—. No debimos apartarnos del río. Solo teníamos que seguirlo.

—El río tiene curvas y meandros —replicó Gendry—. Seguro que esto es un atajo. Un camino que solo conocen los forajidos. Lim y Tom llevan años viviendo aquí.

Aquello era verdad. Arya se mordió el labio.

—Pero el musgo...

—Como siga lloviendo así, pronto nos crecerá musgo en las orejas —se quejó Gendry.

—Solo en la oreja sur —replicó Arya, testaruda.

Era inútil tratar de convencer al Toro. Pero, aun así, era el único amigo de verdad que tenía desde que Pastel Caliente los había dejado.

—Sharna dice que me necesita para hacer el pan —le había dicho el día que partieron a caballo—. Además, estoy harto de la lluvia, de que la silla de montar me haga llagas en el culo y de tener miedo constantemente. Aquí hay cerveza, me dan de comer conejo, y el pan estará bueno cuando lo haga yo. Ya lo verás cuando vuelvas. Porque volverás, ¿verdad? Cuando acabe la guerra. —En aquel momento recordó quién era Arya—. Mi señora —añadió, sonrojado.

Arya no sabía si la guerra terminaría alguna vez, pero había asentido.

—Siento haberte pegado aquella vez —dijo. Pastel Caliente era tonto y cobarde, pero la había acompañado desde Desembarco del Rey, y había llegado a acostumbrarse a él—. Te rompí la nariz.

—También se la rompiste a Lim. —Pastel Caliente sonrió—. Estuvo muy bien.

—A Lim no se lo pareció —replicó Arya con tristeza.

Había llegado la hora de partir. Cuando Pastel Caliente preguntó si podía besarle la mano a la señora, ella le dio un puñetazo en el hombro.

—No me llames señora. Tú eres Pastel Caliente y yo soy Arry.

—Aquí no soy Pastel Caliente. Sharna me llama Chico. Igual que al otro chico. Va a ser un lío.

Lo echaba de menos más de lo que había imaginado, aunque Harwin compensaba en parte su ausencia. Ella le había hablado de su padre, Hullen, y de cómo lo había encontrado moribundo en los establos de la Fortaleza Roja el día en que huyó.

—Siempre decía que moriría en un establo —comentó Harwin—, pero todos pensábamos que lo mataría algún garañón con mal genio, no una manada de leones.

Arya le habló también de Yoren y de cómo había escapado de Desembarco del Rey, y le contó buena parte de lo que le había pasado desde entonces, aunque no le dijo nada del mozo de cuadras al que había matado con *Aguja,* ni del guardia al que había cortado la garganta para salir de Harrenhal. Contárselo a Harwin habría sido como decírselo a su padre, y no soportaba la idea de que su padre supiera lo que había hecho.

Tampoco le habló de Jaqen H'ghar ni de las tres muertes que le había pagado. Arya llevaba siempre debajo del cinturón la moneda de hierro que le había dado, y a veces, de noche, la sacaba y recordaba cómo su rostro se había fundido y cambiado cuando se pasó la mano por delante.

—*Valar morghulis* —decía entre dientes—. Ser Gregor, Dunsen, Polliver, Raff el Dulce. El Cosquillas y el Perro. Ser Ilyn, Ser Meryn, la reina Cersei, el rey Joffrey.

De los veinte hombres de Invernalia que su padre había enviado hacia el oeste con Beric Dondarrion solo quedaban seis, según le dijo Harwin, y estaban dispersos.

—Fue una trampa, mi señora. Lord Tywin hizo que la Montaña cruzara el Forca Roja a espada y fuego con la esperanza de atraer a vuestro señor padre. Su plan era que Lord Eddard fuera en persona hacia el oeste, para encargarse de Gregor Clegane. De haberlo hecho, lo habrían matado o lo habrían capturado para intercambiarlo por el Gnomo, que en aquellos momentos era prisionero de vuestra madre. Pero el Matarreyes no sabía del plan de Lord Tywin, así que cuando se enteró de que habían capturado a su hermano, atacó a vuestro padre en las calles de Desembarco del Rey.

—Me acuerdo muy bien —dijo Arya—. Mató a Jory.

Jory siempre le había sonreído, al menos cuando no le estaba diciendo que saliera de entre sus pies.

—Mató a Jory —asintió Harwin—. Y a vuestro padre se le cayó el caballo encima y le rompió una pierna. Así que Lord Eddard no pudo ir hacia el oeste. En su lugar envió a Lord Beric, con veinte de sus hombres y otros tantos de Invernalia, entre ellos yo. También vinieron otros. Thoros y Ser Raymun Darry, junto con sus hombres; Ser Gladden Wylde; un señor llamado Lothar Mallery... Pero Gregor nos esperaba en el Vado del Titiritero; tenía hombres apostados en ambas orillas. En cuanto cruzamos, nos atacó desde la vanguardia y la retaguardia.

»Vi cómo la Montaña mataba a Raymun Darry, de un golpe tan espantoso que a Darry le cortó el brazo por el codo y a la vez mató a su caballo. Gladden Wylde murió allí con él, y a Lord Mallery lo derribaron y se ahogó. Los leones nos rodeaban por todas partes; me di por perdido igual que todos los demás, pero Alyn empezó a gritar órdenes y reorganizó nuestras filas, y los que todavía permanecíamos a caballo nos agrupamos en torno a Thoros y conseguimos abrirnos paso para escapar. Por la mañana éramos ciento veinte, y al anochecer apenas si quedábamos cuarenta. Lord Beric estaba herido de gravedad. Thoros le tuvo que arrancar del pecho un palmo de lanza y echarle vino hirviendo en el agujero.

»Estábamos seguros de que el señor moriría antes del amanecer. Pero Thoros se pasó la noche rezando con él junto al fuego, y cuando volvió a salir el sol, todavía estaba vivo y hasta un poco recuperado. Tuvieron que pasar quince días antes de que pudiera montar a caballo de nuevo, pero su valor nos dio fuerzas a todos. Nos dijo que nuestra guerra no había terminado en el Vado del Titiritero, que precisamente entonces había empezado, y que por cada uno de los nuestros que había muerto allí caerían diez enemigos.

»Para entonces, las batallas tenían lugar lejos de nosotros. Los hombres de la Montaña no eran más que la vanguardia de las huestes de Lord Tywin. Cruzaron el Forca Roja con el grueso de sus fuerzas, arrasaron las tierras de los ríos y lo quemaron todo a su paso... Éramos tan pocos que lo único que podíamos hacer era hostigar su retaguardia, pero nos decíamos que nos uniríamos al rey Robert cuando avanzara hacia el oeste para aplastar la rebelión de Lord Tywin. Y entonces fue cuando nos enteramos de que Robert había muerto, igual que Lord Eddard, y de que el mocoso de Cersei Lannister ocupaba el Trono de Hierro.

»El mundo se había vuelto del revés. La Mano del Rey nos había enviado a capturar a unos criminales, y de repente los criminales éramos nosotros... y Lord Tywin era la Mano del Rey. Algunos propusieron que nos rindiéramos en aquel momento, pero Lord Beric se negó en redondo. Dijo que seguíamos siendo hombres del Rey, y que los leones estaban asesinando al pueblo del Rey. Si no podíamos luchar por Robert, lucharíamos por ellos, hasta que muriera el último de nosotros. Y eso hicimos, pero sucedió algo muy extraño. Por cada hombre que perdíamos aparecían dos para ocupar su lugar. Algunos eran caballeros o escuderos, de buena cuna, pero en su mayor parte eran plebeyos: jornaleros, taberneros, criados, zapateros... hasta dos septones. Hombres de todo tipo, y también mujeres, niños, perros...

—¿Perros? —se sorprendió Arya.

—Sí —contestó Harwin con una sonrisa—. Uno de los muchachos tiene una jauría de los perros más fieros que te puedas imaginar.

—Me encantaría tener un buen perro fiero —dijo con melancolía—. Un perro que matara leones.

Había tenido una loba huargo, Nymeria, pero se había visto obligada a espantarla a pedradas para evitar que la Reina la matara.

«¿Un huargo podrá matar a un león?», se preguntó.

Por la tarde siguió lloviendo, y también buena parte del anochecer. Por suerte, los rebeldes tenían amigos por todas partes, de manera que no tuvieron que acampar al aire libre ni refugiarse a duras penas bajo la vegetación, tal como había tenido que hacer tan a menudo con Pastel Caliente y Gendry.

Aquella noche acamparon en una aldea quemada y abandonada. O al menos parecía abandonada hasta que Jack-con-Suerte hizo sonar el cuerno de caza con dos toques cortos, seguidos por otros dos largos. En aquel momento, de las ruinas y bodegas ocultas salieron personas de todo tipo. Tenían cerveza, manzanas secas y pan de cebada algo duro, y los rebeldes llevaban un ganso que Anguy había abatido en el río, de manera que la cena de aquella noche fue casi un banquete.

Arya estaba mordisqueando el último pedacito de carne de un ala cuando uno de los aldeanos se dirigió hacia Lim Capa de Limón

—Hace menos de dos días pasaron por aquí unos hombres —dijo—; buscaban al Matarreyes.

—Pues que vayan a buscarlo a Aguasdulces. —Lim soltó un bufido—. A la más profunda de las mazmorras, un precioso agujero húmedo.

Tenía la nariz como una manzana aplastada, toda roja e informe, y estaba de muy mal humor.

—No —respondió otro aldeano—. Consiguió escapar.

«El Matarreyes.» Arya sintió que se le erizaba el vello de la nuca. Contuvo la respiración para oír mejor.

—¿Es posible que sea verdad? —preguntó Tom Siete.

—No me lo creo —intervino un hombre tuerto que llevaba un yelmo cónico oxidado. Los demás rebeldes lo llamaban Jack-con-Suerte, aunque a Arya no le parecía que perder un ojo fuera señal de mucha suerte—. Yo mismo he probado esas mazmorras. ¿Cómo ha podido escapar?

Ante aquello, los aldeanos no pudieron hacer otra cosa que encogerse de hombros. Barbaverde se acarició los bigotes grises y verdosos.

—Si el Matarreyes vuelve a estar suelto, los lobos se ahogarán en sangre. Hay que decírselo a Thoros. El Señor de la Luz le mostrará a Lannister en las llamas.

—Aquí ya tenemos una hoguera estupenda —dijo Anguy con una sonrisa.

—¿Tengo pinta de sacerdote, Arquero? —Barbaverde se echó a reír y le dio un cachete—. Cuando Pello de Tyrosh escudriña el fuego, las brasas le chamuscan la barba.

—Anda que no le gustaría a Lord Beric capturar a Jaime Lannister —dijo Lim mientras se hacía crujir los nudillos.

—¿Lo ahorcaría, Lim? —preguntó una aldeana—. Sería una pena colgar a un hombre tan guapo.

—¡Primero el juicio! —dijo Anguy—. Lord Beric siempre les hace un juicio, lo sabes muy bien. —Sonrió—. Y luego los ahorca.

Hubo un coro de carcajadas. Luego, Tom pasó los dedos por las cuerdas de la lira y empezó a entonar una canción.

La Hermandad del Bosque Real, truhanes
al margen de la ley.
Desde su castillo en el bosque invaden las tierras
del rey.
A hombres y doncellas igual, su tesoro arrebata
la grey.
La Hermandad del Bosque Real, ¡qué banda
temible y sin ley!

Con ropa caliente y seca, en un rincón, entre Gendry y Harwin, Arya escuchó la canción un rato, antes de cerrar los ojos y dejarse vencer por el sueño. Soñó con su hogar; no con Aguasdulces, sino con Invernalia.

Pero no fue un sueño agradable. Estaba fuera del castillo, sola, hundida en barro hasta las rodillas. Veía ante sí las murallas grises, pero cuando intentaba llegar a las puertas, cada paso le costaba más que el anterior, y el castillo se iba difuminando ante sus ojos hasta que pareció más de humo que de granito. También había lobos, figuras grises y escurridizas de ojos brillantes que acechaban entre los árboles a su alrededor. Cada vez que los miraba, la asaltaba el recuerdo del sabor de la sangre.

A la mañana siguiente se apartaron del camino para atajar por los campos. Hacía viento, y las hojas secas giraban en remolinos en torno a los cascos de sus caballos, pero al menos no llovía. Cuando el sol salió de detrás de una nube, resultó tan brillante que Arya tuvo que echarse la capucha hacia delante para que no la cegara.

—¡Nos hemos equivocado de dirección! —exclamó de repente, tirando de las riendas.

—¿Qué pasa? ¿Otra vez el musgo? —Gendry dejó escapar un gemido.

—¡Mira el sol! —replicó—. ¡Vamos hacia el sur! —Arya rebuscó en las alforjas de la silla hasta dar con el mapa y se lo mostró—. No tendríamos que habernos apartado del Tridente. Mirad. —Desenrolló el mapa sobre una pierna. Todos la estaban mirando—. Aquí: Aguasdulces está aquí, entre los ríos.

—Da la casualidad de que ya sabemos dónde está Aguasdulces —dijo Jack-con-Suerte—. Lo sabemos muy bien.

—No vamos a Aguasdulces —le espetó Lim con aspereza.

«Casi había llegado —pensó Arya—. Tendría que haber dejado que se llevaran nuestros caballos. Podría haber recorrido el resto del camino a pie.» Recordó el sueño que había tenido y se mordió el labio.

—Vamos, pequeña, no pongas esa cara tan triste —dijo Tom de Sietecauces—. No te pasará nada malo, te doy mi palabra.

—¡La palabra de un mentiroso!

—Aquí nadie ha mentido —dijo Lim—. No te hemos prometido nada. No nos corresponde a nosotros decidir qué se hace contigo.

Pero Lim no era el jefe, y tampoco Tom. El jefe era Barbaverde, el tyroshi. Arya se volvió hacia él.

—Llévame a Aguasdulces y recibirás una recompensa —dijo a la desesperada.

—Pequeña —respondió Barbaverde—, si un plebeyo quiere, puede despellejar una ardilla común para guisarla, pero si encuentra una ardilla de oro, o se la lleva a su señor o lo lamentará.

—Yo no soy una ardilla —replicó Arya.

—Claro que sí. —Barbaverde se echó a reír—. Eres una ardillita de oro que va a ir a ver al señor del relámpago, tanto si quiere como si no. Él sabrá qué conviene hacer contigo. Seguro que te envía con tu señora madre, tal como tú quieres.

—Claro —asintió Tom de Sietecauces—, Lord Beric es así. Hará lo que sea mejor para ti, ya verás.

«Lord Beric Dondarrion.» Arya recordó todo lo que había oído en Harrenhal, tanto de boca de los Lannister como de los Titiriteros Sangrientos. Lord Beric, el fantasma del bosque. Lord Beric, al que había dado muerte Vargo Hoat, y antes que él Ser Amory Lorch, y también la Montaña que Cabalga, en dos ocasiones.

«Si no me envía a mi casa, a lo mejor lo mato yo también.»

—¿Por qué tengo que ir a ver a Lord Beric?

—Le llevamos a todos los prisioneros nobles —dijo Anguy.

«Prisioneros. —Arya respiró profundamente para serenarse—. Tranquila como las aguas en calma. —Miró a los rebeldes a caballo e hizo girar la cabeza a su montura—. Ahora, rápida como una serpiente», pensó al tiempo que clavaba los talones en los flancos del corcel.

Salió como una centella entre Barbaverde y Jack-con-Suerte, y vio durante un instante la expresión de sobresalto en el rostro de Gendry cuando el muchacho apartó la yegua para dejarla pasar. Y al momento se encontró en campo abierto, a galope tendido.

Norte o sur, este u oeste, en aquel momento no importaba. Más tarde buscaría el camino hacia Aguasdulces, en cuanto los despistara. Arya se inclinó sobre la silla y mantuvo el galope. A sus espaldas, los rebeldes maldecían y le gritaban que volviera. No hizo caso de las llamadas, pero al girar la cabeza y mirar, vio que cuatro de los hombres iban tras ella. Anguy, Harwin y Barbaverde cabalgaban codo con codo, seguidos a corta distancia por Lim, con la larga capa amarilla ondeando a su espalda.

—Veloz como un ciervo —le dijo a su montura—. Corre, corre, ¡corre!

Arya cruzó como una flecha los campos cubiertos de hierbajos marchitos y montones de hojas secas que formaban remolinos cuando pasaba al galope. Divisó un bosque a su izquierda. «Ahí podré despistarlos.» A lo largo de un lado del campo había una zanja, pero la consiguió salvar de un salto sin perder el ritmo, y se lanzó hacia el grupo de olmos, tejos y abedules. Una mirada rápida hacia atrás le mostró que Anguy y Harwin aún le pisaban los talones. Barbaverde se había quedado rezagado, y a Lim no se lo veía por ninguna parte.

—Más deprisa —le dijo al caballo—. Vamos, ¡vamos!

Pasó al galope entre dos olmos sin pararse a mirar en qué lado crecía el musgo. Saltó un tronco medio podrido, y describió un círculo para esquivar un gigantesco montón de hojarasca y ramas rotas. Subió por una suave pendiente y bajó por el otro lado, aminorando la marcha y volviendo a acelerar mientras las herraduras de su caballo arrancaban chispas del pedernal. En la cima de una colina se aventuró a mirar atrás. Harwin le había sacado cierta ventaja a Anguy, pero ambos la seguían de cerca. Barbaverde se había quedado mucho más atrás, y al parecer, su caballo flaqueaba.

Un arroyo cubierto de hojas secas se cruzó en su camino. Hizo que el caballo se adentrara, salpicando en sus aguas; muchas hojas se le quedaron pegadas a las patas cuando salió por la otra orilla. Allí, la maleza era más espesa, y había en el suelo tantas raíces y rocas que tuvo que aminorar la marcha, pero de todos modos siguió cabalgando tan deprisa como se atrevió. Otra colina, más empinada, se alzó ante ella. Subió por una ladera y bajó por la otra.

«¿Qué extensión tendrá este bosque? —se preguntó. Sabía que su caballo era el más rápido; había robado la mejor montura de Roose Bolton de los establos de Harrenhal, pero allí la velocidad no le servía de nada—. Tengo que volver a los campos. Tengo que encontrar un camino.»

Pero lo único que encontró fue una vereda de animales. Era estrecha e irregular, pero menos era nada. Galopó por ella mientras las ramas le azotaban el rostro. Una se le enganchó en la capucha, y se la echó hacia atrás de un tirón, y durante un momento temió que la hubieran alcanzado. Un zorro salió de los arbustos a su paso, sobresaltado ante aquel galope furioso. La vereda la llevó hasta otro arroyo. ¿O se trataba del mismo? ¿Habría dado media vuelta sin darse cuenta? No tenía tiempo para pensar en aquello; oía los cascos de los caballos de sus perseguidores. Los espinos le arañaban el rostro como los gatos que había perseguido en Desembarco del Rey. Los gorriones levantaron el vuelo en desbandada de las ramas de un aliso. Pero los árboles estaban cada vez más dispersos, y de repente se encontró en campo abierto. Ante ella se extendían prados llanos, todos hierbajos y trigo silvestre sucio y pisoteado. Arya espoleó al caballo para que recuperase el galope.

«Corre —pensó—, corre hacia Aguasdulces, corre hacia casa. —¿Los habría despistado? Echó un breve vistazo hacia atrás, y allí estaba Harwin, a poco más de seis pasos y ganándole terreno—. No. No, no es posible. No, no es justo.»

Cuando él la alcanzó y le quitó las riendas, los dos caballos echaban ya espuma por la boca y estaban agotados. La propia Arya jadeaba sin aliento. Sabía que la pelea había terminado.

—Cabalgáis como un norteño, mi señora —dijo Harwin cuando se hubieron detenido—. Vuestra tía era igual. Me refiero a Lady Lyanna. Pero recordad que mi padre era el caballerizo mayor.

—Creía que eras leal a mi padre —dijo lanzándole una mirada llena de dolor.

—Lord Eddard está muerto, mi señora. Ahora soy leal al señor del relámpago y a mis hermanos.

—¿Qué hermanos? —Que Arya recordara, el viejo Hullen no había tenido más hijos varones.

—A Anguy, Lim, Tom Siete, Jack y Barbaverde: a todos ellos. No tenemos nada contra vuestro hermano, mi señora... pero no luchamos por él. Ya tiene un ejército y más de un gran señor que se arrodilla ante él. En cambio, el pueblo solo nos tiene a nosotros. —La miró inquisitivo—. ¿Entendéis bien lo que os estoy diciendo?

—Sí.

Entendía más que bien que no era leal a Robb. Y que ella era su prisionera.

«Podría haberme quedado con Pastel Caliente —pensó—. Podríamos haber navegado en aquel botecito río arriba, hasta Aguasdulces. —Le habría ido mejor si hubiera seguido siendo un pajarito desvalido. A un pajarito, nadie lo tomaba prisionero: ni a Nan, ni a Comadreja, ni a Arry el huérfano—. Fui una loba. Pero vuelvo a ser una dama, una estúpida damita.»

—Y ahora, ¿vais a cabalgar tranquila? —le preguntó Harwin—. ¿O tendré que ataros y echaros sobre el caballo?

—Cabalgaré tranquila —dijo con tono hosco.

«Por ahora.»

Samwell

Entre sollozos, Sam dio un paso más.

«Este es el último —pensó—, el último. Ya no puedo más, no puedo seguir. —Pero sus pies se movieron de nuevo. Primero uno, luego el otro. Dieron un paso, después otro—. No son mis pies, son de otro, es otro el que camina, no es posible que sea yo.»

Miró hacia abajo y los vio trastabillando en la nieve. Eran cosas torpes y amorfas. Creía recordar que las botas habían sido negras, pero la nieve se había apelmazado en torno a ellas, y eran ya informes bultos blancos; tenía dos pies deformes de hielo.

Y no paraba. La nieve, no paraba. Los ventisqueros le llegaban por encima de las rodillas, y una costra de hielo le cubría los muslos como un calzón blanco. Caminaba arrastrándose, tambaleante. La pesada mochila que portaba le daba el aspecto de un jorobado monstruoso. Y estaba tan, tan cansado...

«No puedo seguir. Madre, ten piedad, no puedo seguir.»

Cada cuatro o cinco pasos tenía que agacharse para subirse el cinto de la espada; la había perdido en el Puño, pero la vaina todavía hacía que se le cayera el cinturón. Lo que sí tenía eran dos cuchillos: el puñal de vidriagón que Jon le había regalado y el de acero, con el que cortaba la carne. Pesaban bastante, y tenía el vientre tan prominente y redondo que, si no se iba subiendo el cinturón, se le caía hasta los tobillos, por mucho que se lo apretase. En cierta ocasión había tratado de abrochárselo por encima de la barriga, pero le quedaba casi en los sobacos. Grenn había estado a punto de morirse de risa solo de verlo.

—Conocí a un hombre que llevaba la espada al cuello igual que tú —había comentado Edd el Penas—. Un día tropezó, y la empuñadura le entró por la nariz.

Sam también tropezaba sin cesar. Bajo la nieve había rocas, y también raíces de árboles, cuando no agujeros profundos en el suelo helado. Bernarr el Negro se había metido en uno y se había roto el tobillo; aquello había sido hacía tres días, o tal vez cuatro... En realidad, no sabía cuánto tiempo había pasado. Después de aquello, el Lord Comandante ordenó que Bernarr fuera a caballo.

Entre sollozos, Sam dio un paso más. Aquello se parecía más a caer que a caminar, una caída interminable en la que no se llegaba nunca al suelo, solo se caía hacia delante, hacia delante, sin cesar.

«He de parar, me duele todo. Tengo mucho frío, estoy muy cansado, necesito dormir una siestecita junto a una hoguera y tomar un bocado de cualquier cosa que no esté congelada.»

Pero si se detenía, moriría. Lo sabía muy bien. Lo sabían todos, los pocos que quedaban. Cuando huyeron del Puño eran cincuenta, tal vez más, pero algunos se habían extraviado en la nieve, algunos de los heridos habían muerto desangrados... y en ocasiones, Sam había oído gritos a sus espaldas, procedentes de la retaguardia. Uno de los gritos fue aterrador. Al oírlo echó a correr, veinte o treinta pasos, tan deprisa como pudo, levantando la nieve con los pies casi helados. Si hubiera tenido unas piernas más fuertes, no habría dejado de correr.

«Están detrás de nosotros, siguen detrás de nosotros, nos van cazando uno a uno.»

Entre sollozos, Sam dio un paso más. Hacía tanto tiempo que no sentía más que frío que se estaba olvidando de cómo era el calor. Llevaba tres pares de medias y dos capas de ropa interior bajo una túnica doble de lana de cordero, y por encima de todo aquello, un jubón acolchado que lo protegía del acero frío de la cota de malla. Sobre ella llevaba una sobrevesta suelta hasta la cintura, y por último, una capa de grosor triple, que se abrochaba con un botón de hueso por debajo de las papadas. La capucha le caía sobre la frente. En las manos llevaba unos guantes finos de lana y cuero, y encima, unos mitones de piel gruesa. Se ceñía la parte inferior del rostro con una bufanda, y llevaba un gorro de lana que le cubría las orejas por debajo de la capucha. Y pese a todo, el frío le llegaba hasta los huesos. Lo había sentido sobre todo en los pies. Ya ni siquiera los notaba, pero hasta el día anterior le habían dolido tanto que apenas si soportaba estar de pie, mucho menos, caminar. Con cada paso tenía que contener un grito. ¿Había sido un día antes? No lo recordaba. No había dormido desde lo del Puño, desde que había sonado el cuerno. A menos que hubiera dormido mientras caminaba. ¿Se podía dormir andando? Sam no lo sabía, o tal vez lo había olvidado.

Entre sollozos, dio un paso más. La nieve se arremolinaba a su alrededor. A veces caía de un cielo blanco; a veces, de un cielo negro. Era lo único que quedaba del día y de la noche. La llevaba sobre los hombros como una segunda capa, y se le amontonaba en la mochila de la espalda de manera que era cada vez más pesada, más difícil de transportar. Sentía un dolor atroz en la rabadilla, como si le hubieran clavado un cuchillo y lo retorcieran a cada paso. El peso de la cota de malla le destrozaba los hombros. Habría dado casi cualquier cosa por quitársela, pero le daba miedo. De todos modos, para eso habría tenido que quitarse la capa, y el frío lo habría matado.

«Ojalá fuera más fuerte...» Pero no lo era, y con desearlo no ganaba nada. Sam era débil y gordo, tan gordo que apenas si podía con su peso; la cota de malla era demasiado para él. Sentía como si le estuviera despellejando los hombros, a pesar de las capas de tejido acolchado que separaban el acero de la piel. Lo único que podía hacer era llorar, y cuando lloraba, las lágrimas se le congelaban en las mejillas.

Entre sollozos, dio un paso más. La costra de hielo estaba rota en el lugar donde había puesto el pie; de lo contrario estaba seguro de que no habría podido moverlo. A la derecha y a la izquierda, apenas entrevistas junto a los árboles silenciosos, las antorchas se convertían en difusos halos anaranjados, tras la cortina de nieve que seguía cayendo. Siempre que volvía la cabeza los veía deslizarse sigilosamente entre los árboles. Se movían arriba y abajo, adelante y atrás.

«El círculo de fuego del Viejo Oso —recordó—, y pobre del que se salga de él.» Al caminar le daba la sensación de que perseguía a las antorchas, pero ellas también tenían piernas, y eran más largas y fuertes que las suyas, de manera que no las alcanzaba nunca.

El día anterior había suplicado que le permitieran llevar una antorcha, aunque aquello implicara avanzar fuera de la columna y en los confines de la oscuridad. Quería fuego, soñaba con fuego.

«Si me dejaran el fuego, no tendría tanto frío.» Pero le recordaron que ya había llevado una antorcha al principio, que se le había caído y la nieve se la había apagado. Sam no recordaba que se le hubiera caído una antorcha, pero supuso que sería verdad. No tenía fuerzas para mantener el brazo extendido mucho rato. ¿Quién le había recordado lo de la antorcha? ¿Edd o tal vez Grenn? De aquello tampoco se acordaba. «Gordo, inútil y torpe; hasta los sesos se me están congelando.» Dio un paso más.

Se había enrollado la bufanda en torno a la nariz y la boca, pero se le había llenado de mocos, y estaba tan rígida que tenía miedo de que se le hubiera congelado y se le hubiera quedado pegada a la cara. Hasta respirar costaba un gran esfuerzo; el aire era tan frío que dolía al tragarlo.

—Madre, ten piedad —murmuró con la voz ahogada bajo la máscara helada—. Madre, ten piedad. Madre, ten piedad. Madre, ten piedad. —Con cada súplica daba un paso, arrastrando los pies entre la nieve—. Madre, ten piedad. Madre, ten piedad. Madre, ten piedad.

Su verdadera madre estaba al sur, a mil leguas de allí, con sus hermanas y su hermanito Dickon, a salvo en el castillo de Colina Cuerno.

«No me oye. Igual que no me oye la Madre.» Todos los septones decían que la Madre era misericordiosa, pero más allá del Muro, los Siete no tenían ningún poder. Allí gobernaban los antiguos dioses, los dioses sin nombre de los árboles, de los lobos y de las nieves.

—Piedad —susurró a quienes pudieran escucharlo, ya fueran dioses antiguos o nuevos, o hasta demonios—. Piedad, piedad, piedad.

«Maslyn pidió piedad a gritos.» ¿Por qué se había acordado de aquello de repente? No era un recuerdo grato. Maslyn había caído hacia atrás, perdió la espada, suplicó, se rindió; hasta llegó a quitarse el grueso guante negro y lo arrojó ante sí como si fuera un guantelete. Aún gritaba pidiendo clemencia cuando el espectro lo cogió por la garganta, lo levantó por los aires y casi le arrancó la cabeza del todo. «A los muertos no les queda lugar para la piedad, y los Otros... No, no quiero pensar en eso, no debo. No lo recuerdes, camina, camina y nada más, camina.»

Entre sollozos, dio un paso más.

Tropezó con una raíz oculta bajo la capa de hielo, perdió el equilibrio y cayó sobre una rodilla con todo su peso, con tanta fuerza que se mordió la lengua. Sintió el sabor de la sangre en la boca; era lo más cálido que había probado desde el Puño.

«Se acabó», pensó. Había caído y no tenía fuerzas para volver a levantarse. Buscó a tientas una rama y se aferró a ella para tratar de ponerse en pie, pero las piernas entumecidas no lo aguantaban; la cota de malla pesaba demasiado, y él estaba muy gordo, y muy débil, y muy cansado...

—Venga, Cerdi, en pie —le gruñó alguien al pasar.

Pero Sam no prestó atención. «Ya está: me dejo caer en la nieve y cierro los ojos.» No estaría tan mal morir allí. No había forma humana de tener más frío, y en cuanto pasara un ratito dejaría de sentir el dolor de los riñones y el tormento de los hombros, igual que ya no sentía los pies. «No sería el primero en morir, eso no podrán achacármelo.» En el Puño habían muerto cientos de hombres, habían caído a su alrededor, y luego muchos más, los había visto. Sam, tembloroso, se soltó de la rama y se dejó caer en la nieve. Estaba fría y húmeda, lo sabía, pero casi no lo notaba a través de la ropa. Clavó la vista en el cielo blancuzco, mientras los copos de nieve le caían sobre el estómago, el pecho y los párpados. «La nieve me cubrirá como una manta blanca, una manta gruesa. Bajo la nieve tendré calor, y si hablan de mí, tendrán que decir que caí como un hombre de la Guardia de la Noche. Eso es. Eso es. Cumplí con mi deber. No podrán decir que violé el juramento. Soy gordo, soy débil y soy cobarde, pero cumplí con mi deber.»

Había estado al cargo de los cuervos. Aquel era el motivo por el que lo habían llevado allí. Él no había querido ir, se lo había dicho, les había dicho lo cobarde que era. Pero el maestre Aemon era muy viejo, además estaba ciego, de modo que tuvieron que enviar a Sam para que se encargara de los cuervos. El Lord Comandante le había dado unas órdenes muy precisas en cuanto acamparon en el Puño.

—Tú no vales para pelear. Eso ya lo sabemos, chico. Si llegan a atacarnos, no intentes demostrar lo contrario; no harías más que estorbar. Lo que tienes que hacer es enviar un mensaje. Y no vengas corriendo a preguntarme qué tiene que decir. Escríbelo tú mismo, y envía un pájaro al Castillo Negro y otro a la Torre Sombría. —El Viejo Oso apuntó con un dedo enguantado a la cara de Sam—. Me da igual si tienes tanto miedo que te cagas en los calzones, y me da igual si hay un millar de salvajes pidiendo a gritos tu sangre; envía esos pájaros o te juro que te perseguiré por los siete infiernos, y te aseguro que lamentarás no haberlo hecho.

—Lamentarás, lamentarás, lamentarás —había graznado el cuervo de Mormont, inclinando la cabeza.

Sam lo lamentaba. Lamentaba no haber sido más valiente, más fuerte y más hábil con la espada, no haber sido mejor hijo para su padre y mejor hermano para Dickon y las niñas. También lamentaba saber que iba a morir, pero hombres mejores que él habían muerto en el Puño, hombres valientes, hombres de verdad, no críos gordos y chillones como él. Al menos, el Viejo Oso no lo perseguiría por los infiernos.

«Envié los pájaros. Al menos eso sí lo hice bien.» Había escrito los mensajes con antelación, mensajes breves y sencillos en los que hablaba de un ataque en el Puño de los Primeros Hombres; luego se los había guardado en la bolsa de los pergaminos, con la esperanza de no tener que enviarlos jamás.

Cuando los cuernos sonaron, Sam estaba durmiendo. Al principio pensó que lo había soñado, pero al abrir los ojos vio que la nieve caía sobre el campamento, y que todos los hermanos negros cogían arcos y lanzas y corrían hacia la muralla circular. El único que quedaba cerca de él era Chett, el antiguo mayordomo del maestre Aemon, con aquella cara llena de granos y el enorme quiste del cuello. Sam nunca había visto tanto miedo plasmado en la cara de un hombre como el que vio en la de Chett cuando el tercer toque del cuerno llegó desde los árboles.

—Ayúdame a sacar los pájaros —le suplicó, pero el otro mayordomo dio media vuelta y echó a correr con el puñal en la mano.

«Tiene que hacerse cargo de los perros», recordó Sam. Y seguramente el Lord Comandante también le había dado a él órdenes concretas.

Había sentido los dedos rígidos y temblorosos dentro de los guantes, había tiritado de miedo y de frío, pero consiguió dar con la bolsa de los pergaminos y sacar los mensajes que tenía escritos. Los cuervos graznaban furiosos y, cuando abrió la jaula del Castillo Negro, uno de ellos se le escapó volando. Dos más consiguieron zafarse antes de que Sam pudiera atrapar un pájaro, que además le clavó el pico a través del guante y le hizo sangre. Pese a todo, consiguió retenerlo el tiempo suficiente para atarle el rollito de pergamino. Para entonces, el cuerno de guerra había dejado de sonar, pero el Puño era un bullicio de órdenes lanzadas a gritos entre el clamor del acero.

—¡Vuela! —exclamó Sam al tiempo que lanzaba el cuervo al aire.

Los pájaros de la jaula de la Torre Sombría graznaban y aleteaban con tanta furia que le dio miedo abrir la puerta, pero consiguió superarlo. En aquella ocasión atrapó el primer cuervo que trató de escapar. Un momento más tarde, el ave volaba entre la nieve para llevar la noticia del ataque.

Una vez cumplido su deber, terminó de vestirse con dedos torpes y temblorosos; se puso la gorra, el chaleco y la capa con capucha, y se abrochó el cinturón de la espada, muy apretado, para que no se le cayera. Luego cogió la mochila y empezó a guardar sus cosas, la ropa interior y los calcetines secos, las puntas de flecha y de lanza de vidriagón que Jon le había regalado, y también el cuerno viejo, sus pergaminos, la tinta y las plumillas, los mapas que había ido dibujando y un embutido al ajo, duro como una piedra, que había estado guardando desde que salió del Muro. Lo ató todo bien y se echó la mochila al hombro.

«El Lord Comandante me dijo que no fuera hacia la muralla circular —recordó—, pero que tampoco fuera a buscarlo a él.» Sam respiró profundamente y se dio cuenta de que no sabía qué debía hacer a continuación.

Recordaba haber vagado en círculo, perdido, a medida que el miedo crecía en su interior, como le pasaba siempre. Los perros ladraban y los caballos relinchaban, pero la nieve amortiguaba los sonidos y hacía que parecieran proceder de muy lejos. Sam no veía nada a tres pasos de distancia, ni siquiera las antorchas que ardían a lo largo del muro bajo de piedra que rodeaba la cima de la colina.

«¿Será posible que las antorchas se hayan apagado? —La sola idea le inspiraba pavor—. El cuerno sonó tres veces. Tres llamadas largas significan que vienen los Otros.» Los caminantes blancos del bosque, las sombras frías, los monstruos de las leyendas que de niño lo hacían gritar y temblar... Siempre a lomos de gigantescas arañas de hielo, sedientos de sangre...

Desenvainó la espada con manos torpes y avanzó con dificultad por la nieve. Un perro pasó ladrando junto a él, y entonces vio a algunos de los hombres de la Torre Sombría, hombres corpulentos, barbudos, con hachas de mango largo y lanzas de tres varas. Con ellos se sintió un poco más seguro, de manera que los siguió en su camino hacia la muralla. Al ver que todavía ardían las antorchas sobre el círculo de piedra se estremeció de puro alivio.

Los hermanos negros estaban allí, con las espadas y las lanzas en la mano, a la espera, mientras veían caer la nieve. Ser Mallador Locke pasó a lomos de su caballo, con el yelmo cubierto de copos de nieve. Él se quedó atrás y buscó con la mirada a Grenn o a Edd el Penas.

«Si voy a morir, al menos que sea junto a mis amigos», recordó haber pensado. Pero todos los que lo rodeaban eran desconocidos, hombres de la Torre Sombría que servían a las órdenes de un explorador llamado Blane.

—Ahí vienen —oyó decir a un hermano.

—Cargad los arcos —ordenó Blane.

Veinte flechas negras salieron de otros tantos carcajes.

—Los dioses se apiaden de nosotros, son cientos —susurró una voz.

—Tensad —dijo Blane—. Aguantad.

Sam no veía nada ni quería ver nada. Los hombres de la Guardia de la Noche permanecieron tras las antorchas, a la espera con los arcos tensos junto a las orejas, mientras algo se acercaba en la oscuridad, algo ascendía entre la nieve por la ladera resbaladiza.

—Aguantad —repitió Blane—. Aguantad, aguantad. —Y de pronto—: ¡Ahora!

Las flechas silbaron al cortar el aire.

Un grito de alegría surgió de entre los hombres situados junto a la muralla circular, pero casi murió en sus gargantas.

—No se detienen, mi señor —le dijo uno a Blane.

—¡Vienen más! —gritó otro—. ¡Allí, mirad, entre los árboles!

—Los dioses se apiaden de nosotros, ¡los tenemos encima!

Para entonces, Sam ya estaba retrocediendo; temblaba como una hoja sacudida por ráfagas de viento, tanto por el miedo como por el frío. Aquella noche había sido gélida.

«Aún más que esta. La nieve parece casi caliente. Ya me siento mejor. Solo me hacía falta descansar un poco. Enseguida tendré fuerzas para andar otra vez. Enseguida.»

Un caballo le pasó junto a la cabeza. Era un animal gris con nieve en las crines y los cascos llenos de hielo. Sam lo vio acercarse; luego lo vio alejarse. Apareció otro entre la cortina de nieve. Un hombre de negro tiraba de sus riendas. Al ver a Sam atravesado en el camino, lo insultó e hizo dar un rodeo al animal.

«Ojalá tuviera yo un caballo —pensó—. Si lo tuviera, podría seguir en marcha, me sentaría y hasta podría echar un sueñecito.» Pero habían perdido la mayor parte de las monturas en el Puño, y las que les quedaban transportaban los alimentos, las antorchas y a los heridos. Sam no era uno de los heridos. «Solo un gordo, un debilucho y el mayor cobarde de los Siete Reinos.»

Y qué cobarde era. Lord Randyll, su padre, siempre se lo había dicho, y tenía toda la razón. Sam era su heredero, pero nunca se había mostrado digno de tal honor, de manera que su padre lo envió al Muro. Su hermano pequeño, Dickon, heredaría las tierras y el castillo de los Tarly, así como el mandoble *Veneno de Corazón,* que los señores de Colina Cuerno habían esgrimido con orgullo durante siglos. Se preguntó si Dickon derramaría una lágrima por el hermano que había muerto en medio de la nieve, en los confines del mundo.

«¿Por qué va a llorar? Un cobarde no merece que lloren por él.» Había oído a su padre decirle aquello mismo a su madre mil veces. El Viejo Oso también lo sabía.

—¡Flechas de fuego! —había rugido el Lord Comandante aquella noche en el Puño, cuando apareció de repente a lomos de su caballo—. ¡Vamos a darles llamas! —Fue entonces cuando advirtió la presencia del tembloroso Sam—. ¡Tarly! ¡Quita de en medio! ¡Tienes que estar con los cuervos!

—Ya... ya... ya he enviado los mensajes.

—Bien.

—Bien, bien —repitió el cuervo de Mormont, que iba sobre su hombro. Envuelto en pieles y con la cota de malla, el Lord Comandante parecía inmenso. Los ojos le relampagueaban tras el visor de hierro negro—. Aquí no haces más que estorbar. Quédate junto a las jaulas. Si tengo que enviar otro mensaje, no quiero tener que empezar por buscarte. Ocúpate de que los pájaros estén preparados.

No aguardó su respuesta, sino que hizo dar la vuelta al caballo y lo puso al trote a lo largo del círculo.

—¡Fuego! —gritaba—. ¡Flechas de fuego!

No hizo falta que nadie le repitiera la orden a Sam. Regresó junto a los pájaros tan deprisa como se lo permitieron las piernas.

«Tengo que escribir el mensaje con antelación —pensó—, así podremos enviar los pájaros en cuanto haga falta.» Tardó mucho en encender una pequeña hoguera para calentar la tinta congelada. Se sentó en una roca junto a ella, cogió pluma y pergamino, y escribió los mensajes.

«Atacados en medio de la nieve, pero los hemos repelido con flechas de fuego», escribió mientras escuchaba las órdenes que les daba Thoren Smallwood a los arqueros. El silbido de las flechas era un sonido tan dulce como la plegaria de una madre.

—¡Arded, cabrones muertos, arded! —gritó Dywen entre risas que parecían graznidos, mientras los hermanos lanzaban gritos de ánimo y maldiciones.

«Estamos a salvo —escribió—. Seguimos en el Puño de los Primeros Hombres.» Sam esperaba que fueran mejores arqueros que él.

Puso la nota a un lado y cogió otro pergamino en blanco. «Seguimos luchando en el Puño, en medio de una densa nevada», escribió.

—¡Se siguen acercando! —gritó alguien en aquel momento.

«Resultado incierto», siguió escribiendo.

—¡Las lanzas! —rugió alguien, tal vez Ser Mallador, aunque Sam no habría podido jurarlo.

«Atacados por espectros en el Puño, en medio de la nieve —escribió—, pero los repelimos con fuego.» Volvió la cabeza. A través de la nevada solo alcanzaba a divisar la gran hoguera que ardía en el centro del campamento y a los jinetes que se movían inquietos a su alrededor. Sabía que eran la reserva, que estaban preparados para arrollar a cualquier cosa que traspasara el muro circular. Se habían armado con antorchas, en lugar de espadas, y las estaban encendiendo con las llamas de la hoguera.

«Los espectros nos han rodeado —escribió al oír los gritos procedentes de la cara norte—. Atacan a la vez desde el norte y desde el sur. Las lanzas y las espadas no los detienen, solo el fuego.»

—¡Más flechas, más flechas! —gritó una voz en medio de la noche.

—¡Joder, es enorme! —se oyó otra.

—¡Un gigante! —gritó una tercera.

—¡Es un oso, un oso! —insistió una cuarta.

Un caballo relinchó, los perros empezaron a aullar, y los gritos se entremezclaron tanto que Sam ya no fue capaz de distinguir las voces. Escribió más deprisa, nota tras nota. «Salvajes muertos y un gigante, o tal vez un oso, los tenemos encima, nos rodean. —Oyó el sonido del acero contra la madera, lo que solo podía significar una cosa—. Los espectros han traspasado la muralla circular. Se lucha dentro del campamento.

—Una docena de hermanos a caballo pasaron junto a él en dirección a la zona este del muro, cada uno con una antorcha llameante en la mano—. El Lord Comandante los recibe con fuego. Hemos vencido. Estamos venciendo. Defendemos la posición. Hemos roto el cerco y nos replegamos hacia el Muro. Estamos atrapados en el Puño.»

Uno de los hombres de la Torre Sombría surgió tambaleante de la oscuridad y fue a desplomarse junto a Sam. Se arrastró hasta la hoguera antes de morir. «Perdidos —escribió Sam—. Hemos perdido la batalla. Estamos perdidos.»

¿Por qué estaba recordando la batalla del Puño? No quería recordarla. No. Trató de acordarse de su madre, de su hermanita Talla o de Elí, la chica del Torreón de Craster. Alguien lo sacudió por el hombro.

—Levántate —le dijo una voz—. No puedes dormirte aquí, Sam. Levántate; tienes que caminar.

«No estaba dormido, estaba recordando.»

—Vete —dijo, y sus palabras se congelaron en el aire gélido—. Estoy bien. Quiero descansar.

—Levántate —insistió la voz de Grenn, áspera, ronca. Se inclinó sobre Sam; llevaba las ropas negras llenas de nieve—. El Viejo Oso ha dicho que nada de descansar. Vas a morir.

—Grenn. —Sonrió—. No, de verdad, aquí estoy bien. Sigue. Os alcanzaré en cuanto descanse un poco más.

—No. —Grenn tenía la espesa barba castaña congelada en torno a la boca. Le daba aspecto de anciano—. Te congelarás o te atraparán los Otros. ¡Levántate, Sam!

Una noche antes de que partieran del Muro, Pyp le había estado tomando el pelo a Grenn, como siempre. Sam recordaba cómo sonreía al decir que Grenn iba a ser un excelente explorador, ya que era demasiado idiota para tener miedo. Grenn lo negó con energía hasta que se dio cuenta de lo que estaba diciendo. Era achaparrado, de cuello grueso y fuerte. Ser Alliser Thorne lo llamaba Uro, igual que a él lo llamaba Ser Cerdi, y a Jon, Lord Nieve, pero Grenn siempre había tratado bien a Sam. «Solo gracias a Jon. Si no fuera por Jon, ninguno me tendría el menor aprecio.» Y Jon había desaparecido, se había perdido en el Paso Aullante con Qhorin Mediamano. Lo más seguro era que estuviera muerto. Sam habría llorado su pérdida, pero las lágrimas se le habrían congelado, y apenas si conseguía mantener los ojos abiertos.

Un hermano de elevada estatura se detuvo junto a ellos con una antorcha en la mano, y durante un instante maravilloso, Sam sintió su calidez en el rostro.

—Déjalo ahí —le dijo el hombre a Grenn—. El que no pueda caminar está perdido. Ahorra energías para ti, Grenn.

—Se levantará —replicó Grenn—. Solo le hace falta que le eche una mano.

El hombre echó a andar y se llevó consigo el anhelado calor. Grenn trató de poner en pie a Sam.

—Me haces daño —se quejó—. Para ya, Grenn, que me haces daño en el brazo. Para.

—Joder, pesas demasiado.

Grenn le metió las manos debajo de los sobacos, dejó escapar un gruñido y consiguió ponerlo en pie. Pero, en cuanto lo soltó, el muchacho gordo volvió a sentarse en la nieve. Grenn le dio una patada, un fuerte puntapié que reventó la costra de nieve que le envolvía la bota y lanzó al aire fragmentos de hielo.

—¡Levántate! —Le asestó otra patada—. Levántate, tienes que andar. ¡Tienes que andar!

Sam se dejó caer de costado y se encogió sobre sí mismo para defenderse de los puntapiés. Apenas si los sentía a través de todas las prendas de lana, cuero y malla, pero aun así le dolían.

«Creía que Grenn era mi amigo. A los amigos no se les dan patadas. ¿Por qué no me deja en paz? Lo único que necesito es descansar, nada más, descansar y dormir, y tal vez morirme un ratito.»

—Si te haces cargo de la antorcha, yo llevaré al gordo.

De repente se sintió izado en el aire gélido. Lo habían alejado de la dulce y mullida nieve; flotaba. Sintió un brazo bajo las rodillas y otro en la espalda. Sam alzó la vista y parpadeó. Un rostro se cernió sobre el suyo, una cara ancha y brutal, con la nariz aplastada, los ojos pequeños y oscuros, y una tosca barba castaña. Conocía aquel rostro, pero tardó un instante en hacer memoria. «Paul. Paul el Pequeño.» El calor de la antorcha le derritió el hielo de la cara, y el agua se le metió en los ojos.

—¿Puedes con él? —oyó preguntar a Grenn.

—En cierta ocasión llevé en brazos un ternero que pesaba más que él. Se lo llevé a su madre para que le diera de mamar.

—Para ya —murmuró Sam; la cabeza se le sacudía con cada paso de Paul el Pequeño—. Déjame en el suelo, no soy ningún bebé. Soy un hombre de la Guardia de la Noche. —Se le escapó un sollozo—. Déjame morir.

—No hables, Sam —dijo Grenn—. Ahorra energías. Piensa en tus hermanas, piensa en tu hermano. En el maestre Aemon. En tu comida favorita. Si quieres, canta una canción.

—¿En voz alta?

—Para tus adentros.

Sam se sabía un centenar de canciones, pero cuando trató de recordar alguna le resultó imposible. Parecía como si se las hubieran borrado de la cabeza. Dejó escapar otro sollozo.

—No me sé ninguna canción, Grenn. Antes me sabía muchas, pero ya no.

—Sí que sabes —replicó Grenn—. Venga, «El oso y la doncella», esa se la sabe todo el mundo. «Había un oso, un oso, ¡un oso! Era negro, era enorme, ¡cubierto de pelo horroroso!»

—No, esa no —suplicó Sam. El oso que había subido hasta el Puño no conservaba ni rastro de pelo sobre la carne putrefacta. No quería pensar en osos—. Nada de canciones, por favor, Grenn.

—Entonces piensa en tus cuervos.

—No eran míos. —«Eran los cuervos del Lord Comandante, los cuervos de la Guardia de la Noche»—. Pertenecían al Castillo Negro y a la Torre Sombría.

—Chett me dijo que podía quedarme con el cuervo del Viejo Oso, el que habla. —Paul el Pequeño frunció el entrecejo—. Le había estado guardando comida y todo. —Sacudió la cabeza—. Pero se me olvidó. Me dejé la comida donde la tenía escondida. —Continuó caminando; el aliento que se le congelaba a cada paso le cubría el rostro de una película blanca—. ¿Me puedo quedar con uno de tus cuervos? —dijo de repente—. Solo uno. No dejaría que Lark se lo comiera.

—Se han ido —dijo Sam—. Lo siento. —«Lo siento mucho»—. Están volando hacia el Muro.

Había liberado a los pájaros cuando oyó sonar una vez más los cuernos de batalla, que ordenaban montar a caballo a los hombres de la Guardia.

«Dos llamadas breves y una larga, era la señal para montar.» Pero no había razón para montar a menos que fueran a abandonar el Puño, y aquello solo podía significar que habían perdido la batalla. El miedo se le clavó tan hondamente que apenas si pudo abrir las jaulas. Hasta que vio salir revoloteando al último cuervo, justo antes de que se perdiera en medio de la tormenta de nieve, no se dio cuenta de que había olvidado enviar los mensajes que había escrito.

—¡No! —había chillado—. ¡Oh, no, no, no!

La nieve seguía cayendo mientras los cuernos sonaban.

Ahuuuuu, ahuuuuu, ahuuuuuuuuuuuuuu.

Decían: «A los caballos, a los caballos, a los caballos». Sam vio dos cuervos posados sobre una roca y corrió a por ellos, pero los pájaros echaron a volar entre los copos de nieve, en direcciones opuestas. Persiguió a uno mientras el aliento se le condensaba en grandes nubes blancas, tropezó y de pronto se encontró a cinco pasos de la muralla circular.

Después de aquello... recordó a los muertos que subían por las piedras, con flechas clavadas en los rostros y en las gargantas. Unos vestían cotas de malla y otros iban casi desnudos. Casi todos eran salvajes, pero unos cuantos llevaban atuendos negros descoloridos. Recordó como uno de los hombres de la Torre Sombría había clavado la lanza en el vientre blancuzco y blando de un espectro hasta que se la sacó por la espalda, y como aquel ser había seguido avanzando a trompicones, ensartándose cada vez más en el asta, y como había extendido las manos negras para retorcer el cuello del hermano hasta que le brotó sangre de la boca. Fue entonces cuando se le aflojó la vejiga por primera vez.

No recordaba haber echado a correr, pero sin duda debió de hacerlo, porque lo siguiente que supo fue que estaba a medio campamento de distancia, junto a la hoguera, con el anciano Ser Ottyn Wythers y otros arqueros. Ser Ottyn estaba de rodillas en la nieve, contemplando el caos que lo rodeaba, cuando un caballo sin jinete pasó junto a él y le coceó el rostro. Los arqueros no le prestaron atención. Estaban disparando flechas en llamas contra las sombras que poblaban la oscuridad. Sam vio como una alcanzaba a un espectro, y vio como las llamas lo consumían, pero tras él apareció una docena más, junto con una figura enorme, blancuzca, que en su tiempo debió de ser un oso, y los arqueros no tardaron en quedarse sin flechas.

Luego, Sam se encontró a caballo. No era su caballo, y tampoco recordaba haber montado. Tal vez fuera el animal que le había destrozado la cara a Ser Ottyn. Los cuernos seguían sonando, de modo que espoleó al caballo y lo hizo volverse hacia la fuente del sonido.

En medio de la masacre, el caos y la nieve, se encontró con Edd el Penas a lomos de su montura, con un sencillo estandarte negro en el asta de la lanza.

—Sam —le dijo Edd al verlo—, ¿te importaría despertarme, por favor? Tengo una pesadilla espantosa.

Cada vez había más hombres a caballo. Los cuernos los llamaban. *Ahuuuuu, ahuuuuu, ahuuuuuuuuuuuuuu.*

—¡Están en la muralla oeste, mi señor! —le gritó Thoren Smallwood al Viejo Oso al tiempo que trataba de dominar a su caballo—. Enviaré a los reservas...

—¡NO! —Mormont tuvo que gritar a pleno pulmón para hacerse oír por encima del sonido de los cuernos—. ¡Llama a los hombres; tenemos que abrirnos paso y salir de aquí! —Se puso en pie en los estribos, con la capa negra ondeando al viento y el fuego reflejado en la armadura—. ¡Formación en punta de lanza! —rugió—. ¡Todos a caballo, bajaremos por la ladera sur, luego hacia el este!

—¡Mi señor, al sur hay un enjambre de ellos!

—Las otras laderas son demasiado empinadas —dijo Mormont—. Tenemos que...

Su caballo relinchó y se encabritó, y estuvo a punto de lanzarlo al suelo al ver aparecer al oso entre la nieve. Sam volvió a mearse encima.

«Y yo que pensaba que ya no me quedaba nada dentro.» El oso estaba muerto, blancuzco, putrefacto. Se le habían caído todo el pelo y la piel; también había perdido la mitad del brazo derecho, pero seguía avanzando. Lo único vivo de él eran los ojos. «De un azul brillante, como dijo Jon.» Brillaban como dos estrellas congeladas. Thoren Smallwood lo atacó. Su espada brillaba con destellos anaranjados y rojos a la luz del fuego. El golpe estuvo a punto de arrancarle la cabeza al oso. Y el oso se la arrancó a él.

—¡A LOS CABALLOS! —gritó el Lord Comandante al tiempo que se volvía.

Antes de llegar a la muralla circular ya iban al galope. Sam siempre había tenido miedo de saltar a caballo, pero cuando tuvo delante el bajo muro de piedra supo que no le quedaba alternativa. Espoleó al caballo, cerró los ojos, dejó escapar un gemido, y el animal, de puro milagro, lo llevó al otro lado del muro. El jinete que cabalgaba a su derecha se precipitó al suelo en medio del estrépito del acero, el cuero y los relinchos del caballo, y los espectros cayeron sobre él. Los hombres de la Guardia descendieron por la colina al galope, atravesando un enjambre de manos negras, ardientes ojos azules y copos de nieve. Los caballos tropezaban y caían; los hombres eran arrancados de sus sillas; las antorchas giraban en el aire; las hachas y las espadas hendían la carne muerta, y Samwell Tarly sollozaba mientras se aferraba desesperadamente a su caballo con una fuerza que no había imaginado poseer nunca.

Estaba en mitad de la punta de lanza, con hermanos a ambos lados, y también delante y detrás. Un perro corrió junto a ellos durante un trecho y descendió por la ladera nevada entre los caballos, pero no pudo mantener su ritmo. Los espectros no se apartaban; los jinetes los arrollaban y los pisoteaban con los cascos de las monturas. Incluso mientras caían, lanzaban zarpazos contra las espadas, los estribos y las patas de los animales. Sam vio a uno abrirle el vientre de un zarpazo a un caballo con la mano derecha, mientras se aferraba a la silla con la izquierda.

De pronto se encontraron rodeados de árboles, y la montura de Sam chapoteó por un arroyo helado mientras los sonidos de la carnicería iban quedando atrás. Se giró con un suspiro de alivio... cuando un hombre de negro saltó sobre él desde los arbustos y lo derribó de la silla. Sam no llegó a ver quién era; en un instante, se levantó y se alejó al galope. Cuando trató de correr en pos del caballo, se le enredaron los pies en una raíz y cayó de bruces, y se quedó allí tendido, llorando como un niño, hasta que Edd el Penas lo encontró.

Aquel era su último recuerdo coherente del Puño de los Primeros Hombres. Más tarde, horas más tarde, se encontraba tembloroso entre los demás supervivientes, la mitad a caballo y la otra mitad a pie. Para entonces estaban ya a varias leguas del Puño, aunque Sam no sabía cómo las había recorrido. Dywen había conseguido bajar con cinco caballos de carga que transportaban alimentos, aceite y antorchas, y tres de ellos habían llegado hasta allí. El Viejo Oso les ordenó redistribuir el cargamento, de manera que la pérdida de cualquiera de los caballos y sus correspondientes provisiones no supusiera una catástrofe. Cogió los caballos de los que estaban ilesos y se los adjudicó a los heridos, organizó las filas, y situó antorchas para guardar los flancos y la retaguardia.

«Solo tengo que caminar», se dijo Sam al tiempo que daba el primer paso en dirección a casa. Pero, antes de que transcurriera una hora, había empezado a jadear, a retrasarse...

Advirtió que en aquel momento también empezaban a retrasarse. En cierta ocasión le había oído decir a Pyp que Paul el Pequeño era el hombre más fuerte de la Guardia. «Y debe de serlo, puede conmigo.» Pero, aun así, la capa de nieve era cada vez más espesa; el terreno, más traicionero, y las zancadas de Paul se iban acortando. Pasaron junto a ellos más jinetes, hombres heridos que miraron a Sam con ojos apagados, indiferentes. También los adelantaron algunos portadores de antorchas.

—Os estáis quedando atrás —les dijo uno.

El siguiente se mostró de acuerdo.

—Nadie te va a esperar, Paul. Deja al cerdo para los muertos.

—Me ha prometido un pájaro —dijo Paul, aunque Sam no había hecho semejante cosa. «No son míos»—. Quiero un pájaro que hable y que coma de mi mano.

—Tú eres idiota —replicó el hombre de la antorcha mientras se alejaba.

—Estamos solos —dijo Grenn con voz ronca al poco rato, deteniéndose de pronto—. No veo las demás antorchas. ¿Los que nos han adelantado eran los de la retaguardia?

Paul el Pequeño no le supo responder. El hombretón dejó escapar un gruñido y cayó de rodillas. Le temblaban los brazos al depositar a Sam en la nieve con toda delicadeza.

—No puedo cargarte más. Ya querría, pero no puedo. —Tiritaba con violencia.

El viento suspiraba entre los árboles y les lanzaba diminutos copos de nieve contra el rostro. El frío era tan intenso que Sam se sintió desnudo. Buscó las antorchas con los ojos, pero todas, hasta la última, habían desaparecido. Solo quedaba la que llevaba Grenn, con unas llamas que eran como velos anaranjados. A través de ellos se veía la oscuridad que había más allá.

«Pronto se apagará esta antorcha —pensó—, y estamos solos, sin comida, sin amigos, sin fuego...»

Pero se equivocaba. No estaban solos.

Las ramas más bajas del gran centinela verde dejaron caer su carga de nieve. Grenn se giró y blandió la antorcha.

—¿Quién anda ahí?

Una cabeza de caballo surgió de la oscuridad. Sam sintió una oleada de alivio hasta que vio al animal. La escarcha lo cubría como una película de sudor congelado, y del vientre abierto le salía un nido rígido de entrañas negras. Lo montaba un jinete pálido como el hielo. A Sam se le escapó un sonido gimoteante de lo más hondo de la garganta. Sentía tanto miedo que se habría vuelto a mear encima, pero tenía el frío dentro, un frío tan cruel que le había helado la vejiga. El Otro desmontó con un movimiento grácil y se quedó de pie en la nieve. Era esbelto como la hoja de una espada y tenía la piel de un blanco lechoso. La superficie de su armadura se ondulaba y cambiaba cuando se movía, y sus pies no hollaban la capa de nieve recién caída.

Paul el Pequeño echó mano al hacha de mango largo que llevaba a la espalda.

—¿Por qué le has hecho daño a ese caballo? Era de Mawney.

Sam buscó a tientas la empuñadura de su espada, pero la vaina estaba vacía. Demasiado tarde, recordó que la había perdido en el Puño.

—¡Vete! —Grenn se adelantó un paso mientras blandía la antorcha ante él—. ¡Vete o te quemo!

Lanzó una estocada con la antorcha. La espada del Otro brillaba con un mortecino resplandor azulado. Avanzó hacia Grenn con la velocidad de un relámpago. Cuando la espada de hielo azul chocó contra las llamas, un chillido estridente perforó como una aguja los oídos de Sam. La parte superior de la antorcha salió volando y fue a caer sobre la nieve, donde el fuego se apagó al instante. Todo lo que le quedaba a Grenn era un trozo de madera. Lo lanzó contra el Otro con una maldición, al tiempo que Paul el Pequeño atacaba con el hacha.

El miedo que invadió a Sam era el peor que había sentido en toda su vida, y Samwell Tarly conocía todos los tipos de miedo.

—Madre, ten piedad —sollozó. Había olvidado a los antiguos dioses en medio del terror—. Padre, protégeme... Oh...

Sus dedos encontraron el puñal que llevaba y se cerraron en torno a la empuñadura.

Los espectros eran lentos y torpes, pero el Otro era ligero como la nieve llevada por el viento. Esquivó con fluidez el hachazo de Paul, con la armadura siempre ondulante, describió un arco con la espada de cristal y la clavó entre los aros de hierro de la cota de malla del hombre, atravesando el cuero, la lana, la carne y el hueso. Le salió por la espalda con un siseo aterrador, y Sam oyó la exclamación de Paul cuando perdió el hacha. El hombretón, empalado y con la sangre humeando en la espada, trató de alcanzar a su asesino con las manos, y casi lo logró antes de caer. Su peso arrancó la extraña espada de la mano del Otro.

«Ya, ataca ya, deja de llorar y lucha, mocoso. Lucha, cobarde.» La voz que oía era la de su padre, era la de Alliser Thorne, la de su hermano Dickon y la de Rast. «Cobarde, cobarde, cobarde.» Soltó una carcajada histérica; se preguntó si lo convertirían en un espectro, un espectro grande, gordo y blancuzco, que siempre se tropezaba con sus pies muertos. «Ataca, Sam. —¿Era aquella la voz de Jon? Jon estaba muerto—. Tú puedes, tú puedes, ataca.» Y de pronto se encontró precipitándose hacia delante. En realidad, más que correr lo que hacía era caer, con los ojos cerrados y agitando el puñal a ciegas con las dos manos. Oyó un crujido, como el ruido que hace el hielo al romperse bajo una bota, y a continuación, un chillido tan agudo y penetrante que lo hizo retroceder tambaleante, con las manos en los oídos, hasta que cayó de culo.

Cuando abrió los ojos, la armadura del Otro se deslizaba por las piernas del ser como un riachuelo, mientras una sangre color azul claro siseaba y humeaba en torno al puñal de vidriagón que tenía clavado en el cuello. El Otro se llevó las manos blancas como la nieve hacia la herida para tratar de arrancárselo, pero cuando los dedos rozaron la obsidiana, empezaron a humear.

Sam rodó de costado, con los ojos abiertos de par en par, mientras el Otro se deshacía en un charco, se disolvía... En unos momentos desapareció toda la carne: se había evaporado en jirones de tenue neblina blanca. Debajo había huesos como el vidriolechoso, claros y brillantes, que también se estaban disolviendo. Por último solo quedó el puñal de vidriagón, envuelto en un sudario de vaho, como si estuviera vivo y sudoroso. Grenn se inclinó para recogerlo, pero al momento lo volvió a soltar.

—¡Madre, qué frío está!

—Es obsidiana. —Sam se puso trabajosamente en pie—. También la llaman vidriagón. Vidriagón. Vidrio de dragón. —Soltó una risita, luego un sollozo, y se dobló por la cintura para vomitar su valor sobre la nieve.

Grenn ayudó a Sam a ponerse en pie, le buscó el pulso a Paul el Pequeño, le cerró los ojos, y por último tocó otra vez el puñal. En aquella ocasión pudo cogerlo.

—Quédatelo —dijo Sam—. Tú no eres un cobarde como yo.

—Tan cobarde que has matado al Otro. —Grenn señaló con el cuchillo—. Mira allí, entre los árboles. Hay luz rosada. Amanece, Sam, amanece. Aquello debe de ser el este. Si vamos en aquella dirección alcanzaremos a Mormont.

—Si tú lo dices... —Dio una patada a un árbol con la bota izquierda para sacudirse la nieve, y luego con la derecha—. Lo intentaré. —Con una mueca de dolor, dio un paso—. Lo intentaré, de verdad.

Y luego dio otro.

Tyrion

La cadena de eslabones en forma de manos de Lord Tywin centelleaba, dorada, sobre el terciopelo granate oscuro de su túnica. Los señores Tyrell, Redwyne y Rowan se reunieron en torno a él cuando entró. Los saludó por turno, habló un momento en voz baja con Varys, besó el anillo del Septón Supremo y la mejilla de Cersei, estrechó la mano del Gran Maestre Pycelle y ocupó el asiento del rey en el lugar de honor de la mesa larga, entre su hija y su hermano.

Tyrion había exigido el antiguo asiento de Pycelle, al otro extremo de la mesa, y se había apuntalado entre cojines para poder ver a todos los reunidos. El despojado Pycelle se había situado junto a Cersei, tan lejos del enano como le fue posible sin ocupar el asiento del rey. El Gran Maestre parecía un esqueleto; caminaba tembloroso arrastrando los pies y tenía que apoyarse en un bastón retorcido. En lugar de la otrora frondosa barba blanca, apenas unos cuantos pelos canosos le salían del largo cuello de pollo. Tyrion lo miró sin asomo de remordimiento.

Los demás tuvieron que repartirse el resto de los asientos: Lord Mace Tyrell, un hombre recio y robusto con cabello castaño rizado y una barbita en forma de pica en la que se veían abundantes canas; Paxter Redwyne del Rejo, flaco y encorvado, con unos mechones de pelo naranja alrededor de la cabeza calva; Mathis Rowan, señor de Sotodeoro, afeitado, grueso y sudoroso; el Septón Supremo, un hombrecillo frágil con una escasa barbita blanca.

«Demasiadas caras nuevas —pensó Tyrion—. Demasiados jugadores nuevos. Mientras me pudría en la cama, el juego ha cambiado, y nadie me va a explicar las reglas.»

Oh, sin duda, los señores se habían mostrado sumamente corteses, aunque notaba que les incomodaba mirarlo.

—Aquella idea vuestra de la cadena fue de lo más ingenioso —le había dicho Mace Tyrell en tono jovial.

—Desde luego —asintió Lord Redwyne en tono igual de jovial—, desde luego, mi señor de Altojardín habla en nombre de todos.

«Pues contádselo a los habitantes de esta ciudad —pensó Tyrion con amargura—. Decídselo a esos cabrones de los bardos, con sus canciones sobre el fantasma de Renly.»

Su tío Kevan era el que más amable se había mostrado; llegó incluso a darle un beso en la mejilla.

—Lancel me ha dicho lo valiente que fuiste, Tyrion —dijo—. Cuenta cosas maravillosas de ti.

«Más le vale, o yo empezaré a contar algunas cosas sobre él.»

—Mi querido primo es demasiado generoso —dijo, forzando una sonrisa—. Espero que su herida esté mejorando.

—Unos días parece más fuerte, y otros... —Ser Kevan frunció el ceño—. Estamos muy preocupados. Tu hermana lo visita a menudo para levantarle la moral y para rezar por él.

«Sí, pero ¿reza pidiendo que viva o que muera?» Cersei había utilizado a su primo sin el menor pudor, tanto dentro como fuera de la cama; sin duda, esperaba que Lancel se llevara el secreto a la tumba, dado que ya tenía allí a su padre y no necesitaba al muchacho. «Pero ¿iría tan lejos como para asesinarlo?» Al verla aquel día, nadie habría imaginado que Cersei era capaz de semejante crueldad. Era toda encanto; coqueteaba con Lord Tyrell mientras hablaban del festín de bodas de Joffrey, dedicaba cumplidos a Lord Redwyne por el heroísmo de sus hijos gemelos, dulcificaba al hosco Lord Rowan con bromas y sonrisas, y se mostraba recatada y piadosa al dirigirse al Septón Supremo.

—¿Empezamos por los preparativos de la boda? —preguntó Cersei cuando Lord Tywin ocupó el asiento.

—No —replicó su padre—. Por la guerra. Varys.

—Tengo noticias deliciosas para vosotros, mis señores. —El eunuco les dedicó una sonrisa sedosa—. Ayer, de madrugada, nuestro valiente Lord Randyll alcanzó a Robett Glover en las afueras del Valle Oscuro y lo acorraló contra el mar. Hubo muchas pérdidas en ambos bandos, pero al final vencieron nuestros leales. Según los informes, Helman Tallhart ha muerto, junto con otro millar de hombres. Robett Glover encabeza la huida de los supervivientes hacia Harrenhal, sin imaginar que por el camino se encontrará con el valeroso Ser Gregor y los suyos.

—¡Loados sean los dioses! —exclamó Paxter Redwyne—. ¡Una gran victoria para el rey Joffrey!

«¿Qué habrá tenido que ver Joffrey con esto?», pensó Tyrion.

—Y una derrota terrible para el norte, no cabe duda —señaló Meñique—. Pero Robb Stark no ha tomado parte en ella. El Joven Lobo sigue sin haber sido vencido en el campo de batalla.

—¿Qué sabemos de los planes y movimientos de Stark? —preguntó Mathis Rowan, siempre brusco y al grano.

—Ha abandonado los castillos que había tomado en el oeste y ha vuelto a Aguasdulces con su botín—anunció Lord Tywin—. Nuestro primo Ser Daven está reagrupando los restos del ejército de su difunto padre en Lannisport. Cuando esté preparado, se unirá a Ser Forley Prester en el Colmillo Dorado. En cuanto el joven Stark emprenda la marcha hacia el norte, Ser Forley y Ser Daven caerán sobre Aguasdulces.

—¿Estáis seguro de que Lord Stark planea partir hacia el norte? —quiso saber Lord Rowan—. ¿A pesar de que los hombres del hierro están en Foso Cailin?

—¿Hay mayor sinsentido que un rey sin reino? —preguntó Mace Tyrell, tomando la palabra—. No, es evidente: el chico tiene que abandonar las tierras de los ríos, volverá a unir sus fuerzas con Roose Bolton y lanzará todo su ejército contra Foso Cailin. Es lo que haría yo en su lugar.

Tyrion tuvo que morderse la lengua para no decir nada. Robb Stark había ganado más batallas en un año que el señor de Altojardín en veinte. La reputación de Tyrell se basaba en una victoria nada decisiva sobre Robert Baratheon en Vado Ceniza, en una batalla que, en realidad, había ganado la vanguardia de Lord Tarly antes de que el grueso del ejército tuviera siquiera tiempo de llegar. El asedio de Bastión de Tormentas, en el que Mace Tyrell estaba de verdad al mando, duró más de un año sin resultado ninguno y, después de los combates del Tridente, el señor de Altojardín rindió su estandarte con docilidad ante Eddard Stark.

—Debería escribirle una carta a Robb Stark y ponerme firme con él —estaba diciendo Meñique—. Tengo entendido que su hombre, Bolton, tiene a las cabras en mis salones. No me parece nada bien.

Ser Kevan Lannister carraspeó para aclararse la garganta.

—Ya que hablamos de los Stark, Balon Greyjoy, que ahora se hace llamar Rey de las Islas y del Norte, nos ha escrito para ofrecernos las condiciones de una posible alianza.

—Lo que debería ofrecernos es lealtad —restalló Cersei— ¿Con qué derecho osa nombrarse rey?

—Por derecho de conquista —replicó Lord Tywin—. El rey Balon ha cerrado sus dedos en torno al Cuello. Los herederos de Robb Stark han muerto; Invernalia ha caído, y los hombres del hierro tienen Foso Cailin, Bosquespeso y buena parte de la Costa Pedregosa. Los barcos del rey Balon controlan el mar del Ocaso, y están bien situados para amenazar Lannisport, Isla Bella y hasta Altojardín, en caso de que los provocáramos.

—¿Y si aceptáramos su alianza? —inquirió Lord Mathis Rowan—. ¿Qué nos propone?

—Quiere que lo reconozcamos como rey y le otorguemos todos los territorios situados al norte del Cuello.

—¿Y qué hay al norte del Cuello que le pueda interesar a un hombre en su sano juicio? —Lord Redwyne se echó a reír—. Si Greyjoy quiere cambiar espadas y velas por piedras y nieve, propongo que aceptemos; nos podemos considerar afortunados.

—Cierto —asintió Mace Tyrell—. Es lo mismo que haría yo. Que el rey Balon acabe con los norteños mientras nosotros acabamos con Stannis.

—También hay que ocuparse de Lysa Arryn —dijo Lord Tywin. Su rostro no dejaba traslucir sus sentimientos—. La viuda de Jon Arryn, hija de Hoster Tully, hermana de Catelyn Stark... cuyo esposo conspiraba con Stannis Baratheon en el momento de su muerte.

—Bah —replicó Mace Tyrell con tono desenfadado—, las mujeres no tienen agallas para la guerra. Que se quede donde está; no representa ningún problema para nosotros.

—Estoy de acuerdo —dijo Redwyne—. Lady Lysa no ha tomado partido en la guerra, ni ha cometido ningún acto manifiesto de traición.

—Me arrojó a una celda y me juzgó pidiendo la pena de muerte —señaló con cierto rencor Tyrion, moviéndose en la silla—. No ha regresado a Desembarco del Rey para jurar lealtad a Joff, como se le ordenó. Mis señores, dadme los hombres necesarios y yo me encargaré de Lysa Arryn.

No había nada que le apeteciera más, excepto quizá estrangular a Cersei. En ocasiones, todavía tenía pesadillas con las celdas del cielo del Nido de Águilas y se despertaba empapado en un sudor frío.

La sonrisa de Mace Tyrell era jovial, pero Tyrion percibió el desprecio que subyacía.

—Será mejor que dejéis la guerra para los guerreros —dijo el señor de Altojardín—. Hombres mejores que vos han perdido grandes ejércitos en las Montañas de la Luna, o los han estrellado contra la Puerta de la Sangre. Ya conocemos vuestra valía, mi señor, no hace falta que sigáis tentando al destino.

Tyrion saltó de los cojines, rabioso, pero su padre intervino antes de que pudiera decir nada.

—Tengo preparadas otras misiones para Tyrion. Creo que tal vez Lord Petyr tenga la llave del Nido de Águilas.

—Desde luego —respondió Meñique—. La tengo aquí, entre las piernas. —Sus ojos color gris verdoso brillaban de malicia—. Mis señores, con vuestro permiso, tengo intención de viajar al Valle y conquistar a Lady Lysa Arryn. Una vez sea su consorte, os entregaré el Valle de Arryn sin que se haya derramado ni una gota de sangre.

—¿Creéis que Lady Lysa os aceptará? —Lord Rowan no parecía muy seguro.

—Ya me ha aceptado unas cuantas veces, Lord Mathis, y hasta el momento no he tenido ninguna queja.

—Acostarse con un hombre no es lo mismo que casarse con él —dijo Cersei—. Hasta una estúpida como Lysa Arryn puede ver la diferencia.

—No me cabe duda. No sería posible que una hija de Aguasdulces se casara con alguien tan inferior a ella. —Meñique mostró las palmas de las manos—. Pero claro... un matrimonio entre la Señora del Nido de Águilas y el señor de Harrenhal no es tan inimaginable, ¿verdad?

Tyrion advirtió la mirada que se intercambiaron Paxter Redwyne y Mace Tyrell.

—Puede que dé resultado —dijo Lord Rowan—. Siempre y cuando estéis seguro de que esa mujer le será leal al Rey.

—Mis señores —intervino el Septón Supremo—, el otoño se cierne sobre nosotros, y todos los hombres de buen corazón están cansados de guerras. Si Lord Baelish puede devolver el Valle a la paz del rey sin más derramamiento de sangre, sin duda los dioses lo bendecirán.

—La clave está en si puede —dijo Lord Redwyne—. El hijo de Jon Arryn, Lord Robert, es ahora el señor del Nido de Águilas.

—No es más que un niño —señaló Meñique—. Me encargaré de que crezca como el más leal súbdito de Joffrey y como fiel amigo de todos nosotros.

Tyrion examinó atentamente al hombre esbelto de la barba puntiaguda y los irreverentes ojos gris verdoso.

«¿Señor de Harrenhal, un título vacío? Y una mierda, Padre. Aunque jamás en la vida pusiera el pie en el castillo, ya la condición posibilita este compromiso, y eso lo ha sabido desde el principio.»

—No nos faltan enemigos —dijo Kevan Lannister—. Si podemos mantener el Nido de Águilas al margen de la guerra, mejor que mejor. Estoy deseando ver los logros de Lord Petyr.

Tyrion sabía por experiencia que Ser Kevan era la vanguardia de su hermano en el Consejo. Jamás tenía una idea que a Lord Tywin no se le hubiera ocurrido antes.

«Todo esto estaba ya acordado de antemano —dedujo—, y la discusión no es más que una puesta en escena.»

Las ovejas balaban sus asentimientos, sin saber con cuánta destreza las habían esquilado, de manera que a Tyrion le correspondía poner objeciones.

—¿Cómo pagará la corona sus deudas sin Lord Petyr? Él es nuestro mago de las monedas y no hay nadie capaz de sustituirlo.

—Mi menudo amigo es demasiado bondadoso —dijo Meñique sonriendo—. Como solía decir el rey Robert, yo lo único que hago es contar calderilla. Cualquier comerciante avispado lo haría igual de bien... Y un Lannister, bendecido con el toque dorado de Roca Casterly, sin duda me superará con creces.

—¿Un Lannister? —Aquello le dio mala espina a Tyrion.

—Creo que estás muy bien dotado para esa tarea. —Los ojos con motas doradas de Lord Tywin estaban clavados en los dispares de su hijo.

—¡Sin duda! —apoyó Ser Kevan con entusiasmo—. No me cabe duda de que serás un consejero de la moneda excepcional, Tyrion.

—Si Lysa Arryn os acepta como esposo —dijo Lord Tywin girándose hacia Meñique— y vuelve a la paz del rey, restituiremos a Lord Robert el honor de Guardián del Oriente. ¿Cuándo podríais poneros en marcha?

—Mañana al amanecer, si los vientos son propicios. Hay una galera de Braavos, anclada al otro lado de la cadena; los botes la están cargando. La *Rey Pescadilla.* Le pediré un camarote a su capitán.

—Os perderéis la boda del Rey —señaló Mace Tyrell.

—Las mareas y las novias no esperan a nadie, mi señor. —Petyr Baelish se encogió de hombros—. Una vez comiencen las tormentas otoñales, el viaje será mucho más peligroso. Si me ahogo, mi encanto como prometido potencial se verá seriamente mermado.

—Cierto —dijo Lord Tyrell con una risita—. Será mejor que no os demoréis.

—Que los dioses os proporcionen vientos favorables —le deseó el Septón Supremo—. Todo Desembarco del Rey rezará para que vuestra misión tenga éxito.

—¿Podemos volver al tema de la alianza con Greyjoy? —preguntó Lord Redwyne dándose golpecitos en la nariz—. En mi opinión tiene muchos aspectos favorables. Los barcos de Greyjoy, una vez sumados a mi flota, nos darían fuerza naval suficiente para atacar Rocadragón y poner fin a las pretensiones de Stannis Baratheon.

—Por el momento los barcos del rey Balon están ocupados —dijo Lord Tywin con educación—. Igual que nosotros. Greyjoy exige la mitad del reino como pago por su alianza, pero ¿qué hará para ganársela? ¿Luchar contra los Stark? Eso ya lo está haciendo. ¿Por qué vamos a pagar a cambio de algo que nos ha entregado sin ningún coste? En mi opinión, con respecto a nuestro señor de Pyke, lo mejor que podemos hacer es... no hacer nada. Tiempo al tiempo; se nos presentará una opción mejor, que no exija que el Rey ceda la mitad de su reino.

Tyrion miró a su padre con atención. Recordó las importantes cartas que había estado escribiendo Lord Tywin la noche en que Tyrion le exigió Roca Casterly. «¿Qué me dijo en aquella ocasión? Que unas batallas se ganan con lanzas y espadas, y otras, con plumas y cuervos.» Se preguntó cuál sería la «opción mejor», y qué precio tendría.

—Deberíamos tratar ya el asunto de la boda —dijo Ser Kevan.

El Septón Supremo habló de los preparativos que se estaban llevando a cabo en el Gran Septo de Baelor, y Cersei detalló los planes que tenía para el banquete. Habría un millar de comensales en el salón del trono, pero también muchísimos más en los patios. Los intermedios y los exteriores se cubrirían con carpas de seda, y habría mesas con comida y barriles de cerveza para todos los que no cupieran en el interior.

—Alteza, ahora que habláis del número de invitados —intervino el Gran Maestre Pycelle—, nos ha llegado un cuervo de Lanza del Sol. En estos momentos, trescientos dornienses cabalgan en dirección a Desembarco del Rey y esperan llegar antes de la boda.

—¿Cómo es eso? —preguntó Mace Tyrell en tono seco—. No han solicitado permiso para cruzar mis tierras.

Tyrion advirtió que se le había enrojecido el grueso cuello. Los de Dorne y los de Altojardín no se habían tenido nunca en gran estima. A lo largo de los siglos se habían enfrentado en guerras infinitas por asuntos fronterizos, e incluso en tiempos de paz tenían escaramuzas en las montañas. La enemistad se había aplacado un poco después de que Dorne pasara a formar parte de los Siete Reinos... Hasta que el príncipe de Dorne al que llamaban Víbora Roja dejó tullido en un torneo al joven heredero de Altojardín.

«Esto puede ser espinoso», pensó el enano, a la expectativa del enfoque que le fuera a dar su padre.

—El príncipe Doran viene invitado por mi hijo —dijo Lord Tywin con calma—, no solo para acompañarnos en la celebración, sino también para ocupar su asiento en este Consejo, así como la justicia que Robert le negó por el asesinato de su hermana Elia y los hijos de esta.

Tyrion observó los rostros de los señores Tyrell, Redwyne y Rowan, preguntándose si alguno de los tres tendría el valor de decir: «Pero, Lord Tywin, ¿no fuisteis vos mismo quien le entregó los cadáveres a Robert, por cierto, envueltos en capas Lannister?». Ninguno de los tres lo hizo, pero sus rostros los delataban. «A Redwyne le importa un pimiento —pensó—, pero Rowan parece a punto de vomitar.»

—Cuando el Rey esté casado con vuestra Margaery, y Myrcella con el príncipe Trystane, todos seremos de la misma Casa —le recordó Ser Kevan a Mace Tyrell—. Las enemistades del pasado deben quedar ahí, en el pasado, ¿no creéis, mi señor?

—Estamos hablando de la boda de mi hija...

—Y de la de mi nieto —lo interrumpió Lord Tywin con firmeza—. Estaréis de acuerdo en que aquí no tienen cabida las viejas rencillas.

—No tengo ningún asunto pendiente con Doran Martell —insistió Lord Tyrell, aunque de muy mala gana—. Si quiere cruzar el Dominio en paz, solo tiene que pedirme permiso.

«Eso no te lo crees ni tú —pensó Tyrion—. Subirá el Sendahueso, girará al este cerca de Refugio Estival, y vendrá por el camino Real.»

—Trescientos dornienses no tienen por qué alterar nuestros planes —dijo Cersei—. Podemos dar de comer a los soldados en el patio, meteremos unos cuantos bancos más en la sala del trono para los señores menores y los caballeros de noble cuna, y le buscaremos un puesto de honor al príncipe Doran en el estrado.

«Más vale que no sea a mi lado», leyó Tyrion en los ojos de Mace Tyrell. Pero la única réplica del señor de Altojardín fue un gesto de asentimiento brusco.

—Vamos a pasar a un tema mucho más grato —dijo Lord Tywin—. Hay que dividir los frutos de la victoria.

—¿Habrá algo más dulce? —preguntó Meñique, que ya había devorado Harrenhal, su parte del pastel.

Cada señor tenía sus exigencias: este castillo y aquella aldea, parcelas, un río, un bosque, la custodia de ciertos niños que habían perdido a sus padres en la batalla... Por fortuna, los frutos eran abundantes, y había huérfanos y castillos para todos. Varys tenía listas. Cuarenta y siete señores menores y seiscientos diecinueve caballeros habían perdido la vida bajo el amparo del corazón llameante de Stannis y su Señor de la Luz, junto con varios miles de soldados de baja cuna. Como todos eran traidores, sus herederos fueron desposeídos, y sus tierras y castillos pasaron a manos de los que se habían mostrado leales.

Altojardín se llevó lo más granado de la cosecha. Tyrion observó el amplio vientre de Mace Tyrell. «Este hombre tiene un apetito insaciable», pensó. Tyrell exigió las tierras y castillos de Lord Alester Florent, su propio vasallo, que había tenido el mal criterio de apoyar primero a Renly y luego a Stannis. Lord Tywin satisfizo su demanda de buena gana. La fortaleza de Aguasclaras, junto con todas sus tierras y rentas, pasó a manos del segundo hijo de Lord Tyrell, Ser Garlan, que se convirtió en un gran señor en un abrir y cerrar de ojos. Por supuesto, su hermano mayor heredaría el propio Altojardín.

Se le otorgaron parcelas de menor importancia a Lord Rowan y se reservaron otras para Lord Tarly, Lady Oakheart, Lord Hightower y otras personalidades ausentes de la sala. Lord Redwyne pidió solo una exención de treinta años de los impuestos que Meñique y sus agentes vinícolas habían cargado sobre las mejores cosechas del Rejo. Cuando le fue concedida, se declaró satisfecho y sugirió que mandaran a buscar un barril de vino dorado del Rejo, para brindar por el buen rey Joffrey y su sabia y benévola Mano. Aquello fue lo que colmó la paciencia de Cersei.

—Lo que Joff necesita son espadas, no brindis —restalló—. Su reino sigue plagado de aspirantes a usurpadores y falsos reyes.

—No por mucho tiempo, no por mucho tiempo —dijo Varys con voz melosa.

—Quedan unos cuantos puntos más, mis señores. —Ser Kevan consultó sus notas—. Ser Addam ha encontrado cristales de la corona del Septón Supremo. Ya es seguro que los ladrones los arrancaron y fundieron el oro.

—Nuestro Padre, en las alturas —dijo el Septón con tono devoto—, sabe quiénes son los culpables y los juzgará por ello.

—No me cabe duda —dijo Lord Tywin—. Pero aun así tenéis que lucir una corona en la boda del Rey. Cersei, convoca a tus orfebres; hay que hacer una nueva. —No aguardó la respuesta de su hija, sino que se volvió hacia Varys—. ¿Tenéis informes?

—Se ha divisado un kraken cerca de los Dedos —dijo sacándose un pergamino de la manga. Dejó escapar una risita—. No un Greyjoy, no; un kraken de verdad. Atacó un ballenero de Ibb y lo hundió. Hay combates en los Peldaños de Piedra, y parece probable que empiece una nueva guerra entre Tyrosh y Lys. Ambos bandos pretenden aliarse con Myr. Marineros procedentes del mar de Jade informan de que un dragón de tres cabezas ha anidado en Qarth, y es el asombro de la ciudad...

—No me interesan los krákens ni los dragones, tengan las cabezas que tengan —interrumpió Lord Tywin—. ¿Por casualidad han encontrado vuestros informadores alguna pista del hijo de mi hermano?

—Por desgracia —dijo Varys, que parecía a punto de echarse a llorar—, nuestro amado Tyrek, ese pobre y valiente joven, ha desaparecido.

—Tywin —intervino Ser Kevan antes de que Lord Tywin tuviera ocasión de poner de manifiesto su evidente insatisfacción—, algunos capas doradas que desertaron durante la batalla han vuelto a los barracones; creen que pueden reincorporarse. Ser Addam quiere saber qué debe hacer con ellos.

—Su cobardía puso en peligro la vida de Joff —saltó Cersei al instante—. Quiero que los ajusticien.

—Sin duda merecen la muerte, Alteza —suspiró Varys—; eso nadie lo puede negar. Pero, de todos modos, tal vez lo mejor sería enviarlos a servir en la Guardia de la Noche. En los últimos tiempos hemos recibido mensajes muy preocupantes procedentes del Muro. Hay movimiento entre los salvajes...

—Salvajes, krákens y dragones. —Mace Tyrell soltó una risita—. ¿Queda alguien que no se esté moviendo?

—Los desertores nos servirán para dar una lección —dijo Lord Tywin, haciendo caso omiso del comentario—. Que les rompan las rodillas a martillazos. No volverán a salir huyendo. Tampoco lo hará ningún hombre que los vea mendigar por las calles. —Recorrió con la mirada a los presentes, para ver si alguno de los otros señores se mostraba en desacuerdo.

Tyrion recordó su visita al Muro, y los cangrejos que había compartido con el anciano Lord Mormont y sus oficiales. Recordó también los temores del Viejo Oso.

—A lo mejor podríamos romperles las rodillas a unos cuantos para dejar clara nuestra postura. A los que mataron a Ser Jacelyn, por ejemplo. A los demás se los podríamos enviar a Marsh. La Guardia está muy mermada, y si el Muro cayera...

—Los salvajes invadirían el norte —terminó su padre—, y los Stark y los Greyjoy tendrán otro enemigo que combatir. Por lo visto, ya no quieren estar sometidos al Trono de Hierro, así que ¿con qué derecho piden nuestra ayuda? Tanto el rey Robb como el rey Balon quieren el norte. Muy bien, pues que lo defiendan si pueden. Y si no, tal vez ese Mance Rayder resulte útil como aliado. —Lord Tywin miró a su hermano—. ¿Alguna cosa más?

—Hemos terminado —dijo Ser Kevan con un gesto de negación—. Mis señores, sin duda, Su Alteza el rey Joffrey querría daros las gracias a todos por vuestra sabiduría y vuestros buenos consejos.

—Quiero hablar en privado con mis hijos —dijo Lord Tywin mientras los demás se levantaban para salir—. También contigo, Kevan.

Obedientes, los otros consejeros se despidieron y fueron saliendo, Varys en primer lugar, y Tyrell y Redwyne los últimos. Cuando en la sala solo quedaron los cuatro Lannister, Ser Kevan cerró la puerta.

—¿Consejero de la moneda? —dijo Tyrion con voz tensa—. ¿Podéis decirme a quién se le ha ocurrido semejante idea?

—A Lord Petyr —respondió su padre—, pero nos conviene tener el tesoro en manos de un Lannister. Has pedido que se te encomendara un trabajo importante. ¿Tienes miedo de no estar a la altura de esta tarea?

—No —replicó Tyrion—. Tengo miedo de que haya una trampa. Meñique es taimado y ambicioso. No confío en él. Tú tampoco deberías.

—Nos ha conseguido la alianza de Altojardín... —empezó Cersei.

—Sí, y a ti te entregó a Ned Stark, ya lo sé. Lo mismo le daría vendernos a nosotros. En malas manos, una moneda es tan peligrosa como una espada.

—Para nosotros, no. —Su tío Kevan lo miraba con gesto extraño—. El oro de Roca Casterly...

—No es más que estiércol en el suelo. El oro de Meñique brota del aire; solo tiene que chasquear los dedos.

—Una excelente habilidad —ronroneó Cersei con la dulce voz impregnada de malicia—, mucho más útil que cualquiera de las tuyas, mi querido hermano.

—Meñique es un mentiroso...

—Eres negro, le dijo el cuervo al grajo.

—¡Basta ya! —exclamó Lord Tywin dando un palmetazo sobre la mesa—. No quiero oír ni una discusión más. Los dos sois Lannisters; comportaos como tales.

Ser Kevan carraspeó para aclararse la garganta.

—Prefiero ver a Petyr Baelish al frente del Nido de Águilas que a ningún otro de los pretendientes de Lady Lysa. Yohn Royce, Lyn Corbray, Horton Redfort... son hombres peligrosos, cada uno a su manera. Y también orgullosos. Puede que Meñique sea astuto, pero no es de noble cuna, ni diestro con las armas. Los señores del Valle no lo aceptarán. —Miró a su hermano. Al ver que Lord Tywin asentía, siguió hablando—. Además, Lord Petyr nos ha demostrado su lealtad una y otra vez. Ayer mismo nos trajo la nueva de un complot para llevar a Sansa Stark a Altojardín para una «visita», y una vez allí, casarla con Willas, el hijo mayor de Lord Mace.

—¿Que Meñique trajo la noticia? —Tyrion se inclinó sobre la mesa—. ¿No fue el consejero de los rumores? Qué interesante.

—Sansa es mi rehén. —Cersei miraba a su tío incrédula—. No irá a ninguna parte sin mi consentimiento.

—Consentimiento que te verás obligada a otorgar si Lord Tyrell te lo solicita —señaló su padre—. Negárselo sería lo mismo que declarar que no confiamos en él. Lo tomaría como una ofensa.

—Pues que lo tome. ¿A nosotros qué nos importa?

«Estúpida de mierda», pensó Tyrion.

—Querida hermana —explicó con paciencia—, si ofendes a Tyrell ofendes también a Redwyne, a Tarly, a Rowan y a Hightower, y quizá empiecen a preguntarse si Robb Stark no sería más receptivo a sus deseos.

—No permitiré que la rosa y el huargo compartan la cama —declaró Lord Tywin—. Tenemos que anticiparnos a él.

—¿Cómo? —preguntó Cersei.

—Mediante matrimonios. Para empezar, el tuyo.

Fue tan repentino que Cersei se quedó helada un instante. Luego, sus mejillas enrojecieron como si la hubieran abofeteado.

—No. Otra vez no. Me niego.

—Alteza —dijo Ser Kevan con toda cortesía—, sois una mujer joven, todavía hermosa y fértil. Sin duda, no querréis pasaros el resto de la vida sola. Además, un nuevo matrimonio pondría fin de una vez por todas a esas habladurías sobre incestos.

—Mientras sigas sin casarte, darás pie a que Stannis siga difundiendo esos rumores repugnantes —le dijo Lord Tywin a su hija—. Debes aceptar en tu lecho a un nuevo marido, y engendrar más hijos.

—¡Tres hijos son más que suficientes! ¡Soy la reina de los Siete Reinos, no una yegua a la que haya que aparear! ¡Soy la reina regente!

—Eres mi hija, y harás lo que te ordene.

—No me quedaré aquí sentada escuchando... —dijo Cersei poniéndose en pie.

—Te quedarás —dijo Lord Tywin con tranquilidad—, si es que quieres dar tu opinión sobre quién será tu marido.

Cuando la vio titubear un instante y volver a sentarse, Tyrion supo que estaba derrotada, pese a su declaración.

—¡Me niego a volver a casarme!

—Te casarás y tendrás hijos. Cada hijo que engendres dejará por mentiroso a Stannis. —Los ojos de su padre parecían tener el poder de clavarla en la silla—. Mace Tyrell, Paxter Redwyne y Doran Martell están casados con mujeres más jóvenes que ellos y que, probablemente, los sobrevivirán. La esposa de Balon Greyjoy es anciana y frágil, pero un matrimonio así nos comprometería a una alianza con las Islas del Hierro, y todavía no sé si es lo que más nos conviene.

—No —dijo Cersei, sin apenas mover los labios blancos—. No, no, no.

Tyrion casi no podía ocultar la sonrisa que le afloraba al rostro ante la sola idea de enviar a su hermana a Pyke.

«Justo cuando iba a dejar de rezar, algún dios bondadoso me hace este regalo.»

—Oberyn Martell sería un buen partido, pero los Tyrell se lo tomarían como un insulto —siguió Lord Tywin—. Así que tenemos que tener en cuenta a los hijos. ¿Puedo dar por supuesto que no te opones a casarte con un hombre más joven que tú?

—Me opongo a casarme con ningún...

—He tenido en cuenta a los gemelos Redwyne, a Theon Greyjoy, a Quentyn Martell y a muchos otros. Pero nuestra alianza con Altojardín fue la espada que derribó a Stannis. Hay que templarla y fortalecerla. Ser Loras ha vestido el blanco, y Ser Garlan está casado con una Fossoway, pero queda el hijo mayor, el muchacho al que planean casar con Sansa Stark.

«Willas Tyrell.» Tyrion sentía un perverso placer ante la furia impotente de Cersei.

—¿Te refieres al tullido? —señaló.

Su padre lo paralizó con una mirada.

—Willas es el heredero de Altojardín y, según todos los informes, se trata de un joven plácido y cortés, aficionado a leer libros y a contemplar las estrellas. Su pasión es la cría de animales, y posee los mejores sabuesos, halcones y caballos de los Siete Reinos.

«La pareja ideal —rio Tyrion para sus adentros—. Cersei también es una apasionada de la cría.» Compadecía al pobre Willas, y no sabía si reírse de su hermana o llorar por ella.

—El heredero de los Tyrell es el perfecto para mí —concluyó Lord Tywin—, pero si prefieres a otro, escucharé tus motivos.

—Es muy amable por tu parte, Padre —replicó Cersei con cortesía gélida—. La elección que me planteas es difícil. ¿Con quién es mejor que me acueste? ¿Con el viejo pulpo o con el tullido chico de los perros? Tendré que pensármelo unos días. ¿Me das tu permiso para retirarme?

«Tú eres la reina —le habría gustado decir a Tyrion—; el que te debería pedir permiso es él.»

—Te lo doy —respondió su padre—. Hablaremos de nuevo cuando hayas recuperado la compostura. Recuerda cuál es tu deber.

Cersei salió de la estancia caminando deprisa, rígida, rabiosa.

«Pero acabará por acatar la voluntad de nuestro padre. —Ya lo había hecho con Robert—. Aunque ahora hay que tener en cuenta a Jaime.» Su hermano era mucho más joven en el momento del primer matrimonio de Cersei; tal vez no accediera con tanta facilidad al segundo. El desdichado Willas Tyrell era el candidato ideal a contraer una letal enfermedad causada por una espada en las tripas, cosa que sin duda daría al traste con la alianza entre Altojardín y Roca Casterly. «Tendría que decir algo, pero ¿qué? ¿Algo como "Perdona, Padre, pero con quien Cersei quiere casarse es con nuestro hermano"?»

—Tyrion...

—Me ha parecido oír al heraldo llamándome a la liza. —Sonrió con aire resignado.

—Esa afición que tienes por las putas es tu debilidad —dijo Lord Tywin sin preámbulos—, pero puede que parte de la culpa me corresponda a mí. Como tienes la estatura de un niño, me resulta fácil olvidar que en realidad eres un adulto, con los bajos instintos de un hombre. Ya deberías haberte casado.

«Estuve casado, ¿no te acuerdas?» Tyrion retorció la boca, y el sonido que emitió estaba a medio camino entre una carcajada y un gruñido.

—¿Te resulta cómica la perspectiva de casarte?

—No, solo me estaba imaginando qué novio más guapo voy a resultar.

Tal vez una esposa fuera justo lo que necesitaba. Si le aportaba tierras y un castillo, aquello le proporcionaría un lugar en el mundo, lejos de la corte de Joffrey... y de Cersei, y de su padre.

Por otro lado estaba Shae.

«Esto no le va a hacer la menor gracia, por mucho que diga que se conforma con ser mi puta.»

Pero, desde luego, no era un asunto que plantearle a su padre, de manera que Tyrion se incorporó cuanto pudo en su asiento.

—Pretendes que me case con Sansa Stark —dijo—. Pero ¿no crees que los Tyrell se tomarán el compromiso como una afrenta, ya que tienen otros planes para esa niña?

—Lord Tyrell no sacará a colación el tema de la joven Stark hasta después de la boda de Joffrey. Si Sansa contrae matrimonio antes, ¿cómo se puede sentir afrentado? No nos había dado ningún indicio de sus intenciones.

—Así es —dijo Ser Kevan—. Y si persiste algún atisbo de resentimiento, se olvidará cuando ofrezcamos a Cersei para su Willas.

Tyrion se frotó los restos de la nariz. En ocasiones, la cicatriz reciente le picaba de manera insoportable.

—Su Alteza la pústula real ha hecho desgraciada a Sansa hasta límites horribles desde el día en que murió su padre, y ahora que por fin se ve libre de Joffrey, os proponéis casarla conmigo. Me parece de una crueldad inaudita. Incluso para ti, Padre.

—¿Por qué? ¿Tienes intención de maltratarla? —En la voz de su padre había más curiosidad que preocupación—. La felicidad de esa cría no es mi objetivo, ni tampoco debería ser el tuyo. En el sur, nuestras alianzas son tan sólidas como Roca Casterly, pero aún tenemos que ganar el norte, y la llave del norte es Sansa Stark.

—No es más que una niña.

—Tu hermana asegura que ya ha florecido, de modo que es una mujer, y se puede casar. Tienes que quitarle la virginidad, de modo que nadie pueda decir que el matrimonio no ha sido consumado. Después, si quieres esperar un año o dos antes de volver a acostarte con ella, estarás en tu derecho como esposo.

«Shae es la mujer a la que necesito ahora mismo —pensó—, y digas lo que digas, Sansa no es más que una niña.»

—Si tu objetivo es apartarla de los Tyrell, ¿por qué no se la devuelves a su madre? Tal vez eso convencería a Robb Stark para que se arrodillara ante el Rey.

—Si la envío a Aguasdulces —le espetó Lord Tywin con una mirada despectiva—, su madre la emparejará con un Blackwood o un Mallister para cimentar las alianzas de su hijo en el Tridente. Si la envío al norte, antes de un mes estará casada con algún Manderly o con un Umber. Pero aquí en la corte no es menos peligrosa, como ha demostrado este problema con los Tyrell. Se tiene que casar con un Lannister, cuanto antes.

—El hombre que se case con Sansa Stark tendrá derechos sobre Invernalia —intervino su tío Kevan—. ¿No se te había ocurrido?

—Si tú no te quieres casar con ella, se la ofreceré a cualquiera de tus primos —dijo su padre—. Kevan, ¿crees que Lancel tendrá fuerzas para casarse?

—Si llevamos a la niña junto a su lecho, podrá pronunciar el juramento... —Ser Kevan titubeó un instante—. Pero de consumarlo, ni hablar... No, propondría a uno de los gemelos, pero los Stark los tienen prisioneros en Aguasdulces. También tienen a Tion, el hijo de Genna, que sería otro posible candidato.

Tyrion dejó que siguieran con la comedia. Sabía que la estaban representando solo para él.

«Sansa Stark», caviló. Sansa, de palabras tan gentiles y de fragancia tan dulce, que adoraba las sedas, las canciones, la galantería y a los caballeros altos y gráciles de rostros hermosos. Se sintió como si estuviera de nuevo en el embarcadero, con el muelle meciéndose bajo sus pies.

—Me pediste que te recompensara por tu valor en la batalla —le recordó Lord Tywin con energía—. Esta es tu oportunidad, Tyrion, la mejor que vas a tener jamás. —Tamborileó con los dedos sobre la mesa, impaciente—. Hubo un tiempo en que quise casar a tu hermano con Lysa Tully, pero Aerys hizo a Jaime miembro de su Guardia Real antes de que llegáramos a un acuerdo. Cuando le propuse a Lord Hoster que Lysa se casara a cambio contigo, me replicó que quería a un hombre entero para su hija.

«De modo que la casó con Jon Arryn, que tenía edad para ser su abuelo.» Dado lo que había llegado a ser Lysa Arryn, Tyrion sentía más gratitud que rencor.

—Cuando te ofrecí a Dorne, me dijeron que la mera propuesta era un insulto —siguió Lord Tywin—. En los años siguientes recibí respuestas similares de Yohn Royce y Leyton Hightower. Acabé por caer tan bajo como para sugerir que aceptarías a la chica de la Casa Florent, la que Robert desvirgó en el lecho de bodas de su hermano. Pero su padre prefirió entregarla a uno de los caballeros de su propia Casa.

»Si no quieres a la joven Stark, te buscaré otra esposa. Sin duda, en algún lugar del reino habrá un señor menor que de buena gana entregaría a una hija para ganarse la amistad de Roca Casterly. La misma Lady Tanda nos ha ofrecido a Lollys...

Tyrion sintió un escalofrío.

—Antes me la corto y se la echo de comer a las cabras.

—Pues haz el favor de abrir los ojos. La pequeña Stark es joven, amable, de noble cuna y todavía virgen. No le faltan atractivos. ¿Por qué dudas?

«Eso, ¿por qué?»

—Manías mías. Aunque suene raro, preferiría una esposa que me deseara en la cama.

—Si crees que tus putas te desean en la cama es que eres aún más idiota de lo que pensaba —replicó Lord Tywin—. Me estás decepcionando, Tyrion. Yo creía que este compromiso te haría feliz.

—Sí, ya sabemos todos cuánto te importa mi felicidad, Padre. Pero hay una cosa que no entiendo. ¿Dices que es la llave del norte? Ahora, el norte está en poder de los Greyjoy, y el rey Balon tiene una hija. ¿Por qué Sansa Stark, y no ella?

Miró fijamente los fríos ojos de su padre, verdes con brillantes reflejos dorados. Lord Tywin entrelazó los dedos bajo la barbilla.

—Balon Greyjoy piensa como un saqueador, no como un rey. Dejemos que disfrute de una corona de otoño y que sufra un invierno del norte. Sus súbditos no lo tendrán en mucha estima. Cuando llegue la primavera, los norteños tendrán empacho de krákens. Cuando te presentes allí con el nieto de Eddard Stark para reclamar la herencia que le corresponde por derecho, tanto los señores como el pueblo llano se unirán para sentarlo en el trono de sus antepasados. Supongo que serás capaz de dejar embarazada a una mujer, ¿no?

—Creo que sí —replicó, airado—. Aunque la verdad es que no tengo pruebas. Pero no se puede decir que no lo haya intentado. Planto mis semillitas tan a menudo como me es posible...

—En zanjas y alcantarillas —terminó Lord Tywin—, y en tierras comunales donde solo pueden arraigar bastardos. Ya va siendo hora de que tengas un jardín propio. —Se puso en pie—. Te aseguro que Roca Casterly no será para ti jamás. Pero si te casas con Sansa Stark, es posible que algún día consigas Invernalia.

«Tyrion Lannister, Lord Protector de Invernalia.» La sola idea le produjo un extraño escalofrío.

—Muy bien, Padre —dijo, remarcando cada palabra—, pero hay una cucaracha muy gorda en tu alfombra. Cabe suponer que Robb Stark es tan «capaz» como yo, y se ha comprometido con una de esas fértiles Frey. Y una vez que el Joven Lobo tenga una camada, los cachorros de Sansa no tendrán derecho a heredar nada.

—Te doy mi palabra de que Robb Stark no engendrará hijos con esa fértil Frey. —Lord Tywin no parecía preocupado—. Me ha llegado cierta noticia que no me ha parecido conveniente compartir con el Consejo, aunque no me cabe duda de que los señores se enterarán tarde o temprano, seguramente temprano. El Joven Lobo se ha desposado con la hija mayor de Gawen Westerling.

—¿Quieres decir que rompió su juramento? —preguntó Tyrion, incrédulo. Pensaba que no había oído bien a su padre—. ¿Que ha rechazado a los Frey por...? —Se quedó sin palabras.

—Por una doncella de dieciséis años llamada Jeyne —dijo Ser Kevan—. Lord Gawen me la había propuesto para Willem o para Martyn, pero tuve que negarme. Gawen es un buen hombre, pero su mujer es Sybell Spicer. No tendría que haberse casado con ella. Los Westerling siempre han tenido más honor que sentido común. El abuelo de Lady Sybell era un comerciante de azafrán y pimienta, casi tan plebeyo como ese contrabandista que va con Stannis. Y la abuela era una mujer que se trajo del este. Una vieja horrorosa; supuestamente era una sacerdotisa. La llamaban *maegi*. Nadie era capaz de pronunciar su verdadero nombre. Medio Lannisport acudía a ella en busca de remedios, pócimas amorosas y cosas por el estilo. —Se encogió de hombros—. Hace mucho que murió, claro. Y Jeyne parecía una chiquilla muy dulce, sí, aunque solo la vi en una ocasión. Pero con una sangre tan dudosa...

Tyrion, que había estado casado con una prostituta, no podía compartir del todo el espanto que sentía su tío ante la idea de contraer matrimonio con una muchacha cuyo bisabuelo había comerciado con clavos de olor. Pese a todo... «Una chiquilla muy dulce», había dicho Ser Kevan, pero muchos venenos también eran dulces. Los Westerling eran una estirpe antigua, pero tenían más orgullo que poder. No le sorprendería que Lady Sybell hubiera aportado al matrimonio más riquezas que su noble esposo. Las minas de los Westerling estaban agotadas desde hacía años; habían vendido o perdido sus mejores tierras, y el Risco era más una ruina que una fortaleza.

«Aunque una ruina romántica, que se alza valerosa sobre el mar.»

—Estoy desconcertado —tuvo que reconocer Tyrion—. Creía que Robb Stark tenía más sentido común.

—Es un muchacho de dieciséis años —dijo Lord Tywin—. A esa edad, el sentido común importa poco, comparado con la lujuria, el amor y el honor.

—Renegó de su promesa, humilló a un aliado y violó su palabra. ¿Dónde está el honor?

—Eligió el honor de la chica por encima del suyo propio —le respondió Ser Kevan—. Una vez la hubo desvirgado, no le quedó otra opción.

—Habría sido mejor para ella que la dejara con un bastardo en la barriga —replicó Tyrion con brusquedad.

Los Westerling iban a perderlo todo: sus tierras, su castillo, sus mismas vidas.

«Un Lannister siempre paga sus deudas.»

—Jeyne Westerling es hija de su madre —dijo Lord Tywin—, y Robb Stark es hijo de su padre.

La traición de los Westerling no parecía haber airado a su padre tanto como Tyrion habría podido suponer. Lord Tywin no toleraba deslealtad alguna en sus vasallos. Cuando aún era casi un niño había aniquilado a los orgullosos Reyne de Castamere y a los antiquísimos Tarbeck de Torre Tarbeck. Los bardos habían llegado incluso a componer una canción un tanto macabra al respecto. Años más tarde, cuando Lord Farman de Castibello se puso beligerante, Lord Tywin le envió un emisario que, en vez de una carta, llevaba un laúd. Después de oír en sus salones «Las lluvias de Castamere», Lord Farman no volvió a causar problemas. Y por si no bastara con la canción, los derruidos castillos de los Reyne y los Tarbeck se alzaban aún como testimonio mudo del destino que les esperaba a los que osaran despreciar el poderío de Roca Casterly.

—El Risco no está tan lejos de Torre Tarbeck y Castamere —señaló Tyrion—. Cabría suponer que los Westerling han pasado por allí, y deberían haber aprendido la lección.

—Puede que así haya sido —dijo Lord Tywin—. Te aseguro que saben bien qué pasó en Castamere.

—¿Acaso los Westerling y los Spicer son tan estúpidos como para creer que el lobo puede derrotar al león?

Muy de tarde en tarde, Lord Tywin Lannister amenazaba con esbozar una sonrisa. No llegaba a hacerlo, pero la mera amenaza era un espectáculo pavoroso.

—A veces, los mayores estúpidos son más astutos que los que se ríen de ellos —dijo—. Te casarás con Sansa Stark, Tyrion. Y muy pronto.

Catelyn

Llegaron con los cadáveres cargados a hombros y los depositaron ante el estrado. Se hizo el silencio en toda la estancia iluminada por antorchas, y Catelyn alcanzó a oír el aullido de Viento Gris a medio castillo de distancia.

«Huele la sangre —pensó—. A través de muros de piedra y puertas de madera, a través de la noche y la lluvia, le llega el olor de la muerte y la desgracia.»

Se encontraba a la izquierda de Robb, junto al trono elevado, y durante un momento se sintió como si estuviera contemplando a sus muertos, a Bran y a Rickon. Aquellos chicos eran mucho mayores, pero la muerte los había encogido. Desnudos y empapados, parecían muy pequeños, y su inmovilidad hacía que costara recordarlos vivos.

El muchacho rubio había estado intentando dejarse crecer la barba. Una pelusa amarilla, como la de un melocotón, le cubría las mejillas y la barbilla por encima de la devastación roja que le había dejado el cuchillo en la garganta. Tenía el pelo dorado aún húmedo, como si lo hubieran sacado de una bañera. Por su aspecto, había muerto en paz, tal vez mientras dormía, pero su primo de cabello castaño había luchado para evitar la muerte. Tenía cortes en ambos brazos, lo que indicaba que había tratado de parar los tajos, y la sangre seguía manando despacio de las heridas que le cubrían el pecho, el vientre y la espalda como bocas sin lengua, aunque la lluvia las había limpiado casi por completo.

Robb se había puesto la corona antes de entrar en la sala, y el bronce brillaba apagado a la luz de las antorchas. Las sombras le ocultaban los ojos mientras contemplaba a los muertos.

«¿También él estará viendo a Bran y a Rickon?» Sentía deseos de echarse a llorar, pero ya no le quedaban lágrimas. Los muchachos muertos estaba muy pálidos tras un largo tiempo prisioneros, y los dos habían sido de piel muy clara; sobre aquella blancura, la sangre destacaba con su rojo violento; era una visión insoportable. «¿Pondrán a Sansa desnuda ante el Trono de Hierro cuando la maten? ¿Se verá igual de blanca su piel, igual de roja su sangre?» En el exterior se oía el repiqueteo constante de la lluvia y el aullido inquieto de un lobo.

Su hermano Edmure estaba a la derecha de Robb, con una mano sobre el respaldo del trono de su padre, con el rostro todavía abotargado. Lo habían despertado igual que a ella, con golpes en la puerta en medio de la noche para arrancarlo bruscamente de sus sueños.

«¿Eran sueños agradables, hermano? ¿Soñabas con la luz del sol, las risas y los besos de una doncella? Lo deseo de todo corazón.» Sus sueños, en cambio, eran lúgubres y plagados de terrores.

Los capitanes y señores vasallos de Robb estaban también en la estancia, unos con cotas de malla y espadas, otros en diferentes estadios de atavío. Ser Raynald y su tío, Ser Rolph, estaban entre ellos, pero Robb había preferido ahorrarle a su reina aquel espectáculo.

«El Risco no está lejos de Roca Casterly —recordó Catelyn—. Es posible que Jeyne jugara con estos muchachos cuando todos eran niños.»

Volvió a contemplar los cadáveres de los escuderos Tion Frey y Willem Lannister, y esperó a que su hijo hablara.

Pareció transcurrir mucho tiempo antes de que Robb alzara los ojos de los cadáveres ensangrentados.

—Pequeño Jon —dijo—, decidle a vuestro padre que los haga pasar.

Jon Umber, enmudecido, dio media vuelta para cumplir la orden. Sus pisadas levantaron ecos en las paredes de piedra.

Cuando el Gran Jon cruzó las puertas con sus prisioneros, Catelyn se fijó en que algunos de los otros hombres retrocedían un paso para dejarles sitio, como si la traición pudiera contagiarse por un roce, una mirada o un estornudo. Captores y cautivos tenían un aspecto muy semejante: eran hombres corpulentos todos ellos, de barba espesa y cabellera larga. Dos de los hombres del Gran Jon estaban heridos, así como tres de sus prisioneros. Lo único que parecía diferenciarlos era que unos tenían lanzas, y los otros, las vainas vacías. Todos vestían cotas de malla o jubones de argollas, botas pesadas y capas gruesas, unas de lana y otras de pieles. «El norte es frío, duro e inclemente», le había dicho Ned cuando Catelyn llegó a Invernalia para quedarse a vivir, hacía un millón de años.

—Cinco —dijo Robb cuando los prisioneros estuvieron ante él, empapados y silenciosos—. ¿Nada más?

—Eran ocho —retumbó la voz del Gran Jon—. Hemos matado a dos antes de poder apresarlos, y hay un tercero moribundo.

—Hacían falta ocho hombres para matar a dos escuderos desarmados —dijo Robb escudriñando los rostros de los cautivos.

—También han asesinado a dos de mis hombres para entrar en la torre —intervino Edmure Tully—. A Delp y a Elwood.

—No ha sido ningún asesinato, ser —dijo Lord Rickard Karstark, tan poco afectado por las cuerdas que le ataban las muñecas como por el hilillo de sangre que le corría por el rostro—. Cualquiera que se interponga entre un hombre y su venganza pide la muerte a gritos.

Sus palabras resonaron en los oídos de Catelyn duras, crueles como el redoble de un tambor de guerra. Tenía la garganta seca como una piedra.

«He sido yo. Estos dos muchachos han muerto para que mis hijas vivieran.»

—Vi morir a vuestros hijos aquella noche, en el bosque Susurrante —le dijo Robb a Lord Karstark—. Tion Frey no mató a Torrhen. Willem Lannister no mató a Eddard. ¿Cómo os atrevéis a llamar venganza a esto? Ha sido un asesinato, una locura. Vuestros hijos murieron con honor, en el campo de batalla y con la espada en la mano.

—¡Murieron! —replicó Rickard Karstark sin ceder un ápice—. El Matarreyes los asesinó. Estos dos eran de su estirpe. La sangre solo se paga con sangre.

—¿Con sangre de niños? —Robb señaló los cadáveres—. ¿Cuántos años tenían? ¿Doce, trece? Eran escuderos.

—En todas las batallas mueren escuderos.

—Mueren luchando, sí. Tion Frey y Willem Lannister rindieron sus espadas en el bosque Susurrante. Estaban prisioneros, encerrados en una celda, dormidos, desarmados... Eran niños. ¡Miradlos!

En lugar de obedecer, Lord Karstark miró a Catelyn.

—Decidle a vuestra madre que los mire —replicó—. Es tan culpable de su muerte como yo.

Catelyn se aferró con una mano al respaldo del trono de Robb. La sala daba vueltas a su alrededor. Se sentía como si estuviera a punto de vomitar.

—Mi madre no ha tenido nada que ver con esto —respondió Robb, airado—. Ha sido obra vuestra. Vos sois el asesino. El traidor.

—¿Cómo puede ser traición matar a un Lannister si no es traición liberarlo? —preguntó Karstark con tono hosco—. ¿Ha olvidado Vuestra Alteza que estamos en guerra contra Roca Casterly? En la guerra se mata a los enemigos. ¿Es que no te lo enseñó tu padre, niño?

—¿Niño?

El Gran Jon le asestó a Rickard Karstark una bofetada con el puño enfundado en el guantelete. Karstark cayó de rodillas.

—¡Dejadlo! —La voz de Robb resonó imperiosa. Umber dio un paso atrás para alejarse del cautivo.

—Eso, Lord Umber, dejadme. —Lord Karstark escupió una muela rota—. El Rey se encargará de mí. Me echará una reprimenda antes de perdonarme. Así trata a los traidores nuestro Rey en el Norte. —Esbozó una sonrisa húmeda, ensangrentada—. ¿O debería llamaros el Rey que Perdió el Norte, Alteza?

El Gran Jon le arrebató la lanza al hombre que tenía al lado y la levantó a la altura del hombro.

—Permitidme que lo ensarte, señor. Permitidme que le abra la barriga, a ver de qué color tiene las entrañas.

Las puertas de la estancia se abrieron de golpe, y el Pez Negro entró con la capa y el yelmo chorreantes. Lo seguían soldados de los Tully, mientras, en el exterior, los relámpagos hendían el cielo y una lluvia negra repiqueteaba contra las piedras de Aguasdulces. Ser Brynden se quitó el yelmo y se dejó caer sobre una rodilla.

—Alteza —fue lo único que dijo. Pero el tono sombrío de su voz era más elocuente.

—Recibiré a Ser Brynden en privado en la sala de audiencias. —Robb se puso en pie—. Gran Jon, que Lord Karstark permanezca aquí hasta mi regreso. A los otros siete, ahorcadlos.

—¿A los muertos también? —preguntó el Gran Jon bajando la lanza.

—Sí. No permitiré que emponzoñen los ríos de mi señor tío. Que se los coman los cuervos.

—Piedad, señor. —Uno de los prisioneros se dejó caer de rodillas—. Yo no he matado a nadie. Me quedé en la puerta para vigilar por si venían guardias.

—¿Sabías lo que pretendía hacer Lord Rickard? —le preguntó Robb tras meditar un instante—. ¿Viste cómo desenfundaban los cuchillos? ¿Oíste los gritos, los gemidos, las súplicas de piedad?

—Sí, pero no tomé parte, no hice más que mirar, lo juro...

—Lord Umber —dijo Robb—, este no hizo más que mirar. Ahorcadlo el último, para que mire también cómo mueren los otros. Madre, tío, venid conmigo, por favor.

Dio la vuelta mientras los hombres del Gran Jon se acercaban a los prisioneros y los sacaban de la estancia a punta de lanza. En el exterior, los truenos rugían y retumbaban; era como si el castillo se estuviera derrumbando en torno a ellos.

«¿Es este el sonido de un reino al caer?», se preguntó Catelyn.

La sala de audiencias estaba a oscuras, pero al menos, el sonido de los truenos quedaba amortiguado por el grosor de los muros. Un criado entró con una lámpara de aceite para encender el fuego, pero Robb lo hizo salir y se quedó con la lámpara. Había mesas y sillas, pero solo Edmure se sentó, y volvió a levantarse al darse cuenta de que los demás permanecían de pie. Robb se quitó la corona y la puso sobre la mesa, ante sí.

El Pez Negro cerró la puerta.

—Los Karstark se han marchado.

—¿Todos? —¿Era rabia o desesperación lo que enronquecía la voz de Robb? Ni siquiera Catelyn lo habría sabido decir.

—Todos los hombres en condiciones de luchar —respondió Ser Brynden—. Han dejado a unos cuantos vivanderos, y criados con los heridos. Hemos interrogado a cuantos ha sido necesario para descubrir qué había sucedido. Empezaron a marcharse al anochecer, al principio de uno en uno o de dos en dos, y luego ya en grupos. A los heridos y a los criados les ordenaron que mantuvieran encendidas las hogueras, para que nadie supiera qué estaban haciendo, pero cuando empezó a llover ya no importó.

—¿Se reagruparán lejos de Aguasdulces? —preguntó Robb.

—No. Se han dispersado, van de caza. Lord Karstark le ha prometido la mano de su hija doncella a cualquier hombre, noble o plebeyo, que le lleve la cabeza del Matarreyes.

«Que los dioses nos amparen.» Catelyn volvió a sentir arcadas.

—Cerca de trescientos jinetes y el doble de monturas han desaparecido en mitad de la noche. —Robb se frotó las sienes, allí donde la corona le había dejado una marca en la delicada piel—. Hemos perdido toda la caballería de Bastión Kar.

«La he perdido yo. Yo. Que los dioses me perdonen.» Catelyn lo veía; no hacía falta ser estratega para comprender que Robb estaba en una trampa. Por el momento, las tierras de los ríos seguían en su poder, pero su reino estaba rodeado de enemigos por todos lados excepto el este, donde se encontraba Lysa en la cima de la montaña. Ni siquiera el Tridente se podía considerar seguro mientras el señor del Cruce les negara su alianza. «Y ahora hemos perdido también a los Karstark...»

—La noticia de lo que ha pasado no debe salir de Aguasdulces —dijo su hermano Edmure—. Lord Tywin... Los Lannister siempre pagan sus deudas, es lo que dicen siempre. La Madre se apiade, cuando se entere...

«Sansa.» Catelyn apretó las manos con tal fuerza que se clavó las uñas en las palmas.

—¿Quieres que me convierta en mentiroso, además de en asesino, tío? —Robb lanzó una mirada gélida a Edmure.

—No tenemos por qué decir ninguna mentira; basta con que no digamos nada. Enterremos a los chicos y cerremos la boca hasta que termine la guerra. Willem era hijo de Ser Kevan Lannister y sobrino de Lord Tywin. Tion era hijo de Lady Genna, y encima era también un Frey. Y hay que impedir que la noticia llegue a Los Gemelos hasta…

—¿Hasta que podamos devolverles la vida a los muertos? —le espetó Brynden el Pez Negro con brusquedad—. La verdad escapó junto con los Karstark, Edmure. Es tarde para esos jueguecitos.

—Les debo a sus padres la verdad —dijo Robb—. Y justicia. Eso también se lo debo. —Contempló su corona, el brillo oscuro del bronce, el círculo de espadas de hierro—. Lord Rickard me ha desafiado. Me ha traicionado. No tengo más remedio que condenarlo. Solo los dioses saben qué harán los soldados Karstark de infantería que van con Roose Bolton cuando se enteren de que he ejecutado a su señor por traición. Hay que avisar a Bolton.

—El heredero de Lord Karstark también estaba en Harrenhal —le recordó Ser Brynden—. El hijo mayor, el que los Lannister tomaron como prisionero en el Forca Verde.

—Harrion. Se llama Harrion. —Robb soltó una carcajada amarga—. Un rey tiene que conocer los nombres de sus enemigos, ¿no te parece?

—¿Estás seguro de lo que dices? —El Pez Negro lo miraba con gesto sibilino—. ¿De que esto convertirá en tu enemigo al joven Karstark?

—¿Qué otra cosa puede pasar? Estoy a punto de matar a su padre; no creo que vaya a darme las gracias.

—Puede que sí. Hay hijos que odian a sus padres, y de un plumazo lo vas a convertir en señor de Bastión Kar.

—Aunque Harrion fuera de ese tipo de hombres —dijo Robb con un gesto de negación—, no podría perdonar nunca de manera abierta al que mató a su padre. Los suyos se volverían contra él. Son norteños, tío. Y el norte siempre recuerda.

—Entonces, perdónalo —sugirió apremiante Edmure Tully. Robb se quedó mirándolo con franca incredulidad. Bajo aquella mirada, Edmure se puso rojo—. Quiero decir que le perdones la vida. A mí tampoco me hace gracia: ha matado a mis hombres. El pobre Delp acababa de recuperarse de la herida que le causó Ser Jaime. Karstark debe recibir un castigo, sin duda. Propongo que lo hagáis encerrar.

—¿Como rehén? —preguntó Catelyn.

«Tal vez fuera lo mejor...»

—¡Sí, como rehén! —Su hermano se tomó la pregunta como señal de apoyo—. Dile al hijo que, mientras se mantenga leal, su padre no sufrirá ningún daño. De lo contrario... Con los Frey ya no nos queda nada que hacer, ni aunque me ofreciera a casarme con todas las hijas de Lord Walder y a mantener su progenie. Si perdemos también a los Karstark, ¿qué esperanza nos queda?

—¿Qué esperanza...? —Robb se quedó sin palabras, y se apartó el pelo de los ojos—. No hemos tenido noticias de Ser Rodrik en el norte, ni tampoco respuesta de Walder Frey a nuestra nueva oferta, y solo silencio del Nido de Águilas. —Miró a su madre—. ¿Es que tu hermana no nos va a responder nunca? ¿Cuántas veces le tengo que escribir? No me creo que ninguno de los pájaros haya llegado a sus manos.

Catelyn comprendió que su hijo quería que lo consolara. Quería que le dijera que todo iba a salir bien. Pero su rey necesitaba saber la verdad.

—Los pájaros le han llegado. Aunque, si alguna vez se lo preguntas, seguramente te dirá que no. Por ese lado no esperes ayuda, Robb. Lysa no ha sido valiente nunca. Cuando éramos niñas, siempre que hacía algo malo, huía y se escondía. Tal vez pensaba que, si no la encontraba, nuestro señor padre se olvidaría de enfadarse con ella. No creo que ahora sea diferente. Huyó de Desembarco del Rey porque tuvo miedo, corrió al lugar más seguro que conoce, y ahora está en la cima de su montaña, con la esperanza de que todos se olviden de ella.

—Los caballeros de Valle podrían decidir el curso de esta guerra —dijo Robb—, pero si no quiere pelear, lo acepto. Solo le he pedido que nos abra la Puerta de la Sangre y que nos proporcione barcos en Puerto Gaviota, para ir al norte. El camino alto será duro, pero no tanto como abrirnos paso luchando Cuello arriba. Si pudiera desembarcar en Puerto Blanco, podría flanquear Foso Cailin y expulsar del norte a los hombres del hierro en medio año.

—No será posible, señor —dijo el Pez Negro—. Cat tiene razón. Lady Lysa tiene demasiado miedo para permitir que entre un ejército en el Valle. Ningún ejército. La Puerta de la Sangre seguirá cerrada.

—¡Los Otros se la lleven! —maldijo Robb, furioso y desesperado—. Igual que al condenado Rickard Karstark. Y a Theon Greyjoy, y a Walder Frey, y a Tywin Lannister, y a todos los demás. Dioses, ¿por qué querrá nadie ser rey? Cuando todos me aclamaban «¡Rey en el Norte! ¡Rey en el Norte!», me dije... me juré... que sería un buen rey, tan honorable como mi padre, fuerte, justo, leal a mis amigos y valiente al enfrentarme a mis enemigos... Y ahora no distingo a unos de otros. ¿Cómo es posible que se haya vuelto todo tan confuso? Lord Rickard ha luchado a mi lado en una docena de batallas; sus hijos murieron por mí en el bosque Susurrante. Tion Frey y Willem Lannister eran mis enemigos. Pero ahora, por ellos, tengo que matar al padre de mis amigos muertos. —Los miró a todos—. ¿Me darán las gracias los Lannister por entregarles la cabeza de Lord Rickard? ¿Me las darán los Frey?

—No —respondió Brynden el Pez Negro, brusco como siempre.

—Razón de más para perdonarle la vida a Lord Rickard y conservarlo como rehén —insistió Edmure.

Robb extendió ambas manos, cogió la pesada corona de hierro y bronce, y se la puso de nuevo en la cabeza. De repente volvió a ser el Rey.

—Lord Rickard morirá.

—Pero ¿por qué? —preguntó Edmure—. Si acabas de decir...

—Ya sé qué acabo de decir, tío. Eso no cambia lo que he de hacer. —Las espadas de la corona se alzaban lúgubres y oscuras sobre su frente—. En la batalla, yo mismo podría haber matado a Tion y a Willem, pero esto no ha sido una batalla. Estaban dormidos en sus catres, desnudos y desarmados, en la celda donde yo los hice encerrar. Rickard Karstark no se limitó a matar a un Frey y a un Lannister. Ha matado mi honor. Me encargaré de él al amanecer.

Cuando llegó el alba, gris y gélida, la tormenta había amainado y solo quedaba una lluvia constante; aun así el bosque de dioses estaba atestado de gente. Señores del río y señores del norte, nobles y plebeyos, caballeros, mercenarios y mozos de cuadras: todos se encontraban entre los árboles para presenciar el final de aquella noche oscura. Edmure había dado instrucciones, y habían dispuesto un tocón para el ajusticiamiento junto al tronco del árbol corazón. La lluvia y las hojas caían en torno a los hombres del Gran Jon cuando llevaron hacia allí a Lord Rickard Karstark, con las manos todavía atadas. Sus hombres estaban ya colgados de las murallas de Aguasdulces y se mecían al final de largas cuerdas, mientras las gotas de lluvia les corrían por los rostros cada vez más ennegrecidos.

Lew el Largo aguardaba junto al tocón, pero Robb le tomó el hacha de la mano y le ordenó que se hiciera a un lado.

—Es mi trabajo —dijo—. Muere por orden mía. Debe morir por mi mano.

—Os doy las gracias por eso. —Lord Rickard Karstark hizo un gesto rígido con la cabeza—. Pero por nada más.

Se había ataviado para morir con una larga sobrevesta de lana negra adornada con el rayo blanco de sol de su Casa.

—La sangre de los primeros hombres corre por mis venas igual que por las vuestras, muchacho. Haríais bien en recordarlo. A mí me nombró vuestro abuelo. Alcé mis estandartes contra el rey Aerys por vuestro padre, y contra el rey Joffrey por vos. En Cruce de Bueyes, en el bosque Susurrante y en la batalla de los Campamentos cabalgué a vuestro lado, y al lado de Lord Eddard estuve en el Tridente. Somos de la misma raíz: Stark y Karstark.

—Esa raíz no os impidió traicionarme —dijo Robb—. Y no os va a salvar. Arrodillaos, mi señor.

Catelyn sabía que Lord Rickard había dicho la verdad. Los Karstark descendían de Karlon Stark, un hijo no primogénito de Invernalia, que había acabado con un señor rebelde hacía un millar de años y que, como recompensa por su valor, había recibido tierras. El castillo que construyó recibió el nombre de Bastión Kar, y con los siglos, los Stark de Bastión Kar pasaron a llamarse Karstark.

—Los antiguos dioses y los nuevos dicen lo mismo —le dijo Lord Rickard a Robb—: no hay hombre más maldito que el que mata a otro de su sangre.

—Arrodillaos, traidor —dijo Robb de nuevo—. ¿O tendré que pedir que os obliguen a poner la cabeza en el tocón?

—Los dioses os juzgarán igual que vos me habéis juzgado —dijo Lord Karstark al arrodillarse, y puso la cabeza sobre la madera.

—Rickard Karstark, señor de Bastión Kar. —Robb alzó la pesada hacha con ambas manos—. Aquí, ante los ojos de hombres y dioses, os declaro culpable de asesinato y alta traición. En mi nombre os condeno. Con mi mano os quito la vida. ¿Queréis decir vuestras últimas palabras?

—Matadme y seréis maldito. No sois mi rey.

El hacha descendió. Era pesada y tenía buen filo; bastó un golpe para matar, pero hicieron falta tres para separar la cabeza del cuerpo, y cuando hubo terminado, tanto los vivos como el muerto estaban empapados de sangre. Robb soltó el hacha, asqueado, y se volvió hacia el árbol corazón. Se quedó allí sin decir nada, tembloroso, con los puños entrecerrados y la lluvia corriéndole por las mejillas.

«Que los dioses lo perdonen —rezó Catelyn en silencio—. No es más que un muchacho, y no tenía alternativa.»

No volvió a ver a su hijo en todo el día. La lluvia siguió cayendo durante la mañana; azotaba la superficie de los ríos y convertía la hierba del bosque de dioses en un lodazal lleno de charcos. El Pez Negro congregó a un centenar de hombres y salió a caballo en pos de los Karstark, pero nadie esperaba que consiguiera regresar con muchos.

—Solo les pido a los dioses no verme obligado a ahorcarlos —les dijo al partir.

Tras despedirse de él, Catelyn se retiró a las habitaciones de su padre para sentarse una vez más junto a la cama de Lord Hoster.

—No le queda mucho tiempo —le advirtió el maestre Vyman cuando lo visitó aquella tarde—. Está perdiendo las últimas fuerzas, aunque todavía intenta luchar.

—Siempre ha sido un luchador —dijo ella—. El cabezota más adorable del mundo.

—Sí —asintió el maestre—, pero esta batalla no la puede ganar. Es hora de dejar la espada y el escudo. Es hora de rendirse.

«Hora de rendirse —pensó—, hora de buscar la paz.» ¿De quién hablaba el maestre? ¿De su padre o de su hijo?

Al anochecer, Jeyne Westerling acudió a verla. La joven reina entró en la estancia con timidez.

—No quisiera molestaros, Lady Catelyn.

Catelyn estaba cosiendo, pero dejó la labor a un lado.

—Sois bienvenida aquí, Alteza.

—Por favor, llamadme Jeyne. No me siento nada «alteza».

—Pero lo sois. Sentaos, Alteza.

—Jeyne. —La muchacha se sentó junto a la chimenea y se estiró la falda con manos nerviosas.

—Como queráis. ¿En qué puedo serviros, Jeyne?

—Se trata de Robb. Está tan deprimido, tan... tan furioso, tan inconsolable... No sé qué hacer.

—Es duro quitarle la vida a un hombre.

—Lo sé. Le dije que utilizara los servicios de un verdugo. Cuando Lord Tywin condena a alguien, solo tiene que dar la orden. Así es más fácil, ¿no os parece?

—Sí —asintió Catelyn—. Pero mi señor esposo les enseñó a sus hijos que matar no debería ser fácil.

—Ah. —La reina Jeyne se mordisqueó los labios—. Robb no ha comido nada en todo el día. Le he dicho a Rollam que le subiera una buena cena, costillas de jabalí con cebollas guisadas y cerveza, pero ni siquiera la ha probado. Se ha pasado toda la mañana escribiendo una carta y me ha dicho que no lo molestara, pero al terminarla, la ha tirado al fuego. Ahora está sentado, consultando mapas. Le he preguntado qué buscaba, pero no me ha dicho nada. Me parece que ni me ha oído. Ni siquiera se ha cambiado de ropa. Lleva todo el día empapado y lleno de sangre. Quiero ser una buena esposa para él, de verdad, pero no sé cómo ayudarlo. No sé cómo animarlo ni cómo consolarlo. No sé qué necesita. Por favor, mi señora, vos sois su madre, decidme qué debo hacer.

«Dime tú a mí qué debo hacer yo.» Catelyn podría haber hecho la misma pregunta, si su padre hubiera estado en condiciones de responderle. Pero Lord Hoster se había ido, o casi. Ned también. «Y Bran, y Rickon, y mi madre, y Brandon, hace ya tanto tiempo.» Solo le quedaba Robb. Robb y la esperanza, cada vez más remota, de recuperar a sus hijas.

—En ocasiones —empezó con voz pausada—, lo mejor es no hacer nada. Al principio, cuando llegué a Invernalia, me dolía ver que Ned se iba al bosque de dioses a sentarse bajo su árbol corazón. Parte de su alma estaba en aquel árbol, yo lo sabía, una parte que jamás sería mía. Pero pronto comprendí que, sin esa parte, no sería Ned. Jeyne, pequeña, os habéis casado con el norte, igual que hice yo. Y en el norte llegan los inviernos. —Trató de sonreír—. Sed paciente. Sed comprensiva. Os ama y os necesita; pronto volverá a vos. Puede que esta misma noche. Cuando eso suceda, estad allí. No puedo deciros más.

—Eso haré —dijo la joven reina cuando Catelyn hubo terminado; la había escuchado absorta—. Allí estaré. —Se puso en pie—. Tengo que volver; puede que me haya echado de menos. Iré a verlo. Pero si sigue con sus mapas, seré paciente.

—Bien —asintió Catelyn. Pero cuando la muchacha estaba ya junto a la puerta, se le ocurrió algo más—. Jeyne —llamó—, hay otra cosa que Robb necesita de ti, aunque puede que él aún no lo sepa. Un rey necesita un heredero.

—Lo mismo dice mi madre. —La chica sonrió—. Me prepara una mezcla de hierbas, leche y cerveza para hacerme fértil; la bebo todas las mañanas. Le dije a Robb que seguro que le doy mellizos. Un Eddard y un Brandon. Creo que eso le gustó. Lo... lo intentamos casi todos los días, mi señora. En ocasiones, dos veces o más. —Se puso muy bonita al sonrojarse—. Pronto estaré embarazada, os lo prometo. Se lo pido todas las noches a la Madre en mis oraciones.

—Muy bien. Yo también rezaré. A los dioses antiguos y a los nuevos.

Cuando la chica hubo salido, Catelyn se volvió a su padre y le acarició el escaso pelo blanco que le caía sobre la frente.

—Un Eddard y un Brandon —suspiró—. Y quizá, con el tiempo, un Hoster. Te gustaría, ¿a que sí?

No respondió, pero tampoco había albergado esperanzas de que lo hiciera. Mientras el sonido de la lluvia contra el tejado se mezclaba con la respiración de su padre, pensó en Jeyne. La muchacha parecía tener buen corazón, tal como había dicho Robb.

«Y buenas caderas, lo que quizá sea más importante.»

Jaime

A dos días a caballo del camino Real atravesaron una amplia franja de destrucción: leguas de campos ennegrecidos y huertos donde los troncos de los árboles muertos hendían el aire como las saetas de un arquero. Los puentes también estaban destrozados, y los arroyos bajaban crecidos con las aguas del otoño, así que tuvieron que recorrer las orillas en busca de vados. Las noches cobraban vida con el aullido de los lobos, pero no vieron a nadie.

En Poza de la Doncella, el salmón rojo de Lord Mooton ondeaba todavía sobre el castillo de la cima de la colina, pero las murallas de la ciudad estaban desiertas; las puertas, destrozadas, y la mitad de las casas y comercios, quemados o saqueados. No vieron más seres vivos que unos cuantos perros salvajes que se escabullían en cuanto los oían acercarse. El estanque del que tomaba su nombre la ciudad, donde según contaba la leyenda, el bufón Florián había visto por primera vez a Jonquil mientras se bañaba con sus hermanas, estaba tan lleno de cadáveres putrefactos que el agua se había convertido en un engrudo color verde grisáceo.

—«Seis doncellas había en la poza cristalina...» —entonó Jaime al echarle un vistazo.

—¿Qué hacéis? —preguntó Brienne.

—Estoy cantando «La poza de las seis doncellas». Seguro que la conocéis. Y eran doncellas muy tímidas, al igual que vos. Aunque me imagino que bastante más bonitas.

—Callaos —ordenó la moza con una mirada que daba a entender que le encantaría dejarlo flotando en el estanque con los cadáveres.

—Por favor, Jaime —le suplicó su primo Cleos—. Lord Mooton es vasallo de Aguasdulces; no nos conviene que salga del castillo. Y puede que haya otros enemigos escondidos entre las ruinas...

—¿Enemigos de quién? ¿De esta mujer o nuestros? No son los mismos, primo. Tengo un deseo ardiente de ver si esta moza sabe manejar la espada que lleva.

—Si no guardáis silencio, no me dejaréis más alternativa que amordazaros, Matarreyes.

—Desatadme las manos y permaneceré mudo todo el camino hasta Desembarco del Rey. ¿No os parece un trato justo, moza?

—¡Brienne! ¡Me llamo Brienne!

Tres cuervos salieron volando, sobresaltados por el ruido.

—¿Os apetece un baño, Brienne? —Se echó a reír—. Sois una doncella, y ahí tenéis la poza. Yo os enjabonaré la espalda.

Siempre le enjabonaba la espalda a Cersei cuando eran niños, en Roca Casterly.

La moza hizo dar la vuelta al caballo y se alejó al trote. Jaime y Ser Cleos la siguieron, y salieron de las cenizas de Poza de la Doncella. Unos mil pasos más adelante el verde empezó a regresar al mundo. Jaime se alegró. Las tierras quemadas le recordaban demasiado a Aerys.

—Va a tomar el camino del Valle Oscuro —murmuró Ser Cleos—. Por la costa sería más seguro.

—Más seguro, pero también más lento. Yo también prefiero ir por el Valle Oscuro, primo. Si quieres que te diga la verdad, me aburre tu compañía.

«Puede que seas medio Lannister, pero no tienes nada que ver con mi hermana.»

No había soportado nunca estar mucho tiempo lejos de su melliza. Ya siendo niños se metían juntos en la cama y dormían abrazados. «Hasta en el vientre materno.» Mucho antes de que su hermana floreciera, y de que él alcanzara la virilidad, habían visto yeguas y sementales en los prados, perros y perras en las perreras, y habían jugado a hacer lo mismo. En cierta ocasión, la doncella de su madre los vio... No recordaba qué estaban haciendo en aquel momento, pero fuera lo que fuera, horrorizó a Lady Joanna. Despidió a la doncella, trasladó el dormitorio de Jaime a la otra punta de Roca Casterly, puso un guardia ante el de Cersei y les dijo que no debían repetirlo jamás, o no le quedaría más remedio que contárselo a su señor padre. Pero no había nada que temer para ellos. Poco después, su madre murió al dar a luz a Tyrion. Jaime apenas recordaba su aspecto.

Tal vez Stannis Baratheon y los Stark le hubieran hecho un favor. Habían difundido el relato de su incesto por los Siete Reinos, de modo que ya no había nada que ocultar. «¿Por qué no puedo casarme con Cersei abiertamente y compartir su lecho todas las noches? Los dragones siempre se casaban con sus hermanas.» Los septones, los señores y los plebeyos habían mirado para otro lado ante la costumbre de los Targaryen durante cientos de años: pues que hicieran lo mismo por la Casa Lannister. Sin duda, sería un golpe para las pretensiones de Joffrey a la corona, sí, pero en realidad habían sido las espadas las que habían ganado el Trono de Hierro para Robert, y las espadas podrían conservarlo para Joffrey, fuera hijo de quien fuera. «Podríamos casarlo con Myrcella en cuanto enviemos a Sansa Stark de vuelta con su madre. Así vería el reino que los Lannister están por encima de las leyes, igual que los dioses y los Targaryen.»

Jaime había decidido que devolvería a Sansa, y también a la más pequeña, si la encontraba. No era tanto por recuperar su honor perdido como porque la idea de cumplir con su palabra cuando todo el mundo esperaba que la violase le producía una enorme diversión.

Cabalgaban a lo largo de un trigal pisoteado, junto a un muro bajo de piedra, cuando Jaime oyó un sonido a sus espaldas, como si una docena de pájaros hubiera levantado el vuelo a la vez.

—¡Agachaos! —gritó al tiempo que se lanzaba sobre el cuello de su montura.

El caballo relinchó y se encabritó cuando una flecha se le clavó en la grupa. Otras saetas pasaron silbando. Jaime vio a Ser Cleos caer de la silla, pero se quedó con el pie enganchado en el estribo. Su palafrén se puso al galope y arrastró al hombre, que gritaba mientras se golpeaba una y otra vez la cabeza contra el suelo.

El caballo de Jaime se alejaba con torpeza, piafando y relinchando de dolor. Jaime giró la cabeza para buscar a Brienne con la mirada. Seguía a caballo, con una flecha clavada en la espalda y otra en la pierna, pero no parecía haberse dado cuenta. La vio desenvainar la espada y dar vueltas, en busca de los arqueros.

—¡Detrás del muro! —gritó Jaime mientras trataba de hacer girar su montura tuerta hacia la lucha. Se le habían enredado las riendas en las malditas cadenas, y las flechas volvían a silbar por el aire—. ¡A ellos! —gritó de nuevo al tiempo que espoleaba a su caballo para demostrarle a la moza cómo se hacía.

El ridículo jamelgo tuvo fuerzas para emprender el galope. De repente se encontró cruzando el trigal mientras levantaba nubes de paja a su paso. Jaime apenas tuvo tiempo de pensar.

«Más vale que la moza me siga, antes de que se den cuenta de que los ataca un hombre desarmado y encadenado.» Entonces la oyó galopar a sus espaldas.

—¡Tarth! —gritó mientras lo adelantaba blandiendo ante sí la espada—. ¡Tarth! ¡Tarth!

Las últimas flechas pasaron entre ellos, inofensivas. Luego, los arqueros huyeron en desbandada, igual que huyen siempre en desbandada todos los arqueros que no cuentan con refuerzos ante la carga de la caballería. Al llegar al muro, Brienne tiró de las riendas. Cuando Jaime la alcanzó, los arqueros ya habían desaparecido en el bosque que comenzaba a veinte pasos de distancia.

—¿Qué pasa? ¿No os gusta luchar?

—Estaban huyendo.

—Ese es el mejor momento para matarlos.

—¿Por qué habéis cargado? —Brienne envainó la espada.

—Los arqueros no tienen miedo mientras se puedan esconder detrás de muros y disparar desde lejos, pero si alguien se lanza a la carga, huyen. Saben qué les pasará cuando los alcancen. Por cierto, tenéis una flecha en la espalda. Y otra en la pierna. Permitidme que os cure las heridas.

—¿Vos?

—¿Quién si no? La última vez que he visto a mi primo Cleos, su palafrén estaba arando un surco con su cabeza. Aunque claro, habría que buscarlo. Es un Lannister, más o menos.

Cuando encontraron a Cleos todavía estaba atrapado por la espuela. Tenía una flecha clavada en el brazo derecho y otra en el pecho, pero lo que lo había matado había sido el suelo. La parte superior de su cabeza era un amasijo sanguinolento, y bajo la presión de la mano de Jaime, los trocitos de hueso se movieron bajo la piel.

Brienne se arrodilló a su lado y le cogió la mano.

—Todavía está caliente.

—No tardará en estar frío. Quiero su caballo y sus ropas. Estoy harto de harapos y pulgas.

—Era vuestro primo. —La moza parecía horrorizada.

—Exacto, era —asintió Jaime—. No temáis; estoy bien provisto de primos. También me quedaré con su espada. Tendréis que compartir las guardias con alguien.

—Podéis montar guardia sin armas —dijo la moza levantándose.

—¿Encadenado a un árbol? Es posible. Y también es posible que haga un trato con la próxima banda de forajidos y les permita que os corten ese cuello gordo que tenéis, moza.

—No os daré armas. Y me llamo...

—Brienne, lo sé. Os juraré no causaros daño, si eso calma vuestros temores infantiles.

—Vuestros juramentos no tienen ningún valor. También le hicisteis un juramento a Aerys.

—Que yo sepa, hasta ahora no habéis cocido a nadie dentro de su armadura. Además, a ambos nos interesa que yo llegue sano y salvo a Desembarco del Rey, ¿verdad? —Se acuclilló junto a Cleos y empezó a desabrocharle el cinto de la espada.

—Alejaos de él. Ahora mismo. Deteneos.

Jaime estaba harto. Harto de su desconfianza, harto de sus insultos, harto de sus dientes torcidos, de aquel rostro aplastado lleno de manchas y de aquel cabello fino y lacio. Sin hacerle el menor caso, agarró con ambas manos la empuñadura de la espada larga de su primo, sujetó el cadáver con un pie y tiró. Apenas hubo salido la hoja de la vaina, él ya giraba, describiendo un arco rápido y mortífero con la espada. El acero chocó contra el acero con un clamor estrepitoso. Brienne se las había arreglado para desenvainar justo a tiempo.

—Muy bien, moza —dijo Jaime riéndose.

—Dadme la espada, Matarreyes.

—Ahora mismo.

Se puso en pie de un salto, y la espada cobró vida en sus manos cuando le lanzó una estocada. Brienne dio un paso atrás y la detuvo, pero él siguió presionando y atacando. En cuanto detenía un golpe ya tenía encima el siguiente. Las espadas se besaban, se repelían y volvían a besarse. A Jaime le bullía la sangre. Para aquello había nacido; jamás se sentía tan vivo como cuando estaba luchando, cuando la vida y la muerte dependían de cada golpe.

«Y tengo las manos encadenadas; esta moza me puede hacer frente un rato.» Las cadenas lo obligaban a coger la espada larga con ambas manos, pero los golpes no tenían la misma fuerza y alcance que los de un mandoble, aunque ¿qué importaba? La espada de su primo tenía longitud suficiente para poner punto final a la historia de la tal Brienne de Tarth.

Golpes altos, golpes bajos, estocadas... Hizo caer sobre ella una lluvia de acero. A la izquierda, a la derecha, de frente... con choques tan violentos que cuando las dos espadas se encontraban saltaban chispas. Hacia arriba, hacia abajo, por encima de la cabeza... atacando sin tregua, avanzando sin cesar, paso y estocada, estocada y paso, cada vez más deprisa, más deprisa...

Hasta que, sin aliento, dio un paso atrás y bajó la punta de la espada hacia el suelo, con lo que le dio un momento de respiro.

—No está mal —reconoció—, sobre todo para ser una moza.

Ella respiró profundamente, despacio, mientras lo miraba con desconfianza.

—No os haré daño, Matarreyes.

—Como si pudierais.

Volvió a hacer girar la espada por encima de la cabeza y la atacó de nuevo, acompañado por el tintineo de las cadenas.

Jaime no habría sabido decir durante cuánto tiempo siguió atacando. Tal vez fueran minutos, tal vez horas. Cuando las espadas despertaban, el tiempo se echaba a dormir. La hizo alejarse del cadáver de su primo, la hizo cruzar el camino, la hizo retroceder hacia los árboles... En una ocasión, la moza tropezó con una raíz que no había visto, y durante unos instantes, Jaime creyó que ya era suya, pero en vez de desplomarse, cayó sobre una rodilla, y paró con la espada el tajo que la tendría que haber abierto desde el hombro hasta la ingle. Luego fue su turno de lanzar una estocada, y otra, y otra, mientras se ponía en pie golpe a golpe.

La danza continuó. La acorraló contra un roble; lanzó una maldición cuando se le escapó y la siguió al cruzar un arroyo medio seco lleno de hojas caídas. El acero brillaba, el acero cantaba, el acero gritaba y resonaba, y la mujer empezó a gruñir como una cerda con cada golpe, pero no conseguía alcanzarla. Era como si estuviera metida en una jaula de hierro que detenía todos los golpes.

—No está nada mal —dijo al hacer la segunda pausa para recuperar el aliento, al tiempo que se movía hacia la derecha de la mujer.

—¿Para ser una moza?

—Digamos que para ser un escudero. Novato. —Dejó escapar una carcajada ronca, jadeante—. Vamos, vamos, querida, la música sigue sonando. ¿Me concedéis este baile, mi señora?

Se abalanzó contra él con un gruñido, blandiendo la espada, y de repente era Jaime el que tenía que impedir que el acero le besara la piel. Una de las estocadas le rozó la frente, y la sangre se le metió en el ojo derecho. «Los Otros se la lleven, y también a todo Aguasdulces.» Su habilidad se había oxidado en aquella mazmorra de mierda, y las cadenas tampoco le ponían las cosas fáciles. Tenía un ojo cerrado; los hombros se le empezaban a entumecer por el esfuerzo, y las muñecas le dolían por el peso de las cadenas, los grilletes y el acero. La espada larga le pesaba más con cada golpe, y Jaime sabía que no la blandía tan deprisa como al principio, que no la levantaba tan alto.

«Es más fuerte que yo.»

Al darse cuenta, se le heló la sangre. Robert había sido más fuerte que él, sí. Y también Gerold Hightower, llamado el Toro Blanco, al menos en sus mejores días, y Ser Arthur Dayne. De los vivos, Jon Umber, el Gran Jon, era más fuerte que él; probablemente, también el Jabalí de Refugio Quebrado y, sin duda, los dos Clegane. La fuerza de la Montaña era inhumana. Pero no importaba. Con velocidad y habilidad, Jaime los podía derrotar a todos. Pero ella era una mujer. Una mujer enorme como una vaca, sí, pero de todos modos... Debería ser ella la que estuviera ya agotada.

Sin embargo, lo había hecho retroceder otra vez hasta el arroyo.

—¡Rendíos! —le gritó—. ¡Soltad la espada!

Jaime notó bajo el pie una piedra resbaladiza. Cuando se sintió caer, convirtió el accidente en una estocada baja. La punta de la espada salvó la guardia de la moza y la hirió en la parte superior del muslo. Apareció una flor roja, y Jaime tuvo un instante para saborear la visión de la sangre antes de que la rodilla se le estampara contra una roca. El dolor fue atroz. Brienne chapoteó hacia él y alejó su espada de un puntapié.

—¡RENDÍOS!

Jaime proyectó un hombro contra sus piernas y la hizo caer encima de él. Rodaron entre patadas y puñetazos, y al final, la moza quedó sentada a horcajadas sobre él. Consiguió sacarle el puñal de la vaina, pero antes de que pudiera clavársela en el vientre, ella le agarró la muñeca y le golpeó la mano contra una piedra con tanta fuerza que Jaime pensó que le había descoyuntado un hombro. Le puso la otra mano, abierta, sobre el rostro.

—¡Rendíos! —Le sumergió la cabeza, lo mantuvo así un momento y lo sacó—. ¡Rendíos! —Jaime le escupió agua a la cara. Un empellón, un chapoteo, y volvió a estar bajo el agua, pataleando impotente, sin poder respirar. Luego, aire otra vez—. ¡Rendíos si no queréis que os ahogue!

—¿Vos? ¿Romperíais vuestro juramento? —se burló—. ¿Como yo?

Lo soltó, y Jaime cayó hacia atrás con un chapuzón.

Y los bosques se llenaron de carcajadas.

Brienne se puso en pie. De cintura para abajo era toda barro y sangre; tenía la ropa echa un desastre y el rostro rojo como la grana. «Parece que nos hayan cogido follando, en vez de peleando.» Jaime se arrastró entre las rocas al tiempo que se limpiaba la sangre del ojo con las manos encadenadas. A ambos lados del arroyo había hombres armados. «No es de extrañar; hemos hecho ruido como para despertar a un dragón.»

—Bienhallados, amigos —les dijo en tono amistoso—. Mil perdones si os he molestado. Me habéis encontrado mientras hacía entrar en vereda a mi esposa.

—A mí me parece que era ella la que llevaba la voz cantante. —El hombre que había hablado era recio y fuerte, y la barra frontal del yelmo de hierro no ocultaba del todo el hecho de que le faltaba la nariz.

De repente, Jaime comprendió que aquellos no eran los forajidos que habían matado a Ser Cleos. Estaban rodeados por la escoria de la tierra: dornienses atezados y lysenos rubios, dothrakis con campanas en las trenzas, ibbeneses peludos y también hombres de las Islas del Verano, negros como el carbón, con sus capas emplumadas. Sabía quiénes eran.

«La Compañía Audaz.»

—Tengo un centenar de venados... —comenzó Brienne al recuperar el habla.

—Nos los quedaremos para empezar, mi señora —la interrumpió, mirándola fijamente, un hombre de aspecto cadavérico con la capa de cuero hecha jirones.

—Luego nos quedaremos con vuestro coño —dijo el que no tenía nariz—. No puede ser tan feo como el resto de vos.

—Dale la vuelta y métesela por el culo, Rorge —sugirió un lancero dorniense que llevaba un pañuelo de seda roja atado en torno al yelmo—. Así no le tendrás que ver la cara.

—¿Y privarla del placer de vérmela a mí? —dijo el desnarigado, en medio de las carcajadas de los demás.

—¿Quién está aquí al mando? —exigió saber Jaime. Por fea y terca que fuera, la moza no se merecía que la violara una pandilla de animales como aquellos.

—A mí me corresponde ese honor, Ser Jaime. —Tenía unos ojos cadavéricos perfilados en rojo, y el cabello fino y seco. Las venas azules se le veían a través de la piel blanca de la cara y las manos—. Me llaman Urswyck. Urswyck el Fiel.

—¿Sabes quién soy?

—Hace falta algo más que una barba y una cabeza afeitada para engañar a los Compañeros Audaces —dijo el mercenario con un gesto de asentimiento.

«Querrás decir a los Titiriteros Sangrientos.» Jaime no sentía por ellos más afecto que por Gregor Clegane o Amory Lorch. Su padre decía que eran perros, y como perros los utilizaba para cazar a sus presas e inspirar temor.

—Si me conoces, Urswyck, sabes que tendrás una recompensa. Los Lannister siempre pagamos nuestras deudas. En cuanto a la moza, es de noble cuna; os darán un buen rescate por ella.

—¿De veras? —preguntó el otro inclinando la cabeza hacia un lado—. Qué suerte. —En la sonrisa de Urswyck había un matiz taimado que a Jaime no le gustó lo más mínimo.

—Ya me has oído. ¿Dónde está la Cabra?

—A pocas horas de camino. No me cabe duda de que estará encantado de veros, pero yo que vos no lo llamaría *cabra* a la cara. Lord Vargo es muy susceptible en lo relativo a su dignidad.

«¿Y desde cuándo ese salvaje babeante tiene dignidad?»

—Trataré de no olvidarlo cuando esté con él. ¿Has dicho lord? ¿Lord de qué?

—De Harrenhal. Le ha sido prometido.

«¿Harrenhal? ¿Acaso mi padre se ha vuelto loco?»

—Quitadme estas cadenas. —Jaime alzó las manos.

La risita de Urswyck resonó seca como un pergamino.

«Algo falla, algo va muy mal.» Jaime no dejó que trasluciera su inquietud, sino que se limitó a sonreír.

—¿He dicho algo gracioso?

—Sois lo más gracioso que he visto desde que Mordedor le arrancó los pezones a mordiscos a aquella septa —dijo el desnarigado con una sonrisa.

—Vuestro padre y vos habéis perdido demasiadas batallas —lo informó el dorniense—. Nos vimos obligados a cambiar nuestras pieles de león por pieles de lobo.

—Lo que Timeon quiere decir —aclaró Urswyck con un gesto de las manos— es que los Compañeros Audaces ya no trabajan para la Casa Lannister. Ahora servimos a Lord Bolton y al Rey en el Norte.

—Y luego dicen que yo no tengo honor. —Jaime le lanzó una mirada gélida, despectiva.

A Urswyck no le gustó aquel comentario. A su seña, dos de los Titiriteros agarraron a Jaime por los brazos, y Rorge le asestó un puñetazo en el estómago con el guantelete. Mientras se doblaba con un gruñido, oyó las protestas de la moza.

—¡Alto! ¡No se le debe causar daño alguno! Lady Catelyn nos envió; se trata de un intercambio de prisioneros, está bajo mi protección...

Rorge lo golpeó de nuevo, y el aire se le escapó de los pulmones. Brienne se lanzó a las aguas del arroyo para buscar su espada, pero los Titiriteros cayeron sobre ella antes de que la encontrara. Era tan fuerte que hicieron falta los golpes de cuatro para someterla.

Al final, la moza acabó con el rostro tan tumefacto y ensangrentado como debía de estar el de Jaime. Le habían saltado dos dientes, cosa que no mejoraba su aspecto. Cubiertos de sangre, los dos prisioneros se vieron arrastrados a trompicones entre los árboles hacia los caballos. Brienne cojeaba por la herida del muslo que le había hecho en el arroyo. Jaime sentía lástima por ella. No le cabía duda de que iba a perder la virginidad aquella noche. El cabrón desnarigado la violaría, seguro, y lo más probable era que algunos de los otros se apuntaran también.

El dorniense los montó espalda contra espalda a lomos del caballo de tiro de Brienne, mientras el resto de los Titiriteros desnudaban a Cleos Frey para repartirse sus posesiones. Rorge se quedó el jubón ensangrentado con los orgullosos emblemas de Lannister y de Frey. Las flechas habían perforado leones y torres por igual.

—Estaréis contenta, moza —le susurró Jaime a Brienne. Tosió y escupió sangre—. Si me hubierais dado un arma, no nos habrían cogido prisioneros. —Ella no respondió. «Es una zorra testaruda —pensó—. Pero valiente, desde luego.» No lo podía negar—. Esta noche, cuando acampemos, os van a violar, y más de una vez —le advirtió—. Lo mejor será que no os resistáis. Si tratáis de resistiros, perderéis algo más que un par de dientes.

Sintió como la espalda de Brienne se tensaba contra la suya.

—¿Eso haríais vos si fuerais una mujer?

«Si yo fuera una mujer, sería Cersei»

—Si fuera una mujer, los obligaría a matarme. Pero no lo soy. —Jaime puso el caballo al trote—. ¡Urswyck! ¡Hablemos!

El cadavérico mercenario de la capa de cuero hecha jirones tiró de las riendas un instante para ponerse al paso de Jaime.

—¿Qué queréis de mí, ser? Y cuidado con lo que decís, o haré que os castiguen de nuevo.

—Oro —dijo Jaime—. ¿Te gusta el oro?

—Reconozco que resulta útil. —Urswyck lo miraba con los ojos enrojecidos.

—Todo el oro de Roca Casterly —dijo Jaime con una sonrisa cómplice—. ¿Por qué lo va a disfrutar la Cabra? ¿Por qué no nos llevas a Desembarco del Rey y te quedas tú con mi rescate? Y también con el de ella, si quieres. Una vez, una doncella me dijo que a Tarth la llamaban la Isla Zafiro.

Al oír aquello, la moza se retorció, pero no dijo nada.

—¿Me tomáis por un cambiacapas?

—Desde luego. ¿Acaso no lo sois?

—Desembarco del Rey está muy lejos —respondió Urswyck tras sopesar la proposición un instante—, y vuestro padre se encuentra allí. Lord Tywin nos tendrá inquina por haberle vendido Harrenhal a Lord Bolton.

«Es más listo de lo que parece.» Jaime había albergado la esperanza de ahorcar a aquel miserable con los bolsillos llenos a reventar de oro.

—De mi padre me encargaré yo. Os conseguiré el indulto real por todos los crímenes que hayáis cometido, y el honor de caballero.

—Ser Urswyck —paladeó el hombre—. Qué orgullosa estaría mi mujer. Ojalá no la hubiera matado. —Suspiró—. ¿Y qué será del valiente Lord Vargo?

—¿Queréis que os cante alguna estrofa de «Las lluvias de Castamere»? Cuando mi padre le ponga las manos encima, la Cabra no será tan valiente.

—¿Y cómo lo va a hacer? ¿Acaso vuestro padre tiene los brazos tan largos como para pasar por encima de las murallas de Harrenhal y sacarnos de allí?

—Si hace falta... —La monstruosa locura del rey Harren había caído en el pasado y podía volver a caer—. ¿Eres tan estúpido que crees que una cabra puede derrotar al león?

Urswyck se inclinó hacia él y le dio una bofetada despectiva, desganada. La pura insolencia fue mucho peor que el golpe en sí.

—Ya os he escuchado suficiente, Matarreyes. Muy idiota tendría que ser para creer en las promesas de quien con tanta facilidad rompe sus juramentos. —Espoleó al caballo y se adelantó.

«Aerys —pensó Jaime, resentido—. Siempre igual. Todo se remonta a Aerys.» Se dejó mecer por el movimiento del caballo. Habría dado cualquier cosa por una espada. «O mejor, por dos espadas. Una para la moza y otra para mí. Nos matarían, pero al menos nos llevaríamos a la mitad de ellos al infierno.»

—¿Por qué le habéis dicho que Tarth era la Isla Zafiro? —susurró Brienne cuando Urswyck estuvo a distancia suficiente—. Ahora pensará que mi padre posee muchas piedras preciosas...

—Rezad para que así sea.

—¿Es que no decís ni una palabra que no sea mentira, Matarreyes? Tarth le debe ese nombre al azul de sus aguas.

—Gritad un poco más, moza; creo que Urswyck no os ha oído. Cuanto antes se den cuenta de lo poco que valéis como rehén, antes empezarán las violaciones. Os montarán todos y cada uno de ellos, pero qué os importa, ¿no? Cerrad los ojos, abríos de piernas y haceos a la idea de que todos son Lord Renly.

Por suerte, aquello la dejó callada un buen rato.

Casi había terminado el día cuando encontraron a Vargo Hoat mientras saqueaba un pequeño septo en compañía de una docena de sus Compañeros Audaces. Habían destrozado las vidrieras y sacado al exterior las tallas de madera de los dioses. Cuando llegaron, el dothraki más gordo que Jaime había visto jamás estaba sentado en el pecho de la Madre y le sacaba los ojos de calcedonia con la punta del cuchillo. Cerca de él, un septón flaco y calvo colgaba cabeza abajo de la rama de un castaño. Tres de los Compañeros Audaces utilizaban el cadáver como blanco de entrenamiento. Al menos uno de ellos era buen arquero; el septón tenía flechas clavadas en ambos ojos.

Cuando los mercenarios vieron a Urswyck con sus prisioneros empezaron a gritar en una docena de idiomas. La Cabra estaba sentado junto a una hoguera, comiéndose un ave medio asada directamente del espetón, con los dedos y la larga barba llenos de grasa y de sangre. Se limpió las manos en la ropa y se levantó.

—Matarreyez —ceceó—, ací que erez mi pricionero.

—Mi señor, me llamo Brienne de Tarth —lo interrumpió la moza—. Lady Catelyn Stark me ordenó que dejara a Ser Jaime en manos de su hermano, en Desembarco del Rey.

—Hacedla callar —ordenó la Cabra, mirándola sin mucho interés.

—Escuchadme —insistió Brienne con vehemencia mientras Rorge cortaba las cuerdas que la ataban a Jaime—. En nombre del Rey en el Norte, en nombre del rey al que servís, por favor, escuchadme...

Rorge la derribó del caballo y empezó a darle patadas.

—Ten cuidado, no le vayas a romper un hueso —lo avisó Urswyck—. Esa zorra con cara de caballo vale su peso en zafiros.

El dorniense llamado Timeon y un ibbenés maloliente bajaron a Jaime del caballo y lo empujaron sin miramientos hacia la hoguera. No le habría costado nada agarrar una de sus espadas por la empuñadura, pero eran demasiados, y seguía encadenado. Se llevaría a dos o tres por delante, pero al final moriría. Aún no estaba preparado para morir, y menos por alguien como Brienne de Tarth.

—Hoy ez un gran día —dijo Vargo Hoat.

Llevaba en torno al cuello una cadena de monedas entrelazadas, de todas las formas y tamaños, forjadas y acuñadas, con los rostros de reyes, magos, dioses, demonios y todo tipo de bestias fantásticas.

«Monedas de todas las tierras donde ha peleado», recordó Jaime. La codicia era la clave de aquel hombre. Si había traicionado una vez, podía volver a traicionar.

—Lord Vargo, fue una estupidez por vuestra parte abandonar el servicio de mi padre, pero no es demasiado tarde para rectificar. Os pagará bien por mí, ya lo sabéis.

—Dezde luego —dijo Vargo Hoat—. Me entregará la mitad del oro de Roca Cazterly. Pero antez, tengo que hacerle llegar un menzaje.

Añadió algo en un idioma ceceante. Urswyck le dio a Jaime un empujón por la espalda, y un bufón con ropas verdes y rosas le dio una patada que lo hizo tropezar. Cuando cayó al suelo, uno de los arqueros le agarró la cadena de las muñecas y tiró con brusquedad para obligarlo a estirar los brazos. El dothraki gordo dejó a un lado el cuchillo para desenvainar un *arakh,* la cimitarra de filo mortífero que tanto les gustaba a los señores de los caballos.

«Pretenden asustarme.» El bufón saltó sobre la espalda de Jaime entre risitas, mientras el dothraki avanzaba lentamente hacia él. «La Cabra quiere que me mee en los calzones y le suplique piedad, pero no le daré ese placer.» Era un Lannister de Roca Casterly, Lord Comandante de la Guardia Real. Ningún mercenario lo oiría gritar.

La luz del sol arrancó un destello plateado del filo del *arakh* cuando descendió, casi demasiado deprisa para verlo. Y Jaime gritó.

Arya

La pequeña fortaleza cuadrangular estaba casi en ruinas, al igual que el corpulento caballero canoso que vivía en ella. Era tan viejo que no entendía las preguntas que le hacían.

—Defendí el puente del ataque de Ser Maynard —respondía siempre, le preguntaran lo que le preguntaran—. Qué hombre, pelo rojo y alma negra, pero no pudo conmigo. Me hirió seis veces antes de que lo matara. ¡Seis veces!

Por suerte, el maestre que lo atendía era un hombre joven. Cuando el anciano caballero se quedó dormido en su asiento, se los llevó aparte para hablar con ellos.

—Mucho me temo que buscáis un fantasma. Recibimos un pájaro hace muchísimo, al menos medio año. Los Lannister atraparon a Lord Beric cerca del Ojo de Dioses. Lo colgaron.

—Sí, lo colgaron, pero Thoros cortó la cuerda antes de que muriera. —La nariz rota de Lim ya no estaba tan enrojecida e hinchada, pero al curarse se le había quedado torcida, con lo que su rostro tenía aspecto asimétrico—. No es tan fácil matar a su señoría.

—Ni encontrarlo, por lo visto —señaló el maestre—. ¿Le habéis preguntado a la Dama de las Hojas?

—Vamos a hacerlo —dijo Barbaverde.

A la mañana siguiente, cuando cruzaron el pequeño puente de piedra que había tras la fortaleza, Gendry preguntó si sería aquel el que había defendido tanto el anciano. Nadie se lo supo decir.

—Lo más seguro es que sí —dijo Jack-con-Suerte—. No se ve ningún otro puente.

—Si existiera una canción, no habría dudas —señaló Tom de Sietecauces—. Con una buena canción sabríamos quién era el tal Ser Maynard y por qué tenía tantas ganas de cruzar este puente. Ese pobre viejo, Lychester, podría ser tan famoso como el Caballero Dragón si hubiera tenido la sensatez de contratar a un bardo.

—Los hijos de Lord Lychester murieron en la Rebelión de Robert —gruñó Lim—. Unos en un bando y otros en otro. Desde entonces está mal de la cabeza. En eso no hay canción que lo pueda ayudar.

—¿A qué se refería el maestre al decir que habláramos con la Dama de las Hojas? —le preguntó Arya a Anguy mientras cabalgaban.

—Ya lo veréis. —El arquero sonrió.

Tres días más tarde, al atravesar un bosque de tonos amarillos, Jack-con-Suerte sacó el cuerno y emitió una seña, distinta de las anteriores. Aún no habían muerto los ecos cuando unas escalas de cuerda cayeron desenrollándose de las ramas de los árboles.

—A manear las monturas, a subir, a subir —entonó Tom, medio canturreando.

Al subir por las escalas se encontraron en un pueblo oculto entre las ramas altas de los árboles, un laberinto de pasarelas de cuerda y casitas cubiertas de musgo ocultas entre las hojas rojizas y doradas. Los llevaron ante la Dama de las Hojas, una mujer de pelo blanco, flaca como un palo y vestida con ropa de lana basta.

—Se nos viene encima el otoño; no podremos seguir aquí mucho tiempo más —les dijo—. Hace nueve noches pasó una docena de lobos por el camino de Hayford; iban de caza. Si se les hubiera ocurrido mirar hacia arriba, nos habrían encontrado.

—¿No habéis visto a Lord Beric? —preguntó Tom de Sietecauces.

—Está muerto —dijo la mujer con tanta aflicción que parecía enferma—. La Montaña lo cogió y le clavó un puñal en el ojo. Nos lo dijo un hermano mendicante. Se lo había contado un hombre que lo vio todo.

—Ese cuento es viejo, y además, falso —dijo Lim—. No es tan fácil matar al señor del relámpago. Puede que Ser Gregor le sacara un ojo, pero de eso no se muere nadie. Y si no, que os lo diga Jack.

—Bueno, yo no morí —dijo el tuerto Jack-con-Suerte—. A mi padre lo ahorcó uno de los terratenientes de Lord Piper; a mi hermano Wat lo enviaron al Muro, y los Lannister mataron a mis otros hermanos. Un ojo no es nada.

—¿Me juráis que no está muerto? —La mujer se aferró al brazo de Lim—. Bendito seáis, Lim, es la mejor noticia que hemos recibido en medio año. Que el Guerrero lo proteja, y el sacerdote rojo, también.

Al día siguiente encontraron refugio entre las ruinas ennegrecidas de un septo, en un pueblo arrasado por el fuego llamado Danza de Sally. Solo quedaban fragmentos de las vidrieras de colores, y el anciano septón que los recibió les dijo que los saqueadores se habían llevado hasta las ricas vestiduras de la Madre, el farolillo dorado de la Vieja y la corona de plata del Padre.

—También le cortaron los pechos a la Doncella, y eso que eran de madera —les contó—. Y claro, los ojos, que eran de azabache, lapislázuli y madreperla, se los sacaron con los cuchillos. Que la Madre se apiade de ellos.

—¿Quiénes eran? —preguntó Lim Capa de Limón—. ¿Titiriteros?

—No —respondió el anciano—. Eran norteños. Esos salvajes que adoran a los árboles. Decían que buscaban al Matarreyes.

Arya, que lo estaba oyendo, se mordió el labio. Notaba la mirada de Gendry clavada en ella. Estaba furiosa y avergonzada.

En la cripta del septo vivía una docena de hombres, entre telarañas, raíces y barriles de vino destrozados, pero ellos tampoco tenían ninguna noticia de Beric Dondarrion. Ni siquiera su jefe, que llevaba una armadura cubierta de hollín y un rudimentario adorno en forma de rayo en la capa. Cuando Barbaverde vio que Arya lo estaba mirando, se echó a reír.

—El señor del relámpago está en todas partes y en ninguna, ardillita.

—No soy ninguna ardilla —replicó—. Ya soy casi una mujer. Voy a cumplir once años.

—¡Pues tened cuidado, no vaya a ser que me case con vos!

Fue a hacerle cosquillas bajo la barbilla, pero Arya apartó al muy idiota de un manotazo.

Aquella noche, Lim y Gendry jugaron a los dados con sus anfitriones, mientras Tom de Sietecauces cantaba una cancioncilla tonta sobre Ben Barrigas y el ganso del Septón Supremo. Anguy dejó que Arya probara su arco largo, pero por mucho que se mordió el labio, no consiguió tensar la cuerda.

—Necesitáis un arco más ligero, mi señora —le dijo el arquero pecoso—. Si hay buena madera en Aguasdulces, os intentaré hacer uno.

—Tú eres tonto, Arquero —dijo Tom cuando lo oyó, interrumpiendo su canción—. Si alguna vez vamos a Aguasdulces, será para que nos paguen un rescate por ella; no habrá tiempo para que te pongas a hacer arcos. Darás gracias si sales vivo y coleando. Lord Hoster ya ahorcaba criminales antes de que empezaras a afeitarte. En cuanto a su hijo... Es lo que digo siempre: no se puede uno fiar de un hombre que detesta la música.

—No detesta la música —apuntó Lim—. Te detesta a ti, idiota.

—Pues no tiene por qué. Aquella moza estaba deseando acostarse con un hombre; ¿es culpa mía que bebiera tanto que no pudo hacer nada con ella?

—¿Quién compuso una canción sobre lo sucedido? ¿Fuiste tú o fue otro imbécil enamorado de su propia voz? —Lim soltó un bufido de desprecio.

—Solo la canté una vez —se quejó Tom—. ¿Y quién dice que la canción iba sobre él? Iba sobre un pescado.

—Un pescado flácido —rio Anguy.

A Arya le daba igual de qué trataran las canciones del idiota de Tom. Se volvió hacia Harwin.

—¿Qué ha dicho de un rescate?

—Estamos muy necesitados de caballos, mi señora. Y también de armas y armaduras. Escudos, espadas, lanzas... Todas esas cosas que se compran con monedas. Sí, y también semillas para cultivar. Se acerca el invierno, ¿recordáis? —La pellizcó debajo de la barbilla—. No sois la primera persona noble por la que hemos pedido un rescate. Y espero que tampoco seáis la última.

Arya sabía que era verdad. A los caballeros los capturaban constantemente, y pedían rescates por ellos. A veces a las mujeres también. «Pero ¿qué pasa si Robb no les paga lo que le pidan?» Ella no era un caballero Famoso, y los reyes tenían que anteponer el reino a sus hermanas. ¿Y qué diría su señora madre? ¿Querría recuperarla, después de todo lo que había hecho? Arya se mordió el labio. No lo sabía.

Al día siguiente cabalgaron hasta un lugar llamado Alto Corazón, una colina tan alta que a Arya le pareció que desde allí arriba se podía ver medio mundo. En la cima había un círculo de grandes tocones blanquecinos, lo único que quedaba de lo que otrora fueran poderosos arcianos. Arya y Gendry rodearon la cima para contarlos. Había treinta y uno, y algunos eran tan anchos que le habrían servido de cama.

Según le contó Tom de Sietecauces, Alto Corazón había sido un lugar sagrado para los hijos del bosque, y parte de su magia permanecía en aquel lugar.

—A quien duerma aquí no le puede suceder nada malo —dijo el bardo.

Arya pensó que debía de ser verdad; la colina era tan alta, y los terrenos circundantes, tan despejados, que ningún enemigo se podría acercar sin que lo vieran.

Según le dijo Tom, los lugareños evitaban aquel paraje; se decía que estaba hechizado por los fantasmas de los hijos del bosque que habían muerto allí cuando el rey ándalo llamado Erreg el Matarreyes había talado su bosque. Arya sabía quiénes eran los hijos del bosque y los ándalos, pero los fantasmas no le daban miedo. Cuando era pequeña solía esconderse en las criptas de Invernalia, y jugaba a «ven a mi castillo» o a «monstruos y doncellas» entre los reyes de piedra sentados en sus tronos.

Aun así, aquella noche se le pusieron los pelos de punta. Estaba durmiendo, pero la tormenta la despertó. El viento le arrebató la manta y la lanzó volando contra los arbustos. Al ir a buscarla, oyó unas voces.

Junto a las brasas de la hoguera vio a Tom, Lim y Barbaverde, que hablaban con una mujer diminuta, un palmo más baja que la propia Arya, más vieja que la Vieja Tata, toda encorvada y arrugada, y apoyada en un nudoso bastón negro. Tenía el cabello blanco tan largo que casi le llegaba al suelo. Cuando el viento se lo agitaba, le rodeaba la cabeza como una nube tenue. Tenía la piel aún más blanca, del color de la leche, y a Arya le pareció que sus ojos eran rojos, aunque desde su escondite entre los arbustos no habría podido jurarlo.

—Los antiguos dioses están inquietos y no me dejan dormir —oyó decir a la mujer—. Soñé, y vi una sombra con un corazón llameante que mataba a un venado de oro, así fue. Soñé con un hombre sin rostro que aguardaba en un puente que se balanceaba y oscilaba. Tenía en el hombro un cuervo ahogado con algas colgando de las alas. Soñé con un río turbulento y una mujer que era un pez. Las aguas la arrastraban, muerta estaba, con lágrimas rojas en las mejillas, pero los ojos se le abrieron, y el terror me despertó. Todo eso soñé, y mucho más. ¿Tenéis regalos para pagarme por mis sueños?

—Sueños —gruñó Lim Capa de Limón—. ¿De qué sirven los sueños? Mujeres pez y cuervos ahogados. Yo también tuve un sueño anoche. Estaba besando a una moza de taberna a la que conocí hace tiempo. ¿Me vas a pagar por ese sueño, anciana?

—La moza está muerta —siseó la mujer—. Ya solo la pueden besar los gusanos. —Se volvió hacia Tom de Sietecauces—. Dame mi canción o márchate.

De modo que el bardo cantó para ella, tan bajo que Arya apenas si oyó algunos fragmentos de la letra, aunque la melodía le sonaba de algo. «Seguro que Sansa se la sabe. —Su hermana se sabía todas las canciones, tocaba varios instrumentos y cantaba con voz muy dulce—. En cambio, yo solo sabía repetir la letra desafinando.»

A la mañana siguiente la menuda anciana de piel blanca ya no estaba. Mientras ensillaban los caballos, Arya le preguntó a Tom de Sietecauces si los hijos del bosque moraban todavía en Alto Corazón. El bardo soltó una risita.

—¿Qué? ¿La viste?

—¿Era un fantasma?

—¿Se quejan los fantasmas de que les duelen las articulaciones? No, no es más que una vieja enana. Un bicho raro y malo. Pero sabe cosas que no debería saber y, a veces, cuando alguien le cae en gracia, se las dice.

—¿Vos le caéis en gracia? —preguntó Arya, incrédula.

—Al menos le gusta cómo canto —dijo el bardo riéndose—. Pero siempre quiere que le cante la misma canción de mierda. Bueno, no es que la canción sea mala, pero me sé otras igual de buenas. —Sacudió la cabeza—. Lo importante es que ahora estamos sobre la pista. Apuesto lo que sea a que no tardaréis en ver a Thoros y al señor del relámpago.

—Si sois sus hombres, ¿por qué se esconden de vosotros?

Tom de Sietecauces puso los ojos en blanco ante la pregunta, pero Harwin le respondió.

—Yo no diría que se escondan, mi señora, pero es verdad que Lord Beric se mueve mucho, y rara vez le confía a nadie sus planes. Así no se arriesga a que lo traicionen. A estas alturas ya somos cientos sus seguidores, puede que miles, pero no serviría de nada que fuéramos todos pisándole los talones. Consumiríamos las provisiones de todos los lugares por donde pasáramos, o nos haría picadillo otro ejército más poderoso en una batalla. En cambio, divididos en grupos pequeños, podemos atacar en una docena de lugares a la vez y desaparecer antes de que nadie se dé cuenta. Y si nos capturan y nos hacen cantar, difícil será que confesemos el paradero de Lord Beric, nos hagan lo que nos hagan. —Titubeó un instante—. Sabéis a qué me refiero con cantar, ¿no?

—Lo llamaban *hacer cosquillas* —dijo Arya con un gesto de asentimiento—. Polliver, Raff y esos.

Les habló del pueblo que se encontraba junto al Ojo de Dioses, donde Gendry y ella cayeron prisioneros, y de las preguntas que hacía el Cosquillas.

—¿Hay oro escondido en el pueblo? —empezaba siempre—. ¿Plata, gemas? ¿Hay comida? ¿Dónde está Lord Beric? ¿Quiénes de vosotros lo habéis ayudado? ¿Hacia dónde ha ido? ¿Cuántos hombres iban con él? ¿Cuántos caballeros? ¿Cuántos arqueros? ¿Cuántas monturas? ¿Qué armas tenían? ¿Cuántos heridos? ¿Hacia dónde has dicho que ha ido?

Solo de pensarlo, volvía a oír los gritos y volvía a sentir el hedor de la sangre, la mierda y la carne quemada.

—Siempre hacía las mismas preguntas —les dijo con solemnidad a los forajidos—. Pero cambiaba de cosquillas todos los días.

—Es inhumano que le hagan eso a un chiquillo —dijo Harwin cuando hubo terminado—. Nos han dicho que la Montaña perdió a la mitad de sus hombres en el Molino de Piedra. Puede que el tal Cosquillas esté ya flotando en las aguas del Forca Roja, mientras los peces se le comen la cara. Si no... Bueno, es un crimen más por el que tendrán que responder. Le oí decir a su señoría que esta guerra empezó cuando la Mano lo envió para llevar a Gregor Clegane ante la justicia del rey, y así mismo pretende que termine. —Le dio una palmadita de consuelo en el hombro—. Será mejor que montéis ya, mi señora. Nos queda un largo día de marcha hasta Torreón Bellota, pero al final tendremos un techo bajo el que dormir y una cena caliente en la barriga.

Fue un largo día de marcha, pero el ocaso los encontró cuando vadeaban un arroyo y emprendían ya el ascenso hacia Torreón Bellota, con sus murallas de piedra y su gran torre de roble. El dueño no estaba; había ido a luchar en el séquito de su señor, Lord Vance, y en su ausencia, las puertas del castillo se encontraban cerradas. Pero su señora esposa era una antigua amiga de Tom de Sietecauces, y Anguy decía que habían sido amantes. Anguy cabalgaba junto a ella a menudo. Era el más cercano en edad a Arya, aparte de Gendry, y le contaba anécdotas divertidas de las Marcas de Dorne. Pero con aquello no la engañaba. «No es mi amigo. Solo se pone cerca de mí para vigilarme y que no intente escaparme otra vez.» Bueno; Arya también sabía vigilar. Syrio Forel la había enseñado.

Lady Smallwood recibió a los forajidos con afecto, aunque les echó una buena reprimenda por arrastrar a la guerra a una cría. Se enfadó todavía más cuando a Lim se le escapó que Arya era noble.

—¿Quién ha vestido a la pobre chiquilla con esos harapos de Bolton? —les preguntó, furiosa—. ¡Y con el emblema! ¡Más de uno la ahorcaría sin pensárselo dos veces por llevar al hombre desollado en el pecho!

Arya se vio empujada escaleras arriba, metida en una bañera y remojada en agua casi hirviendo. Las doncellas de Lady Smallwood la frotaron con tanta energía como si la quisieran desollar a ella. Hasta echaron en el agua una porquería dulzona que olía a flores.

Luego se empeñaron en que se vistiera con cosas de niña: medias de lana color marrón y ropa interior de lino, y encima, un vestido color verde claro con bellotas bordadas en hilo marrón en el corpiño y más bellotas ribeteando el dobladillo.

—Mi tía abuela es septa en una casa madre de Antigua —le dijo Lady Smallwood mientras las doncellas le ataban el corpiño a la espalda a Arya—. Envié a mi hija con ella cuando empezó la guerra. Seguro que, cuando regrese, esta ropa ya le quedará pequeña. ¿Te gusta bailar, niña? Mi Carellen es una excelente bailarina. También canta de maravilla. ¿A ti qué te gusta hacer?

—Labores de aguja. —Arya removió los juncos del suelo con el pie.

—Son muy relajantes, ¿verdad?

—Bueno, tal como yo las hago, no.

—¿No? A mí siempre me lo han parecido. Los dioses nos dan a cada uno nuestros talentos, grandes y pequeños, y a nosotros nos corresponde utilizarlos. Eso me dice siempre mi tía. Cualquier acto puede ser una plegaria, si lo llevamos a cabo lo mejor posible. ¿No te parece un concepto precioso? Tenlo en mente la próxima vez que estés con tus labores. ¿Las haces todos los días?

—Las hacía, pero perdí mi *Aguja.* La nueva que tengo no es tan buena.

—En tiempos como los que corren, hemos de arreglárnoslas con lo que hay y tratar de sacarle el mejor partido. —Lady Smallwood le arregló el corpiño del vestido—. Ahora sí que pareces una joven dama como debe ser.

«No soy ninguna dama —habría querido decirle Arya—. Soy una loba.»

—No sé quién eres, niña —dijo la mujer—, y tal vez sea lo mejor. Mucho me temo que alguien importante. —Le arregló el cuello a Arya—. En tiempos como estos, es mejor ser insignificante. En ese caso podría hacer que te quedaras aquí conmigo, aunque no estarías a salvo. Tengo muros —suspiró—, pero pocos hombres para defenderlos.

Cuando Arya estuvo bien lavada, peinada y vestida, la cena ya se estaba sirviendo en los salones. Gendry la miró y se echó a reír de tal manera que se le salió el vino por la nariz, hasta que Harwin le dio un capirotazo junto a la oreja. La comida era sencilla, pero abundante: cordero con setas, pan moreno, budín de guisantes y manzanas asadas con queso curado. Una vez recogida la mesa, cuando ya no quedaban criados en la estancia, Barbaverde bajó la voz para preguntarle a la dama si tenía alguna noticia del señor del relámpago.

—¿Noticias? —Sonrió—. Estuvo aquí hace menos de quince días. Iba con una docena más de hombres, que llevaban un rebaño de ovejas. Casi no di crédito a mis ojos. Thoros me dio tres a modo de agradecimiento. Os habéis comido una esta noche.

—¿Que Thoros iba conduciendo ovejas? —Anguy soltó una carcajada.

—Como lo oís. Era todo un espectáculo, pero Thoros aseguró que, como sacerdote, sabía cuidar de un rebaño.

—Sí, y también trasquilarlo —rio Lim Capa de Limón.

—Alguien debería componer una buena canción sobre esto. —Tom rasgueó una cuerda de su lira.

—Puede. —Lady Smallwood le lanzó una mirada desdeñosa—. Alguien que no rime «Dondarrion» con «ligón». Alguien que no les cante «Tiéndete en la hierba, hermosa doncella» a todas las lecheras del condado y les haga un bombo a dos de ellas.

—Era «Déjame beber de tu belleza, hermosa doncella» —replicó Tom a la defensiva—, y a las lecheras les gusta que se la cante. Y también a cierta dama noble que me viene a la memoria. Canto para complacer.

—Las tierras de los ríos están llenas de doncellas a las que habéis complacido —dijo la dama con chispas de los ojos—, todas bebiendo infusiones de tanaceto. Cualquiera diría que un hombre de tu edad habría aprendido ya a derramarles la semilla en el vientre, pero por fuera. A este paso, no tardarán en llamarte Tom Sietehijos.

—Pues da la casualidad de que pasé de los siete hace ya muchos años —dijo Tom—. Y son unos muchachos estupendos, que cantan como jilgueros. —Era evidente que no le preocupaba el tema.

—¿Dijo su señoría hacia dónde iba, mi señora? —intervino Harwin.

—Lord Beric nunca hace partícipe de sus planes a nadie, pero hay hambruna cerca de Septo de Piedra y el bosque Tresmonedas. Yo, en vuestro lugar, lo buscaría por allí. —Bebió un trago de vino—. Será mejor que lo sepáis: he tenido otras visitas menos agradables. Una manada de lobos llegó aullando a mis puertas; creían que tenía aquí a Jaime Lannister.

—Entonces ¿es verdad que el Matarreyes vuelve a estar libre? —Tom dejó de rasguear las cuerdas.

—Si lo tuvieran encadenado en Aguasdulces, no creo que hubieran venido aquí a buscarlo —dijo Lady Smallwood lanzándole una mirada despectiva.

—¿Y qué les dijo mi señora? —quiso saber Jack-con-Suerte.

—Pues que tenía a Ser Jaime desnudo en mi cama, pero que lo había dejado tan agotado que no podía bajar a recibirlos. Uno de ellos tuvo la desfachatez de llamarme mentirosa, así que los echamos de malos modos. Creo que se dirigieron hacia Fondonegro.

—¿Qué norteños eran los que vinieron a buscar al Matarreyes? —preguntó Arya, moviéndose inquieta en el asiento.

—No me dijeron cómo se llamaban, niña —dijo Lady Smallwood mirándola, sorprendida de que hubiera intervenido—, pero llevaban jubones negros con un sol blanco en el pecho.

El sol blanco sobre negro era el emblema de Lord Karstark. «Eran hombres de Robb», pensó Arya. Tal vez todavía estuvieran cerca. Si conseguía escabullirse de los forajidos y los encontraba, quizá la llevaran a Aguasdulces con su madre...

—¿Dijeron cómo consiguió escapar Lannister? —preguntó Lim.

—Sí —respondió Lady Smallwood—, aunque no me creo ni una palabra. Aseguran que Lady Catelyn lo liberó.

—Anda ya —dijo Tom; de la impresión se le había saltado una cuerda—. Eso es una locura.

«No es verdad —pensó Arya—. No puede ser verdad.»

—Lo mismo pensé yo —dijo Lady Smallwood.

En aquel momento, Harwin cayó en la cuenta de quién era Arya.

—Esta conversación no es para vos, mi señora.

—Quiero oír...

Los forajidos no cedieron.

—Venga, venga, ardillita —dijo Barbaverde—. Sed una damita buena e id a jugar al patio mientras hablamos.

Arya salió de la estancia hecha una furia; habría dado un portazo si la puerta no fuera tan pesada. La oscuridad cubría Torreón Bellota como un manto. Unas cuantas antorchas ardían a lo largo de las murallas, pero nada más. Las puertas del pequeño castillo estaban cerradas a cal y canto. Sabía que le había prometido a Harwin que no intentaría escapar de nuevo, pero aquello había sido antes de que empezaran a decir mentiras sobre su madre.

—¿Arya? —Gendry la había seguido—. Lady Smallwood dice que hay una herrería. ¿Vamos a verla?

—Si te apetece... —No tenía nada mejor que hacer.

—Ese Thoros del que hablaban —comentó Gendry cuando pasaron junto a las perreras—, ¿es el mismo Thoros que vivía en el castillo, en Desembarco del Rey? ¿Un sacerdote rojo gordo, con la cabeza rapada?

—Creo que sí. —Arya no había cruzado ni una palabra con Thoros en Desembarco del Rey, o al menos no lo recordaba, pero sabía quién era. Junto con Jalabhar Xho, era el personaje más pintoresco de la corte de Robert, y un gran amigo del Rey.

—Seguro que no se acuerda de mí, pero iba mucho a nuestra fragua. —La fragua de los Smallwood llevaba tiempo sin utilizarse, aunque el herrero había colgado sus herramientas de la pared, muy ordenadas. Gendry encendió una vela y la puso sobre el yunque antes de coger unas tenazas—. Mi maestro siempre le echaba la bronca por lo de las espadas llameantes. Le decía que no era manera de tratar un buen acero, pero es que Thoros no utilizaba nunca acero del bueno. Metía cualquier espada barata en fuego valyrio y la prendía. Mi maestro decía que no era más que un truco de alquimista, pero servía para asustar a los caballos y a algunos caballeros novatos.

Arya se esforzó por recordar si su padre había hecho algún comentario sobre Thoros.

—No es muy beato, ¿verdad?

—No —reconoció Gendry—. El maestro Mott decía que Thoros aguantaba más alcohol que el rey Robert. Que eran tal para cual, un par de glotones borrachos.

—No deberías llamar borracho al Rey. —Tal vez el rey Robert hubiera bebido demasiado, pero había sido amigo de su padre.

—Me refería a Thoros. —Gendry hizo ademán de ir a pellizcarle la cara con las tenazas, pero Arya las apartó de un manotazo—. Le gustaban los banquetes y los torneos; por eso lo apreciaba tanto el rey Robert. Y el tal Thoros era valiente. Cuando cayeron los muros de Pyke, fue el primero en entrar. Luchaba con una de sus espadas llameantes, y con cada golpe le prendía fuego a un hombre del hierro.

—Ojalá tuviera una espada llameante. —Había mucha gente a la que Arya habría querido prender fuego.

—Ya te he dicho que no es más que un truco. El fuego valyrio echa a perder el acero. Mi maestro le vendía una espada nueva a Thoros después de cada torneo. Y no había vez que no discutieran por el precio. —Gendry volvió a poner las tenazas en su sitio y descolgó el pesado martillo—. El maestro Mott me dijo que ya era hora de que hiciera mi primera espada. Me dio un buen trozo de acero, y yo sabía cómo iba a dar forma a la hoja. Pero entonces llegó Yoren y se me llevó para la Guardia de la Noche.

—Si quieres, todavía puedes forjar espadas —dijo Arya—. Para mi hermano Robb, cuando lleguemos a Aguasdulces.

—Aguasdulces. —Gendry dejó el martillo y la miró—. Estás diferente. Pareces una niña de verdad.

—Parezco un roble, con tanta bellota.

—Pero bonito. Un roble bonito. —Se acercó un paso y la olfateó—. Si hasta hueles bien, para variar.

—Pues tú no, tú hueles a rayos.

Arya le dio un empujón contra el yunque y echó a correr, pero Gendry la agarró por un brazo. Ella le puso la zancadilla y lo hizo caer, pero él la arrastró en la caída, y rodaron por el suelo de la herrería. Gendry era fuerte, pero Arya era más rápida. Cada vez que trataba de agarrarla, se liberaba y le daba un puñetazo. Los golpes solo hacían reír al chico, con lo que ella se enfadaba todavía más. Al final consiguió sujetarle las dos muñecas con una mano y empezó a hacerle cosquillas con la otra, hasta que Arya le dio un rodillazo entre las piernas y se libró de él. Los dos estaban cubiertos de polvo, y se le había desgarrado una manga del estúpido vestido de las bellotas.

—¿A que ya no estoy tan bonita? —gritó.

Cuando volvieron a la sala, Tom estaba cantando.

«Mi cama de plumas te espera,
suave y mullida, corazón.
Vestida de seda amarilla,
coronada por mi pasión,
de mi amor la reina elegida.
Y yo tu señor, con tesón
protejo mi sangre y tu vida;
mi espada te hará de blasón.»

Al verlos, Harwin estalló en carcajadas, y Anguy le dedicó una de sus bobaliconas sonrisas pecosas.

—¿Estamos seguros de que es una dama noble? ¿Seguros, seguros? En cambio, Lim Capa de Limón le dio un capón a Gendry.

—¡Si quieres pelearte con alguien, pelea conmigo! ¡Es una chica, y mucho más pequeña que tú! No le vuelvas a poner un dedo encima, ¿entendido?

—He empezado yo —dijo Arya—. Gendry tan solo se estaba metiendo conmigo.

—Deja en paz al chico, Lim —dijo Harwin—. Seguro que ha empezado Arya. En Invernalia era siempre así.

Tom le guiñó un ojo y siguió cantando.

La doncella del árbol reía,
al joven brindó una sonrisa.
Entre bailes dijo traviesa:
«Espera, no hay tanta prisa,
me haré un vestido con hojas
y el rocío que traiga la brisa.
Tú serás mi amante del bosque,
y yo esperaré de esa guisa.»

—No tengo vestidos de hojas —le dijo Lady Smallwood con una sonrisa afectuosa—, pero Carellen dejó más vestidos que te sentarán bien. Vamos, niña, a ver qué encontramos en el piso de arriba.

Fue aún peor que la primera vez. Lady Smallwood se empeñó en que Arya se bañara de nuevo, y encima le recortó el pelo y se lo peinó. El vestido que eligió para ella en aquella ocasión era como de color lila, con adornos de perlas diminutas. Lo único que tenía de bueno era que se trataba de una prenda tan delicada que nadie podía pretender que montara a caballo con aquello puesto. De modo que a la mañana siguiente, mientras desayunaban, Lady Smallwood le entregó unos calzones, un cinturón, una túnica y un jubón de piel de cierva con tachonaduras de hierro.

—Eran de mi hijo —le explicó—. Murió cuando tenía siete años.

—Lo siento mucho, mi señora. —De pronto, Arya se sentía mal y muy avergonzada—. También siento haber roto el vestido de las bellotas. Era bonito.

—Sí, niña. Igual que tú. Sé valiente.

Daenerys

En el centro de la plaza del Orgullo había una fuente de ladrillo rojo cuyas aguas olían a azufre, y en el centro de la fuente, una arpía monstruosa de bronce batido. Medía más de tres metros de altura. Tenía rostro de mujer, con el pelo dorado y los ojos de marfil, y también de marfil eran los puntiagudos colmillos. El agua amarillenta manaba de sus grandes pechos. Pero en lugar de brazos tenía alas de murciélago o dragón; sus piernas eran patas de águila, y a la espalda le crecía la cola curvada y ponzoñosa de un escorpión.

«La arpía de Ghis», pensó Dany. Si no recordaba mal, el Antiguo Ghis había caído hacía ya cinco mil años, sus legiones derrotadas por el poderío de la joven Valyria, sus imponentes murallas de ladrillos derribadas, sus calles y edificios reducidos a brasas y cenizas por las llamas de los dragones, sus campos sembrados de sal, azufre y cráneos... Los dioses de Ghis estaban muertos, al igual que sus habitantes; según le dijo Ser Jorah, aquellos astaporis eran mestizos. Hasta el idioma ghiscario había caído en el olvido hacía ya mucho tiempo; las ciudades de los esclavos hablaban el alto valyrio de sus conquistadores o el dialecto en que lo habían convertido.

Pero allí todavía perduraba el símbolo del Antiguo Imperio, aunque aquel monstruo de bronce tenía una gruesa cadena que colgaba entre las garras, con un grillete abierto en cada extremo.

«La arpía de Ghis tenía un rayo en las garras. Esta es la arpía de Astapor.»

—Dile a la puta de Poniente que mire para abajo —se quejó el traficante de esclavos Kraznys mo Nakloz a la niña esclava que hablaba por él—. Yo trato con carne, no con metal. El bronce no está en venta. Dile que mire a los soldados. Mi mercancía es magnífica; salta a la vista hasta para los ojos nublados de una salvaje del ocaso.

Kraznys hablaba el alto valyrio con mucho acento; tenía el típico tono ronco de Ghis, y salpicaba sus frases con palabras procedentes del argot de los traficantes de esclavos. Dany comprendió lo suficiente de lo que decía, pero sonrió y miró a la niña con cara inquisitiva, como si le pidiera la traducción.

—El Bondadoso Amo Kraznys os pregunta si no os parecen magníficos. —La pequeña hablaba la lengua común muy bien para no haber estado nunca en Poniente. No tendría más de diez años, y su rostro redondo y plano, piel oscura y ojos dorados denotaban que procedía de Naath. «El pueblo pacífico», como los solían llamar. Todos estaban de acuerdo en que eran los mejores esclavos.

—Puede que me resulten útiles —respondió Dany. Había sido idea de Ser Jorah que, mientras estuviera en Astapor, hablara solo dothraki o la lengua común. «Mi oso es más astuto de lo que parece», pensó—. ¿Qué entrenamiento han recibido?

—A la mujer de Poniente le gustan, pero no los alaba para que no suba el precio —le dijo la traductora a su amo—. Desea saber cómo están entrenados.

Kraznys mo Nakloz ladeó la cabeza. El traficante de esclavos olía como si se hubiera bañado en frambuesas, y la prominente barbita negra y roja brillaba, aceitada.

«Tiene los pechos más grandes que yo», se fijó Dany. Se le veían a través de la fina seda verde mar del *tokar* ribeteado en oro con el que se ceñía el cuerpo y se cubría un hombro. Al caminar se sujetaba el *tokar* en su sitio con la mano izquierda, mientras que en la derecha llevaba un látigo corto de cuero.

—¿Serán igual de ignorantes todos los cerdos de Poniente? —se quejó—. Todo el mundo sabe que los Inmaculados dominan el arte de la lanza, el escudo y la espada corta. —Le dirigió a Dany una amplia sonrisa—. Dile lo que haga falta, esclava, y date prisa. Hace mucho calor.

«Por fin dice algo que no es mentira.» Una pareja de esclavas situadas a sus espaldas sostenían sobre sus cabezas una marquesina de seda a rayas, pero incluso a la sombra, Dany se sentía mareada, y Kraznys sudaba copiosamente. La plaza del Orgullo llevaba cociéndose al sol desde el amanecer. Pese a las gruesas sandalias, sentía en los pies la temperatura de los adoquines rojos. Las ondulaciones del calor se alzaban trémulas de ellos y hacían que las pirámides escalonadas de Astapor, que rodeaban la plaza, parecieran casi oníricas.

En cambio, los Inmaculados no sentían el calor, o no daban muestra de sentirlo.

«Ahí de pie, tan quietos, parece que ellos también son adoquines.» Habían hecho salir a un millar de ellos de sus barracones para que los inspeccionara. Formaban en diez filas de un centenar de hombres ante la fuente y su gran arpía de bronce, firmes, rígidos, con los ojos pétreos clavados al frente. Por única vestimenta llevaban taparrabos de lino blanco y unos yelmos cónicos de bronce coronados por una púa afilada de un codo de longitud. Kraznys les había ordenado dejar en el suelo ante ellos las lanzas y los escudos, y despojarse de los cinturones y las túnicas guateadas, para que la reina de Poniente pudiera inspeccionar a placer la dureza magra de sus cuerpos.

—Los eligen de jóvenes, por su estatura, su velocidad y su fuerza —le dijo la esclava—. Empiezan a entrenarse a las cinco. Se entrenan todos los días, del amanecer al ocaso, hasta que dominan como maestros la espada corta, el escudo y las tres lanzas. El entrenamiento es muy riguroso, Alteza. Solo sobrevive uno de cada tres chicos. Lo sabe todo el mundo. Los Inmaculados dicen que el día que se ganan el casco con la púa es el día en que ha pasado lo peor, porque ninguna misión que les encomienden será jamás tan dura como el entrenamiento.

Se suponía que Kraznys mo Nakloz no hablaba ni una palabra de la lengua común, pero mientras escuchaba inclinaba la cabeza hacia un lado, y de cuando en cuando le daba un golpecito con la punta de la fusta a la niña esclava.

—Dile que estos llevan de pie ahí un día y una noche, sin comida ni agua. Dile que si lo ordeno se quedarán ahí hasta que caigan, y que cuando novecientos noventa y nueve se desplomen muertos sobre los adoquines, el último seguirá de pie sin moverse hasta que la muerte lo llame. Así de valerosos son. Díselo.

—A mí eso me parece demencia, no valor —comentó Arstan Barbablanca cuando la traductora, solemne y diminuta, hubo transmitido el mensaje.

Daba golpecitos en los adoquines con el extremo de su recio cayado, como para demostrar su desagrado. El anciano no había sido partidario de viajar a Astapor, y tampoco aprobaba la compra de aquel ejército de esclavos. Una reina tenía que escuchar a todos antes de tomar una decisión. Aquel era el motivo por el que Dany lo había llevado a la plaza del Orgullo, no para que la protegiera. Para aquello se bastaban y sobraban sus jinetes de sangre. A Ser Jorah Mormont lo había dejado a bordo de la *Balerion* para que cuidara de su gente y sus dragones. Muy a su pesar, los había tenido que encerrar bajo cubierta. Era demasiado peligroso permitir que sobrevolaran libremente la ciudad; en el mundo había demasiados hombres que los asaetearían de buena gana, sin más motivo que adjudicarse el nombre de Matadragones.

—¿Qué ha dicho el viejo maloliente? —le preguntó el traficante de esclavos a la traductora. Cuando la niña se lo dijo, sonrió—. Informa a los salvajes de que a esto lo llamamos obediencia. Puede que haya otros hombres más fuertes, más rápidos o más corpulentos que los Inmaculados. Incluso los hay tan hábiles como ellos en el uso de la espada, la lanza y el escudo. Pero en ningún lugar de los mares encontrarán esclavos más obedientes.

—Las ovejas son obedientes —señaló Arstan tras oír la traducción. Al igual que Dany, entendía un poco de valyrio, aunque no tanto como ella, pero él también lo disimulaba.

Cuando la traductora hubo terminado, Kraznys mo Nakloz mostró los grandes dientes blancos en una sonrisa.

—Basta una orden mía para que estas ovejas desparramen sus entrañas hediondas sobre los adoquines —dijo—, pero no se lo digas. Diles que son más perros que ovejas. ¿En esos Siete Reinos comen perro o caballo?

—Prefieren la carne de cerdo o la de vaca, reverencia.

—Vacas. Puaj. Comida para salvajes sucios.

Sin hacer caso de nadie, Dany recorrió a paso lento la hilera de soldados esclavos. Las muchachas la siguieron de cerca con la marquesina de seda para mantenerla a la sombra, pero el millar de hombres que tenía ante ella no disfrutaba de la misma protección. Más de la mitad tenía la piel cobriza y los ojos almendrados de los dothrakis y los lhazareenos, pero en las filas vio también a otros de las Ciudades Libres, junto a rostros de piel clara de Qarth, rostros de ébano de las Islas del Verano, y otros muchos cuyo origen ignoraba. Y algunos tenían la piel del mismo tono ambarino que Kraznys mo Nakloz, y el pelo hirsuto rojo y negro del antiguo pueblo de Ghis, cuyos habitantes se hacían llamar hijos de la arpía.

«Se venden hasta entre ellos», pensó. No tendría que sorprenderse. Los dothrakis hacían lo mismo cuando un *khalasar* se encontraba con otro en el mar de hierba.

Unos soldados eran altos, y otros, bajos. Calculó que sus edades oscilaban entre los catorce y los veinte años. Tenían las mejillas afeitadas, y la misma expresión en todos los ojos, ya fueran negros, castaños, azules, grises o ambarinos.

«Son como un solo hombre», pensó Dany, pero entonces se acordó de que en realidad no eran hombres. Los Inmaculados, del primero al último, eran eunucos.

—¿Por qué los castráis? —le preguntó a Kraznys a través de la niña esclava—. Siempre he oído decir que los hombres enteros son más fuertes que los eunucos.

—Cierto: un eunuco castrado de joven nunca tendrá la fuerza bruta de esos caballeros de Poniente —respondió Kraznys mo Nakloz cuando le transmitieron la pregunta—. Un toro también es fuerte, pero todos los días mueren toros en las arenas de combate. En la arena de Jothiel, una niña de nueve años mató a uno, no hace ni tres días. Dile que los Inmaculados tienen algo mucho mejor que la fuerza. Tienen disciplina. Nosotros peleamos a la manera del Antiguo Imperio, sí. Son las nuevas legiones del Antiguo Ghis que vuelven a la vida, siempre obedientes, siempre leales, siempre valientes.

Dany escuchó la traducción con paciencia.

—Hasta los hombres más valientes temen la muerte y las heridas —señaló Arstan tras escuchar a la niña.

Al oírlo, Kraznys sonrió de nuevo.

—Dile al viejo que huele a meados y que necesita un palo para tenerse en pie.

—¿De verdad, reverencia?

—Claro que no —respondió el hombre, dándole un golpecito con la fusta—, ¿cómo preguntas semejante tontería? ¿Qué eres? ¿Una niña o una cabra? Dile que los Inmaculados no son hombres. Dile que para ellos la muerte no significa nada, y las heridas, menos que nada.

Se detuvo ante un hombre corpulento que por su aspecto era de Lhazar, chasqueó la fusta, y dejó una fina línea de sangre en la mejilla cobriza. El eunuco parpadeó y permaneció tal como estaba, sangrando.

—¿Quieres otra? —preguntó Kraznys.

—Si eso complace a su reverencia...

Era difícil fingir que no entendía nada. Dany puso una mano en el brazo de Kraznys antes de que tuviera tiempo de alzar de nuevo la fusta.

—Dile al Bondadoso Amo que ya veo lo fuertes que son sus Inmaculados y con cuánta valentía resisten el dolor.

Al oír sus palabras traducidas al valyrio, Kraznys soltó una risita.

—Dile a esta ignorante que la valentía no tiene nada que ver.

—El Bondadoso Amo dice que no es cuestión de valor, Alteza.

—Dile a la puta que abra bien los ojos.

—Os ruega que prestéis atención, Alteza.

Kraznys se dirigió hacia el siguiente eunuco de la fila, un joven alto con los ojos azules y el pelo rubio de Lys.

—Tu espada —dijo.

El eunuco se arrodilló, desenvainó la espada y se la tendió con la empuñadura por delante. Era una espada corta, más adecuada para estocadas que para tajos, pero el filo era impresionante.

—De pie —ordenó Kraznys.

—Reverencia. —El eunuco se levantó, y Kraznys mo Nakloz le deslizó la espada lentamente torso arriba, dejando una fina línea roja a lo largo del vientre y entre las costillas. Luego clavó la punta de la espada bajo un pezón rosado y empezó a cortarlo, con movimientos de sierra.

—¿Qué hace? —le preguntó Dany a la niña con tono apremiante, mientras la sangre corría por el pecho del hombre.

—Dile a esa vaca que deje de mugir —dijo Kraznys sin aguardar la traducción—. Esto no le causará ningún daño grave. A los hombres no les hacen ninguna falta los pezones, y a los eunucos, menos todavía.

El pezón pendía por un hilo de piel. Lo cortó de un tajo; cayó sobre los adoquines y dejó atrás un ojo rojo y redondo que sangraba copiosamente. El eunuco no se movió hasta que Kraznys le tendió la espada con la empuñadura por delante.

—Toma, ya he terminado.

—Uno se complace de haberos servido.

—No sienten dolor, ¿veis? —dijo Kraznys, volviéndose hacia Dany.

—¿Cómo es posible? —preguntó ella a través de la traductora.

—El vino del valor —fue su respuesta—. No es un vino de verdad; se hace de belladona, larvas de moscas de sangre, raíz de loto negro y otros muchos ingredientes secretos. Lo beben con todas las comidas desde el día en que los castran, y cada año que pasa sienten menos. Los hace valerosos en la batalla. Y no se los puede torturar. Dile a la salvaje que, con los Inmaculados, sus secretos están a salvo. Los puede utilizar como guardias en su Consejo, y hasta en su dormitorio, sin preocuparse de que oigan nada.

»En Yunkai y Meereen les cortan los testículos a los niños para convertirlos en eunuco. Esas criaturas no son fértiles, pero a menudo pueden tener erecciones. Eso solo sirve para causar problemas. Nosotros quitamos también el pene; no dejamos nada. Los Inmaculados son las criaturas más puras que hay sobre la tierra. —Dirigió otra de sus amplias sonrisas a Dany y a Arstan—. Tengo entendido que en los Reinos de Ocaso, algunos hombres prestan juramento solemne de mantenerse castos y no engendrar hijos, y de vivir únicamente para su deber. ¿Es así?

—Sí —respondió Arstan tras escuchar la traducción—. Hay órdenes así. Los maestres de la Ciudadela, los septones y las septas que sirven a los Siete, las hermanas silenciosas de los muertos, la Guardia Real y la Guardia de la Noche...

—Pobres —gruñó el traficante de esclavos—. Los hombres no nacieron para vivir así. Cualquier idiota se daría cuenta de que sus días deben de ser una tortura; estarán plagados de tentaciones y, sin duda, muchos sucumbirán a sus instintos más primarios. No es el caso de nuestros Inmaculados. Están casados con sus espadas de una manera que vuestros Hermanos Juramentados no pueden soñar con igualar. Ninguna mujer podrá jamás tentarlos, y tampoco ningún hombre.

La niña transmitió la esencia de su discurso en tono más educado.

—La carne no es la única manera de tentar a un hombre —objetó Arstan Barbablanca cuando hubo terminado.

—A un hombre, pero los Inmaculados son diferentes. Tienen tan poco interés en el saqueo como en la violación. Lo único que poseen son sus armas. Ni siquiera les permitimos tener nombre.

—¿No tienen nombre? —Dany miró a la pequeña traductora con el ceño fruncido—. ¿Seguro que es lo que ha dicho el Bondadoso Amo? ¿Que no tienen nombre?

—Así es, Alteza.

Kraznys se detuvo ante un ghiscario que podría haber sido su hermano, solo que más alto y con mejor forma física. Dio un golpecito con la fusta en el pequeño disco de bronce que adornaba el cinturón de la espada, a sus pies.

—Este es su nombre. Pregúntale a la puta de Poniente si sabe leer los glifos ghiscarios. —Cuando Dany reconoció que no, el traficante de esclavos se volvió hacia el Inmaculado—. ¿Cuál es tu nombre? —preguntó imperativo.

—Uno se llama Pulga Roja, reverencia.

La niña repitió la conversación en la lengua común.

—¿Cuál era ayer?

—Rata Negra, reverencia.

—¿Y anteayer?

—Pulga Marrón, reverencia.

—¿Y el día anterior?

—Uno no lo recuerda, reverencia. Puede que fuera Sapo Azul. O Gusano Azul.

—Dile que todos los nombres son por el estilo —le ordenó Kraznys a la niña—. Eso les recuerda que, por sí solos, no son más que sabandijas. Todos los días, al anochecer, los discos con los nombres se guardan en un barril vacío, y al amanecer, cada uno recoge uno al azar.

—Otra locura —comentó Arstan cuando oyó la traducción—. ¿Cómo puede nadie recordar un nombre nuevo cada día?

—Los que no pueden, no superan el entrenamiento, igual que los que no pueden correr todo el día cargados, escalar una montaña en medio de la noche, caminar sobre brasas al rojo o matar a un bebé.

Al oír aquello, Dany hizo una mueca.

«¿Me habrá visto, o además de cruel es ciego?» Se volvió a toda prisa y trató de mantener el rostro impasible como una máscara hasta oír la traducción. Cuando lo hubo conseguido, se permitió mirarlo.

—¿A qué bebés matan?

—Para ganarse el casco con la púa, un Inmaculado tiene que ir al mercado de esclavos con un marco de plata, buscar a un recién nacido berreante y matarlo delante de su madre. Así nos aseguramos de que no les queda ni rastro de debilidad.

Dany se sintió desmayar. «Es el calor», trató de convencerse.

—¿Arrancáis a un bebé de los brazos de su madre, lo matáis delante de ella y pagáis su dolor con una moneda de plata?

Al oír la traducción, Kraznys mo Nakloz soltó una carcajada estrepitosa.

—¡Qué blanda es esta mocosa estúpida! Dile a la puta de Poniente que el marco es para el dueño del niño, no para la madre. Los Inmaculados tienen prohibido robar. —Se dio unos golpecitos con la fusta contra la pierna—. Son pocos los que no pasan la prueba. Creo que lo de los perros les cuesta más. El día de su castración, le entregamos a cada niño un cachorrito. Al final del primer año se le exige que lo estrangule. A los que no pueden, los matamos y los echamos de comer a los perros que queden vivos. Hemos descubierto que es una buena lección.

Mientras escuchaba, Arstan Barbablanca golpeteaba con la punta del cayado los adoquines. *Toc, toc, toc.* Lento, rítmico. *Toc, toc, toc.* Dany lo vio apartar los ojos, como si no soportara mirar a Kraznys ni un momento más.

—El Bondadoso Amo ha dicho que a estos eunucos no se los puede tentar con carne ni con monedas —le dijo Dany a la niña—, pero si algún enemigo les ofreciera la libertad a cambio de traicionarme...

—Lo matarían de inmediato y llevarían su cabeza ante ella, díselo —fue la respuesta del mercader de esclavos—. Otros esclavos roban y acumulan plata con la esperanza de comprar su libertad, pero un Inmaculado no la aceptaría ni aunque esta puta se la ofreciera como regalo. Aparte de su deber, no tienen vida. Son soldados, nada más.

—Lo que necesito son soldados —reconoció Dany.

—Dile que entonces hizo bien en acudir a Astapor. Pregúntale de qué tamaño quiere su ejército.

—¿Cuántos Inmaculados hay en venta?

—En este momento, entrenados al máximo y disponibles, ocho mil. Dile que solo los vendemos por cientos o por miles. Antes los vendíamos también por decenas, como guardias privados, pero fue un error. Diez son demasiado pocos. Se mezclan con otros esclavos, o hasta con hombres libres, y olvidan qué y quiénes son. —Kraznys esperó a que terminara la traducción a la lengua común antes de continuar—. La reina mendiga tiene que comprender que estas maravillas no son baratas. En Yunkai y en Meereen se pueden comprar soldados esclavos por menos de lo que valen sus espadas, pero los Inmaculados son los mejores del mundo: cada uno representa muchos años de entrenamiento. Dile que son como el acero valyrio, plegados una y otra vez, martilleados durante años, hasta que son más fuertes y resistentes que ningún otro metal de la tierra.

—Sé qué es el acero valyrio —dijo Dany—. Pregúntale al Bondadoso Amo si los Inmaculados tienen sus oficiales.

—Los oficiales los tendrá que poner ella. Los entrenamos para que obedezcan, no para que piensen. Si lo que quiere son sesos, que compre escribas.

—¿Y el equipamiento?

—La espada, el escudo, la lanza, las sandalias y la túnica guateada se incluyen en el precio —dijo Kraznys—. Y los cascos con la púa, claro. Pueden usar la armadura que quiera, pero se la tendrá que proporcionar ella.

A Dany no se le ocurrían más preguntas. Miró a Arstan.

—Habéis vivido mucho, Barbablanca. Ahora que los habéis visto, ¿qué me decís?

—Os digo que no, Alteza —respondió el anciano al instante.

—¿Por qué? —quiso saber ella—. Hablad con toda libertad. —Dany creía saber lo que le iba a decir, pero quería que la niña esclava lo oyera, de modo que Kraznys mo Nakloz se enterase más tarde.

—Mi reina —empezó Arstan—, hace miles de años que no hay esclavos en los Siete Reinos. Los antiguos dioses y los nuevos consideran que la esclavitud es una abominación. Está mal. Si llegáis a Poniente al frente de un ejército de esclavos, muchos hombres buenos se opondrán a vos por ese único motivo. Causaréis un gran daño a vuestra causa, y también al honor de vuestra Casa.

—Pero necesito un ejército —señaló Dany—. Ese chico, Joffrey, no me entregará el Trono de Hierro si me limito a pedírselo por favor.

—Cuando llegue el día en que ondeen vuestros estandartes, la mitad de Poniente estará con vos —le prometió Barbablanca—. Todavía se recuerda a vuestro hermano Rhaegar con gran afecto.

—¿Y a mi padre? —preguntó Dany.

El anciano titubeó un instante.

—También se recuerda al rey Aerys —dijo al final—. Proporcionó al reino muchos años de paz. No necesitáis esclavos, Alteza. El magíster Illyrio os puede proteger mientras vuestros dragones crecen, y enviar emisarios secretos al otro lado del mar Angosto en vuestro nombre para atraer hacia vuestra causa a los grandes señores.

—¿Los mismos grandes señores que abandonaron a mi padre a manos del Matarreyes y se arrodillaron ante Robert el Usurpador?

—Quizá hasta los que se arrodillaron anhelen en su corazón el regreso de los dragones.

—Quizá —remarcó Dany. *Quizá* era una palabra muy arriesgada. En cualquier idioma. Se volvió hacia Kraznys mo Nakloz y su esclava—. Tengo que pensarlo con detenimiento.

—Dile que se dé prisa en pensar —dijo el mercader de esclavos encogiéndose de hombros—. Hay otros muchos compradores. Hace menos de tres días le enseñé estos mismos Inmaculados a un rey corsario que tenía intención de comprarlos todos.

—El corsario solo quería un centenar, reverencia —oyó Dany decir a la niña esclava.

El hombre le dio un golpecito con la punta de la fusta.

—Los corsarios son unos mentirosos. Los comprará todos. Díselo, niña.

Dany sabía que, si compraba alguno, compraría bastantes más de un centenar.

—Recuérdale a tu Bondadoso Amo quién soy yo. Recuérdale que soy Daenerys de la Tormenta, Madre de Dragones, La que no Arde, reina legítima de los Siete Reinos de Poniente. Llevo la sangre de Aegon el Conquistador, la sangre de la antigua Valyria.

Pero las palabras no impresionaron al orondo y perfumado traficante de esclavos, ni siquiera traducidas a su desagradable idioma.

—El Antiguo Ghis dominaba un imperio cuando en Valyria todavía estaban follando ovejas —le gruñó a la pobre traductora—, y nosotros somos los hijos de la arpía. —Se encogió de hombros—. Malgasto la lengua regateando con mujeres. Son todas iguales, las del este y las del oeste; no son capaces de tomar una decisión mientras no las adules, las malcríes y las atiborres de criadillas. En fin, si es mi destino, tendré que aceptarlo. Dile a la puta que si quiere visitar nuestra hermosa ciudad, Kraznys mo Nakloz estará encantado de atenderla... y de satisfacerla, si es más mujer de lo que parece.

—El Bondadoso Amo estará encantado de mostraros Astapor mientras lo meditáis, Alteza —dijo la traductora.

—Le daré de comer sesos de perro en gelatina y un delicioso guiso de pulpo rojo y cachorrito nonato. —Se relamió.

—Dice que aquí podéis probar platos deliciosos.

—Dile lo hermosas que son las pirámides por la noche —gruñó el mercader de esclavos—. Dile que lameré miel de sus pechos, o si lo prefiere, dejaré que ella lama miel de los míos.

—Astapor es una ciudad muy bella cuando anochece, Alteza —dijo la niña esclava—. Los Bondadosos Amos encienden farolillos de seda en todas las terrazas, de manera que las pirámides brillan con luces de colores. Las barcazas de placer surcan el Gusano; en ellas suena una dulce música, y visitan las pequeñas islas para probar vinos, comidas y otras delicias.

—Pregúntale si quiere ver nuestras arenas de combate —añadió Kraznys—. En la arena de Douquor hay programado un buen espectáculo para esta noche. Un oso y tres niños. Uno de los niños estará untado con miel, otro con sangre y otro con pescado podrido; si quiere, podrá apostar por cuál devorará el oso primero.

Toc, toc, toc, oyó Dany. El rostro de Arstan Barbablanca seguía impasible, pero el cayado marcaba el ritmo de su rabia. *Toc, toc, toc.* Se esforzó por sonreír.

—Tengo un oso esperándome en la *Balerion* —le dijo a la traductora—, y me devorará a mí si no vuelvo pronto con él.

—¿Lo ves? —dijo Kraznys al oír la traducción—, la mujer no decide; tiene que acudir al hombre. ¡Como siempre!

—Dale las gracias al Bondadoso Amo por su amabilidad y su paciencia —siguió Dany—, y dile que pensaré sobre lo que me ha dicho.

Le ofreció el brazo a Arstan Barbablanca para cruzar la plaza en dirección a la litera. Aggo y Jhogo se situaron uno a cada lado de ellos y echaron a andar con la torpeza de todos los señores de los caballos cuando se veían obligados a desmontar y a caminar como el resto de los mortales.

Con el ceño fruncido, Dany se subió a su litera y le hizo una seña a Arstan para que subiera junto a ella. Un hombre tan anciano no debía caminar con aquel calor. Cuando se pusieron en marcha no cerró las cortinas. El sol que caía abrasador sobre aquella ciudad de adoquines rojos hacía que hasta la menor brisa fuera un regalo, aunque llegara con un remolino de fino polvillo rojo.

«Además, tengo que ver esto.»

Astapor era una ciudad extraña incluso para los ojos de quien había entrado en el Palacio de Polvo y se había bañado en el Vientre del Mundo, al pie de la Madre de Montañas. Todas las calles estaban pavimentadas con adoquines rojos, igual que la plaza. Del mismo material eran las pirámides escalonadas, los fosos donde estaban las arenas de combate con sus hileras de gradas descendentes, las fuentes sulfurosas y las penumbrosas cavas, así como los muros que lo rodeaban todo.

«Cuántos ladrillos —pensó—. Qué viejos y decrépitos.» El fino polvo rojo estaba por todas partes; se arremolinaba en las cunetas con cada ráfaga de viento. No era de extrañar que tantas mujeres astaporis llevaran velos sobre el rostro; el polvo de adoquín picaba en los ojos más que la arena.

—¡Abrid paso! —gritó Jhogo, que cabalgaba delante de su litera—. ¡Abrid paso a la Madre de Dragones!

Pero cuando desenrolló el gran látigo con mango de plata que Dany le había regalado y lo hizo chasquear en el aire, ella asomó la cabeza y le hizo un gesto de negación.

—Aquí no, sangre de mi sangre —dijo en el idioma del jinete—. Estos adoquines ya han oído demasiadas veces el sonido de los látigos.

Aquella mañana, cuando llegaron procedentes del puerto, habían encontrado las calles casi desiertas, y la situación no había cambiado mucho. Pasó junto a ellos un elefante con una litera de celosía sobre el lomo. Un niño desnudo despellejado por el sol estaba sentado en un canal de ladrillo por el que no corría agua; tenía el dedo metido en la nariz y contemplaba las hormigas de la calle con semblante hosco. Al oír el sonido de los cascos de los caballos alzó la vista y contempló boquiabierto el paso de una columna de guardias montados, que iba al trote en medio de una nube de polvo rojo y risas tensas. Los discos de cobre cosidos a las capas de seda amarilla brillaban como otros tantos soles; las túnicas eran de lino recamado; vestían faldas plisadas, también de lino, y calzaban sandalias en los pies. No llevaban ningún tipo de casco, y todos se habían aceitado y trenzado las cabelleras rojas y negras para darles formas fantásticas: cuernos, alas, espadas y hasta manos entrelazadas, de modo que más bien parecían una comitiva de demonios escapados del séptimo infierno. El niño desnudo los contempló un rato, igual que Dany, pero en cuanto se perdieron a lo lejos volvió a concentrarse en las hormigas y en el dedo metido en la nariz.

«Es una ciudad antigua —reflexionó ella—, pero menos poblada que en su momento de gloria; no está tan llena de gente como Qarth, Pentos o Lys, ni mucho menos.»

La litera se detuvo de repente en el cruce de calles mientras pasaba una reata de esclavos, espoleados por el restallido del látigo de un capataz. Dany advirtió que no eran Inmaculados, sino hombres comunes con la piel ligeramente bronceada y el pelo negro. También había mujeres entre ellos, pero no niños. Todos iban desnudos. Tras ellos caminaban dos astaporis a lomos de asnos blancos, un hombre con un *tokar* de seda roja y una mujer con velo, vestida de lino azul decorado con hojuelas de lapislázuli y una peineta de marfil en el cabello rojo y negro. El hombre reía mientras le susurraba algo al oído, y no le prestó a Dany más atención que a sus esclavos, igual que el capataz del látigo de cinco colas, un dothraki achaparrado y fuerte que lucía orgulloso un tatuaje de la arpía y las cadenas en el pecho musculoso.

—Con adoquines y sangre se construyó Astapor —murmuró Barbablanca, junto a ella—; y con adoquines y sangre, su gente.

—¿Qué es eso? —le preguntó Dany con curiosidad.

—Un antiguo dicho que me enseñó un maestre cuando era niño. No sabía hasta qué punto era cierto. Los adoquines de Astapor están teñidos de rojo por la sangre de los esclavos que los hacen.

—No me lo puedo creer —dijo Dany.

—Entonces, marchaos de este lugar antes de que vuestro corazón se endurezca como esos adoquines. Haceos a la mar esta misma noche, en cuanto suba la marea.

«Ojalá pudiera», pensó Dany.

—Ser Jorah dice que, cuando salga de Astapor, deberá ser con un ejército a mis órdenes.

—Ser Jorah fue traficante de esclavos, Alteza —le recordó el anciano—. En Pentos, en Myr y en Tyrosh hay mercenarios a los que podréis contratar. Los hombres que matan por dinero no tienen honor, pero al menos no son esclavos. Comprad vuestro ejército allí, os lo suplico.

—Mi hermano visitó Pentos, Myr, Braavos y casi todas las Ciudades Libres. Allí, los magísteres y los arcontes lo alimentaron con vino y promesas, pero dejaron que su alma muriera de hambre. Un hombre no puede comer toda la vida del cuenco del mendigo y seguir siendo un hombre. Ya lo probé en Qarth y tuve suficiente. No seré una mendiga.

—Mejor mendiga que esclavista —dijo Arstan.

—Solo habla así quien no ha sido ni una cosa ni otra. —Dany estaba roja de cólera—. ¿Sabéis qué se siente cuando lo venden a uno, escudero? Yo sí. Mi hermano me vendió a Khal Drogo a cambio de la promesa de una corona de oro. Sí, Drogo lo coronó con oro, aunque no tal como él habría querido, y yo... Mi sol y estrellas me convirtió en una reina, pero si no hubiera sido él como era, todo habría resultado muy diferente. ¿Creéis que he olvidado qué es sentir miedo?

—No era mi intención ofenderos, Alteza —se disculpó Barbablanca inclinando la cabeza.

—Lo único que me ofende son las mentiras, no los consejos sinceros. —Dany le dio unas palmaditas tranquilizadoras a Arstan en la mano—. Lo que pasa es que tengo temperamento de dragón. No permitáis que eso os asuste.

—Lo tendré en cuenta —sonrió Barbablanca.

«Su rostro es amable, y tiene mucha fuerza —pensó Dany. No entendía por qué Ser Jorah desconfiaba tanto del anciano—. ¿Tendrá celos porque ahora hay otro hombre con el que puedo hablar? —Sin quererlo, recordó la noche en la *Balerion,* cuando el caballero exiliado la había besado—. No debió hacerlo. Tiene tres veces mi edad y es de origen mucho más humilde que yo; además, no le di permiso. Ningún caballero de verdad besaría a una reina sin su permiso.» Después de aquello se había cuidado bien de no volver a quedarse a solas con Ser Jorah; cuando estaba a bordo siempre la acompañaban sus doncellas Irri y Jhiqui, y a veces, también sus jinetes de sangre. «Quiere besarme otra vez, se lo veo en los ojos.»

Dany no habría sabido decir qué quería ella, pero el beso de Jorah había despertado algo en su interior, una sensación que llevaba dormida desde el día en que murió Drogo, que había sido su sol y estrellas. Tumbada en el estrecho catre, se descubrió pensando cómo sería yacer junto a un hombre en vez de al lado de su doncella, y la sola idea le resultó más excitante de lo que debería. A veces cerraba los ojos y soñaba con él, pero no se trataba nunca de Jorah Mormont. Su amante era siempre más joven y más apuesto, aunque el rostro era una sombra cambiante.

En cierta ocasión, tan atormentada que no conseguía conciliar el sueño, Dany se deslizó una mano entre las piernas y se sorprendió de lo húmeda que estaba. Casi sin atreverse a respirar, movió los dedos adelante y atrás entre los labios menores, despacio para no despertar a Irri, que dormía junto a ella, hasta que encontró un punto sensible, y allí se demoró; se tocó con suavidad, al principio tímidamente, luego más deprisa, pero el alivio que buscaba parecía esquivarla. En aquel momento, sus dragones se agitaron. Uno de ellos chilló en el camarote; Irri se despertó y vio qué estaba haciendo.

Dany sabía que se había sonrojado, pero en la oscuridad, Irri no podía darse cuenta. Sin decir nada, la doncella le puso una mano en el seno, se inclinó y le lamió un pezón. La otra mano descendió por la suave curva del vientre, acarició el monte de fino vello plateado, y empezó a trabajar entre los muslos de Dany. Apenas unos momentos más tarde se le tensaron las piernas, curvó la espalda, y todo su cuerpo se estremeció. Entonces fue ella la que gritó. O tal vez fuera Drogon. Irri no dijo nada en ningún momento; se limitó a acurrucarse y se durmió nada más terminar.

Al día siguiente, todo parecía un sueño. ¿Y qué tenía que ver Ser Jorah con aquello?

«A quien quiero tener es a Drogo, mi sol y estrellas —se recordó Dany—. No a Irri, ni a Ser Jorah, solo a Drogo. —Pero Drogo estaba muerto. Creía que aquellos sentimientos habían muerto con él en el desierto rojo, pero un beso traicionero, sin que supiera por qué, los había resucitado—. No debería haberme besado. Fue presuntuoso por su parte, y yo se lo permití. Esto no puede repetirse.» Apretó los labios y sacudió la cabeza, y la campanilla de su trenza tintineó con suavidad.

En las cercanías de la bahía, la ciudad presentaba un aspecto más hermoso. Las grandes pirámides de adoquines se alineaban a lo largo de la orilla; la más alta debía de medir más de doscientas varas. En las amplias terrazas crecían todo tipo de árboles, enredaderas y flores, y el viento que soplaba en torno a ellas tenía un aroma fresco e intenso. Otra arpía gigante se alzaba sobre la puerta de la verja; era de arcilla cocida y se estaba desintegrando a ojos vistas; de su cola de escorpión apenas si quedaba un muñón. La cadena que tenía entre las garras de arcilla era de hierro viejo, casi podrida de óxido. Pero cerca del agua la temperatura era más fresca. Las olas lamían los viejos pilones, y el sonido resultaba extrañamente sosegador.

Aggo ayudó a Dany a bajarse de la litera. Belwas el Fuerte estaba sentado en un enorme pilón, devorando un pernil asado.

—Perro —dijo con tono alegre al ver a Dany—. Buen perro en Astapor, pequeña reina. ¿Comer? —preguntó ofreciéndole la carne con una sonrisa grasienta.

—Sois muy amable, Belwas, pero no, gracias.

Dany había comido perro en otros lugares y ocasiones, pero en aquel momento solo podía pensar en los Inmaculados y en sus cachorritos. Pasó junto al corpulento eunuco y subió por la plancha que llevaba a la cubierta de la *Balerion.*

Ser Jorah Mormont la estaba esperando.

—Alteza —dijo al tiempo que inclinaba la cabeza—, los traficantes de esclavos han venido y se han marchado. Eran tres, acompañados por una docena de escribas y otros tantos esclavos. Han recorrido nuestras bodegas palmo a palmo, tomando nota de todo lo que teníamos. —Caminó con ella hacia popa—. ¿Cuántos hombres tienen en venta?

—Ninguno. —¿Estaba furiosa con Mormont, o con aquella ciudad, con su calor tétrico, su hedor, su sudor y sus adoquines erosionados?—. Venden eunucos, no hombres. Eunucos hechos de adoquines, igual que el resto de Astapor. ¿He de comprar ocho mil eunucos de ojos muertos que no se mueven nunca, que matan niños de pecho para conseguir un casco con púa y estrangulan a sus perros? Ni siquiera tienen nombre. Así que no los llaméis *hombres,* ser.

—*Khaleesi* —empezó, desconcertado ante tanta ira—, a los Inmaculados los eligen de niños, los entrenan...

—Ya he oído todo lo que quería oír sobre su entrenamiento. —Dany sintió que las lágrimas le desbordaban los ojos, repentinas, involuntarias. Alzó la mano y abofeteó a Ser Jorah en la mejilla. De lo contrario habría empezado a sollozar.

—Si he disgustado a mi reina... —Mormont se tocaba la mejilla abofeteada.

—Pues sí. Me habéis disgustado mucho, ser. Si fuerais mi leal caballero jamás me habríais traído a esta pocilga vil.

«Si fuerais mi leal caballero jamás me habríais besado, ni me habríais mirado de esa manera los pechos, ni...»

—Como Vuestra Alteza ordene. Le diré al capitán Groleo que se disponga a hacerse a la mar con la marea de esta noche, rumbo a una pocilga menos vil.

—No —replicó Dany. Groleo los miraba desde el castillo de proa, al igual que su tripulación. Barbablanca, sus jinetes de sangre, Jhiqui... Todos se habían detenido al oír el restallido de la bofetada—. Quiero que nos hagamos a la mar ahora mismo, no con la marea; quiero que nos vayamos a toda prisa y no volver la vista atrás. Pero no es posible, ¿verdad? Hay ocho mil eunucos de adoquín en venta, y tengo que encontrar la manera de comprarlos.

Sin añadir una palabra, se alejó de él y bajó a su camarote.

Tras la madera tallada de la puerta de las estancias del capitán, los dragones estaban inquietos. Drogon alzó la cabeza y chilló; un humo blancuzco le salió de las fosas nasales. Viserion aleteó hacia ella y trató de posársele en el hombro, como hacía cuando era más pequeño.

—No —dijo Dany al tiempo que trataba de sacudírselo con suavidad—. Ya eres demasiado grande para eso, cariño.

Pero el dragón le enroscó en torno al brazo la cola blanca y dorada, y le clavó las garras en la tela de la manga para afianzarse. Dany, impotente, se dejó caer en el sillón de cuero de Groleo entre risas.

—Han estado como locos desde que os marchasteis, *khaleesi* —le dijo Irri—. Viserion ha arrancado astillas de la puerta, ¿veis? Y Drogon trató de escapar cuando los traficantes de esclavos vinieron a verlos. Lo agarré por la cola para retenerlo y me mordió. —Le mostró a Dany las marcas de los dientes que tenía en la mano.

—¿Alguno de los tres trató de lanzar fuego para escapar? —Aquello era lo que más temía.

—No, *khaleesi.* Drogon lanzó fuego, pero al aire. A los traficantes de esclavos les dio miedo acercarse a él.

Dany besó la mano de Irri allí donde el dragón la había mordido.

—Siento que te haya hecho daño. Los dragones no nacieron para que los encerraran en un camarote tan pequeño.

—En eso, los dragones son como los caballos —dijo Irri—. Y también los jinetes. Los caballos relinchan en la bodega, *khaleesi,* y dan coces en los mamparos de madera. Los oigo todo el tiempo. Además, Jhiqui dice que, cuando estáis ausente, las ancianas y los niños lloran. No les gusta este carro de las aguas. No les gusta el mar de sal negra.

—Ya lo sé —dijo Dany—. De verdad, lo sé.

—¿Mi *khaleesi* está triste?

—Sí.

«Triste y desorientada.»

—¿Quiere la *khaleesi* que le dé placer?

—No. —Dany retrocedió un paso—. No tienes por qué hacer eso, Irri. Aquella noche, cuando te despertaste, lo que pasó... No eres una esclava de cama; te di la libertad, ¿recuerdas? Eres...

—Soy la doncella de la Madre de Dragones —dijo la chica—. Es un gran honor darle placer a mi *khaleesi.*

—Eso no es lo que quiero —insistió—. De verdad. —Se apartó con gesto brusco—. Déjame. Quiero estar a solas. Para pensar.

El sol había empezado a ponerse sobre las aguas de la bahía de los Esclavos cuando Dany regresó a la cubierta. Se apoyó en la baranda y contempló Astapor.

«Visto desde aquí casi parece hermoso —pensó. Las estrellas empezaban a brillar sobre la ciudad, igual que los farolillos de seda, tal como le había dicho la traductora de Kraznys—. Pero abajo solo hay oscuridad, en las calles, en las plazas y en las arenas de combate. Y más oscuridad aún hay en los barracones, donde algún niño estará dando de comer al cachorrito que le entregaron cuando le arrebataron la virilidad.»

Oyó unas pisadas suaves tras ella.

—*Khaleesi.* —Era su voz—. ¿Puedo hablaros con sinceridad?

Dany no se volvió. En aquel momento no habría soportado mirarlo a la cara. Si lo hacía, tal vez lo abofeteara de nuevo. O se echara a llorar. O lo besara. Ya no sabía qué estaba bien, qué estaba mal y qué era una locura.

—Decid lo que queráis, ser.

—Cuando Aegon el Dragón desembarcó en Poniente, los reyes del Valle, la Roca y el Dominio no corrieron a él para entregarle sus coronas. Si pretendéis ocupar el Trono de Hierro, tendréis que ganarlo como hizo él: con acero y fuegodragón. Eso quiere decir que, antes de que acabéis, tendréis las manos manchadas de sangre.

«Sangre y Fuego», pensó Dany. El lema de la Casa Targaryen. Lo había oído repetir toda su vida.

—De buena gana derramaré la sangre de mis enemigos. Pero jamás la de inocentes. Me ofrecen ocho mil Inmaculados. Ocho mil bebés muertos. Ocho mil perros estrangulados.

—Alteza —insistió Jorah Mormont—, yo vi Desembarco del Rey después del Saqueo. Aquel día también murieron bebés, y ancianos, y niños. No podríais contar el número de mujeres que fueron violadas. En todo hombre habita una bestia salvaje, y cuando ponéis en la mano de ese hombre una espada o una lanza y lo mandáis a la guerra, la bestia revive. Para despertarla solo hace falta el olor de la sangre. Pero jamás he oído decir que estos Inmaculados violen a ninguna mujer, ni que pasen por la espada a toda una ciudad; ni siquiera que cometan saqueos, a no ser que sus líderes se lo ordenen. Tal vez sean adoquines, como decís, pero si los compráis, los únicos perros que matarán en adelante son aquellos que vos queráis ver muertos. Creo recordar que queríais ver muertos a unos cuantos perros.

«Los perros del Usurpador.»

—Sí. —Dany apartó la vista de las delicadas luces de colores, y se dejó acariciar por la fresca brisa marina—. Habéis hablado de saquear ciudades. Decidme una cosa, ser: ¿por qué los dothrakis nunca han saqueado esta? —Señaló hacia las edificaciones—. Mirad esas murallas. Se están derrumbando por muchos sitios. ¿Veis algún guardia en aquellas torres? Yo no. ¿Acaso se esconden, ser? Hoy he visto a los hijos de la arpía, a todos sus orgullosos guerreros nobles. Vestían faldas de lino, y lo único que tenían de fiero era el pelo. Hasta el *khalasar* más modesto podría cascar esta Astapor como una nuez y derramar por el suelo su contenido de carne podrida. Decidme, pues, cómo es que esa arpía horrorosa no está en el camino de dioses de Vaes Dothrak, junto con el resto de los dioses robados.

—Tenéis el ojo perspicaz de un dragón, *khaleesi,* salta a la vista.

—Quiero una respuesta, no un cumplido.

—Hay dos motivos. Los valientes defensores de Astapor son pura paja, es verdad. Nombres antiguos y monederos rebosantes que se disfrazan con látigos ghiscarios para hacer como si todavía dominaran un vasto imperio. Todos y cada uno de ellos son oficiales de alto rango. En los días festivos escenifican batallas en la arena para demostrar que son grandes comandantes, pero los que mueren son los eunucos. Da lo mismo; cualquier enemigo que quisiera saquear Astapor sabe que tendría que enfrentarse a los Inmaculados. Los traficantes de esclavos pondrían a toda la guarnición a defender la ciudad. Los dothrakis no han cabalgado contra los Inmaculados desde el día en que se dejaron las trenzas en las puertas de Qohor.

—¿Cuál es el segundo motivo? —preguntó Dany.

—¿Quién querría atacar Astapor? —señaló Ser Jorah—. Meereen y Yunkai son ciudades rivales, pero no enemigas; la Maldición acabó con Valyria; todos los habitantes de las zonas remotas del este son ghiscarios, y más allá de las colinas se extiende Lhazar. Los hombres cordero, como los llaman los dothrakis, no son nada propensos a la guerra.

—Sí —accedió ella—, pero al norte de las ciudades de los esclavos está el mar dothraki, y hay dos docenas de *khals* poderosos que disfrutan saqueando ciudades y llevándose a sus habitantes como esclavos.

—¿Adónde los iban a llevar? ¿De qué sirven los esclavos si uno mata a los traficantes? Valyria ya no existe; Qarth está más allá del desierto rojo, y las Nueve Ciudades Libres están a muchos miles de leguas hacia el oeste. Y podéis estar segura de que los hijos de la arpía son generosos con todos los *khals* que pasan por aquí, igual que los magísteres de Pentos, de Norvos y de Myr. Saben muy bien que si organizan festines para los señores de los caballos y les hacen regalos, seguirán su camino. Es más barato que luchar, y el resultado es mucho más seguro.

«Más barato que luchar», pensó Dany. Ojalá para ella las cosas pudieran ser así de sencillas. Qué maravilloso sería llegar a Desembarco del Rey con sus dragones y pagarle un cofre de oro al niño rey, a Joffrey, para que se marchara.

—*Khaleesi* —insistió Ser Jorah cuando su silencio se prolongó demasiado.

Le posó la mano en un codo. Dany se la sacudió.

—Viserys habría comprado tantos Inmaculados como hubiera podido pagar. Pero en cierta ocasión dijisteis que yo era como Rhaegar...

—Lo recuerdo, Daenerys.

—Alteza —lo corrigió—. El príncipe Rhaegar iba a la batalla al frente de hombres libres, no de esclavos. Barbablanca dice que armaba a sus escuderos en persona, y obligaba a muchos otros caballeros a hacer lo mismo.

—No había mayor honor que recibir el rango de caballero del príncipe de Rocadragón.

—Decidme, pues... Cuando tocaba el hombro de un hombre con su espada, ¿qué le decía? ¿«Ve y mata al débil» o «Ve y defiéndelo»? Todos aquellos valientes de los que hablaba Viserys, los del Tridente, los que murieron bajo nuestros estandartes de dragones... ¿dieron la vida porque creían en la causa de Rhaegar o porque los habían comprado con monedas?

Dany se volvió hacia Mormont, cruzó los brazos y esperó la respuesta.

—Mi reina —respondió el hombretón con voz pausada—, todo lo que decís es verdad. Pero, en el Tridente, Rhaegar perdió. Perdió la batalla, perdió la guerra, perdió el reino y perdió la vida. Las aguas del río se llevaron su sangre, junto con los rubíes de su coraza. Robert el Usurpador cabalgó sobre su cadáver y robó el Trono de Hierro. Rhaegar luchó con valentía; Rhaegar luchó con nobleza. Y Rhaegar murió.

Bran

No había caminos que recorrieran los angostos valles montañeses por los que caminaban. Entre los grandes picos de piedra gris solo había lagos de aguas azules y tranquilas, largos, estrechos y profundos, y extensiones interminables de pinares de un verde sombrío. El color rojizo y dorado de las hojas otoñales había ido escaseando desde que salieron del bosque de los Lobos para ascender por las viejas colinas rocosas, y desapareció cuando las colinas se convirtieron en montañas. Los gigantescos centinelas de un verde grisáceo se alzaban ya sobre ellos, junto con píceas, abetos y una interminable sucesión de pinos soldado. En cambio, a ras de suelo había poca vegetación, y una alfombra de agujas color verde oscuro cubría el terreno.

Si se extraviaban, cosa que les sucedió en un par de ocasiones, solo tenían que esperar a que llegara una noche despejada y alzar la vista hacia el cielo para buscar, sin la interferencia de las nubes, el Dragón de Hielo. La estrella azul del ojo del dragón señalaba el camino hacia el norte, tal como le había dicho Osha en cierta ocasión. Al pensar en Osha, Bran volvió a preguntarse dónde estaría en aquel momento. Se la imaginaba a salvo en Puerto Blanco, con Rickon y Peludo, comiendo anguilas, pescado y empanada caliente de cangrejos junto al obeso Lord Manderly. O tal vez estuvieran calentándose en el Último Hogar, ante las chimeneas del Gran Jon. En cambio, la vida de Bran consistía en un día tras otro de frío gélido a las espaldas de Hodor, montaña arriba, montaña abajo, siempre metido en su cesto.

—Arriba y abajo —suspiraba a veces Meera mientras caminaban—. Y abajo y arriba. Y luego arriba y abajo. Príncipe Bran, les estoy cogiendo manía a estas montañas tuyas.

—Ayer dijiste que te gustaban.

—Y es verdad. Mi señor padre me había hablado de las montañas, pero hasta ahora no había visto ninguna. Me gustan tanto que me quedo sin palabras.

—Si acabas de decir que les estás cogiendo manía —dijo Bran con una mueca.

—¿Por qué no puedo pensar las dos cosas a la vez? —Meera alzó la mano y le pellizcó la nariz.

—Porque son todo lo contrario —insistió Bran—. Como la noche y el día, o el hielo y el fuego.

—Si el hielo puede arder —intervino Jojen con su voz solemne—, el amor y el odio se pueden emparejar. Montaña o pantano, da igual. La tierra es una.

—Una —asintió su hermana—. Solo que aquí está muy arrugada.

Los valles angostos de las alturas rara vez tenían la cortesía de discurrir de norte a sur, de modo que en muchas ocasiones tuvieron que recorrer leguas y leguas en direcciones que no les convenían, y a veces se vieron obligados a desandar sus pasos.

—Si hubiéramos ido por el camino Real, ya estaríamos en el Muro —les recordaba Bran constantemente a los Reed.

Quería encontrar al cuervo de tres ojos para aprender a volar. Lo había repetido un centenar de veces, hasta que Meera empezó a tomarle el pelo diciéndolo a la vez que él.

—Si hubiéramos ido por el camino Real, tampoco tendríamos tanta hambre —empezó a decir entonces.

Abajo, en las colinas, no les había faltado alimento. Meera era buena cazadora, y aún mejor se le daba pescar en los arroyos con su fisga. A Bran le encantaba observarla en acción: admiraba su rapidez, la manera en que lanzaba el arpón tridente y lo volvía a sacar con una trucha plateada retorciéndose en la punta. Y también Verano cazaba para ellos. El huargo desaparecía casi todas las noches al ponerse el sol, pero siempre volvía antes del alba, por lo general con algo entre las fauces, una ardilla o una liebre.

Pero allí, en lo alto de las montañas, los arroyos eran más pequeños y gélidos, y la caza escaseaba. Meera seguía cazando y pescando siempre que podía, pero era más difícil, y algunas noches, ni el propio Verano encontraba presas. Muchas veces se tuvieron que acostar con el estómago vacío.

Aun así, Jojen se obstinó en que se mantuvieran tan alejados como fuera posible de los caminos.

—Donde hay caminos, hay viajeros —decía con aquel tono suyo tan característico—, y los viajeros tienen ojos que ven y bocas que contarán historias sobre el chico tullido, su gigante y el lobo que camina con ellos.

Cuando Jojen se ponía testarudo no había manera de que cambiara de opinión, así que tomaron la ruta más intrincada, y cada día ascendían un poco más y avanzaban hacia el norte un poco más.

Algunos días llovía; otros hacía viento, y en una ocasión se vieron en medio de una ventisca tan terrible que hasta Hodor bramó de desfallecimiento. En los días despejados, a menudo tenían la sensación de ser los únicos seres vivos del mundo.

—¿Es que aquí arriba no vive nadie? —preguntó Meera en cierta ocasión, mientras rodeaban un saliente de granito tan grande como Invernalia.

—Sí que hay gente —respondió Bran—. Casi todos los Umber viven al este del camino Real, pero en verano traen a sus ovejas a pastar a los prados de las cimas. Al oeste de las montañas, en la bahía de Hielo, están los Wull, y los Harclay, en las colinas por las que hemos venido. También viven en las cumbres los Knott, los Liddle, los Norrey y algunos Flint.

La madre de su abuela paterna había sido una Flint de las montañas. En cierta ocasión, la Vieja Tata le había dicho que era su sangre la que había hecho que a Bran le gustara tanto trepar antes de la caída. Pero la mujer había muerto muchos, muchos años antes de que naciera él, incluso antes de que naciera su padre.

—¿Los Wull? —dijo Meera—. Jojen, durante la guerra, ¿no había un Wull que cabalgaba con nuestro padre?

—Theo Wull. —Jojen jadeaba por el esfuerzo de la escalada—. Todos lo llamaban Cubos.

—Es su blasón —dijo Bran—. Tres cubos marrones sobre campo azul, con un ribete de cuadros blancos y grises. Lord Wull fue una vez a Invernalia para jurar fidelidad a mi padre, hablar con él y todo eso, y tenía cubos en el escudo. Pero no es un señor de verdad. Bueno, sí, pero lo llaman el Wull a secas. Y también están el Knott, el Norrey y el Liddle. En Invernalia nos dirigimos a ellos con el título de lord, pero los suyos, no.

—¿Crees que esos montañeses sabrán que estamos aquí? —preguntó Jojen Reed, deteniéndose un instante para recuperar el aliento.

—Seguro que sí. —Bran los había visto espiarlos; no con sus ojos, sino con los de Verano, que no se perdían nada—. No nos molestarán mientras no intentemos robarles las cabras ni los caballos.

Y así fue. Solo se encontraron con un montañés en una ocasión, cuando un aguacero repentino de lluvia helada los obligó a buscar refugio. Verano los guio por el olfato hasta una caverna poco profunda, oculta tras las ramas verde grisáceo de un gigantesco árbol centinela, pero cuando Hodor se agachó para entrar en el refugio de piedra, Bran vio el brillo anaranjado de una hoguera al fondo y supo que no estaban solos.

—Entrad y calentaos junto al fuego —les gritó una voz de hombre—. Para protegernos de la lluvia a todos hay piedra suficiente.

Les ofreció tortas de avena, morcillas y un trago de la cerveza que llevaba en un pellejo, pero no les dijo su nombre; tampoco les preguntó cómo se llamaban. Bran supuso que se trataba de un Liddle. El broche con que se sujetaba la capa de piel de ardilla era de oro y bronce, con forma de piña, y en la mitad blanca de los escudos verdiblancos de los Liddle había piñas.

—¿El Muro está muy lejos? —le preguntó Bran mientras aguardaban a que cesara la lluvia.

—No muy lejos para el cuervo que vuela —respondió el Liddle, en caso de que lo fuera—. Más lejos para los que carecen de alas.

—Si hubiéramos ido por el camino Real... —empezó Bran.

—Ya estaríamos en el Muro —terminó Meera al unísono con él.

El Liddle sacó una navaja y empezó a tallar una ramita.

—Cuando había un Stark en Invernalia, una virgen podía ir por el camino Real con su vestido del día del nombre sin que nadie la molestara. Encontraban los viajeros fuego, pan y sal en muchas posadas y fortalezas. Pero más frías son ahora las noches, y las puertas están cerradas. Hay calamares en el bosque de los Lobos, y en el camino Real, hombres desollados preguntan por forasteros.

Los Reed se miraron.

—¿Hombres desollados? —inquirió Jojen.

—Los muchachos del Bastardo, así es. Estaba muerto, pero ya no. Y pagan mucha plata por pieles de lobo, hemos oído, y tal vez oro a cambio de noticias de cierto muerto que camina. —Al decir aquello miró a Bran y a Verano, que estaba tendido junto a él—. Y en cuanto al Muro —siguió—, no es lugar al que uno querría ir. El Viejo Oso fue con la Guardia a los bosques encantados, pero solo volvieron los cuervos, y solo uno llevaba un mensaje. «Alas negras, palabras negras», mi madre solía decir, pero me parecen más negras cuando los pájaros vuelan en silencio. —Hurgó en la hoguera con el palito—. Cuando había un Stark en Invernalia, era diferente. Pero el viejo lobo ha muerto, el joven se ha marchado al sur para jugar al juego de tronos, y solo nos han quedado los fantasmas.

—Los lobos regresarán —dijo Jojen con solemnidad.

—¿Cómo lo puedes saber, muchacho?

—Lo he soñado.

—Algunas noches sueño con la madre que hace nueve años enterré —dijo el hombre—, pero cuando despierto, no ha vuelto con nosotros.

—Hay sueños y sueños, mi señor.

—Hodor —dijo Hodor.

Pasaron juntos aquella noche, porque la lluvia no empezó a ceder hasta que hubo anochecido, y el único que mostró deseos de querer salir de la cueva fue Verano. Cuando el fuego se hubo reducido a brasas, Bran le permitió marcharse. Al huargo no le molestaba la humedad como a las personas, y la noche lo estaba llamando. La luz de la luna trazaba pinceladas de plata en el bosque empapado y teñía de blanco las cumbres grises. En la oscuridad, los búhos ululaban y volaban silenciosos entre los pinos, mientras las cabras blanquecinas se movían por las laderas de las montañas. Bran cerró los ojos y se entregó al sueño de lobo, a los olores y sonidos de la medianoche.

A la mañana siguiente, cuando despertaron, el fuego se había extinguido, y el Liddle ya no estaba, pero les había dejado una morcilla y una docena de tortas de avena bien envueltas en un paño blanco y verde. Unas tortas tenían piñones, y otras, zarzamoras. Bran se comió una de cada, y no habría sabido decir cuál le gustó más. Se dijo que algún día volvería a haber Starks en Invernalia, y entonces enviaría a buscar a los Liddle y les pagaría con creces cada piñón y cada mora.

Aquel día fueron por un sendero un poco más accesible, y a mediodía, el sol se asomó entre las nubes. Bran iba en la cesta que Hodor cargaba y se sentía casi feliz. Echó una cabezada, adormecido por el vaivén del paso del gigantesco mozo de cuadras y el suave canturreo con que solía acompañar las caminatas. Meera le tocó el brazo para despertarlo.

—Mira —dijo al tiempo que señalaba hacia el cielo con la fisga—, un águila.

Bran alzó la cabeza y la vio, con las alas grises extendidas, inmóvil, flotando en el viento. La siguió con la vista a medida que trazaba círculos, cada vez a más altura, y se preguntó qué se sentiría al sobrevolar el mundo con tanta facilidad.

«Debe de ser aún mejor que trepar. —Trató de llegar hasta el águila, de salirse de aquella porquería de cuerpo tullido y elevarse hacia el cielo para unirse a ella, igual que se había unido con Verano—. Los verdevidentes podían hacerlo. Yo también tendría que ser capaz.» Lo intentó una y otra vez hasta que el águila desapareció en la neblina dorada del atardecer.

—Se ha ido —dijo, decepcionado.

—Ya veremos más —lo consoló Meera—. Viven ahí arriba.

—Claro.

—Hodor —dijo Hodor.

—Hodor —asintió Bran.

—Me parece que a Hodor le gusta cuando dices su nombre. —Jojen le dio una patada a una piña.

—En realidad no se llama Hodor —explicó Bran—. No es más que una palabra que dice siempre. Su verdadero nombre es Walder; me lo dijo la Vieja Tata. Era su tatarabuela o algo así. —Al pensar en la Vieja Tata se puso triste—. ¿Crees que los hombres del hierro la mataron? —No habían visto su cadáver en Invernalia. Bien pensado, no recordaba haber visto a ninguna mujer muerta—. Ella nunca le hizo daño a nadie, ni siquiera a Theon. No hacía más que contar cuentos. Theon no le haría daño a alguien así, ¿verdad?

—Hay gente que hace daño a los demás solo porque puede —dijo Jojen.

—Y el culpable de la matanza de Invernalia no fue Theon —señaló Meera—. Había demasiados hombres del hierro muertos. —Se pasó la fisga a la otra mano—. Recuerda los cuentos de la Vieja Tata, Bran. Recuerda cómo los contaba y el sonido de su voz. Mientras los recuerdes, parte de ella vivirá siempre en ti.

—Los recordaré —prometió.

Siguieron el ascenso sin hablar durante un rato por una intrincada cañada que discurría entre dos picachos rocosos. Unos pinos soldado esqueléticos se aferraban a las laderas en torno a ellos. A lo lejos, Bran alcanzaba a distinguir el brillo gélido de un arroyo que se precipitaba por una ladera. No tardó en darse cuenta de que estaba concentrado en el sonido de la respiración de Jojen, y en el crujido de la pinocha bajo los pies de Hodor.

—¿Os sabéis alguna historia? —preguntó de repente a los Reed.

—Pues unas cuantas —dijo Meera entre risas.

—Unas cuantas —reconoció su hermano.

—Hodor —dijo Hodor canturreando.

—Pues podríais contar una —pidió Bran—. Mientras caminamos. A Hodor le gustan las historias de caballeros. Y a mí también.

—En el Cuello no hay caballeros —dijo Jojen.

—Quieres decir por encima del nivel del agua —lo corrigió su hermana—. En cambio, las ciénagas están llenas de caballeros muertos.

—Es verdad —dijo Jojen—. Ándalos y hombres del hierro, Freys y otros idiotas, todos ellos guerreros orgullosos que intentaron conquistar Aguasgrises. Ninguno encontró lo que buscaba. Entraron en el Cuello, pero no salieron. Y unos antes y otros después, se metieron en las ciénagas, se hundieron bajo el peso de tanto acero y se ahogaron en sus armaduras.

Al pensar en los caballeros ahogados, que seguían bajo el agua, Bran sintió un escalofrío. Pero no protestó; le gustaban los escalofríos.

—Hubo una vez un caballero en el año de la falsa primavera —dijo Meera—. Lo llamaban el Caballero del Árbol Sonriente. Es posible que fuera un lacustre.

—O tal vez no. —El rostro de Jojen estaba oculto entre sombras verdes—. El príncipe Bran habrá oído esa historia mil veces, estoy seguro.

—No —dijo Bran—. No la conozco. Y aunque me la supiera, no importa. A veces, la Vieja Tata nos contaba la misma historia dos veces, pero si era buena, no nos importaba. Nos decía siempre que las historias viejas son como los viejos amigos, hay que visitarlas de cuando en cuando.

—Es verdad. —Meera caminaba con el escudo a la espalda, y a veces apartaba una rama del camino con la fisga. Justo cuando Bran pensaba que no iba a contarle la historia, empezó a hablar de nuevo—. Había una vez un muchacho extraño que vivía en el Cuello. Era menudo, como todos los lacustres, pero también valiente, astuto y fuerte. Creció cazando, pescando y trepando a los árboles, y aprendió toda la magia de mi pueblo.

—¿Tenía sueños verdes, igual que Jojen? —Bran estaba casi seguro de que no conocía aquella historia.

—No —respondió Meera—, pero era capaz de respirar lodo y correr sobre las hojas, y convertía la tierra en agua y el agua en tierra con tan solo susurrar una palabra. Sabía hablar con los árboles, tejer palabras y hacer que los castillos aparecieran y desaparecieran.

—Ojalá yo también pudiera —dijo Bran, quejumbroso—. ¿Cuándo llega lo de que conoce al Caballero del Árbol?

—Pronto —contestó Meera con una mueca—, si cierto príncipe tiene la amabilidad de callarse.

—Solo era una pregunta.

—El chico dominaba la magia de los lacustres —siguió—, pero aún quería más. La gente de nuestro pueblo rara vez se aventura lejos de casa, ¿sabes? Somos menudos; a algunos, nuestras costumbres les parecen excéntricas, y los grandes no siempre nos tratan bien. Pero este chico era más atrevido que la mayoría, y un día, cuando ya se había convertido en hombre, decidió que abandonaría los pantanos para ir a visitar la Isla de los Rostros.

—Nadie visita la Isla de los Rostros —objetó Bran—. Allí es donde viven los hombres verdes.

—Precisamente a los hombres verdes quería conocer. De manera que se vistió con una camisa con escamas de bronce, igual que la mía, cogió un escudo de piel y un tridente, como el mío, y remó Forca Verde abajo en un pequeño bote de piel.

Bran cerró los ojos y trató de imaginarse al hombre en el pequeño bote. En su imaginación, el lacustre tenía el mismo aspecto que Jojen, aunque era más alto y más fuerte, y estaba vestido igual que Meera.

—Pasó entre Los Gemelos de noche, para que los Frey no lo atacaran, y cuando llegó al Tridente, salió del río, se puso el bote en la cabeza y echó a andar. Tardó muchos días, pero por fin llegó al Ojo de Dioses, echó el bote al agua y remó hacia la Isla de los Rostros.

—¿Llegó a encontrar a los hombres verdes?

—Sí —respondió Meera—, pero esa es otra historia y no me corresponde a mí contarla. Mi príncipe quería oír cuentos de caballeros.

—Los hombres verdes también están bien.

—Cierto —asintió ella, pero no los volvió a mencionar—. El lacustre se quedó en la isla todo aquel invierno, pero cuando llegó la primavera, oyó la llamada del ancho mundo y supo que había llegado el momento de partir. Su bote de piel estaba donde lo había dejado, de modo que se despidió y remó hacia la orilla. Remó, remó y remó, y al final divisó las torres lejanas de un castillo que se alzaba junto al lago. Las torres parecían más altas cuanto más se acercaba a la orilla, hasta que comprendió que debía de ser el castillo más grande del mundo.

—¡Harrenhal! —adivinó Bran al instante—. ¡Era Harrenhal!

—¿Tú crees? —preguntó Meera sonriendo—. Al pie de sus murallas vio carpas de muchos colores, estandartes que ondeaban al viento y caballeros con sus armaduras a lomos de caballos también protegidos. Le llegó el olor de la carne asada, y oyó el sonido de risas y el de las trompetas de los heraldos. Estaba a punto de empezar un gran torneo, y allí se habían reunido campeones de todo el mundo para enfrentarse en la liza. Estaban el Rey en persona y su hijo, el príncipe dragón. Los Espadas Blancas se habían reunido para dar la bienvenida a sus filas a un nuevo hermano. Allí estaban el señor de la tormenta y el señor de la rosa. El gran león de la roca había discutido con el Rey y no acudió, pero sí que fueron muchos de sus vasallos y caballeros. El lacustre no había visto jamás tanta magnificencia, y sabía que tal vez no volviera a verla. Una parte de él no deseaba otra cosa que participar de ella.

Bran conocía perfectamente aquel sentimiento. Cuando era pequeño, su único sueño era convertirse en caballero. Pero aquello había sido antes de que se cayera y perdiera el uso de las piernas.

—La hija del gran castillo era la reina del amor y la belleza cuando comenzó el torneo. Cinco caballeros habían jurado defender su corona: sus cuatro hermanos de Harrenhal y su famoso tío, un caballero blanco de la Guardia Real.

—¿Era una doncella hermosa?

—Sin duda —respondió Meera al tiempo que saltaba una piedra—, pero también las había más bellas. Una de ellas era la esposa del príncipe dragón, que había acudido acompañada de al menos diez doncellas para que atendieran sus necesidades. Todos los caballeros les suplicaban alguna prenda que atar a su lanza.

—No será una de esas historias de amor, ¿verdad? —preguntó Bran con desconfianza—. Es que a Hodor no le gustan.

—Hodor —asintió Hodor.

—Le gustan las historias de caballeros que luchan contra monstruos...

—A veces los caballeros son los monstruos, Bran. El pequeño lacustre iba por el prado, no hacía más que disfrutar del cálido día primaveral sin ofender a nadie, cuando de repente, tres escuderos se acercaron a él. Ninguno de ellos pasaba de los quince años, pero aun así eran más altos que él, los tres. Consideraban que aquel mundo les pertenecía y que él no tenía derecho a estar allí. Le quitaron la lanza y lo derribaron a puñetazos, mientras lo insultaban y lo llamaban comerranas.

—¿Eran los Walders? —Aquello parecía propio de Walder Frey el Pequeño.

—No dijeron sus nombres, pero el lacustre se grabó sus rostros para poder vengarse de ellos. Cada vez que intentaba levantarse, lo derribaban de nuevo, y mientras estaba en el suelo le daban patadas. Pero entonces oyeron un rugido.

»—Estáis atacando a un hombre de mi padre —aulló la loba.

—¿Una loba de cuatro patas o de dos?

—De dos —dijo Meera—. La loba atacó a los escuderos con una espada de torneo y los puso en fuga. El lacustre estaba magullado y ensangrentado, de modo que se lo llevó a su madriguera para limpiarle las heridas y vendárselas con lino. Allí conoció a sus hermanos de manada: el lobo salvaje que los dirigía, el lobo silencioso que estaba a su lado y el cachorro, que era el más joven de los cuatro.

»Aquella tarde iba a haber un banquete en Harrenhal para celebrar el comienzo del torneo, y la loba insistió en que el joven asistiera. Era de noble cuna; tenía tanto derecho como cualquiera a ocupar un lugar en los bancos. No era fácil decirle que no a aquella doncella lobo, así que accedió a que el cachorro le buscara un atuendo digno del festín de un rey y acudió al gran castillo.

»Bajo el techo de Harren comió y bebió con los lobos, y también con muchas de sus espadas juramentadas: hombres del túmulo, del alce, del oso y del tritón. El príncipe dragón cantó una canción tan triste que hizo sollozar a la doncella lobo, pero cuando su hermano más joven se rio de ella porque lloraba, le derramó vino por la cabeza. Un hermano negro tomó la palabra para pedirles a los caballeros que se unieran a la Guardia de la Noche. El señor de la tormenta derrotó al caballero de los cráneos y los besos en un duelo de copas de vino. El lacustre vio a una doncella de ojos violetas y sonrientes que bailó con un espada blanca, con una serpiente roja, con el señor de los grifos y por último con el lobo silencioso... Pero después de que el lobo salvaje se lo pidiera en nombre de su hermano, demasiado tímido para alejarse del banco.

»En medio de tanta alegría, el menudo lacustre divisó a los tres escuderos que lo habían golpeado. Uno servía a un caballero con una horquilla; otro, a uno con un puerco espín, y el último, a un caballero con dos torres en el jubón, un blasón que los lacustres conocen bien.

—Los Frey —dijo Bran—. Los Frey del Cruce.

—Los mismos —asintió Meera—. La doncella lobo también los vio, y se los señaló a sus hermanos.

»—Te puedo conseguir un caballo y una armadura que te quede bien —le ofreció el cachorro.

»El lacustre le dio las gracias, pero no respondió. Tenía el corazón desgarrado. Los lacustres son más menudos que la mayor parte de los hombres, pero igual de orgullosos que cualquiera. El joven no era caballero, igual que no lo era nadie de su pueblo. Nosotros vamos en bote más a menudo que a caballo, y nuestras manos están acostumbradas a empuñar remos, no lanzas. Por mucho que deseara vengarse, temía que solo conseguiría ponerse en ridículo y avergonzar a su pueblo. El lobo silencioso le había ofrecido al menudo lacustre un lugar en su tienda para pasar aquella noche, pero antes de irse a dormir, se arrodilló en la orilla del lago, miró hacia donde debía de estar la Isla de los Rostros y les rezó una plegaria a los antiguos dioses del norte y del Cuello...

—¿Tu padre no te contó esta historia? —preguntó Jojen.

—La que nos contaba las historias era la Vieja Tata. Venga, Meera, sigue, no te puedes parar ahora.

—Hodor —dijo Hodor, que debía de pensar lo mismo—. Hodor, Hodor, Hodor, Hodor...

—Bueno —dijo Meera—, si quieres que te cuente el final...

—Sí. Por favor.

—Había cinco días de justas previstos —siguió—. Hubo un gran combate cuerpo a cuerpo de siete bandos, competiciones de tiro con arco y de lanzamiento de hacha, una carrera de caballos, un torneo de bardos...

—Déjate de eso. —Bran se retorcía de impaciencia en la cesta cargada a las espaldas de Hodor—. Cuéntame lo de las justas.

—Como ordene mi príncipe. La hija del castillo partía como reina del amor y la belleza, y defendían su título cuatro hermanos y un tío, pero los cuatro hijos de Harrenhal cayeron derrotados el primer día. Sus vencedores tuvieron un breve reinado como campeones, hasta que fueron derrotados a su vez. Al final de aquel primer día, el caballero del puerco espín ganó un lugar entre los campeones, igual que les sucedió al caballero de la horquilla y al de las dos torres el segundo día. Pero al final de aquel segundo día, cuando las sombras ya se alargaban, un caballero misterioso apareció en las lizas.

Bran asintió; lo entendía muy bien. Los caballeros misteriosos solían aparecer en los torneos con yelmos que les ocultaban el rostro y escudos en los que no aparecía blasón alguno, o bien el blasón era desconocido y extraño. A veces eran campeones famosos disfrazados. El Caballero Dragón ganó un torneo haciéndose pasar por un tal Caballero de las Lágrimas para poder nombrar reina del amor y la belleza a su hermana, quitándole el título a la amante del Rey. Y Barristan el Bravo lució en dos ocasiones la armadura de caballero misterioso, la primera cuando solo tenía diez años.

—Era el pequeño lacustre, seguro.

—Eso no lo sabía nadie —dijo Meera—, pero el caballero misterioso era de corta estatura, y su armadura estaba hecha con piezas de diversa procedencia. El blasón que lucía era un árbol corazón de los antiguos dioses, un arciano blanco con un rostro rojo sonriente.

—A lo mejor venía de la Isla de los Rostros —dijo Bran—. ¿Era verde? —En las historias de la Vieja Tata, los guardianes tenían la piel color verde oscuro, y hojas en vez de pelo. A veces también tenían astas, pero Bran no creía que un caballero misterioso con astas pudiera ponerse un yelmo—. Seguro que lo enviaron los antiguos dioses.

—Es posible. El caballero misterioso inclinó su lanza ante el Rey y cabalgó hacia el final de las lizas, donde estaban los pabellones de los cinco campeones. Ya sabes a cuáles desafió, a tres.

—El caballero del puerco espín, el de la horquilla y el de las torres gemelas. —Bran sabía suficientes historias para imaginárselo—. Era el pequeño lacustre, os lo había dicho.

—Fuera quien fuera, los antiguos dioses le dieron fuerza a su brazo. El caballero del puerco espín fue el primero en caer; luego cayó el caballero de la horquilla, y por último, el caballero de las dos torres. Ninguno era muy querido, así que la gente animó con entusiasmo al Caballero del Árbol Sonriente, como pronto se dio en llamar al nuevo campeón. Cuando sus enemigos caídos quisieron pagar rescate por caballos y armaduras, el Caballero del Árbol Sonriente les habló con una voz que retumbaba en el interior de su yelmo:

»—Enseñadles honor a vuestros escuderos; es todo el rescate que preciso.

»Cuando los caballeros derrotados castigaron con firmeza a los escuderos, tanto caballos como armaduras les fueron devueltos. Y así fue como recibió respuesta la plegaria del menudo lacustre. ¿Quién la respondió? ¿Los hombres verdes, los antiguos dioses o los hijos del bosque? No se sabe.

Tras meditar un instante, Bran decidió que era una buena historia.

—¿Y qué pasó después? ¿El Caballero del Árbol Sonriente ganó el torneo y se casó con una princesa?

—No —dijo Meera—. Esa noche, en el gran castillo, tanto el señor de la tormenta como el caballero de los cráneos y los besos juraron que lo desenmascararían, y el propio Rey pidió que lo desafiaran, porque el rostro que se ocultaba tras el yelmo no era el de un amigo. Pero a la mañana siguiente, cuando sonaron las trompetas de los heraldos y el Rey ocupó su trono, solo se presentaron dos campeones. El Caballero del Árbol Sonriente había desaparecido. El Rey se enfureció; llegó incluso a enviar a su hijo, el príncipe dragón, en su búsqueda, pero lo único que encontraron fue su escudo colgado de un árbol. Al final, quien ganó el torneo fue el príncipe.

—Vaya. —Bran pensó un rato en la historia—. Ha estado bien. Pero tendrían que haber sido los tres caballeros malos los que le dieran la paliza, no sus escuderos. Así, el pequeño lacustre los podría haber matado a todos. Lo de los rescates es una tontería. Y el caballero misterioso tendría que haber ganado el torneo derrotando a todos los que lo desafiaran, para nombrar reina del amor y la belleza a la doncella lobo.

—La nombraron —dijo Meera—, pero esa historia es más triste.

—¿Seguro que no la habías oído, Bran? —preguntó Jojen—. ¿Tu señor padre no te la contó nunca?

Bran hizo un gesto de negación. Para entonces, el día tocaba a su fin, y las sombras alargadas reptaban por las laderas de las montañas para introducir dedos oscuros entre los pinos.

«Si el pequeño lacustre pudo visitar la Isla de los Rostros, tal vez yo también pueda. —En todas las historias se decía que los hombres verdes tenían extraños poderes mágicos. Tal vez pudieran hacer que caminara de nuevo; quizá hasta pudieran convertirlo en caballero—. Convirtieron en caballero al pequeño lacustre, aunque solo fuera por un día —pensó—. Con un día bastaría.»

Davos

No era normal que una celda fuera tan cálida.

Oscuridad no le faltaba; la parpadeante luz anaranjada que penetraba por los viejos barrotes de hierro procedía de una antorcha situada en una argolla de la pared, pero la mitad posterior de la celda quedaba inmersa en la oscuridad. Por supuesto, era húmeda, como cabía esperar en una isla como Rocadragón, donde el mar nunca estaba lejos. Y había ratas, tantas como en cualquier mazmorra y de propina unas pocas más.

Pero Davos no podía quejarse de frío. En los pasadizos de piedra que formaban una trama bajo la mole de Rocadragón siempre hacía calor y, según había oído siempre Davos, el calor iba a más a medida que se descendía. Calculó que se encontraba muy por debajo del castillo; notaba la pared de la celda caliente cuando apretaba la palma de la mano contra ella. Tal vez las antiguas historias fueran ciertas, y habían edificado Rocadragón con piedras infernales.

Cuando llegó a la celda estaba muy enfermo. La tos que lo había acosado desde la batalla no había hecho más que empeorar, y la fiebre no le bajaba. Los labios se le llenaron de ampollas sanguinolentas, y ni el calor de la celda conseguía que dejara de tiritar.

«No voy a durar mucho —recordaba haber pensado—. Pronto moriré aquí, en la oscuridad.»

Davos no tardó en descubrir que en aquello, como en tantas otras cosas, estaba equivocado. Recordaba vagamente unas manos afables y una voz firme, y al joven maestre Pylos mirándolo desde arriba. Le dieron para beber sopa de ajo, y la leche de la amapola para que se le quitaran los dolores y los escalofríos. La amapola lo hizo dormir, y mientras dormía lo sangraron para sacarle la sangre podrida. Al menos, fue lo que dedujo al verse las marcas de sanguijuelas en los brazos al despertar. No pasó mucho tiempo antes de que cesara la tos, desaparecieran las ampollas y le empezaran a dar el caldo con trozos de pescado, zanahoria y cebolla. Un buen día se dio cuenta de que se sentía tan fuerte como antes de que la *Betha Negra* se hiciera pedazos bajo sus pies y lo lanzara al río.

Dos carceleros se ocupaban de él. Uno era bajo y fornido, de hombros anchos y manos enormes y fuertes. Vestía una brigantina de cuero tachonada de hierro, y una vez al día le llevaba a Davos un cuenco de gachas de avena. A veces lo endulzaba con miel o le añadía un poco de leche. El otro carcelero era más viejo, encorvado y cetrino, con el pelo sucio grasiento y la piel llena de bultos. Llevaba un jubón de terciopelo blanco con un anillo de estrellas bordado en el pecho en hilo de oro. Le sentaba mal; era demasiado corto y a la vez demasiado ancho, por no mencionar que estaba sucio y lleno de rotos. Le llevaba a Davos platos de carne con puré o guiso de pescado, y en cierta ocasión, hasta media empanada de lamprea. La lamprea estaba tan grasienta que no la pudo retener en el estómago, pero sabía que era un auténtico manjar para un prisionero encerrado en una mazmorra.

Allí no llegaba la luz del sol ni de la luna; ninguna ventana perforaba los gruesos muros de piedra. Sus carceleros eran la única manera que tenía de distinguir el día de la noche. Ninguno de los dos le hablaba, aunque sabía que no eran mudos porque a veces los había oído intercambiar unas cuantas palabras bruscas durante el cambio de guardia. Ni siquiera le habían dicho sus nombres, de manera que les puso los que le parecieron. Al bajo y fuerte lo llamaba Gachas; al encorvado y cetrino, Lamprea, por la empanada. Llevaba la cuenta de los días por las comidas que le daban y por el cambio de antorchas de la pared que había fuera de su celda.

En la oscuridad, la soledad pesa sobre los hombres, que anhelan oír el sonido de una voz humana. Davos hablaba a los carceleros siempre que entraban en su celda, ya fuera para llevarle comida o para cambiarle el cubo de los excrementos. Sabía que no atenderían ninguna súplica de libertad ni de clemencia, así que les hacía preguntas con la esperanza de obtener una respuesta algún día. «¿Qué noticias hay de la guerra?», les preguntaba, o «¿Se encuentra bien el Rey?». Indagó acerca de su hijo Devan, sobre la princesa Shireen y sobre Salladhor Saan. Les preguntaba: «¿Qué tiempo hace? ¿Han empezado ya las tormentas otoñales? ¿Todavía hay barcos navegando por el mar Angosto?».

Preguntara lo que preguntara, no importaba, porque no le respondían, aunque de vez en cuando Gachas lo miraba y, durante un instante, a Davos le parecía que estaba a punto de hablar. Lamprea ni siquiera llegaba a tanto.

«Para él no soy una persona —pensó Davos—, solo una piedra que come, caga y habla.» Al cabo de un tiempo decidió que Gachas le gustaba mucho más. Al menos parecía darse cuenta de que estaba vivo, y a su manera era bondadoso. Davos tenía la sospecha de que les echaba comida a las ratas, y por eso había tantas. En cierta ocasión le pareció oír al carcelero hablando con ellas como si fueran niños, pero tal vez no hubiera sido más que un sueño.

«No tienen intención de dejarme morir —comprendió—. Me mantienen vivo con algún propósito que desconozco. —No quería ni imaginar cuál podría ser. Lord Sunglass había estado confinado en aquellas mismas mazmorras, debajo de Rocadragón, durante un tiempo, al igual que los hijos de Ser Hubard Rambton. Todos habían acabado en la pira—. Me debería haber tirado al mar —pensó Davos mientras contemplaba la antorcha, al otro lado de los barrotes—. O dejar que la vela pasara de largo y morir en mi roca. Habría preferido ser pasto de los cangrejos que de las llamas.»

Una noche, justo cuando terminaba de cenar, Davos sintió que una extraña calidez lo bañaba de repente. Alzó la vista para mirar al otro lado de los barrotes, y allí estaba ella, con sus deslumbrantes ropajes escarlata, el gran rubí al cuello y los ojos tan brillantes como la luz de la antorcha que la iluminaba.

—Melisandre —dijo con una calma que estaba lejos de sentir.

—Caballero de la Cebolla —respondió ella con idéntica tranquilidad, como si se hubieran encontrado en una escalera o en el patio y se estuvieran saludando con toda educación—. ¿Os encontráis bien?

—Mejor de lo que estaba.

—¿Necesitáis algo?

—A mi rey. A mi hijo. Los necesito a ellos. —Apartó el cuenco a un lado y se levantó—. ¿Habéis venido a quemarme?

—Este lugar es espantoso, ¿verdad? —Sus extraños ojos rojos lo examinaron entre los barrotes—. Tan oscuro, tan hediondo... Aquí no luce el sol bondadoso ni llega el brillo de la luna. —Alzó la mano para señalar la antorcha de la pared—. Eso es lo único que se interpone entre la oscuridad y vos, Caballero de la Cebolla. Ese poquito de fuego, ese regalo de R'hllor. ¿Lo apago?

—No. —Se acercó a los barrotes—. No, por favor. —No lo soportaría; no resistiría quedarse a solas en la oscuridad absoluta, sin más compañía que la de las ratas. Los labios de la mujer roja se curvaron en una sonrisa.

—Vaya, parece que al final habéis llegado a amar el fuego.

—Necesito la antorcha. —Abrió y cerró las manos. «No voy a suplicar. Eso, nunca.»

—Yo soy como esta antorcha, Ser Davos. Ella y yo somos instrumentos de R'hllor. Existimos con un único objetivo: mantener a raya la oscuridad. ¿Creéis lo que os digo?

—No. —Quizá debería haber mentido y responder lo que ella quería oír, pero Davos estaba demasiado acostumbrado a decir la verdad—.

Sois la madre de la oscuridad. Lo vi bajo Bastión de Tormentas; paristeis ante mis ojos.

—¿Acaso el valiente Ser Cebolla tiene miedo de una sombra pasajera? No temáis. Las sombras solo se pueden crear con luz, y el fuego del Rey apenas es una llama vacilante. No me atrevería a quitarle más luz para hacerle otro hijo. Eso lo podría matar. —Melisandre se acercó más—. En cambio, con otro hombre... un hombre cuyas llamas todavía ardieran vivas, calientes... Si de verdad queréis servir a la causa del Rey, acudid a mis habitaciones una noche. Os proporcionaría más placer del que hayáis conocido jamás, y con vuestro fuego haría...

—Algo espantoso. —Davos se apartó de ella—. No quiero tener nada que ver con vos, mi señora, ni tampoco con vuestro dios. Que los Siete me protejan.

—No pudieron proteger a Guncer Sunglass —dijo Melisandre, dejando escapar un suspiro—. Rezaba tres veces al día y en su escudo llevaba siete estrellas de siete puntas, pero cuando R'hllor extendió la mano, sus plegarias se transformaron en gritos, y ardió. ¿Por qué os aferráis a esos falsos dioses?

—Los he adorado toda mi vida.

—¿Toda vuestra vida, Davos Seaworth? Se podría decir que ya son cosa del pasado. —Sacudió la cabeza con tristeza—. Nunca habéis tenido miedo de decirle la verdad a un rey; ¿por qué a vos mismo os mentís? Abrid los ojos, ser caballero.

—¿Qué queréis que vea?

—Cómo está hecho el mundo. La verdad está a vuestro alrededor, es evidente para cualquiera. La noche es oscura y alberga cosas aterradoras, y el día es luminoso, bello y esperanzador. La una es negra; el otro, blanco. Hay hielo y también hay fuego. Odio y amor. Amargura y dulzura. Masculino y femenino. Dolor y placer. Invierno y verano. Mal y bien. —Dio un paso hacia él—. Muerte y vida. Miréis hacia donde miréis, opuestos. Miréis hacia donde miréis, la guerra.

—¿La guerra? —preguntó Davos.

—La guerra —afirmó ella—. Hay dos, Caballero de la Cebolla. Ni siete, ni uno, ni un centenar, ni un millar. ¡Dos! ¿O creéis que he cruzado medio mundo para poner a otro rey soberbio en otro trono vacío? La guerra se lleva disputando desde el principio de los tiempos, y antes de que acabe, cada hombre tendrá que elegir en qué bando está. Uno es el de R'hllor, el Señor de la Luz, el Corazón de Fuego, el Dios de la Llama y de la Sombra. Contra él se alza el Otro Grande cuyo nombre no debe pronunciarse, el Señor de la Oscuridad, el Alma de Hielo, el Dios de la

Noche y del Terror. No se trata de decidir entre Baratheon y Lannister, entre Greyjoy y Stark... Elegimos la muerte o la vida. La oscuridad o la luz. —Agarró los barrotes de la celda con las largas manos blancas. El enorme rubí de su garganta parecía palpitar e irradiar una luz propia—. Así que decidme, Ser Davos Seaworth, y sed sincero conmigo... ¿Arde vuestro corazón con la luz brillante de R'hllor? ¿O es negro y frío, y está lleno de gusanos? —Metió la mano entre los barrotes y le puso tres dedos en el pecho, como si pudiera palpar la verdad a través del cuero, la lana y la carne.

—Mi corazón —respondió Davos con lentitud— está lleno de dudas.

—Ay, Davos. —Melisandre suspiró—. El buen caballero es sincero hasta el final, incluso en su día más aciago. Habéis hecho bien en no mentirme. Lo habría sabido. Los siervos del Otro envuelven a menudo sus corazones negros en una luz alegre, de manera que R'hllor les da a sus sacerdotes el poder de ver a través de las mentiras. —Se alejó un paso de la celda—. ¿Por qué queríais matarme?

—Os lo diré si vos me decís quién me traicionó —replicó Davos. Solo podía haber sido Salladhor Saan, pero seguía rezando para que no fuera así.

—Nadie os traicionó, Caballero de la Cebolla. —La mujer roja se echó a reír—. Vi vuestra intención en mis llamas.

«Las llamas.»

—Si de verdad podéis ver el futuro en esas llamas, ¿cómo es que ardimos en el Aguasnegras? Entregasteis a mis hijos al fuego... Mis hijos, mi barco, mis hombres, todos ardieron...

—Me juzgáis mal, Caballero de la Cebolla —dijo Melisandre sacudiendo la cabeza—. Aquellas llamas no eran mías. Si hubiera estado con vosotros, la batalla habría terminado de una manera muy diferente. Pero Su Alteza estaba rodeado de incrédulos, y su orgullo pudo más que su fe. Recibió un castigo terrible, pero ha aprendido de su error.

«¿Eso fueron mis hijos? ¿Una lección para un rey, nada más?» A Davos se le tensaron los labios.

—Ahora es de noche en vuestros Siete Reinos —siguió la mujer roja—, pero el sol no tardará en salir de nuevo. La guerra continúa, Davos Seaworth, y algunos no tardarán en aprender que una brasa entre las cenizas aún puede prender un gran incendio. El viejo maestre miraba a Stannis y veía a un hombre. Vos veis a un rey. Ambos estáis en un error. Es el elegido del Señor, el guerrero de fuego. Lo he visto encabezando la lucha contra la oscuridad; lo he visto en las llamas.

Las llamas no mienten; de lo contrario, vos no estaríais donde estáis. También está escrito en la profecía. Cuando la estrella roja sangre y reine la oscuridad, Azor Ahai volverá a nacer entre el humo y la sal para despertar a los dragones de la piedra. La estrella sangrante llegó y se marchó, y Rocadragón es el lugar del humo y la sal. ¡Stannis Baratheon es la reencarnación de Azor Ahai! —Los ojos rojos le brillaban como dos hogueras y parecían escudriñar lo más profundo de su alma—. No me creéis. Todavía dudáis de la verdad de R'hllor... Aun así, lo habéis servido y lo volveréis a servir. Os dejo para que meditéis sobre lo que os he dicho. Y dado que R'hllor es la fuente de todo bien, os dejo también la antorcha.

Con una sonrisa y un remolino de tela escarlata, dio la vuelta y se alejó. Su perfume permaneció en el aire. La luz de la antorcha, también. Davos se sentó en el suelo de la celda y se rodeó las rodillas con los brazos. Lo bañaba la cambiante luz de la antorcha. Cuando se dejaron de oír las pisadas de Melisandre, no quedó otro sonido que el de las ratas al corretear.

«Hielo y fuego. Negro y blanco. Oscuridad y luz —pensó. Davos no podía negar el poder del dios de la mujer. Había visto la sombra que salió reptando del vientre de Melisandre, y la sacerdotisa sabía cosas que no tenía manera de saber—. Vio mis intenciones en las llamas. —Se alegraba de estar seguro de que Salla no lo había vendido, pero la sola idea de que la mujer roja escudriñara sus secretos en el fuego lo intranquilizaba muchísimo—. ¿Y qué dijo de que ya había servido a su dios y volvería a servirlo?» Aquello tampoco le gustaba en absoluto.

Alzó los ojos para contemplar la antorcha. La miró bastante rato sin parpadear, y observó cómo cambiaban y tremolaban las llamas. Trató de ver más allá de ellas, de traspasar la cortina de fuego y vislumbrar lo que se ocultaba detrás... pero allí no había nada, solo fuego, y al cabo de un rato, los ojos le empezaron a llorar.

Cansado y sin ver a ningún dios, Davos se acurrucó en la paja y se dejó llevar por el sueño.

Tres días más tarde, o más bien cuando Gachas había estado allí tres veces y Lamprea dos, Davos oyó voces fuera de su celda. Se incorporó al instante, con la espalda contra la pared de piedra, y oyó ruido de pelea. Aquello era diferente, una novedad en su mundo sin cambios. El sonido procedía de la izquierda, donde las escaleras llevaban hacia la luz del día. A sus oídos llegó una voz de hombre que suplicaba y gritaba.

—¡Es una locura! —decía cuando lo vio; lo arrastraban entre dos guardias con el emblema del corazón llameante en el pecho. Gachas iba delante de ellos con un aro de llaves, y Ser Axell Florent caminaba detrás—. Axell —decía el prisionero desesperado—, por el amor que me profesas, ¡suéltame! No me puedes hacer esto, no soy ningún traidor. —Era un hombre mayor, alto y esbelto, con el pelo plateado, una barba puntiaguda y un rostro alargado y elegante retorcido en una expresión de miedo—. ¿Dónde está Selyse? ¿Dónde está la Reina? ¡Exijo verla! ¡Los Otros os lleven a todos! ¡Soltadme!

Los guardias no prestaron atención a sus gritos.

—¿Aquí? —preguntó Gachas delante de la celda.

Davos se puso en pie. Durante un momento se le pasó por la cabeza la posibilidad de salir corriendo cuando abrieran la puerta, pero era una locura. Eran demasiados; los guardias llevaban espadas y Gachas era fuerte como un toro.

Ser Axell hizo un gesto de asentimiento.

—Que los traidores disfruten de su mutua compañía.

—¡No soy ningún traidor! —chilló el prisionero mientras Gachas abría la puerta.

Aunque su ropa era sencilla, un jubón de lana gris y calzones negros, su manera de hablar denotaba que era de noble cuna.

«Aquí eso no le va a servir de nada», pensó Davos.

Gachas empujó la puerta de barrotes; Ser Axell hizo un gesto con la cabeza, y los guardias empujaron adentro al prisionero. El hombre se tambaleó, y habría caído de bruces de no ser por Davos. Se desprendió de él al instante y corrió hacia la puerta, solo para que se la cerraran de golpe ante el rostro de piel clara y bien cuidado.

—¡No! —gritó—. ¡Noooo! —De pronto perdió toda la fuerza de las piernas y se derrumbó sin soltar los barrotes de hierro. Ser Axell, Gachas y los guardias ya habían dado la vuelta para marcharse—. ¡No podéis hacerme esto! —gritó el prisionero a las espaldas que se alejaban—. ¡Soy la Mano del Rey!

De repente, Davos lo reconoció.

—Sois Alester Florent.

—¿Y vos sois...? —preguntó el hombre volviendo la cabeza.

—Ser Davos Seaworth.

—Seaworth... —Lord Alester parpadeó—. El Caballero de la Cebolla. Intentasteis matar a Melisandre.

Davos no lo negó.

—En Bastión de Tormentas llevabais una armadura color oro rojo con incrustaciones de flores de lapislázuli en la coraza. —Le tendió una mano para ayudarlo a ponerse en pie.

—Por favor, disculpad el aspecto que tengo, ser. —Lord Alester se sacudió las briznas de paja de las ropas—. Mis baúles se perdieron cuando los Lannister tomaron por asalto nuestro campamento. Escapé sin más equipaje que la cota que llevaba sobre el cuerpo y los anillos de los dedos.

«Todavía lleva los anillos», advirtió Davos, que ni siquiera tenía los dedos completos.

—Sin duda, el hijo de cualquier cocinero o un mozo de cuadras se estará pavoneando por Desembarco del Rey con mi jubón de terciopelo o mi capa enjoyada —siguió Lord Alester, abstraído—. Son los horrores de la guerra, todo el mundo lo sabe. Seguro que vos también habréis tenido pérdidas.

—Mi barco —dijo Davos—. Todos mis hombres. Cuatro de mis hijos.

—Que el Pa... Que el Señor de la Luz los guíe en la oscuridad hacia un mundo mejor —respondió su compañero.

«Que el Padre los juzgue con justicia y la Madre se apiade de ellos», pensó Davos, pero no formuló la plegaria en voz alta. Ya no había sitio para los Siete en Rocadragón.

—Mi hijo se encuentra a salvo en Aguasclaras —prosiguió el señor—, pero perdí a un sobrino en la *Furia.* Ser Imry, el hijo de mi hermano Ryam.

Había sido Ser Imry Florent quien ordenó el ascenso a ciegas por el Aguasnegras con todos los hombres a los remos, sin prestar atención a las pequeñas torres de piedra que se alzaban en la boca del río. Davos no lo olvidaría jamás.

—Mi hijo Maric era el jefe de remeros de vuestro sobrino. —Recordó la última vez que había visto la *Furia,* envuelta en fuego valyrio—. ¿Sabéis si hubo algún superviviente?

—La *Furia* ardió y se hundió con todos sus hombres —dijo su señoría—. Vuestro hijo y mi sobrino desaparecieron, al igual que muchos otros buenos guerreros. Aquel día perdimos la guerra, ser.

«Este hombre está derrotado —Davos recordó lo que había dicho Melisandre acerca de las brasas en las cenizas que podían prender incendios—. No me extraña que haya terminado aquí.»

—Su Alteza no se rendirá jamás, mi señor.

—Es una locura, una locura. —Lord Alester se volvió a sentar en el suelo, como si el esfuerzo de permanecer un momento de pie hubiera sido demasiado para él—. Stannis Baratheon no ocupará nunca el Trono de Hierro; ¿es traición decir la verdad? Una verdad amarga, sí, pero no por ello menos cierta. Ha perdido toda la flota, excepto los barcos del lyseno, y Salladhor Saan huirá en cuanto vea una vela Lannister. La mayoría de los señores que apoyaban a Stannis se han unido a Joffrey o están muertos...

—¿También los señores del mar Angosto? ¿Los señores vasallos de Rocadragón?

—Lord Celtigar fue capturado y dobló la rodilla. Monford Velaryon murió en su barco; la mujer roja hizo quemar a Sunglass, y Lord Bar Emmon tiene quince años, está gordo y es un pusilánime. —Lord Alester hizo un gesto débil con la mano—. Esos son los señores del mar Angosto. A Stannis solo le queda la fuerza de la Casa Florent para enfrentarse al poder de Altojardín, Lanza de Sol y Roca Casterly, y ahora, también al de muchos señores de la tormenta. Lo único que se puede hacer es buscar la paz y tratar de salvar algo. Eso era lo único que pretendía. Por los dioses, ¿cómo pueden decir que es traición?

—¿Qué hicisteis exactamente, mi señor? —Davos frunció el ceño.

—No cometí ninguna traición. Eso jamás. Quiero a Su Alteza tanto como cualquiera; mi propia sobrina es su reina, y permanecí leal a él cuando hombres más sabios que yo lo abandonaron. Soy su Mano, la Mano del Rey, ¿cómo voy a ser un traidor? Lo único que quería era salvar nuestra vida y... y nuestro honor... Sí. —Se humedeció los labios con la lengua—. Escribí una carta. Salladhor Saan juró que tenía a un hombre que la podía llevar a Desembarco del Rey y hacerla llegar a manos de Lord Tywin. Su señoría es... es un hombre razonable, y mis condiciones... las condiciones eran justas, más que justas.

—¿Qué condiciones eran, mi señor?

—Esto está muy sucio —dijo Lord Alester de repente—. Y ese olor... ¿A qué huele?

—Es el cubo —señaló Davos—. Aquí no hay escusado. ¿Cuáles eran las condiciones?

Su señoría contempló el cubo con espanto.

—Que Lord Stannis dejaría de aspirar al Trono de Hierro y se retractaría de todo lo dicho acerca de la ilegitimidad de Joffrey, con la condición de que lo aceptaran de nuevo en la paz del rey y lo confirmaran como señor de Rocadragón y de Bastión de Tormentas. Yo juraba hacer lo mismo a cambio de que se me devolvieran la fortaleza de Aguasclaras y todas nuestras tierras. Pensé... que Lord Tywin encontraría muy razonable mi propuesta. Todavía tiene que enfrentarse a los Stark, y también a los hombres del hierro. Yo ofrecía sellar el trato casando a Shireen con Tommen, el hermano de Joffrey. —Sacudió la cabeza—. Las condiciones eran las mejores a las que podíamos aspirar. Sin duda, hasta vos os dais cuenta.

—Sí —dijo Davos—, hasta yo. —A menos que Stannis tuviera un hijo varón, aquel matrimonio implicaba que Tommen heredaría algún día Rocadragón y Bastión de Tormentas, cosa que sin duda sería del agrado de Lord Tywin. Entretanto, los Lannister tendrían a Shireen como rehén para garantizar que Stannis no volvía a rebelarse—. ¿Y qué dijo Su Alteza cuando le propusisteis estas condiciones?

—Es que siempre está con la mujer roja, y... mucho me temo que no es dueño de sus actos. Tanto hablar de un dragón de piedra... Es una locura, os lo digo yo, una locura. ¿Acaso no aprendimos nada de Aerion Fuegobrillante, de los nueve magos, de los alquimistas...? ¿Acaso no aprendimos nada de Refugio Estival? Esos sueños de dragones nunca han traído nada bueno; así se lo dije a Axell. Mi idea era mejor. Más segura. Además, Stannis me había dado su sello, me había dado su venia para gobernar. La Mano habla con la voz del rey.

—En esto, no. —Davos no era ningún cortesano obsequioso, y ni siquiera se molestó en suavizar sus palabras—. No está en la naturaleza de Stannis rendirse estando convencido de que su causa es justa. Igual que no podría retractarse de lo que dijo sobre Joffrey cuando cree que es la verdad. En cuanto al matrimonio, Tommen nació del mismo incesto que Joffrey, y Su Alteza preferiría ver a Shireen muerta antes que casada de esa manera.

—No tiene elección. —Una vena palpitaba en la frente de Florent.

—Os equivocáis, mi señor. Puede elegir morir como un rey.

—¿Y nosotros con él? ¿Es eso lo que deseáis, Caballero de la Cebolla?

—No. Pero le soy leal al Rey y no pactaré la paz sin su permiso.

Durante un largo rato, Lord Alester lo miró con impotencia. Luego se echó a llorar.

Jon

La última noche fue oscura y sin luna, pero al menos, en aquella ocasión, el cielo estaba despejado.

—Voy a subir a la colina a buscar a Fantasma —les dijo a los thenitas en la entrada de la cueva; ellos gruñeron un asentimiento y lo dejaron pasar.

«Cuántas estrellas», pensó mientras ascendía por la ladera entre pinos, abetos y fresnos. Cuando era niño, en Invernalia, el maestre Luwin le había enseñado las estrellas. Se había aprendido los nombres de las doce casas celestes y los de sus respectivos regentes, y era capaz de localizar a los siete errantes que la Fe consideraba sagrados. También sabía encontrar sin problemas el Gatosombra, la Doncella Luna, la Espada del Amanecer y el Dragón de Hielo; aquellas constelaciones las tenía en común con Ygritte, pero otras no. «Miramos las mismas estrellas y vemos cosas tan distintas...» Para ella, la Corona del Rey era la Cuna; el Corcel era el Señor Astado; el Vagabundo Rojo que, según los septones, era símbolo sagrado del Herrero, era allí el Ladrón. Y cuando el Ladrón estaba en la Doncella Luna era un momento propicio para que los hombres secuestraran a las mujeres, según le decía Ygritte una y otra vez.

—Como la noche en que me secuestraste. El Ladrón brillaba mucho.

—Yo no tenía intención de secuestrarte —le replicó—. Ni siquiera sabía que fueras una chica hasta que te puse el cuchillo en la garganta.

—Si matas a un hombre sin querer, da igual: sigue estando muerto —insistió Ygritte con testarudez.

Jon no había conocido nunca a ninguna persona tan testaruda, con la posible excepción de Arya, su hermana pequeña.

«¿Seguirá siendo mi hermana pequeña? —se preguntó—. ¿Fue mi hermana alguna vez?» No había sido nunca un verdadero Stark; solo el bastardo sin madre de Lord Eddard, tan fuera de lugar en Invernalia como Theon Greyjoy. Y hasta aquello lo había perdido. Cuando un hombre de la Guardia de la Noche pronunciaba el juramento dejaba a un lado a su antigua familia y se unía a una nueva, pero Jon Nieve también había perdido a aquellos hermanos.

Como se había imaginado, Fantasma estaba en la cima de la colina. El lobo blanco no aullaba nunca, pero de todos modos había algo que lo atraía hacia las alturas; luego se quedaba allí sentado sobre los cuartos traseros y, mientras su aliento caliente formaba nubes blancas, él se bebía las estrellas con aquellos ojos rojos.

—¿Cómo las llamas tú? —preguntó Jon al tiempo que se arrodillaba junto al huargo y le rascaba el grueso pelaje blanco del cuello—. ¿La Liebre? ¿El Cervatillo? ¿La Loba?

Fantasma le lamió la cara; la lengua áspera y húmeda le raspó las cicatrices que las garras del águila le habían dejado en la mejilla.

«El pájaro nos dejó marcas a los dos», pensó.

—Fantasma —dijo en voz baja—, mañana por la mañana vamos a saltar. Allí no hay escaleras, ni una jaula con una grúa; no tengo manera de llevarte al otro lado. Nos tenemos que separar. ¿Lo entiendes?

En la oscuridad, los ojos rojos del lobo huargo tenían un brillo negro. Silencioso como siempre, pegó el hocico al cuello de Jon; su aliento era una nube blanca de vaho. Los salvajes decían que Jon Nieve era un warg, pero si estaban en lo cierto, era un warg pésimo. No sabía cómo vestir la piel de un lobo, tal como Orell había vestido la de su águila antes de morir. En cierta ocasión había soñado que él era Fantasma y que observaba desde las alturas el valle del Agualechosa donde Mance Rayder había reunido a los suyos, y aquel sueño había resultado ser verdad. Pero en aquel momento no estaba soñando, así que solo le quedaban las palabras.

—No puedes venir conmigo. —Jon cogió la cabeza del lobo entre las manos y lo miró a los ojos con intensidad—. Tienes que ir al Castillo Negro. ¿Me entiendes? ¡Al Castillo Negro! ¿Encontrarás el camino? ¿Sabrás volver a casa? Solo tienes que seguir el hielo hacia el este, siempre hacia el este, hacia donde sale el sol, y llegarás. En el Castillo Negro te conocen; tal vez tu llegada sirva para alertarlos. —Había pensado escribir un mensaje para que lo llevara Fantasma, pero no tenía tinta ni pergamino, ni siquiera pluma, y el riesgo de que lo descubrieran era excesivo—. Volveremos a vernos en el Castillo Negro, pero tienes que llegar allí tú solo. Durante un tiempo tendremos que cazar por separado. Por separado.

El huargo se sacudió las manos de Jon con las orejas erguidas. De repente emprendió una carrera. Saltó a través de unos arbustos, sorteó un montón de hojarasca y corrió colina abajo, apenas una estela blanca entre los árboles.

«¿Hacia el Castillo Negro? —se preguntó Jon—. ¿O detrás de alguna liebre?» Habría dado cualquier cosa por saberlo. Tenía miedo de ser tan mal warg como Hermano Juramentado y como espía.

El viento que susurraba entre los árboles, con un intenso olor a pinocha, le sacudía las desvaídas ropas negras. Jon veía al sur el Muro, alto, imponente, una gigantesca sombra que ocultaba la luz de las estrellas.

Suponía, por aquellas colinas escabrosas, que debían de estar entre la Torre Sombría y el Castillo Negro, probablemente más cerca de la primera que del segundo. Llevaban días avanzando hacia el sur, entre lagos profundos que se extendían como dedos largos y flacos por las cuencas de valles angostos, flanqueados por riscos de pedernal y colinas pobladas de pinos. Semejante terreno los obligaba a desplazarse despacio, pero también ofrecía una buena manera de protegerse para quien quisiera aproximarse al Muro sin ser visto.

«Para los salvajes —pensó—. Como ellos. Como yo.»

Más allá del Muro estaban los Siete Reinos y todo aquello que había jurado proteger. Había pronunciado los votos, había empeñado la vida y el honor; tendría que estar allí arriba, montando guardia. Tendría que estar llevándose un cuerno a los labios para llamar a las armas a la Guardia de la Noche. Pero no tenía ningún cuerno. Tal vez no le costara mucho robarles alguno a los salvajes, aunque ¿qué conseguiría con ello? Aunque lo hiciera sonar, ¿quién lo iba a oír? El Muro medía cien leguas de largo, y la Guardia estaba muy menguada. Todas las fortalezas menos tres estaban abandonadas; tal vez, aparte de Jon, no hubiera un hermano en diez leguas a la redonda. En caso de que aún se lo pudiera considerar un hermano...

«Tendría que haber intentado matar a Mance Rayder en el Puño, aunque me hubiera costado la vida.» Sería lo que habría hecho Qhorin Mediamano. Pero Jon había titubeado, y al titubear perdió la oportunidad. Al día siguiente había partido a caballo con Styr el Magnar, Jarl y más de un centenar de thenitas y jinetes escogidos. Jon se decía que solo estaba esperando el momento oportuno; entonces se escabulliría y volvería al Castillo Negro. Pero el momento no llegaba nunca. La mayor parte de las noches dormían en aldeas desiertas de salvajes, y Styr siempre hacía que una docena de sus thenitas montara guardia. Jarl lo vigilaba con desconfianza. Y ya fuera de día o de noche, Ygritte no se apartaba de él.

«Dos corazones que laten como uno.» Las palabras burlonas de Mance Rayder le resonaban amargas en la cabeza. Jon jamás se había sentido tan confuso. «No tengo otra elección —se había dicho la primera vez, cuando la muchacha se metió bajo las pieles con las que él se abrigaba por la noche—. Si la rechazo, sabrá que no soy un cambiacapas. Estoy haciendo lo que me dijo Mediamano.»

Y su cuerpo lo hizo con entusiasmo. Sus labios contra los de ella, su mano se deslizó bajo la camisa de piel de cervatillo para buscar un pecho; su miembro viril se endureció cuando Ygritte se lo apretó contra la entrepierna a través de la ropa.

«Mis votos», había pensado, no dejaba de recordar el bosquecillo de arcianos donde los había pronunciado, los nueve grandes árboles en círculo, los rostros rojos que lo miraban, que lo escuchaban... Pero Ygritte le había desatado las lazadas, le había metido la lengua en la boca, había buscado dentro de sus calzones para sacarle el miembro... y ya no pudo ver los arcianos, solo a ella. La chica le mordió el cuello y él se lo besó, enterrando la nariz en la espesa cabellera rojiza. «Buena suerte —pensó—. Tiene buena suerte, la ha besado el fuego.»

—¿Te gusta? —susurró mientras lo guiaba hacia su interior. Estaba muy húmeda y, evidentemente, no era doncella, pero a Jon no le importaba. Los votos, la virginidad... Nada importaba, solo el calor de Ygritte, sus bocas unidas, el dedo con el que le acariciaba un pezón—. ¿Te gusta? —volvió a preguntar—. No tan deprisa, ah, así, sí, despacio. Así, así, sí, despacio, suave. No sabes nada, Jon Nieve, pero yo te voy a enseñar. Ahora más deprisa. Siiiiiiií.

«He hecho lo que me dijo —trató de convencerse después—. Estoy haciendo lo que me dijo Mediamano. Lo he tenido que hacer una vez para demostrar que he renegado de mis votos. Para que Ygritte confíe en mí.» Pero no volvería a hacerlo jamás. Seguía siendo un hombre de la Guardia de la Noche y el hijo de Eddard Stark. Había hecho lo que debía; había demostrado lo que tenía que demostrar.

Pero la demostración había sido muy dulce, y la muchacha se había quedado dormida junto a él con la cabeza sobre su pecho, y aquello también era dulce, peligrosamente dulce. Volvió a pensar en los arcianos y en los votos que había pronunciado ante ellos. «Ha sido solo una vez; era imprescindible. Hasta mi padre se desvió del camino una vez, cuando olvidó sus votos matrimoniales y engendró un bastardo. —Jon se juró que también sería su caso—. No volverá a suceder jamás.»

Sucedió dos veces más aquella noche y otra por la mañana, cuando ella despertó y lo encontró dispuesto. Los salvajes ya se habían levantado, y muchos se dieron cuenta de lo que estaba sucediendo bajo el montón de pieles. Jarl les dijo que se dieran prisa si no querían que les echara encima un cubo de agua.

«Como si fuéramos un par de perros en celo», había pensado Jon más tarde. ¿En aquello se había convertido? «Soy un hombre de la Guardia de la Noche», insistía una vocecita en su interior, pero cada noche le sonaba más lejana, y cuando Ygritte le besaba las orejas o le mordía el cuello, no la oía en absoluto. «¿Fue esto mismo lo que le pasó a mi padre? —se preguntó—. ¿Fue tan débil como lo soy yo ahora cuando se deshonró en el lecho de mi madre?»

De repente se dio cuenta de que algo ascendía por la colina en pos de él. Al principio pensó que era Fantasma, que regresaba, pero el huargo jamás hacía tanto ruido. Jon desenvainó a *Garra* con un movimiento ágil, pero no era más que uno de los thenitas, un hombre corpulento con yelmo de bronce.

—Nieve —dijo el intruso—. Vienes. Magnar quiere.

Los hombres de Thenn aún hablaban en la antigua lengua; la mayor parte apenas sabía unas pocas palabras de la común. A Jon le importaba bien poco lo que quisiera el Magnar, pero no tenía sentido discutir con alguien que apenas lo entendería, de manera que lo siguió colina abajo.

La entrada de la cueva era una grieta de la roca por la que apenas si podía pasar un caballo; además, estaba medio oculta tras un pino soldado. Daba al norte, de manera que la luz de las hogueras no se veía desde el Muro. Aunque tuvieran la mala suerte de que una patrulla pasara por la cima del Muro aquella noche, no vería más que colinas, pinos y el reflejo gélido de las estrellas sobre un lago casi congelado. Mance Rayder lo había planeado muy bien.

Una vez en el interior de la roca, el pasadizo descendía diez varas antes de abrirse a un espacio tan amplio como el del salón principal de Invernalia. Entre las columnas ardían fogatas, y su humo ennegrecía el techo de piedra. Los caballos estaban maneados a lo largo de una pared, junto a un estanque poco profundo. En el centro del suelo había un agujero a modo de sumidero, que daba a lo que tal vez fuera una caverna aún más grande, aunque era imposible saberlo en aquella oscuridad. Jon alcanzó a oír el sonido lejano del agua corriente de un arroyo subterráneo.

Jarl estaba con el Magnar; Mance los había dejado a los dos al mando. A Styr no le había hecho la menor gracia; Jon se dio cuenta enseguida. Mance Rayder decía que el joven moreno era la «mascota» de Val, quien a su vez era hermana de Dalla, su reina, lo que convertía a Jarl en una especie de cuñado en segundo grado del Rey-más-allá-del-Muro. Era evidente que al Magnar no le gustaba compartir su autoridad. Aportaba un centenar de thenitas, cinco veces más hombres que Jarl, y a menudo se comportaba como si estuviera al mando en solitario. Pero Jon sabía que el que los guiaría para saltar el hielo sería el más joven. Jarl no tendría más allá de veinte años, y llevaba ocho haciendo expediciones; había saltado el Muro una docena de veces con gente como Alfyn Matacuervos o el Llorón, y más recientemente con su propia banda.

El Magnar fue directo al grano.

—Jarl me ha alertado de que hay cuervos patrullando. Dime todo lo que sepas de esas patrullas.

«Dime, no dinos», advirtió Jon, y aquello pese a que Jarl estaba a su lado. Nada le habría gustado más que negarse a tan brusca petición, pero sabía que Styr lo mataría ante el menor síntoma de deslealtad, y también a Ygritte, por el crimen de estar con él.

—En cada patrulla hay cuatro hombres: dos exploradores y dos constructores —dijo—. La misión de los constructores consiste en fijarse en si hay grietas, hielo fundido u otros problemas estructurales, mientras que los exploradores intentan detectar la presencia de enemigos. Todos van a lomos de mulas.

—¿Mulas? —El hombre sin orejas frunció el ceño—. Las mulas son lentas.

—Sí, pero tienen menos tendencia a resbalar en el hielo. Las patrullas van casi siempre por la parte superior del Muro, y aparte de la zona que corresponde al Castillo Negro, hace muchos años que el camino no se cubre de gravilla. Las mulas las crían en Guardiaoriente, y están entrenadas para este cometido.

—¿Van casi siempre por la parte superior del Muro? ¿No siempre?

—No. Una de cada cuatro patrulla por la base, por si hay grietas en los cimientos o algún indicio de excavación de túneles.

El Magnar asintió.

—Hasta en el lejano Thenn conocemos la historia de Arson Hacha de Hielo y su túnel.

Jon también conocía la historia. Arson Hacha de Hielo había cavado un túnel que llegaba ya a la mitad del Muro cuando lo descubrieron los exploradores del Fuerte de la Noche. No se molestaron en interrumpirlo, sino que sellaron la salida con hielo, piedras y nieve. Edd el Penas decía siempre que, si se apoyaba la oreja contra el Muro, aún se oía a Arson cavar con el hacha.

—¿De dónde salen esas patrullas? ¿Cada cuánto tiempo?

—Eso depende. —Jon se encogió de hombros—. Tengo entendido que el Lord Comandante Qorgyle las mandaba cada tres días del Castillo Negro a Guardiaoriente del Mar, y cada dos días, del Castillo Negro a la Torre Sombría. Pero en sus tiempos había más hombres en la guardia. El Lord Comandante Mormont prefiere variar el número de patrullas y los días en que salen, para ponérselo difícil a quien quiera saber de sus idas y venidas. A veces, el Viejo Oso hasta enviaba un contingente más grande a alguno de los castillos abandonados durante quince días o una luna entera. —Jon sabía que la idea de aquella táctica había sido de su tío. Cualquier cosa con tal de confundir al enemigo.

—¿Hay guardias en Puertapiedra en el presente? —preguntó Jarl—. ¿Y en Guardiagrís?

«Así que estamos entre esos dos castillos, ¿eh?» Jon consiguió que su rostro permaneciera imperturbable.

—Cuando salí del Muro, las únicas fortalezas habitadas eran Guardiaoriente, el Castillo Negro y la Torre Sombría. No sé qué habrán hecho Bowen Marsh o Ser Denys desde entonces.

—¿Cuántos cuervos hay en los castillos? —preguntó Styr.

—En el Castillo Negro, unos quinientos. En la Torre Sombría serán doscientos, y en Guardiaoriente, alrededor de trescientos.

Jon estaba exagerando al menos en trescientos el número de hermanos.

«Ojalá todo fuera tan sencillo...»

—Está mintiendo —le dijo Jarl, que no se había dejado engañar, a Styr—. O eso o mete en la cuenta los que murieron en el Puño.

—Cuervo, no te confundas —le advirtió el Magnar—, yo no soy Mance Rayder. Si me mientes, haré que te corten la lengua.

—No soy ningún cuervo y no consiento que me llamen mentiroso.

Jon flexionó los dedos de la mano de la espada. El Magnar de Thenn lo escudriñó con aquellos ojos grises, gélidos.

—No tardaremos en averiguar cuántos son —dijo tras unos instantes—. Vete. Si quiero hacerte más preguntas, te mandaré buscar.

Jon inclinó la cabeza con gesto rígido y se marchó.

«Si todos los salvajes fueran como Styr, sería más fácil traicionarlos.» Pero los thenitas no se parecían en nada al resto del pueblo libre. El Magnar afirmaba ser el último de los primeros hombres, y gobernaba con mano de hierro. Su reducida tierra de Thenn se encontraba en un alto valle de la montaña, oculto entre los picos más lejanos de los Colmillos Helados, rodeado de cavernícolas, hombres Pies de Cuerno, gigantes y los clanes caníbales de los ríos de hielo. Ygritte le había contado que los thenitas luchaban con valor y que, para ellos, su Magnar era una especie de dios. Jon se lo creía. A diferencia de Jarl, Harma y Casaca de Matraca, Styr exigía de sus hombres obediencia ciega, y sin duda, su disciplina era el motivo por el que Mance lo había elegido para saltar el Muro.

Se alejó del campamento de los thenitas, que estaban cocinando sentados en sus redondos yelmos de bronce.

«¿Dónde se ha metido Ygritte?» Encontró sus cosas y las de ella donde las había dejado, pero ni rastro de la chica.

—Ha cogido una antorcha y se ha ido por allí —le dijo Grigg el Cabra señalando en dirección al fondo de la cueva.

Jon fue hacia donde le indicaba y se encontró en una sala en penumbra, en medio de un laberinto de columnas y estalactitas.

«No puede estar aquí», empezaba a pensar, cuando oyó su risa. Se volvió en dirección al sonido, pero no había caminado ni diez pasos cuando se dio de bruces contra una pared de calcita rosa y blanca. Volvió atrás, desconcertado, y entonces lo vio: un agujero oscuro bajo un saliente de piedra húmeda. Se arrodilló, prestó atención y oyó el sonido lejano del agua.

—¿Ygritte?

—Estoy aquí. —Su voz era como un débil eco.

Jon tuvo que arrastrarse una docena de pasos antes de que la cueva se abriera a su alrededor. Cuando volvió a ponerse de pie se tomó un momento para que los ojos se le acostumbraran a la oscuridad. Ygritte había llevado una antorcha, pero no había ninguna otra luz. Estaba de pie junto a una pequeña cascada que caía de una grieta en la roca para formar un amplio estanque. Las llamas amarillas y anaranjadas se reflejaban en las aguas verde claro.

—¿Qué haces aquí? —le preguntó.

—He oído el sonido del agua. Quería ver hasta dónde llegaba la cueva. —Hizo una señal con la antorcha—. Hay un pasadizo que sigue hacia abajo. Lo he recorrido como cien pasos antes de dar la vuelta.

—¿Era un túnel sin salida?

—No sabes nada, Jon Nieve. Parecía que no tenía fin. En estas colinas hay cientos de cuevas, y todas están conectadas por túneles. Hasta hay uno que pasa bajo vuestro Muro. El Camino de Gorne.

—Gorne —dijo Jon—. Gorne fue Rey-más-allá-del-Muro.

—Sí —asintió Ygritte—. Junto con su hermano Gendel, hace ya tres mil años. Encabezaron un ejército del pueblo libre que pasó por las cuevas, y la Guardia ni se enteró. Pero cuando salieron, los lobos de Invernalia cayeron sobre ellos.

—Hubo una batalla —recordó Jon—. Gorne mató al Rey en el Norte, pero su hijo recogió su estandarte, le quitó la corona de la cabeza y mató al asesino de su padre.

—El sonido de las espadas despertó a los cuervos en sus castillos, y cabalgaron con sus capas negras para atacar la retaguardia del pueblo libre.

—Sí. Gendel se encontró con que tenía al Rey al sur, a los Umber al este y a la Guardia al norte. También él murió.

—No sabes nada, Jon Nieve. Gendel no murió. Se abrió camino entre los cuervos y guio a su pueblo de vuelta al norte, mientras los lobos aullaban y le pisaban los talones. Pero Gendel no conocía las cuevas tan bien como su hermano Gorne, y se equivocó en una encrucijada. —Movió la antorcha adelante y atrás, de manera que las sombras saltaron y se agitaron—. Se adentraba en las colinas cada vez más, cada vez más, y cuando intentó retroceder, los caminos que le parecían familiares terminaban en piedra en vez de en cielo. Pronto, las antorchas se empezaron a apagar una tras otra, hasta que al final solo les quedó la oscuridad. Nadie volvió a ver al pueblo de Gendel, pero en las noches silenciosas se oye a los hijos de los hijos de sus hijos, que sollozan bajo las colinas, todavía buscando la salida. Escucha. ¿No los oyes?

Lo único que oía Jon era el sonido del agua al caer y el tenue crepitar de las llamas.

—¿También se perdió ese camino que pasaba bajo el Muro?

—Muchos lo han buscado. Los que se adentran demasiado en los túneles se encuentran con los hijos de Gendel, y los hijos de Gendel siempre están hambrientos. —Sonrió, depositó la antorcha con cuidado en una hendidura de la roca y se acercó a él—. En la oscuridad no hay nada que comer, solo carne —susurró al tiempo que le mordisqueaba el cuello.

Jon le apoyó la nariz en el pelo y se llenó de su olor.

—Hablas como la Vieja Tata cuando le contaba a Bran cuentos de monstruos.

—¿Me estás llamando vieja? —preguntó Ygritte, dándole un puñetazo en el hombro.

—Eres mayor que yo.

—Sí, y también más lista. No sabes nada, Jon Nieve. —Se apartó de él y se quitó el chaleco de piel de conejo.

—¿Qué haces?

—Te voy a enseñar lo vieja que soy. —Se desató las lazadas de la camisa de cervatillo, la tiró a un lado y se quitó de una vez las tres camisetas de lana—. Quiero que me veas.

—No deberíamos...

—Deberíamos. —Se le agitaron los pechos cuando saltó sobre una pierna para quitarse una bota y luego sobre la otra para repetir la operación. Sus pezones eran amplios círculos rosados—. Tú también —dijo mientras se bajaba los calzones de piel de oveja—. A ver qué tenemos. No sabes nada, Jon Nieve.

—Sé que te deseo —se oyó decir, olvidados ya los votos, olvidado ya el honor. Se erguía ante él desnuda como en el día de su nombre, y él estaba tan duro como la roca que los rodeaba. Para entonces ya había estado dentro de ella medio centenar de veces, pero siempre bajo las pieles, rodeados de gente. No había visto nunca lo hermosa que era. Tenía las piernas delgadas pero musculosas y, allí donde se juntaban los muslos, el pelo era de un rojo incluso más vivo que el de su cabeza. «¿Eso significa más suerte todavía?» La atrajo hacia sí—. Adoro tu olor —dijo—. Adoro tu pelo rojo. Adoro tu boca y tu manera de besarme. Adoro tu sonrisa. Adoro tus tetas. —Le besó primero una y luego la otra—. Adoro tus piernas delgadas y lo que hay entre ellas. —Se arrodilló para besarla también allí, primero con suavidad en el pubis, pero Ygritte separó las piernas y vio el interior rosado, y también la besó allí, y la saboreó. Ella dejó escapar un gemido.

—Si tanto me adoras, ¿qué haces todavía vestido? —jadeó—. No sabes nada, Jon Nieve. Na... ah... Ah. AAAH.

Después, mientras yacían juntos sobre el montón que eran sus ropas, se mostró casi tímida, o tan tímida como podía ser Ygritte.

—Eso que me has hecho... —dijo —. Lo de... la boca... —Titubeó—. ¿Eso es... es lo que los señores les hacen a sus damas en el sur?

—No sé, no creo. —Nadie le había contado jamás lo que les hacían los señores a sus damas—. Solo quería... quería besarte, nada más. Me ha parecido que te gustaba.

—Sí. No... No estaba mal. ¿No te lo ha enseñado nadie?

—No ha habido nadie antes —confesó—. Solo tú.

—Eras virgen —le tomó el pelo—. Virgen, virgen, virgen.

Jon le dio un pellizquito en un pezón.

—Era un hombre de la Guardia de la Noche. —«Era», se oyó decir. ¿Qué era ahora? No quería pensarlo—. ¿Y tú eras virgen?

—Tengo diecinueve años —dijo Ygritte, incorporándose sobre un codo—, soy una mujer del acero, besada por el fuego. ¿Cómo voy a ser virgen?

—¿Con quién fue la primera vez?

—Con un chico, durante un banquete, hace cinco años. Había venido con sus hermanos para comerciar, y tenía el pelo como yo, besado por el fuego, así que pensé que nos traería suerte. Pero era débil. Cuando regresó e intentó secuestrarme, Lanzalarga le rompió un brazo y lo puso en fuga, y no lo volvió a intentar ni una vez.

—Entonces, ¿no fue con Lanzalarga? —Jon sentía cierto alivio. Le caía bien Lanzalarga, con su rostro feúcho y sus modales amistosos.

—No seas asqueroso. —Ella le dio un puñetazo—. ¿Tú te acostarías con tu hermana?

—Lanzalarga no es tu hermano.

—Es de mi aldea. No sabes nada, Jon Nieve. Un hombre de verdad secuestra a una mujer de lejos para fortalecer el clan. Las mujeres que se acuestan con sus hermanos, sus padres o los miembros de su clan ofenden a los dioses y ellos las maldicen con hijos débiles y enfermizos, a veces hasta con monstruos.

—Craster se casa con sus hijas —señaló Jon.

—Craster —dijo Ygritte, recalcando el nombre con otro puñetazo— se parece más a los tuyos que a nosotros. Su padre era un cuervo que secuestró a una mujer del pueblo de Arbolblanco, pero después de tomarla huyó a su Muro. Ella fue una vez al Castillo Negro para mostrar a su hijo al cuervo, pero los hermanos hicieron sonar los cuernos y la pusieron en fuga. Craster tiene la sangre negra, y sobre él pesa una maldición. —Le acarició el estómago con los dedos—. Antes tenía miedo de que hicieras lo mismo. De que volvieras al Muro. Después de secuestrarme no sabías qué hacer.

—Yo no te secuestré, Ygritte. —Jon se sentó.

—Claro que sí. Te echaste encima de mí en la montaña, mataste a Orell, y antes de que me diera tiempo a coger el hacha, ya me habías puesto un cuchillo en el cuello. Pensé que me ibas a tomar entonces, o que me ibas a matar, o las dos cosas, pero no. Y cuanto te conté la historia de Bael el Bardo y la rosa de Invernalia pensé que te echarías encima de mí, pero tampoco. No sabes nada, Jon Nieve. —Le dirigió una sonrisa tímida—. Aunque parece que vas aprendiendo.

De repente, Jon se dio cuenta de que la luz oscilaba en torno a ellos. Miró a su alrededor.

—Más vale que volvamos arriba. La antorcha casi se ha consumido.

—¿Qué pasa? ¿El cuervo tiene miedo de los hijos de Gendel? —rio—. Es una subida de nada, y todavía no he acabado contigo, Jon Nieve. —Lo empujó contra las ropas y montó sobre él a horcajadas—. ¿Te importaría...? —titubeó.

—¿El qué? —preguntó mientras la antorcha empezaba a extinguirse.

—¿Te importaría hacerlo otra vez? —Soltó de sopetón Ygritte—. Lo de la boca, el beso de los señores. Y yo... veré si te gusta a ti...

Jon Nieve ni siquiera se dio cuenta de cuándo se consumió la antorcha.

Más tarde volvió a sentirse culpable, pero no tanto como al principio. «Si esto está tan mal, ¿por qué los dioses hicieron que nos sintiéramos tan bien?», se preguntó.

Cuando terminaron, la oscuridad en la gruta era completa. La única luz era la penumbra del pasadizo que llevaba arriba, a la caverna grande, donde ardía una veintena de hogueras. No tardaron en tambalearse y tropezar el uno contra el otro mientras intentaban vestirse en la oscuridad. Ygritte se cayó al estanque y chilló ante el contacto con el agua fría. Cuando Jon se echó a reír, tiró de él, y también cayó al agua. Lucharon y chapotearon en la oscuridad, y cuando la volvió a tener entre sus brazos resultó que aún no habían terminado.

—Jon Nieve —le dijo después de que derramara su semilla dentro de ella—, no te muevas, mi amor. Me gusta sentirte dentro, me gusta mucho. No volvamos con Styr ni con Jarl. Sigamos por los túneles, vayamos con los hijos de Gendel. No quiero salir de esta cueva nunca, Jon Nieve. Nunca.

Daenerys

—¿Todos? —La niña esclava parecía recelar—. ¿Os han entendido mal estas orejas indignas, Alteza?

Una fresca luz verdosa se filtraba por los cristales coloreados en forma de rombo de las gruesas ventanas que había en las paredes triangulares descendentes, y una brisa suave entraba por las puertas abiertas de las terrazas y les llevaba los aromas de frutas y flores de los jardines que había al otro lado.

—Me has entendido bien —dijo Dany—. Quiero comprarlos todos. Por favor, díselo a los Bondadosos Amos.

Aquel día había elegido una túnica de Qarth. La seda violeta oscuro hacía juego con el color de sus ojos y se los resaltaba. El diseño le dejaba el pecho izquierdo al descubierto. Mientras los Bondadosos Amos de Astapor hablaban entre ellos en voz baja, Dany bebía tragos de un vino ácido de palo santo en una copa alta de plata. No alcanzaba a entender todo lo quc decían, pero en sus voces vibraba la codicia.

Cada uno de los ocho mercaderes contaba con la asistencia de dos o tres esclavos, aunque un tal Grazdan, el más viejo, tenía seis. Para no parecer una mendiga, Dany se había hecho acompañar por sus ayudantes: Irri y Jhiqui, vestidas con pantalones de seda y chalecos pintados; el anciano Barbablanca y el poderoso Belwas, y sus jinetes de sangre. Ser Jorah estaba de pie tras ella, sudando a chorros su sobrevesta verde con el bordado del oso negro de los Mormont. El olor de su sudor era una réplica vulgar de los perfumes dulzones con que se empapaban los astaporis.

—Todos —gruñó Kraznys mo Nakloz, que aquel día olía a melocotones. La niña repitió la palabra en la lengua común de Poniente—. Millares, hay ocho. ¿Se refiere a eso cuando dice que todos? También hay seis centenares, que cuando se completen serán parte de un noveno millar. ¿Los quiere también?

—Sí —dijo Dany después de oír la traducción—. Los ocho mil, los seiscientos... y los que todavía se estén entrenando. Los que aún no se hayan ganado el casco con la púa.

Kraznys se volvió hacia sus compañeros. De nuevo hablaron entre ellos. La traductora le había dicho sus nombres a Dany, pero no eran fáciles de distinguir. Por lo visto, cuatro de ellos se llamaban Grazdan, era de suponer que en homenaje a Grazdan el Grande, que había fundado el Antiguo Ghis en el principio de los tiempos. Todos tenían un aspecto muy semejante: eran achaparrados y gruesos, de piel ambarina, narices anchas y ojos oscuros. Tenían el cabello negro, rojo oscuro o de aquella extraña mezcla tan característica de Astapor.

Lo que marcaba la posición social de cada hombre eran los flecos del ribete del *tokar,* según le había explicado a Dany el capitán Groleo. En aquella fresca estancia verde de la cúspide de la pirámide, dos de los vendedores de esclavos vestían *tokars* con flecos de plata; cinco, con flecos de oro y uno, el Grazdan más viejo, lucía unos flecos de gruesas perlas blancas que entrechocaban con suavidad cada vez que se acomodaba en el asiento o movía un brazo.

—No podemos vender chicos a medio entrenar —les decía uno de los Grazdans con flecos de plata a los otros.

—Claro que podemos, si tiene oro con que pagarlos —replicó un hombre más gordo que llevaba flecos de oro.

—No son Inmaculados. No han matado a los bebés. Si luego fracasan en la batalla, serán nuestra vergüenza. Y además, aunque mañana mismo castráramos a otros cinco mil chicos, tendrían que pasar diez años antes de que estuvieran preparados para venderlos. ¿Qué vamos a decirle al próximo cliente que venga a comprar Inmaculados?

—Le diremos que tendrá que esperar —insistió el gordo—. El oro en el bolsillo es mejor que el oro en el futuro.

Dany dejó que discutieran mientras bebía el ácido vino de fruta y trataba de mantenerse inexpresiva, como si no entendiera nada.

«Me haré con todos, sea cual sea el precio», se dijo. En la ciudad había un centenar de mercaderes de esclavos, pero los ocho que tenía ante ella eran los más importantes. Cuando se trataba de vender esclavos de cama, peones para el campo, escribas, artesanos o instructores, aquellos hombres eran rivales, pero sus antepasados habían formado una alianza para crear y vender a los Inmaculados.

«Con adoquines y sangre se construyó Astapor, y con adoquines y sangre, su gente.»

Al final, fue Kraznys quien anunció la decisión.

—Dile que tendrá los ocho mil, si trae oro suficiente. Y los seis centenares, si los quiere. Dile que vuelva dentro de un año; entonces le venderemos dos mil más.

—Dentro de un año estaré en Poniente —dijo Dany tras escuchar la traducción—. Los necesito de inmediato. Los Inmaculados han recibido un entrenamiento excelente, pero aun así, muchos caerán en la batalla.

Necesitaré a los niños para sustituirlos, para que cojan las espadas que caigan. —Dejó la copa de vino y se inclinó hacia la pequeña esclava—. Diles a los Bondadosos Amos que quiero incluso a los más pequeños, a los que aún tienen a sus cachorros. Diles que pagaré lo mismo por el niño al que castraron ayer que por el Inmaculado con púa en el casco.

La niña tradujo. La respuesta siguió siendo negativa.

—Muy bien. —Dany frunció el ceño, molesta—. Diles que pagaré el doble, pero que los quiero a todos.

—¿El doble? —Al gordo de los flecos de oro únicamente le faltaba babear.

—Esta putilla es idiota —dijo Kraznys mo Nakloz—. Propongo que le pidamos el triple. Está tan desesperada que pagará. Sí, pidámosle diez veces el precio de cada esclavo.

El Grazdan alto de la barbita puntiaguda hablaba la lengua común, aunque no tan bien como la esclava.

—Alteza —gruñó—, Poniente rico, sí, pero vos no reina ahora. Quizá nunca reina. Hasta los Inmaculados pueden perder batallas contra salvajes caballeros de acero de Siete Reinos. Os recuerdo: los Bondadosos Amos de Astapor no venden carne por promesas. ¿Vos tenéis oro y mercancías suficiente para pagar tantos eunucos?

—Conocéis la respuesta mejor que yo, Bondadoso Amo —replicó Dany—. Vuestros hombres han recorrido mis barcos y han contabilizado hasta la última cuenta de ámbar, hasta el último tarro de azafrán. ¿Cuánto tengo?

—Suficiente para mil —dijo el Bondadoso Amo con una sonrisa despectiva—. Pero decís pagar el doble. Pues quinientos.

—Con la bonita corona que lleváis podríais comprar otro centenar —dijo el gordo en valyrio—. La corona de los tres dragones.

Dany aguardó la traducción.

—Mi corona no está en venta. —Cuando Viserys vendió la corona de su madre, perdió el último vestigio de alegría, y solo le quedó la rabia—. Tampoco venderé a los míos, ni sus posesiones, ni sus caballos. En cambio, sí pueden quedarse con los barcos. La gran coca *Balerion* y las galeras *Vhagar* y *Meraxes*. —Ya les había advertido a Groleo y a los otros capitanes que tal vez se viera obligada a hacer aquello, aunque habían protestado con vehemencia—. Tres buenos barcos tienen que valer más que unos cuantos eunucos despreciables.

El Grazdan gordo se volvió hacia los demás. Una vez más, debatieron en voz baja.

—Dos miles —dijo el de la barbita puntiaguda al final—. Es demasiado, pero los Bondadosos Amos generosos, y vos muy necesitada.

Dos mil no eran suficientes para lo que pretendía. «Los necesito a todos.» Dany sabía qué tenía que hacer, pero el sabor que le dejaba en la boca era tan amargo que ni el vino ácido se lo disipaba. Lo había meditado mucho la noche previa, y no había encontrado otra solución.

«Es lo único que puedo hacer.»

—Dádmelos a todos —dijo—, y tendréis un dragón.

Oyó como Jhiqui se atragantaba a su lado. Kraznys sonrió a sus compañeros.

—Lo que os había dicho: nos daría cualquier cosa.

Barbablanca la miraba conmocionado, incrédulo. La mano fina y manchada con que sujetaba el cayado le temblaba.

—No. —Hincó una rodilla en el suelo ante ella—. Alteza, os lo suplico, ganad vuestro trono con dragones, no con esclavos. No podéis hacer esto...

—No tengáis la osadía de darme instrucciones. Ser Jorah, llevaos a Barbablanca de mi presencia.

Mormont agarró al anciano por un codo con brusquedad, lo obligó a ponerse en pie y salió con él a la terraza.

—Diles a los Bondadosos Amos que lamento esta interrupción —le dijo Dany a la esclava—. Diles que estoy esperando su respuesta.

Pero ya conocía la respuesta. La veía en el brillo de sus ojos y en las sonrisas que tanto intentaban ocultar. En Astapor había miles de eunucos, y muchos más niños esclavos a punto para ser castrados, pero en todo el ancho mundo no había más que tres dragones vivos. Y los ghiscarios anhelaban tener dragones. ¿Cómo podía ser de otra manera? Cinco veces se había enfrentado el Antiguo Ghis a Valyria cuando el mundo aún era joven, y cinco veces había caído derrotado. Porque el Feudo Franco tenía dragones, y el Imperio, no.

El Grazdan más viejo se agitó en el asiento, y sus perlas entrechocaron con suavidad.

—Un dragón que elijamos —dijo con un hilo de voz temblorosa—. El negro es el más grande y sano.

Ella asintió.

—Se llama Drogon.

—Todos vuestros bienes, salvo la corona y las ropas regias, que podéis conservar. Los tres barcos. Y Drogon.

—Hecho —dijo ella en la lengua común.

—Hecho —respondió el Grazdan viejo en su ronco valyrio.

Los otros se hicieron eco del anciano de los flecos de perlas.

—Hecho —tradujo la esclava—. Y hecho, y hecho, ocho veces hecho.

—Los Inmaculados aprenderán pronto vuestra salvaje lengua —añadió Kraznys mo Nakloz una vez ultimados todos los acuerdos—. Hasta entonces, necesitaréis un esclavo para hablar con ellos. Llevaos a esta de regalo, como recuerdo del trato que acabamos de cerrar.

—Así haré —dijo Dany.

La niña esclava tradujo las palabras del hombre para Dany, y luego, las de Dany para él. Si el hecho de ser entregada como recuerdo provocaba algún sentimiento en ella, se guardó muy bien de dejarlo entrever.

Tampoco dijo nada Arstan Barbablanca cuando Dany salió a la terraza a reunirse con él. El anciano la siguió escaleras abajo en silencio, pero la joven oía el golpeteo del cayado de madera dura contra los adoquines rojos. Comprendía que estuviera furioso. Lo que había hecho era horrible. La Madre de Dragones había vendido a su hijo más fuerte. La idea le provocaba náuseas.

Pero, cuando estuvieron en la plaza del Orgullo, de pie en los calientes adoquines rojos que separaban la pirámide de los traficantes de los barracones de los eunucos, se volvió hacia el anciano.

—Barbablanca —dijo—. Aprecio vuestro consejo, y jamás debéis tener miedo de hablarme con toda libertad... cuando estemos a solas. Pero no cuestionéis nunca mi autoridad delante de desconocidos. ¿Entendido?

—Sí, Alteza —respondió con voz triste.

—No soy ninguna niña. Soy una reina.

—Pero hasta las reinas pueden errar. Los astaporis os han engañado, Alteza. Un dragón vale muchísimo más que cualquier ejército. Aegon lo demostró hace trescientos años, en el Campo de Fuego.

—Sé muy bien qué demostró Aegon. Tengo intención de demostrar yo también unas cuantas cosas. —Dany se apartó de él y se volvió hacia la pequeña esclava, que estaba dócilmente de pie junto a la litera—. ¿Tienes nombre o cada día sacas uno nuevo de un barril?

—Eso es solo para los Inmaculados —dijo la niña. De repente se dio cuenta de que Dany le había formulado la pregunta en alto valyrio—. Oh...

—¿Te llamas Oh?

—No. Perdonad el exabrupto, Alteza. El nombre de vuestra esclava es Missandei, pero...

—Missandei ya no es esclava de nadie. Desde este momento, te libero. Ven, sube conmigo a la litera; quiero conversar. —Rakharo las ayudó a subir, y Dany echó las cortinas para protegerse del polvo y el calor—. Si te quedas conmigo, me servirás como cualquiera de mis doncellas —dijo cuando se pusieron en marcha—. Querré que estés a mi lado para hablar por mí, como hablabas por Kraznys. Pero cuando quieras, puedes dejar de estar a mi servicio, si tienes padres con los que quieras volver.

—Me quedaré —dijo la niña—. No... no tengo adónde ir. Os serviré de buena gana.

—Te puedo dar libertad, pero no seguridad —advirtió Dany—. Tengo que cruzar un mundo y librar guerras. Puede que pases hambre. Puede que enfermes. Puede que mueras.

—*Valar morghulis* —dijo Missandei en alto valyrio.

—Todos los hombres mueren —asintió Dany—, pero recemos para que no sea pronto. —Se recostó entre los cojines y cogió la mano de la niña—. ¿Es cierto que los Inmaculados no tienen miedo de nada?

—Sí, Alteza.

—Ahora me sirves a mí. ¿Es verdad que no sienten dolor?

—El vino del valor acaba con esa sensación. Cuando matan a los bebés ya llevan años bebiéndolo.

—¿Y son obedientes?

—No conocen otra cosa que la obediencia. Si les ordenáis que no respiren, les resultará más fácil que dejar de obedecer.

Dany asintió.

—¿Qué pasará cuando ya no los necesite?

—¿Perdonad, Alteza?

—Cuando haya ganado la guerra y recuperado el trono que le perteneció a mi padre, mis caballeros envainarán las espadas y volverán a sus fortalezas, a sus madres, a sus esposas... a sus vidas. Pero estos eunucos no tienen vida. ¿Qué haré con ocho mil eunucos cuando ya no queden batallas que librar?

—Los Inmaculados son buenos guardias y excelentes vigilantes, Alteza —dijo Missandei—. Además, no os costará encontrar un comprador para soldados de tanta valía.

—Me han dicho que en Poniente no se compran ni venden hombres.

—Con todos los respetos, Alteza, los Inmaculados no son hombres.

—Si los revendiera, ¿cómo sabría que no los iban a utilizar contra mí? —preguntó Dany—. ¿Obedecerían? ¿Lucharían contra mí? ¿Llegarían a hacerme daño?

—Sí, si su amo se lo ordenara. No cuestionan nada, Alteza. Les han extirpado esa posibilidad. Solo obedecen. —Se detuvo un instante. Cuando volvió a hablar, parecía afligida—. Cuando ya no... los necesitéis... Vuestra Alteza puede ordenarles que se dejen caer sobre sus espadas.

—¿Hasta eso llegarían a hacer?

—Sí. —La voz de Missandei era apenas un hilo—. Alteza.

—Pero preferirías que no se lo ordenara. —Dany le apretó la mano—. ¿Por qué? ¿Qué te une a ellos?

—No... Alteza...

—Puedes decírmelo.

—Tres de ellos fueron antes mis hermanos, Alteza —dijo la niña, bajando la vista.

«En ese caso, espero que tus hermanos sean tan listos y tan valientes como tú. —Dany se acomodó entre los cojines y se dejó llevar de vuelta a la *Balerion* por última vez, para ponera orden en su mundo—. Y de vuelta a Drogon.» Apretó los labios con gesto torvo.

La noche que siguió fue larga, oscura y ventosa. Dany les dio de comer a sus dragones, como hacía siempre, pero en cambio ella estaba sin apetito. Se pasó un rato llorando a solas en su camarote, y después se secó las lágrimas para mantener una discusión más con Groleo.

—El magíster Illyrio no está aquí —le tuvo que decir al final—, y aunque estuviera, tampoco él me haría cambiar de opinión. Necesito a los Inmaculados más de lo que necesito estos barcos, así que no quiero seguir con esta conversación.

La rabia quemó el dolor y el miedo que sentía, al menos durante unas horas. Después, hizo acudir a su camarote a los jinetes de sangre, junto con Ser Jorah. Ellos eran los únicos en los que confiaba de verdad.

Más tarde intentó dormir; necesitaría estar descansada al día siguiente, pero una hora de dar vueltas en los confines mal ventilados de su camarote la convenció de que sería imposible. Al otro lado de la puerta encontró a Aggo, que estaba poniendo una cuerda nueva en el arco a la luz de una lámpara de aceite que se mecía con las olas. Junto a él estaba Rakharo, sentado en la cubierta con las piernas cruzadas, concentrado en afilar su *arakh* con una amoladera. Dany les dijo a los dos que siguieran con lo que estaban haciendo y subió a la cubierta para disfrutar del aire fresco de la noche. La tripulación la dejó en paz y siguió dedicándose a sus tareas, pero Ser Jorah no tardó en reunirse con ella junto a la baranda.

«Siempre está cerca —pensó Dany—. Conoce demasiado bien mis estados de ánimo.»

—Tendríais que estar durmiendo, *khaleesi.* Mañana va a ser un día caluroso y muy duro, os lo garantizo. Necesitaréis todas vuestras fuerzas.

—¿Recordáis a Eroeh? —le preguntó.

—¿La chica lhazareena?

—La estaban violando, pero yo los detuve y la tomé bajo mi protección. Pero, cuando murió mi sol y estrellas, Mago la volvió a coger, la usó de nuevo y luego la mató. Aggo dijo que era su destino.

—Lo recuerdo —dijo Ser Jorah.

—Estuve sola mucho tiempo, Jorah. Solo tenía a mi hermano. Era una niñita pequeña y asustada. Viserys tendría que haberme protegido, pero me hacía daño y me asustaba aún más. No debió hacerlo. No era solo mi hermano; era mi rey. ¿Para qué hacen los dioses a los reyes y a las reinas, si no es para que protejan a los que no pueden protegerse solos?

—Hay reyes que se hacen a sí mismos. Como Robert.

—No era un verdadero rey —replicó Dany despectiva—. No hizo justicia. Justicia. Para eso son los reyes.

Ser Jorah no tenía respuesta. Se limitó a sonreír y le tocó el pelo; apenas un roce. Fue suficiente.

Aquella noche soñó que era Rhaegar y que cabalgaba hacia el Tridente. Pero no montaba a lomos de un caballo, sino de un dragón. Vio el ejército rebelde del Usurpador al otro lado del río. Sus armaduras eran de hielo, pero ella los bañó en fuegodragón, de manera que se derritieron como el rocío y convirtieron el Tridente en un cauce torrencial. Una parte diminuta de ella sabía que estaba soñando, pero otra se regocijaba.

«Así debería haber sido. Lo otro fue una pesadilla, y me acabo de despertar.»

Se despertó de repente en la oscuridad de su camarote, aún ebria de triunfo. La *Balerion* pareció despertar con ella, y oyó el suave crujido de la madera, el agua que lamía el casco, una pisada en la cubierta, sobre ella... Y algo más.

Había alguien en el camarote.

—¿Irri? ¿Jhiqui? ¿Dónde estáis? —Sus doncellas no respondieron. Estaba demasiado oscuro para ver nada, pero alcanzó a oír sus respiraciones—. ¿Jorah? ¿Sois vos?

—Duermen —dijo una voz de mujer—. Todos duermen. —La voz estaba muy cerca de ella—. Hasta los dragones tienen que dormir.

«Está justo a mi lado.»

—¿Quién sois? —Dany escudriñó la oscuridad. Le pareció ver una sombra, el perfil apenas intuido de una forma—. ¿Qué queréis de mí?

—Recordad: Para ir al norte, tenéis que viajar hacia el sur. Para llegar al oeste, debéis ir al este. Para avanzar, debéis retroceder, y para tocar la luz, debéis pasar bajo la sombra.

—¿Quaithe? —Dany saltó de la cama y abrió la puerta de golpe. La escasa luz amarilla de la lámpara inundó el camarote, y tanto Irri como Jhiqui se incorporaron, somnolientas.

—*¿Khaleesi?* —murmuró Jhiqui al tiempo que se frotaba los ojos.

Viserion despertó y abrió las fauces, y una bocanada de llamas iluminó hasta los rincones más oscuros. No había ni rastro de la mujer de la máscara de laca roja.

—¿Estáis bien, *khaleesi*? —preguntó Jhiqui.

—Ha sido un sueño. —Dany sacudió la cabeza—. He tenido una pesadilla, no pasa nada. Seguid durmiendo. Tenemos que dormir todos.

Pero, por mucho que lo intentó, no pudo conciliar el sueño de nuevo.

«Si miro atrás, estaré perdida», se dijo Dany a la mañana siguiente, cuando entró por las puertas de Astapor. Trató de no pensar en lo pequeña e insignificante que era su escolta; de lo contrario, perdería todo el valor. Aquel día iba a lomos de su plata. Vestía pantalones de pelo de caballo, un chaleco pintado, un cinturón de medallones de bronce en torno a la cintura y dos más cruzados entre los pechos. Irri y Jhiqui le habían trenzado el pelo antes de ponerle una campanita de plata, cuyo tintineo hablaba de los Eternos de Qarth, quemados en su Palacio de Polvo.

Las calles de adoquines rojos de Astapor casi estaban llenas aquella mañana. A ambos lados se alineaban esclavos y sirvientes, y los traficantes y sus mujeres se habían puesto sus *tokars* para salir a mirar desde sus pirámides escalonadas.

«Al fin y al cabo, no son tan diferentes de los de Qarth —pensó—. Quieren ver a los dragones para contárselo a sus hijos y a los hijos de sus hijos.» Aquello le hizo preguntarse cuántos de ellos llegarían a tener hijos.

Aggo iba ante ella con su gran arco dothraki. Belwas el Fuerte caminaba a la derecha de su yegua, y la pequeña Missandei, a su izquierda. Ser Jorah Mormont iba detrás, vestido con armadura, y miraba con el ceño fruncido a cualquiera que se atreviera a acercarse. Rakharo y Jhogo protegían la litera. Dany había ordenado que quitasen el toldo superior, de manera que los tres dragones pudieran ir encadenados a la plataforma. Irri y Jhiqui caminaban junto a ellos para tratar de calmarlos. Pero la cola de Viserion daba latigazos a diestro y siniestro, y de sus fosas nasales brotaba un humo furioso. Rhaegal también presentía que algo marchaba mal. Tres veces trató de emprender el vuelo, solo para verse retenido por la pesada cadena que Jhiqui llevaba en la mano. Drogon se hizo una bola, y apretó las alas y la cola contra el cuerpo. Solo sus ojos delataban que no estaba dormido.

El resto de los suyos iba detrás: Groleo y los otros capitanes junto con sus tripulaciones, y los ochenta y tres dothrakis que le quedaban de los cien mil que en el pasado habían cabalgado en el *khalasar* de Drogo. Había situado a los más viejos y débiles en el centro de la columna, junto a las mujeres con bebés, las embarazadas, las niñas y los niños que aún eran demasiado jóvenes para trenzarse el pelo. Los demás, sus guerreros, cabalgaban en los flancos y azuzaban a los escuálidos caballos, los ciento y pocos que habían sobrevivido tanto al desierto rojo como al mar de sal negra.

«Tendría que haber ordenado que me bordaran un estandarte», pensó mientras guiaba a su andrajoso grupo a lo largo de los meandros del río de Astapor. Cerró los ojos un instante para imaginar cómo sería: seda negra ondeando al viento, y en ella el dragón de tres cabezas de los Targaryen, expulsando llamas doradas. «Un estandarte como el que habría podido llevar el propio Rhaegar.» Las orillas del río tenían un aspecto de extraña tranquilidad. El Gusano, como lo llamaban los astaporis, era ancho y lento, y estaba lleno de curvas y salpicado de diminutas islas de madera. En una de ellas vio a unos niños que jugaban, correteando entre elegantes estatuas de mármol. En otra isla, dos amantes se besaban a la sombra de altos árboles verdes, sin más pudor que los dothrakis en una boda. No llevaban ropa, así que no pudo saber si eran libres o esclavos.

La plaza del Orgullo, con su gran arpía de bronce, era demasiado pequeña para albergar a todos los Inmaculados que había comprado, de modo que los habían reunido en la plaza del Castigo, enfrentados a las puertas principales de Astapor, para que pudieran salir directamente de la ciudad en cuanto le fueran entregados a Dany. Allí no había estatuas de bronce; solo una gran plataforma de madera donde se torturaba, se azotaba y se ahorcaba a los esclavos rebeldes.

—Los Bondadosos Amos los ponen de manera que sean lo primero que ve un esclavo nuevo nada más entrar en la ciudad —le dijo Missandei cuando llegaron a la plaza.

A primera vista, Dany pensó que tenían la piel a rayas, como los caballos de Jogos Nhai. Luego, cuando su plata estuvo más cerca, vio el rojo de la carne viva bajo las tiras negras que se movían.

«Moscas. Moscas y gusanos.» A los esclavos rebeldes los habían pelado como si fueran manzanas, en una larga tira espiral. Un hombre tenía un brazo negro, cubierto de moscas de los dedos al codo, todo rojo y blanco bajo ellas. Dany tiró de las riendas junto a él.

—¿Qué hizo este? —le preguntó a Missandei.

—Alzó la mano contra su dueño.

El estómago se le retorció mientras hacía que su plata diera la vuelta y trotara hacia el centro de la plaza, hacia el ejército por el que tan alto precio había pagado. Hileras, hileras, hileras de ellos, sus medio hombres de corazón de adoquín; ocho mil seiscientos, con sus yelmos de bronce rematados en púa, Inmaculados con el entrenamiento completo, y detrás de ellos, alrededor de cinco mil, sin casco, aunque armados con lanzas y espadas cortas. Los que había al final no eran más que niños, pero estaban tan erguidos e inmóviles como los demás.

Kraznys mo Nakloz y sus compañeros estaban presentes para recibirla. Tras ellos había otros astaporis de noble cuna. Todos bebían vino en copas altas de plata mientras, a su alrededor, circulaban esclavos con bandejas de aceitunas, higos y cerezas. El Grazdan más viejo estaba sentado en una silla de mano que transportaban cuatro esclavos corpulentos de piel como el bronce. Media docena de lanceros a caballo patrullaban en la periferia de la plaza para contener a las multitudes que habían acudido a observar. El sol arrancaba destellos cegadores de los discos de cobre pulido que llevaban cosidos a las capas, pero aun así, Dany se dio cuenta de que los caballos parecían muy nerviosos.

«Tienen miedo de los dragones. Y con razón.»

Kraznys le ordenó a un esclavo que la ayudara a desmontar. Él tenía las manos ocupadas: con una se sujetaba el *tokar* y en la otra llevaba una fusta muy ornamentada.

—Aquí están. —Miró a Missandei—. Dile que son suyos... si puede pagarlos.

—Puede —dijo la niña.

Ser Jorah gritó una orden, y fueron llevando hacia el frente todas las mercancías para el intercambio. Seis balas de pieles de tigre; trescientas piezas de la mejor seda. Tarros de azafrán; tarros de mirra; tarros de pimienta, de curry y de cardamomo, una máscara de ónice; doce monos de jade; barriles de tinta roja, negra y verde; una caja de raras amatistas negras; una caja de perlas; un barril de aceitunas deshuesadas y rellenas de gusanos; una docena de barriles de pescado en salmuera; un enorme gong de bronce, con su mazo correspondiente; diecisiete ojos de marfil, y un gran baúl lleno de libros escritos en idiomas que Dany no sabía leer. Y más, y más, y más. Su gente lo fue amontonando todo delante de los traficantes.

Mientras se realizaba el pago, Kraznys mo Nakloz obsequió a Dany con unos cuantos consejos sobre la forma de manejar sus tropas.

—Todavía están sin curtir —le dijo a través de Missandei—. Dile a la puta de Poniente que lo mejor que puede hacer es procurar que prueben la sangre cuanto antes. En su camino encontrará muchas ciudades pequeñas, frutas maduras para el saqueo. Todo el botín que obtenga será solo suyo. Los Inmaculados no tienen el menor interés en el oro ni en las gemas. Y si se decide a tomar prisioneros, solo tiene que enviárnoslos a Astapor con unos pocos guardias. Le compraremos los que estén sanos y le pagaremos bien. Y ¿quién sabe? Tal vez, dentro de diez años, algunos de los chicos que nos mande se conviertan a su vez en Inmaculados. Así prosperaremos todos.

Por fin no quedaron más mercancías que añadir a la pila. Los dothrakis volvieron a montar en sus caballos.

—Esto es todo lo que hemos podido traer —dijo Dany—. El resto os espera en los barcos: una gran cantidad de ámbar, de vino y de arroz silvestre. También están los propios barcos. De modo que lo único que queda es...

—El dragón —terminó el Grazdan de la barba puntiaguda, el que hablaba la lengua común con tanto acento.

—Ahí aguarda.

Ser Jorah y Belwas se acercaron con ella a la litera, donde Drogon y sus hermanos disfrutaban del calor del sol. Jhiqui soltó un extremo de la cadena y se lo tendió. Cuando Dany tiró de ella, el dragón negro alzó la cabeza, siseó y desplegó aquellas alas de noche y escarlata. Al sentir su sombra sobre él, Kraznys mo Nakloz sonrió.

Dany le entregó al traficante el extremo de la cadena de Drogon. A cambio, él le dio la fusta. El mango era de huesodragón, con tallas muy elaboradas e incrustaciones de oro. De él colgaban nueve tiras de cuero largas y finas, cada una rematada en una garra dorada. El pomo de oro era una cabeza de mujer con puntiagudos dientes de marfil.

—Los dedos de la arpía —dijo Kraznys.

Dany hizo girar la fusta en la mano.

«Un objeto tan ligero, y qué gran peso carga.»

—¿Ya está hecho, pues? ¿Ya me pertenecen?

—Ya está hecho —asintió él, al tiempo que daba un tirón brusco de la cadena para sacar a Drogon de la litera.

Dany montó a lomos de su plata. Sentía que el corazón le galopaba en el pecho. Tenía un miedo desesperado. «¿Mi hermano habría hecho esto?» Se preguntó si el príncipe Rhaegar estaría igual de nervioso cuando vio el ejército del Usurpador formado al otro lado del Tridente, con todos sus estandartes al viento.

Se puso de pie en los estribos y alzó los dedos de la arpía por encima de la cabeza, para que todos los Inmaculados los vieran.

—¡ESTÁ HECHO! —gritó a pleno pulmón—. ¡SOIS MÍOS! —Espoleó a la plata con los talones y galopó a lo largo de la primera hilera, siempre con los dedos en alto—. ¡AHORA PERTENECÉIS A LA ESTIRPE DEL DRAGÓN! ¡OS HE COMPRADO Y OS HE PAGADO! ¡ESTÁ HECHO! ¡ESTÁ HECHO!

Por el rabillo del ojo, vio que el viejo Grazdan había girado bruscamente la cabeza. «Me está oyendo hablar valyrio.» Los otros traficantes no prestaban atención. Se habían reunido en torno a Kraznys y al dragón, y le gritaban consejos todos a la vez. Aunque los astaporis empujaban y tironeaban, no conseguían arrancar a Drogon de la litera. El humo gris brotaba de sus fauces abiertas, y el largo cuello se curvaba y estiraba mientras lanzaba dentelladas al rostro del esclavista.

«Es hora de cruzar el Tridente», pensó Dany. Dio la vuelta y regresó a lomos de su plata. Sus jinetes de sangre cerraron filas en torno a ella.

—Tenéis problemas —observó.

—No quiere venir —dijo Kraznys.

—Hay un motivo. Los dragones no son esclavos.

Y, con todas sus fuerzas, le cruzó la cara con la fusta al traficante. Kraznys gritó y se tambaleó; la sangre le corrió por las mejillas, tiñéndoselas de rojo, y le empapó la barba perfumada. Un golpe de los dedos de la arpía le había destrozado los rasgos, pero Dany no se detuvo a contemplar la ruina de aquel rostro.

—Drogon —cantó en voz alta con dulzura, todos los temores ya olvidados—. *Dracarys.*

El dragón negro extendió las alas y remontó el vuelo.

Un remolino de llamas oscuras alcanzó a Kraznys en pleno rostro. Los ojos se le fundieron y le corrieron por las mejillas; el aceite del pelo y la barba se incendió con tanta violencia que, durante un instante, el traficante tuvo una corona de fuego dos veces más alta que su cabeza. El repentino hedor a carne quemada se impuso hasta por encima del perfume, y su aullido pareció ahogar todos los demás sonidos.

La plaza del Castigo estalló en sangre y caos. Los Bondadosos Amos gritaban, tropezaban, se empujaban entre sí y se enredaban con los flecos de sus *tokars*. Drogon voló casi perezosamente hacia Kraznys, batiendo las alas negras. Mientras hacía que el traficante de esclavos probara el fuego de nuevo, Irri y Jhiqui desencadenaron a Viserion y a Rhaegal, y pronto hubo tres dragones en el aire. Cuando Dany se volvió para mirar, un tercio de los orgullosos guerreros de Astapor, con sus cuernos de demonios, hacían lo posible por no caerse de sus aterradas monturas, mientras otro tercio huía en un relámpago brillante de cobre. Uno consiguió mantenerse en la silla el tiempo suficiente para desenvainar una espada, pero el látigo de Jhogo se enroscó en torno a su cuello y cortó un grito antes de que naciera. Otro perdió una mano ante el *arakh* de Rakharo, y cayó rodando y escupiendo sangre. Aggo estaba a lomos del caballo, tranquilo; no hacía más que poner una flecha tras otra en la cuerda de su arco antes de dispararlas contra los *tokars*. De oro, de plata o sencillos; no le importaban los flecos. El poderoso Belwas también había desenfundado el *arakh* y lo hacía girar en el aire mientras atacaba.

—¡Lanzas! —oyó Dany gritar a un astapori. Era Grazdan, el viejo Grazdan, con su *tokar* cargado de perlas—. ¡Inmaculados! ¡Defendednos, detenedlos, defended a vuestros amos! ¡Espadas! ¡Lanzas!

Cuando Rakharo le atravesó la boca con una flecha, los esclavos que transportaban su silla de mano echaron a correr y lo tiraron al suelo sin ceremonias. El anciano se arrastró hasta la primera hilera de eunucos; su sangre dejaba charcos en los adoquines. Los Inmaculados ni siquiera bajaron la vista para ver cómo moría. Se mantuvieron firmes, hilera tras hilera tras hilera.

Y no se movieron.

«Los dioses han escuchado mis oraciones.»

—¡Inmaculados! —Dany galopó ante ellos, con la trenza plata y oro volando a su espalda y la campanilla tintineando con cada paso de la yegua—. Matad a los Bondadosos Amos, matad a los soldados, matad a todo hombre que vista un *tokar* o tenga una fusta, pero no le hagáis daño a ningún niño menor de doce años, y liberad de las cadenas a todo esclavo que encontréis. —Alzó los dedos de la arpía por encima de la cabeza... y tiró al suelo la fusta—. ¡Libertad! —gritó—. *¡Dracarys! ¡Dracarys!*

—*¡Dracarys!* —gritaron ellos, y Dany no había oído jamás sonido más dulce—. *¡Dracarys! ¡Dracarys!*

Y por doquier los traficantes de esclavos corrieron, sollozaron, suplicaron y murieron, y el aire polvoriento se pobló de fuego y lanzas.

Sansa

La mañana en la que iba a estar listo su vestido nuevo, las criadas de Sansa le llenaron la bañera con agua humeante y la frotaron a conciencia de los pies a la cabeza. Fue la doncella de la propia Cersei la que le arregló las uñas, y le cepilló y le onduló la melena color castaño rojizo de manera que le cayera por la espalda en suaves bucles. También le llevó una docena de los perfumes favoritos de la Reina, de los que Sansa eligió una fragancia dulce y sutil con un toque de limón bajo el aroma floral. La doncella se puso unas gotas en el dedo, y tocó a Sansa detrás de las orejas, bajo la barbilla y en los pezones.

Cersei llegó con la costurera y se quedó mirando mientras le ponían a Sansa la ropa nueva. La interior era de seda; el vestido, en cambio, era de brocado color marfil con hilo de plata y forro de seda plateada. Las puntas de las largas y amplísimas mangas casi tocaban el suelo cuando bajaba los brazos. Era sin duda un vestido de mujer, no de niñita. El escote del corpiño le llegaba casi hasta el vientre, y estaba recubierto con un ornamentado encaje myriense gris paloma. La falda era larga y amplia, con la cintura tan apretada que Sansa tuvo que contener la respiración mientras le hacían las lazadas. También le llevaron calzado nuevo: unas zapatillas de suave piel de gamuza gris que le abrazaban los pies como amantes.

—Estáis muy hermosa, mi señora —le dijo la costurera cuando terminaron de vestirla.

—Sí, ¿verdad? —Sansa dejó escapar una risita y se giró para ver cómo se movía la falda—. Estoy hermosa. —Se moría de ganas de que Willas la viera con aquel atavío. «Me querrá, tendrá que quererme... En cuanto me vea se olvidará de Invernalia, de eso me encargaré yo.»

—Le falta alguna joya —dijo la reina Cersei examinándola con gesto crítico—. Las adularias que le regaló Joffrey.

—Como ordenéis, Alteza —respondió la sirvienta.

Cuando las adularias adornaron el cuello y las orejas de Sansa, la Reina asintió con aprobación.

—Muy bien. Los dioses han sido generosos contigo, Sansa. Eres una muchachita preciosa. Casi me repugna desperdiciar una inocencia tan dulce con esa gárgola.

—¿Qué gárgola? —Sansa no entendía nada. ¿Se referiría a Willas? «¿Cómo es posible que lo sepa?» No lo sabía nadie excepto ella, Margaery y la Reina de las Espinas... y Dontos, claro, pero él no contaba.

—La capa —ordenó Cersei Lannister sin hacer caso de la pregunta. Y las mujeres se la llevaron; era una capa larga de terciopelo blanco y abundantes adornos de perlas. Llevaba bordado en hilo de plata un fiero huargo. Sansa la miró, aterrada de pronto—. Son los colores de tu padre —dijo Cersei mientras se la abrochaban en torno al cuello con una fina cadena de plata.

«¡Una capa de doncella!» Sansa se llevó la mano a la garganta. Si hubiera tenido valor, se habría arrancado la capa allí mismo.

—Estás más guapa con la boca cerrada, Sansa —le dijo Cersei—. Vamos. Está esperando el septón. Y también los invitados de la boda.

—No —farfulló Sansa—. No.

—Sí. Eres pupila de la corona. Dado que tu hermano es un traidor deshonrado, el Rey ocupa el lugar de tu padre, lo que significa que tiene derecho a disponer de tu mano. Te vas a casar con mi hermano Tyrion.

«Por mis derechos sobre Invernalia», pensó espantada. El bufón Dontos había estado en lo cierto: había sabido ver qué iba a pasar. Sansa dio un paso atrás.

—Me niego.

«Voy a casarme con Willas; voy a ser la señora de Altojardín, por favor...»

—Comprendo tu renuencia. Puedes llorar si quieres. Si yo estuviera en tu lugar, me arrancaría el pelo a mechones. Es un enano repugnante, no me cabe duda, pero te vas a casar con él.

—No me podéis obligar.

—Claro que podemos. Puedes venir tranquila y pronunciar los votos como una dama, o puedes resistirte, chillar y dar un espectáculo para que se rían los mozos de cuadras; de cualquiera de las dos maneras, acabarás igual: casada y encamada. —La Reina abrió la puerta. Ser Meryn Trant y Ser Osmund Kettleblack aguardaban al otro lado con las armaduras blancas de la Guardia Real—. Escoltad a Lady Sansa hasta el septo —les dijo—. A la fuerza si es necesario, pero intentad no romperle el vestido; es muy caro.

Sansa trató de escapar, pero la sirvienta de Cersei la atrapó antes de que se hubiera alejado un par de pasos. Ser Meryn Trant le lanzó una mirada que la hizo estremecer, pero Kettleblack la cogió del brazo casi con afecto.

—Haced lo que os dicen, pequeña. No va a ser tan terrible. Además, se supone que los lobos son valientes, ¿no?

«Valientes. —Sansa respiró profundamente—. Sí, soy una Stark, tengo que ser valiente.» Todos la estaban mirando igual que la habían mirado en el patio cuando Ser Boros Blount le había arrancado la ropa. Aquel día había sido el Gnomo quien la había salvado de la paliza, el mismo hombre que la estaba esperando en aquel momento. «No es tan malo como los demás», se dijo.

—Iré.

—Sabía que atenderías a razones —dijo Cersei con una sonrisa.

Más adelante no recordaría haber salido de la habitación, ni haber bajado por las escaleras, ni haber cruzado el patio. El simple hecho de dar un paso detrás de otro parecía requerir toda su atención. Ser Meryn y Ser Osmund caminaban a su lado, con capas tan blancas como la que llevaba ella; solo les faltaban las perlas y el lobo huargo de su padre. El propio Joffrey la esperaba en la escalera del septo del castillo. El Rey estaba resplandeciente con su atavío escarlata y dorado, y llevaba la corona puesta.

—Hoy soy tu padre —le anunció.

—No es verdad —replicó ella.

—Sí que es verdad. —El rostro del muchacho se tensó—. Soy tu padre y te puedo casar con quien quiera. ¡Con quien quiera! Si me da la gana, puedo hacer que te cases con el porquerizo y encamarte con él en la pocilga. —Los ojos verdes le brillaron con diversión—. O tal vez debería entregarte a Ilyn Payne. ¿Lo prefieres?

—Por favor, Alteza —suplicó Sansa; tenía el corazón desbocado—. Si alguna vez me quisisteis, aunque solo fuera un poquito, no me obliguéis a casarme con vuestro...

—¿Tío? —Tyrion Lannister salió por la puerta del septo—. Alteza —le dijo a Joffrey—, ¿tendrías la bondad de dejarme un momento a solas con Lady Sansa?

El Rey estuvo a punto de negarse, pero su madre le lanzó una mirada imperiosa, y todos retrocedieron unos pocos pasos.

Tyrion vestía un jubón de terciopelo negro con filigranas doradas, botas altas hasta el muslo, que lo hacían cinco dedos más alto, y una cadena de rubíes y cabezas de león. Pero la cicatriz que le cruzaba la cara era reciente y roja, y los restos de la nariz eran una costra repugnante.

—Estás muy hermosa, Sansa —le dijo.

—Sois muy amable, mi señor.

No supo qué añadir. «¿Debería decirle que él es muy apuesto? Pensará que soy idiota o una mentirosa.» Bajó la vista y se mordió la lengua.

—Ya sé que esta no es manera de traerte a tu boda, mi señora. Lo lamento mucho, y también que haya sido de manera tan repentina y secreta. Mi señor padre lo ha considerado necesario por razones de estado. De lo contrario, habría hablado antes contigo; me habría gustado de verdad. —Se acercó a ella con sus pasos anadeantes—. Sé que no has pedido este matrimonio. Tampoco yo. Pero si me hubiera negado, te habrían casado con mi primo Lancel. Puede que lo prefieras; es más o menos de tu edad y de aspecto más atractivo que yo. Si es tu deseo, dímelo y pondré fin a esta farsa.

«No quiero a ningún Lannister —se moría por decirle—. Quiero a Willas, quiero Altojardín, los cachorros, la barcaza y unos hijos llamados Eddard, Bran y Rickon. —Pero entonces recordó lo que le había dicho Dontos en el bosque de dioses—. Tyrell o Lannister, tanto da; no me quieren a mí, solo mis derechos sobre Invernalia.»

—Sois muy bondadoso, mi señor —dijo, derrotada—. Soy pupila del trono, y mi deber es casarme con quien ordene el rey.

Tyrion la examinó con sus ojos dispares.

—Sé que no soy el marido con el que soñaría una jovencita, Sansa —dijo con voz amable—, pero tampoco soy Joffrey.

—No —dijo ella—. Fuisteis bueno conmigo. Lo recuerdo.

—En ese caso, entremos —propuso Tyrion, ofreciéndole una mano gruesa de dedos cortos—. Cumplamos con nuestro deber.

De modo que Sansa le dio la mano y avanzaron juntos hacia el altar, donde el septón aguardaba entre la Madre y el Padre para unir sus vidas para siempre. Vio a Dontos, con sus ropas de bufón, que la miraba con ojos como platos. Ser Balon Swann y Ser Boros Blount estaban allí con sus armaduras blancas de la Guardia Real; pero en cambio, no vio a Ser Loras.

«No hay ningún Tyrell presente», advirtió de pronto. En cambio, sí había muchos testigos: el eunuco Varys, Ser Addam Marbrand, Lord Philip Foote, Ser Bronn, Jalabhar Xho y otra docena de personas. Lord Gyles tosía; Lady Ermesande mamaba, y la hija embarazada de Lady Tanda no paraba de sollozar sin motivo aparente. «Que la dejen llorar —pensó Sansa—. Puede que yo haga lo mismo antes de que acabe el día.»

La ceremonia transcurrió como en sueños. Sansa hizo todo lo que se le pidió. Hubo oraciones, votos y cánticos; las velas ardieron con un centenar de lucecillas danzarinas que las lágrimas de sus ojos transformaron en un millar. Por suerte nadie pareció darse cuenta de que estaba llorando allí de pie, envuelta en los colores de su padre; o, si alguien se dio cuenta, disimuló. Le pareció que el momento del cambio de capas había llegado muy pronto.

Como padre del reino, Joffrey ocupaba el lugar de Lord Eddard Stark. Sansa se quedó rígida como una lanza mientras el muchacho le rodeaba los hombros con las manos para abrir el broche de la capa. Una de ellas le rozó un pecho, y se demoró allí un instante para darle un pellizco. Por fin, el broche se abrió, y Joff le quitó la capa de doncella con un regio movimiento florido y una sonrisa.

La parte que le correspondía a su tío no fue tan bien. La capa de desposada que llevaba en las manos era grande y pesada, de terciopelo escarlata con un bordado de leones y un ribete de seda dorada y rubíes, pero nadie había pensado en llevar un taburete, y Tyrion era un codo más bajo que su novia. Cuando se situó detrás de ella, Sansa sintió un tirón brusco en la falda.

«Quiere que me arrodille», comprendió con sonrojo. Aquello era humillante; nada era como debía ser. Había soñado mil veces con el día de su boda. Siempre había imaginado a su prometido alto y fuerte tras ella cuando le pusiera sobre los hombros la capa de su protección, y luego se inclinaba y le daba un tierno beso en cada mejilla antes de cerrar el broche.

Sintió otro tirón en la falda, más insistente.

«Me niego. ¿Por qué voy a preocuparme por sus sentimientos? Los míos no le importan a nadie.»

El enano le tiró de la falda por tercera vez. Ella apretó los labios con obstinación y fingió que no se daba cuenta. A sus espaldas, alguien reía entre dientes. «La Reina», pensó, pero no tenía importancia. Para entonces, todos se estaban riendo ya; las carcajadas de Joffrey eran las más sonoras.

—Dontos, ponte a cuatro patas —ordenó el Rey—. Mi tío necesita una ayudita para trepar hasta su esposa.

Así fue cómo su señor esposo le puso la capa con los colores de la Casa Lannister: de pie sobre la espalda de un bufón.

Cuando Sansa se volvió, el hombrecillo la miraba desde abajo, con los labios tensos y el rostro tan rojo como la capa. De pronto se avergonzó por su testarudez. Se alisó las faldas y se arrodilló delante de él para que sus cabezas quedaran al mismo nivel.

—Con este beso te entrego en prenda mi amor, y te acepto como señor y como esposo.

—Con este beso te entrego en prenda mi amor —replicó el enano con voz ronca—, y te acepto como mi señora y esposa.

Se inclinó hacia delante, y sus labios se rozaron.

«¡Es tan feo...! —pensó Sansa cuando acercó el rostro al suyo—. Es aún más feo que el Perro.»

El septón levantó en alto su cristal, de modo que la luz con todos los colores del arco iris los bañó a ambos.

—Aquí, ante los ojos de los dioses y los hombres —dijo—, proclamo solemnemente a Tyrion de la Casa Lannister y a Sansa de la Casa Stark marido y mujer, una sola carne, un solo corazón, una sola alma, ahora y por siempre, y maldito sea quien se interponga entre ellos.

Sansa tuvo que morderse el labio para ahogar un sollozo.

El banquete nupcial se celebró en la sala menor. Habría unos cincuenta invitados, en su mayor parte vasallos y aliados de los Lannister, a los que se unieron los que habían asistido a la ceremonia. Allí vio Sansa a los Tyrell. Margaery la miró con ojos llenos de tristeza, y la Reina de las Espinas, que llegó escoltada entre Izquierdo y Derecho, ni siquiera alzó la vista hacia ella. Elinor, Alla y Megga hacían como si no existiera. «Mis amigas», pensó Sansa con amargura.

Su esposo bebía mucho y apenas comía. Escuchaba a todos los que se levantaban para hacer brindis, y de cuando en cuando se lo agradecía con un asentimiento seco, pero por lo demás, su rostro podría haber estado esculpido en piedra. El banquete pareció durar siglos, aunque Sansa no probó la comida. Quería que todo terminara cuanto antes y, pese a aquello, temía el final. Porque tras el banquete llegaría el encamamiento. Los hombres la llevarían al lecho nupcial y la desnudarían por el camino entre chistes groseros sobre el destino que la aguardaba bajo las sábanas, mientras las mujeres hacían lo mismo con Tyrion. Solo cuando los hubieran metido desnudos en el lecho los dejarían a solas, aunque los invitados se quedarían ante la puerta del dormitorio matrimonial y les gritarían sugerencias obscenas. Cuando Sansa era niña, la perspectiva del encamamiento le parecía algo maravilloso, emocionante y un poco perverso, pero entonces, cuando se acercaba el momento, solo sentía terror. No soportaría que le arrancaran la ropa, y sin duda, a la primera broma soez se echaría a llorar.

Cuando los músicos empezaron a tocar puso una mano sobre la de Tyrion con gesto tímido.

—¿No deberíamos abrir el baile, mi señor?

—Creo que ya les hemos proporcionado bastantes motivos para reírse por hoy, ¿no te parece? —le preguntó su esposo con una mueca.

—Como diga mi señor. —Sansa retiró la mano.

Joffrey y Margaery abrieron el baile en su lugar.

«¿Cómo es posible que un monstruo baile tan bien?», se preguntó Sansa. A menudo había imaginado cómo sería el baile de su boda, con todos los ojos clavados en ella y en su apuesto señor. En sus fantasías, todos los presentes sonreían. «Ni siquiera mi esposo está sonriendo.»

Otros invitados se unieron enseguida al Rey y a su prometida. Elinor danzaba con su joven escudero, y Megga, con el príncipe Tommen. Lady Merryweather, la belleza myriense de pelo negro y grandes ojos oscuros, giraba de una manera tan provocativa que no hubo hombre en la sala que no la mirase. Lord y Lady Tyrell se movían de manera más tranquila. Ser Kevan Lannister le rogó a Lady Janna Fossoway, la hermana de Lord Tyrell, que le concediera el honor de bailar con él. Meredyth Crane danzaba con el príncipe exiliado Jalabhar Xho, que estaba muy atractivo con sus galas emplumadas. Cersei Lannister bailó primero con Lord Redwyne, luego con Lord Rowan y por último con su padre, que se movía con seria elegancia.

Sansa, con las manos cruzadas sobre el regazo, observó cómo se movía la Reina, cómo se reía y agitaba los bucles dorados.

«Los hechiza a todos —pensó, derrotada—. Cuánto la odio.» Apartó la vista para mirar al Chico Luna, que bailaba con Dontos.

—Lady Sansa. —Ser Garlan Tyrell estaba de pie junto al estrado—. ¿Me concedéis el honor de este baile, si vuestro señor esposo da su permiso?

—Mi señora puede danzar con quien le plazca —dijo el Gnomo entrecerrando los ojos dispares.

Tal vez habría debido quedarse al lado de su esposo, pero tenía tantas ganas de bailar... Además, Ser Garlan era hermano de Margaery, de Willas, de su Caballero de las Flores.

—Ahora entiendo por qué os llaman Garlan el Galante, ser —dijo al tiempo que lo tomaba de la mano.

—Mi señora es muy gentil. Resulta que ese apodo me lo puso mi hermano Willas para protegerme.

—¿Para protegeros? —Sansa lo miró asombrada.

Ser Garlan se echó a reír.

—Me temo que era yo un muchachito bajo y regordete, y tenemos un tío al que todos llaman Garth el Grosero. De manera que Willas se adelantó a los acontecimientos, aunque no antes de amenazarme con Garlan el Gallina, Garlan el Guarro y Garlan el Gárgola.

Era una tontería tan encantadora que, pese a las circunstancias, Sansa no pudo contener la risa. La invadió una absurda sensación de gratitud. Sin saber por qué, la risa hacía que volviera a albergar esperanzas, aunque fuera solo durante un momento. Sonrió y se dejó llevar por la música; se perdió en los pasos, en el sonido de las flautas, los caramillos y el arpa, en el ritmo del tambor... y en ocasiones, cuando el baile los juntaba, en los brazos de Ser Garlan.

—Mi señora esposa está muy preocupada por vos —le dijo en voz baja en una de aquellas ocasiones.

—Lady Leonette es muy amable. Por favor, decidle que estoy bien.

—Una novia no debería estar simplemente bien el día de su boda. —La voz con la que se dirigía a ella era afectuosa—. Parecíais al borde de las lágrimas.

—Lágrimas de alegría, ser.

—Vuestros ojos dicen que vuestra lengua miente. —Ser Garlan la hizo girar y la atrajo hacia su costado—. Mi señora, he visto cómo miráis a mi hermano. Loras es valiente y atractivo; todos lo queremos de corazón... Pero vuestro Gnomo será mejor esposo. Creo que es un hombre mucho más grande de lo que aparenta.

La música los separó antes de que Sansa supiera qué responderle. Se encontró enfrente de Mace Tyrell, congestionado y sudoroso; luego, enfrente de Lord Merryweather, y luego, enfrente del príncipe Tommen.

—Yo también me quiero casar —dijo el principito regordete, que acababa de cumplir nueve años—. ¡Soy más alto que mi tío!

—Ya lo veo —dijo Sansa antes de que volvieran a cambiar de pareja.

Ser Kevan le dijo que estaba muy hermosa; Jalabhar Xho le dijo algo que no comprendió en el idioma de las Islas del Verano, y Lord Redwyne le deseó muchos hijos gorditos e incontables años de felicidad. Y entonces, el baile la situó cara a cara con Joffrey.

Sansa se puso rígida cuando la rozó con la mano, pero el Rey la agarró con más fuerza y la atrajo hacia sí.

—No estés tan triste. Mi tío es un enano repulsivo, pero todavía me tienes a mí.

—¡Te vas a casar con Margaery!

—Un rey puede tener otras mujeres, y muchas putas. Mi padre las tenía, y también uno de los Aegones. El tercero o el cuarto, no sé. Tuvo montones de putas y bastardos. —Mientras giraban al ritmo de la música, Joff le dio un beso húmedo—. Mi tío te traerá a mi cama cuando yo se lo ordene.

—Se negará —dijo Sansa sacudiendo la cabeza.

—Hará lo que le diga o le cortaré la cabeza. Ese rey Aegon tenía todas las mujeres que quería, estuvieran casadas o no.

Por suerte, llegó de nuevo el momento del cambio de pareja, pero Sansa sentía las piernas como si fueran de madera, y Lord Rowan, Ser Tallad y el escudero de Elinor debieron de pensar que era una bailarina de lo más torpe. Luego se volvió a encontrar frente a Ser Garlan y, afortunadamente, el baile terminó.

Pero su alivio no duró mucho. En cuanto la música cesó, oyó el grito de Joffrey.

—¡Es hora de encamarlos! ¡Vamos a quitarle la ropa a la loba, a ver qué le puede ofrecer a mi tío!

Otros hombres se unieron al grito. Su señor esposo alzó la vista de la copa de vino con un movimiento lento, deliberado.

—No va a haber encamamiento.

—Si yo lo ordeno, lo habrá. —Joffrey agarró a Sansa por el brazo.

—Entonces complacerás a tu prometida con una polla de madera. —El Gnomo clavó el puñal en la mesa—. Porque te juro que te capo.

Se hizo un silencio tenso. Sansa se apartó de Joffrey, pero la tenía sujeta con fuerza, y se le desgarró la manga del vestido. Nadie pareció darse cuenta. La reina Cersei se volvió hacia su padre.

—¿Has oído lo que ha dicho?

—Podemos prescindir del encamamiento —dijo Lord Tywin poniéndose en pie—. Estoy seguro de que no pretendías proferir amenazas contra la regia persona del Rey, Tyrion.

Sansa vio una nube de cólera pasar por el rostro de su esposo.

—Me he expresado mal —dijo—. Solo ha sido una broma pesada.

—¡Me has amenazado con caparme! —chilló Joffrey.

—Es verdad, Alteza —dijo Tyrion—, pero solo porque envidio tu regio miembro viril. El mío es tan pequeño y retorcido... —Le dedicó una mueca burlona—. Y si me cortas la lengua, no me quedará ninguna manera de complacer a la bella esposa que me has dado.

A Ser Osmund Kettleblack se le escapó una carcajada, y otros rieron entre dientes. Pero Joff no sonrió, y Lord Tywin, tampoco.

—Alteza, es evidente que mi hijo está enfermo —dijo.

—Cierto —confesó el Gnomo—, pero no tanto que no me pueda encargar de encamarme yo solito. —Saltó del estrado y agarró a Sansa sin miramientos—. Vamos, esposa; es hora de abrirte la poterna. Quiero jugar a «entra en el castillo».

Sansa se puso roja y lo siguió hacia la puerta de la sala menor. «¿Qué otra cosa puedo hacer?» Tyrion anadeaba al caminar, sobre todo cuando iba tan deprisa como en aquel momento. Los dioses se apiadaron de ellos, y ni Joffrey ni nadie hicieron ademán alguno de seguirlos.

Para la noche de bodas les habían cedido un dormitorio lleno de ventanales en lo más alto de la Torre de la Mano. Cuando entraron, Tyrion cerró la puerta de una patada.

—En el aparador hay una jarra de vino del Rejo, Sansa. ¿Tendrías la bondad de servirme una copa?

—¿Creéis que es buena idea, mi señor?

—La mejor que he tenido nunca. No estoy borracho del todo, ¿sabes? Pero lo pienso estar.

Sansa llenó una copa para su esposo y otra para sí.

«Si yo también estoy borracha, resultará más fácil.» Se sentó al borde de la cama adoselada y se bebió la mitad del contenido de tres largos tragos. Sin lugar a dudas, el vino era exquisito, pero estaba demasiado nerviosa para paladearlo. Enseguida, la cabeza le empezó a dar vueltas.

—¿Queréis que me desvista, mi señor?

—Tyrion. —Inclinó la cabeza a un lado—. Me llamo Tyrion, Sansa.

—Tyrion. Mi señor. ¿Queréis que me quite el vestido o preferís desnudarme vos? —Bebió otro trago de vino.

—La primera vez que me casé —dijo el Gnomo, apartándose de ella— únicamente estábamos nosotros, un septón borracho y unos cuantos cerdos como testigos. En el banquete de bodas nos comimos a uno de los testigos. Tysha me daba trocitos crujientes de piel y yo le lamía la grasa de los dedos, y cuando caímos en la cama no parábamos de reír.

—¿Habíais estado casado? Lo había... Lo había olvidado.

—No lo habías olvidado; es que no lo sabías.

—¿Quién era ella, mi señor? —preguntó Sansa. Muy a su pesar, sentía curiosidad.

—Lady Tysha. —Apretó los labios—. De la Casa Puñadoplata. Su escudo de armas muestra una moneda de oro y ciento de plata sobre una sábana ensangrentada. Fue un matrimonio muy breve... como les corresponde a un hombre de mi brevedad, claro. —Sansa se miró las manos y no dijo nada—. ¿Cuántos años tienes, Sansa? —preguntó Tyrion tras un momento.

—Trece —respondió—. Los cumpliré la próxima luna.

—Dioses misericordiosos. —El enano bebió otro trago de vino—. En fin, aunque hablemos toda la noche no vas a hacerte mayor. Sigamos, mi señora, si te parece bien.

—Me parecerá bien lo que diga mi señor.

Aquello lo enfureció.

—Te escondes detrás de la cortesía como si fuera la muralla de un castillo.

—La cortesía es la armadura de una dama —dijo Sansa, como le había enseñado siempre su septa.

—Ahora que estás con tu esposo, te puedes quitar la armadura.

—¿Y la ropa?

—También. —Le hizo un gesto con la mano en la que tenía la copa—. Mi señor padre me ha ordenado que consume este matrimonio.

A Sansa le temblaban las manos cuando empezó a desanudarse las lazadas. Le parecía que tenía los dedos de madera reseca, pero aun así consiguió desatarse las cintas y desabrocharse los botones; la capa, el vestido, el corsé y la enagua cayeron al suelo, y por fin se quitó la ropa interior. Se le erizó el vello de los brazos y las piernas. Mantuvo los ojos clavados en el suelo, demasiado tímida para mirarlo, pero cuando terminó, alzó la vista y vio cómo la contemplaba él. Le pareció que en el ojo verde había hambre, y en el negro, furia. Sansa no habría sabido decir cuál la atemorizaba más.

—Eres una niña.

—Ya he florecido —dijo ella, tapándose los pechos con las manos.

—Eres una niña —repitió—, pero te deseo. ¿Eso te da miedo, Sansa?

—Sí.

—A mí también. Sé que soy feo...

—No, mi se...

—No mientas, Sansa. —Tyrion se puso de pie—. Soy deforme y estoy lleno de cicatrices; soy bajo, pero... —Sansa vio que no daba con las palabras—. Pero en la cama, una vez apagadas las velas, no soy peor que los demás hombres. En la oscuridad soy el Caballero de las Flores. —Bebió un trago de vino—. Soy generoso; soy leal con quienes me son leales. He demostrado que no soy ningún cobarde. Y soy más inteligente que la mayoría de los hombres; el cerebro tiene que contar. También puedo ser bueno. Mucho me temo que la bondad no es muy común entre los Lannister, pero sé que yo tengo mi ración. Podría... podría ser bueno contigo.

«Está tan asustado como yo», se percató Sansa. Tal vez aquello debería haber hecho que se sintiera más predispuesta hacia él, pero tuvo el efecto contrario. Lo único que sintió fue pena, y la pena supone la muerte del deseo. Él la estaba mirando; esperaba que dijera algo, pero las palabras no acudían a los labios. No pudo hacer más que apartar la mirada temblorosa.

Cuando por fin comprendió que no le iba a responder, Tyrion Lannister apuró el resto del vino.

—Entiendo —dijo con amargura—. Métete en la cama, Sansa. Tenemos que cumplir con nuestro deber.

Ella se subió al colchón de plumas, consciente de su mirada. Una vela de cera perfumada ardía en la mesita de noche, y había pétalos de rosa entre las sábanas. Empezó a subir la manta para taparse.

—No —le oyó decir.

El frío la hizo estremecer, pero obedeció. Cerró los ojos y aguardó. Al cabo de unos instantes oyó a su marido quitándose las botas, y el crujido de la ropa mientras se desvestía. Cuando se subió a la cama y le puso una mano sobre un pecho, Sansa no pudo reprimir un escalofrío. Se quedó tendida, con los ojos cerrados y los músculos tensos, aterrada ante la idea de lo que iba a suceder. ¿Volvería a tocarla? ¿La besaría? ¿Debía abrir las piernas ya? No sabía qué se esperaba de ella.

—Sansa. —Había apartado la mano—. Abre los ojos.

Había prometido obedecer, de modo que abrió los ojos. Tyrion estaba sentado a sus pies, desnudo. Allí donde se le unían las piernas sobresalía su cayado viril, rígido y duro, rodeado de grueso vello rubio. Era lo único que tenía recto.

—Mi señora —dijo Tyrion—, eres muy hermosa, no me interpretes mal, pero... No puedo seguir adelante con esto. Que se vaya a la mierda mi padre. Esperaremos. A que cambie la luna, un año, una estación... lo que haga falta. Hasta que me conozcas mejor y tal vez incluso confíes un poco en mí.

Tal vez su sonrisa pretendiera tranquilizarla, pero al no tener nariz, solo conseguía parecer más grotesco y siniestro.

«Míralo —se ordenó Sansa—, mira a tu esposo, míralo bien; la septa Mordane decía que todos los hombres son hermosos, busca su hermosura, búscala. —Contempló las piernas torcidas, la frente abultada y brutal, el ojo verde y el ojo negro, los restos de la nariz, la retorcida cicatriz rosa, la maraña de pelo negro y dorado que era su barba... Hasta su miembro viril era feo, grueso, venoso, con la cabeza bulbosa y violácea—. Esto no es justo, no es justo, ¿en qué he ofendido a los dioses para que me traten así?»

—Te juro por mi honor de Lannister que no te tocaré hasta que tú quieras —dijo el Gnomo.

Tuvo que reunir todo el valor que le quedaba para mirar aquellos ojos dispares.

—¿Y si no quiero nunca, mi señor?

—¿Nunca? —Tyrion hizo una mueca como si lo acabara de abofetear. Sansa tenía el cuello tan rígido que apenas pudo asentir—. Bueno —añadió él—, para eso hicieron los dioses a las putas: para los gnomos como yo.

Cerró los dedos cortos y gruesos en un puño, y se bajó de la cama.

Arya

Septo de Piedra era la ciudad más grande que Arya había visto, aparte de Desembarco del Rey, y Harwin le contó que allí era donde su padre había obtenido la victoria en su famosa batalla.

—Los hombres del Rey Loco perseguían a Robert para alcanzarlo antes de que pudiera reunirse con vuestro padre —le dijo mientras cabalgaban hacia las puertas de la muralla—. Lo hirieron, y unos amigos estaban cuidando de él cuando Lord Connington, la Mano, tomó la ciudad con un gran ejército y empezó a registrarla casa por casa. Pero, antes de que lo encontraran, Lord Eddard y vuestro abuelo cayeron sobre la ciudad y la asaltaron. Lord Connington se defendió con bravura. Lucharon en las calles, en los callejones, hasta en los tejados, y todos los septones hicieron sonar las campanas, para que los ciudadanos supieran que tenían que cerrar las puertas. Cuando oyó las campanas, Robert salió de su escondrijo para tomar parte en los combates. Se dice que aquel día mató a seis hombres. Uno de ellos era Myles Mooton, un famoso caballero que había sido escudero del príncipe Rhaegar. Seguro que también habría matado a la Mano, pero quiso la suerte que no se enfrentaran. En cambio, Connington hirió de gravedad a vuestro abuelo materno, y también mató a Ser Denys Arryn, el niño mimado del Valle. Pero al ver que la derrota era inminente salió huyendo, más veloz que los grifos de su escudo. La llamaron la batalla de las Campanas. Robert decía siempre que quien la ganó fue vuestro padre, no él.

Por el aspecto de aquel lugar, Arya pensó que allí se habían librado batallas más recientes. Las puertas de la ciudad estaban recién puestas; ni siquiera habían pulido la madera. Junto a las murallas había un montón de tablones quemados que indicaban sin lugar a dudas lo que había pasado con las antiguas.

Septo de Piedra estaba cerrado a cal y canto, pero cuando el capitán de la Guardia vio quiénes eran, les abrió un postigo.

—¿Cómo andáis de comida? —preguntó Tom mientras entraban.

—No tan mal como hasta hace poco. El Cazador trajo un rebaño de ovejas, y ha habido algo de comercio por el Aguasnegras. La cosecha del sur del río no se quemó. Pero claro, lo que tenemos está muy solicitado. Un día vienen lobos, al otro Titiriteros... Los que no quieren comida vienen a saquear o violar mujeres, y los que no buscan oro ni mozas andan detrás del maldito Matarreyes. Se dice que se le escapó a Lord Edmure ante sus narices.

—¿Lord Edmure? —Lim frunció el ceño—. ¿Qué pasa? ¿Ha muerto Lord Hoster?

—Si no ha muerto, está a punto. ¿Creéis que el Lannister se dirigirá al Aguasnegras? El Cazador dice que es el camino más rápido para llegar a Desembarco del Rey. —El capitán no se detuvo a esperar la respuesta—. Se ha llevado a los perros por si encuentran el rastro. Si Ser Jaime anda por aquí; darán con él. He visto a esos animales hacer pedazos a osos. ¿Creéis que les gustará la sangre de león?

—Un cadáver mordido no le sirve de nada a nadie —replicó Lim—. Y el Cazador lo sabe de sobra.

—Cuando vinieron los occidentales, violaron a la mujer y a la hermana del Cazador, prendieron fuego a sus cosechas, se comieron la mitad de sus ovejas y a la otra mitad la mataron solo para causar daño. También le mataron seis perros y los tiraron al pozo. En mi opinión, un cadáver mordido le serviría de mucho. Y a mí también.

—Pues más vale que se quede con las ganas —dijo Lim—. Así de sencillo: más vale que no haga ninguna tontería, que para tonto ya os tenemos a vos.

Arya cabalgó entre Harwin y Anguy cuando los bandidos avanzaron por las calles donde otrora había luchado su padre. Divisó el septo, en la colina, y un poco más abajo, un torreón achaparrado de piedra gris, que parecía demasiado pequeño para una ciudad tan grande. Pero un tercio de las casas junto a las que pasó eran ruinas ennegrecidas, y no vieron a nadie.

—¿Es que han matado a todos los habitantes?

—No, lo que pasa es que son tímidos.

Anguy le señaló a dos arqueros situados en un tejado, y luego a unos niños de rostro manchado de hollín acuclillados entre los escombros de una taberna. Más adelante, un panadero abrió los postigos de una ventana y llamó a gritos a Lim. El sonido de su voz hizo que más personas se atrevieran a salir de los escondrijos y, poco a poco, Septo de Piedra empezó a cobrar vida a su alrededor.

En el centro de la ciudad, en la plaza del mercado, había una fuente con forma de trucha saltarina que escupía el agua a un estanque poco profundo. Allí, las mujeres llenaban cubos y jarras. A unos pasos había una docena de jaulas de hierro, colgadas de postes de madera que crujían bajo su peso. Arya las reconoció al instante. «Jaulas para cuervos.» Los cuervos revoloteaban fuera de las jaulas, chapoteaban en el agua o se posaban sobre los barrotes; dentro, lo que había eran hombres. Lim frunció el ceño y tiró de las riendas.

—¿Y esto? ¿Qué pasa aquí?

—Es justicia —le respondió una de las mujeres de la fuente.

—¿Es que se os ha terminado la cuerda de cáñamo?

—¿Ha sido por orden de Ser Wilbert? —preguntó Tom.

Un hombre soltó una carcajada amarga.

—Los leones mataron a Ser Wilbert hace más de un año. Sus hijos están todos lejos, con el Joven Lobo, engordando en el oeste. ¿Qué les importamos nosotros? Fue el Cazador Loco el que atrapó a estos lobos.

«Lobos. —Arya se quedó helada—. Los hombres de Robb, los de mi padre.» Sin poder evitarlo, se dirigió hacia las jaulas. Los barrotes tenían a los prisioneros tan constreñidos que no podían sentarse ni girar; estaban de pie, desnudos, expuestos al sol, al viento y a la lluvia. En las tres primeras jaulas solo había cadáveres. Las aves carroñeras se les habían comido los ojos, pero las órbitas vacías parecían seguirla con la mirada. El cuarto hombre de la hilera se movió a su paso. Tenía la desastrada barba cubierta de sangre y moscas, que saltaron cuando abrió la boca y empezaron a zumbar en torno a su cabeza.

—Agua. —La palabra era como un graznido—. Por favor... agua...

Al oírlo, el hombre de la siguiente jaula abrió los ojos.

—Aquí —dijo—. Aquí, a mí. —Era un anciano; tenía la barba canosa; y sobre la calva se le veían las manchas marrones de la edad.

Tras el viejo había otro cadáver, un hombretón de barba roja con un vendaje grisáceo putrefacto que le cubría la oreja izquierda y parte de la sien. Pero lo peor era su entrepierna, donde no quedaba nada más que un agujero marrón costroso en el que pululaban los gusanos. Más adelante había un hombre gordo. Estaba tan cruelmente constreñido en la jaula de cuervos, que costaba imaginar cómo lo habían metido dentro. El hierro se le clavaba en la barriga, y las mollas sobresalían pellizcadas entre los barrotes. Los largos días al sol le habían causado dolorosas quemaduras de los pies a la cabeza. Cuando se movió, la jaula crujió y se meció, y Arya vio tiras de piel blanca allí donde los barrotes le habían escudado la piel del sol.

—¿A quién servíais? —les preguntó.

Al oír su voz, el hombre gordo abrió los ojos. La piel que los rodeaba estaba tan roja que parecían dos huevos hervidos flotando en un plato de sangre.

—Agua... Beber...

—¿A quién? —insistió.

—Tú no les hagas caso, chico —le dijo un ciudadano—. No son cosa tuya. Sigue adelante.

—¿Qué han hecho? —le preguntó.

—Pasaron por la espada a ocho personas en la Cascada del Volatinero —le dijo—. Buscaban al Matarreyes, pero como no lo encontraron, se dedicaron a violar y a asesinar. —Señaló con el pulgar el cadáver que tenía gusanos allí donde había estado su miembro viril—. Ese era el de las violaciones. Ahora, sigue adelante.

—Un trago —le rogó el gordo—. Ten compasión, chico, un trago.

El viejo alzó un brazo para agarrar los barrotes. El movimiento hizo que la jaula se meciera con violencia.

—Agua —jadeó el que tenía moscas en la barba.

Arya miró las cabelleras sucias, las barbas crecidas y los ojos enrojecidos, y sobre todo, los labios secos, agrietados y sangrantes.

«Lobos —volvió a pensar—. Como yo. —¿Acaso era aquella su manada?—. ¿Es posible que sean hombres de Robb?» Sentía deseos de golpearlos. Sentía deseos de hacerles daño. Sentía deseos de llorar. Todos parecían mirarla, tanto los vivos como los muertos. El viejo había sacado tres dedos entre los barrotes.

—Agua —suplicó—, agua.

Arya se bajó del caballo.

«No me pueden hacer daño; se están muriendo.» Sacó el tazón que llevaba en las alforjas y se dirigió hacia la fuente.

—¿Qué haces, chico? —le espetó el ciudadano—. No son cosa tuya.

Arya alzó el tazón hacia la boca del pez. El agua le salpicó los dedos y le corrió por la manga, pero ella no se movió hasta que lo tuvo bien lleno. Luego se volvió hacia las jaulas, y el ciudadano hizo ademán de detenerla.

—Aléjate de ellos, chico...

—Es una niña —dijo Harwin—. Dejadla en paz.

—Eso —dijo Lim—. A Lord Beric no le gusta que se enjaule a hombres y se los deje morir de sed. ¿Por qué no los ahorcáis decentemente?

—Lo que hicieron en la Cascada del Volatinero no tenía nada de decente —les espetó el ciudadano.

Los barrotes estaban demasiado juntos para pasar el tazón, así que Harwin y Gendry la ayudaron a auparse. Arya puso un pie sobre las manos entrelazadas de Harwin, se subió a los hombros de Gendry y se agarró a los barrotes de la parte superior de la jaula. El hombre gordo alzó el rostro hacia arriba y apretó las mejillas contra el hierro, y Arya vertió el agua sobre él. El prisionero la sorbió con ansia y dejó que le corriera por la cabeza, por las mejillas y por las manos; luego lamió las gotas de los barrotes. Habría lamido también los dedos de Arya si no los hubiera apartado. Cuando hubo hecho lo mismo con los otros dos, ya se había congregado una multitud a su alrededor.

—El Cazador Loco se va a enterar de esto —amenazó un hombre—. Y no le va a gustar ni un pelo.

—Esto le gustará menos aún.

Anguy sacó una flecha del carcaj, tensó el arco y disparó. El hombre gordo se estremeció cuando la saeta se le clavó entre las papadas, aunque la jaula impidió que cayera. Dos flechas más acabaron con los otros dos norteños. En la plaza del mercado no se oía más sonido que el del agua y el zumbido de las moscas.

«Valar morghulis», pensó Arya.

En el lado oriental de la plaza del mercado se alzaba una modesta posada de paredes encaladas y ventanas rotas. Hacía poco que había ardido la mitad del tejado, pero el agujero ya estaba parcheado. Sobre la puerta pendía un cartelón de madera pintada con la forma de un melocotón al que le faltaba un buen mordisco. Desmontaron junto al rincón del poyo de los establos, y Barbaverde llamó a gritos a los mozos de cuadra.

Una tabernera regordeta y pelirroja gritó de alegría al verlos, y al momento procedió a tomarles el pelo.

—Barbaverde, ¿no? ¿O era Barbagrís? La Madre tenga piedad, ¿cuándo has envejecido tanto? ¿Eres tú, Lim? ¡Y todavía llevas la misma capa harapienta! Oye, ya sé por qué no la lavas nunca. ¡Tienes miedo de que se le quiten los meados y todos veamos que en realidad eres un caballero de la Guardia Real! ¡Tom, Tom Siete, pedazo de canalla! ¿Has venido a ver a tu hijo? Pues llegas tarde; ha salido con ese Cazador de las narices. ¡Y no te atrevas a decirme que no es tu hijo!

—No ha sacado mi voz —protestó Tom sin mucha energía.

—Pero ha sacado tu nariz. Y también otras partes, por lo que dicen las muchachas. —Entonces se fijó en Gendry y le dio un pellizco en la mejilla—. ¡Pero mirad qué fiera! Ya verás cuando Alyce les eche el ojo a esos brazos. Vaya, y encima se sonroja como una doncella. Bueno, chico, Alyce también te arreglará eso, ya lo verás.

Arya nunca había visto a Gendry tan colorado.

—Atanasia, deja en paz al Toro; es un buen chico —dijo Tom de Sietecauces—. Lo único que necesitamos de ti es dormir a salvo una noche en buenas camas.

—No hables por todos, bardo. —Anguy rodeó con el brazo a una fornida criada, tan pecosa como él.

—Camas tenemos —dijo la pelirroja Atanasia—. No han faltado nunca en el Melocotón. Pero antes, todos a la bañera. La última vez que os quedasteis bajo mi techo me dejasteis pulgas de recuerdo. —Clavó el dedo en el pecho de Barbaverde—. Y encima las tuyas eran verdes. ¿Queréis algo de comer?

—Si tenéis provisiones, no diremos que no —concedió Tom.

—Venga, Tom, ¿cuándo fue la última vez que dijiste que no a algo? —La mujer se rio—. Asaré unos trozos de carnero para tus amigos y una rata vieja para ti. Es más de lo que te mereces, pero si me haces un par de gorgoritos, tal vez me ablande. Yo es que siempre me apiado de los afligidos. Vamos, vamos. Cass, Lanna, poned agua a calentar. Jyzene, ayúdame a quitarles la ropa; habrá que hervirla.

Cumplió todas sus amenazas una por una. Arya trató de explicarle que ya la habían bañado dos veces en Torreón Bellota, hacía menos de quince días, pero no hubo manera de convencer a la pelirroja. Dos criadas la llevaron casi en volandas al piso de arriba mientras discutían entre ellas sobre si era una niña o un niño. Ganó la llamada Helly, de manera que la otra tuvo que subir el agua caliente y restregar la espalda de Arya con un cepillo de cerdas tan duras que casi la despellejaron. Luego se quedaron con toda la ropa que le había dado Lady Smallwood, y la vistieron de lino y encajes, como una de las muñecas de Sansa. Pero al menos, cuando terminaron, pudo bajar a comer.

Una vez sentada en la sala común con su ropa de niña idiota, Arya recordó lo que le había dicho Syrio Forel, el truco de mirar a su alrededor sin que se notara. Miró y vio más criadas de las que harían falta en ninguna posada, la mayoría de ellas jóvenes y bonitas. A medida que anochecía iban llegando más y más hombres al Melocotón. No se quedaban mucho tiempo en la sala común, ni siquiera cuando Tom sacó la lira y empezó a cantar «Seis doncellas en un estanque». Los escalones de madera eran viejos y empinados, y crujían cada vez que uno de los hombres se llevaba a una chica al piso superior.

—Seguro que esto es un burdel —le susurró a Gendry.

—Y tú qué sabes qué es un burdel.

—Lo sé —se empeñó ella—. Es como una taberna, pero con chicas.

—Entonces, ¿qué haces tú aquí? —El muchacho se estaba poniendo colorado otra vez—. Un burdel no es lugar para una niñata de noble cuna; eso lo sabe cualquiera.

Una de las chicas se sentó junto a ella en el banco.

—¿Quién es de noble cuna? ¿La flaquita? —Miró a Arya y se echó a reír—. Yo también soy hija de un rey.

—Mentira. —Arya sabía que se estaba burlando de ella.

—Bueno, puede que sí y puede que no. —Cuando la chica se encogió de hombros, el tirante del vestido le cayó por el hombro—. En el Melocotón se dice que el rey Robert se folló a mi madre mientras estaba escondido aquí, antes de la batalla. Igual que a todas las otras chicas, claro, pero dice Leslyn que mi madre era la que más le gustaba.

Lo cierto era que la muchacha tenía el pelo como el antiguo rey, se dijo Arya. Una cabellera espesa y negra como el carbón.

«Pero eso no quiere decir nada. Por ejemplo, Gendry tiene el pelo igual. Hay mucha gente con el pelo negro.»

—Me llamo Campy —le dijo la chica a Gendry—. Me llamaron así por la batalla de las Campanas. Seguro que podría hacer sonar tu campana. ¿Quieres que pruebe?

—No —replicó en voz demasiado alta.

—Seguro que sí. —Le acarició un brazo con la mano—. Los amigos de Thoros y del señor del relámpago no tienen que pagar nada.

—¡He dicho que no! —Gendry se levantó sin miramientos, se alejó de la mesa y salió a la noche.

—¿No le gustan las mujeres? —le preguntó Campy a Arya.

—Lo que pasa es que es idiota —contestó Arya, encogiéndose de hombros—. Le gusta pulir yelmos y golpear espadas con el martillo.

—Ah.

Campy volvió a colocarse el tirante en el hombro y se fue a hablar con Jack-con-Suerte. Poco después estaba sentada en su regazo, se reía y bebía vino de su copa. Barbaverde tenía a dos chicas, una en cada rodilla. Anguy había desaparecido con su moza de cara pecosa, y a Lim tampoco se lo veía por ninguna parte. Tom Sietecuerdas estaba sentado junto al fuego y cantaba «Las doncellas que florecen en primavera». Arya lo escuchó mientras bebía sorbos de la copa de vino aguado que la mujer pelirroja le había permitido tomar. Al otro lado de la plaza, los cadáveres se pudrían en las jaulas para cuervos; en cambio, en el Melocotón, todo el mundo parecía alegre. Pero a ella, sin saber por qué, le parecía que algunos se reían con demasiado entusiasmo.

Tal vez habría sido un buen momento para escabullirse y robar un caballo, pero sabía que no le serviría de nada. Solamente podría llegar a las puertas de la ciudad.

«Ese capitán no me dejaría pasar y, aunque me dejara, Harwin iría a por mí, o si no, ese tal Cazador con sus perros.» Habría dado cualquier cosa por un mapa, solo para ver si Septo de Piedra estaba muy lejos de Aguasdulces.

Antes de terminarse la copa, Arya ya era toda bostezos. Gendry aún no había regresado. Tom Sietecuerdas cantaba «Dos corazones que laten como uno» y besaba a una chica diferente al final de cada verso. En un rincón, junto a la ventana, Lim y Harwin charlaban en voz baja, sentados con la pelirroja Atanasia.

—Por la noche en la celda de Jaime —oyó que decía la mujer—. Ella y la otra, la moza que mató a Renly. Los tres juntitos, y por la mañana, Lady Catelyn lo liberó por amor. —Dejó escapar una carcajada gutural.

«No es cierto —pensó Arya—. Eso, mi madre no lo haría jamás.» La invadieron sentimientos de tristeza, de ira y de soledad, todos a la vez.

Un viejo se sentó junto a ella.

—Mira, mira, pero qué melocotón tan bonito. —Tenía un aliento casi tan hediondo como el olor de los cadáveres de las jaulas, y sus ojillos porcinos la recorrían de arriba abajo—. ¿Cómo se llama mi dulce melocotoncito?

Durante un instante se olvidó de quién debía ser en aquel momento. No era un melocotón, pero tampoco podía ser Arya Stark, y menos allí, con un borracho maloliente al que no conocía.

—Soy...

—Es mi hermana. —Gendry puso una manaza en el hombro del viejo y se lo apretó—. Dejadla en paz.

El viejo giró en redondo con ganas de pelea, pero al ver la estatura de Gendry se lo pensó mejor.

—¿Vuestra hermana? ¿Es vuestra hermana? ¿Qué clase de hermano sois? A una hermana mía no la traería al Melocotón ni muerto. —Se levantó del banco y se alejó refunfuñante en busca de una nueva amiga.

—¿Por qué le has dicho eso? —Arya se levantó de un salto—. Tú no eres mi hermano.

—No —le replicó con rabia—. Soy demasiado plebeyo para estar emparentado con mi señora.

—Yo no he dicho eso. —Lo airado de la respuesta había dejado paralizada a Arya.

—Sí que lo has dicho. —Se sentó en el banco y acunó una copa de vino entre las manos—. Vete. Quiero beber tranquilo. Luego, igual me voy a buscar a la chica del pelo negro para tocarle la campana.

—Pero...

—He dicho que te vayas. ¡Mi señora!

Arya le volvió la espalda.

«Es un idiota bastardo testarudo, eso, un idiota.» Que tocara tantas campanas como le diera la gana, a ella qué.

La habitación donde iban a dormir estaba en el piso superior, bajo el alero. Seguro que en el Melocotón no andaban escasos de camas, pero para gente como ellos solo tenían una libre. Por suerte era una cama enorme. Llenaba la habitación casi por completo, y el mohoso colchón relleno de paja bastaría para que durmieran todos. Y por el momento lo tenía todo para ella. Su verdadera ropa estaba colgada de un clavo de la pared, entre las cosas de Gendry y las de Lim. Arya se quitó el lino y los encajes, se puso la túnica, se subió a la cama y se arrebujó bajo las mantas.

—La reina Cersei —susurró a la almohada—. El rey Joffrey, Ser Ilyn, Ser Meryn. Dunsen, Raff y Polliver. El Cosquillas, el Perro y Ser Gregor, la Montaña. —A veces le gustaba alterar el orden de los nombres. Así recordaba mejor quiénes eran y qué habían hecho.

«A lo mejor, algunos ya están muertos —pensó—. A lo mejor están en jaulas de hierro, y los cuervos se les están comiendo los ojos.»

El sueño le llegó en cuanto cerró los ojos. Aquella noche soñó con lobos, lobos que acechaban en un bosque mojado. El aire estaba impregnado del olor de la lluvia, la putrefacción y la sangre. Pero en el sueño eran olores buenos, y Arya sabía que no tenía nada que temer. Era fuerte, rápida y fiera, y estaba rodeada por su manada, sus hermanos y sus hermanas. Juntos dieron caza a un caballo asustado, le desgarraron el cuello y lo devoraron. Y cuando la luna asomó entre los árboles, echó la cabeza hacia atrás y aulló.

Pero cuando llegó el día, lo que la despertó fue el ladrido de los perros.

Arya se incorporó con un bostezo. A su izquierda, Gendry se agitaba, y Lim Capa de Limón lanzaba sonoros ronquidos a su derecha, pero los gruñidos del exterior casi ahogaban aquel ruido.

«Ahí debe de haber medio centenar de perros.» Salió de entre las mantas y saltó sobre Lim, Tom y Jack-con-Suerte para acercarse a la ventana. Abrió los postigos y, al momento, entraron el viento, la humedad y el frío. Era un día nublado y gris. Abajo, en la plaza, los perros ladraban y corrían en círculos entre gruñidos y aullidos. Era toda una manada: había grandes mastines negros y perros lobo flacos, ovejeros con pelaje blanco y negro, y otros cuyas razas Arya no conocía, como unos animales pintos desgreñados con largos colmillos amarillentos. Entre la posada y la fuente había una docena de jinetes, que observaban mientras los ciudadanos abrían la jaula del hombre gordo y le tiraban del brazo hasta que el cadáver hinchado se desparramaba por el suelo. Al instante, los perros saltaron sobre él y le arrancaron la carne de los huesos a mordiscos.

Arya oyó la carcajada de uno de los jinetes.

—Aquí tienes tu nuevo castillo, Lannister de mierda —dijo—. Demasiado cómodo para la gentuza como tú, pero ahí te meteremos, no tengas miedo.

Junto a él había un prisionero sentado, con una expresión lúgubre en el rostro y las muñecas atadas con cuerda de cáñamo. Algunos ciudadanos le tiraban estiércol, pero ni siquiera parpadeaba.

—¡Te pudrirás en las jaulas! —le gritaba el que lo había capturado—. ¡Los cuervos te sacarán los ojos mientras nos gastamos el oro Lannister que llevabas! Y cuando los cuervos terminen, le mandaremos lo que quede de ti a tu maldito hermano. Aunque dudo mucho que te reconozca.

El jaleo había despertado a la mitad del Melocotón. Gendry se situó ante la ventana junto a Arya, y Tom se puso detrás de ellos desnudo como el día de su nombre.

—¿A qué viene tanto grito? —se quejó Lim desde la cama—. Joder, ¿es que no se puede dormir?

—¿Dónde está Barbaverde? —le preguntó Tom.

—En la cama con Atanasia —replicó Lim—. ¿Por qué?

—Más vale que vayas a buscarlo. Y tráete también al Arquero. Ha vuelto el Cazador Loco y ha traído a otro hombre para las jaulas.

—Un Lannister —dijo Arya—. Les he oído decir que es un Lannister.

—¿Han cogido al Matarreyes? —quiso saber Gendry.

Abajo, en la plaza, una pedrada acertó al prisionero en la mejilla y lo obligó a girar la cabeza.

«No es el Matarreyes», pensó Arya al ver el rostro. Sonrió. Por fin, los dioses habían escuchado sus plegarias.

Jon

Cuando los salvajes sacaron sus caballos de la cueva por las riendas, Fantasma ya había desaparecido.

«¿Entendió lo del Castillo Negro?» Jon se llenó los pulmones del vivificante aire de la mañana y se permitió albergar esperanzas. Hacia el este, el cielo estaba rosado a la altura del horizonte, y color gris claro más arriba. La Espada del Amanecer aún se veía en el sur; la brillante estrella blanca de la empuñadura todavía resplandecía como un diamante en la madrugada, pero los negros y grises del bosque nocturno se estaban convirtiendo una vez más en verdes, dorados, rojos y bermellones. Y por encima de los pinos soldado, los robles y los fresnos se alzaba el Muro, con el hielo claro y centelleante bajo la capa de polvo y tierra que horadaba su superficie.

El Magnar envió a una docena de jinetes hacia el oeste y a otros tantos hacia el este, para que subieran a las colinas más altas que encontraran y montaran guardia por si aparecían exploradores en el bosque o patrulleros sobre el muro. Los thenitas llevaban cuernos de guerra con abrazaderas de bronce, para dar la alarma si divisaban a algún miembro de la Guardia. Los otros salvajes se situaron detrás de Jarl; Ygritte y Jon se pusieron con los demás. Iba a ser el momento de gloria del joven explorador.

Se decía que el Muro tenía trescientas varas de altura, pero Jarl había localizado un punto donde era a la vez más alto y más bajo. Ante ellos, el hielo se alzaba abruptamente entre los árboles como un acantilado inmenso, coronado de almenas talladas por el viento, hasta una altura superior a las trescientas varas; en algunos puntos llegaría a trescientas cincuenta. Pero al acercarse más, Jon se dio cuenta de que no era así en realidad. Siempre que le fue posible, Brandon el Constructor puso los enormes bloques de los cimientos en puntos altos, y en aquella zona, las colinas se alzaban escarpadas e indómitas.

En cierta ocasión le había oído decir a su tío Benjen que, al este del Castillo Negro, el Muro era una espada, pero al oeste era una serpiente. Y tenía razón. El hielo se extendía hasta cubrir una gran colina empinada; después bajaba hasta un valle, subía al borde cortante de una larga serie de crestas de granito de una legua o más, corría a lo largo de una cima irregular, volvía a zambullirse en un valle aún más profundo, ascendía más y más, saltando de colina en colina, y se perdía en el occidente montañoso hasta donde abarcaba la vista.

Jarl había optado por escalar la zona de hielo que se extendía a lo largo del risco. Allí, aunque la cima del Muro se alzaba a más de trescientas varas sobre el suelo, más de un tercio de su altura era de tierra y piedra, en vez de hielo. La ladera era demasiado empinada para los caballos, casi tan difícil como el Puño de los Primeros Hombres, pero el ascenso sería infinitamente más fácil que por la cara vertical del Muro en sí. Además, el espeso bosque del risco les ofrecía un escondite perfecto. En otros tiempos, los hermanos negros salían todos los días con hachas para talar los árboles demasiado cercanos, pero de aquello hacía ya mucho, y allí, el bosque llegaba hasta el hielo.

El día iba a ser húmedo y frío, y más húmedo y frío aún junto al Muro, a la sombra de todas aquellas toneladas de hielo. Cuanto más se acercaban, más remoloneaban los thenitas.

«No habían visto el Muro nunca, ni siquiera el Magnar —comprendió Jon—. Les da miedo. En los Siete Reinos se decía que el Muro marcaba el fin del mundo. Ellos piensan lo mismo.» Todo dependía de en qué lado estuviera cada uno.

«¿Y dónde estoy yo?» Jon no lo sabía. Para seguir con Ygritte tendría que convertirse en salvaje en cuerpo y alma; si la abandonaba y cumplía con su deber, el Magnar podría vengarse en ella y arrancarle el corazón. Y si se la llevaba consigo... suponiendo que accediera, que no era ni mucho menos seguro... En fin, desde luego no la podría llevar al Castillo Negro y vivir con ella entre los hermanos, y un desertor y una salvaje no serían bien acogidos en ningún lugar de los Siete Reinos. «Siempre podríamos ir a buscar a los hijos de Gendel. Aunque más que aceptarnos, es posible que nos devoren.»

Jon advirtió que el Muro no impresionaba a los exploradores de Jarl. «No es la primera vez que hacen esto; todos lo han saltado ya.» Jarl fue gritando nombres a medida que desmontaban bajo el risco, y once de ellos se reunieron a su alrededor. Todos eran jóvenes. El mayor no tendría más de veinticinco años, y al menos dos no eran ni de la edad de Jon. Pero todos eran delgados, aunque fuertes; con una constitución que a Jon le recordaba a Serpiente de Piedra, el hermano al que Mediamano había enviado a pie por delante de ellos cuando Casaca de Matraca los empezó a perseguir.

Los salvajes se prepararon a la sombra del propio Muro; se enrollaron en torno a un hombro y el pecho gruesos rollos de soga de cáñamo, y se anudaron unas extrañas botas de napa fina y flexible. Las botas tenían púas que sobresalían de la puntera; las de Jarl y las de otros dos eran de hierro; las de unos cuantos, de bronce; y la mayoría, de hueso puntiagudo. Cada uno se colgó de un costado un martillo con cabeza de piedra, y del otro, una bolsa con estacas. Sus picoletas eran astas de puntas afiladas, atadas con tiras de cuero a mangos de madera. Los once escaladores se dividieron en tres grupos de cuatro; el propio Jarl sería el duodécimo hombre.

—Mance ha prometido espadas para todos los del primer equipo que llegue a la cima —les dijo; el aliento se le condensaba en nubes de vapor en el aire gélido—. Espadas sureñas, de acero forjado en castillo. Además se mencionarán sus nombres en una canción que va a componer. ¿Qué más puede pedir un hombre libre? ¡Arriba, y que los Otros se lleven al último!

«Los Otros se los lleven a todos», pensó Jon mientras los veía subir por la ladera empinada del risco y perderse entre los árboles. No sería la primera vez que los salvajes escalaban el Muro, ni siquiera la centésima. Dos o tres veces al año, las patrullas encontraban a los escaladores, y a veces, los exploradores regresaban con los cadáveres destrozados de los que se habían caído. A lo largo de la costa este, los invasores eran más dados a construir botes para intentar cruzar la bahía de las Focas. En el oeste descendían hacia las oscuras profundidades de la Garganta, para rodear la Torre Sombría. Pero, en medio, la única manera de vencer al Muro era pasar por encima, y muchos lo habían conseguido. «En cambio, muy pocos han regresado», pensó con cierto orgullo sombrío. Para escalar el Muro tenían por fuerza que dejar atrás las monturas, y los invasores más jóvenes e inexpertos empezaban por robar los primeros caballos que encontraban al otro lado. Enseguida se daba la alarma; los cuervos volaban y, la mayor parte de las veces, la Guardia de la Noche les daba caza y los ahorcaba antes de que pudieran volver a casa con el botín y las mujeres secuestradas. Jon sabía que Jarl no cometería semejante error, pero no estaba tan seguro con respecto a Styr. «El Magnar es un gobernante, no un hombre de acción. Puede que no conozca las reglas del juego.»

—Allí están —dijo Ygritte.

Jon alzó la vista y vio al primero de los escaladores, que salía por encima de las copas de los árboles. Era Jarl. Había encontrado un árbol centinela inclinado contra el Muro, e indicó a sus hombres que aprovecharan el tronco para adelantarse a los demás.

«No se tendría que haber permitido que el bosque se acercara tanto. Ya han subido cuarenta varas y ni siquiera han tocado el hielo.»

Observó cómo el salvaje pasaba con cuidado del árbol al Muro, cómo hacía asideros en el hielo con golpes secos de la piqueta antes de aferrarse a la pared. La cuerda que llevaba en torno a la cintura lo unía al segundo hombre, que aún estaba trepando por el árbol. Paso a paso, muy despacio, Jarl fue ascendiendo; abría puntos de apoyo con las púas de las botas siempre que no encontraba alguno natural. Cuando estaba ya a cinco varas por encima del centinela se detuvo en una angosta cornisa helada, se colgó el hacha del cinturón, sacó el martillo y clavó una estaca de hierro en una grieta. El segundo hombre saltó al Muro tras él mientras el tercero subía a lo más alto del árbol.

Los otros dos equipos no habían encontrado árboles tan adecuados, y los thenitas pronto empezaron a preguntarse si no se habrían perdido mientras escalaban por el risco. El grupo de Jarl ya estaba al completo en el Muro, y a treinta varas de altura, cuando aparecieron los primeros escaladores de los otros grupos. Entre cada equipo había al menos veinte pasos de distancia. Los cuatro de Jarl iban en el centro. A su derecha estaba el equipo encabezado por Grigg el Cabra, al que se distinguía fácilmente desde abajo por su larga trenza rubia. A su izquierda, el jefe de los escaladores era un hombre muy flaco llamado Errok.

—Qué lentos van —se quejó en voz alta el Magnar mientras los veía ascender—. ¿Es que se han olvidado de los cuervos? Tendrían que subir más deprisa, antes de que nos descubran.

Jon tuvo que morderse la lengua. Se acordaba demasiado bien del Paso Aullante y de la escalada que había hecho con Serpiente de Piedra a la luz de la luna. Aquella noche casi se le había parado el corazón media docena de veces, y al terminar le dolían a más no poder los brazos y las piernas, y tenía los dedos casi congelados.

«Y aquello era piedra, no hielo.» La piedra era sólida. El hielo era traicionero siempre, hasta en el mejor momento, y en días como aquel, cuando el Muro lloraba, el calor de la mano de un escalador podía ser suficiente para derretirlo. Por dentro, los gigantescos bloques estaban helados y duros como rocas, pero la superficie estaría resbaladiza, caerían regueros de agua y habría zonas de hielo podrido con burbujas de aire. «Otra cosa no tendrán estos salvajes, pero son valientes.»

Pese a todo, Jon habría dado lo que fuera por que los temores de Styr se hicieran realidad.

«Si los dioses son bondadosos, pasará por casualidad una patrulla y esto se acabará.»

—No hay muro que pueda ofrecer seguridad —le había dicho en cierta ocasión su padre mientras recorrían las murallas de Invernalia—. Cualquier muro es solo tan fuerte como los hombres que lo defienden.

Aunque los salvajes hubieran sido ciento veinte, habría bastado con cuatro defensores para repelerlos con unas cuantas flechas bien dirigidas y tal vez un cubo de piedras.

Pero los defensores no aparecieron; ni cuatro, ni tres, ni dos, ni uno. El sol ascendió por el cielo, y los salvajes ascendieron por el Muro. Los cuatro de Jarl fueron por delante hasta el mediodía, cuando llegaron a una zona de hielo en malas condiciones. Jarl había enrollado la cuerda en torno a un saliente tallado por el viento y había descargado todo su peso sobre él cuando, de repente, se rompió, se desmoronó y cayó, y él también. Pedazos de hielo grandes como la cabeza de un hombre cayeron sobre los tres que lo seguían, pero se agarraron a sus asideros; las estacas aguantaron, y la caída de Jarl se detuvo bruscamente al final de la cuerda.

Cuando su equipo consiguió recuperarse del mal trance, Grigg el Cabra estaba ya casi a su altura. Los cuatro de Errok iban muy por detrás. La pared por la que escalaban parecía suave y lisa, cubierta por una película de hielo derretido que brillaba húmeda allí donde recibía la caricia del sol. A primera vista, la zona de Grigg parecía más oscura, con desniveles más evidentes: largas cornisas horizontales allí donde se había colocado mal un bloque con respecto al de abajo, grietas y surcos, y hasta huecos a lo largo de las uniones verticales donde el viento y el agua habían excavado agujeros tan grandes como para que un hombre se pudiera esconder en ellos.

Jarl no tardó en tener en marcha de nuevo a sus hombres. Sus cuatro y los de Grigg avanzaban casi a la misma altura, seguidos por los de Errok a diez varas de distancia. Las piquetas de asta de ciervo tallaban asideros y excavaban puntos de apoyo para los pies, mientras descargaban sobre los árboles cascadas de esquirlas brillantes. Los martillos de piedra clavaban en el hielo las estacas que servían de anclaje para las sogas; el hierro se acabó antes de llegar a la mitad del Muro, y a partir de allí, los escaladores utilizaron estacas de cuerno o de hueso afilado. Y los hombres daban patadas e incrustaban las púas de las botas en el hielo inquebrantable una vez, y otra, y otra, y otra, todo con tal de preparar un punto de apoyo.

«Deben de tener las piernas entumecidas —pensó Jon cuando llevaban ya cuatro horas—. ¿Cuánto tiempo más van a poder seguir?» Continuó observando tan inquieto como el Magnar, siempre a la espera de la llamada distante de un cuerno de guerra thenita. Pero los cuernos no aullaron, y no se vio ni rastro de la Guardia de la Noche.

Cuando ya llevaban seis horas, Jarl iba otra vez por delante del grupo de Grigg el Cabra, y la ventaja se iba incrementando.

—La mascota de Mance tiene muchas ganas de conseguir una espada —dijo el Magnar, con la mano sobre los ojos para protegerse de la luz.

El sol estaba en lo más alto del cielo y, visto desde abajo, el tercio superior del Muro era de un azul cristalino, con reflejos tan brillantes que los ojos dolían al mirarlo. Los cuatro de Jarl y los de Grigg casi no se veían en medio del resplandor, aunque el equipo de Errok seguía aún en las sombras. En vez de ascender estaba desplazándose de lado, a más de ciento cincuenta varas de altura, hacia un saliente vertical. Jon los estaba observando moverse palmo a palmo cuando oyó el ruido: un crujido repentino que pareció retumbar a lo largo del hielo, seguido de un grito de alarma. Y al instante, el aire se llenó de trozos de hielo, gritos y hombres que caían, cuando una plancha cuadrada de hielo, de un codo de grosor y veinte varas de lado se desprendió del Muro y cayó dando tumbos, arrastrándolo todo a su paso. Algunos trozos llegaron rodando entre los árboles incluso adonde estaban ellos, al pie del risco. Jon tiró a Ygritte al suelo y se puso sobre ella para escudarla, y uno de los thenitas recibió en la cara un golpe que le rompió la nariz.

Cuando volvieron a alzar la vista, el equipo de Jarl había desaparecido. Ni rastro de los hombres, las sogas ni las estacas; por encima de las doscientas varas no quedaba nada. En el Muro, allí donde los escaladores habían estado aferrados hacía un instante, había una herida; el hielo de debajo era tan liso como el mármol pulido, y resplandecía a la luz del sol. Mucho, mucho más abajo se veía una tenue mancha roja, en el lugar donde alguien había chocado contra un saliente de hielo.

«El Muro se defiende», pensó Jon al tiempo que ayudaba a Ygritte a ponerse en pie.

Cuando encontraron a Jarl, estaba en un árbol, atravesado por una rama rota, todavía atado con la cuerda a los tres hombres que yacían bajo él. Uno aún estaba vivo, pero tenía las piernas y la columna destrozadas, así como la mayor parte de las costillas.

—Misericordia —pidió cuando se acercaron a él.

Uno de los thenitas le aplastó la cabeza con una maza de piedra. El Magnar dio unas cuantas órdenes, y sus hombres empezaron a juntar leña para hacer una pira.

Los muertos ya estaban ardiendo cuando Grigg el Cabra llegó a la cima del Muro. Cuando se les unieron los cuatro de Errok, del equipo de Jarl solo quedaban huesos y cenizas.

Para entonces, el sol ya empezaba a descender, de manera que los escaladores no tenían tiempo que perder. Se quitaron los largos rollos de cuerda de cáñamo que habían llevado alrededor del pecho, los ataron bien y tiraron un extremo. A Jon, la sola idea de trepar casi doscientas varas por aquella cuerda le ponía los pelos de punta, pero el plan de Mance era mucho mejor. Los hombres que Jarl había dejado en la base sacaron una gran escala de cáñamo trenzado, con peldaños tan gruesos como brazos, y la ataron a la soga de los escaladores. Errok, Grigg y sus hombres la izaron entre gruñidos y jadeos, la aseguraron en la cima con estacas, y volvieron a tirar la cuerda para subir una segunda escala. Había cinco.

Cuando todas estuvieron colocadas, el Magnar gritó una orden brusca en la antigua lengua, y cinco de sus thenitas empezaron a subir. Aun con las escalas, el ascenso no era fácil. Ygritte observó los esfuerzos de los hombres.

—Cómo odio este Muro —dijo en voz baja, airada—. ¿Te has fijado en lo frío que es?

—Está hecho de hielo —señaló Jon.

—No sabes nada, Jon Nieve. Este Muro está hecho de sangre.

Y por lo visto aún no había bebido suficiente. Cuando anocheció, dos thenitas se habían precipitado desde las escalas, pero fueron los últimos. Cuando Jon llegó a la cima era casi medianoche. Las estrellas brillaban en el cielo. Ygritte estaba temblando por el esfuerzo del ascenso.

—He estado a punto de caerme —le dijo con los ojos llenos de lágrimas—. Dos veces. Tres veces. El Muro intentaba sacudírseme; lo he notado. —Una lágrima le empezó a correr por la mejilla.

—Lo peor ya ha pasado. —Jon trataba de parecer seguro—. No tengas miedo.

La rodeó con un brazo. Ygritte le dio un palmetazo en el pecho con tanta fuerza que le escoció a pesar de las capas de lana, malla y cuero grueso.

—No tenía miedo. No sabes nada, Jon Nieve.

—Entonces, ¿por qué lloras?

—¡No es por miedo! —Dio una patada furiosa al hielo que tenía bajo los pies y arrancó un pedazo—. Lloro porque no encontramos el Cuerno del Invierno. ¡Abrimos medio centenar de tumbas, dejamos todas esas sombras sueltas por el mundo y no conseguimos encontrar el Cuerno de Joramun para derribar este maldito muro!

Jaime

La mano le ardía.

Le seguía ardiendo mucho tiempo después de que se apagara la antorcha con la que le habían quemado el muñón sanguinolento, días y días después; todavía sentía la lanzada del fuego en el brazo, y sus dedos, los dedos que ya no tenía, se retorcían en las llamas.

Ya lo habían herido antes, pero nunca de aquella manera. Jamás había imaginado que se pudiera sentir tanto dolor. A veces, sin que supiera por qué, se le escapaban de los labios antiguas oraciones, plegarias que había aprendido de niño y que no había vuelto a recordar en años, las mismas que había rezado, arrodillado junto a Cersei, en el septo de Roca Casterly. En ocasiones llegaba incluso a llorar, hasta que oyó cómo se reían los Titiriteros. Aquello hizo que se le secaran los ojos y se le muriera el corazón, y en sus oraciones pidió que la fiebre le quemara las lágrimas.

«Ahora entiendo cómo se sentía Tyrion cada vez que se reían de él.»

Cuando se cayó de la silla por segunda vez, lo ataron a Brienne de Tarth, y los obligaron a compartir caballo de nuevo. Una jornada, en vez de ponerlos espalda contra espalda, los ataron cara a cara.

—Mirad a los amantes —suspiró Shagwell—. ¿No son un bonito espectáculo? Sería muy cruel separar al buen caballero de su dama. —Soltó una carcajada, su carcajada aguda tan característica—. Aunque no se sabe bien cuál es el caballero y cuál la dama.

«Yo te explicaría la diferencia, si tuviera las dos manos», pensó Jaime. Le dolían los brazos, y las cuerdas le habían dejado entumecidas las piernas, pero al cabo de un tiempo, todo aquello dejó de importar. Su mundo se redujo al tormento insoportable que le causaba su mano fantasma y a la presión de Brienne contra él. «Por lo menos es cálida», se consoló, aunque el aliento de la moza era tan hediondo como el suyo propio.

Su mano siempre se interponía entre ellos. Urswyck se la había colgado del cuello con una cuerda, de manera que le golpeteaba el pecho a él y las tetas a Brienne, mientras Jaime perdía el conocimiento y lo volvía a recuperar. La hinchazón le había cerrado el ojo derecho; la herida que le había hecho Brienne durante la pelea estaba infectada, pero lo que más le dolía era la mano. Del muñón le salían sangre y pus, y sentía una punzada en la extremidad inexistente con cada paso del caballo.

Tenía la garganta tan en carne viva que era incapaz de comer, pero bebía vino cuando se lo daban, y agua si no le ofrecían otra cosa. En cierta ocasión le dieron una taza; bebió el contenido con ansia, tembloroso, y los Compañeros Audaces estallaron en carcajadas tan violentas que le dolieron los oídos.

—Lo que estás bebiendo son meados de caballo —le dijo Rorge.

Jaime tenía tanta sed que terminó de beber de todos modos, pero inmediatamente lo vomitó todo. Obligaron a Brienne a limpiarle la barba, igual que la habían hecho limpiarlo cuando se hizo de vientre en la silla.

Una mañana fría y húmeda en la que se sentía un poco más fuerte, la locura se apoderó de él, cogió la espada del dorniense con la mano izquierda y, con torpeza, la sacó de la vaina.

«Que me maten —pensó—, me da igual, con tal de morir peleando, con una espada en la mano.» Pero no sirvió de nada. Shagwell se le acercó a saltitos, y esquivó con facilidad la estocada de Jaime, que perdió el equilibrio y se tambaleó hacia delante mientras lanzaba golpes contra el bufón. Pero Shagwell giró, se agachó y se apartó, hasta que todos los Titiriteros se estuvieron riendo de los esfuerzos fútiles de Jaime. Cuando tropezó contra una piedra y cayó de rodillas, el bufón le saltó encima y le plantó un beso húmedo en la cabeza.

Por último, Rorge lo tiró a un lado, y de una patada, apartó la espada de los dedos débiles de Jaime cuando trató de esgrimirla de nuevo.

—Ha cido muy divertido, Matarreyez —dijo Vargo Hoat—. Pero como vuelvaz a intentarlo, te cortaré la otra mano, o ci lo prefierez, un pie.

Después de aquello, Jaime se quedó tendido de espaldas, contemplando el cielo nocturno y tratando de no sentir el dolor que le subía por el brazo cada vez que lo movía. La noche era de una extraña belleza. La luna estaba en cuarto creciente, y le parecía que jamás había visto tantas estrellas. La Corona del Rey estaba en el cénit; divisó el Corcel sobre las patas traseras, y allí estaba también el Cisne. La Doncella Luna, tímida como siempre, quedaba medio oculta detrás de un pino.

«¿Cómo es posible que una noche sea tan bella? —se preguntó—. ¿Por qué salen todas esas estrellas a mirar a alguien como yo?»

—Jaime —susurró Brienne, con voz tan queda que pensó que estaba soñando—. Jaime, ¿qué hacéis?

—Morirme —susurró a su vez.

—No —dijo ella—. No, tenéis que vivir.

Le habría gustado echarse a reír.

—Dejad de decirme lo que tengo que hacer, moza. Me moriré si me place.

—¿Tan cobarde sois?

El mero sonido de la palabra lo conmocionó. Él era Jaime Lannister, caballero de la Guardia Real, el Matarreyes. Jamás lo habían llamado cobarde. Otras cosas, sí: renegado, mentiroso, asesino... Decían que era cruel, traicionero y despiadado. Pero cobarde, jamás.

—¿Qué puedo hacer, aparte de morir?

—Vivir —replicó—. Vivir, pelear y vengaros.

Pero lo dijo en voz demasiado alta. Rorge la oyó, aunque no distinguiera las palabras, se acercó, la pateó y le dijo que tuviera quieta la lengua si no quería que se la cortaran.

«Cobarde —pensó Jaime mientras Brienne trataba de contener los sollozos—. ¿Será posible? Me han cortado la mano de la espada. ¿Qué pasa? ¿Que yo era solo eso, una mano que esgrimía una espada? Por los dioses, ¿será verdad?»

La moza estaba en lo cierto. No podía morir. Cersei lo esperaba. Lo iba a necesitar. Y también Tyrion, su hermano pequeño, que lo quería por una mentira. Y también lo esperaban sus enemigos: el Joven Lobo, que lo había derrotado en el bosque Susurrante y había matado a sus hombres; Edmure Tully, que lo había encerrado y encadenado en la oscuridad; aquellos Compañeros Audaces...

Cuando llegó la mañana se forzó a comer. Le dieron un potaje de avena, alimento para caballos, pero se obligó a tragar hasta la última cucharada. Aquella noche volvió a comer, y también al día siguiente.

«Vive —se dijo con dureza cuando el potaje estuvo a punto de hacerlo vomitar—, vive por Cersei, vive por Tyrion. Vive por la venganza. Un Lannister siempre paga sus deudas. —La mano amputada latía, ardía y apestaba—. Cuando llegue a Desembarco del Rey me haré forjar una mano nueva, una mano de oro, y algún día le arrancaré la garganta con ella a Vargo Hoat.»

Los días y las noches se fundían en una neblina de dolor. Durante el día dormitaba en la silla, apretado contra Brienne y con el hedor de la mano podrida en la nariz, y por las noches yacía despierto sobre el duro suelo, atrapado en una vigilia de pesadilla. Aunque estaba muy débil, siempre lo ataban a un árbol. En cierto modo, lo consolaba saber que, incluso en sus circunstancias, le seguían teniendo miedo.

Brienne siempre estaba atada junto a él. Se quedaba tumbada y atada, como una enorme vaca muerta, sin decir palabra.

«La moza se ha construido una fortaleza por dentro. No tardarán en violarla, pero detrás de sus murallas no la pueden tocar.» En cambio, las murallas de Jaime habían desaparecido. Le habían quitado la mano, le habían quitado la mano de la espada, y sin ella no era nada. La otra no le servía para gran cosa. Desde que aprendió a caminar, el brazo izquierdo había sido para el escudo, solo para el escudo. Era la mano derecha la que hacía de él un caballero; era la mano derecha la que hacía de él un hombre.

Un día oyó a Urswyck comentar algo sobre Harrenhal, y recordó que era allí adonde se dirigían. Aquello hizo que soltara una carcajada sonora, y Timeon le azotó el rostro con una fusta larga y fina. El corte sangró, pero aparte de la mano, apenas si notaba nada.

—¿Por qué os reísteis? —le preguntó aquella noche la moza en un susurro.

—En Harrenhal fue donde me pusieron la capa blanca —respondió, también en susurros—. En el gran torneo de Whent. Él quería presumir de su gran castillo y de sus valientes hijos. Yo también quería presumir. Solo tenía quince años, pero aquel día, nadie me habría podido derrotar. Aerys no me dejaba participar en las justas, y me echó de allí. —Se rio de nuevo—. Pero ahora voy a volver.

Oyeron la carcajada. Aquella noche le tocó a Jaime recibir las patadas y los puñetazos. Tampoco los sintió, hasta que Rorge le pisoteó el muñón con una bota, y se desmayó.

Fue a la noche siguiente cuando por fin acudieron, y fueron los tres peores: Shagwell, el desnarigado Rorge y el obeso dothraki Zollo, el que le había cortado la mano. Mientras se acercaban, Zollo y Rorge discutían sobre quién sería el primero; no cabía duda de que el bufón iba a ser el último. Shagwell sugirió que ambos fueran los primeros y la tomaran por delante y por detrás. Por lo visto, a Zollo y a Rorge les gustó la idea, aunque entonces empezaron a discutir quién la tomaría por delante y quién por detrás.

«También la dejarán tullida, pero por dentro, donde no se nota.»

—Moza —susurró mientras Zollo y Rorge se insultaban—, que se queden con la carne; vos marchaos bien lejos. Todo acabará antes, y así obtendrán menos placer.

—No obtendrán placer alguno de lo que les voy a dar —susurró ella a su vez, desafiante.

«Mujer estúpida, testaruda y valiente. —Iba a hacer que la mataran, y lo sabía—. Bueno, ¿y a mí qué me importa? Si no hubiera sido tan terca, yo no habría perdido la mano.» Pero, casi sin querer, volvió a hablar en susurros.

—Dejadlos hacer y escapad a vuestro interior. —Aquello era lo que había hecho él cuando mataron a los Stark en su presencia; Lord Rickard se coció en su armadura, mientras su hijo Brandon se estrangulaba intentando salvarlo—. Pensad en Renly, si lo amabais. Pensad en Tarth, en las montañas, los mares, los estanques, las cascadas, en todo lo que teníais en vuestra Isla Zafiro...

Pero para entonces, Rorge ya había ganado la discusión.

—Eres la mujer más fea que he visto jamás —le dijo a Brienne—, pero te puedo dejar más fea todavía. ¿Quieres una nariz como la mía? Intenta resistirte y la tendrás. Y dos ojos son demasiados. Solo un grito y te sacaré uno, y luego te lo haré comer. Y también te arrancaré los dientes, uno a uno.

—Ay, sí, Rorge —suplicó Shagwell—. Sin dientes quedará igualita que mi anciana madre. —Soltó una risita—. Y siempre he deseado metérsela por el culo a mi anciana madre.

—Qué bufón tan gracioso. —Jaime soltó una risita—. Me sé un acertijo, Shagwell. ¿Qué tienen las viejas de Tarth en vez de dientes? Espera, te lo digo yo... ¡ZAFIROS! —gritó tan alto como pudo.

Rorge soltó una maldición y volvió a patearle el muñón. Jaime lanzó un aullido. «No sabía que pudiera haber tanto dolor en el mundo», fue lo último que le pasó por la cabeza. No había manera de saber cuánto tiempo estuvo inconsciente, pero cuando el dolor le devolvió el conocimiento, allí estaban Urswyck y el propio Vargo Hoat.

—¡Nada de tocarle loz dientez! —gritó la Cabra, cubriendo a Zollo de salivillas—. ¡Y tiene que zeguir doncella, idiotaz! ¡Noz darán un zaco de zafiroz por ella!

Y desde entonces, todas las noches, Hoat les puso un guardia para protegerlos de los suyos.

Pasaron dos noches en silencio hasta que, por último, la moza reunió valor para volverse hacia él.

—¿Jaime? —le preguntó en susurros—. ¿Por qué gritasteis?

—¿Queréis decir que por qué grité «zafiros»? Pensad un poco, moza. ¿Creéis que esa gentuza habría reaccionado si llego a gritar «¡Que la violan!»?

—No teníais por qué gritar nada.

—Ya es demasiado difícil miraros ahora que tenéis nariz. Además, quería oír a la Cabra decir «zafiroz». —Soltó una risita—. Tenéis suerte de que sea tan mentiroso. Un hombre de honor les habría dicho la verdad acerca de la Isla Zafiro.

—De todos modos, os lo agradezco, ser —dijo ella.

—Un Lannister siempre paga sus deudas —dijo—. Eso fue por lo del río y por las piedras que le tirasteis a Robin Ryger. —La mano le ardía de nuevo. Jaime apretó los dientes.

La Cabra quería montar un espectáculo con su llegada, de manera que hicieron desmontar a Jaime cuando aún estaban a casi media legua de las puertas de Harrenhal y le ataron una cuerda a la cintura, y a Brienne, otra en torno a las muñecas. Los extremos de ambas cuerdas iban a parar al pomo de la silla de Vargo Hoat. Ambos caminaron a tropezones, codo con codo, tras el caballo rayado del qohoriense.

A Jaime lo mantenía en pie la rabia. El vendaje del muñón estaba gris y apestaba a pus. Los dedos fantasmales le dolían con cada paso.

«Soy más fuerte de lo que imaginan —se dijo—. Sigo siendo un Lannister. Sigo siendo un caballero de la Guardia Real. —Llegaría a Harrenhal y luego a Desembarco del Rey. Viviría—. Y pagaré esta deuda con intereses.»

Cuando se aproximaron a las imponentes murallas del monstruoso castillo de Harren el Negro, Brienne le apretó el brazo.

—Lord Bolton es ahora el señor de este castillo. Los Bolton son vasallos de los Stark.

—Los Bolton despellejan a sus enemigos.

Era lo único que Jaime recordaba acerca del norteño. Seguro que Tyrion habría sabido todo lo relativo al señor de Fuerte Terror, pero Tyrion estaba a miles de leguas de distancia, con Cersei.

«No puedo morir mientras Cersei viva —se dijo—. Nacimos juntos y moriremos juntos.»

Las casas que se habían alzado junto a los muros estaban quemadas, reducidas a cenizas y a piedras ennegrecidas, y muchos hombres con sus monturas habían acampado recientemente a orillas del lago, donde Lord Whent había celebrado su gran torneo en el año de la falsa primavera. Una sonrisa de amargura aleteó en los labios de Jaime al cruzar el terreno desolado. Habían excavado una letrina en el mismísimo lugar donde él se había arrodillado ante el Rey para prestarle juramento.

«Nunca llegué a imaginarme cuán deprisa lo dulce se tornaría amargo. Aerys no me dejó disfrutar ni una noche. Me honró y luego me escupió.»

—Mirad los estandartes —señaló Brienne—. El hombre desollado y las torres gemelas, ¿veis? Los caballeros juramentados del rey Robb. Allí, sobre el puesto de guardia, gris sobre blanco. El huargo.

—Pues sí —asintió Jaime mirando hacia arriba—, es la mierda del lobo ese. Y lo que hay a ambos lados son cabezas.

Los soldados, los criados y los vivanderos iban detrás de ellos y los abucheaban. Una perra con manchas les pisó los talones entre ladridos y gruñidos, hasta que uno de los lysenos la atravesó con una lanza y se puso al galope para encabezar la columna.

—¡Llevo el estandarte del Matarreyes! —gritó al tiempo que agitaba el cadáver del animal sobre la cabeza de Jaime.

Las murallas de Harrenhal eran tan gruesas que pasar bajo ellas era como atravesar un túnel de piedra. Vargo Hoat había enviado por delante a dos de sus dothrakis, para informar a Lord Bolton de que se aproximaban, de manera que el patio de armas estaba abarrotado de curiosos. Abrieron paso al tambaleante Jaime. La cuerda que llevaba a la cintura se tensaba y lo tironeaba cada vez que aflojaba el paso.

—¡Oz traigo al Matarreyez! —anunció Vargo Hoat con su voz ceceante.

Una lanza golpeó a Jaime en la rabadilla y lo hizo caer. El instinto le hizo echar las manos al frente para frenar la caída. Cuando el muñón golpeó el suelo, el dolor fue cegador, pero aun así se las arregló para incorporarse sobre una rodilla. Ante él, una amplia escalinata de piedra llevaba a la entrada de una de las colosales torres redondas de Harrenhal. Cinco caballeros y un norteño lo miraban desde arriba, el norteño con sus ojos claros, vestido con lana y pieles, y los caballeros imponentes con sus armaduras y corazas, con el emblema de las torres gemelas bordado en las sobrevestas.

—Vaya, los Frey —dijo Jaime—. Ser Danwell, Ser Aenys, Ser Hosteen. —Conocía de vista a los hijos de Lord Walder; al fin y al cabo, su tía estaba casada con uno de ellos—. Recibid mi más sentido pésame.

—¿Por qué, ser? —quiso saber Ser Danwell Frey.

—Por la muerte del hijo de vuestro hermano, Ser Cleos —dijo Jaime—. Iba con nosotros hasta que unos forajidos nos dieron alcance y lo llenaron de flechas. Urswyck y su gentuza desvalijaron el cadáver y lo abandonaron a los lobos.

—¡Mis señores! —Brienne se liberó como pudo y dio un paso adelante—. He visto vuestros estandartes. ¡Por vuestros juramentos, escuchadme!

—¿Quién habla? —quiso saber Ser Aenys Frey.

—Ez la niñera del Lannizter.

—Soy Brienne de Tarth, hija de Lord Selwyn, el Lucero de la Tarde, e igual que vosotros, vasallo juramentado de la Casa Stark.

Ser Aenys le escupió a los pies.

—Eso es lo que valen vuestros juramentos. Nosotros confiamos en la palabra de Robb Stark, y él pagó nuestra fidelidad con traición.

«Esto se pone interesante.» Jaime se volvió para ver cómo encajaba Brienne la acusación, pero la moza era terca como una mula.

—No sé nada de ninguna traición. —Sacudió las cuerdas que le ataban las muñecas—. Lady Catelyn me envió a entregar a Lannister a su hermano, en Desembarco del Rey...

—Cuando los encontramos, ella estaba intentando ahogarlo —dijo Urswyck el Fiel.

—Fue un ataque de ira —se disculpó la moza, sonrojándose—, perdí el control, pero jamás lo habría matado. Si llega a morir, los Lannister pasarán por la espada a las hijas de mi señora.

—¿Y a nosotros qué nos importa? —Ser Aenys se había quedado igual.

—Vamos a devolverlo a Aguasdulces a cambio de un rescate —pidió Ser Danwell.

—Roca Casterly tiene más oro —se opuso otro hermano.

—¡Vamos a matarlo! —pidió otro—. ¡Su cabeza por la de Ned Stark!

El bufón Shagwell, con su disfraz gris y rosa, dio una voltereta que acabó al pie de las escaleras y empezó a cantar.

—«Un día, el león bailó con el oso, fue maravilloso...»

—Cilencio, eztúpido. —Vargo Hoat le propinó una bofetada—. El Matarreyez no ez para el ozo. Ez mío.

—Si muere, no será de nadie. —Roose Bolton hablaba en voz tan baja que los hombres se callaron para escucharlo—. Y por favor, mi señor, recordad que no tendréis el mando de Harrenhal hasta que emprenda la marcha hacia el norte.

—¿Será posible que seáis el señor de Fuerte Terror? —La fiebre hacía que Jaime se sintiera tan valeroso como mareado—. La última vez que supe algo de vos, mi padre os había puesto en fuga con el rabo entre las piernas. ¿Qué hizo que dejarais de correr, mi señor?

El silencio de Bolton era cien veces más amenazador que la malevolencia ceceante de Vargo Hoat. Pálido como la niebla de la mañana, sus ojos escondían más de lo que revelaban. A Jaime no le gustaban aquellos ojos. Le recordaban el día en que Ned Stark lo había encontrado sentado en el Trono de Hierro, en Desembarco del Rey. Por fin, el señor de Fuerte Terror frunció los labios.

—Habéis perdido una mano —dijo.

—No —replicó Jaime—, la tengo aquí, colgada del cuello.

Roose Bolton extendió el brazo, se la arrancó de un tirón y se la tiró a la Cabra.

—Llevaos esto de mi vista. Me ofende.

—Ce la enviaré a zu ceñor padre. Le diré que tiene que pagarnoz cien mil dragonez zi no quiere que le devolvamoz al Matarreyez pedazo por pedazo. Y cuando ya tengamoz zu oro, ezo ez lo que haremoz: ¡Entregaremoz a Cer Jaime a Karztark, y a cambio, él noz dará una doncella!

Los Compañeros Audaces rompieron en carcajadas.

—Excelente plan —dijo Roose Bolton, en el mismo tono en que habría podido decir «excelente vino» a un compañero de mesa—, aunque Lord Karstark no os entregará a su hija. El rey Robb le recortó la altura en una cabeza, por traición y asesinato. En cuanto a Lord Tywin, sigue en Desembarco del Rey, y allí permanecerá hasta el año nuevo, cuando su nieto tome por esposa a una hija de Altojardín.

—De Invernalia —dijo Brienne—. Querréis decir de Invernalia. El rey Joffrey está prometido a Sansa Stark.

—Ya no. La batalla del Aguasnegras lo cambió todo. La rosa y el león se unieron para acabar con las huestes de Stannis Baratheon y reducir su flota a cenizas.

«Te lo advertí, Urswyck —pensó Jaime—. Y a ti, Cabra. Si apuestas contra los leones, pierdes algo más que la bolsa.»

—¿Hay alguna noticia de mi hermana? —preguntó.

—Está bien. Al igual que vuestro... sobrino. —Bolton hizo una pausa antes de «sobrino», una pausa que quería decir «lo sé»—. Vuestro hermano vive también, aunque resultó herido en la batalla. —Hizo un gesto con la mano para llamar a un norteño de aspecto severo, con cota de malla tachonada de clavos—. Escoltad a Ser Jaime hasta Qyburn. Y soltadle las manos a esta mujer. —Mientras cortaban la cuerda que ataba las muñecas de Brienne, se volvió hacia ella—. Mi señora, os ruego que nos perdonéis. Corren tiempos aciagos; es difícil distinguir al amigo del enemigo.

Brienne se frotó la cara interior de la muñeca; la soga de cáñamo se la había dejado en carne viva.

—Mi señor, estos hombres trataron de violarme.

—¿De veras? —Lord Bolton clavó los ojos claros en Vargo Hoat—. Eso no me complace. Lo de la mano de Ser Jaime, tampoco.

Por cada Compañero Audaz, en el patio había cinco norteños y otros tantos Freys. La Cabra no era ningún prodigio de inteligencia, pero sabía contar. No dijo nada.

—Me quitaron la espada —dijo Brienne—, la armadura...

—Aquí no tendréis necesidad de armadura alguna, mi señora —le dijo Lord Bolton—. En Harrenhal os encontráis bajo mi protección. Amabel, buscad habitaciones adecuadas para Lady Brienne. Walton, ocupaos de Ser Jaime de inmediato.

No esperó respuesta, sino que dio la vuelta y subió por las escaleras con la capa ribeteada en piel ondeando a la espalda. Jaime tuvo tiempo solo de intercambiar una mirada rápida con Brienne antes de que los escoltaran en direcciones opuestas.

En las estancias del maestre, debajo de la pajarera, un hombre de cabello blanco y aspecto paternal llamado Qyburn tragó saliva cuando vio qué había bajo las vendas del muñón de Jaime.

—¿Tan mal está? ¿Voy a morir?

Qyburn presionó la herida con un dedo y arrugó la nariz ante el borbotón de pus.

—No. Aunque si hubieran pasado unos días más... —Cortó la manga del jubón de Jaime—. La podredumbre se ha extendido. ¿Veis lo blanda que está la carne? Tengo que cortarla toda. Para estar seguros habría que cortaros el brazo.

—Hacedlo y os mataré —le prometió Jaime—. Limpiad el muñón y cosedlo. Prefiero correr el riesgo.

—Podría respetaros la parte superior del brazo —dijo Qyburn con el ceño fruncido— y cortar por el codo, pero...

—Si me cortáis algo del brazo, más os vale cortarme también el otro, o si no, después lo utilizaré para estrangularos.

Qyburn lo miró a los ojos. Viera lo que viera en ellos, lo hizo meditar un instante.

—Muy bien. Cortaré la carne podrida y nada más. Trataré de quemar la podredumbre con vino hirviendo y una cataplasma de ortigas, mostaza en grano y moho del pan. Tal vez baste con eso, ya que estáis tan determinado. Os daré la leche de la amapola...

—No. —Jaime no se atrevía a permitir que lo durmieran. Pese a las promesas del hombre, al despertar podía encontrarse sin brazo.

—Os dolerá. —Qyburn se quedó boquiabierto.

—Gritaré.

—Os dolerá mucho.

—Gritaré muy fuerte.

—¿Aceptaréis al menos beber un poco de vino?

—¿Reza alguna vez el Septón Supremo?

—No sabría qué deciros. Traeré el vino. Recostaos; tengo que ataros el brazo.

Con un cuenco y una hoja bien afilada, Qyburn limpió el muñón mientras Jaime tragaba el vino fuerte, aunque buena parte se le derramaba encima. Su mano izquierda no parecía conocer el camino hacia la boca, pero aquello, al menos, tenía una ventaja: el olor del vino en la barba sucia ayudaba a disfrazar el hedor del pus.

Pero no le sirvió de nada cuando llegó el momento de recortar la carne podrida. Entonces, Jaime gritó y golpeó la mesa con el puño, una vez, otra y otra. Gritó de nuevo cuando Qyburn le vertió el vino hirviendo sobre lo que le quedaba del muñón. Pese a todas las promesas y todos los temores, durante un rato perdió el conocimiento. Cuando despertó, el maestre le estaba cosiendo el brazo con una aguja y cuerda de tripa.

—He dejado una tira de piel para doblarla por encima del hueso.

—No es la primera vez que hacéis esto —murmuró Jaime con debilidad. Notaba sabor a sangre en la boca; se había mordido la lengua.

—Todo aquel que sirve a Vargo Hoat ha visto muchos muñones. Los va dejando a su paso.

Jaime pensó que Qyburn no tenía aspecto de monstruo. Era reservado, de voz suave y cálidos ojos castaños.

—¿Cómo es que un maestre cabalga con los Compañeros Audaces?

—La Ciudadela me quitó la cadena. —Qyburn dejó a un lado la aguja—. Tengo que cuidaros también ese corte que tenéis sobre el ojo. La carne está muy inflamada.

—Habladme de la batalla. —Jaime cerró los ojos, y permitió que Qyburn y el vino hicieran su trabajo.

Como encargado de los cuervos de Harrenhal, Qyburn habría sido el primero en enterarse de las noticias.

—Lord Stannis quedó atrapado entre vuestro padre y el fuego. Se dice que el Gnomo le prendió fuego al mismísimo río.

Jaime vio llamas verdes que se alzaban hacia el cielo, más altas que las más altas torres, mientras hombres con las ropas incendiadas gritaban por las calles.

«Esto ya lo había soñado.» Resultaba casi divertido, pero no tenía a nadie con quien compartir el chiste.

—Abrid el ojo. —Qyburn empapó un paño en agua caliente y le limpió la costra de sangre seca. El párpado estaba hinchado, pero Jaime consiguió abrirlo un poco. Vio sobre él el rostro del maestre—. ¿Cómo os hicisteis esto? —preguntó.

—Fue regalo de una moza.

—¿Un cortejo difícil, mi señor?

—Esa moza es más grande que yo y más fea que vos. Más vale que la atendáis a ella también. Todavía cojea de la pierna que le pinché durante la pelea.

—Mandaré a buscarla. ¿Qué es esa mujer para vos?

—Mi protectora. —Por mucho que doliera, Jaime no tuvo más remedio que echarse a reír.

—Machacaré unas hierbas para que las mezcléis con el vino; os bajarán la fiebre. Mañana por la mañana volveré y os pondré una sanguijuela en el ojo para sacar la sangre sucia.

—Una sanguijuela. Qué encanto.

—Lord Bolton es muy aficionado a las sanguijuelas —dijo Qyburn con toda ceremonia.

—Sí —dijo Jaime—. Ya me lo imagino.

Tyrion

Más allá de la Puerta del Rey no quedaba nada más que lodo, cenizas y restos de huesos quemados, pero ya había bastantes personas viviendo a la sombra de las murallas de la ciudad, y algunas vendían pescado que llevaban en toneles y carretillas. Tyrion sintió todos los ojos clavados en él cuando pasó a caballo: miradas gélidas, de odio, de rencor... Nadie se atrevió a hablarle ni trató de cerrarle el paso; por algo llevaba al lado a Bronn, con su engrasada cota de malla negra.

«Pero si fuera solo, me derribarían del caballo y me machacarían la cara con un adoquín, como le hicieron a Preston Greenfield.»

—Vuelven más deprisa que las ratas —se quejó—. Ya los echamos con fuego una vez; ¿es que no aprenden la lección?

—Déjame una docena de capas doradas y los mataré a todos —dijo Bronn—. Los muertos no vuelven.

—No, pero vienen otros en su lugar. Déjalos en paz, aunque si empiezan a construir chozas junto a la muralla, quiero que las derribes enseguida. Piensen lo que piensen estos imbéciles, la guerra no ha terminado. —Divisó ante ellos la Puerta del Lodazal—. Por el momento ya he visto suficiente. Volveremos mañana con los maestros de los gremios, para repasar sus planes.

«Bueno —pensó con un suspiro—, lo cierto es que la mayor parte de esto lo quemé yo, así que es justo que lo reconstruya.»

La tarea le había correspondido a su tío, el firme, constante e incansable Ser Kevan Lannister, pero no había vuelto a ser el mismo desde que llegó el cuervo de Aguasdulces con la noticia de la muerte de su hijo. El hermano gemelo de Willem, Martyn, también era prisionero de Robb Stark, y el hermano mayor de ambos, Lancel, seguía postrado en cama, atormentado por una herida ulcerada que no se terminaba de curar. Con un hijo muerto y otros dos en peligro de muerte, el dolor y el miedo consumían a Ser Kevan. Lord Tywin tenía por costumbre recurrir a su hermano, pero no le había quedado más remedio que confiar en su hijo enano.

El coste de la reconstrucción iba a ser ruinoso, pero no había manera de evitarlo. Desembarco del Rey era el principal puerto del reino; solo el de Antigua rivalizaba con él. Era imprescindible volver a abrir la ruta del río, cuanto antes mejor.

«¿Y de dónde demonios voy a sacar el dinero? —Casi echaba de menos a Meñique, que se había hecho a la mar hacía ya quince días—. Mientras él se acuesta con Lysa Arryn y gobierna el Valle, a mí me toca arreglar el desastre que ha dejado aquí. —Al menos, su padre le había encomendado un trabajo importante, pensó Tyrion mientras el capitán de los capas doradas les abría paso a través de la Puerta del Lodazal—. No me nombrará heredero de Roca Casterly, pero me utilizará siempre que pueda.»

Las Tres Putas todavía dominaban la plaza del mercado, pero ociosas ya; hacía días que se habían llevado rodando las rocas y los barriles de brea. Los chiquillos trepaban por las imponentes estructuras como un grupo de monos vestidos con túnicas de lana basta, montaban a horcajadas en los aguilones y se gritaban.

—Recuérdame que le diga a Ser Addam que aposte aquí a unos cuantos capas doradas —dijo Tyrion a Bronn mientras cabalgaban entre dos de los trabuquetes—. Seguro que algún crío idiota se cae y se rompe la cabeza. —Se oyó un grito sobre ellos, y un montón de estiércol se estrelló en el suelo a menos de un codo por delante de sus monturas. La yegua de Tyrion se alzó sobre las patas traseras y estuvo a punto de derribarlo—. Bien pensado —añadió cuando consiguió controlarla—, que esos críos de mierda se estampen contra el suelo como melones maduros.

Estaba de pésimo humor, y no solo porque unos cuantos granujas callejeros quisieran apedrearlo con excrementos. Su matrimonio era una tortura diaria. Sansa Stark seguía siendo doncella y, por lo visto, la mitad del castillo lo sabía. Aquella mañana, mientras se subía al caballo, oyó las risitas burlonas de dos mozos de cuadras a sus espaldas. Casi tenía la sensación de que los caballos también se reían de él. Había arriesgado el pellejo para evitar el ritual del encamamiento con la esperanza de preservar la intimidad de su dormitorio, pero la esperanza no tardó en esfumarse. O Sansa había sido tan idiota como para confiarse a una de sus doncellas, que eran todas espías de Cersei, o Varys y sus pajaritos tenían la culpa de todo.

De una manera u otra, ¿qué importaba? Se estaban riendo de él. De toda la Fortaleza Roja, la única persona que no se divertía con su matrimonio era su señora esposa.

La tristeza de Sansa se agudizaba día tras día. Tyrion habría dado cualquier cosa por romper su barrera de cortesía y ofrecerle el consuelo que pudiera, pero no conseguía nada. No había palabras que lo hicieran más hermoso a ojos de Sansa.

«Ni menos Lannister.» Aquella era la esposa que le habían dado, para toda la vida, y ella lo detestaba.

Y las noches que pasaban juntos en la gran cama eran otro tormento constante. Ya no podía dormir desnudo, como había tenido siempre por costumbre. Su esposa había recibido una educación demasiado esmerada para decir ni una palabra, pero la repugnancia que le afloraba a los ojos cada vez que miraba su cuerpo era más de lo que Tyrion podía soportar. Tyrion le había ordenado a Sansa que ella también durmiera con camisón.

«La deseo —comprendió—. Quiero Invernalia, sí, pero también la quiero a ella, niña, mujer o lo que sea. Quiero consolarla. Quiero oírla reír. Quiero que venga a mí por su voluntad, que me traiga sus alegrías, sus penas y su deseo. —La boca se le retorció en una sonrisa amarga—. Sí, y ya de paso, quiero ser tan alto como Jaime y tan fuerte como Ser Gregor, la Montaña; de lo que me va a servir...»

Sus pensamientos desbocados volaron hacia Shae. Tyrion no había querido que se enterase de la noticia por otros labios, de manera que la noche previa a su boda le ordenó a Varys que se la llevara al castillo. Volvieron a reunirse en las habitaciones del eunuco y, cuando Shae empezó a desatarle los cordones del jubón, la agarró por la muñeca y se retiró un paso.

—Espera —dijo—, he de decirte una cosa. Mañana me voy a casar...

—Con Sansa Stark. Ya lo sé.

Se quedó sin habla durante un instante. Ni siquiera la propia Sansa lo sabía aún.

—¿Cómo lo sabes? ¿Te lo ha dicho Varys?

—Un paje se lo estaba contando a Ser Tallard cuando llevé a Lollys al septo. Se lo había oído a una criada que se lo había oído a Ser Kevan mientras hablaba con vuestro padre. —Se liberó de su mano y se sacó el vestido por la cabeza. Como de costumbre, no llevaba ropa interior—. No me importa. No es más que una niña. Le haréis un bombo y volveréis conmigo.

En cierto modo, habría preferido que se mostrara menos indiferente. «Claro que lo habría preferido —se mofó con amargura—. A ver si aprendes, enano. El de Shae es todo el amor que vas a recibir en tu vida.»

La calle del Lodazal estaba atestada de gente, pero tanto los soldados como los ciudadanos les abrieron camino al Gnomo y su escolta. Multitud de críos de mirada vacía pululaban entre las patas de los caballos. Algunos alzaban la vista en súplica silenciosa; otros mendigaban a gritos. Tyrion se sacó de la bolsa un buen puñado de monedas de cobre y las lanzó al aire; los niños corrieron a por ellas entre chillidos y empujones. Los más afortunados podrían comprarse un trozo de pan duro aquella noche. Tyrion no había visto nunca los mercados tan abarrotados, y pese a toda la comida que estaban llevando los Tyrell, los precios seguían siendo desmesurados. Seis cobres por un melón, un venado de plata por un celemín de maíz, un dragón por un flanco de buey o por seis cochinillos flacos. Pero no faltaban compradores. Hombres descarnados y mujeres macilentas se amontonaban alrededor de todos los tenderetes y carromatos, mientras otros aún más harapientos observaban con gesto hosco desde la entrada de los callejones.

—Por aquí —dijo Bronn cuando llegaron al pie del Garfio—. ¿Aún quieres...?

—Sí.

La visita a la orilla del río le había servido como excusa, pero el objetivo que tenía Tyrion aquel día era otro muy diferente. No era una misión que le gustara, pero tenía que llevarla a cabo. Se alejaron de la Colina Alta de Aegon para adentrarse en el laberinto de calles más pequeñas que había al pie de la colina de Visenya. Bronn iba por delante. En un par de ocasiones, Tyrion giró la cabeza para asegurarse de que no los seguían, pero no vio nada, aparte del gentío habitual: un carretero que le daba golpes a su caballo, una vieja que vaciaba el orinal por la ventana, dos niños que jugaban a las espadas con palos, tres capas doradas que escoltaban a un prisionero... Todos parecían inocentes, pero cualquiera de ellos podía ser su perdición. Varys tenía informadores en todas partes.

Doblaron una esquina y luego la siguiente, y cabalgaron muy despacio en medio de una multitud de mujeres. Bronn lo guio por un callejón tortuoso, luego por otro, y pasaron bajo un arco semiderruido. Atajaron entre los cascotes que marcaban el lugar donde había ardido una casa y guiaron a los caballos por las riendas para que subieran un tramo de peldaños de piedra. Allí, los edificios eran pobres y se alzaban muy juntos. Bronn se detuvo ante la entrada de un callejón tan estrecho que no les permitiría cabalgar codo con codo.

—Hay dos entradas y luego un callejón sin salida. El antro está en el sótano del último edificio.

—Encárgate de que no entre ni salga nadie hasta que vuelva —dijo Tyrion mientras desmontaba—. No voy a tardar mucho. —Se palpó la capa para asegurarse de que el oro seguía allí, en el bolsillo secreto. Treinta dragones. «Menuda fortuna para un hombre como él.» Anadeó rápidamente por el callejón, deseoso de terminar con aquello cuanto antes.

La bodega era un lugar deprimente, oscuro y húmedo; las paredes estaban manchadas de salitre, y el techo era tan bajo que Bronn se habría tenido que agachar para no darse contra las vigas. Para Tyrion Lannister no era un problema. A aquella hora, la estancia principal estaba desierta; solo se veía a una mujer de ojos sin vida sentada en un taburete, tras la basta barra de madera. Le entregó una copa de vino agrio.

—Detrás —le dijo.

La habitación trasera era aún más oscura. En una mesa baja ardía una vela junto a una jarra de vino. El hombre sentado ante ella no parecía peligroso; era bajo, aunque para Tyrion todos los hombres eran altos, con una calvicie incipiente, mejillas sonrosadas y una barriga que tensaba los botones de su jubón de piel de ciervo. En las manos suaves sostenía una lira de doce cuerdas, más mortífera que cualquier espada.

Tyrion se sentó frente a él.

—Symon Pico de Oro.

—Mi señor Mano —dijo el hombre inclinando la cabeza. Tenía la coronilla calva.

—Me confundís con otro. Mi padre es la Mano del Rey. Me temo que yo ya no soy ni un dedo.

—Estoy seguro de que volveréis a estar en lo más alto. Un hombre como vos... Mi dulce dama Shae me ha dicho que estáis recién casado. Ojalá me hubierais hecho llamar antes. Habría sido un honor cantar en vuestro banquete nupcial.

—Lo que menos falta le hace a mi esposa es oír más canciones —replicó Tyrion—. En cuanto a Shae, los dos sabemos que no es ninguna dama, y mucho os agradecería que no volvierais a pronunciar su nombre.

—Como la Mano ordene —dijo Symon.

La última vez que Tyrion había visto al bardo, unas cuantas palabras bruscas bastaban para hacerlo sudar; pero por lo visto había hecho acopio de valor. «Lo debe de haber encontrado en esa jarra. —O tal vez el propio Tyrion tuviera la culpa de aquella reciente osadía—. Lo amenacé, pero luego no hice nada, así que ahora cree que no tengo dientes.» Dejó escapar un suspiro.

—Tengo entendido que sois un bardo de mucho talento.

—Qué amable por vuestra parte decir tal cosa, mi señor.

—Ya va siendo hora de que llevéis el regalo de vuestra música a las Ciudades Libres. —Tyrion le dedicó una amplia sonrisa—. En Braavos, en Pentos y en Lys hay muchos a los que les gustan las canciones, y son generosos con los que los satisfacen. —Bebió un trago de vino. Estaba adulterado, pero era fuerte—. Lo mejor sería una gira por las nueve ciudades. No queremos privar a nadie del placer de oíros cantar. Bastaría con que estuvierais un año en cada una. —Se palpó el interior de la capa, donde llevaba escondido el oro—. El puerto está cerrado, así que tendréis que ir hasta el Valle Oscuro para embarcar, pero Bronn os conseguirá un caballo, y para mí sería un honor que me permitierais pagaros el pasaje...

—Pero mi señor —protestó el bardo—, si no me habéis oído cantar nunca. Por favor, escuchad un momento.

Rasgueó las cuerdas de la lira con dedos hábiles, y una música suave pareció llenar el sótano. Symon empezó a cantar.

Anduvo toda la urbe
y bajó de su colina,
por callejones y escalas,
para ver a su querida.
Era un tesoro secreto,
su alegría y deshonra.
Nada es torre ni cadena
si hay un beso que trastorna.

—Es más larga —dijo el bardo, interrumpiendo la canción—. Mucho, mucho más larga. El estribillo me gusta mucho. Escuchad: «Las manos de oro son frías, las de mujer, siempre tibias...»

—¡Basta ya! —Tyrion sacó la mano de la capa sin coger el oro—. No quiero volver a oír esa canción. Jamás.

—¿No? —Symon Pico de Oro dejó a un lado la lira y bebió un trago de vino—. Vaya, qué lástima. Pero hay una canción para cada persona, como me decía mi viejo maestre cuando me enseñaba a tocar. Puede que a otros les guste más. Tal vez a la Reina. O a vuestro señor padre.

—Mi padre no tiene tiempo para perderlo con bardos, y mi hermana no es tan generosa como se suele creer. —Tyrion se frotó la cicatriz de la nariz—. Un hombre listo podría ganar más con el silencio que con las canciones. —No había manera de dejarlo más claro.

—Mi precio os parecerá muy modesto, mi señor. —Symon había captado la idea al vuelo.

—Me alegra saberlo. —Tyrion se temía que aquello no se resolvería con treinta dragones de oro—. Decidme.

—En el banquete nupcial del rey Joffrey habrá un torneo de bardos.

—Y malabaristas, bufones, osos bailarines...

—Solo un oso bailarín, mi señor —dijo Symon, que evidentemente había prestado más atención que Tyrion a los preparativos de Cersei—, pero siete bardos: Galyeon de Cuy, Bethany Dedosdiestros, Aemon Costayne, Alaric de Eysen, Hamish el Arpista, Collio Quaynis y Orland de Antigua competirán por un laúd de oro con cuerdas de plata... pero inexplicablemente no se ha invitado a participar al que podría darles lecciones a todos ellos.

—Dejad que adivine. ¿Symon Pico de Oro?

—Estoy dispuesto a demostrar ante el Rey y ante la corte que lo que digo no son meras baladronadas. —Symon sonreía con modestia—. Hamish está viejo, y muchas veces se olvida de lo que canta. ¡Y Collio, con ese absurdo acento tyroshi...! Con suerte, se le entiende una palabra de cada tres.

—Mi querida hermana ha hecho todos los preparativos del banquete. Y aunque pudiera conseguiros una invitación, ¿no resultaría extraño? Siete reinos, siete juramentos, siete desafíos, setenta y siete platos... ¿y ocho bardos? ¿Qué pensará el Septón Supremo?

—No os tenía por un hombre tan piadoso, mi señor.

—No se trata de piedad. Hay que observar ciertas formas.

—Bueno... Sabed que la vida de un bardo no está exenta de riesgos. Trabajamos en tabernas y bodegas, ante borrachos alborotados. —Symon bebió un trago de vino—. Si a alguno de los siete bardos de vuestra hermana le aconteciera una desgracia, espero que penséis en mí para ocupar su lugar. —Su sonrisa taimada mostraba una desmesurada satisfacción consigo mismo.

—Desde luego, tener seis bardos sería tan desafortunado como tener ocho. Me interesaré por la salud de los siete de Cersei. Si alguno de ellos sufriera una indisposición, Bronn os buscará.

—Muy bien, mi señor. —Symon podría haber dejado así las cosas, pero estaba ebrio de triunfo—. Cantaré la noche de bodas del rey Joffrey. Si me convocan a la corte, desde luego querré ofrecer a Su Alteza mis mejores composiciones; canciones que he cantado ya un millar de veces y que siempre gustan. Pero si, por casualidad, me encontrara tocando en cualquier bodega lúgubre... Bueno, sería una ocasión inmejorable de ensayar mi nueva canción. «Las manos de oro son frías, las de mujer, siempre tibias...»

—No será necesario —replicó Tyrion—. Os doy mi palabra de Lannister; Bronn no tardará en buscaros.

—Muy bien, mi señor. —El bardo barrigón con su calvicie incipiente volvió a coger la lira.

Bronn lo esperaba con los hombres a la entrada del callejón. Ayudó a Tyrion a montar.

—¿Cuándo tengo que llevarlo al Valle Oscuro?

—Nunca. —Tyrion hizo dar la vuelta al caballo—. Deja pasar tres días, y luego dile que Hamish el Arpista se ha roto un brazo y que la ropa que tiene no es adecuada para la corte, que hay que conseguirle un nuevo atuendo enseguida. Irá contigo sin dudar. —Hizo una mueca—. Si quieres, quédate con su pico; tengo entendido que es de oro. El resto de él, que desaparezca para siempre.

—Hay un tenderete de calderos en el Lecho de Pulgas, donde preparan un estofado muy sabroso. —Bronn sonrió—. Dicen que lleva todo tipo de carnes.

—Asegúrate de que no como allí nunca. —Tyrion puso el caballo al trote. Quería un baño, cuanto más caliente mejor.

Pero hasta aquel modesto placer le fue negado; nada más llegar a sus habitaciones, Podrick Payne lo informó de que lo habían convocado a la Torre de la Mano.

—Su señoría quiere veros. La Mano. Lord Tywin.

—Ya sé quién es la Mano, Pod —dijo Tyrion—. He perdido la nariz, no los sesos.

—Ahora no la pagues con el chico —dijo Bronn riéndose—; tampoco es como para cortarle la cabeza.

—¿Por qué no? Para lo que la usa...

«¿Qué habré hecho ahora? —se preguntó Tyrion—. O mejor dicho, ¿qué no he hecho?» Cuando Lord Tywin lo llamaba, siempre había segundas intenciones; desde luego, su padre no requeriría nunca su presencia para compartir una comida o una copa de vino.

Un poco más tarde, cuando entró en las estancias de su padre, oyó una voz.

—Cerezo para las fundas, forradas en cuero rojo y adornadas con una hilera de tachonaduras en forma de cabeza de león, de oro puro. Los ojos pueden ser de granates...

—De rubíes —replicó Lord Tywin—. Los granates tienen menos fuego.

Tyrion carraspeó para aclararse la garganta.

—Mi señor, ¿me has mandado llamar?

—Sí —dijo su padre, alzando la vista—. Ven a ver esto. —En la mesa, ante ellos, había un bulto envuelto en tejido encerado, y Lord Tywin tenía una espada larga en la mano—. Es un regalo de bodas para Joffrey.

La luz que entraba a raudales por los cristales en forma de rombo arrancaba destellos negros y rojos de la hoja, a medida que Lord Tywin la giraba para examinar el filo, mientras que el pomo y los gavilanes centelleaban dorados.

—He pensado que, con tantas tonterías como se están diciendo sobre Stannis y su espada mágica, sería buena idea regalarle a Joffrey algo también extraordinario. Un arma digna de un rey.

—Es mucha espada para Joff —dijo Tyrion.

—Ya crecerá. Mira, sopésala. —Le tendió el arma con el puño por delante.

La espada era mucho más ligera de lo que parecía a simple vista. Al girarla comprendió por qué. Solo había un material que se pudiera batir tan fino y aun así resultar suficientemente fuerte para combatir con él, y aquellas ondulaciones, señal de que el acero había sido replegado muchos millares de veces, eran inconfundibles.

—¿Acero valyrio?

—Sí —respondió Lord Tywin con tono de profunda satisfacción.

«Por fin, ¿eh, Padre?» Las espadas de acero valyrio escaseaban y eran muy caras; aun así, quedaban varios miles en el mundo: solo en los Siete Reinos, tal vez más de doscientas. Ninguna de ellas pertenecía a la Casa Lannister, y aquello siempre había irritado a su padre. Los antiguos Reyes de la Roca poseyeron una de aquellas armas, pero el mandoble *Rugido* se perdió cuando el segundo rey Tommen se lo llevó a Valyria en su alocada misión. No volvió, como tampoco regresó su tío Gery, el segundo hermano de su padre, el más temerario, que se había ido hacía ya ocho años en busca de la espada perdida.

Al menos en tres ocasiones, Lord Tywin había tratado de comprar espadas valyrias a Casas menores venidas a menos, pero todos sus intentos fueron rechazados con firmeza. Los señores le entregarían de buena gana a sus hijas a cualquier Lannister que se las pidiera, pero conservaban las espadas familiares como tesoros.

Tyrion se preguntó de dónde habría salido el metal con que se había forjado aquella. Quedaban unos pocos maestros armeros capaces de trabajar el acero valyrio, pero el secreto de su fabricación se había perdido cuando la Maldición cayó sobre la antigua Valyria.

—Los colores son extraños —comentó mientras inspeccionaba la espada a la luz del sol. Casi todo el acero valyrio era de un gris oscuro, que casi parecía negro, y aquella espada también. Pero en los dobleces había un rojo tan oscuro como el gris. Los dos colores se besaban sin siquiera tocarse; cada ondulación era diferente, como oleadas de noche y sangre que lamieran una orilla acerada—. ¿Cómo lo habéis hecho? No había visto nunca nada igual.

—Yo tampoco, mi señor —dijo el armero—. He de confesar que esos colores no son los que buscaba, y no sé si podría volver a producir el mismo efecto. Vuestro señor padre me pidió el escarlata de vuestra Casa, y ese era el color que preparé para infundir en el metal. Pero el acero valyrio es testarudo. Se dice que estas viejas espadas tienen memoria y no cambian con facilidad. Lo trabajé con medio centenar de hechizos y aclaré el rojo una y otra vez, pero el color siempre se oscurecía, como si la hoja le estuviera bebiendo el sol. Y algunos pliegues no admitían el rojo en absoluto, como podéis ver. Si mis señores de Lannister no están satisfechos, lo seguiré intentando, por supuesto, tantas veces como queráis, pero...

—No será necesario —dijo Lord Tywin—. Así está bien.

—Una espada carmesí tendría un brillo muy hermoso bajo el sol, pero si he de ser sincero, estos colores me gustan más —asintió Tyrion—. Tienen una belleza ominosa... y hacen que esta hoja sea única. Seguro que no hay una espada igual en todo el mundo.

—Sí la hay. —El armero se inclinó sobre la mesa, abrió los pliegues de la tela encerada y dejó al descubierto una segunda espada.

Tyrion puso la espada de Joffrey en la mesa y cogió la otra. Si no eran gemelas, se trataba al menos de primas hermanas. La segunda era más gruesa y pesada, casi un dedo más ancha y cuatro dedos más larga, pero las líneas limpias y esbeltas eran las mismas, así como aquel color tan característico, las ondulaciones de sangre y noche. La segunda hoja tenía tres estrías profundas, que iban del puño a la punta, mientras que en la espada del Rey solo había dos. La empuñadura de Joff era mucho más ornamentada, con gavilanes en forma de garras de león con las uñas de rubíes; pero ambas tenían el puño protegido con fino cuero rojo y el pomo en forma de cabeza de león.

—Magnífica. —Hasta en unas manos tan poco diestras como las de Tyrion, la hoja parecía cobrar vida—. No había visto nunca un equilibrio tan excelente.

—Será para mi hijo.

«No hace falta preguntar para cuál. —Tyrion depositó la espada de Jaime sobre la mesa, junto a la de Joffrey, y se preguntó si Robb Stark dejaría vivir a su hermano para que pudiera empuñarla—. Nuestro padre, sin duda, cree que sí; de lo contrario, ¿para qué la habría hecho forjar?»

—Habéis hecho un gran trabajo, maestro Mott —le dijo Lord Tywin al armero—. Mi mayordomo se encargará de que recibáis vuestro pago. Y acordaos: rubíes para las vainas.

—No lo olvidaré, mi señor. Sois muy generoso. —Envolvió las espadas en la tela encerada, se puso el fardo bajo un brazo y se dejó caer sobre una rodilla—. Es un honor servir a la Mano del Rey. Entregaré las espadas el día anterior a la boda.

—Sin falta.

Los guardias escoltaron al armero fuera de la estancia, y Tyrion se subió a una silla.

—Vaya. Una espada para Joff, una espada para Jaime, y para el enano ni un puñal. ¿Te parece bonito, Padre?

—Había acero suficiente para dos armas, no para tres. Si te hace falta un puñal, ve a la armería y coge uno cualquiera. Robert dejó más de ciento antes de morir. Gerion le dio un puñal dorado con el puño de marfil y un zafiro en el pomo como regalo de bodas, y la mitad de los enviados que acudieron a la corte trataron de ganarse su favor obsequiando a Su Alteza con cuchillos con incrustaciones de piedras preciosas y espadas con adornos de plata.

—Lo habrían complacido más entregándole a sus hijas —dijo Tyrion, que no pudo evitar una sonrisa.

—Sin duda. La única hoja que utilizó en toda su vida fue el cuchillo de caza que Jon Arryn le había regalado cuando era niño. —Lord Tywin hizo un gesto con la mano, como para apartar a un lado al rey Robert y a sus puñales—. ¿Con qué te encontraste junto al río?

—Con lodo —dijo Tyrion—. Y con unos cuantos cadáveres que nadie se ha molestado en enterrar. Antes de volver a abrir el puerto habrá que dragar el Aguasnegras y sacar a flote los barcos hundidos, o destruirlos. Hacen falta reparaciones en tres cuartas partes de los amarraderos; algunos habrá que reconstruirlos por completo. El mercado del pescado ha desaparecido. También hay que cambiar la Puerta del Río y la Puerta del Rey; quedaron astilladas después de que Stannis intentara derribarlas. No quiero ni pensar en el precio.

«Si es verdad que cagas oro, Padre, ve al retrete y empieza a trabajar», habría querido añadir. Pero se contuvo.

—Consigue el oro que haga falta.

—¿Cómo? ¿Dónde lo busco? Las arcas del tesoro están vacías; ya te lo he dicho. Aún no hemos terminado de pagar el fuego valyrio de los alquimistas ni la cadena de los herreros, y Cersei ha pedido que la corona pague la mitad de los gastos de la boda de Joff: setenta y siete putos platos, un millar de invitados, una empanada llena de palomas, bardos, malabaristas...

—A veces, las extravagancias son útiles. Tenemos que mostrarle a todo el reino el poder y la riqueza de Roca Casterly.

—Entonces, que pague Roca Casterly.

—¿Por qué? He visto los libros de cuentas de Meñique. Los ingresos de la corona se han multiplicado por diez desde los tiempos de Aerys.

—Los gastos de la corona, también. Robert era tan pródigo con las monedas como con la polla. Meñique tuvo que pedir prestado mucho dinero, a ti entre otros. Sí, los ingresos son considerables, pero apenas si bastan para cubrir la usura. ¿O le vas a perdonar al trono la deuda que tiene con la Casa Lannister?

—No digas tonterías.

—En ese caso deberíamos conformarnos con siete platos. Trescientos invitados en vez de mil. Y según tengo entendido, un matrimonio es igual de legítimo aunque no haya oso bailarín.

—Los Tyrell nos considerarían unos tacaños. Quiero la boda y el puerto. Si no puedes pagar ambas cosas, dímelo para que busque un consejero de la moneda que sí pueda.

—Conseguiré el dinero. —Tyrion no quería ni pensar en la vergüenza que supondría que lo despidieran tan pronto.

—Sí —le aseguró su padre—. Y ya que estás, a ver si consigues también encontrar la cama de tu esposa.

«Así que le han llegado los rumores.»

—Ya sé dónde está, muchas gracias. Es ese mueble que hay entre la ventana y la chimenea, el del dosel de terciopelo y el colchón de plumas de ganso.

—Me alegra que sepas dónde está. ¿Qué tal si ahora tratas de conocer a la mujer que la comparte contigo?

«¿Qué mujer? Querrás decir la niña.»

—¿Te ha estado susurrando al oído una araña o le tengo que dar las gracias a mi querida hermana? —Considerando las cosas que pasaban entre las sábanas de Cersei, cualquiera habría dicho que tendría la decencia de no meter las narices en las suyas—. Dime, ¿cómo es que todas las doncellas de Sansa están al servicio de Cersei? Estoy harto de que me espíen en mis habitaciones.

—Si no te gustan las criadas de tu mujer, despídelas y contrata a otras que te convengan más. Estás en tu derecho. A mí no me preocupan las doncellas de tu esposa, sino que ella siga siendo doncella. Tanta... delicadeza me asombra. Nunca habías tenido problemas para meterte en la cama con una puta. ¿Qué le pasa a la Stark? ¿No lo tiene todo en el mismo sitio?

—¿Por qué te interesa tanto dónde meto la polla? —replicó Tyrion—. Sansa es demasiado joven.

—Tiene edad suficiente para convertirse en la señora de Invernalia una vez muera su hermano. Si la desvirgas, estarás un paso más cerca de poder dominar el norte. Déjala embarazada y lo tendrás en la mano. ¿O tego que recordarte que si un matrimonio no se consuma es posible anularlo?

—Solo puede hacerlo el Septón Supremo o un Consejo de la Fe. El Septón Supremo que hay ahora no es más que una foca bien amaestrada, que aplaude cuando se lo ordenamos. El Chico Luna tiene más probabilidades de anular mi matrimonio que él.

—Tal vez debería haber casado a Sansa Stark con el Chico Luna. Al menos, habría sabido qué hacer con ella.

—No quiero seguir hablando de la virginidad de mi esposa. —Tyrion apretó las manos contra los brazos de la silla—. Pero ya que estamos con el tema de los matrimonios, ¿cómo es que no hay novedades sobre las inminentes nupcias de mi hermana? Creo recordar...

—Mace Tyrell ha rechazado mi oferta de casar a Cersei con Willas, su heredero —lo interrumpió Lord Tywin.

—¿Que ha rechazado a nuestra querida Cersei? —Aquello puso a Tyrion de un humor mucho mejor.

—Cuando le planteé esta unión, Lord Tyrell parecía muy bien dispuesto —siguió su padre—. Y al día siguiente, todo lo contrario. Ha sido cosa de la vieja. Tiene dominado a su hijo. Según Varys, le dijo que tu hermana estaba demasiado entrada en años y usada para casarse con su adorado nieto cojo.

—Seguro que a Cersei le encantó —se rio.

—No sabe nada. —Lord Tywin le lanzó una mirada gélida—. Ni lo sabrá. Será mejor para todo el mundo que nunca se haya hecho la propuesta. Métetelo bien en la cabeza, Tyrion. No se ha hecho nunca la propuesta.

—¿Qué propuesta? —Tyrion tenía la sospecha de que Lord Tyrell lamentaría amargamente su negativa.

—Tu hermana se casará. Lo único que no sé aún es con quién. Tengo varias ideas...

Antes de que se las pudiera exponer, llamaron a la puerta, y un guardia metió la cabeza para anunciar al Gran Maestre Pycelle.

—Que pase —dijo Lord Tywin.

Pycelle entró con paso titubeante apoyándose en un bastón y se detuvo el tiempo justo para lanzar a Tyrion una mirada capaz de cortar la leche. La otrora frondosa barba blanca que, incomprensiblemente, le habían afeitado, le estaba saliendo rala y fina, con lo que se le veían manchas rosadas muy poco atractivas bajo el cuello.

—Mi señor Mano —dijo el anciano con una reverencia tan marcada como pudo hacer sin llegar a caerse—, ha llegado otro pájaro del Castillo Negro. ¿Puedo hablar con vos en privado?

—No será necesario. —Lord Tywin le indicó con un gesto al Gran Maestre Pycelle que se sentara—. Tyrion se puede quedar.

«Oooh, ¿de verdad?» Se frotó la nariz y aguardó.

Pycelle se aclaró la garganta, para lo que tuvo que carraspear y toser durante un rato.

—La carta la envía un tal Bowen Marsh, el mismo que mandó la anterior. Es el castellano. Nos escribe que Lord Mormont mandó un mensaje diciendo que los salvajes avanzan hacia el sur en gran número.

—Las tierras que hay más allá del Muro no pueden sustentar a un gran número de personas —replicó Lord Tywin con firmeza—. Esta advertencia no es nueva.

—En cierto modo sí, mi señor. Mormont mandó un pájaro desde el bosque Encantado para informar de que los estaban atacando. Después volvieron más cuervos, pero sin cartas. El tal Bowen Marsh teme que Lord Mormont y todos sus hombres hayan muerto.

—¿Estáis seguro? —preguntó Tyrion; le había caído bien el viejo Jeor Mormont, con sus modales rudos y su pájaro parlanchín.

—No —reconoció Pycelle—, pero por ahora no ha regresado ninguno de los hombres de Mormont. Marsh teme que los salvajes los hayan asesinado y se estén preparando para atacar el Muro. —Se palpó la túnica hasta dar con el papel—. Aquí está la carta, mi señor; es una súplica dirigida a los cinco reyes. Quiere hombres, tantos como le podamos enviar.

—¿A los cinco reyes? —Era evidente que su padre estaba molesto—. En Poniente hay solo un rey. Si esos imbéciles de negro quieren que Su Alteza los escuche, más les vale recordarlo. Cuando contestéis, decidle que Renly está muerto y los otros no son más que traidores y usurpadores.

—Seguro que se alegrará de saberlo. El Muro está a un mundo de distancia; las noticias les llegan tarde a menudo. —Pycelle movía la cabeza de arriba abajo—. ¿Qué le digo a Marsh acerca de los hombres que solicita? ¿Hay que convocar al Consejo...?

—No será necesario. La Guardia de la Noche es una banda de ladrones, asesinos y patanes bastardos, pero también podría ser otra cosa si tuviera la disciplina adecuada. Si es verdad que Mormont ha muerto, los hermanos negros tendrán que elegir un nuevo Lord Comandante.

—Excelente idea, mi señor. —Pycelle lanzó una mirada ladina en dirección a Tyrion—. Ya sé quién sería el candidato ideal: Janos Slynt.

—Los hermanos negros eligen a su comandante —les recordó Tyrion; la idea no le había hecho la menor gracia—. Lord Slynt es un recién llegado en el Muro. Lo sé; yo mismo lo mandé allí. ¿Por qué iban a elegirlo a él en vez de a cualquiera de una docena de hombres con experiencia?

—Porque si no votan lo que les digamos —respondió su padre en un tono que indicaba que Tyrion era corto de entendederas—, su Muro se derretirá antes de que les llegue un hombre de refuerzo.

«Sí, seguro que cogen la indirecta.» Tyrion se inclinó hacia delante.

—Janos Slynt es una pésima elección, Padre. Sería mucho mejor el comandante de la Torre Sombría. O el de Guardiaoriente del Mar.

—El comandante de la Torre Sombría es un Mallister de Varamar, y el de Guardiaoriente, un hombre del hierro. —Ninguno de los dos era adecuado para sus propósitos; el tono de Lord Tywin lo dejaba bien claro.

—Janos Slynt es hijo de un carnicero —le recordó Tyrion con energía—. Tú mismo me lo dijiste...

—Recuerdo perfectamente qué te dije. Pero el Castillo Negro no es Harrenhal, y la Guardia de la Noche no es el Consejo del Rey. Hay una herramienta para cada tarea, y una tarea para cada herramienta.

—Lord Janos no es más que una armadura vacía que se venderá al mejor postor —le espetó Tyrion, incapaz de contener la ira.

—Lo considero un punto a su favor. ¿Qué mejor postor que nosotros? —Se volvió hacia Pycelle—. Enviad un cuervo. Escribid que el rey Joffrey se ha entristecido sobremanera al enterarse de la muerte del Lord Comandante Mormont, pero lamenta no poder prescindir de ningún hombre ahora mismo, habiendo tantos rebeldes y usurpadores alzados en armas. Insinuad que la cosa podría cambiar cuando el trono esté a salvo... siempre y cuando el Rey tenga plena confianza en el más alto mando de la Guardia. Para terminar, pedidle a Marsh que transmita un saludo muy afectuoso de Su Alteza a su fiel amigo y servidor, Lord Janos Slynt.

—Sí, mi señor. —Pycelle agitó una vez más la mustia cabeza—. Escribiré lo que la Mano ordena. Será un placer.

«Tendría que haberle cortado la cabeza en vez de la barba —reflexionó Tyrion—. Y Slynt debería haberse ido a nadar con su querido amigo Allar Deem. —Al menos no había cometido el mismo error con Symon Pico de Oro—. ¿Lo ves, Padre? —habría querido gritar—. ¿Ves lo deprisa que aprendo?»

Samwell

En la parte de arriba, una mujer estaba pariendo entre gritos, y abajo, un hombre agonizaba junto a la hoguera. Samwell Tarly no había sabido decir qué le daba más miedo.

Habían tapado al pobre Bannen con un montón de pieles, y avivaban la hoguera cada poco tiempo, pero no hacía más que quejarse.

—Tengo frío. Por favor. Tengo mucho frío.

Sam estaba intentando darle un poco de sopa de cebolla, pero era incapaz de tragar. El caldo le chorreaba por los labios y barbilla abajo nada más metérselo en la boca.

—Ese ya está muerto. —Craster lo miró con indiferencia mientras se comía una salchicha—. Sería más misericordioso meterle un cuchillo en el pecho que esa cuchara en la boca, si quieres que te diga la verdad.

—No queremos. —Gigante, cuyo verdadero nombre era Bedwyck, no medía más de tres codos y medio, pero era un hombrecillo de temperamento fiero—. Mortífero, ¿tú quieres que Craster te diga la verdad?

Sam se encogió al oír el apodo, pero contestó con un gesto de negación. Cogió otra cucharada de sopa, la acercó a la boca de Bannen y trató de metérsela entre los labios.

—Comida y fuego —siguió Gigante—. Es lo único que queríamos de ti. Y la comida nos la das a regañadientes.

—Da gracias por que no haga lo mismo con el fuego. —Craster era de complexión recia, y las malolientes pieles de oveja que llevaba día y noche lo hacían parecer más recio aún. Tenía la nariz ancha y aplastada y la boca torcida hacia un lado, y le faltaba una oreja. La cabellera enmarañada y la barba enredada eran ya casi blancas, pero las manos duras de grandes nudillos aún parecían fuertes y capaces de hacer daño—. Os doy de comer lo que puedo, pero los cuervos siempre tenéis hambre. Soy un hombre piadoso; si no, ya os habría echado de aquí. ¿Qué falta me hacen a mí moribundos por el suelo? ¿Qué falta me hacen a mí todas vuestras bocas, hombrecito? —El salvaje escupió—. ¡Cuervos! ¿Cuándo se ha visto que un cuervo traiga buenas noticias, eh? Nunca. Nunca.

El caldo volvió a correr por la comisura de la boca de Bannen. Sam se lo limpió con el extremo de la manga. El explorador tenía los ojos abiertos, pero no veía nada.

—Tengo frío —repitió, con un hilo de voz. Tal vez un maestre habría sabido salvarlo, pero no contaban con ninguno. Kedge Ojoblanco había cortado el pie aplastado de Bannen hacía nueve días, entre tanta sangre y pus que Sam estuvo a punto de vomitar, pero era demasiado tarde—. Tengo mucho frío —repitieron los labios blancuzcos.

En la estancia había una harapienta docena de hermanos negros, sentados en el suelo o en toscos bancos de madera, que tomaban la misma sopa insípida de cebolla y mordisqueaban trozos de pan duro. Por su aspecto, un par de ellos estaban en peores condiciones que Bannen. Fornio llevaba varios días delirando, y del hombro de Ser Byam brotaba un hediondo pus amarillento. Cuando salieron del Castillo Negro, Bernarr el Moreno llevaba bolsas de fuego myriense, ungüento de mostaza, ajo molido, atanasia, leche de la amapola, cobre real y otras hierbas curativas. Hasta sueñodulce, que otorgaba el don de una muerte indolora. Pero Bernarr el Moreno había muerto en el Puño, y a nadie se le había ocurrido buscar las medicinas del maestre Aemon. Hake también sabía algo de hierbas, así como de cocina, pero también él había desaparecido. De modo que los mayordomos supervivientes tenían que cuidar a los heridos lo mejor que podían, que no era gran cosa.

«Al menos aquí están secos, y tienen fuego para calentarse. Pero les hace falta más comida.» A todos les hacía falta más comida. Los hombres llevaban varios días refunfuñando. Karl el Patizambo no paraba de decir que Craster debía de tener una despensa secreta, y Garth de Antigua lo apoyaba últimamente, siempre que estuviera fuera del alcance del oído del Lord Comandante. Sam había sopesado la posibilidad de suplicar algo más nutritivo, al menos para los heridos, pero no conseguía reunir el valor necesario. Craster tenía unos ojos fríos y malévolos, y siempre que lo miraba, al salvaje se le crispaban un poco las manos, como si fuera a cerrar los puños. «¿Sabrá que hablé con Elí la última vez que estuvimos aquí? —se preguntó—. ¿Le diría ella que nos la íbamos a llevar? ¿Le daría una paliza para hacerla confesar?»

—Tengo frío —dijo Bannen—. Por favor. Tengo frío.

Pese al calor y al humo del Torreón de Craster, también Sam sentía frío. «Y cansancio, un cansancio espantoso.» Necesitaba dormir, pero siempre que cerraba los ojos soñaba con ráfagas de nieve y muertos que se tambaleaban hacia él con las manos negras y brillantes ojos azules.

En la parte de arriba, Elí dejó escapar un sollozo estremecedor, que retumbó en la alargada estancia sin ventanas.

—Empuja —oyó decir a una de las mujeres más viejas de Craster—. Más fuerte, ¡más fuerte! Grita si así puedes empujar más.

Gritó tan alto que Sam apretó los ojos con fuerza. Craster alzó la vista.

—¡Ya estoy harto de tanto chillido! —gritó—. Que muerda un trapo o algo así; ¡si no, subo y le doy un guantazo!

Sam sabía que lo haría. Craster tenía diecinueve esposas, pero ninguna que se atreviera a interferir si empezaba a subir por la escalerilla de madera. Igual que no se habían atrevido a intervenir los hermanos negros dos noches atrás, cuando le dio una paliza a una de las chicas más jóvenes. Desde luego, habían hablado de ello.

—La está matando —fue el comentario de Garth de Greenaway.

—Si no quiere a ese caramelito —dijo Karl el Patizambo riéndose—, que me lo dé a mí.

Bernarr el Negro maldijo en voz baja, y Alan de Rosby se levantó y salió al exterior para no tener que oír aquello.

—Es su casa; son sus normas —les tuvo que recordar el explorador Ronnel Harclay—. Craster es amigo de la Guardia.

«Amigo», pensó Sam mientras escuchaba los gritos ahogados de Elí. Craster era un hombre brutal que controlaba a sus esposas e hijas con mano de hierro, pero su Torreón seguía siendo un refugio.

—Cuervos helados —se burló Craster al ver llegar agotados a los pocos que habían sobrevivido a la nieve, los espectros y el frío glacial—. Y la bandada no es tan numerosa como la que voló hacia el norte.

Pero les había dejado espacio en su suelo, un techo que los protegía de la nieve y fuego para secarse, y sus esposas les habían dado tazas de vino caliente para que entraran en calor. «Malditos cuervos», les decía, pero también los alimentaba, por escasa que fuera la comida.

«Somos invitados —se recordó Sam—. Elí es suya. Es su hija, es su esposa. Su casa, sus normas.»

La primera vez que había estado en el Torreón de Craster, Elí había acudido a él para suplicarle ayuda, y Sam le había prestado la capa negra para que se tapara el vientre al ir en busca de Jon Nieve. «Se supone que los caballeros tienen que defender a las mujeres y a los niños. —Solo unos pocos de los hermanos negros eran caballeros; aun así...—. Todos pronunciamos el juramento —pensó Sam—. Soy el escudo que protege los reinos de los hombres. —Una mujer era una mujer, aunque fuera salvaje—. Tendríamos que haberla ayudado. Deberíamos haberla ayudado. —Elí tenía miedo por su bebé; temía que fuera un niño. Craster criaba a sus hijas para que luego fueran sus esposas, pero allí no había hombres ni niños. Elí le había dicho a Jon que Craster les entregaba a sus hijos varones a los dioses—. Si los dioses son misericordiosos —rezó Sam—, le darán a Elí una hija.»

Arriba, Elí ahogó un grito.

—Ya casi está —dijo una mujer—. Otro empujón, ¡venga! Sí, ya veo la cabeza del niño.

«De la niña —pensó Sam, entristecido—. De la niña, la cabeza de la niña.»

—Tengo frío —dijo Bannen con voz débil—. Por favor. Tengo mucho frío.

Sam dejó el cuenco a un lado, le echó otra piel por encima al moribundo y añadió más leña a la hoguera. Elí lanzó un alarido y empezó a jadear. Craster siguió masticando una dura salchicha negra. Tenía salchichas para sí y para sus mujeres, pero les dijo que para la Guardia, no.

—Estas mujeres —se quejó—. Qué manera de chillar. Una vez tuve una cerda que parió una camada de ocho cochinillos casi sin un gruñido. —Siguió mordisqueando mientras giraba la cabeza para lanzar una mirada despectiva en dirección a Sam—. Era casi tan gorda como tú, chico. Mortífero. —Rio.

Aquello era más de lo que Sam podía soportar. Se alejó de la hoguera y caminó con paso torpe entre los hombres que dormían, que descansaban y que agonizaban en el suelo de tierra dura. El humo, los gritos y los gemidos lo habían puesto al borde del desfallecimiento. Agachó la cabeza para cruzar la cortina de piel de ciervo que hacía las veces de puerta para Craster y salió al frío del atardecer.

Era un día nublado, pero lo bastante luminoso para que se sintiera deslumbrado tras la penumbra del interior. Había montoncitos de nieve que doblaban las ramas de los árboles circundantes y cubrían las colinas doradas y rojizas, pero menos que antes. La tormenta había pasado, y los días transcurridos en el Torreón de Craster habían sido... bueno, cálidos no, pero tampoco de un frío tan glacial. Sam alcanzaba a oír el goteo del agua al derretirse de los carámbanos que pendían del borde del grueso tejado de hierba. Respiró profundamente y miró a su alrededor.

Hacia el oeste, Ollo Manomocha y Tim Piedra estaban con los caballos, dando de comer y abrevando a los pocos que les quedaban.

En la zona más azotada por el viento, otros hermanos despellejaban y descuartizaban los animales que habían considerado demasiado débiles para seguir el camino. Los lanceros y los arqueros montaban guardia tras los diques de piedra que eran la única defensa de Craster contra lo que pudiera acechar en el bosque cercano, mientras una docena de hogueras enviaba hacia el cielo gruesas columnas de humo azul grisáceo. Sam alcanzaba a oír los ecos lejanos de las hachas en el bosque, donde estaban recogiendo la madera necesaria para mantener las hogueras encendidas toda la noche. Porque lo peor eran las noches. Cuando el mundo se tornaba oscuro. Y frío.

No habían sufrido ningún ataque desde que estaban en el Torreón de Craster, ni habían visto rastro de los espectros ni de los Otros. Ni lo sufrirían, según Craster.

—Un hombre piadoso no tiene nada que temer. Eso mismo le dije una vez a Mance Rayder cuando vino aquí a husmear. Pero no me hizo caso, igual que no me hacéis caso vosotros, los cuervos, con esas espadas y esas hogueras de mierda. No os servirán de nada cuando llegue el frío blanco. Entonces solo los dioses os podrán ayudar. Y más os vale estar a bien con los dioses.

Elí también le había hablado del frío blanco y le había contado qué ofrendas les hacía Craster a sus dioses. Al enterarse, Sam lo habría querido matar.

«Más allá del Muro no hay leyes —se recordó—, y Craster es amigo de la Guardia.»

Oyó un griterío procedente de detrás de la edificación de barro y ramas. Sam fue a echar un vistazo. El suelo que pisaba era un lodazal de nieve derretida y barro que, según Edd el Penas, eran los excrementos de Craster. Pero era más espeso que los excrementos, y se agarraba a las botas de Sam de tal manera que una casi se le quedó atrapada.

Tras un huerto y un redil vacío, una docena de hermanos negros lanzaba flechas contra un blanco de heno y paja. El esbelto mayordomo rubio al que llamaban Donnel el Suave acababa de hacer diana a cincuenta pasos de distancia.

—A ver si superas eso, anciano —dijo.

—Eso pienso hacer.

Ulmer, encorvado, con su barba canosa y su pellejo flácido, se situó en la marca y sacó una flecha del carcaj que llevaba a la cintura. En su juventud había sido un forajido, miembro de la infame Hermandad del Bosque Real. Aseguraba que en cierta ocasión le había clavado una flecha en la mano al Toro Blanco, de la Guardia Real, para robar un beso de los labios de una princesa dorniense. También le había robado las joyas, así como un cofre de dragones de oro, pero cuando bebía, de lo que alardeaba era del beso.

Colocó la flecha y tensó el arco, todo con la suavidad de la seda del verano, y por último la soltó. Fue a clavarse en el blanco un poco más centrada que la de Donnel Colina.

—¿Qué te ha parecido, muchacho? —preguntó al tiempo que se apartaba.

—No ha estado mal —respondió el joven de mala gana—. El viento de costado te ha ayudado. Cuando he disparado yo soplaba más fuerte.

—Entonces tendrías que haberlo compensado. Tienes buen ojo y mano firme, pero te hará falta mucho más para superar al mejor del Bosque Real. Flecha Dick fue el que me enseñó a tensar el arco, y no ha habido jamás mejor arquero. Eh, ¿os he hablado del viejo Dick?

—Solo unas trescientas veces.

No había hombre del Castillo Negro que no hubiera oído los relatos de Ulmer sobre la gran banda de forajidos de antaño. Todos conocían a Simon Toyne, al Caballero Sonriente, a Oswyn Cuellolargo, el tres veces ahorcado, a Wenda la Cierva Blanca, a Flecha Dick, a Ben Barrigas y a todos los demás. Donnel el Suave buscó una escapatoria a la desesperada, y divisó a Sam de pie en el barrizal.

—¡Mortífero! —lo llamó—. Ven a demostrarnos cómo acabaste con el Otro.

Le tendió el largo arco de madera de tejo. Sam se puso rojo.

—No fue con una flecha; fue con un puñal, de vidriagón...

Sabía qué sucedería si cogía el arco. Fallaría, no daría en el blanco, la flecha se perdería por encima del dique, entre los árboles. Y luego oiría las risas.

—No importa —dijo Alan de Rosby, otro buen arquero—. Todos nos morimos de ganas de ver disparar al Mortífero. ¿Verdad, muchachos?

No podía enfrentarse a ellos, a las sonrisas burlonas, a las bromitas crueles, al desprecio que reflejaban sus ojos... Sam dio media vuelta para marcharse, pero el pie derecho se le hundió en el lodo y, al tratar de sacarlo, perdió la bota. Tuvo que arrodillarse para sacarla, mientras las carcajadas le resonaban en los oídos. Pese a que llevaba varios calcetines, cuando consiguió escapar de allí, la nieve derretida ya lo había empapado hasta la piel.

«Soy un inútil —pensó con tristeza—. Mi padre me caló bien. No tengo derecho a estar vivo, después de que hayan muerto tantos hombres valientes.»

Grenn estaba al cargo de la hoguera del sur de la entrada del campamento, y partía leños desnudo de cintura para arriba. Tenía el rostro congestionado por el esfuerzo, y el sudor era vapor que le salía de la piel. Pero, al ver acercarse al jadeante Sam, sonrió.

—¿Qué pasa, Mortífero? ¿Los Otros te han quitado la bota?

«¿Él también?»

—Ha sido por el barro. Por favor, no me llames así.

—¿Por qué no? —El desconcierto de Grenn parecía sincero—. Es un buen nombre, y te lo has ganado.

Pyp siempre bromeaba con Grenn y le decía que tenía la mollera más dura que el muro de un castillo, de manera que Sam se lo explicó con paciencia.

—No es más que otra manera de llamarme cobarde —dijo al tiempo que trataba de ponerse la bota embarrada mientras se sostenía sobre la pierna izquierda—. Se burlan de mí, igual que se burlan de Bedwyck cuando lo llaman Gigante.

—Pero no es un gigante —dijo Grenn—, y Paul nunca fue pequeño. Bueno, a lo mejor sí, cuando era un niño de teta, pero luego ya no. En cambio, tú sí que mataste al Otro, así que no es lo mismo.

—Solo... no... ¡Tenía mucho miedo!

—No más que yo. El único que dice que soy demasiado tonto para tener miedo es Pyp. Tengo tanto miedo como cualquiera. —Grenn se agachó para recoger un leño cortado y lo echó al fuego—. Antes me daba miedo Jon cada vez que tenía que pelear con él. Era muy rápido y luchaba como si quisiera matarme. —La madera húmeda y verde humeó entre las llamas antes de prenderse—. Pero no se lo dije a nadie. A veces creo que todos nos hacemos los valientes y ninguno lo es de verdad. A lo mejor, si finges que eres valiente, te haces valiente, no sé. Deja que te llamen Mortífero, ¿qué más da?

—No te gustaba que Ser Alliser te llamara Uro.

—Me decía que era grandullón y estúpido. —Grenn se rascó la barba—. Bueno, si Pyp me quisiera llamar Uro, le dejaría. O tú, o Jon. Un uro es un animal fiero y fuerte, así que no está mal, porque yo soy grande y sigo creciendo. ¿No prefieres ser Sam el Mortífero en vez de Ser Cerdi?

—¿Y por qué no puedo ser Samwell Tarly y ya está? —Se dejó caer sentado en un tronco húmedo que Grenn no había cortado aún—. Lo que lo mató fue el vidriagón. El vidriagón, no yo.

Se lo había contado a todos. Se lo había contado todo, a todos. Sabía que algunos no lo habían creído. El Daga le había enseñado su daga. «Tengo hierro, ¿para qué quiero cristal?», le dijo. Bernarr el Negro y los tres Garths le dejaron bien claro que ponían en duda toda la historia, y Rolley de Villahermana fue el más directo. «Seguro que les clavaste el puñal a unos arbustos que se movían y resultó que era Paul el Pequeño que estaba cagando, así que te inventaste una mentira.»

Pero Dywen sí le prestó atención, y también Edd el Penas, y ambos hicieron que Sam y Grenn se lo contaran todo al Lord Comandante. Mormont tuvo el ceño fruncido durante todo el relato e hizo preguntas mordaces, pero era demasiado cauto para despreciar una posible ventaja. Le pidió a Sam todo el vidriagón que tuviera, aunque era muy poco. Cada vez que Sam pensaba en la reserva que había encontrado Jon enterrada bajo el Puño le entraban ganas de llorar. Allí había hojas de puñal, puntas de lanza y, al menos, doscientas o trescientas puntas de flecha. Jon fabricó puñales para sí, para Sam y para el Lord Comandante; también le regaló a Sam una punta de lanza, un viejo cuerno roto y unas cuantas puntas de flecha. El propio Grenn se había quedado con varias puntas de flecha, pero nada más.

De modo que lo único que tenían era el puñal de Mormont y el que Sam le había dado a Grenn, además de diecinueve flechas y una lanza larga con punta de vidriagón negro. Los centinelas se iban pasando la lanza cada vez que cambiaba la guardia, y Mormont había repartido las flechas entre los mejores arqueros. Bill el Refunfuñón, Garth Plumagrís, Ronnel Harclay, Donnel Colina el Suave y Alan de Rosby tenían tres cada uno, y Ulmer, cuatro. Pero, aunque hicieran blanco con todas las saetas, pronto tendrían que utilizar flechas de fuego, igual que todos los demás. En el Puño habían disparado centenares de flechas de fuego, pero aquello no detuvo a los espectros.

«No va a ser suficiente», pensó Sam. Las empalizadas de barro y nieve semiderretida de Craster no servirían ni siquiera para frenar a los espectros, que habían subido por las laderas mucho más empinadas del Puño para cruzar el muro circular como un enjambre. Y allí, en vez de enfrentarse a trescientos hermanos organizados en filas disciplinadas, los espectros se encontrarían con cuarenta y un supervivientes desastrados, nueve de los cuales estaban tan malheridos que no podrían luchar. Habían sido cuarenta y cuatro los que llegaron al Torreón de Craster en medio de la tormenta, de los sesenta y tantos que habían conseguido escapar del Puño, pero tres habían muerto como resultado de las heridas, y Bannen no tardaría en convertirse en el cuarto.

—¿Crees que los espectros se han ido? —preguntó Sam a Grenn—. ¿Por qué no vienen a terminar con nosotros?

—Solo vienen cuando hace frío.

—Sí —dijo Sam—, pero ¿es el frío el que trae a los espectros, o los espectros traen el frío?

—¿Qué más da? —El hacha de Grenn lanzó astillas de madera por los aires—. Lo que importa es que llegan juntos. Oye, ahora que sabemos que el vidriagón los mata, a lo mejor ya no vienen ni nada. ¡A lo mejor tienen miedo de nosotros!

Sam habría querido creerlo, pero tenía la impresión de que, cuando uno estaba muerto, el miedo significaba tan poco como el dolor, el amor o el deber. Se rodeó las piernas con los brazos, sudoroso bajo las capas de lana, cuero y pieles. El vidriagón había derretido a aquel ser blancuzco de los bosques, sí... Pero Grenn hablaba como si a los espectros les fuera a pasar lo mismo.

«Eso no lo sabemos —pensó—. La verdad es que no sabemos nada. Ojalá estuviera Jon aquí. —Grenn le caía bien, pero con él no podía hablar como lo haría con Jon—. Jon no me llamaría Mortífero. Y a él podría contarle lo del bebé de Elí. —Pero su amigo se había ido con Qhorin Mediamano, y no habían vuelto a tener noticias de él—. También llevaba un puñal de vidriagón, pero quizá no se le ocurrió utilizarlo. ¿Estará muerto y congelado en algún precipicio... o peor, muerto y caminando?»

No comprendía por qué los dioses se llevaban a Jon Nieve y a Bannen, y lo dejaban vivo a él, al cobarde, al torpe. Debería haber muerto en el Puño, donde se había meado encima tres veces, y además había perdido la espada. Y habría muerto en el bosque, si Paul el Pequeño no lo hubiera llevado en brazos.

«Ojalá no fuera más que un sueño. Así me podría despertar.» Sería maravilloso despertarse de nuevo en el Puño de los Primeros Hombres, rodeado de todos sus hermanos, incluso de Jon y Fantasma. O mejor aún, despertar en el Castillo Negro, detrás del Muro, ir a la sala común a por un cuenco de las gachas espesas de Hobb Tresdedos, con una cucharada de mantequilla derritiéndose en el centro y un poco de miel. Solo de pensarlo le empezó a rugir el estómago.

—¡Nieve!

Al oír aquello, Sam alzó la vista. El cuervo del Lord Comandante Mormont volaba en círculos sobre la hoguera, batiendo el aire con las amplias alas negras.

—¡Nieve! —graznó el pájaro—. ¡Nieve, nieve!

Allá donde iba el cuervo iba también Mormont. El Lord Comandante salió de los árboles a lomos de su caballo, entre el viejo Dywen y Ronnel Harclay, un explorador con la cara picada de viruelas al que habían ascendido para que ocupara el lugar de Thoren Smallwood. Los lanceros de la puerta les pidieron que se identificaran, y el Viejo Oso replicó con un gruñido.

—Por los siete infiernos, ¿quiénes creéis que podemos ser? ¿Es que los Otros os han sacado los ojos?

Pasó a caballo entre los pilares de la entrada, uno coronado por un cráneo de carnero y otro por un cráneo de oso, tiró de las riendas, alzó un puño y silbó. El cuervo acudió revoloteando a su llamada.

—Mi señor —oyó Sam decir a Ronnel Harclay—, solo tenemos veintidós monturas, y dudo mucho que la mitad de ellas puedan llegar al Muro.

—Ya lo sé —gruñó Mormont—. Pero de todos modos tenemos que partir. Craster lo ha dejado bien claro. —Miró hacia el oeste, donde un banco de nubes oscuras ocultaba el sol—. Los dioses nos han dado un respiro, pero ¿cuánto durará? —Mormont se bajó de la silla y sacudió el brazo, para que el cuervo echara a volar de nuevo. En aquel momento vio a Sam. —¡Tarly! —gritó.

—¿Yo? —Sam se puso en pie con torpeza.

—¿Yo? —El cuervo se posó sobre la cabeza del anciano—. ¿Yo?

—¿Te apellidas Tarly? ¿Tienes algún hermano por aquí? Sí, tú. Cierra la boca y ven conmigo.

—¿Con vos? —Las palabras le salieron como un graznido.

—Eres un hombre de la Guardia de la Noche. —El Lord Comandante Mormont le lanzó una mirada desdeñosa—. Intenta no hacértelo encima cada vez que te miro. He dicho que vengas. —Las botas arrancaban sonidos húmedos del barro, y Sam tuvo que apresurarse para ponerse a su altura—. He estado pensando en tu vidriagón.

—No es mío —dijo Sam.

—Bueno, en el vidriagón de Jon Nieve. Si lo que necesitamos son puñales de vidriagón, ¿por qué no tenemos más que dos? A todos los hombres del Muro habría que entregarles uno el día de su juramento.

—Pero no lo sabíamos...

—¡No lo sabíamos! Pero sin duda lo supimos en el pasado. La Guardia de la Noche ha olvidado su verdadero propósito, Tarly. No se construye un muro de más de trescientas varas de altura para impedir que unos salvajes vestidos con pieles secuestren mujeres. El Muro se erigió para proteger los reinos de los hombres... pero no de otros hombres, que es lo que son los salvajes, si lo piensas bien. Demasiados años, Tarly, demasiados cientos y miles de años. Hemos perdido de vista al verdadero enemigo. Y ahora está aquí, pero no sabemos cómo combatirlo. ¿El vidriagón lo hacían los dragones, como dice la gente?

—Los m-maestres creen que no —tartamudeó Sam—. Los maestres dicen que viene de los fuegos de la tierra. Lo llaman *obsidiana.*

—Por mí como si lo llaman tarta de limón. —Mormont soltó un bufido—. Si mata como dices, quiero tener más.

Sam dio un traspié.

—Jon encontró más, en el Puño. Cientos de puntas de flechas y también de lanzas...

—Ya me lo dijiste. Pero de mucho nos sirven si están allí. Para llegar de nuevo al Puño necesitaríamos las armas que no tendremos hasta que lleguemos al Puño de los cojones. Y encima tenemos que encargarnos de los salvajes. Necesitamos encontrar vidriagón en otro sitio.

Habían sucedido tantas cosas que Sam casi se había olvidado de los Salvajes.

—Los hijos del bosque utilizaban hojas de vidriagón —dijo—, así que sabían dónde había obsidiana.

—Los hijos del bosque están todos muertos —replicó Mormont—. Los primeros hombres mataron a la mitad con espadas de bronce, y los ándalos terminaron la faena con hierro. ¿Cómo es que un puñal de cristal...?

El Viejo Oso se interrumpió al ver que Craster salía por las cortinas de piel de ciervo. El salvaje sonreía, mostrando los dientes sucios y cariados.

—He tenido un hijo.

—Hijo —graznó el cuervo de Mormont—. Hijo, hijo, hijo.

—Me alegro por ti. —El rostro del Lord Comandante era impenetrable.

—¿De verdad? Yo me alegraré cuando tú y los tuyos os hayáis marchado. Ya va siendo hora.

—En cuanto nuestros heridos recuperen las fuerzas...

—Ya tienen todas las fuerzas que van a tener, cuervo; los dos lo sabemos. Se están muriendo, eso también lo sabes. Córtales el cuello de una puta vez. O déjalos aquí si no tienes agallas, ya me encargo yo.

El Lord Comandante apretó los dientes.

—Thoren Smallwood decía que eras amigo de la Guardia...

—Sí —replicó Craster—. Os he dado todo lo que he podido, pero se acerca el invierno, y ahora la chica me ha dado otra boca berreante que alimentar.

—Nos lo podríamos llevar —dijo una voz chillona.

Craster volvió la cabeza. Entrecerró los ojos. Escupió a los pies de Sam.

—¿Qué has dicho, Mortífero?

Sam abrió la boca, la cerró y la volvió a abrir.

—Es que... Decía... que si no lo queréis... Es una boca que alimentar... y eso, que viene el invierno... Nos lo podríamos llevar, y...

—Mi hijo. Mi propia sangre. ¿Crees que os lo voy a entregar a los cuervos?

—Yo solo digo...

«Tú no tienes hijos, los abandonas, me lo ha dicho Elí, los dejas en los bosques, por eso solo tienes esposas, y también hijas que cuando crecen son tus esposas.»

—Cállate, Sam —intervino el Lord Comandante Mormont—. Ya has dicho suficiente. Demasiado. Adentro.

—M-mi señor...

—¡Adentro!

Sam, con el rostro enrojecido, apartó las pieles de ciervo para entrar en la penumbra de la estancia. Mormont lo siguió.

—Eres un completo imbécil —le dijo el anciano con la voz ahogada de rabia—. Aunque Craster nos entregara al bebé, estaría muerto antes de que llegáramos al Muro. Necesitamos un bebé del que cuidar tanto como otra nevada. ¿Tienes leche en esas tetas enormes? ¿O pensabas llevarte también a la madre?

—Ella quiere venir —dijo Sam—. Me suplicó...

—No quiero oír ni una palabra más, Tarly —lo interrumpió Mormont alzando una mano—. Te he dicho y te he repetido que no te acerques a las esposas de Craster.

—Es su hija —fue la débil protesta de Sam.

—Ve a cuidar de Bannen. Ahora mismo. Antes de que me hagas enfadar más.

—Sí, mi señor.

Sam se escabulló, tembloroso. Pero, cuando llegó junto a la hoguera, se encontró con Gigante, que estaba cubriendo la cabeza de Bannen con una capa.

—Decía que tenía frío —dijo el hombrecillo—. Espero que ahora esté en un lugar cálido, de verdad.

—La herida... —empezó Sam.

—A la mierda la herida. —El Daga rozó el cadáver con la bota—. Tenía la herida en un pie. A un hombre de mi pueblo tuvieron que cortarle un pie, y vivió hasta los noventa y cuatro años.

—El frío —dijo Sam—. No entraba en calor.

—No le entraba comida —replicó el Daga—. Poca y mala. El bastardo de Craster lo ha matado de hambre.

Sam miró a su alrededor con ansiedad, pero Craster no había regresado a la estancia. De haber oído el comentario, las cosas se habrían puesto feas. El salvaje detestaba a los bastardos, aunque según los exploradores, él mismo era hijo natural de una salvaje y un cuervo muerto hacía ya mucho tiempo.

—Craster tiene que dar de comer a los suyos —dijo Gigante—. A todas estas mujeres. Nos ha dado lo que ha podido.

—Y una mierda, no me lo creo. El día que nos marchemos abrirá un barril de hidromiel y se pegará un banquete de jamón y miel. Y se reirá de nosotros, que nos estaremos muriendo de hambre por la nieve. Es un salvaje de mierda, ya está. Ningún salvaje es amigo de la Guardia. —Le dio una patadita al cadáver de Bannen—. Si no me crees, pregúntale a él.

Quemaron el cuerpo del explorador al anochecer, en la hoguera que Grenn había estado alimentando aquel mismo día. Tim Piedra y Garth de Antigua sacaron el cadáver desnudo y tomaron impulso para lanzarlo a las llamas. Los hermanos supervivientes se repartieron su ropa, armas, armadura y propiedades. En el Castillo Negro, la Guardia de la Noche enterraba a sus muertos con la debida ceremonia. Pero no estaban en el Castillo Negro.

«Y los huesos no regresan convertidos en espectros.»

—Se llamaba Bannen —dijo el Lord Comandante Mormont mientras las llamas lo engullían—. Era un hombre valiente, un buen explorador. Llegó a nosotros procedente de... ¿de dónde vino?

—De la zona de Puerto Blanco —le dijo alguien. Mormont asintió.

—Llegó a nosotros procedente de Puerto Blanco y nunca dejó de cumplir con su deber. Mantuvo sus juramentos lo mejor que pudo, cabalgó muy lejos y luchó con valentía. No veremos a otro como él.

—¡Y ahora su guardia ha terminado! —entonaron, solemnes, los hermanos negros.

—Y ahora su guardia ha terminado —repitió Mormont.

—¡Terminado! —graznó el cuervo—. ¡Terminado!

Sam tenía los ojos enrojecidos y náuseas por el humo. Cuando miró la hoguera le pareció ver a Bannen sentado, con los puños cerrados como si tratara de pelear contra las llamas que lo consumían, pero fue solo un instante, antes de que las espirales de humo lo ocultaran todo. Lo peor, desde luego, era el olor. Si hubiera sido un olor desagradable, lo habría podido soportar, pero al arder, su hermano olía tanto a cerdo asado que a Sam se le empezó a hacer la boca agua, y fue tan espantoso que tuvo que salir corriendo a vomitar en la zanja.

—¡Terminado! —graznaba el pájaro.

Estaba allí de rodillas, en el barro, cuando se acercó Edd el Penas.

—¿Qué, Sam, buscando gusanos? ¿O vomitando?

—Vomitando —respondió Sam con voz débil al tiempo que se limpiaba la boca con el dorso de la mano—. El olor...

—No me imaginaba que Bannen pudiera oler tan bien. —El tono de Edd era tan sombrío como de costumbre—. Casi me han dado ganas de cortarle una tajada. Si hubiera tenido compota de manzana, a lo mejor lo habría hecho. El cerdo, como mejor está es con compota de manzana, en mi opinión. —Se desató los calzones y se sacó la polla—. Más vale que no te mueras, Sam, porque caeré en la tentación. Seguro que tienes más piel crujiente que Bannen, y la piel crujiente es mi perdición. —Suspiró cuando la orina empezó a describir un arco amarillo y humeante—. ¿Te has enterado?, partiremos a caballo al amanecer. Con sol o con nieve, lo ha dicho el Viejo Oso.

«Con sol o con nieve.» Sam contempló el cielo con ansiedad.

—¿Con nieve? —La voz le salió chillona—. ¿A... caballo? ¿Todos?

—Bueno, no, algunos tendrán que caminar. —Se sacudió—. Dywen dice que tendríamos que aprender a montar caballos muertos, como hacen los Otros. Así nos ahorraríamos el forraje. No creo que un caballo muerto coma mucho. —Edd se volvió a anudar los calzones—. La verdad es que no me parece una idea tentadora. En cuanto aprendan a poner a trabajar a un caballo muerto, luego iremos nosotros. Y seguro que yo el primero.

»—Edd —me dirán—, lo de estar muerto no es excusa para quedarse ahí tumbado sin hacer nada, así que levántate y coge la lanza, que esta noche te toca guardia.

»Bueno, no hay por qué ser tan pesimista. Puede que muera antes de que sepan cómo hacerlo.

«Puede que todos vayamos a morir, y antes de lo que nos gustaría», pensó Sam al tiempo que se ponía en pie con torpeza.

Cuando Craster se enteró de que sus indeseables invitados partirían al día siguiente, el salvaje se mostró casi amistoso, o tan amistoso como se podía esperar de él.

—Ya era hora —dijo—. Este no es vuestro lugar, ya os lo he dicho. Da lo mismo, os despediré con un banquete. Bueno, con comida. Mis mujeres pueden asar esos caballos que habéis matado; yo buscaré algo de pan y cerveza. —Sonrió mostrando los dientes negros—. No hay nada mejor que cerveza con caballo. Si no puedes montarlos, cómetelos, como digo yo siempre.

Sus esposas e hijas sacaron a rastras los bancos y las mesas largas, y también cocinaron y sirvieron la comida. Quitando a Elí, a Sam le costaba diferenciar a las mujeres. Unas eran viejas; otras, jóvenes, y algunas, solo niñas, pero casi todas eran hijas de Craster además de esposas suyas, y se parecían mucho. Mientras hacían las labores hablaban entre ellas en voz baja, pero nunca con los hombres de negro.

Craster tenía solo una silla. Se sentó en ella, vestido con un jubón sin mangas de piel de oveja. Tenía los gruesos brazos cubiertos de vello blanco, y en una muñeca lucía un aro retorcido de oro. El Lord Comandante Mormont ocupó el puesto de su derecha, al principio del banco, mientras que el resto de los hermanos se sentaron muy apretados, rodilla con rodilla. Una docena se quedó en el exterior para montar guardia y encargarse de las hogueras.

Sam, con el estómago rugiendo, ocupó un lugar entre Grenn y Oss el Huérfano. La carne de caballo requemada chorreaba grasa mientras las esposas de Craster hacían girar los espetones encima del fuego, y el olor provocó que la boca se le hiciera agua de nuevo, pero aquello le recordó a Bannen. Por mucha hambre que tuviera, Sam sabía que si comía, aunque solo fuera un bocado, lo vomitaría de inmediato. ¿Cómo se podían comer a los pobres caballitos, a los fieles animales que los habían llevado tan lejos? Cuando las esposas de Craster sirvieron cebollas, cogió una con avidez. Tenía un lado negro de puro podrido, pero lo cortó con el puñal y se comió cruda la mitad que estaba bien. También había pan, aunque solo dos hogazas. Ulmer pidió más, y la mujer le respondió sacudiendo la cabeza en gesto negativo. Entonces fue cuando empezaron los problemas.

—¿Dos hogazas? —se quejó Karl el Patizambo desde el banco—. ¿Es que sois idiotas, mujeres? ¡Necesitamos mucho más pan!

El Lord Comandante Mormont lo miró con severidad.

—Coge lo que te ofrecen y da las gracias. ¿O preferirías estar fuera, en la tormenta, comiendo nieve?

—Pronto estaré ahí. —Karl el Patizambo ni pestañeó ante la ira del Viejo Oso—. Ahora preferiría comer lo que Craster esconde, mi señor.

—Ya os he dado suficiente, cuervos —dijo Craster, entrecerrando los ojos—. Tengo que dar de comer a mis mujeres.

El Daga pinchó un trozo de carne de caballo.

—De manera que reconoces que tienes una despensa secreta. Si no, ¿cómo vas a pasar el invierno?

—Soy un hombre piadoso... —empezó Craster.

—Eres un hombre miserable y tacaño —replicó Karl—, y mentiroso.

—Jamones —dijo Garth de Antigua con voz reverente—. La última vez que pasamos por aquí había cerdos. Seguro que tiene jamones escondidos, no sé dónde. Jamones ahumados, en salazón, y también panceta.

—Salchichas —dijo el Daga—. De esas largas, negras, son como piedras, duran años. Seguro que tiene un centenar en alguna bodega.

—Avena —sugirió Ollo Manomocha—. Maíz. Avena...

—Maíz —dijo el cuervo de Mormont—. ¡Maíz, maíz, maíz, maíz, maíz!

—¡Basta! —gritó el Lord Comandante Mormont, para hacerse oír por encima de los graznidos del pájaro—. ¡Callaos todos! ¡Esto es una locura!

—Manzanas —dijo Garth de Greenaway—. Barriles y barriles de crujientes manzanas de otoño. Ahí fuera hay manzanos; los he visto.

—Bayas secas. Coles. Piñones.

—¡Maíz! ¡Maíz! ¡Maíz!

—Cordero en salazón. Hay un redil. Tendrá barriles de cordero, seguro.

Para entonces, Craster parecía a punto de ensartarlos a todos. El Lord Comandante Mormont se puso en pie.

—Silencio. No quiero oír ni una palabra más.

—Pues métete miga de pan en las orejas, viejo. —Karl el Patizambo se levantó a su vez—. ¿O es que ya te has comido tu ración de mierda?

Sam vio que el rostro del Viejo Oso empezaba a congestionarse.

—¿Te has olvidado de quién soy? Siéntate en silencio y come. Es una orden.

Nadie habló. Nadie se movió. Todos los ojos estaban clavados en el Lord Comandante y en el corpulento explorador patizambo, que se miraban desde extremos opuestos de la mesa. A Sam le pareció que Karl fue el primero en apartar la vista y estaba a punto de sentarse, aunque de mala gana... cuando Craster se levantó con el hacha en la mano. El hacha grande de acero negro que Mormont le había entregado como obsequio para su anfitrión.

—No —rugió—. No te sentarás. Nadie que me llame tacaño duerme bajo mi techo ni come de mi mesa. Fuera de aquí, tullido. Y tú, y tú, y tú. —Señaló con el hacha al Daga, a Garth y al otro Garth—. Fuera todos a dormir al frío, con las barrigas vacías, o si no...

—¡Bastardo de mierda! —oyó Sam maldecir a uno de los Garth; no llegó a saber cuál.

Craster barrió platos, carne y copas de vino de la mesa con el brazo izquierdo, mientras alzaba el hacha con el derecho.

—¿Quién se ha atrevido a llamarme bastardo? —rugió.

—Es lo que todo el mundo dice —respondió Karl.

Craster se movió más deprisa de lo que Sam habría creído posible, y saltó por encima de la mesa hacha en mano. Una mujer gritó; Garth Greenaway y Oss el Huérfano sacaron los cuchillos; Karl tropezó y cayó sobre Ser Byam, que yacía herido en el suelo. En un momento, Craster se abalanzaba hacia él escupiendo maldiciones. Al momento siguiente, lo que escupía era sangre. El Daga lo había agarrado por el pelo, le había tirado de la cabeza hacia atrás y le había abierto el cuello de oreja a oreja de un tajo. Luego le dio un empujón, y el salvaje cayó hacia delante, de bruces sobre Ser Byam. Byam gritó de dolor mientras Craster se ahogaba en su propia sangre y el hacha se le caía de la mano. Dos de las esposas de Craster aullaban, una tercera gritaba maldiciones, una cuarta se lanzó sobre Donnel el Suave e intentó sacarle los ojos... Él la derribó de un golpe. El Lord Comandante se irguió junto al cadáver de Craster, con el rostro contraído por la ira.

—¡Los dioses nos maldecirán! —rugió—. No hay crimen tan reprobable como el de un invitado que lleva la muerte al hogar de su anfitrión. Según todas las leyes de la hospitalidad, somos...

—Más allá del Muro no hay leyes, viejo, ¿recuerdas? —El Daga agarró a una de las esposas de Craster por el brazo y le puso la punta del puñal ensangrentado bajo la barbilla—. Enséñanos dónde guarda la comida o te haré lo mismo que a él.

—¡Suéltala! —Mormont dio un paso adelante—. Pagarás esto con tu cabeza, malnacido...

Garth de Greenaway le bloqueó el paso, y Ollo Manomocha tiró de él hacia atrás. Ambos tenían los puñales en la mano.

—Cuidado con lo que dices —le advirtió Ollo.

En vez de hacerle caso, el Lord Comandante fue a sacar el puñal. Ollo solo tenía una mano, pero era rápida. Se zafó del alcance del anciano, clavó el cuchillo en el vientre de Mormont y lo volvió a sacar manchado de rojo. Y, entonces, el mundo entero enloqueció.

Más tarde, mucho más tarde, Sam se encontró sentado en el suelo, con las piernas cruzadas y la cabeza de Mormont en el regazo. No recordaba cómo había llegado allí, y apenas nada de lo que había sucedido después de que apuñalaran al Viejo Oso. Sí sabía que Garth de Greenaway había matado a Garth de Antigua, pero no por qué. Rolley de Villahermana se había caído del altillo y se había roto el cuello, después de subir por la escalera para probar a una de las esposas de Craster. Grenn...

Grenn había gritado, le había dado una bofetada y al final había huido con Gigante, Edd el Penas y otros pocos más. Craster seguía tendido de bruces sobre Ser Byam, pero el caballero herido ya no gemía. Cuatro hombres de negro ocupaban un banco y comían pedazos de carne de caballo requemada, mientras que Ollo copulaba con una mujer sollozante sobre la mesa.

—Tarly. —Cuando trató de hablar, la sangre manó de la boca del Viejo Oso y le corrió por la barba—. Tarly, vete. Vete.

—¿Adónde, mi señor? —La voz le sonaba monocorde, sin vida. «No tengo miedo.» Era una sensación muy extraña—. No hay lugar adonde ir.

—El Muro. Vete al Muro. Ya.

—¡Ya! —graznó el cuervo—. ¡Ya, ya! —El pájaro caminó desde el brazo del anciano hasta el pecho y le picoteó un pelo de la barba.

—Tienes que ir. Tienes que decírselo.

—¿Decirles qué, mi señor? —preguntó Sam con educación.

—Todo. El Puño. Los salvajes. Vidriagón. Esto. Todo. —La respiración era ya muy tenue; la voz, apenas un susurro—. Díselo a mi hijo. Jorah. Dile que vista el negro. Mi último deseo antes de morir.

—¿Deseo? —El cuervo inclinó la cabeza; los ojos como cuentas brillaban—. ¿Maíz? —pidió el pájaro.

—No hay maíz —dijo Mormont, débil—. Dile a Jorah que lo perdono. Mi hijo. Por favor. Vete.

—Está muy lejos —dijo Sam—. No podré llegar al Muro, mi señor. —Estaba muy cansado. Solo quería dormir, dormir, dormir y no despertar jamás, y sabía que si se quedaba allí, el Daga, o tal vez Ollo Manomocha, o quizá Karl el Patizambo, se enfadaría con él y cumpliría su deseo, solo por el gusto de verlo morir—. Prefiero quedarme con vos. ¿Veis? Ya no tengo miedo. Ni de vos... ni de nada.

—Pues deberías —dijo una voz de mujer.

Tres de las esposas de Craster estaban de pie junto a ellos. Dos eran ancianas macilentas a las que no conocía, pero la tercera era Elí, que estaba entre ellas envuelta en pieles, y llevaba en brazos un bulto de piel parda y blanca que debía de ser su bebé.

—No podemos hablar con las esposas de Craster —les dijo Sam—. Tenemos órdenes.

—Eso ya no importa —dijo la anciana de la derecha.

—Los cuervos más negros están en la bodega, devorando provisiones —dijo la de la izquierda—, o arriba, con las más jóvenes. Pero no tardarán en volver. Más vale que para entonces te hayas ido. Los caballos han escapado, pero Dyah ha cogido dos.

—Dijiste que me ayudarías —le recordó Elí.

—Dije que Jon te ayudaría. Jon es valiente y sabe pelear, pero me parece que está muerto. Yo soy un cobarde. Y estoy gordo. Mira lo gordo que estoy. Además, Lord Mormont está herido, ¿no lo veis? No puedo abandonar al Lord Comandante.

—Niño —intervino la otra anciana—, el cuervo viejo ya se te ha ido. Mira.

La cabeza de Mormont seguía en su regazo, pero tenía los ojos abiertos clavados en el techo, y ya no movía los labios. El cuervo inclinó la cabeza, graznó y miró a Sam.

—¿Maíz?

—No. No tiene maíz.

Sam cerró los ojos del Viejo Oso y trató de recordar alguna plegaria.

—Madre, ten piedad —fue lo único que se le ocurrió—. Madre, ten piedad. Madre, ten piedad.

—Tu madre no puede ayudarte —dijo la anciana de la izquierda—. Y ese viejo muerto tampoco. Coge su espada, coge su capa de pieles, coge su caballo si lo encuentras y vete.

—La chica no miente —dijo la anciana de la derecha—. Es mi hija, y le quité la costumbre de mentir a golpes. Dijiste que la ayudarías. Haz lo que te dice Ferny, muchacho. Llévate a la chica, y que sea deprisa.

—Deprisa —dijo el cuervo—. Deprisa, deprisa, deprisa.

—¿Adónde? —preguntó Sam, desconcertado—. ¿Adónde queréis que la lleve?

—Adonde haga calor —dijeron al unísono las dos ancianas.

—A mí y al bebé —suplicó Elí entre lágrimas—. Por favor. Seré tu esposa, como lo fui de Craster. Por favor, Ser Cuervo. Es un niño, como dijo Nella. Si no te lo llevas tú, se lo llevarán ellos.

—¿Ellos? —preguntó Sam.

—Ellos. Ellos. Ellos —repitió como un eco el cuervo, inclinando la cabeza.

—Los hermanos del niño —dijo la anciana de la izquierda—. Los hijos de Craster. El frío blanco empieza a levantarse, cuervo. Lo noto en los huesos. Estos pobres huesos viejos no mienten. Llegarán pronto. Los hijos.

Arya

Los ojos se le habían acostumbrado a la oscuridad. Cuando Harwin le quitó la capucha, el brillo rojizo que iluminaba la colina hueca hizo que Arya parpadeara como una lechuza idiota.

En medio del suelo de tierra había un gran agujero para la hoguera, y las llamas se alzaban chisporroteantes hacia el techo manchado de humo. Las paredes eran de piedra y tierra a partes iguales, y de ellas sobresalían grandes raíces blancas y retorcidas, como un millar de serpientes petrificadas. Ante sus ojos empezaron a salir personas de entre aquellas raíces; se asomaban de las sombras para echar un vistazo a los prisioneros, llegaban de las bocas de túneles negros como la noche o brotaban de las grietas y hendiduras que había por doquier. Al otro lado del fuego, las raíces formaban una especie de escalera hacia una hondonada en la roca, donde había un hombre sentado, casi perdido entre la maraña de raíces del arciano.

Lim le quitó la capucha a Gendry.

—¿Qué sitio es este? —quiso saber el muchacho.

—Un lugar antiguo, profundo y secreto. Un refugio por donde no rondan nunca los lobos ni los leones.

«Ni los lobos ni los leones.» A Arya se le erizó el vello. Recordaba bien el sueño que había tenido, y el sabor de la sangre cuando le arrancó el brazo al hombre.

La hoguera era grande, pero la cueva era más grande aún; no había manera de saber dónde comenzaba y dónde terminaba. Las bocas de los túneles podían tener una vara de profundidad o adentrarse leguas tierra adentro. Arya vio hombres, mujeres y niños, y todos la miraban con cautela.

—Aquí tienes al mago, ardillita —dijo Barbaverde—. Ahora obtendrás las respuestas que buscas. —Señaló en dirección a la hoguera, donde Tom Sietecuerdas estaba de pie, hablando con un hombre alto y delgado que lucía restos dispares de armaduras viejas sobre una harapienta túnica rosada.

«Ese no puede ser Thoros de Myr.» Arya recordaba al sacerdote rojo: estaba gordo, iba bien afeitado y tenía la calva muy brillante. Aquel hombre tenía el rostro flácido y una mata de descuidado pelo blanco. Tom le dijo algo que hizo que mirase en dirección a ella, y Arya pensó que de un momento a otro se le acercaría. Pero en aquel momento hizo su entrada el Cazador Loco, que empujó a su prisionero hacia la luz, y Gendry y ella quedaron relegados al olvido.

El Cazador había resultado ser un hombre regordete y achaparrado, con prendas de cuero remendadas, calvicie incipiente, mentón casi inexistente y temperamento beligerante. En Septo de Piedra, Arya llegó a pensar que Lim y Barbaverde acabarían despedazados cuando se enfrentaron a él, ante las jaulas de los cuervos, para exigirle que le entregara su prisionero al señor del relámpago. Los perros daban vueltas en torno a ellos olfateando y gruñendo. Pero Tom Siete los calmó con un poco de música, Atanasia atravesó la plaza con el delantal lleno de huesos y restos de carnero, y Lim le señaló a Anguy, que estaba en una ventana del prostíbulo con una flecha preparada. El Cazador Loco los maldijo por blandos y lameculos, pero al final accedió a llevar su trofeo ante Lord Beric para que lo juzgara.

Le ataron las muñecas con cuerda de cáñamo, le pusieron una soga en torno al cuello y le echaron un saco sobre la cabeza; aun así, seguía siendo peligroso. Arya lo percibía incluso desde el otro lado de la cueva. Thoros, si de Thoros se trataba, fue al encuentro del prisionero y de quien lo había capturado.

—¿Cómo lográsteis atraparlo? —preguntó el sacerdote.

—Los perros encontraron su rastro. Aunque parezca increíble, estaba durmiendo borracho bajo un sauce.

—Traicionado por los de su propia especie. —Thoros se volvió hacia el prisionero y le arrancó la capucha—. Bienvenido a nuestros humildes salones, Perro. No son tan majestuosos como la sala del trono de Robert, pero aquí estamos en mejor compañía.

Las llamas trémulas trazaban sombras anaranjadas en el rostro quemado de Sandor Clegane, de manera que su aspecto era todavía más aterrador que a plena luz del día. Cuando dio un tirón de la cuerda que le ataba las muñecas, cayeron al suelo costras de sangre seca. El Perro hizo una mueca.

—Os conozco —le dijo a Thoros.

—Así es. En los combates maldecíais mi espada llameante, aunque tres veces os derroté con ella.

—Thoros de Myr. Antes os afeitabais la cabeza.

—Como muestra de un corazón humilde, pero en realidad, mi corazón era soberbio. Además, perdí la navaja en el bosque. —El sacerdote se dio unas palmaditas en el vientre—. Soy menos de lo que era, pero también más. Un año en los bosques basta para fundir la grasa. Ojalá encontrara un sastre que me arreglara el pellejo. Así volvería a parecer joven, y las doncellas hermosas me cubrirían de besos.

—Solo las ciegas, sacerdote.

Los bandidos se echaron a reír, y las carcajadas más fuertes fueron las de Thoros.

—Es posible. Pero el caso es que ya no soy el sacerdote falso que conocisteis. El Señor de la Luz ha despertado en mi corazón. Están agitándose poderes que llevaban mucho tiempo dormidos, y ciertas fuerzas se mueven por la tierra. Las he visto en mis llamas.

—Que les den por culo a vuestras llamas. Y a vos también. —El Perro no estaba nada impresionado. Miró a los demás que los rodeaban—. Para ser un hombre santo, tenéis compañeros muy extraños.

—Son mis hermanos —se limitó a decir Thoros.

Lim Capa de Limón se adelantó. Barbaverde y él eran los únicos suficientemente altos para mirar al Perro a los ojos.

—Cuidado con lo que ladráis, perro. Vuestra vida está en nuestras manos.

—Entonces, limpiaos la mierda de los dedos. —El Perro se echó a reír—. ¿Cuánto hace que os escondéis en este agujero?

—Preguntadle a la Cabra si hemos estado escondidos, Perro —replicó Anguy el Arquero, encrespado ante aquella acusación de cobardía—. Preguntadle a vuestro hermano. Preguntadle al señor de las sanguijuelas. Los hemos sangrado a todos.

—¿Vosotros? No me hagáis reír. Tenéis más pinta de porqueros que de soldados.

—Es que algunos éramos porqueros —dijo un hombre de baja estatura al que Arya no conocía—. Y otros curtidores, bardos o albañiles. Pero eso fue antes de que empezara la guerra.

—Cuando salimos de Desembarco del Rey éramos hombres de Invernalia, hombres de Darry, hombres de Refugionegro, hombres de Mallery y hombres de Wylde. Éramos caballeros, escuderos y soldados, señores y plebeyos; solo nos unía un propósito. —El que hablaba era el hombre sentado entre las raíces del arciano, en la oquedad de la pared—. Ciento veinte hombres encargados de llevar a vuestro hermano ante la justicia del rey. —El hombre estaba bajando hacia el suelo de la cueva por la maraña de peldaños—. Ciento veinte hombres valientes y leales, dirigidos por un idiota con la capa llena de estrellas. —Era como un espantapájaros: llevaba una capa negra harapienta salpicada de estrellas y una coraza de hierro mellada en cien batallas. Tenía toda la cabeza, con excepción de una calva sobre la oreja derecha, allí donde le habían hundido el cráneo, cubierta por una densa mata de pelambre dorada rojiza que le ocultaba casi todo el rostro—. Más de ochenta de nuestros compañeros han muerto ya, pero otros han cogido las espadas que cayeron de sus manos. —Cuando llegó al suelo, los bandidos se apartaron para abrirle paso. Arya vio que le faltaba un ojo, que la carne que rodeaba la órbita estaba arrugada y llena de cicatrices, y que tenía una marca oscura en torno al cuello—. Con su ayuda seguimos luchando lo mejor que podemos por Robert y por el reino.

—¿Por Robert? —replicó Sandor Clegane con incredulidad.

—Ned Stark fue quien nos envió —intervino Jack-con-Suerte—, pero cuando nos dio las órdenes estaba sentado en el Trono de Hierro, de manera que no éramos sus hombres, sino los de Robert.

—Ahora, Robert es el rey de los gusanos. ¿Por eso os metéis bajo tierra? ¿Porque sois su corte?

—El Rey ha muerto —reconoció el caballero espantapájaros—, pero seguimos siendo hombres del Rey, aunque perdimos nuestro estandarte real en el Vado del Titiritero, cuando los asesinos de vuestro hermano cayeron sobre nosotros. —Se tocó el pecho con un puño—. Robert fue asesinado, pero su tierra aún existe. Y nosotros la defendemos.

—¿La defendéis? —El Perro se echó a reír—. ¿De quién crees que se trata, Dondarrion? ¿De tu madre? ¿O de tu puta?

«¿Dondarrion?» Beric Dondarrion había sido atractivo; Jeyne, la amiga de Sansa, se había enamorado de él. Y ni siquiera Jeyne Poole estaba tan ciega como para considerar guapo a aquel hombre. Pero, al mirarlo de nuevo, Arya advirtió los restos de un relámpago de púrpura en el esmalte agrietado de la coraza.

—Las rocas, los árboles y los ríos —seguía diciendo el Perro—. ¿Acaso las rocas necesitan que las defiendan? Robert no pensaba así. Lo que no se podía follar, combatir o beber lo aburría, igual que lo aburriríais vosotros..., Compañía Audaz.

Un grito de rabia recorrió la colina hueca.

—Volved a llamarnos así y os tragaréis la lengua, perro —le espetó Lim desenfundando la espada larga.

—Mira qué valiente —dijo el Perro contemplando la hoja con desprecio—, le muestra el acero a un prisionero atado. ¿Por qué no me desatáis? Ya veríamos entonces lo valeroso que sois. —Echó una mirada hacia atrás, en dirección al Cazador Loco—. Y vos, ¿qué? ¿Es que os habéis dejado todo el valor en las perreras?

—No, pero tendría que haberos dejado en una jaula de cuervos. —El cazador sacó un cuchillo—. Puede que aún no sea tarde.

El Perro se le rio en la cara.

—Aquí todos somos hermanos —declaró Thoros de Myr—. Hermanos santos leales al reino, a nuestro dios y entre nosotros.

—La hermandad sin estandartes. —Tom Sietecuerdas rasgueó la lira—. Los caballeros de la colina hueca.

—¿Caballeros? —En labios de Clegane, la palabra sonaba a burla—. Dondarrion es un caballero, pero los demás sois el grupo de bandidos y hombres quebrados más despreciable que he visto jamás. Cuando cago me salen del cuerpo hombres mejores que vosotros.

—Todo caballero puede armar caballeros —dijo el espantapájaros que era Beric Dondarrion—, y todos los hombres que veis aquí han sentido la espada en el hombro. Somos la hermandad olvidada.

—Dejad que me marche, y yo también me olvidaré de vosotros —le espetó Clegane—. Pero si tenéis intención de matarme, hacedlo de una puta vez. Me habéis quitado la espada, el caballo y el oro, así que quitadme la vida y acabemos cuanto antes. Todo menos aguantar tanta cháchara religiosa.

—Moriréis pronto, Perro —le prometió Thoros—, pero no será un asesinato; será justicia.

—Eso —dijo el Cazador Loco—, y os espera un destino mejor del que merecéis por lo que habéis hecho. ¡Decís que sois leones! En Sherrer y en el Vado del Titiritero violaron a niñas de seis y siete años; cortaron por la mitad a los bebés delante de sus madres. Jamás ha habido un león así de cruel.

—Yo no estuve en Sherrer ni en el Vado del Titiritero —le replicó el Perro—. Id a poner vuestros niños muertos ante la puerta de otro.

—¿Negáis que la Casa Clegane se erigió sobre los cadáveres de niños? —le replicó Thoros—. Vi depositar al príncipe Aegon y a la princesa Rhaenys ante el Trono de Hierro. En justicia, vuestro blasón debería representar dos niños ensangrentados, en lugar de esos perros tan feos.

—¿Acaso me confundís con mi hermano? —El Perro hizo una mueca—. ¿Es un crimen nacer con el apellido Clegane?

—El asesinato es un crimen.

—¿A quién he asesinado yo?

—A Lord Lothar Mallery y a Ser Gladden Wylde —dijo Harwin.

—A mis hermanos Lister y Lennocks —declaró Jack-con-Suerte.

—Al amo Beck y a Mudge, el hijo del molinero, en Bosque de Donnel —gritó una anciana entre las sombras.

—A la viuda de Merriman, que tan dulce era en el lecho —añadió Barbaverde.

—A los septones de Charca Cenagosa.

—A Ser Andrey Charlton. A su escudero, Lucas Roote. A todos los hombres, mujeres y niños de Pedregal y de Molino Nidorratón.

—A Lord y Lady Deddings, que eran ricos.

—A Alyn de Invernalia —siguió con el recuento Tom Sietecuerdas—, a Joth Arcoligero, al pequeño Matt y a su hermana Randa, a Anvil Ryn. A Ser Ormond. A Ser Dudley. A Pate de Mory, a Pate de Lancewood, al Abuelo Pate y a Pate de la Arboleda de Shermer. A Wyl, el Tallador Ciego. Al ama Maerie. A Maerie la Puta. A Becca la Panadera. A Ser Raymun Darry, a Lord Darry y al joven Lord Darry. Al bastardo de Bracken. A Fletcher Will. A Harsley. Al ama Nolla...

—¡Basta ya! —El rostro del Perro estaba contraído de rabia—. No hacéis más que ruido. Esos nombres no me dicen nada. ¿Quiénes son?

—Personas —dijo Lord Beric—. Personas grandes y pequeñas, jóvenes y viejas. Personas buenas y personas malas que murieron ensartadas por lanzas de los Lannister o se encontraron con las tripas abiertas por espadas de los Lannister.

—Yo no le he abierto las tripas a nadie. Y si alguien dice lo contrario, es un mentiroso.

—Servís a los Lannister de Roca Casterly —dijo Thoros.

—Los serví en el pasado. Igual que miles de hombres. ¿Qué pasa? ¿Cada uno de nosotros es culpable de los crímenes de los otros? —Clegane escupió al suelo—. Puede que sea verdad que sois caballeros. Mentís como caballeros; tal vez también asesinéis como caballeros.

Lim y Jack-con-Suerte empezaron a gritarle a la vez, pero Dondarrion alzó la mano para pedir silencio.

—Seguid hablando, Clegane.

—Un caballero es una espada con un caballo. Lo demás, los juramentos, los ungüentos sagrados y las prendas de las damas, no son más que cintas de seda en torno a la espada. Puede que la espada quede más bonita con los colgajos, pero mata exactamente igual. Pues por mí os podéis meter por el culo las cintas y las espadas. Soy igual que vosotros. La única diferencia es que yo no miento acerca de lo que soy. Así que matadme si queréis, pero no me llaméis asesino mientras os quedáis ahí y os decís unos a otros que vuestra mierda no huele. ¿Entendido?

Arya pasó junto a Barbaverde tan deprisa que ni la vio.

—¡Sois un asesino! —gritó—. ¡Matasteis a Mycah, no digáis que no! ¡Lo matasteis!

—¿Quién es el tal Mycah, chico? —El Perro la miraba sin reconocerla.

—¡No soy un chico! Pero Mycah, sí. Era el hijo de un carnicero, y vos lo matasteis. Jory dijo que casi lo cortasteis por la mitad, y eso que ni siquiera tenía espada.

Sentía que todos la estaban mirando: las mujeres, los niños y los hombres que decían ser los caballeros de la colina hueca.

—¿Quién es? —preguntó alguien.

—Por los siete infiernos. —El Perro conocía la respuesta—. La hermana pequeña. La mocosa que tiró al río la bonita espada de Joff. —Dejó escapar una carcajada gutural—. ¿No sabes que estás muerta?

—No, vos estáis muerto —le espetó.

Harwin la cogió por el brazo y la hizo retroceder.

—La chiquilla os acusa de asesinato —dijo Lord Beric—. ¿Negáis haber matado a ese tal Mycah, el hijo del carnicero?

—Yo era el escudo juramentado de Joffrey. —El hombretón se encogió de hombros—. El hijo del carnicero atacó al príncipe heredero.

—¡Eso es mentira! —Arya se debatió para zafarse de la presa de Harwin—. Fui yo. Yo golpeé a Joffrey y tiré su *Colmillo de León* al río. Mycah no hizo más que escapar, como le dije.

—¿Visteis al muchacho atacar al príncipe Joffrey? —le preguntó Lord Beric Dondarrion al Perro.

—Lo oí de sus regios labios. No me corresponde a mí cuestionar lo que dicen los príncipes. —Clegane hizo un gesto con las manos en dirección a Arya—. Su propia hermana corroboró las palabras del príncipe cuando declaró ante vuestro querido Robert.

—Sansa es igual de mentirosa —dijo Arya, otra vez furiosa con su hermana—. No fue como lo contó ella. ¡No fue así!

Thoros se apartó a un lado con Lord Beric. Los dos hombres hablaron en susurros mientras Arya hervía de rabia.

«Lo tienen que matar. He rezado cientos de veces por que muera, cientos, cientos de veces.»

—Se os acusa de asesinato —dijo Beric Dondarrion volviéndose hacia el Perro—, pero nadie de aquí sabe si los cargos son ciertos o falsos, de modo que no nos corresponde a nosotros juzgaros. Solo lo puede hacer el Señor de la Luz. Os sentencio a un juicio por combate.

El Perro frunció el ceño, desconfiado, como si no se creyera lo que oía.

—¿Sois estúpido o es que estáis loco?

—Ni una cosa ni otra. Solo soy un señor. Demostrad vuestra inocencia con la espada y podréis marcharos.

—¡No! —gritó Arya antes de que Harwin le tapara la boca.

«No, no pueden hacer eso, saldrá libre. —El Perro era mortífero con una espada; lo sabía todo el mundo—. Se va a reír de ellos.»

Y aquello hizo: fue una carcajada larga, gutural, que retumbó en las paredes de la cueva, una carcajada cargada de desprecio.

—¿Y con quién lucho? —Miró a Lim Capa de Limón—. ¿Con el valiente de la capa color meados? ¿No? ¿Qué tal contigo, Cazador? No es la primera vez que le das patadas a un perro: prueba conmigo. —Vio a Barbaverde—. Tú eres corpulento, tyroshi, da un paso adelante. ¿O vais a dejar que sea la cría la que pelee conmigo? —Se rio de nuevo—. Vamos, ¿quién quiere morir?

—Vais a enfrentaros a mí —dijo Lord Beric Dondarrion.

Arya recordó las cosas que había oído. «No puede morir», pensó, atreviéndose a albergar esperanzas. El Cazador Loco cortó las cuerdas que ataban las manos de Sandor Clegane.

—Necesitaré espada y armadura —dijo el Perro al tiempo que se frotaba una muñeca lacerada.

—Espada tendréis —declaró Lord Beric—, pero vuestra inocencia será vuestra armadura.

—¿Mi inocencia contra vuestra coraza? ¿Es eso? —Clegane hizo una mueca.

—Ned, ayúdame a quitarme la coraza.

A Arya se le erizó el vello al oír el nombre de su padre en labios de Lord Beric, pero aquel Ned no era más que un niño, un escudero de pelo rubio no mayor de diez o doce años. Se adelantó a toda prisa para abrir los cierres que sujetaban el golpeado peto de acero del señor marqueño. El acolchado de debajo estaba tan podrido por el tiempo y el sudor que cayó al suelo en cuanto quitaron el metal. Gendry ahogó una exclamación.

—Madre misericordiosa.

Las costillas de Lord Beric destacaban una a una debajo de la piel. Tenía un cráter en el pecho, justo encima del pezón izquierdo, y cuando se volvió para pedir espada y escudo, Arya vio que tenía una cicatriz a juego en la espalda. «La lanza lo atravesó. El Perro también lo ha visto. ¿Tendrá miedo?» Arya quería que tuviera miedo antes de morir, tanto como debió de tener Mycah.

Ned le acercó a Lord Beric el cinturón de la espada y una sobrevesta larga y negra. Estaba cortada para usarla sobre una armadura, de manera que le caía muy suelta en torno al cuerpo, pero la recorría el relámpago de púrpura de su Casa. Desenvainó la espada y le devolvió el cinturón a su escudero.

Thoros le entregó al Perro su cinto de la espada.

—¿Tienen honor los perros? —preguntó el sacerdote—. Para que no se os ocurra tratar de escapar a estocadas, o coger como rehén a algún niño... Anguy, Dennet, Kyle: a la primera señal de traición, lo matáis.

Thoros esperó a que los tres arqueros tuvieran las flechas preparadas antes de entregarle el cinto a Clegane.

El Perro sacó la espada de un tirón y arrojó la vaina a un lado. El Cazador Loco le dio su escudo de roble tachonado en hierro y pintado de amarillo con el blasón de los Clegane, tres perros negros. El muchacho llamado Ned ayudó a Lord Beric a ceñirse su escudo, tan golpeado y maltratado que casi no se veían el rayo de púrpura ni las estrellas.

El Perro dio un paso hacia su enemigo, pero Thoros de Myr lo detuvo.

—Antes hay que rezar. —Se volvió hacia el fuego y elevó los brazos—. Señor de la Luz, vela por nosotros.

Por toda la caverna, los hombres de la hermandad sin estandartes alzaron las voces para responder.

—Señor de la Luz, defiéndenos.

—Señor de la Luz, protégenos en la oscuridad.

—Señor de la Luz, que tu rostro brille sobre nosotros.

—Enciende tu llama entre nosotros, R'hllor —dijo el sacerdote rojo—. Muéstranos si este hombre dice la verdad o miente. Humíllalo si es culpable; dale fuerza a su brazo si es sincero. Señor de la Luz, danos sabiduría.

—Porque la noche es oscura —entonaron los demás—, y alberga cosas aterradoras.

—Esta cueva también es oscura —dijo el Perro—, pero aquí, lo único aterrador soy yo. Espero que vuestro dios sea amable, Dondarrion, porque dentro de poco vais a ir a conocerlo.

Lord Beric, con el rostro serio, se apoyó el filo de la espada larga contra la palma de la mano izquierda y lo pasó por ella muy despacio. Del corte que se hizo manó sangre oscura, que corrió por el acero.

Y, entonces, la espada empezó a arder.

Arya oyó a Gendry musitar una plegaria.

—Allá os queméis en los siete infiernos —maldijo el Perro—. Y Thoros también. —Lanzó una mirada en dirección al sacerdote rojo—. Cuando acabe con él, vos seréis el siguiente, Myr.

—Cada palabra que decís proclama vuestra culpabilidad, Perro —respondió Thoros, mientras Lim, Barbaverde y Jack-con-Suerte gritaban amenazas y maldiciones. Lord Beric, en cambio, estaba en silencio, tranquilo como las aguas en calma, con el escudo en el brazo izquierdo y la espada llameante en la mano derecha.

«Mátalo —pensó Arya—. Por favor, lo tienes que matar.» Su rostro, iluminado desde abajo, era como una máscara de muerte; el ojo que le faltaba parecía una herida roja y furiosa. La espada ardía desde la punta hasta la cruz, pero Dondarrion no parecía sentir el calor. Estaba tan inmóvil que parecía esculpido en piedra.

Pero, cuando el Perro cargó contra él, se apartó como una centella. La espada llameante subió al encuentro de la fría, dejando a su paso largas estelas de fuego, como las cintas de las que había hablado el Perro. El acero cantó contra el acero. Apenas Dondarrion le paró el primer golpe, Clegane lanzó otro, y en aquella ocasión fue el escudo de Lord Beric lo que se interpuso en su camino. La fuerza del impacto hizo que saltaran por los aires astillas de madera. Los golpes siguieron cayendo, duros, rápidos, desde abajo, desde arriba, por la derecha, por la izquierda, pero Dondarrion los detuvo todos. Las llamas giraban en torno a su espada, y a su paso dejaban un rastro de fantasmas rojos y amarillos. Cada movimiento de Lord Beric les daba nuevas fuerzas y hacía que ardieran con más brillo, hasta que pareció como si el señor del relámpago estuviera en el centro de una jaula de fuego.

—¿Es fuego valyrio? —le preguntó Arya a Gendry.

—No. Esto es diferente. Esto es...

—¿Magia? —sugirió ella mientras el Perro retrocedía.

En aquel momento era Lord Beric quien atacaba. El aire se llenó de estelas de fuego, y su rival, más corpulento, tuvo que retroceder más y más. Clegane detuvo un golpe con el escudo en alto, y uno de los perros pintados perdió la cabeza. Contraatacó, con lo que Dondarrion tuvo que interponer el escudo a su vez antes de lanzar un terrible tajo. La hermandad de los bandidos lanzaba gritos de ánimo para su jefe.

—¡Ya es tuyo! —oyó decir Arya—. ¡A por él! ¡A por él! ¡A por él!

El Perro esquivó un tajo que le iba directo a la cabeza. Hizo una mueca al sentir el calor de las llamas cerca del rostro. Gruñó, maldijo y se tambaleó.

Lord Beric no le dio respiro. Siguió acosando al hombretón; su brazo no se detenía nunca. Las espadas chocaban, se apartaban y volvían a chocar; del escudo del relámpago saltaban astillas, mientras las llamas vibrantes lamían a los perros una vez, y dos, y tres. El Perro se desplazó hacia la derecha, pero Dondarrion le cortó el paso con una rápida zancada lateral y lo obligó a moverse hacia el otro lado... hacia el resplandor rojizo de la hoguera. Clegane siguió cediendo terreno hasta que sintió el calor en la espalda. Una mirada rápida le mostró qué tenía detrás, y estuvo a punto de costarle la cabeza cuando Lord Beric atacó de nuevo.

Arya alcanzó a verle el blanco de los ojos a Sandor Clegane cuando lanzó un nuevo ataque. Tres pasos adelante y dos atrás; un movimiento hacia la izquierda, que Lord Beric bloqueó; otros dos pasos al frente y uno de retroceso, *clang, clang.* Los enormes escudos de roble recibían un golpe detrás de otro. El pelo lacio del Perro se le había pegado a la frente con una película de sudor.

«Sudor de vino», pensó Arya al recordar que lo habían aprisionado cuando estaba borracho. Le pareció ver en sus ojos algo parecido a un atisbo de miedo. «Va a perder», se dijo exultante, al tiempo que la espada llameante de Lord Beric giraba y golpeaba. El señor del relámpago, un torbellino de furia, recuperó todo el terreno que había ganado el Perro y, de nuevo, hizo que Clegane se tambaleara hasta el borde mismo del agujero de la hoguera. «Sí, sí, va a morir.» Arya se puso de puntillas para ver mejor.

—¡Maldito bastardo! —gritó el Perro al sentir como el fuego le lamía la parte trasera de los muslos. Se lanzó al ataque, blandiendo la espada cada vez con más fuerza; trataba de destruir a su rival, más menudo, a base de fuerza bruta; intentaba romperle el arma, el escudo o el brazo. Pero las llamas de las paradas de Dondarrion le saltaban a los ojos, y cuando el Perro se intentó apartar de ellas, perdió pie y cayó sobre una rodilla. Lord Beric se lanzó sobre él al instante; el golpe descendente aulló y dejó en el aire un rastro de pendones llameantes. Jadeante y agotado, Clegane alzó el escudo sobre la cabeza justo a tiempo, y el crujido del roble al romperse resonó en toda la cueva.

—Se le ha incendiado el escudo —dijo Gendry en voz baja.

Arya también se había dado cuenta. Las llamas se extendieron por la descascarillada pintura amarilla y devoraron a los tres perros negros.

Sandor Clegane había conseguido ponerse en pie de nuevo, en un feroz contraataque. Hasta que Lord Beric retrocedió un paso, el Perro no pareció darse cuenta de que el fuego que le rugía tan cerca del rostro era el de su escudo en llamas. Con un grito de aversión, lanzó un tajo contra la madera ya rota y terminó de destrozarla. El escudo se hizo pedazos, y uno de los trozos salió despedido por los aires, todavía en llamas, pero otro se le aferraba, testarudo, al antebrazo. Los esfuerzos que hacía para liberarse servían solo para avivar el fuego. La manga se le prendió, y de repente tuvo el brazo izquierdo envuelto en llamas.

—¡Acaba con él! —gritó Barbaverde a Lord Beric.

—¡Culpable! —La palabra se elevó como un cántico al que se iban uniendo las voces.

—¡Culpable! —gritó Arya con los demás—. ¡Culpable! ¡Mátalo!

Suave como la seda de verano, Lord Beric se acercó para poner fin a la vida del hombre que tenía delante. El Perro lanzó un grito ronco, alzó la espada con ambas manos y asestó un golpe con todas sus fuerzas. Lord Beric lo detuvo con facilidad...

—¡Noooooooo! —gritó Arya.

Pero la espada llameante se partió en dos, y el acero frío del Perro se hundió en la carne de Lord Beric allí donde el hombro se unía al cuello, abriéndolo hasta el esternón. La sangre caliente brotó como un torrente oscuro.

Sandor Clegane, aún en llamas, se tambaleó hacia atrás. Se quitó de encima los restos del escudo y los lanzó a un lado con una maldición, antes de tirarse al suelo y rodar para apagar las llamas que le devoraban el brazo.

Las rodillas de Lord Beric se doblaron muy despacio, como si se dispusiera a rezar. Abrió la boca, pero lo único que salió de ella fue sangre. Aún tenía clavada la espada del Perro cuando se derrumbó de bruces. La tierra se bebió su sangre. Bajo la colina hueca no se oía más sonido que el crepitar suave de las llamas y los gemidos del Perro, que trataba de levantarse. Arya solo podía pensar en Mycah y en todas las plegarias idiotas que había rezado para que muriera el Perro.

«Si hubiera dioses, Lord Beric habría ganado.» Ella sabía muy bien que el Perro era culpable.

—Por favor —chilló Sandor Clegane, que se sujetaba el brazo—. Me he quemado. Ayuda. Ayudadme. Ayudadme. —Estaba llorando—. Por favor.

«Pero si llora como un niño», pensó Arya, mirándolo atónita.

—Melly, cúrale las quemaduras —dijo Thoros—. Lim, Jack, ayudadme con Lord Beric. Más vale que vengas tú también, Ned.

El sacerdote rojo arrancó la espada del Perro del cadáver de su señor caído y clavó la punta en la tierra empapada de sangre. Lim pasó las enormes manos bajo los brazos de Dondarrion, mientras Jack-con-Suerte lo agarraba por los pies. Rodearon el foso de la hoguera y se perdieron en la oscuridad de un túnel, seguidos por Thoros y por el chico llamado Ned.

El Cazador Loco escupió al suelo.

—Voto por llevarlo de vuelta a Septo de Piedra y meterlo en una jaula para cuervos.

—Sí —apoyó Arya—. Porque mató a Mycah. Lo mató, de verdad.

—Que ardillita tan furiosa —murmuró Barbaverde.

—R'hllor lo ha juzgado y lo ha declarado inocente. —Harwin dejó escapar un suspiro.

—¿Quién es Rollor? —Arya ni siquiera era capaz de pronunciar el nombre.

—El Señor de la Luz. Thoros nos ha enseñado...

A ella no le importaba lo que Thoros les hubiera enseñado. Arrancó el puñal de Barbaverde de su vaina y se apartó de él antes de que pudiera agarrarla. Gendry también trató de detenerla, pero para él siempre había sido demasiado rápida.

Tom Sietecuerdas y una mujer estaban ayudando al Perro a ponerse en pie. Al verle el brazo, la conmoción la dejó sin palabras. Tenía una franja rosada allí donde la correa de cuero lo había protegido, pero por encima y por debajo de ella, la carne estaba agrietada, enrojecida, sanguinolenta, desde el codo a la muñeca. Cuando la mirada del Perro se cruzó con la suya, el hombre hizo una mueca.

—¿Tantas ganas tienes de verme muerto? Pues venga, niña lobo. Clávamela. Es más limpia que el fuego.

Clegane trató de levantarse, pero cuando se movió, un trozo de carne quemada se le cayó del brazo, y las rodillas se le doblaron. Tom lo cogió por el brazo sano y lo sostuvo en pie.

«Tiene el brazo como la cara», pensó Arya. Pero era el Perro. Se merecía arder en un infierno de fuego. El cuchillo le pesaba cada vez más. Lo empuñó con más fuerza.

—Vos matasteis a Mycah —dijo una vez más, como si lo retara a negarlo—. Decídselo. Lo matasteis. Lo matasteis.

—Lo maté. —Se le retorció todo el rostro—. Lo arrollé con el caballo, lo corté en dos y me reí. También les vi dar palizas a tu hermana y cortarle la cabeza a tu padre.

Lim le agarró la muñeca y se la retorció para quitarle el puñal. Arya se revolvió a patadas, pero no se lo devolvió.

—¡Al infierno, Perro! —gritó a Sandor Clegane con rabia impotente, desarmada—. ¡Ojalá vayáis al infierno!

—Ya ha ido —dijo una voz casi inaudible.

Cuando Arya se volvió, Lord Beric Dondarrion estaba detrás de ella, apoyado en el hombro de Thoros con una mano ensangrentada.

Catelyn

«Que los Reyes del Invierno se queden con su cripta gélida bajo la tierra», pensó Catelyn. Los Tully sacaban las fuerzas del río, y al río regresaban cuando su vida llegaba a su fin.

Tendieron a Lord Hoster en un ligero bote de madera, vestido con una brillante armadura completa de plata. Yacía de espaldas sobre la capa azul y roja. El jubón también era bicolor, azul y rojo, y una trucha con escamas de plata y bronce coronaba la cresta del gran yelmo que le pusieron junto a la cabeza. Sobre el pecho le colocaron una espada de madera pintada, y le cerraron los dedos en torno a la empuñadura. Unos guanteletes de malla le ocultaban las manos enjutas, y hacían que casi volviera a parecer fuerte. El enorme escudo de hierro y roble estaba a su izquierda, y el cuerno de caza que había utilizado toda la vida, a su derecha. El resto del bote estaba lleno de astillas, de trozos de pergamino y también de piedras, para darle peso en el agua. Su estandarte, la trucha saltarina de Aguasdulces, ondeaba en la proa.

Siete eran los elegidos para empujar la barca funeraria al agua. Simbolizaban los siete rostros de dios. Robb era uno, como rey de Lord Hoster. Lo acompañaban Lord Bracken, Lord Blackwood, Lord Vance y Lord Mallister; también Marq Piper... y Lothar Frey el Cojo, que había llegado de Los Gemelos con la respuesta que estaban aguardando. Acudía con una escolta de cuarenta hombres comandada por Walder Ríos, el mayor de los bastardos de Lord Walder, un hombre de aspecto severo y cabello canoso, con excelente reputación como guerrero. Su llegada, a las pocas horas de la muerte de Lord Hoster, había enfurecido a Edmure.

—¡Tendríamos que desollar a Walder Frey; tendríamos que descuartizarlo! —había gritado—. Para tratar con nosotros, envía a un tullido y a un bastardo. ¡Sabe muy bien que nos está insultando!

—No me cabe duda de que Lord Walder elige con mucha intención a sus enviados —le respondió Catelyn—. Ha sido una especie de pataleta, una venganza infantil, pero no olvides con quién tratamos. Nuestro padre lo llamaba el finado Lord Frey. Es un hombre de muy mal genio, muy envidioso y, sobre todo, muy orgulloso.

Por suerte, su hijo había mostrado más sentido común que su hermano. Robb había recibido a los Frey con toda la cortesía posible; había buscado sitio en los barracones para sus escoltas, y en privado le había pedido a Ser Desmond Grell que se retirara discretamente, de manera que Lothar tuviera el honor de participar en la ceremonia en la que se enviaba a Lord Hoster a su último viaje.

«Mi hijo ha adquirido una especie de sabiduría impropia de sus años, mi hijo, mi hijo.» La Casa Frey había abandonado al Rey en el Norte, pero el señor del Cruce seguía siendo el más poderoso de los vasallos de Aguasdulces, y Lothar no hacía más que ocupar el lugar que le correspondía.

Los siete bajaron a Lord Hoster por la escalera del agua, chapoteando en los escalones a medida que subía el rastrillo. Cuando depositaron el bote en la corriente, Lothar Frey, un hombre corpulento y de carnes blandas, respiraba jadeante. Jason Mallister y Tytos Blackwood, que se ocupaban de la proa, se metieron hasta el pecho en el río para guiar la barca.

Catelyn lo contemplaba todo desde las almenas; esperaba y miraba, como había esperado y mirado tantas veces en el pasado. Abajo, la corriente rápida del Piedra Caída se clavaba como una lanza en el costado del ancho Forca Roja, y sus aguas azules y blancas agitaban el cauce rojizo y marrón del río principal. La neblina de la mañana pendía sobre las aguas, tan tenue y sutil como los jirones del recuerdo.

«Bran y Rickon lo estarán esperando —pensó Catelyn con tristeza—, igual que antes lo esperaba yo.»

El ligero bote pasó bajo el arco de piedra roja que era la Puerta del Agua y fue cobrando velocidad a medida que entraba en la corriente apresurada del Piedra Caída. El bote emergió por debajo de las altas murallas defensivas del castillo, y la vela cuadrada se hinchó con el viento; Catelyn vio un rayo de sol que arrancaba destellos del yelmo de su padre. El timón de Lord Hoster Tully se mantuvo firme, y navegó tranquilo hacia el centro del canal, bajo la luz del sol naciente.

—Ahora —indicó su tío.

Junto a él, su hermano Edmure... No, ya era Lord Edmure; ¿cuándo se haría a la idea? Puso una flecha en el arco. Su escudero le acercó una tea a la punta. Edmure aguardó hasta que se inflamó, y luego alzó el gran arco, se llevó la cuerda hasta la oreja y la soltó. La flecha se elevó con un zumbido vibrante. Catelyn siguió el vuelo con los ojos y con el corazón, hasta que fue a hundirse en el agua con un siseo, a buena distancia de la popa del bote de Lord Hoster.

Edmure masculló una maldición entre dientes.

—Ha sido el viento —dijo al tiempo que sacaba una segunda flecha—. Otra vez.

La tea besó el trapo empapado en aceite que estaba atado tras la punta de la flecha, y las llamas lamieron el asta; Edmure alzó el arco, tensó la cuerda y la soltó. La flecha voló alta, con fuerza. Con demasiada fuerza. Se perdió en el río, a diez varas por delante del bote; su fuego se extinguió al instante. El rubor le subió a Edmure por el cuello, rojo como su barba.

—Una vez más —ordenó al tiempo que sacaba una tercera flecha del carcaj.

«Está tan tenso como la cuerda del arco», pensó Catelyn.

—Permitidme, mi señor —se ofreció Ser Brynden, que también se había dado cuenta.

—Ya puedo yo —insistió Edmure. Acercó la flecha para que se la prendieran, alzó el arco, respiró profundamente y tensó la cuerda. Pareció titubear un instante eterno mientras el fuego crepitante ascendía por el asta. Por último, la soltó. La flecha ascendió y ascendió, trazó una curva, y cayó, cayó, cayó... y siseó al pasar de largo de la vela hinchada.

Había fallado por poco, apenas un palmo, pero había fallado.

—¡Los Otros se la lleven! —maldijo su hermano.

El bote estaba casi fuera del alcance; entraba y salía de los jirones de bruma del río. Sin decir palabra, Edmure le tendió el arco a su tío.

—Deprisa —ordenó Ser Brynden.

Puso una flecha, la acercó a la tea, tensó la cuerda y la soltó antes de que Catelyn pudiera saber a ciencia cierta si se había prendido o no... Pero, mientras se elevaba, vio las llamas que trazaban un surco en el aire, un largo pendón anaranjado. El bote había desaparecido entre la bruma, que también se tragó a la flecha descendente... pero solo un instante. Después, tan repentina como la esperanza, vieron la flor roja. Las velas se prendieron, y la neblina se tiñó de rosa y naranja. Durante un momento, Catelyn divisó con claridad la silueta del bote envuelto en llamas.

«Espérame, mi pequeña Cat», oyó susurrar a su padre.

Catelyn extendió el brazo a ciegas en busca de la mano de su hermano, pero Edmure se había alejado de ella para irse en solitario al punto más alto de las almenas. Fue su tío Brynden quien le tomó la mano y entrelazó con los suyos los dedos fuertes. Juntos contemplaron el fuego que se empequeñecía con la distancia, a medida que el bote en llamas se alejaba.

Y al final desapareció... tal vez arrastrado por las aguas río abajo, tal vez hundido en ellas. El peso de la armadura depositaría a Lord Hoster en el fondo, y descansaría en el lodo suave del lecho del río, en las húmedas estancias donde los Tully tenían su corte eterna, con bancos de peces como su último séquito.

En cuanto el bote en llamas se perdió en la distancia, Edmure se alejó a zancadas. Catelyn habría querido abrazarlo aunque solo fuera un instante y sentarse con él una hora, una noche o un mes para hablar de los muertos y llorarlos. Pero sabía tan bien como él que no era el momento oportuno; se había convertido en el señor de Aguasdulces; sus caballeros lo rodeaban, le susurraban condolencias y promesas de lealtad, y formaban un muro entre él y algo tan insignificante como el dolor de una hermana. Y Edmure los oía sin escucharlos.

—No es ninguna deshonra fallar el tiro —le dijo su tío en voz baja—. Alguien tendría que decírselo a Edmure. Cuando mi señor padre emprendió su viaje río abajo, Hoster también falló.

—Con la primera flecha. —Catelyn había sido demasiado pequeña para recordarlo, pero Lord Hoster le contaba la anécdota a menudo—. La segunda acertó en la vela.

Dejó escapar un suspiro. Edmure no era tan fuerte como parecía. La muerte de su padre, cuando por fin tuvo lugar, había sido un descanso, pero aun así, su hermano se lo había tomado mal.

La noche anterior bebió demasiado, se derrumbó y se echó a llorar entre lamentos por las cosas que no había hecho y las palabras que no había dicho. No debería haber partido para luchar en la batalla de los Vados, le dijo entre lágrimas; tendría que haber permanecido junto al lecho de su padre.

—Tendría que haber estado con él, como estuviste tú —sollozó—. ¿Dijo algo de mí antes de morir? Dime la verdad, Cat. ¿Preguntó por mí?

La última palabra de Lord Hoster había sido *Atanasia,* pero Catelyn no tuvo valor para decírselo.

—Susurró tu nombre —mintió.

Su hermano había asentido con gratitud antes de besarle la mano.

«Si no hubiera intentado tragarse el dolor y el sentimiento de culpa, tal vez no habría errado con el arco», pensó para sus adentros con un suspiro. Pero era otra cosa que tampoco tenía valor para decir.

El Pez Negro la acompañó al bajar de las almenas hasta donde estaban Robb y sus vasallos. Junto a él se encontraba la joven reina. Al verla, su hijo la abrazó en silencio.

—Lord Hoster tenía un aspecto noble como el de un rey, mi señora —murmuró Jeyne—. Me habría gustado tener ocasión de conocerlo.

—Y a mí de conocerlo mejor —añadió Robb.

—Es lo mismo que él habría querido —dijo Catelyn—. Había demasiadas leguas entre Aguasdulces e Invernalia.

«Y por lo visto, hay demasiadas montañas, demasiados ríos y demasiados ejércitos entre Aguasdulces y el Nido de Águilas.» Lysa no había respondido a su carta.

De Desembarco del Rey tampoco obtenía más que silencio. Había albergado la esperanza de que Brienne y Ser Cleos hubieran llegado a la ciudad con su prisionero. Incluso era posible que Brienne hubiera vuelto ya, y con las niñas.

«Ser Cleos juró que le pediría al Gnomo que enviara un cuervo en cuanto aceptara el trato. ¡Lo juró!» Los cuervos no siempre llegaban a su destino. Tal vez algún arquero había abatido al pájaro y lo había asado para cenar. Quizá la carta que la habría tranquilizado se encontrara en aquel momento entre las cenizas de una hoguera, junto a un montoncito de huesos de cuervo.

Otros esperaban para dar el pésame a Robb, de manera que Catelyn se apartó a un lado y aguardó con paciencia mientras Lord Jason Mallister, el Gran Jon y Ser Rolph Spicer hablaban con él de uno en uno. Pero cuando Lothar Frey se acercó, le dio un tirón de la manga. Robb se volvió y aguardó a que Lothar hablara.

—Alteza. —Lothar Frey era un hombre regordete de treinta y tantos años; tenía los ojos muy juntos, la barbita puntiaguda y una melena de pelo oscuro que le caía en bucles sobre los hombros. Una lesión durante el nacimiento le había dejado una pierna retorcida, lo que le granjeó el sobrenombre de Cojo. Llevaba doce años sirviendo a su padre como mayordomo—. Lamentamos mucho esta intromisión en un momento tan doloroso, pero ¿podríais concedernos audiencia esta noche?

—Será un honor —dijo Robb—. Nunca quise que hubiera enemistad entre nosotros.

—Ni yo quise ser la causa —intervino la reina Jeyne.

—Lo comprendo —dijo Lothar Frey con una sonrisa—, y también lo comprende mi padre. Me ordenó que os dijera que él también fue joven, y recuerda bien lo que es perder la cabeza ante una mujer bella.

Catelyn dudaba mucho de que Lord Walder hubiera dicho semejante cosa, y de que alguna vez hubiera perdido la cabeza ante una mujer bella. El señor del Cruce había sobrevivido a siete esposas y estaba casado con la octava, pero cuando hablaba de ellas era para llamarlas calientacamas y yeguas de cría. Aun así, la formulación era impecable, y no sería ella quien pusiera objeciones al cumplido. Tampoco Robb.

—Vuestro padre es muy generoso —dijo—. Aguardaré con impaciencia el momento de nuestra conversación.

Lothar se inclinó, besó la mano de la Reina y se retiró. Para entonces ya se habían reunido doce hombres más, a la espera de su turno. Robb habló con cada uno de ellos, y repartió frases de gratitud y sonrisas según convenía. Cuando hubo terminado con el último, se volvió de nuevo hacia Catelyn.

—Tengo que hablar contigo de una cosa. ¿Me acompañas mientras caminamos?

—Como Vuestra Alteza ordene.

—No ha sido ninguna orden, Madre.

—En ese caso, será un placer.

Su hijo la había tratado con gentileza desde que regresó a Aguasdulces, pero rara vez buscaba su compañía. Se encontraba más cómodo con su joven reina, cosa que ella comprendía bien.

«Jeyne lo hace sonreír, y yo no puedo compartir con él nada, aparte de mi dolor. —Robb parecía disfrutar también con la compañía de los hermanos de su esposa: el joven Rollam, su escudero, y Ser Raynald, su portaestandarte—. Ocupan el lugar de los hermanos que perdió —comprendió Catelyn al verlos juntos—. Rollam es como si fuera Bran, y Raynald es en parte Theon y en parte Jon Nieve.» Solo cuando estaba con los Westerling veía sonreír a Robb o lo oía reír como el muchacho que era en realidad. Para todos los demás era siempre el Rey en el Norte, con la cabeza inclinada bajo el peso de la corona hasta cuando no la llevaba.

Robb le dio un tierno beso a su esposa, le prometió que la vería en sus habitaciones y echó a andar con su señora madre. Sus pasos los llevaron hacia el bosque de dioses.

—Lothar se ha mostrado amable; es una buena señal. Necesitamos a los Frey.

—Eso no quiere decir que podamos contar con ellos.

Robb asintió; la tristeza le invadió el rostro, y pareció como si los hombros se le cargaran. Catelyn habría dado cualquier cosa por abrazarlo.

«El peso de la corona lo está aplastando —pensó—. Desea con todas sus fuerzas ser un buen rey, valeroso, noble y astuto, pero la carga es excesiva para un muchacho.»

Robb estaba haciendo todo lo que podía, pero le seguían lloviendo los golpes, uno tras otro, implacables. Cuando lo informaron sobre la batalla del Valle Oscuro, donde Lord Randyll Tarly había derrotado a Robett Glover y a Ser Helman Tallhart, todos pensaron que se enfurecería; sin embargo, se quedó boquiabierto, incrédulo.

—¿El Valle Oscuro, en el mar Angosto? ¿Por qué fueron al Valle Oscuro? —Sacudió la cabeza, perplejo—. ¿He perdido un tercio de mi infantería por el Valle Oscuro?

—Los hombres del hierro tienen mi castillo, y ahora, los Lannister tienen a mi hermano —dijo Galbart Glover con la voz ronca de desesperación. Robett Glover había sobrevivido a la batalla, pero poco más tarde fue capturado cerca del camino Real.

—Por poco tiempo —le había prometido Robb—. Les ofreceremos a Martyn Lannister a cambio. Lord Tywin tendrá que aceptar; lo hará por su hermano.

Martyn era hijo de Ser Kevan y hermano gemelo de Willem, el muchacho asesinado por Lord Karstark. Catelyn sabía que aquellas muertes aún pesaban sobre su hijo. Había triplicado la guardia en torno a Martyn, pero seguía temiendo por su seguridad.

—Tendría que haber cambiado al Matarreyes por Sansa la primera vez que me lo pediste —dijo Robb mientras recorrían la galería—. Si se la hubiera ofrecido en matrimonio al Caballero de las Flores, tal vez los Tyrell estarían con nosotros, en vez de con Joffrey. Ojalá lo hubiera pensado.

—Estabas concentrado en las batallas, y hacías bien. Ni siquiera un rey puede pensar en todo.

—Batallas —dijo Robb casi con un murmullo al tiempo que salían al exterior, entre los árboles—. He ganado todas las batallas, todas, y aun así estoy perdiendo la guerra. —Alzó la vista, como si la respuesta pudiera estar escrita en el cielo—. Los hombres del hierro tienen Invernalia y Foso Cailin. Mi padre ha muerto, igual que Bran y Rickon, y puede que también Arya. Y ahora también ha muerto vuestro padre.

Catelyn no podía permitir que cayera en la desesperación. Era un trago cuyo sabor conocía demasiado bien.

—Mi padre llevaba mucho tiempo agonizando, Robb. No había nada que pudieras hacer. Has cometido errores, claro, ¿y qué rey no los comete? Ned estaría orgulloso de ti.

—Madre, tengo que decirte una cosa.

A Catelyn se le detuvo el corazón.

«Es algo que le duele. Algo que teme contarme.» Lo único que le acudía a la mente eran Brienne y su misión.

—¿Se trata del Matarreyes?

—No. De Sansa.

«Está muerta —pensó Catelyn al instante. Brienne ha fracasado; Jaime ha muerto, y Cersei se ha vengado matando a mi hijita.» Apenas si pudo pronunciar las palabras.

—¿La... la hemos perdido, Robb?

—¿Qué? —Su hijo la miró sobresaltado—. ¿Que si ha muerto? No, no, Madre, no es eso. No le han hecho daño. Bueno, no en ese sentido... Anoche llegó un pájaro, pero no tuve valor para decírtelo hasta que tu padre descansara en paz. —Robb le cogió la mano—. La han casado con Tyrion Lannister.

—Con el Gnomo. —Catelyn apretó los dedos contra los suyos.

—Sí.

—Me juró que la entregaría a cambio de su hermano —dijo, paralizada por el golpe—. Y también a Arya: a las dos. Nos las devolvería si le entregábamos a su querido Jaime; lo juró ante toda la corte. ¿Cómo ha podido casarse con ella, después de lo que dijo ante los ojos de los hombres y los dioses?

—Es el hermano del Matarreyes. Llevan el perjurio en la sangre. —Robb acarició con los dedos el pomo de la espada—. Si pudiera, le cortaría la cabeza. Entonces Sansa sería viuda y quedaría libre. No se me ocurre otra manera. La obligaron a hacer los votos delante de un septón y a ponerse una capa roja.

Catelyn rememoró al hombrecillo contrahecho al que había tomado prisionero en la posada de la encrucijada para luego llevarlo en el largo viaje hasta el Nido de Águilas.

—Tendría que haber permitido que Lysa lo tirase por la Puerta de la Luna. Mi pobre Sansa, mi pequeña... ¿Por qué le habrán hecho una cosa así?

—Por Invernalia —respondió Robb sin dudar un instante—. Tras la muerte de Bran y Rickon, Sansa es mi heredera. Si me sucediera algo...

—No te va a suceder nada. —Catelyn le apretó la mano con fuerza—. ¡Nada! No lo podría soportar. Me han quitado a Ned y a tus hermanos. Sansa está casada, Arya ha desaparecido, mi padre ha muerto... Si te pasara algo, me volvería loca, Robb. Eres lo único que me queda. Eres lo único que le queda al norte.

—Todavía no estoy muerto, Madre.

De pronto, el miedo se había apoderado de Catelyn.

—No es imprescindible combatir en las guerras hasta la última gota de sangre. —Hasta ella se daba cuenta de lo desesperada que le sonaba la voz—. No serías el primer rey en doblar la rodilla, ni siquiera el primer Stark.

—No. —Robb apretó los labios—. Jamás.

—No sería ninguna deshonra. Balon Greyjoy dobló la rodilla ante Robert cuando fracasó su rebelión. Torrhen Stark dobló la rodilla ante Aegon el Conquistador para que su ejército no tuviera que enfrentarse al fuego.

—¿Acaso Aegon había matado al padre del rey Torrhen? —Se sacudió la mano de su madre—. He dicho que jamás.

«Ahora se comporta como el niño que es, no como un rey.»

—Los Lannister no tienen necesidad del norte. Exigirán tributos y rehenes, nada más... y el Gnomo se quedará con Sansa hagamos lo que hagamos, de manera que rehén ya tienen. Te aseguro que los hombres del hierro serán un enemigo mucho más implacable. Si quieren conservar el norte en su poder, los Greyjoy no deben dejar vivo ni a un retoño de la Casa Stark; siempre les podría disputar sus derechos. Theon ha asesinado a Bran y a Rickon. Ahora solo tiene que matarte a ti... y a Jeyne, claro. ¿O crees que Lord Balon se puede permitir el lujo de dejarla con vida para que dé a luz a tus herederos?

—¿Por eso dejaste libre al Matarreyes? ¿Para conseguir la paz con los Lannister? —El rostro de Robb era una máscara gélida.

—Liberé a Jaime por Sansa y por Arya, si es que aún está viva. Lo sabes de sobra. Pero si en algún momento albergué la esperanza de comprar la paz, ¿qué tiene de malo?

—Mucho —replicó—. Los Lannister mataron a mi padre.

—¿Acaso crees que lo he olvidado?

—No lo sé. ¿Lo has olvidado?

Catelyn no había abofeteado nunca a ninguno de sus hijos en un acceso de ira, pero en aquel momento estuvo a punto de golpear a Robb. Le costó un gran esfuerzo obligarse a recordar lo asustado y solo que se debía de sentir.

—El Rey en el Norte eres tú; a ti te corresponde decidir. Solo te pido que pienses en lo que te he dicho. Los bardos exaltan a los reyes que mueren como valientes en combate, pero tu vida vale algo más que una canción. Al menos para mí, que te la di. —Bajó la cabeza—. ¿Puedo retirarme?

—Sí.

Robb se volvió y desenvainó la espada. Catelyn no habría sabido decir qué pretendía hacer con ella. Allí no había ningún enemigo, nadie contra quien luchar. Solo estaban ellos dos, entre los altos árboles y las hojas caídas.

«Hay peleas que no se pueden ganar con la espada», habría querido decirle. Pero mucho temía que el Rey haría oídos sordos a palabras como aquellas.

Horas más tarde, mientras bordaba en sus habitaciones, el joven Rollam Westerling llegó corriendo para convocarla a la cena. «Menos mal», pensó Catelyn con alivio. Después de la discusión, no estaba segura de que su hijo quisiera compartir mesa con ella.

—Eres un buen escudero —le dijo a Rollam con gesto serio.

«Bran también lo habría sido.»

Durante la cena, Robb se mostró frío, y Edmure, hosco, pero Lothar el Cojo compensó la actitud de los dos. Fue un ejemplo de cortesía: habló con calidez de Lord Hoster, le dio un cariñoso pésame a Catelyn por la muerte de Bran y Rickon, alabó la victoria de Edmure en el Molino de Piedra y le agradeció a Robb la «justicia rápida y certera» con que había tratado a Rickard Karstark. El hermano bastardo de Lothar, Walder Ríos, no se parecía en nada a él; era un hombre de rostro adusto y amargado, con la misma expresión desconfiada que Lord Walder. Apenas hablaba, y dedicó toda su atención a la carne y el hidromiel que le sirvieron.

Cuando se acabaron las conversaciones banales, la Reina y los demás Westerling pidieron permiso para retirarse. Los criados se llevaron los restos de la comida, y Lothar Frey carraspeó para aclararse la garganta.

—Antes de entrar en el asunto que nos ha traído aquí —dijo con solemnidad—, hay que tratar otro. Mucho me temo que es un tema serio. Tenía la esperanza de que no me correspondiera daros esta noticia, pero no hay otro remedio. Mi señor padre ha recibido una carta de sus nietos.

Catelyn había estado tan inmersa en su dolor que casi se había olvidado de los dos Frey a los que había aceptado como pupilos.

«Ya no más —pensó—. Madre misericordiosa, ¿cuántos golpes más podemos soportar?» Sabía que las siguientes palabras que oyera le clavarían otro puñal en el corazón.

—¿Los nietos que están en Invernalia? —consiguió preguntar—. ¿Mis pupilos?

—Sí, Walder y Walder. Pero ahora mismo están en Fuerte Terror, mi señora. Me duele en el alma tener que decíroslo, pero ha habido una batalla. Invernalia ha ardido hasta los cimientos.

—¿Qué? —La voz de Robb estaba teñida de incredulidad.

—Vuestros señores norteños trataron de reconquistar el castillo de manos de los hombres del hierro. Cuando Theon Greyjoy vio que iba a perder su conquista, le prendió fuego.

—No nos ha llegado noticia de ninguna batalla —apuntó Ser Brynden.

—Reconozco que mis sobrinos son jóvenes, pero estuvieron presentes. Walder el Mayor escribió la carta, y su primo la firmó con él. Por lo que cuentan, fue una batalla sangrienta. Vuestro castellano murió en ella. Se llamaba Ser Rodrik, ¿verdad?

—Ser Rodrik Cassel —dijo Catelyn, entumecida por el dolor. «Mi querido amigo, mi viejo y valiente amigo.» Casi lo podía ver tironearse de los bigotes blancos—. ¿Y el resto de los nuestros?

—Mucho me temo que los hombres del hierro los pasaron por la espada a casi todos.

Robb, mudo de rabia, dio un puñetazo en la mesa y volvió el rostro para que los Frey no vieran sus lágrimas.

Pero su madre las vio.

«Cada día que pasa, el mundo se oscurece un poco más.» Catelyn recordó a Beth, la hijita de Ser Rodrik; al incansable maestre Luwin y al alegre septón Chayle; a Mikken, en su fragua; a Farlen y Palla, en las perreras; a la Vieja Tata y a Hodor el simple. Se le hizo un nudo en el corazón.

—¿Todos? No, por favor.

—No —dijo Lothar el Cojo—. Las mujeres y los niños se escondieron, entre ellos mis sobrinos Walder y Walder. Invernalia estaba en ruinas, de manera que el hijo de Lord Bolton llevó a los supervivientes a Fuerte Terror.

—¿El hijo de Bolton? —preguntó Robb con la voz muy tensa.

—Tengo entendido que es un hijo bastardo —intervino Walder Ríos.

—¿Ramsay Nieve? ¿O tiene Lord Roose otro bastardo? —Robb frunció el ceño—. El tal Ramsay era un monstruo y un asesino, y murió como un cobarde. Es lo que me contaron.

—No os lo puedo confirmar. En toda guerra hay mucha confusión. Muchos informes falsos. Lo único que os puedo decir es que según mis sobrinos fue un hijo bastardo de Bolton quien salvó a las mujeres y a los niños de Invernalia. Ahora, todos los que sobrevivieron están a salvo en Fuerte Terror.

—¿Y Theon? —intervino Robb de repente—. ¿Qué fue de Theon Greyjoy? ¿Lo mataron?

—No os podría decir, Alteza. —Lothar el Cojo extendió los brazos, con las palmas de las manos hacia arriba—. Walder y Walder no mencionaban nada sobre él. Puede que Lord Bolton sepa algo, si es que su hijo le ha enviado noticias.

—Se lo preguntaremos, no lo dudéis —dijo Ser Brynden.

—Veo que estáis consternados. Siento haberos causado más dolor. Tal vez deberíamos aplazar la conversación hasta mañana. El asunto que nos trae puede aguardar hasta que os recuperéis...

—No —replicó Robb—, quiero arreglarlo cuanto antes.

—Yo también —asintió su hermano Edmure—. ¿Tenéis respuesta a nuestra oferta, mi señor?

—Así es. —Lothar sonrió—. Mi señor padre me ordena decirle a Vuestra Alteza que accede a esta nueva alianza matrimonial entre nuestras casas y renueva su lealtad hacia el Rey en el Norte, con la única condición de que Vuestra Alteza se disculpe en persona, cara a cara, por el agravio cometido contra la Casa Frey.

Una disculpa era un precio muy pequeño, pero al instante, Catelyn se sintió alertada por la mezquina petición de Lord Walder.

—Me complace —dijo Robb con cautela—. Nunca fue mi deseo que se abriera este abismo entre nosotros, Lothar. Los Frey han luchado con valor por mi causa. Será un placer volver a tenerlos a mi lado.

—Sois muy generoso, Alteza. Ya que aceptáis las condiciones, se me ha pedido que le ofrezca a Lord Tully la mano de mi hermana, Lady Roslin, doncella de dieciséis años. Roslin es la hija menor de mi señor padre con Lady Bethany de la Casa Rosby, su sexta esposa. Es de natural dulce, y tiene talento para la música.

—¿No sería mejor si antes nos conociéramos...? —Edmure se movió incómodo en el asiento.

—Ya os conoceréis cuando estéis casados —replicó Walder Ríos con tono brusco—. A menos que Lord Tully quiera antes contarle los dientes a Lady Roslin.

—Aceptaré vuestra palabra en lo que respecta a sus dientes —dijo Edmure haciendo un esfuerzo por controlar la ira—, pero antes de desposarme con ella me gustaría verle el rostro.

—Tendréis que aceptarla de inmediato, mi señor —dijo Walder Ríos—. De lo contrario, la oferta de mi padre no seguirá en pie.

—Mi hermano es un soldado, y por tanto, brusco, pero dice la verdad. —Lothar el Cojo abrió las manos—. Mi señor padre desea que este matrimonio tenga lugar de inmediato.

—¿De inmediato? —La voz de Edmure reflejaba tal grado de frustración que a Catelyn se le pasó por la cabeza que tal vez había pensado en romper el compromiso después de las batallas.

—¿Acaso ha olvidado Lord Walder que estamos en mitad de una guerra? —preguntó en tono imperioso Brynden el Pez Negro.

—Desde luego que no —respondió Lothar—. Precisamente por eso insiste en que el enlace se celebre ya, ser. En las guerras mueren hombres, incluso aquellos jóvenes y fuertes. ¿Qué sería de nuestra alianza si Lord Edmure perdiera la vida antes de tomar como esposa a Roslin? Además, hay que tener en cuenta la edad de mi padre. Ya pasa de los noventa años; es poco probable que vaya a ver el final de esta contienda. Su noble corazón descansaría más tranquilo si viera a su querida Roslin felizmente casada antes de que los dioses se lo lleven. Así moriría sabiendo que la chiquilla tiene un marido fuerte que la amará y la protegerá.

«Todos queremos que Lord Walder muera feliz.» Catelyn se sentía cada vez más incómoda con aquel acuerdo.

—Mi hermano acaba de perder a su padre. Necesita algo de tiempo para llorarlo.

—Roslin es una muchachita muy alegre —apuntó Lothar—. Puede que sea lo que Lord Edmure necesita para superar su dolor.

—Además, a mi abuelo ya no le gustan los noviazgos largos —añadió Walder Ríos—. Quién sabe por qué.

—He entendido la indirecta, Ríos. —Robb le lanzó una mirada gélida—. Os rogamos que nos dejéis a solas.

—Como Vuestra Alteza ordene. —Lothar el Cojo se levantó, y su hermano bastardo lo ayudó a salir de la estancia, caminando con dificultad.

—Han venido a decir que mi palabra no tiene ningún valor. —Edmure estaba echando humo—. ¿Por qué voy a permitir que ese viejo me elija esposa? Lord Walder tiene otras hijas, aparte de la tal Roslin. Y también muchas nietas. Tendría que haberme dado a elegir, como a ti. Soy su señor; debería estar ufano y agradecido de que esté dispuesto a casarme con cualquiera de ellas.

—Tiene mucho orgullo, y ahí es donde lo hemos herido —apuntó Catelyn.

—¡Los Otros se lleven su orgullo! No permitiré que me humillen en mi propio castillo. Me niego a este matrimonio.

—No te daré órdenes en un asunto así. —Robb lo miraba, fatigado—. Pero si te niegas, Lord Frey lo tomará como otra afrenta, y perderemos cualquier esperanza de conseguir su apoyo.

—Eso no lo sabes —se empecinó Edmure—. Desde el día en que nací, Frey ha estado empeñado en casarme con una de sus hijas. No va a permitir que esta oportunidad se le escape de las manos. Cuando Lothar le lleve nuestra respuesta, volverá con sus zalamerías y aceptará un compromiso más largo... con la hija que decida yo.

—Puede que sí, con el tiempo —intervino Brynden el Pez Negro—. La cuestión es: ¿podemos esperar mientras Lothar va y viene con ofertas y contraofertas?

—He de volver al norte. —Robb tenía los puños apretados—. Han matado a mis hermanos, han quemado Invernalia, han pasado por la espada a mis sirvientes... Solo los dioses saben qué pretende ese bastardo de Bolton, y si Theon sigue vivo para causar más daño. No me puedo quedar aquí sentado a la espera de una boda que no se sabe si tendrá lugar.

—Debe tener lugar —dijo Catelyn de mala gana—. Me apetece tan poco como a ti soportar los insultos y las quejas de Walder Frey, hermano, pero no veo muchas más opciones. Sin ese matrimonio, la causa de Robb está perdida. Tenemos que aceptar, Edmure.

—¿Tenemos? —repitió él en imitación burlona—. No te he visto ofrecerte como novena Lady Frey, Cat.

—Que yo sepa, la octava Lady Frey sigue viva y goza de buena salud —replicó.

«Por suerte.» De lo contrario, conociendo a Lord Walder, la situación podría haber llevado a algo semejante.

—Sobrino —intervino el Pez Negro—, soy el último hombre de los Siete Reinos con derecho a decirle a nadie con quién se tiene que casar. De todos modos, te recuerdo que dijiste que querrías hacer algo en reparación por tu batalla de los Vados.

—Estaba pensando en otro tipo de reparación. Batirme en combate singular con el Matarreyes. Una penitencia de siete años como hermano mendicante. Cruzar a nado el mar del Ocaso con las piernas atadas. —Al ver que ninguno de los presentes sonreía, Edmure levantó las manos—. ¡Los otros se os lleven a todos! Vale, vale, me casaré con esa moza. A modo de reparación. Vaya reparación.

Davos

Lord Alester alzó la vista de repente.

—Voces —dijo—. ¿Oyes, Davos? Alguien viene a por nosotros.

—Es Lamprea —dijo Davos—. Ya es la hora de la cena, o casi.

La noche anterior, Lamprea les había llevado media empanada de carne y panceta, junto con una jarra de hidromiel. Solo con recordarlo le volvían a rugir las tripas.

—No, es más de una persona.

«Tiene razón.» Davos oía al menos dos voces y varias pisadas, que se acercaban cada vez más. Se puso en pie y se acercó a los barrotes. Lord Alester se sacudió la paja de la ropa.

—El Rey envía a buscarme. O puede que haya sido la Reina. Sí; Selyse no permitiría que me pudriera aquí; soy de su misma sangre.

Lamprea apareció al otro lado de los barrotes con un aro de llaves en la mano. Ser Axell Florent y cuatro guardias lo seguían de cerca. Aguardaron bajo la antorcha mientras Lamprea buscaba la llave de la puerta.

—Axell —llamó Lord Alester—. Loados sean los dioses, ¿quién envía a buscarme? ¿El Rey o la Reina?

—A ti nadie te viene a buscar, traidor —dijo Ser Axell.

Lord Alester retrocedió como si le hubieran dado una bofetada.

—No, te lo juro, no he cometido ninguna traición. ¿Por qué no me escucha nadie? Si Su Alteza me permitiera explicarle...

Lamprea metió en la cerradura una gran llave de hierro, la giró y abrió la celda. Las bisagras oxidadas protestaron con un chirrido.

—Vamos —le dijo a Davos.

—¿Adónde? —Davos miró a Ser Axell—. Decidme la verdad, ser, ¿pensáis quemarme?

—Me han enviado a buscaros. ¿Podéis caminar?

—Puedo caminar.

Davos salió de la celda. Lord Alester dejó escapar un grito de consternación cuando Lamprea volvió a cerrar la puerta.

—Coge la antorcha —le ordenó Ser Axell al carcelero—. Deja a oscuras al traidor.

—¡No! —gritó su hermano—. No, por favor, Axell, no te lleves la luz... Que los dioses se apiaden de mí...

—¿Los dioses? Solo existen R'hllor y el Otro. —Ser Axell hizo un gesto brusco, y uno de los guardias cogió la antorcha de la argolla y abrió el camino hacia la escalera.

—¿Me lleváis ante Melisandre? —preguntó Davos.

—Estará presente —replicó Ser Axell—. No se aleja nunca del Rey. Pero es Su Alteza quien quiere veros.

Davos se llevó la mano al pecho, adonde había llevado colgado de un cordel un saquito de cuero con su suerte. Ya no la tenía, recordó, y tampoco las falanges de cuatro dedos. Pero sus manos aún eran suficientemente largas para rodear el cuello de una mujer, sobre todo un cuello tan esbelto como el de la mujer roja.

Ascendieron en fila por la escalera de caracol. Los muros eran de piedra basta y estaban fríos. La luz de las antorchas los precedía, y sus sombras los escoltaban por las paredes. En el tercer giro pasaron junto a una puerta de hierro que daba a la oscuridad, y junto a otra al quinto giro. Davos imaginó que ya estarían cerca del nivel del mar, quizá incluso por encima. La siguiente puerta que vieron era de madera, pero siguieron subiendo. Allí, en las paredes había aspilleras para disparar flechas, pero ningún haz de luz penetraba a través de la gruesa piedra. En el exterior era de noche.

A Davos le dolían ya las piernas cuando Ser Axell abrió una gruesa puerta y le hizo un gesto para que pasara. Al otro lado, un puente de piedra elevado surcaba el vacío como un arco hasta la gigantesca torre central que todos llamaban el Tambor de Piedra. Un viento marino soplaba inquieto entre los arbotantes sobre los que descansaba el tejado; mientras cruzaban, a Davos le llegó el olor a mar. Respiró profundamente para llenarse los pulmones de aire fresco y limpio.

«Viento y agua, dadme fuerzas», rezó. Abajo, en el patio, ardía una gran hoguera para mantener a raya los terrores que poblaban la noche, y los hombres de la Reina se habían reunido en torno a ella para cantar alabanzas a su nuevo dios rojo.

Estaban en el centro del puente cuando Ser Axell se detuvo de repente. Hizo un gesto brusco con la mano, y sus hombres retrocedieron hasta que ya no pudieron oírlo.

—Si por mí fuera, os quemaría con mi hermano Alester —le dijo a Davos—. Los dos sois unos traidores.

—Podéis pensar lo que queráis. Jamás traicionaría al rey Stannis.

—Lo haríais. Lo haréis. Lo veo en vuestra cara, y también lo he visto en las llamas. R'hllor me ha bendecido con ese don. Me muestra el futuro en el fuego, al igual que a Lady Melisandre. Stannis Baratheon ocupará el Trono de Hierro, lo he visto. Y sé qué hay que hacer. Su Alteza debe nombrarme Mano en lugar de mi hermano traidor. Eso es lo que le diréis.

«¿De verdad?» Davos no respondió.

—La Reina pide mi nombramiento, y que sea cuanto antes —siguió Ser Axell—. Hasta vuestro viejo amigo de Lys, el pirata Saan, está de acuerdo. Hemos hecho planes juntos, pero Su Alteza no se decide. La derrota lo devora por dentro; es como si tuviera un gusano negro en el alma. De nosotros, de los que lo queremos, depende mostrarle qué debe hacer. Si sois tan fiel a su causa como decís, uniréis vuestra voz a la nuestra, contrabandista. Le diréis que soy la Mano que necesita. Eso le diréis, y cuando embarquemos, me encargaré de que estéis al mando de un nuevo barco.

«Un barco.» Davos le escudriñó el rostro. Ser Axell tenía las orejas grandes de los Florent, parecidas a las de la Reina. De ellas nacían gruesos pelos, igual que de las fosas nasales, así como le asomaban mechones de vello debajo de la papada. La nariz era ancha; el ceño, prominente; y la mirada de aquellos ojos juntos era hostil. «Antes me arrojaría a la pira que darme un barco, eso está claro, pero si le hago este favor...»

—Por si se os pasa por la cabeza traicionarme —le avisó Ser Axell—, recordad que he sido castellano de Rocadragón durante mucho tiempo. La guarnición me es leal. Quizá no pueda quemaros sin permiso del Rey, pero podríais sufrir una caída. —Puso una mano carnosa en la nuca de Davos y le dio un empujón contra la baranda del puente, que solo le llegaba hasta la cintura, para obligarlo a mirar hacia abajo, al patio—. ¿Me habéis oído?

—Os he oído —respondió. «¿Y te atreves a decir que yo soy un traidor?»

—Muy bien. —Ser Axell lo soltó y sonrió—. Su Alteza está esperando. Será mejor que no lo impacientemos.

En lo más alto del Tambor de Piedra, en la gran estancia redonda que todos llamaban Cámara de la Mesa Pintada, encontraron a Stannis Baratheon de pie tras el mueble que daba su nombre a la estancia: una gigantesca tabla de madera pintada y tallada con la forma de Poniente, tal como había sido en tiempos de Aegon el Conquistador. Junto al Rey había un brasero de hierro con carbones que brillaban entre rojos y anaranjados. Cuatro ventanas altas y puntiagudas daban al norte, al sur, al este y al oeste. Al otro lado se veía el cielo estrellado de la noche. A oídos de Davos llegó el sonido del viento y, más distante, el del mar.

—Alteza —saludó Ser Axell—, os traigo al Caballero de la Cebolla, como habéis ordenado.

—Ya lo veo.

Stannis llevaba una túnica de lana gris, un manto color rojo oscuro y un sencillo cinturón de cuero negro del que le colgaban la espada y el puñal. Le ceñía la frente una corona de oro rojo con puntas en forma de llamas. Verlo fue toda una conmoción. Parecía diez años mayor que el hombre que Davos había dejado en Bastión de Tormentas, cuando puso rumbo hacia el Aguasnegras y hacia la batalla que sería su perdición. La barba recortada del Rey era una telaraña blanca y negra, y había perdido al menos una arroba. No había sido nunca corpulento, pero en aquel momento, los huesos se le movían bajo la piel como lanzas que lucharan por liberarse. Hasta la corona parecía demasiado grande. Sus ojos eran pozos azules perdidos en profundas hondonadas, y bajo la piel del rostro se adivinaba la forma del cráneo.

Aun así, una tenue sonrisa le pasó por los labios al ver a Davos.

—De modo que el mar me devuelve a mi caballero de los peces y las cebollas.

—Así es, Alteza.

«¿Sabrá que me tenía encerrado en la mazmorra?» Davos se dejó caer sobre una rodilla.

—Levantaos, Ser Davos —ordenó Stannis—. Os he echado de menos. Necesito buenos consejos, y vos siempre me los habéis dado. Decidme, pues, ¿con qué se castiga la traición?

La palabra quedó flotando en el aire.

«Una palabra aterradora —pensó Davos. ¿Le estaba pidiendo que condenara a su compañero de celda? ¿O tal vez a sí mismo?—. Los reyes saben mejor que nadie con qué se castiga la traición.»

—¿Traición? —consiguió decir al final con voz débil.

—¿De qué otra manera llamaríais a renegar del Rey y tratar de usurparle el trono que le corresponde por derecho? Os lo pregunto de nuevo: Según la ley, ¿con qué se castiga la traición?

—Con la muerte. —No tuvo más remedio que responder Davos—. Se castiga con la muerte, Alteza.

—Siempre ha sido así. No soy... no soy un hombre cruel, Ser Davos. Vos me conocéis. Me conocéis desde hace mucho. No es un decreto mío, siempre ha sido así, desde antes de los tiempos de Aegon. Daemon Fuegoscuro, los hermanos Toyne, el Rey Buitre, el Gran Maestre Hareth... los traidores siempre han pagado el crimen con su vida... Incluso Rhaenyra Targaryen. Era hija de un rey y madre de otros dos, pero murió por traidora cuando trató de usurpar la corona de su hermano. Es la ley. La ley, Davos. No es crueldad.

—Sí, Alteza. —«No está hablando de mí.» Durante un momento, Davos sintió pena por su compañero de celda, envuelto ya en la oscuridad. Sabía que debería callar, pero estaba cansado y harto de todo—. Señor, Lord Florent no pretendía traicionaros —se oyó decir.

—¿Es que los contrabandistas llamáis a la traición de otra manera? Lo nombré Mano, y él habría vendido mis derechos por un cuenco de guisantes. Hasta pensaba entregarles a Shireen. ¡Quería casar a mi única hija con un bastardo, fruto de un incesto! —La cólera hacía enronquecer al Rey—. Mi hermano tenía el don de inspirar lealtad. Sí, hasta en sus enemigos. En Refugio Estival ganó tres batallas en un día, y se trajo a Bastión de Tormentas a los señores Grandison y Cafferen como prisioneros. Colgó sus estandartes como trofeos en la sala principal; los cervatillos blancos de Cafferen estaban salpicados de sangre, y el león dormido de Grandison estaba desgarrado y casi partido en dos. Pero estuvieron sentados bajo esos estandartes toda una noche para beber y comer con Robert. ¡Hasta se los llevó a cazar! «Estos hombres pretendían entregarte a Aerys para que te quemara vivo», le dije cuando los vi lanzando hachas en el patio. «No deberías ponerles armas en las manos.» Robert se me rio en la cara. Yo habría encerrado a Grandison y a Cafferen en una mazmorra; él, en cambio, los convirtió en amigos. Lord Cafferen murió en el castillo de Vado Ceniza luchando por Robert; lo mató Randyll Tarly. Lord Grandison recibió tales heridas en el Tridente que murió un año después. Mi hermano consiguió que lo quisieran, pero al parecer, yo tan solo inspiro traición. Hasta en los de mi sangre, hasta en mi familia. Hermano, abuelo, primero, tío político…

—Alteza —interrumpió Ser Axell—, os lo suplico, dadme ocasión de demostraros que no todos los Florent somos así de débiles.

—Ser Axell quiere que reanude la guerra —le dijo el rey Stannis a Davos—. Los Lannister creen que estoy derrotado y acabado; casi todos mis señores vasallos me han abandonado. El propio Lord Estermont, el padre de mi madre, ha doblado la rodilla ante Joffrey. Los pocos hombres leales que me quedan se están desalentando. Pasan los días bebiendo y jugando, lamiéndose las heridas como cachorros apaleados.

—La batalla volverá a encender el fuego en sus corazones, Alteza —dijo Ser Axell—. La derrota es una enfermedad que se cura con una victoria.

—Una victoria. —El Rey frunció los labios—. Hay victorias y victorias, ser. Contadle vuestro plan a Ser Davos. Quiero saber qué opina de vuestra propuesta.

Ser Axell se volvió hacia Davos con una expresión en el rostro que debía de ser muy semejante a la que puso el orgulloso Lord Belgrave el día que el rey Baelor el Santo le ordenó lavarle los pies llagados a un mendigo. Aun así, obedeció.

El plan que Ser Axell había trazado con Salladhor Saan era sencillo. A pocas horas de navegación de Rocadragón se encontraba Isla Zarpa, antiguo asentamiento marino de la Casa Celtigar. Lord Ardrian Celtigar había luchado en el Aguasnegras bajo el estandarte del Corazón Llameante, pero cayó prisionero y no tardó en pasarse al bando de Joffrey. Desde entonces había permanecido en Desembarco del Rey.

—Sin duda teme la ira de Su Alteza y no se atreve a estar cerca de Rocadragón —declaró Ser Axell—. Y hace bien. Ha traicionado a su legítimo rey.

Ser Axell proponía utilizar la flota de Salladhor Saan y a los hombres que habían escapado del Aguasnegras. Stannis todavía tenía unos mil quinientos en Rocadragón, más de la mitad de ellos soldados de los Florent, para castigar la deserción de Lord Celtigar. Isla Zarpa contaba con una guarnición ligera, y se decía que su castillo estaba abarrotado de alfombras myrienses, cristalerías volantinas, vajillas de oro y plata, copas enjoyadas, magníficos halcones, un hacha de acero valyrio, un cuerno capaz de invocar monstruos marinos de las profundidades, cofres de rubíes y más vinos de los que nadie podría beber en cien años. Aunque Celtigar se mostraba tacaño ante el resto del mundo, para su comodidad no reparaba en gastos.

—Propongo que quememos su castillo y pasemos a su gente por la espada —concluyó Ser Axell—. Convirtamos Isla Zarpa en una desolación de cenizas y huesos donde solo vivan las aves carroñeras; así, todo el reino verá qué destino aguarda a los que se acuestan con los Lannister.

Stannis escuchó la explicación en silencio mientras movía la mandíbula de un lado a otro.

—Creo que es factible —dijo cuando Ser Axell terminó su exposición—. Hay pocos riesgos. Joffrey no tendrá ningún poder en el mar hasta que Lord Redwyne zarpe del Rejo. El saqueo serviría para garantizar durante un tiempo la lealtad de ese pirata lyseno, Salladhor Saan. Por sí sola, Isla Zarpa no vale nada, pero su caída serviría para demostrarle a Lord Tywin que mi causa no está perdida. —El Rey se volvió hacia Davos—. Decid la verdad, ser: ¿qué pensáis de la propuesta de Ser Axell?

«Decid la verdad, ser.» Davos recordó la celda oscura que había compartido con Lord Alester; recordó a Lamprea y a Gachas. Pensó en lo que le había prometido Ser Axell en el puente que cruzaba sobre el patio. «¿Qué quiero? ¿Un barco o un empujón?» Pero era Stannis quien se lo preguntaba.

—Alteza —empezó—, me parece una locura. Sí, y una cobardía.

—¿Cobardía? —casi gritó Ser Axell—. ¡Nadie me llama cobarde delante de mi rey!

—Silencio —ordenó Stannis—. Seguid, Ser Davos, quiero oír vuestras razones.

—Decís que tenemos que mostrar al reino que no estamos acabados —dijo Davos, girándose para quedar cara a cara con Ser Axell—. Que tenemos que atacar, hacer la guerra, sí... pero ¿contra qué enemigo? En Isla Zarpa no encontraréis a ningún Lannister.

—Pero encontraremos a muchos traidores —replicó Ser Axell—. Aunque a lo mejor hay alguno más cerca. En esta misma habitación.

—No dudo —siguió Davos sin hacer caso de la pulla— de que Lord Celgitar doblara la rodilla ante el joven Joffrey. Es un viejo sin esperanzas; no quiere más que acabar sus días en su castillo, bebiéndose sus buenos vinos en sus copas de piedras preciosas. —Se volvió hacia Stannis—. Pero acudió cuando lo llamasteis, señor. Vino con sus barcos y sus espadas. Estuvo a vuestro lado en Bastión de Tormentas cuando Lord Renly cayó sobre nosotros, y sus barcos subieron por el Aguasnegras. Sus hombres lucharon por vos, mataron por vos y ardieron por vos. Isla Zarpa está mal defendida, sí. La defienden mujeres, niños y ancianos. Y eso, ¿por qué? Porque sus esposos, padres e hijos murieron en el Aguasnegras, por eso. Murieron en los remos o empuñando las espadas mientras luchaban bajo nuestros estandartes. Y Ser Axell propone que arrasemos los hogares que dejaron atrás, que violemos a sus viudas y pasemos a sus hijos por la espada. Esos súbditos no son traidores...

—Son traidores —insistió Ser Axell—. No todos los hombres de Celtigar murieron en el Aguasnegras. Cientos de ellos cayeron prisioneros junto con su señor y doblaron la rodilla cuando él lo hizo.

—Cuando él lo hizo —repitió Davos—. Eran sus hombres; le fueron leales. No tenían elección.

—Siempre se puede elegir. Pudieron negarse a arrodillarse. Fue lo que hicieron algunos, y murieron. Pero murieron leales y con dignidad.

—Algunos hombres son más fuertes que otros.

Era una respuesta poco convincente; Davos lo sabía bien. Stannis Baratheon tenía una voluntad de hierro. No comprendía ni perdonaba la debilidad en los demás.

«Estoy perdiendo», pensó desesperado.

—Todo hombre tiene el deber de permanecer leal a su legítimo rey, aunque el señor al que sirve lo traicione —declaró Stannis en un tono que no admitía discusión.

Una insensatez desesperada se apoderó de Davos, una imprudencia cercana a la locura.

—¿Cómo vos permanecisteis leal al rey Aerys cuando vuestro hermano alzó sus estandartes? —soltó con brusquedad.

Se hizo un silencio tenso.

—¡Traición! —gritó Ser Axell al tiempo que desenvainaba el puñal—. ¡Alteza, se atreve a deciros semejantes infamias a la cara!

Davos oyó como Stannis rechinaba los dientes. En la frente del Rey palpitaba una vena azul, hinchada. Sus ojos se encontraron.

—Guardad el cuchillo, Ser Axell. Dejadnos a solas.

—Si Vuestra Alteza desea...

—Deseo que nos dejéis a solas —repitió Stannis—. Salid de mi presencia y decidle a Melisandre que venga.

—Como ordenéis. —Ser Axell guardó el cuchillo, hizo una reverencia y se dirigió hacia la puerta. Sus pisadas resonaban furiosas contra el suelo.

—Siempre os habéis aprovechado de mi templanza —advirtió Stannis a Davos cuando estuvieron a solas—. Os puedo cortar la lengua con la misma facilidad con la que os corté los dedos, contrabandista.

—Mi vida es vuestra, Alteza. Mi lengua también; podéis hacer con ella lo que queráis.

—Así es —dijo, ya más tranquilo—, y lo que quiero es que me sigáis diciendo la verdad. Aunque a veces sea un trago amargo. ¿Aerys, decís? Ojalá supierais... Fue una decisión muy difícil. Mi sangre o mi señor. Mi hermano o mi rey. —Hizo una mueca—. ¿Habéis visto alguna vez el Trono de Hierro? Hay púas en el respaldo y, por todos lados, fragmentos de acero retorcido y puntas serradas de espadas y cuchillos, todo mezclado y fundido. No es una silla cómoda, ser. Aerys se cortó tantas veces que empezaron a llamarlo el Rey Costra. Allí mismo fue donde asesinaron a Maegor el Cruel. A decir de algunos, nadie que se siente en ese trono descansa tranquilo. A veces me pregunto por qué lo desearon tanto mis hermanos.

—Entonces, ¿por qué lo queréis vos? —le preguntó Davos.

—No se trata de que lo quiera o no. El trono me corresponde como heredero de Robert. Es la ley. Después de mí deberá pasar a mi hija, a menos que Selyse me dé por fin un hijo varón. —Pasó tres dedos por la superficie de la mesa, por las capas de barniz liso y duro oscurecido por los años—. Soy el Rey. No tiene nada que ver con lo que quiera. Tengo un deber para con mi hija. Para con el reino. Hasta para con Robert. No me tenía ningún cariño, lo sé, pero era mi hermano. La Lannister le puso los cuernos y lo convirtió en un bufón. Puede que hasta lo matara, igual que mató a Jon Arryn y a Ned Stark. Esos crímenes claman justicia, empezando por Cersei y sus abominaciones. Pero eso es solo el principio. Estoy decidido a limpiar esa corte, como debió hacer Robert después del Tridente. En cierta ocasión, Ser Barristan me dijo que toda la podredumbre del reinado de Aerys empezó con Varys. No se debería haber perdonado nunca a ese eunuco. Igual que al Matarreyes. Como mínimo, Robert tendría que haberle quitado la capa blanca y haberlo enviado al Muro, como le aconsejaba con insistencia Lord Stark. Pero le hizo caso a Jon Arryn. Yo estaba en Bastión de Tormentas, sometido a asedio; nadie me consultó. —Se volvió bruscamente y clavó en Davos una mirada dura—. Decidme la verdad: ¿por qué queríais matar a Lady Melisandre?

«Así que lo sabe.» Davos no le podía mentir.

—Cuatro de mis hijos ardieron en el Aguasnegras. Ella los entregó a las llamas.

—La juzgáis mal. Aquel fuego no fue obra suya. Maldecid al Gnomo, a los piromantes, a ese imbécil de Florent, que llevó mi flota a las fauces de la trampa... O maldecidme a mí por mi orgullo y mi obstinación, por apartarla de mi lado cuando más la necesitaba. Pero no a Melisandre. Sigue siendo mi más fiel servidora.

—El maestre Cressen era vuestro fiel servidor, y ella lo mató, igual que mató a Ser Cortnay Penrose y a vuestro hermano Renly.

—Ahora sois vos el que habla como un bufón —protestó el Rey—. Melisandre vio el final de Renly en las llamas, sí, pero tuvo tan poco que ver con aquello como yo. La sacerdotisa estaba conmigo; vuestro hijo Devan os lo puede confirmar. Si dudáis de mi palabra, preguntadle a él. Si hubiera dependido de ella, Renly aún estaría con vida. Fue Melisandre quien me aconsejó con insistencia que me reuniera con él y le diera una última oportunidad de retractarse de su traición. También fue ella quien me dijo que mandara a buscaros, cuando lo que quería Ser Axell era entregaros a R'hllor. —Esbozó una sonrisa—. ¿No os sorprende?

—Sí. Sabe muy bien que no soy amigo suyo ni de su dios rojo.

—Pero sois amigo mío; eso también lo sabe. —Hizo un gesto a Davos para que se acercara más—. El chico está enfermo; el maestre Pylos lo ha estado sangrando.

—¿El chico? —Sus pensamientos volaron hacia Devan, el escudero del Rey—. ¿Habláis de mi hijo, señor?

—¿De Devan? Buen muchacho, se os parece mucho. No, el que está enfermo es el bastardo de Robert, el muchacho que nos llevamos de Bastión de Tormentas.

«Edric Tormenta.»

—Hablé con él en el Jardín de Aegon.

—Como ella quería. Como ella previó. —Stannis dejó escapar un suspiro—. ¿Os conquistó el muchacho? Es un don que tiene. Lo heredó de su padre y lo lleva en la sangre. Sabe que es hijo de un rey, pero prefiere olvidar que es bastardo. Y adora a Robert, igual que lo adoraba Renly cuando era pequeño. Mi regio hermano jugaba a hacer de padre amantísimo en sus visitas a Bastión de Tormentas; además estaban los regalos: espadas, ponis, capas ribeteadas en piel... Todo era cosa del eunuco. El chiquillo escribía mensajes de agradecimiento a la Fortaleza Roja, y Robert se reía y le preguntaba a Varys qué le había enviado ese año. Renly era igual. Dejó la educación del crío en manos de castellanos y maestres, y él los conquistó a todos. Penrose prefirió morir a entregarlo. —El Rey rechinó los dientes—. Aún me pongo furioso cuando me acuerdo. ¿Cómo pudo pensar que yo le haría daño a ese niño? Elegí a Robert, ¿o no? Cuando llegó el difícil momento de la decisión, elegí la sangre por encima del honor.

«Ya no llama al chico por su nombre.» Aquello intranquilizaba a Davos.

—Espero que el joven Edric se recupere pronto.

—No es más que un resfriado. —Stannis hizo un gesto con la mano, como para disipar su preocupación—. Tiene tos, escalofríos y fiebre. El maestre Pylos lo curará enseguida. El chico en sí no es nada, como podéis entender, pero por sus venas corre la sangre de mi hermano. Y ella dice que la sangre de un rey tiene poder.

Davos no tuvo que preguntar quién era «ella». Stannis puso una mano sobre la Mesa Pintada.

—Mirad esto, Caballero de la Cebolla. Mi reino, mi herencia. Mi Poniente. —La barrió con una mano—. Todo esto de los Siete Reinos es absurdo. Ya lo dijo Aegon hace trescientos años, cuando estaba donde estamos nosotros ahora mismo. Por orden suya pintaron esta mesa. Aquí reflejaron ríos y bahías, colinas y montañas, castillos, ciudades, aldeas, lagos, pantanos y bosques... pero ninguna frontera. Es todo una sola cosa. Un solo reino, sobre el que debe reinar un solo rey.

—Un solo rey —asintió Davos—. Un solo rey es la paz.

—Yo llevaré la justicia a Poniente. De la justicia, Ser Axell entiende tan poco como de la guerra. Con Isla Zarpa no ganaría nada... y, como vos habéis dicho, sería una canallada. Celtigar tiene que pagar el precio de la traición en su persona, y así será cuando yo reine. Todo hombre cosechará lo que haya sembrado, desde el más alto señor hasta la más ínfima rata de cloaca. Os garantizo que algunos perderán mucho más que la punta de los dedos. Han hecho sangrar a mi reino; eso no lo voy a olvidar. —El rey Stannis se apartó de la mesa—. Arrodillaos, Caballero de la Cebolla.

—¿Alteza?

—Hace tiempo, por vuestras cebollas y vuestros peces os nombré caballero. Por esto os voy a elevar al rango de señor.

«¿Por esto?» Davos no entendía nada.

—Estoy más que satisfecho con ser caballero a vuestras órdenes, Alteza. No sabría comportarme como un señor.

—Mejor. El comportamiento de los señores es falso. Lo he aprendido por las malas. Arrodillaos de una vez; vuestro rey lo ordena.

Davos se arrodilló, y Stannis desenvainó la espada larga. Era *Dueña de Luz,* aquel nombre le había puesto Melisandre. La Espada Roja de los Héroes, forjada en los fuegos en los que se habían consumido los siete dioses. La estancia pareció iluminarse cuando la hoja salió de su funda. El acero tenía un resplandor propio y cambiante, ora anaranjado, ora amarillo, ora rojo. El aire tremolaba a su alrededor, y jamás una piedra preciosa había tenido tanto brillo. Pero cuando Stannis tocó con ella el hombro de Davos, el tacto fue igual que el de otra espada cualquiera.

—Ser Davos de la Casa Seaworth —dijo el Rey—, ¿seréis mi vasallo leal ahora y por siempre?

—Lo seré, mi señor.

—¿Juráis servirme con lealtad hasta el fin de vuestros días, aconsejarme sinceramente, obedecerme con presteza, defender mis derechos y mi reino contra todos los enemigos en batallas grandes y pequeñas, proteger a mi pueblo y castigar a mis enemigos?

—Lo juro, Alteza.

—Si así es levantaos, Davos Seaworth, y levantaos como señor de La Selva, Almirante del Mar Angosto y Mano del Rey.

Durante un momento, Davos se quedó tan conmocionado que no pudo ni moverse. «Esta mañana me he despertado en sus mazmorras.»

—Alteza, no es posible... No estoy preparado para ser Mano de un rey.

—No hay nadie más preparado. —Stannis envainó *Dueña de Luz,* tendió la mano a Davos y lo ayudó a ponerse en pie.

—Soy un plebeyo —le recordó Davos—. Soy un contrabandista que ha subido demasiado alto. Vuestros señores no me obedecerán nunca.

—En ese caso, nombraremos nuevos señores.

—Pero... no sé leer... ni escribir...

—El maestre Pylos os leerá lo que os haga falta. En cuanto a lo de escribir, mi anterior Mano escribió la carta que le va a costar la cabeza. Lo único que os pido es lo que me habéis dado siempre. Sinceridad. Lealtad. Servicio.

—Tiene que haber alguien más adecuado... algún gran señor.

—¿Bar Emmon, ese crío, por ejemplo? —Stannis soltó un bufido—. ¿Mi desleal abuelo? Celtigar me ha abandonado, el nuevo Velaryon tiene seis años y el nuevo Sunglass embarcó rumbo a Volantis cuando quemé a su hermano. —Hizo un gesto airado—. Aún me quedan algunos hombres decentes, sí. Ser Gilbert Farring defiende en mi nombre Bastión de Tormentas con doscientos leales. Lord Morrigen, el Bastardo de Canto Nocturno, el joven Chyttering, mi primo Andrew... Pero no confío en ninguno de ellos tanto como en vos, mi señor de La Selva. Seréis mi Mano. Es a vos a quien quiero tener al lado en la batalla.

«Otra batalla será nuestro fin —pensó Davos—. En eso, Lord Alester estaba en lo cierto.»

—Me habéis pedido un consejo sincero. Entonces, con toda sinceridad os diré... que no tenemos fuerzas suficientes para emprender otra batalla contra los Lannister.

—Su Alteza se refiere a la gran batalla —dijo una voz de mujer con marcado acento oriental. Melisandre estaba en la puerta, con sus sedas rojas y sus satenes brillantes. Llevaba en la mano una bandeja de plata tapada—. Estas guerras sin importancia no son más que riñas de críos en comparación con lo que se avecina. Las fuerzas de aquel cuyo nombre no debe pronunciarse están tomando posiciones, Davos Seaworth, y son malévolas y poderosas hasta límites inimaginables. Pronto llegarán el frío y la noche que no acaba jamás. —Puso la bandeja de plata sobre la Mesa Pintada—. A menos que los hombres buenos tengan el valor de combatirlas. Hombres cuyos corazones sean de fuego.

—Melisandre me lo ha mostrado, Lord Davos —dijo Stannis, contemplando la bandeja de plata—. En las llamas.

—¿Lo visteis vos, señor? —No habría sido propio de Stannis Baratheon mentir en un asunto semejante.

—Con mis propios ojos. Después de la batalla, cuando me había dejado llevar por la desesperación, Lady Melisandre me pidió que mirara el fuego. La chimenea tenía buen tiro, y de las llamas se elevaban cenizas. Me quedé mirándolas, aunque me sentía como un idiota, pero ella me pidió que mirara más al fondo y... las cenizas eran blancas, el aire caliente las levantaba, pero de repente pareció como si estuvieran cayendo. Pensé que era como la nieve. Luego, las chispas del aire parecieron formar un círculo y convertirse en un cerco de antorchas, y me encontré viendo a través del fuego, como si mirara desde arriba, una colina en medio de un bosque. Las pavesas se habían convertido en hombres de negro, detrás de las antorchas, y en medio de la nieve había sombras que se movían. Pese al calor del fuego sentí un frío tan espantoso que me estremecí. Entonces, la visión desapareció y el fuego volvió a ser un simple fuego. Pero lo que vi era real; me jugaría mi reino.

—Ya lo habéis hecho —dijo Melisandre.

La seguridad con que hablaba el Rey resultaba aterradora para Davos.

—Una colina en un bosque... Sombras en la nieve... No sé...

—Significa que la batalla ya ha empezado —dijo Melisandre—. La arena del reloj cae ahora más deprisa; casi ha llegado la hora final del hombre sobre la tierra. Debemos actuar con osadía o no habrá esperanza. Poniente debe unirse bajo el mando de su verdadero rey, el príncipe que nos fue prometido, el señor de Rocadragón y elegido de R'hllor.

—Las elecciones de R'hllor son extrañas. —El Rey hizo una mueca, como si hubiera probado algo desagradable—. ¿Por qué yo y no mis hermanos? Renly y su melocotón... En mis sueños veo como le corre el jugo por la boca y la sangre por la garganta. Si hubiera cumplido con su deber como hermano, habríamos aplastado a Lord Tywin. Una victoria de la que hasta Robert habría estado orgulloso. Robert... —Rechinó los dientes de un lado al otro—. También sueño con él. Lo veo riendo, bebiendo y fanfarroneando. Eran las cosas que mejor se le daban. Bueno, también pelear. Nunca lo pude superar en nada. El Señor de la Luz tendría que haber elegido como campeón a Robert. ¿Por qué a mí?

—Porque sois un hombre justo —dijo Melisandre.

—Un hombre justo. —Stannis tocó con un dedo la bandeja de plata tapada—. Con sanguijuelas.

—Sí —dijo Melisandre—, pero tengo que deciros una vez más que no es así como debe hacerse.

—Me jurasteis que funcionaría. —El Rey se enfureció.

—Funcionará... y no funcionará.

—¿Cuál de las dos cosas?

—Las dos.

—Decidme algo que tenga sentido, mujer.

—Cuando las llamas hablen con más claridad, también lo haré yo. En el fuego hay verdad, pero no siempre es fácil de ver. —El gran rubí de su garganta parecía absorber el fuego del brasero—. Entregadme al muchacho, Alteza. Es la manera más segura. La mejor. Entregadme al muchacho, y yo despertaré al dragón de piedra.

—Os he dicho que no.

—No es más que un bastardo; ¿qué vale su vida comparada con la de todos los niños de Poniente? ¿Con la de todos los niños que podrían nacer en todos los reinos del mundo?

—El chico es inocente.

—El chico profanó vuestro lecho nupcial; de lo contrario, tendríais hijos varones. Os humilló.

—Eso lo hizo Robert, no el chico. Mi hija se ha encariñado con él; además, es de mi sangre.

—Es de la sangre de vuestro hermano —dijo Melisandre—. La sangre de un rey. Solo la sangre de un rey puede despertar al dragón de piedra.

Stannis rechinó los dientes.

—No quiero oír una palabra más. No hay dragones. Los Targaryen trataron de devolverles la vida media docena de veces, y en todas las ocasiones hicieron el ridículo o acabaron muertos. Para ridículo, ya tenemos a Caramanchada en esta roca dejada de la mano de los dioses. Tenéis las sanguijuelas; empezad de una vez.

—Como ordene mi rey. —Melisandre inclinó la cabeza con gesto rígido.

Se metió la mano derecha en la manga izquierda y arrojó un puñado de polvo al brasero. Los carbones rugieron. Mientras las llamas claras se retorcían sobre ellos, la mujer roja cogió la bandeja de plata y la puso ante el Rey. Davos la observó mientras levantaba la tapa. Debajo había tres sanguijuelas negras, grandes, hinchadas de sangre.

«Sangre del muchacho —supo al momento—. Sangre de rey.»

Stannis extendió una mano y cerró los dedos en torno a una de las sanguijuelas.

—Decid el nombre —ordenó Melisandre.

La sanguijuela se retorcía en la mano del Rey y trataba de pegársele a los dedos.

—El usurpador —dijo—. Joffrey Baratheon.

Cuando tiró la sanguijuela al fuego, el animal se retorció como una hoja de otoño entre los carbones antes de arder. Stannis cogió la segunda.

—El usurpador —dijo, en voz más alta—. Balon Greyjoy.

La tiró al brasero, donde la carne se abrió y chisporroteó. La sangre salió siseando humeante.

La última estaba en la mano del Rey. La examinó un momento mientras se retorcía en sus dedos.

—El usurpador —dijo por fin—. Robb Stark.

También la tiró a las llamas.

Jaime

La sala de baños de Harrenhal estaba en penumbra y llena de vapor; era una estancia de techo bajo con grandes bañeras de piedra. Cuando llevaron allí a Jaime, se encontró a Brienne en una de ellas. Se estaba frotando el brazo casi con rabia.

—No tan fuerte, moza —le gritó—. Os vais a arrancar la piel a tiras.

Brienne soltó el cepillo y se tapó las tetas con unas manos tan grandes como las de Gregor Clegane. Los pequeños botones puntiagudos que tanto empeño ponía en ocultar habrían resultado más naturales en una niña de diez años que en su pecho fuerte y musculoso.

—¿Qué hacéis aquí? —preguntó con brusquedad.

—Lord Bolton se ha empeñado en que cenara con él, pero por desgracia, no ha tenido la consideración de invitar a mis pulgas. —Jaime le dio un tirón al guardia con la mano izquierda—. Ayúdame a quitarme estos harapos apestosos. —Con una mano ni siquiera podía desatarse los calzones. El hombre obedeció; de mala gana, pero obedeció—. Déjanos a solas —dijo Jaime cuando sus ropas estuvieron amontonadas en el húmedo suelo de piedra—. A mi señora de Tarth no le gusta que la gentuza como tú le mire las tetas. —Señaló con el muñón a la mujer de cara chupada que se ocupaba de Brienne—. Tú también. Esperad fuera. Solo hay una puerta, y la moza abulta demasiado para escaparse por la chimenea.

Tenían el hábito de la obediencia muy arraigado. La mujer siguió al guardia a la salida, con lo que quedaron solos en la sala de baños. Las bañeras tenían capacidad suficiente para seis o siete personas, como correspondía a la costumbre de las Ciudades Libres, de manera que Jaime se metió en la de la moza, despacio y con torpeza. Tenía ambos ojos abiertos, aunque el derecho seguía algo hinchado a pesar de las sanguijuelas de Qyburn. Jaime se sentía como si tuviera cien años, es decir, mucho mejor que cuando había llegado a Harrenhal.

—Hay más bañeras —dijo Brienne, encogiéndose para apartarse de él.

—Me vale con esta. —Se sumergió con cautela hasta la barbilla en el agua, que despedía vapor—. No temáis, moza. Os veo los muslos morados y verdosos, y lo que tenéis entre ellos no me interesa lo más mínimo. —Tuvo que apoyar el brazo derecho en el borde, ya que Qyburn le había dicho que no debía mojar los vendajes. Sintió como se le empezaba a aflojar la tensión de las piernas, pero la cabeza le daba vueltas—. Si me desmayo, sacadme de aquí. Ningún Lannister se ha ahogado jamás en la bañera, y no quiero ser el primero.

—¿Por qué me tendría que importar que murierais?

—Hicisteis un juramento solemne. —Sonrió al ver como se le ponía roja la gruesa columna blanca que era su cuello. La mujer le dio la espalda—. ¿Todavía en plan tímida doncella? ¿Creéis que tenéis algo que aún no haya visto?

Tanteó en busca del cepillo que ella había soltado, lo cogió con los dedos y empezó a frotarse con torpeza. Hasta aquello le resultaba difícil. «La mano izquierda no me sirve de nada.»

Aun así, el agua se fue enturbiando a medida que las costras de polvo se disolvían. La moza siguió de espaldas a él, con los músculos de los anchos hombros tensos y duros.

—¿Os molesta ver el muñón? —preguntó Jaime—. Deberíais estar contenta. He perdido la mano con la que maté al Rey. La mano que tiró de la torre al crío de los Stark. La mano que metía entre los muslos de mi hermana para que se le humedeciera la entrepierna. —Le agitó el muñón ante la cara—. Con vos guardándolo, no es de extrañar que Renly muriera.

La moza se puso en pie tan bruscamente como si la hubiera golpeado, e hizo que el agua salpicara fuera de la bañera. Jaime captó un atisbo del espeso vello rubio que crecía entre sus muslos mientras salía. Era mucho más peluda que su hermana. Por absurdo que fuera, sintió como se le levantaba la polla debajo del agua.

«Ahora sí que es evidente que llevo demasiado tiempo lejos de Cersei.» Preocupado por la reacción de su cuerpo, apartó los ojos.

—Eso ha sido indigno de mí —murmuró—. Estoy tullido y amargado. Perdonad, moza. Me protegisteis tan bien como lo habría hecho cualquier hombre, mejor que muchos.

—¿Os burláis de mí? —Brienne se envolvió en una toalla.

—¿Acaso tenéis los sesos tan duros como la muralla de un castillo? —Jaime se había vuelto a enfadar—. Os estaba pidiendo disculpas. Estoy harto de pelear con vos. ¿Qué tal si firmamos una tregua?

—Para firmar una tregua hace falta confianza. ¿Queréis que confíe en...?

—En el Matarreyes, sí. En el perjuro que mató al pobrecito Aerys Targaryen. —Jaime soltó un bufido—. No me arrepiento de lo de Aerys, sino de lo de Robert. «He oído que te llaman Matarreyes. Que no se convierta en costumbre, ¿eh?», me dijo durante el banquete de su coronación. Y se reía. ¿Por qué a Robert nadie lo llamaba perjuro? Hizo sangrar el reino, pero el único que tiene un honor de mierda soy yo.

El agua corría por las piernas de Brienne y le formaba un charco bajo los pies.

—Todo lo que hizo Robert fue por amor.

—Todo lo que hizo Robert fue por orgullo, por un coño y por una cara bonita.

Cerró el puño... o lo habría cerrado, de haber tenido mano. El dolor lacerante le recorrió el brazo, cruel como una carcajada.

—Se alzó para salvar el reino —insistió la moza.

«Para salvar el reino.»

—¿Sabíais que mi hermano prendió fuego al Aguasnegras? El fuego valyrio puede arder en el agua. Aerys se podría haber bañado en él si hubiera querido. Los Targaryen se volvían locos por el fuego. —Le daba vueltas la cabeza. «Es por el calor que hace aquí, por el veneno que tengo en la sangre, por la fiebre. No soy yo mismo.» Se acomodó en el agua hasta que le llegó a la barbilla—. Manché mi capa blanca. Aquel día llevaba la armadura dorada... pero...

—¿La armadura dorada? —La voz de la mujer sonaba tenue, lejana. Jaime flotaba en sus recuerdos.

—Cuando los grifos danzarines perdieron la batalla de las Campanas, Aerys lo exilió. —«¿Por qué se lo estoy contando todo a esa cría fea?»—. Por fin había comprendido que Robert no era un simple señor rebelde al que podría aplastar cuando quisiera, sino la peor amenaza a la que se había enfrentado la Casa Targaryen desde Daemon Fuegoscuro. Sin ninguna elegancia, el Rey le recordó a Lewyn Martell que tenía a Elia, y lo envió para que se pusiera al mando de diez mil dornienses que se acercaban por el camino Real. Jon Darry y Barristan Selmy cabalgaron a Septo de Piedra para tratar de concentrar a los grifos que quedaran, y el príncipe Rhaegar volvió del sur para convencer a su padre de que se tragara el orgullo e invocara al mío. Pero ningún cuervo regresó de Roca Casterly, y aquello le inspiró aún más miedo al Rey. Veía traidores por todas partes, y Varys estaba siempre allí para señalarle a alguno que se le hubiera escapado. De manera que Su Alteza les ordenó a los alquimistas que escondieran fuego valyrio por todo Desembarco del Rey. Bajo el septo de Baelor y las chozas del Lecho de Pulgas, en establos y almacenes, en las siete puertas, hasta en las bodegas de la propia Fortaleza Roja.

»Todo se hizo en el mayor de los secretos; se encargó un puñado de maestros piromantes. Ni siquiera confiaron en sus discípulos para que los ayudaran. Los ojos de la Reina llevaban años cerrados, y Rhaegar estaba muy ocupado reuniendo un ejército. Pero la nueva Mano de Aerys, la maza y la daga, no era idiota del todo, y al ver las idas y venidas constantes de Rossart, Belis y Garigus, empezó a sospechar. Chelsted, se llamaba Chelsted. Lord Chelsted. —Lo había recordado de repente, mientras narraba la historia—. Hasta entonces me había parecido un cobarde, pero el día en que se enfrentó a Aerys tuvo que reunir mucho valor. Hizo todo lo que pudo para disuadirlo. Razonó, bromeó, amenazó y, por último, suplicó. Al no lograr nada, se arrancó la cadena del cargo y la tiró al suelo. Aerys lo quemó vivo como castigo, y colgó la cadena del cuello de Rossart, su piromante favorito. El hombre que había cocido a Lord Rickard Stark dentro de su armadura. Y yo lo vi todo, siempre al pie del Trono de Hierro, con mi armadura blanca, quieto como un cadáver, guardando a mi señor y sus bonitos secretos.

»Mis Hermanos Juramentados estaban todos ausentes, ¿sabéis?, pero a mí, Aerys prefería mantenerme siempre cerca. Yo era como mi padre, de modo que no confiaba en mí. Quería tenerme allí donde Varys pudiera vigilarme, día y noche. De manera que lo oí todo. —Recordaba cómo brillaban los ojos de Rossart cuando desplegaba los mapas para señalar dónde había que poner la sustancia. Garigus y Belis eran iguales—. Rhaegar se enfrentó a Robert en el Tridente, y ya sabéis qué pasó. Cuando la noticia llegó a la Corte, Aerys envió a la Reina a Rocadragón con el príncipe Viserys. La princesa Elia tendría que haber partido también, pero él lo prohibió. Se le había metido en la cabeza que el príncipe Lewyn había traicionado a Rhaegar en el Tridente, pero creía que solo conservaría la lealtad de Dorne mientras retuviera a su lado a Elia y a Aegon.

»—Esos traidores quieren mi ciudad —le oí decirle a Rossart—, pero solo encontrarán cenizas. Que Robert reine sobre un montón de huesos chamuscados y carne calcinada.

»Los Targaryen no entierran nunca a sus muertos; los queman. La intención de Aerys era tener la pira funeraria más grande que jamás hubiera existido. Aunque, para ser sinceros, no creo que pensara que iba a morir. Al igual que Aerion Llamabrillante, Aerys creía que el fuego lo transformaría... Que se alzaría de nuevo, renacido en forma de dragón, y que reduciría a cenizas a sus enemigos.

»Ned Stark avanzaba hacia el sur con la vanguardia de Robert, pero las fuerzas de mi padre llegaron antes a la ciudad. Pycelle convenció al Rey de que su Guardián del Occidente acudía para defenderlo, de modo que le abrió las puertas. La única vez que tendría que haberle hecho caso a Varys, y no se lo hizo. Hasta entonces, mi padre se había mantenido al margen de la guerra, cavilando sobre todos los agravios que Aerys había cometido contra él y con la firme determinación de que la Casa Lannister estuviera en el bando ganador. El Tridente lo acabó de decidir.

»A mí me correspondía defender la Fortaleza Roja, pero sabía que estábamos perdidos. Le solicité a Aerys permiso para llegar a un acuerdo. Mi mensajero regresó con una orden regia: "Si no sois un traidor, traedme la cabeza de vuestro padre". Aerys no quería ni oír hablar de rendición. Según mi mensajero, Lord Rossart estaba con él. Y yo sabía qué significaba aquello.

»Cuando encontré a Rossart, estaba disfrazado de soldado de a pie y corría hacia una poterna. Fue el primero al que maté. Luego maté a Aerys, antes de que encontrara a otro que les llevara su mensaje a los piromantes. Días después localicé a los otros, y también los maté. Belis me ofreció oro, y Garigus lloró y suplicó piedad. Bueno, la espada es más piadosa que el fuego, pero no creo que Garigus me agradeciera mi consideración.

El agua se había enfriado. Cuando Jaime abrió los ojos, se encontró mirándose el muñón de la mano de la espada.

«La mano que me convirtió en el Matarreyes. —La Cabra le había arrebatado a la vez su gloria y su vergüenza—. ¿Y qué me ha dejado? ¿Quién soy ahora?»

Allí de pie, con la toalla apretada contra las flacas tetas y las gruesas piernas blancas sobresaliendo por debajo, la moza tenía un aspecto ridículo.

—¿Qué pasa? ¿Mi relato os ha dejado sin palabras? Venga, maldecidme, besadme o llamadme mentiroso. Lo que sea.

—Si lo que decís es verdad, ¿por qué no lo sabe nadie?

—Los caballeros de la Guardia Real juran guardar los secretos del Rey. ¿Qué queríais? ¿Que violara el juramento? —Se echó a reír—. ¿Acaso pensáis que el noble señor de Invernalia habría dado crédito a mis endebles explicaciones? Él, un hombre tan honorable... Con una mirada le bastó para considerarme culpable. —Jaime se puso en pie con un esfuerzo; el agua fría le corrió por el pecho—. ¿Con qué derecho juzga el lobo al león? ¿Con qué derecho?

Un escalofrío lo recorrió y, al intentar salir de la bañera, se golpeó el muñón contra el borde.

El dolor lo recorrió como un latigazo... y, de repente, la sala de baños giraba. Brienne lo agarró antes de que cayera. Tenía el brazo con la piel de gallina, frío y húmedo, pero era fuerte, y su tacto, más delicado de lo que Jaime habría imaginado. «Más delicada que Cersei», pensó mientras lo ayudaba a salir de la bañera, con unas piernas tan blandas como una polla inerte.

—¡Guardias! —oyó gritar a la moza—. ¡El Matarreyes!

«Jaime —pensó—. Me llamo Jaime.»

Lo siguiente que supo fue que estaba tendido en el suelo mojado, rodeado por los guardias, la moza y Qyburn, que lo miraban preocupados desde arriba. Brienne seguía desnuda, pero por el momento se le había olvidado.

—El calor de las bañeras lo ha debilitado —les estaba diciendo el maestre Qyburn. «No, no es un maestre, le quitaron la cadena»—. Además, aún le queda veneno en la sangre, y está desnutrido. ¿Qué le dabais de comer?

—Gusanos, meados y vómitos —contribuyó Jaime.

—Pan duro, agua y puré de avena —insistió el guardia—. Pero casi no comía. ¿Qué hacemos con él?

—Frotadlo bien, vestidlo y, si hace falta, llevadlo a la Torre de la Pira Real —dijo Qyburn—. Lord Bolton insiste en que cene con él esta noche. Se está acabando el tiempo.

—Traedme ropas limpias para él —dijo Brienne—. Yo me encargaré de lavarlo y vestirlo.

Los demás estuvieron encantados de dejar la tarea en sus manos. Lo alzaron y lo sentaron en un poyo adosado al muro. Brienne fue a recoger la toalla y volvió con un cepillo de cerdas para acabar de frotarlo. Uno de los guardias le dio una navaja, para que le arreglara la barba. Qyburn regresó con ropa interior de algodón basto, unos calzones limpios de lana negra, una túnica verde muy suelta y un jubón de cuero que se ataba por delante. Para entonces, Jaime se sentía menos mareado, aunque igual de torpe. Con la ayuda de la moza consiguió vestirse.

—Ahora solo me hace falta un espejo de plata.

El maestre Sanguijuela también había llevado ropas limpias para Brienne: un vestido de seda rosa con una mancha desvaída y ropa interior de lino.

—Lo siento, mi señora; son los únicos atavíos femeninos de vuestra talla que hemos encontrado en todo Harrenhal.

Era evidente que el vestido estaba cortado para una mujer con los brazos más esbeltos, las piernas más cortas y mucho más pecho que Brienne. El fino encaje myriense apenas le ocultaba los moratones de la piel. El atuendo le daba un aspecto ridículo.

«Tiene los hombros más anchos que yo, y también el cuello —pensó Jaime—. No me extraña que prefiera llevar una armadura.» El rosa tampoco le sentaba bien. Una docena de bromas crueles le pasaron por la cabeza, pero por una vez, se las calló. Más valía no provocarla; con una mano, no era rival para ella.

Qyburn había llevado también una jarra.

—¿Qué es? —quiso saber Jaime cuando el maestre sin cadena le dijo que bebiera.

—Regaliz macerado en vinagre con miel y clavos. Os dará fuerzas y os despejará la cabeza.

—Traedme la pócima que hace crecer manos —dijo Jaime—. Esa es la que me interesa.

—Bebed —dijo Brienne sin sonreír.

Y él obedeció.

Pasó media hora antes de que se sintiera con fuerzas para incorporarse. Tras la penumbra húmeda y cálida de la sala de baños, el aire del exterior fue como una bofetada en el rostro.

—Mi señor ya lo debe de estar esperando —dijo un guardia a Qyburn—. Y a ella también. ¿Hace falta que lo lleve?

—Todavía puedo caminar. Dadme el brazo, Brienne.

Aferrado a ella, Jaime se dejó guiar para atravesar el patio hasta una estancia vasta y llena de corrientes de aire, aún más grande que la sala del trono de Desembarco del Rey. En las paredes se alineaban enormes chimeneas, una cada cinco pasos; no fue capaz de contarlas. Pero ninguna estaba encendida, de manera que la humedad retenida entre los muros se calaba hasta los huesos. Una docena de lanceros con capas de pieles guardaban las puertas y las escaleras que llevaban a las dos galerías del piso superior. Y, en el centro de aquel vacío inmenso, junto a una mesa rodeada por una enorme extensión de liso suelo de pizarra, aguardaba el señor de Fuerte Terror, asistido solo por un copero.

—Mi señor —saludó Brienne cuando estuvieron ante él.

Los ojos de Roose Bolton eran más claros que la piedra y más oscuros que la leche, y su voz era un susurro de araña.

—Me satisface ver que habéis recuperado las fuerzas suficientes para aceptar mi invitación, ser. Sentaos, mi señora. —Hizo una señal hacia las bandejas de quesos, pan, carnes frías y fruta que cubrían la mesa—. ¿Bebéis tinto o blanco? Me temo que la cosecha es poco interesante. Ser Amory dejó secas las bodegas de Lady Whent.

Jaime aceptó con presteza el asiento ofrecido, para que Bolton no viera lo débil que estaba.

—El blanco es para los Stark. Yo beberé tinto, que es rojo, como le conviene a un buen Lannister.

—Por mi parte, prefiero agua —dijo Brienne.

—Elmar, tinto para Ser Jaime, agua para Lady Brienne y, para mí, hidromiel especiada.

Bolton despidió a sus guardias con un gesto de la mano, y los hombres se retiraron en silencio.

La costumbre hizo que Jaime tendiera la mano derecha hacia la copa. El muñón la golpeó; los vendajes limpios se llenaron de salpicaduras rojas, y tuvo que agarrarla con la mano izquierda antes de que cayera, pero Bolton fingió que no se había dado cuenta de su torpeza. El norteño cogió una ciruela pasa y empezó a comérsela a mordiscos.

—Probadlas, Ser Jaime. Son muy dulces; además, ayudan a que se muevan las tripas. Lord Vargo las cogió en una posada antes de prenderle fuego.

—Mis tripas se mueven muy bien; la Cabra no es ningún lord, y vuestras ciruelas pasas no me interesan ni la mitad que vuestras intenciones.

—¿En lo que respecta a vos? —Una sonrisa aleteó en los labios de Roose Bolton—. Sois un trofeo peligroso, ser. Allí por donde pasáis, sembráis la discordia. Incluso aquí, en mi feliz hogar de Harrenhal. —Su voz era apenas una brizna más audible que un susurro—. Y también en Aguasdulces, por lo que parece. ¿Sabíais que Edmure Tully ha ofrecido un millar de dragones de oro para quien os vuelva a capturar?

«¿Nada más?»

—Mi hermana pagará diez veces esa cantidad.

—¿De verdad? —Otra vez la misma sonrisa, solo un instante; luego, nada—. Diez mil dragones es una suma muy cuantiosa. Pero claro, también hay que considerar la oferta de Lord Karstark. Le ha prometido la mano de su hija al hombre que le lleve vuestra cabeza.

—Si ofrecen una mano —dijo Jaime—, vuestra Cabra no podrá resistirse.

Bolton dejó escapar una risita.

—Harrion Karstark estaba prisionero aquí cuando tomamos el castillo, ¿lo sabíais? Lo puse al mando de todos los hombres de Bastión Kar que aún me seguían y lo envié con Glover. Espero que no le sucediera nada malo en el Valle Oscuro... De lo contrario, Alys Karstark sería todo lo que queda de la progenie de Lord Rickard. —Cogió otra ciruela—. Por suerte para vos, no necesito esposa. Mientras estaba en Los Gemelos me casé con Lady Walda Frey.

—¿Walda la Bella? —Jaime trató de sujetar el pan con el muñón mientras arrancaba un trozo con la mano izquierda.

—Walda la Gorda. Mi señor de Frey me ofreció como dote el peso de mi prometida en plata, de manera que elegí en consecuencia. Elmar, parte un poco de pan para Ser Jaime.

El chico arrancó de la hogaza un trozo del tamaño de un puño y se lo tendió a Jaime. Brienne se sirvió ella misma el pan.

—Lord Bolton —dijo—, se comenta que tenéis intención de entregarle Harrenhal a Vargo Hoat.

—Fue su precio —asintió Lord Bolton—. Los Lannister no son los únicos que pagan sus deudas. De todos modos, pronto tendré que partir. Edmure Tully va a casarse con Lady Roslyn Frey en Los Gemelos, y mi rey me ordena que asista.

—¿Edmure se va a casar? —preguntó Jaime—. ¿No era Robb Stark?

—Su Alteza el rey Robb ya está casado. —Bolton se escupió un hueso de ciruela en la mano y lo dejó a un lado—. Con una Westerling del Risco. Según me han dicho, se llama Jeyne. Sin duda la conoceréis, ser. Su padre es vasallo del vuestro.

—Mi padre tiene muchos vasallos, y la mayor parte de ellos tienen hijas. —Jaime buscó la copa con su única mano al tiempo que trataba de recordar a la tal Jeyne. Los Westerling eran una Casa antigua, con más orgullo que poder.

—No puede ser verdad —dijo Brienne, testaruda—. El rey Robb ha jurado contraer matrimonio con una Frey. Él jamás rompería un juramento, no...

—Su Alteza es un niño de dieciséis años —dijo Roose Bolton con tono suave—. Y os agradecería que no pusierais en duda mi palabra, señora.

Jaime casi sentía lástima por Robb Stark. «Pobre idiota. Ganó la guerra en los campos de batalla y la perdió en un lecho.»

—¿Qué tal le ha sentado a Lord Walder cenar trucha, en vez de lobo? —preguntó.

—La trucha también es una cena sabrosa. —Bolton hizo un gesto en dirección al copero con un dedo blanquecino—. Aunque mi pobre Elmar se ha visto decepcionado. Iba a casarse con Arya Stark, pero mi bondadoso suegro Frey no tuvo más remedio que romper el compromiso cuando el rey Robb lo traicionó.

—¿Hay noticias de Arya Stark? —Brienne se inclinó hacia delante—. Lady Catelyn temía que... ¿Vive aún la niña?

—Desde luego —dijo el señor de Fuerte Terror.

—¿Estáis seguro de lo que decís, mi señor?

—Arya Stark estuvo un tiempo desaparecida, sí —contestó Roose Bolton encogiéndose de hombros—, pero ya la hemos encontrado. Tengo intención de devolverla sana y salva al norte.

—A ella y a su hermana —dijo Brienne—. Tyrion Lannister nos prometió a las dos niñas a cambio de su hermano.

Por lo visto, aquello le pareció muy divertido al señor de Fuerte Terror.

—¿No os lo ha dicho nadie, mi señora? Los Lannister mienten.

—¿Estáis menospreciando el honor de mi Casa? —Jaime cogió el cuchillo del queso con la mano buena—. Es de punta redonda, y romo —dijo al tiempo que pasaba el dedo por el filo—, pero igual se os clavará en un ojo.

El sudor le perlaba la frente. Deseaba con todas sus fuerzas no aparentar la debilidad que sentía.

La sonrisa fugaz de Lord Bolton le volvió a aletear en los labios.

—Para ser un hombre que necesita ayuda para partir el pan, habláis con mucha valentía. Os recuerdo que mis guardias están a nuestro alrededor.

—A nuestro alrededor y a media legua de distancia. —Jaime hizo un gesto con la cabeza para indicar la inmensidad de la sala—. Cuando llegaran aquí estaríais tan muerto como Aerys.

—No me parece caballeroso amenazar a vuestro anfitrión por encima de sus propios platos de queso y aceitunas —le recriminó el señor de Fuerte Terror—. En el norte todavía consideramos sagradas las leyes de la hospitalidad.

—Soy vuestro prisionero, no un invitado. Vuestra Cabra me cortó la mano. Si pensabais que se me iba a olvidar con unas ciruelas pasas, estabais muy equivocado.

Aquello pareció desconcertar a Roose Bolton.

—Puede que tengáis razón. Puede que deba entregaros como regalo de bodas a Edmure Tully... o cortaros la cabeza, como hizo vuestra hermana con Eddard Stark.

—No os lo recomiendo. Roca Casterly tiene buena memoria.

—Entre mis murallas y vuestra roca hay mil leguas de montañas, mares y bosques. La enemistad de los Lannister no significa nada para los Bolton.

—En cambio, la amistad de los Lannister podría significar mucho.

Jaime creía conocer las reglas del juego al que jugaban en aquel momento. «Pero ¿las conocerá también la moza?» No se atrevía a volverse para mirarla.

—No estoy convencido de que seáis el tipo de amigo que le conviene a un hombre cauto. —Roose Bolton llamó al chico—. Elmar, corta tajadas de asado para nuestros invitados.

Sirvió a Brienne en primer lugar, pero ella no hizo ademán de empezar a comer.

—Mi señor —dijo—, tengo que intercambiar a Ser Jaime por las hijas de Lady Catelyn. Tenéis que liberarnos para que sigamos nuestro camino.

—El cuervo que llegó de Aguasdulces hablaba de una fuga, no de un intercambio. Y si vos ayudasteis a este prisionero a liberarse, sois culpable de traición, mi señora.

—Yo sirvo a Lady Stark —dijo la corpulenta moza poniéndose en pie de un salto.

—Y yo, al Rey en el Norte. O al Rey que Perdió el Norte, como lo llaman algunos. Que en ningún momento quiso negociar con los Lannister ni devolver a Ser Jaime.

—Sentaos y comed, Brienne —la acució Jaime al tiempo que Elmar le ponía una tajada de asado sangrante en el plato, ante él—. Si Bolton quisiera matarnos, no desperdiciaría con nosotros sus valiosas ciruelas, con el consiguiente peligro para sus tripas.

Miró la carne y comprendió que, con una mano, no tenía manera de cortarla.

«Ahora valgo menos que una niña —pensó—. La Cabra ha equilibrado el intercambio, aunque dudo mucho que Lady Catelyn se lo agradezca cuando Cersei le devuelva a sus mocosas en este mismo estado. —La sola idea le hizo hacer una mueca—. Y seguro que también me culparán a mí de eso.»

Roose Bolton cortaba la carne con movimientos metódicos mientras la sangre corría por el plato.

—Lady Brienne, ¿os sentaréis si os digo que tengo intención de enviar a Ser Jaime a Desembarco, tal como deseáis Lady Stark y vos?

—¿De... verdad? —La moza parecía desconfiada, pero se sentó—. Me parece muy bien, mi señor.

—Así es. Pero el caso es que Lord Vargo me ha creado una pequeña... dificultad. —Clavó los ojos claros en Jaime—. ¿Sabéis por qué Hoat os cortó la mano?

—Le gusta cortar manos. —Las vendas que cubrían el muñón de Jaime estaban manchadas de sangre y vino—. También le gusta cortar pies. No parece que necesite un motivo concreto.

—Pero el caso es que lo tenía. Hoat es más astuto de lo que parece. No hay hombre capaz de estar al mando de un grupo como los Compañeros Audaces durante tanto tiempo a no ser que tenga un poco de cerebro. —Bolton pinchó un trozo de carne con la punta del puñal, se lo llevó a la boca, masticó pensativo y tragó—. Lord Vargo abandonó a la Casa Lannister porque le ofrecí Harrenhal, una recompensa mil veces superior a cualquiera que hubiera podido esperar de Lord Tywin. Al no conocer bien Poniente, no sabía que era un regalo envenenado.

—¿La maldición de Harren el Negro? —se burló Jaime.

—La maldición de Tywin Lannister. —Bolton extendió la copa, y Elmar se la volvió a llenar en silencio—. Nuestra Cabra debería haber consultado con los Tarbeck o los Reyne. Le habrían dicho cómo trata vuestro padre a los traidores.

—No queda ningún Tarbeck ni ningún Reyne —dijo Jaime.

—A eso me refiero. Sin duda, Lord Vargo tenía la esperanza de que Lord Stannis venciera en Desembarco del Rey, y acto seguido lo confirmara como dueño de este castillo en gratitud por el pequeño papel desempeñado en la caída de la Casa Lannister. —Dejó escapar una risita seca—. Me temo que tampoco conoce muy bien a Stannis Baratheon. Sí, le pagaría sus servicios con Harrenhal... pero también le pagaría sus crímenes con la horca.

—La horca es más misericordiosa que lo que le espera con mi padre.

—Creo que ya lo va entendiendo. Con la derrota de Stannis y la muerte de Renly, solo una victoria de Stark lo puede salvar de la venganza de Lord Tywin, pero sus posibilidades son cada vez más remotas.

—El rey Robb ha ganado todas las batallas —dijo Brienne con convicción, tan testarudamente leal en sus palabras como en sus obras.

—Ha ganado todas las batallas, y por el camino, ha perdido a los Frey, a los Karstark, Invernalia y el norte. Lástima que el lobo sea tan joven. Los muchachos de dieciséis años siempre se creen inmortales e invencibles. Creo que un hombre más maduro doblaría la rodilla. Después de una guerra siempre llega la paz, y con la paz llegan los perdones... Al menos para los Robb Stark de este mundo. No para gente como Vargo Hoat. —Bolton le dirigió una breve sonrisa—. Ambos bandos lo han utilizado, pero ninguno derramará una lágrima cuando muera. Los Compañeros Audaces no lucharon en la batalla del Aguasnegras, pero de todos modos, murieron allí.

—Tendréis que perdonarme si no me echo a llorar.

—¿No os compadecéis de nuestra pobre Cabra condenada? En cambio, los dioses sí se compadecen... ¿Por qué, si no, os entregaron a él? —Bolton masticó otro trozo de carne—. Bastión Kar es más pequeño y desagradable que Harrenhal, pero se alza lejos del alcance de las garras del león. Una vez contraiga matrimonio con Alys Karstark, Hoat será un auténtico señor. Si puede sacarle algo de oro a vuestro padre, mejor que mejor, pero por mucho que le pagara Lord Tywin, os habría entregado a Lord Rickard. Su recompensa sería la doncella, y un refugio seguro.

»Pero para venderos tenía que conservaros en su poder, y las tierras de los ríos están llenas de hombres que darían cualquier cosa por apoderarse de vos. Glover y Tallhart cayeron derrotados en el Valle Oscuro, pero los restos de su ejército siguen por allí, mientras la Montaña se dedica a masacrar a los rezagados. Un millar de Karstarks os busca por las tierras del sur y el este de Aguasdulces. Por doquier hay hombres de Darry, sin señor y sin ley, manadas de lobos de dos patas y forajidos del señor del relámpago. Dondarrion estaría encantado de colgaros a vos y a la Cabra del mismo árbol. —El señor de Fuerte Terror mojó un trozo de pan en la sangre—. Harrenhal era el único lugar donde Lord Vargo podía reteneros a salvo, pero aquí, sus Compañeros Audaces son muy inferiores en número a mis hombres y a los de Ser Aenys y sus Frey. Sin duda temía que os devolviera a Ser Edmure en Aguasdulces... o peor aún, que os enviara con vuestro padre.

»Al dejaros tullido, su intención era librarse de la amenaza de vuestra espada, conseguir un trofeo macabro para enviárselo a vuestro padre y rebajar el valor que tenéis para mí. Porque me sirve a mí, igual que yo sirvo al rey Robb, de modo que sus crímenes son mis crímenes, o así podría parecerle a vuestro padre. Y ahí estriba mi... pequeña dificultad.

Miró a Jaime sin parpadear, expectante, gélido.

«Ya entiendo.»

—Queréis que os absuelva de toda culpa. Que le diga a mi padre que este muñón no es cosa vuestra. —Jaime se echó a reír—. Mi señor, enviadme con Cersei y cantaré la canción más dulce que podáis imaginar acerca de lo bien que me habéis tratado. —Sabía que era la única respuesta posible; si daba otra, Bolton lo entregaría a la Cabra—. Si tuviera mano, os lo dejaría por escrito. Diría cómo me mutiló el mercenario que mi padre trajo a Poniente y cómo me salvó el noble Lord Bolton.

—Confiaré en vuestra palabra, ser.

«Eso sí que no me lo dicen a menudo.»

—¿Cuándo se nos permitirá partir? ¿Y cómo pensáis hacerme pasar entre tantos lobos, forajidos y Karstarks?

—Os pondréis en marcha cuando Qyburn diga que habéis recuperado las fuerzas, y llevaréis una escolta de hombres selectos bajo el mando de mi capitán, Walton. Lo llaman Patas de Acero. Es un soldado de lealtad férrea. Walton se asegurará de que lleguéis sano y salvo a Desembarco del Rey.

—Siempre y cuando las hijas de Lady Catelyn sean entregadas sanas y salvas a su vez —intervino la moza—. Mi señor, agradezco la protección de vuestro hombre, Walton, pero mi misión son las niñas.

—No hay necesidad de que os sigáis preocupando por las niñas, mi señora —dijo el señor de Fuerte Terror, lanzándole una mirada de desinterés—. Lady Sansa es ahora la esposa del enano; solo los dioses los pueden separar.

—¿Esposa del enano? —se asombró Brienne—. ¿Del Gnomo? Pero... Si juró ante toda la corte, ante los ojos de los hombres y los dioses...

«Qué inocente es. —Cierto era que Jaime también se había sorprendido, pero lo ocultó mucho mejor—. Sansa Stark; seguro que Tyrion tiene una sonrisa de oreja a oreja.» Recordaba lo feliz que había sido su hermano con la hija del campesino... durante quince días.

—Lo que jurase o dejase de jurar el Gnomo ya no tiene importancia —dijo Lord Bolton—. Y para vos menos que para nadie. —La moza parecía casi ofendida. Tal vez empezó a notar las fauces de acero de la trampa cuando Lord Bolton llamó a sus guardias—. Ser Jaime proseguirá su camino hacia Desembarco del Rey. En cambio, de vos no he dicho nada. No sería escrupuloso por mi parte arrebatarle a Lord Vargo sus dos trofeos. —El señor de Fuerte Terror cogió otra ciruela pasa—. Si yo estuviera en vuestro lugar, mi señora, me preocuparía menos por los Stark y más por los zafiros.

Tyrion

Un caballo relinchó impaciente a su espalda, entre las filas de los capas doradas que recorrían el camino. Tyrion oía también las toses de Lord Gyles. Él no había solicitado la compañía de Gyles, igual que no había solicitado la de Ser Addam ni la de Jalabhar Xho ni los demás, pero su señor padre pensaba que Doran Martell se ofendería si el único que acudía a escoltarlo para cruzar el Aguasnegras era un enano.

«Debería haber sido Joffrey en persona el que recibiera a los dornienses —pensó mientras aguardaban—, pero claro, se habría manchado de barro. —Últimamente, el Rey había estado repitiendo los chistecitos de dornienses que oía a la soldadesca de Mace Tyrell—. ¿Cuántos dornienses hacen falta para herrar un caballo? Nueve: uno para herrarlo, y ocho para darle la vuelta al caballo.» Tyrion suponía que Doran Martell no lo consideraría gracioso.

Divisaba sus estandartes, que ondeaban al viento a medida que los jinetes salían del follaje del bosque en una larga columna polvorienta. Desde allí hacia el río solo quedaban árboles ennegrecidos, la herencia de su batalla. «Demasiados estandartes —pensó con amargura al ver como los cascos de los caballos que se acercaban levantaban cenizas del suelo, igual que había sucedido con los caballos de la vanguardia de los Tyrell cuando atacaron el flanco de Stannis—. Por lo visto, Martell se ha traído a la mitad de los señores de Dorne.» Trató de deducir alguna consecuencia buena de aquello, pero no lo consiguió.

—¿Cuántos estandartes ves? —le preguntó a Bronn.

—Ocho... —contestó el caballero mercenario con una mano sobre los ojos a modo de visera—. No, nueve.

—Acércate aquí, Pod —ordenó girándose en la silla—. Describe las armas que ves y dime qué Casas representan.

Podrick Payne se aproximó a lomos de su caballo. Portaba el estandarte real de Joffrey, el venado y el león, y le costaba mantener alzado su peso. Bronn llevaba el estandarte de Tyrion, el león de los Lannister dorado sobre escarlata.

«Cada vez es más alto —advirtió Tyrion cuando Pod se puso en pie sobre los estribos para ver mejor—. Pronto me mirará desde arriba, como todos los demás.» Por orden de Tyrion, el muchacho se había aplicado en el estudio de la heráldica dorniense, pero estaba tan nervioso como de costumbre.

—No se ven bien; el viento las hace ondear.

—Bronn, dile al chico qué ves tú.

Aquel día, Bronn parecía todo un caballero, con el jubón y la capa nuevos, y la cadena llameante cruzada sobre el pecho.

—Un sol rojo sobre naranja con una lanza por detrás —dijo.

—Martell —replicó Podrick Payne al instante; su alivio resultaba evidente—. La Casa Martell de Lanza del Sol, mi señor. El príncipe de Dorne.

—Hasta mi caballo se sabría esa —dijo Tyrion con tono seco—. Otra, Bronn.

—Hay una bandera morada con redondeles amarillos.

—¿Limones? —sugirió Pod, esperanzado—. ¿Un campo de púrpura lleno de limones? ¿La Casa Dalt? De... de... de Limonar.

—Es posible. Luego viene un pájaro grande negro sobre amarillo. Tiene algo rosado o blanco entre las garras; con el estandarte ondeando no se ve bien.

—El buitre de los Blackmont tiene un bebé en las garras —dijo Pod—. La Casa Blackmont, ser.

—Así que has estado leyendo libros otra vez, ¿eh? —lo interrumpió Bronn echándose a reír—. Los libros estropean la vista, chico; luego no podrás manejar la espada. También veo una calavera. Un estandarte negro.

—La calavera coronada de la Casa Manwoody, hueso y oro sobre negro. —Con cada respuesta acertada, Pod parecía más seguro de sí mismo—. Los Manwoody de Sepulcro del Rey.

—¿Tres arañas negras?

—Son escorpiones, ser. La Casa Qorgyle de Asperón: tres escorpiones negros sobre rojo.

—Rojo y amarillo separados por una línea quebrada.

—Las llamas de Sotoinfierno. La Casa Uller.

«El chico no tiene un pelo de tonto; basta con hacer que se le suelte la lengua.» Tyrion estaba impresionado de verdad.

—Sigue, Pod —lo animó—. Si los aciertas todos, te haré un regalo.

—Una empanada con tajadas rojas y negras —dijo Bronn—. En medio tiene una mano de oro.

—La Casa Allyrion, de Bondadivina.

—Un pollo rojo que parece que se está comiendo una serpiente.

—Los Gargalen de Costa Salada. Es un basilisco, ser. Perdón. No un pollo. Rojo, con una serpiente negra en el pico.

—¡Muy bien! —exclamó Tyrion—. Solo te queda uno más, muchacho.

Bronn escudriñó las filas de los dornienses que se acercaban.

—El último es una pluma dorada sobre cuadros verdes.

—Una plumilla dorada, ser. Jordayne de Tor.

Tyrion soltó una carcajada.

—Los nueve; perfecto. Yo no los habría identificado todos.

Era mentira, pero así le imbuía al chico un poco del orgullo que tanta falta le hacía.

«Parece que Martell trae unos compañeros formidables.» Ninguna de las Casas que Pod había nombrado era pequeña o insignificante. Nueve de los señores más importantes de Dorne, o tal vez sus herederos, se aproximaban por el camino Real, y Tyrion tenía la sospecha de que no habían hecho un viaje tan largo solo para ver al oso bailarín. Les estaban transmitiendo un mensaje. «Un mensaje que no me gusta.» Una vez más, se preguntó si no habría cometido un error al enviar a Myrcella a Lanza del Sol.

—Mi señor —dijo Pod con cierta timidez—, no hay ninguna litera.

Tyrion giró la cabeza bruscamente. El chico tenía razón.

—Doran Martell siembre viaja en litera —siguió Pod—. Un palanquín con cortinajes de seda adornados con soles.

También Tyrion había oído aquello mismo. El príncipe Doran tenía más de cincuenta años y sufría de gota.

«Puede que haya querido viajar más deprisa —se dijo—. Tal vez tuviera miedo de que su litera fuera un objetivo demasiado tentador para los bandoleros o de que resultara demasiado aparatosa en los pasos altos del Sendahueso. O quizá esté mejor de la gota.»

Entonces, ¿por qué aquello le daba tan mala espina? La espera se le hacía insoportable.

—Arriba los estandartes —decidió—. Iremos a su encuentro.

Picó espuelas. Bronn y Pod lo siguieron, cada uno a un lado. Cuando los dornienses los vieron acercarse, también ellos espolearon sus monturas e hicieron ondear los estandartes al cabalgar. De las ornamentadas sillas de los caballos colgaban los escudos redondos de metal que usaban por tradición; muchos llevaban haces de lanzas cortas, y otros, los arcos recurvos con los que eran tan diestros incluso al galope.

Como había observado el primer rey Daeron, había tres tipos de dornienses. Estaban los dornienses de la sal, que vivían a lo largo de la costa; los dornienses de la arena, que habitaban en los desiertos y en los valles de los ríos, y los dornienses de la piedra, que tenían sus moradas en los pasos y las cumbres de las Montañas Rojas. Los dornienses de la sal eran los que tenían más sangre de los rhoynar, y los de la piedra, los que menos.

En el séquito de Doran había una nutrida representación de todos ellos. Los dornienses de la sal eran morenos y esbeltos, con la piel olivácea y largas cabelleras negras ondeando al viento. Los dornienses de la arena eran más morenos todavía, con los rostros bronceados por el ardiente sol de sus tierras. Se envolvían los yelmos con largas pañoletas de colores vivos, para evitar las insolaciones. Los dornienses de la piedra eran los más corpulentos y de piel más clara, hijos de los ándalos y de los primeros hombres, con cabelleras castañas o rubias y rostros que el sol llenaba de pecas o quemaba en vez de broncear.

Los señores llevaban túnicas de seda y satén, con cinturones enjoyados y mangas amplias. Sus armaduras tenían esmaltes e incrustaciones de cobre bruñido, plata reluciente y oro rojizo. Sus caballos eran unos castaños y otros dorados, aunque también había algunos blancos como la nieve, todos rápidos y de estampa fina, con el cuello largo y hermosas cabezas afiladas. Los legendarios corceles de la arena de Dorne eran más pequeños que los caballos de guerra, y no podrían cargar con armaduras muy pesadas, pero de ellos se decía que podían galopar un día, una noche y un día más sin llegar a cansarse.

El líder de los dornienses cabalgaba a lomos de un garañón negro como la noche, con las crines y la cola del color del fuego. Se erguía en la silla como si hubiera nacido en ella, alto, esbelto y grácil. Una capa de seda color rojo claro le ondeaba a la espalda, y llevaba una camisa reforzada con hileras superpuestas de discos de cobre que, al cabalgar, centelleaban como un millar de monedas recién acuñadas. Se adornaba el yelmo alto y dorado con un sol de cobre, que le quedaba sobre la frente, y el escudo redondo que llevaba colgado lucía en la pulida superficie de metal el sol y la lanza de la Casa Martell.

«Un sol Martell, pero le faltan diez años como poco —pensó Tyrion al tiempo que tiraba de las riendas—. Por no mencionar que está demasiado en forma y parece demasiado aguerrido. —Para entonces ya sabía a quién se enfrentaba—. ¿Cuántos dornienses hacen falta para empezar una guerra? —se preguntó—. Solo uno.» Pero no le quedaba más remedio que sonreír.

—Sed bienvenidos, mis señores. Nos llegó noticia de que estabais próximos, y Su Alteza el rey Joffrey me ordenó acudir a vuestro encuentro en su nombre. Mi señor padre, la Mano del Rey, también os envía sus saludos. —Se fingió un poco confuso—. ¿Quién de vosotros es el príncipe Doran?

—La salud de mi hermano lo ha obligado a quedarse en Lanza del Sol. —El príncipe se quitó el yelmo. El rostro que había debajo era taciturno y estaba surcado de finas arrugas; tenía unas cejas estrechas y arqueadas sobre unos ojos grandes y brillantes, tan negros como el carbón. Apenas unas cuantas hebras plateadas surcaban la lustrosa melena negra, que formaba sobre la frente un pico afilado en dirección a la nariz. «Dorniense de la sal de los pies a la cabeza»—. El príncipe Doran me ha enviado para ocupar su lugar en el Consejo del rey Joffrey, si a Su Alteza le place.

—Para Su Alteza será un honor tener entre sus consejeros a un guerrero tan reputado como el príncipe Oberyn de Dorne —dijo Tyrion. «Esto va a hacer que corra la sangre»—. Y vuestros nobles compañeros también son bienvenidos.

—Permitidme que os los presente, mi señor de Lannister. Ser Deziel Dalt, de Limonar. Lord Tremond Gargalen. Lord Harmen Uller y su hermano, Ser Ulwyck. Ser Ryon Allyrion y su hijo natural, Ser Daemon Arena, el Bastardo de Bondadivina. Lord Dagos Manwoody, su hermano Ser Myles, y sus hijos Mors y Dickon. Ser Arron Qorgyle. Y por supuesto, no me olvido de las damas. Myria Jordayne, heredera de Tor. Lady Larra Blackmont, su hija Jynessa, su hijo Perhos. —Extendió una mano esbelta hacia una mujer de pelo negro que cabalgaba más atrás y le hizo gestos para que se acercara—. Y esta es Ellaria Arena, mi amante.

Tyrion tuvo que contenerse para no gemir.

«Su amante, y encima bastarda. A Cersei le dará un ataque si pretende ir con ella a la boda. —Si su hermana relegaba a aquella mujer a cualquier rincón oscuro, entre los invitados de menor rango, incurriría en las iras de la Víbora Roja. Pero si la sentaba a su lado en la mesa principal, el resto de las damas del estrado lo tomaría como una ofensa—. ¿Es que el príncipe Doran pretende provocar una pelea?»

El príncipe Oberyn hizo dar la vuelta a su caballo para dirigirse a sus acompañantes dornienses.

—Ellaria, damas, caballeros, señores, mirad cuánto nos aprecia el rey Joffrey. Su Alteza ha tenido la generosidad de enviarnos a su tío el Gnomo para que nos acompañe a la corte.

Bronn soltó una carcajada, y Tyrion también se vio obligado a forzar una sonrisa.

—No solo a mí, mis señores. Sería una tarea demasiado grande para un hombre tan pequeño como yo. —Su grupo ya les había dado alcance, de manera que le correspondió el turno de hacer las presentaciones—. Permitid que os presente a Ser Flement Brax, heredero de Valdelcuerno. Lord Gyles de Rosby. Ser Addam Marbrand, Lord Comandante de la Guardia de la Ciudad. Jalabhar Xho, príncipe del Valle de la Flor Roja. Ser Harys Swyft, suegro de mi tío Kevan. Ser Merlon Crakehall. Ser Philip Foote y Ser Bronn del Aguasnegras, dos héroes de nuestra reciente batalla contra el rebelde Stannis Baratheon. Y por último, mi escudero, el joven Podrick de la Casa Payne.

A medida que Tyrion los recitaba, los nombres sonaban bien, pero sus dueños no eran ni la mitad de distinguidos y grandiosos que los de los que acompañaban al príncipe Oberyn, como ambos sabían de sobra.

—Mi señor de Lannister —dijo Lady Blackmont—, hemos recorrido un largo camino lleno de polvo; nos agradaría mucho descansar y asearnos. ¿Sería posible que siguiéramos hacia la ciudad?

—De inmediato, mi señora.

Tyrion hizo dar la vuelta a su caballo y le dio una orden a Ser Addam Marbrand. Los capas doradas que conformaban la mayor parte de su guardia de honor hicieron girar también a sus monturas con movimiento solemne, por instrucción de Ser Addam, y la columna emprendió la marcha hacia el río y hacia Desembarco del Rey.

«Oberyn Nymeros Martell —masculló Tyrion entre dientes al tiempo que ponía el caballo a la altura del suyo—. La Víbora Roja de Dorne. Por los siete infiernos, ¿qué voy a hacer con él?»

La verdad era que solo conocía a aquel hombre por su reputación... pero era una reputación aterradora. Cuando apenas tenía dieciséis años, encontraron al príncipe Oberyn en la cama con la amante del viejo Lord Yronwood, un hombre corpulento de fama cruel y genio pronto. Se acordó un duelo, aunque en consideración a la juventud y la noble cuna del príncipe, solo sería a primera sangre. Ambos hombres recibieron heridas, y el honor quedó satisfecho. Pero el príncipe Oberyn no tardó en recuperarse, mientras que las heridas de Lord Yronwood se infectaron y acabaron por matarlo. Después de aquello se rumoreó que Oberyn había luchado con una espada envenenada, y tanto amigos como enemigos empezaron a llamarlo Víbora Roja.

Por supuesto, aquello había sucedido hacía ya mucho tiempo. El muchacho de dieciséis años tenía ya más de cuarenta, y su leyenda se había hecho mucho más sombría. Había viajado a las Ciudades Libres para aprender la profesión de envenenador y, si se podía dar crédito a los rumores, artes aún más oscuras. Estudió en la Ciudadela, y llegó a forjarse seis eslabones de la cadena de maestre antes de aburrirse. Sirvió como soldado en las Tierras de la Discordia, al otro lado del mar Angosto, y cabalgó durante un tiempo con los Segundos Hijos antes de formar una compañía propia. Se hablaba mucho de sus torneos, sus batallas, sus duelos, sus caballos, su sensualidad... Corría el rumor de que se acostaba tanto con hombres como con mujeres, y había engendrado hijas bastardas por todo Dorne. Los dornienses las llamaban *Serpientes de Arena.* Que Tyrion supiera, el príncipe Oberyn no había engendrado nunca un hijo varón.

Y, por supuesto, había dejado tullido al heredero de Altojardín.

«No hay en los Siete Reinos un hombre que vaya a ser peor recibido en una boda de la Casa Tyrell», pensó Tyrion. Enviar al príncipe Oberyn a Desembarco del Rey mientras estaban en la ciudad Lord Mace Tyrell, dos de sus hijos y miles de sus soldados era una provocación tan osada como el propio príncipe Oberyn. «Una palabra inconveniente, una broma en mal momento, una simple mirada... No hará falta más para que nuestros nobles aliados se saquen los ojos entre ellos.»

—No es la primera vez que nos vemos —le comentó el príncipe dorniense a Tyrion en tono superficial mientras cabalgaban uno al lado del otro por el camino Real, junto a prados amarillentos y árboles quemados—. Aunque no esperaba que me recordarais, claro. Entonces erais aún más pequeño que ahora.

Su voz tenía un tono burlón que a Tyrion no le gustaba nada, pero no iba a permitir que el dorniense lo provocara.

—¿Cuándo nos conocimos, mi señor? —preguntó mostrando un educado interés.

—Hace muchos, muchos años, cuando mi madre gobernaba en Dorne y vuestro padre era la Mano de un rey distinto.

«No tan distinto como podría parecer», reflexionó Tyrion.

—Fue entonces cuando visité Roca Casterly con mi madre, su consorte y mi hermana Elia. Yo tendría unos catorce o quince años, y Elia, uno más. Creo recordar que vuestros hermanos tenían ocho o nueve, y vos acababais de nacer.

«Extraño momento para ir de visita.» Su madre había muerto al darlo a luz, de manera que los Martell se habrían encontrado la Roca en pleno luto. Sobre todo a su padre. Lord Tywin rara vez hablaba de su esposa, pero Tyrion había oído comentar a sus tíos el profundo amor que se profesaban. En aquellos tiempos, su padre era la Mano de Aerys, y se decía que Lord Tywin Lannister gobernaba los Siete Reinos, pero Lady Joanna gobernaba a Lord Tywin.

—Después de su muerte, tu padre no volvió a ser el mismo, Gnomo —le había dicho en cierta ocasión su tío Gery—. Lo mejor de él murió con tu madre.

Gerion había sido el más joven de los cuatro hijos de Lord Tytos Lannister, y también el tío favorito de Tyrion. Pero ya no estaba entre ellos; había desaparecido al otro lado del mar, y había sido el propio Tyrion quien llevó a Lady Joanna a la tumba.

—¿Fue agradable vuestra estancia en Roca Casterly, mi señor?

—Muy poco. Vuestro señor padre ni nos miró en todo el tiempo que pasamos allí; le encargó a Ser Kevan que se ocupara de recibirnos. La celda donde me alojaron tenía un colchón de plumas para dormir, y alfombras myrienses en el suelo, pero era oscura y sin ventanas; en realidad, más bien parecía una mazmorra, como le comenté a Elia. Vuestros cielos eran demasiado grises; vuestros vinos, demasiado dulces; vuestras mujeres, demasiado castas; vuestra comida, demasiado insípida... y vos fuisteis la peor decepción de todas.

—Acababa de nacer, ¿qué esperabais de mí?

—Una atrocidad —replicó el príncipe de pelo negro—. Erais pequeño, pero de gran fama. Estábamos en Antigua en el momento de vuestro nacimiento, y toda la ciudad hablaba del monstruo que había engendrado la Mano del Rey, y de qué significaba un presagio así para el reino entero.

—Hambre, peste y guerra, seguro. —Tyrion esbozó una sonrisa amarga—. Siempre es lo mismo: hambre, peste y guerra. Ah, sí, y el invierno y la larga noche que no termina jamás.

—Todo eso —asintió el príncipe Oberyn—. Y también la caída de vuestro padre. Lord Tywin se había alzado por encima del rey Aerys; se lo oí decir a un hermano mendicante que predicaba en la calle, pero solo un dios puede estar en una posición más elevada que un rey. Vos erais su maldición, un castigo enviado por los dioses para enseñarle que no era mejor que el resto de los hombres.

—Buen intento, pero se niega a aprender —suspiró Tyrion—. Seguid, por favor. Me encanta esa clase de historias.

—Mejor que la historia sobre vos debe de haber pocas. Se decía que teníais una cola en forma de tirabuzón, como la de los cerdos. Que teníais una cabeza monstruosa, casi de la mitad del tamaño que el cuerpo, y que habíais nacido con una espesa mata de pelo negro y ya con barba. Que teníais un ojo maléfico; garras de león; los colmillos tan largos que no podíais cerrar la boca, y que entre vuestras piernas había un sexo de niña además del de niño.

—La vida sería mucho más fácil si los hombres pudieran follar consigo mismos, ¿no os parece? Y ha habido unas cuantas ocasiones en las que me habría venido bien tener colmillos y garras. De todos modos, empiezo a comprender vuestra decepción.

Bronn soltó una risita, pero Oberyn se limitó a sonreír.

—Tal vez no os habríamos podido ver de no ser por vuestra querida hermana. No se os veía nunca en los salones, ni siquiera durante las comidas, aunque a veces por la noche oíamos un berrido de bebé que venía de lo más profundo de la Roca. Eso hay que reconocerlo, teníais una voz monstruosa. Aullabais horas y horas, y lo único que os calmaba era una teta de mujer.

—En eso no he cambiado nada.

—Compartimos ciertos gustos —dijo el príncipe Oberyn, que no pudo evitar echarse a reír—. En cierta ocasión, Lord Gargalen me dijo que esperaba morir con una espada en la mano, a lo que yo le respondí que preferiría tener una teta en la mano cuando me llegara la hora.

Tyrion no pudo contener una sonrisa.

—¿Qué ibais a decir de mi hermana?

—Cersei le prometió a Elia que nos enseñaría a su hermanito. El día anterior a nuestra partida, mientras mi madre y vuestro padre estaban reunidos, Jaime y ella nos llevaron a vuestra habitación. El ama de cría que teníais trató de echarnos, pero vuestra hermana no se lo consintió.

»—Es mío, y tú no eres más que una vaca lechera —le dijo—, no me puedes dar órdenes. Cállate o le diré a mi padre que te haga cortar la lengua. Las vacas no necesitan lengua, solo ubres.

—Su Alteza ha sido encantadora desde niña —dijo Tyrion. La sola idea que de su hermana lo considerase «suyo» le parecía de lo más divertida. «Los dioses saben que desde entonces no me ha mostrado mucho apego.»

—Cersei llegó incluso a quitaros los pañales para que os viéramos mejor —siguió el príncipe dorniense—. Era verdad que teníais un ojo raro y algo de pelusa negra en la cabeza. Tal vez tuvierais la cabeza un poco grande, sí... pero nada de cola, barba, colmillos ni zarpas, y entre vuestras piernas solo había una diminuta polla rosada. Después de todos los comentarios maravillosos que habíamos oído, resultó que la maldición de Lord Tywin no era más que un bebé feúcho con las piernas torcidas. Elia incluso hizo ese ruidito que hacen las chicas cuando ven un bebé; seguro que sabéis a qué me refiero. Es el mismo que cuando ven un gatito mono o un cachorrito juguetón. Creo que hasta os habría cogido en brazos, pese a vuestra fealdad. Cuando comenté que como monstruo no erais gran cosa, vuestra hermana dijo: «Pues mató a mi madre», y os retorció la polla con tanta fuerza que pensé que os la iba a arrancar. Vos chillasteis, pero Cersei no os soltó hasta que vuestro hermano Jaime dijo: «Déjalo en paz, le estás haciendo daño». Y ella le contestó: «Qué más da. Todo el mundo dice que morirá pronto. Ni siquiera tendría que haber vivido tanto».

El sol brillaba en el cielo, y el día era cálido y agradable para estar en otoño, pero Tyrion sentía frío después de oír aquello.

«Mi querida hermana. —Se rascó la cicatriz de la nariz y lanzó una mirada al dorniense para que se fijara bien en su ojo maligno—. ¿Por qué me habrá querido contar semejante cosa? ¿Me está poniendo a prueba o me está retorciendo la polla como hizo Cersei, para oírme gritar?»

—No dejéis de contarle esta historia a mi padre. Seguro que le hace tanta gracia como a mí. Sobre todo lo de mi cola. Tenía cola, pero me la hizo cortar.

El príncipe Oberyn soltó una risita.

—Desde la última vez que nos vimos, vuestro ingenio ha crecido.

—Sí, aunque tenía la esperanza de que el resto de mí creciera también.

—Hablando de cosas divertidas, el mayordomo de Lord Buckler nos contó algo muy curioso. Asegura que habéis instaurado un impuesto sobre los coños.

—Es un impuesto a la prostitución —dijo Tyrion, otra vez molesto. «Y fue idea de mi maldito padre»—. Solo un penique por cada... servicio. La Mano del Rey cree que así mejorará la moralidad en la ciudad.

«Y servirá para pagar la boda de Joffrey.» No hacía falta decir que, como consejero de la moneda, Tyrion había cargado con todas las culpas. Según Bronn, en las calles llamaban al impuesto *el penique del enano*. Si se daba crédito al mercenario, en los burdeles y otros antros, el grito era «Ahora ábrete de piernas para el Mediohombre».

—En ese caso tendré que llevar la bolsa llena de peniques. Hasta los príncipes deben pagar impuestos.

—¿Para qué queréis ir de putas? —Miró hacia atrás, hacia Ellaria Arena, que cabalgaba con las otras mujeres—. ¿Os habéis cansado de vuestra amante por el camino?

—Jamás. Compartimos demasiadas cosas. —El príncipe Oberyn se encogió de hombros—. Pero nunca hemos compartido a una hermosa mujer rubia, y Ellaria siente curiosidad. ¿Sabéis de alguna?

—Soy un hombre casado. —«Aunque mi matrimonio esté sin consumar»—. Ya no frecuento la compañía de prostitutas... —«A menos que quiera que las ahorquen.»

—Se dice —lo interrumpió Oberyn cambiando de tema con brusquedad— que en el banquete de bodas del Rey se servirán setenta y siete platos.

—¿Tenéis hambre, mi príncipe?

—Hace mucho tiempo que tengo hambre. Pero no de comida. Decid, por favor, ¿cuándo se servirá la justicia?

—La justicia. —«Sí, claro, por eso ha venido; tendría que habérmelo imaginado»—. ¿Estabais muy unido a vuestra hermana?

—De niños, Elia y yo éramos inseparables, como vuestra hermana y vuestro hermano.

«Dioses, espero que no.»

—Las guerras y los matrimonios nos han tenido muy ocupados a todos, príncipe Oberyn. Mucho me temo que nadie ha tenido tiempo para ocuparse de los asesinatos cometidos hace dieciséis años, por horribles que fueran. Pero nos ocuparemos de ello tan pronto como nos sea posible, desde luego. Cualquier ayuda que nos proporcione Dorne para restaurar la paz del rey contribuirá a acelerar el comienzo de la investigación de mi padre...

—Enano —lo interrumpió la Víbora Roja con un tono mucho menos cordial—, no me vengáis con mentiras de Lannister. ¿Nos tomáis por corderos o por idiotas? Mi hermano no es un hombre vengativo, pero no se ha pasado los dieciséis últimos años durmiendo. Jon Arryn fue a Lanza del Sol un año después de que Robert subiera al trono y, como os podéis imaginar, lo interrogamos a fondo. Igual que hicimos con otro centenar de personas. No he venido a presenciar una farsa de investigación. He venido a por justicia para Elia y sus hijos, y la voy a obtener. Empezando por ese retrasado de Gregor Clegane... pero no me detendré ahí. Antes de morir, la Enormidad que Cabalga me dirá quién le dio las órdenes; os ruego que no dejéis de contárselo a vuestro señor padre. —Sonrió—. En cierta ocasión, un anciano septón me dijo que yo era la prueba viviente de la bondad de los dioses. ¿Sabéis por qué, Gnomo?

—No —reconoció Tyrion con cautela.

—Porque si los dioses fueran crueles, yo habría sido el primogénito, y Doran, el tercer hijo de mi madre. Soy un hombre vengativo. Y ahora os tenéis que enfrentar a mí, no a mi hermano, tan paciente, tan prudente, tan gotoso.

Tyrion divisó el sol que se reflejaba en el Aguasnegras, a ochocientos pasos por delante de ellos; el mismo sol que iluminaba las torres y las colinas de Desembarco del Rey, poco más allá. Giró la cabeza para observar la columna que los seguía por el camino Real.

—Habláis como si os siguiera un gran ejército —dijo—, pero yo solo veo a trescientos jinetes. ¿Veis aquella ciudad, al norte del río?

—¿Ese montón de estiércol que llamáis Desembarco del Rey?

—Ese mismo.

—No solo lo veo; es que hasta me llega el olor.

—Pues oledlo bien, mi señor. Llenaos los pulmones. Medio millón de personas apestan más que trescientas, ya lo veréis. ¿Oléis a los capas doradas? Son casi cinco mil. Las espadas juramentadas de mi padre deben de ser otras veinte mil. Y también están las rosas, claro. Las rosas tienen un olor delicioso, ¿verdad? Sobre todo cuando hay tantas. Cincuenta, sesenta, setenta mil rosas, en la ciudad o acampadas en los alrededores. La verdad es que no sabría deciros cuántas son, pero el caso es que son muchas.

—En el viejo Dorne —dijo Martell encogiéndose de hombros—, antes de que los Martell enlazáramos mediante el matrimonio nuestra Casa con la de Daeron, se decía que todas las flores se inclinan ante el sol. Si las rosas se interponen en mi camino, las pisotearé de buena gana.

—¿Igual que pisoteasteis a Willas Tyrell?

La respuesta del dorniense no fue la que esperaba.

—Recibí una carta de Willas hace menos de medio año. Tenemos un interés común en los buenos caballos. Nunca me ha guardado rencor por lo que sucedió en las justas. Le di un golpe limpio en la coraza, pero el pie se le quedó atrapado en el estribo, y el caballo cayó sobre él. Le envié a mi maestre, pero lo único que pudo hacer fue salvarle la pierna; tenía la rodilla destrozada. Si había que culpar a alguien, era al imbécil de su padre. Willas Tyrell estaba más verde que su jubón; no tenía sentido que compitiera. La Flor Gorda lo metió en los torneos cuando era demasiado joven, igual que hizo con los otros dos. Quería otro Leo Espinalarga, y lo que consiguió fue un hijo tullido.

—Hay quien dice que Ser Loras es mejor de lo que nunca fue Leo Espinalarga —comentó Tyrion.

—¿La rosita de Renly? Lo dudo mucho.

—Dudadlo cuanto queráis —dijo Tyrion—, pero Ser Loras ha derrotado a muchos buenos caballeros. Mi hermano entre ellos.

—No los ha derrotado; los ha descabalgado en un torneo. Si queréis meterme miedo, decidme a quién ha matado en combate.

—A Ser Robar Royce y a Ser Emmon Cuy, para empezar. Y se dice que demostró sobradamente su valor con proezas extraordinarias en el Aguasnegras mientras luchaba al lado del fantasma de Lord Renly.

—¿Así que esos mismos que presenciaron las hazañas prodigiosas vieron también al fantasma? —El dorniense se echó a reír.

—Chataya, en la calle de la Seda —dijo Tyrion, mirándolo fijamente—, tiene varias chicas adecuadas para vuestras necesidades. El pelo de Dancy es del color de la miel, y el de Marei, de un dorado casi blanco. Os recomendaría que tuvierais a vuestro lado en todo momento a la una o a la otra, mi señor.

—¿En todo momento? —El príncipe Oberyn arqueó una fina ceja negra—. Y eso ¿por qué, mi querido Gnomo?

—Porque habéis dicho que queréis morir con una teta en la mano.

Tyrion hizo que el caballo se adelantara al trote hacia donde los aguardaban las barcazas, en la orilla sur del Aguasnegras. No tenía intención de seguir aguantando el ingenio dorniense.

«Mi padre tendría que haber enviado a Joffrey. Seguro que le habría preguntado al príncipe Oberyn si sabía cómo se distinguía a un dorniense de una plasta de vaca.» La sola idea le hizo sonreír. Se aseguraría de estar presente cuando la Víbora Roja se presentara ante el Rey.

Arya

El hombre del tejado fue el primero en morir. Estaba acuclillado junto a la chimenea a doscientos pasos; apenas si era una sombra vaga en la penumbra que precedía al amanecer, pero cuando el cielo empezó a aclararse, se movió, se desperezó y se puso en pie. La flecha de Anguy le atravesó el pecho. Cayó inerte por la pendiente de tejas y fue a aterrizar delante de la puerta del septrio.

Los Titiriteros habían apostado allí dos guardias, pero la luz de su propia antorcha les impedía ver en la noche, y los bandidos se habían conseguido acercar. Kyle y Notch dispararon a la vez. Uno de los hombres se derrumbó, con una flecha en la garganta; el otro, con una en el vientre. Al caer, el segundo derribó la antorcha, y las llamas lo lamieron. Cuando su ropa se prendió, lanzó un aullido, y allí terminó toda esperanza de sigilo. Thoros gritó una orden, y los bandidos iniciaron el ataque.

Arya lo contempló todo montada a caballo desde la cima de un risco boscoso que dominaba el septrio, el molino, la destilería, los establos y la desolación de hierba marchita, árboles quemados y lodazales que rodeaban los edificios. Los árboles estaban casi desprovistos de hojas, y el escaso follaje dorado que aún colgaba de las ramas no le impedía la visión. Lord Beric había dejado a Dick Lampiño y a Mudge para vigilarlos. Arya no soportaba que la obligaran a quedarse atrás como a una niñita idiota, pero al menos tampoco permitían participar a Gendry. También sabía que no valía la pena discutir. Aquello era una batalla, y en las batallas había que obedecer.

Hacia el este, el horizonte brillaba dorado y rojo, y sobre ellos, la luna creciente se asomaba entre bancos de nubes bajas. Soplaba un viento fresco, y Arya alcanzaba a oír el ruido del agua del río y el chirrido de la gran hélice de palas de madera del molino. El aire del amanecer olía a lluvia, pero aún no había caído ni una gota. Las flechas en llamas surcaron las nieblas matutinas, dejando a su paso estelas de fuego, y fueron a clavarse en las paredes de madera del septrio. Unas cuantas se colaron a través de las contraventanas, y pronto se alzaron finas columnas de humo entre los tablones rotos.

Dos Titiriteros con hachas en las manos salieron corriendo del septrio, hombro con hombro. Anguy y el resto de los arqueros los aguardaban. Uno de los hombres murió al instante; el otro consiguió agacharse a tiempo, de manera que la flecha se le clavó en un hombro. Siguió adelante tambaleándose hasta que recibió dos nuevos flechazos, tan rápidos que no se sabía cuál le había acertado primero. Las largas saetas le perforaron el peto como si fuera de seda en lugar de acero. Se desplomó como un fardo. Anguy tenía unas flechas de punta fina y otras de cabeza ancha. Con una buena flecha de punta fina se podía atravesar hasta la armadura más gruesa.

«Voy a aprender a disparar con arco», pensó Arya. Le encantaba luchar con la espada, pero se daba cuenta de que las flechas también eran muy útiles.

Las llamas crepitaban y subían por la pared occidental del septrio, y un humo espeso salía por una ventana rota. Un ballestero myriense sacó la cabeza por otra ventana, disparó una saeta y se agachó rápidamente para volver a cargar el arma. También le llegaba el sonido de combates en los establos, gritos entremezclados con relinchos de caballos y con el estruendo metálico del acero.

«Matadlos a todos —pensó con gesto torvo. Se mordió el labio con tanta fuerza que notó sabor a sangre—. Matadlos a todos, hasta el último.»

El ballestero volvió a aparecer, pero apenas le dio tiempo a disparar antes de que tres flechas se acercaran silbando a su cabeza; una le acertó en el yelmo, y desapareció junto con su arma. Arya divisó llamas en varias ventanas del segundo piso. Entre el humo y la niebla matutina, el aire era una bruma blanca y negra. Anguy y el resto de los arqueros se estaban acercando más para localizar mejor los blancos.

En aquel momento, el septrio hizo erupción: los Titiriteros salieron en tropel como hormigas furiosas. Dos ibbeneses cruzaron la puerta, protegiéndose con escudos de piel marrón que sostenían ante ellos; los siguió un dothraki con un gran *arakh* curvo y campanillas en la trenza, y tras él, tres mercenarios volantinos con los cuerpos cubiertos de temibles tatuajes. Otros muchos salían por las ventanas y saltaban al suelo. Arya vio como uno recibía un flechazo en el pecho cuando ya había pasado una pierna por encima del alféizar, y oyó su grito al caer. El humo era cada vez más denso. Las saetas y las flechas iban y venían. Watty cayó emitiendo un gruñido, y el arco se le resbaló de la mano. Kyle intentaba poner otra flecha en el arco cuando un hombre vestido con armadura negra le atravesó el vientre de una lanzada. Oyó el grito de Lord Beric. El resto de su banda salió de las zanjas y de entre los árboles; todos iban con los aceros en la mano. Arya divisó la capa amarilla de Lim, que le ondeaba a la espalda mientras arrollaba con el caballo al hombre que había matado a Kyle. Thoros y Lord Beric estaban en todas partes a la vez con sus espadas llameantes. El sacerdote rojo golpeó un escudo de piel hasta que lo hizo pedazos, mientras su caballo pateaba el rostro del portador. Un dothraki lanzó un aullido y cargó contra el señor del relámpago; la espada llameante acudió al encuentro de su *arakh*. Las espadas se besaron, giraron en el aire y se volvieron a besar. En aquel momento, el cabello del dothraki estalló en llamas, y un instante más tarde, murió. También vio a Ned, que luchaba al lado del señor del relámpago.

«No es justo, solo es un poco mayor que yo, a mí también me tendrían que dejar pelear.»

La batalla no fue larga. Los Compañeros Audaces que aún se mantenían en pie no tardaron en morir o en tirar las espadas. Dos de los dothrakis se las arreglaron para recuperar sus caballos y salir huyendo, pero solo porque Lord Beric se lo permitió.

—Dejad que vuelvan a Harrenhal con la noticia —dijo, con la espada llameante todavía en la mano—. Eso proporcionará unas cuantas noches de insomnio al Señor de las Sanguijuelas y a su Cabra.

Jack-con-Suerte, Harwin y Merrit de Aldealuna se enfrentaron a las llamas del septrio incendiado para buscar posibles prisioneros. Solo tardaron unos momentos en salir del humo con ocho hermanos pardos, uno de los cuales estaba tan débil que Merrit lo tuvo que sacar cargado a hombros. También había con ellos un septón corpulento y casi calvo, pero sobre las túnicas grises llevaba una cota de malla negra.

—Lo he encontrado en el hueco de las escaleras del sótano —dijo Jack entre toses.

—Tú eres Utt —dijo Thoros, sonriendo al verlo.

—El septón Utt, si no os importa. Un hombre dedicado a los dioses.

—¿Qué dios querría a gentuza como tú? —gruñó Lim.

—Es verdad que he pecado —gimoteó el septón—. Lo sé, lo sé. Perdóname, Padre. Sí, graves han sido mis pecados.

Arya se acordaba bien del septón Utt, al que había visto en Harrenhal. El bufón Shagwell decía que siempre lloraba y rezaba pidiendo perdón después de matar a un muchachito. En ocasiones llegaba incluso a pedirles a los Titiriteros que lo flagelaran. A todos les parecía de lo más divertido.

Lord Beric envainó la espada, con lo que las llamas se extinguieron.

—Rematad a los moribundos para que no sigan sufriendo —ordenó—. A los otros, atadlos de pies y manos; vamos a juzgarlos.

Los juicios fueron rápidos. Diferentes bandidos relataron cosas que habían hecho los Compañeros Audaces: los saqueos en ciudades y aldeas, las cosechas quemadas, las mujeres violadas y asesinadas, los hombres mutilados y torturados... Unos cuantos hablaron también de los muchachitos que había matado el septón Utt. Mientras tanto, el septón no paraba de sollozar y de rezar.

—Soy un junco débil —le dijo a Lord Beric—. Rezo al Guerrero para que me dé fuerzas, pero los dioses me hicieron débil. Apiadaos de mí. Esos niños, esos niños tan encantadores... Yo no quería hacerles daño...

El septón Utt no tardó en estar colgado por el cuello de un alto olmo, meciéndose tan desnudo como en su día del nombre. Uno a uno lo siguieron los demás Compañeros Audaces. Algunos se resistieron, patalearon y se debatieron cuando les pusieron el nudo corredizo en torno a la garganta.

—¡Yo soldado, yo soldado! —gritaba sin cesar uno de los ballesteros con acento myriense muy cerrado.

Otro ofreció a sus captores llevarlos adonde tenían oro; un tercero los intentó convencer de que sería un bandido excelente. A todos y cada uno los desnudaron, los ataron y los ahorcaron. Tom Sietecuerdas tocó para ellos un cántico fúnebre con su lira, y Thoros le imploró al Señor de la Luz que sus almas se asaran hasta el final de los tiempos.

«Un árbol con titiriteros como frutos», pensó Arya al verlos mecerse con la piel blanquecina teñida de rojo por el reflejo de las llamas del septrio incendiado. Los cuervos ya empezaban a acercarse; parecían surgir de la nada. Los oyó graznar y lanzarse picotazos unos a otros, y se preguntó qué se estarían diciendo. Arya no había temido al septón Utt tanto como a Rorge, a Mordedor y a otros que todavía estaban en Harrenhal, pero se alegraba de que estuviera muerto. «También tendrían que haber colgado al Perro, o haberle cortado la cabeza.» Sin embargo, para su disgusto, los bandidos habían curado el brazo quemado de Sandor Clegane, le habían devuelto la espada, el caballo y la armadura, y lo habían puesto en libertad no muy lejos de la colina hueca. Lo único que le quitaron fue el oro.

El septrio no tardó en derrumbarse con estrépito entre el humo y las llamas; las paredes ya no podían seguir soportando el peso del tejado de pizarra. Los ocho hermanos pardos lo miraban con resignación. El más viejo, que llevaba al cuello una tira de cuero de la que pendía un martillito de hierro como símbolo de su devoción al Herrero, les explicó que eran los últimos que quedaban.

—Antes de que empezara la guerra éramos cuarenta y cuatro, y este lugar era próspero. Teníamos una docena de vacas lecheras, un toro, un centenar de panales, un viñedo y un pomar. Cuando vinieron los leones, se llevaron todo el vino, la leche y la miel; mataron a las vacas y prendieron fuego al viñedo. Después... He perdido la cuenta de todos los que nos visitaron. Este falso septón ha sido solo el último. Había uno que era un monstruo... Le entregamos toda la plata que teníamos, pero no dejaba de decir que le escondíamos el oro, así que sus hombres nos fueron matando uno a uno para obligar a hablar al superior.

—¿Cómo sobrevivisteis vosotros ocho? —preguntó Anguy el Arquero.

—Me avergüenza reconocerlo, pero fui yo quien habló —dijo el anciano—. Cuando me llegó el turno de morir, les dije dónde escondíamos el oro.

—Hermano —le dijo Thoros de Myr—, la única vergüenza es no habérselo dicho antes.

Aquella noche, los bandidos se refugiaron en la destilería que se alzaba junto al riachuelo. Sus anfitriones tenían un escondrijo con comida bajo el suelo de los establos, de manera que compartieron una cena sencilla a base de pan de avena, cebollas y una aguada sopa de coles con un tenue sabor a ajo. Arya se dio por afortunada al encontrarse flotando en el cuenco una rodaja de zanahoria. Los hermanos no preguntaron los nombres de los bandidos en ningún momento.

«Lo saben», pensó Arya. Era imposible que no lo supieran. Lord Beric lucía un relámpago en la coraza, el escudo y la capa, y Thoros llevaba una túnica roja, o más bien lo que le quedaba de ella. Uno de los hermanos, un novicio joven, reunió valor para pedirle al sacerdote rojo que no rezara a su falso dios mientras se encontrara bajo su techo.

—Y una mierda —dijo Lim Capa de Limón—. También es nuestro dios, y nos debéis la vida, joder. Además, ¿qué tiene de falso? Vale, vuestro herrero puede arreglar una espada rota, pero ¿puede curar a un hombre roto?

—Ya basta, Lim —ordenó Lord Beric—. Estamos bajo su techo y cumpliremos sus normas.

—El sol no dejará de brillar porque nos saltemos una oración o dos —asintió Thoros—. Quién lo va a saber mejor que yo.

Lord Beric no comió nada. Arya no lo había visto ingerir alimentos, aunque de vez en cuando tomaba una copa de vino. Tampoco parecía dormir. Cerraba el ojo sano como si estuviera fatigado, pero cuando alguien le hablaba, lo abría al instante. El señor marqueño seguía vistiendo la desastrada capa negra y la mellada coraza con el desportillado esmalte del relámpago. No se la quitaba ni para dormir. El acero negro ocultaba la espantosa herida que le había infligido el Perro, al igual que el grueso pañuelo de lana escondía el círculo oscuro que le rodeaba la garganta. Pero no había nada que ocultara a la vista la cabeza rota, con la sien hundida, ni el agujero carmesí del ojo que había perdido, ni la forma del cráneo bajo el rostro.

Arya lo miró con cautela mientras recordaba lo que había oído en Harrenhal sobre él. Lord Beric percibió su temor. Volvió la cabeza hacia ella y le hizo gestos para que se acercara.

—¿Te doy miedo, pequeña?

—No. —Se mordió el labio—. Solo que... Pensaba que el Perro os había matado, pero...

—Lo hirió —dijo Lim Capa de Limón—. Fue una herida espantosa, desde luego, pero Thoros se la curó. Jamás ha habido mejor sanador.

Lord Beric le lanzó a Lim una mirada extraña con el ojo sano; el otro no era más que un amasijo de cicatrices y sangre seca.

—El mejor sanador —asintió con cansancio—. Ya es hora del cambio de guardia, Lim. Por favor, encárgate tú.

—Sí, mi señor. —La larga capa amarilla de Lim se le arremolinó a la espalda cuando se volvió y salió a zancadas a la noche azotada por el viento.

—A veces, hasta los hombres más valientes se ciegan cuando les da miedo ver algo —comentó Lord Beric cuando Lim se hubo marchado—. ¿Cuántas veces me has traído ya de vuelta, Thoros?

—Quien te trae de vuelta es R'hllor, el Señor de la Luz —dijo el sacerdote rojo inclinando la cabeza—. Yo soy solo su instrumento.

—¿Cuántas veces? —insistió Lord Beric.

—Seis —respondió Thoros de mala gana—. Y cada vez me cuesta más. Mi señor se ha vuelto imprudente. ¿Tan dulce es la muerte?

—¿Dulce? No, amigo mío. No tiene nada de dulce.

—Entonces no la cortejes tanto. Lord Tywin dirige a sus hombres desde la retaguardia, al igual que Lord Stannis. Lo más sensato sería que hicieras lo mismo. Una séptima muerte podría ser el fin para los dos.

—Aquí es donde Ser Burton Crakehall me rompió el yelmo y la cabeza de un golpe de mangual —dijo Lord Beric tocándose la cabeza, sobre la oreja izquierda, donde le habían hundido la sien. Se quitó el pañuelo y dejó a la vista la magulladura negra que le rodeaba el cuello—. Esta es la marca que me dejó la manticora en Aguasbravas. Hizo prisioneros a un pobre apicultor y a su esposa pensando que eran seguidores míos, y proclamó a los cuatro vientos que los ahorcaría a menos que me entregara. Me entregué, pero aun así los colgó, y a mí entre los dos. —Se llevó un dedo al agujero rojo que había sido su ojo—. Aquí es donde la Montaña me clavó el puñal a través del visor. —La sombra de una sonrisa cansada le aleteó en los labios—. Ya van tres veces que muero a manos de la Casa Clegane. A estas alturas, debería haber aprendido la lección.

Arya sabía que era una broma, pero Thoros no se rio. Puso una mano en el hombro de Lord Beric.

—No pienses en eso.

—¿Cómo voy a pensar en algo que apenas recuerdo? Hubo un tiempo en que tenía un castillo en las Marcas y estaba comprometido para casarme con una mujer, pero hoy no sabría encontrar aquel castillo ni te podría decir de qué color tenía la mujer el pelo. ¿Quién me armó caballero, viejo amigo? ¿Cuáles eran mis comidas favoritas? Todo se va desvaneciendo. A veces creo que nací sobre la hierba ensangrentada de aquel bosquecillo de fresnos, con el sabor de la sangre en la boca y un agujero en el pecho. ¿Eres tú mi madre, Thoros?

Arya contempló al sacerdote myriense, con su cabellera desastrada, los harapos rosados y los restos de armadura vieja. Una incipiente barba blanca le cubría las mejillas y la piel flácida de debajo de la barbilla. No se parecía en nada a los magos de las historias de la Vieja Tata, pero tal vez...

—¿Podríais devolverle la vida a un hombre que no tuviera cabeza? —le preguntó—. Solo una vez, no seis. ¿Podríais?

—No hago magia, pequeña. Yo solo rezo. Aquella primera vez, su señoría tenía un agujero que lo atravesaba y la boca llena de sangre, y supe que no había ninguna esperanza. De modo que, cuando su pecho herido dejó de moverse, le di el beso del buen Dios para enviarlo hacia él. Me llené la boca de fuego y le insuflé las llamas; le llené con ellas la garganta, los pulmones, el corazón y el alma. Es lo que llaman «el último beso». Más de una vez vi a los viejos sacerdotes dárselo a los siervos del Señor cuando morían. Yo mismo lo había dado un par de veces, como corresponde a todo sacerdote. Pero jamás hasta entonces había sentido a un hombre muerto estremecerse cuando el fuego lo llenaba ni abrir los ojos de nuevo. No fui yo quien lo trajo de vuelta, mi señora. Fue el Señor. R'hllor aún tiene planes para él. La vida es calor, y el calor es fuego, y el fuego es de Dios, solo de Dios.

A Arya se le llenaron los ojos de lágrimas. Thoros había empleado muchas palabras, pero todas significaban «no»; le había quedado muy claro.

—Tu padre era un buen hombre —dijo Lord Beric—. Harwin me ha hablado mucho de él. De buena gana perdonaría tu rescate en su memoria, pero necesitamos el oro con desesperación.

«Parece que dice la verdad», pensó Arya mordiéndose el labio. Sabía que Lord Beric les había entregado el oro del Perro a Barbaverde y al Cazador para que compraran provisiones al sur del Mander.

—La última cosecha se quemó; esta se está ahogando, y pronto se nos echará encima el invierno —le había oído decir cuando los envió con el encargo—. El pueblo necesita grano y semillas, y nosotros, espadas y caballos. Demasiados de mis hombres van montados sobre jacos, caballos de tiro y mulas al encuentro de enemigos que cabalgan sobre corceles y caballos de batalla.

Lo que Arya no sabía era cuánto podría pagar Robb por ella. Era todo un rey, no el niño al que había dejado en Invernalia jugando con la nieve. Y si se enteraba de las cosas que había hecho, de lo del mozo de cuadras, el guardia de Harrenhal y todo lo demás...

—¿Qué pasa si mi hermano no quiere pagar el rescate?

—¿Por qué dices eso? —preguntó Lord Beric.

—Bueno... —titubeó Arya—, tengo el pelo revuelto, las uñas sucias y los pies llenos de callos.

Lo más probable era que a Robb no le importara, pero a su madre, sí. Lady Catelyn siempre había querido que fuera como Sansa, que cantara, bailara, cosiera y fuera cortés. Solo con pensarlo, Arya sintió el impulso irrefrenable de peinarse el cabello con los dedos, pero lo tenía todo enmarañado y apelmazado, y lo único que consiguió fue arrancarse un mechón.

—Estropeé el vestido que me regaló Lady Smallwood, y no coso muy bien. —Se mordió el labio—. Quiero decir que no coso nada bien. La septa Mordane siempre me decía que tenía manos de herrero.

—¿Con esos deditos tan blandos? —le dijo Gendry soltando una carcajada—. No podrías ni coger un martillo.

—¡Sí que podría si me diera la gana! —le espetó.

Thoros rio entre dientes.

—Tu hermano pagará, pequeña. Por eso no tengas miedo.

—Ya, pero ¿y si no quiere? —insistió.

—En ese caso te enviaría una temporada con Lady Smallwood, o tal vez a mi castillo de Refugionegro. —Lord Beric dejó escapar un suspiro—. Pero estoy seguro de que no hará falta. No está en mi poder devolverte a tu padre, igual que tampoco puede hacerlo Thoros, pero al menos me puedo encargar de que vuelvas sana y salva a los brazos de tu madre.

—¿Me lo juráis? —le preguntó. Yoren también le había prometido llevarla a casa, pero lo habían matado.

—Por mi honor de caballero —le aseguró con solemnidad el señor del relámpago.

Llovía cuando Lim volvió a la taberna mascullando maldiciones; el agua que le chorreaba de la capa amarilla formó un charco en el suelo. Anguy y Jack-con-Suerte estaban haciendo rodar los dados, pero jugaran a lo que jugaran, el tuerto Jack no tenía suerte nunca. Tom Sietecuerdas sustituyó una cuerda rota de su lira y les cantó «Las lágrimas de la Madre», «Cuando la mujer de Willum se mojó», «Lord Harte salió a cabalgar en un día lluvioso» y, por último, «Las lluvias de Castamere».

«¿Y a quién debemos el honor de contar con su presencia?
Seguro que a un pelagatos sin valía ni conciencia.»
«Sea de ropaje dorado, bien un león carmesí,
sus garras piden respeto y más con un filo así.»
Aquello fue lo que dijo el señor de Castamere.
Ahora la lluvia circula y nadie viene a comer
a los salones dorados. ¡Las lluvias de Castamere!

Por fin, a Tom se le acabaron las canciones que hablaban de lluvias, y dejó la lira a un lado. Entonces solo les quedó el sonido de la propia lluvia, que repiqueteaba contra el tejado de pizarra de la destilería. La partida de dados terminó, y Arya se dedicó a sostenerse primero sobre una pierna y luego sobre otra mientras escuchaba como Merrit se quejaba de que a su caballo se le había caído una herradura.

—Si queréis, se la pongo yo —intervino Gendry de repente—. Solo era aprendiz, pero mi maestro decía que tenía buena mano para el martillo. Sé herrar caballos, arreglar rotos en las cotas de malla y quitar las mellas de las armaduras. Seguro que también podría hacer espadas.

—¿Qué quieres decir, muchacho? —preguntó Harwin.

—Trabajaré como herrero para vosotros. —Gendry se dejó caer sobre una rodilla ante Lord Beric—. Si me aceptáis puedo seros útil, mi señor. Antes hacía herramientas y cuchillos, y también hice un casco que no estaba nada mal. Uno de los hombres de la Montaña me lo robó cuando me cogieron prisionero.

«Él también quiere abandonarme», pensó Arya mordiéndose el labio.

—Harías mejor en ir a servir a Lord Tully en Aguasdulces —dijo Lord Beric—. Yo no puedo pagar tus servicios.

—No me han pagado nunca. Solo quiero una fragua, comida a la hora de comer y un lugar donde dormir. Eso es todo, mi señor.

—En cualquier lugar acogerían de buen grado a un herrero. Todavía más si es un armero hábil. ¿Por qué ibas a preferir quedarte con nosotros?

Arya vio como Gendry hacía una mueca con su cara de idiota, en un esfuerzo por pensar.

—En la colina hueca... No sé, me gustó lo que dijisteis de que erais hombres del rey Robert y también hermanos. Me gustó que juzgarais al Perro. Lo que hacía Lord Bolton era cortar cabezas y ahorcar a la gente, y Lord Tywin y Ser Amory, igual. Prefiero trabajar como herrero para vosotros.

—Tenemos muchas armaduras que necesitan arreglos, mi señor —le recordó Jack a Lord Beric—. Casi todas se las cogemos a los muertos, y tienen los agujeros por los que les entró la muerte.

—Tú debes de ser corto de entendederas, chico —dijo Lim—. Somos bandidos. La mayoría somos escoria de baja estofa, menos su señoría, claro. No te creas que esto es como en las canciones del bobo de Tom. No le arrancarás un beso a ninguna princesa ni participarás en un torneo con una armadura robada. Si te unes a nosotros, acabarás colgado de un árbol o con la cabeza en una pica sobre las puertas de cualquier castillo.

—Es lo mismo que os harían a vosotros —dijo Gendry.

—Es verdad —replicó alegremente Jack-con-Suerte—. Los cuervos nos esperan a todos. Mi señor, este chaval parece valiente, y necesitamos lo que nos podría aportar. Por mi parte, voto que lo aceptemos.

—Y deprisa —sugirió Harwin con una risita—, antes de que se le pase la fiebre y recupere el sentido común.

—Thoros, tráeme la espada. —Una sonrisa débil rozaba los labios de Lord Beric. En aquella ocasión, el señor del relámpago no le prendió fuego a la espada, sino que se limitó a rozar con ella el hombro de Gendry—. Gendry, ¿juras ante los ojos de los hombres y los dioses defender a los indefensos, proteger a las mujeres y a los niños, obedecer a tus capitanes, a tu señor y a tu rey, luchar con valentía cuando sea necesario y cumplir las tareas que se te encomienden, por duras, humildes o peligrosas que sean?

—Sí, mi señor.

El señor marqueño pasó la espada del hombro derecho al izquierdo.

—Levantaos, Ser Gendry, caballero de la colina hueca, y sed bienvenido a nuestra hermandad.

Desde la puerta les llegó una carcajada brusca, gutural.

Estaba empapado por la lluvia. Llevaba el brazo quemado envuelto en hojas y tiras de lino, sujeto contra el pecho con un tosco cabestrillo de cuerdas. Pero las quemaduras antiguas que le marcaban el rostro brillaban negras a la luz de la pequeña hoguera.

—¿Qué, Dondarrion, armando más caballeros? —gruñó el intruso—. Solo por eso tendría que volver a matarte.

—Tenía la esperanza de no volver a verte, Clegane. —Lord Beric se enfrentaba a él con gesto frío—. ¿Cómo nos has encontrado?

—No me ha costado gran cosa. El pedazo de humareda que habéis montado se ve hasta en Antigua.

—¿Qué ha pasado con los centinelas que dejé apostados?

—¿Esos dos ciegos? —Clegane hizo una mueca—. Los podría haber matado y ni se habrían enterado. ¿Qué habríais hecho en ese caso?

Anguy echó mano del arco. Notch lo imitó.

—¿Tantas ganas tienes de morir, Sandor? —preguntó Thoros—. Debes de estar loco o borracho para habernos seguido.

—¿Borracho de qué? ¿De lluvia? No me dejasteis oro suficiente ni para una copa de vino, retoños de ramera.

—Somos bandidos. —Anguy sacó una flecha—. Los bandidos roban. Lo dicen todas las canciones; seguro que Tom te canta alguna si se lo pides por favor. Da gracias de que no te matamos.

—Inténtalo si te atreves, arquero. Te apuesto lo que quieras a que te quito el carcaj y te meto las flechas por el culo.

Anguy levantó el arco, pero antes de que pudiera disparar, Lord Beric lo detuvo con un gesto de la mano.

—¿A qué has venido, Clegane?

—A recuperar lo que me pertenece.

—¿El oro?

—Pues claro. Te garantizo que no ha sido por el placer de volver a verte la cara, Dondarrion. Ahora eres más feo que yo. Y encima te has convertido en un caballero ladrón.

—Te di una nota a cambio de tu oro —dijo Lord Beric con calma—. Una promesa de pago cuando termine la guerra.

—Con tu papel me limpié el culo. Devuélveme el oro.

—Ya no lo tenemos. Se lo di a Barbaverde y al Cazador, para que fueran al sur a comprar grano y semillas al otro lado del Mander.

—Para alimentar a la gente cuyas cosechas quemaste —intervino Gendry.

—Ah, ¿esas tenemos? —Sandor Clegane se rio de nuevo—. Pues resulta que es lo mismo que pretendía hacer con él. Dar de comer a un montón de campesinos sucios y a sus cachorros picados de viruelas.

—Es mentira —dijo Gendry.

—Vaya, así que el chico tiene lengua. ¿Por qué los crees a ellos y no a mí? No será por mi cara, ¿verdad? —Clegane miró a Arya—. ¿También la vas a armar caballero, Dondarrion? ¿La primera niña de ocho años en la historia de la caballería?

—Tengo doce —mintió Arya en voz alta—. Y si quisiera podría ser caballero. También te podría haber matado, pero Lim me quitó el cuchillo. —Solo de recordarlo se ponía furiosa otra vez.

—Pues ve con las quejas a Lim, no a mí. Y luego, mete el rabo entre las piernas y huye. ¿No sabes qué les hacen los perros a los lobos?

—La próxima vez te mataré. ¡Y también a tu hermano!

—No. —Entrecerró los ojos oscuros—. Eso te aseguro que no. —Se volvió de nuevo hacia Lord Beric—. Oye, ¿por qué no armas caballero a mi caballo? No caga nunca cuando está en un salón y no cocea demasiado; se lo merece. A menos que también pretendas robármelo.

—Más te vale montar en ese caballo y largarte —le advirtió Lim.

—Me iré con mi oro. Vuestro dios me declaró inocente.

—El Señor de la Luz te perdonó la vida —declaró Thoros de Myr—. No dijo que fueras Baelor el Santo.

El sacerdote rojo desenvainó la espada, y Arya vio que Jack y Merrit también tenían las armas en las manos. Lord Beric aún sostenía la hoja con la que había armado caballero a Gendry.

«A lo mejor esta vez lo matan.»

—Sois unos vulgares ladrones. —El Perro volvió a fruncir los labios.

—Tus amigos los leones entran en los pueblos, arramblan con toda la comida y todo el dinero que encuentran, y a eso lo llaman abastecerse. —Lim estaba furioso—. Los lobos hacen lo mismo; ¿por qué no lo vamos a hacer nosotros? No te hemos robado, Perro. Estábamos «abasteciéndonos».

Sandor Clegane les miró los rostros uno por uno, como si quisiera memorizarlos. Luego, sin añadir palabra, dio la vuelta y salió de nuevo a la oscuridad y a la lluvia de donde había llegado. Los bandidos aguardaron, titubeantes...

—Más vale que vaya a ver qué les ha hecho a los centinelas. —Harwin se asomó con cautela antes de salir, para asegurarse de que el Perro no aguardaba al acecho junto a la puerta.

—Además, ¿cómo se las había apañado ese cabrón de mierda para juntar tanto oro? —preguntó Lim Capa de Limón para aliviar un poco el ambiente.

—Ganó el torneo de la Mano en Desembarco del Rey —dijo Anguy encogiéndose de hombros; luego sonrió—. Yo también gané una fortuna, pero después conocí a Dancy, a Jayde y a Alayaya. Me enseñaron a qué sabe el cisne asado y qué se siente al bañarse en vino del Rejo.

—Así que te measte todo el oro, ¿eh? —rio Harwin.

—Todo no. También compré estas botas y este puñal tan bueno.

—Lo que tendrías que haberte comprado es una parcela —dijo Jack-con-Suerte—, y haber hecho una mujer honrada de una de esas chicas que asaban cisnes. Y sembrar una cosecha de nabos y otra de hijos.

—¡El Guerrero me libre! Habría sido un desperdicio convertir mi oro en nabos.

—A mí me encantan los nabos —se ofendió Jack—. Mira, ahora mismo me gustaría tener delante un buen puré de nabos.

Thoros de Myr hizo caso omiso de las chanzas.

—El Perro no ha perdido solo unas bolsas de monedas —meditó—. También ha perdido a su amo y su perrera. No puede volver con los Lannister; el Joven Lobo no lo aceptaría jamás en sus filas, y no creo que su hermano quiera volver a verlo. Me parece que ese oro era todo lo que le quedaba.

—Mierda —dijo Watty el Molinero—. Entonces seguro que vuelve para matarnos cuando estemos dormidos.

—No. —Lord Beric había envainado la espada—. Sandor Clegane nos mataría a todos de buena gana, pero no mientras dormimos. Anguy, mañana por la mañana quiero que vayas en la retaguardia con Dick Lampiño. Si Clegane nos sigue todavía, mata a su caballo.

—Es un caballo estupendo —protestó Anguy.

—Eso —dijo Lim—. A quien tendríamos que matar es al jinete. El caballo nos sería muy útil.

—Opino lo mismo que Lim —dijo Notch—. Deja que le clave unas cuantas flechas al Perro; ya verás cómo cambia de idea.

—Bajo la colina hueca, Clegane se ganó el derecho de vivir —dijo Lord Beric sacudiendo la cabeza—. No se lo voy a arrebatar.

—Mi señor habla con sabiduría —dijo Thoros a los demás—. Un juicio por combate es sagrado, hermanos. Todos me oísteis pedir a R'hllor su intervención; visteis como su mano quebró la espada de Lord Beric justo cuando iba a matarlo. Parece que el Señor de la Luz aún tiene planes para el Perro de Joffrey.

Harwin no tardó en volver a la destilería.

—Pies de Flan estaba dormido como un tronco, pero ileso.

—Ya verás cuando lo coja yo —dijo Lim—. Le voy a hacer otro agujero en el culo. Por su culpa nos podrían haber matado a todos.

Aquella noche, nadie durmió bien sabiendo que Sandor Clegane estaba cerca, en la oscuridad, al acecho. Arya se acurrucó cerca del fuego, cómoda y abrigada, pero no conseguía conciliar el sueño. Sacó la moneda que le había dado Jaqen H'ghar y la apretó en la mano mientras se arrebujaba bajo la capa. Siempre que la sostenía se sentía más fuerte al recordar que ella había sido el fantasma de Harrenhal, que en aquellos días podía matar con un susurro.

Pero Jaqen se había ido, la había abandonado.

«Pastel Caliente también me abandonó, y ahora, Gendry.» Lommy había muerto, Yoren había muerto, Syrio Forel había muerto, hasta su padre había muerto, y Jaqen le había dado una maldita moneda de hierro antes de desaparecer.

—*Valar morghulis* —susurró en voz baja. Apretó el puño con fuerza, tanto que los bordes de la moneda se le clavaron en la palma de la mano—. Ser Gregor, Dunsen, Polliver, Raff el Dulce. El Cosquillas y el Perro. Ser Ilyn, Ser Meryn, el rey Joffrey, la reina Cersei.

Arya trató de imaginarse qué aspecto tendrían muertos, pero le costaba recordar sus rostros. Al Perro sí lo podía visualizar, y a su hermano, la Montaña, y desde luego, jamás olvidaría la cara de Joffrey ni la de su madre... pero las de Raff, Dunsen y Polliver empezaban a desvanecerse, incluso la del Cosquillas, que tenía un aspecto tan común.

Al final, el sueño se apoderó de ella, pero en mitad de la noche, Arya se volvió a despertar con un hormiguco. Del fuego apenas quedaban unas brasas. Mudge estaba de pie junto a la puerta, y otro guardia paseaba en el exterior. La lluvia había cesado; a oídos de Arya llegaron los aullidos de los lobos.

«Están muy cerca y son muchos —pensó. Parecía que estuvieran en torno a los establos, que fueran docenas, o tal vez cientos—. Ojalá se coman al Perro.» Se acordó de lo que había dicho sobre los lobos y los perros.

Cuando llegó la mañana, el septón Utt seguía balanceándose colgado del árbol, pero los hermanos pardos estaban bajo la lluvia con palas y excavaban tumbas poco profundas para los otros muertos. Lord Beric les agradeció que les hubieran proporcionado techo y comida, y les dio una bolsa de venados de plata para contribuir a la reconstrucción. Harwin, Luke el Lúcido y Watty el Molinero salieron a explorar, pero no encontraron lobos ni perros.

Mientras Arya ajustaba la cincha de la silla de montar, Gendry se le acercó para decirle que lo sentía. Ella puso el pie en el estribo y montó para poder mirarlo desde arriba, en vez de desde abajo.

«Podrías haber hecho espadas para mi hermano en Aguasdulces», pensó. Pero no fue aquello lo que dijo.

—Así que quieres ser un idiota caballero bandido y que te ahorquen —le espetó—. ¿Y a mí qué? Yo estaré en Aguasdulces con mi hermano en cuanto paguen el rescate.

Por suerte, aquel día no llovió, y consiguieron avanzar bastante por una vez.

Bran

La torre se alzaba sobre una isla; su gemela se reflejaba en las tranquilas aguas azules. Cuando soplaba el viento, las ondas del agua recorrían la superficie del lago y se perseguían como chiquillos juguetones. A lo largo de la orilla, los robles crecían gruesos, muy juntos, con un lecho de bellotas debajo. Más allá estaba la aldea, o más bien lo que quedaba de ella.

Era la primera aldea que veían desde que habían dejado atrás la base de las colinas. Meera se había adelantado para asegurarse de que no acechaba nadie en las ruinas. Se deslizó entre los robles y los manzanos, con la red y la lanza en la mano, y asustó a tres ciervos de pelaje rojizo, que escaparon a saltos entre la maleza. Verano vio el relámpago de movimiento y al instante se abalanzó hacia ellos. Bran observó cómo se lanzaba a la caza el lobo huargo y, durante un momento, lo que más deseó en el mundo fue meterse en su piel y correr con él, pero Meera les estaba haciendo señales para que se acercaran. Se apartó de Verano de mala gana y ordenó a Hodor que echara a andar hacia la aldea; Jojen los siguió de cerca.

Bran sabía que desde allí hasta el Muro solo encontrarían pastizales, campos sin cultivar, y colinas de pendientes suaves y poca altura, con prados en la parte superior y zonas encharcadas en la inferior. El camino sería mucho menos arduo que el que habían recorrido por las montañas, pero a Meera la intranquilizaba tanto espacio abierto.

—Me siento como desnuda —confesó—. No hay lugar donde esconderse.

—¿A quién pertenecen estas tierras? —le preguntó Jojen a Bran.

—A la Guardia de la Noche —le respondió—. Esto es el Agasajo. El Nuevo Agasajo, y al norte está el Agasajo de Brandon. —El maestre Luwin le había relatado la historia—. Brandon el Constructor les entregó a los hermanos negros todas las tierras al sur del Muro hasta una distancia de veinticinco leguas. Para su... para su sustento y subsistencia. —Se sintió orgulloso de acordarse de una frase tan difícil—. Algunos maestres creen que fue otro Brandon, no el Constructor, pero sigue llamándose el Agasajo de Brandon. Miles de años después, la Bondadosa Reina Alysanne visitó el Muro a lomos de su dragón Ala de Plata, y le pareció que los hombres de la Guardia de la Noche eran tan valientes que hizo que el Viejo Rey duplicara la extensión de sus tierras hasta cincuenta leguas. Así que eso fue el Nuevo Agasajo. —Señaló a su alrededor—. Esto. Todo esto.

A Bran le resultaba evidente que en aquella aldea no vivía nadie desde hacía años. Todas las casas se estaban derrumbando, hasta la posada. Por su aspecto, como posada nunca había sido gran cosa, pero en aquellos momentos, lo único que quedaba en pie eran una chimenea de piedra y dos paredes llenas de grietas que se alzaban en mitad de una docena de manzanos. Uno crecía en el suelo de la sala común, rodeado de una alfombra de hojas marrones húmedas y manzanas podridas. Su olor denso, de un aroma dulzón y empalagoso, resultaba casi insoportable. Meera pinchó unas cuantas manzanas con la fisga, en busca de alguna que todavía fuera comestible, pero todas estaban demasiado podridas y agusanadas.

Era un lugar tranquilo, silencioso, pacífico y de una belleza innegable, pero a Bran le pareció que una posada abandonada tenía un aire triste y, por lo visto, Hodor también sentía lo mismo.

—¿Hodor? —dijo con tono confuso—. ¿Hodor? ¿Hodor?

—Esta tierra es buena. —Jojen cogió un puñado y la frotó entre los dedos—. Una aldea, una posada, un torreón resistente junto al lago, todos estos manzanos... pero ¿dónde está la gente, Bran? ¿Por qué abandonarían un sitio así?

—Seguro que tenían miedo de los salvajes —dijo Bran—. Los salvajes vienen por el Muro o por las montañas para saquear, robar y llevarse a las mujeres. Si te cogen, te convierten el cráneo en una copa para beber sangre. Eso nos decía la Vieja Tata. La Guardia de la Noche no es tan fuerte como en tiempos de Brandon ni de la reina Alysanne, así que cada vez vienen más. Los lugares más cercanos al Muro sufrían saqueos tan frecuentes que la gente se trasladó más al sur, a las montañas o a las tierras de los Umber, al este del camino Real. A los vasallos del Gran Jon también los saqueaban, pero no tanto como a los que vivían antes en el Agasajo.

Jojen Reed giró la cabeza muy despacio, escuchando una música que solo él oía.

—Tenemos que refugiarnos aquí. Se acerca una tormenta. Muy fuerte.

Bran alzó la vista hacia el cielo. Había sido un día otoñal claro y luminoso, soleado, casi cálido, pero era cierto que se empezaban a acumular nubes oscuras en el cielo del oeste, y el viento soplaba cada vez más fuerte.

—La posada no tiene tejado, y solo le quedan dos paredes —señaló—. Deberíamos ir al torreón.

—Hodor —dijo Hodor.

Tal vez estuviera de acuerdo.

—No tenemos bote, Bran. —Meera pinchaba las hojas con la fisga, distraída.

—Hay un camino, un sendero de piedra oculto bajo el agua. Podríamos llegar andando. —Bueno, ellos podrían llegar andando; él tendría que ir cargado a la espalda de Hodor, pero al menos no se mojaría.

Los Reed se miraron.

—¿Cómo lo sabes? —preguntó Jojen—. ¿Habías estado antes aquí, mi príncipe?

—No, me lo contó la Vieja Tata. La parte de arriba del torreón es una corona dorada, ¿veis? —Señaló hacia el otro lado del lago. Entre las almenas se veían restos de pintura color oro descascarillada—. La reina Alysanne durmió allí, de manera que en su honor pintaron las almenas de dorado.

—¿Un camino? —Jojen escudriñó el lago—. ¿Estás seguro?

—Segurísimo —dijo Bran.

Sabiendo dónde buscar, Meera lo encontró enseguida: era un camino de piedras de poco más de una vara de anchura, que se adentraba en el lago. Los guio paso a paso, tanteando frente a sí con la fisga. Alcanzaban a ver el punto donde el sendero emergía de nuevo al llegar a la isla y se transformaba en un corto tramo de peldaños que llevaban a la puerta del torreón.

Sendero, peldaños y puerta estaban en línea recta, lo que podía hacer pensar que el camino no tenía curvas, pero no era así. Zigzagueaba bajo el lago y rodeaba un tercio de la isla antes de regresar al que parecía su curso inicial. Los giros eran traicioneros, y la longitud del camino hacía que cualquiera que se acercara a la torre estuviera expuesto a las flechas que le dispararan desde allí durante mucho rato. Las piedras escondidas, además, eran resbaladizas y estaban cubiertas de lodo; Hodor casi perdió pie en dos ocasiones.

—Hodor —gritó alarmado antes de recuperar el equilibrio.

La segunda vez, Bran se asustó mucho. Si Hodor se caía al lago mientras lo llevaba a él en la cesta, era muy posible que se ahogara, sobre todo si el corpulento mozo de cuadras se ponía nervioso y se olvidaba de dónde estaba Bran, cosa que pasaba de vez en cuando.

«Tendríamos que habernos quedado en la posada, bajo aquel manzano», pensó, pero ya era demasiado tarde.

Por suerte no hubo una tercera vez, y a Hodor el agua no le pasó de la cintura en ningún momento, aunque los Reed estaban empapados casi hasta el cuello. No tardaron mucho más en llegar a la isla y en subir por los peldaños que llevaban al torreón. La puerta seguía siendo recia, aunque los gruesos tablones de roble se habían combado con los años y ya no cerraba bien. Meera la abrió del todo; las bisagras de hierro oxidadas gimieron. El dintel era muy bajo.

—Agáchate, Hodor —dijo Bran. El gigante obedeció, pero no lo suficiente para evitar que Bran se golpeara la cabeza—. Qué daño —se quejó.

—Hodor —dijo Hodor al tiempo que se erguía.

Se encontraron en una cámara aislada en penumbra, tan pequeña que apenas cabían los cuatro juntos. Los peldaños excavados en la pared interior de la torre subían describiendo una curva a la izquierda, y bajaban a la derecha detrás de verjas de hierro. Bran alzó la vista y divisó otra verja justo encima de él. «Un matacán.» Se alegró de que arriba no hubiera nadie dispuesto a arrojar aceite hirviendo sobre ellos.

Las verjas estaban cerradas, pero los barrotes de hierro estaban rojos de óxido. Hodor agarró la de la izquierda y le dio un tirón tan fuerte que gruñó por el esfuerzo. No consiguió nada. Trató de empujar, pero tampoco tuvo éxito. Sacudió los barrotes, les dio patadas, los embistió con el hombro, los sacudió y aporreó las bisagras con aquellas manos enormes, hasta que el aire se llenó de fragmentos oxidados, pero la puerta de hierro no cedió. La que estaba bajo la bóveda tampoco cedió.

—No hay manera de entrar —dijo Meera, encogiéndose de hombros.

Bran, sentado en su cesta, a la espalda de Hodor, tenía el matacán justo encima de la cabeza. Alzó los brazos y agarró los barrotes para darles un tirón. La reja se desmoronó en medio de una cascada de óxido y piedra desmenuzada.

—¡HODOR! —gritó Hodor.

La pesada verja de hierro golpeó a Bran en la cabeza y fue a estrellarse cerca de los pies de Jojen, que la apartó de una patada. Meera se echó a reír.

—Vaya, vaya, mi príncipe —dijo—. Si eres más fuerte que Hodor.

Bran se sonrojó.

Ya con el paso abierto, Hodor no tuvo dificultades en aupar a Meera y a Jojen por el matacán. Luego, los lacustres cogieron a Bran por los brazos y lo izaron. Lo difícil fue subir a Hodor, que pesaba demasiado para que los Reed lo levantaran como habían hecho con Bran. Al final, el chico le dijo que saliera a buscar unas cuantas piedras grandes. En la isla las había en abundancia, así que Hodor no tuvo dificultad en hacer un montón lo suficientemente alto para subirse en él y auparse hasta el agujero.

—Hodor —jadeó feliz al tiempo que les sonreía.

Se encontraban en un laberinto de celdas pequeñas, oscuras y vacías, pero Meera siguió explorando hasta que encontró el camino que llevaba a las escaleras. Cuanto más subían, más luz había. En el tercer piso, el grueso muro que daba al exterior estaba lleno de troneras; en el cuarto había ventanas de verdad, y el quinto, el más alto, era una gran estancia de forma redonda con tres puertas rematadas en arco que daban a balcones de piedra. También había una recámara con un escusado, sobre un conducto de desagüe que iba a dar directamente al lago.

Cuando llegaron al tejado, el cielo estaba encapotado por completo, y las nubes que se divisaban hacia el oeste eran negras. El viento soplaba con tanta fuerza que hacía restallar la capa de Bran.

—Hodor —dijo Hodor al oír tanto ruido.

—Me siento casi como un gigante en lo más alto del mundo —dijo Meera, describiendo un círculo.

—En el Cuello, hay árboles el doble de altos que esta torre —le recordó su hermano.

—Sí, pero tienen a su alrededor otros árboles igual de altos —dijo Meera—. En el Cuello, el mundo está más apretado y el cielo es mucho más pequeño. En cambio, aquí... ¿No notas ese viento, hermano? Y mira lo grande que se ha vuelto el mundo.

Era verdad: desde allí se divisaba una vasta extensión de tierra. Hacia el sur se alzaban las colinas y, detrás de ellas, las montañas grises y verdes. Las llanuras ondulantes del Nuevo Agasajo se extendían en el resto de las direcciones hasta donde alcanzaba la vista.

—Yo creía que desde aquí ya podríamos ver el Muro —dijo Bran, decepcionado—. Qué tontería, si debemos de estar aún a cincuenta leguas o más. —Solo con pensarlo se sentía cansado y muerto de frío—. ¿Qué haremos cuando lleguemos al Muro, Jojen? Mi tío decía siempre que era muy grande. Tiene trescientas varas de altura y es tan grueso que las puertas que hay en la base más bien parecen túneles de hielo. ¿Cómo lo vamos a cruzar para buscar al cuervo de tres ojos?

—Tengo entendido que a lo largo del Muro hay castillos abandonados —respondió Jojen—. Son fuertes que construyó la Guardia de la Noche, y que ahora están desiertos. Puede que podamos cruzar por uno de ellos.

La Vieja Tata solía llamarlos *castillos fantasma.* En cierta ocasión, el maestre Luwin había hecho que Bran se aprendiera los nombres de todos y cada uno de los fuertes del Muro. Le había costado bastante, porque había diecinueve, aunque no habían estado habitados a la vez más allá de diecisiete. Durante el banquete celebrado en honor de la visita del rey Robert a Invernalia, Bran le había recitado los nombres a su tío Benjen, primero de este a oeste y luego de oeste a este. Benjen Stark se había echado a reír.

—Te lo sabes mejor que yo, Bran —le había dicho—. Deberías ser tú el capitán de los exploradores. Si te parece bien, yo me quedaré aquí y tú irás a sustituirme.

Aquello había sido antes de que Bran se cayera, claro. Antes de que se rompiera. Cuando despertó convertido en tullido, su tío ya había regresado al Castillo Negro.

—Mi tío me dijo que, cuando había que abandonar un castillo, las puertas del Muro se sellaban con hielo y piedras —dijo.

—Pues tendremos que abrirlas —respondió Meera.

—No deberíamos abrirlas. —Aquello no le terminaba de gustar—. Pueden entrar cosas malas del otro lado. Tendríamos que ir al Castillo Negro y pedirle al Lord Comandante que nos deje pasar.

—Alteza —objetó Jojen—, tenemos que evitar el Castillo Negro, igual que evitamos el camino Real. Allí hay cientos de hombres.

—Hombres de la Guardia de la Noche —dijo Bran—. Entre sus juramentos está el de no tomar parte en guerras y cosas de esas.

—Sí —reconoció Jojen—, pero bastaría con un hombre que deseara dejar de vestir el negro para que se desvelara vuestro secreto; podría vendérselo a los hombres del hierro o al Bastardo de Bolton. Además, no tenemos ninguna certeza de que la Guardia nos dejara pasar. Puede que nos retuviera o que nos obligara a retroceder.

—Pero mi padre era amigo de la Guardia de la Noche, y mi tío es el capitán de los exploradores. Quizá sepa dónde vive el cuervo de tres ojos. Además, en el Castillo Negro está Jon. —Bran albergaba la esperanza de volver a ver a Jon y a su tío. Los últimos hermanos negros que visitaron Invernalia explicaron que Benjen Stark había desaparecido durante una exploración, pero seguro que a aquellas alturas ya había regresado—. Y apuesto algo a que la Guardia nos da caballos si se los pedimos —insistió.

—Silencio. —Jojen se puso una mano sobre los ojos a modo de visera y escudriñó el horizonte en dirección al sol poniente—. Mirad. Allí hay algo... Creo que es un jinete. ¿Lo veis?

Bran se protegió los ojos también, y hasta los tuvo que entrecerrar. Al principio no vio nada, hasta que un movimiento lo hizo volverse. Primero pensó que podía tratarse de Verano, pero no. «Un hombre a caballo.» Estaba demasiado lejos para distinguir más detalles.

—¿Hodor? —Hodor también se había puesto la mano sobre los ojos, solo que miraba hacia donde no era—. ¿Hodor?

—No tiene prisa —dijo Meera—, pero a mí me parece que viene hacia esta aldea.

—Será mejor que entremos antes de que nos vea —dijo Jojen.

—Verano está cerca del pueblo —objetó Bran.

—No le pasará nada —prometió Meera—. No son más que un hombre y un caballo cansado.

Unas cuantas gotas empezaron a repiquetear contra la piedra mientras volvían al piso superior de la torre. Habían elegido bien el momento; la lluvia no tardó en caer con fuerza. A través de los gruesos muros la oían azotar la superficie del lago. Se sentaron en el suelo de la habitación redonda, en la creciente oscuridad. El balcón que daba hacia el norte les permitía divisar la aldea abandonada. Meera se arrastró sobre el vientre para echar un vistazo hacia el otro lado del lago y ver qué había sido del jinete.

—Se ha refugiado en las ruinas de la posada —les dijo al volver—. Me parece que ha encendido la chimenea.

—Ojalá tuviéramos fuego nosotros —dijo Bran—. Estoy helado. Antes he visto muebles rotos en el piso de abajo; le podríamos decir a Hodor que los subiera, para entrar en calor.

—Hodor —dijo Hodor esperanzado; le había encantado la idea.

—Si hay fuego, hay humo —dijo Jojen sacudiendo la cabeza—. El humo que saliera de esta torre se vería desde muy lejos.

—Si hubiera alguien para verlo —objetó su hermana.

—Está el hombre de la aldea.

—Solo es uno.

—Basta con uno para entregar a Bran a sus enemigos. Aún nos queda medio pato de ayer. Vamos a comer y a descansar. Mañana por la mañana, ese hombre seguirá su camino, y nosotros también.

Jojen se salió con la suya; siempre se salía con la suya. Meera repartió el pato entre los cuatro. Lo había atrapado el día anterior con la red, cuando intentó levantar el vuelo del pantano donde lo había encontrado. Frío no sabía tan bien como recién asado, crujiente y calentito, pero al menos no se quedarían con hambre. Bran y Meera se repartieron la pechuga, y Jojen se comió el contramuslo. Hodor devoró el muslo y un ala, susurrando «Hodor» y lamiéndose la grasa de los dedos después de cada bocado. Le tocaba a Bran el turno de contar una historia, así que les habló de otro Brandon Stark, el llamado Brandon el Armador, que había navegado más allá del mar del Ocaso.

Cuando terminaron tanto la historia como el pato, la lluvia seguía cayendo. Bran se preguntó cuánto se habría alejado Verano y si habría atrapado a alguno de los ciervos.

La torre estaba sumida en una penumbra gris que, poco a poco, se convirtió en oscuridad. Hodor empezó a inquietarse; no paraba de caminar y de dar vueltas por la habitación, siempre deteniéndose para echar un vistazo al escusado como si se le hubiera olvidado qué había allí. Jojen estaba de pie en el balcón que daba al norte, oculto entre sombras, escudriñando la noche y la lluvia. Al norte, un relámpago hendió el cielo, y el interior de la torre se iluminó unos instantes. Hodor pegó un salto y dejó escapar un gemido de pánico. Bran contó hasta ocho, a la espera del trueno.

—¡Hodor! —chilló Hodor cuando lo oyó retumbar.

«Espero que Verano no tenga tanto miedo —pensó Bran. Los perros de Invernalia siempre se aterrorizaban cuando había tormenta, igual que Hodor—. Tendría que ir a verlo para calmarlo...»

El relámpago rasgó el cielo de nuevo y, en aquella ocasión, el trueno sonó antes de que contara hasta seis.

—¡Hodor! —chilló Hodor de nuevo—. ¡Hodor! ¡Hodor! —Desenvainó la espada como si quisiera luchar contra la tormenta.

—Silencio, Hodor —dijo Jojen—. Bran, dile que no grite. ¿Le puedes quitar la espada, Meera?

—Lo puedo intentar.

—Tranquilo, Hodor —dijo Bran—. Tienes que callarte. No sigas con lo de Hodor, ¿de acuerdo? Siéntate.

—¿Hodor? —Le entregó la espada larga a Meera con docilidad, pero su rostro seguía reflejando un mundo de confusión.

Jojen se volvió de nuevo hacia la oscuridad y, de repente, le oyeron contener una exclamación.

—¿Qué pasa? —preguntó Meera.

—Hay hombres en la aldea.

—¿El que vimos antes?

—No, otros. Están armados. He visto un hacha y lanzas. —La voz de Jojen nunca había sonado tan infantil, tan propia de su edad—. Los he visto moverse entre los árboles a la luz del relámpago.

—¿Cuántos?

—Muchos, no sé. Demasiados para contarlos.

—¿A caballo?

—No.

—Hodor. —Hodor parecía muy asustado—. Hodor. Hodor.

—¿Y si vienen aquí? —Bran también tenía un poco de miedo, pero no quería reconocerlo delante de Meera.

—Qué va. —La jovencita se sentó a su lado—. ¿Para qué?

—Para refugiarse de la lluvia. —dijo Jojen con voz lúgubre—. Como no cese la tormenta... Meera, ¿por qué no bajas a atrancar la puerta?

—No se puede ni cerrar. La madera está muy combada. Pero no lograrán traspasar las verjas de hierro.

—Sí que podrían. A lo mejor rompen la cerradura o las bisagras. O suben por el matacán, como nosotros.

Otro relámpago hendió el cielo, y Hodor empezó a gimotear. Enseguida, el trueno retumbó sobre el lago.

—¡HODOR! —rugió con las manos en las orejas mientras corría en círculos en medio de la oscuridad—. ¡HODOR! ¡HODOR! ¡HODOR!

—¡NO! —le gritó Bran—. ¡YA VALE DE HODOR!

No sirvió de nada.

—¡HOOODOR! —gimió Hodor.

Meera trató de sujetarlo para tranquilizarlo, pero era demasiado fuerte, y la tiró a un lado con un simple empujón.

—¡HOOOOOODOOOR! —aulló el mozo de cuadras cuando el relámpago volvió a rasgar el cielo, y hasta Jojen gritaba ya; gritaba a Bran y Meera que lo hicieran callar.

—¡Silencio! —chilló Bran con voz aguda, asustada.

Buscó la pierna de Hodor con la mano cuando pasó junto a él, lo buscó, lo buscó, lo buscó...

Hodor se tambaleó y cerró la boca. Sacudió la cabeza muy despacio, de un lado a otro, se dejó caer sentado en el suelo y cruzó las piernas. Cuando el trueno retumbó fue casi como si no lo oyera. Los cuatro se quedaron en silencio en la oscura torre; apenas se atrevían a respirar.

—¿Qué has hecho, Bran? —susurró Meera.

—Nada. —Bran sacudió la cabeza—. No lo sé.

Pero no era verdad, sí lo sabía.

«Lo he buscado, me he metido en él como me meto en Verano.» Durante un instante, él había sido Hodor. Aquello le daba mucho miedo.

—Al otro lado del lago pasa algo —dijo Jojen—. Me parece que he visto a un hombre señalando hacia aquí.

«No voy a tener miedo. —Era el príncipe de Invernalia, el hijo de Eddard Stark, casi un hombre, y además era un warg, no un bebé como Rickon—. Verano no tendría miedo.»

—Seguro que son hombres de los Umber —dijo—. O también pueden ser de los Knott, de los Norrey, o de los Flint que hayan bajado de las montañas, o hasta hermanos de la Guardia de la Noche. ¿Llevaban capas negras, Jojen?

—De noche, todas las capas son negras, Alteza. El relámpago no ha durado tanto como para que me fijara en sus ropas.

—Si fueran hermanos negros irían a caballo, ¿no? —señaló Meera, cautelosa.

—No importa —dijo Bran con seguridad; se le había ocurrido algo de repente—. No podrían llegar aquí aunque quisieran. No tienen barca, ni creo que sepan lo del sendero.

—¡El sendero! —Meera le revolvió el pelo y le dio un beso en la frente—. ¡Mi querido príncipe! Tiene razón, Jojen; seguro que no saben lo del sendero. Y aunque supieran que existe, no lo encontrarían en medio de la lluvia, y menos de noche.

—Pero la noche terminará. Si no se van por la mañana... —Jojen no concluyó la frase. Hubo un momento de silencio—. Están echando leña al fuego que encendió el primer hombre —dijo al final. Un relámpago restalló en el cielo; la luz inundó la torre y proyectó sus sombras en las paredes. Hodor se mecía de adelante atrás todo el tiempo, canturreando entre dientes.

Bran percibió el miedo de Verano en aquel momento de brillo. Cerró los dos ojos, abrió un tercero y se desprendió de su piel de niño como si fuera una capa mientras dejaba atrás la torre...

Y se encontró fuera, bajo la lluvia, con la barriga llena de ciervo, acobardado entre los arbustos mientras el cielo se rompía y rugía sobre él. El olor de las manzanas podridas y las hojas húmedas casi ocultaba el del hombre, pero allí estaba. Oyó el tintineo y el roce de la pieldura; vio a los hombres moverse entre los árboles. Uno que portaba un palo se movía con torpeza. Llevaba una piel en la cabeza que lo dejaba ciego y sordo. El lobo dio un rodeo para esquivarlo; se metió entre las ramas chorreantes de un espino y bajo las ramas desnudas de un manzano. Los oía hablar, y allí, por debajo de los olores de lluvia, hojas y caballo, le llegó el hedor agudo, rojo, del miedo...

Jon

El suelo estaba cubierto de agujas de pino y hojas secas, una alfombra verde y castaña aún húmeda tras las recientes lluvias. Los rodeaban enormes robles desnudos, centinelas altos y todo un ejército de pinos soldado. En la cima de una colina se divisaba una torre redonda, antigua y vacía, con una gruesa capa de musgo verde que llegaba casi hasta las almenas.

—¿Quién ha construido eso, todo de piedra? —le preguntó Ygritte—. ¿Un rey?

—No, la gente que vivía antes aquí.

—¿Qué les pasó?

—Pues algunos murieron y otros se marcharon.

Las tierras del Agasajo de Brandon se habían cultivado durante miles de años, pero a medida que decrecía el número de miembros de la Guardia, se podían dedicar menos manos a arar los campos, cuidar de las abejas y plantar los huertos, de manera que la espesura había engullido más de un campo y más de una aldea. En el Nuevo Agasajo había habido pueblos y aldeas cuyos impuestos, pagados en mercancía o en mano de obra, ayudaban a alimentar y a vestir a los hermanos negros. También habían desaparecido largo tiempo atrás.

—Qué idiotas, mira que abandonar un castillo tan bueno... —comentó Ygritte.

—No es más que un torreón. Aquí viviría hace mucho algún señor menor, con su familia y unos pocos sirvientes. Cuando se acercaban invasores, encendía un faro en el tejado. En Invernalia hay torres tres veces más altas que esa.

—¿Cómo es posible que los hombres construyan cosas tan grandes sin gigantes que levanten las piedras? —Ella lo miraba como si pensara que se lo estaba inventando.

Según las leyendas, Brandon el Constructor había contado con la ayuda de gigantes para edificar Invernalia, pero Jon no quería cambiar de tema.

—Los hombres pueden construir cosas mucho más altas. En Antigua hay una torre más alta que el Muro.

Era evidente que no lo creía.

«Si pudiera mostrarle Invernalia... Regalarle una flor de los jardines de cristal, llevarla a un banquete en el salón principal, enseñarle los reyes de piedra en sus tronos... Podríamos bañarnos juntos en los estanques calientes y amarnos al pie del árbol corazón, ante los ojos de los antiguos dioses.»

El sueño era hermoso... pero Invernalia no sería suya; nunca se la podría mostrar. Pertenecía a su hermano, el Rey en el Norte. Él era un Nieve, no un Stark.

«Bastardo, perjuro y cambiacapas...»

—A lo mejor, después podemos venir aquí y vivir en esa torre —le dijo—. ¿Qué te parecería, Jon Nieve? ¿Después?

«Después. —La palabra era como una puñalada—. Después de la guerra. Después de la conquista. Después de que los salvajes derribaran el Muro...»

En cierta ocasión, su señor padre le había hablado de la posibilidad de nombrar nuevos señores e instalarlos en los torreones abandonados, como escudo contra los salvajes. Para llevar a cabo el plan haría falta que la Guardia cediera una buena parte del Agasajo, pero su tío Benjen creía que sería posible convencer al Lord Comandante, siempre y cuando los nuevos señores pagaran impuestos al Castillo Negro y no a Invernalia.

—Pero es un sueño para la primavera —había suspirado Lord Eddard—. Cuando se acerca el invierno, ni la promesa de tierras atrae a nadie hacia el norte.

«Si el invierno hubiera llegado y pasado más deprisa, si hubiera empezado la primavera, tal vez habría elegido defender una de estas torres en nombre de mi padre.» Pero Lord Eddard estaba muerto y su hermano Benjen había desaparecido; el escudo que habían soñado juntos no se forjaría jamás.

—Estas tierras pertenecen a la Guardia —le dijo Jon.

—Aquí no vive nadie. —La ira que sentía Ygritte hacía que se le movieran las aletas de la nariz.

—Porque vuestros invasores los echaron.

—Pues entonces es que eran unos cobardes. Si querían las tierras, tendrían que haberse quedado para luchar por ellas.

—Puede que estuvieran cansados de luchar. Cansados de atrancar las puertas todas las noches, sin saber si Casaca de Matraca o alguien como él las iba a derribar para secuestrar a sus esposas. Cansados de que les robaran las cosechas y cualquier objeto de valor. Era más fácil irse adonde no hubiera invasores.

«Pero si el Muro cayera, todo el norte estaría al alcance de los invasores.»

—No sabes nada, Jon Nieve. Se secuestra a las hijas, no a las esposas. Vosotros sois los que robáis. Os quedasteis con el mundo entero y construisteis el Muro para dejar fuera al pueblo libre.

—¿Nosotros? —A veces, Jon se olvidaba de lo salvaje que era; en aquellas ocasiones, ella se encargaba de recordárselo—. ¿Y cómo fue?

—Los dioses hicieron la tierra para que todos los hombres la compartieran. Pero luego vienen los reyes, con sus coronas y sus espadas de acero, y dicen que todo es suyo. Los árboles son míos, dicen, no os podéis comer las manzanas. El arroyo es mío, aquí no podéis pescar. El bosque es mío, nada de cazar. Mi tierra, mi agua, mi castillo, mi hija... No les pongas las manos encima o te las corto, pero a lo mejor si te arrodillas delante de mí te dejo que lo olisquees. Decís que somos ladrones, pero al menos un ladrón tiene que ser valiente, astuto y rápido. Para arrodillarse solo hacen falta rodillas.

—Harma y Saco de Huesos no vinieron a buscar peces y manzanas. Roban espadas y hachas. Especias, sedas y pieles. Echan mano de toda moneda, anillo y copa enjoyada que encuentran, de los toneles de vino en verano y los de buey en invierno, y sea cual sea la estación, cogen a las mujeres y se las llevan al otro lado del Muro.

—¿Y qué? Yo prefiero mil veces que me secuestre un hombre fuerte a que mi padre me entregue a cualquier debilucho.

—Eso dices tú, pero ¿cómo lo sabes? ¿Y si te secuestrara un hombre que no te gusta nada?

—Para secuestrarme a mí tendría que ser rápido, astuto y valiente. Así que sus hijos también serían fuertes y listos. ¿Por qué no me iba a gustar un hombre así?

—A lo mejor no se lavaba nunca y olía peor que un oso.

—Entonces lo empujaría al río o le echaría un cubo de agua por encima. Además, los hombres no tienen por qué oler a flores.

—¿Qué tienen de malo las flores?

—Para las abejas, nada. Pero para la cama yo quiero una de estas.

Ygritte hizo ademán de palparle la parte delantera de los calzones, pero Jon la agarró por la muñeca.

—¿Y si ese hombre bebiera demasiado? —insistió—. ¿Y si fuera brutal, o cruel? —La apretó con más fuerza para que lo entendiera bien—. ¿Y si fuera más fuerte que tú y le gustara darte palizas hasta hacerte sangrar?

—Le cortaría la garganta cuando estuviera dormido. No sabes nada, Jon Nieve. —Ygritte se retorció como una anguila y se apartó de él.

«Hay una cosa que sé muy bien. Sé que eres salvaje hasta la médula.» A veces era fácil olvidarlo, cuando estaban besándose o riéndose juntos. Pero entonces uno de los dos decía algo, o hacía algo, y de pronto recordaban el muro que separaba sus mundos.

—Un hombre puede poseer una mujer o puede poseer un cuchillo —le dijo Ygritte—. Pero nunca a la vez. Todas las madres se lo enseñan a sus hijas desde pequeñas. —Alzó la barbilla en gesto desafiante y sacudió la espesa cabellera roja—. Y los hombres no pueden poseer la tierra, igual que no pueden poseer el cielo o el mar. Los arrodillados pensáis que sí, pero Mance os va a dar una buena lección.

Como bravata no estaba nada mal, pero era una amenaza vana. Jon echó un vistazo hacia atrás para asegurarse de que el Magnar no los estaba escuchando. Errok, Forúnculo y Dan el Cañameño caminaban a unos pasos por detrás de ellos, pero no les estaban prestando atención. Forúnculo se quejaba del dolor de culo.

—Ygritte —le dijo en voz baja—, Mance no puede ganar esta guerra.

—¡Claro que puede! —se empecinó—. No sabes nada, Jon Nieve. ¡No has visto luchar al pueblo libre!

Los salvajes peleaban como héroes o como demonios, según el punto de vista del que lo dijera, pero al final todo se reducía a lo mismo. «Luchan con valor temerario, cada uno buscando su gloria personal.»

—No me cabe la menor duda de que sois todos muy valientes, pero cuando se trata de una batalla, la disciplina siempre puede más que el valor. Al final, Mance fracasará, como han fracasado antes todos los Reyes-más-allá-del-Muro. Y cuando llegue ese momento, moriréis. Todos.

Ygritte le había lanzado una mirada tan furiosa que pensó que lo iba a abofetear.

—Moriremos todos —dijo—. Tú también. Ya no eres un cuervo, Jon Nieve. He jurado que no lo eres, así que más te vale no dejarme por mentirosa.

Lo empujó contra el tronco de un árbol y le dio un beso en la boca allí mismo, en medio de la desordenada columna. Jon oyó que Grigg el Cabra les decía que siguieran caminando. Alguien se echó a reír. Pese a todo, le devolvió el beso. Cuando por fin se separaron, Ygritte tenía las mejillas ruborizadas.

—Eres mío —susurró—. Eres mío, igual que yo soy tuya. Si tenemos que morir, moriremos. Todos los hombres mueren, Jon Nieve. Pero antes vamos a vivir.

—Sí. —Tenía la voz entrecortada—. Antes vamos a vivir.

Al oírlo, sonrió y le mostró a Jon aquellos dientes torcidos que, sin saber cómo, había llegado a amar.

«Salvaje hasta la médula», volvió a pensar con un nudo en la boca del estómago. Flexionó los dedos de la mano de la espada y se preguntó qué haría Ygritte si supiera qué sentía de verdad. Si se sentaba con ella y le decía que seguía siendo el hijo de Ned Stark y un hombre de la Guardia de la Noche, ¿lo traicionaría? Quería pensar que no, pero no se atrevía a correr semejante riesgo. Demasiadas vidas dependían de que consiguiera llegar al Castillo Negro antes que el Magnar... contando con que tuviera ocasión de escapar de los salvajes.

Habían descendido por la cara sur del Muro en Guardiagrís, que estaba abandonado desde hacía más de doscientos años. Un siglo atrás se había derrumbado un tramo de peldaños de piedra, pero aun así, la bajada les resultó mucho más fácil que la subida. Una vez allí, con Styr al frente, se adentraron en el Agasajo para esquivar las habituales patrullas de la Guardia. Grigg el Cabra iba al frente del grupo cuando pasaron cerca de las pocas aldeas habitadas que quedaban en aquellas tierras. Aparte de unos cuantos torreones dispersos, que hurgaban el cielo como dedos de piedra, no vieron ni rastro de presencia humana. Atravesaron colinas frías y húmedas, y llanuras azotadas por los vientos, sin que los vieran.

«Te exijan lo que te exijan, no puedes negarte —le había dicho Mediamano—. Cabalga con ellos, come con ellos y combate con ellos todo el tiempo que sea preciso.» Había cabalgado muchas leguas y caminado muchas más; había compartido el pan y la sal, y también las mantas de Ygritte, pero seguían sin confiar en él. Los thenitas lo vigilaban día y noche, siempre alerta ante el menor indicio de traición. No tenía manera de escabullirse, y pronto sería demasiado tarde.

«Combate con ellos», le había dicho Qhorin antes de entregar su vida a *Garra*... Pero hasta aquel momento, las cosas no habían llegado tan lejos. «Una vez derrame la sangre de un hermano, estaré perdido. Habré cruzado el Muro definitivamente y no habrá vuelta atrás.»

Al final de cada día de marcha, el Magnar lo hacía llamar y lo cosía a preguntas acerca del Castillo Negro, su guarnición y sus defensas. Jon mentía siempre que se atrevía, y unas cuantas veces había fingido desconocer las respuestas, pero Grigg el Cabra y Errok también lo estaban escuchando y sabían lo suficiente para que tuviera que ir con cuidado. Una mentira demasiado evidente lo delataría.

Pero la verdad era espantosa. El Castillo Negro no contaba con más defensas que el propio Muro. No había ni siquiera empalizadas de madera ni diques de tierra. El «castillo» no era más que un montón de torres y torreones, dos tercios de los cuales se estaban desmoronando. En cuanto a la guarnición, el Viejo Oso se había llevado a doscientos hombres en su expedición. ¿Habrían regresado? Jon no tenía manera de saberlo. En el castillo podían quedar unos cuatrocientos, pero eran sobre todo constructores o mayordomos, en ningún caso exploradores.

Los thenitas eran guerreros curtidos y mucho más disciplinados que el resto de los salvajes; sin duda, por aquel motivo los había elegido Mance. Entre los defensores del Castillo Negro se encontraban el maestre Aemon, ciego; su mayordomo también medio ciego, Clydas; el manco Donal Noye; el septón Cellador, siempre borracho; Dick Follard el Sordo; el cocinero Hobb Tresdedos; el anciano Ser Wynton Stout, así como Halder, Sapo, Pyp, Albett y el resto de los muchachos que se habían entrenado con Jon. Al mando de todos estaría Bowen Marsh, el Lord Mayordomo, regordete y con el rostro congestionado, nombrado castellano en ausencia de Lord Mormont. Edd el Penas a veces llamaba a Marsh Viejo Granada, apodo que lo definía tan bien como el de Viejo Oso a Mormont.

—Es el hombre al que nos conviene tener al mando cuando el enemigo ataque —solía decir Edd con su habitual voz austera—. Los contaría en un momento. Es un hacha contando; no se le escapa uno.

«Si el Magnar llega al Castillo Negro por sorpresa, será una carnicería. Matarán a los chicos mientras duermen; ni siquiera sabrán que los atacan.» Jon tenía que avisarlos, pero ¿cómo? No lo enviaban nunca a forrajear ni a cazar, ni le dejaban montar guardia a solas. También tenía miedo por Ygritte. No se la podía llevar, pero si la dejaba allí, el Magnar tal vez la hiciera pagar por su traición. «Dos corazones que laten como uno...»

Todas las noches compartían las pieles, y se quedaba dormido con la cabeza de la muchacha sobre el pecho y su melena roja haciéndole cosquillas en la barbilla. Su olor era ya parte de él. Sus dientes torcidos, el tacto de sus pechos cuando los cogía con la mano, el sabor de su boca... Todo aquello era su alegría y su desesperación a la vez. Más de una noche se había tumbado con la calidez de Ygritte a su lado, sin dejar de preguntarse si su señor padre se habría sentido así de confuso con su madre, fuera quien fuera.

«Ygritte me tendió la trampa, y Mance Rayder me empujó adentro.»

Cada día que pasaba entre los salvajes hacía que le resultara más difícil lo que debía hacer. Tenía que buscar la manera de traicionar a aquellos hombres, y cuando lo consiguiera, morirían. No quería su amistad, igual que no había querido el amor de Ygritte. Pero, aun así... Los thenitas hablaban la antigua lengua y rara vez se dirigían a Jon, pero con los hombres de Jarl, los que habían escalado el muro, la cosa era diferente. Jon estaba empezando a conocerlos muy a su pesar: Errok, flaco y silencioso; Grigg el Cabra, siempre sociable; los niños Quort y Bodger; Dan el Cañameño, el fabricante de cuerdas... El peor de todos era Del, un muchacho de rostro caballuno que no dejaba de hablar con voz soñadora de la chica salvaje a la que quería secuestrar.

—Tiene suerte, como tu Ygritte. Nació besada por el fuego.

Jon tuvo que morderse la lengua. No quería saber nada de la chica de Del, ni de la madre de Bodger, ni de la aldea situada junto al mar donde había nacido Henk el Timón, ni de las ganas que tenía Grigg de visitar a los hombres verdes en la Isla de los Rostros, ni de aquella vez en la que un alce había perseguido a Dedodelpié hasta obligarlo a subirse a un árbol. No quería más detalles del forúnculo que tenía Forúnculo en el culo, ni de cuánta cerveza era capaz de beber Pulgares de Piedra, ni de cómo el hermanito de Quort le había suplicado que no fuera con Jarl. Quort no tenía más de catorce años, aunque ya había secuestrado una esposa y estaba esperando un hijo de ella.

—Puede que nazca en algún castillo —alardeaba el chico—. ¡En un castillo, como los señores!

Estaba muy emocionado con los castillos que habían visto, que en realidad no eran más que torres de vigilancia.

Jon se preguntó dónde estaría Fantasma. ¿Habría vuelto al Castillo Negro o estaría corriendo por los bosques con alguna manada de lobos? No percibía la presencia del huargo ni siquiera en sueños. Se sentía como si le hubieran arrebatado algo que era parte de él. Hasta con Ygritte dormida a su lado se encontraba solo. No quería morir solo.

Aquella tarde, los árboles habían empezado a escasear más mientras avanzaban hacia el este por suaves llanuras onduladas. La hierba que los rodeaba les llegaba a la cintura, y las espigas de trigo silvestre se mecían con cada ráfaga de viento, pero el día en general era cálido y luminoso. En cambio, al anochecer, las nubes empezaron a acumularse amenazadoras hacia el oeste. No tardaron en cubrir la bola anaranjada que era el sol, y Lenn auguró que se acercaba una tormenta de las fuertes. Su madre era una bruja de los bosques, así que todos estaban de acuerdo en que tenía el don de predecir el tiempo.

—Cerca de aquí hay una aldea —dijo Grigg el Cabra al Magnar—. A menos de una legua. Podemos buscar refugio allí.

Styr asintió sin dudar.

Cuando llegaron ya había anochecido hacía rato, y la tormenta se había desencadenado. La aldea estaba junto a un lago. Llevaba abandonada tanto tiempo que la mayor parte de las casas se había derrumbado. Incluso la posada de madera que en otros tiempos debió de dar cobijo a los viajeros estaba medio derruida y sin techo.

«Poco refugio vamos a encontrar ahí», pensó Jon con tristeza. Cuando los relámpagos iluminaban el cielo se veía una torre redonda en medio de una isla situada en el lago, pero no tenían botes ni manera de llegar a ella.

Errok y Del se habían adelantado para explorar las ruinas; Del regresó casi al momento. Styr dio orden de detenerse a la columna y envió a una docena de thenitas como avanzadilla, todos con las lanzas dispuestas. Para entonces, Jon también lo había visto: un fuego ardía en la chimenea y la teñía de luz roja. «No estamos solos.» El miedo se retorció en sus entrañas como una serpiente. Oyó el relincho de un caballo; luego, gritos. «Cabalga con ellos, come con ellos y combate con ellos», le había dicho Qhorin.

Pero la lucha había terminado.

—Solo es un hombre —dijo Errok en cuanto volvió—. Un viejo con un caballo.

El Magnar gritó órdenes en la antigua lengua, y una veintena de thenitas se dispersaron para explorar el área en torno a la aldea, mientras otros registraban las casas para asegurarse de que nadie se escondía entre la vegetación y las piedras. Los demás se apretujaron en la posada sin techo y se dieron codazos para buscar un lugar más cercano a la chimenea. Las ramas rotas que el viejo había estado quemando generaban más humo que calor, pero en una noche de tormenta, hasta la llama más pequeña era bien recibida. Dos de los thenitas habían tirado al viejo al suelo y estaban registrando sus cosas. Otro sujetaba al caballo por las riendas, mientras tres más saqueaban el contenido de las alforjas.

Jon se alejó de la posada. Una manzana podrida estalló bajo su bota.

«Styr lo va a matar. —El Magnar lo había dicho en Guardiagrís: había que matar al momento a cualquier arrodillado que se encontraran para asegurarse de que no daba la alarma—. Cabalga con ellos, come con ellos y combate con ellos.» ¿Significaba aquello que tenía que permanecer mudo e inmóvil mientras le cortaban el cuello a un anciano?

Cerca del linde de la aldea, Jon se dio de bruces con uno de los guardias que Styr había apostado. El thenita le gruñó algo en la antigua lengua y apuntó hacia la posada con el asta de la lanza.

«Vuelve a tu lugar —supuso Jon—. Pero ¿cuál es mi lugar?»

Se dirigió hacia el agua y encontró un lugar casi seco bajo los restos de pared de paja de las ruinas de una casa. Allí fue donde lo encontró Ygritte, contemplando el lago azotado por la lluvia.

—Conozco este lugar —le dijo cuando se sentó junto a él—. Esa torre... La próxima vez que haya un relámpago, mira la parte de arriba y dime qué ves.

—Como quieras —dijo—. Por cierto, varios thenitas dicen que han oído ruidos que venían de allí. Dicen que eran gritos.

—Serían truenos.

—Dicen que eran gritos. Puede que haya fantasmas.

El torreón tenía un aspecto tétrico allí, en medio de la tormenta en su isla rocosa, azotado por la lluvia y rodeado por el lago.

—Podríamos ir a echar un vistazo —sugirió Jon—. Más mojados de lo que estamos no vamos a estar...

—¿Nadando? ¿En medio de la tormenta? —La sola idea la hizo reír—. ¿Es un truco para que me quite la ropa, Jon Nieve?

—¿Ahora me hacen falta trucos para eso? —bromeó—. ¿O es que no sabes nadar?

Él era un excelente nadador; había aprendido de niño en el gran foso de Invernalia.

—No sabes nada, Jon Nieve. —Ygritte le dio un puñetazo en el hombro—. Soy mitad pez, te lo voy a demostrar.

—Mitad pez, mitad cabra, mitad caballo... Tienes demasiadas mitades, Ygritte. —Sacudió la cabeza—. Si este lugar es el que creo, no nos haría falta nadar. Podríamos ir andando.

—¿Andando sobre el agua? —Ella se lo quedó mirando—. ¿Eso qué es? ¿Brujería sureña?

—No es... —empezó, pero un relámpago cayó del cielo como una puñalada para hender la superficie del lago. Durante un instante hubo tanta luz como si fuera mediodía. El retumbar del trueno fue tan estrepitoso que Ygritte contuvo una exclamación y se tapó las orejas—. ¿Has mirado? —preguntó Jon a medida que el ruido se esfumaba y la noche volvía a ser negra—. ¿Lo has visto?

—Son de color amarillo —respondió ella—. ¿Te refieres a eso? Algunas de las piedras de arriba son amarillas.

—Se llaman almenas. Hace mucho tiempo las pintaron de color dorado. Esto es Corona de la Reina.

En medio del lago, la torre volvía a ser negra, una sombra oscura apenas visible.

—¿Aquí vivía una reina? —preguntó Ygritte.

—Aquí pasó la noche una reina. —La historia se la había contado la Vieja Tata, pero el maestre Luwin había confirmado la mayor parte—. Alysanne, la esposa del rey Jaehaerys el Conciliador. Lo llaman el Viejo Rey porque reinó muchísimo tiempo, pero cuando llegó al Trono de Hierro era joven. En aquellos tiempos tenía por costumbre viajar por todo el reino. Cuando llegó a Invernalia lo acompañaban su reina, seis dragones y la mitad de su corte. El Rey tenía asuntos importantes que tratar con el Guardián del Norte, y Alysanne se aburría, de manera que montó a lomos de su dragón Ala de Plata y voló hacia el norte para ver el Muro. Esta aldea fue uno de los lugares donde se detuvo. Después, los habitantes pintaron la parte superior del torreón para que pareciera la corona dorada que lucía la noche que pasó entre ellos.

—No he visto nunca un dragón.

—Ni tú ni nadie. Los últimos dragones murieron hace cien años o más. Pero esto fue antes.

—¿Te refieres a lo de la reina Alysanne?

—Más adelante la empezaron a llamar la Bondadosa Reina Alysanne. Uno de los castillos del Muro se bautizó también en su memoria. Puerta de la Reina. Antes de su visita se llamaba Puerta de la Nieve.

—Si tan buena era, tendría que haber mandado derribar ese Muro.

«No —pensó él—. El Muro protege el reino. De los Otros... y también de ti y de los tuyos, cariño.»

—Tuve otro amigo que soñaba con dragones. Era un enano. En cierta ocasión me dijo...

—¡Jon Nieve! —Uno de los thenitas se alzaba a su lado con el ceño fruncido—. Magnar llamar.

Jon pensó que tal vez se tratara del mismo hombre que había ido a buscarlo fuera de la cueva la noche anterior a la escalada del Muro, pero no estaba seguro. Se puso de pie. Ygritte fue con él, cosa que siempre hacía fruncir el ceño a Styr, pero cuando trataba de echarla, ella le recordaba que era una mujer libre, no una arrodillada, y que iba y venía cuando le daba la gana.

El Magnar se encontraba bajo el árbol que crecía en el suelo de la sala común. Su prisionero estaba arrodillado ante la chimenea, rodeado de lanzas de madera y espadas de bronce. Vio acercarse a Jon, pero no dijo nada. La lluvia corría por las paredes y repiqueteaba contra las escasas hojas que aún le quedaban al árbol, mientras del fuego se elevaba una espesa humareda.

—Tiene que morir —dijo Styr el Magnar—. Encárgate tú, cuervo.

El anciano no dijo nada. Se limitó a mirar a Jon, de pie entre los salvajes. Entre la lluvia y el humo, con la única luz del fuego, no podía ver que Jon vestía todo de negro a excepción de la capa de piel de oveja.

«¿O tal vez sí?»

Jon desenvainó a *Garra.* La lluvia bañó el acero y las llamas dibujaron una lúgubre línea naranja a lo largo del filo. «Que una hoguera tan pequeña le vaya a costar a un hombre la vida...» Recordó lo que había comentado Qhorin Mediamano cuando divisaron el fuego en el Paso Aullante.

—Aquí arriba, el fuego es la vida —les dijo en aquella ocasión—, pero también puede ser la muerte.

Pero había sido en los Colmillos Helados, en las tierras sin ley, más allá del Muro. Aquello era el Agasajo; estaba bajo la protección de la Guardia de la Noche y el poder de Invernalia. Allí un hombre tendría que ser libre de encender una hoguera sin morir por ello.

—¿Por qué dudas? —dijo Styr—. Mátalo y acabemos de una vez.

Ni siquiera entonces dijo nada el prisionero. «Piedad», podría haber dicho, o tal vez «Me habéis quitado el caballo, las monedas, la comida; dejadme al menos la vida», o «No, por compasión, no os he hecho ningún daño». Podría haber dicho mil cosas, o haber llorado, o haber pedido ayuda a sus dioses. Aunque nada que dijera podría salvarlo. Tal vez lo supiera. Tal vez por aquello cerraba la boca y miraba a Jon con un gesto mezcla de súplica y acusación.

«Te exijan lo que te exijan, no puedes negarte. Cabalga con ellos, come con ellos y combate con ellos...» Pero aquel anciano no ofrecía resistencia. Había tenido mala suerte y nada más. Quién era, de dónde procedía, a dónde se dirigía a lomos de aquel jamelgo patético... nada de aquello importaba.

«Es un anciano —se dijo Jon—. Debe de tener cincuenta años, puede que sesenta. Ha vivido más que muchos hombres. Los thenitas lo van a matar de todos modos; nada de lo que yo diga o haga puede salvarlo. —*Garra* le pesaba más que el plomo en la mano, apenas podía levantarla. El hombre no dejaba de mirarlo con unos ojos tan grandes y negros como pozos—. Me caeré en esos ojos y me ahogaré. —El Magnar también lo estaba mirando; casi le llegaba el olor de su desconfianza—. Este hombre ya está muerto. ¿Qué importa si es mi mano la que lo asesina? —Bastaría con un golpe, rápido, limpio. *Garra* estaba forjada con acero valyrio—. Igual que *Hielo*.» Jon recordó otra ejecución; el desertor arrodillado, su cabeza rodando, el color de la sangre sobre la nieve... La espada de su padre, las palabras de su padre, el rostro de su padre...

—Hazlo de una vez, Jon Nieve —lo apremió Ygritte—. Tienes que hacerlo. Demuestra que no eres un cuervo, que eres del pueblo libre.

—¿Matando a un viejo junto al fuego?

—Orell también estaba sentado junto al fuego y bien que lo mataste. —La mirada que clavó en él era implacable—. Ibas a matarme a mí hasta que viste que era una mujer. Y estaba dormida.

—Aquello era diferente. Erais soldados... centinelas...

—Sí, y los cuervos no queríais que os descubrieran. Igual que nosotros ahora. Es lo mismo. Mátalo.

—No —negó dándole la espalda al hombre.

—Mátalo. —El Magnar se acercó a él, alto, frío y peligroso—. Aquí mando yo.

—Mandas sobre los thenitas —le dijo Jon—, no sobre el pueblo libre.

—Aquí no hay nadie del pueblo libre. Aquí hay un cuervo y su esposa cuervo.

—¡No soy ninguna esposa cuervo!

Ygritte desenvainó el cuchillo. Con tres zancadas rápidas se puso junto al viejo, lo agarró del pelo, le echó la cabeza hacia atrás y le abrió el cuello de oreja a oreja. El hombre no gritó ni en el momento de morir.

—¡No sabes nada, Jon Nieve! —le gritó, y le tiró a los pies la hoja ensangrentada.

El Magnar gritó una orden en la antigua lengua. Tal vez les estuviera diciendo a los thenitas que mataran a Jon allí mismo, pero jamás lo sabría. Un relámpago cayó desde el cielo, un rayo desgarrador de un blanco azulado que tocó la cúspide de la torre del lago. Se sintió el olor de su furia, y el trueno, cuando llegó, pareció estremecer la noche.

Y la muerte se abalanzó sobre ellos.

La luz del rayo había deslumbrado a Jon, pero llegó a vislumbrar la sombra que se lanzaba contra ellos un instante antes de oír el chillido. El primer thenita murió igual que el viejo, con la garganta destrozada. Luego, la luz desapareció, y la sombra se convirtió en un remolino que gruñía, y otro hombre cayó en la oscuridad. Se oyeron maldiciones, gritos, aullidos de dolor... Jon vio caer a Forúnculo hacia atrás, derribando a tres hombres que tenía a la espalda.

«Fantasma —pensó durante un instante demencial—. Fantasma ha saltado el Muro. —Luego, el relámpago transformó la noche en día, y vio al lobo con las patas sobre el pecho de Del; las fauces chorreaban sangre—. Gris. Es gris.»

Con el trueno llegó la oscuridad. Los thenitas tanteaban a su alrededor con las lanzas mientras el lobo se movía entre ellos como una centella. La yegua del anciano se alzó sobre las patas traseras, enloquecida por el olor de la sangre, y coceó fuera de sí. Jon Nieve seguía teniendo a *Garra* en la mano. Supo al instante que no iba a tener una ocasión mejor.

Lanzó un tajo al primer hombre mientras se volvía hacia el lobo, apartó al segundo de un empujón y dio una estocada al tercero. En medio de la locura oyó que alguien gritaba su nombre, pero no habría sabido decir si era Ygritte o el Magnar. El thenita que trataba de dominar al caballo no llegó a verlo. *Garra* era ligera como una pluma. La blandió contra la pantorrilla del salvaje y sintió como el acero mordía hasta el hueso. Cuando cayó, la yegua se encabritó, pero Jon consiguió agarrarla por las crines con la mano izquierda y montar sobre ella. Una mano se le cerró en torno al tobillo; lanzó un tajo y vio como el rostro de Bodger desaparecía en una confusión de sangre. El caballo se alzó sobre las patas traseras, otra vez coceando. Uno de los cascos acertó a un thenita en la sien, y se oyó un crujido aterrador.

Y de repente iban al galope. Jon no intentó guiar al caballo; todo lo que podía hacer era aferrarse a él con todas sus fuerzas entre el fango, la lluvia y los truenos. Ramas húmedas le azotaban el rostro, y una lanza le pasó silbando junto a la oreja.

«Si el caballo tropieza y se rompe una pata, me caerán encima y me matarán», pensó, pero los antiguos dioses estaban con él, y el caballo no tropezó. El relámpago desgarró la cúpula negra del cielo, y el trueno retumbó sobre la llanura. Los gritos fueron quedando atrás hasta morir.

Muchas horas después, la lluvia cesó. Jon se encontró a solas en un mar de alta hierba negra. Sentía un dolor punzante en el muslo derecho. Cuando bajó la vista se sorprendió al ver que tenía una flecha clavada. «¿Desde cuándo?» Agarró el asta y le dio un tirón, pero la punta estaba clavada muy profundamente en la pierna, y el dolor fue insoportable. Trató de recordar la situación demencial de la posada, pero lo único que le acudía al pensamiento era la imagen de la bestia, delgada, gris, terrible...

«Era demasiado grande para ser un lobo común. Tenía que ser un huargo. Un huargo, sin duda. —No había visto antes un animal que se moviera tan deprisa—. Como un viento gris...» ¿Sería posible que Robb hubiera vuelto al norte?

Jon sacudió la cabeza. No tenía respuestas. Pensar le costaba demasiado... Pensar en el lobo, en el anciano, en Ygritte, en todo...

Se bajó de la yegua como pudo. La pierna herida no aguantaba su peso; tuvo que morderse los labios para no gritar. «Esto va a doler mucho.» Pero había que sacar la flecha, y no ganaría nada esperando. Jon agarró el asta de la flecha, respiró profundamente y tiró. Gimió y maldijo. Le dolió tanto que tuvo que parar. «Estoy sangrando como un cerdo degollado», pensó, pero no podía hacer nada hasta que sacara la flecha. Apretó los dientes y lo intentó de nuevo... y de nuevo se tuvo que detener entre temblores. «Una vez más.» En aquella ocasión gritó sin contenerse, y cuando terminó, la punta de la flecha se le veía ya en el muslo. Jon apartó los calzones ensangrentados para agarrar mejor el asta, apretó los dientes otra vez y, poco a poco, se arrancó la flecha de la pierna. Jamás sabría cómo lo había conseguido sin desmayarse.

Después se quedó tumbado en el suelo, sin soltar el trofeo, sangrando, en silencio, demasiado débil para moverse. Al cabo de un rato comprendió que si no se forzaba a hacer algo, moriría desangrado. Se arrastró hasta el arroyo del que estaba bebiendo la yegua, se lavó el muslo con agua fría y se lo vendó con una tira de tejido que arrancó de la capa. También lavo la flecha y le dio muchas vueltas entre las manos. ¿Era la emplumadura gris o blanca? Ygritte les ponía a sus flechas plumas de ganso color gris claro.

«¿Me disparó cuando escapaba?» Jon no habría podido culparla. Se preguntó si habría estado apuntando al caballo o a él. Si la yegua hubiera caído, él estaría ya muerto. «Menos mal que mi pierna se interpuso.»

Se quedó un rato descansando mientras la yegua pastaba. No se alejó demasiado, por suerte. Con la pierna tal como la tenía, no la habría podido alcanzar. Tuvo que hacer acopio de todas sus energías para volver a montar. «¿Cómo pude cabalgarla antes, sin silla ni riendas, y con la espada en la mano?» Otra pregunta a la que no podría responder jamás.

Un trueno retumbó a lo lejos, pero donde estaba ya había claros en el cielo. Jon escudriñó el firmamento hasta dar con el Dragón de Hielo. Luego guio a la yegua hacia el norte, en dirección al Muro y al Castillo Negro. El latigazo de dolor en el muslo le hizo apretar los dientes cuando clavó los talones en los flancos de la yegua del anciano.

«Vuelvo a casa», se dijo. Si era así, ¿por qué se sentía tan vacío?

Cabalgó hasta el amanecer, mientras las estrellas lo vigilaban como ojos.

Daenerys

Sus exploradores dothrakis la habían informado de la situación, pero Dany quería verla en persona. Ser Jorah Mormont cabalgó con ella por un bosque de abedules y por un empinado risco de arenisca.

—Ya estamos suficientemente cerca —le dijo cuando se encontraron en la cima.

Dany tiró de las riendas de la yegua y miró hacia el otro lado de los prados, hacia donde el ejército yunkio se cruzaba en su camino. Barbablanca le había enseñado la manera de calcular el número de sus enemigos.

—Cinco mil —dijo al cabo de un instante.

—Lo mismo diría yo. —Ser Jorah señaló con un dedo—. Aquellos de los flancos son mercenarios. Lanceros y arqueros a caballo; también llevan espadas y hachas para el combate cuerpo a cuerpo. Los Segundos Hijos están en el ala izquierda; los Cuervos de Tormenta, en la derecha. Unos quinientos hombres de cada. ¿Veis los estandartes?

La arpía de Yunkai tenía entre las garras una fusta y un collar de hierro, en vez de un trozo de cadena. Pero los mercenarios ondeaban sus estandartes debajo de los de la ciudad a la que servían: a la derecha, cuatro cuervos entre dos rayos cruzados; a la izquierda, una espada rota.

—Los propios yunkai'i defienden el centro —advirtió Dany. Desde lejos, los oficiales parecían idénticos a los de Astapor: yelmos altos brillantes y capas con discos de cobre cosidos—. ¿Van al frente de soldados esclavos?

—Son esclavos en su mayoría. Pero no están a la altura de los Inmaculados. Yunkai tiene fama por sus esclavos de cama, no por los guerreros.

—¿Qué opináis vos? ¿Podemos derrotar a este ejército?

—Con facilidad —asintió Ser Jorah.

—Pero no sin derramar sangre. —Ya había habido sangre de sobra en los adoquines de Astapor el día en que la ciudad cayó, aunque muy poca era suya o de los suyos—. Podríamos ganar esta batalla, pero a ese precio no podríamos tomar la ciudad.

—Siempre hay un riesgo, *khaleesi.* Astapor era engreída y vulnerable. Yunkai ya está prevenida.

Dany meditó un momento. El ejército de los esclavistas parecía pequeño comparado con el suyo, pero los mercenarios iban a caballo. Ella había cabalgado suficiente tiempo con los dothrakis para sentir un respeto saludable hacia lo que los guerreros montados podían hacer con los de a pie.

«Los Inmaculados podrían resistir su carga, pero para mis libertos sería una carnicería.»

—A los traficantes de esclavos les gusta hablar —dijo—. Enviadles un mensaje diciendo que los recibiré esta tarde en mi tienda. Invitad también a los capitanes de las compañías de mercenarios. Pero no a la vez. Los Cuervos de Tormenta al mediodía, y los Segundos Hijos, dos horas después.

—Como ordenéis —respondió Ser Jorah—. Pero si no vienen...

—Vendrán. Sentirán curiosidad; querrán ver a los dragones y saber qué voy a decirles; además, los que sean astutos lo considerarán una buena ocasión para calibrar mis fuerzas. —Hizo dar media vuelta a la yegua plateada—. Los esperaré en mi pabellón.

Fueron cielos color pizarra y vientos fríos los que recibieron a Dany cuando volvió con su ejército. La zanja profunda que rodearía el campamento ya estaba cavada a medias, y los bosques estaban poblados de Inmaculados, que cortaban ramas de abedules para afilarlas y convertirlas en estacas. Los eunucos no podían dormir en un campamento que no estuviera fortificado o, al menos, aquello decía Gusano Gris. Estaba allí, vigilando los trabajos. Dany se detuvo un momento para hablar con él.

—Yunkai se ha preparado para la batalla.

—Eso es bueno, Alteza. Estos están sedientos de sangre.

Había ordenado a los Inmaculados que eligieran a sus oficiales, y Gusano Gris resultó ser el más valorado para el rango superior. Dany lo puso bajo la supervisión de Ser Jorah, para que lo entrenara en el mando, y el caballero exiliado decía que, hasta el momento, el joven eunuco era duro pero justo, aprendía deprisa, era incansable y prestaba atención a todos los detalles.

—Los Sabios Amos han reunido un ejército para enfrentarse a nosotros.

—En Yunkai, los esclavos aprenden el camino de los siete suspiros y los dieciséis centros del placer, Alteza. Los Inmaculados aprenden el camino de las tres lanzas. Vuestro Gusano Gris pretende demostrároslo.

Una de las primeras cosas que había hecho Dany tras la caída de Astapor había sido abolir la costumbre de cambiar todos los días el nombre de los Inmaculados. La mayor parte de los nacidos libres habían retomado los nombres que les dieron al nacer; al menos, los que todavía los recordaban. Otros se habían puesto nombres de héroes o dioses, y en algunos casos de armas, de gemas o hasta de flores, cosa que dio como resultado soldados un tanto peculiares a oídos de Dany. En cambio, Gusano Gris había seguido siendo Gusano Gris. Cuando le preguntó por qué, él le respondió: «Es un nombre que trae suerte. El nombre con que uno nació estaba maldito. Era el nombre que tenía cuando lo hicieron esclavo. Pero Gusano Gris es el nombre que uno sacó el día que Daenerys de la Tormenta lo hizo libre».

—Si se llega a la batalla —le dijo Dany—, que Gusano Gris muestre tanta sabiduría como valor. Perdona a cualquier esclavo que huya o que tire el arma. Cuantos menos mueran, más quedarán luego para unirse a nosotros.

—Uno lo recordará.

—Lo sé. Acude a mi tienda al mediodía. Quiero que estés allí con el resto de mis oficiales cuando trate con los capitanes de los mercenarios.

Dany espoleó a la plata hacia el campamento. Dentro del perímetro establecido por los Inmaculados, las tiendas se alzaban en hileras ordenadas, y su pabellón dorado estaba en el centro. Un segundo campamento se extendía cerca del suyo. Era cinco veces más grande, más disperso y caótico: no tenía zanjas, ni tiendas, ni centinelas, ni cerca para los caballos... Los que tenían caballos o mulas dormían junto a los animales por temor a que se los robaran. Las cabras, las ovejas y los perros hambrientos vagaban libremente entre las hordas de mujeres, niños y ancianos. Dany había dejado Astapor en manos de un Consejo de antiguos esclavos, dirigidos por un sanador, un sabio y un sacerdote. A todos los consideró sabios y justos. Aun así, decenas de miles prefirieron seguirla a Yunkai en vez de quedarse atrás, en Astapor.

«Les entregué la ciudad, pero tuvieron demasiado miedo para aceptarla.»

El ejército de libertos hacía que el de Dany pareciera pequeño, pero en realidad suponía más carga que ayuda. Apenas uno de cada ciento tenía un asno, un camello o un buey; muchos llevaban armas robadas de la armería de algún traficante de esclavos, pero solo uno de cada diez tenía fuerzas para pelear, y ninguno sabía. Allí por donde pasaban agotaban todas las provisiones de la tierra: eran como langostas con sandalias. Aun así, Dany no tenía valor para abandonarlos, como le pedían con insistencia Ser Jorah y los jinetes de sangre.

«Les dije que eran libres. Ahora no puedo decirles que no tienen libertad para seguirme.» Contempló el humo que se alzaba de las hogueras y contuvo un suspiro. Cierto: tenía la mejor infantería del mundo, pero también tenía la peor.

Arstan Barbablanca estaba de pie a la entrada de su tienda, mientras que Belwas el Fuerte se había sentado con las piernas cruzadas en la hierba y se estaba comiendo un cuenco de higos. Durante la marcha, el deber de velar por ella recaía sobre aquellos dos hombres. Dany había nombrado *kos* a Jhogo, Aggo y Rakharo, que además seguían siendo sus jinetes de sangre. En aquellos momentos le hacían más falta para ir al frente de los dothrakis que para protegerla. Su *khalasar* era reducido, unos treinta y tantos guerreros a caballo, la mayor parte de ellos niños con el pelo sin trenzar y ancianos de hombros encorvados. Pero eran todos los hombres montados que tenía, y no podía prescindir de ellos. Tal vez los Inmaculados fueran la mejor infantería del mundo, como aseguraba Ser Jorah, pero también necesitaba exploradores y escoltas.

—Habrá guerra con Yunkai —le dijo Dany a Barbablanca cuando entraron en el pabellón.

Irri y Jhiqui habían cubierto el suelo con alfombras, y Missandei estaba encendiendo una barrita de incienso para endulzar el aire polvoriento. Drogon y Rhaegal dormían sobre unos cojines, enroscados el uno al otro, y Viserion estaba posado en el borde de la bañera vacía.

—Missandei, ¿qué idioma hablan los yunkai'i? ¿Valyrio?

—Sí, Alteza —dijo la niña—. Es un dialecto diferente al de Astapor, pero se parece lo suficiente para entenderlo. Los esclavistas se hacen llamar Sabios Amos.

—¿Sabios? —Dany se sentó con las piernas cruzadas en un cojín; Viserion extendió las alas blancas y doradas y voló hasta situarse a su lado—. Ya veremos lo sabios que son —concluyó al tiempo que rascaba la cabeza escamosa del dragón, entre los cuernos.

Ser Jorah Mormont regresó una hora más tarde. Lo acompañaban tres capitanes de los Cuervos de Tormenta. Lucían plumas negras en los yelmos brillantes, y aseguraban que los tres eran iguales en honor y autoridad. Dany los estudió mientras Irri y Jhiqui servían el vino. Prendahl na Ghezn era un ghiscario achaparrado, con el rostro cuadrado y el pelo oscuro ya encaneciendo; Sallor el Calvo era de Qarth, y tenía una cicatriz serpenteante en la pálida mejilla; y Daario Naharis resultaba extravagante hasta para un tyroshi. Llevaba la barba dividida en tres y teñida de azul, el mismo color que sus ojos, y el pelo rizado le caía hasta los hombros. Los bigotes puntiagudos se los teñía de dorado. La ropa que vestía era de toda la gama del amarillo. En el cuello y los puños llevaba una nube de encaje de Myr del color de la mantequilla; el jubón estaba adornado con medallones de latón en forma de amargones, y unas filigranas de oro le subían hasta los muslos por las botas de cuero. Llevaba unos guantes de suave gamuza amarilla colgados de un cinturón de anillas doradas, y tenía las uñas pintadas con laca azul.

Pero el que hablaba por todos los mercenarios era Prendahl na Ghezn.

—Haríais bien en llevaros vuestra escoria a otra parte —dijo—. Tomasteis Astapor a traición, pero Yunkai no caerá tan fácilmente.

—Quinientos de vuestros Cuervos de Tormenta contra diez mil de mis Inmaculados —señaló Dany—. Solo soy una niña que no comprende el arte de la guerra, pero no me parece que tengáis muchas posibilidades.

—Los Cuervos de Tormenta no se alzan solos —dijo Prendahl.

—Los Cuervos de Tormenta no se alzan, punto. Se limitan a levantar el vuelo al primer indicio de un trueno. Tal vez deberíais estar volando ya. Tengo entendido que los mercenarios no suelen ser muy leales. ¿Qué ventaja os reportará la fidelidad cuando los Segundos Hijos cambien de bando?

—Tal cosa no sucederá —insistió Prendahl, impertérrito—. Y aunque así fuera, no tendría importancia. Los Segundos Hijos no son nada. Luchamos al lado de los fuertes hombres de Yunkai.

—Lucháis al lado de esclavos de cama armados con lanzas. —Al girar la cabeza, las dos campanillas de su trenza tintinearon—. Una vez comience la batalla, no habrá cuartel. Pero si os unís a mí ahora, podréis conservar el oro que os pagaron los yunkai'i y tendréis derecho a una parte del botín del saqueo; además, habrá grandes recompensas cuando tome mi reino. Si lucháis por los Sabios Amos, vuestra recompensa será la muerte. ¿Creéis que Yunkai os abrirá las puertas para que os refugiéis cuando mis Inmaculados os estén masacrando junto a sus murallas?

—Mujer, rebuznas como un asno y hablas con su misma inteligencia.

—¿Mujer? —Dejó escapar una risita—. ¿Acaso tratáis de insultarme? Os devolvería la bofetada si os tomara por un hombre. —Daenerys clavó los ojos en los suyos—. Soy Daenerys de la Tormenta, de la Casa Targaryen, La que no Arde, Madre de Dragones, *khaleesi* de los jinetes de Drogo y reina de los Siete Reinos de Poniente.

—No sois más que la ramera de un señor de los caballos —dijo Prendahl na Ghezn—. Cuando os derrote, os apareаré con mi corcel.

—Belwas el Fuerte le entregará esa fea lengua a la pequeña reina —dijo Belwas desenvainando el *arakh*—, si ella lo quiere.

—No, Belwas. He otorgado mi salvoconducto a estos hombres. —Sonrió—. Decidme una cosa... ¿los Cuervos de Tormenta son esclavos o libres?

—Somos una hermandad de hombres libres —declaró Sallor.

—Mejor. —Dany se levantó—. Regresad y comunicadles a vuestros hermanos lo que he dicho. Puede que algunos prefieran cenar con gloria y oro en vez de con muerte. Dadme la respuesta por la mañana.

Los Cuervos de Tormenta se pusieron en pie a la vez.

—La respuesta es no —dijo Prendahl na Ghezn.

Sus compañeros salieron tras él de la tienda... pero Daario Naharis volvió la vista antes de partir, e inclinó la cabeza en un gesto cortés de despedida.

Dos horas más tarde llegó en solitario el comandante de los Segundos Hijos. Resultó ser un braavosi de presencia imponente, con ojos color verde claro y una poblada barba entre dorada y rojiza, que le llegaba casi hasta el cinturón. Su nombre era Mero, pero se hacía llamar Bastardo del Titán.

—Creo que me follé a tu hermana gemela en una casa de placer de Braavos. ¿O eras tú?

—No creo. Sin duda, recordaría a un hombre de tal grandiosidad.

—Así es. Ninguna mujer ha olvidado nunca al Bastardo del Titán. —El braavosi le tendió la copa a Jhiqui—. ¿Qué tal si te quitas la ropa y vienes a sentarte en mi regazo? Si me gustas, puede que ponga de tu parte a los Segundos Hijos.

—Si pones de mi parte a los Segundos Hijos, tal vez no te haga castrar.

—Muchachita, hubo otra mujer que intentó castrarme con los dientes. —El hombretón se echó a reír—. Ya no tiene dientes, pero mi espada sigue tan larga y gorda como siempre. ¿Quieres que me la saque y te la enseñe?

—No será necesario. Cuando mis eunucos te la corten, la podré examinar a placer. —Dany bebió un trago de vino—. Cierto es que no soy más que una niña y que desconozco el arte de la guerra. Por favor, explícame cómo esperas derrotar a diez mil Inmaculados con tus quinientos hombres. En mi inocencia, no me parece que tengas muchas posibilidades.

—Los Segundos Hijos se han enfrentado a ejércitos más grandes y han ganado.

—Los Segundos Hijos se han enfrentado a ejércitos más grandes y han huido. En Qohor, donde resistieron los Tres Mil. ¿Acaso lo niegas?

—Eso fue hace muchos años, antes de que los Segundos Hijos tuvieran como jefe al Bastardo del Titán.

—¿De modo que eres tú quien les inspira valor? —Dany se volvió hacia Ser Jorah—. Cuando empiece la batalla, quiero que matéis a este el primero.

—De buena gana, Alteza —dijo el caballero exiliado, sonriendo.

—Aunque claro —le dijo a Mero—, también puedes huir otra vez. No te detendremos. Coge tu oro yunkio y vete.

—Niña idiota, si hubieras visto alguna vez al Titán de Braavos sabrías que no rehúye una batalla.

—Pues quédate y lucha en mi bando.

—Cierto que valdría la pena luchar por ti —dijo el braavosi—, y me gustaría dejarte besar mi espada, pero no soy libre. He aceptado las monedas de Yunkai y con ello he comprometido mi palabra sagrada.

—Las monedas se pueden devolver. Yo te pagaré lo mismo y mucho más. Tengo por delante otras ciudades que conquistar, y todo un reino me espera a medio mundo de aquí. Sírveme con lealtad, y los Segundos Hijos no volverán a necesitar que los contraten.

—Lo mismo y mucho más, y tal vez añadas un beso, ¿eh? —El braavosi se tironeó de la espesa barba roja—. ¿O algo más que un beso? ¿Para un hombre tan magnífico como yo?

—Tal vez.

—Empiezo a pensar que me gustará el sabor de tu lengua.

«A mi oso negro no le gusta que se hable de besos.» Dany notaba la rabia de Ser Jorah.

—Piensa en lo que te he dicho. ¿Tendré tu respuesta por la mañana?

—La tendrás. —El Bastardo del Titán sonrió—. ¿Puedo llevarme una jarra de este excelente vino para beberlo con mis capitanes?

—Puedes llevarte un barril. Viene de las bodegas de los Bondadosos Amos de Astapor; tengo carromatos enteros cargados.

—Entonces dame un carromato. Como muestra de buena voluntad.

—Tu sed es grande.

—Todo en mí es grande. Y tengo muchos hermanos. El Bastardo del Titán no bebe a solas, *khaleesi.*

—Llévate un carromato, siempre que lo bebáis a mi salud.

—¡Hecho! —exclamó—. ¡Y hecho, y hecho! Tres veces brindaremos por ti, y tendrás la respuesta cuando salga el sol.

Pero, cuando Mero salió, Arstan Barbablanca tomó la palabra.

—Ese hombre tiene una reputación nefasta incluso en Poniente. No os dejéis engañar por su talante, Alteza. Esta noche brindará tres veces a vuestra salud y mañana os violará.

—Por una vez, el viejo tiene razón —apuntaló Ser Jorah—. Los Segundos Hijos son una vieja compañía y no carecen de valor, pero bajo el liderazgo de Mero se han vuelto casi tan crueles como la Compañía Audaz. Ese hombre es tan peligroso para quien lo contrata como para sus enemigos. Por eso lo hemos encontrado aquí. Las Ciudades Libres ya no le dan trabajo.

—No quiero su reputación, sino sus quinientos jinetes. ¿Qué hay de los Cuervos de Tormenta? ¿Alguna posibilidad?

—No —replicó Ser Jorah sin miramientos—. El tal Prendahl es de sangre ghiscari. Es probable que tuviera parientes en Astapor.

—Lástima. Bueno, tal vez no haya necesidad de luchar. Esperemos a ver qué nos responden los yunkai'i.

Los enviados de Yunkai llegaron cuando ya se estaba poniendo el sol. Eran cincuenta hombres a lomos de magníficos caballos negros y uno montado en un gran camello blanco. Lucían yelmos dos veces más altos que las cabezas para no aplastar las extravagantes trenzas, torres y esculturas del pelo aceitado que cubrían. Vestían faldas y túnicas de lino teñidas de amarillo intenso, y en las capas llevaban discos de cobre cosidos.

El hombre del camello blanco dijo llamarse Grazdan mo Eraz. Era enjuto y envarado, y mostraba una sonrisa tan blanca como lo había sido la de Kraznys hasta que Drogon le abrasó la cara. Llevaba el pelo recogido en forma de cuerno de unicornio que le salía de la frente, y el ribete de su *tokar* era de encaje dorado de Myr.

—Antigua y gloriosa es Yunkai, la reina de las ciudades —dijo después de que Dany le diera la bienvenida a su tienda—. Nuestras murallas son fuertes; nuestros nobles, orgullosos y fieros; nuestro pueblo, valeroso. Por nuestras venas corre la sangre del Antiguo Ghis, cuyo imperio ya era viejo cuando Valyria no era más que un bebé berreante. Habéis sido sabia al sentaros a hablar, *khaleesi.* Aquí no encontraréis una conquista fácil.

—Bien. A mis Inmaculados les sentará bien pelear un poco. —Miró a Gusano Gris, que asintió.

—Si es sangre lo que queréis —dijo Grazdan encogiéndose de hombros—, que corra la sangre. Me han dicho que habéis liberado a los eunucos. Para un Inmaculado, la libertad significa tanto como un sombrero para una merluza. —Sonrió a Gusano Gris, pero el eunuco parecía esculpido en piedra—. A los que sobrevivan los volveremos a esclavizar, y los usaremos para reconstruir Astapor a partir de sus ruinas. También os podemos esclavizar a vos, no lo dudéis. En Lys y en Tyrosh hay casas de placer donde muchos hombres pagarían bien por acostarse con la última de los Targaryen.

—Me alegra que sepáis quién soy —dijo Dany con voz suave.

—Me enorgullezco de mis conocimientos sobre el salvaje Poniente y sus sinsentidos. —Grazdan abrió las manos con gesto conciliador—. Pero ¿por qué tenemos que hablarnos de manera tan brusca? Es cierto que actuasteis con salvajismo en Astapor, pero los yunkai'i somos un pueblo que sabe perdonar. No tenéis nada en contra de nosotros, Alteza. ¿Por qué malgastar las fuerzas contra nuestras poderosas murallas, cuando vais a necesitar hasta el último hombre si queréis recuperar el trono de vuestro padre en Poniente? Yunkai os desea lo mejor en la empresa. Y, como prueba de ello, os traigo un regalo. —Dio unas palmadas, y dos de sus acompañantes se adelantaron con un pesado cofre de cedro tachonado en bronce y oro. Lo pusieron a los pies de Dany—. Cincuenta mil marcos de oro —dijo Grazdan con voz gentil—. Son para vos, como gesto de amistad por parte de los Sabios Amos de Yunkai. El oro que se entrega de manera voluntaria es mejor que el que se saquea con sangre, ¿no creéis? Así que os digo, Daenerys Targaryen, que cojáis este cofre y sigáis vuestro camino.

Dany levantó la tapa del cofre con el pie menudo enfundado en una zapatilla. Tal como había dicho el enviado, estaba lleno de monedas de oro. Cogió un puñado de ellas y las dejó correr entre los dedos, brillantes, tintineantes. En su mayoría estaban recién acuñadas, con una pirámide escalonada en una cara y la arpía de Ghis en la otra.

—Qué bonitas. ¿Cuántos cofres como este encontraré cuando tome vuestra ciudad?

—Ninguno, porque no la tomaréis. —El hombre dejó escapar una risita.

—Yo también tengo un regalo para vos. —Cerró el cofre de golpe—. Tres días. La mañana del tercer día, dejad salir de la ciudad a vuestros esclavos. A todos. A cada hombre, mujer y niño se le entregará un arma, y tanta comida, ropa, oro y bienes como pueda transportar. Serán ellos quienes los elijan de entre las posesiones de sus amos, como pago por sus años de servicios. Cuando todos los esclavos hayan salido, abriréis las puertas y permitiréis que mis Inmaculados entren y registren la ciudad, para asegurarse de que no queda ninguno. Si lo hacéis así, Yunkai no arderá, no habrá saqueo y no se molestará a ningún ciudadano. Los Sabios Amos tendrán la paz que desean y habrán demostrado que son sabios de verdad. ¿Qué decís?

—Digo que estáis loca.

—¿Vos creéis? —Dany se encogió de hombros—. *Dracarys.*

Los dragones respondieron. Rhaegal siseó y echó humo; Viserion lanzó una dentellada, y Drogon escupió una llamarada rojinegra. La llama rozó la manga del *tokar* de Grazdan, y la seda se prendió al instante. Los marcos de oro se desparramaron sobre las alfombras cuando el enviado tropezó con el cofre entre gritos y maldiciones, agitando el brazo, hasta que Barbablanca le echó encima una jarra de agua para apagar las llamas.

—¡Jurasteis que tenía vuestro salvoconducto! —aulló el enviado.

—¿Todos los yunkai'i lloriquean tanto por un simple *tokar* chamuscado? Os compraré uno nuevo... si liberáis a los esclavos antes de tres días. De lo contrario, Drogon os dará un beso más cálido. —Arrugó la nariz—. Os lo habéis hecho encima. Coged ese oro y marchaos. Que mi mensaje llegue a oídos de los Sabios Amos.

—Pagaréis cara tanta arrogancia, ramera —dijo Grazdan mo Eraz señalándola con un dedo tembloroso—. Esos lagartitos no os protegerán, os lo aseguro. Llenaremos de flechas el aire si se acercan a menos de una legua de Yunkai. ¿Creéis que es tan difícil matar a un dragón?

—Más que matar a un esclavista. Tres días, Grazdan. Decídselo. Al anochecer del tercer día estaré en Yunkai, tanto si me abrís las puertas como si no.

Ya había oscurecido cuando los yunkai'i salieron del campamento. La noche prometía ser oscura, sin luna y sin estrellas, pero con un viento gélido que soplaba del oeste.

«Luna nueva, excelente», pensó Dany. Las hogueras ardían por doquier, como diminutas estrellas rojas dispersas entre la colina y el prado.

—Ser Jorah —dijo—, convocad a mis jinetes de sangre.

Dany se sentó entre cojines para aguardarlos, rodeada por sus dragones.

—Una hora después de medianoche será buen momento —dijo cuando estuvieron todos reunidos.

—Sí, *khaleesi* —respondió Rakharo—. ¿Buen momento para qué?

—Para atacar.

—Les dijisteis a los mercenarios... —dijo Ser Jorah Mormont con el ceño fruncido.

—Que quería que me respondieran por la mañana. No dije nada de lo que pasaría esta noche. Los Cuervos de Tormenta estarán debatiendo mi ofrecimiento. Los Segundos Hijos se habrán emborrachado con el vino que le regalé a Mero. Y los yunkai'i creen que cuentan con tres días. Los venceremos bajo el manto de oscuridad.

—Habrán dispuesto exploradores para que nos vigilen.

—No verán más que cientos de fuegos de campamento —señaló Dany—. Si es que ven algo.

—*Khaleesi* —intervino Jhogo—, yo me puedo encargar de esos exploradores. No son jinetes; son esclavistas a caballo.

—Cierto —asintió—. En mi opinión, deberíamos atacar desde tres puntos. Gusano Gris, tus Inmaculados cargarán desde la derecha y la izquierda, mientras que mis *kos* irán al frente de los jinetes, en formación de cuña, para atacar por el centro. Unos soldados esclavos no tendrán nada que hacer contra dothrakis a caballo. —Sonrió—. Aunque claro, solo soy una niña que no comprende el arte de la guerra. ¿Qué opinan mis señores?

—Que sois la hermana de Rhaegar Targaryen —dijo Ser Jorah con una sonrisa triste.

—Sí —asintió Arstan Barbablanca—, y también sois una reina.

Tardaron una hora en ultimar todos los detalles.

«Ahora llega el momento más peligroso», pensó Dany mientras sus capitanes se ponían en marcha para cumplir las órdenes. Lo único que podía hacer era rezar para que la oscuridad de la noche les ocultara los preparativos a sus enemigos.

Cerca de la medianoche, Dany sufrió un sobresalto cuando entró Ser Jorah, casi empujando a un lado a Belwas el Fuerte.

—Los Inmaculados han capturado a un mercenario que trataba de colarse en el campamento.

—¿Un espía? —La mera idea resultaba aterradora. Si habían atrapado a uno, otros podían habérseles escapado.

—Dice que viene a traer regalos. Es el idiota de amarillo con el pelo azul.

«Daario Naharis.»

—Ah, ese. Escucharé lo que tenga que decirme.

Cuando el caballero exiliado lo hizo entrar, Dany no pudo por menos que preguntarse si habrían existido jamás dos hombres tan diferentes. El tyroshi era rubio y de piel clara, y Ser Jorah, moreno y atezado; el tyroshi era liviano, mientras que el caballero era recio; uno de largo pelo rizado, que al otro le empezaba a ralear, pero el primero tenía la piel suave, mientras que Mormont era velludo. Y su caballero vestía con sencillez, al tiempo que el otro haría que un pavo real pareciera deslustrado, aunque aquella noche se había puesto una gruesa capa negra sobre el atuendo amarillo. Llevaba al hombro un pesado saco de lona.

—¡*Khaleesi!* —exclamó—. Os traigo regalos y buenas nuevas. Los Cuervos de Tormenta son vuestros. —Cuando sonrió, un diente de oro le brilló en la boca—. ¡Igual que Daario Naharis!

Dany estaba indecisa. Si aquel tyroshi había ido a espiarlos, aquella declaración podía no ser más que un intento desesperado para salvarse.

—¿Qué dicen de esto Prendahl na Ghezn y Sallor?

—Poca cosa. —Daario volcó el saco, y las cabezas de Sallor el Calvo y Prendahl na Ghezn rodaron por las alfombras—. Son mis obsequios para la reina dragón.

Viserion olisqueó la sangre que rezumaba del cuello de Prendahl y lanzó una llamarada, que dio de pleno en la cara del muerto, y ennegreció y chamuscó las mejillas cadavéricas. Drogon y Rhaegal se agitaron ante el olor de la carne asada.

—¿Habéis sido vos? —preguntó Dany, asqueada.

—En persona.

Si la presencia de los dragones ponía nervioso a Daario Naharis, lo disimulaba muy bien. Les prestaba tanta atención como si fueran tres gatitos que jugaran con un ratón.

—¿Por qué?

—Porque sois muy hermosa. —Tenía unas manos largas y fuertes, y en los duros ojos azules y la nariz ganchuda había algo que evocaba la ferocidad de una espléndida ave rapaz—. Prendahl hablaba mucho y decía muy poco. —El atuendo que lucía era rico, pero estaba muy usado. Tenía manchas de sal en las botas; el esmalte de las uñas, descascarado, y los encajes, manchados de sudor, y Dany vio que el borde de la capa se le empezaba a deshilachar—. Y Sallor se metía los dedos en la nariz como si tuviera mocos de oro.

Estaba de pie, con las manos cruzadas por las muñecas y las palmas sobre los pomos de las armas: un *arakh* dothraki en la cadera izquierda, y un estilete myriense en la derecha. Las empuñaduras eran dos mujeres de oro, desnudas y lascivas.

—¿Sabéis utilizar esas bellas armas? —preguntó Dany.

—Si los muertos pudieran hablar, Prendahl y Sallor os lo dirían. No doy un día por vivido si no he amado a una mujer, matado a un enemigo y tomado una buena comida... y los días que he vivido son tan incontables como las estrellas del cielo. Convierto una matanza en algo hermoso, y más de un malabarista, más de un danzarín del fuego, ha llorado y suplicado a los dioses ser la mitad de rápido que yo y tener tan solo una cuarta parte de mi destreza. Podría deciros los nombres de todos los hombres a los que he matado, pero antes de que me diera tiempo a terminar, vuestros dragones serían grandes como castillos, las murallas de Yunkai se habrían convertido en polvo amarillento, y el invierno habría llegado, habría pasado y habría llegado de nuevo.

Dany se echó a reír. Le gustaba la fanfarronería de aquel tal Daario Naharis.

—Desenvainad la espada y prestadme juramento.

En un abrir y cerrar de ojos, el *arakh* de Daario estuvo desenvainado. Su reverencia fue tan extravagante como todo en él, un amplio arco que le llevó la cara a la altura de los pies.

—Mi espada es vuestra. Mi vida es vuestra. Mi amor es vuestro. Mi sangre, mi cuerpo, mis canciones... Todo está en vuestras manos. Viviré y moriré a vuestras órdenes, hermosa reina.

—Entonces —dijo Dany—, vivid y luchad por mí esta noche.

—No creo que sea buena idea, mi reina. —Ser Jorah clavó una mirada gélida en Daario—. Dejemos a este aquí, bien vigilado, hasta que termine la batalla con nuestra victoria.

Dany lo pensó un momento, pero hizo un gesto de negación.

—Si pone de nuestra parte a los Cuervos de Tormenta, la sorpresa estará garantizada.

—Y si os traiciona, la habremos perdido.

Dany volvió a bajar la vista hacia el mercenario. Él le dedicó una sonrisa tan radiante que la hizo sonrojar y volver la cara.

—No me traicionará.

—¿Cómo lo sabéis?

—Me parece que eso es una prueba de su sinceridad —dijo señalando los pedazos de carne calcinada que los dragones estaban consumiendo, pedacito tras sangriento pedacito—. Daario Naharis, tened preparados a los Cuervos de Tormenta, listos para atacar la retaguardia yunkia cuando comience la batalla. ¿Podréis regresar sin problemas?

—Si me detienen, diré que he salido a patrullar y que no he visto nada.

El tyroshi se puso en pie, hizo una reverencia y salió. Ser Jorah Mormont se quedó en la tienda.

—Alteza —dijo con tono demasiado brusco—, habéis cometido un error. No sabemos nada de ese hombre...

—Sabemos que lucha bien.

—Querréis decir que sabemos que habla bien.

—Nos aporta a los Cuervos de Tormenta.

«Y tiene los ojos azules.»

—Quinientos mercenarios de dudosa lealtad.

—En momentos como estos, todas las lealtades son dudosas —le recordó Dany.

«Y yo voy a sufrir dos traiciones más, una por oro y otra por amor.»

—Daenerys, os triplico la edad —insistió Ser Jorah—. He visto lo falsos que son los hombres. Pocos son dignos de confianza, y Daario Naharis no está entre ellos. Hasta el color de su barba es falso.

Aquello la enfureció.

—Mientras que vuestra barba es honrada y sincera, ¿verdad? ¿Eso es lo que estáis insinuando? ¿Que sois el único hombre en el que debería confiar?

—No he dicho semejante cosa. —Se puso rígido.

—Lo decís todos los días. Pyat Pree es un mentiroso, Xaro es un intrigante, Belwas es un fanfarrón, Arstan es un asesino... ¿creéis que sigo siendo una chiquilla virgen que no oye las palabras que hay tras las palabras?

—Alteza...

—Jamás he tenido un amigo mejor que vos —cortó bruscamente Dany, encendida—; habéis sido para mí mejor hermano de lo que lo fue Viserys en toda su vida. Sois el primero de la Guardia de la Reina, el comandante de mi ejército, mi consejero más valorado, mi mano derecha... Os tengo en gran estima, os respeto y os aprecio... pero no os deseo, Jorah Mormont, y me estoy hartando de que intentéis apartar de mí al resto de los hombres para que tenga que depender de vos y solo de vos. No lo conseguiréis, y tampoco conseguiréis que así os quiera más.

Al principio, Mormont se había puesto rojo, pero cuando Dany terminó volvía a estar pálido.

—Si mi reina lo ordena... —dijo cortante, frío.

—Vuestra reina lo ordena —dijo Dany. Echaba suficiente fuego por los dos—. Y ahora marchaos a encargaros de los Inmaculados, ser. Tenéis una batalla por delante.

Cuando hubo salido, Dany se dejó caer entre los cojines, junto a los dragones. No había tenido intención de ser tan brusca con Ser Jorah, pero sus constantes sospechas habían terminado por despertar al dragón.

«Me perdonará —se dijo—. Soy su señora.» Dany empezaba a preguntarse si no se habría equivocado con respecto a Daario. De repente se sentía muy sola. Mirri Maz Duur le había prometido que jamás daría a luz un niño con vida. «La Casa Targaryen terminará conmigo.» Aquello la entristecía.

—Tenéis que ser mis hijos —les dijo a los dragones—. Mis tres hijos fieros. Arstan dice que los dragones viven más que las personas, así que seguiréis existiendo cuando yo haya muerto.

Drogon curvó el cuello para mordisquearle la mano. Tenía unos dientes muy afilados, pero cuando jugueteaba así, jamás le arañaba la piel. Dany se echó a reír y lo sacudió adelante y atrás, hasta que rugió y sacudió la cola como un látigo.

«La tiene más larga que ayer —advirtió—, y mañana será más larga todavía. Están creciendo muy deprisa; cuando sean adultos dispondré de alas.» A lomos de un dragón podría llevar a sus hombres a la batalla, como había hecho en Astapor, pero por el momento eran aún demasiado pequeños para cargar con su peso.

El campamento se quedó en silencio cuando pasó la medianoche. Dany permaneció en el pabellón con sus doncellas, mientras Arstan Barbablanca y Belwas el Fuerte montaban guardia. «Lo peor es la espera.» Estar sentada en la tienda, cruzada de brazos mientras la batalla tenía lugar sin ella, hacía que Dany volviera a sentirse como una niña.

Las horas se arrastraron a paso de tortuga. Dany estaba demasiado inquieta para dormir; ni siquiera la ayudó que Jhiqui le aliviara la tensión de los hombros. Missandei se ofreció a cantarle una nana del Pueblo Pacífico, pero Dany sacudió la cabeza.

—Haced venir a Arstan —ordenó.

El anciano llegó y la encontró arropada en su piel de *hrakkar,* cuyo olor rancio aún le recordaba a Drogo.

—No puedo conciliar el sueño mientras hay hombres que mueren por mí, Barbablanca —dijo—. Cuéntame más cosas de mi hermano Rhaegar. Me gustó la historia que me relataste en el barco, sobre cómo decidió hacerse guerrero.

—Vuestra Alteza es muy amable.

—Viserys decía que nuestro hermano ganó muchos torneos.

—No me corresponde a mí negar las palabras de Vuestra Alteza... —dijo Arstan inclinando la cabeza canosa con respeto.

—Pero... —lo interrumpió Dany—. Te ordeno que me cuentes la verdad.

—La destreza del príncipe Rhaegar era incuestionable, pero rara vez tomaba parte en las justas. No le gustó nunca la canción de las espadas tanto como a Robert o a Jaime Lannister. Era algo que tenía que hacer, una tarea que el mundo le imponía. Lo hacía bien, porque lo hacía bien todo. Estaba en su naturaleza. Pero no disfrutaba con ello. Se solía decir que le gustaba el arpa mucho más que la lanza.

—Pero algún torneo ganaría, ¿verdad? —dijo Dany, decepcionada.

—Cuando era joven, Su Alteza cabalgó de forma excepcional en un torneo, en Bastión de Tormentas; derrotó a Lord Steffon Baratheon, a Lord Jason Mallister, a la Víbora Roja de Dorne y a un caballero misterioso que luego resultó ser el infame Simon Toyne, jefe de los forajidos del bosque Real. Aquel día rompió doce lanzas contra Ser Arthur Dayne.

—Entonces, sería el campeón.

—No, Alteza. Tal honor le correspondió a otro caballero de la Guardia Real, que desmontó al príncipe Rhaegar en la última justa.

—Bueno, ¿qué torneos ganó mi hermano? —Dany no quería oír cómo habían desmontado a Rhaegar.

El anciano titubeó.

—Ganó el torneo más importante de todos, Alteza.

—¿Cuál? —insistió Dany.

—El que organizó Lord Whent en Harrenhal, junto al Ojo de Dioses, el año de la falsa primavera. Fue un acontecimiento. Además de las justas, hubo un combate cuerpo a cuerpo a la antigua usanza, en el que lucharon siete equipos de caballeros, y también hubo competiciones de tiro con arco y de lanzamiento de hachas, una carrera de caballos, un torneo de bardos y un espectáculo de cómicos, así como muchos festines y diversiones. Lord Whent era tan rico como generoso. Los espléndidos premios que anunció atrajeron a cientos de participantes. Hasta vuestro señor padre fue a Harrenhal, y eso que no había salido en muchos años de la Fortaleza Roja. Los más grandes señores y los campeones más fuertes de los Siete Reinos cabalgaron en aquel torneo, y el príncipe de Rocadragón los venció a todos.

—¡Pero ese fue el torneo en el que coronó reina del amor y la belleza a Lyanna Stark! —exclamó Dany—. La princesa Elia estaba presente, era su esposa, pero mi hermano le entregó la corona a la Stark y luego se la arrebató a su prometido. ¿Cómo pudo hacer semejante cosa? ¿Es que la dorniense lo trataba muy mal?

—No me corresponde a mí decir qué había en el corazón de vuestro hermano, Alteza. La princesa Elia era una dama buena y gentil, aunque siempre estaba delicada de salud.

—Un día, Viserys me dijo que había sido culpa mía —dijo Dany arrebujándose todavía más en la piel de león—, porque nací demasiado tarde. —Lo había negado de todo corazón, aún lo recordaba bien; hasta había llegado a decirle a Viserys que la culpa había sido suya por no nacer chica. El precio de tamaña insolencia fue una paliza terrible—. Me dijo que, si hubiera nacido cuando debía, Rhaegar se habría casado conmigo y no con Elia, y las cosas habrían sido diferentes. Si Rhaegar hubiera sido feliz con su esposa, no habría buscado a la Stark.

—Es posible, Alteza. —Barbablanca hizo una pausa—. Pero no estoy seguro de que en la naturaleza de Rhaegar cupiera ser feliz.

—Lo describís como un amargado —protestó Dany.

—No, amargado no es la palabra. Tal vez... melancólico. Una nube de melancolía perseguía al príncipe Rhaegar, como una sensación de... —El anciano titubeó de nuevo.

—Hablad —lo apremió ella—. ¿Una sensación de qué?

—Tal vez de predestinación. Una predestinación funesta. Nació con dolor, mi reina, y todos los días de su vida pendió una sombra sobre él.

Viserys le había hablado solo en una ocasión del nacimiento de Rhaegar. Tal vez lo entristecía hablar de eso.

—Lo que lo perseguía era la sombra de Refugio Estival, ¿verdad?

—Sí. Y pese a ello, era el lugar que más amaba el príncipe. Iba allí de cuando en cuando, con su arpa como toda compañía. Ni siquiera lo acompañaban los Caballeros de la Guardia Real. Le gustaba dormir en las ruinas de la sala principal, bajo la luna y las estrellas, y al regresar siempre traía una canción. Cuando uno le oía tocar el arpa de cuerdas de plata y cantar sobre ocasos, lágrimas y la muerte de reyes, tenía la sensación de que cantaba sobre sí mismo y sobre sus seres queridos.

—Y el Usurpador, ¿qué? ¿También cantaba canciones tristes?

—¿Robert? —Arstan soltó una risita—. A Robert le gustaban las canciones que lo hacían reír: cuanto más indecentes, mejor. Solo cantaba cuando estaba borracho, y eran canciones como «Un barril de cerveza», «Cincuenta toneles» o «El oso y la doncella». Robert era muy...

Los dragones alzaron la cabeza y rugieron al unísono.

—¡Son caballos!

Dany se puso en pie de un salto y se aferró a la piel de león. Oyó fuera la voz de Belwas el Fuerte, que gritaba algo, y más voces mezcladas con el sonido de muchos caballos.

—Irri, ve a ver quién...

La cortina de la tienda se abrió, y entró Ser Jorah Mormont. Estaba cubierto de polvo y salpicaduras de sangre, pero no había resultado herido. El caballero exiliado hincó una rodilla en tierra delante de Dany.

—Alteza, os traigo la victoria. Los Cuervos de Tormenta han cambiado de capa; los esclavos se han dispersado, y los Segundos Hijos estaban demasiado borrachos para luchar, tal como vos dijisteis. Doscientos muertos, en su mayoría yunkai'i. Los esclavos han tirado las lanzas y han huido, y los mercenarios se han rendido. Hemos tomado varios miles de prisioneros.

—¿Y nuestras pérdidas?

—Una docena o menos.

Dany se permitió una sonrisa.

—Levantaos, mi valiente oso. ¿Ha caído prisionero Grazdan? ¿O el Bastardo del Titán?

—Grazdan ha ido a Yunkai a transmitir vuestras condiciones. —Ser Jorah se puso en pie—. Mero ha huido al darse cuenta de que los Cuervos de Tormenta habían cambiado de capa. He enviado a varios hombres en su búsqueda; no se nos escapará.

—Muy bien —dijo Dany—. Perdonad a cualquiera que me jure fidelidad, ya sea mercenario o esclavo. Si se nos unen suficientes Segundos Hijos, conservad intacta la compañía.

Al día siguiente recorrieron las tres últimas leguas que los separaban de Yunkai. La ciudad era de adoquines amarillos, en vez de rojos; por lo demás, parecía una copia de Astapor, con los mismos muros a punto de desmoronarse, las mismas pirámides escalonadas y una arpía enorme sobre las puertas. La muralla y las torres estaban plagadas de hombres con hondas y ballestas. Ser Jorah y Gusano Gris desplegaron a sus hombres; Irri y Jhiqui levantaron la tienda, y Dany se sentó dentro a esperar.

A la mañana del tercer día se abrieron las puertas de la ciudad, y empezó a salir una larga hilera de esclavos. Dany montó a lomos de la plata para recibirlos. Mientras pasaban, la pequeña Missandei les iba diciendo que le debían su libertad a Daenerys de la Tormenta, La que no Arde, Reina de los Siete Reinos de Poniente y Madre de Dragones.

—*¡Mhysa!* —le gritó un hombre de piel oscura.

Llevaba a una niña en brazos, una chiquitina que empezó a gritar la misma palabra con su vocecita aguda.

—*¡Mhysa! ¡Mhysa!*

—¿Qué están gritando? —preguntó Dany a Missandei.

—Hablan en ghiscari, la antigua lengua pura. Lo que dicen significa «madre».

Dany sintió que se le encogía el pecho. «Jamás daré a luz un hijo vivo», recordó. Le temblaba la mano cuando la alzó. Puede que sonriera. Debió de sonreír, porque el hombre sonrió a su vez.

—*¡Mhysa!* —volvió a gritar.

—*¡Mhysa!* —exclamaban otros, uniéndose al grito—. *¡MHYSA!*

Todos sonreían, estiraban los brazos para tocarla, se arrodillaban ante ella. *«Maela»* la llamaban algunos, y otros gritaban *«Aelalla», «Qathei»* o *«Tato»,* pero en todos los idiomas significaba lo mismo.

«Madre. Me están llamando Madre.»

El cántico se elevó, creció y se extendió. Llegó a ser tan alto que asustó a la yegua, que retrocedió, sacudió la cabeza y agitó la cola gris plateada. Llegó a ser tan alto que pareció que estremecía las murallas amarillas de Yunkai. Los esclavos seguían saliendo por las puertas y se iban uniendo al coro. Corrían todos hacia ella, se empujaban, tropezaban, querían tocarle la mano, acariciar las crines de la yegua, besarle los pies... Sus pobres jinetes de sangre no podían mantenerlos a todos a distancia, y hasta Belwas el Fuerte gruñía impotente.

Ser Jorah le suplicó que se retirase, pero Dany recordó un sueño que había tenido en la Casa de los Eternos.

—No me harán daño —le dijo—. Son mis hijos, Jorah.

Se echó a reír, clavó los talones en los flancos del caballo y cabalgó hacia ellos. Las campanillas de su pelo tintineaban con el dulce sonido de la victoria. Primero al trote, luego más deprisa, luego a galope tendido, con la trenza al viento tras ella. Los esclavos liberados le abrían paso.

—¡Madre! —le gritaban cien gargantas, mil gargantas, diez mil—. ¡Madre! —entonaban al tiempo que le intentaban acariciar las piernas al pasar—. ¡Madre! ¡Madre! ¡Madre!

Arya

Cuando Arya divisó la forma, dorada bajo los rayos del sol del atardecer, de la gran colina que se alzaba en la distancia, supo al instante que habían vuelto a Alto Corazón.

Llegaron a la cima antes del anochecer y acamparon en un lugar seguro. Arya recorrió el círculo de tocones de arciano con Ned, el escudero de Lord Beric; se subieron a uno y contemplaron cómo los últimos rayos de luz se desvanecían por el oeste. Desde allí se veía una tormenta que estaba descargando por el norte, pero Alto Corazón estaba por encima de las nubes de lluvia. En cambio, no estaba por encima del viento; las ráfagas soplaban con tanta fuerza que sentía como si hubiera alguien a su espalda tironeándole la capa. Pero, cuando se volvía, no había nadie.

«Fantasmas —recordó—. Alto Corazón es un lugar encantado.»

En la cima de la colina habían encendido una gran hoguera; Thoros de Myr estaba sentado ante ella con las piernas cruzadas y escudriñaba las llamas como si no existiera nada más en el mundo.

—¿Qué hace? —preguntó Arya a Ned.

—A veces, cuando mira las llamas, ve cosas —le respondió el escudero—. El pasado, el futuro, cosas que están pasando muy lejos...

Arya entrecerró los ojos y clavó la mirada en el fuego para intentar ver lo mismo que el sacerdote rojo, pero solo consiguió que le lagrimearan los ojos, y tuvo que apartar la vista. Gendry también estaba mirando al sacerdote rojo.

—¿De verdad puedes ver el futuro ahí? —le preguntó de repente.

—Aquí no. —Thoros se apartó del fuego con un suspiro—. Al menos hoy. Pero hay días en que sí, en que el Señor de la Luz me otorga visiones.

—Mi maestro decía que eras un borracho —dijo Gendry, que no parecía muy convencido—, un farsante y el peor sacerdote que ha habido jamás.

—Qué cruel. —Thoros rio entre dientes—. Cierto, pero cruel. ¿Quién era tu maestro? ¿Te conozco de antes, muchacho?

—Yo era el aprendiz del maestro armero de Tobho Mott, en la calle del Acero. Siempre le comprabas espadas.

—Es verdad. Me cobraba el doble de lo que valían y me echaba la bronca por prenderles fuego. —Thoros se echó a reír—. Tu maestro tenía razón: no era un buen sacerdote. Fui el menor de ocho hijos, de manera que mi padre me entregó al Templo Rojo, pero no era el camino que habría elegido yo. Recité las oraciones y pronuncié los hechizos, pero también organicé incursiones a las cocinas, y más de una vez me encontraron con una chica en la cama. Qué niñas tan malas; yo no tenía ni idea de cómo se habían metido entre mis sábanas.

»Aunque tenía talento para los idiomas, y cuando miraba las llamas... Bueno, a veces veía algo. Pero causaba más problemas que otra cosa, así que al final me mandaron a Desembarco del Rey, para que llevara la Luz del Señor a un Poniente que adoraba a los Siete. Al rey Aerys le gustaba tanto el fuego que pensaron que podría convertirlo. Por desgracia, sus piromantes se sabían mejores trucos que yo.

»En cambio, el rey Robert me cogió cariño. La primera vez que participé en un combate con una espada en llamas, el caballo de Kevan Lannister se encabritó y lo tiró al suelo, y Su Alteza se rio tanto que pensé que se iba a herniar. —El recuerdo hizo sonreír al sacerdote rojo—. Pero tu maestro también tenía razón en eso: no es manera de tratar una espada.

—El fuego consume. —Lord Beric estaba tras ellos, y algo en su voz hizo callar a Thoros al instante—. Consume, y cuando termina, no queda nada. ¡Nada!

—Beric, amigo mío. —El sacerdote tocó el brazo del señor del relámpago—. ¿Qué estás diciendo?

—Nada que no haya dicho antes. ¿Seis veces, Thoros? Seis veces son demasiadas. —Se volvió bruscamente.

Aquella noche, el viento aulló casi como un lobo, y hacia el oeste había lobos de verdad que parecían darle lecciones. Los turnos de guardia les correspondieron a Notch, a Anguy y a Merrit de Aldealuna. Ned, Gendry y la mayor parte de los otros dormían profundamente cuando Arya divisó una figura clara y menuda que se movía por detrás de los caballos, con el fino cabello blanco al viento, apoyada en un bastón nudoso. Aquella mujer mediría apenas una vara. La luz de la hoguera hacía que le brillaran unos ojos tan rojos como los del lobo de Jon.

«Que también era un fantasma.» Arya se acercó con sigilo y se arrodilló para mirar.

Thoros y Lim acompañaban a Lord Beric cuando la enana se sentó junto a la hoguera sin que la invitaran. Los miró con aquellos ojos como carbones encendidos.

—La Brasa y el Limón vuelven a honrarme con su visita, igual que Vuestra Alteza, el Señor de los Cadáveres.

—Ese nombre es como un mal presagio. Os he pedido que no me llaméis así.

—Sí, es verdad. Pero apestáis a muerte reciente, mi señor. —No le quedaba más que un diente en la boca—. Dadme vino o me marcho. Tengo los huesos viejos y me duelen las articulaciones cuando sopla el viento, y aquí arriba siempre sopla el viento.

—Un venado de plata por vuestros sueños, mi señora —dijo Lord Beric con solemne cortesía—. Y otro más si tenéis noticias para nosotros.

—Un venado de plata no se come ni se puede montar. Un pellejo de vino por mis sueños, y por mis noticias, un beso del idiota grandote de la capa amarilla. —La mujercita soltó una carcajada como un cacareo—. Eso, un beso en la boca, con lengua. Hace mucho tiempo del último, demasiado. Su boca debe de saber a limones, y la mía, a huesos. Soy demasiado vieja.

—Es verdad —se quejó Lim—. Demasiado vieja para vino y besos. Lo único que te voy a dar es un espaldarazo, bruja.

—El pelo se me cae a puñados, y hace mil años que nadie me da un beso. Es duro ser tan vieja. Bueno, pues entonces, una canción. Una canción de Tom Siete a cambio de las noticias.

—Tom te cantará lo que quieras —le prometió Lord Beric.

Él mismo le dio el pellejo de vino. La enana echó un largo trago; el vino le corría por la barbilla. Cuando terminó de beber, se limpió la boca con el dorso de la mano.

—Vino agrio para noticias agrias; sin duda, muy apropiado. El Rey ha muerto, ¿qué os parece?

A Arya se le paró un instante el corazón.

—¡El Rey, como si hubiera pocos! ¿A qué rey te refieres, bruja? —preguntó Lim sin miramientos.

—El mojado. El rey kraken, mis señores. Soñé que moría y murió, y ahora los pulpos de hierro se enfrentan entre sí. Ah, y Lord Hoster Tully también ha muerto, pero eso ya lo sabíais, ¿verdad? En la sala de los reyes, la Cabra está sentada en solitario, febril, mientras sobre él se cierne la sombra del gran perro. —La anciana bebió otro largo trago de vino, apretando el pellejo al tiempo que se lo llevaba a los labios.

«El gran perro.» ¿Se referiría al Perro? ¿O tal vez a su hermano, la Montaña que Cabalga? Arya no estaba segura. Los dos lucían el mismo emblema: tres perros negros sobre campo amarillo. La mitad de los hombres por cuya muerte rezaba eran leales a Ser Gregor Clegane: Polliver, Dunsen, Raff el Dulce, el Cosquillas y, claro, el propio Ser Gregor. «A lo mejor, Lord Beric los ahorca a todos.»

—Soñé con un lobo que aullaba bajo la lluvia —decía la enana—, pero nadie oía su dolor. Soñé con un clamor tal que pensé que me estallaría la cabeza, tambores, cuernos, gaitas y gritos, pero el sonido más triste era el de las campanillas. Soñé con una doncella que estaba en un banquete, con serpientes moradas en los cabellos y veneno en los colmillos. Y después volví a soñar con esa doncella, que mataba a un cruel gigante en un castillo de nieve. —Giró la cabeza de repente y sonrió en la penumbra, con los ojos clavados en Arya—. De mí no te puedes esconder, chiquilla. Ven, acércate.

Arya sintió como si unos dedos gélidos le recorrieran el cuello. «El miedo hiere más que las espadas», se recordó. Se levantó y se aproximó al fuego con cautela; caminaba sobre la mitad delantera de los pies, presta a huir.

—Te veo —susurró la enana escrutándola con los ojos rojos y nublados—. Te veo, niña lobo. Niña de sangre. Creía que era el señor el que olía a muerte... —Empezó a llorar con sollozos que estremecían su menudo cuerpo—. Es muy cruel que hayas venido a mi colina, muy cruel. Ya me ahogué con el dolor de Refugio Estival; no quiero además el tuyo. Vete de aquí, corazón oscuro. ¡Vete!

Su voz estaba tan cargada de miedo que Arya dio un paso atrás y se empezó a preguntar si aquella mujer no estaría loca.

—No asustéis a la niña —protestó Thoros—. No le hace mal a nadie.

—Yo no estaría tan seguro —dijo Lim Capa de Limón, señalándose la nariz rota con un dedo.

—Se irá mañana con nosotros —tranquilizó Lord Beric a la mujercita—. Vamos a llevarla a Aguasdulces con su madre.

—No —dijo la enana—. No será así. Ahora, el pez negro es dueño de los ríos. Si a la madre buscáis, id a Los Gemelos. Porque va a haber una boda. —Volvió a soltar aquella risa cacareante—. Mirad en vuestros fuegos y lo veréis, sacerdote rosa. Pero que no sea ahora ni aquí; aquí no podéis ver nada. Este lugar aún pertenece a los viejos dioses... Se aferran a él como yo, encogidos y débiles, pero todavía no han muerto. Y no les gustan las llamas. Porque el roble recuerda la bellota, la bellota sueña al roble, el tocón vive en ambos. Y recuerdan el momento en que llegaron los primeros hombres con fuego en los puños. —Se bebió lo que quedaba del vino de cuatro largos tragos, tiró el pellejo a un lado y señaló a Lord Beric con el bastón—. Ahora, mi pago. Quiero la canción que me habéis prometido.

De modo que Lim fue a despertar a Tom Sietecuerdas, que dormía entre sus pieles, y lo llevó entre bostezos junto al fuego con la lira en la mano.

—¿La misma canción de siempre? —preguntó.

—Sí, claro. Mi canción de Jenny. ¿Es que existe otra?

De manera que Tom cantó, y la enana cerró los ojos y se meció adelante y atrás al tiempo que murmuraba la letra y las lágrimas le corrían por las mejillas. Thoros cogió a Arya de la mano con firmeza y se la llevó de allí.

—Deja que saboree en paz su canción —le dijo—. Es lo único que le queda.

«Pero si no le iba a hacer ningún daño», pensó Arya.

—¿Qué ha dicho de Los Gemelos? Mi madre está en Aguasdulces, ¿no?

—Al menos allí estaba. —El sacerdote rojo se rascó debajo de la barbilla—. Ha hablado de una boda. Ya veremos. Pero esté donde esté, Lord Beric la encontrará.

Poco después, el cielo estalló. Los relámpagos lo rasgaban, los truenos retumbaban en las colinas y la lluvia caía en tal abundancia que apenas permitía ver. La mujer enana desapareció tan repentinamente como había llegado, mientras los bandidos juntaban ramas para hacer refugios rudimentarios.

Llovió toda la noche, y por la mañana, Ned, Lim y Watty el Molinero se levantaron resfriados. Watty no fue capaz de retener el desayuno en el estómago, y el joven Ned estaba alternativamente ardiendo de fiebre y temblando, con la piel fría y pegajosa. Notch le comentó a Lord Beric que había un pueblo abandonado a medio día a caballo hacia el norte, que allí tendrían un refugio mejor y podrían aguardar a que pasara lo peor de la tormenta. De manera que montaron como pudieron y espolearon a sus caballos ladera abajo.

La lluvia no cesaba. Cabalgaron por bosques y prados, y vadearon arroyos crecidos cuyas aguas turbulentas cubrían las patas de los caballos. Arya se cubrió la cabeza con la capucha de la capa y encogió los hombros, empapada y tiritando, pero decidida a no flaquear. Merrit y Mudge no tardaron en empezar a toser tanto como Watty, y el pobre Ned estaba peor con cada legua que recorrían.

—Si me pongo el yelmo, la lluvia repiquetea contra el acero y me da dolor de cabeza —se quejó—. Pero si me lo quito, se me empapa el pelo y se me pega a la cara y a la boca.

—¿No tienes un cuchillo? —le sugirió Gendry—. Si tanto te molesta el pelo, aféitate la cabeza, idiota.

«No le gusta Ned.» A Arya le caía bien el escudero; era un poco tímido, pero parecía buen muchacho. Siempre había oído decir que los dornienses eran menudos y atezados, de pelo negro y ojos pequeños y oscuros, pero Ned tenía los ojos muy grandes y de un azul tan intenso que era casi violeta. Además, su cabello era rubio claro, más semejante a la ceniza que a la miel.

—¿Cuánto hace que eres escudero de Lord Beric? —preguntó para dejar de pensar en sus penas.

—Me tomó a su servicio como paje cuando se desposó con mi tía. —Se interrumpió con un ataque de tos—. Entonces tenía siete años, pero cuando cumplí los diez me ascendió a escudero. Una vez gané un premio ensartando aros.

—Yo no sé manejar la lanza —dijo Arya—, pero con la espada te podría ganar. ¿Has matado a alguien?

—Si solo tengo doce años —respondió el muchachito, sobresaltado.

«Yo maté a un chico cuando tenía ocho», estuvo a punto de decir Arya. Pero se lo pensó mejor.

—Como has tomado parte en batallas...

—Sí. —No parecía muy orgulloso de ello—. Estuve en el Vado del Titiritero. Cuando Lord Beric cayó al río, lo arrastré hasta la orilla para que no se ahogara, y lo defendí con mi espada. Pero no tuve que pelear. Tenía una lanza rota clavada en el pecho, así que nadie nos fue a molestar. Cuando nos reagrupamos, Gergen el Verde cargó a su señoría a lomos de un caballo.

Arya se estaba acordando del mozo de cuadras de Desembarco del Rey. Después de él, estuvo el guardia al que le cortó la garganta en Harrenhal, y los hombres de Ser Amory, junto a aquel lago. No sabía si contaban Weese y Chiswyck, ni los que habían muerto por la sopa de comadreja... De repente sintió una tristeza infinita.

—Mi padre también se llamaba Ned —le dijo.

—Ya lo sé. Lo vi en el torneo de la Mano. Me habría gustado subir a hablar con él, pero no se me ocurría qué decirle. —Ned se estremeció bajo la capa, un trapo empapado de color lila—. ¿Tú estuviste en el torneo? A la que vi fue a tu hermana. Ser Loras Tyrell le regaló una rosa.

—Ya me lo dijo. —Tenía la sensación de que todo había sucedido hacía muchísimo tiempo—. Su amiga Jeyne Poole se enamoró de vuestro Lord Beric.

—Estaba prometido a mi tía —tartamudeó Ned, incómodo—. Pero claro, eso era antes. Antes de que...

«¿Antes de que muriera?», pensó al ver que Ned no terminaba la frase y caía en un silencio incómodo. Los cascos de sus caballos sonaban como ventosas cada vez que se despegaban del barro.

—Mi señora... —dijo Ned por fin—. ¿Y tu hermano ilegítimo... Jon Nieve?

—Está en el Muro, con la Guardia de la Noche. —«A lo mejor eso es lo que tendría que hacer: ir al Muro y no a Aguasdulces. A Jon no le importará si he matado a alguien, ni si me cepillo el pelo o no»—. Jon se parece mucho a mí, aunque sea bastardo. Siempre me revolvía el pelo y me llamaba hermanita. —Era a Jon a quien más echaba de menos. Solo con decir su nombre se ponía triste—. ¿De qué conoces a Jon?

—Es mi hermano de leche.

—¿Tu hermano? —Arya no entendía nada—. Pero si tú eres de Dorne, ¿cómo puedes ser de la misma sangre que Jon?

—Somos hermanos de leche, no de sangre. Cuando era pequeño, mi señora madre no tenía leche, así que Wylla tuvo que amamantarme.

—¿Quién es Wylla? —Arya seguía sin entender.

—La madre de Jon Nieve. ¿No lo sabías? Fue criada nuestra durante muchísimos años. Desde antes de que naciera yo.

—Jon no conoció a su madre; tampoco sabía cómo se llamaba. —Arya miró a Ned con desconfianza—. ¿La conoces de verdad? —«¿Se está burlando de mí?»—. Como sea mentira, te arrearé un puñetazo en la nariz.

—Wylla fue mi ama de cría —insistió el muchacho con tono solemne—. Lo juro por el honor de mi Casa.

—¿Tienes una Casa? —Era una pregunta idiota; era escudero, claro que tenía una Casa—. ¿Quién eres?

—Mi señora... —Ned titubeó, avergonzado—. Soy Edric Dayne... Señor de Campoestrella.

Gendry, que iba tras ellos, soltó un gruñido.

—Señores y damas —bufó con tono asqueado. Arya agarró una manzana silvestre de una rama y se la tiró; le acertó en aquella cabezota de toro—. ¡Ay! Me has hecho daño —se quejó, frotándose la piel, sobre el ojo—. ¿Las damas le tiran manzanas a la gente?

—Solo las malas —respondió Arya, que de repente se arrepentía de haberlo hecho. Se volvió hacia Ned—. Lo siento, no sabía quién eras. Mi señor.

—La culpa es mía, mi señora —respondió él, todo educación.

«Jon tiene madre. Wylla, se llama Wylla.» Tenía que acordarse para contárselo cuando lo volviera a ver. Se preguntaba si la seguiría llamando hermanita. «No, porque ya no soy pequeña. Me tendrá que llamar de otra forma.» Tal vez cuando estuviera en Aguasdulces le podría escribir una carta para decirle lo que le había contado Ned Dayne.

—Había también un tal Arthur Dayne —recordó—. Lo llamaban la Espada del Amanecer.

—Mi padre era el hermano mayor de Ser Arthur. Lady Ashara era mi tía, pero no la llegué a conocer. Se tiró al mar desde lo más alto de la torre Espada de Piedrablanca antes de que yo naciera.

—¿Y por qué hizo semejante cosa? —se sobresaltó Arya.

Ned la miraba con cautela. A lo mejor tenía miedo de que le tirase una manzana.

—¿Tu señor padre no te habló nunca de ella? —preguntó—. ¿De Lady Ashara Dayne, de Campoestrella?

—No. ¿La conocía?

—De antes de que Robert fuera rey. Mi tía conoció a tu padre y a sus hermanos en Harrenhal el año de la falsa primavera.

—Ah. —A Arya no se le ocurría qué decir—. Pero ¿por qué se tiró al mar?

—Tenía el corazón roto.

Sansa habría dejado escapar un suspiro y, sin duda, habría derramado una lágrima ante aquella muestra de amor, pero a Arya le parecía una idiotez. Pero claro, no se lo podía decir a Ned. Era su tía.

—¿Quién se lo rompió?

—No sé si me corresponde a mí... —El muchacho titubeó.

—¡Dímelo!

—Mi tía Allyria dice que Lady Ashara y tu padre se enamoraron en Harrenhal... —Cuando la miró, su incomodidad era evidente.

—No es verdad. Él quería a mi señora madre.

—Estoy seguro de que sí, mi señora, pero...

—La quería a ella y a nadie más.

—Entonces al bastardo se lo debió de traer la cigüeña —comentó Gendry detrás de ellos.

—Mi padre era un hombre de honor —le dijo Arya, furiosa; le habría gustado tener otra manzana para tirársela—. Además, no estamos hablando contigo. ¿Por qué no te vuelves a Septo de Piedra para tocarle las campanas a aquella idiota?

—Tu padre, al menos, crio a su bastardo —dijo Gendry como si no la hubiera oído—, no como el mío. Ni siquiera sé cómo se llamaba. Seguro que era cualquier borracho asqueroso, igual que los otros que mi madre conocía en la taberna y se llevaba a casa. Siempre que se enfadaba conmigo me decía: «Si estuviera aquí tu padre, menuda paliza te iba a dar». Es lo único que sé de él. —Escupió al suelo—. Si me lo pusieran delante, a lo mejor la paliza se la daba yo. Pero supongo que estará muerto, y tu padre también está muerto, así que, ¿qué importa con quién se acostara?

A Arya le importaba, aunque no habría sabido decir por qué. Ned estaba intentando disculparse por haberla hecho enfadar, pero en aquel momento no quería escucharlo. Picó espuelas y los dejó atrás. Anguy el Arquero cabalgaba unos pasos más adelante.

—Los dornienses son unos mentirosos, ¿verdad? —le preguntó cuando se puso a su altura.

—Esa fama tienen. —Sonrió—. Aunque claro, ellos dicen lo mismo de nosotros, los marqueños, así que a saber... ¿Qué ha pasado? Ned es un buen chico...

—Es un idiota y un mentiroso.

Arya se salió del camino, saltó un tronco caído medio podrido y cruzó un arroyo sin hacer caso de los gritos de los bandidos, a su espalda.

«Lo único que quieren es contarme más mentiras.» Se le pasó por la cabeza la idea de intentar escapar, pero eran demasiados y conocían bien aquellas tierras. ¿Para qué huir si luego la atrapaban?

Al final fue Harwin quien salió en pos de ella.

—¿Qué crees que haces, mi señora? No se te ocurra escapar. En estos bosques hay lobos y cosas aún peores.

—No tengo miedo —replicó—. Ese chico, Ned, me ha dicho...

—Sí, ya me lo ha contado. Lo de Lady Ashara. Es una historia muy vieja. Una vez la oí en Invernalia; tendría yo entonces la misma edad que tienes tú ahora. —Agarró con firmeza las riendas de su caballo y lo obligó a dar la vuelta—. Dudo mucho que sea verdad, pero aunque lo fuera, ¿qué más da? Cuando Ned conoció a aquella dama dorniense, su hermano Brandon aún vivía, y era él quien estaba prometido a Lady Catelyn, de manera que no habría sido ninguna deshonra para tu padre. No hay nada como un torneo para encender la sangre, así que es posible que por la noche se intercambiaran unas palabritas en una tienda, ¿quién sabe? Y donde digo palabras, pudieron ser besos o algo más. ¿Qué tiene de malo? Había llegado la primavera, o eso creían, y ninguno de los dos estaba comprometido.

—Pero luego ella se mató —dijo Arya, insegura—. Ned dice que se tiró al mar desde una torre.

—Es verdad —reconoció Harwin mientras la acompañaba de vuelta con el grupo—, pero yo diría que fue por la pena. Había perdido a su hermano, la Espada del Amanecer. —Sacudió la cabeza—. No le des más vueltas, mi señora. Todas esas personas ya han muerto. No le des más vueltas... y por favor, no le digas nada de esto a tu madre cuando lleguemos a Aguasdulces.

Encontraron la aldea donde Notch les había dicho que estaría, y se refugiaron en un gran establo de piedra gris. Solo conservaba la mitad del tejado... pero ya era medio tejado más que el resto de los edificios del pueblo.

«No es un pueblo, solo es un montón de piedras negras y huesos viejos.»

—¿Fueron los Lannister quienes mataron a los que vivían aquí? —preguntó Arya mientras ayudaba a Anguy a secar los caballos.

—No. —Hizo un gesto en dirección a las piedras—. Mira la capa de musgo; es muy gruesa. Hace mucho que nadie la toca. Y en aquella pared de allí crece un árbol, ¿no lo has visto? Este lugar lo incendiaron hace años.

—Pero ¿quién fue? —quiso saber Gendry.

—Hoster Tully. —Notch era un hombre delgado y encorvado, con el pelo canoso, que había nacido en aquella zona—. Este pueblo era de Lord Goodbrook. Cuando Aguasdulces se alió con Robert, Goodbrook permaneció leal al Rey, así que Lord Tully vino, arrasó la aldea y pasó a los habitantes por la espada. Después del Tridente, el hijo de Goodbrook firmó la paz con Robert y con Lord Hoster. De mucho les sirvió a los muertos...

Se hizo el silencio. Gendry miró a Arya con una expresión extraña en los ojos y se fue a cepillar a su caballo. En el exterior seguía lloviendo sin cesar.

—Nos hace falta una hoguera —declaró Thoros—. La noche es oscura y alberga cosas aterradoras. Y húmeda, ¿eh? De lo más húmeda.

Jack-con-Suerte cogió madera seca de un pesebre mientras Notch y Merrit reunían paja para encender la hoguera. El propio Thoros se encargó de hacer saltar la chispa, y Lim abanicó las llamas con la gran capa amarilla hasta que crepitaron y rugieron. La temperatura subió, y pronto incluso se estaba caliente en el interior del establo. Thoros se sentó ante el fuego con las piernas cruzadas y escudriñó las llamas, igual que había hecho en la cima de Alto Corazón. Arya lo observó con atención. En un momento le vio mover los labios y le pareció que susurraba «Aguasdulces». Lim paseaba de un lado a otro entre toses; la larga sombra que proyectaba imitaba cada una de sus zancadas, mientras que Tom Siete se había quitado las botas y se frotaba los pies.

—Es una locura que vuelva a Aguasdulces —se quejó el bardo—. Los Tully no le han dado nunca buena suerte al pobre Tom. Fue la tal Lysa la que me envió por el camino alto, donde los hombres de la luna me quitaron el oro, el caballo y, por si fuera poco, la ropa. Hay caballeros del valle que todavía cuentan cómo llegué a la Puerta de la Sangre sin nada más que la lira para taparme las vergüenzas. Me obligaron a cantar «El niño del día del nombre» y «El rey cobarde» antes de dejarme pasar. Mi único consuelo es que tres de ellos murieron de la risa. Desde entonces no he vuelto a poner el pie en el Nido de Águilas, y no cantaría «El rey cobarde» ni por todo el oro de Roca Casterly...

—Los Lannister —dijo Thoros—. Un rugido rojo y dorado.

Se puso en pie y fue hacia donde estaba Lord Beric. Lim y Tom se reunieron con ellos enseguida. Arya no alcanzaba a oír qué decían, pero el bardo no dejaba de echar miradas en su dirección, y al cabo de un rato, Lim se enfadó tanto que dio un puñetazo contra la pared. Fue entonces cuando Lord Beric le hizo una señal para que se acercara. Era lo que menos deseaba en el mundo, pero Harwin le puso la mano en la espalda y le dio un empujoncito hacia delante. Avanzó dos pasos y se detuvo titubeante, temerosa.

—Mi señor. —Aguardó a la espera de lo que le quisiera decir Lord Beric.

—Cuéntaselo —le ordenó el señor del relámpago a Thoros.

—Mi señora —empezó el sacerdote rojo acuclillándose junto a ella—, el Señor me ha concedido una visión de Aguasdulces. Parecía una isla en un mar de fuego. Las llamas eran leones que saltaban, con largas garras color escarlata. ¡Y cómo rugían! Un mar de hombres de los Lannister, mi señora. No tardarán en atacar Aguasdulces.

—¡No! —Arya se sintió como si le hubieran dado un puñetazo en el estómago.

—Las llamas no mienten, pequeña —dijo Thoros—. A veces las entiendo mal, porque soy un imbécil y estoy ciego. Pero ahora no ha sido así. Los Lannister van a emprender un asedio contra Aguasdulces.

—Robb los derrotará —dijo Arya, testaruda—. Les ganará la batalla, siempre gana.

—Puede que tu hermano ya no esté —dijo Thoros—. Y tu madre tampoco. No los he visto en las llamas. Esa boda que mencionó la anciana, una boda en Los Gemelos... Esa mujer sabe muchas cosas. Los arcianos le susurran al oído mientras duerme. Si dice que tu madre se ha ido a Los Gemelos...

—Si no me hubierais cogido, ya estaría allí —les reprochó Arya, volviéndose hacia Tom y Lim—. Ya estaría en casa.

—Mi señora —dijo con cansada cortesía Lord Beric, sin hacer caso del exabrupto—, ¿conocerías de vista al hermano de tu abuelo? ¿A Ser Brynden Tully, apodado el Pez Negro? ¿O te conocería él a ti?

Arya sacudió la cabeza con gesto triste. A menudo había oído hablar a su madre de Ser Brynden el Pez Negro, pero si lo había llegado a conocer en persona, era demasiado pequeña para recordarlo.

—Dudo mucho que el Pez Negro pague bien por una niña que no sabe quién es —dijo Tom—. Esos Tully son gente desconfiada; pensarán que les intentamos vender mercancía falsa.

—Los convenceremos —se empecinó Lim Capa de Limón—. Los puede convencer ella o Harwin. Aguasdulces está más cerca. Yo voto por que la llevemos allí, cojamos el oro y acabemos con este asunto de una puñetera vez.

—¿Y si los leones nos atrapan dentro del castillo? —preguntó Tom—. Nada les gustaría más que colgar a su señoría de una jaula en lo más alto de Roca Casterly.

—No tengo la menor intención de dejarme atrapar —dijo Lord Beric. La última palabra no la pronunció, pero todos la entendieron: vivo. Todos la oyeron, incluso Arya, aunque no llegó a salir de sus labios—. Pero preferiría no meterme allí a ciegas. Quiero saber dónde están los ejércitos, tanto los lobos como los leones. Shama tendrá alguna noticia, y el maestre de Lord Vance, aún más. Torreón Bellota no está lejos. Lady Smallwood nos dará cobijo mientras enviamos exploradores y esperamos su regreso...

Aquellas palabras le resonaron en los oídos como golpes en un tambor. De repente, ya no podía soportarlo más. Quería ir a Aguasdulces, no a Torreón Bellota; quería ir con su madre y con su hermano Robb, no con Lady Smallwood ni con un tío al que no conocía de nada. Dio media vuelta y salió corriendo hacia la puerta y, cuando Harwin trató de agarrarla por el brazo, lo esquivó rápida como una serpiente.

Fuera de los establos, la lluvia seguía cayendo, y un relámpago lejano iluminó el cielo hacia el oeste. Arya corrió tan deprisa como pudo.

No sabía adónde iba; solo sabía que quería estar sola, lejos de todas las voces, lejos de sus palabras vanas y sus promesas rotas.

«Yo solo quería ir a Aguasdulces. —Era culpa suya, por haberse llevado a Gendry y a Pastel Caliente cuando huyó de Harrenhal. De estar sola le habría ido mejor. Si hubiera estado sola, los bandidos no la habrían atrapado, y a aquellas alturas ya estaría con Robb y con su madre—. No eran mi manada, nunca fueron mi manada. Si lo hubieran sido, no me habrían abandonado. —Los pies le chapotearon en un charco de agua embarrada. Alguien la llamaba a gritos, seguramente Harwin o Gendry, pero el trueno acallaba su voz al retumbar contra las colinas, un instante por detrás del relámpago—. El señor del relámpago —pensó, furiosa—. Tal vez no pueda morir, pero mentir se le da de maravilla.»

A su izquierda, un caballo relinchó. Arya no se habría alejado más de cincuenta pasos de los establos, pero ya estaba calada hasta los huesos. Dobló la esquina de una casa derruida con la esperanza de que las paredes cubiertas de musgo la refugiaran de la lluvia, y casi chocó de bruces contra un centinela. Una mano enfundada en un guantelete se le cerró en torno al brazo.

—¡Me estás haciendo daño! —gritó al tiempo que se retorcía—. Suéltame, iba a volver, iba a...

—¿A volver? —La risa de Sandor Clegane era como el arañazo del hierro contra la piedra—. Y una mierda, niña lobo. Eres mía.

No le costó nada izarla por los aires y llevarla hasta su caballo. La lluvia fría los azotó y ahogó sus gritos, y Arya solo podía pensar en la pregunta que le había hecho aquel hombre.

«¿No sabes qué les hacen los perros a los lobos?»

Jaime

Aunque la fiebre persistente no lo abandonaba, el muñón se le estaba curando bien, y según Qyburn el brazo ya no corría peligro. Jaime estaba ansioso por dejar atrás Harrenhal, a los Titiriteros Sangrientos y a Brienne de Tarth. Una mujer de verdad lo esperaba en la Fortaleza Roja.

—Voy a enviar a Qyburn con vos para que os cuide durante el camino hasta Desembarco del Rey —le dijo Roose Bolton la mañana de su partida—. Acaricia la esperanza de que vuestro padre, como muestra de gratitud, obligue a la Ciudadela a devolverle la cadena.

—Todos acariciamos esperanzas. Si consigue que me salga una mano, mi padre lo nombrará Gran Maestre.

Walton Patas de Acero iba al mando de la escolta de Jaime. Era franco, brusco, brutal... en el fondo, un simple soldado. Jaime había cabalgado toda su vida con hombres de aquel tipo. Los que eran como Walton podían matar por orden de su señor, podían violar cuando la sangre les hervía después de la batalla y podían saquear si se presentaba la ocasión, pero cuando terminaba la guerra regresaban a sus hogares, cambiaban las lanzas por azadas, se casaban con las hijas de sus vecinos y criaban camadas de niños berreantes. Eran hombres que obedecían sin preguntar, pero en cuya naturaleza no estaba la crueldad despiadada de los Compañeros Audaces.

Los dos grupos salieron de Harrenhal la misma mañana, bajo un frío cielo gris que auguraba lluvia. Ser Aenys Frey había partido tres días antes hacia el noreste, por el camino Real. Bolton iba a seguir sus pasos.

—El Tridente baja muy crecido —le dijo a Jaime—. Nos va a costar cruzarlo hasta por el Vado Rubí. ¿Me haréis el favor de transmitirle mis más respetuosos saludos a vuestro padre?

—Cómo no, siempre que le transmitáis los míos a Robb Stark.

—Así lo haré.

Algunos de los Compañeros Audaces se habían congregado en el patio para verlos partir. Jaime trotó hacia donde estaban.

—Vaya, Zollo, qué amable por tu parte venir a despedirme. Y Pyg y Timeon. ¿Me vais a echar de menos? ¿No me cuentas un último chiste, Shagwell, para que me vaya riendo por el camino? Ah, hola, Rorge, ¿vienes a darme un beso de despedida?

—Vete a tomar por culo, tullido —bufó Rorge.

—Como quieras. Pero tranquilo, volveré. Un Lannister siempre paga sus deudas. —Jaime hizo girar al caballo y volvió a reunirse con Walton Patas de Acero y sus doscientos hombres.

Lord Bolton lo había equipado como a un caballero que se dirigiera a una batalla, haciendo caso omiso de la mano amputada que convertía la vestimenta en una parodia. Jaime cabalgaba con la espada y el puñal colgados del cinturón, y el escudo y el yelmo, de la silla. Llevaba la cota de malla cubierta por un jubón color castaño oscuro. No era tan estúpido como para lucir el blasón del león de los Lannister, ni tampoco el blanco al que tenía derecho como Hermano Juramentado de la Guardia Real. En la armería encontró un escudo viejo, abollado y astillado, cuya pintura saltada todavía permitía ver buena parte del gran murciélago negro de la Casa Lothston sobre un campo de plata y oro. Los Lothston habían sido dueños de Harrenhal antes que los Whent. En otros tiempos se trató de una familia poderosa, pero se había extinguido hacía siglos, de manera que no podría oponerse a que luciera sus divisas. No sería primo de nadie, ni enemigo de nadie, ni espada juramentada de nadie... En resumen, no sería nadie.

Salieron de Harrenhal por la pequeña puerta este y se despidieron de Roose Bolton y de su ejército unas leguas más adelante, cuando se desviaron hacia el sur para seguir durante un tiempo el camino del lago. Walton tenía intención de esquivar el camino Real tanto como le fuera posible; prefería los senderos de los campesinos y las cañadas que había en los alrededores del Ojo de Dioses.

—Por el camino Real iríamos más deprisa. —Jaime estaba ansioso por volver con Cersei cuanto antes. Si se daban prisa, tal vez llegara a tiempo para la boda de Joffrey.

—No quiero problemas —replicó Patas de Acero—. Solo los dioses saben con quién nos podríamos encontrar por el camino Real.

—Con nadie de quien tengáis nada que temer. Contáis con doscientos hombres.

—Sí. Pero otros pueden contar con más. Mi señor me dijo que os llevara sano y salvo con vuestro señor padre, y eso es lo que pienso hacer.

«Yo he pasado ya por aquí», pensó Jaime alrededor de una legua más adelante, al pasar junto a un molino abandonado, a la orilla del lago. Los hierbajos crecían allí donde la hija del molinero le había sonreído con timidez y donde el propio molinero le había gritado: «¡El torneo es por el otro camino, ser!».

«Como si yo no lo hubiera sabido.»

El rey Aerys montó un gran espectáculo con la investidura de Jaime. Pronunció los votos ante el pabellón del rey, arrodillado en la hierba verde, con su armadura blanca, ante los ojos de la mitad del reino. Cuando Ser Gerold Hightower lo ayudó a ponerse en pie y le colocó la capa blanca sobre los hombros, el rugido de la multitud fue tal que Jaime lo seguía recordando pese a los años transcurridos. Pero aquella misma noche, Aerys se puso de mal humor y declaró que no necesitaba a los siete de la Guardia Real allí, en Harrenhal. A Jaime le ordenó regresar a Desembarco del Rey para guardar a la Reina y al pequeño príncipe Viserys, que habían quedado allí. El Toro Blanco se ofreció a encargarse de aquella tarea, para que Jaime pudiera quedarse y competir en el torneo de Lord Whent, pero Aerys se negó.

—Aquí no va a ganar gloria —había dicho el Rey—. Ahora me pertenece a mí, no a Tywin. Me servirá como considere conveniente. Soy el Rey. Yo mando y él obedece.

Fue entonces cuando Jaime empezó a comprender. No había ganado la capa blanca por su habilidad con la espada y con la lanza, ni por las hazañas valerosas que había llevado a cabo contra la Hermandad del Bosque Real. Aerys lo había elegido para insultar a su padre, para arrebatarle el heredero a Lord Tywin.

Pese a los años transcurridos, seguía recordando la amargura de aquel momento, mientras cabalgaba hacia el sur, con su nueva capa blanca, para guardar un castillo prácticamente desierto. Casi había sido más de lo que podía soportar. De haber podido se habría arrancado la capa al instante, pero era demasiado tarde. Había pronunciado el juramento delante de medio reino, y un Guardia Real lo era de por vida.

—¿Os molesta la mano? —le preguntó Qyburn al ponerse a su altura.

—Me molesta la falta de mano.

Lo peor eran las mañanas. En sueños, Jaime estaba entero, y cada amanecer yacía aún medio dormido y sentía como movía los dedos. Todo fue una pesadilla, le decía una parte de su mente que seguía negándose a aceptarlo, nada más que una pesadilla. Pero entonces abría los ojos.

—Tengo entendido que ayer recibisteis una visita —dijo Qyburn—. Espero que disfrutarais de ella.

—No me dijo quién la enviaba. —Jaime le lanzó una mirada gélida.

—Ya casi no teníais fiebre, y pensé que os apetecería un poco de ejercicio. —El maestre sonreía con modestia—. Pia es muy habilidosa, ¿no os parece? Y muy... dispuesta.

De aquello no cabía duda. Se había colado en su habitación y despojado de la ropa tan deprisa que Jaime pensó que todavía estaba soñando.

No se empezó a excitar hasta que la mujer estuvo debajo de las mantas, le cogió la mano buena y se la puso sobre el pecho. Además, era muy atractiva.

—Yo era apenas una niña cuando acudisteis al torneo de Lord Whent y el Rey os puso la capa —confesó—. Qué guapo estabais, todo de blanco, y la gente decía lo valiente que erais, caballero. A veces, cuando estoy con un hombre, cierro los ojos para imaginarme que a quien tengo encima es a vos, con la piel tan suave y los rizos dorados. Pero jamás pensé que os tendría de verdad.

No le había resultado fácil echarla, pero Jaime lo había hecho, recordándose que ya tenía una mujer.

—¿Enviáis chicas a todo aquel a quien ponéis una sanguijuela? —preguntó a Qyburn.

—Suele ser Lord Vargo quien me las envía a mí. Quiere que las examine antes de... Bueno, baste decir que en cierta ocasión amó de manera temeraria, y no quiere que vuelva a suceder. Pero no temáis; Pia está muy sana. Al igual que vuestra doncella de Tarth.

—¿Brienne? —Jaime lo miró con dureza.

—Sí. Es una muchacha fuerte. Y tenía la virginidad aún intacta. Al menos hasta anoche —puntualizó Qyburn con una risita.

—¿Os envió a examinarla?

—Desde luego. Es muy... remilgado, por decirlo de alguna manera.

—¿Tiene algo que ver con su rescate? —preguntó Jaime—. ¿Ha exigido su padre pruebas de que sigue siendo doncella?

—¿No os habéis enterado? —Qyburn se encogió de hombros—. Recibimos un pájaro de Lord Selwyn en respuesta al que le había enviado yo. El Lucero de la Tarde ofrece trescientos dragones a cambio de que le devuelvan a su hija sana y salva. Ya le había dicho a Lord Vargo que en Tarth no había zafiros, pero no me cree. Está convencido de que el Lucero de la Tarde lo quiere engañar.

—Trescientos dragones son un rescate digno de un caballero. La Cabra debería aceptar.

—La Cabra es el señor de Harrenhal, y el señor de Harrenhal no regatea.

«Mi mentira te salvó durante un tiempo, moza. Da las gracias por eso.» La noticia lo dejó irritado, aunque debería haberlo previsto.

—Si tiene la virginidad tan dura como el resto, la Cabra se va a romper la polla intentando metérsela —bromeó.

Brienne era muy fuerte. Sobreviviría a unas pocas violaciones, consideró Jaime, aunque si se resistía demasiado, a Vargo Hoat le podría dar por cortarle las manos y los pies.

«¿Y a mí qué me importa? Si me hubiera dejado coger la espada de mi primo sin ponerse pesada, tal vez aún tendría mano. —Él mismo había estado a punto de destrozarle la pierna, pero después de que ella le pusiera las cosas muy difíciles—. Puede que Hoat no tenga ni idea de lo fuerte que es la moza. Más le vale tener cuidado, o le romperá ese cuello flaco que tiene, ¿no sería maravilloso?»

La compañía de Qyburn empezaba a cansarlo. Jaime trotó hasta la vanguardia de la columna. Un norteño menudo y grueso llamado Nage iba delante de Patas de Acero, con un estandarte de paz: una bandera con los colores del arco iris, con siete colas largas, en un asta culminada por una estrella de siete puntas.

—¿No deberíais tener los norteños otro estandarte de paz? —le preguntó a Walton—. ¿Qué son los Siete para vosotros?

—Dioses sureños —replicó el soldado—. Pero para llevaros sano y salvo a vuestro padre necesitamos paz sureña.

«Mi padre. —Jaime se preguntó si Lord Tywin habría recibido la petición de rescate de la Cabra, con su mano podrida o sin ella—. ¿Cuánto vale un espadachín sin la mano de la espada? ¿La mitad del oro de Roca Casterly? ¿Trescientos dragones? ¿Nada?» Los sentimientos no habían doblegado nunca a su padre. En cierta ocasión, el abuelo de Jaime, Lord Tytos, había tomado prisionero a un vasallo rebelde, Lord Tarbeck. La temible Lady Tarbeck respondió capturando a tres Lannister, entre ellos el joven Stafford, cuya hermana estaba prometida a su primo Tywin. «Enviadme de vuelta a mi amado señor o estos tres pagarán cualquier daño que sufra», había escrito a Roca Casterly. El joven Tywin le sugirió a su padre que la complaciera, devolviéndole a Lord Tarbeck en tres pedazos. Pero Lord Tytos era un león más amable, de manera que Lady Tarbeck ganó unos cuantos años de vida para el cretino de su señor, y Stafford se casó, tuvo hijos y siguió cometiendo disparates hasta que cayó en Cruce de Bueyes. Pero Tywin Lannister perduró, eterno como Roca Casterly. «Y ahora tenéis un hijo enano y otro tullido, mi señor. Qué poco os debe de gustar...»

El camino los llevó a cruzar una aldea quemada. Debía de haber pasado un año o más desde que la habían incendiado. Las casuchas ennegrecidas y sin tejado seguían en pie, pero las malas hierbas crecían hasta la altura de la cintura en los campos circundantes. Patas de Acero dio el alto para abrevar a los caballos.

«Este lugar también lo conozco», pensó Jaime mientras aguardaba junto al pozo. Había habido una pequeña posada, de la que solo quedaban los cimientos y una chimenea, donde había entrado para beber una jarra de cerveza. Una moza de ojos oscuros le sirvió queso y manzanas, pero el posadero no aceptó las monedas que le ofreció.

—Para mí es un honor tener bajo mi techo a un caballero de la Guardia Real, ser —le había dicho—. Esto se lo podré contar a mis nietos.

Jaime contempló los restos de la chimenea, entre los hierbajos, y se preguntó si habría llegado a tener nietos. «¿Les contaría que en cierta ocasión el Matarreyes bebió su cerveza y comió su queso y sus manzanas, o le daría vergüenza reconocer que le dio de comer a alguien como yo?» No lo sabría jamás. Quienquiera que hubiera quemado la posada, seguramente, habría matado también a los nietos. Sintió como se le contraían los dedos fantasmales. Cuando Patas de Acero sugirió que encendieran un fuego y comieran algo, Jaime sacudió la cabeza.

—Este lugar no me gusta —dijo—. Sigamos adelante.

Cuando empezó a anochecer ya habían dejado el lago para seguir una senda tortuosa que atravesaba un bosque de robles y olmos. El muñón de Jaime palpitaba con un dolor sordo cuando Patas de Acero decidió montar el campamento. Por suerte, Qyburn llevaba un pellejo de vino del sueño. Una vez Walton hubo organizado las guardias, Jaime se tendió junto a la hoguera y colocó contra un tocón una piel de oso enrollada a modo de almohada, para apoyar la cabeza. La moza le habría dicho que tenía que comer antes de dormirse para conservar las fuerzas, pero estaba más cansado que hambriento. Cerró los ojos, con la esperanza de soñar con Cersei. Los sueños que le provocaba la fiebre eran tan vívidos...

Estaba desnudo, solo, rodeado de enemigos, con altas paredes de piedra que se cernían sobre él. «La Roca», supo al instante. Sentía el inmenso peso del castillo sobre la cabeza. Estaba en casa. Estaba en casa y entero.

Alzó la mano derecha y flexionó los dedos para sentir su fuerza. Era mejor que el sexo. Mejor que el combate. «Cinco dedos, cinco dedos. —Había soñado que estaba tullido, pero no era así. Se notaba mareado de alivio—. Mi mano, mi querida mano.» Mientras estuviera entero, nada podría hacerle daño.

A su alrededor había una docena de figuras altas y oscuras; llevaban túnicas con capuchas que les cubrían los rostros, y lanzas en las manos.

—¿Quiénes sois? —les preguntó con tono imperioso—. ¿Qué hacéis en Roca Casterly?

No le respondieron, sino que lo aguijonearon con las puntas de las lanzas. No tuvo más remedio que empezar a descender. Bajó por un pasadizo serpenteante, por escaleras angostas talladas en la roca, abajo, cada vez más abajo.

«Tengo que ir hacia arriba —se dijo—. Hacia arriba, no hacia abajo. ¿Por qué estoy bajando?» Bajo la tierra lo aguardaba la muerte, lo sabía con la certeza que solo se tiene en los sueños; allí moraba algo oscuro y terrible, algo que lo esperaba. Jaime trató de detenerse, pero las lanzas lo aguijonearon. «Si tuviera la espada, nada podría hacerme daño.»

La escalera terminaba bruscamente en una oscuridad llena de ecos. Jaime percibió la vastedad del espacio que lo rodeaba. Se detuvo en seco al borde de la nada. Una punta de lanza le pinchó la base de la espalda, empujándolo hacia el abismo. Gritó, pero la caída fue corta. Aterrizó sobre las manos y las rodillas, en arena blanda y aguas poco profundas. Había cavernas inundadas en las profundidades de Roca Casterly, pero aquello no lo conocía.

—¿Qué lugar es este?

—Tu lugar. —La voz retumbaba. Era un centenar de voces, mil voces, las voces de todos los Lannister desde Lann el Astuto, que había vivido en el amanecer de los tiempos. Pero era, sobre todo, la voz de su padre, y junto a Lord Tywin estaba su hermana, pálida y hermosa, con una antorcha encendida en la mano. Joffrey también estaba allí; era el hijo que ambos habían tenido, y tras ellos había otra docena de sombras oscuras con cabellos dorados.

—Hermana, ¿por qué nos ha traído padre aquí?

—¿Nos? Este es tu lugar, hermano. Esta es tu oscuridad.

Su antorcha era la única luz de la caverna. Su antorcha era la única luz del mundo. Cersei se volvió para marcharse.

—Quédate conmigo —le suplicó Jaime—. No me dejes aquí solo. —Pero se marchaban—. ¡No me dejéis en la oscuridad! —Algo espantoso habitaba allí abajo—. Al menos dadme una espada.

—Ya te di una espada —dijo Lord Tywin.

Estaba a sus pies. Jaime tanteó bajo el agua hasta que cerró los dedos en torno al puño. «Mientras tenga una espada, nada puede hacerme daño.» Cuando alzó la hoja, una lengua de llamas claras chisporroteó en la punta y recorrió el filo, antes de detenerse a un palmo de la empuñadura. El fuego adoptó el color del propio acero, de manera que ardía con una luz azul plateada, y las penumbras se retiraron. Alerta, Jaime se movió en círculo, preparado para cualquier cosa que saliera de la oscuridad. El agua le llenaba las botas hasta el tobillo, fría, muy fría.

«Cuidado con el agua —se dijo—. Puede haber criaturas que vivan aquí, simas ocultas...»

Oyó un fuerte chapuzón a su espalda. Jaime se giró en dirección al sonido... pero la tenue luz solo reveló a Brienne de Tarth, con las manos unidas por gruesas cadenas.

—Prometí que os mantendría a salvo —dijo la moza, testaruda—. Hice un juramento. —Desnuda, alzó las manos hacia Jaime—. Por favor, ser, tened la bondad. —Los eslabones de acero se partieron como si fueran de seda—. Una espada —suplicó Brienne, y allí etaba, con cinturón, vaina y todo.

Se la abrochó en torno a la gruesa cintura. La luz era tan escasa que Jaime apenas podía verla, aunque estaban a unos pocos pasos.

«Con esta luz casi parece hermosa —pensó—. Con esta luz casi podría ser un caballero.» La espada de Brienne también ardía con llamas azules y plateadas. La oscuridad se retiró un poco más.

—Las llamas arderán mientras vivas —oyó decir a Cersei—. Cuando mueran, tú también morirás.

—¡Hermana!—gritó—. ¡Quédate conmigo! ¡Quédate! —No obtuvo más respuesta que el suave sonido de unos pasos que se alejaban.

Brienne blandió la espada larga y contempló cómo las llamas plateadas cambiaban y tremolaban. A sus pies, un reflejo de la espada llameante brillaba en la superficie de las tranquilas aguas negras. Era tan alta y tan fuerte como la recordaba, pero a Jaime le pareció que en aquellos momentos tenía más formas de mujer.

—¿Qué guardan aquí abajo? ¿Un oso? —Brienne se movía, espada en mano, lenta, cautelosa. Daba un paso, se volvía, escuchaba. Cada pisada era un pequeño chapoteo—. ¿Un león cavernario? ¿Lobos huargo? ¿Algún oso? Decidme, Jaime, ¿qué habita aquí? ¿Qué habita en la oscuridad?

—La muerte. —Nada de osos, lo sabía. Nada de leones—. Solo muerte.

—No me agrada este lugar. —A la luz fría, plateada y azul de las espadas, la corpulenta moza parecía pálida y fiera.

—Yo tampoco le tengo mucho cariño. —Las hojas llameantes creaban una pequeña isla de luz, pero a su alrededor se extendía un interminable mar de oscuridad—. Tengo los pies mojados.

—Podríamos volver por donde nos han traído. Si os subís a mis hombros, no os costará alcanzar la entrada de ese túnel.

«Y así podría seguir a Cersei.» Sintió que se le endurecía, y se volvió para que Brienne no lo notara.

—Escuchad —dijo ella.

Le puso la mano en el hombro, y Jaime se estremeció bajo el roce repentino.

«Es cálida».

—Se acerca algo. —Brienne alzó la punta de la espada y señaló hacia la izquierda—. Allí.

Escudriñó la penumbra hasta que él también lo vio. Algo se movía en la oscuridad, aunque no alcanzaba a distinguir qué era...

—Un hombre a caballo. No, dos. Dos jinetes, hombro con hombro.

—¿Aquí, bajo la Roca?

No tenía sentido. Pero los dos jinetes se acercaban a lomos de sus caballos claros. Llevaban armaduras, y sus monturas iban protegidas para la batalla. Emergieron de la oscuridad a paso lento.

«No hacen el menor ruido —advirtió Jaime—. No chapotean en el agua; las armaduras no tintinean; los cascos no resuenan contra el suelo.» Recordó a Eddard Stark, cuando recorrió la sala del trono de Aerys en el más absoluto silencio. Solo habían hablado sus ojos: los ojos de un señor, fríos, grises, juzgándolo.

—¿Sois vos, Stark? —llamó Jaime—. Adelante. No os temí en vida y no os temo ahora que estáis muerto.

—Vienen más —le advirtió Brienne tocándole el brazo.

Él también los vio. Parecía que sus armaduras eran de nieve, y jirones de niebla les ondeaban desde los hombros y le cubrían la espalda. Llevaban los visores de los yelmos cerrados, pero Jaime Lannister no tenía que verles el rostro para reconocerlos.

Cinco habían sido sus hermanos. Oswell Whent y Jon Darry. Lewyn Martell, un príncipe de Dorne. El Toro Blanco, Gerold Hightower. Ser Arthur Dayne, la Espada del Amanecer. Y junto a ellos, coronado de niebla y dolor, con la larga cabellera ondeando a la espalda, cabalgaba Rhaegar Targaryen, príncipe de Rocadragón y heredero legítimo del Trono de Hierro.

—No me dais miedo —exclamó mientras se dividían para colocarse a ambos lados de él. No sabía hacia dónde mirar—. Lucharé con vosotros de uno en uno, o contra todos a la vez. Pero ¿quién se va a enfrentar a la moza? Se enfada mucho cuando la dejan al margen.

—Juré que lo mantendría a salvo —le dijo ella a la sombra de Rhaegar—. Pronuncié un juramento sagrado.

—Todos hicimos juramentos —dijo Ser Arthur Dayne con voz de tristeza infinita.

Las sombras desmontaron de sus caballos espectrales. No hicieron ruido alguno al desenvainar las espadas largas.

—Iba a quemar la ciudad —dijo Jaime—. No quería dejar más que cenizas para Robert.

—Era vuestro rey —dijo Darry.

—Jurasteis protegerlo —dijo Whent.

—Y también a los niños —apuntó el príncipe Lewyn.

—Dejé en vuestras manos a mi esposa y a mis hijos. —El príncipe Rhaegar ardía con luz fría, blanca, roja y oscura alternativamente.

—Jamás pensé que les harían daño. —La luz de la espada de Jaime era cada vez menos brillante—. Yo estaba con el Rey...

—Matando al Rey —dijo Ser Arthur.

—Cortándole el cuello —dijo el príncipe Lewyn.

—El mismo rey por el que juraste que darías la vida —dijo el Toro Blanco.

Las llamas que recorrían la hoja de la espada se estaban apagando, y Jaime recordó lo que había dicho Cersei. «No.» El terror le atenazó la garganta como un puño. De pronto, la espada se le quedó a oscuras; solo la de Brienne ardía, y los fantasmas se cernieron sobre ellos.

—No —dijo—. No, no, no, ¡nooo!

Se incorporó bruscamente, con el corazón acelerado, y se encontró en la oscuridad estrellada, en medio de un bosquecillo. Notaba en la boca el sabor amargo de la bilis, y había sudado tanto que estaba tiritando, debatiéndose entre el frío y el calor. Cuando buscó la espada con la mirada, su muñeca terminaba entre los cueros y vendajes que envolvían el horrible muñón. De pronto sintió que las lágrimas se le agolpaban en los ojos.

«Lo noté, noté la fuerza en los dedos y el tacto del cuero de la empuñadura de la espada. Mi mano...»

—Mi señor. —Qyburn se arrodilló junto a él, con el rostro paternal lleno de arrugas de preocupación—. ¿Qué sucede? Os he oído gritar.

—¿Qué pasa? —Walton Patas de Acero se erguía sobre ellos, alto y severo—. ¿Por qué habéis gritado?

—Ha sido un sueño... nada más. —Jaime contempló el campamento que lo rodeaba, perdido momentáneamente—. Estaba en un lugar oscuro, pero volvía a tener la mano. —Se miró el muñón y volvió a sentirse asqueado. «No hay ningún lugar así debajo de la roca», pensó. Tenía el estómago vacío y revuelto, y le dolía la cabeza de tenerla apoyada en el tocón.

—Todavía tenéis algo de fiebre —dijo Qyburn tocándole la frente.

—La fiebre me ha provocado el sueño. —Jaime se incorporó—. Ayudadme.

Patas de Acero lo agarró por la mano buena y lo puso en pie.

—¿Otra copa de vino del sueño? —preguntó Qyburn.

—No. Ya he tenido suficientes sueños por esta noche. —¿Cuánto faltaría para el amanecer? Sabía que, si volvía a cerrar los ojos, regresaría a aquel lugar húmedo y oscuro.

—¿Leche de la amapola, tal vez? ¿Algo para la fiebre? Aún estáis débil, mi señor. Tenéis que dormir. Tenéis que descansar.

«Eso es lo último que pienso hacer.» La luz de la luna brillaba clara sobre el tocón en el que Jaime había recostado la cabeza. El musgo que lo cubría era tan espeso que no se había dado cuenta antes, pero en aquel momento advirtió que la madera era blanca. Aquello le recordó a Invernalia y al árbol corazón de Ned Stark. «No era él —pensó—. Nunca fue él.» Pero el tocón estaba muerto, igual que Stark y todos los demás: el príncipe Rhaegar, Ser Arthur y los niños. «Y Aerys. Aerys está más muerto que ninguno.»

—¿Creéis en los fantasmas, maestre? —preguntó a Qyburn.

Una expresión extraña pasó por el rostro del hombre.

—Una vez, estando en la Ciudadela, entré en una habitación desierta y vi una silla vacía. Pero supe que allí había habido una mujer hacía tan solo un momento. El cojín conservaba la huella de su cuerpo; la tela aún estaba tibia, y su perfume permanecía en el aire. Si al abandonar una habitación dejamos en ella nuestro olor, sin duda parte de nuestra alma debe permanecer aquí cuando abandonamos la vida, ¿no os parece? —Qyburn extendió las manos—. Pero a los archimaestres no les gustaban mis ideas. Bueno, a Marwyn sí, pero era el único.

—Walton, ensillad los caballos —ordenó Jaime pasándose los dedos por el pelo—. Quiero volver.

—¿Queréis volver? —Patas de Acero lo miraba, dubitativo.

«Cree que me he vuelto loco. Y puede que tenga razón.»

—Me he dejado una cosa en Harrenhal.

—Eso que os habéis dejado lo tienen ahora Lord Vargo y sus Titiriteros Sangrientos.

—Vos contáis con el doble de hombres que él.

—Si no os entrego a vuestro padre, como me han ordenado, Lord Bolton me despellejará como a una liebre. Tenemos que seguir hacia Desembarco del Rey.

En otros tiempos, Jaime habría respondido con una sonrisa y una amenaza, pero los mancos no inspiraban mucho temor. ¿Qué haría su hermano en aquellas circunstancias?

«A Tyrion se le ocurriría algo.»

—Los Lannister mienten, Patas de Acero. ¿No os lo dijo Lord Bolton?

—¿Y qué? —El hombre frunció el ceño, desconfiado.

—Que, a menos que me llevéis de vuelta a Harrenhal, tal vez la canción que le cante a mi padre no sea la que habría querido el señor de Fuerte Terror. Hasta puede que le diga que Bolton ordenó que me cortaran la mano y fue Walton Patas de Acero quien esgrimió el hacha.

—Pero no fue así. —Walton se quedó mirándolo.

—No, pero ¿a quién va a creer mi padre? —Jaime se forzó a sonreír, con la misma sonrisa que utilizaba cuando nada en el mundo podía asustarlo—. Todo sería tan sencillo si volviéramos... No tardaríamos nada, y en Desembarco del Rey, yo cantaría una canción tan dulce que no daríais crédito a vuestros oídos. Os quedaríais con la chica y con una buena bolsa de oro como muestra de gratitud.

—¿Oro? —se interesó Walton—. ¿Cuánto oro?

«Ya es mío.»

—Depende, ¿cuánto queréis?

Y, cuando salió el sol, ya estaban a medio camino de vuelta a Harrenhal. Jaime forzó al caballo mucho más que el día anterior, y Patas de Acero y el resto de los norteños se vieron obligados a mantener su paso. Aun así, era ya mediodía antes de que llegaran al castillo junto al lago. Bajo un cielo cada vez más oscuro que amenazaba lluvia, las inmensas murallas y las cinco torres se alzaban negras, ominosas.

«Qué muerto parece.» Los muros estaban desiertos, y las puertas, cerradas y atrancadas. En la cima de la barbacana pendía un estandarte inerte. «La cabra negra de Qohor», supo al instante. Jaime se llevó la mano a la boca para hacerse oír.

—¡Eh, los de dentro! —gritó—. ¡Abrid las puertas si no queréis que las derribe a patadas!

Solo cuando Qyburn y Patas de Acero unieron sus voces apareció por fin una cabeza entre las almenas, sobre ellos. El guardia los miró desde arriba y desapareció. Poco después, oyeron como se alzaba el rastrillo. Las puertas se abrieron, y Jaime Lannister espoleó al caballo para cruzar la muralla, sin apenas mirar los matacanes al pasar bajo ellos. Había temido que la Cabra no los dejara entrar, pero por lo visto, los Compañeros Audaces aún los consideraban sus aliados.

«Idiotas.»

El patio de armas estaba desierto. Solo se veía movimiento en los alargados establos con tejados de pizarra, y en aquel momento no eran caballos lo que buscaba Jaime. Tiró de las riendas y miró a su alrededor. Oyó ruidos procedentes de algún punto detrás de la Torre de los Fantasmas, hombres que gritaban en una docena de idiomas diferentes. Patas de Acero y Qyburn se situaron a ambos lados de él.

—Coged lo que hayáis venido a buscar y nos marcharemos —dijo Walton—. No quiero problemas con los Titiriteros.

—Decidles a vuestros hombres que mantengan la mano en la empuñadura de la espada y serán los Titiriteros los que no quieran problemas con vos. Dos a uno, ¿recordáis?

Jaime irguió la cabeza de repente al oír un rugido lejano, pero feroz. Retumbó contra las murallas de Harrenhal, y las risotadas crecieron como una marea. De repente, comprendió qué estaba pasando.

«¿Hemos llegado demasiado tarde?» El estómago le dio un vuelco, clavó espuelas y cruzó al galope el patio de armas; pasó bajo un arco de piedra, rodeó la Torre Aullante y atravesó el Patio de la Piedra Líquida.

La tenían en el foso del oso.

El rey Harren el Negro lo hacía todo con derroche de lujos, hasta los espectáculos del oso. El foso tenía diez varas de diámetro y cinco de profundidad; las paredes eran de piedra; el suelo, de arena, y alrededor había seis hileras de gradas con bancos de mármol. Los Compañeros Audaces solo ocupaban una cuarta parte de los asientos, según advirtió Jaime al bajarse con torpeza del caballo. Los mercenarios estaban tan concentrados en el espectáculo del foso que solo los que estaban al otro lado se apercibieron de su llegada.

Brienne llevaba la túnica que le habían dado para cenar con Roose Bolton. Sin escudo, sin coraza, sin armadura, ni siquiera prendas de cuero grueso curtido; solo seda rosa y encaje de Myr. Tal vez a la Cabra le había parecido que tendría más gracia si iba vestida de mujer. La mitad de la túnica estaba hecha jirones, y del brazo izquierdo le manaba sangre, allí donde el oso le había dado un zarpazo.

«Al menos le han dado una espada. —La moza tenía el arma en una mano, se movía de costado y trataba de poner distancia entre el oso y ella—. No le va a servir de nada; el foso es muy pequeño.» Lo que tenía que hacer era atacar y terminar pronto con todo. Un buen acero era rival para cualquier oso. Pero la moza parecía tener miedo de acercarse. Los Titiriteros proferían insultos y sugerencias obscenas.

—Esto no es asunto nuestro —le dijo Patas de Acero a Jaime—. Lord Bolton les dijo que la moza era suya y que podían hacer con ella lo que quisieran.

—Se llama Brienne. —Jaime bajó por las escaleras, pasando junto a una docena de mercenarios que se iban sobresaltando. Vargo Hoat había ocupado el palco correspondiente al señor, en la grada más baja—. ¡Lord Vargo! —llamó por encima del griterío.

—¿Matarreyez? —El qohoriense estuvo a punto de derramar el vino. Tenía el lado izquierdo de la cara mal vendado; el lino que le cubría la oreja estaba lleno de sangre.

—Sácala de ahí.

—No te metaz en ezto, Matarreyez, a menoz que quieraz otro muñón. —Agitó la copa de vino—. Vueztra zalvaje me arrancó la oreja de un mordizco. No me eztraña que zu padre no quiera pagar rezcate por zemejante monztruo.

Un rugido hizo que Jaime se volviera. El oso medía casi tres varas de altura.

«Es como Gregor Clegane cubierto de pieles —pensó—, aunque probablemente más listo.» Pero la bestia no tenía el alcance asesino de la Montaña con su monstruoso mandoble.

El oso rugió de rabia, mostrando una boca llena de enormes dientes amarillos; después se dejó caer sobre las cuatro patas y avanzó hacia Brienne.

«Es tu oportunidad —pensó Jaime—. ¡Ataca! ¡Venga!»

Sin embargo, Brienne lanzó un pinchazo inútil con la punta de la hoja. El oso retrocedió un instante y se volvió a adelantar con un gruñido. Ella dio un paso a la izquierda y lanzó otro pinchazo a la cara del oso. En aquella ocasión, el animal apartó la espada con una zarpa.

«Es cauteloso —comprendió Jaime—. Ya se ha enfrentado a otros hombres. Sabe que las espadas y las lanzas le pueden hacer daño. Pero eso no lo detendrá mucho tiempo.»

—¡Mátalo! —gritó, pero su voz se perdió entre el resto de los gritos. Si Brienne llegó a oírlo, no dio muestras de ello. Se movía por el foso, siempre con la espalda contra la pared.

«Está demasiado cerca. Si el oso la acorrala contra el muro...»

La bestia giró con torpeza, en un arco demasiado abierto, demasiado deprisa. Rápida como un gato, Brienne cambió de dirección. «Esa es la moza que recuerdo.» Dio un salto y lanzó un tajo contra el lomo del oso. La bestia soltó un rugido y se volvió a erguir sobre las patas traseras. Brienne se escabulló como pudo.

«¿Dónde está la sangre?» De repente, Jaime lo comprendió.

—¡Le habéis dado una espada de torneo! —exclamó girándose hacia la Cabra.

La Cabra lanzó una carcajada como un rebuzno, que lo cubrió de vino y salivillas.

—Por zupuezto.

—Pagaré el rescate que queráis por ella. Oro, zafiros, lo que sea, Sacadla de ahí.

—¿La queréiz? Puez id a buzcarla.

Y aquello fue lo que hizo.

Apoyó la mano buena en la baranda de mármol, saltó y rodó al caer en la arena. Al oír el golpe sordo, el oso se volvió, olfateó y miró con desconfianza al nuevo intruso. Jaime se incorporó sobre una rodilla.

«Por los siete infiernos, ¿y ahora qué hago?» Cogió un puñado de arena.

—¿Matarreyes? —oyó decir a Brienne, atónita.

—Jaime.

Dio un salto al tiempo que lanzaba la arena contra la cara del oso. El animal lanzó zarpazos al aire y rugió, furioso.

—¿Qué hacéis aquí?

—Una tontería. Poneos detrás de mí. —Se movió con cautela hacia ella y se interpuso entre Brienne y el oso.

—Poneos vos detrás. Yo tengo la espada.

—Una espada sin punta ni filo. ¡He dicho que os pongáis detrás de mí! —Vio algo medio enterrado en la arena y lo cogió con la mano buena. Resultó ser una quijada humana que todavía conservaba algo de carne verdosa, cubierta de gusanos.

«Qué bonito», pensó, preguntándose de quién sería aquella cara.

El oso se iba acercando, de modo que Jaime echó el brazo hacia atrás y lanzó el hueso, con la carne y los gusanos, hacia la cabeza de la bestia. Falló por más de una vara.

«Me deberían cortar también la mano izquierda; total, para lo que me sirve...»

Brienne trató de salir de detrás de él, pero Jaime le puso la zancadilla y la derribó. Quedó tendida en la arena, aferrada a la inútil espada. Jaime se sentó sobre ella, y el oso atacó.

Se oyó un zumbido, y una saeta emplumada pareció brotar de repente del ojo izquierdo de la bestia. De las fauces abiertas salieron sangre y babas, y otra saeta lo alcanzó en la pata. La bestia rugió y se irguió. Vio a Jaime y a Brienne, y se tambaleó hacia ellos. Hubo más disparos de ballestas; las saetas atravesaban piel y carne. A tan corta distancia, los arqueros no podían fallar. Las saetas golpeaban con la fuerza de mazazos, pero el oso dio un paso más. «Pobre animal valiente, estúpido.» Cuando la bestia le lanzó un zarpazo, él se echó a un lado, gritó y le lanzó arena con una patada. El oso se giró para perseguir a su torturador, y dos flechas más se le clavaron en el lomo. Lanzó un último gruñido, se dejó caer sobre la arena manchada de sangre y murió.

Brienne consiguió ponerse de rodillas, con la espada aferrada y la respiración entrecortada. Los arqueros de Patas de Acero tensaban de nuevo las ballestas, mientras los Titiriteros Sangrientos les gritaban maldiciones y amenazas. Jaime vio que Rorge y Tresdedos habían desenvainado las espadas, y Zollo estaba desenrollando el látigo.

—¡Habéiz acecinado a mi ozo! —chilló Vargo Hoat.

—Y lo mismo haré con vos si me causáis problemas —replicó Patas de Acero—. Nos vamos a llevar a la moza.

—Se llama Brienne —dijo Jaime—. Brienne, la doncella de Tarth. Porque seguís siendo doncella, espero.

—Sí. —El feo rostro ancho de la mujer se sonrojó.

—Menos mal —dijo Jaime—, porque yo únicamente rescato doncellas. —Se volvió hacia Hoat—. Tendréis el rescate que queríais. Por nosotros dos. Un Lannister siempre paga sus deudas. Venga, id a por unas cuerdas y sacadnos de aquí.

—Y una mierda —gruñó Rorge—. Mátalos, Hoat. ¡O te juro que lo lamentarás!

El qohoriense titubeó. La mitad de sus hombres estaban borrachos, y los norteños los doblaban en número y estaban sobrios. Algunos de los ballesteros volvían a tener las armas listas.

—Zacadloz de ahí —ordenó. Se volvió hacia Jaime—. He decidido cer micericordiozo. Decídcelo a vueztro ceñor padre.

—Así lo haré, mi señor. —«Aunque, para lo que te va a servir...»

Hasta que estuvieron a media legua de Harrenhal, fuera del alcance de los arqueros de las murallas, Walton Patas de Acero no se permitió mostrar la ira que sentía.

—¿Estáis loco, Matarreyes? ¿Acaso queríais morir? ¡No hay hombre capaz de enfrentarse a un oso con sus propias manos!

—Mi propia mano y mi propio muñón —lo corrigió Jaime—. Pero sabía que mataríais a la bestia antes de que la bestia me matara a mí. De lo contrario, Lord Bolton os habría despellejado como a una liebre, ¿no?

Patas de Acero lo insultó hasta cansarse por haber cometido semejante demencia, picó espuelas y galopó para situarse al frente de la columna.

—¿Ser Jaime? —Pese a las sedas manchadas y el encaje desgarrado, Brienne seguía pareciéndose más a un hombre con vestido que a una mujer de verdad—. Os estoy agradecida, pero... ya estabais muy lejos. ¿Por qué habéis vuelto?

A Jaime se le ocurrió una docena de réplicas ingeniosas, a cuál más cruel, pero se limitó a encogerse de hombros.

—Soñé con vos —respondió.

Catelyn

Robb se despidió tres veces de su joven reina. La primera, en el bosque de dioses, junto al árbol corazón, ante los ojos de los hombres y los dioses. La segunda, bajo el rastrillo, donde Jeyne solo lo dejó partir tras un largo abrazo y un beso más largo todavía. Y la tercera y última, a una hora de distancia del Piedra Caída, cuando la muchacha llegó al galope en un caballo agotado para suplicarle a su joven rey que la llevara.

Catelyn se dio cuenta de que Robb estaba conmovido, pero también avergonzado. Era un día húmedo y gris; había empezado a lloviznar, y lo que menos falta le hacía era detener la marcha para quedarse a la intemperie consolando a una muchacha llorosa delante de la mitad de su ejército.

«Habla a Jeyne con dulzura —pensó al verlos juntos—, pero en el fondo está enfadado.»

Mientras el Rey hablaba con la Reina, Viento Gris no dejó de dar vueltas en torno a ellos; se detenía únicamente para sacudirse el agua del pelaje y mostrar los colmillos a la lluvia. Cuando, por fin, Robb le dio un último beso a Jeyne, la envió de vuelta a Aguasdulces escoltada por una docena de hombres y volvió a montar a caballo, el huargo salió disparado como una.flecha que un arquero acababa de lanzar.

—Es evidente que la reina Jeyne tiene un corazón tierno —le dijo Lothar Frey el Cojo a Catelyn—. Me recuerda mucho al de mis hermanas. Je, seguro que, en este momento, Roslin está bailando por Los Gemelos, canturreando «Lady Tully, Lady Tully, Lady Roslin Tully». Antes de mañana habrá conseguido muestras de tejido del rojo y el azul de Aguasdulces, y se las pondrá junto a las mejillas para imaginarse lo bonita que estará con su capa de desposada. —Se volvió en la silla para dirigirle una sonrisa a Edmure—. En cambio, vos estáis muy callado, Lord Tully. ¿Cómo os sentís?

—Más o menos como en el Molino de Piedra justo antes de que sonaran los cuernos de batalla —respondió Edmure, bromeando solamente a medias.

Lothar se echó a reír de buena gana.

—Roguemos por que vuestro matrimonio tenga un final igual de venturoso, mi señor.

«Los dioses nos protejan si no es así.» Catelyn espoleó a su caballo para dejar a solas a su hermano con Lothar el Cojo.

Había sido ella la que se empecinó en que Jeyne permaneciera en Aguasdulces, aunque Robb habría preferido no separarse de su esposa. Lord Walder podría interpretar la ausencia de la Reina en la boda como una afrenta más, pero su presencia habría sido un insulto de otro tipo, como echar sal en la herida del anciano.

—Walder Frey tiene la lengua afilada y demasiada memoria —le había advertido a su hijo—. No dudo de tu fuerza; sé que soportarías los reproches del viejo con tal de mantener la alianza, pero te pareces demasiado a tu padre como para quedarte sentado mientras insulta a Jeyne a la cara.

Robb no pudo negar que tenía razón.

«Pero, pese a todo, me guarda rencor —pensó Catelyn, agotada—. Ya echa de menos a Jeyne, y en cierto modo me culpa por su ausencia, aunque sabe que le di un buen consejo.»

De los seis Westerling que habían llegado del Risco con su hijo, solo uno quedaba ya a su lado: Ser Raynald, hermano de Jeyne, el portaestandarte real. Robb había enviado al tío de Jeyne, Rolph Spicer, a entregar al joven Martyn Lannister en el Colmillo Dorado, el mismo día en que recibió el mensaje de Lord Tywin según el cual accedía al intercambio de prisioneros. Fue una maniobra muy hábil. Su hijo ya no tenía por qué temer por la vida de Martyn; Galbart Glover se sintió aliviado al saber que su hermano Robett viajaba ya en un barco que había zarpado del Valle Oscuro; Ser Rolph tenía una misión importante y honorable... y Viento Gris volvía a estar al lado del Rey. «Que es donde debe estar.»

Lady Westerling se había quedado en Aguasdulces con sus hijos: Jeyne, su hermana pequeña, Eleyna, y el joven Rollam, el escudero de Robb, que había protestado hasta hartarse al ver que lo dejaban allí. Pero también aquella era una maniobra sensata. Olyvar Frey ya había sido escudero de Robb, y sin duda estaría presente el día de la boda de su hermana; exhibir a su sustituto ante él no sería buena idea, ni tampoco una actitud elegante. En cuanto a Ser Raynald, se trataba de un caballero joven y alegre que decía que ningún insulto de Walder Frey conseguiría provocarlo. «Esperemos que solo tengamos que enfrentarnos a insultos.»

Pero Catelyn también albergaba temores en aquel aspecto. Su señor padre jamás había confiado en Walder Frey después de la batalla del Tridente, y ella no lo olvidaba. La reina Jeyne estaría más segura tras las altas y fuertes murallas de Aguasdulces, bajo la protección del Pez Negro. Robb había creado un título nuevo, Guardián de las Marcas del Sur. Si alguien podía defender el Tridente, era Ser Brynden.

Pero a la vez, Catelyn sabía que echaría de menos el rostro arrugado de su tío, y Robb también echaría de menos sus consejos. Ser Brynden había tomado parte en todas las victorias que su hijo había obtenido. Galbart Glover estaba ahora al mando de los exploradores y la avanzadilla; era un hombre bueno, leal y firme, pero carecía de la genialidad del Pez Negro.

Tras el escudo de exploradores de Glover, la columna de Robb se extendía a lo largo de varias leguas. El Gran Jon iba al mando de la vanguardia. Catelyn viajaba en la columna principal, rodeada de caballos de batalla cuyos cascos levantaban salpicaduras de barro, montados por hombres con armaduras. Detrás iba la caravana de provisiones: una procesión de carromatos cargados de alimentos, forraje, suministros para el campamento, regalos de boda y aquellos heridos demasiado débiles para caminar, todo bajo la mirada atenta de Ser Wendel Manderly y sus caballeros de Puerto Blanco. La seguían los rebaños de ovejas, cabras y vacas huesudas, y detrás, un pequeño grupo de vivanderos con los pies llenos de ampollas. Por último iba Robin Flint, al mando de la retaguardia. No tenían enemigos a la espalda en cientos de leguas, pero Robb no quería correr el menor riesgo.

Eran tres mil quinientos hombres; tres mil quinientos hombres que habían sangrado en el bosque Susurrante, que habían manchado de sangre sus espadas en la batalla de los Campamentos, en Cruce de Bueyes, en Marcaceniza, en el Risco y en las doradas colinas del oeste de los dominios de los Lannister. Aparte del modesto séquito de amigos de su hermano Edmure, la mayoría de los señores del Tridente se había quedado para defender las tierras de los ríos mientras el Rey reconquistaba el norte. Por delante los aguardaban la esposa de Edmure y la próxima batalla de Robb...

«Y a mí me esperan dos hijos muertos, un lecho vacío y un castillo lleno de fantasmas. —No era una perspectiva prometedora—. Brienne, ¿dónde estás? Tráeme a mis hijas, Brienne. Tráemelas sanas y salvas.»

La llovizna bajo la que habían emprendido la marcha se transformó hacia el mediodía en una lluvia constante, que continuó hasta bien entrada la noche. Durante el día siguiente, los norteños no vieron el sol; cabalgaron bajo cielos plomizos, con las capuchas puestas para que el agua no les entrara en los ojos. Era una lluvia fuerte, densa, que convertía los caminos en barrizales y los campos en ciénagas, que hacía crecer los ríos y arrancaba las hojas de los árboles. El repiqueteo constante dificultaba las conversaciones banales, y el esfuerzo no valía la pena, de manera que los hombres solo hablaban cuando tenían algo que decir, cosa que no sucedía muy a menudo.

—Somos más fuertes de lo que parecemos, mi señora —dijo Lady Maege Mormont mientras cabalgaban.

Catelyn había acabado por sentir un gran afecto hacia Lady Maege y su hija mayor, Dacey; le habían demostrado que eran mucho más comprensivas que la mayoría con respecto a lo sucedido con Jaime Lannister. La hija era alta y delgada; la madre, baja y recia; pero ambas vestían igual: cota de malla y coraza, con el oso negro de la Casa Mormont en escudos y jubones. A Catelyn le resultaban atuendos extraños para las damas, pero tanto Dacey como Lady Maege parecían cómodas como guerreras y como mujeres, cosa que no se podía decir de la joven de Tarth.

—He luchado en todas las batallas al lado del Joven Lobo —comentó Dacey Mormont en tono alegre—. Todavía no ha perdido ninguna.

«No, pero ha perdido todo lo demás», pensó Catelyn, aunque jamás lo diría en voz alta. A los norteños no les faltaba valor, pero estaban lejos de su hogar y no tenían gran cosa que los mantuviera en pie, aparte de la fe en su joven rey. Una fe que había que proteger a cualquier precio. «Tengo que ser más fuerte —se dijo—. Tengo que ser fuerte, por Robb. Si desespero, la pena me consumirá.» Aquel matrimonio iba a ser el factor decisivo. Si Edmure y Roslin se gustaban, si conseguían aplacar al finado Lord Frey para que volviera a unir sus fuerzas a las de Robb... «Aun así, ¿qué posibilidades tendremos, atrapados entre los Lannister y los Greyjoy?» Era un tema sobre el que Catelyn no se atrevía a pensar mucho, aunque en la cabeza de Robb apenas si había sitio para otra cosa. Lo veía estudiar los mapas cada vez que montaban el campamento, en busca de algún plan que le permitiera recuperar el norte.

Su hermano Edmure tenía otras preocupaciones.

—Me imagino que no todas las hijas de Lord Walder se parecerán a él, ¿verdad? —comentó una vez sentado en la alta tienda de lona a rayas, con Catelyn y sus amigos.

—Hay tantas madres diferentes que seguro que alguna de las hijas ha salido bonita —señaló Ser Marq Piper—, pero ¿por qué os iba a entregar una guapa ese viejo canalla?

—Claro, no tiene por qué —asintió Edmure con tono sombrío.

—Cersei Lannister es agraciada —le espetó de repente Catelyn, que ya no lo pudo soportar más—. Sería más inteligente por tu parte rezar por que Roslin sea fuerte y saludable, y tenga un corazón bondadoso y leal.

Y sin más, se levantó y los dejó solos.

Edmure no lo encajó bien. Al día siguiente evitó cruzarse con ella durante la marcha; prefirió en su lugar la compañía de Marq Piper, Lymond Goodbrook, Patrek Mallister y los jóvenes Vance.

«Ellos no le hacen ningún reproche que no sea en broma —se dijo Catelyn cuando transcurrió la tarde sin que intercambiaran palabra—. Siempre he sido demasiado dura con Edmure, y ahora, el dolor afila cada una de mis palabras.» Lamentaba haberlo reprendido. Ya hacía bastante frío con la lluvia que caía del cielo, sin necesidad de que ella enfriara todavía más el ambiente. ¿Y de verdad era tan espantoso querer una esposa bonita? Recordó la decepción infantil que había sufrido la primera vez que vio a Eddard Stark. Se lo había imaginado como su hermano Brandon en joven, pero estaba equivocada. Ned era más bajo y tenía un rostro más corriente; además, siempre parecía sombrío. Cuando hablaba era cortés, pero bajo las palabras se percibía una frialdad que no tenía nada que ver con Brandon, cuyas carcajadas retumbaban tanto como sus accesos de rabia. Hasta cuando la tomó por primera vez, en su amor había más deber que pasión. «Pero aquella noche engendramos a Robb; aquella noche hicimos un rey. Y después de la guerra, en Invernalia, tuve más amor que ninguna mujer, cuando descubrí el corazón dulce y generoso que palpitaba bajo el aspecto solemne de Ned. No hay motivo para pensar que Edmure no vaya a descubrir lo mismo con Roslin.»

Como si se tratara de un designio de los dioses, la ruta los llevó a través del bosque Susurrante, donde Robb había obtenido su primera gran victoria. Siguieron el curso del riachuelo serpenteante que cruzaba el angosto valle, igual que habían hecho los hombres de Jaime Lannister aquella desventurada noche.

«Entonces hacía más calor —recordó Catelyn—, los árboles aún estaban verdes y el arroyo no bajaba tan crecido.» En aquel momento, las hojas caídas ahogaban su curso y se enredaban en húmedas marañas entre las rocas y las raíces, y los árboles que entonces habían servido de escondrijo al ejército de Robb habían cambiado su vestidura verde por hojas color oro viejo, con motas castañas y rojas que le recordaban el óxido y la sangre seca. Solo las piceas y los pinos soldado mostraban aún copas verdes, que apuntaban hacia las nubes barrigonas como largas lanzas oscuras.

«No solo han muerto árboles desde entonces», reflexionó. La noche del bosque Susurrante, Ned todavía estaba vivo en su celda, bajo la Colina Alta de Aegon, y Bran y Rickon se encontraban a salvo tras las murallas de Invernalia. «Theon Greyjoy peleó al lado de Robb y alardeó de lo cerca que había estado de cruzar su espada con la del Matarreyes.

Ojalá hubiera sido así. Si hubiera muerto Theon en lugar de los hijos de Lord Karstark, ¿cuántos males se habrían evitado?»

Al atravesar el campo de batalla, Catelyn divisó rastros de la carnicería que había tenido lugar allí; un yelmo abandonado lleno de agua, una lanza astillada, los huesos de un caballo... Sobre los cadáveres de los caídos habían colocado piedras a modo de sepulturas, pero los animales carroñeros ya habían pasado por allí. Entre las rocas caídas se veían ropas de colores vivos y trozos de metal brillante. También divisó un rostro que la miraba; el cráneo empezaba a emerger por debajo de la carne oscura y podrida.

Aquello le hizo preguntarse dónde estaría descansando Ned. Las hermanas silenciosas se habían llevado sus huesos al norte, con la escolta de Hallis Mollen y una pequeña guardia de honor. ¿Habría llegado Ned a Invernalia? ¿Lo habrían enterrado junto a su hermano Brandon, en las criptas oscuras bajo el castillo? ¿O se habrían cerrado las puertas en Foso Cailin antes de que pasaran Hal y las hermanas?

Tres mil quinientos jinetes avanzaban por el valle a través del bosque Susurrante, pero Catelyn Stark pocas veces se había sentido tan sola. Cada legua que recorría la alejaba más y más de Aguasdulces, y no pudo evitar preguntarse si volvería a ver el castillo. Tal vez lo había perdido para siempre, como tantas otras cosas.

Cinco días más tarde, los exploradores regresaron para avisarlos de que la crecida de las aguas se había llevado el puente de madera de Buenmercado. Galbart Glover y dos de sus hombres más osados habían intentado cruzar con sus monturas la turbulenta corriente del Forca Azul en el Vado de los Carneros: dos de los caballos y uno de los jinetes se ahogaron; el propio Glover tuvo que agarrarse a una roca hasta que lograron sacarlo.

—El río no bajaba tan crecido desde la última primavera —dijo Edmure—. Y si sigue lloviendo, las aguas subirán todavía más.

—Hay un puente corriente arriba, cerca de Piedrasviejas —recordó Catelyn, que había cruzado aquellas tierras a menudo con su padre—. Es más viejo y más pequeño, pero si sigue en pie...

—Ya no existe, mi señora —dijo Galbart Glover—. La corriente se lo llevó antes que el de Buenmercado.

—¿Hay algún otro puente? —le preguntó Robb a Catelyn, mirándola.

—No. Y los vados estarán intransitables. —Trató de hacer memoria—. Si no podemos cruzar el Forca Azul, tendremos que rodearlo, y cruzar Sietecauces y el Pantano de la Bruja.

—Cenagales y malos caminos, y eso cuando los hay —avisó Edmure—. La marcha será lenta, pero en fin, al menos avanzaremos.

—Seguro que Lord Walder nos esperará —dijo Robb—. Lothar le envió un pájaro desde Aguasdulces; ya sabe que estamos en camino.

—Sí, pero es susceptible y desconfiado por naturaleza —dijo Catelyn—. Se puede tomar esta demora como un insulto deliberado.

—Muy bien, le pediré perdón también por el retraso. Menudo rey pareceré, disculpándome cada dos palabras. —Robb hizo una mueca—. Espero que Bolton consiguiera cruzar el Tridente antes de que empezaran las lluvias. El camino Real va directo hacia el norte; su marcha será más sencilla. Aunque vayan a pie, llegarán a Los Gemelos antes que nosotros.

—Y una vez sus hombres se reúnan con los tuyos y mi hermano esté casado, ¿qué harás? —preguntó Catelyn.

—Ir al norte. —Robb rascaba a Viento Gris detrás de una oreja.

—¿Por el camino alto? ¿Contra Foso Cailin?

—Es una posibilidad —dijo el muchacho con una sonrisa enigmática, y por su tono, Catelyn supo que no le sacaría ni una palabra más.

«Un rey sabio no dice lo que piensa», se recordó.

Llegaron a Piedrasviejas tras ocho días más de lluvia constante y acamparon en la cima de la colina desde la que se divisaba el Forca Azul, en el interior de las ruinas de una fortaleza de los antiguos Reyes del Río. Los cimientos seguían entre la maleza y mostraban dónde se habían alzado las murallas y torreones, pero la gente de la zona se había llevado la mayor parte de las piedras hacía ya tiempo, para edificar graneros, septos, refugios... Pero, en el centro de lo que en el pasado fuera el patio del castillo, quedaba todavía un sepulcro medio oculto entre hierbas que llegaban a la cintura.

La tapa del sepulcro estaba tallada con la semblanza del hombre cuyos huesos yacían en el interior, pero la lluvia y el viento la habían erosionado. El rey había llevado barba, todavía se veía, pero por lo demás, el rostro era liso y sin rasgos, con apenas vagos indicios de la boca, la nariz, los ojos y la corona que le había ceñido las sienes. Tenía las manos cruzadas sobre el mango de una maza que le descansaba sobre el pecho. Seguramente, la maza tuvo en su momento runas con su nombre e historia, pero los siglos las habían borrado. La propia piedra estaba agrietada y desmenuzada, decolorada aquí y allá por manchas de musgo y líquenes, y las rosas silvestres que crecían a los pies del rey le llegaban casi hasta el pecho.

Allí fue donde Catelyn encontró a Robb, de pie, sombrío en el ocaso, con Viento Gris por única compañía. La lluvia había cesado por el momento, y el muchacho llevaba la cabeza descubierta.

—¿Cómo se llama este castillo? —le preguntó en voz baja cuando Catelyn se le acercó.

—Cuando yo era niña, el pueblo lo llamaba Piedrasviejas, pero no me cabe duda de que tendría otro nombre cuando aquí vivían reyes.

En cierta ocasión había acampado allí con su padre, camino de Varamar. «Petyr también iba con nosotros...»

—Había una canción —recordó Robb—. «Jenny de Piedrasviejas, con flores en el cabello.»

—Al final no somos más que canciones. Y eso si tenemos suerte.

Aquel día había jugado a ser Jenny; hasta se había puesto flores en el pelo. Y Petyr fingía ser su Príncipe de las Libélulas. Catelyn no tendría más de doce años; Petyr era un chiquillo.

—¿De quién es esta tumba? —preguntó Robb examinando el sepulcro.

—Aquí yace Tristifer, el cuarto de su nombre, Rey de los Ríos y las Colinas. —Su padre le había contado una vez su historia—. Su reino se extendía desde el Tridente hasta el Cuello. Eso fue miles de años antes de Jenny y de su príncipe, en los tiempos en que los reinos de los primeros hombres caían uno tras otro ante las acometidas de los ándalos. Lo llamaban Martillo de Justicia. Luchó en cien batallas y venció en noventa y nueve, o eso dicen los bardos, y cuando erigió este castillo era el más fuerte de Poniente. —Puso una mano en el hombro de su hijo—. Murió en su centésima batalla, cuando siete reyes ándalos unieron sus fuerzas contra él. El quinto Tristifer no estuvo a su altura, y no tardó en perder el reino, luego el castillo y, por último, el linaje. Con Tristifer, el quinto de su nombre, murió la Casa Mudd, que había reinado en las tierras de los ríos durante mil años antes de que llegaran los ándalos.

—Su heredero le falló. —Robb pasó una mano por la áspera piedra desgastada—. Habría querido dejar a Jeyne embarazada... Lo intentamos muchas veces, pero no estoy seguro...

—No siempre se consigue a la primera. —«Aunque en tu caso fue así»—. Ni siquiera en la que hace ciento. Los dos sois muy jóvenes.

—Soy joven y soy rey —dijo—. Todo rey necesita un heredero. Si muriera en la próxima batalla, el reino no debería morir conmigo. Según la ley, Sansa es la siguiente en la línea de sucesión, de manera que Invernalia y el norte pasarían a sus manos. —Apretó los labios—. A las suyas y a las de su señor esposo, Tyrion Lannister. No lo puedo permitir. No lo voy a permitir. Ese enano no debe ser jamás dueño del norte.

—No —asintió Catelyn—. Debes nombrar a otro heredero hasta el momento en que Jeyne te dé un hijo. —Meditó un instante—. Tu señor abuelo no tenía hermanos, pero su padre tenía una hermana que contrajo matrimonio con uno de los hijos menores de Lord Raymar Royce. Tuvieron tres hijas, y las tres se casaron con señores menores del Valle. Una con un Waynwood y otra con un Corbray, de esos estoy segura. La más pequeña... puede que fuera con un Templeton, pero...

—Madre. —El tono de Robb era brusco—. Te olvidas de una cosa. Mi padre tuvo cuatro hijos.

—Un Nieve no es un Stark. —Catelyn no lo había olvidado; no lo había querido ver, pero allí estaba.

—Jon es más Stark que cualquier señor menor del Valle que jamás ha visto Invernalia.

—Jon es un hermano de la Guardia de la Noche; ha jurado no tomar esposa y no poseer tierras. Los que visten el negro hacen votos de por vida.

—Igual que los caballeros de la Guardia Real. Eso no impidió que los Lannister les quitaran la capa blanca a Ser Barristan Selmy y a Ser Boros Blount cuando ya no les eran útiles. Si envío a la guardia un centenar de hombres que ocupen el lugar de Jon, seguro que se les ocurrirá alguna manera de liberarlo de su juramento.

«Ya lo ha decidido.» Catelyn sabía lo testarudo que podía llegar a ser su hijo.

—Los bastardos no pueden heredar.

—No a menos que un decreto real los legitime —replicó Robb—. Sobre eso hay más precedentes que sobre liberar de sus votos a un Hermano Juramentado.

—Precedentes —replicó ella con amargura—. Sí, Aegon IV legitimó a todos sus bastardos en su lecho de muerte. ¿Sabes cuándo dolor desató, cuántas guerras se libraron y cuánta sangre se derramó por eso? Sé que confías en Jon, pero ¿puedes confiar en sus hijos? ¿Y en los hijos de sus hijos? Los Fuegoscuro aspiraban al trono y les causaron problemas a los Targaryen durante cinco generaciones, hasta que Barristan el Bravo mató al último de su estirpe en los Peldaños de Piedra. Si legitimas a Jon, no hay vuelta atrás: no hay manera de volver a convertirlo en bastardo. Si se casa y tiene hijos, los que tengas tú con Jeyne jamás estarán a salvo.

—Jon jamás le haría daño a un hijo mío.

—¿Igual que Theon Greyjoy no les haría daño a Bran ni a Rickon?

Viento Gris saltó sobre la cripta del rey Tristifer y enseñó los dientes. El rostro de Robb era una máscara gélida.

—Eso ha sido tan cruel como injusto. Jon no es Theon.

—Eso quieres creer. ¿Y has pensado en tus hermanas? ¿Qué pasa con sus derechos? Estamos de acuerdo en que el norte no puede quedar en manos del Gnomo, pero ¿qué pasa con Arya? Según la ley, va después de Sansa... Es tu propia hermana, es hija legítima...

—Y está muerta. Nadie ha visto a Arya desde que le cortaron la cabeza a mi padre. ¿Por qué te sigues engañando? Hemos perdido a Arya, igual que a Bran y a Rickon, y también matarán a Sansa en cuanto le dé un hijo al enano. El único hermano que me queda es Jon. Si muero sin herederos, quiero que me suceda como Rey en el Norte. Tenía la esperanza de que me apoyaras en esta elección.

—No puedo —dijo—. En todo lo demás estoy contigo, Robb. En todo. Pero en esto no, es una locura. No me pidas mi aprobación.

—No tengo por qué. Soy el Rey.

Robb dio la vuelta y se alejó; Viento Gris saltó de la tumba y trotó en pos de él.

«¿Qué he hecho? —pensó Catelyn, agotada, al quedarse sola junto al sepulcro de piedra de Tristifer—. Primero he hecho enfadar a Edmure y ahora a Robb, pero lo único que hago es decir la verdad. ¿Tan frágiles son los hombres, que no soportan oírla?» Se habría echado a llorar si el cielo no le hubiera tomado la delantera. Solo fue capaz de volver a su tienda y quedarse allí sentada, en silencio.

En los días siguientes, Robb estuvo en todas partes a la vez: cabalgaba al frente de la vanguardia con el Gran Jon, exploraba con Viento Gris, retrocedía para ver a Robin Flint, en la retaguardia... Los hombres decían con orgullo que el Joven Lobo era el primero en levantarse cada amanecer y el último en irse a dormir por las noches, pero Catelyn no estaba segura de que durmiera.

«Está tan huesudo y famélico como su huargo.»

—Mi señora —le dijo una mañana Maege Mormont mientras cabalgaban bajo una lluvia constante—, estáis muy sombría. ¿Pasa algo?

«Mi señor esposo está muerto, y también mi padre; han entregado a mi hija a un enano perjuro para que engendre a su repulsiva progenie; mi otra hija ha desaparecido y probablemente haya muerto, y el último hijo varón que me queda y mi único hermano están furiosos conmigo. ¿Qué puede pasar?» Pero sin duda, Lady Maege no querría oír tantas verdades.

—Es esta lluvia funesta —dijo en su lugar—. Hemos sufrido mucho, y nos aguardan más peligros y más pesares. Tendríamos que hacerles frente con gallardía, haciendo sonar los cuernos y ondeando los estandartes. Pero la lluvia nos derrota. Los estandartes están empapados, y los hombres se arrebujan en sus capas. Apenas si hablan unos con otros. Solo una lluvia funesta nos helaría los corazones cuando más necesitamos que ardan con calor.

—Yo prefiero que me llueva agua en vez de flechas —dijo Dacey Mormont alzando la vista hacia el cielo.

—Mucho me temo que sois más valiente que yo. —Catelyn sonreía muy a su pesar—. ¿Todas las mujeres de vuestra Isla del Oso son así de guerreras?

—Somos osas, sí —dijo Lady Maege—. Hemos tenido que serlo. En los viejos tiempos, los hombres del hierro nos atacaban en sus barcos, o a veces eran salvajes de la Costa Helada. Lo más habitual era que los hombres hubieran salido a pescar. Las esposas que dejaban atrás tenían que defenderse y defender a sus hijos, o dejar que las raptaran.

—En nuestra puerta hay un grabado —intervino Dacey—. Es una mujer vestida con una piel de oso. Lleva en un brazo a un niño al que amamanta. En la otra mano tiene un hacha de batalla. No se puede decir que sea una verdadera dama, pero siempre me ha encantado.

—Mi sobrino Jorah nos trajo a casa en cierta ocasión a una verdadera dama —dijo Lady Maege—. La había ganado en un torneo. Ella aborrecía ese grabado.

—Sí, y todo lo demás —señaló Dacey—. Se llamaba Lynesse, y tenía unos cabellos como hebras de oro. Su piel era blanca como la leche. Pero tenía manos blandas; no valían para sujetar un hacha.

—Y sus tetas no valían para dar de mamar —agregó su madre sin miramientos.

Catelyn sabía de quién hablaban; Jorah Mormont había llevado a su segunda esposa a Invernalia a algunos banquetes, y en cierta ocasión se quedaron quince días como invitados. Recordó que Lady Lynesse le había parecido muy joven, muy hermosa y muy desdichada. Una noche, después de varias copas de vino, llegó a confesarle a Catelyn que el norte no era lugar para una Hightower de Antigua.

—Hubo una Tully de Aguasdulces que, hace mucho tiempo, pensaba lo mismo —le respondió con cariño, en un intento de consolarla—, pero con el tiempo descubrió que aquí había muchas cosas que podía llegar a amar.

«Ahora ya no queda nada —reflexionó—. Invernalia, Bran, Rickon, Sansa, Arya... Los he perdido a todos. Solo me queda Robb. —Tal vez en ella había demasiado de Lynesse Hightower y demasiado poco de los Stark—. Si hubiera sabido manejar un hacha, tal vez los habría podido proteger mejor.»

Tras un día amanecía otro, y la lluvia seguía cayendo. Cabalgaron todo el trayecto Forca Azul arriba, más allá de Sietecauces, donde los ríos se desenmarañaban en una confusión de arroyos y riachuelos, y atravesaron el Pantano de la Bruja, donde centelleantes estanques verdes aguardaban para engullir al incauto y el suelo blando sorbía los cascos de los caballos como un bebé hambriento aferrado al pecho de su madre. La marcha era peor que lenta. Tuvieron que abandonar entre las ciénagas la mitad de los carromatos y redistribuir su carga entre mulas y caballos.

Lord Jason Mallister les dio alcance entre las ciénagas del Pantano de la Bruja. Cuando llegó a caballo con su columna todavía quedaba más de una hora de luz, pero Robb dio la orden de acampar al instante, y Ser Raynald Westerling fue a buscar a Catelyn para acompañarla a la tienda del Rey. Su hijo estaba sentado ante un brasero con un mapa desplegado sobre el regazo. Viento Gris dormía a sus pies. Lo acompañaban el Gran Jon, Galbart Glover, Maege Mormont, Edmure y alguien más a quien Catelyn no conocía, un hombre gordo y calvo de aspecto acobardado.

«No es ningún señor, ni siquiera un señor menor —supo nada más verlo—. No, ni siquiera es un guerrero.»

Jason Mallister se levantó para cederle su asiento a Catelyn. El señor de Varamar tenía casi tantos cabellos blancos como castaños, pero seguía siendo un hombre atractivo, alto, esbelto, de rostro anguloso bien afeitado, pómulos altos y brillantes ojos color azul grisáceo.

—Siempre es un placer veros, Lady Stark. Espero traeros buenas noticias.

—Las necesitamos con desesperación, mi señor. —Se sentó bajo el repiqueteo de la lluvia que se estrellaba contra la lona, sobre ellos.

Robb esperó a que Ser Raynald cerrara el faldón de la tienda.

—Los dioses han escuchado nuestras plegarias, mis señores. Lord Jason nos ha traído al capitán de la *Myraham,* una galera mercante que partió de Antigua. Capitán, decidles lo mismo que me habéis dicho a mí.

—Como Vuestra Alteza ordene. —Se lamió los gruesos labios en gesto nervioso—. El último puerto en que atraqué antes de poner proa hacia Varamar fue Puerto Noble, en Pyke. Los hombres del hierro me retuvieron allí medio año, nada menos. Por orden del rey Balon. Solo que, bueno, para abreviar, que está muerto.

—¿Balon Greyjoy? —Catelyn sintió que se le detenía el corazón—. ¿Decís que Balon Greyjoy ha muerto?

El menudo y desastrado capitán asintió.

—Ya sabéis cómo es Pyke: parte se alza en tierra firme, y parte, en rocas e islas, más allá de la orilla. Toda la estructura está unida por puentes. Por lo que oí en Puerto Noble, soplaba viento del oeste, llovía y tronaba cuando el viejo rey Balon cruzó uno de esos puentes, lo azotó una ráfaga y lo hizo caer. El mar lo devolvió a la orilla dos días después, todo hinchado. Dicen que los cangrejos se le habían comido los ojos.

—Vaya con los cangrejos, se pegaron un banquete digno de un rey, ¿eh? —El Gran Jon se echó a reír.

—Sí —asintió el capitán con un gesto—, pero eso no es todo, ¡qué va! —Se inclinó hacia delante—. El hermano ha vuelto.

—¿Victarion? —preguntó Galbart Glover, sorprendido.

—Euron. Lo llaman Ojo de Cuervo, el pirata más negro que jamás haya izado vela. Llevaba años fuera, pero antes de que se enfriara el cadáver de Lord Balon allí estaba, anclando su *Silencio* en Puerto Noble. Velas negras, casco rojo y una tripulación de mudos. Tengo entendido que había estado en Asshai. En fin, estuviera donde estuviera, el caso es que ahora está en casa. Se fue directo a Pyke a acomodar el trasero en el Trono de Piedramar, y cuando Lord Botley le puso objeciones, lo ahogó en un barril de agua de mar. Entonces volví corriendo a la *Myraham* y levé anclas con la esperanza de largarme mientras durase la confusión. Lo conseguí, y aquí estoy.

—Capitán —dijo Robb al ver que había terminado—, os doy las gracias y os aseguro que no quedaréis sin recompensa. Lord Jason os llevará de vuelta a vuestro barco en cuanto terminemos. Os ruego que aguardéis fuera.

—Así haré, Alteza. Así haré.

En cuanto salió del pabellón real, el Gran Jon soltó una carcajada, pero Robb lo hizo callar con solo mirarlo.

—Si la mitad de lo que nos contaba Theon sobre él es cierto, Eurón Greyjoy es lo menos parecido a un rey que se pueda imaginar. Theon es el heredero legítimo, a menos que haya muerto... Pero Victarion está al mando de la Flota de Hierro. No me puedo creer que se quede en Foso Cailin mientras Euron Ojo de Cuervo ocupa el Trono de Piedramar. Tiene que regresar.

—También hay una hija de por medio —le recordó Galbart Glover—. Es la que se ha apoderado de Bosquespeso, y de la esposa y el hijo de Robett.

—Si se queda en Bosquespeso no obtendrá nada más —señaló Robb—. Lo que se aplica a los hermanos se le aplica también a ella, y en mayor medida. Tendrá que poner rumbo a su tierra para expulsar a Euron y reclamar el trono. —Su hijo se volvió hacia Lord Jason Mallister—. ¿Tenéis una flota en Varamar?

—¿Una flota, Alteza? Media docena de barcoluengos y dos galeras de combate. Lo justo para defender mis orillas de los agresores, pero jamás podría enfrentarme en batalla contra la Flota de Hierro.

—Ni yo os lo pediría. Estoy seguro de que los hijos del hierro estarán preparándose para volver a Pyke. Theon me explicó la forma de pensar de los suyos. Cada capitán es rey de su barco. Todos querrán opinar en el tema de la sucesión. Mi señor, necesito que dos de vuestros barcoluengos rodeen el cabo de Águilas y suban por el Cuello hasta la Atalaya de Aguasgrises.

—Hay una docena de arroyos que cruzan el bosque húmedo —dijo Lord Jason, dubitativo—, todos superficiales y cenagosos; no aparecen en los mapas. Ni siquiera llegan a ríos. Los canales siempre están cambiando. Hay incontables bancos de arena, remolinos y marañas de raíces podridas. Y la Atalaya de Aguasgrises se mueve constantemente. ¿Cómo la van a encontrar mis naves?

—Iréis río arriba ondeando mi estandarte. Los lacustres os encontrarán. Quiero que sean dos barcos, para duplicar las posibilidades de que mi mensaje llegue a Howland Reed. Lady Maege irá en una, y Galbart, en la otra. —Se volvió hacia los dos mentados—. Llevaréis cartas para los señores vasallos que me quedan en el norte, pero las órdenes que escribiré en ellas serán falsas, por si tenéis la desgracia de caer prisioneros. Si ello sucediera deberéis decirles que navegabais hacia el norte. De vuelta a la Isla del Oso o hacia la Costa Pedregosa. —Dio unos golpecitos en el mapa con el dedo—. La clave es Foso Cailin. Eso lo sabía bien Lord Balon, y por eso envió allí a su hermano Victarion con el grueso de las fuerzas de los Greyjoy.

—Con disputas sobre la sucesión o sin ellas, los hijos del hierro no serán tan idiotas como para abandonar Foso Cailin —señaló Lady Maege.

—No —reconoció Robb—. Seguramente, Victarion dejará allí la mayor parte de su guarnición. Pero cada hombre que se lleve será un hombre menos contra el que tendremos que luchar. Y seguro que quiere a su lado a muchos de sus capitanes. Los líderes. Si quiere ocupar el Trono de Piedramar, necesitará de esos hombres.

—No tendréis intención de atacar desde el camino alto, Alteza —dijo Galbart Glover—. Los accesos son demasiado angostos. No hay manera de desplegar un ejército. Nadie ha conseguido jamás tomar el Foso.

—Desde el sur —apuntó Robb—. Pero si atacamos a la vez desde el norte y desde el oeste, y tomamos a los hombres del hierro por la retaguardia mientras piensan que se están enfrentando al ataque principal en el camino alto, tendremos posibilidades de victoria. Una vez me reúna con Lord Bolton y con los Frey contaré con más de doce mil hombres. Mi intención es dividirlos en tres frentes, y ponernos en marcha por el camino alto con medio día de diferencia. Si los Greyjoy tienen vigilantes al sur del Cuello, lo que verán es que mi ejército entero se dirige hacia Foso Cailin.

»Roose Bolton irá al frente de la retaguardia, y yo me encargaré del grupo central. Gran Jon, vos dirigiréis la vanguardia contra Foso Cailin. Debéis lanzar un ataque tan fiero que los hijos del hierro no tengan tiempo para preguntarse si alguien va a caer sobre ellos por el norte.

El Gran Jon se echó a reír.

—Más vale que los lentos os deis prisa; de lo contrario, mis hombres saltarán los muros y conquistarán el Foso antes de que aparezcáis. Os lo tendré envuelto para regalo cuando lleguéis del paseo.

—No me importaría recibir un regalo así —dijo Robb.

—Decís que atacaremos a los hombres del hierro por la retaguardia —intervino Edmure con el ceño fruncido—, pero ¿cómo vamos a situarnos al norte de ellos, señor?

—En el Cuello hay caminos que no aparecen en los mapas, tío. Caminos que solo conocen los lacustres, senderos angostos entre los pantanos, rutas de agua entre los juncos, que solo se pueden seguir en bote. —Se volvió hacia los dos mensajeros—. Decidle a Howland Reed que debe enviarme guías al batallón central, el que llevará ondeando mi enseña, dos días después de que emprendamos la marcha por el camino alto. De Los Gemelos saldrán tres huestes, pero a Foso Cailin solo llegarán dos. Mi batallón desaparecerá en el Cuello y reaparecerá en el Fiebre. Si nos movemos deprisa después del matrimonio de mi tío, podemos estar situados en nuestras posiciones antes de que acabe el año. Caeremos sobre el Foso desde tres puntos a la vez el primer día del nuevo siglo, cuando los hombres del hierro se estén despertando con martillazos en la cabeza tras pasarse la noche anterior bebiendo hidromiel.

—Me gusta el plan —dijo el Gran Jon—. Me gusta pero que mucho.

—Tiene sus riesgos. —Galbart Glover se frotó los labios—. Si los lacustres os fallan...

—Estaremos como al principio. Pero no me fallarán. Mi padre conocía bien la valía de Howland Reed. —Robb enrolló el mapa y entonces miró a Catelyn—. Madre...

—¿Qué quieres que haga yo? —preguntó poniéndose tensa.

—Quiero que estés a salvo. Nuestro viaje por el Cuello será peligroso, y en el norte solo nos aguardan batallas. Pero Lord Mallister ha tenido la bondad de ofrecerse a cuidar de ti en Varamar hasta que acabe la guerra. Sé que allí contarás con todas las comodidades.

«¿Es mi castigo por oponerme a él en lo de Jon Nieve? ¿O por ser mujer y, peor todavía, por ser madre?» Tardó un momento en darse cuenta de que todos los ojos estaban clavados en ella. Comprendió que habían conocido la idea desde el principio. No tendría que haberse sorprendido. Al liberar al Matarreyes no se había granjeado muchas amistades, y había oído decir al Gran Jon en más de una ocasión que el campo de batalla no era sitio para una mujer.

La ira se le debía de reflejar en el rostro, porque Galbart Glover se apresuró a hablar antes de que ella dijera nada.

—Su Alteza tiene razón, mi señora. Sería mejor que no vinierais con nosotros.

—Varamar se iluminará con vuestra presencia, Lady Catelyn —intervino Lord Jason Mallister.

—Voy a ser vuestra prisionera —replicó.

—No, señora, seréis una honorable invitada —insistió Lord Jason.

—No quisiera ofender a Lord Jason —dijo Catelyn con rigidez volviéndose hacia su hijo—, pero si no puedo seguir contigo, preferiría regresar a Aguasdulces.

—En Aguasdulces he dejado a mi esposa. Prefiero que mi madre esté en otro lugar. Guardar juntos todos los tesoros solo sirve para ponerles las cosas fáciles a quien los quiere robar. Después de la boda irás a Varamar; lo ordena el Rey. —Robb se levantó, y el destino de Catelyn quedó sellado. El muchacho cogió un pergamino—. Una cosa más. La herencia de Lord Balon ha sido un caos, y ahí radica nuestra esperanza. No quiero que lo mismo me suceda a mí. Aún no tengo hijos; mis hermanos Bran y Rickon están muertos, y a mi hermana la han casado con un Lannister. He meditado mucho sobre quién podría ser mi sucesor. Sois mis leales señores y, como tales, os ordeno que pongáis vuestros sellos en este documento como testigos de mi decisión.

«Rey de los pies a la cabeza», pensó Catelyn, derrotada. Su única esperanza era que la trampa que Robb había planeado para Foso Cailin funcionara tan bien como la que le había tendido a ella.

Samwell

«Arbolblanco —pensó Sam—. Por favor, que sea Arbolblanco.» Se acordaba de aquel poblado; estaba en los mapas que había dibujado cuando viajaban hacia el norte. Si aquella aldea era Arbolblanco, sabría dónde estaba. «Por favor, tiene que ser Arbolblanco.» Lo deseaba con tanta intensidad que durante un rato se olvidó de sus pies, se olvidó del dolor de las pantorrillas y la base de la espalda, de los dedos rígidos y helados que apenas notaba. Hasta se olvidó de Lord Mormont y de Craster, de los espectros y de los Otros. «Arbolblanco», rezó Sam a cualquier dios que pudiera estar escuchándolo.

Pero todas las aldeas de los salvajes se parecían mucho. En el centro de aquella crecía un gran arciano... pero un árbol blanco no quería decir necesariamente que aquello fuera Arbolblanco. ¿El arciano de Arbolblanco no era un poco más grande que aquel? Tal vez no lo recordara bien. El rostro tallado en el tronco claro era alargado y triste; de los ojos brotaban lágrimas rojas de savia seca.

«¿Era así cuando pasamos por aquí?» Sam no conseguía recordarlo.

En torno al árbol había un puñado de chozas sin divisiones interiores con tejados de hierba, una edificación alargada de troncos cubiertos de musgo, un pozo de piedra, un redil... pero ni rastro de ovejas ni de personas. Los salvajes habían ido a reunirse con Mance Rayder en los Colmillos Helados, llevándose todo cuanto poseían excepto sus casas. Sam se lo agradeció en silencio. La noche se aproximaba, y sería agradable dormir bajo techo para variar. Estaba agotado. Se sentía como si llevara media vida caminando. Las botas se le caían a pedazos, y todas las ampollas de los pies se le habían reventado y convertido en callos, aunque ya tenía ampollas nuevas debajo de los callos, y los dedos se le empezaban a congelar.

Pero se trataba de caminar o morir; Sam lo sabía muy bien. Elí seguía débil después del parto, y además, llevaba al bebé; necesitaba la montura mucho más que él. El segundo caballo se les había muerto tres días después de abandonar el Torreón de Craster. Era increíble que la pobre yegua medio muerta de hambre hubiera aguantado tanto. Probablemente, el peso de Sam había terminado de matarla. Podrían haber intentado ir los dos en el mismo caballo, pero tenía miedo de que corriera la misma suerte.

«Es mejor que camine.»

Sam dejó a Elí en la edificación alargada, para que encendiera un fuego mientras él se asomaba a las chozas. Las hogueras se le daban mejor que a él, que nunca conseguía que la incendaja prendiera, y la última vez que intentó arrancar una chispa del pedernal y el acero se había cortado con el cuchillo. Elí le vendó la herida, pero tenía la mano dolorida y rígida, y aún más torpe que de costumbre. Sabía que debería lavarse la herida y cambiarse el vendaje, pero le daba miedo mirarse la mano. Además, hacía tanto frío que no quería ni pensar en quitarse los guantes.

Sam no sabía qué esperaba encontrar en las casas vacías. Tal vez los salvajes se hubieran dejado allí algo de comer. Tenía que echar un vistazo. Jon había registrado las chozas de Arbolblanco cuando iban de camino hacia el norte. En el interior de una, Sam oyó el correteo de ratas en un rincón oscuro, pero por lo demás, nada: solo paja vieja, olores viejos y cenizas frías bajo el agujero de ventilación.

Se volvió hacia el arciano y estudió un instante el rostro. «No es la cara que vimos —tuvo que reconocer para sus adentros—. El árbol no es ni la mitad de grande que el de Arbolblanco.» Los ojos rojos lloraban sangre, y aquello tampoco lo recordaba. Sam se dejó caer de rodillas con torpeza.

—Antiguos dioses, escuchad mi plegaria. Los Siete eran los dioses de mi padre, pero cuando me uní a la Guardia presté juramento ante vosotros. Ayudadnos ahora. Tengo miedo de que nos hayamos perdido. También tenemos hambre y frío. Ya no sé en qué dioses creo, pero... por favor, si estáis ahí, ayudadnos. Elí tiene un hijito.

No se le ocurrió qué más decir. El ocaso era cada vez más oscuro; las hojas del arciano susurraban y las ramas se movían como un millar de manos ensangrentadas. No habría sabido decir si los dioses de Jon lo habían escuchado o no.

Cuando llegó a la edificación alargada, Elí ya había encendido una hoguera. Estaba sentada junto a ella, con las pieles abiertas y el bebé al pecho.

«El pobre tiene tanta hambre como nosotros», pensó Sam. Las ancianas habían conseguido sacar algo de comida de las despensas para ellos, pero ya la habían consumido casi toda. Sam había sido un cazador nefasto incluso en Colina Cuerno, donde había caza en abundancia y contaba con la ayuda de sabuesos y oteadores. Allí, en aquel bosque desierto e interminable, las posibilidades de que atrapara una presa eran remotas. Sus intentos de pescar en los lagos y los arroyos medio helados también habían terminado en fracasos estrepitosos.

—¿Queda mucho, Sam? —preguntó Elí—. ¿Estamos todavía muy lejos?

—No tan lejos. No tan lejos como antes. —Sam se quitó la mochila de los hombros, se dejó caer sentado en el suelo y trató de cruzar las piernas. La espalda le dolía muchísimo de tanto caminar; habría preferido recostarse contra uno de los pilares de madera tallada sobre los que descansaba el tejado, pero el fuego estaba en el centro de la estancia, bajo el agujero de ventilación, y en aquellos momentos, el calor le era más necesario que la comodidad—. Estaremos allí en pocos días.

Sam tenía mapas, pero si aquello no era Arbolblanco, no le iban a resultar de ninguna utilidad.

«Nos desviamos demasiado hacia el este para rodear aquel lago —se temía—, o tal vez demasiado hacia el oeste cuando quise desandar el camino.» Había llegado a detestar los lagos y los ríos. Allí no había transbordadores ni puentes, así que tenían que rodear lagos enteros y buscar vados para cruzar los ríos. Era más sencillo seguir las sendas de los animales que pelearse con la maleza; era más sencillo rodear un risco que tratar de escalarlo. «Si Bannen o Dywen estuvieran con nosotros, ya habríamos llegado al Castillo Negro y nos estaríamos calentando los pies en la sala común.» Pero Bannen había muerto, y Dywen había huido con Grenn, Edd el Penas y los demás.

«El Muro tiene cien leguas de longitud y trescientas varas de altura», se recordó Sam. Si seguían avanzando hacia el sur, tenían que encontrarlo tarde o temprano. Y si de algo estaba seguro era de que iban hacia el sur. Durante el día se guiaban por el sol, y en las noches despejadas podían seguir la cola del Dragón de Hielo, aunque la verdad era que no habían podido viajar mucho de noche desde que muriera el segundo caballo. Ni siquiera la luz de la luna llena se colaba entre los árboles, y tanto Sam como el caballo que les quedaba se habrían podido romper una pierna. «Ya tenemos que estar muy al sur, seguro, seguro...»

Lo que no tenía tan claro era hasta qué punto se habían desviado hacia el este o hacia el oeste. Llegarían al Muro, sí... en un día o en quince, no podían estar más lejos, seguro, seguro... Pero ¿a qué punto del muro? Lo que tenían que encontrar era la puerta cercana al Castillo Negro; era la única entrada en cien leguas.

—¿El Muro es tan grande como nos contaba Craster? —preguntó Elí.

—Más. —Sam trataba de parecer animado—. Es tan grande que ni siquiera se ven los castillos que hay detrás. Pero están allí, ya verás. El Muro es todo de hielo; en cambio, los castillos son de piedra y de madera. Hay torres altas y criptas muy profundas, y una sala muy grande donde siempre hay fuego en la chimenea, de día y de noche. Ni te imaginas qué calor hace allí, Elí, no te lo vas a creer.

—¿Podré ponerme al lado del fuego? ¿Con el niño? No será mucho tiempo, solo hasta que entremos en calor.

—Te podrás poner al lado del fuego tanto tiempo como quieras. Te darán de comer y de beber. Vino especiado caliente y un cuenco de guiso de venado con cebollas, y el pan que prepara Hobb, recién salido del horno, que hasta quema los dedos. —Sam se quitó un guante para flexionar los dedos junto a las llamas, y al instante se arrepintió. El frío se los había entumecido, pero cuando recuperó las sensaciones, le dolieron tanto que estuvo a punto de gritar—. A veces hay algún hermano que canta —dijo para distraerse del dolor—. El que mejor voz tiene es Dareon, pero lo enviaron a Guardiaoriente. Luego está Halder, que también canta muy bien. Y luego Sapo. En realidad se llama Todder, pero parece un sapo, por eso le pusimos el apodo. Le gusta cantar, pero tiene una voz horrorosa.

—¿Tú cantas? —Elí se reacomodó las pieles y se pasó el bebé de un pecho al otro. Sam se sonrojó ante la pregunta.

—Pues... me sé algunas canciones. Cuando era pequeño me gustaba cantar. También bailaba, pero a mi señor padre no le gustaba. Decía que si quería hacer cabriolas, que las hiciera en el patio con una espada en la mano.

—¿Me cantas una canción sureña? ¿Para el bebé?

—Si quieres... —Sam pensó un instante—. Había una canción que nuestro septón nos cantaba a mis hermanas y a mí, cuando éramos pequeños y llegaba la hora de acostarnos. Se llama «La canción de los Siete».

Carraspeó para aclararse la garganta y empezó a cantar:

El rostro del Padre es fuerte y severo,
sobre bien y mal, él juzga certero.
Sopesa las vidas, más largas o cortas,
y quiere a los niños que son lo que importa.

La Madre regala el don de la vida,
y vela paciente a la esposa querida.
Su dulce sonrisa invita a la calma,
y a los niños quiere con toda su alma.

Es el Guerrero que empuña la maza
el que nos protege de las amenazas.
Con lanza y con arco, escudo y espada,
cuida que a los niños no les pase nada.

La Vieja es anciana y sabia sin par,
y nuestro destino contempla pasar.
Levanta una lámpara de oro brillante
y guía a los niños con su buen talante.

Llega el Herrero que nunca descansa,
y hace del mundo una bestia mansa.
Enciende su fuego, usa los martillos,
y siempre trabaja para los chiquillos.

La Doncella envía amor acuciante
y hace suspirar a cualquier amante.
Con una sonrisa a las aves da vuelo,
y a los niños brinda los sueños del cielo.

Son los Siete Dioses que nos han creado,
y siempre que rezas están a tu lado.
Duérmete niño, que ellos te cuidan,
duérmete niño, que nunca te olvidan.
Cierra los ojos, y duerme tranquilo:
los Dioses te velan con mucho sigilo.

Sam recordaba la última vez que había cantado aquella canción con su madre, para dormir a Dickon cuando era un bebé. Su padre oyó las voces y entró furioso en la habitación.

—Esto se tiene que acabar —recriminó Lord Randyll a su esposa—. Ya has estropeado a un niño con esas canciones blandengues de septones. ¿Qué quieres? ¿Hacer lo mismo con el bebé? —Se volvió hacia Sam—. Ve a cantarles a tus hermanas si quieres, pero no te quiero ver cerca de mi hijo.

El bebé de Elí se había quedado dormido. Era una cosita diminuta, y era tan silencioso que a veces Sam temía por él. Ni siquiera tenía nombre todavía. Le había dicho a Elí que eligiera uno, pero ella respondió que poner nombre a un niño antes de que tuviera dos años traía mala suerte. Muchos morían.

La chica se volvió a cubrir el pecho con las pieles.

—Qué bonito, Sam. Cantas muy bien.

—Tendrías que oír a Dareon. Tiene una voz tan dulce como el hidromiel.

—El hidromiel más dulce que he bebido lo probé el día en que Craster me convirtió en su esposa. Entonces era verano, no hacía tanto frío. —Elí le dirigió una mirada desconcertada—. Solo has cantado sobre seis dioses, ¿no? Craster nos decía siempre que los sureños tienen siete.

—Siete —asintió—, pero al Desconocido no se le canta. —El rostro del Desconocido era el rostro de la muerte. Hasta el hecho de hablar de él incomodaba a Sam—. Tendríamos que comer algo. Aunque solo sea un bocado.

Solo les quedaban unas pocas salchichas negras, duras como la madera. Sam cortó unas cuantas rodajas finas para cada uno. El esfuerzo hizo que le doliera la muñeca, pero tenía suficiente hambre para persistir. Si uno las masticaba mucho rato, las rodajas acababan por ablandarse, y sabían bien. Las esposas de Craster las condimentaban con ajo.

Después de terminar, Sam se disculpó un momento y salió para hacer sus necesidades y echarle un vistazo al caballo. Un viento lacerante soplaba del norte, y las hojas de los árboles lo azotaron al pasar. Tuvo que romper la fina capa de hielo que cubría el arroyo para que el caballo pudiera beber.

«Será mejor que lo lleve adentro.» No quería despertarse al amanecer y encontrarse con que el caballo había muerto congelado durante la noche. «Aun así, Elí podría seguir adelante.» Era muy valiente, todo lo contrario que él. Le habría gustado saber qué pasaría con ella cuando llegaran al Castillo Negro. Ella no dejaba de decir que si Sam quería, sería su esposa, pero los hermanos negros no tenían esposas. Además, él era un Tarly de Colina Cuerno; no podría casarse con una salvaje.

«Tendrá que ocurrírseme alguna cosa. Con tal de que lleguemos vivos al Muro, el resto no importa, no importa lo más mínimo.»

Llevar el caballo a la edificación fue muy sencillo. Hacer que cruzara la puerta, ya no tanto, pero Sam se empecinó. Cuando consiguió entrar con la montura, Elí ya estaba adormilada. Guio al animal hasta un rincón, echó un poco más de leña al fuego, se quitó la gruesa capa y se arrebujó bajo las pieles junto a la mujer salvaje. La capa de Sam era bastante grande para cubrirlos a los tres y no dejar escapar el calor de sus cuerpos.

Elí olía a leche, a ajo y a pieles húmedas, pero ya se había acostumbrado. Por lo que a Sam respectaba, eran olores agradables. Le gustaba dormir junto a ella; le hacía recordar tiempos pasados, cuando compartía un gran lecho de Colina Cuerno con dos de sus hermanas. Aquello había terminado cuando Lord Randyll decidió que así se ablandaba como una niña.

«Pero dormir solo en mi celda fría no me hizo más duro ni más valiente. —Se preguntó qué diría su padre si pudiera verlo en aquel momento—. Di muerte a uno de los Otros, mi señor —imaginó que le contaría—. Le clavé un puñal de obsidiana, y mis Hermanos Juramentados me llaman ahora Sam el Mortífero.» Pero, hasta en sus fantasías, Lord Randyll se limitaba a fruncir el ceño, incrédulo.

Aquella noche tuvo sueños extraños. Volvía a estar en Colina Cuerno, en el castillo, pero su padre no estaba. Era el castillo de Sam. Lo acompañaban Jon Nieve, Lord Mormont, el Viejo Oso, Grenn, Edd el Penas, Pyp, Sapo y todos sus hermanos de la Guardia, pero en vez de llevar ropas negras iban vestidos de colores vivos. Sam ocupaba el lugar de honor en la mesa y celebraba un festín. Cortaba gruesas tajadas de asado con *Veneno de Corazón,* el mandoble de su padre. También había pastelillos dulces para comer, y vino con miel para beber; había canciones y bailes, y nadie tenía frío. Cuando terminó el banquete se retiró a dormir; no a las estancias del señor, donde vivían su madre y su padre, sino a la habitación que había compartido con sus hermanas. Solo que, en vez de sus hermanas, la que aguardaba en el amplio lecho blando era Elí, vestida solo con pieles, con los pechos rezumando leche.

Se despertó de repente, muerto de frío y de miedo.

El fuego se había consumido, y solo quedaban brasas rojas y humeantes. El mismo aire parecía congelado de tanto frío como hacía. En el rincón, el pequeño caballo relinchaba y coceaba los troncos con las patas traseras. Elí estaba sentada junto a los restos de la hoguera, abrazada a su bebé. Sam, adormilado, se incorporó. El aliento se le condensaba en nubes blancuzcas. La estancia estaba poblada de sombras, unas negras y otras más negras todavía. Tenía el vello de los brazos erizado.

«No es nada —se dijo—. Tengo frío, nada más.»

En aquel momento, junto a la puerta, se movió una sombra. Una de las grandes.

«Todavía estoy soñando. Por favor, que todavía esté soñando, que sea solo una pesadilla —rezó Sam—. Está muerto, esta muerto, yo lo vi morir.»

—Ha venido a por el bebé —sollozó Elí—. Lo ha olido. Un recién nacido apesta a vida. Ha venido a por la vida.

La enorme sombra oscura se inclinó para pasar bajo el dintel, entró en la estancia y avanzó tambaleante hacia ellos. A la escasa luz del fuego, la sombra se convirtió en Paul el Pequeño.

—¡Vete! —graznó Sam—. ¡No te queremos aquí!

Las manos de Paul eran carbón; su rostro, leche, y sus ojos tenían un gélido brillo azul. La escarcha le blanqueaba la barba, y llevaba un cuervo posado en un hombro. El pájaro le picoteaba la mejilla para devorar la blanca carne muerta. A Sam se le aflojó la vejiga, y sintió la humedad cálida que le corría por las piernas.

—Elí, tranquiliza al caballo y sácalo de aquí. Deprisa.

—Y tú... —empezó la chica.

—Yo tengo el cuchillo. El puñal de vidriagón. —Lo sacó con torpeza al tiempo que se ponía en pie. El primer puñal se lo había dado a Grenn, pero por suerte se había acordado de coger el de Lord Mormont antes de huir del Torreón de Craster. Lo empuñó con fuerza al tiempo que se alejaba del fuego, de Elí y del bebé.

—¿Paul? —Trató de que su voz sonara valerosa, pero le salió chillona—. ¿Paul el Pequeño? ¿Me conoces? Soy Sam, Sam el gordo, Sam el Miedica, en el bosque me salvaste. Me llevaste en brazos cuando no podía dar un paso más. Nadie más lo podría haber hecho, solo tú. —Sam retrocedió con el cuchillo en la mano, lloriqueando. «Qué cobarde soy»—. No nos hagas daño, Paul, por favor. ¿Por qué ibas a hacernos daño?

Elí retrocedió de espaldas por el suelo de tierra prensada, y el espectro giró la cabeza para mirarla.

—¡No! —gritó Sam, y de nuevo se volvió hacia él.

El cuervo que llevaba en el hombro le arrancó una tira de carne de la destrozada mejilla blancuzca. Sam agitó el puñal por delante de su cuerpo; jadeaba como el fuelle de un herrero. Al otro lado de la habitación, Elí había llegado junto al caballo.

«Dioses, dadme valor —rezó Sam—. Dadme un poco de valor, por una vez, lo justo para que Elí pueda escapar.»

Paul el Pequeño avanzó hacia él. Sam siguió retrocediendo hasta que tropezó con la basta pared de troncos. Agarró el puñal con ambas manos para que no le temblara. El espectro no parecía tener miedo del vidriagón. Tal vez no supiera qué era. Se movía despacio, pero Paul el Pequeño no había sido rápido ni cuando estaba vivo. Tras él, Elí murmuraba palabras tranquilizadoras al caballo mientras trataba de guiarlo hacia la puerta. Pero el animal debía de haber olido el extraño hedor frío del espectro. De pronto se paró en seco y pateó el aire gélido. Paul se volvió hacia la fuente del sonido y pareció perder todo interés en Sam.

No había tiempo para pensar, para rezar ni para tener miedo. Samwell Tarly se precipitó hacia delante y clavó el puñal en la espalda de Paul el Pequeño. El espectro, que ya había dado media vuelta, no lo vio venir. El cuervo lanzó un graznido y echó a volar.

—¡Estás muerto! —gritó Sam mientras lo apuñalaba—. ¡Estás muerto, muerto, muerto!

Apuñaló y gritó, una y otra vez, desgarrando la pesada capa negra de Paul. Las esquirlas de vidriagón saltaban por los aires cada vez que la hoja se resquebrajaba contra la cota de malla de debajo de la capa.

El aullido de Sam lanzó una bocanada de vaho blanco al aire oscuro. Soltó la inútil empuñadura del puñal y dio un precipitado paso atrás mientras Paul el Pequeño daba la vuelta. Antes de que pudiera sacar el otro cuchillo, el de acero que llevaban todos los hermanos, las manos negras del espectro se le cerraron bajo las papadas. Los dedos de Paul estaban tan fríos que casi quemaban. Se hundieron en la carne blanda de la garganta de Sam.

«Corre, Elí, corre», habría querido gritar, pero cuando abrió la boca solo consiguió emitir un sonido ahogado.

Por fin encontró el puñal a tientas, pero cuando lo clavó en el vientre del espectro, las anillas de hierro desviaron la punta, y el arma salió despedida de su mano. Los dedos de Paul el Pequeño se tensaron, inexorables, y empezó a girarle la cabeza. «Me la va a arrancar», pensó Sam, desesperado. Sentía la garganta helada y los pulmones al rojo vivo. Golpeó las muñecas del espectro, intentó quitárselas de la garganta, pero fue inútil. Le dio una patada a Paul entre las piernas, y tampoco sirvió de nada. El mundo se encogió hasta convertirse en apenas dos estrellas azules, un dolor aplastante y un frío tan intenso que las lágrimas se le helaron en los ojos. Sam, desesperado, se debatía e intentaba retroceder... Entonces, se lanzó hacia delante.

Paul el Pequeño era corpulento y fuerte, pero aun así, Sam pesaba más que él, y los espectros eran torpes; ya lo había visto en el Puño. El repentino cambio de impulso hizo que Paul se tambaleara y retrocediera un paso, y el hombre vivo y el muerto cayeron juntos al suelo. El impacto hizo que le quitara una mano del cuello, Sam y consiguió inhalar una rápida bocanada de aire antes de que volvieran los dedos fríos y negros. El sabor a sangre le inundó la boca. Torció el cuello para buscar el cuchillo con los ojos y vio un tenue resplandor anaranjado. «¡El fuego!» Solo quedaban brasas y cenizas, pero quizá... no podía respirar ni pensar... Sam se retorció hacia un lado, arrastrando a Paul... agitó los brazos sobre el suelo de tierra... tanteando, buscando, registrando las cenizas, hasta que al final encontró algo caliente, un trozo de madera chamuscada, con un brillo rojo y anaranjado dentro del negro. Cerró los dedos en torno a él y lo estrelló contra la boca de Paul con tanta fuerza que notó como se le rompían los dientes.

Pero el espectro no aflojó la presa. Los últimos pensamientos de Sam fueron para la madre que lo había amado y para el padre al que había fallado. La habitación le daba vueltas cuando vio el jirón de humo que salía de los dientes rotos de Paul. En aquel momento, el rostro del hombre muerto empezó a arder, y las manos lo soltaron.

Sam engulló aire y rodó hacia un lado. El espectro ardía; la escarcha se le derretía de la barba al tiempo que la carne se tornaba negra. Sam oyó el graznido del cuervo, pero Paul no hizo el menor ruido. Cuando abrió la boca, solo salieron llamas. En cuanto a los ojos...

«Ha desaparecido, el brillo azul ha desaparecido.»

Se arrastró hacia la puerta. El aire estaba tan frío que hacía daño respirar, pero era un dolor bueno, dulce. Se agachó para salir.

—¿Elí? —llamó—. Elí, lo he matado, lo...

La chica estaba de pie con la espalda contra el arciano y el niño en brazos. Los espectros la rodeaban. Eran doce, veinte, más... Algunos habían sido salvajes, aún vestían pieles... pero casi todos habían sido sus hermanos. Sam vio a Lark de las Hermanas, a Piesligeros, a Ryles... El quiste del cuello de Chett estaba negro, y una fina película de hielo le cubría los forúnculos. Había uno que parecía Hake, aunque no se podía saber bien, ya que le faltaba la mitad de la cabeza. Habían despedazado al pobre caballo y le estaban sacando las entrañas con las manos ensangrentadas. Del vientre le salía un vapor blanquecino.

Sam dejó escapar un quejido gimoteante.

—No es justo...

—Justo. —El cuervo se le posó en el hombro—. Justo, justo, justo.

Batió las alas y graznó a la vez que Elí empezaba a gritar. Los espectros estaban casi encima de ella. Sam oyó como las hojas color rojo oscuro del arciano crepitaban y susurraban entre sí en un idioma que no conocía. La misma luz de las estrellas parecía agitarse, y a su alrededor, los árboles gemían y crujían. Sam se puso del color de la leche cortada, y abrió los ojos como platos. «¡Cuervos!» Estaban en el arciano, los había a cientos, a miles, posados en las ramas blancas como huesos, mirando entre las hojas. Vio los picos abiertos al graznar, los vio extender las alas negras... Entre graznidos y batir de alas, se cernieron sobre los espectros en nubes de furia. Revolotearon como un enjambre en torno al rostro de Chett y le picotearon los ojos azules; cubrieron como moscas al de las Hermanas; sacaron pedacitos de cerebro de la cabeza destrozada de Hake. Eran tantos que Sam, cuando alzó la vista, no pudo ver la luna.

—Corre —dijo el pájaro que tenía en el hombro—. Corre, corre, corre.

Sam corrió. Las bocanadas de vaho le brotaban de la boca. A su alrededor, los espectros se defendían a manotazos de las alas negras y los picos afilados que los atacaban, y caían en un silencio escalofriante, sin un grito, sin un gruñido. Pero los cuervos no le prestaron atención a Sam. Cogió a Elí de la mano y la alejó del arciano.

—Tenemos que irnos.

—¿Adónde? —Elí corrió tras él, abrazando al bebé—. Han matado al caballo, ¿cómo vamos a...?

—¡Hermano! —El grito cortó la noche y atravesó los graznidos de un millar de cuervos. Bajo los árboles, un hombre vestido de los pies a la cabeza con ropas negras y grises montaba a lomos de un alce—. Aquí —llamó el jinete, con el rostro oculto por una capucha.

«Viste el negro.» Sam corrió con Elí hacia él. El alce era grande, muy grande, de tres varas y media de cruz, con unas astas casi igual de amplias. El animal se dejó caer sobre las rodillas para que montaran.

—Sube —dijo el jinete al tiempo que le tendía una mano enguantada a Elí para ayudarla a montar tras él. Luego fue el turno de Sam.

—Gracias —jadeó él.

No se dio cuenta hasta que le cogió la mano de que el jinete no llevaba guante. Era una mano fría y negra, con dedos duros como la piedra.

Arya

Cuando llegaron a la cima del risco y vieron el río, Sandor Clegane tiró bruscamente de las riendas y masculló una maldición.

La lluvia caía de un cielo oscuro que parecía de hierro y perforaba el torrente verde y castaño con diez millares de espadas. «Debe de tener dos mil pasos de ancho», pensó Arya. Las copas de medio centenar de árboles sobresalían de las aguas turbulentas, y sus ramas se alzaban hacia el cielo como los brazos de hombres que se estuvieran ahogando. Las orillas estaban llenas de montones de hojas empapadas, y a lo lejos divisó un bulto pálido e hinchado, tal vez un ciervo o un caballo muerto, que la corriente se llevaba río abajo. También se oía un ruido, como un rugido grave casi inaudible, parecido al sonido que emite un perro justo antes de empezar a gruñir.

Arya se movió en la silla y sintió que se le clavaban en la espalda los aros de la cota de malla del Perro. La tenía rodeada con los brazos; el izquierdo, el de la quemadura, se lo protegía con un avambrazo de acero, pero le había visto cambiarse los vendajes, y la herida seguía abierta y supuraba. Si le causaba dolor, Sandor Clegane no daba muestras de ello.

—¿Este río es el Aguasnegras?

Llevaban tanto tiempo cabalgando en medio de la lluvia y la oscuridad, a través de bosques sin senderos y aldeas sin nombre, que Arya había perdido por completo la orientación.

—Es un río que tenemos que cruzar; no te hace falta saber más.

De vez en cuando, Clegane respondía a alguna pregunta, pero le había advertido que no quería oírla hablar. Le hizo muchas advertencias aquel primer día.

—La próxima vez que me pegues, te ataré las manos a la espalda —le dijo—. La próxima vez que intentes escapar, te ataré los pies. Chilla, grita o vuelve a morderme, y te pongo una mordaza. Podemos montar los dos, o puedo llevarte tirada a la grupa del caballo como una cerda para el matadero. Tú eliges.

Había elegido ir a horcajadas, pero cuando acamparon aguardó hasta que le pareció que estaba dormido y cogió una piedra grande para machacarle aquella cabezota horrible.

«Silenciosa como una sombra», se dijo al tiempo que se deslizaba hacia él; pero no fue suficientemente silenciosa. Tal vez el Perro no estuviera dormido, o tal vez se despertó. Fuera como fuera, abrió los ojos, frunció los labios y le quitó la piedra de un manotazo, como si Arya fuera un bebé. Lo único que pudo hacer fue asestarle una patada.

—Por esta vez pase —dijo al tiempo que tiraba la piedra entre los arbustos—. Pero si eres tan tonta como para volver a intentarlo, te haré daño de verdad.

—¿Y por qué no me matas, igual que mataste a Mycah? —le había gritado Arya. Entonces aún se mostraba desafiante, más furiosa que asustada.

La respuesta del hombre fue agarrarla por la túnica y alzarla bruscamente hasta que estuvo casi pegada a su rostro quemado.

—La próxima vez que pronuncies ese nombre te daré una paliza tal que desearás que te hubiera matado.

Después de aquello, todas las noches la envolvía en la manta del caballo antes de echarse a dormir y la ataba con cuerdas de arriba abajo, de manera que quedaba tan inmovilizada como un bebé.

«Tiene que ser el Aguasnegras», decidió Arya mientras veía como la lluvia azotaba el río. El Perro servía a Joffrey; la llevaba de vuelta a la Fortaleza Roja para entregársela a él y a la Reina. Habría dado cualquier cosa por que saliera el sol; así sabría en qué dirección avanzaban. Cuanto más se fijaba en el musgo de los árboles, más confusa estaba. «El Aguasnegras no era tan ancho en Desembarco del Rey, pero eso fue antes de las lluvias.»

—Los vados habrán desaparecido —dijo Sandor Clegane—. Y desde luego, no quiero cruzar a nado.

«No hay manera de pasar —pensó—. Lord Beric nos alcanzará, seguro.» Clegane había forzado al máximo a su enorme corcel negro y lo había hecho volver sobre sus pasos tres veces para despistar a cualquier perseguidor; hasta llegaron a cabalgar mil pasos por el centro de un arroyo crecido... pero Arya seguía esperando ver a los bandidos a su espalda en cualquier momento. Había intentado ayudarlos grabando su nombre en los troncos de los árboles cuando se metía entre los arbustos a orinar, pero la cuarta vez que lo hizo, Clegane la atrapó, y ahí terminó la intentona. «No importa —se dijo Arya—. Thoros me encontrará en sus llamas.» Pero no la había encontrado. Al menos por el momento, y cuando cruzaran el río...

—La Aldea de Harroway no debe de estar lejos —dijo el Perro—. Allí están los establos de Lord Roote, donde duerme el caballo acuático de dos cabezas del viejo rey Andahar. Nos cruzará al otro lado.

Arya no había oído hablar nunca del viejo rey Andahar. Tampoco había visto nunca un caballo de dos cabezas, y menos, que pudiera correr por el agua, pero tuvo el sentido común de no hacer preguntas. Se mordió la lengua y se sentó muy rígida mientras el Perro hacía dar la vuelta al corcel y emprendía el trote por el risco siguiendo la corriente río abajo. Al menos, así la lluvia los azotaba por la espalda. Ya estaba harta de que le diera en los ojos y la dejara medio ciega, de que le corriera por las mejillas como si estuviera llorando. «Los lobos no lloran nunca», se recordó una vez más.

Debía de ser poco más de mediodía, pero el cielo estaba tan oscuro como al anochecer. Hacía muchos días que no veían el sol, tantos que había perdido la cuenta. Arya estaba empapada hasta los huesos; tenía los muslos magullados de tanto cabalgar, la nariz llena de mocos y todo el cuerpo dolorido. También se sentía febril, y a veces se estremecía de manera incontrolable, pero cuando le dijo al Perro que estaba enferma, solo consiguió que le gruñera.

—Límpiate la nariz y cierra la boca —le dijo.

Últimamente dormía la mitad de las veces en la silla, confiando en que su corcel siguiera el sendero o la cañada que estuvieran recorriendo. Era un buen corcel, casi tan grande como un caballo de batalla, pero mucho más rápido. El Perro lo llamaba *Desconocido*. Arya se lo había intentado robar una vez mientras Clegane estaba meando contra un árbol; pensó que podría alejarse al galope antes de que la atrapara. Desconocido casi le había arrancado la cara de un mordisco. Con su amo era tranquilo como un jamelgo viejo, pero para los demás tenía un temperamento tan sombrío como su pelo. En su vida había visto un caballo que coceara y mordiera tanto.

Cabalgaron horas y horas junto al río y tuvieron que cruzar dos afluentes de aguas embarradas antes de llegar al lugar que había mencionado Sandor Clegane.

—La aldea de Lord Harroway... ¡Por los siete infiernos! —exclamó.

El pueblo estaba inundado y arrasado. La crecida de las aguas había desbordado las riberas. Lo único que quedaba de la aldea era el piso superior de una taberna de barro y cañas, la cúpula de siete lados de un septo hundido, dos tercios de un torreón redondo de piedra, unos cuantos techos de paja enmohecida y un bosque de chimeneas.

Pero Arya vio que salía humo de la torre, y bajo una ventana en forma de arco había una barcaza de fondo plano atada con una cadena. La barcaza tenía una docena de escálamos, y dos grandes cabezas de caballo de madera talladas en la proa y en la popa.

«El caballo de dos cabezas», comprendió. En medio de la cubierta había una caseta de madera con el techo de hierba; de ella salieron dos hombres cuando el Perro se puso las manos en torno a la boca y los llamó a gritos. Otro más se asomó por la ventana del torreón redondo; tenía en la mano una ballesta cargada.

—¿Qué queréis? —les gritó para hacerse oír por encima del fragor de las aguas turbias.

—¡Que nos crucéis! —le gritó el Perro.

Los hombres del barco deliberaron entre ellos. Uno de ellos, de pelo canoso, brazos fuertes y espalda encorvada, dio un paso hacia la baranda.

—¡Os costará dinero!

—¡Pagaré!

«¿Con qué?», se preguntó Arya. Los bandidos se habían quedado con el oro de Clegane, pero tal vez Lord Beric le hubiera dejado algo de plata y cobre. Un viaje en barcaza no podía costar más de unas pocas monedas...

Los barqueros hablaron otra vez entre ellos. Por fin, el de la espalda encorvada se volvió y gritó una orden. Aparecieron seis hombres, que se cubrían con capuchas para protegerse de la lluvia. Otros salieron por la ventana del torreón y saltaron a la cubierta. La mitad de ellos se parecían tanto como para ser parientes del de la espalda encorvada. Unos se pusieron a soltar las cadenas y cogieron largas pértigas, mientras los otros introducían pesados remos de pala ancha en los escálamos. La barcaza se meció y empezó a avanzar despacio hacia aguas más bajas, mientras los remos hendían el agua a ambos lados. Sandor Clegane cabalgó colina abajo para ir a su encuentro.

Cuando la popa de la barcaza tocó la ladera de la colina, los barqueros abrieron una ancha puerta, bajo la cabeza tallada del caballo, y extendieron una plancha de roble muy pesada. Desconocido reculó al borde del agua, pero el Perro clavó los talones en los flancos del corcel y lo obligó a subir por la pasarela. El hombre de la espalda encorvada los esperaba en la cubierta.

—¿Qué os parece? ¿Va a llover, ser? —preguntó con una sonrisa.

El Perro frunció los labios.

—Necesito vuestra barcaza, no vuestro ingenio. —Desmontó e hizo bajar también a Arya. Uno de los barqueros extendió la mano para coger las riendas de Desconocido—. Yo que vos no lo haría —advirtió Clegane mientras el caballo lanzaba coces.

El hombre retrocedió de un salto, resbaló en la cubierta mojada y cayó de culo entre maldiciones. El barquero de la espalda encorvada ya no sonreía.

—Os podemos cruzar —dijo con tono brusco—. El precio será de una pieza de oro. Otra por el caballo. Y otra más por el chico.

—¿Tres dragones? —La risa de Clegane era como un ladrido—. Por tres dragones podría comprar la mierda de la barcaza esta.

—El año pasado es posible. Pero, tal como está el río, voy a necesitar más hombres en las pértigas y en los remos, y eso solo para que la corriente no nos arrastre cien leguas mar adentro. Así que elegid: tres dragones o enseñáis a vuestro caballo a caminar sobre el agua.

—Me gustan los ladrones sinceros. Sea como queráis. Tres dragones... cuando nos dejéis a salvo en la orilla norte.

—Los quiero ahora, o no partimos.

El hombre extendió la mano, con la encallecida palma hacia arriba. Clegane echó la mano la espada larga que tenía en la vaina.

—Ahora os toca elegir a vos. Oro en la orilla norte o acero en la orilla sur.

El barquero clavó los ojos en el rostro del Perro. Arya se dio cuenta de que no le gustaba lo que veía. Tenía a sus espaldas una docena de hombres fuertes, con remos y pértigas de madera dura en las manos, pero ninguno parecía tener ganas de saltar en su ayuda. Entre todos podrían dominar a Sandor Clegane, aunque seguramente mataría a tres o cuatro de ellos antes de que lo inmovilizaran.

—¿Cómo sé que no me engañaréis? —preguntó al cabo de un instante el hombre de la espalda encorvada.

«Os engañará», habría querido gritar Arya. Pero lo único que hizo fue morderse el labio.

—Por mi honor de caballero —replicó el Perro con gesto serio.

«Ni siquiera es caballero.» Aquello tampoco lo dijo en voz alta.

—Con eso me basta. —El barquero escupió—. Bueno, en marcha. Antes de que oscurezca estaréis al otro lado. Atad al caballo; no quiero que se encabrite en medio del río. En la cabina hay un brasero; si queréis, podéis entrar en calor con vuestro hijo.

—¡No soy su hijo, idiota! —gritó Arya, furiosa.

Aquello era peor de lo que era que la confundieran con un chico. Estaba tan enfadada que hasta les habría dicho quién era en realidad, pero Sandor Clegane la agarró por el cuello de la túnica y, con una mano, la levantó de la cubierta.

—¿Cuántas veces tengo que decirte que cierres esa puta boca? —La sacudió con tal fuerza que le entrechocaron los dientes; luego la soltó—. Entra ahí y sécate como ha dicho este hombre.

Arya obedeció. El gran brasero de hierro brillaba al rojo y llenaba la habitación de un calor lúgubre y sofocante. Era agradable ponerse cerca, calentarse las manos y sentarse un poco, pero en cuanto notó que la cubierta se movía bajo sus pies salió a hurtadillas por la puerta.

El caballo de dos cabezas se deslizaba lentamente por los bajíos mientras se abría camino entre las chimeneas y tejados de la inundada Harroway. Una docena de hombres se encargaba de los remos, mientras que otros cuatro utilizaban las largas pértigas para desviar la barcaza cada vez que se acercaba demasiado a una roca, un árbol o una casa hundida. El de la espalda encorvada era el que llevaba el timón. La lluvia repiqueteaba en los tablones pulidos de la cubierta y salpicaba sobre las cabezas de caballo de la proa y la popa. Arya se estaba quedando empapada otra vez, pero no le importaba. Quería presenciar aquello. Vio que el hombre de la ballesta estaba todavía en la ventana de la torre redonda. La siguió con los ojos mientras la barcaza pasaba por debajo. Arya se preguntó si sería el tal Lord Roote que el Perro había mencionado. «La verdad es que no parece un señor.» Pero claro, ella tampoco parecía una dama.

Cuando estuvieron lejos de la aldea y se adentraron en el río, la corriente se hizo mucho más fuerte. Arya distinguió a través de la neblina gris un pilar de piedra muy alto, en la otra orilla, sin duda el punto de atraque de la barcaza, pero enseguida se dio cuenta de que la corriente los estaba alejando de él río abajo. Los remeros trabajaban con ahínco contra la furia de las aguas. Las hojas y las ramas rotas pasaban junto a ellos tan rápidas como si las hubieran disparado con una catapulta. Los hombres de las pértigas se inclinaban sobre las bordas y empujaban cualquier cosa que se les acercara demasiado. Encima, allí hacía más viento. Cada vez que se volvía para mirar corriente arriba, la lluvia azotaba el rostro de Arya. Desconocido relinchaba y piafaba sobre la agitada cubierta.

«Si salto por la borda, el río me arrastrará lejos antes de que el Perro se dé cuenta. —Giró la cabeza y vio a Sandor Clegane, que trataba de calmar al atemorizado caballo. No volvería a tener una oportunidad tan buena de escapar de él—. Pero también podría ahogarme.» Jon siempre le decía que nadaba como un pez, pero hasta los peces pasarían apuros en aquel río. Aun así, ahogarse sería mejor que ir a Desembarco del Rey. Se acordó de Joffrey y se dirigió a hurtadillas hacia la proa. El río era marrón; el lodo lo había enturbiado y la lluvia se clavaba en él como un millar de agujas; más parecía sopa que agua. Arya se preguntó qué sentiría. «No puedo estar más mojada que ahora.» Puso una mano en la baranda.

Pero, de repente, un grito la detuvo antes de que pudiera saltar. Los barqueros corrían hacia ella con las pértigas en la mano. Al principio no comprendió qué sucedía, pero entonces lo vio: un árbol arrancado de cuajo, enorme y oscuro, iba directo hacia ellos. Una maraña de raíces y ramas asomaba del agua como los tentáculos de un kraken gigantesco. Los remeros batían el agua con ritmo frenético, en un intento desesperado por evitar una colisión que podría hacerlos zozobrar o abrir un boquete en el casco. El viejo había girado por completo la caña del timón, y el caballo de la proa giraba corriente abajo, pero demasiado despacio. Negro y castaño, reluciente, el árbol se abalanzó hacia ellos como un ariete.

Estaba a apenas cinco varas de la proa cuando dos barqueros consiguieron atraparlo con las pértigas. Una se rompió, y el crujido estrepitoso que hizo sonó como si la barcaza se les estuviera haciendo pedazos bajo los pies, pero el segundo hombre consiguió dar un buen empujón al tronco, lo justo para desviarlo. El árbol pasó de largo pegado a la barcaza, y las ramas arañaron como garras la cabeza de caballo. Pero, cuando ya parecía que el peligro había pasado, una de las ramas superiores del monstruo les asestó un golpe terrible. La barcaza entera se estremeció; Arya resbaló y cayó dolorosamente sobre una rodilla. El hombre de la pértiga rota no tuvo tanta suerte. Oyó su grito cuando se precipitó por la borda; las turbulentas aguas turbias se cerraron sobre él y, antes de que Arya tuviera tiempo de ponerse en pie, desapareció. Uno de los barqueros echó mano de un rollo de cuerda, pero no había nadie a quien lanzárselo.

«A lo mejor el río lo arrastra hasta la orilla corriente abajo.» Arya trató de convencerse, pero sabía que era poco probable. Se le habían quitado las ganas de huir a nado. Cuando Sandor Clegane le gritó que volviera a entrar si no quería que le diera una paliza, obedeció sin decir palabra. Para entonces, la barcaza luchaba por volver a su rumbo, enfrentada a un río que solo quería arrastrarla hacia el mar.

Por fin tocaron tierra, aunque casi una legua más abajo de su habitual punto de atraque. La barcaza chocó contra la orilla con tal fuerza que se rompió otra pértiga, y Arya casi perdió el equilibrio de nuevo. Sandor Clegane la izó sobre el lomo de Desconocido como si pesara lo mismo que una muñeca. Los barqueros los miraban con ojos apagados, agotados... Todos excepto el hombre de la espalda encorvada, que extendió la mano.

—Seis dragones —exigió—. Tres por pasar el río y otros tres por el hombre que he perdido.

Sandor Clegane hurgó en su bolsa y le entregó al barquero un trozo de pergamino arrugado.

—Tomad. Cobraos diez.

—¿Diez? —El barquero estaba desconcertado—. ¿Qué es esto?

—El pagaré de un muerto. Vale por nueve mil dragones, más o menos. —El Perro montó a caballo detrás de Arya y esbozó una sonrisa torva—. Diez son para vos. Algún día vendré a por el resto, así que no os lo gastéis todo.

El hombre contempló el pergamino con los ojos entrecerrados.

—Letras. ¿Para qué sirven unas letras? Nos prometisteis oro por vuestro honor de caballero.

—El honor de los caballeros es una mierda. Ya va siendo hora de que os enteréis, viejo.

El Perro picó espuelas a Desconocido, y se alejaron al galope en medio de la lluvia. Los barqueros gritaban maldiciones a sus espaldas, y un par de ellos les lanzaron piedras. Clegane hizo caso omiso de las pedradas y los insultos, y no tardaron en perderse entre la penumbra de los árboles mientras el rugido del río les llegaba cada vez más amortiguado.

—La barcaza no regresará a la otra orilla hasta mañana —dijo—, y esos no volverán a aceptar promesas ni papeles del idiota que venga detrás. Si tus amigos nos persiguen, más vale que sean muy buenos nadadores.

Arya se arrebujó en la capa y se mordió la lengua.

«*Valar morghulis* —pensó, hosca—. Ser Ilyn, Ser Meryn, el rey Joffrey, la reina Cersei. Dunsen, Polliver, Raff el Dulce, Ser Gregor y el Cosquillas. Y el Perro, el Perro, el Perro.»

Cuando escampó y las nubes se abrieron un poco, Arya estaba tiritando y estornudaba tanto que Clegane decidió acampar y hasta trató de encender una hoguera. Pero la leña que pudieron recoger estaba demasiado húmeda y, pese a todos sus intentos, no consiguieron que la chispa prendiera. Por último, harto, dio una patada a las ramas.

—Por los siete infiernos —maldijo—. Cómo odio el fuego.

Se sentaron sobre las rocas mojadas, bajo un árbol, y escucharon el golpeteo pausado de la lluvia que caía de las hojas mientras tomaban una cena fría a base de pan duro, queso mohoso y salchicha ahumada. El Perro cortaba la carne con el puñal, y al ver como Arya miraba el cuchillo, entrecerró los ojos.

—Ni se te ocurra.

—No se me había ocurrido —mintió ella.

El Perro soltó un bufido que daba a entender hasta qué punto la creía, pero le entregó una gruesa rodaja de salchicha. Arya la masticó sin dejar de mirarlo.

—No pegué nunca a tu hermana —dijo el Perro—, pero si me obligas, te daré una paliza. Así que deja de pensar en cómo matarme, porque no te va a servir de nada.

No tenía respuesta para aquello. Siguió royendo la salchicha mientras lo miraba con ojos gélidos.

«Dura como la piedra», pensó.

—Al menos tú me miras a la cara. No es poco mérito, pequeña loba. Qué, ¿te gusta?

—No. Es muy fea y está toda quemada.

—Eres una estúpida. —Clegane le ofreció un trozo de queso pinchado en la punta del puñal—. ¿De qué te serviría escapar? Lo único que conseguirías sería que te cogiera alguien peor que yo.

—No —replicó ella—. No hay nadie peor.

—Se ve que no conoces a mi hermano. Una vez, Gregor mató a un hombre por roncar. A uno de sus hombres.

Cuando sonreía, el lado quemado del rostro se le tensaba, y la boca se le retorcía en una mueca desagradable. En aquel lado no tenía labios y apenas le quedaba un muñón de la oreja.

—Sí, conozco a vuestro hermano. —Bien pensado, tal vez la Montaña fuera peor—. Los conozco a él, a Dunsen, a Polliver, a Raff el Dulce y al Cosquillas.

—¿Cómo es que la adorada hijita de Ned Stark ha tratado con semejante manada? —preguntó el Perro con un gesto de sorpresa—. Gregor no lleva nunca a sus ratas a la corte.

—Me tropecé con ellos en un pueblo. —Se comió el queso y cogió un trozo de pan duro—. Un pueblo que había junto al lago; allí nos cogieron a Gendry, a Pastel Caliente y a mí. También cogieron a Lommy Manosverdes, pero Raff el Dulce lo mató porque tenía una pierna herida.

—¿Que te cogió prisionera? —Clegane frunció los labios—. ¿Mi hermano te tenía prisionera? —Aquello le hizo soltar una carcajada, un sonido amargo, a medio camino entre un gruñido y un ladrido—. Gregor no sabía a quién tenía, ¿verdad? Claro, de lo contrario te habría arrastrado de vuelta a Desembarco del Rey y te habría tirado en el regazo de Cersei. No me lo puedo creer. Me tengo que acordar de contárselo antes de arrancarle el corazón.

No era la primera vez que hablaba de matar a la Montaña.

—Pero es vuestro hermano —dijo Arya, titubeante.

—¿No has querido matar nunca a uno de tus hermanos? —Se volvió a reír—. ¿Ni a tu hermana? —Algo debió de verle en el rostro, porque se inclinó hacia ella—. A Sansa. Es eso, ¿verdad? La niña lobo quiere matar al pajarito.

—No —espetó Arya—. Quiero matarte a ti.

—¿Porque corté por la mitad a tu amiguito? No fue el primero, te lo aseguro. Pensarás que soy un monstruo. Bueno, es posible, pero también le salvé la vida a tu hermana. El día en que la turba la tiró del caballo me metí entre aquella gentuza y la llevé de vuelta al castillo; si no, le habría pasado lo mismo que a Lollys Stokeworth. Y ella cantó para mí. ¿A que eso no lo sabías? Tu hermana me cantó una canción.

—Es mentira —replicó al instante.

—No sabes ni la mitad de lo que crees. El Aguasnegras... Por los siete infiernos, ¿dónde crees que estamos? ¿Adónde crees que vamos?

El desprecio que teñía su voz la hizo dudar.

—De vuelta a Desembarco del Rey —dijo—. Me vais a entregar a Joffrey y a la Reina. —No era verdad; se había dado cuenta de repente al oír cómo le planteaba la pregunta. Pero algo tenía que decir.

—Lobita idiota y ciega. —Tenía la voz dura y tosca como una lima de hierro—. Que le den por culo a Joffrey, que le den por culo a la Reina, que le den por culo a esa gárgola retorcida de su hermano... Estoy harto de su ciudad, de la Guardia Real y de los Lannister. ¿Qué pinta un perro entre leones? —Cogió el pellejo de agua y bebió un largo trago. Se secó la boca y le ofreció el pellejo a Arya—. Ese río era el Tridente, niña. El Tridente, no el Aguasnegras. Imagínate el mapa. Mañana llegaremos al camino Real. Después podremos avanzar más deprisa, directos hacia Los Gemelos. Seré yo quien te entregue a tu madre. No el noble señor del relámpago ni ese falso sacerdote de las llamas, ese monstruo. —Sonrió al ver su expresión—. ¿Creías que tus amigos los bandidos eran los únicos que podían oler un rescate desde lejos? Dondarrion se quedó con mi oro, así que yo me quedo contigo. Calculo que vales el doble de lo que me robaron. Tal vez más, si te entregara a los Lannister, como tanto temes, pero no lo haré. Hasta un perro se harta de recibir patadas. Si ese Joven Lobo tiene los sesos que los dioses le dieron a un sapo, me nombrará señor y me suplicará que entre a su servicio. Puede que aún no lo sepa, pero me necesita. Es posible que hasta mate a Gregor por él. Eso le encantaría.

—Nunca te tomará a su servicio —le espetó—. ¿A ti? Jamás.

—Entonces cogeré todo el oro con el que pueda cargar, me reiré en su cara y me marcharé. Si no quiere mi ayuda, haría mejor en matarme, pero no lo hará. Tengo entendido que se parece demasiado a su padre. Por mí, perfecto. De cualquier manera, salgo ganando. Igual que tú, loba. Así que deja de lloriquear y de lanzarme dentelladas, ya estoy harto. Cierra la boca como te he dicho, y hasta es posible que lleguemos a tiempo para la mierda de la boda de tu tío.

Jon

La yegua estaba reventada, pero Jon no le podía dar descanso. Tenía que llegar al Muro antes que el Magnar. Habría dormido en la silla de tenerla; careciendo de ella, ya le costaba bastante mantenerse sobre el caballo cuando estaba despierto. La pierna le dolía cada vez más. No se atrevía a descansar lo suficiente para que se le cerrara la herida, de manera que se le abría de nuevo cada vez que volvía a montar.

Cuando llegó a la cima de una pendiente y vio ante él la estela serpenteante entre llanuras y colinas que era el camino Real, le dio unas palmadas a la yegua en el cuello.

—Ahora solo tenemos que seguirlo, preciosa. Pronto llegaremos al Muro.

Para entonces tenía la pierna tan rígida como si fuera de palo, y la fiebre lo había aturdido tanto que en dos ocasiones se encontró cabalgando en la dirección que no debía.

«Pronto llegaremos al Muro.» Se imaginó a sus amigos bebiendo vino especiado en la sala común. Hobb estaría entre sus pucheros; Donal Noye, en la forja; el maestre Aemon, en sus habitaciones, bajo la pajarera... «¿Y el Viejo Oso? ¿Y Sam, Grenn, Edd el Penas y Dywen, con su dentadura de madera...?» Jon rezaba por que alguno hubiera conseguido escapar del Puño.

Ygritte también ocupaba buena parte de sus pensamientos. Recordaba el olor de su cabello, la calidez de su cuerpo... y la expresión de su rostro mientras degollaba al anciano.

«No debiste amarla —le susurraba una voz—. No debiste abandonarla —insistía una voz diferente. Se preguntaba si su padre se habría sentido así de desgarrado cuando abandonó a su madre para volver con Lady Catelyn—. Estaba comprometido con Lady Stark, igual que yo estoy comprometido con la Guardia de la Noche.»

Estaba tan trastornado por la fiebre que casi pasó de largo Villa Topo sin darse cuenta. La mayor parte del pueblo estaba bajo tierra; a la escasa luz de la luna solo se veían unas cuantas casuchas de pequeño tamaño. El burdel era un cobertizo poco más grande que una letrina. El farol rojo crujía sacudido por el viento; era un ojo ensangrentado que escudriñaba la oscuridad. Jon se detuvo en el establo contiguo y estuvo a punto de caerse de la yegua mientras desmontaba, antes de conseguir despertar a gritos a dos mozos.

—Necesito un caballo descansado, con silla y riendas —les dijo en un tono que no admitía discusión. Le llevaron lo que pedía, y también un pellejo de vino y media hogaza de pan moreno—. Despertad a todo el pueblo —les ordenó—. Dad la alarma. Hay salvajes al sur del Muro. Recoged vuestras cosas e id al Castillo Negro.

Montó en la silla del caballo negro que le habían entregado, apretó los dientes para soportar el dolor de la pierna y emprendió el galope hacia el norte.

A medida que las estrellas se iban difuminando en el cielo del este, el Muro apareció ante él, por encima de los árboles y las nieblas matutinas. La luz de la luna brillaba clara sobre el hielo. Espoleó al caballo por el camino embarrado y resbaladizo hasta que vio las torres de piedra y los edificios de madera del Castillo Negro, amontonados como juguetes rotos contra el gran acantilado de hielo. Para entonces, el Muro brillaba ya rosado y púrpura con las primeras luces del amanecer.

No había centinelas que le dieran el alto cuando pasó por las edificaciones periféricas. Nadie le impidió el paso. El Castillo Negro parecía casi tan ruinoso como Guardiagrís. En las grietas de las losas de los patios crecían hierbajos oscuros y quebradizos. El tejado de los Barracones de Pedernal estaba cubierto de nieve vieja, que también se amontonaba contra la cara norte de la Torre de Hardin, donde había dormido Jon antes de pasar a ser el mayordomo del Viejo Oso. Largos dedos de tizne veteaban la Torre del Lord Comandante allí donde el humo había salido por las ventanas. Después del incendio, Mormont se había trasladado a la Torre del Rey, pero Jon tampoco vio luces allí. Desde donde se encontraba no alcanzaba a ver si había centinelas en el Muro, a trescientas varas de altura, pero no vio a nadie en la zigzagueante escalera que ascendía por la cara sur del hielo como un relámpago de madera gigantesco.

En cambio sí había humo en la chimenea de la armería, apenas un jirón casi invisible ante el cielo gris del norte; pero con aquello bastaba. Jon desmontó y cojeó hacia allí. Una ola de calor salió por la puerta abierta como el aliento cálido del verano. Dentro, el manco Donal Noye manejaba los fuelles junto al fuego. Al oírlo llegar alzó la vista.

—¿Jon Nieve?

—El mismo.

Pese a la fiebre, el agotamiento, la pierna, el Magnar, el anciano, Ygritte, Mance; pese a todo, Jon sonrió. Era agradable estar allí de nuevo; era agradable ver a Noye con su barrigón, su manga sujeta con un alfiler y su mandíbula erizada por la negra barba incipiente.

—¿Qué te ha pasado en la cara? —preguntó el herrero, soltando el fuelle.

—Un cambiapieles intentó sacarme el ojo. —Casi se le había olvidado aquello.

—Con cicatrices o sin ellas, es una cara que no creía volver a ver. —Noye tenía el ceño fruncido—. Nos enteramos de que te habías pasado al bando de Mance Rayder.

—¿Quién os ha dicho eso? —Jon se agarró a la puerta para mantenerse en pie.

—Jarman Buckwell. Volvió hace dos semanas. Sus exploradores aseguran que te vieron con sus propios ojos, que cabalgabas con la columna de salvajes y que llevabas una capa de piel de oveja. —Noye se quedó mirándolo—. Ya veo que al menos lo último es verdad.

—Todo es verdad —confesó Jon—. En cierto modo.

—Entonces, ¿debería clavarte una espada en las tripas?

—No. Obedecía órdenes. Las últimas órdenes de Qhorin Mediamano. ¿Dónde está la guarnición, Noye?

—Defendiendo el Muro de tus amigos los salvajes.

—Sí, pero ¿dónde?

—Por todas partes. Harma Cabeza de Perro ha sido vista en Guardiabosque del Lago; Casaca de Matraca, en Túmulo Largo, y el Llorón, en Marcahielo. Están por todo el Muro, aquí y allá. Están escalando cerca de Puerta de la Reina, intentan derribar las puertas de Guardiagrís, se agrupan en Guardiaoriente... pero en cuanto ven una capa negra se marchan, y al día siguiente aparecen en otra parte.

—Es una estratagema. —Jon tuvo que contenerse para no gemir—. Mance quiere que nos dispersemos, ¿no te das cuenta? —«Y Bowen Marsh lo ha complacido»—. La puerta está aquí. El ataque será aquí.

—Tienes la pierna empapada de sangre —dijo Noye cruzando la estancia.

—Una herida de flecha... —Jon bajó la vista. Era verdad. La herida se le había vuelto a abrir.

—Una flecha de los salvajes. —No era una pregunta. Noye tenía solo un brazo, pero de buenos músculos. Lo pasó bajo el de Jon para que se apoyara—. Estás blanco como la leche y ardiendo de fiebre. Te voy a llevar con Aemon.

—No tenemos tiempo. Hay salvajes al sur del Muro; vienen de Corona de la Reina para abrir la puerta.

—¿Cuántos? —Noye casi tuvo que sacar en volandas a Jon.

—Ciento veinte, y bien armados para ser salvajes. Armaduras y armas de bronce; algunas piezas de acero. ¿Cuántos hombres quedan aquí?

—Cuarenta y tantos —dijo Donal Noye—. Los tullidos, los enfermos, unos cuantos novatos que aún se están entrenando...

—Si Marsh no está, ¿a quién nombró castellano?

El herrero se echó a reír.

—A Ser Wynton, los dioses lo guarden. El último caballero del castillo y todo eso. Pero por lo visto a Stout se le ha olvidado, y ninguno de nosotros tiene prisa por recordárselo. Me imagino que soy lo más parecido a un comandante que tenemos ahora mismo. El mejor de los tullidos.

Aquello, al menos, era una buena noticia. El armero manco era testarudo, duro y curtido en la batalla. En cambio, Ser Wynton Stout... En fin, todo el mundo estaba de acuerdo en que había sido un buen hombre en otros tiempos, pero llevaba ochenta años en la Guardia, y ya había perdido las fuerzas y los sesos. Cierta vez se había quedado dormido mientras cenaba y estuvo a punto de ahogarse en un cuenco de sopa de guisantes.

—¿Dónde está tu lobo? —le preguntó Noye mientras cruzaban el patio.

—Fantasma. Lo tuve que dejar atrás cuando escalamos el Muro. Tenía la esperanza de que hubiera vuelto aquí.

—Lo siento, muchacho. No hemos visto ni rastro de él. —Subieron cojeando por las escaleras hasta llegar a la puerta del maestre que daba a la alargada estancia de madera situada bajo la pajarera. El armero le dio una patada—. ¡Clydas!

Tras unos momentos, un hombre menudo, encorvado, de hombros caídos y vestido de negro asomó la cabeza. Los ojillos rosados se abrieron de par en par al ver a Jon.

—Acuesta al chico, voy a buscar al maestre.

En la chimenea ardía un fuego, y la habitación era casi demasiado calurosa. El calor adormiló a Jon. En cuanto Noye lo tumbó de espaldas, tuvo que cerrar los ojos para que el mundo dejara de dar vueltas. Oía los graznidos de los cuervos, que protestaban arriba, en la pajarera.

—Nieve —chillaba un pájaro—. Nieve, nieve, nieve.

Jon recordó que aquello había sido obra de Sam. Se preguntó si Samwell Tarly habría logrado regresar sano y salvo, o solo sus pájaros.

El maestre Aemon no tardó en llegar. Caminaba despacio, con una mano llena de manchas en el brazo de Clydas mientras arrastraba los pies con pasos lentos y cautelosos. Llevaba en torno al flaco cuello la cadena con sus pesados eslabones: los de oro y los de plata, relucientes entre los de hierro, plomo, estaño y otros metales de baja ley.

—Jon Nieve —dijo—, cuando estés más fuerte tienes que contarme todo lo que has visto y todo lo que has hecho. Donal, pon vino a calentar, y también mis hierros. Los necesito al rojo. Clydas, me va a hacer falta tu cuchillo, el más afilado.

El maestre tenía más de cien años. Estaba encorvado, frágil, calvo y casi ciego. Pero aunque sus ojos lechosos apenas veían, tenía la mente tan despierta y viva como siempre.

—Vienen los salvajes —le dijo Jon mientras Clydas le cortaba la pernera de los calzones y apartaba la gruesa tela negra, llena de costras de sangre vieja y empapada de la fresca—. Desde el sur. Escalamos el Muro...

El maestre Aemon olfateó el rudimentario vendaje de Jon cuando Clydas lo terminó de cortar.

—¿Escalasteis?

—Yo iba con ellos. Qhorin Mediamano me ordenó que me uniera a su grupo. —Jon hizo una mueca cuando el dedo del maestre exploró la herida, hurgó y sondeó—. El Magnar de Thenn... ¡Aaah, cómo duele! —Apretó los dientes—. ¿Dónde está el Viejo Oso?

—Jon... Siento tener que decírtelo, pero sus propios Hermanos Juramentados asesinaron al Lord Comandante Mormont en el Torreón de Craster.

—Herma... ¿los nuestros?

Las palabras de Aemon dolían cien veces más que sus dedos. Jon recordó al Viejo Oso tal como lo había visto por última vez, de pie delante de su tienda, con el cuervo en el hombro pidiendo maíz a graznidos. «Mormont... ¿muerto?» Se lo había temido desde que vio el resultado de la batalla del Puño, pero no por ello sentía menos el golpe.

—¿Quién fue? ¿Quién se volvió contra él?

—Garth de Antigua, Ollo Manomocha, el Daga... ladrones, cobardes y asesinos. Lo tendríamos que haber visto venir. La Guardia ya no es lo que era. Hay muy pocos hombres honrados que mantengan en su sitio a los canallas. —Donal Noye removió las hierbas del maestre, que estaban al fuego—. Una docena de buenos hermanos consiguió volver. Edd el Penas, Gigante, tu amigo el Uro... Ellos fueron los que nos lo contaron todo.

«¿Solo una docena?» Habían sido doscientos los que salieron del Castillo Negro con el Lord Comandante Mormont, doscientos de los mejores hombres de la Guardia.

—Entonces, ¿Marsh es ahora el Lord Comandante?

El Viejo Granada era un hombre afable y muy diligente como capitán de los Mayordomos, pero no se le ocurría nadie menos apto para enfrentarse a un ejército de salvajes.

—Por el momento, hasta que podamos elegir a alguien, sí —dijo el maestre Aemon—. Tráeme el frasco, Clydas.

«Elegir.» Qhorin Mediamano y Ser Jaremy Rykker habían muerto; Ben Stark seguía desaparecido. ¿Quién quedaba? Bowen Marsh y Ser Wynton Stout no, desde luego. ¿Habría sobrevivido Thoren Smallwood en el Puño, o tal vez Ser Ottyn Wythers? «No, la cosa será entre Cotter Pyke y Ser Denys Mallister. Pero ¿cuál de los dos ganará?» Los comandantes de la Torre Sombría y de Guardiaoriente eran buenos hombres, pero muy diferentes; Ser Denys era cortés y cauteloso, tan caballeroso como anciano. Pyke era más joven, bastardo de nacimiento, brusco al hablar y temerario en exceso. Lo peor era que entre ellos se detestaban. El Viejo Oso siempre los había mantenido bien alejados, en extremos opuestos del Muro. Jon sabía que los Mallister desconfiaban de los hijos del hierro.

Un latigazo de dolor le recordó sus problemas. El maestre le apretó la mano.

—Clydas te va a traer la leche de la amapola.

—No me hace falta... —Jon trató de incorporarse.

—Sí te hace falta —replicó Aemon con firmeza—. Esto te va a doler.

—Estate quieto si no quieres que te ate. —Donal Noye cruzó la estancia y obligó a Jon a tumbarse de nuevo.

Hasta con un brazo, el herrero lo manejaba como si fuera un niño. Clydas volvió con un frasco verde y una taza redonda de piedra. El maestre Aemon la llenó hasta el borde.

—Bébete esto.

Jon se había mordido el labio al debatirse. Sintió el sabor de la sangre mezclado con el de la pócima espesa y gredosa. Tuvo que hacer un verdadero esfuerzo para no vomitarla.

Clydas puso a su lado una palangana de agua caliente, y el maestre Aemon le empezó a limpiar el pus y la sangre de la herida. Pese a que lo curaba con tanta suavidad como era posible, hasta el más ligero roce hacía que Jon tuviera que contenerse para no gritar.

—Los hombres del Magnar son disciplinados, y tienen armas y armaduras de bronce —le dijo. Hablar lo ayudaba a no pensar en el dolor de la pierna.

—El Magnar es un señor de Skagos —dijo Noye—. Cuando llegué al Muro había isleños en Guardiaoriente; me acuerdo de que hablaban de él.

—Creo que Jon utiliza la palabra en un sentido más antiguo —dijo el maestre Aemon—. No como apellido, sino como título. Viene de la antigua lengua.

—Quiere decir «señor» —asintió Jon—. Styr es el Magnar de un lugar que se llama Thenn, muy al norte de los Colmillos Helados. Tiene un centenar de hombres y una veintena de salvajes que conocen el Agasajo casi tan bien como nosotros. Pero Mance no encontró el cuerno; menos es nada. El Cuerno del Invierno, eso es lo que buscaban a lo largo del Agualechosa.

—El Cuerno del Invierno es una leyenda muy antigua. —El maestre Aemon se detuvo con el paño en la mano—. ¿De verdad cree el Rey-más-allá-del-Muro que existe?

—Todos lo creen —asintió Jon—. Ygritte me contó que habían abierto un centenar de tumbas... Tumbas de reyes y de héroes, por todo el valle del Agualechosa, pero no...

—¿Quién es Ygritte? —preguntó Donal Noye con cierto retintín.

—Una mujer del pueblo libre. —¿Cómo podía describirles a Ygritte? «Es afectuosa, lista y divertida, y puede besar a un hombre o cortarle la garganta»—. Va con Styr, pero no es... es joven, en realidad casi una niña, una salvaje, pero... —«Mató a un anciano porque había encendido fuego.» Sentía la lengua hinchada y torpe. La leche de la amapola le estaba nublando la mente—. Rompí mis votos con ella. No era mi intención, de verdad, pero... —«No debí hacerlo. No debí amarla, no debí abandonarla...»—. No fui fuerte. Mediamano me lo ordenó: cabalga con ellos, obsérvalos, no te niegues a nada, no...

Se sentía como si tuviera la cabeza llena de algodón húmedo. El maestre Aemon olfateó de nuevo la herida de Jon. Luego dejó el paño ensangrentado en la palangana.

—Donal, el cuchillo caliente, por favor —dijo—. Me va a hacer falta que lo mantengas inmóvil.

«No voy a gritar», se dijo Jon cuando vio la hoja al rojo del cuchillo. Pero también rompió aquel juramento. Donal Noye lo mantuvo tumbado mientras Clydas guiaba la mano del maestre. Jon no se movió excepto para dar puñetazos contra la mesa, una vez, y otra, y otra. El dolor era tan intenso que se sentía pequeño, débil e impotente, como un niño que sollozara en la oscuridad. «Ygritte —pensó cuando el hedor de la carne quemada le llegó a la nariz y su propio grito le retumbó en los oídos—. Ygritte, tuve que hacerlo.» Durante unos instantes, el espantoso dolor empezó a menguar. Pero el hierro le tocó la pierna de nuevo, y Jon se desmayó.

Cuando abrió los ojos estaba envuelto en gruesas mantas de lana y se sentía flotar. No podía moverse, pero tampoco le importaba. Durante un tiempo soñó que Ygritte estaba con él, que lo curaba con manos suaves. Por fin cerró los ojos y se durmió.

El siguiente despertar no fue tan dulce. La estancia estaba a oscuras, pero bajo las mantas, el dolor había regresado: era una punzada en el muslo, que se convertía en un cuchillo al rojo al menor movimiento. Jon lo descubrió por las malas cuando trató de ver si conservaba la pierna. Ahogó un grito y dio otro puñetazo.

—¿Jon? —Apareció una vela, y un rostro bien conocido lo miró desde arriba, enmarcado entre dos grandes orejas—. No debes moverte.

—¿Pyp? —Jon alzó el brazo, y el otro muchacho le agarró la mano y le dio un apretón—. Creía que te habrías ido...

—¿Con el Viejo Granada? No, le parece que soy demasiado pequeño y novato. Grenn también está aquí.

—Yo también estoy aquí. —Grenn se acercó por el otro lado de la cama—. Me he quedado dormido.

—Agua —pidió Jon; tenía la garganta seca. Grenn se la llevó y le acercó el vaso a los labios—. Vi el Puño —dijo tras un largo trago—. La sangre, los caballos muertos... Noye dijo que una docena había conseguido volver... ¿Quiénes?

—Dywen, por ejemplo. Gigante, Edd el Penas, Donnel Hill el Suave, Ulmer, Lew Mano Izquierda, Garth Plumagrís... Cuatro o cinco más. Y yo.

—¿Sam?

—Mató a uno de los Otros, Jon —dijo Grenn apartando la vista—. Yo mismo lo vi. Lo apuñaló con aquel cuchillo de vidriagón que le hiciste, y empezamos a llamarlo Sam el Mortífero. Le sentaba fatal.

«Sam el Mortífero.» A Jon no se le ocurría una persona menos agresiva que Sam Tarly.

—¿Qué le pasó?

—Lo dejamos en el Torreón de Craster. —La voz de Grenn estaba llena de tristeza—. Lo sacudí, le grité, hasta le di una bofetada. Gigante intentó obligarlo a levantarse, pero pesaba demasiado. ¿Te acuerdas de cuando nos estábamos entrenando, cómo se hacía un ovillo en el suelo y se quedaba ahí gimoteando? Pues allí ni siquiera gimoteaba. El Daga y Ollo estaban destrozando las paredes para buscar comida; Garth y Garth luchaban entre ellos; otros se dedicaban a violar a las esposas de Craster. Edd el Penas se imaginó que la banda del Daga mataría a todos los leales, para que no contáramos lo que habían hecho, y nos dablaban en número. Tuvimos que dejar a Sam con el Viejo Oso. Se negaba a moverse, Jon.

«Eras su hermano —estuvo a punto de decirle—. ¿Cómo pudiste abandonarlo allí, entre salvajes y asesinos?»

—Puede que aún esté vivo —dijo Pyp—. Puede que nos dé una sorpresa y llegue mañana.

—Sí, ¡con la cabeza de Mance Rayder! —Jon se dio cuenta de que Grenn quería parecer animado—. ¡Sam el Mortífero!

Jon trató de sentarse otra vez. Fue un error, igual que en la primera ocasión. Dejó escapar un grito y una maldición.

—Grenn, ve a despertar al maestre Aemon —dijo Pyp—. Dile que Jon necesita más leche de la amapola.

«Sí», pensó Jon.

—No —dijo en voz alta—. El Magnar...

—Ya lo sabemos —dijo Pyp—. Los centinelas del Muro tienen instrucciones de controlar también el sur, y Donal Noye ha enviado a varios hombres al Saliente de la Almenara para vigilar el camino Real. Además, el maestre Aemon ha enviado pájaros a Guardiaoriente y a la Torre Sombría.

El maestre Aemon se acercó a la cama con una mano en el hombro de Grenn.

—No hagas esfuerzos, Jon. Está muy bien que te hayas despertado, pero tienes que tomarte tiempo para curarte. Hemos limpiado la herida con vino hirviendo, y te la hemos cubierto con una cataplasma de agujas de pino, semillas de mostaza y pan enmohecido, pero si no descansas...

—No puedo. —Jon luchó contra el dolor para sentarse—. Mance no tardará en llegar... Viene con miles de hombres, gigantes, mamuts... ¿Se ha avisado a Invernalia? ¿Al Rey? —El sudor le corría por la frente. Tuvo que cerrar los ojos un instante.

Grenn y Pyp intercambiaron una mirada de extrañeza.

—No lo sabe.

—Jon —dijo el maestre Aemon—, mientras estabas fuera han pasado muchas cosas, y ninguna buena. Balon Greyjoy volvió a coronarse rey y envió sus barcos contra el norte. Los reyes se multiplican como malas hierbas. Les hemos enviado peticiones de ayuda a todos, pero ninguno nos la manda. Tienen cosas más urgentes en las que ocupar sus espadas; nosotros estamos demasiado lejos, nos han olvidado. En cuanto a Invernalia... Sé fuerte, Jon... Invernalia ya no existe...

—¿Que ya no existe? —Jon se quedó mirando los ojos blancos y el rostro arrugado de Aemon—. Mis hermanos están en Invernalia. Bran y Rickon...

—Lo siento muchísimo, Jon. —El maestre se llevó una mano a la frente—. Tus hermanos murieron por orden de Theon Greyjoy, después de que tomara Invernalia en nombre de su padre. Cuando los vasallos de tu padre amenazaron con recuperar el castillo, le prendió fuego.

—Tus hermanos han sido vengados —dijo Grenn—. El hijo de Bolton mató a todos los hombres del hierro, y se dice que está desollando muy lentamente a Theon Greyjoy por lo que hizo.

—Lo siento, Jon. —Pyp le dio un apretón en el hombro—. Lo sentimos mucho.

A Jon nunca le había caído bien Theon Greyjoy, pero era el pupilo de su padre. Otro espasmo de dolor le recorrió la pierna, y cuando se quiso dar cuenta volvía a estar tumbado.

—Tiene que ser un error —se empecinó—. En Corona de la Reina vi un huargo, un huargo gris... Era gris... Me conocía...

Si Bran estaba muerto, ¿era posible que parte de él siguiera viviendo en el lobo, igual que Orell vivía en su águila?

—Bébete esto.

Grenn le acercó una copa a los labios. Jon bebió. Tenía la cabeza llena de lobos y de águilas, y del sonido de las risas de sus hermanos. Los rostros que lo miraban desde arriba empezaron a difuminarse.

«No es posible que estén muertos. Theon jamás haría una cosa así. Invernalia... Granito gris, hierro y roble, cuervos que vuelan en torno a las torres, el vapor que sube de los estanques calientes del bosque de dioses, los reyes de piedra en sus tronos... ¿Cómo es posible que Invernalia ya no exista?»

Cuando el sueño se apoderó de él volvió a estar en casa una vez más, chapoteando en los estanques calientes, bajo un enorme arciano blanco que tenía el rostro de su padre. Ygritte estaba con él, se reía de él, se iba quitando las pieles hasta quedar tan desnuda como en su día del nombre, intentaba darle un beso, pero él no podía permitírselo, no, su padre estaba mirando. Era de la sangre de Invernalia, era un hombre de la Guardia de la Noche.

—No engendraré un bastardo —le dijo a la muchacha—. Nunca. Nunca.

—No sabes nada, Jon Nieve —susurró ella mientras la piel se le disolvía en el agua caliente y la carne se le desprendía de los huesos, hasta que solo quedaban el cráneo y el esqueleto, y el estanque burbujeaba espeso y rojo.

Catelyn

Oyeron el Forca Verde antes de verlo, un murmullo constante, como el gruñido de una bestia enorme. El río era un torrente en ebullición, bastante más ancho que el año anterior, cuando Robb había dividido allí su ejército y había jurado tomar como esposa a una Frey como precio por cruzar.

«En aquel momento necesitaba a Lord Walder y su puente, y ahora los necesita todavía más. —Mientras Catelyn observaba las turbulentas aguas verdosas, su corazón se llenó de temores—. No hay manera de vadear esta corriente ni de cruzarla a nado, y podría pasar una luna entera antes de que bajen las aguas.»

Al acercarse a Los Gemelos, Robb se puso la corona y llamó a Catelyn y a Edmure para que cabalgaran a su lado. Ser Raynald Westerling portaba su estandarte, el huargo de los Stark sobre un campo blanco hielo.

Las torres del puesto de guardia surgieron de la lluvia como fantasmas, apariciones grises nebulosas que fueron adquiriendo solidez a medida que se acercaban. La fortaleza de los Frey no era un castillo, sino dos; dos imágenes idénticas de piedra húmeda que se alzaban en orillas opuestas de las aguas, unidas por un gran puente en forma de arco. En el centro se encontraba la Torre del Agua, bajo la que discurría la rápida corriente del río. Se habían excavado unos canales que partían de la orilla, para crear unos fosos que convertían cada gemela en una isla. Las lluvias habían transformado los fosos en lagos poco profundos.

Al otro lado de las aguas turbulentas, Catelyn divisó un campamento de millares de hombres, que se extendía al este del castillo; sus estandartes, como gatos ahogados, pendían inertes de los postes de las tiendas. Era imposible distinguir los colores y los emblemas con la lluvia. Le parecía que casi todos eran grises, aunque bajo un cielo como aquel, el mundo entero se teñía de gris.

—Tendrás que ir con mucho cuidado, Robb —alertó a su hijo—. Lord Walder es muy susceptible y tiene la lengua afilada, y sin duda, algunos de sus hijos habrán salido a él. No dejes que te provoquen.

—Ya conozco a los Frey, Madre. Sé bien cuánto los he insultado y cuánto los necesito. Seré tan meloso como un septón.

—Si cuando lleguemos nos ofrecen algún refrigerio, no lo rechaces bajo ningún concepto. —Catelyn se movió incómoda en la silla de montar—. Acepta lo que te den, y come y bebe a la vista de todos. Si no te ofrecen nada, pide pan, queso y una copa de vino.

—La verdad es que tengo más frío que hambre...

—Haz caso de lo que te digo, Robb. Una vez hayas comido su pan y su sal serás su huésped, y las leyes de la hospitalidad te protegerán bajo su techo.

—Me protege un ejército entero, Madre. —Robb no parecía atemorizado; más bien, divertido—. No tengo que confiar en el pan y en la sal. Pero si a Lord Walder le apetece servirme grajo guisado con gusanos, me lo comeré y repetiré.

Cuatro jinetes Frey salieron del puesto de guardia occidental envueltos en pesadas capas de gruesa lana gris. Catelyn reconoció a Ser Ryman, hijo del difunto Ser Stevron, el primogénito de Lord Walder. La muerte de su padre había convertido a Ryman en heredero de Los Gemelos. El rostro que asomaba bajo la capucha era carnoso, ancho y bobalicón. Probablemente, los otros tres serían sus hijos, los bisnietos de Lord Walder.

Edmure confirmó su suposición.

—El mayor se llama Edwyn, es el larguirucho pálido con cara de estreñido. El nervudo de la barba es Walder el Negro, un mal bicho. El que monta al zaino es Petyr; mira qué rostro tiene ese chico. Sus hermanos lo llaman Petyr Espinilla. Apenas es un poco mayor que Robb, pero Lord Walder lo casó a los diez años con una mujer que le triplicaba la edad. Dioses, espero que Roslin no se parezca a él.

Se detuvieron para dejar que sus anfitriones se acercaran a ellos. El estandarte de Robb pendía del asta, y el sonido constante de la lluvia se mezclaba con el ruido de las aguas crecidas del Forca Verde, que les quedaba a la derecha. Viento Gris avanzó, con la cola tiesa y los ojos color oro oscuro entrecerrados. Cuando los Frey estuvieron a media docena de pasos, Catelyn lo oyó gruñir, un rugido sordo que casi era como el de las aguas del río. Robb se sobresaltó.

—Viento Gris, conmigo. ¡Conmigo!

Lejos de obedecer, el huargo dio un salto hacia delante y volvió a gruñir.

El palafrén de Ser Ryman retrocedió con un relincho de terror, y el de Petyr Espinilla se encabritó y derribó a su jinete. El único que pudo controlar su montura fue Walder el Negro, que echó mano al pomo de su espada.

—¡No! —gritaba Robb—. ¡Viento Gris, aquí! ¡Ven aquí!

Catelyn picó espuelas y se situó entre el lobo huargo y los caballos. Los cascos de su yegua levantaron salpicaduras de barro cuando se detuvo ante Viento Gris. El lobo cambió de dirección, y en aquel momento pareció oír la llamada de Robb.

—¿Así se disculpan los Stark? —gritó Walder el Negro con la espada desenvainada—. ¿Queréis congraciaros azuzando al lobo contra nosotros? ¿Para eso habéis venido?

Ser Ryman había desmontado para ayudar a ponerse en pie a Petyr Espinilla. El muchacho estaba cubierto de barro, pero ileso.

—He venido para disculparme por la ofensa que cometí contra vuestra casa y para asistir a la boda de mi tío. —Robb bajó de la montura—. Tomad mi caballo, Petyr. El vuestro ya debe de estar casi en los establos.

Petyr miró a su padre.

—Puedo montar a la grupa con uno de mis hermanos.

Los Frey no se molestaron en hacer ningún gesto respetuoso.

—Llegáis tarde —declaró Ser Ryman.

—Las lluvias nos han demorado —dijo Robb—. Os envié el mensaje con un pájaro.

—No veo a la mujer.

Todos supieron al momento que, con «la mujer», Ser Ryman se refería a Jeyne Westerling. Lady Catelyn esbozó una sonrisa de disculpa.

—La reina Jeyne estaba agotada de tanto viaje, mis señores. Sin duda será un placer para ella visitaros cuando corran tiempos menos turbulentos.

—Mi abuelo se va a disgustar. —Walder el Negro había envainado la espada, pero su tono seguía siendo hostil—. Le he hablado mucho de la dama, y quería verla en persona.

Edwyn carraspeó para aclararse la garganta.

—Os hemos dispuesto habitaciones en la Torre del Agua, Alteza —le dijo a Robb con cortesía cautelosa—. Y también a Lord Tully y Lady Stark. Vuestros señores banderizos serán bienvenidos bajo nuestro techo y están invitados al banquete de bodas.

—¿Qué hay de mis hombres? —preguntó Robb.

—Mi señor abuelo lamenta no poder albergar ni dar de comer a un ejército de tal magnitud. Hemos tenido graves dificultades para conseguir forraje, así como provisiones para nuestros reclutas. Pero no descuidaremos a vuestros hombres. Si quieren cruzar y montar el campamento junto al nuestro, llevaremos barriles de vino y cerveza para que todos beban a la salud de Lord Edmure y su prometida. Hemos plantado tres grandes carpas en la otra orilla, para que se refugien de la lluvia.

—Vuestro señor padre es muy generoso. Mis hombres se lo agradecerán. Llevan muchos días cabalgando empapados.

—¿Cuándo conoceré a mi prometida? —preguntó Edmure Tully adelantándose con su caballo.

—Os espera dentro —le aseguró Edwyn Frey—. Estoy seguro de que sabréis disculpar su timidez. La pobre doncella ha aguardado este momento muy nerviosa. Pero ¿no sería mejor proseguir esta conversación a cubierto de la lluvia?

—Sin duda. —Ser Ryman volvió a montar y alzó a Petyr Espinilla para sentarlo tras él—. Si tenéis la bondad de seguirme, mi señor padre os aguarda.

Hizo dar la vuelta al palafrén y se dirigió hacia Los Gemelos.

—El finado Lord Frey podría haberse tomado la molestia de recibirnos en persona —se quejó Edmure, poniéndose a la altura de Catelyn—. Soy su señor y pronto seré su yerno. Y Robb es su rey.

—Cuando tengas noventa y un años, hermano, ya veremos si tienes muchas ganas de salir a cabalgar bajo la lluvia.

Pero no estaba segura de que aquello fuera del todo cierto. Por lo general, Lord Walder salía en una litera cubierta, que lo habría protegido casi por completo de la lluvia. «¿Un desaire deliberado?» Si era así, seguramente sería el primero de muchos.

Hubo más problemas en el puesto de guardia. Viento Gris se detuvo en seco a mitad del puente levadizo, se sacudió la lluvia del pelaje y empezó a aullar al rastrillo. Robb le silbó con impaciencia.

—¿Qué pasa, Viento Gris? Conmigo. Ven conmigo.

Pero el huargo empezó a enseñar los dientes.

«No le gusta este sitio», pensó Catelyn. Robb tuvo que acuclillarse junto al lobo y hablarle en voz baja para que accediera a pasar bajo el rastrillo. Para entonces, Lothar el Cojo y Walder Ríos ya estaban a su altura.

—Lo que le da miedo es el ruido del agua —dijo Ríos—. Los animales saben que hay que mantenerse lejos de un río crecido.

—En cuanto esté en una perrera seca con una pierna de carnero se encontrará mejor —comentó Lothar alegremente—. ¿Queréis que mande llamar al encargado de los perros?

—Es un huargo, no un perro —dijo Robb—, y es peligroso para aquellos en los que no confía. Ser Raynald, quedaos con él. No quiero que entre así en los salones de Lord Walder.

«Muy hábil —pensó Catelyn—. Así, Robb evita que Lord Walder se encuentre cara a cara con un Westerling.»

La gota y los huesos frágiles le habían cobrado un alto precio al anciano Walder Frey. Los recibió apuntalado con cojines en su sillón y con una manta de armiño sobre el regazo. El sillón era de roble negro, tenía el respaldo tallado con la forma de dos gruesas torres unidas por un puente arqueado y era tan enorme que, en él, el anciano parecía un niño grotesco. El aspecto de Lord Walder era un poco de buitre, y todavía más, de comadreja. En la cabeza calva, que brotaba entre los hombros huesudos, se veían las manchas de la edad. Bajo la escasa barbilla le colgaba la piel flácida de la papada; tenía los ojos nublados y llorosos, y movía sin cesar los labios sobre las encías desdentadas, succionando el aire como un bebé que mamara del pecho de su madre.

Junto a él, de pie, se encontraba la octava Lady Frey. Ocupaba el asiento contiguo una versión más joven del anciano, un hombre flaco y encorvado de unos cincuenta años, cuya lujosa indumentaria de lana azul y seda gris se reforzaba de manera extraña con una corona y un collar adornado con diminutas campanitas de metal. El parecido con su señor era asombroso, a excepción de los ojos; los de Lord Frey eran pequeños, sombríos y desconfiados; los del otro eran grandes, afables y vacíos. Catelyn recordó que uno de los hijos de Lord Walder había engendrado hacía muchos años a un retrasado mental. En anteriores visitas, el señor del Cruce siempre había tenido buen cuidado de que nadie lo viera.

«¿Llevará siempre una corona de bufón, o es otra burla a costa de Robb?» Jamás se habría atrevido a preguntarlo en voz alta.

El resto de la sala estaba abarrotado con los hijos, nietos, cónyuges y criados de los Frey, pero el que habló fue el anciano.

—Estoy seguro de que disculparéis que no me arrodille. Las piernas ya no me funcionan como antes, aunque lo que me cuelga entre ellas sigue trabajando bien, je, je. —Su boca se hendió en una sonrisa desdentada al contemplar la corona de Robb—. Hay quien diría que un rey que se corona con bronce no es gran cosa como monarca, Alteza.

—El bronce y el hierro son más fuertes que el oro y la plata —respondió Robb—. Los antiguos Reyes del Invierno llevaban una corona de espadas como esta.

—De mucho les sirvió cuando llegaron los dragones, je, je. —Aquel «je, je» pareció agradar al retrasado, que agitó la cabeza a un lado y a otro haciendo tintinear la corona y el collar—. Perdonad a mi Aegon; siempre hace mucho ruido —siguió Lord Walder—. Tiene menos sesos que un lacustre, y no había visto nunca a un rey. Es uno de los hijos de Stevron. Lo llamamos Cascabel.

—Ser Stevron me habló de él, mi señor. —Robb sonrió al retrasado—. Bienhallado, Aegon. Vuestro padre era un hombre valeroso.

Cascabel hizo tintinear las campanillas. Un reguerillo de baba le corrió por la comisura de la boca cuando sonrió.

—Ahorraos vuestra regia saliva. Es como si hablarais con un orinal. —Lord Walder paseó la mirada por el resto de los visitantes—. Vaya, Lady Catelyn, si habéis vuelto con nosotros. ¿Y a quién tenemos aquí? Al joven Ser Edmure, el vencedor del Molino de Piedra. Ah, ahora es Lord Tully, siempre se me olvida. Sois el quinto Lord Tully que he conocido. Sobreviví a los otros cuatro, je, je. Vuestra prometida debe de andar por aquí. Me imagino que querréis echarle un vistazo.

—Así es, mi señor.

—Pues así será. Pero vestida, ¿eh? Es doncella y además muy tímida. No la veréis desnuda hasta que os encamemos. —Lord Walder soltó una risita crepitante—. Je, je. Será pronto, será pronto. —Inclinó la cabeza hacia un lado—. Ve a buscar a tu hermana, Benfrey. Y date prisa, que Lord Tully ha hecho un viaje muy largo desde Aguasdulces. —Un joven caballero ataviado con una sobrevesta cuartelada hizo una reverencia y salió, y el anciano se volvió de nuevo hacia Robb—. ¿Qué hay de vuestra esposa, Alteza? ¿Dónde está la hermosa reina Jeyne? Es una Westerling del Risco, según tengo entendido, je, je.

—La dejé en Aguasdulces, mi señor. Como le dijimos a Ser Ryman, estaba agotada después de tanto viaje.

—No sabéis cuánto me entristece lo que me decís. Quería contemplarla con mis ojos, que cada vez me fallan más. La verdad es que todos queríamos verla, je, je. ¿No es así, mi señora?

Lady Frey, pálida y etérea, pareció sobresaltarse cuando se pidió su opinión.

—S-sí, mi señor. Teníamos grandes deseos de rendirle pleitesía a la reina Jeyne. Debe de ser muy bella.

—Es bellísima, mi señora.

En la voz de Robb había una calma gélida que a Catelyn le recordó a la de Ned. El anciano no la oyó o se negó a oírla.

—Más que mis niñas, ¿eh? Je, je. De lo contrario, ¿cómo habrían conseguido su rostro y su cuerpo que el Rey olvidara su solemne promesa?

—Sé que no hay palabras suficientes para disculparme —dijo Robb, soportando el reproche con dignidad—, pero he venido a excusarme por la ofensa que cometí contra vuestra Casa y a suplicar vuestro perdón, mi señor.

—Perdón, je, je. Ah, sí, ya me acuerdo, que jurasteis pedir perdón. Soy viejo, pero ciertas cosas no se me olvidan. A diferencia de lo que pasa con algunos reyes, por lo visto. Los jóvenes no se acuerdan de nada en cuanto ven una cara bonita y un buen par de tetas, ¿verdad? Yo era igual. Hay quienes dicen que todavía lo soy, je, je. Pero se equivocarían, igual que os equivocasteis vos. Bueno, el caso es que ahora habéis venido a enmendar el error. Pero a las que despreciasteis fue a mis niñas. A lo mejor son ellas las que deberían escuchar vuestras disculpas, Alteza. Mis niñas doncellas... Miradlas, miradlas.

Hizo un gesto con la mano, y una bandada de muchachas abandonó su lugar junto a las paredes para ir a alinearse ante el estrado. Cascabel también hizo ademán de levantarse, las campanillas sonaron alegres, pero Lady Frey agarró al retrasado por la manga y lo obligó a sentarse de nuevo.

Lord Walder fue recitando los nombres.

—Mi hija Arwyn. —Señaló a una muchachita de catorce años—. Shirei, la más joven de mis hijas legítimas. Ami y Marianne son mis nietas. Casé a Ami con Ser Pate de Sietecauces, pero la Montaña mató al muy imbécil, así que me la devolvieron. Aquella es Cersei, pero la llamamos Abejita; su madre es una Beesbury. Más nietas. Una se llama Walda, y las otras... bueno, todas tendrán nombre, yo qué sé...

—Yo soy Merry, señor abuelo —dijo una niña.

—Lo que eres es una parlanchina. Al lado de Parlanchina podéis ver a mi hija Tyta. Luego hay otra Walda. Alyx, Marissa... ¿Tú eres Marissa? Ya me parecía a mí. No siempre está calva. El maestre la tuvo que rapar, pero dice que el pelo le volverá a crecer. Las gemelas son Serra y Sarra. —Entrecerró los ojos para mirar a una de las niñas más pequeñas—. Je, je, ¿tú eres otra Walda?

—Soy la Walda de Ser Aemon Ríos, señor bisabuelo —dijo con una reverencia la niña; no tendría más de cuatro años.

—¿Cuánto hace que sabes hablar? Qué más da, no dirás nada sensato en tu vida, igual que tu padre. Que encima también es hijo de bastardo, je, je. Lárgate, aquí solo quiero a las Frey. Al Rey en el Norte no le interesa el ganado sin raza. —Lord Walder miró a Robb; Cascabel sacudió la cabeza, y las campanillas tintinearon—. Aquí las tenéis, todas doncellas. Bueno, y una viuda, pero hay hombres que prefieren mujeres ya estrenadas. Podríais haber tenido a cualquiera de ellas.

—Me habría sido imposible elegir, mi señor —dijo Robb con cauta cortesía—. Todas son enormemente hermosas.

—Y dicen que a mí me falla la vista. —Lord Walder soltó un bufido—. Las hay que no están mal, sí, pero otras... En fin, qué más da. No eran suficiente para el Rey en el Norte, je, je. Bueno, venga, hablad de una vez.

—Mis señoras... —La incomodidad de Robb era evidente, pero había sabido desde el principio que aquel momento iba a llegar y se enfrentó a él sin un parpadeo—. Todos los hombres deberían mantener la palabra que dan, y los reyes más que nadie. Me comprometí a contraer matrimonio con una de vosotras y rompí mi juramento. La culpa no es vuestra. No lo hice para ofenderos, sino porque amaba a otra. No hay palabras que os puedan compensar, lo sé, pero me presento ante vosotras para suplicaros vuestro perdón, de manera que los Frey del Cruce y los Stark de Invernalia vuelvan a ser amigos.

Las niñas más pequeñas se agitaban nerviosas. Sus hermanas mayores aguardaron a que hablara Lord Walder desde su trono negro de roble. Cascabel se mecía adelante y atrás, y las campanitas le tintineaban en el collar y en la corona.

—Muy bien —dijo al final el señor del Cruce—. Habéis estado muy bien, Alteza. «No hay palabras que os puedan compensar», je, je. Bien dicho, bien dicho. Espero que en el banquete de bodas no os neguéis a bailar con mis hijas; dadle gusto a este anciano, je, je. —Movió la cabeza rosada y arrugada de delante atrás, con un gesto muy parecido al de su nieto retrasado, aunque Lord Walder no llevaba campanitas—. Aquí la tenéis, Lord Edmure. Mi hija Roslin, mi más precioso capullito, je, je.

Ser Benfrey la acompañaba cuando entró en la estancia. Se parecían como dos gotas de agua. A juzgar por su edad, ambos eran hijos de la sexta Lady Frey; una Rosby, si Catelyn no recordaba mal.

Roslin era menuda para sus años y tenía la piel tan blanca como si acabara de tomar un baño de leche. Su rostro era hermoso, con la barbilla pequeña, la nariz delicada y grandes ojos castaños. Una espesa mata de cabello caoba le caía en ondas hasta una cintura tan fina que Edmure se la podría rodear con las manos. Bajo el corpiño de encaje de la túnica color azul claro, los pechos parecían pequeños, pero bien formados.

—Alteza. —La niña se arrodilló—. Lord Edmure, espero no haberos decepcionado.

«Ni mucho menos», pensó Catelyn. El rostro de su hermano se había iluminado nada más verla.

—Sois un placer para mis ojos, mi señora —dijo Edmure—. Y sé que siempre lo seréis.

Roslin tenía las palas un poco separadas, por lo que sonreía con timidez, pero el defecto resultaba casi cautivador.

«Muy bonita —pensó Catelyn—, pero es muy menuda y viene de la familia Rosby.» Los Rosby nunca se habían caracterizado por su robustez. Ella habría preferido a alguna de las chicas mayores de la estancia; si eran hijas o nietas, no lo sabía. Tenían un aire de Crakehall, y la tercera esposa de Lord Walder había sido de aquella Casa. «Caderas anchas para parir hijos, pechos grandes para alimentarlos y brazos fuertes para llevarlos. Los Crakehall han sido siempre una familia fuerte, de huesos grandes.»

—Mi señor es muy bondadoso —le dijo Lady Roslin a Edmure.

—Mi señora es muy bella. —Edmure la tomó de la mano y la ayudó a ponerse en pie—. Pero ¿por qué lloráis?

—Es de alegría —dijo Roslin—. Lloro de alegría, mi señor.

—Basta ya —interrumpió Lord Walder—. Ya lloriquearéis y os diréis secretitos cuando estéis casados, je, je. Benfrey, acompaña a tu hermana a sus aposentos; tiene que prepararse para la boda. Y para cuando los encamemos, je, je, que es lo mejor. Para todos, para todos. —Movía la boca sin cesar incluso cuando no hablaba—. Habrá música, la mejor de las músicas, y vino, je, je, correrá el tinto, y corregiremos lo que no debió pasar nunca. Pero ahora estáis cansados, y además empapados; me estáis mojando el suelo. Las chimeneas os esperan encendidas. Hay vino especiado caliente y baños para quien los quiera. Lothar, acompaña a nuestros invitados a sus habitaciones.

—Antes tengo que supervisar a mis hombres mientras cruzan el río, mi señor —dijo Robb.

—No se perderán —replicó Lord Walder—. No es la primera vez que lo cruzan, ¿verdad? Ya lo pasaron cuando vinisteis del norte. Queríais permiso para cruzar y os lo concedí, y vos también me concedisteis algo, aunque se os olvidó, je, je. Pero haced lo que os dé la gana. Si queréis cruzar de la manita a cada uno de vuestros hombres, a mí qué.

—¡Mi señor! —recordó Catelyn de repente—. Os agradeceríamos de corazón que nos dierais algo de comer. Hemos cabalgado muchas leguas bajo la lluvia.

—Queréis comer, je, je. —La boca de Walder Frey se movía como si tuviera vida propia—. Un trozo de pan, un poco de queso, hasta a lo mejor una salchicha.

—Un poco de vino para pasarlo —dijo Robb—. Y sal.

—Pan y sal. Je, je. Claro, claro. —El anciano dio unas palmadas, y varios criados entraron en la estancia. Portaban jarras de vino y bandejas con pan, queso y mantequilla. Lord Walder cogió una copa de tinto, la alzó con una mano llena de manchas y dijo—: Sois mis invitados. Mis honorables huéspedes. Os doy la bienvenida a mi mesa, bajo mi techo.

—Os agradecemos vuestra hospitalidad, mi señor —respondió Robb.

Edmure también le dio las gracias, junto con el Gran Jon, Ser Marq Piper y los demás. Bebieron su vino, y comieron su pan y su mantequilla. Catelyn probó el vino y mordisqueó un trozo de pan, y se empezó a sentir mucho mejor.

«Ahora todo indica que estamos a salvo», pensó.

Sabiendo lo mezquino que podía llegar a ser el anciano, se había temido que sus habitaciones fueran sombrías y tristes, pero al parecer, los Frey habían decidido mostrarse generosos. La cámara nupcial era grande, y el mobiliario, lujoso, dominado por una gran cama con colchón de plumas cuyos postes estaban tallados con forma de torreones de castillo. Los cortinajes eran rojos y azules, los colores de los Tully, un detalle cortés. Los suelos de madera estaban cubiertos de alfombras de grato olor, y la alta ventana con postigos daba hacia el sur. La habitación de Catelyn era más pequeña, pero los muebles eran bonitos y cómodos, y la chimenea estaba encendida. Lothar el Cojo les aseguró que a Robb se le había asignado un aposento acorde a su regia persona.

—Si necesitáis cualquier cosa, solo tenéis que decírselo a uno de los guardias. —Hizo una reverencia y se alejó cojeando escaleras abajo.

—Deberíamos poner guardias nuestros —le dijo Catelyn a su hermano.

Sabía que descansaría mucho más tranquila si había ante su puerta hombres de los Stark y de los Tully. La audiencia con Lord Walder no había sido tan mala como había temido, pero pese a todo, se alegraría cuando todo aquello terminara.

«Unos días más y Robb partirá hacia la batalla, y yo, hacia un cómodo cautiverio en Varamar.» No le cabía duda de que Lord Jason la trataría con toda cortesía, pero la perspectiva le seguía resultando deprimente.

Oyó el sonido de los cascos de los caballos a medida que la larga columna de jinetes avanzaba por el puente que enlazaba los castillos. Las piedras crujían bajo el peso de los cargados carromatos. Catelyn se asomó por la ventana para ver como el ejército de Robb salía de la torre oriental.

—Parece que llueve menos.

—Sí, ahora que estamos bajo techo. —Edmure estaba de pie frente a la chimenea para entrar en calor—. ¿Qué te ha parecido Roslin?

«Demasiado menuda y delicada. Sufrirá mucho cuando dé a luz.» Pero su hermano parecía muy contento con la niña, de manera que se mordió la lengua.

—Encantadora —se limitó a decir.

—Creo que le he gustado. ¿Por qué lloraría?

—Es una doncella en la víspera de su boda. Siempre lloriquean.

Lysa había llorado a mares la mañana de su matrimonio, aunque consiguió tener los ojos secos y un aspecto radiante cuando Jon Arryn le puso sobre los hombros la capa azul y crema.

—Es mucho más bonita de lo que esperaba. —Edmure alzó una mano antes de que Catelyn dijera nada—. Ya lo sé, ya lo sé, hay cosas más importantes, no me vengas con sermones, septa. Pero... ¿te has fijado en algunas de las doncellas que nos ha mostrado Frey? Una tenía un tic. ¿Padecerá la enfermedad de los temblores? Por no mencionar a las gemelas; tenían más granos y erupciones que Petyr Espinilla. Con semejante manada, me imaginé que Roslin sería calva y tuerta, que tendría los sesos de Cascabel y el carácter de Walder el Negro. Pero parece encantadora además de bonita. —Edmure estaba desconcertado—. ¿Por qué se negaría el viejo a dejarme elegir si no pretendía encajarme una esposa repulsiva?

—Todo el mundo sabe de tu gusto por las caras bonitas —le recordó Catelyn—. Puede que Lord Walder quiera que seas feliz con tu prometida. —«O más probable, que no quisiera que montaras un escándalo y echaras por tierra sus planes»—. O tal vez Roslin sea su favorita. El señor de Aguasdulces es un partido mucho mejor que el que pueda esperar la mayoría de sus hijas.

—Es verdad. —Pero su hermano seguía sin estar seguro—. Oye, ¿es posible que Roslin sea estéril?

—Lord Walder quiere que su nieto herede Aguasdulces. ¿Qué ganaría dándote una esposa que no puede tener hijos?

—Se libraría de una hija a la que nadie más querría.

—Eso no le serviría de nada. Walder Frey es rencoroso, no idiota.

—Bueno, pero ¿es posible?

—Sí —reconoció Catelyn de mala gana—. Hay enfermedades que una niña puede padecer en la infancia y la dejan incapaz de concebir. Pero no hay nada que indique que le ocurriera algo así a Lady Roslin. —Contempló la habitación—. La verdad sea dicha, los Frey nos han recibido con más amabilidad de la que esperaba.

—Unas cuantas frases afiladas y un poco de malicia que no venía a cuento. Muy cortés, el viejo. Pensaba que se mearía en el vino y luego nos obligaría a hablar maravillas de la cosecha. —Edmure se echó a reír.

Aunque no sabía por qué, aquella broma intranquilizó a Catelyn.

—Si me disculpas, voy a cambiarme de ropa; estoy empapada.

—Como quieras. —Edmure bostezó—. Yo voy a echar una siesta.

Catelyn se retiró a su habitación. El baúl de ropa con que había viajado desde Aguasdulces estaba al pie de la cama. Tras desvestirse y colgar la ropa mojada ante la chimenea, se puso un abrigado vestido de lana con los colores rojo y azul de los Tully, se lavó y se cepilló el pelo hasta tenerlo seco, y salió en busca de los Frey.

El trono de roble negro de Lord Walder estaba vacío cuando entró en la estancia, pero junto a la chimenea había varios de sus hijos bebiendo. Lothar el Cojo se levantó con torpeza nada más verla.

—Pensaba que estaríais durmiendo, Lady Catelyn. ¿En qué os puedo ayudar?

—¿Son estos vuestros hermanos? —preguntó.

—Hermanos, medio hermanos, cuñados y sobrinos. Raymund y yo somos hijos de la misma madre. Lord Lucias Vypren es el marido de mi hermanastra Lythene, y Ser Damon es su hijo. A mi hermano Ser Hosteen ya lo conocéis. Y estos son Ser Leslyn Haigh y sus hijos, Ser Harys y Ser Donnel.

—Bienhallados, señores. ¿No está Ser Perwyn? Fue uno de los hombres que me escoltaron hasta Bastión de Tormentas cuando Robb me envió allí a hablar con Lord Renly. Me gustaría volver a verlo.

—Perwyn está ausente —dijo Lothar el Cojo—. Le diré que habéis preguntado por él. Sentirá mucho no haberos visto.

—¿No volverá a tiempo para la boda de Lady Roslin?

—Esa esperanza tenía él —respondió Lothar el Cojo—. Pero, con estas lluvias... Ya habéis visto lo crecidos que bajan los ríos, mi señora.

—Desde luego —asintió Catelyn—. ¿Tendríais la amabilidad de llevarme a ver a vuestro maestre?

—¿Os encontráis mal, mi señora? —preguntó Ser Hosteen, un hombre de constitución fuerte y mandíbula cuadrada.

—Problemas femeninos. Nada de importancia, ser.

Lothar, galante como siempre, la acompañó fuera de la estancia. Subieron unas escaleras, cruzaron un puente cubierto y llegaron a otro tramo de peldaños.

—El maestre Brenett debe de estar en el torreón superior, mi señora.

Catelyn no se habría sorprendido si el maestre fuera otro hijo de Walder Frey, pero Brenett no tenía ningún parecido familiar. Era un hombretón gordo, calvo, con papada y no demasiado pulcro, a juzgar por las manchas de excrementos de cuervo que tenía en las mangas de la túnica, pero parecía agradable. Cuando le comentó la preocupación de Edmure por la fertilidad de Lady Roslin soltó una risita.

—Vuestro señor hermano no tiene nada que temer, Lady Catelyn. Es menuda, sin duda, y de caderas estrechas, pero su madre era igual, y Lady Bethany le dio a Lord Walder un hijo cada año.

—¿Cuántos superaron con vida la infancia? —preguntó sin rodeos.

—Cinco. —Alzó otros tantos dedos gruesos como salchichas—. Ser Perwyn; Ser Benfrey; el maestre Willamen, que hizo los votos el año pasado y ahora sirve a Lord Hunter en el Valle; Olyvar, que fue escudero de vuestro hijo, y Lady Roslin, la más pequeña. Cuatro varones y una hembra. Lord Edmure no sabrá qué hacer con tantos hijos.

—Se alegrará de saberlo.

Así que la muchacha, además de bonita, era probablemente fértil. «Eso tranquilizará a Edmure.» En su opinión, Lord Walder no le había dado ningún motivo de queja a su hermano.

Tras dejar al maestre Catelyn no regresó a sus habitaciones, sino que fue a ver a Robb. Lo encontró en compañía de Robin Flint y Ser Wendel Manderly, además del Gran Jon y su hijo, a quien todavía seguían llamando Pequeño Jon, aunque pronto sería más alto que su padre. Todos estaban empapados. Otro hombre más, aún más calado que ellos, estaba ante la chimenea con una capa color rosa claro ribeteada con piel blanca.

—Lord Bolton —saludó.

—Lady Catelyn —respondió él con voz tenue—, es un placer volver a veros, incluso en estas tristes circunstancias.

—Sois muy amable. —Catelyn percibió la desesperanza que reinaba en la sala. Hasta el Gran Jon parecía sombrío y postrado. Observó los rostros ceñudos de los hombres—. ¿Qué ha pasado? —preguntó.

—Los Lannister están en el Tridente —respondió Ser Wendel con tristeza—. Han vuelto a tomar prisionero a mi hermano.

—Y Lord Bolton nos trae más noticias de Invernalia —añadió Robb—. Ser Rodrik no ha sido el único hombre bueno que ha muerto. También mataron a Cley Cerwyn y a Leobald Tallhart.

—Cley Cerwyn no era más que un muchacho —dijo ella entristecida—. Entonces, ¿era verdad? ¿Han muerto todos? ¿Invernalia ha desaparecido?

—Los hombres del hierro quemaron el castillo y la ciudad del invierno. —Bolton la miraba con sus ojos claros—. Mi hijo Ramsay se llevó a algunos de los vuestros a Fuerte Terror.

—Vuestro bastardo ha sido acusado de crímenes horrendos —le recordó Catelyn con tono brusco—. Asesinato, violación y cosas aún peores.

—Sí —dijo Roose Bolton—. No voy a negar que su sangre está mancillada. Pero es un buen luchador, tan astuto como valiente. Cuando los hombres del hierro mataron a Ser Rodrik y después a Leobald Tallhart, recayó sobre Ramsay la responsabilidad de ponerse al frente de la batalla, y así lo hizo. Jura que no envainará la espada mientras quede un Greyjoy en el norte. Puede que eso sirva para que expíe en parte los crímenes que su sangre de bastardo lo llevó a cometer. —Se encogió de hombros—. O puede que no. Cuando termine la guerra será Vuestra Alteza quien sopese los hechos y lo juzgue. Espero que para entonces Lady Walda ya me haya dado un hijo legítimo.

«Qué hombre tan frío», pensó Catelyn, y no era la primera vez.

—¿Ramsay dijo algo de Theon Greyjoy? —quiso saber Robb—. ¿Murió también o consiguió escapar?

Roose Bolton sacó una sucia tira de cuero de la bolsa que llevaba colgada del cinturón.

—Mi hijo envió esto junto con la carta.

Ser Wendel volvió el rostro regordete para apartar la vista. Robin Flint y el Pequeño Jon intercambiaron una mirada, y el Gran Jon bufó como un toro.

—¿Eso es... piel humana? —preguntó Robb.

—La piel del dedo meñique de la mano izquierda de Theon Greyjoy. Lo reconozco, mi hijo es cruel. Pero... ¿qué es un poco de piel en comparación con la vida de los dos jóvenes príncipes? Vos erais su madre, mi señora. ¿Me permitís que os ofrezca esto como una pequeña muestra de venganza?

Una parte de Catelyn habría querido estrechar contra el pecho el macabro trofeo, pero se forzó a resistir.

—Guardad eso, por favor.

—Despellejando a Theon no recuperaremos a mis hermanos —dijo Robb—. Quiero su cabeza, no su piel.

—Es el único hijo varón de Balon Greyjoy —dijo Lord Bolton en voz baja, como si los demás lo hubieran olvidado—, y por tanto, ahora es el legítimo rey de las Islas del Hierro. No puede haber mejor rehén que un rey prisionero.

—¿Rehén? —La sola palabra hizo que a Catelyn se le erizara el vello. Los rehenes servían para intercambiarlos—. Lord Bolton, espero que no estéis sugiriendo que dejemos libre al hombre que mató a mis hijos.

—Sea quien sea el que ocupe el Trono de Piedramar, querrá ver muerto a Theon Greyjoy —señaló Bolton—. Aun prisionero, su derecho al trono supera al de cualquiera de sus tíos. Mi propuesta es que lo retengamos y negociemos con los hijos del hierro el precio de su ejecución.

—Bien —asintió Robb después de sopesar la posibilidad de mala gana—. De acuerdo. Que lo mantenga con vida, al menos de momento. Retenedlo en Fuerte Terror hasta que reconquistemos el norte.

—¿Qué ha dicho Ser Wendel sobre hombres de los Lannister en el Tridente? —preguntó Catelyn volviéndose hacia Roose Bolton.

—Fue culpa mía, mi señora. Tardé demasiado en salir de Harrenhal. Aenys Frey partió días antes que yo y cruzó el Tridente por el Vado Rubí, aunque no sin dificultades. Pero cuando llegué, las aguas del río eran torrenciales. No me quedó más remedio que cruzar a mis hombres en botes, y teníamos muy pocos. Dos terceras partes de mi ejército se encontraban ya en la orilla norte cuando los Lannister atacaron a los que no habían cruzado todavía. Eran sobre todo hombres de Norrey, Locke y Burley, con Ser Wylis Manderly y sus caballeros de Puerto Blanco en la retaguardia. Yo estaba al otro lado del Tridente; no pude prestarles ayuda. Ser Wylis concentró nuestras fuerzas lo mejor que pudo, pero Gregor Clegane atacó con la caballería y las empujó hacia el río. Murieron tantos ahogados como por la espada. Muchos huyeron, y a los demás los tomaron prisioneros.

Catelyn pensó que no había oído nunca el nombre de Gregor Clegane relacionado con nada bueno. ¿Tendría que ir Robb hacia el sur para enfrentarse a él? ¿O sería la Montaña quien iría a ellos?

—Entonces, ¿Clegane ha cruzado el río?

—No. —Bolton seguía hablando en voz baja, pero sin titubeos—. Dejé seiscientos hombres en el vado: lanceros de los riachuelos, las montañas y el Cuchillo Blanco, un centenar de arqueros de Hornwood, unos cuantos jinetes libres y caballeros errantes, y buen número de hombres de Stout y Cerwyn. Ronnel Stout y Ser Kyle Condon están al mando. Como seguramente recordaréis, Ser Kyle era la mano derecha del difunto Lord Cerwyn, mi señora. Los leones no nadan mejor que los lobos, así que, mientras el río baje crecido, Ser Gregor no lo cruzará.

—Lo que menos falta nos hace es tener a la Montaña a la espalda cuando nos pongamos en marcha por el camino alto —dijo Robb—. Hicisteis muy bien, mi señor.

—Vuestra Alteza es demasiado amable. Sufrí terribles pérdidas en el Forca Verde, y a Glover y Tallhart les fue aún peor en el Valle Oscuro.

—El Valle Oscuro. —En labios de Robb, el nombre sonaba como una maldición—. Os aseguro que Robett Glover lo pagará muy caro cuando le ponga la mano encima.

—Fue una locura —asintió Lord Bolton—. Pero tened en cuenta que Glover perdió la cabeza cuando se enteró de que Bosquespeso había caído. El dolor y el miedo pueden alterar a cualquiera.

El Valle Oscuro era cosa del pasado; la preocupación de Catelyn eran las batallas que aguardaban en el futuro.

—¿Cuántos hombres le habéis traído a mi hijo? —preguntó a Roose Bolton sin rodeos.

Los extraños ojos incoloros le escudriñaron el rostro un momento antes de responder.

—Unos quinientos a caballo y tres mil a pie, mi señora. Son sobre todo de Fuerte Terror, y algunos, de Bastión Kar. La lealtad de los Karstark es más que dudosa, así que pensé que sería mejor no perderlos de vista. Lamento que no sean más.

—Son suficientes —dijo Robb—. Lord Bolton, estaréis al mando de mi retaguardia. Mi intención es partir hacia el Cuello en cuanto mi tío esté casado, tras la noche de bodas. Señores, volvemos a casa.

Arya

Los jinetes de la avanzadilla llegaron a ellos a una hora del Forca Verde, ya que el carromato avanzaba con dificultad por el lodazal en que se había convertido el camino.

—Mantén la cabeza gacha y la boca cerrada —le advirtió el Perro mientras los tres hombres, un caballero y dos escuderos de armadura ligera montados en veloces palafrenes, espoleaban a sus monturas hacia ellos.

Clegane hizo restallar el látigo sobre los dos caballos de tiro, que habían vivido tiempos mejores. El carromato crujía y se mecía, mientras las dos grandes ruedas de madera aplastaban el lodo de los profundos surcos del camino. Desconocido iba detrás, atado.

El hosco corcel no llevaba defensas ni arneses, y el propio Perro se había vestido con una sucia túnica de lana basta color verde y un manto gris hollín con capucha, que le ocultaba la cara. Mientras mantuviera la vista baja, nadie le podría ver el rostro; solo destacaba en él el blanco de los ojos. Parecía un campesino venido a menos... aunque un campesino muy alto. Y Arya sabía que la túnica ocultaba una coraza y una cota de malla. Ella parecía el hijo del campesino, o tal vez un porquerizo, y en el carromato llevaban cuatro barriletes de cerdo en salazón y otro de manitas de cerdo en escabeche.

Los jinetes se separaron y dieron una vuelta en torno a ellos para observarlos antes de acercarse. Clegane detuvo el carromato y aguardó con paciencia. El caballero llevaba lanza y espada, mientras que sus escuderos iban armados con arcos largos. Los distintivos de sus jubones eran versiones en miniatura del emblema bordado en el de su señor: un tridente de sable en una barra de oro sobre campo de gules. Arya había planeado revelar su identidad a los primeros jinetes con que se cruzaran, pero siempre se los había imaginado con capas grises y el lobo huargo en el pecho. Se habría arriesgado si hubieran lucido el gigante de Umber o el puño de Glover, pero no conocía de nada al caballero del tridente ni sabía a quién servía. Lo más parecido a un tridente que había visto en Invernalia era el que llevaba en la mano el tritón de Lord Manderly.

—¿Qué os trae a Los Gemelos? —preguntó el caballero.

—Vamos a llevar cerdo en salazón para el banquete de bodas, si os place, ser —murmuró el Perro con los ojos bajos y el rostro oculto.

—El cerdo en salazón nunca me place.

El caballero del tridente apenas miró a Clegane, y a Arya no le prestó la menor atención; en cambio, examinó a Desconocido con detenimiento. Era obvio que el corcel no era un caballo de labranza. Uno de los escuderos estuvo a punto de rodar por tierra cuando el enorme caballo negro lanzó un mordisco a su montura.

—¿Cómo es que tenéis un animal así? —exigió saber el caballero del tridente.

—Mi señora me ordenó traerlo, ser —respondió humildemente Clegane—. Es un regalo de bodas para el joven Lord Tully.

—¿Qué señora? ¿A quién servís?

—A la anciana Lady Whent, ser.

—¿Acaso cree que puede recuperar Harrenhal al precio de un caballo? —bufó el hombre—. Dioses, ¿hay peor imbécil que una vieja imbécil? —Pese a todo, les hizo gestos para que reanudaran la marcha—. Venga, venga, seguid.

—Sí, mi señor.

El Perro hizo restallar de nuevo el látigo, y los viejos caballos de tiro reanudaron la marcha cansina. Durante la parada, las ruedas se habían hundido profundamente en el lodo, y las bestias tuvieron que tirar un rato para liberarlas. Para entonces, los jinetes ya se estaban alejando. Clegane les lanzó una última mirada y soltó un bufido.

—Ser Donnel Haigh —dijo—. He perdido la cuenta de los caballos que le he quitado. Y también armaduras. Una vez estuve a punto de matarlo en una lucha cuerpo a cuerpo.

—Entonces, ¿cómo es que no te ha reconocido? —preguntó Arya.

—Porque los caballeros son imbéciles: habría sido indigno de él mirar dos veces a un campesino picado de viruelas. —Azuzó a los caballos con el látigo—. Mantén la vista baja, habla con tono respetuoso, di muchas veces lo de *ser,* y la mayor parte de los caballeros ni siquiera te ven. Prestan más atención a los caballos que a la gente del pueblo. Si alguna vez me hubiera visto a lomos de Desconocido, lo habría reconocido.

«Y también habría reconocido tu cara.» A Arya no le cabía duda. Una vez vistas las quemaduras de Sandor Clegane, no era fácil olvidarlas. Tampoco le servía de nada ocultar las cicatrices detrás de un yelmo que tenía la forma de un perro con la boca abierta en un gruñido.

Por aquel motivo les habían hecho falta el carromato y las manos de cerdo en escabeche.

—No permitiré que me encadenen y me arrastren a la presencia de tu hermano —le había dicho el Perro—, y preferiría no tener que matar a sus hombres para llegar hasta él. Así que vamos a jugar un poco.

Un campesino con el que se toparon por casualidad en el camino Real les había proporcionado el carromato, los caballos de tiro, los atuendos y los barriles, aunque no precisamente de buena gana. El Perro se lo había quitado todo a punta de espada. El campesino lo maldijo y lo llamó mil veces ladrón.

—Nada de eso. Solo estoy abasteciéndome. Alégrate de que te haya dejado la ropa interior. Venga, quítate también las botas. O si lo prefieres te corto las piernas, tú eliges.

El campesino era tan corpulento como Clegane, pero aun así optó por entregarle las botas y conservar las piernas.

El ocaso los sorprendió mientras avanzaban hacia el Forca Verde y los castillos gemelos de Lord Frey.

«Casi he llegado», pensó Arya. Sabía que debería estar emocionada, pero tenía un nudo prieto en el estómago. Quizá fuera por la fiebre con la que había estado luchando, pero también era posible que no. La noche anterior había tenido una pesadilla espantosa. Ya no recordaba en qué consistía, pero la sensación que le dejó no la había abandonado en todo el día; al contrario, se había ido haciendo cada vez más intensa. «El miedo hiere más que las espadas.» Tenía que ser fuerte, tal como le había dicho su padre. Solo se interponían entre su madre y ella la puerta de un castillo, un río y un ejército... pero era el ejército de Robb, por lo que no suponía ningún peligro. ¿Verdad?

Pero Roose Bolton estaba con ellos. El Señor de las Sanguijuelas, como lo llamaban los bandidos. Aquello la ponía nerviosa. Había escapado de Harrenhal para huir de Bolton tanto como de los Titiriteros Sangrientos, y para ello tuvo que cortarle el cuello a uno de los guardias. ¿Sabría que lo había hecho ella? ¿O culparía a Gendry, o a Pastel Caliente? ¿Se lo habría dicho a su madre? ¿Qué haría cuando la viera?

«Seguro que ni siquiera me reconoce.» En aquellos momentos parecía más un ratón ahogado que la copera de un señor. Un ratón. El Perro le había cortado mechones de cabello hacía tan solo dos días. Como barbero era aún peor que Yoren, y le había dejado una gran calva en una sien. «Seguro que Robb tampoco me reconoce. Ni mi madre.» La última vez que los vio, el día en que Lord Eddard Stark partió de Invernalia, no era más que una niña pequeña.

Oyeron la música antes incluso de ver el castillo: el retumbar de los tambores, el estrépito de los cuernos y el aullido de las gaitas, apenas audibles por encima del rugido del río y el repiqueteo de la lluvia que les caía sobre la cabeza.

—Nos hemos perdido la boda —señaló el Perro—, pero parece que el banquete aún no ha terminado. Pronto me libraré de ti.

«No, yo me libraré de ti», pensó Arya.

El camino discurría rumbo noroeste en su mayor parte, pero en aquel punto se desviaba hacia el oeste entre un pomar y un maizal ahogado por la lluvia. Pasaron junto al último manzano y coronaron un montículo, y de repente tuvieron ante ellos los castillos, el río y los campamentos. Había cientos de caballos y millares de hombres, la mayor parte de los cuales pululaba en torno a tres gigantescas carpas de festejos que se alzaban juntas frente a las puertas del castillo, como tres enormes salones de lona. Robb había montado su campamento a buena distancia de las murallas, en terrenos más elevados y secos, pero el Forca Verde se había desbordado y había arrastrado incluso las tiendas colocadas con menos cuidado.

Allí la música de los castillos sonaba con más fuerza. El sonido de los tambores retumbaba por el campamento. Los músicos del castillo más cercano tocaban una canción diferente de la de los del castillo de la otra orilla, de manera que más que música, aquello parecía una batalla.

—No lo hacen nada bien —observó Arya.

El Perro emitió un sonido que podía pasar por una carcajada.

—Seguro que alguna vieja sorda de Lannisport se está quejando del ruido. Tenía entendido que a Walder Frey le fallaba ya la vista, pero no sabía que estuviera como una tapia.

Arya habría dado cualquier cosa por que fuera de día. Si hubiera sol y soplara el viento, podría ver mejor los estandartes. Habría buscado el lobo huargo de los Stark, o tal vez el hacha de combate de los Cerwyn, o el puño de los Glover. Pero, en la penumbra de la noche, todos los colores se confundían con el gris. La lluvia había cesado casi y no era más que una llovizna ligera, poco más que una niebla húmeda, pero un chaparrón previo había convertido los estandartes en trapos empapados, lacios e irreconocibles.

A todo lo largo del perímetro se habían dispuesto los carros y carromatos, a modo de rudimentaria muralla para protegerse de cualquier ataque. Allí fue donde los detuvieron los guardias. El farol que sostenía su sargento proyectaba la suficiente luz para que Arya viera que llevaba una capa rosa salpicada de lágrimas rojas. Los hombres que lo obedecían llevaban bordado en el pecho el emblema del Señor de las Sanguijuelas, el hombre desollado de Fuerte Terror. Sandor Clegane les dijo lo mismo que a los exploradores, pero el sargento de Bolton era más duro de pelar que Ser Donnel Haigh.

—El cerdo en salazón no es digno del banquete de bodas de un señor —dijo con desprecio.

—También llevamos manitas de cerdo en escabeche, ser.

—No serán para el banquete. Además, está a punto de terminar. Y nada de *ser;* soy un norteño, no un caballero sureño por destetar.

—Me han dicho que hable con el mayordomo o con el cocinero...

—El castillo está cerrado. No se puede molestar a los señores. —El sargento se paró a pensar un instante—. Podéis descargarlo todo junto a las carpas del banquete, allí. —Señaló con la mano enfundada en un guantelete—. La cerveza da hambre, y seguro que el viejo Frey no echa en falta unas cuantas manitas de cerdo. No es que a mí me gusten. Preguntad por Sedgekins; él sabrá qué hacer con vosotros.

Gritó una orden, y sus hombres empujaron uno de los carromatos para abrirles paso.

El látigo del Perro azuzó a los caballos de tiro hacia las tiendas. Nadie les prestaba atención. Pasaron junto a hileras de pabellones de colores vivos, con las paredes de seda mojada iluminadas como si fueran farolillos de colores por las lámparas y braseros del interior; centelleaban rosa, doradas, verdes, a rayas, a cuadros y moteadas, con sus emblemas de aves, bestias, cheurones, estrellas, ruedas y armas. Arya divisó una tienda amarilla con el emblema de las seis bellotas: tres en la parte de arriba, dos en medio y una en el extremo inferior. «Lord Smallwood», supo al instante. Se acordó del lejano Torreón Bellota, y de la dama que le había dicho que era bonita.

Pero por cada pabellón de seda iluminado había dos docenas de fieltro o lona, opacos y oscuros. Eran las tiendas barracón, con capacidad para albergar a cuarenta soldados cada una, aunque parecían diminutas comparadas con las tres gigantescas carpas del banquete. Por lo visto, allí se bebía desde hacía horas. Arya oyó brindis a gritos y entrechocar de copas, todo ello mezclado con los sonidos habituales de un campamento: los relinchos de los caballos, los ladridos de los perros, el traqueteo de los carromatos en la oscuridad, las risas y maldiciones, el tintinear del acero y el estrépito de la madera. La música sonaba más alta cuanto más se acercaban al castillo, pero por debajo de ella se oía un sonido más profundo, más oscuro: el río, el crecido Forca Verde, que rugía como un león en su madriguera.

Arya se giraba y miraba hacia todas partes con la esperanza de divisar un emblema del lobo huargo, una tienda gris y blanca, un rostro que conociera de Invernalia. Pero solo vio a desconocidos. Divisó a un hombre gordo que orinaba entre los juncos, pero no era Barrigón. Vio a una chica medio desnuda que salía de una tienda entre carcajadas, pero la tienda era color azul claro, no gris como le había parecido al principio, y el hombre que salió corriendo tras ella llevaba en el jubón un gato arbóreo, no un lobo. Bajo un árbol, cuatro arqueros introducían cordones encerados por los huecos donde se insertaban las cuerdas de sus arcos, pero no eran los arqueros de su padre. Un maestre se cruzó en su camino, pero era demasiado joven y delgado como para ser el maestre Luwin. Arya alzó la vista hacia Los Gemelos. Las ventanas de la torre más alta brillaban allí donde ardían fuegos en las habitaciones. En medio de la neblina de la lluvia, los castillos tenían un aspecto siniestro y misterioso, como los de los cuentos de la Vieja Tata, pero no estaban en Invernalia.

Junto a las carpas del banquete había muchas más personas. Las amplias cortinas estaban atadas a los lados, y los hombres entraban y salían con cuernos y picheles de cerveza en las manos, algunos acompañados por vivanderas. Arya echó un vistazo al interior de la primera de las tres carpas cuando el Perro pasó junto a ella, y vio a centenares de hombres apretujados en los bancos y dándose empellones en torno a los barriles de cerveza, vino e hidromiel. Dentro apenas había espacio para moverse, pero por lo visto, a nadie le importaba. Al menos hacía calor y estaban secos. Arya, helada y empapada, los envidiaba. Algunos hasta cantaban. Junto a la entrada por la que escapaba el calor humano, la tenue lluvia se convertía en vapor.

—¡Por Lord Edmure y por Lady Roslin! —oyó gritar, y todos bebieron.

—¡Por el Joven Lobo y la reina Jeyne! —gritó otra voz.

«¿Quién será la reina Jeyne?», se preguntó Arya sin mucho interés. La única reina a la que conocía era Cersei.

En el exterior de las carpas se habían excavado agujeros para las hogueras, resguardados bajo rudimentarias marquesinas de ramas entrelazadas cubiertas de pieles que las protegerían de la lluvia, siempre que no cayera sesgada. Pero el viento soplaba del río, de manera que la llovizna se colaba lo suficiente para que los fuegos sisearan y chisporrotearan. Los criados daban vueltas a los pedazos de carne ensartados en espetones, sobre las llamas. El olor le hizo la boca agua a Arya.

—¿Por qué no paramos? —le preguntó a Sandor Clegane—. En esas carpas hay norteños. —Los había reconocido por las barbas, por los rostros, por las capas de piel de oso y de foca, por los brindis que oía y las canciones que cantaban: eran hombres de Karstark, de Umber y de los clanes de las montañas—. Seguro que también hay algunos de Invernalia.

Hombres de su padre, del Joven Lobo, los lobos huargo de Stark.

—Tu hermano debe de estar en el castillo —dijo—. Y también tu madre. ¿Quieres ir con ellos o no?

—Sí —respondió—. ¿Qué pasa con Sedgekins? El sargento nos ha dicho que preguntáramos por él.

—Por mí, el tal Sedgekins se puede meter un atizador al rojo por el culo. —Clegane hizo restallar el látigo, que silbó en medio de la lluvia y se estrelló contra el flanco de un caballo—. A quien quiero ver es a tu maldito hermano.

Catelyn

El sonido de los tambores retumbaba, retumbaba y retumbaba, y las sienes de Catelyn latían a su ritmo. Las gaitas aullaban y las flautas gorjeaban en la galería de los músicos, al fondo de la sala; los violines chirriaban, los cuernos rugían y los fuelles vibraban con la briosa melodía, pero los tambores lo ahogaban todo. Los sonidos rebotaban en las vigas mientras los invitados comían, bebían y se gritaban para hacerse entender.

«Si Walder Frey cree que esto es música, debe de estar sordo como una tapia.» Catelyn bebió un trago de vino y vio a Cascabel hacer cabriolas al ritmo de «Alysanne». O lo que a ella le parecía que pretendía ser «Alysanne». Con aquellos músicos, lo mismo podría ser «El oso y la doncella».

En el exterior, la lluvia caía incesante, pero dentro de Los Gemelos, la atmósfera estaba recalentada y enrarecida. En la chimenea, el fuego rugía, y en las paredes, hileras e hileras de antorchas ardían humeantes en sus apliques de hierro. Pero la mayor parte del calor procedía de los cuerpos de los invitados a la boda, tan apretujados en los bancos que cuando uno trataba de alzar la copa, le daba un codazo en las costillas a su vecino.

Incluso en el estrado estaban demasiado apretados para el gusto de Catelyn. La habían sentado entre Ser Ryman Frey y Roose Bolton, y entre los dos le embotaban la nariz. Ser Ryman bebía como si se fuera a acabar todo el vino de Poniente, y luego lo sudaba por las axilas. Por su olor, se había bañado en agua de limón, pero no había limón capaz de enmascarar tanto sudor agrio. El olor de Roose Bolton era más dulce, pero no más grato. En vez de vino o hidromiel bebía cordial, y apenas comía.

Catelyn comprendía que no tuviera apetito. El banquete de bodas había empezado con una sopa de puerros aguada, seguida por una ensalada de judías verdes, cebollas y remolachas, lucio escalfado en leche de almendras, cuencos de puré de nabos que estaban fríos antes de llegar a la mesa, sesos de ternera en gelatina y tajadas de buey correoso. No eran platos dignos del banquete al que asistía un rey, y los sesos de ternera le revolvieron el estómago a Catelyn. Pero Robb comió de todo sin hacer un mal gesto, y su hermano estaba demasiado embelesado con su reciente esposa para prestar atención.

«Quién diría ahora que Edmure se estuvo quejando de Roslin todo el camino desde Aguasdulces hasta Los Gemelos.» Los desposados comían del mismo plato, bebían de la misma copa y, entre trago y trago, intercambiaban castos besos. Edmure rechazaba la mayoría de los platos. Catelyn también lo comprendía. Apenas conservaba algún recuerdo de la comida que se sirviera en su banquete nupcial. «¿La llegué a probar siquiera? ¿O me pasé todo el tiempo mirando la cara de Ned, preguntándome quién era aquel hombre?»

La sonrisa de la pobre Roslin parecía congelada, como si se la hubieran cosido a la cara. «Claro, es una doncella recién desposada; tiene miedo de lo que pueda pasar cuando la encamen. Debe de estar tan aterrada como lo estaba yo.» Robb estaba sentado entre Alyx Frey y Walda la Bella, dos de las doncellas Frey en edad de merecer.

—Espero que en el banquete de bodas no os neguéis a bailar con mis hijas —había dicho Walder Frey—. Complaced a este anciano.

Pues el anciano quedaría complacido. Robb había cumplido con su deber como un rey. Había bailado con todas las muchachas: con la novia y con la octava Lady Frey; con la viuda Ami y con la esposa de Roose Bolton, Walda la Gorda; con las gemelas llenas de granos llamadas Serra y Sarra, y hasta con Shirei, la más joven de la progenie de Lord Walder, que tendría unos seis años. Catelyn se preguntó si el señor del Cruce estaría satisfecho o si encontraría motivos de protesta en todas las otras hijas y nietas que no habían tenido turno con el Rey.

—Vuestras hermanas bailan muy bien —le dijo a Ser Ryman Frey en un intento de entablar conversación amable.

—Todas son tías y primas.

Ser Ryman bebió un trago de vino; el sudor le corría por la mejilla hasta la barba.

«Este hombre está amargado y ha bebido de más», pensó Catelyn. El finado Lord Frey era tacaño a la hora de dar de comer a sus invitados, pero no escatimaba en la bebida. La cerveza, el vino y el hidromiel corrían tan deprisa como el río de fuera. El Gran Jon estaba ya borracho como una cuba. Merrett, el hijo de Lord Walder, le seguía el ritmo de las copas, pero Ser Whalen Frey, que había intentado mantenerse a la altura de los dos, había perdido el conocimiento. Catelyn habría preferido mil veces que Lord Umber permaneciera sobrio, pero decirle al Gran Jon que no bebiera era como decirle que no respirara durante unas cuantas horas.

El Pequeño Jon y Robin Flint estaban sentados frente a Robb, justo delante de Walda la Bella y Alyx, respectivamente. Ninguno de los dos había probado una copa. Eran, junto con Patrek Mallister y Dacey Mormont, los guardianes de su hijo para aquella noche. Un banquete nupcial no era una batalla, pero cuando los hombres bebían demasiado siempre había peligro, y un rey no debía carecer nunca de protectores. Aquello tranquilizaba a Catelyn, y aún más la tranquilizaban los cintos con las espadas que colgaban de las paredes.

«Nadie necesita una espada para atacar unos sesos de ternera en gelatina.»

—Todos pensábamos que mi señor elegiría a Walda la Bella —le estaba comentando Lady Walda Bolton a Ser Wendel, aunque tenía que gritar para hacerse oír por encima de la música. Walda la Gorda era una muchacha que parecía una bola de sebo, con ojos azules acuosos, el pelo rubio lacio y pechos grandes, pero aun así hablaba con una voz chillona y titubeante. Costaba imaginársela en Fuerte Terror, vestida de encajes rosa y con una capa de piel de ardilla—. Pero mi señor abuelo le ofreció a Roose como dote el peso de su prometida en plata, de modo que me eligió a mí. —Las papadas de la muchacha temblaron con la carcajada—. Peso tres arrobas más que Walda la Bella, pero es la primera vez que me alegro de ello. Ahora soy Lady Bolton y mi prima sigue siendo doncella, y la pobre cumplirá pronto los diecinueve.

El señor de Fuerte Terror no prestaba mucha atención a la charla, por lo que pudo ver Catelyn. De cuando en cuando probaba un bocado de un plato, una cucharada de otro, arrancaba un pellizco de pan de la hogaza con dedos fuertes, pero no permitía que la comida lo distrajera. Bolton había hecho un brindis por los nietos de Lord Walder al principio del banquete, sin olvidar mencionar que Walder y Walder estaban al cargo de su hijo bastardo. El anciano lo miró con los ojos entrecerrados; por su manera de abrir y cerrar los labios sobre las encías, Catelyn comprendió que había percibido la amenaza.

«¿Habrá habido alguna vez una boda con menos dicha? —se preguntó. Hasta que se acordó de su pobre Sansa, casada con el Gnomo—. Apiádate de ella, Madre. Tiene buen corazón.» El calor, el ruido y el humo le estaban dando náuseas. Los músicos de la galería eran numerosos y ruidosos, pero no tenían mucho talento. Catelyn bebió otro sorbito de vino y le dio permiso a un paje para que le volviera a llenar la copa. «Dentro de unas horas habrá pasado lo peor.» Apenas faltaba un día para que Robb partiera rumbo a otra batalla, en aquella ocasión contra los hombres del hierro, en Foso Cailin. Por extraño que pareciera, la perspectiva era casi un alivio. «Ganará la batalla. Gana todas las batallas, y los hijos del hierro no tienen rey. Además, Ned le enseñó bien.» Los tambores redoblaban. Cascabel pasó saltando junto a ella una vez más, pero la música era tan estrepitosa que apenas se oían las campanillas.

Por encima de la algarada se oyeron unos gruñidos repentinos; dos perros empezaron a pelearse por un trozo de carne. Rodaron por el suelo entre mordiscos y dentelladas, en medio del regocijo general. Alguien les tiró el contenido de una jarra de cerveza, y por fin se separaron. Uno de los perros cojeó hacia la tarima. La boca desdentada de Lord Walder se abrió en un rugido de risa cuando el animal se sacudió y llenó de cerveza y pelos a tres de sus nietos.

Al ver a los perros, Catelyn volvió a pensar en Viento Gris, pero el huargo de Robb no estaba por ninguna parte. Lord Walder se había negado en redondo a permitir que estuviera en la sala.

—Tengo entendido que a esa fiera salvaje le gusta la carne humana, je, je —comentó el anciano—. Qué queréis, ¿que nos arranque la garganta? No toleraré a esa bestia en el banquete de mi Roslin, entre mujeres y niños, en medio de mi amada familia.

—Viento Gris no supondrá ningún peligro para ellos, mi señor —protestó Robb—. Mientras esté yo presente...

—¿Y no estabais presente cuando llegasteis a mis puertas, cuando el lobo atacó a los nietos que envié para recibiros? Me he enterado de todo, no vayáis a creer que no, je, je.

—Nadie resultó herido...

—¿Dice el Rey que nadie resultó herido? ¿Nadie? Petyr se cayó del caballo, ¡se cayó! Así perdí a una de mis esposas, por culpa de una caída. —Movió los labios adentro y afuera sobre las encías desdentadas—. ¿O fue a una ramera? Ah, sí, ahora me acuerdo, la madre de Walder el Bastardo. Se cayó del caballo y se abrió la cabeza. ¿Qué habría hecho Vuestra Alteza si Petyr llega a romperse el cuello? ¿Me ofreceríais otra disculpa para sustituir a mi nieto? Je, je. No, no y no. Puede que seáis el Rey, no digo que no, el Rey en el Norte, je, je, pero bajo mi techo mando yo. Elegid, señor: el lobo o la boda. Las dos cosas, ni hablar.

Catelyn vio que su hijo estaba furioso, pero cedió con tanta elegancia como pudo. «Si a Lord Walder le apetece servirme grajo guisado con gusanos, me lo comeré y repetiré», le había dicho. Y aquello fue lo que hizo.

El Gran Jon había derrotado en la competición de bebida a otro de los Frey; en aquella ocasión era Petyr Espinilla el que yacía ebrio bajo la mesa. «¿Y qué esperaba? Ese muchacho abulta la tercera parte que él.» Lord Umber se secó la boca con el dorso de la mano, se puso en pie y empezó a cantar.

—«Había un oso, un oso, ¡un oso! Era negro, era enorme, ¡cubierto de pelo horroroso!»

No tenía mala voz, aunque la bebida hacía que se le trabara la lengua. Por desgracia, los violinistas, flautistas y tamborileros de la galería superior estaban tocando «Flores de primavera», cuya melodía era tan adecuada para la letra de «El oso y la doncella» como los caracoles para un plato de gachas. Hasta el pobre Cascabel se tapó las orejas para protegerse de semejante cacofonía.

Roose Bolton murmuró algo en voz tan baja que nadie lo oyó, y salió en busca de un escusado. La atestada sala era un constante bullicio de invitados y sirvientes que iban y venían. Catelyn sabía que en el otro castillo se estaba celebrando otro banquete, para los caballeros y señores de rango inferior. Lord Walder había exiliado a sus hijos ilegítimos, con sus descendientes, a la otra orilla del río, de modo que los norteños de Robb acabaron llamándolo el banquete de los bastardos. Sin duda, algunos de los invitados se marchaban a hurtadillas para ver si los bastardos lo estaban pasando mejor que allí. Tal vez algunos incluso se fueran a los campamentos. Los Frey habían aportado carromatos con toneles de vino, cerveza e hidromiel para que los soldados pudieran brindar por el enlace entre Aguasdulces y Los Gemelos.

Robb se sentó en el lugar que Bolton había dejado libre.

—Unas pocas horas más y terminará esta farsa, Madre —dijo en voz baja mientras el Gran Jon cantaba sobre la doncella que tenía miel en el cabello—. Walder el Negro ha sido manso como un corderito por una vez, y el tío Edmure parece muy satisfecho con su esposa. —Se inclinó hacia delante—. ¿Ser Ryman?

—Decidme, señor. —Ser Ryman Frey parpadeó.

—Había pensado pedirle a Olyvar que fuera mi escudero cuando marchemos hacia el norte, pero no lo he visto en el castillo —dijo Robb—. ¿Estará en el otro banquete?

—¿Olyvar? —Ser Ryman sacudió la cabeza—. No. Olyvar... no. No está... en los castillos. Tenía una misión.

—Ya entiendo. —El tono de Robb indicaba lo contrario. Al ver que Ser Ryman no daba más explicaciones, el Rey se volvió a poner en pie—. ¿Quieres bailar, Madre?

—No, gracias. —Le dolía mucho la cabeza, y bailar era lo que menos falta le hacía—. Seguro que a cualquiera de las hijas de Lord Walder le encantará ser tu pareja.

—Seguro que sí.

Esbozó una sonrisa resignada. Los músicos estaban tocando en aquel momento «Lanzas de hierro», mientras el Gran Jon cantaba «El muchacho lujurioso».

«Alguien debería presentarlos; así mejoraría la armonía.» Catelyn se volvió a Ser Ryman.

—Tengo entendido que uno de vuestros sobrinos es bardo.

—Alesander, el hijo de Symond. Alyx es su hermana. —Alzó la copa para señalar en dirección a la muchacha que bailaba con Robin Flint.

—¿Cantará para nosotros Alesander esta noche?

—No. —Ser Ryman la miró con los ojos entrecerrados—. Está fuera. —Se secó el sudor de la frente y se puso en pie—. Disculpad, mi señora. Disculpad.

Catelyn se quedó mirando cómo se alejaba tambaleante hacia la puerta.

Edmure besaba a Roslin y le apretaba la mano. Más allá, Ser Marq Piper y Ser Danwell Frey jugaban a algo relacionado con la bebida; Lothar el Cojo le contaba una anécdota divertida a Ser Hosteen; uno de los Frey más jóvenes hacía malabarismos con tres puñales ante un grupo de niñas risueñas, y Cascabel se lamía el vino de los dedos, sentado en el suelo. Los criados entraban con enormes bandejas de trozos de cordero rosados y jugosos, el plato más apetitoso que se había visto en toda la velada. Y Robb bailaba con Dacey Mormont.

Cuando se ponía un vestido en vez de una cota de malla, la hija mayor de Lady Maege era bastante atractiva: alta, espigada, con una sonrisa tímida que le iluminaba el rostro alargado. Era una grata sorpresa que resultara igual de grácil en la pista de baile que en el patio de armas. Catelyn se preguntó si Lady Maege habría llegado ya al Cuello. Se había llevado al resto de sus hijas, pero Dacey, como compañera de combate de Robb, había optado por quedarse con él.

«Tiene el mismo don de Ned: inspira lealtad.» Olyvar Frey también había mostrado devoción hacia su hijo. Robb le había contado que Olyvar había querido seguir con él incluso después de que se casara con Jeyne.

El señor del Cruce, sentado entre las dos torres negras de roble, dio unas palmadas con las manos llenas de manchas. El sonido fue tan débil que hasta a los que se encontraban en el estrado les costó oírlo, pero Ser Aenys y Ser Hosteen lo vieron y empezaron a dar golpes con los vasos contra la mesa. Lothar el Cojo los imitó, y luego Marq Piper, Ser Danwell y Ser Raymund. Pronto, la mitad de los invitados estaba dando golpes rítmicos, y al final, la multitud de músicos de la galería captó la indirecta. Las flautas, tambores y violines fueron quedando en silencio.

—Alteza —le dijo Lord Walder a Robb—, el septón ya ha soltado los rezos; se han pronunciado palabras, y Lord Edmure ha envuelto a mi pequeña en su capa de pescado, pero aún no son marido y mujer. La espada necesita una vaina, je, je, y una boda necesita una cama. ¿Qué opina mi señor? ¿Qué os parece que los encamemos?

Una veintena o más de hijos y nietos de Walder Frey empezaron a golpear de nuevo las mesas con las copas.

—¡A encamarlos! —gritaban—. ¡A encamarlos! ¡Vamos a encamarlos!

Roslin se había puesto blanca. Catelyn se preguntó si lo que asustaba a la muchacha sería la perspectiva de perder la virginidad o el rito del encamamiento. Tenía tantos parientes que, sin duda, conocía la costumbre, pero la cosa cambiaba cuando una era la protagonista. La noche de bodas de Catelyn, Jory Cassel le había desgarrado la túnica en su precipitación por quitársela, y Desmond Grell, completamente borracho, se disculpaba por cada chiste atrevido justo antes de hacer el siguiente. Al verla desnuda, Lord Dustin le dijo a Ned que sus pechos bastaban para hacerle desear que no lo hubieran destetado nunca.

«Pobre hombre», pensó. Era de los que habían viajado con Ned hacia el sur para no volver jamás. Catelyn se preguntó cuántos de los hombres presentes aquella noche estarían muertos antes de que acabara el año. «Mucho me temo que demasiados.»

Robb alzó una mano.

—Si vos creéis que ha llegado el momento, desde luego, Lord Walder. Vamos a encamarlos.

El anuncio fue recibido con un rugido de alegría. Arriba, en la galería, los músicos volvieron a coger las flautas, los cuernos y los violines, y empezaron a tocar «La reina se quitó la sandalia, el rey se quitó la corona». Cascabel saltaba sobre un pie y sobre el otro, y la corona tintineaba al compás.

—Me han dicho que los varones Tully no tienen polla, que tienen una trucha entre las piernas —gritó Alyx Frey con osadía—. ¿Qué hace falta para que se les levante? ¿Un gusano?

—¡Pues a mí me han dicho que las mujeres Frey tienen dos entradas en vez de una! —se apresuró a replicar Ser Marq Piper.

—¡Sí, pero las dos están cerradas con candado para la gente como vos! —fue la respuesta de Alyx.

Un coro de carcajadas recorrió la estancia hasta que Patrek Mallister se subió a una mesa para proponer un brindis en honor del pez de Edmure, que solo tenía un ojo.

—¡Y es un poderoso lucio! —proclamó.

—Bah, seguro que es una sardinilla de agua dulce —gritó Walda la Gorda, al lado de Catelyn.

—¡A encamarlos! ¡A encamarlos! —volvieron a gritar.

Los invitados se arremolinaron en torno al estrado, los más borrachos los primeros, como siempre. Los hombres y los niños rodearon a Roslin y la levantaron por los aires, mientras las doncellas y sus madres obligaban a Edmure a ponerse en pie y empezaban a tirarle de la ropa. Él se reía y les gritaba bromas procaces, aunque la música sonaba tan alta que Catelyn no oía lo que decía. En cambio, sí que oyó al Gran Jon.

—¡Dejadme a la novia! —rugió al tiempo que empujaba a un lado a los demás hombres para echarse a Roslin a un hombro—. ¡Pero mirad qué cosita! ¡Si no tiene carnes!

Catelyn sintió pena por la muchacha. La mayoría de las novias trataban de responder a las bromas, o al menos fingir que se estaban divirtiendo, pero Roslin estaba rígida de terror; se aferraba al Gran Jon como si tuviera miedo de que la dejara caer.

«Y además está llorando —vio Catelyn mientras Ser Marq Piper le quitaba un zapato—. Espero que Edmure sea delicado con la pobre chiquilla.» La música alegre y atrevida seguía sonando desde la galería; la reina ya se estaba quitando el manto, y el rey, la túnica.

Catelyn sabía que debería estar con el grupo de mujeres que rodeaban a su hermano, pero su presencia solo serviría para estropearles la diversión. Se sentía cualquier cosa menos pícara. Sin duda, Edmure disculparía su ausencia; era mucho más divertido que lo desnudara y lo llevara a la cama una veintena de mujeres Frey risueñas y atrevidas que una hermana amargada y con el luto en la cara.

Mientras se llevaban de la sala en volandas al hombre y a la doncella, dejando a sus espaldas un rastro de prendas, Catelyn vio que Robb tampoco los acompañaba. Walder Frey era tan susceptible que podía tomarse aquello como un insulto hacia su hija.

«Debería ser de los que encaman a Roslin, pero ¿me corresponde a mí decírselo?» Se quedó tensa hasta que vio que otros se habían quedado también. Petyr Espinilla y Ser Whalen Frey dormían de bruces sobre la mesa. Merrett Frey se estaba sirviendo otra copa de vino, mientras Cascabel vagaba por la estancia y robaba bocados de los platos de los que se habían marchado. Ser Wendel Manderly se enfrentaba con entusiasmo a una pierna de cordero y, por supuesto, Lord Walder estaba demasiado débil para levantarse sin ayuda. «Pero querrá que Robb vaya, claro.» Ya se imaginaba al anciano preguntando por qué Su Alteza no quería ver desnuda a su hija. El sonido de los tambores retumbaba de nuevo, retumbaba y retumbaba.

Dacey Mormont, que al parecer era la única mujer que quedaba en la estancia aparte de Catelyn, se acercó a Edwyn Frey por detrás y le tocó un brazo al tiempo que le decía algo al oído. Edwyn le apartó la mano con una violencia del todo improcedente.

—No —le dijo en voz demasiado alta—. Ya estoy harto de bailar.

Dacey palideció y se volvió. Muy despacio, Catelyn se puso en pie.

«¿Qué está pasando aquí? —La duda le pesaba en el alma, allí donde hasta hacía un instante solo había sentido cansancio—. No es nada —trató de decirse—, estás viendo duendes en el bosque, te has convertido en una vieja idiota enloquecida por la pena y el miedo.» Pero algo se le debió de reflejar en el rostro, porque hasta Ser Wendel Manderly lo notó.

—¿Pasa algo, señora? —le preguntó con la pierna de cordero en la mano.

Catelyn no le respondió; lo que hizo fue ir en pos de Edwyn Frey. Los músicos de la galería habían dejado por fin al rey y a la reina como llegaron al mundo. Sin un instante de pausa, empezaron a tocar otra canción, una canción muy diferente. Nadie cantaba la letra, pero Catelyn reconoció al instante «Las lluvias de Castamere». Edwyn corría hacia una puerta. Ella corrió más deprisa aún, empujada por la música. Seis zancadas rápidas y lo alcanzó.

—«¿Y a quién debemos el honor de contar con su presencia?»

Agarró a Edwyn por el brazo para obligarlo a dar la vuelta, y la sangre se le heló en las venas cuando palpó los aros de hierro bajo la manga de seda.

Catelyn lo abofeteó con tanta fuerza que le rompió el labio.

«Olyvar —pensó—, y Perwyn, y Alesander, todos fuera. Y Roslin lloraba...»

Edwyn Frey la empujó para quitársela de encima. La música ahogaba el resto de los sonidos; retumbaba contra las paredes como si las piedras estuvieran tocando. Robb le lanzó a Edwyn una mirada furiosa y avanzó para detenerlo... y se detuvo de repente cuando una saeta le brotó del costado, justo debajo del hombro. Si gritó en aquel momento, el sonido quedó ahogado por las flautas, los cuernos y los violines. Catelyn vio como una segunda flecha se le clavaba en la pierna, y lo vio caer. Arriba, en la galería, la mitad de los músicos tenían en las manos ballestas en vez de tambores y laúdes. Corrió hacia su hijo, hasta que algo se le clavó en la espalda y el duro suelo de piedra se alzó para abofetearla.

—¡Robb! —gritó—. ¡Robb, Robb!

Vio como el Pequeño Jon levantaba el tablero de una mesa de los caballetes. En la madera se clavaron las saetas, una, dos, tres, mientras la ponía sobre su rey para protegerlo. Robin Flint estaba rodeado de hombres Frey con puñales que subían y bajaban. Ser Wendel Manderly se puso en pie, con su pierna de cordero en la mano. Una saeta le entró por la boca abierta y le salió por la nuca. Ser Wendel se derrumbó hacia delante, tiró la mesa de los caballetes, y lanzó por el suelo copas, jarras, platos, bandejas, nabos, remolachas y vino.

«Tengo que llegar a su lado.» Catelyn notaba la espalda ardiendo. El Pequeño Jon aporreó a Ser Raymund Frey en la cara con una pierna de carnero. Pero, cuando intentó echar mano del cinto del que colgaba su espada, la saeta de una ballesta lo hizo caer de rodillas.

—«Sea de ropaje dorado, bien un león carmesí...»

Vio como Lucas Blackwood caía ante Ser Hosteen Frey. Walder el Negro derribó a uno de los Vance mientras luchaba contra Ser Harys Haigh.

—«Sus garras piden respeto y más con un filo así.»

Las ballestas acabaron con Donnel Locke, Owen Norrey y otra media docena de hombres. El joven Ser Benfrey había agarrado a Dacey Mormont por el brazo, pero Catelyn la vio coger una jarra de vino con la otra mano y estrellársela en la cara, antes de correr hacia la puerta, que se abrió antes de que la alcanzara. Ser Ryman Frey entró en la estancia vestido de acero de pies a cabeza. Junto a él, en la puerta, había una docena de soldados de los Frey, todos armados con hachas de combate.

—¡Piedad! —gritó Catelyn.

Pero los cuernos, los tambores y el clamor del acero ahogaron su súplica. Ser Ryman clavó el hacha en el vientre de Dacey. Ya entraban hombres por otras puertas, hombres con cotas de malla, vestidos con pieles y con acero en las manos. «¡Norteños!» Durante un momento creyó que acudían al rescate, hasta que vio como uno de ellos le cortaba la cabeza al Pequeño Jon de dos golpes de hacha. La esperanza se apagó como una vela en medio de una tormenta.

En medio de la carnicería, el señor del Cruce permanecía sentado en su trono de roble tallado, con los labios tensos sobre las encías en una sonrisa.

En el suelo, a unos pocos pasos, había un puñal. Quizá hubiera resbalado hasta allí cuando el Pequeño Jon levantó la mesa, o quizá hubiera caído de la mano de algún moribundo. Catelyn avanzó a rastras hacia él. Sentía los miembros pesados como el plomo y notaba el sabor a sangre en la boca.

«Voy a matar a Walder Frey», se dijo. Cascabel estaba más cerca del cuchillo, escondido debajo de una mesa, pero cuando ella lo cogió, se limitó a encogerse de miedo. «Voy a matar a ese viejo, lo voy a matar.»

En aquel momento, el tablero de mesa que el Pequeño Jon había lanzado sobre Robb se movió, y su hijo se incorporó sobre las rodillas. Tenía una flecha en el costado, otra en la pierna y una tercera en el pecho. Lord Walder alzó una mano, y toda la música excepto un tambor cesó al instante. A los oídos de Catelyn llegó el fragor lejano de la batalla, y el aullido salvaje, más cercano, de un lobo.

«Viento Gris», recordó demasiado tarde.

—Je, je —se burló Lord Walder de Robb—. El Rey en el Norte se levanta. Parece que hemos matado a unos cuantos de vuestros hombres, Alteza. Pero os pediré disculpas y asunto arreglado, je, je.

Catelyn agarró un mechón de la larga cabellera canosa de Cascabel y lo sacó de su escondrijo a rastras.

—¡Lord Walder! —gritó—. ¡LORD WALDER! —El sonido del tambor retumbaba, lento y sonoro—. Basta —dijo Catelyn—. ¡Basta, os digo! Habéis pagado la traición con traición; pongamos fin a esto. —Al apretar el puñal contra la garganta de Cascabel le llegó a la cabeza el recuerdo de la habitación en la que había yacido inconsciente Bran, y volvió a sentir el acero en su propio cuello. El tambor seguía sonando—. Por favor —suplicó—. Es mi hijo. Mi primer hijo, y el último que me queda. Dejadlo marchar. Dejadlo marchar y os juro que olvidaremos esto... Olvidaremos todo lo que habéis hecho hoy. Lo juro por los antiguos dioses y por los nuevos... No... no intentaremos vengarnos...

—Solo un idiota daría crédito a semejante estupidez. —Lord Walder la miraba con desconfianza—. ¿Me tomáis por idiota, mi señora?

—Os tomo por alguien que tiene hijos. Quedaos conmigo como rehén, y también con Edmure, si es que no lo habéis matado. Pero dejad marchar a Robb.

—No. —La voz de Robb era un susurro débil—. No, Madre...

—Sí. Levántate, Robb. Levántate y vete, por favor, ¡por favor! Sálvate... Si no lo haces por mí, hazlo por Jeyne.

—¿Jeyne? —Robb se agarró al borde del tablero y consiguió ponerse de pie—. Madre... —dijo—. Viento Gris...

—Ve a buscarlo. Ahora mismo, Robb, ¡sal de aquí!

—¿Qué os hace pensar que se lo voy a permitir? —Lord Walder soltó un bufido.

Catelyn apretó más el puñal contra el cuello de Cascabel. El retrasado la miró en una súplica muda. Un hedor repugnante le asaltó la nariz, pero no le prestó más atención que al incesante batir lúgubre de aquel tambor. Ser Ryman y Walder el Negro trazaban círculos en torno a ella, pero a Catelyn no le importaba nada. Que hicieran con ella lo que quisieran; que la encerraran, que la violaran, que la mataran, no le importaba. Había vivido demasiado; Ned la estaba esperando. Por quien temía era por Robb.

—Por mi honor de Tully —le dijo a Lord Walder—, por mi honor de Stark, cambiaré la vida de vuestro hijo por la de Robb. Hijo por hijo.

La mano le temblaba tanto que estaba haciendo tintinear las campanitas de Cascabel. El sonido del tambor seguía retumbando. Los labios del anciano se movían sobre las encías desdentadas. El puñal temblaba en la mano de Catelyn, resbaladizo de sudor

—Hijo por hijo, je, je —repitió Lord Walder—. Pero ese es un nieto... y nunca me ha servido de nada.

Un hombre vestido con armadura oscura y capa color rosa claro se acercó a Robb.

—Jaime Lannister os envía recuerdos —dijo. Le clavó la espada en el corazón y la retorció.

Robb había roto el juramento que prestara, pero Catelyn cumplió el suyo. Tiró con fuerza del pelo de Aegon y le cortó el cuello hasta que la hoja rechinó contra el hueso. La sangre cálida le corrió por los dedos. Las campanitas del retrasado tintineaban, tintineaban, tintineaban, y el sonido del tambor retumbaba, retumbaba, retumbaba...

Por fin, alguien le quitó el puñal de la mano. Las lágrimas le ardían como si fueran vinagre que le corriera por las mejillas. Diez fieros cuervos le arañaban la cara con garras afiladas y le arrancaban tiras de carne; dejaban surcos profundos que se teñían de sangre. La notaba en los labios.

«Duele, duele mucho —pensó—. Nuestros hijos, Ned, nuestros pequeños. Rickon, Bran, Arya, Sansa, Robb... Robb... Por favor, Ned, por favor, haz que pare, haz que pare de doler...» Las lágrimas transparentes y las rojas corrieron juntas hasta que tuvo desgarrado todo el rostro, aquel rostro que Ned había amado. Catelyn Stark alzó las manos y vio como la sangre le corría por los largos dedos, por las muñecas, bajo las mangas del vestido. Eran lentos gusanos rojos que le reptaban por los brazos, bajo la ropa. «Qué cosquillas.» Aquello la hizo reír hasta que empezó a gritar.

—Se ha vuelto loca —dijo un hombre—. Ha perdido la cabeza.

—Acabemos con esto —dijo alguien más.

Una mano la agarró por el cabello, como había hecho ella con Cascabel.

«No, no me cortéis el pelo —pensó—, a Ned le gusta mucho mi pelo.» Luego sintió el acero en la garganta, y su mordisco fue rojo y frío.

Arya

Las carpas del banquete quedaban ya tras ellos. Avanzaron sobre barro húmedo y hierba aplastada, alejándose de la luz, de vuelta a la penumbra. Ante ellos se alzaba imponente el puesto de guardia del castillo. Arya alcanzaba a ver las antorchas que se movían sobre las murallas, con llamas que danzaban y ondeaban al viento. Proyectaban una luz mortecina sobre las armaduras y los yelmos mojados. Más antorchas avanzaban por el puente de piedra oscura que unía Los Gemelos; era una columna que pasaba de la orilla oeste a la este.

—El castillo no está cerrado —dijo Arya de repente.

El sargento había dicho que sí, pero no era verdad. Estaban levantando el rastrillo, y el puente levadizo ya había descendido para ofrecer un paso sobre las aguas crecidas del foso. Había tenido miedo de que los guardias de Lord Frey no los dejaran entrar. Se mordió el labio, demasiado nerviosa hasta para sonreír.

El Perro tiró de las riendas con tanta brusquedad que Arya estuvo a punto de caerse del carromato.

—Por los siete infiernos de mierda —lo oyó maldecir Arya mientras la rueda izquierda empezaba a hundirse en el lodo blando. El carromato se inclinaba poco a poco—. ¡Bájate! —le rugió Clegane al tiempo que le daba un empujón con la mano para tirarla hacia un lado.

Arya aterrizó con un movimiento elástico, tal como le había enseñado Syrio, y al instante se puso en pie de un salto con la cara llena de barro.

—¿Por qué has hecho eso? —gritó.

El Perro también se había bajado de un salto. Arrancó el asiento del carromato y sacó el cinto con la espada que había ocultado en su interior.

Fue entonces cuando oyó la riada de jinetes que salían por la puerta del castillo en una avalancha de acero y fuego; el retumbar de los cascos de sus corceles al cruzar el puente levadizo casi quedaba ahogado por el sonido de los tambores de los castillos. Tanto hombres como caballos llevaban armaduras, y uno de cada diez portaba una antorcha. Los demás llevaban hachas de combate, con la cabeza rematada con una púa, y mandobles capaces de destrozar huesos y armaduras.

A lo lejos se oyó el aullido de un lobo. No fue un sonido muy alto, comparado con el ruido del campamento, la música y el gruñido sordo y ominoso del río crecido, pero Arya lo oyó. Aunque tal vez no con los oídos. Aquel sonido la hizo estremecer; se le clavó como un cuchillo de rabia y dolor. Del castillo salían más y más jinetes en una columna de a cuatro que parecía no tener fin, así como incontables caballeros, escuderos, jinetes libres, antorchas, hachas... Y detrás también llegaban ruidos.

Cuando Arya volvió la vista advirtió que solo quedaban dos de las gigantescas carpas del banquete; antes había tres. La de en medio se había derrumbado. Al principio no comprendió qué sucedía. Luego, las llamas empezaron a trepar por la carpa caída, y las otras dos empezaron a caerse; las pesadas lonas aceitadas cubrieron a los hombres que había debajo. Una andanada de flechas incendiarias surcó el aire. La segunda carpa se prendió, y a continuación la tercera. Los gritos eran tan horripilantes que ya no distinguía la letra de las canciones. Sombras oscuras se movían ante las llamas; el acero de sus armaduras brillaba anaranjado en la distancia.

«Una batalla —supo Arya al instante—. Es una batalla. Y los jinetes...»

De repente ya no pudo seguir mirando las carpas. Con el río tan desbordado, las turbulentas aguas negras que llegaban al puente levadizo tenían suficiente altura para cubrir las patas de un caballo, pero, pese a todo, los jinetes las cruzaron, espoleados por la música. La canción que sonaba en los dos castillos era la misma, por una vez.

«Esta canción la conozco», advirtió Arya de repente. Tom Siete se la había cantado aquella noche lluviosa que los bandidos pasaron refugiados en la destilería con los monjes.

—«¿Y a quién debemos el honor de contar con su presencia?»

Los jinetes Frey avanzaban entre el lodo y los juncos, pero algunos habían visto el carromato. Vio a tres que se apartaban de la columna principal y se acercaban cabalgando por las aguas poco profundas.

—«Seguro que a un pelagatos sin valía ni conciencia.»

Clegane liberó a Desconocido de un tajo de la espada y subió a su grupa de un salto. El caballo sabía qué se esperaba de él. Alzó las orejas y se abalanzó hacia los corceles que cargaban contra ellos.

—«Sea de ropaje dorado, bien un león carmesí, sus garras piden respeto y más con un filo así.»

Arya había rezado cien veces, mil veces, pidiendo la muerte del Perro, pero en aquel momento... Tenía una piedra en la mano, resbaladiza por el cieno, y ni siquiera recordaba haberla cogido.

«¿A quién se la tiro?»

La sobresaltó el estrépito del metal cuando Clegane desvió el primer hachazo. Mientras se enzarzaba con uno de los hombres, el segundo se situó tras él y se dispuso a asestarle un golpe en la espalda. Desconocido estaba dando la vuelta, de manera que el Perro tan solo recibió un tajo de soslayo, lo justo para desgarrar la ancha túnica de campesino y dejar al descubierto la cota de malla.

«Son tres contra uno. —Arya seguía con la piedra en la mano—. Lo van a matar, seguro.» Pensó en Mycah, el hijo del carnicero, que había sido su amigo durante tan poco tiempo.

Fue entonces cuando el tercer jinete se dirigió hacia ella. Arya se situó tras el carromato. «El miedo hiere más que las espadas.» Le llegaba el ruido de tambores, cuernos de combate y gaitas, el relincho de los corceles, el grito del acero contra el acero, pero todos los sonidos parecían ahogados, distantes... Solo existían el jinete que se cernía sobre ella y el hacha que llevaba en la mano. Llevaba una sobrevesta sobre la armadura, y en ella, las dos torres que indicaban que era un Frey. Arya no entendía nada. Su tío se estaba casando con una hija de Lord Frey; los Frey y su hermano eran amigos.

—¡No! —gritó cuando el jinete rodeó el carromato.

Pero el hombre no hizo caso. Cuando la atacó, Arya lanzó la piedra, igual que en otra ocasión le había tirado a Gendry una manzana. A Gendry le había dado entre los ojos pero en aquella ocasión le falló la puntería, y la piedra acertó de lado al guerrero, en la sien. Aquello bastó para interrumpir el ataque, pero nada más. Arya retrocedió a toda velocidad caminando de puntillas por el terreno embarrado, y una vez más, el carromato se interpuso entre ellos. El caballero la siguió al trote; tras el visor de su yelmo solo había oscuridad. La pedrada de Arya ni se lo había abollado. Dieron una vuelta al carromato, dos, tres.

—No podrás huir eterna... —empezó el caballero.

El hachazo lo acertó de lleno en la parte trasera de la cabeza, le aplastó el yelmo y el cráneo, y lo envió volando por encima de la cabeza de su caballo. Detrás de él estaba el Perro, todavía a lomos de Desconocido.

«¿Cómo habéis conseguido un hacha?», estuvo a punto de preguntar, pero entonces se dio cuenta. Otro de los Frey estaba atrapado bajo su caballo moribundo, ahogándose en un palmo de agua. El tercero estaba tendido de espaldas y no se movía. No se había protegido la garganta con el gorjal, y de debajo de la barbilla le sobresalía un trozo de espada rota.

—Coge mi yelmo —le gruñó Clegane.

Estaba metido en el fondo de un saco de manzanas secas, en la parte trasera del carromato, tras las manitas de cerdo. Arya invirtió el saco y le tiró el yelmo. El Perro lo atrapó en el aire con una mano, se lo puso en la cabeza, y donde había habido un hombre apareció un can de acero que gruñía en dirección a las hogueras.

—Mi hermano...

—Muerto —le replicó a gritos—. ¿O crees que iban a matar a sus hombres para dejarlo a él con vida? —Volvió la cabeza hacia el campamento—. Mira. ¡Que mires, maldita sea!

El campamento se había convertido en un campo de batalla. «No, es un matadero.» Las llamas de las carpas del banquete se alzaban hasta acariciar el cielo. Algunas tiendas barracón también ardían, así como medio centenar de pabellones de seda. Las espadas cantaban por doquier.

—«Ahora la lluvia circula y nadie viene a comer a los salones dorados. ¡Las lluvias de Castamere!»

Vio como dos caballeros arrollaban a un hombre que huía. Un tonel de madera fue a estrellarse contra una de las tiendas que ardían; saltó en pedazos, y las llamas redoblaron su intensidad.

«Una catapulta», supo al instante. Desde el castillo estaban lanzando aceite, brea o algo parecido.

—Ven conmigo. —Sandor Clegane le tendió una mano—. Tenemos que marcharnos de aquí ahora mismo.

Desconocido sacudía la cabeza con impaciencia; tenía las fosas nasales dilatadas por el olor de la sangre. La canción había terminado. Ya solo se oía un tambor solitario, un batir lento y monótono que resonaba sobre el río como el latido de un corazón monstruoso. El cielo negro lloraba; el río rugía, y los hombres maldecían y morían. Arya tenía barro en los dientes y la cara mojada.

«Es la lluvia. Solo la lluvia. Nada más.»

—¡Hemos llegado hasta aquí! —gritó. La voz le salió aguda y temerosa; era la voz de una niñita—. Robb está en el castillo, y mi madre también. ¡La puerta está abierta! —Ya no salía ningún Frey a caballo. «He recorrido un camino tan largo...»—. Tenemos que buscar a mi madre.

—Mocosa idiota. —El fuego centelleaba contra las fauces de su casco y hacía brillar los dientes de acero—. Si entras ahí, no volverás a salir. Puede que Frey te deje besar el cadáver de tu madre.

—A lo mejor la podemos salvar...

—A lo mejor la puedes salvar tú. Yo todavía no me he cansado de la vida. —Cabalgó hacia ella y la acorraló contra el carromato—. Puedes quedarte o venir, loba. Puedes vivir o morir. Tú...

Arya dio media vuelta y salió corriendo hacia la puerta. El rastrillo empezaba a bajar, aunque muy despacio.

«Tengo que correr más. —Pero el lodo la demoraba, y luego estaba el agua—. Corre rápida como un lobo. —El puente levadizo empezaba a izarse; el agua lo recorría deslizándose como una sábana, y el barro caía en gruesos pegotes—. Más deprisa.» Oyó un chapoteo estrepitoso y volvió la vista; Desconocido trotaba en pos de ella, levantando el agua a su paso. También vio el hacha, todavía manchada de sangre y sesos.

Y Arya corrió. Ya no corría por su hermano, ni siquiera por su madre, corría por sí misma. Corrió más deprisa que en toda su vida, con la cabeza gacha y los pies chapoteando en el río. Corrió huyendo de él como debió de correr Mycah.

El hacha la alcanzó en la nuca.

Tyrion

Cenaron, como casi siempre, a solas.

—Los guisantes están demasiado hechos —se atrevió a decir su esposa.

—No importa —replicó él—. Así hacen juego con el cordero.

No era más que una broma, pero Sansa creyó que se trataba de una crítica.

—Lo siento mucho, mi señor...

—¿Por qué? El que debería sentirlo es el cocinero, no tú. Los guisantes no son responsabilidad tuya, Sansa.

—Siento... Siento que mi señor esposo esté descontento.

—El descontento que siento no tiene nada que ver con los guisantes. Los que me tienen descontento son Joffrey, mi hermana, mi señor padre y trescientos dornienses de mierda.

Había instalado al príncipe Oberyn y a sus señores en una torre albarrana de cara a la ciudad, tan lejos de los Tyrell como era posible sin echarlos de la Fortaleza Roja. La distancia resultó del todo insuficiente. Ya había habido una pelea en un tenderete de calderos del Lecho de Pulgas, que acabó con la muerte de un soldado de los Tyrell y con dos hombres de Lord Gargalen con quemaduras graves, así como un duro enfrentamiento en el patio, cuando la anciana madre de Mace Tyrell llamó a Ellaria Arena «la puta de la serpiente». Cada vez que se cruzaba con Oberyn Martell, el príncipe le preguntaba cuándo se serviría la justicia. Los guisantes demasiado hechos eran el menor de los problemas de Tyrion, pero no veía motivos para transmitirle aquella carga a su joven esposa. Sansa ya tenía suficiente con su tristeza.

—Los guisantes están bien —le dijo, cortante—. Son verdes y redondos; ¿qué más se puede esperar de unos guisantes? Mira, voy a repetir para complacer a mi señora.

Hizo una señal, y Podrick Payne le puso en el plato tantos guisantes que Tyrion perdió de vista el trozo de carnero.

«¿Seré idiota...? —se dijo—. Ahora me los tendré que comer todos, o lo volverá a sentir.»

La cena terminó en un silencio tenso, como tan a menudo sucedía. Después, mientras Pod retiraba las copas y los platos, Sansa le pidió permiso a Tyrion para ir a visitar el bosque de dioses.

—Como quieras.

Se había acostumbrado a las devociones nocturnas de su esposa. También rezaba en el septo real, y a menudo encendía velas a la Madre, a la Doncella y a la Vieja. A decir verdad, a Tyrion le parecía excesiva tanta piedad, pero si él estuviera en el lugar de Sansa, también buscaría la ayuda de los dioses.

—He de confesar que no sé gran cosa sobre los antiguos dioses —dijo en un intento de ser agradable—. Tal vez algún día me puedas enseñar. Y podría acompañarte...

—No —replicó Sansa al momento—. Eres... muy amable, pero... no hay ceremonias, mi señor. No hay sacerdotes, ni canciones, ni velas... Solo árboles y plegaria silenciosa. Os aburriríais.

—Es cierto, tienes razón. —«Me conoce mejor de lo que creía»—. Aunque el crujido de las hojas sería un cambio agradable, en vez de los canturreos de cualquier septón sobre los siete aspectos de la gracia. —Tyrion le hizo un gesto de despedida—. No me entrometeré. Abrígate bien, mi señora; fuera hace mucho viento.

Estuvo a punto de preguntarle qué pedía en sus oraciones, pero Sansa era tan obediente que podía decirle la verdad, y la verdad era lo último que quería saber.

Cuando su esposa salió, volvió al trabajo de rastrear unos cuantos dragones de oro en el laberinto que eran los libros de cuentas de Meñique. Petyr Baelish no había sido partidario de dejar que el oro acumulara polvo, sin duda. Pero cuanto más intentaba buscar sentido a su contabilidad, más le dolía la cabeza a Tyrion. Estaba muy bien aquello de hablar de poner a criar a los dragones en vez de encerrarlos en cofres, pero algunas de las empresas comerciales olían peor que el pescado de la semana anterior.

«No habría dejado que Joffrey tirase a los Hombres Astados por la muralla si hubiera sabido cuánto dinero le debían a la corona esos cabrones.» Había enviado a Bronn a buscar a sus herederos, pero mucho se temía que obtendría los mismos resultados si le sacaba las tripas a una dorada en busca de oro.

Cuando le llegó la llamada de su padre fue la primera vez en su vida que Tyrion se alegró de ver a Ser Boros Blount. Agradecido, cerró los libros de cuentas, apagó de un soplido la lámpara de aceite, se echó una capa sobre los hombros y anduvo, oscilando al ritmo que le imponían sus piernas deformes, por el castillo hacia la Torre de la Mano. Como le había dicho a Sansa, hacía mucho viento y el aire olía a lluvia. Tal vez cuando terminara la reunión con Lord Tywin debería ir al bosque de dioses para llevarla a casa antes de que se empapara.

Pero todo se le borró de la cabeza cuando entró en las habitaciones de la Mano y se encontró a Cersei, a Ser Kevan y al Gran Maestre Pycelle reunidos en torno a Lord Tywin y al Rey. Joffrey casi daba saltos de alegría, y Cersei lucía una sonrisita de orgullo, aunque Lord Tywin parecía tan sombrío como siempre.

«A veces creo que no podría sonreír ni aunque quisiera.»

—¿Qué ha pasado? —preguntó Tyrion.

Su padre le tendió un pergamino. Lo habían estirado, pero aún tendía a enroscarse. «Roslin ha pescado una trucha bien gorda —decía el mensaje—. Sus hermanos le dieron un par de pieles de lobo como regalo de bodas.» Tyrion le dio la vuelta para examinar el sello roto. El lacre era color gris plata, y le habían grabado las torres gemelas de la Casa Frey.

—¿El señor del Cruce tiene una vena poética? ¿O nos manda esto para confundirnos? —bufó—. La trucha debe de ser Edmure Tully, y las pieles...

—¡Está muerto! —Joffrey parecía tan feliz y orgulloso como si hubiera despellejado a Robb Stark con sus propias manos.

«Primero Greyjoy y ahora Stark. —Tyrion pensó en la niña que era su esposa, que en aquel mismo momento rezaba en el bosque de dioses—. Orando a los dioses de su padre para que le den la victoria a su hermano y velen por su madre, seguro.» Al parecer, los antiguos dioses no prestaban más atención a las oraciones que los nuevos. Tal vez le sirviera de consuelo.

—Este otoño, los reyes caen como hojas —dijo—. Parece que nuestra guerrita se está ganando sola.

—Las guerras no se ganan solas, Tyrion —dijo Cersei con venenosa dulzura—. Nuestro señor padre ha ganado esta guerra.

—No hay nada ganado mientras queden enemigos en pie —les advirtió Lord Tywin.

—Los señores del río no son idiotas —insistió la Reina—. Sin los norteños, no tienen la menor esperanza de resistir contra las fuerzas unidas de Altojardín, Roca Casterly y Dorne. Seguro que decidirán someterse antes de que los derroten.

—La mayor parte, sí —asintió Lord Tywin—. Aguasdulces se rebelará, pero mientras Walder Frey tenga como rehén a Edmure Tully, el Pez Negro no representará ninguna amenaza para nosotros. Jason Mallister y Tytos Blackwood lucharán, aunque solo sea por honor, pero los Frey pueden mantener a los Mallister inmovilizados en Varamar, y estoy seguro de que, con el incentivo oportuno, se puede convencer a Jonos Bracken para que cambie de bando y ataque a los Blackwood. Al final doblarán la rodilla, sí. Mi intención es imponer unas condiciones generosas. Todo castillo que se rinda será respetado, excepto uno.

—¿Harrenhal? —preguntó Tyrion, que conocía a su padre.

—El reino estará mejor sin la Compañía Audaz. Le he ordenado a Ser Gregor que pase a todo el castillo por la espada.

«Gregor Clegane.» Por lo visto, su señor padre tenía intención de extraer de la Montaña hasta el último trocito de mineral antes de entregarlo a la justicia dorniense. Las cabezas de los Compañeros Audaces acabarían clavadas en picas, y Meñique entraría en Harrenhal sin siquiera haberse manchado sus hermosas ropas con una gota de sangre. Se preguntó si Petyr Baelish habría llegado ya al Valle. «Si los dioses son bondadosos, se habrá tropezado con alguna tormenta en el mar y habrá naufragado.» Pero ¿cuándo habían sido bondadosos los dioses?

—Habría que pasarlos por la espada a todos —declaró Joffrey de repente—. A los Mallister, a los Blackwood, a los Bracken... ¡a todos! Son unos traidores. Quiero verlos muertos, abuelo. Nada de condiciones generosas. —Se volvió hacia el Gran Maestre Pycelle—. Y también quiero la cabeza de Robb Stark. Escribid a Lord Frey y decídselo. El Rey lo ordena. Voy a hacer que se la sirvan a Sansa en mi banquete de bodas.

—Señor, esa dama es ahora vuestra tía —dijo Ser Kevan, conmocionado.

—Era una broma. —Cersei sonrió—. Joff no lo ha dicho en serio.

—Sí que lo he dicho en serio —insistió Joffrey—. Era un traidor y quiero su cabeza, ¿entendido? Obligaré a Sansa a darle un beso.

—No —intervino Tyrion con voz ronca—. Sansa ya no está en tu poder y no puedes seguir atormentándola. Entérate de una vez, monstruo.

—Aquí el único monstruo eres tú, tío —dijo Joffrey con una mueca burlona.

—¿De verdad? —Tyrion ladeó la cabeza—. Entonces harías bien en hablarme con más educación. Los monstruos son bestias peligrosas, y últimamente, los reyes mueren como moscas.

—Solo por decir eso, podría cortarte la lengua —dijo el niño al tiempo que se ponía rojo—. Soy el Rey.

—Deja al enano amenazar cuanto quiera, Joff —dijo Cersei, rodeando los hombros de su hijo con un gesto protector—. Así, mi señor padre y mi tío verán cómo es.

Lord Tywin no le hizo el menor caso y miró a Joffrey.

—Aerys también se pasaba el día recordándole a todo el mundo que era el rey. Y era muy aficionado a cortar lenguas, igual que tú. Podrías preguntárselo a Ser Ilyn Payne, aunque no te respondería.

—Ser Ilyn jamás se atrevió a provocar a Aerys como tu Gnomo provoca a Joff —dijo Cersei—. Ya lo has oído. Ha llamado monstruo a Su Alteza. Al Rey. Y lo ha amenazado...

—Cállate, Cersei. Joffrey, cuando tus enemigos te desafíen, debes responderles con acero y fuego. Pero cuando se pongan de rodillas, debes ayudarlos a levantarse. De lo contrario, nadie volverá a arrodillarse ante ti. Y si alguien tiene que decir «Yo soy el rey», es que no es el rey. Aerys no lo llegó a entender, pero tú lo entenderás. Cuando haya ganado la guerra en tu nombre, restauraremos la paz del rey y la justicia del rey. Tú te tienes que preocupar solo de desvirgar a Margaery Tyrell.

Joffrey llevaba su habitual mueca hosca dibujada en la cara. Cersei lo tenía agarrado por los hombros, aunque tal vez habría hecho mejor en sujetarlo por el cuello. El chico los sorprendió a todos. En vez de arrastrarse hasta debajo de su roca, Joff se levantó, desafiante.

—Hablas mucho de Aerys, abuelo, pero la verdad es que le tenías miedo.

«Vaya, vaya, esto se pone interesante», pensó Tyrion.

Lord Tywin observó a su nieto en silencio; en sus ojos color verde claro brillaban motas doradas.

—Pídele perdón a tu abuelo —dijo Cersei.

—¿Por qué? —preguntó el chico, librándose de sus manos—. Es verdad, lo sabe todo el mundo. Mi padre ganó todas las batallas. Mató al príncipe Rhaegar y se hizo con la corona, mientras tu padre, Madre, estaba escondido bajo Roca Casterly. —Le lanzó una mirada retadora a su abuelo—. Un rey fuerte se comporta con osadía, no se limita a hablar.

—Gracias por compartir tu sabiduría, Alteza —dijo Lord Tywin con una cortesía tan gélida que fue como si a todos se les helaran los oídos—. Ser Kevan, el Rey parece cansado. Es hora de que se retire a sus habitaciones. Pycelle, haría falta alguna poción suave para que Su Alteza descanse bien.

—¿Vino del sueño, mi señor?

—No quiero vino del sueño —se empecinó Joffrey.

—Vino del sueño, sí. —Lord Tywin le habría prestado más atención a un ratón que chillara en una esquina—. Cersei, Tyrion, quedaos.

Ser Kevan se llevó a Joffrey firmemente agarrado por el brazo y abrió la puerta, tras la que esperaban dos hombres de la Guardia Real. El Gran Maestre Pycelle se escabulló tras ellos tan deprisa como le permitieron las viejas piernas temblorosas. Tyrion se quedó donde estaba.

—Lo siento mucho, padre —dijo Cersei una vez se hubo cerrado la puerta—. Joff siempre ha sido obstinado, ya te lo advertí...

—Hay mucha diferencia entre ser obstinado y ser imbécil. «Un rey fuerte actúa con osadía.» ¿De dónde ha sacado eso?

—De mí no, te lo aseguro —se defendió Cersei—. Debe de ser algo que le oyó decir a Robert.

—Lo de que te escondiste debajo de Roca Casterly parece cosa de Robert, sí —señaló Tyrion, que no quería que Lord Tywin se olvidara de aquel detalle.

—Sí, ya lo recuerdo —dijo Cersei—. Robert le decía muchas veces a Joff que un rey tiene que ser osado.

—Y mientras, ¿qué le estabas diciendo tú? ¿«Reza»? —preguntó Lord Tywin—. No estoy librando una guerra para sentar en el Trono de Hierro a un nuevo Robert. Me diste a entender que no le importaba nada su padre.

—¿Por qué le iba a importar? Robert no le hacía el menor caso. Hasta le habría pegado si yo se lo hubiera permitido. Ese salvaje con el que me obligaste a casarme le dio un golpe una vez, tan fuerte que le saltó dos dientes de leche, por no sé qué travesura que había hecho con un gato. Le dije que si le volvía a poner la mano encima lo mataría mientras dormía, y no lo volvió a hacer, pero a veces decía cosas...

—Por lo visto hacía falta decir cosas. —Lord Tywin agitó dos dedos en dirección a ella, en un brusco gesto de despedida—. Vete.

Cersei salió echando humo.

—No será un nuevo Robert —dijo Tyrion—. Será un nuevo Aerys.

—El muchacho tiene trece años. Todavía queda tiempo. —Lord Tywin se dirigió hacia la ventana. Aquello no era propio de él; estaba más descompuesto de lo que quería demostrar—. Necesita una buena lección.

Tyrion había recibido su buena lección a los trece años. Casi sintió pena por su sobrino. Por otra parte, nadie se lo merecía más.

—Ya basta de hablar de Joffrey —dijo—. Algunas batallas se ganan con plumas y con cuervos, ¿no fue eso lo que dijiste? Tengo que felicitarte. ¿Cuánto tiempo llevabas tramando esto con Walder Frey?

—No me gusta esa expresión —replicó Lord Tywin con rigidez.

—Y a mí no me gusta que me oculten cosas.

—No había motivo para contártelo. Tú no tenías ningún papel que desempeñar en esto.

—¿Se lo dijiste a Cersei? —quiso saber Tyrion.

—No lo sabía nadie, excepto los que tenían que intervenir en algún sentido. E incluso a esos se les dijo solo lo que necesitaban saber. A estas alturas ya deberías ser consciente de que es la única manera de guardar un secreto... sobre todo aquí. Mi objetivo era que nos libráramos de un enemigo peligroso al menor precio posible, no satisfacer tu curiosidad ni hacer que tu hermana se sintiera importante. —Cerró los postigos y se volvió. Tenía el ceño fruncido—. No careces de cierta astucia, Tyrion, pero la verdad es que hablas demasiado. Tienes la lengua muy larga; eso acabará por perderte.

—Deberías haber dejado que Joff me la arrancara —sugirió Tyrion.

—Será mejor que no me tientes —replicó Lord Tywin—. Se acabó este tema. He estado buscando la mejor manera de aplacar a Oberyn Martell y a su séquito.

—¿Sí? ¿Y es algo que se me permite saber o debo marcharme, para que lo discutas contigo mismo?

—La presencia del príncipe Oberyn es muy inoportuna —dijo su padre sin hacer caso de la pulla—. Su hermano es un hombre cauto, razonable, sutil, pausado, hasta cierto punto indolente. Sopesa las consecuencias de cada palabra y cada acción. Pero Oberyn siempre ha estado medio loco.

—¿Es verdad que intentó que Dorne se alzara en apoyo a Viserys?

—Nadie habla de ello, pero sí. Los cuervos volaron, y los jinetes cabalgaron con mensajes secretos que nunca vi. Jon Arryn navegó hasta Lanza del Sol para devolver los huesos del príncipe Lewyn, y se sentó con el príncipe Doran a hablar del fin de la guerra. Pero después de aquello, Robert no visitó Dorne nunca, y el príncipe Oberyn rara vez salió de allí.

—Sí, pero ahora lo tenemos aquí, y acompañado por la mitad de la nobleza de Dorne. Cada día que pasa se impacienta más —señaló Tyrion—. A lo mejor sería buena idea que le enseñara los burdeles de Desembarco del Rey; así se distraería. Una herramienta para cada tarea, ¿no es eso? Mi herramienta está a tu servicio, Padre. Que no se diga que la Casa Lannister hizo sonar sus trompetas y yo no respondí.

—Muy gracioso. —Lord Tywin apretó los labios—. ¿Ordeno que te hagan un traje de bufón y un gorro con cascabeles?

—Si me lo pusiera, ¿tendría permiso para decir lo que quisiera acerca de Su Alteza el rey Joffrey?

—No tuve más remediò que soportar los desatinos de mi padre. No estoy dispuesto a soportar los tuyos. Es suficiente. —Lord Tywin volvió a sentarse.

—Muy bien, ya que me lo pides con tanta amabilidad... Pero mucho me temo que la Víbora Roja no va a ser nada amable. Y no se conformará con la cabeza de Ser Gregor.

—Razón de más para no dársela.

—¿Para no...? —Tyrion se quedó boquiabierto—. Creía que estábamos de acuerdo en que los bosques estaban llenos de bestias.

—Bestias inferiores. —Lord Tywin entrelazó los dedos bajo la barbilla—. Ser Gregor nos ha servido bien. No hay otro caballero en el reino que inspire tanto terror en nuestros enemigos.

—Oberyn sabe que Ser Gregor fue el que...

—No sabe nada. Solo ha oído cuentos. Cotilleos de establo y calumnias del servicio. No tiene ni la menor prueba y, desde luego, Ser Gregor no va a confesar nada. Tengo intención de mantenerlo bien alejado mientras los dornienses estén en Desembarco del Rey.

—¿Y cuando Oberyn exija la justicia que ha venido a buscar?

—Le diré que el que mató a Elia y a sus hijos fue Ser Amory Lorch —respondió Lord Tywin con calma—. Si te pregunta, tú dirás lo mismo.

—Ser Amory Lorch está muerto —señaló Tyrion.

—Exacto. Tras la caída de Harrenhal, Vargo Hoat hizo que un oso despedazara a Ser Amory. Es un detalle suficientemente macabro para aplacar hasta a Oberyn Martell.

—Puede que a ti eso te parezca justicia...

—Es justicia. Por si lo quieres saber, fue Ser Amory el que me trajo el cadáver de la niña. La había encontrado escondida bajo la cama de su padre, como si creyera que Rhaegar aún podía protegerla. La princesa Elia y el bebé estaban en el cuarto de los niños, un piso más abajo.

—Bueno, es una historia, y Ser Amory no está en condiciones de negarla. ¿Qué le dirás a Oberyn cuando te pregunte quién le dio las órdenes a Lorch?

—Ser Amory actuó por iniciativa propia, con la esperanza de ganarse el favor del nuevo rey. El odio que sentía Robert hacia Rhaegar no era ningún secreto.

«Puede que dé resultado —tuvo que reconocer Tyrion—, pero a la serpiente no le va a hacer gracia.»

—Lejos de mí cuestionar tu astucia, Padre, pero yo que tú pondría un poco de sangre en las manos de Robert Baratheon.

—Ese traje de bufón te quedaría mejor de lo que pensaba. —Lord Tywin lo miraba como si hubiera perdido la cordura—. Fuimos los últimos en unirnos a la causa de Robert. Teníamos que demostrar nuestra lealtad. Cuando puse aquellos cadáveres ante el trono, a nadie le cupo la menor duda de que habíamos renegado de la Casa Targaryen para siempre. Y el alivio de Robert fue palpable. Por idiota que fuera, hasta él sabía que los hijos de Rhaegar tenían que morir si quería asegurarse el trono para siempre. Pero se consideraba un héroe, y los héroes no matan niños. —Su padre se encogió de hombros—. Reconozco que hubo demasiada brutalidad. Elia no tenía por qué haber sufrido el menor daño; eso fue una estupidez. Por sí sola no era nadie.

—Entonces, ¿por qué la mató la Montaña?

—Porque no le dije que la perdonara. Dudo que llegara a mencionarle su nombre. Tenía problemas más apremiantes. La vanguardia de Ned Stark venía hacia el sur desde el Tridente, y me temía que acabaríamos enfrentándonos. Además, Aerys tenía intención de asesinar a Jaime sin más motivo que el rencor. Eso era lo que yo más temía. Eso y lo que pudiera hacer el propio Jaime. —Apretó un puño—. Además, aún no sabía lo que tenía con Gregor Clegane; únicamente, que era enorme y temible en el combate. Lo de la violación... Espero que ni tú seas capaz de acusarme de haber dado aquella orden. Ser Amory fue casi igual de brutal con Rhaenys. Después le pregunté por qué había hecho falta medio centenar de cuchilladas para matar a una niña que tendría... ¿dos, tres años? Me respondió que ella le había dado patadas y que no dejaba de gritar. Si Lorch hubiera tenido la mitad de los sesos que los dioses le concedieron a un nabo, la habría tranquilizado con unas cuantas palabritas cariñosas y luego habría utilizado un cojín de seda. —Hizo una mueca de repugnancia—. Fue él quien se manchó las manos de sangre.

«Pero no tú, Padre. Tywin Lannister no tiene sangre en las manos.»

—¿Qué ha matado a Robb Stark? ¿Un cojín de seda?

—Tenía que ser una flecha, durante el banquete de bodas de Edmure Tully. Al descubierto, el muchacho era demasiado cauto. Mantenía disciplinados a sus hombres, y se rodeaba de exploradores y guardaespaldas.

—Así que Lord Walder lo ha matado bajo su techo, sentado a su mesa. —Tyrion apretó un puño—. ¿Qué ha pasado con Lady Catelyn?

—Supongo que la han matado también. Un par de pieles de lobo. Frey tenía intención de tomarla prisionera, pero tal vez algo saliera mal.

—Bravo por la ley de la hospitalidad.

—Es Walder Frey el que se ha manchado las manos de sangre, no yo.

—Walder Frey es un viejo gruñón que vive para acariciar a su joven esposa y cavilar sobre todas las ofensas que ha sufrido. No me cabe duda de que él ha empollado este pollo tan feo, pero jamás se habría atrevido a nada semejante sin contar con una promesa de protección.

—¿Y qué habrías hecho tú? ¿Perdonarle la vida del chico y decirle a Lord Frey que no tenías necesidad de aliarte con él? Eso habría hecho que el viejo idiota volviera a los brazos de Stark, y tendrías por delante un año más de guerra. Explícame por qué es más noble matar a diez mil hombres en una batalla que a una docena en un banquete. —Tyrion no supo qué decir, y su padre siguió hablando—. El precio ha sido muy bajo, lo mires como lo mires. La corona le entregará Aguasdulces a Ser Emmon Frey cuando el Pez Negro se rinda. Lancel y Daven tendrán que casarse con chicas Frey; Gloria contraerá matrimonio con uno de los hijos naturales de Lord Walder cuando tenga edad, y Roose Bolton será el Guardián del Norte y se llevará a casa a Arya Stark.

—¿Arya Stark? —Tyrion inclinó la cabeza a un lado—. ¿Y Bolton? Ya me había imaginado que Frey no tendría agallas para actuar por sí mismo. Pero Arya... Varys y Ser Jacelyn la han estado buscando durante más de medio año. Sin duda, Arya Stark está muerta.

—También lo estaba Renly hasta la batalla del Aguasnegras.

—¿Qué significa eso?

—Puede que Meñique tuviera éxito allí donde Varys y tú fracasasteis. Lord Bolton casará a la chica con su hijo bastardo. Dejaremos que Fuerte Terror luche contra los hijos del hierro durante unos años, y veremos si puede mantener a raya a los otros banderizos de los Stark. Antes de la primavera estarán todos al límite de sus fuerzas y dispuestos a doblar la rodilla. El norte será para el hijo que tengas con Sansa Stark... si es que algún día te sientes suficientemente hombre para engendrarlo. Por si te has olvidado, Joffrey no es el único que tiene que desvirgar a alguien.

«No me había olvidado, aunque esperaba que tú sí.»

—¿Cuándo crees que estará Sansa más fértil? —le preguntó Tyrion a su padre con un tono que destilaba ácido—. ¿Antes o después de que le cuente cómo hemos asesinado a su hermano y a su madre?

Davos

Durante un instante pareció que el Rey no lo había oído. Stannis no mostró alegría ante la noticia; tampoco ira ni incredulidad, ni siquiera alivio. Se quedó mirando su Mesa Pintada con los dientes apretados.

—¿Estáis seguro? —preguntó.

—No he visto el cadáver en persona, no, no, Vuestra Majestad—dijo Salladhor Saan—. Pero en la ciudad, los leones bailan y se pavonean. El pueblo ya la llama *la Boda Roja.* Se dice que Lord Frey ordenó que le cortaran la cabeza al chico y le cosieran la de su huargo, y luego le clavaron una corona alrededor de las orejas. A su señora madre también la asesinaron y la tiraron desnuda al río.

«En una boda —pensó Davos—. Mientras estaba sentado a la mesa de su asesino, cuando era un huésped, un invitado que se encontraba bajo su techo. Esos Frey están malditos para siempre.» Otra vez le llegó el olor de la sangre ardiendo y oyó el siseo y el chisporroteo de la sanguijuela entre los carbones del brasero.

—Ha sido la ira del Señor lo que lo ha matado —afirmó Ser Axell Florent—. ¡Ha sido la mano de R'hllor!

—¡Alabado sea el Señor de la Luz! —entonó la reina Selyse, una mujer menuda y flaca con las orejas grandes y el labio superior cubierto de vello.

—¿Acaso la mano de R'hllor es temblorosa y está llena de manchas y arrugas? —preguntó Stannis—. Más parece cosa de Walder Frey que de ningún dios.

—R'hllor elige los instrumentos que quiere. —El rubí de la garganta de Melisandre centelleaba con chispas rojas—. Sus caminos son misteriosos, pero no hay hombre que no se doblegue a su llameante voluntad.

—¡No hay hombre que no se doblegue ante él! —exclamó la Reina.

—Cállate de una vez, mujer. Ahora no estás bailando alrededor de una hoguera. —Stannis siguió mirando la Mesa Pintada—. El lobo no deja herederos, y el kraken deja demasiados. Los leones los devorarán, a menos que... Saan, voy a necesitar que tus barcos más veloces lleven mensajeros a las Islas del Hierro y a Puerto Blanco. Ofreceré el perdón. —Por su manera de apretar los dientes, era obvio que aquella palabra le gustaba muy poco—. El perdón absoluto para los que se arrepientan de su traición y juren lealtad a su legítimo rey. Tienen que ver...

—No lo harán. —La voz de Melisandre era suave—. Lo siento, Alteza. Esto no es el fin. Pronto se alzarán más falsos reyes para apoderarse de las coronas de los que han caído.

—¿Más? —Parecía que Stannis la habría estrangulado de buena gana allí mismo—. ¿Más usurpadores? ¿Más traidores?

—Lo he visto en mis llamas.

—El Señor de la Luz envió a Melisandre para que te guiara hacia tu momento de gloria. —La reina Selyse se puso al lado del Rey—. Escúchala, te lo suplico. Las llamas sagradas de R'hllor no mienten.

—Hay mentiras y mentiras, mujer. Me parece que esas llamas resultan engañosas hasta cuando dicen la verdad.

—Una hormiga que oyera las palabras de un rey tal vez no comprendería qué dice —replicó Melisandre—, y todos los hombres somos hormigas ante el rostro llameante del dios. Si alguna vez he confundido una advertencia con una profecía o una profecía con una advertencia, la culpa es del lector, no del libro. Pero una cosa sí sé a ciencia cierta: los mensajeros y los perdones no os servirán de nada, igual que las sanguijuelas. Debéis mostrar al reino una señal. ¡Una señal como prueba de vuestro poder!

—¿Mi poder? —El Rey soltó un bufido—. Tengo mil trescientos hombres en Rocadragón y otros trescientos en Bastión de Tormentas. —Barrió con la mano la Mesa Pintada—. El resto de Poniente está en manos de mis enemigos. No tengo más flota que la de Salladhor Saan, ni dinero para contratar mercenarios. No hay en perspectiva saqueos ni gloria, que son lo que atraería a los jinetes libres a mi causa.

—Mi señor esposo —intervino la reina Selyse—, tienes más hombres de los que tenía Aegon hace trescientos años. Solo te faltan los dragones.

—Nueve magos cruzaron el mar para empollar la reserva de huevos de Aegon III. —Lord Stannis le lanzó una mirada sombría—. Baelor el Santo rezó más de medio año sobre el suyo. Aegon IV construyó dragones de hierro y madera. Aerion Llamabrillante bebió fuego valyrio para transformarse. Los magos fracasaron, las plegarias del rey Baelor quedaron sin respuesta, los dragones de madera se quemaron y el príncipe Aerion murió entre gritos de dolor.

—Ninguno de ellos era el elegido de R'hllor. —La reina Selyse se mantenía firme—. No hubo ningún cometa rojo que cruzara los cielos para anunciar su llegada. Ninguno esgrimía *Dueña de Luz,* la Espada Roja de los Héroes. Y ninguno de ellos pagó el precio. Lady Melisandre te lo ha dicho, mi señor. Solo la muerte puede comprar la vida.

—¿El chico? —El Rey casi escupió las palabras.

—El chico —asintió la Reina.

—El chico —repitió Ser Axell.

—Ya estaba harto de ese maldito chaval aun antes de que naciera —se quejó el Rey—. Su simple nombre es un rugido en mis orejas y una nube oscura sobre mi alma.

—Entregádmelo y no volveréis a oír su nombre —le prometió Melisandre.

«No, pero oiréis sus gritos cuando ella lo queme en la hoguera.» Davos se mordió la lengua. Era mejor no decir nada hasta que el Rey lo ordenara.

—Entregadme al chico para R'hollor, y la antigua profecía se cumplirá —insistió la mujer roja—. Vuestro dragón despertará y extenderá sus alas de piedra. El reino será vuestro.

—De rodillas os lo suplico, señor —dijo Ser Axell dejándose caer sobre una rodilla—. Despertad al dragón de piedra y haced que tiemblen los traidores. Al igual que Aegon, empezáis como señor de Rocadragón. Al igual que Aegon, conquistaréis la victoria. Que los falsos y los desleales prueben vuestras llamas.

—Tu esposa también te lo suplica, mi señor esposo. —La reina Selyse se dejó caer sobre ambas rodillas ante el Rey con las manos juntas, como si rezara—. Robert y Delena mancillaron nuestro lecho y así maldijeron nuestra unión. El chico es el fruto podrido de su fornicio. Quita su sombra de mi vientre y te daré muchos hijos varones; estoy segura. —Le rodeó las piernas con los brazos—. No es más que un muchacho, hijo de la lujuria de tu hermano y de la vergüenza de mi prima.

—Es de mi sangre. Y deja de agarrarme, mujer. —El rey Stannis le puso una mano en el hombro para tratar de librarse de ella—. Puede que sea cierto que Robert maldijo nuestro lecho nupcial. Me juró que no había pretendido avergonzarme; que aquella noche estaba borracho y no sabía en qué dormitorio se metía. ¿Y qué más da? Sea cual sea la verdad, el chico no tiene la culpa.

—El Señor de la Luz ama a los inocentes. —Melisandre puso una mano en el brazo del Rey—. No hay para él sacrificio más preciado. De su sangre real y su fuego inmaculado nacerá un dragón.

Stannis no apartó a Melisandre, como había hecho con la Reina. La mujer roja era todo lo contrario de Selyse: joven, de formas redondeadas y de una extraña belleza, con aquel rostro en forma de corazón, aquel cabello cobrizo y aquellos ojos rojos de otro mundo.

—Sería maravilloso ver cobrar vida a la piedra —reconoció de mala gana—. Y cabalgar a lomos de un dragón... Recuerdo la primera vez que mi padre me llevó a la corte. Robert me tuvo que dar la mano. Yo tendría cuatro años, así que él tendría cinco; como mucho, seis. Más tarde estuvimos de acuerdo en que el aspecto del Rey tan noble como terrorífico el de los dragones. —Stannis soltó un bufido—. Años después, nuestro padre nos dijo que Aerys se había cortado con el trono aquella mañana, de manera que la Mano había ocupado su lugar. El hombre que tanto nos había impresionado era Tywin Lannister. —Rozó con los dedos la superficie de la mesa, recorriendo un camino entre las colinas barnizadas—. Robert hizo retirar los cráneos cuando subió al trono, pero no quiso que los destruyeran. Alas de dragón sobre Poniente... Sería una...

—¡Alteza! —Davos dio un paso adelante—. ¿Me dais permiso para hablar?

Stannis cerró la boca con tanta fuerza que le entrechocaron los dientes.

—Mi señor de La Selva, ¿para qué creéis que os nombré Mano, si no para que hablarais? —El Rey hizo un gesto con los dedos—. Decid lo que queráis.

«Guerrero, dame valor.»

—No sé mucho de dragones, y menos aún de dioses... pero la Reina ha hablado de maldiciones. No hay hombre más maldito ante los ojos de los hombres y los dioses que quien mata a los de su sangre.

—No hay más dioses que R'hllor y el Otro, aquel cuyo nombre no se debe pronunciar. —Los labios de Melisandre formaron una dura línea roja—. Y los hombres pequeños maldicen lo que no alcanzan a comprender.

—Soy un hombre pequeño —reconoció Davos—, de manera que decidme por qué necesitáis a ese chico, Edric Tormenta, para despertar al gran dragón de piedra, mi señora. —Estaba decidido a llamar al muchacho por su nombre tan a menudo como le fuera posible.

—Solo la muerte puede comprar la vida, mi señor. Un gran regalo requiere un gran sacrificio.

—¿Qué grandeza hay en un niño ilegítimo?

—Por sus venas corre la sangre de reyes. Ya habéis visto lo que puede hacer tan solo un poco de esa sangre...

—Os he visto quemar unas cuantas sanguijuelas.

—Y dos falsos reyes han muerto.

—Robb Stark ha sido asesinado por Lord Walder del Cruce, y según las noticias, Balon Greyjoy se cayó de un puente. ¿A quién han matado las sanguijuelas?

—¿Acaso dudáis del poder de R'hllor?

«No. —Davos recordaba demasiado bien la sombra viviente que había salido del vientre de la mujer roja aquella noche, bajo Bastión de Tormentas; las manos negras que le habían separado los muslos para emerger—. Tengo que ir con cuidado o puede que venga alguna sombra a buscarme a mí.»

—Hasta un contrabandista de cebollas sabe distinguir dos cebollas de tres. Os falta un rey, mi señora.

—Ahí os ha pillado, mi señora. —Stannis soltó una carcajada seca—. Dos no son tres.

—Claro, Alteza. Un rey puede morir por casualidad, tal vez dos, pero... ¿tres? Si Joffrey muriera en medio de todo su poder, rodeado por sus ejércitos y su Guardia Real, ¿no sería eso una muestra del poder del Señor?

—Quizá sí —dijo el Rey de mala gana.

—O quizá no. —Davos hacía todo lo posible por ocultar su miedo.

—Joffrey morirá —declaró la reina Selyse, serena en su confianza.

—Puede que ya esté muerto —apuntó Ser Axell.

—¿Acaso sois cuervos amaestrados que me graznáis por turnos? —Stannis los miraba asqueado—. Es suficiente.

—Esposo, escúchame... —suplicó la Reina.

—¿Por qué? Dos no son tres. Los reyes saben contar tan bien como los contrabandistas. Os podéis retirar.

Stannis les dio la espalda. Melisandre ayudó a la Reina a ponerse en pie. Selyse salió muy rígida de la estancia, seguida por la mujer roja. Ser Axell se demoró lo suficiente para lanzar a Davos una última mirada.

«Una mirada torva en una cara torva», pensó cuando sus ojos se encontraron.

Cuando estuvieron a solas, Davos carraspeó para aclararse la garganta. El Rey alzó la vista.

—¿Por qué seguís aquí?

—Señor, acerca de Edric Tormenta...

—No insistáis. —Stannis hizo un gesto airado.

—Vuestra hija estudia con él —siguió Davos sin ceder—; juega con él todos los días en el Jardín de Aegon.

—Lo sé de sobra.

—A Shireen se le rompería el corazón si le sucediera algo malo...

—Eso también lo sé.

—Me gustaría que lo vierais.

—Ya lo he visto. Se parece a Robert. Sí, y también lo adora. ¿Queréis que le diga cuán a menudo pensaba en él su idolatrado padre? A mi hermano le gustaba mucho hacer hijos, pero después del parto no eran más que un estorbo.

—Pregunta por vos todos los días, es...

—Me estáis haciendo enfadar, Davos. No quiero oír más sobre el chico bastardo.

—Su nombre es Edric Tormenta, señor.

—Ya sé cuál es su nombre, y le queda de maravilla. Proclama a gritos su condición de ilegítimo, su noble cuna y el caos que lo acompaña. Edric Tormenta. Ya lo he dicho. ¿Satisfecho, mi señor Mano?

—Edric... —empezó.

—¡No es más que un chico! Podría ser el mejor muchacho que jamás haya pisado la tierra, y tampoco tendría importancia. Mi deber es para con el reino. —Barrió con la mano la Mesa Pintada—. ¿Cuántos muchachos viven en Poniente? ¿Cuántas niñas? ¿Cuántos hombres, cuántas mujeres? Ella dice que la oscuridad los devorará a todos, que caerá la noche que no acaba jamás. Habla de profecías... un héroe renacido en el mar, dragones vivos que nacen de la piedra muerta... Habla de señales y jura que todas apuntan hacia mí. Yo no pedí esto, igual que no pedí ser rey. Pero ¿puedo echar en saco roto lo que me dice? —Rechinó los dientes—. Nosotros no elegimos nuestro destino, pero tenemos... tenemos que cumplir con nuestro deber, ¿no? Grandes o pequeños, tenemos que cumplir con nuestro deber. Melisandre jura que me ha visto en sus llamas enfrentándome a la oscuridad con *Dueña de Luz* alzada en la mano. *¡Dueña de Luz!* —Stannis soltó un bufido despectivo—. Reconozco que tiene un brillo bonito, pero en el Aguasnegras, esta espada mágica no hizo nada que no hubiera hecho un vulgar acero. Un dragón habría cambiado el rumbo de esa batalla. Hace muchos años, Aegon estuvo donde yo estoy ahora mismo, contemplando esta misma mesa. ¿Creéis que hoy lo llamaríamos Aegon el Conquistador si no hubiera tenido dragones?

—Alteza —dijo Davos—, el precio...

—¡Ya sé cuál es el precio! Anoche miré en la chimenea y volví a ver cosas en las llamas. Vi a un rey con una corona de fuego en la cabeza, ardiendo... Ardiendo, Davos. Su corona lo devoró y lo transformó en cenizas. ¿Creéis que necesito que Melisandre me diga qué significa? ¿O que me lo digáis vos? —El Rey se movió, y su sombra fue a caer sobre Desembarco del Rey—. Si Joffrey muriera... ¿qué importaría la vida de un chico bastardo comparada con la de un reino?

—Mucho. Todo —dijo Davos en voz baja.

Stannis lo miró con los dientes apretados.

—Marchaos —dijo al final el Rey—. Marchaos antes de que digáis algo que os haga volver a la mazmorra.

A veces, los vientos tormentosos son tan fuertes que el marinero no tiene más remedio que recoger velas.

—Como Vuestra Alteza ordene.

Davos se inclinó, pero al parecer, Stannis ya se había olvidado de él.

Cuando salió del Tambor de Piedra al patio hacía mucho frío. Un viento fuerte soplaba del este, con lo que los estandartes ondeaban y restallaban contra los muros. El aire olía a sal. «El mar.» Le encantaba aquel olor. Le daba ganas de volver a caminar sobre una cubierta, de izar las velas y navegar hacia el sur, para reunirse con Marya y sus dos pequeños. Cada día que pasaba pensaba más en ellos, y por las noches era aún peor. Una parte de él no deseaba otra cosa que volver a su casa con Devan. «No puedo. Por ahora no. Soy un señor, soy la Mano del Rey, no le puedo fallar.»

Alzó los ojos para contemplar las murallas. Un millar de gárgolas y figuras grotescas le devolvieron la mirada desde arriba, todas diferentes: guivernos, grifos, demonios, manticoras, minotauros, basiliscos, sabuesos infernales, dragones alados, dragones con cabeza de ave y otras muchas criaturas extrañas que brotaban de las almenas del castillo como si hubieran cobrado vida. Y no solo había dragones en las gárgolas; estaban por todas partes. La sala principal era un dragón tendido sobre el vientre; se entraba en él por la boca abierta. Las cocinas eran un dragón enroscado sobre sí mismo; el humo y el vapor de los hornos salía por las fosas nasales. Las torres eran dragones acuclillados sobre las murallas o a punto de emprender el vuelo; el Dragón del Viento parecía rugir desafiante, mientras que la Torre del Dragón Marino miraba serena hacia las olas. Otros dragones más pequeños enmarcaban las puertas. De las paredes salían zarpas de dragón para sujetar las antorchas; grandes alas de piedra envolvían la herrería y la armería; las colas formaban arcos, puentes y escaleras exteriores.

Davos había oído decir muchas veces que los magos de Valyria no tallaban y cincelaban como vulgares albañiles, sino que trabajaban la piedra con fuego y magia igual que haría un alfarero con la arcilla. Ya no sabía qué pensar.

«¿Y si eran dragones de verdad y por algún motivo se transformaron en piedra?»

—Si la mujer roja les devuelve la vida, el castillo se derrumba, creo yo. ¿Qué dragones irían por ahí llenos de habitaciones, escaleras y muebles? Y ventanas. Y chimeneas. Y desagües para los retretes.

Davos se volvió para mirar a Salladhor Saan.

—¿Significa esto que me has perdonado por mi traición, Salla?

—Perdonado, sí; olvidado, no. —El viejo pirata le agitaba un dedo ante la nariz—. Todo ese bonito oro de Isla Zarpa podría haber sido mío; solo de pensarlo me siento viejo y cansado. Cuando muera pobre, mis esposas y concubinas te maldecirán, Caballero de las Cebollas. Lord Celtigar tenía muchos vinos buenos que no estoy bebiendo, un águila marina que había entrenado para que se le posara en la muñeca y un cuerno mágico para invocar a los krákens de las profundidades. Muy útil me resultaría un cuerno así, para acabar con los tyroshis y otras criaturas molestas. Pero ¿podré hacer sonar ese cuerno? No, porque el Rey nombró Mano a mi viejo amigo. —Entrelazó su brazo con el de Davos—. Los hombres de la Reina no te tienen ningún afecto, viejo amigo. He oído por ahí que cierta Mano está haciendo nuevas amistades. ¿Es verdad, sí?

«Sabes demasiado, viejo pirata.» Un contrabandista tenía que conocer a los hombres tan bien como las mareas o no duraba mucho tiempo en el negocio. Los hombres de la Reina eran seguidores fervorosos del Señor de la Luz, pero el pueblo de Rocadragón volvía poco a poco a los dioses que había conocido toda la vida. Decía que Stannis estaba hechizado, que Melisandre lo había apartado de los Siete y lo hacía inclinarse ante un demonio salido de las sombras... y, lo peor de todo, que tanto ella como su dios le habían fallado. Y había caballeros y señores menores que pensaban lo mismo. Davos los había buscado y los había elegido uno a uno con el mismo cuidado con que en otros tiempos seleccionaba sus tripulaciones. Ser Gerald Gower peleó con decisión en el Aguasnegras, pero después le habían oído decir que R'hllor debía de ser un dios muy débil si dejaba que un enano y un muerto derrotaran a sus seguidores. Ser Andrew Estermont era primo del Rey; años atrás lo había servido como escudero. El Bastardo de Canto Nocturno había estado al frente de la retaguardia que permitió que Stannis se pusiera a salvo en las galeras de Salladhor Saan, pero adoraba al Guerrero con una fe tan fiera como su temperamento. «Hombres del Rey, no de la Reina.» Pero no le convenía alardear de ellos.

—Cierto pirata lyseno me dijo una vez que un buen contrabandista no se deja ver —replicó Davos con cautela—. Velas negras, remos envueltos en tela y una tripulación que sepa contener la lengua.

—Una tripulación sin lengua es todavía mejor. —El lyseno se echó a reír—. Un montón de mudos fuertes que no sepan leer ni escribir. —Se puso serio—. Pero me alegro de que alguien te vigile las espaldas, viejo amigo. ¿Qué opinas tú? ¿El Rey le entregará el chico a la sacerdotisa roja? Un dragoncito podría poner fin a esta guerra.

Por la fuerza de la costumbre se llevó la mano al cuello para tocar su suerte, pero ya no tenía las falanges y no encontró nada.

—No —respondió Davos—. No es capaz de hacerles daño a los de su sangre.

—Lord Renly se alegrará mucho cuando se entere.

—Renly era un traidor que se había alzado en armas. Edric Tormenta es inocente de todo crimen. Su Alteza es un hombre justo.

—Ya veremos. —Salla se encogió de hombros—. O ya verás. En cuanto a mí, vuelvo al mar. Puede que por la bahía del Aguasnegras haya viles contrabandistas navegando que no quieran pagar los legítimos impuestos de su señor. —Le dio una palmada en la espalda a Davos—. Cuídate. Y tus amigos mudos también. Ahora eres muy grande, pero cuanto más alto está un hombre, desde más arriba cae.

Davos reflexionó sobre aquellas palabras mientras subía por los peldaños de la Torre del Dragón Marino hacia las habitaciones del maestre, debajo de las pajareras. No hacía falta que Salla le dijera que había ascendido demasiado.

«No sé leer, no sé escribir, los señores me desprecian, no sé nada de gobernar, ¿cómo puedo ser la Mano del Rey? Mi lugar está en la cubierta de un barco, no en la torre de un castillo.»

Aquello mismo le había dicho al maestre Pylos.

—Sois un excelente capitán —fue la respuesta del maestre—. Un capitán gobierna su barco, ¿no? Tiene que navegar por aguas traicioneras y mover las velas para captar el viento; debe saber cuándo se acerca una tormenta y la mejor manera de capearla. Esto viene a ser lo mismo.

La intención de Pylos era buena, pero sus palabras tranquilizadoras no lo convencían.

—¡No es lo mismo! —protestó Davos—. Un reino no es un barco... y menos mal, porque en ese caso, este reino se estaría hundiendo. Entiendo de tablones, de sogas y de agua, sí, pero ¿de qué me sirve eso ahora? ¿Cómo voy a dar con un viento que sople para llevar al rey Stannis a su trono?

El maestre se había reído.

—Ahí tenéis, mi señor. Las palabras son viento, ya lo sabéis, y vos habéis enviado muy lejos las mías con vuestro sentido común. Creo que Su Alteza sabe muy bien qué le podéis dar.

—Cebollas —dijo Davos, sombrío—. Eso es todo lo que le puedo dar. La Mano del Rey debería ser un señor de noble cuna, sabio y culto, un buen comandante de batalla o un gran caballero...

—Ser Ryam Redwyne fue el caballero más grande de sus tiempos, y también una de las peores Manos que jamás hayan servido a un rey. Las plegarias del septón Murmison hacían milagros, pero cuando fue Mano, el reino entero no tardó en rezar pidiendo a los dioses que muriera pronto. Lord Butterwell era famoso por su ingenio; Myles Smallwood, por su valor; Ser Otto Hightower, por sus conocimientos; pero todos y cada uno de ellos fracasaron como Manos. En cuanto a la cuna, los reyes dragón solían elegir a las Manos entre los de su sangre, con resultados tan diversos como Baelor Rompelanzas y Maegor el Cruel. En cambio, tenemos al septón Barth, el hijo de un herrero, que el Viejo Rey encontró en la biblioteca de la Fortaleza Roja. Le dio al reino cuarenta años de paz y abundancia. —Pylos sonrió—. Leed la historia, Lord Davos; descubriréis que vuestras dudas no tienen fundamento.

—¿Cómo voy a leer la historia si no sé leer?

—Cualquiera puede aprender, mi señor —dijo el maestre Pylos—. No hace falta ninguna magia ni haber nacido en una familia noble. Por orden del Rey, le estoy enseñando ese arte a vuestro hijo. Os puedo enseñar a vos también.

Fue una oferta generosa, y Davos no podía rechazarla, de manera que todos los días visitaba las habitaciones del maestre, en la Torre del Dragón Marino, para romperse la cabeza sobre rollos, pergaminos y grandes tomos encuadernados en cuero, intentando desentrañar unas pocas palabras más. El esfuerzo le provocaba jaquecas a menudo, y encima lo hacía sentir tan grotesco como Caramanchada. Su hijo Devan aún no tenía doce años y ya iba mucho más adelantado que él, y para la princesa Shireen y Edric Tormenta, leer era tan natural como respirar. Cuando de libros se trataba, Davos era más niño que cualquiera de ellos, pero perseveró. Ahora era la Mano del Rey, y la Mano del Rey tenía que saber leer.

La estrecha escalera de caracol de la Torre del Dragón Marino había sido una dura prueba para el maestre Cressen después de que se rompiera la cadera. Davos todavía echaba de menos al anciano. Suponía que a Stannis le pasaba lo mismo. Pylos era listo, diligente y bienintencionado, pero también muy joven, y el Rey no confiaba en él como había confiado en Cressen. El anciano había estado tanto tiempo con Stannis...

«Hasta que se enfrentó a Melisandre, y por ello murió.»

En la parte superior de las escaleras, Davos oyó el tintineo de unas campanillas que solo podían pertenecer a Caramanchada. El bufón de la princesa estaba esperándola ante la puerta del maestre como un perro fiel. Gordo, fofo, de hombros caídos y con el rostro amplio cubierto por un tatuaje de escaques rojos y verdes, Caramanchada lucía un yelmo que en realidad eran unas astas de ciervo atadas a un cubo de hojalata. De las puntas colgaba una docena de cascabeles que tintineaban cuando se movía... es decir, constantemente, ya que el bufón no sabía estarse quieto. El tintineo lo acompañaba siempre; no era de extrañar que Pylos le hubiera prohibido estar presente durante las clases de Shireen.

—Bajo el mar, los peces viejos se comen a los peces jóvenes —farfulló el bufón al ver a Davos. Inclinó la cabeza, y las campanillas entrechocaron y tintinearon de nuevo—. Lo sé, lo sé, je, je, je.

—Aquí arriba, el pez joven enseña al pez viejo —dijo Davos, que no se sentía nunca tan anciano como cuando se sentaba para intentar leer.

La cosa habría sido muy diferente si el viejo maestre Cressen le hubiera dado las lecciones, pero Pylos era tan joven que podría ser su hijo. Cuando entró, el maestre estaba sentado junto a la mesa larga de madera cubierta de libros y pergaminos, frente a los tres niños. La princesa Shireen estaba entre los dos muchachitos. Ver a un descendiente suyo en compañía de una princesa y el bastardo de un rey le proporcionaba a Davos una gran alegría.

«Devan será algún día un señor, no un simple caballero. El señor de La Selva. —A Davos, aquello lo hacía más feliz que ostentar él mismo el título—. Y sabe leer. Leer y escribir, como si hubiera nacido para ello. —Pylos no hacía más que alabarlo por su diligencia, y el maestro de armas decía que Devan también parecía muy prometedor con la espada y con la lanza—. Además es un chico piadoso.»

—Mis hermanos han subido al Salón de Luz —había dicho Devan cuando su padre le contó cómo habían muerto sus cuatro hermanos mayores—. Rezaré por ellos junto a las hogueras nocturnas, y también por ti, Padre, para que camines bajo la Luz del Señor hasta el fin de tus días.

«Se parece mucho a Dale cuando tenía su edad», pensó Davos. Su primogénito no había tenido nunca ropa tan elegante como el atuendo de escudero de Devan, claro, pero compartían el mismo rostro cuadrado, los mismos ojos castaños de mirada franca, el mismo cabello castaño fino y alborotado... Las mejillas y la barbilla de Devan estaban salpicadas de vello rubio, una pelusa que no habría sido digna ni de un melocotón, pero el muchacho estaba orgullosísimo de su barba. «Igual que Dale de la suya, hace años.» De los tres niños sentados a la mesa, Devan era el mayor, pero Edric Tormenta era medio palmo más alto, y tenía el pecho más amplio y los hombros más anchos. En aquello era igual que su padre, además de que ninguna mañana se perdía los ejercicios con la espada y el escudo. Los que habían conocido a Robert y a Renly de niños decían que el bastardo se parecía a ellos mucho más de lo que nunca se había parecido Stannis: el pelo negro como el carbón, los ojos azul oscuro, la boca, la mandíbula, los pómulos... Solo sus orejas daban testimonio de que su madre había sido una Florent.

—Buenos días, Padre —lo saludó el muchacho.

—Buenos días, mi señor —saludó también Edric. El muchacho era impetuoso y orgulloso, pero los maestres, los castellanos y los maestros de armas que lo habían criado le habían inculcado modales corteses—. ¿Venís de ver a mi tío? ¿Cómo está Su Alteza?

—Bien —mintió Davos. A decir verdad, el Rey estaba demacrado y macilento, pero no consideró necesario cargar al niño con sus temores—. Espero no haber interrumpido la lección.

—Acabamos de terminar, mi señor —dijo el maestre Pylos.

—Hemos leído cosas sobre el rey Daeron I. —La princesa Shireen era una niña triste, dulce y gentil, pero en absoluto bonita. Había heredado la mandíbula cuadrada de Stannis y las orejas Florent de Selyse, y los dioses, en su cruel sabiduría, habían considerado oportuno empeorar su fealdad aquejándola de psoriagrís cuando aún era un bebé. La enfermedad le había dejado una mejilla y la mitad del cuello de color gris y con la piel dura y agrietada, aunque no le había arrebatado la vida ni la vista—. Fue a la guerra y conquistó Dorne. Lo llamaban el Joven Dragón.

—Adoraba a falsos dioses —apuntó Devan—, pero por lo demás fue un gran rey, y muy valiente en las batallas.

—Es verdad —asintió Edric Tormenta—, pero mi padre era más valiente aún. El Joven Dragón no ganó nunca tres batallas el mismo día.

—¿El tío Robert ganó tres batallas en un día? —La princesa lo miraba con los ojos muy abiertos.

—Fue cuando vino para convocar a sus señores vasallos —dijo el bastardo con un gesto de asentimiento—. Los señores Grandison, Cafferen y Fell planeaban unir sus fuerzas en Refugio Estival y atacar Bastión de Tormentas, pero mi padre se enteró gracias a un informador, y enseguida se puso en marcha con sus caballeros y escuderos. A medida que los conspiradores iban llegando a Refugio Estival uno a uno, los fue derrotando por turnos antes de que pudieran reunirse con los otros. Mató a Lord Fell en combate singular y capturó a su hijo Hacha de Plata.

—¿Fue así de verdad? —le preguntó Devan a Pylos.

—Ya te he dicho que sí —respondió Edric Tormenta antes de que el maestre pudiera decir nada—. Los derrotó a los tres, y luchó con tanto valor que luego Lord Grandison y Lord Cafferen se pasaron a su bando, igual que Hacha de Plata. A mi padre no lo pudo vencer nadie jamás.

—No está bien fanfarronear, Edric —le dijo el maestre Pylos—. El rey Robert sufrió derrotas, igual que cualquier otro hombre. Lord Tyrell lo venció en Vado Ceniza, y más de una vez lo descabalgaron en los torneos.

—Pero ganó más veces de las que perdió. Además, mató al príncipe Rhaegar en el Tridente.

—Eso es verdad —asintió el maestre—. Bueno, ahora tengo que atender a Lord Davos, que está teniendo mucha paciencia. Mañana seguiremos leyendo *La conquista de Dorne,* del rey Daeron.

La princesa Shireen y los muchachos se despidieron con cortesía. En cuanto salieron, el maestre Pylos se acercó a Davos.

—Tal vez vos también deberíais probar con *La conquista de Dorne,* mi señor. —Empujó sobre la mesa el libro encuadernado en cuero—. El rey Daeron escribía con elegante sencillez, y la historia está llena de sangre, batallas y hazañas valerosas. Vuestro hijo está fascinado.

—Mi hijo aún no tiene doce años. Yo soy la Mano del Rey. Dadme otra carta, por favor.

—Como queráis, mi señor. —El maestre Pylos rebuscó en la mesa y desenrolló varios pergaminos para luego descartarlos—. No hay cartas nuevas. A ver si aparece alguna vieja...

A Davos le gustaban las buenas historias tanto como a cualquiera, pero tenía la sensación de que Stannis no lo había nombrado Mano para que se divirtiera. Su principal obligación era ayudar al Rey a gobernar, y para eso tenía que comprender las palabras que llevaban los cuervos. La mejor manera de aprender una cosa era hacerla, tanto si se trataba de velas como de pergaminos. Pylos le pasó una carta.

—Esta nos puede servir.

Davos estiró el cuadrado de pergamino arrugado y escudriñó la letra menuda. Leer era un gran esfuerzo para los ojos; era lo primero que había aprendido. A veces se preguntaba si en la Ciudadela le daban un premio al maestre que escribiera con la caligrafía más pequeña. Pylos se rio cuando se lo dijo, pero...

—A los... cinco reyes —leyó Davos titubeando un instante con la palabra *cinco,* que no veía escrita muy a menudo. El rey... Ma... El rey... ¿masilla?

—Más allá —le corrigió el maestre.

—El Rey-más-allá-del-Muro avanza... —Davos hizo una mueca—. Avanza hacia el sur. Va al frente de un... un... grano...

—Gran.

—Un gran ejército de sal... sal... salvajes. Lord Mmmor... Mormont envió un... cuervo desde el bo... bo... bo...

—Bosque. El bosque Encantado —dijo Pylos, señalando las palabras con el dedo.

—El bosque Encantado. Lo han... ¿atacado?

—Sí.

Siguió leyendo, satisfecho.

—Des... después llegaron otros pájaros sin mensajes. Te... tememos que... Mormont haya muerto con todos sus... todos sus... hombros... no, hombres. Tememos que Mormont haya muerto con todos sus hombres. —De repente, Davos comprendió lo que estaba leyendo. Dio la vuelta a la carta y vio que el lacre con que la habían sellado era negro—. Esto es de la Guardia de la Noche. ¿Lo ha visto el rey Stannis, maestre?

—Se lo llevé a Lord Alester en cuanto llegó. Por aquel entonces, él era la Mano. Creo que habló del asunto con la Reina. Cuando le pregunté si quería enviar alguna respuesta, me dijo que no fuera idiota. «Su Alteza no tiene hombres para sus propias batallas; no le van a sobrar para desperdiciarlos con los salvajes», me respondió.

Era verdad. Además, la mención a los cinco reyes habría puesto furioso a Stannis.

—Solo un hombre que se muere de hambre le suplica pan a un mendigo —murmuró.

—¿Cómo decís, mi señor?

—Es una frase de mi esposa.

Davos tamborileó sobre la mesa con los dedos cortados. La primera vez que había visto el Muro no tenía ni la edad de Devan, y viajaba en la *Gata de Piedra* bajo las órdenes de Roro Uhoris, un tyroshi conocido en todo el mar Angosto como el Bastardo Ciego, aunque no era ni una cosa ni la otra. Roro había navegado más allá de Skagos, hasta el mar de los Escalofríos; había visitado un centenar de calas que hasta entonces no habían visto una nave mercante. Llevaba acero: espadas, hachas, yelmos y buenas cotas de malla, que intercambiaba por pieles, marfil, ámbar y obsidiana. Cuando la *Gata de Piedra* volvió hacia el sur llevaba las bodegas abarrotadas, pero en la bahía de las Focas, tres galeras negras le cortaron el paso y la obligaron a poner rumbo a Guardiaoriente. Perdieron el cargamento, y el Bastardo perdió la cabeza por el delito de vender armas a los salvajes.

En sus tiempos de contrabandista, Davos había comerciado con Guardiaoriente. Los hermanos negros eran temibles como enemigos, pero buenos como clientes para un barco que llevara la carga adecuada. Pero, aunque aceptaba sus monedas, no había olvidado cómo rodó la cabeza del Bastardo Ciego por la cubierta de la *Gata de Piedra.*

—Cuando era niño conocí a algunos salvajes —le dijo al maestre Pylos—. Eran buenos robando, pero nefastos regateando. Uno se escapó con nuestra chica de los camarotes. Parecían hombres como todos los demás, unos buenos y otros malos.

—Los hombres son hombres —asintió el maestre Pylos—. ¿Seguimos leyendo, mi señor Mano?

«Sí, soy la Mano del Rey.» Stannis podía hacerse llamar rey de Poniente, pero en realidad era el rey de la Mesa Pintada. Controlaba Rocadragón y Bastión de Tormentas, y tenía una alianza un tanto inestable con Salladhor Saan, pero nada más. ¿Cómo era posible que la Guardia le pidiera ayuda? «Tal vez no sepan que cuenta con muy pocos hombres ni que su causa está perdida.»

—¿Estáis seguro de que Stannis no llegó a ver esta carta? ¿Y tampoco Melisandre?

—No. ¿Creéis que se la debo llevar, aunque haya pasado mucho tiempo?

—No —replicó Davos al instante—. Cumplisteis con vuestro deber al llevársela a Lord Alester.

«Si Melisandre supiera lo que dice esta carta...» ¿Cómo había dicho la mujer roja? «Las fuerzas de aquel cuyo nombre no debe pronunciarse están tomando posiciones, Davos Seaworth. Pronto llegarán el frío y la noche que no acaba jamás.» Y Stannis había tenido una visión en las llamas: un círculo de antorchas en la nieve y, alrededor, criaturas terroríficas.

—¿Os encontráis bien, mi señor? —preguntó Pylos.

«Tengo miedo, maestre», podría haberle dicho. Davos estaba recordando una historia que le había contado Salladhor Saan, acerca de cómo Azor Ahai había templado *Dueña de Luz* clavándola en el corazón de su amada esposa. «Mató a su esposa para combatir la oscuridad. Si Stannis es Azor Ahai redivivo, ¿significa eso que Edric Tormenta debe desempeñar el papel de Nissa Nissa?»

—Estaba distraído, maestre. Disculpadme. —«¿Qué tendría de malo que un rey salvaje conquistara el norte?» El norte no estaba en poder de Stannis. No se le podía pedir a Su Alteza que defendiera a unas personas que no lo reconocían como rey—. Dadme otra carta —pidió bruscamente—. Esta es demasiado...

—¿Difícil? —sugirió Pylos.

«Pronto llegará el frío —susurró Melisandre—. Y la noche que no acaba jamás.»

—Problemática —dijo Davos—. Demasiado problemática. Otra carta, por favor.

Jon

Al despertar vieron la humareda. Villa Topo estaba ardiendo.

En la cima de la Torre del Rey, Jon Nieve se apoyó en la muleta acolchada que le había proporcionado el maestre Aemon y vio cómo ascendía el penacho gris. Cuando Jon se les escapó, Styr había perdido toda esperanza de tomar el Castillo Negro por sorpresa; aun así no hacía falta que anunciara su llegada de manera tan abierta.

«Puede que nos matéis —reflexionó—, pero no moriremos en la cama. Al menos eso lo he logrado.»

La pierna todavía le hacía ver las estrellas cuando apoyaba el peso en ella. Aquella mañana había necesitado la ayuda de Clydas para ponerse la ropa negra recién lavada y anudarse las botas, y cuando terminó habría dado cualquier cosa por volver a ahogarse en la leche de la amapola, pero se conformó con media copa de vino del sueño, con morder un trozo de corteza de sauce y con la muleta. El faro estaba ardiendo en el Saliente de la Almenara, y la Guardia de la Noche necesitaba de todos sus hombres.

—Puedo pelear —insistió cuando intentaron detenerlo.

—Ya tienes la pierna curada, ¿no? —se mofó Noye—. Supongo que entonces no te importará si te doy una patadita.

—Pues preferiría que no. La tengo rígida, pero con la muleta me puedo mover, y puedo luchar si hago falta.

—Necesito hasta al último hombre que sepa qué extremo de la lanza sirve para ensartar salvajes.

—El extremo puntiagudo. —Jon recordó haberle dicho algo parecido a su hermana pequeña hacía tiempo.

—Puede que sirvas de algo —dijo Noyc frotándose las cerdas de la barba—. Te pondremos en una torre con un arco, pero si te caes y te matas, luego no me vengas llorando.

Contempló el serpenteante trazado del camino Real hacia el sur, a través de campos pedregosos y colinas azotadas por el viento. El Magnar llegaría por aquel camino antes de que terminara el día; sus thenitas marcharían tras él con hachas y lanzas en las manos, con sus escudos de bronce y cuero a la espalda.

«Grigg el Cabra, Quort, Forúnculo y todos los demás. Y también Ygritte.» Los salvajes no habían llegado a ser sus amigos; no había permitido que llegaran a ser sus amigos, pero en cambio, ella...

Sintió una punzada de dolor allí donde su flecha se le había clavado en la carne del muslo. Recordó también los ojos del anciano, y la sangre negra que le manó de la garganta mientras la tormenta restallaba en el cielo. Pero lo que mejor recordaba era la gruta, la muchacha desnuda a la luz de la antorcha, el sabor de su boca cuando la abrió para besarlo.

«No te acerques, Ygritte. Ve hacia el sur a saquear o escóndete en uno de esos torreones que tanto te han gustado. Aquí no encontrarás nada, solo la muerte.»

Al otro lado del patio, uno de los arqueros situados en el techo de los viejos Barracones de Pedernal se había desanudado los calzones y estaba meando desde una almena.

«Mully.» Era fácil identificarlo por su grasiento pelo anaranjado. En otros tejados, y también en las cimas de las torres, se veían más hombres con capas negras, aunque nueve de cada diez eran de paja. Eran los «centinelas espantapájaros», tal como los llamaba Donal Noye. «Pero los pájaros somos nosotros —meditó Jon—, y estamos más que espantados.»

Les pusieran el nombre que les pusieran, los soldados de paja habían sido idea del maestre Aemon. Tenían en los almacenes más calzones, túnicas y jubones que hombres para llenarlos, así que ¿por qué no rellenar unos cuantos de paja, ponerles capas sobre los hombros y situarlos para montar guardia? Noye los había colocado en todas las torres y en la mitad de las ventanas. Algunos incluso tenían lanzas en las manos o ballestas preparadas bajo los brazos. El objetivo era que los thenitas los vieran desde lejos y decidieran que el Castillo Negro estaba demasiado bien defendido para atacarlo.

Jon compartía el tejado de la Torre del Rey con seis espantapájaros y dos hermanos que respiraban de verdad. Dick Follard el Sordo estaba sentado en una almena y se dedicaba a limpiar y engrasar metódicamente la ballesta para asegurarse de que el mecanismo funcionaba sin problemas, mientras el muchacho de Antigua vagaba inquieto por los parapetos y recolocaba la ropa de los espantapájaros.

«Quizá piensa que pelearán mejor si están bien abrigados. O quizá es que esta espera le está destrozando los nervios, igual que a mí.»

El muchacho decía tener dieciocho años, con lo que era mayor que Jon, pero estaba más verde que la hierba del verano. Lo llamaban Seda pese a que vestía la lana, la cota de malla y el cuero curtido de la Guardia de la Noche; era el nombre que le habían puesto en el burdel donde había nacido y crecido. Era hermoso como una muchachita, con ojos oscuros, piel suave y bucles negros. Pero medio año en el Castillo Negro le había endurecido las manos, y Noye decía que era aceptablemente diestro con la ballesta. En cambio, de su valor para enfrentarse a lo que se avecinaba...

Jon se apoyó en la muleta para cojear por la cima de la torre. La Torre del Rey no era la más alta del castillo; aquel honor le correspondía a la esbelta y ruinosa Lanza, aunque según Othell Yarwyck podía venirse abajo el día menos pensado. Tampoco era la más fuerte; la Torre de los Guardias, junto al camino Real, sería un hueso más duro de roer. Pero era suficientemente alta y fuerte, y estaba bien situada junto al Muro; desde allí se dominaban la puerta y la base de la escalera de madera.

La primera vez que había visto el Castillo Negro, Jon se había preguntado cómo habría alguien tan idiota como para construir un castillo sin murallas. ¿Cómo se podría defender?

—No se puede —le había dicho su tío—. De eso se trata. La Guardia de la Noche ha jurado no tomar parte en las disputas del reino. Pero, a lo largo de los siglos, ciertos comandantes más orgullosos que sensatos dejaron de lado sus votos y, con su ambición, estuvieron a punto de acabar con nosotros. El Lord Comandante Runcel Hightower intentó que su hijo bastardo heredara el mando de la Guardia. El Lord Comandante Rodrik Flint quiso convertirse en el Rey-más-allá-del-Muro. Tristan Mudd, Marq Rankenfell el Loco, Robin Hill... ¿Sabías que hace seiscientos años los comandantes de Puerta de la Nieve y el Fuerte de la Noche se declararon la guerra? ¿Y que cuando el Lord Comandante trató de detenerlos, unieron sus fuerzas para asesinarlo? El Stark de Invernalia tuvo que intervenir... y les cortó la cabeza a los dos. Cosa que consiguió sin dificultades, porque no pudieron defender sus fortalezas. La Guardia de la Noche ha tenido novecientos noventa y seis Lords Comandantes antes de Jeor Mormont; casi todos fueron hombres valientes, hombres de honor... pero también hemos tenido nuestra ración de cobardes, de estúpidos, de tiranos y de locos. Sobrevivimos porque los señores y los reyes de los Siete Reinos saben que, sea quien sea nuestro Comandante, no somos una amenaza para ellos. Nuestros únicos enemigos están al norte, y al norte tenemos el Muro.

«Pero ahora esos enemigos han saltado el Muro y vienen desde el sur —reflexionó Jon—, y los señores y los reyes de los Siete Reinos se han olvidado de nosotros. Estamos atrapados entre la espada y la pared.» Sin murallas, el Castillo Negro era indefendible; Donal Noye lo sabía tan bien como los demás.

—El castillo no les servirá de nada —le dijo el armero a su reducida guarnición—. Las cocinas, la sala común, los establos, las torres... Que se lo queden todo. Vaciaremos la armería y trasladaremos las provisiones de las despensas al Muro, y organizaremos la defensa en torno a la puerta.

De manera que el Castillo Negro tenía por fin una especie de muralla: una barricada en forma de media luna de cuatro varas de altura, hecha de todo lo que encontraron en los almacenes: barriles de clavos y toneles de cordero en salazón, cajones, fardos de paño negro, troncos apilados, maderas, estacas endurecidas, y sacos y más sacos de cereales. El rudimentario baluarte circundaba las dos cosas que más defensa necesitaban: la puerta del norte y el pie de la gran escalera de madera en zigzag que ascendía por la cara del Muro como un relámpago borracho, gracias al apoyo de vigas grandes como troncos de árboles clavadas muy profundamente en el hielo.

Jon vio que los pocos topos que faltaban seguían ascendiendo, apremiados por sus hermanos. Grenn llevaba en brazos a un niño, y Pyp, dos tramos más abajo, cargaba con un anciano al hombro. Los aldeanos más viejos seguían abajo, esperando a que volviera a bajar la jaula para recogerlos. Vio a una madre que subía con dos niños, uno de cada mano, mientras otro, un poco mayor, la adelantaba por las escaleras. A setenta varas por encima de ellos, Sue Cielo Azul y Lady Meliana, que, según todos sus amigos, en realidad no era ninguna dama, y lo de *Lady* le sobraba, estaban en un rellano mirando hacia el sur. Sin duda, desde donde se encontraban veían el humo mejor que él. Jon se preguntó qué habría sido de los aldeanos que habían optado por quedarse. Siempre había alguno, demasiado testarudo, demasiado idiota o demasiado valiente para huir; siempre había alguien que decidía quedarse para luchar, para esconderse o para doblar la rodilla. Tal vez los thenitas les perdonarían la vida.

«Lo mejor sería tomar la iniciativa del ataque —pensó—. Con cincuenta exploradores y buenos caballos les cortaríamos el paso.» Pero no disponían de cincuenta exploradores, ni siquiera de veinticinco caballos. La guarnición no había regresado; no había manera de saber dónde estaba; ni siquiera si los jinetes que había enviado Noye la habían encontrado.

«La guarnición somos nosotros —se dijo Jon—. Bien poca cosa.» Los hermanos que no se habían llevado Bowen Marsh eran los ancianos, los tullidos y los novatos, tal como le había advertido Donal Noye. Vio a algunos que subían jadeantes con toneles por las escaleras; a otros, en la barricada; al vijo y corpulento Tonelete, tan lento como siempre; a Bota de Sobra, que caminaba a saltitos con una pata de madera; a Simple, que estaba medio loco y se consideraba una reencarnación del bufón Florian; a Dilly el dorniense; a Alyn el Rojo de Palisandro; a Henly el Joven, con más de cincuenta años; a Henly el Viejo, bien pasados los setenta; a Hal el Peludo; a Calvasucia de Poza de la Doncella... Un par de ellos vieron que Jon los miraba desde la cima de la Torre del Rey y lo saludaron con la mano. Otros se volvieron. «Siguen pensando que soy un cambiacapas.» Era un trago amargo, pero Jon los comprendía. Al fin y al cabo, era un bastardo. Todo el mundo sabía que los bastardos eran por naturaleza licenciosos y traicioneros, porque habían nacido de la lujuria y el engaño. Y en el Castillo Negro se había ganado tantos amigos como enemigos... Por ejemplo, Rast. En cierta ocasión, Jon lo había amenazado con ordenarle a Fantasma que le arrancara el cuello de un mordisco si no dejaba de meterse con Samwell Tarly, y Rast no era de los que olvidaban aquellas cosas. En aquel momento estaba amontonando hojas secas bajo la escalera, pero de cuando en cuando se detenía un instante para lanzarle una mirada de odio.

—¡No! —rugió Donal Noye a tres hombres de Villa Topo, que estaban mucho más abajo—. La brea va al elevador; el aceite, por las escaleras; las saetas para las ballestas, a los rellanos cuarto, quinto y sexto, y las lanzas, al primero y al segundo. El sebo dejadlo bajo la escalera, sí, ahí, detrás de los peldaños. Los toneles de carne son para la barricada. ¡Venga! ¿Es que solo sabéis tirar de un arado? ¡Venga!

«Tiene voz de gran señor», pensó Jon. Su padre siempre decía que, en una batalla, los pulmones del capitán eran tan importantes como el brazo con el que manejaba la espada.

—No importa lo valeroso o astuto que sea un hombre si no consigue hacer oír sus órdenes —les explicaba Lord Eddard a sus hijos, de manera que Robb y él solían subirse a las torres de Invernalia para gritarse desde extremos opuestos del patio.

El vozarrón de Donal Noye los habría acallado a los dos. Los topos le tenían un miedo de muerte, y con buenos motivos, porque siempre los estaba amenazando con arrancarles la cabeza.

Tres cuartas partes de los aldeanos habían seguido al pie de la letra el consejo de Jon y habían acudido al Castillo Negro en busca de refugio. Noye había decretado que todo hombre capaz de sujetar una lanza o blandir un hacha contribuyera a defender la barricada; de lo contrario, que se volviera a su poblado a ver qué le decían los thenitas. Había vaciado la armería para poner en sus manos el mejor acero: hachas de doble filo, puñales bien afilados, mandobles, manguales y mazas. Embutidos en jubones de cuero y cotas de malla, con grebas en las piernas y gorjales para que no les quitaran la cabeza de encima de los hombros, algunos hasta parecían soldados.

«Si hay poca luz. Y si uno entrecierra los ojos.»

Noye también les había encomendado trabajos a las mujeres y a los niños. Los que eran demasiado jóvenes para luchar acarrearían agua y se ocuparían de las hogueras; la partera de Villa Topo iba a ayudar a Clydas y al maestre Aemon con los heridos, y de repente, Hobb Tresdedos tenía tantos chicos para girar los espetones, remover los guisados y picar cebollas que no sabía ni qué hacer con ellos. Dos de las prostitutas se habían ofrecido también para pelear y habían demostrado suficiente habilidad con la ballesta para que se les dejara un lugar en las escaleras, a quince varas de altura.

—Hace frío.

Seda se había metido las manos bajo los sobacos por debajo de la capa. Tenía las mejillas coloradas. Jon se obligó a sonreír.

—Frío hace en los Colmillos Helados. Esto es un día otoñal un poco fresco.

—Entonces no quiero ver los Colmillos Helados. Conocía a una chica de Antigua a la que le gustaba ponerle hielo al vino. Ese es el mejor lugar para el hielo, si quieres que te diga la verdad. El vino. —Seda miró hacia el sur y frunció el ceño—. ¿Crees que los centinelas espantapájaros los han asustado, mi señor?

—Es posible.

Cierto, era posible... pero, en opinión de Jon, lo más probable era que los salvajes hubieran hecho una pausa para violar y saquear Villa Topo. O tal vez Styr estuviera esperando a que cayera la noche para acercarse al abrigo de la oscuridad.

Llegó y pasó el mediodía sin rastro de los thenitas en el camino Real. En cambio, Jon oyó pisadas en el interior de la torre, y Owen el Bestia asomó la cabeza por la trampilla, con el rostro congestionado por el esfuerzo de la subida. Llevaba bajo un brazo una cesta de panecillos; bajo el otro, un queso grande, y en una mano, una bolsa de cebollas.

—Hobb ha dicho que os trajera algo de comer por si tenéis que quedaros aquí mucho tiempo.

«Sí, o para nuestra última cena.»

—Dale las gracias de nuestra parte, Owen.

Dick Follard estaba sordo como una tapia, pero la nariz le funcionaba perfectamente. Los panecillos estaban aún calientes cuando metió la mano en la cesta para sacar uno recién horneado. Encontró también un cuenco de mantequilla y la extendió sobre el pan con la punta del puñal.

—Tiene pasas —anunció satisfecho—. Y frutos secos.

Vocalizaba mal, pero cuando uno se acostumbraba, no le costaba mucho entenderlo.

—Quédate con mi ración —dijo Seda—. No tengo hambre.

—Come —le dijo Jon—. No sabes cuándo volverás a tener otra oportunidad.

Él mismo cogió dos panecillos. Los frutos secos eran piñones, y además de pasas llevaban trocitos de manzana seca.

—¿Vendrán hoy los salvajes, Jon Nieve? —preguntó Owen.

—En ese caso te enterarás —dijo Jon—. Presta atención por si suenan los cuernos.

—Dos. Dos toques de cuerno significan que vienen los salvajes.

Owen era alto, con el pelo rubio y buen carácter, trabajador incansable y con una sorprendente habilidad a la hora de tallar madera, arreglar catapultas y cosas por el estilo, pero como contaba él siempre, a su madre se le había caído de cabeza cuando era un bebé, y la mitad de los sesos se le había salido por una oreja.

—¿Te acordarás de adónde tienes que ir? —le preguntó Jon.

—Sí, a las escaleras, me lo ha dicho Donal Noye. Tengo que subir al tercer rellano y disparar con la ballesta a los salvajes si intentan trepar por la barricada. El tercer rellano, uno, dos y tres. —Movió la cabeza arriba y abajo—. Si los salvajes nos atacan, el Rey vendrá a ayudarnos, ¿a que sí? El rey Robert es un gran guerrero. Seguro que viene. El maestre Aemon le ha enviado un pájaro.

Era inútil explicarle que Robert Baratheon había muerto. Se le olvidaría, como ya se le había olvidado antes.

—El maestre Aemon le ha enviado un pájaro —asintió Jon.

Con aquello, Owen se dio por satisfecho.

Era cierto que el maestre Aemon había enviado muchos pájaros... No a un rey, sino a cuatro. «Salvajes en la puerta —decía el mensaje—. El reino peligra. Enviad toda la ayuda posible al Castillo Negro.» Los cuervos habían volado a lugares tan distantes como Antigua o la Ciudadela, y a medio centenar de castillos de poderosos señores. Los señores norteños eran su mayor esperanza, de modo que Aemon les había enviado dos pájaros. Las aves negras llevaron la súplica de ayuda a los Umber y a los Bolton, al Castillo Cerwyn y a la Ciudadela de Torrhen, a Bastión Kar y a Bosquespeso, a la Isla del Oso, a Castillo Viejo, a Atalaya de la Viuda, a Puerto Blanco, a Fuerte Túmulo y a los Riachuelos, a las fortalezas montañosas de los Liddle, los Burley, los Norrey, los Harclay y los Wull. «Salvajes en la puerta. El norte corre peligro. Acudid con todos vuestros hombres.»

Tal vez los cuervos tuvieran alas, pero los señores y los reyes, no. No llegarían aquel día, en caso de que se hubieran puesto en marcha.

A medida que la mañana dejaba paso a la tarde, el humo de Villa Topo se fue disipando y el cielo volvió a estar despejado hacia el sur.

«No hay nubes», pensó Jon. Era una suerte. La lluvia o la nieve podían suponer el final para ellos.

Clydas y el maestre Aemon subieron en la jaula a la seguridad de la cima del Muro, junto con la mayor parte de las mujeres de Villa Topo. Los hombres de negro paseaban inquietos por la parte superior de las torres y se gritaban a través de los patios. El septón Cellador puso a rezar a los hombres de la barricada, implorando al Guerrero que les diera fuerzas. Dick Follard el Sordo se arrebujó bajo la capa y se echó a dormir. Seda recorrió unas cien leguas caminando en círculos. El Muro lloraba, y el sol se deslizaba por el cielo azul. Cerca del anochecer, Owen el Bestia volvió a visitarlos con una hogaza de pan moreno y un cubo del mejor cordero que jamás había preparado Hobb, guisado en una espesa salsa de cerveza y cebollas. Hasta Dick se despertó para probarlo. Se lo comieron sin dejar rastro, porque rebañaron el fondo del cubo con pedazos de pan. Cuando terminaron, el sol se estaba poniendo en el oeste, y las sombras del castillo eran cada vez más alargadas y oscuras.

—Enciende el fuego —le dijo Jon a Seda— y llena de aceite la olla.

Bajó en persona para atrancar la puerta, con la idea de que un poco de ejercicio le aliviaría la rigidez de la pierna. Fue un error, se dio cuenta enseguida, pero de todos modos se aferró a la muleta y lo hizo. La puerta de la Torre del Rey era de roble con tachones de hierro. Serviría para demorar a los thenitas si intentaban entrar, pero a largo plazo no se lo impediría. Jon bajó la tranca, fue al escusado pensando que tal vez sería su última oportunidad, y volvió a subir cojeando al tejado con una mueca de dolor en el rostro.

Hacia el oeste, el cielo era del color de una magulladura, pero sobre ellos todavía era de un azul cobalto, aunque cada vez más purpúreo; las estrellas empezaban a aparecer. Jon se sentó entre dos almenas con la única compañía de un espantapájaros y observó cómo el Corcel galopaba por el cielo. ¿O era el Señor Astado? Se preguntó dónde estaría Fantasma en aquel momento. Se preguntó también por Ygritte, y se dijo que si seguía así solo conseguiría volverse loco.

Llegaron de noche, por supuesto.

«Como ladrones —pensó Jon—. Como asesinos.»

Cuando los cuernos sonaron, Seda se orinó en los calzones, pero Jon fingió que no se daba cuenta.

—Ve a sacudir a Dick por el hombro —le dijo al muchacho de Antigua—. Si no, se pasará la batalla durmiendo.

—Tengo miedo —dijo Seda; estaba pálido como un fantasma.

—Ellos también. —Jon recostó la muleta en una almena y cogió el arco; dobló la suave madera de tejo dorniense para poner la cuerda—. No desperdicies una flecha a menos que tengas buen ángulo de tiro —le dijo a Seda cuando volvió de despertar a Dick—. Aquí arriba tenemos una buena provisión, pero buena no significa inagotable. Y agáchate detrás de una almena para volver a cargar, no te vayas a esconder tras un espantapájaros. Son de paja; las flechas los atravesarán.

No se molestó en decirle nada a Dick Follard. Dick era capaz de leer los labios si había suficiente luz y tenía algún interés en lo que uno dijera, pero aquello ya lo sabía.

Los tres ocuparon posiciones en tres lados de la torre redonda. Jon se colgó un carcaj del cinturón y sacó una flecha. El asta era negra, y la emplumadura, gris. Al ponerla en la cuerda recordó algo que había dicho Theon Greyjoy cuando regresaban de una cacería.

—Que el jabalí se quede con sus colmillos y el oso con sus zarpas —declaró con aquella sonrisa suya—. No hay nada tan mortífero como una pluma de ganso gris.

Jon no había sido nunca tan buen cazador como Theon, pero tampoco manejaba mal el arco. Había sombras oscuras y escurridizas en torno a la armería, con las espaldas contra las paredes de piedra, pero no las distinguía tan bien como para desperdiciar una flecha. Oyó gritos a lo lejos y vio como los arqueros de la Torre de los Guardias lanzaban sus flechas hacia el suelo. Estaban demasiado lejos para que fueran de la incumbencia de Jon. Pero cuando vio como tres sombras se apartaban de los antiguos establos, a cincuenta pasos de distancia, se puso en pie, alzó el arco y lo tensó. Iban corriendo, de manera que los siguió con la flecha, aguardó, aguardó, aguardó...

El asta siseó al liberarse de la cuerda. Un instante después se oyó un gruñido, y de pronto eran solo dos las sombras que corrían por el patio. Iban tan deprisa como podían, pero Jon ya había sacado una segunda flecha del carcaj. En aquella ocasión se apresuró demasiado y falló. Cuando tuvo preparada otra, los salvajes habían desaparecido. Buscó con la vista otro objetivo y divisó cuatro que estaban rodeando el cascarón vacío que era la Torre del Lord Comandante. La luz de la luna arrancaba destellos de las lanzas y las hachas que llevaban, e iluminaba los macabros emblemas de sus escudos redondos de cuero: calaveras y huesos, serpientes, zarpas de oso, rostros demoniacos...

«Son del pueblo libre», supo al momento. Los thenitas llevaban escudos de cuero negro grabado, con bordes y tachones de bronce, pero los suyos eran lisos, sin adornos. Aquellos, en cambio, eran los escudos de mimbre, más ligeros, de los invasores.

Jon se llevó la pluma de ganso hasta la oreja, apuntó y soltó la cuerda; sacó otra flecha, tensó y volvió a soltar. La primera perforó el escudo con una zarpa de oso; la segunda, una garganta. El salvaje gritó al caer. Oyó a su izquierda el disparo ronco de la ballesta de Dick el Sordo, y un momento más tarde, el de la de Seda.

—¡Le he dado a uno! —exclamó el chico con voz ronca—. ¡Le he dado en el pecho!

—Dale a otro —dijo Jon.

Ya no tenía que buscar objetivos, solo elegirlos. Mató a un arquero de los salvajes mientras ponía una flecha en el arco; luego disparó contra otro que estaba tratando de derribar la puerta de la Torre de Hardin con un hacha. La segunda vez falló, pero la flecha que se clavó vibrante en el roble hizo que el salvaje se lo pensara mejor. Solo cuando echó a correr reconoció a Forúnculo. Poco después, el viejo Mully le clavó una flecha en la pierna desde el tejado de los Barracones de Pedernal, y el salvaje se arrastró sangrando. «Así dejará de quejarse de lo del culo», pensó Jon.

Cuando tuvo vacío el carcaj, fue a buscar otro y se cambió de almena para estar al lado de Dick Follard el Sordo. Jon disparaba tres flechas por cada saeta que lanzaba Dick; era la ventaja del arco. Había quien decía que las flechas disparadas con ballesta se clavaban a más profundidad, pero costaba más volver a cargar. Le llegaban las voces de los salvajes que se hablaban a gritos; hacia el oeste resonó un cuerno de guerra. El mundo era un contraste entre las sombras y la luz de luna; el tiempo se convirtió en una rueda interminable de tensar y disparar. Una flecha de los salvajes atravesó la garganta del centinela de paja que tenía a un lado, pero Jon Nieve casi ni se dio cuenta.

«Ponedme a tiro al Magnar de Thenn —rezó a los dioses de su padre. Al menos el Magnar era un enemigo al que podía odiar—. Ponedme a tiro a Styr.»

Empezaba a tener calambres en los dedos, y el pulgar le sangraba ya, pero Jon siguió tensando y disparando, tensando y disparando. El brillo de las llamas atrajo su atención; se volvió y vio como empezaba a arder la puerta de la sala común. En pocos instantes, el fuego engulló toda la edificación de madera. Sabía que Hobb Tresdedos y sus ayudantes de Villa Topo estaban a salvo en la cima del Muro, pero aun así, fue como si le dieran un puñetazo en el estómago.

—¡Jon! —gritó Dick el Sordo con su voz peculiar—. ¡La armería!

Los vio. Estaban en el tejado. Uno tenía una antorcha. Dick se subió a una almena para tener mejor ángulo de disparo, se llevó la ballesta al hombro y lanzó una saeta contra el de la antorcha. Falló.

El arquero que había abajo, no.

Follard no emitió sonido alguno. Simplemente, cayó de cabeza por encima del parapeto. El patio estaba cuarenta varas más abajo. Jon oyó el golpe mientras miraba desde detrás de un soldado de paja, para averiguar de dónde había salido la flecha. A menos de cuatro varas del cadáver de Dick el Sordo divisó un escudo de cuero, una capa desastrada y una mata de pelo rojo.

«Besada por el fuego —pensó—. Afortunada.» Alzó el arco, pero no fue capaz de soltar la cuerda, y ella desapareció tan repentinamente como había aparecido. Se volvió, mascullando una maldición, y lanzó la flecha a los hombres del tejado de la armería, pero también falló.

Para entonces, los establos del este del castillo también estaban ardiendo; de los pesebres surgían columnas de humo negro y briznas de heno ardiente. Cuando el tejado se derrumbó, las llamas se elevaron con un rugido tan atronador que casi ahogó el sonido de los cuernos de guerra de los thenitas. Cincuenta de ellos se acercaban por el camino Real en una prieta columna, con los escudos sobre las cabezas. Otros habían invadido el huerto; cruzaban el patio de baldosas y rodeaban el viejo pozo seco. Tres se habían abierto camino a hachazos hasta las estancias del maestre Aemon, en el edificio de madera situado bajo las pajareras, y en la parte superior de la Torre Silenciosa tenía lugar una lucha desesperada, espadas de acero contra hachas de bronce. Nada de aquello importaba ya.

«El baile sigue», pensó.

Jon cojeó hasta donde estaba Seda y lo agarró por el hombro.

—¡Ven conmigo! —gritó.

Se dirigieron juntos hasta el parapeto norte, donde la Torre del Rey dominaba la puerta y la barricada que Donal Noye había hecho levantar con barriles y sacos de maíz. Los thenitas habían llegado antes. Llevaban cascos y se habían cosido a las largas túnicas de cuero finos discos de bronce. Muchos esgrimían hachas, también de bronce, aunque las de algunos eran de piedra. Otros llevaban lanzas cortas con la punta en forma de hoja, que brillaban rojas a la luz de las llamas de los establos. Gritaban en la antigua lengua mientras atacaban la barricada a golpes de lanza, blandiendo las hachas de bronce, derramando maíz y sangre con el mismo entusiasmo bajo la lluvia de dardos y flechas que les enviaban los arqueros que Donal Noye había apostado en la escalera.

—¿Qué hacemos? —gritó Seda.

—Matarlos —respondió Jon también a gritos, con una flecha negra en la mano.

Un arquero no podía pedir blancos más fáciles. Los thenitas estaban de espaldas a la Torre del Rey atacando la media luna, trepando por los sacos y barriles para intentar llegar a los hombres de negro. Por casualidad, tanto Jon como Seda eligieron el mismo objetivo. Acababa de alcanzar la cima de la barricada cuando una flecha le brotó del cuello, y una saeta, de entre los omoplatos. Al momento, una espada se le enterró en el vientre, y cayó de espaldas sobre el hombre que lo seguía. Jon echó mano del carcaj y de nuevo se lo encontró vacío. Seda estaba cargando otra vez la ballesta. Lo dejó ocupado en aquella tarea y fue a buscar más flechas, pero no había dado ni tres pasos cuando la trampilla se abrió de golpe frente a él.

«Mierda, ni me he dado cuenta de que derribaban la puerta.»

No había tiempo para pensar, para trazar un plan ni para pedir ayuda. Jon soltó el arco, se echó la mano por encima del hombro, desenvainó a *Garra* y enterró la hoja en medio de la primera cabeza que asomó de la torre. El bronce no era rival para el acero valyrio. El golpe destrozó el yelmo del thenita, y la hoja se le clavó en el cráneo; se precipitó por donde había llegado. Por los gritos, Jon supo al instante que se acercaban varios más. Se volvió y llamó a Seda. El siguiente que subió recibió como bienvenida una saeta en la mejilla. También él desapareció.

—El aceite —ordenó Jon.

Seda asintió. Cogieron los gruesos paños acolchados que habían dejado junto al fuego, levantaron la pesada olla de aceite hirviendo y derramaron su contenido por el agujero de la trampilla, sobre los thenitas. Los chillidos fueron lo más espantoso que había oído jamás; Seda parecía a punto de vomitar. Jon cerró de una patada la trampilla, puso encima la pesada olla de hierro y sacudió por los hombros al muchacho del bonito rostro.

—¡Ya vomitarás luego! —le gritó—. ¡Vamos!

Solo habían estado unos momentos apartados de los parapetos, pero abajo todo había cambiado. Una docena de hermanos negros y unos cuantos hombres de Villa Topo resistían aún sobre la barricada de barriles y cajones, pero los salvajes habían invadido la media luna y los obligaban a retroceder. Jon vio como uno clavaba la lanza en el vientre de Rast con tanta fuerza que lo levantó por los aires. Henly el Joven estaba muerto, y Henly el Viejo agonizaba rodeado de enemigos. Divisó a Simple, que giraba y lanzaba tajos mientras se reía como un demente con la capa ondeando a la espalda, mientras saltaba de un barril a otro. Un hacha de bronce le acertó debajo de la rodilla, y la risa se transformó en un aullido borboteante.

—Van a entrar —dijo Seda.

—No —replicó Jon—. Ya han entrado.

Todo sucedió muy deprisa. Un topo salió huyendo, luego otro, y de repente, todos los aldeanos estaban tirando las armas y abandonando las barricadas. Los hermanos no eran suficientes para resistir ellos solos. Jon vio como trataban de reorganizar la fila para replegarse en orden, pero los thenitas los arrasaron con lanzas y hachas, y también ellos tuvieron que huir. Dilly el dorniense resbaló y cayó de bruces, y un salvaje le enterró la lanza entre los omoplatos. Tonelete, lento y jadeante, estaba a punto de alcanzar el pie de la escalera cuando un thenita lo agarró por la capa y tiró de él... pero, antes de que pudiera darle un hachazo, una saeta lo derribó.

—¡Le he dado! —se jactó Seda mientras Tonelete empezaba a arrastrarse a cuatro patas por las escaleras.

«Hemos perdido la puerta.» Donal Noye la había cerrado con cadenas, pero estaba desprotegida; los barrotes de hierro brillaban rojos con el reflejo de las llamas ante el frío túnel negro que protegían. No había quedado nadie atrás para defenderla. El único lugar seguro estaba en la cima del Muro, a trescientas varas de altura por la zigzagueante escalera de madera.

—¿A qué dioses rezas? —le preguntó Jon a Seda.

—A los Siete —respondió el muchacho de Antigua.

—Pues reza. Reza a tus nuevos dioses, que yo rezaré a los antiguos.

A aquello quedaban reducidos.

Con el caos de la trampilla, Jon se había olvidado de volver a llenar el carcaj. Cojeó por el tejado en busca de flechas y también recogió el arco. La olla no se había movido de su sitio, de manera que por el momento allí estaban a salvo.

«El baile ha seguido, y nosotros estamos mirando desde la galería», pensó mientras volvía a ocupar su lugar. Seda seguía disparando saetas contra los salvajes de las escaleras, y de cuando en cuando se agachaba detrás de la almena para volver a cargar la ballesta. «No solo es una cara bonita, también es rápido.»

La verdadera batalla tenía lugar en los peldaños. Noye había situado lanceros en los dos primeros rellanos, pero la espantada de los aldeanos había hecho que los dominara el pánico, y habían huido hacia el tercero, mientras los thenitas mataban a todo el que se quedaba atrás. Los arqueros y los ballesteros de los rellanos superiores trataban de disparar sus proyectiles por encima de sus cabezas. Jon puso una flecha en el arco, lo tensó, soltó y se alegró al ver como uno de los salvajes caía rodando por las escaleras. El calor de las hogueras hacía que el muro llorase, y las llamas danzaban y centelleaban contra el hielo. Los peldaños se sacudían bajo las pisadas de los hombres que huían para salvarse.

Jon volvió a tensar y a soltar, pero solo era uno y Seda otro, mientras que sesenta o setenta thenitas subían por la escalera matando a su paso, ebrios de victoria. En el cuarto rellano, tres hermanos con capas negras aguardaban hombro con hombro, con las espadas empuñadas, y durante unos momentos volvió a haber batalla. Pero eran solo tres; la oleada de los salvajes no tardó en barrerlos, y su sangre corrió escaleras abajo.

—Durante el combate, un hombre nunca es tan vulnerable como cuando huye —le había dicho Lord Eddard a Jon en cierta ocasión—. Un hombre que huye es para un soldado como un animal herido. Le provoca sed de sangre.

Los arqueros del quinto rellano huyeron antes de que los salvajes llegaran a su altura. Era una derrota sangrienta, total.

—Ve a por las antorchas —le dijo Jon a Seda.

Tenían cuatro amontonadas junto al fuego, con las cabezas envueltas en trapos engrasados. Disponían también de una docena de flechas de fuego. El muchacho de Antigua puso una antorcha entre las llamas hasta que prendió bien, y se la llevó a Jon junto con las apagadas. Parecía asustado otra vez, y con motivo. Jon también tenía miedo.

Fue entonces cuando vio a Styr. El Magnar estaba trepando por la barricada, por los sacos de trigo destripados y los barriles destrozados, por los cadáveres de amigos y enemigos por igual. Su armadura de lamas de bronce tenía un brillo oscuro a la luz del fuego. Se había quitado el yelmo para contemplar su triunfo. El hijo de puta calvo y desorejado estaba sonriendo. Llevaba en la mano una larga lanza de arciano con punta de bronce muy ornada. Cuando vio la puerta, la señaló con la lanza y gritó algo en la antigua lengua a la media docena de thenitas que iban con él.

«Demasiado tarde —pensó Jon—. Tendrías que haber ido al frente de tus hombres cuando atacaron la barricada; habrías podido salvar a algunos.»

Muy arriba sonó un cuerno de guerra con una llamada larga y grave. No era en la parte superior del Muro, sino en el noveno rellano, a unas setenta varas de altura, donde se encontraba Donal Noye.

Jon puso una flecha de fuego en el arco, y Seda se la encendió con la antorcha. Se subió a la almena, tensó, apuntó y soltó. La saeta dejó una estela de llamas en su trayectoria descendente y se clavó en su objetivo.

No en Styr. En la escalera. O, para ser más exactos, en los barriles, cajones y sacos que Donal Noye había hecho amontonar debajo de las escaleras, hasta la altura del primer rellano: los toneles de sebo y aceite para las lámparas, las sacas de hojarasca y trapos aceitados, la leña y las virutas de madera.

—Otra —pidió Jon—. Y otra. Y otra.

Los demás arqueros también estaban disparando desde las torres; algunas flechas describían arcos elevados antes de ir a caer ante el Muro. Cuando Jon se quedó sin flechas de fuego, Seda y él empezaron a encender las antorchas y a lanzarlas desde las almenas.

En las escaleras, las llamas eran espectaculares. Los peldaños de madera vieja se habían bebido el aceite como si fueran esponjas, Donal Noye los había empapado por completo desde el noveno rellano hasta el séptimo. Jon deseó con todas sus fuerzas que la mayor parte de los suyos se hubiera puesto a salvo antes de que Noye lanzara las antorchas. Al menos, los hermanos negros conocían el plan, pero los aldeanos, no.

El fuego y el viento hicieron el resto. A Jon tan solo le quedó mirar. Atrapados entre las llamas, unas arriba y otras abajo, los salvajes no tenían adónde ir. Unos siguieron subiendo y murieron. Otros bajaron y murieron. Algunos se quedaron donde estaban. Aquellos también murieron. Muchos saltaron de la escalera para no quemarse y murieron de la caída. Todavía quedaban veintitantos thenitas apelotonados entre los dos fuegos cuando el calor rajó el hielo y el tercio inferior de la escalera se derrumbó, junto con varias toneladas del Muro. Fue la última vez que Jon Nieve vio a Styr, el Magnar de Thenn.

«El Muro se defiende», pensó.

Jon le pidió a Seda que lo ayudara a bajar al patio. La pierna herida le dolía tanto que casi no podía caminar, pese a la muleta.

—Tráete la antorcha —le dijo al muchacho de Antigua—. Tengo que buscar a alguien.

Los que habían muerto en la escalera eran casi todos thenitas. Seguro que algunos del pueblo libre habían escapado. Gente de Mance, no del Magnar. Era posible que estuviera viva. De modo que descendieron entre los cadáveres de los que habían intentado subir por la trampilla, y Jon vagó por la oscuridad, con la muleta bajo un brazo y el otro en torno a los hombros de un chico que, cuando vivía en Antigua, se había dedicado a la prostitución.

Los establos y la sala común habían ardido hasta los cimientos; solo quedaban brasas humeantes, pero el fuego aún rugía en el Muro, subía peldaño a peldaño, rellano a rellano. De cuando en cuando se oía un crujido espantoso y se desprendía otro pedazo. El aire estaba lleno de cenizas y cristales de hielo.

Encontró a Quort muerto, y a Pulgares de Piedra, moribundo. Encontró muertos y moribundos a unos cuantos thenitas a los que en realidad no había llegado a conocer. Encontró a Forúnculo debilitado por la pérdida de sangre, pero todavía vivo.

Y encontró a Ygritte tendida sobre la nieve, bajo la Torre del Lord Comandante, con una flecha entre los pechos. Los cristales de hielo se le habían posado en la cara; a la luz de la luna parecía como si llevara una deslumbrante máscara de plata.

Jon vio que la flecha era negra, pero la emplumadura era de plumas blancas de pato. «No es mía —se dijo—. No es una de las mías.» Pero se sentía como si lo fuera.

Cuando se arrodilló en la nieve junto a ella, la muchacha abrió los ojos.

—Jon Nieve —dijo en voz muy baja. Por su sonido la flecha le había perforado un pulmón—. ¿Esto es un castillo de verdad? ¿No una simple torre?

—Sí —contestó Jon cogiéndole la mano.

—Bien —susurró—. Quería ver un castillo de verdad antes de... antes de...

—Verás cien castillos —le prometió—. La batalla ha terminado. El maestre Aemon te va a curar. —Le acarició el pelo—. Fuiste besada por el fuego, ¿recuerdas? Tienes suerte. Hace falta mucho más que una flecha para matarte. Aemon te la sacará y te pondrá cataplasmas, y te dará la leche de la amapola para aliviarte el dolor.

—¿Te acuerdas de aquella cueva? —Ella sonrió—. Nos tendríamos que haber quedado allí. Te lo dije.

—Volveremos a la cueva —le aseguró—. No vas a morir, Ygritte. No vas a morir.

—Oh. —Ygritte le puso una mano en la mejilla—. No sabes nada, Jon Nieve —suspiró agonizante.

Bran

—No es más que otro castillo desierto —dijo Meera Reed mientras contemplaba el paisaje desolado de cascotes, ruinas y hierbajos.

«No —pensó Bran—, es el Fuerte de la Noche y es el fin del mundo.» Cuando estaban en las montañas solo pensaba en llegar al Muro y en dar con el cuervo de tres ojos, pero ahora que estaban allí tenía miedo. El sueño que había tenido... El sueño que había tenido Verano... «No, no puedo pensar en ese sueño.» Ni siquiera se lo había dicho a los Reed, aunque al menos Meera parecía presentir que algo iba mal. Si no hablaba nunca de aquello, a lo mejor se olvidaba de que lo había soñado, y entonces no habría sucedido, y Robb y Viento Gris todavía estarían...

—Hodor.

Hodor volvió a moverse, y Bran con él. Estaba muy cansado; llevaban horas caminando. «Al menos, él no tiene miedo.» A Bran lo asustaba aquel lugar, casi tanto como la idea de reconocerlo ante los Reed. «Soy un príncipe del norte, un Stark de Invernalia, casi un hombre; tengo que ser tan valiente como Robb.»

Jojen alzó la vista para mirarlo con aquellos ojos color verde oscuro.

—Aquí no hay nada que nos pueda hacer daño, Alteza.

Bran no estaba tan seguro. En algunas de las historias más aterradoras que les había contado la Vieja Tata aparecía el Fuerte de la Noche. Allí era donde había reinado el Rey de la Noche antes de que su nombre quedara borrado de la memoria de los hombres. Allí era donde el Cocinero Rata le había servido al rey ándalo la empanada de príncipe y panceta, donde los setenta y nueve centinelas montaban guardia, donde la valiente joven Danny Flint había sido violada y asesinada. En aquel castillo era donde el rey Sherrit había invocado la maldición sobre los antiguos ándalos, donde los aprendices se habían enfrentado a la criatura que aparecía en la oscuridad, donde el ciego Symeon Ojos de Estrella había visto pelear a los sabuesos infernales. Hacha Demente había recorrido aquellos patios y había subido a aquellas torres para masacrar a sus hermanos en la oscuridad.

Todo aquello había sucedido hacía ya cientos o miles de años, claro, y algunas de las cosas, en realidad, no habían sucedido jamás. El maestre Luwin decía siempre que no había que tragarse enteras las historias de la Vieja Tata. Pero en cierta ocasión en que su tío fue a visitar a su padre, Bran le había preguntado acerca del Fuerte de la Noche. Benjen Stark no le dijo que las historias fueran ciertas, pero tampoco que no lo fueran; se limitó a encogerse de hombros y a decirle: «Abandonamos el Fuerte de la Noche hace ya doscientos años», como si aquello fuera una respuesta.

Bran se obligó a mirar a su alrededor. La mañana era fría, pero luminosa; el sol brillaba en un cielo azul inmaculado. Lo que no le gustaba eran los ruidos. El viento emitía un silbido nervioso al vibrar entre las torres rotas; las piedras de los torreones gemían, y se oía a las ratas corretear bajo el suelo de la sala principal. «Son los hijos del Cocinero Rata, que huyen de su padre.» Los patios eran bosques en miniatura donde los árboles esqueléticos entrelazaban las ramas desnudas y las hojas muertas se arrastraban como cucarachas sobre la nieve. Donde habían estado los establos crecían más árboles, y un arciano blanco y retorcido se abría camino a través del agujero del techo abovedado de la cocina. Ni siquiera Verano estaba tranquilo. Durante un momento, Bran se metió en su piel para ver cómo olía aquel lugar. Aquello tampoco le gustó.

Y allí no había manera de pasar.

Bran se lo había dicho, se lo había repetido una y otra vez, pero Jojen Reed se había empecinado en comprobarlo. Decía que había tenido un sueño verde, y los sueños verdes no mentían.

«Tampoco abren puertas», pensó Bran.

La puerta que guardaba el Fuerte de la Noche había estado sellada desde el día en que los hermanos negros cargaron las mulas y los caballos y se marcharon a Lago Hondo; el rastrillo de hierro estaba bajado; las cadenas que lo alzaban habían desaparecido; el túnel estaba lleno de piedras, cascotes y nieve congelada, con lo que resultaba tan impenetrable como el propio Muro.

—Tendríamos que haber seguido a Jon —dijo Bran cuando lo vio. Pensaba a menudo en su hermano bastardo desde aquella noche en que Verano lo había visto alejarse a caballo en medio de la tormenta—. Tendríamos que haber ido al Castillo Negro por el camino Real.

—No nos atrevemos, mi príncipe —respondió Jojen—. Ya te he dicho por qué.

—¡Pero es que hay salvajes! Mataron a un hombre, y también querían matar a Jon. Los había a cientos, Jojen.

—Ya nos lo has dicho. Nosotros somos cuatro. Ayudaste a tu hermano, si es que de verdad era él, pero casi al precio de la vida de Verano.

—Ya lo sé —dijo Bran con tristeza.

El huargo había matado a tres, puede que a más, pero eran demasiados. Cuando formaron un círculo cerrado en torno al hombre alto sin orejas, trató de escabullirse en medio de la lluvia, pero una de las flechas voló tras él, y el aguijonazo repentino de dolor había arrancado a Bran de la piel del lobo para devolverlo a la suya. Cuando por fin cesó la tormenta, se habían acurrucado en la oscuridad sin atreverse a encender un fuego; hablaban en susurros solo cuando era imprescindible y escuchaban la respiración pesada de Hodor sin dejar de preguntarse si los salvajes tratarían de cruzar el lago a la mañana siguiente. Bran había intentado llegar a Verano una y otra vez, pero el dolor lo echaba hacia atrás igual que una tetera al rojo hace retirar la mano a quien intente cogerla por el asa. El único que durmió aquella noche fue Hodor.

—Hodor, Hodor —murmuraba cada vez que se agitaba en sueños.

Bran estaba muerto de miedo, temía que Verano estuviera agonizando en la oscuridad.

«Por favor, antiguos dioses —rezó—, me habéis quitado Invernalia, a mi padre, mis piernas. Por favor, no me quitéis también a Verano. Y velad también por Jon Nieve, y haced que se vayan los salvajes.»

En aquella isla pedregosa, en medio del lago, no crecía ningún arciano; aun así, los antiguos dioses debieron de oírlo. A la mañana siguiente, los salvajes se tomaron tiempo de sobra para preparar la partida: les quitaron las ropas y las armas a los cadáveres de sus muertos y al del anciano que habían asesinado; hasta pescaron unos cuantos peces en el lago, y hubo un momento aterrador cuando tres de ellos encontraron el sendero sumergido y empezaron a recorrerlo... pero no vieron una de las curvas, y dos salvajes estuvieron a punto de ahogarse antes de que los demás los sacaran del agua. El hombre alto y calvo les gritaba órdenes. Sus palabras les llegaban desde la orilla; hablaba en un idioma que ni siquiera Jojen conocía. Poco después, todos recogieron los escudos y las lanzas y se alejaron hacia el noreste, en la misma dirección que Jon. Bran también había querido salir e ir en busca de Verano, pero los Reed lo disuadieron.

—Nos quedaremos una noche más —dijo Jojen—. Prefiero que haya unas cuantas leguas entre los salvajes y nosotros. No querrás volvértelos a encontrar, ¿verdad?

Aquella misma tarde, Verano salió de su escondrijo y volvió con ellos arrastrando una pata trasera. En la posada había devorado algún trozo de cadáver, tras espantar a los cuervos, y luego fue nadando hasta la isla. Meera le había arrancado de la pata la flecha rota y le había frotado la herida con el jugo de unas plantas que crecían al pie de la torre. El huargo aún cojeaba, pero a Bran le parecía que cada día menos. Los dioses lo habían escuchado.

—¿Deberíamos probar con otro castillo? —le preguntó Meera a su hermano—. A lo mejor podemos cruzar por otro lado. Si quieres me adelanto para explorar; yo sola iría más deprisa.

—Hacia el este está Lago Hondo —dijo Bran con un gesto de negación— y luego Puerta de la Reina. Al oeste está Marcahielo. Pero son iguales que esto, solo que más pequeños. Todas las entradas están selladas, excepto las del Castillo Negro, Guardiaoriente y la Torre Sombría.

—Hodor —dijo Hodor, mientras los Reed intercambiaban una mirada.

—Por lo menos voy a trepar a la cima del Muro —decidió Meera—. A lo mejor desde ahí veo algo.

—¿Qué crees que vas a ver? —preguntó Jojen.

—No sé, algo —dijo Meera, que por una vez se mantuvo firme.

«Tendría que ser yo quien trepara.» Bran alzó la vista para contemplar el Muro y se imaginó ascendiendo palmo a palmo, metiendo los dedos en las grietas del hielo, creándose apoyos para los pies a patadas. Aquello lo hizo sonreír pese a todo, pese a los sueños, a los salvajes, a Jon, a todo. Cuando era pequeño había subido por las murallas de Invernalia, y también por las torres, pero nunca por un sitio tan alto; además, eran siempre de piedra. El Muro parecía de piedra, sí, todo gris y lleno de marcas, pero cuando las nubes se abrían y el sol lo iluminaba era muy diferente: se transformaba enseguida; se alzaba allí blanco, azul, brillante. La Vieja Tata siempre les había dicho que era el fin del mundo. Al otro lado había monstruos, gigantes y espectros, pero mientras el Muro se alzara firme y fuerte, no podrían pasar. «Quiero ir ahí arriba con Meera —pensó Bran—. Quiero subir hasta arriba y ver qué hay.»

Pero no era más que un niño roto con las piernas inútiles, de modo que se tuvo que conformar con mirar desde abajo mientras Meera subía en su lugar.

La chica no trepaba de verdad tal como había trepado él cuando aún podía. Lo que hacía era subir por unos peldaños que la Guardia de la Noche había tallado en el hielo hacía cientos y miles de años. Recordó que el maestre Luwin le había dicho que el Fuerte de la Noche era el único castillo donde los escalones estaban excavados en el propio hielo del Muro. O tal vez hubiera sido su tío Benjen. Los castillos más nuevos tenían escaleras de madera o de piedra, o largas rampas de tierra y gravilla. «El hielo es demasiado traicionero.» Aquello sí que se lo había dicho su tío. Decía que la superficie exterior del Muro derramaba a veces lágrimas gélidas, aunque dentro el corazón siguiera congelado, duro como una roca. Los escalones debían de haberse derretido y vuelto a congelar un millar de veces desde que los hermanos negros abandonaron el castillo, y cada vez quedaban más encogidos, más resbaladizos, más redondeados, más traicioneros...

Y más pequeños. «Es casi como si el Muro los estuviera devorando.» Meera Reed era buena trepadora, pero aun así avanzaba muy despacio. Hubo dos ocasiones en las que los peldaños casi habían desaparecido, y se vio obligada a ponerse a cuatro patas. «Pues para bajar va a ser aún peor», pensó Bran sin dejar de mirarla. Aun así, habría dado cualquier cosa por estar en su lugar. Al llegar a la cima arrastrándose por los salientes helados, que eran lo único que quedaba de los peldaños más altos, Meera desapareció de su vista.

—¿Cuándo bajará? —le preguntó Bran a Jojen.

—Cuando lo considere oportuno. Seguro que quiere echar un vistazo con detenimiento... al Muro y a lo que hay más allá. Nosotros deberíamos hacer lo mismo por aquí.

—¿Hodor? —dijo Hodor dubitativo.

—Puede que encontremos algo —insistió Jojen.

«O puede que algo nos encuentre a nosotros.» Pero Bran no lo podía decir en voz alta; no quería que Jojen lo considerase un cobarde.

De manera que iniciaron una exploración. Jojen abría la marcha; Bran lo seguía en su cesta, a la espalda de Hodor, y Verano iba cojeando a su lado. En cierta ocasión, el huargo salió disparado por una puerta oscura y regresó un momento más tarde con una rata gris entre los dientes.

«El Cocinero Rata», pensó Bran, pero el color no encajaba, y apenas tendría el tamaño de un gato. El Cocinero Rata era blanco y casi tan grande como una puerca...

En el Fuerte de la Noche había muchas puertas oscuras, y también muchas ratas. Bran las oía corretear por las criptas y los sótanos, y por el oscuro laberinto de túneles que las entrelazaban. Jojen quería ir por allí, pero Hodor le respondió con un «Hodor» rotundo, y Bran también se negó. En las oscuras profundidades del Fuerte de la Noche había cosas peores que ratas.

—Este lugar parece muy antiguo —dijo Jojen mientras recorrían una galería a la que la luz del sol llegaba en haces polvorientos a través de las ventanas.

—Dos veces más que el Castillo Negro —dijo Bran, haciendo memoria—. Fue el primer castillo del Muro, y también el más grande.

Pero también había sido el primero en quedar abandonado, ya en tiempos del Viejo Rey. Aun entonces estaba desierto casi en sus tres cuartas partes, y el coste de su mantenimiento era excesivo. La Bondadosa Reina Alysanne le había sugerido a la Guardia que lo sustituyera por un castillo más pequeño y en un punto situado a poco más de dos leguas al este, donde el Muro describía una curva a lo largo de la orilla de un hermoso lago verde. Fueron las joyas de la Reina las que pagaron Lago Hondo, y los hombres que el Viejo Rey envió al norte, los que lo construyeron, de manera que los hermanos negros habían abandonado el Fuerte de la Noche para las ratas.

Pero aquello había ocurrido hacía ya dos siglos. Ahora, Lago Hondo estaba tan desierto como el castillo al que había sustituido, y el Fuerte de la Noche...

—Aquí hay fantasmas —dijo Bran. Hodor ya había oído las historias, pero Jojen tal vez no—. Fantasmas muy antiguos, de antes de los tiempos del Viejo Rey, hasta de antes de Aegon el Dragón, los de setenta y nueve desertores que se fugaron hacia el sur para convertirse en bandidos. Uno era el hijo menor de Lord Ryswell, de manera que cuando llegaron a los Túmulos buscaron refugio en su castillo, pero el propio Lord Ryswell los hizo prisioneros y los devolvió al Fuerte de la Noche. El Lord Comandante hizo excavar agujeros en la parte superior del Muro, metió en ellos a los desertores y los enterró vivos en el hielo. Tienen lanzas y cuernos, y todos miran hacia el norte. Los llaman los setenta y nueve centinelas. En vida abandonaron sus puestos, de manera que muertos montan guardia eternamente. Años más tarde, cuando Lord Ryswell estaba ya viejo y moribundo, hizo que lo trasladaran al Fuerte de la Noche para vestir el negro y estar junto a su hijo. El honor lo había obligado a devolverlo al Muro, pero seguía siendo su hijo amado, de modo que vino para compartir la guardia con él.

Pasaron medio día recorriendo el castillo. Algunas de las torres se habían derrumbado y otras no parecían seguras, pero sí subieron a la torre del campanario, donde no quedaban campanas, y a la pajarera, donde no quedaban pájaros. Bajo la destilería encontraron una bodega llena de grandes toneles de roble. Hodor los golpeó y sonaron a hueco. También encontraron una biblioteca. Las estanterías se habían derrumbado, no quedaban libros y las ratas correteaban por todas partes. Dieron con una mazmorra mal iluminada, con calabozos que podrían albergar hasta quinientos cautivos, pero cuando Bran agarró uno de los barrotes oxidados, se le deshizo en la mano. De la sala principal solo quedaba una pared que no tardaría en desmoronarse; los baños parecían a punto de hundirse, y un gigantesco espino había conquistado el patio de armas situado ante la armería, el lugar donde hacía tantos años los hermanos negros habían practicado con lanzas, escudos y espadas. En cambio, la armería y la forja seguían en pie, aunque en lugar de armas, fuelles y yunques había telarañas, ratas y polvo. A veces, Verano oía cosas para las que Bran estaba sordo y mostraba los dientes con el pelaje del cuello erizado ante amenazas invisibles... pero no apareció el Cocinero Rata, ni tampoco los setenta y nueve centinelas, ni Hacha Demente. Bran sentía un alivio inmenso.

«A lo mejor no es más que un castillo desierto y en ruinas.»

Cuando Meera regresó, el sol ya no era más que un reflejo anaranjado sobre las colinas del oeste.

—¿Qué has visto? —le preguntó su hermano Jojen.

—El bosque Encantado —respondió ella con tono melancólico—. Colinas que se extienden hasta donde alcanza la vista, cubiertas de árboles que ningún hacha ha talado jamás. He visto la luz del sol reflejada en un lago, y nubes que se movían por el cielo del oeste. He visto campos enteros nevados, y carámbanos tan largos como lanzas. Hasta he visto un águila que volaba en círculos. Creo que ella también me ha visto. Le he hecho señas.

—¿Hay alguna manera de bajar? —preguntó Jojen.

—No —negó Meera con un gesto—. Es una caída en picado, y el hielo no tiene asideros... Yo podría bajar si tuviera una buena cuerda y un hacha para ir abriendo asideros, pero...

—Pero nosotros, no —terminó Jojen.

—No —dijo su hermana—. ¿Estás seguro de que este es el lugar que viste en el sueño? Puede que nos hayamos equivocado de castillo.

—No. El castillo es este. Aquí hay una puerta.

«Sí —pensó Bran—, pero está taponada con hielo y piedras.»

A medida que el sol empezaba a ponerse, las sombras de las torres se fueron alargando y el viento soplaba con más fuerza, con lo que las hojas secas se arrastraban por los patios. La creciente penumbra hizo que Bran recordara otra de las historias de la Vieja Tata, la leyenda del Rey de la Noche. Según ella, había sido el decimotercer jefe de la Guardia de la Noche, un guerrero que no conocía el miedo. «Y ese era su gran fallo —añadía—, porque todos los hombres deben conocer el miedo.» Una mujer fue su perdición, una mujer a la que divisó desde la cima del Muro, con la piel blanca como la luna y los ojos como estrellas azules. Sin miedo a nada, la persiguió, la alcanzó y la amó, aunque su piel era fría como el hielo, y cuando le entregó su semilla, le entregó también su alma.

Se la llevó al Fuerte de la Noche, la proclamó reina, al tiempo que él se proclamaba rey, y sometió a los Hermanos Juramentados a su voluntad gracias a extraños sortilegios. El reinado del Rey de la Noche y su cadavérica esposa duró trece años, hasta que por fin, el Stark de Invernalia y Joramun, de los salvajes, unieron sus fuerzas para liberar a la Guardia. Tras su caída, cuando se supo que les había estado haciendo sacrificios a los Otros, se destruyeron todos los documentos relativos al Rey de la Noche, y hasta su nombre cayó en el olvido.

—Hay quien dice que era un Bolton —terminaba siempre la Vieja Tata—. Otros creen que era un Magnar de Skagos, o un Umber, un Flint, un Norrey... Otros dicen que era un Piedemadera, de los que gobernaban la Isla del Oso antes de la llegada de los hombres del hierro. Pero no. Era un Stark, el hermano del hombre que acabó con él. —Al llegar a aquel punto, siempre pellizcaba a Bran en la nariz; el chico no lo olvidaría jamás—. Era un Stark de Invernalia, así que ¿quién sabe? Puede que se llamara Brandon. Puede que durmiera en esta misma cama, en esta misma habitación.

«No —pensó Bran—, pero caminó por este castillo, donde vamos a dormir esta noche.» Era una idea que no lo tentaba lo más mínimo. Como siempre decía la Vieja Tata durante el día, el Rey de la Noche era solo un hombre, pero la oscuridad le pertenecía. «Y está oscureciendo.»

Los Reed decidieron que lo mejor sería dormir en las cocinas, un octágono de piedra con una cúpula en ruinas. Sería un refugio mucho más adecuado que cualquiera de los otros edificios, aunque un arciano retorcido había destrozado el suelo de baldosas, al lado del profundo pozo central, para crecer hacia el agujero del techo, con las ramas blancas como huesos buscando el sol. Era un árbol muy extraño, el arciano más escuálido que Bran había visto en su vida, y no tenía ningún rostro, pero al menos lo hacía sentir como si allí estuvieran los antiguos dioses.

Pero aquello era lo único que le gustaba de las cocinas. El tejado seguía íntegro en su mayor parte, de manera que si llovía no se mojarían, pero allí no habría manera de entrar en calor. El frío se colaba a través de las baldosas del suelo. Tampoco le gustaban las sombras, ni los enormes hornos de ladrillo que los rodeaban como bocas abiertas, ni los ganchos para la carne oxidados, ni las manchas y cicatrices que vio en el tocón que el carnicero había utilizado para cortar.

«Ahí fue donde el Cocinero Rata troceó al príncipe —supo enseguida—, y luego horneó la empanada en uno de estos hornos.»

Pero lo que menos le gustaba de todo era el pozo. Medía sus buenas cuatro varas de diámetro; era todo de piedra, con peldaños tallados en la cara interior que descendían en espiral hacia la oscuridad. Las paredes estaban húmedas y cubiertas de nitro, pero ni siquiera Meera, con su vista aguda de cazadora, divisaba el agua del fondo.

—Puede que no haya fondo —comentó Bran, inseguro.

—¡Hodor! —gritó Hodor, inclinándose por encima del brocal, que le llegaba a la rodilla.

—Hodorhodorhodorhodorhodor —retumbó la palabra pozo abajo, cada vez más distante—. Hodorhodorhodorhodorhodor. —Hasta que apenas fue un susurro. Hodor pareció sobresaltado. Luego se echó a reír y se agachó para coger un trozo de baldosa rota del suelo.

—¡Hodor, no...! —dijo Bran, pero demasiado tarde. Hodor tiró la baldosa al pozo—. No tendrías que haberlo hecho. No sabemos qué hay ahí abajo. Podrías dañar algo, o... o despertar a algo.

—¿Hodor? —Hodor lo miraba con inocencia.

Abajo, muy muy abajo, oyeron el sonido de la piedra contra el agua. No fue un sonido chapoteante; en realidad se trató más bien de un sorbetón, como si lo que estuviera en el fondo hubiera abierto una boca trémula y helada para tragarse la piedra de Hodor. Los ecos tenues subieron por el pozo, y durante un instante, a Bran le pareció oír un movimiento, algo que agitaba las aguas.

—A lo mejor no tendríamos que quedarnos aquí —dijo, inquieto.

—Dónde, ¿junto al pozo? —preguntó Meera—. ¿O en el Fuerte de la Noche?

—Sí —dijo Bran.

La muchacha se echó a reír y mandó a Hodor a buscar leña. Verano salió también. La oscuridad era ya casi completa, y el huargo quería cazar.

El único que regresó fue Hodor, con los brazos llenos de leña seca y ramas rotas. Jojen Reed sacó el cuchillo y el pedernal, y se dedicó a encender fuego mientras Meera le quitaba las espinas al pescado que había ensartado en el último arroyo que habían cruzado. Bran se preguntó cuántos años habrían pasado desde la última vez que se preparó una cena en las cocinas del Fuerte de la Noche. También se preguntó quién la habría preparado, aunque tal vez sería mejor no saberlo.

Cuando las llamas prendieron, Meera empezó a asar el pescado. «Al menos no es una empanada de carne.» El Cocinero Rata había asado al hijo del rey ándalo en una enorme empanada con cebollas, zanahorias, setas, mucha sal y pimienta, lonchas de panceta y vino tinto de Dorne. Luego se lo sirvió a su padre, que alabó mucho su sabor y pidió repetir. Después de aquello, los dioses transformaron al cocinero en una monstruosa rata blanca que solo podía comerse a sus propios hijos. Desde entonces merodeaba por el Fuerte de la Noche devorando a sus retoños, pero su hambre no se saciaba jamás.

—Los dioses no lo castigaron por el asesinato —contaba la Vieja Tata—, ni por servirle al rey ándalo a su hijo en una empanada. Todo hombre tiene derecho a la venganza. Pero asesinó a un invitado que se encontraba bajo su techo, y eso los dioses no lo pueden perdonar.

—Tenemos que dormir —dijo Jojen con solemnidad después de que hubieran cenado. El fuego ardía ya con menos intensidad, y removió las brasas con un palito—. A lo mejor tengo otro sueño verde que nos muestre el camino.

Hodor ya se había arrebujado y empezaba a roncar. De cuando en cuando se removía debajo de su capa y gimoteaba algo que tal vez fuera un «Hodor». Bran se arrastró para acercarse más al fuego. El calor resultaba agradable, y el crepitar suave de las llamas era tranquilizador, pero no conseguía conciliar el sueño. Fuera, el viento enviaba ejércitos de hojas marchitas a recorrer los patios, para que arañaran con suavidad las puertas y las ventanas. Aquellos sonidos le hacían recordar las historias de la Vieja Tata. Casi le parecía oír a los centinelas fantasma llamándose unos a otros en la cima del muro, haciendo sonar sus espectrales cuernos de guerra. La escasa luz de la luna que entraba por el agujero del techo abovedado pintaba de blanco las ramas del arciano que se alzaban hacia el cielo. Era como si el árbol tratara de coger la luna y arrastrarla hasta el pozo.

«Antiguos dioses —rezó Bran—, si me estáis escuchando, no me mandéis ningún sueño esta noche. O si me lo mandáis, que sea un sueño bueno.» Los dioses no respondieron.

Bran se obligó a cerrar los ojos. Tal vez durmió unos minutos, o tal vez no fue más que una cabezada a medio camino de la vigilia, siempre tratando de no pensar en Hacha Demente, en el Cocinero Rata ni en la criatura que salía por la noche.

Entonces fue cuando oyó el ruido.

«¿Qué ha sido eso? —pensó, abriendo los ojos. Contuvo el aliento—. ¿Lo he soñado? ¿Estoy teniendo otra pesadilla tonta? —No quería despertar a Meera y a Jojen solo por un mal sueño, pero...—. Ahí está otra vez. —Un sonido de algo que se arrastraba suavemente, a lo lejos—. Hojas, no son más que hojas que rozan las paredes y se apelotonan...

o el viento, puede que sea el viento. —Pero el sonido no procedía del exterior. Bran sintió que se le erizaba el vello de los brazos—. El sonido está aquí dentro, con nosotros; cada vez suena más fuerte. —Se incorporó sobre un codo para escuchar. Había viento, sí, y hojas susurrantes, pero también algo más—. Pisadas.»

Alguien se acercaba hacia allí. Algo se acercaba hacia allí.

Sabía que no eran los centinelas, porque los centinelas no bajaban nunca del Muro. Pero tal vez hubiera otros fantasmas en el Fuerte de la Noche, y tal vez fueran aún más aterradores. Recordó lo que le contaba la Vieja Tata sobre Hacha Demente, como se quitaba las botas y caminaba entre las paredes del castillo descalzo, en la oscuridad, sin que lo delatara otro sonido que el de las gotas de sangre que le caían del hacha, de los codos y de la punta de la barba empapada y enrojecida. O tal vez no fuera Hacha Demente; tal vez fuera la criatura que salía por las noches. Según la Vieja Tata, todos los aprendices la vieron, pero después, cuando se lo contaron a su Lord Comandante, las descripciones no coincidían en lo más mínimo. «Tres de ellos murieron antes de que terminara el año, y el cuarto se volvió loco, y cien años más tarde, cuando la criatura volvió a aparecer, todos los vieron tras ella, encadenados y arrastrando los pies. A los aprendices.»

Pero no era más que un cuento. Se estaba metiendo miedo él solo. La criatura que salía por las noches no existía. Se lo había dicho el maestre Luwin, y si alguna vez había habido algo semejante ya no estaba en el mundo, igual que los gigantes y los dragones.

«No es nada», pensó Bran.

Pero el sonido se oía más alto.

«Viene del pozo —comprendió. Aquello le dio todavía más miedo. Algo estaba emergiendo del subsuelo; algo salía de la oscuridad—. Hodor lo ha despertado. Hodor, el muy tonto, tirando baldosas como un tonto, y ahora viene.» Costaba mucho oír algo por encima de los ronquidos de Hodor y los latidos retumbantes de su corazón. ¿Era el sonido de la sangre que goteaba de un hacha? ¿O era acaso el arrastrar tenue, lejano, de unas cadenas fantasmales? Bran trató de concentrarse con toda su atención. «Pisadas.» Sí, eran pisadas, sin duda; cada una de ellas sonaba un poquito más fuerte que la anterior. Pero no sabía cuántas. El pozo despertaba ecos. No se oían goteos ni ruido de cadenas, pero sí que había algo... Una especie de gemido agudo, como el de alguien que estuviera sufriendo mucho, y una respiración densa, ahogada. Pero lo que más resonaba eran las pisadas. Las pisadas que cada vez estaban más cerca.

Bran estaba tan asustado que no podía ni gritar. La hoguera se había reducido a unas pocas brasas, y todos sus amigos estaban durmiendo. Estuvo a punto de salirse de su piel y buscar a su lobo, pero Verano podía estar a muchas leguas. No podía abandonar allí a sus amigos, indefensos en la oscuridad, para que se enfrentaran a lo que salía del pozo.

«Les dije que no teníamos que venir aquí —pensó desesperado—. Les dije que había fantasmas. Les dije que teníamos que ir al Castillo Negro.»

A Bran las pisadas le sonaban pesadas, lentas y sonoras contra la piedra. «Tiene que ser enorme.» Hacha Demente era un hombre muy grande en las historias de la Vieja Tata, y la criatura que salía por las noches también era monstruosa. Cuando aún estaban todos en Invernalia, Sansa le había dicho que los demonios de la oscuridad no lo podrían tocar si se escondía debajo de la manta. Estuvo a punto de hacerlo, antes de acordarse de que era un príncipe y ya casi un hombre.

Bran reptó por el suelo arrastrando las piernas muertas hasta llegar a Meera y tocarle un pie. La muchacha se despertó al instante. Jamás había conocido a nadie que se despertara tan deprisa como Meera Reed, ni que se pusiera alerta en tan poco tiempo. Bran se apretó un dedo contra los labios para que ella supiera que no debía decir nada. Meera enseguida oyó el sonido; se le veía en la cara: las pisadas retumbantes, el gemido distante, la respiración entrecortada...

Se puso en pie sin decir una palabra más y pidió sus armas con un gesto. Con el tridente en la mano derecha y la red colgando de la izquierda, se deslizó descalza hacia el pozo. Jojen seguía dormitando, mientras que Hodor mascullaba y se agitaba en un sueño inquieto. Se movía siempre entre las sombras, esquivando el haz de luz de luna, silenciosa como una gata. Bran, que no dejaba de mirarla, apenas veía el brillo tenue de las puntas de su fisga.

«No puedo dejar que se enfrente sola a la criatura», pensó. Verano estaba demasiado lejos, pero...

Se salió de su piel y buscó a Hodor.

No era como deslizarse dentro de Verano. Aquello le resultaba ya tan fácil que lo hacía casi sin pensar. En cambio, con Hodor era más difícil, como intentar ponerse la bota izquierda en el pie derecho. No encajaba. Además, la bota también estaba asustada, la bota no sabía qué estaba pasando, la bota se apartaba del pie. Sintió el sabor a vómito en la garganta de Hodor, y aquello casi bastó para echarlo atrás, pero se retorció, empujó, se incorporó, flexionó sus piernas, sus piernas grandes, fuertes, y se levantó.

«Estoy de pie.» Dio un paso. «Estoy caminando.» Era una sensación tan extraña que estuvo a punto de caerse. Se vio a sí mismo en el frío suelo de baldosas, un ser pequeño, roto, pero en aquel momento no estaba roto. Cogió la espada larga de Hodor. Su respiración era tan sonora como el fuelle de un herrero.

Del pozo salió un aullido, un chillido tan aterrador que lo taladró como un cuchillo. Una enorme figura negra salió del pozo a la oscuridad y se tambaleó hacia la zona iluminada por la luna, y el miedo invadió a Bran en una ola tan arrasadora que ni siquiera se le ocurrió desenvainar la espada de Hodor, tal como había pensado, y de repente volvió a encontrarse en el suelo.

—¡Hodor, Hodor, HODOR! —rugía Hodor, como en el lago cada vez que brillaba un relámpago. Pero la criatura que había salido a la noche también gritaba y se debatía como loca entre los pliegues de la red de Meera. Bran vio la lanza relampaguear en la oscuridad, y la criatura se tambaleó y cayó sin dejar de forcejear con la red. El aullido del pozo seguía resonando cada vez con más fuerza. La criatura negra del suelo se debatía y se agitaba.

—¡No, no, por favor, NO! —chillaba.

Meera estaba de pie junto a él; la luz de la luna arrancaba destellos plateados de las púas de la fisga.

—¿Quién eres? —preguntó, imperiosa.

—Soy SAM —sollozó la criatura negra—. Sam, Sam, soy Sam, déjame, ¡me has pinchado!

Rodó en el claro de luz de luna sacudiendo los brazos para liberarse de la red de Meera.

—¡Hodor, Hodor, Hodor! —seguía gritando Hodor.

Solo Jojen tuvo la serenidad de añadir unas cuantas astillas al fuego y soplar hasta que las llamas empezaron a crepitar de nuevo. Pronto tuvieron luz, y Bran vio a la muchachita pálida y delgada que había junto al brocal del pozo, toda envuelta en pieles y pellejos bajo una enorme capa negra, que trataba de calmar al bebé que llevaba en brazos. La criatura del suelo estaba intentando sacar un brazo de la red para desenvainar el cuchillo, pero los pliegues se lo impedían. No era ninguna bestia monstruosa; no era Hacha Demente rezumando sangre; solo un hombre muy gordo vestido con ropas de lana negra, piel negra, cuero negro y cota de malla negra.

—Es un hermano negro —dijo Bran—. Es de la Guardia de la Noche, Meera.

—¿Hodor? —Hodor se sentó en cuclillas para mirar al hombre de la red—. ¡Hodor! —gritó de nuevo.

—De la Guardia de la Noche, sí. —El hombre gordo seguía jadeando como un fuelle—. Soy un hermano de la Guardia. —Un hilo de la malla se le había clavado bajo la papada y lo obligaba a mirar hacia arriba, mientras que otros se le hundían profundamente en las mejillas—. Soy un cuervo, por favor, sacadme de aquí.

—¿Eres el cuervo de tres ojos? —Bran lo miraba, sobresaltado. «No puede ser el cuervo de tres ojos.»

—Claro que no. —El hombre gordo puso los ojos en blanco, pero solo tenía dos—. Solo soy Sam. Samwell Tarly. ¡Sacadme de aquí, que esto duele!

Empezó a debatirse otra vez. Meera dejó escapar una exclamación despectiva.

—Deja de moverte así. Como me rompas la red, te tiro al pozo. Quédate quieto; yo te desenredo.

—¿Quién eres? —le preguntó Jojen a la niña del bebé.

—Elí —respondió—. Me lo pusieron por la flor, el alhelí. Ese es Sam. No teníamos intención de asustaros.

Meció al bebé, lo tranquilizó con susurros y por fin consiguió que dejara de llorar.

Meera estaba liberando de la red al rollizo hermano. Jojen se acercó al pozo para mirar hacia abajo.

—¿De dónde venís?

—Del Torreón de Craster —contestó la chica—. ¿Es a ti a quien buscan?

—¿Cómo? —preguntó Jojen, volviéndose hacia ella para mirarla.

—Él dijo que Sam no era el que buscaba —explicó—. Que había otro, nos contó. El que estaba buscando.

—¿Quién dijo eso? —inquirió Bran.

—Manosfrías —respondió Elí en voz baja.

Meera recogió un extremo de la red, y el hombre gordo consiguió sentarse. Bran se dio cuenta de que estaba temblando y jadeaba, sin aliento.

—También nos dijo que aquí habría gente —resopló—. En el castillo. Lo que no me imaginaba es que estaríais justo encima de la escalera. No me imaginaba que me ibais a tirar una red ni que me ibais a clavar una lanza en el estómago. —Se tocó la barriga con una mano enguantada—. ¿Estoy sangrando? No veo nada.

—No ha sido más que un golpecito, para hacerte caer —replicó Meera—. Espera, que te lo miro. —Se arrodilló a su lado y lo palpó en torno al ombligo—. ¡Pero si llevas cota de malla! Ni siquiera me he acercado a la piel.

—¿Y qué? Duele igual —se quejó Sam.

—¿De verdad eres un hermano de la Guardia de la Noche? —se asombró Bran.

Las papadas del hombre gordo temblaron cuando asintió. Tenía la piel muy pálida y floja.

—Aunque solo soy un mayordomo. Antes cuidaba de los cuervos de Lord Mormont. —Durante un momento pareció que se iba a echar a llorar—. Pero los perdí en el Puño. Fue culpa mía. También fue culpa mía que nos extraviáramos. No encontraba el Muro. Mide cien leguas de largo y trescientas varas de alto, ¡y no lo encontraba!

—Bueno, pues ya lo has encontrado —dijo Meera—. Levanta el trasero del suelo; tengo que recoger la red.

—¿Cómo habéis cruzado el Muro? —quiso saber Jojen mientras Sam se ponía en pie con esfuerzo—. ¿Es que el pozo lleva a un río subterráneo? ¿Habéis venido por ahí? Pero ni siquiera estáis mojados...

—Hay una puerta —dijo el rollizo Sam—. Una puerta oculta, tan vieja como el propio Muro. Él dijo que era la Puerta Negra.

Los Reed se miraron.

—¿Encontraremos esa puerta que dices en el fondo del pozo? —preguntó Jojen.

Sam sacudió la cabeza.

—No. Os tengo que llevar yo.

—¿Por qué? —preguntó Meera—. Si hay una puerta...

—No la encontraréis. Y aunque la encontrarais, no se abriría para vosotros. Es la Puerta Negra. —Sam se dio un tironcito de la raída lana negra de la manga—. Solo la puede abrir un hombre de la Guardia de la Noche; nos lo dijo él. Un Hermano Juramentado. Con esas mismas palabras lo dijo.

—Él. —Jojen frunció el ceño—. ¿Ese... Manosfrías?

—No era su verdadero nombre —dijo Elí mientras mecía al bebé—. Es como lo llamábamos Sam y yo. Tenía las manos frías como el hielo, pero él y sus cuervos nos salvaron de los hombres muertos; nos trajo hasta aquí a lomos de su alce.

—¿Su alce? —dijo Bran, maravillado.

—¿Su alce? —dijo Meera, sobresaltada.

—¿Sus cuervos? —dijo Jojen.

—¿Hodor? —dijo Hodor.

—¿Era verde? —quiso saber Bran—. ¿Tenía astas?

—¿El alce? —El hombre gordo lo miró, confuso.

—Manosfrías —se impacientó Bran—. Los hombres verdes cabalgaban a lomos de alces; nos lo contaba siempre la Vieja Tata. Algunos, además, tenían astas.

—No era un hombre verde. Vestía de negro, como un hermano de la Guardia, pero estaba pálido como un espectro y tenía las manos tan heladas que al principio me dio miedo. Pero los espectros tienen los ojos azules y carecen de lengua, o quizá es que ya no saben utilizarla. —El hombre gordo se volvió hacia Jojen—. Os estará esperando. Tenemos que bajar. ¿Tenéis ropas abrigadas? En la Puerta Negra hace frío, y al otro lado del Muro, todavía más. Vamos...

—¿Por qué no ha subido contigo? —Meera hizo un gesto en dirección a Elí y a su bebé—. Ellos han subido; ¿por qué él no? ¿Por qué no ha cruzado esa Puerta Negra?

—No... No puede.

—¿Por qué?

—Por el Muro. Dice que el Muro es mucho más que un montón de piedra y hielo. También está hecho de hechizos... hechizos antiguos, muy poderosos. No puede cruzar el Muro.

Se hizo un silencio denso en la cocina del castillo. Bran oía el crepitar tenue de las llamas, el susurro del viento que arrastraba las hojas en la noche, el crujido del esquelético arciano que tendía las ramas hacia la luna.

«Más allá de las puertas habitan monstruos, sí, y gigantes, y espectros —recordó que solía contarles la Vieja Tata—, pero mientras el Muro siga fuerte y en pie, no pueden pasar. Así que duérmete, mi pequeño Brandon, mi muchachito. No tengas miedo de nada. Aquí no hay monstruos.»

—No es a mí a quien te han dicho que lleves —le dijo Jojen Reed al gordo Sam, el de las ropas negras manchadas y deformes—. Es a él.

—Ah. —Sam lo miró desde arriba con cierta inseguridad. Era posible que hasta entonces no se hubiera dado cuenta de que Bran estaba tullido—. No... No creo que tenga fuerzas para llevarte.

—Me puede llevar Hodor. —Bran señaló la cesta—. Yo me meto ahí y él me carga a la espalda.

Sam se había quedado mirándolo fijamente.

—Tú eres el hermano de Jon Nieve, el que se cayó...

—No —dijo Jojen—. El chico que tú dices está muerto.

—No se lo digas a nadie —suplicó Bran—. Por favor.

Durante un momento, Sam pareció confuso, pero acabó por asentir.

—Sé... Sé guardar un secreto. Elí también. —La miró, y la chica asintió—. Jon... Jon también era mi hermano. Era el mejor amigo que he tenido jamás, pero salió de expedición con Qhorin Mediamano, para explorar los Colmillos Helados, y no regresaron. Los estábamos esperando en el Puño cuando... cuando...

—Jon está aquí —dijo Bran—. Verano lo vio. Estaba con unos salvajes, pero mataron a un hombre, y Jon cogió su caballo y escapó. Seguro que se fue al Castillo Negro.

—¿Estáis seguros de que era Jon? —Sam miró a Meera con los ojos muy abiertos—. ¿Lo viste tú?

—Me llamo Meera —dijo la chica con una sonrisa—. Verano es...

Una sombra se separó de la cúpula derruida y saltó a través de la zona iluminada por la luna. Hasta con la pata herida, el lobo cayó con la agilidad y silencio de un copo de nieve. Elí dejó escapar un gritito de miedo, y abrazó a su bebé con tanta fuerza que empezó a llorar otra vez.

—No te hará daño —dijo Bran—. Este es Verano.

—Jon me dijo que todos teníais lobos. —Sam se quitó un guante—. Yo conocía a Fantasma. —Extendió una mano temblorosa de dedos blancos y blandos, gruesos como salchichas. Verano se acercó, se los olisqueó y le dio un lametón.

Fue entonces cuando Bran tomó la decisión.

—Iremos contigo.

—¿Todos? —se sorprendió Sam.

—Es nuestro príncipe —dijo Meera, revolviéndole el pelo a Bran.

Verano dio unas cuantas vueltas en torno al pozo sin dejar de olisquear. Se detuvo junto al peldaño superior y miró a Bran.

«Quiere bajar.»

—¿Creéis que Elí se puede quedar aquí sola hasta que vuelva? —les preguntó Sam.

—No le pasará nada —le aseguró Meera—. Estará muy bien al lado de la hoguera.

—No hay nadie en el castillo —dijo Jojen.

Elí miró a su alrededor.

—Craster siempre nos hablaba de los castillos, pero no me imaginaba que fueran tan grandes.

«Esto no son más que las cocinas.» Bran no podía ni imaginarse qué le parecería Invernalia si alguna vez llegaba a ir.

Tardaron unos minutos en recoger sus cosas y meter a Bran en el cesto de mimbre, que Hodor se cargó a la espalda. Mientras se preparaban para partir, Elí empezó a amamantar a su bebé junto a la hoguera.

—¿Volverás a buscarme? —le dijo a Sam.

—En cuanto pueda —prometió él—. Luego iremos a algún sitio donde haga calor.

Al oír aquello, una parte de Bran se preguntó qué estaba haciendo. «¿Volveré a estar alguna vez en un sitio donde haga calor?»

—Bajo yo primero, que conozco el camino. —Sam titubeó un instante—. Es que hay tantos peldaños... —Suspiró antes de iniciar el descenso.

Jojen lo siguió; después, Verano, y luego, Hodor con Bran en la cesta. Meera iba la última, con la lanza y la red en la mano.

El descenso fue muy largo. La parte superior del pozo estaba iluminada por la luz de la luna, pero a medida que bajaban en espiral, la luz se iba haciendo más tenue y estaba más distante. Sus pisadas despertaban ecos en la piedra desnuda, y el sonido del agua era cada vez más alto.

—¿No tendríamos que haber cogido antorchas? —preguntó Jojen.

—Enseguida se os acostumbrarán los ojos —respondió Sam—. Poned una mano en la pared para guiaros; así no os caeréis.

Con cada vuelta descendente, el pozo era más oscuro y más frío. Cuando Bran alzó la vista, la boca del pozo era apenas más grande que una media luna.

—Hodor —susurró Hodor.

—Hodorhodorhodorhodorhodorhodor —susurró a su vez el pozo. El sonido del agua estaba más cerca, pero al mirar hacia abajo, Bran solo veía oscuridad.

Un par de giros más tarde, Sam se detuvo de repente. Estaba a unas pocas varas por debajo de Bran y Hodor, y aun así, casi no se lo veía. Lo que sí vio Bran fue la puerta. La Puerta Negra, había dicho Sam, pero en realidad no era negra.

Era de arciano blanco, y tenía un rostro.

La puerta emitía un brillo de leche y luz de luna, tan tenue que apenas si tocaba nada que no fuera la propia puerta, ni siquiera a Sam, que estaba justo a su lado. El rostro era viejo y blanquecino, arrugado y encogido.

«Parece muerto. —La boca estaba cerrada, al igual que los ojos. Las mejillas estaban demacradas; la frente, marchita, y la barbilla, temblorosa—. Si un hombre pudiera vivir mil años y no morir nunca, pero seguir envejeciendo, tendría una cara como esta.»

La puerta abrió los ojos.

También eran blancos, ciegos.

—¿Quiénes sois? —preguntó la puerta.

—Quiénes-quiénes-quiénes-quiénes-quiénes —susurró el pozo.

—Soy la espada en la oscuridad —dijo Samwell Tarly—. Soy el vigilante del Muro. Soy el fuego que arde contra el frío, la luz que trae el amanecer, el cuerno que despierta a los durmientes, el escudo que defiende los reinos de los hombres.

—Pasad, pues —dijo la puerta.

Los labios se abrieron, se abrieron y se abrieron, hasta que solo quedó una enorme boca rodeada de un anillo de arrugas. Sam se hizo a un lado y le indicó a Jojen que pasara delante. Lo siguió Verano, que lo iba olisqueando todo; luego fue el turno de Bran. Hodor se agachó, pero no lo suficiente. El labio superior de la puerta rozó la cabeza de Bran; una gota de agua le cayó encima y le corrió lenta por la nariz. Aunque pareciera extraño, estaba tibia y era salada como una lágrima.

Daenerys

Meereen era tan grande como Astapor y Yunkai juntas. Al igual que sus ciudades hermanas, era toda de adoquines, pero si los de Astapor eran rojos y los de Yunkai amarillos, Meereen era de adoquines multicolores. Las murallas eran más altas que las de Yunkai y estaban en mejor estado, con muchos bastiones y grandes torreones defensivos en todas las esquinas. Tras ellas destacaba, gigantesca ante el cielo, la Gran Pirámide, una edificación monstruosa de trescientas varas de altura, coronada por una monumental arpía de bronce.

—La arpía es un ser cobarde —dijo Daario Naharis cuando la vio—. Tiene corazón de mujer y patas de gallina. No es de extrañar que sus hijos se escondan detrás de las murallas.

Pero el héroe no se escondió. Salió a caballo por las puertas de la ciudad, con una armadura de escamas de cobre y azabache. La montura era un corcel blanco cuyas defensas eran de rayas rosas y blancas, a juego con la capa de seda que caía de los hombros del héroe. La lanza que llevaba medía cinco varas, con espirales rosa y blancas en el asta, y su peinado tenía la forma de dos cuernos de carnero, grandes y ensortijados. Paseaba de un lado a otro bajo las murallas de adoquines multicolores y desafiaba a los sitiadores para que enviaran un campeón que se enfrentara a él en combate singular.

Sus jinetes de sangre estaban tan desesperados por aceptar el desafío que casi llegaron a las manos entre ellos.

—Sangre de mi sangre —les dijo Dany—, vuestro lugar está a mi lado. Ese hombre no es más que una mosca zumbona, nada más. No le hagáis caso; pronto se marchará.

Aggo, Jhogo y Rakharo eran guerreros valientes, pero también jóvenes y demasiado importantes para poner en peligro sus vidas. Mantenían unido el *khalasar* y también eran los mejores exploradores.

—Sabia decisión —dijo Ser Jorah, mientras lo observaban todo delante de la tienda de Dany—. Dejemos que ese idiota siga paseándose y gritando hasta que el caballo se le quede cojo. No nos hace ningún daño.

—Sí nos lo hace —insistió Arstan Barbablanca—. Las guerras no se ganan solo con lanzas y con espadas, ser. Ese héroe insufla valor en los corazones de los suyos y planta en los de los nuestros las semillas de la incertidumbre.

—¿Qué semillas plantaría nuestro campeón si cayera derrotado? —Ser Jorah soltó un bufido.

—El hombre que teme a la batalla no consigue victorias, ser.

—Aquí no se trata de una batalla. Si ese bufón cae, las puertas de Meereen no se nos abrirán. ¿Por qué arriesgar una vida a cambio de nada?

—Por honor.

—Ya es suficiente —intervino Dany.

Lo que menos falta le hacía era aguantar sus constantes disputas; ya tenía demasiados problemas. Meereen representaba peligros mucho más graves que un héroe de rosa y blanco que gritaba insultos. No podía permitirse ninguna distracción. Después de Yunkai la seguían más de ochenta mil personas, pero apenas una cuarta parte de ellas eran soldados. Los demás... En fin, Ser Jorah los llamaba bocas con piernas, y pronto empezarían a tener hambre.

Los Grandes Amos de Meereen habían retrocedido ante el avance de Dany, cosechando todo lo que pudieron y quemando lo que no pudieron cosechar. A su paso solo encontraron campos quemados y pozos envenenados. Lo peor de todo era que, en cada mojón del camino costero que iba de Yunkai a Meereen, habían clavado a un niño esclavo, todavía vivo, con las entrañas desparramadas y un brazo señalando siempre en dirección a la ciudad. Daario había ordenado que desclavaran a los niños antes de que Dany los viera, pero ella dio la contraorden en cuanto se enteró.

—Los veré —dijo—. Veré a todos y cada uno de ellos, los contaré, miraré sus rostros... Y los recordaré.

Cuando llegaron a Meereen, en la orilla del mar y junto al río, había contado hasta ciento sesenta y tres.

«Tomaré esta ciudad», se prometió una vez más Dany.

El héroe de rosa y blanco pasó una hora vituperando a los asediadores, dudando de su virilidad y burlándose de sus madres, de sus esposas y de sus dioses. Los defensores de Meereen lo animaban desde las murallas de la ciudad.

—Se llama Oznak zo Pahl —le dijo Ben Plumm el Moreno cuando se presentó ante el Consejo para planear la batalla. Era el nuevo comandante de los Segundos Hijos, elegido por los votos de sus compañeros mercenarios—. En cierta ocasión, antes de unirme a los Segundos Hijos, fui guardaespaldas de su tío. Los Grandes Amos, ¡vaya montón de gusanos! Las mujeres no estaban mal, aunque uno se jugaba la vida si miraba a la que no debía de la manera que no debía. A un hombre, un tal Scarb, ese tipo, Oznak, le arrancó el hígado. Decía que por defender el honor de una dama a la que Scarb había violado con los ojos. ¡Ya me diréis cómo se puede violar a una moza con los ojos! Pero su tío es el hombre más rico de Meereen, y su padre está al mando de la Guardia de la Ciudad, así que tuve que huir como una rata antes de que me matara a mí también.

Vieron que Oznak zo Pahl desmontaba de su corcel blanco, se desanudaba los calzones, se sacaba el miembro y lanzaba un chorro de orina en dirección al olivar donde se alzaba el pabellón dorado de Dany, entre los árboles quemados. Aún seguía meando cuando Daario Naharis se acercó, *arakh* en mano.

—¿Queréis que se la corte y se la meta en la boca, Alteza? —Los dientes le brillaban dorados en medio de la barba azul.

—Lo que quiero es la ciudad, no ese miembro ridículo.

Pero se estaba poniendo cada vez más furiosa.

«Si sigo sin hacer nada, los míos me considerarán débil.» Pero ¿a quién podía enviar? Necesitaba a Daario tanto como a sus jinetes de sangre. Sin el extravagante tyroshi, no tendría control alguno sobre los Cuervos de Tormenta, muchos de los cuales habían sido partidarios de Prendahl na Ghezn y Sallor el Calvo.

Arriba, en las murallas de Meereen, las burlas eran cada vez más sonoras, y cientos de los defensores estaban imitando al héroe y orinaban por los baluartes para mostrar su desprecio hacia los asediadores.

«Se están meando en los esclavos para demostrar que no nos tienen miedo —pensó—. Si lo que tienen ante sus puertas fuera un *khalasar* dothraki, no se atreverían.»

—Hay que aceptar el desafío —repitió una vez más Arstan.

—Así se hará —dijo Dany mientras el héroe volvía a guardarse el pene—. Decidle a Belwas el Fuerte que lo necesito.

El corpulento eunuco de piel morena estaba a la sombra del pabellón dorado, concentrado en devorar una salchicha. Se la terminó en tres bocados, se limpió las manos grasientas en los pantalones y le pidió a Arstan Barbablanca que fuera a buscarle el acero. El anciano escudero afilaba el *arakh* de Belwas todas las noches y lo frotaba con un aceite color rojo brillante.

Cuando Barbabanca le entregó la espada, Belwas el Fuerte entrecerró los ojos para examinar el filo, gruñó, volvió a meter la hoja en la vaina de cuero y se ató el cinturón en torno a la inmensa cintura. Arstan le había llevado también el escudo, un disco redondo de acero, poco más grande que una bandeja, que el eunuco agarró con la mano izquierda en vez de atárselo al antebrazo, al estilo de Poniente.

—Consígueme hígado y cebollas, Barbablanca —pidió Belwas—. Para ahora no, para luego. Matar siempre da hambre a Belwas el Fuerte.

No esperó la respuesta; salió del olivar en dirección a Oznak zo Pahl.

—¿Por qué eliges a ese, *khaleesi*? —exigió saber Rakharo—. Es gordo y estúpido.

—Belwas el Fuerte era esclavo en las arenas de combate. Si ese noble Oznak cayera ante él, sería una vergüenza para los Grandes Amos, mientras que si lo derrotara... sería una pobre victoria; Meereen no se podría vanagloriar de nada.

Y, a diferencia de Ser Jorah, Daario, Ben el Moreno, y sus tres jinetes de sangre, el eunuco no se ponía al frente de las tropas, no planificaba las batallas ni le daba consejo.

«No hace nada más que comer, fanfarronear y gritarle a Arstan.» Belwas era el único del que podía prescindir. Y ya era hora de saber qué protector le había enviado el magíster Illyrio.

En las líneas de los asediantes se alzó un clamor nervioso cuando vieron a Belwas avanzar hacia la ciudad, y de las murallas y las torres de Meereen les llegaron gritos y burlas. Oznak zo Pahl montó de nuevo y aguardó, con la lanza rayada apuntando hacia el cielo. El corcel sacudía la cabeza con impaciencia y levantaba polvo con los cascos. Pese a su corpulencia, el eunuco parecía menudo en comparación con el héroe a caballo.

—Si fuera un caballero, desmontaría —dijo Arstan.

Oznak zo Pahl bajó la lanza y cargó.

Belwas se detuvo, con las piernas bien separadas. En una mano llevaba el pequeño escudo redondo, y en la otra, el *arakh* curvo que Arstan cuidaba con tanto esmero. La gran barriga morena y el pecho poderoso aparecían desnudos por encima del cinturón de seda amarilla que llevaba anudado a la cintura, y no contaba con más armadura que un chaleco de cuero tachonado, tan absurdamente pequeño que ni siquiera le cubría los pezones.

—Tendríamos que haberle dado una armadura —dijo Dany, de repente muy nerviosa.

—Eso solo serviría para hacerlo más lento —dijo Ser Jorah—. En las arenas de combate no llevan armaduras. El público que va allí quiere ver sangre.

Los cascos del corcel blanco levantaban polvo del suelo. Oznak galopó hacia Belwas el Fuerte, con la capa a rayas ondeando al viento. Todo Meereen parecía estar animándolo; en comparación, los gritos de apoyo de los asediantes parecían pocos y bajos; los Inmaculados, formados en filas, guardaban silencio y observaban con rostros que parecían labrados en piedra. Belwas también parecía de piedra. Estaba de pie, en el camino del caballo, con el chaleco tenso en las anchas espaldas. La lanza de Oznak lo apuntaba directa al pecho. La brillante punta de acero centelleaba a la luz del sol.

«Lo va a ensartar», pensó... y en aquel momento, el eunuco giró a un lado. Rápido como un parpadeo, el jinete pasó de largo, empezó a girar y alzó la lanza. Belwas no hizo ademán alguno de atacarlo. Los meereenos de las murallas gritaron todavía más.

—¿Qué está haciendo? —preguntó Dany.

—Quiere ofrecerle un buen espectáculo a la turba.

Oznak hizo que el caballo describiera un amplio círculo alrededor de Belwas; luego picó espuelas y cargó de nuevo. Una vez más, Belwas aguardó hasta el último momento y giró a la vez que desviaba la punta de la lanza de un golpe. A los oídos de Dany llegó la risotada del eunuco, que despertó ecos en la explanada mientras el héroe pasaba de largo.

—La lanza es demasiado larga —dijo Ser Jorah—. Lo único que tiene que hacer Belwas es esquivar la punta. Ese idiota no tendría que intentar ensartarlo, sino arrollarlo con el caballo.

Oznak zo Pahl cargó por tercera vez, y Dany vio con toda claridad que se dirigía más allá de Belwas, como haría un caballero de Poniente al cargar contra su adversario en una justa, en vez de dirigirse contra él, que sería el estilo de un dothraki. El suelo llano permitía que el corcel alcanzara mucha velocidad, pero también le facilitaba las cosas al eunuco a la hora de esquivar la engorrosa lanza de cinco varas.

El héroe rosa y blanco de Meereen trató de anticiparse a Belwas, y desvió la lanza en el último momento para intentar atravesarlo mientras la esquivara. Pero el eunuco también lo había previsto y, en aquella ocasión, se dejó caer en vez de girarse a un lado. La lanza le pasó inofensiva por encima de la cabeza y, de repente, Belwas rodó por el suelo y describió un arco plateado con el afilado *arakh.* Se oyó el relincho del corcel cuando la hoja se le clavó en las patas; el caballo cayó, y el héroe salió despedido de la silla.

De pronto se había hecho el silencio en los parapetos de Meereen. Era el turno de la gente de Dany de aclamar y aplaudir.

Oznak consiguió que no lo aplastara el caballo y se las arregló para desenvainar la espada antes de que Belwas el Fuerte cayera sobre él. El acero chocó contra el acero, demasiado rápido y furioso para que Dany pudiera seguir los golpes. Pero en menos de doce latidos de corazón, el pecho de Belwas estuvo cubierto de sangre por un corte que tenía entre los pezones, y Oznak zo Pahl tenía un *arakh* clavado entre los cuernos de carnero. El eunuco liberó la hoja y cortó la cabeza con tres golpes brutales en el cuello. La alzó para que los meereenos la vieran bien y la tiró hacia las puertas de la ciudad, donde rebotó y rodó por la arena.

—Vaya con el héroe de Meereen —dijo Daario entre risas.

—Es una victoria sin sentido —advirtió Ser Jorah—. No ganaremos Meereen matando a sus defensores de uno en uno.

—No —convino Dany—, pero me alegra que hayamos matado a este.

Los defensores de las murallas empezaron a disparar sus ballestas contra Belwas, pero las saetas se quedaban muy cortas o se clavaban en el suelo, inofensivas. El eunuco volvió la espalda hacia la lluvia de puntas de acero, se bajó los pantalones, se acuclillo y empezó a cagar en dirección a la ciudad. Cuando terminó, se limpió con la capa a rayas, y se entretuvo el tiempo suficiente para saquear el cadáver del héroe y poner fin a la agonía del caballo antes de regresar al bosquecillo de olivos.

Los asediantes le dieron una bienvenida calurosa cuando entró en el campamento. Los dothrakis aullaban y gritaban, y un clamor brotaba de los Inmaculados, que entrechocaban las lanzas y los escudos.

—Bien hecho —le dijo Ser Jorah.

—Una fruta dulce por una dulce victoria —dijo Ben el Moreno tendiéndole al eunuco una ciruela madura.

Hasta las doncellas dothrakis de Dany tuvieron palabras de alabanza para él.

—Te trenzaríamos el pelo y te pondríamos una campanilla, Belwas el Fuerte —dijo Jhiqui—. Pero no tienes pelo suficiente.

—Belwas el Fuerte no necesita campanillas tintineantes. —El eunuco se comió de cuatro bocados la ciruela de Ben el Moreno y tiró el hueso—. Belwas el Fuerte necesita hígado y cebollas.

—Hígado y cebollas tendrás —dijo Dany—. Belwas el Fuerte está herido.

Tenía el vientre enrojecido por la sangre que manaba del corte.

—No es nada. Siempre dejo que mi rival me corte una vez, antes de matarlo. —Se dio unas palmaditas en la barriga ensangrentada—. Cuenta los cortes y sabrás a cuántos ha matado Belwas el Fuerte.

Pero Dany había perdido a Khal Drogo por una herida semejante, y no iba a permitir que quedara sin curar. Envió a Missandei en busca de un liberto yunkio que era famoso por su habilidad en las artes curativas. Belwas chilló y protestó, pero Dany le echó una regañina y lo llamó bebé calvo hasta que el hombretón permitió que el curador le restañara la sangre de la herida con vinagre, se la cosiera y le vendara el pecho con tiras de lino empapadas en vino de fuego. Después se reunió en su pabellón con los capitanes y comandantes que formaban el Consejo.

—Necesito esta ciudad —les dijo cuando estuvo sentada con las piernas cruzadas entre los cojines, rodeada por los dragones. Irri y Jhiqui sirvieron vino—. Tienen los graneros llenos a reventar. En las terrazas de las pirámides crecen higos, dátiles y aceitunas, y en las bodegas hay barriles de pescado en salazón y carne ahumada.

—También hay cofres llenos a rebosar de oro, plata y piedras preciosas —les recordó Daario—. No nos olvidemos de las piedras preciosas.

—He examinado las murallas que dan a tierra y no he encontrado ningún punto débil —señaló Ser Jorah Mormont—. Con un poco de tiempo podríamos excavar un túnel, pero ¿qué comeríamos mientras tanto? Ya casi no nos quedan provisiones.

—¿Ningún punto débil en las murallas que dan a tierra? —preguntó Dany. Meereen estaba en un saliente de arena y piedra, allí donde el lento cauce cenagoso del Skahazadhan desembocaba en la bahía de los Esclavos. La muralla norte de la ciudad se alzaba a lo largo de la ribera, y la muralla oeste, en la orilla de la bahía—. ¿Significa eso que tendremos que atacar desde el río o desde el mar?

—¿Con tres barcos? Le diremos al capitán Groleo que eche un vistazo a la muralla del río, pero a no ser que se esté derrumbando, no es más que una manera más húmeda de morir.

—¿Y si construimos torres de asalto? Mi hermano Viserys me hablaba de esas cosas; sé que se puede hacer.

—Si hay madera, Alteza —señaló Ser Jorah—. Los traficantes de esclavos han quemado todos los árboles en veinte leguas a la redonda. Sin madera no hay trabuquetes para derruir las murallas, ni escaleras para saltarlas, ni torres de asalto, ni tortugas, ni arietes. Sí, podríamos atacar las puertas con hachas, pero...

—¿Habéis visto esas cabezas de bronce que hay sobre las puertas? —intervino Ben Plumm el Moreno—. Son hileras de cabezas de arpía con la boca abierta. Los meereenos pueden derramar aceite hirviendo por esas bocas y freir vivo a cualquiera que ataque con un hacha.

—Tal vez deberían ser los Inmaculados los que fueran con las hachas —le dijo Daario Naharis a Gusano Gris, sonriendo—. Para vosotros, el aceite hirviendo no es más que un baño caliente, tengo entendido.

—Es falso. —Gusano Gris no le devolvió la sonrisa—. Unos no sienten las quemaduras igual que los hombres, pero el aceite así ciega y mata. En cambio, los Inmaculados no temen a la muerte. Dadnos arietes, y derribaremos las puertas o moriremos en el intento.

—Más bien moriríais en el intento —señaló Ben el Moreno.

En Yunkai, cuando se puso al frente de los Segundos Hijos, le había asegurado a Dany que era veterano de cien batallas. «Aunque no puedo decir que en todas ellas luchara con valentía. Hay mercenarios viejos y mercenarios valerosos, pero no hay mercenarios viejos y valerosos.» Había llegado a comprender que era verdad.

—No pienso desperdiciar las vidas de los Inmaculados, Gusano Gris. —Dany suspiró—. Quizá podamos derrotarlos por hambre.

—Nosotros moriríamos de hambre mucho antes que ellos, Alteza. —Ser Jorah mostró su desacuerdo—. Aquí no hay comida, ni tampoco forraje para las mulas y los caballos. Además, no me gusta este río. Meereen caga en el Skahazadhan, pero el agua para beber la extrae de pozos más profundos. Ya hay informes de enfermos en el campamento: fiebres, diarrea y tres casos de colerina sangrienta. Si nos quedamos, habrá más. La marcha ha debilitado a los esclavos.

—A los libertos —lo corrigió Dany—. Ya no son esclavos.

—Esclavos o libres, tienen hambre y no tardarán en caer enfermos. La ciudad está mucho mejor aprovisionada que nosotros, y dispone de suministro de agua potable. Con los tres barcos que tenéis no basta para cortarle el acceso tanto al río como al mar.

—En ese caso, ¿qué me aconsejáis, Ser Jorah?

—No os va a gustar.

—De todos modos os escucharé.

—Como gustéis. Propongo que pasemos de largo de esta ciudad. No podéis liberar a todos los esclavos del mundo, *khaleesi.* Os espera una guerra en Poniente.

—No me he olvidado de Poniente. —Algunas noches, Dany soñaba con aquella tierra fabulosa donde no había estado jamás—. Pero si permito que los viejos muros de adoquines de Meereen me derroten con tanta facilidad, ¿cómo podré tomar algún día los grandes castillos de piedra de Poniente?

—Igual que lo hizo Aegon —dijo Ser Jorah—. Con fuego. Cuando lleguemos a los Siete Reinos, vuestros dragones ya serán adultos. Allí tendremos torres de asedio y trabuquetes, cosas de las que carecemos aquí... pero el viaje a través de las Tierras del Largo Verano es prolongado y penoso; hay peligros que no podemos imaginar. Os detuvisteis en Astapor para comprar un ejército, no para iniciar una guerra. Reservad las espadas y las lanzas para los Siete Reinos, mi señora. Dejad Meereen para los meereenos y proseguid hacia el oeste, hacia Pentos.

—¿Derrotada? —se crispó Dany.

—Cuando los cobardes se esconden detrás de las murallas son ellos los derrotados, *khaleesi* —dijo Ko Jhogo.

Los demás jinetes de sangre estaban de acuerdo.

—Sangre de mi sangre —dijo Rakharo—, cuando los cobardes se esconden y queman la comida y el forraje, los grandes *khals* tienen que buscar enemigos más valientes. Lo sabe todo el mundo.

—Lo sabe todo el mundo —corroboró Jhiqui mientras servía vino.

—Pues yo no lo sé. —Dany tenía en gran estima el consejo de Ser Jorah, pero dejar intacta Meereen era más de lo que podía soportar. No olvidaba a los niños clavados en los mojones, a los pájaros que les picoteaban las entrañas ni los bracitos flacos que señalaban la dirección en el camino de la costa—. Ser Jorah, decís que no nos quedan provisiones. Si marchamos hacia el oeste, ¿cómo podré alimentar a mis libertos?

—No podréis. Lo siento, *khaleesi.* Tendrán que alimentarse por su cuenta, o perecerán de hambre. Y muchos morirán durante la marcha, sí. Va a ser duro, pero no hay manera de salvarlos. Tenemos que alejarnos cuanto antes de esta tierra devastada.

Al cruzar el desierto rojo, Dany había dejado un rastro de cadáveres. Era una imagen que no quería volver a ver jamás.

—No —dijo—. No me pondré en marcha con mi pueblo para que muera. —«Son mis hijos»—. Tiene que haber alguna manera de entrar en la ciudad.

—Yo sé una manera. —Ben Plumm el Moreno se acarició la barba salpicada de blanco—. Las cloacas.

—¿Las cloacas? ¿Qué queréis decir?

—Hay grandes cloacas de ladrillo que vacían en el Skahazadhan los desperdicios de la ciudad. Por ahí podrían entrar unos pocos. Así fue como escapé de Meereen cuando mataron a Scarb. —Ben el Moreno hizo una mueca—. No he sido capaz de quitarme aquel olor. A veces todavía sueño con él por las noches.

—De todos modos, sería más fácil salir que entrar. —Ser Jorah no parecía convencido—. ¿Decís que esas cloacas van a dar al río? Eso quiere decir que las entradas estarán justo debajo de las murallas.

—Y cerradas con verjas de hierro —reconoció Ben el Moreno—, aunque algunas están muy oxidadas; de lo contrario, me habría ahogado en mierda. Una vez dentro hay una larga subida en la oscuridad más absoluta, y un laberinto de ladrillo donde cualquiera se podría perder para toda la vida. La porquería llega siempre al menos a la cintura, y por las manchas de las paredes, puede quedar por encima de la cabeza de un hombre. Además, dentro hay bichos. Las ratas más grandes que os podáis imaginar y cosas aún peores. Es asqueroso.

—¿Tan asqueroso como vos cuando salisteis? —Daario Naharis se echó a reír—. Si hubiera alguien tan idiota como para intentar lo que proponéis, hasta el último traficante de esclavos de Meereen lo olería cuando saliera.

—Su Alteza preguntaba si había alguna manera de entrar —dijo Ben el Moreno encogiéndose de hombros—, así que se lo he dicho... pero Ben Plumm no volvería a entrar en esas cloacas ni por todo el oro de los Siete Reinos. Si otros quieren intentarlo, por mí perfecto.

Aggo, Jhogo y Gusano Gris fueron a hablar todos a la vez, pero Dany alzó una mano para pedir silencio.

—Esas cloacas no parecen prometedoras. —Sabía que Gusano Gris guiaría a los Inmaculados por ellas si lo ordenaba, y sus jinetes de sangre no se quedarían atrás. Pero ni unos ni otros eran adecuados para la misión. Los dothrakis eran jinetes, y la fuerza de los Inmaculados residía en su disciplina en el campo de batalla. «¿Debo enviar a los hombres a morir en la oscuridad, si las posibilidades de éxito son tan escasas?»—. Tengo que meditar sobre esto. Volved a vuestras tareas.

Sus capitanes hicieron una reverencia y la dejaron con las doncellas y los dragones. Pero, cuando Ben el Moreno se disponía a salir, Viserion extendió las alas blancas y revoloteó perezoso hacia su cabeza. Una de las alas rozó el rostro del mercenario. El dragón blanco se posó de forma inestable, con una pata en la cabeza del hombre y otra en el hombro, gritó y salió volando de nuevo.

—Por lo visto le gustáis, Ben —dijo Dany.

—Por supuesto. —Ben el Moreno se echó a reír—. Tengo una gota de sangre de dragón, ¿no lo sabíais?

—¿Vos?

Fue una sorpresa para Dany. Plumm era un hombre de las compañías libres, un mestizo simpático. Tenía el rostro ancho, la nariz rota y el cabello blanco, y de su madre dothraki había heredado unos ojos grandes, oscuros y almendrados. Decía que era en parte braavosi, en parte isleño del verano, en parte ibbenés, en parte qohoriense, en parte dothraki, en parte dorniense y en parte de Poniente, pero era la primera vez que lo oía hablar de su sangre Targaryen. Lo miró inquisitiva.

—¿Cómo es posible?

—Bueno —dijo Ben el Moreno—, hubo un Plumm en los Reinos del Ocaso que contrajo matrimonio con una princesa dragón. Mi abuela me lo contaba a menudo. Vivió en tiempos del rey Aegon.

—¿Qué rey Aegon? —quiso saber Dany—. Cinco reyes Aegon han reinado en Poniente. —El hijo de su hermano habría sido el sexto, pero los hombres del Usurpador le aplastaron la cabeza contra una pared.

—¿Hubo cinco? Pues vaya lío. No os puedo decir el número, mi reina. Pero ese viejo Plumm era un señor. Debió de ser muy famoso en sus tiempos; seguro que todo el mundo hablaba de él. Con vuestro regio permiso, os diré que tenía una polla de ocho palmos de largo.

Las tres campanitas de la trenza de Dany tintinearon cuando se echó a reír.

—Querrás decir dedos.

—Palmos —insistió Ben el Moreno—. Si fueran dedos, ¿quién hablaría de ello?

—¿Vuestra abuela en persona vio semejante prodigio? —Dany dejó escapar una risita infantil.

—¿La vieja bruja? No. Era medio ibbenesa y medio qohoriense. No estuvo nunca en Poniente; se lo debió de contar mi abuelo. Unos dothrakis lo mataron antes de que naciera yo.

—¿Y de dónde le vino ese conocimiento a vuestro abuelo?

—Será una de esas historias que cuentan mientras lo amamantan a uno, digo yo. —Ben el Moreno se encogió de hombros—. Lo siento, pero eso es todo lo que sé de Aegon el Desnumerado y del enorme miembro del viejo Lord Plumm. Más vale que vaya a vigilar a mis Hijos.

—Adelante —le dijo Dany.

Una vez Ben el Moreno hubo salido de la tienda, volvió a tumbarse entre los cojines.

—Si ya fueras adulto —le dijo a Drogon mientras lo rascaba entre los cuernos—, montaría sobre ti, sobrevolaríamos esas murallas y derretirías la arpía con tus llamas.

Pero pasarían años antes de que los dragones tuvieran tamaño suficiente para montar en ellos.

«Y cuando sean grandes, ¿quién los cabalgará? El dragón tiene tres cabezas, y yo, solo una. —Pensó en Daario—. Si ha habido alguna vez un hombre capaz de violar a una mujer con los ojos...»

Desde luego, ella tenía tanta culpa como el tyroshi. Más de una vez le había lanzado miradas cuando se reunía el Consejo de los capitanes, y muchas noches recordaba como le brillaba el diente de oro al sonreír. Aquello y los ojos. «Esos ojos tan azules.» En el camino desde Yunkai, todas las noches, al ir a presentar el informe diario, Daario le había llevado una flor o alguna plantita... Para que aprendiera a conocer aquellas tierras, decía. Ramas de sauce avispa, rosas pardas, menta silvestre, aspérula olorosa, junco filoso, retama, zarza del desierto, oro de arpía... «Además, intentó evitarme la visión de los niños muertos.» No debería haberlo hecho, pero la intención fue buena. Y Daario Naharis la hacía reír, cosa que no le pasaba con Ser Jorah.

Dany trató de imaginar qué pasaría si permitía que Daario la besara, igual que había hecho Ser Jorah en el barco. La sola idea era excitante y turbadora a la vez.

«Es demasiado arriesgado.» El mercenario tyroshi no era una buena persona; aquello no hacía falta que se lo dijera nadie. Por debajo de las sonrisas y las bromas, era peligroso y hasta cruel. Sallor y Prendahl se habían despertado una mañana como compañeros suyos, y aquella misma noche la había obsequiado con sus cabezas. «Khal Drogo también podía ser cruel, y jamás hubo hombre más peligroso. —Y de todos modos lo había llegado a amar—. ¿Podría amar a Daario? ¿Qué pasaría si lo dejara entrar en mi cama? ¿Lo convertiría eso en una de las cabezas del dragón? —Ser Jorah se pondría furioso, sin duda, pero fue él quien dijo que debería tomar dos esposos—. A lo mejor debería casarme con los dos, y se acabó.»

Pero eran pensamientos vanos. Tenía que tomar una ciudad, y soñar con besos y con los ojos azules de un mercenario no la ayudaría a derribar las murallas de Meereen.

«Soy de la sangre del dragón», se recordó. Sus pensamientos giraban en círculos, como una rata que se persiguiera la cola. De pronto se sintió como si no pudiera soportar los confines de su pabellón ni un solo instante más. «Quiero notar el viento en la cara, quiero oler el mar.»

—Missandei —llamó—, haz que ensillen a mi plata. Y tu montura también.

—Como Vuestra Alteza ordene —dijo la pequeña escriba con una reverencia—. ¿Pido que vengan vuestros jinetes de sangre para que os protejan?

—Iré con Arstan. No voy a salir del campamento.

Entre sus hijos no tenía enemigos. Además, el anciano escudero no hablaría tanto como Belwas ni la miraría como la miraba Daario.

El bosquecillo de olivos quemados donde habían levantado su pabellón se encontraba junto al mar, entre el campamento dothraki y el de los Inmaculados. Cuando los caballos estuvieron ensillados, Dany y sus acompañantes pasearon por la orilla, alejándose de la ciudad. Pese a todo, sentía la presencia de Meereen a su espalda, burlándose de ella. Volvió la vista atrás y allí estaba, con el sol de la tarde arrancando destellos de la arpía de bronce que se alzaba sobre la Gran Pirámide. Dentro de Meereen, los traficantes de esclavos se tenderían pronto con sus *tokars* ribeteados para celebrar banquetes con cordero, aceitunas, fetos de perro, lirones con miel y otras delicias semejantes, mientras, fuera, sus hijos pasaban hambre. Sintió una oleada de rabia.

«Acabaré contigo», juró.

Al pasar junto a las zanjas y las estacas que rodeaban el campamento de los eunucos, Dany oyó a Gusano Gris y a sus sargentos, que dirigían los ejercicios de una compañía con escudos, espadas cortas y lanzas. Otra compañía se estaba bañando en el mar, con calzones de lino blanco por todo atuendo. Ya se había fijado en que los eunucos eran muy limpios. Algunos de los mercenarios olían como si no se hubieran lavado ni cambiado de ropa desde que su padre perdió el Trono de Hierro, pero los Inmaculados se bañaban todas las noches, aunque hubieran estado marchando el día entero. Si no había agua, se lavaban con arena, al estilo dothraki.

A su paso, los eunucos se arrodillaban y se llevaban al pecho los puños cerrados. Dany les devolvió el saludo. La marea estaba subiendo, y la espuma de las olas bañaba los cascos de la plata. Se veían los barcos a lo lejos, en mar abierto. La *Balerion,* la gran coca antes llamada *Saduleon,* con sus velas plegadas, era la más cercana. Más allá flotaban la galeras *Meraxes* y *Vhagar*, que antes eran *Sol del Verano* y *Travesura de Joso.* En realidad, los barcos no eran suyos, sino del magíster Illyrio, pero pese a todo les había puesto nombres nuevos sin detenerse a pensarlo. Nombres de dragones, y no solo aquello: en la antigua Valyria, antes de la Maldición, Balerion, Meraxes y Vhagar habían sido dioses.

Al sur del ordenado reino de estacas, zanjas, entrenamientos y eunucos aseados estaba el campamento de los libertos, un lugar mucho más ruidoso y caótico. Dany había armado a los antiguos esclavos lo mejor que había podido, con armas de Astapor y Yunkai, y Ser Jorah había organizado a los hombres que se encontraban en condiciones de luchar en cuatro compañías fuertes, pero allí nadie practicaba. Pasaron junto a una hoguera de madera arrastrada por el mar, donde un centenar de personas se había reunido para asar un caballo muerto. Le llegó el olor de la carne, y oyó como chisporroteaba la grasa a medida que los niños daban vueltas al espetón, pero aquello le hizo fruncir el ceño.

Los chiquillos corretearon detrás de sus caballos entre saltos y risas. En vez de saludos, muchas voces la llamaron en un revoltillo de idiomas. Algunos libertos le gritaban «Madre», mientras otros le pedían dádivas o favores. Unos rezaban a dioses desconocidos para bendecirla, y otros, en cambio, le pedían su bendición. Dany les sonreía, iba de izquierda a derecha, tocaba las manos que se alzaban hacia ella y permitía que los que se arrodillaban le tocaran los estribos o la pierna. Muchos libertos creían que tocarla daba buena suerte.

«Que me toquen, si eso les inspira valor —pensó—. Todavía nos esperan pruebas muy duras...»

Dany se había detenido para hablar con una mujer embarazada, que quería que la Madre de Dragones le pusiera nombre a su hijo, cuando alguien la agarró por la muñeca izquierda. Se volvió y vio a un hombre alto y harapiento, con la cabeza rapada y el rostro quemado por el sol.

—No tan fuerte... —empezó a decir.

Pero antes de que pudiera terminar la frase, el hombre le dio un tirón del brazo y la arrancó de la silla. El suelo subió hacia ella y la dejó sin aliento, y la plata relinchó y retrocedió. Dany, conmocionada, giró hacia un lado y se incorporó sobre un codo...

Entonces fue cuando vio la espada.

—Aquí está la puerca traidora —dijo el hombre—. Sabía que más tarde o más temprano vendrías a que te besaran los pies. —Tenía la cabeza calva como un melón, y la nariz enrojecida y pelada, pero Dany conocía aquella voz y aquellos ojos color verde claro—. Voy a empezar por cortarte las tetas.

Dany fue vagamente consciente de que Missandei gritaba pidiendo ayuda. Un liberto se adelantó, pero solo un paso. Una estocada rápida, y cayó de rodillas con el rostro lleno de sangre. Mero se limpió la sangre en los calzones.

—¿Quién es el siguiente?

—Yo.

Arstan Barbablanca saltó de su caballo y se situó junto a Dany; la brisa marina le agitaba el pelo blanco mientras sujetaba el largo cayado de madera con ambas manos.

—Venga, abuelo —dijo Mero—, lárgate antes de que te rompa el bastón en dos y te lo meta por el culo...

El anciano hizo una finta con un extremo del cayado, lo recogió y lanzó el otro extremo como un látigo, a una velocidad que Dany jamás había visto. El Bastardo del Titán retrocedió tambaleante hacia el mar, al tiempo que escupía sangre y dientes rotos de la boca destrozada. Barbablanca puso a Dany tras él. Mero le lanzó una estocada al rostro. El anciano saltó hacia atrás, rápido como un felino. El cayado golpeó a Mero entre las costillas y lo hizo tambalear. Arstan saltó a un lado en el agua, detuvo un tajo de la espada, esquivó un segundo con agilidad y bloqueó un tercero en medio del arco. Los movimientos eran tan rápidos que Dany apenas podía seguirlos. Missandei la estaba ayudando a ponerse en pie cuando oyó un chasquido. Al principio pensó que el cayado de Arstan se había quebrado, hasta que vio el hueso roto que salía de la pantorrilla de Mero. Al caer, el Bastardo del Titán se retorció y lanzó una estocada directa al pecho del anciano. Barbablanca apartó la hoja con un movimiento casi despectivo, y con el otro extremo del cayado golpeó la sien del hombretón. Mero quedó tendido, con la boca llena de sangre, mientras las olas lo cubrían. Al cabo de un instante, los libertos también lo cubrieron, todos con cuchillos, piedras y puños furiosos, en un enloquecido frenesí.

Dany apartó la vista, asqueada. En aquel momento tenía más miedo que cuando Mero la había atacado.

«Ha estado a punto de matarme.»

—Alteza. —Arstan se arrodilló—. Soy un anciano; estoy avergonzado. No debí permitir que se os acercara tanto. He sido negligente. Sin la barba y sin el pelo no lo había reconocido.

—Yo tampoco. —Dany respiró profundamente para dejar de temblar. «Enemigos por todas partes»—. Llevadme a mi tienda. Por favor.

Cuando llegó Mormont, ya estaba arrebujada en su piel de león, y bebía una copa de vino especiado.

—He estado examinando la muralla del río —empezó a decir Ser Jorah—. Es un poco más alta que las demás e igual de sólida. Además, los meereenos tienen una docena de barriles incendiarios atados bajo los baluartes...

—Tendríais que haberme avisado de que el Bastardo del Titán había conseguido escapar —lo interrumpió Dany.

—No me pareció necesario alarmaros, Alteza —dijo el caballero frunciendo el ceño—. He ofrecido una recompensa por su cabeza...

—Pues pagádsela a Barbablanca. Mero ha viajado con nosotros desde que salimos de Yunkai. Se afeitó la barba y se confundió entre los libertos a la espera de que le llegara una ocasión para vengarse. Arstan lo ha matado.

—¿Queréis decir que un escudero con un palo ha acabado con Mero de Braavos? —Ser Jorah miraba fijamente al anciano.

—Con un palo —asintió Dany—. Pero escudero... nunca más. Ser Jorah, es mi deseo que se arme caballero a Arstan.

—No.

La sonora negativa fue toda una sorpresa. Y lo más extraño fue que salió de los labios de los dos hombres a la vez. Ser Jorah desenvainó la espada.

—El Bastardo del Titán era un individuo peligroso. Sabía cómo matar. ¿Quién sois vos, anciano?

—Un caballero mejor que vos, ser —replicó Arstan con frialdad.

«¿Un caballero?» Dany estaba confusa.

—Me dijisteis que erais escudero.

—Lo fui, Alteza. —Se dejó caer sobre una rodilla—. En mi juventud fui escudero de Lord Swann, y por orden del magíster Illyrio también he servido a Belwas el Fuerte. Pero, entre esos años, fui caballero en Poniente. No os he dicho ninguna mentira, mi reina; os he ocultado algunas verdades. Por eso y por el resto de mis pecados solo puedo suplicar vuestro perdón.

—¿Qué verdades me habéis ocultado? —A Dany no le estaba gustando nada aquello—. Decídmelo. Ahora mismo.

—En Qarth —dijo el anciano inclinando la cabeza—, cuando me preguntasteis que cómo me llamaba, os dije que Arstan. Eso es cierto. Muchos hombres me llamaron así durante el viaje que hicimos Belwas y yo para buscaros. Pero no es mi verdadero nombre.

«Me ha engañado, como me advirtió Jorah, pero me acaba de salvar la vida.» Dany estaba cada vez más confusa y furiosa.

—Mero se afeitó la barba. Vos, en cambio, os la dejasteis crecer, ¿verdad? —Ser Jorah tenía el rostro congestionado—. Mierda, ahora entiendo por qué me resultabais tan familiar.

—¿Lo conocéis? —le preguntó Dany al caballero exiliado.

—Lo vi una docena de veces, casi siempre de lejos, cuando estaba con sus hermanos o tomaba parte en un torneo. Pero no había hombre en los Siete Reinos que no conociera a Barristan el Bravo. —Puso la punta de la espada en el cuello del anciano—. *Khaleesi,* el que se arrodilla ante vos es Ser Barristan Selmy, Lord Comandante de la Guardia Real, que traicionó a vuestra Casa para servir al Usurpador Robert Baratheon.

—El cuervo llama negro al grajo, y vos habláis de traiciones —dijo el anciano caballero sin pestañear siquiera.

—¿Qué hacéis aquí? —exigió saber Dany—. Si Robert os envió para matarme, ¿por qué me habéis salvado la vida? —«Sirvió al Usurpador. Traicionó la memoria de Rhaegar, y abandonó a Viserys para que viviera y muriera en el exilio. Pero si hubiera querido verme muerta, solo habría tenido que echarse a un lado»—. Quiero que me digáis toda la verdad, por vuestro honor de caballero. ¿A quién servís? ¿Al Usurpador o a mí?

—A vos, si accedéis. —Ser Barristan tenía lágrimas en los ojos—. Acepté el perdón de Robert, sí. Lo serví en la Guardia Real y en el Consejo. Serví con el Matarreyes y con otros casi tan indignos como él, que deshonraron la capa blanca que llevé. No tengo excusa para eso. Tal vez aún estaría sirviendo en Desembarco del Rey si el malvado muchacho que se sienta en el Trono de Hierro no me hubiera expulsado. Me avergüenza reconocerlo. Pero cuando me quitó la capa que el Toro Blanco me había puesto en los hombros, y el mismo día envió hombres para matarme, fue como si me arrancara un velo de los ojos. Fue entonces cuando supe que debía buscar a mi verdadero rey y morir a su servicio...

—Me encantará complaceros —dijo Ser Jorah con voz tensa.

—Silencio —dijo Dany—. Quiero escucharlo.

—Tal vez deba morir como traidor —dijo Ser Barristan—. Si es así, no moriré solo. Antes de aceptar el perdón de Robert luché contra él en el Tridente. En aquella batalla, vos estabais en el otro bando, ¿no, Mormont? —No esperó la respuesta—. Siento no haberos dicho toda la verdad, Alteza. Era la única manera de impedir que los Lannister supieran que me había unido a vos. Os vigilan, igual que vigilaron a vuestro hermano. Durante años, Lord Varys recibió información sobre cada movimiento de Viserys. A lo largo de los años oí cientos de noticias en el Consejo Privado. Y desde el día en que os casasteis con Khal Drogo ha habido a vuestro lado un informador que vendía vuestros secretos, que trataba con la Araña y le cambiaba susurros por oro y promesas.

«No es posible, no puede ser...»

—Os equivocáis. —Dany miró a Jorah Mormont—. Decidle que se equivoca. Que no hay ningún informador. Decídselo, Ser Jorah. Hemos cruzado juntos el mar dothraki y el desierto rojo. —El corazón le aleteaba como un pájaro enjaulado—. Decídselo, Jorah. Decidle que lo ha entendido mal.

—Los Otros se os lleven, Selmy. —Ser Jorah dejó caer la espada sobre las alfombras—. Solo fue al principio, *khaleesi,* antes de que llegara a conoceros... antes de que llegara a amaros...

—¡No os atreváis a pronunciar esa palabra! —Dany retrocedió—. ¿Cómo habéis sido capaz? ¿Qué os ofreció el Usurpador? ¿Oro? ¿Fue oro? —Los Eternos le habían dicho que sufriría otras dos traiciones, una por oro y otra por amor—. Decid, ¿qué os prometió?

El caballero inclinó la cabeza.

—Varys me dijo... que podría volver a casa.

«¡Yo iba a llevaros a casa!» Los dragones percibieron su furia. Viserion echó a volar, y le empezó a salir humo gris del morro. Drogon batió el aire con las alas negras, y Rhaegal echó la cabeza hacia atrás y eructó una llamarada.

«Debería dar la orden y que los quemaran a los dos.» ¿Acaso no había nadie en quien pudiera confiar, nadie que cuidara de ella y la protegiera?

—¿Todos los caballeros de Poniente son tan falsos como vosotros dos? Fuera de aquí, antes de que mis dragones os abrasen. ¿Cómo olerá un mentiroso asado? ¿Tan mal como las cloacas de Ben el Moreno? ¡Marchaos!

Ser Barristan se levantó, despacio, con rigidez... Por primera vez, aparentaba la edad que tenía.

—¿Adónde deseáis que vayamos, Alteza?

—¡Al infierno, a servir al rey Robert! —Dany sintió las lágrimas calientes en las mejillas. Drogon chilló y sacudió la cola—. Los Otros se os lleven a los dos. —«Marchaos, marchaos; la próxima vez que vea vuestras caras os haré cortar esas cabezas traidoras.» Pero no fue capaz de decirlo. «Me han traicionado. Pero me han salvado. Pero me han mentido»—. Marchaos a... —«Mi oso, mi oso fiero y fuerte, ¿qué haré sin vos? Y el anciano, que fue amigo de mi hermano»—. Marchaos a... a...

«¿Adónde?»

Y entonces se le ocurrió.

Tyrion

Tyrion se vistió en la oscuridad mientras escuchaba la respiración pausada de su esposa en el lecho que compartían. «Tiene pesadillas», pensó al oír murmurar algo a Sansa... tal vez un nombre, aunque eran simples susurros que costaba entender. Como marido y mujer compartían una cama de matrimonio, pero nada más. «Hasta las lágrimas se las guarda para sí.»

Cuando le habló de la muerte de su hermano esperaba una reacción de dolor y rabia, pero el rostro de Sansa permaneció tan impasible que, durante un momento, temió que no lo hubiera entendido. Pero más tarde, separados ya por una gruesa puerta de roble, la oyó sollozar. Tyrion había valorado la posibilidad de ir con ella y consolarla.

«No —tuvo que decirse—, no querrá que la consuele un Lannister.» Lo único que pudo hacer por ella fue evitarle los detalles más macabros de la Boda Roja a medida que iban llegando de Los Gemelos. Decidió que Sansa no tenía por qué saber cómo habían destrozado y mutilado el cuerpo de su hermano, ni cómo habían tirado el cadáver desnudo de su madre al Forca Verde en una parodia de las costumbres funerarias de la Casa Tully. Lo que menos falta le hacía a la chiquilla era más alimento para sus pesadillas.

Pero no fue suficiente. Le había envuelto los hombros con la capa; había jurado protegerla, pero no había sido más que una burla tan cruel como la corona que los Frey habían puesto en la cabeza del huargo de Robb Stark después de coserla a su cadáver decapitado. Sansa también lo sabía. Su manera de mirarlo, su rigidez cuando se metía en la cama que compartían... Cuando estaba con ella no podía olvidar ni un instante quién era ni qué era. Ella tampoco. Seguía yendo todas las noches a rezar al bosque de dioses, y Tyrion se preguntaba si no les pediría su muerte. Había perdido su hogar, su lugar en el mundo y a todos aquellos a los que había amado, a todos aquellos en los que alguna vez pudo confiar. Se Acerca el Invierno, anunciaba el lema de los Stark, y sin duda había caído con crueldad sobre ellos.

«Pero para la Casa Lannister es pleno verano. Entonces, ¿cómo es que tengo tanto frío?»

Se puso las botas, se sujetó la capa con un broche en forma de cabeza de león y salió al pasillo iluminado por antorchas. Lo único bueno que tenía su matrimonio era que le había permitido escapar del Torreón de Maegor. Ahora que tenía una esposa y servicio doméstico, su señor padre había coincidido con él en que le hacía falta un alojamiento más apropiado, y Lord Gyles se vio desposeído bruscamente de sus espaciosas habitaciones, en la parte superior del torreón de la cocina. Era un alojamiento espléndido, desde luego, con un dormitorio grande y una sala adecuada, un baño y un vestidor para su mujer, y habitaciones más pequeñas para Pod y para las doncellas de Sansa. Hasta la celda de Bronn, junto a la escalera, tenía una especie de ventanuco. «Bueno, es más bien una tronera, pero deja entrar la luz.» Cierto que la cocina principal del castillo estaba al otro lado del patio, pero a Tyrion, aquellos sonidos y olores le parecían infinitamente mejores a la idea de compartir Maegor con su hermana. Cuanto menos tuviera que ver a Cersei, más feliz sería.

Tyrion oyó los ronquidos de Brella al pasar junto a su celda. Shae se quejaba de aquello, pero era un precio muy bajo. El propio Varys le había recomendado a aquella mujer; en otros tiempos se había encargado de dirigir el servicio doméstico de Lord Renly en la ciudad, lo que le había proporcionado mucha práctica a la hora de ser ciega, sorda y muda.

Encendió una vela, se dirigió hacia las escaleras de los criados y empezó a bajar. Los pisos de abajo estaban tranquilos; no se oían más pisadas que las suyas. Siguió descendiendo hasta el nivel del patio y todavía más, hasta llegar a una bodega en penumbra con techo en forma de bóveda. La mayor parte del castillo estaba conectado por subterráneos, y el torreón de la cocina no era una excepción. Tyrion avanzó con su andar patoso por largos pasadizos oscuros hasta dar con la puerta que buscaba, y la cruzó.

Dentro lo aguardaban los cráneos de los dragones, y también Shae.

—Ya pensaba que mi señor se había olvidado de mí.

Su vestido colgaba de un colmillo negro casi tan alto como ella; estaba dentro de las fauces del dragón, completamente desnuda.

«Balerion», pensó. ¿O era Vhagar? Todos los cráneos de dragón le parecían iguales.

—Ven aquí. —Solo con ver a Shae se le ponía dura.

—Ni hablar... —Le dedicó su sonrisa más traviesa—. Estoy segura de que mi señor me sacará de las fauces del dragón.

Pero, cuando se acercó a ella, la chica se inclinó hacia delante y apagó la vela.

—Shae...

La tomó por el brazo, pero ella se giró y se liberó.

—Me tendréis que atrapar. —Su voz le llegaba desde la izquierda—. Seguro que mi señor jugaba a monstruos y doncellas cuando era pequeño.

—¿Estás diciendo que soy un monstruo?

—Tanto como yo doncella. —Estaba a su espalda; oía sus pisadas suaves sobre el suelo—. Pero aun así me tenéis que atrapar.

Al final lo consiguió, pero solo porque ella se dejó atrapar. Cuando la abrazó tenía el rostro congestionado y jadeaba de tanto tropezar y caer dentro de los cráneos de los dragones. Pero todo se le olvidó en un instante, cuando sintió sus pechos menudos presionados contra el rostro en la oscuridad, los pezones duros acariciándole los labios y la cicatriz de lo que había sido su nariz. Tyrion la tumbó en el suelo.

—Mi gigante —suspiró la chica cuando la penetró—. Mi gigante ha venido a salvarme.

Más tarde, mientras yacían abrazados entre las calaveras de dragones, apoyó la cabeza sobre ella para embriagarse del olor limpio de su pelo.

—Tenemos que marcharnos —dijo de mala gana—. Debe de estar a punto de amanecer. Sansa no tardará en despertarse.

—Deberíais darle vino del sueño —dijo Shae—. Es lo que hace Lady Tanda con Lollys. Una copa antes de acostarse y podríamos follar en la cama a su lado sin que se despertara. —Dejó escapar una risita—. No es mala idea; alguna noche deberíamos probar. ¿No le gustaría a mi señor? —Le puso la mano en el hombro y empezó a masajearle los músculos—. Tenéis el cuello duro como la piedra. ¿Qué os preocupa?

Tyrion no se podía ver los dedos. Aun así, fue alzando uno por cada una de sus aflicciones.

—Mi esposa. Mi hermana. Mi sobrino. Mi padre. Los Tyrell. —Tuvo que cambiar de mano—. Varys. Pycelle. Meñique. La Víbora Roja de Dorne. —Había llegado al último dedo—. La cara que se refleja en el agua cuando me lavo.

—Es una cara valiente. —Shae besó los restos de su nariz—. Una cara noble y buena. Ojalá pudiera verla ahora mismo.

Toda la dulce inocencia del mundo impregnaba su voz.

«¿Inocencia? No seas imbécil, es una puta, lo único que sabe de los hombres es lo que tienen entre las piernas. Idiota, idiota.»

—Tienes un gusto extraño. —Tyrion se sentó—. A los dos nos espera un día muy largo. No deberías haber apagado la vela. ¿Cómo vamos a encontrar tu ropa?

—A lo mejor tenemos que volver desnudos. —Shae se echó a reír.

«Y si nos ven, mi señor padre te hará ahorcar.» Al contratar a Shae como doncella de Sansa tenía excusa si lo veían hablando con ella, pero Tyrion no se engañaba: no estaban a salvo. Varys se lo había advertido.

—Le creé una historia falsa a Shae, pero era para Lollys y Lady Tanda. Vuestra hermana es mucho más desconfiada. Si me llega a preguntar qué sé...

—Le contaréis alguna mentira astuta.

—No. Le diré que es una vulgar vivandera que conocisteis antes de la batalla del Forca Verde y que trajisteis a Desembarco del Rey contra las órdenes expresas de vuestro padre. No voy a mentir a la Reina.

—No sería la primera vez. ¿Queréis que se lo diga?

—Esas palabras hieren más que un cuchillo, mi señor. —El eunuco suspiró—. Os he servido con lealtad, pero también tengo que servir a vuestra hermana siempre que pueda. ¿Cuánto tiempo creéis que me dejaría vivir si ya no le resultara útil? No tengo un fiero mercenario que me proteja ni un valeroso hermano que me vengue; solo unos cuantos pajaritos que me susurran al oído. Con esos susurros tengo que comprar mi vida un día tras otro.

—Disculpad que no llore por vos.

—Desde luego, pero vos me debéis disculpar que no llore por Shae. Os confieso que no comprendo qué tiene esa muchacha para hacer que un hombre inteligente se comporte como un idiota.

—Lo comprenderíais si no fuerais un eunuco.

—¿Eso pensáis? ¿Se pueden tener sesos o un trozo de carne entre las piernas, pero no ambas cosas? —Varys rio entre dientes—. En ese caso debería estar agradecido a los que me emascularon.

«La Araña tenía razón.» Tyrion tanteó la oscuridad plagada de dragones en busca de su ropa interior. Se sentía un miserable. El riesgo que estaba corriendo lo tensaba como un parche de tambor; además, se sentía culpable. «Que los Otros se lleven la culpa —pensó mientras se ponía la túnica por la cabeza—, ¿por qué me tengo que sentir así? Mi esposa no quiere tener nada que ver conmigo, y menos con la parte de mí que sí querría relacionarse con ella. Tal vez debería contarle lo de Shae.» No era el primer hombre que tenía una concubina, desde luego. El honorabilísimo padre de la propia Sansa le había dado un hermano bastardo. Por lo que sabía, su esposa estaría encantada de que se estuviera follando a Shae, todo con tal de que no la tocara a ella.

«No, no me atrevo.» Con votos o sin ellos, no podía confiar en su esposa. Era virgen entre las piernas, sí, pero no era inocente de traición. Ya una vez había acudido a Cersei para contarle los planes de su padre. Y las niñas de su edad no sabían guardar un secreto.

La única solución definitiva era librarse de Shae.

«La podría enviar con Chataya», reflexionó Tyrion de mala gana. En el burdel de Chataya, Shae tendría todas las sedas y piedras preciosas que pudiera desear y los más gentiles clientes de noble cuna. Llevaría una vida mucho mejor de la que tenía antes de que se conocieran.

O, si estaba cansada de ganarse el pan abriéndose de piernas, le podría concertar un matrimonio.

«¿Tal vez con Bronn? —El mercenario nunca había puesto pegas a la hora de comer del plato de su señor, y lo habían nombrado caballero, el mejor partido al que Shae podía aspirar—. ¿O con Ser Tallad? —Tyrion se había fijado en cómo la miraba—. ¿Por qué no? Es alto, fuerte, en cierto modo atractivo, un joven caballero de los pies a la cabeza. —Aunque claro, Tallad creía que Shae era la hermosa doncella de una joven dama del castillo—. Si se casara con ella y descubriera que había sido prostituta...»

—¿Dónde estáis, mi señor? ¿Se os han comido los dragones?

—No. Estoy aquí. —Tanteó un cráneo de dragón—. He encontrado un zapato, pero me parece que es tuyo.

—Mi señor tiene la voz muy seria. ¿Os he disgustado?

—No —respondió, quizá demasiado cortante—. Tú nunca me disgustas.

«Y por eso estamos en peligro.» En momentos como aquel soñaba con enviarla lejos, pero las buenas intenciones no le duraban. Tyrion la contempló en la penumbra mientras se ponía una media de seda en una esbelta pierna. «Hay algo de luz.» Una tenue claridad entraba por la hilera de ventanas largas y estrechas situadas en lo más alto de la pared de la bodega. A su alrededor, los cráneos de los dragones Targaryen salían de la oscuridad, negros en medio del gris.

—El día llega demasiado pronto.

Un nuevo día. Un nuevo año. Un nuevo siglo.

«Sobreviví a la batalla del Forca Verde y a la del Aguasnegras, joder; también sobreviviré a la boda del rey Joffrey.»

Shae descolgó el vestido del colmillo del dragón y se lo pasó por la cabeza.

—Subiré primero yo. Brella querrá que la ayude con el agua del baño. —Se inclinó para darle un último beso en la frente—. Mi gigante de Lannister. Cuánto os quiero.

«Yo también te quiero a ti, preciosa. —Sería una prostituta, pero se merecía más de lo que él le podía dar—. La casaré con Ser Tallad. Parece un hombre honrado. Y es alto.»

Sansa

«Era un sueño tan bonito... —pensó Sansa, todavía adormilada. Estaba de nuevo en Invernalia y corría por el bosque de dioses con Dama. Su padre también estaba allí, así como sus hermanos, todos sanos y salvos—. Ojalá con soñarlo pudiera hacerlo realidad.»

«Tengo que ser valiente —se dijo, apartando las mantas a un lado. Su tormento terminaría pronto, de una manera u otra—. Si tuviera Dama a mi lado, no estaría tan asustada. —Pero Dama estaba muerta, al igual que Robb, Bran, Rickon, Arya, su madre, su padre y hasta la septa Mordane—. Todos están muertos menos yo.» Estaba sola en el mundo.

Su señor esposo no se encontraba a su lado, pero a aquello ya se había acostumbrado. Tyrion dormía mal, y a menudo se levantaba antes del amanecer. Por lo general, al levantarse lo encontraba en sus habitaciones, a la luz de una vela, absorto en algún pergamino viejo o un libro encuadernado en cuero. En ocasiones, el olor del pan recién salido de los hornos lo llevaba a la cocina; en otras subía al jardín de la azotea o daba una caminata a solas por el Paseo del Traidor.

Abrió los postigos y se estremeció, al tiempo que se le ponía la carne de gallina. Las nubes se acumulaban en el cielo hacia el este, taladradas por rayos de luz solar.

«Parecen dos castillos gigantescos que flotaran en el cielo de la mañana.» Sansa imaginaba las paredes de piedra, los imponentes torreones y las barbacanas. En lo alto de las torres ondeaban estandartes etéreos, que se izaban hacia las estrellas cada vez más difusas. El sol empezaba a salir tras ellos, y mientras los miraba pasaron del negro al gris y luego a un millar de tonalidades del rosa, el oro y el carmesí. La brisa no tardó en mezclarlos, y donde había habido dos castillos pronto quedó solo uno.

Oyó como se abría la puerta cuando llegaron sus doncellas con el agua caliente para el baño. Las dos eran nuevas, Tyrion le dijo que las mujeres que la habían atendido hasta entonces eran espías de Cersei, tal como había sospechado siempre Sansa.

—Venid a ver esto —les dijo—. Hay un castillo en el cielo.

Ambas se acercaron para mirar.

—Es de oro. —Shae tenía el pelo corto moreno y ojos atrevidos. Hacía todo lo que se le ordenaba, pero a veces miraba a Sansa con demasiada insolencia—. Un castillo todo de oro, ya me gustaría a mí verlo.

—¿Un castillo? —Brella entrecerró los ojos para verlo mejor—. Esa torre de allí parece que se está derrumbando. No son más que ruinas.

Sansa no quería ni oír hablar de torres que se derrumbaban y castillos en ruinas. Cerró los postigos y dio la vuelta.

—Hoy vamos a desayunar con la Reina. ¿Está mi señor esposo en las estancias?

—No, mi señora —dijo Brella—. Esta mañana no lo he visto.

—Puede que haya ido a ver a su padre —declaró Shae—. Tal vez la Mano del Rey necesite su consejo.

Brella sorbió por la nariz.

—Será mejor que os metáis en la bañera antes de que se enfríe el agua, Lady Sansa.

Sansa dejó que Shae le sacara el camisón por la cabeza y se metió en la enorme bañera de madera. Estuvo tentada de pedir una copa de vino para calmar los nervios. La boda se iba a celebrar al mediodía en el Gran Septo de Baelor, al otro lado de la ciudad. Al anochecer tendría lugar el banquete en el salón del trono, con un millar de invitados, setenta y siete platos, bardos, malabaristas y cómicos. Pero lo primero iba a ser el desayuno en el salón de baile de la reina, para todos los Lannister y los hombres Tyrell, así como un centenar de caballeros y señores menores. La mujeres de la Casa Tyrell iban a desayunar con Margaery.

«Me han convertido en una Lannister», pensó Sansa con amargura.

Brella mandó a Shae a buscar más agua mientras ella le frotaba la espalda a Sansa.

—Estáis temblando, mi señora.

—Es que el agua está fría —mintió Sansa.

Las doncellas la estaban vistiendo cuando apareció Tyrion, seguido por Podrick Payne.

—Estás muy hermosa, Sansa. —Se volvió hacia su escudero—. Pod, ponme una copa de vino, por favor.

—Habrá vino en el desayuno, mi señor —dijo Sansa.

—También hay vino aquí. No pensarás que voy a enfrentarme a mi hermana sobrio, ¿verdad? Es un nuevo siglo, mi señora. Se cumplen trescientos años de la Conquista de Aegon. —El enano cogió la copa de tinto que le ofreció Podrick y la alzó—. Por Aegon, un tipo con suerte. Dos hermanas, dos esposas y tres dragones grandes, ¿qué más se puede pedir?

Se limpió la boca con el dorso de la mano. Sansa advirtió que las ropas del Gnomo estaban sucias y arrugadas, como si hubiera dormido con ellas puestas.

—¿Te vas a cambiar, mi señor? Tu jubón nuevo es muy hermoso.

—Sí, el jubón es hermoso. —Tyrion dejó la copa a un lado—. Vamos, Pod, a ver si tengo alguna prenda que me haga parecer menos enano. No quisiera avergonzar a mi señora esposa.

Cuando el Gnomo regresó poco después estaba mucho más presentable, y hasta parecía un poco más alto. Podrick Payne también se había cambiado de ropa y, por una vez, parecía un escudero como es debido, aunque una enorme espinilla roja que le había salido junto a la nariz estropeaba el efecto de su espléndido atuendo violeta, blanco y dorado.

«Qué chico tan tímido.» Al principio, Sansa tenía miedo del escudero de Tyrion; al fin y al cabo era un Payne, primo de Ser Ilyn Payne, el que le había cortado la cabeza a su padre. Pero no tardó en darse cuenta de que Pod tenía tanto miedo de ella como ella de su pariente. Siempre que le dirigía la palabra se ponía tan rojo que casi daba aprensión.

—¿El violeta, el dorado y el blanco son los colores de la Casa Payne, Podrick? —le preguntó con cortesía.

—No. O sea, sí. —Se sonrojó—. Los colores. Nuestro blasón tiene cuadrados morados y blancos, mi señora. Con monedas de oro. Un jaquelado. Morado y blanco. Los dos. —Se examinó los pies con atención.

—Esas monedas tienen su historia —comentó Tyrion—. Cualquier día de estos, Pod se la contará a sus pies, pero ahora mismo nos esperan en el salón de baile de la reina. ¿Vamos?

Sansa estuvo tentada de suplicarle permiso para no asistir. «Podría decirle que tengo el estómago revuelto o que me ha venido la sangre de la luna.» Habría dado cualquier cosa por volver a meterse en la cama y correr los cortinajes. «Tengo que ser valiente, como Robb», se dijo mientras se cogía del brazo de su señor esposo y echaba a andar con rigidez.

En el salón de baile de la reina desayunaron pastelillos de miel con moras y frutos secos, tocino ahumado, panceta, pez ángel rebozado y crujiente, peras de otoño, y un plato dorniense de cebolla, queso y huevos picados con guindillas muy picantes.

—Nada como un buen desayuno para abrir el apetito con vistas al banquete de setenta y siete platos que habrá esta noche —comentó Tyrion mientras les llenaban los platos.

Para acompañar había jarras de leche, de hidromiel, y de un vino dorado muy dulce y ligero. Los músicos paseaban entre las mesas tocando flautas, caramillos y violines, mientras Ser Dontos galopaba montado en una escoba a modo de caballo y el Chico Luna hacía pedorretas con la boca y cantaba canciones groseras acerca de los invitados.

Sansa advirtió que Tyrion apenas probaba la comida, aunque sí bebió varias copas de vino. En cuanto a ella, comió un bocado de huevos dornienses, pero las guindillas le abrasaron la boca. Por lo demás, apenas si mordisqueó la fruta, el pescado y los pastelillos de miel. Cada vez que Joffrey la miraba, el estómago se le encogía tanto que sentía como si se hubiera tragado una piedra.

Después de que los criados retiraran los restos de la comida, la Reina, con gesto solemne, le entregó a Joff la capa de desposada que el muchacho pondría en los hombros de Margaery.

—Es la capa que llevé cuando Robert me convirtió en su reina; la misma capa que mi madre, Lady Joanna, lució cuando se casó con mi señor padre.

A Sansa le pareció que estaba un tanto raída, pero tal vez fuera por el exceso de uso.

A continuación llegó la hora de los regalos. En el Dominio era tradición entregar obsequios a la novia y al novio en la mañana de su boda. Al día siguiente recibirían más regalos como pareja, pero los de aquel momento eran personales, para cada uno de ellos.

El regalo de Jalabhar Xho para Joffrey consistió en un gran arco de madera dorada y un carcaj de flechas largas con plumas verdes y escarlata; el de Lady Tanda fue un par de botas de montar de cuero flexible; Ser Kevan le entregó una magnífica silla de justar de cuero rojo, y el dorniense, el príncipe Oberyn, un broche de oro rojo en forma de escorpión. Ser Addam le regaló unas espuelas de plata, y Lord Mathis Rowan, un pabellón de torneo de seda roja. El obsequio de Lord Paxter Redwyne fue una preciosa maqueta de madera de la galera de combate de doscientos remos que en aquellos momentos se estaba construyendo en el Rejo.

—Si le complace a Vuestra Alteza, le pondremos como nombre *Valor del Rey Joffrey* —dijo.

A Joff lo complació, y mucho.

—Será mi nave insignia cuando vaya a Rocadragón a matar al traidor de mi tío Stannis —dijo.

«Hoy está haciéndose el rey amable.» Joffrey podía ser amable cuando le convenía, Sansa lo sabía bien, pero al parecer cada vez le convenía menos a menudo. De hecho, todo atisbo de cortesía se esfumó en el momento en que Tyrion le entregó su regalo: un libro enorme, muy antiguo, titulado *Vidas de cuatro reyes,* encuadernado en cuero y con preciosas ilustraciones. El Rey pasó las hojas sin mucho interés.

—¿Qué es esto, tío?

«Un libro.» Sansa se preguntó si Joffrey leería moviendo aquellos labios gordos como gusanos.

—La historia del Gran Maestre Kaeth, de los reinados de Daeron el Joven Dragón, Baelor el Santo, Aegon el Indigno y Daeron el Bueno —respondió su diminuto esposo.

—Un libro que todo rey debería leer, Alteza —aportó Ser Kevan.

—Mi padre no tuvo nunca tiempo para libros. —Joffrey empujó el tomo sobre la mesa—. Tendrías que leer menos, tío Gnomo; así, a lo mejor, Lady Sansa tendría ya un bebé en la barriga. —Se echó a reír... y cuando el rey ríe, la corte entera ríe con él—. No estés triste, Sansa; en cuanto deje embarazada a la reina Margaery, visitaré tu dormitorio y le enseñaré a mi tío el enano cómo se hace.

Sansa se sonrojó. Lanzó una mirada nerviosa en dirección a Tyrion, temerosa de lo que pudiera decir. La situación se podía poner tan desagradable como el tema del encamamiento en su banquete de bodas, pero por una vez, el enano se llenó la boca de vino y no de palabras.

Lord Mace Tyrell se adelantó para hacer entrega de su regalo: un cáliz heptagonal de oro de más de una vara de altura, con dos asas curvadas y abundantes gemas resplandecientes en las siete caras.

—Siete caras que representan los siete reinos de Vuestra Alteza —le explicó el padre de la novia.

Le mostró cómo cada una de las caras llevaba el blasón de una de las grandes Casas: un león de rubíes, una rosa de esmeraldas, un venado de ónice, una trucha de plata, un halcón de jade azul, un sol de ópalos y un huargo de perlas.

—Una copa espléndida —dijo Joffrey—, pero me parece que vamos a tener que lijar el lobo para poner en su lugar un calamar.

Sansa fingió que no lo había oído.

—Margaery y yo beberemos de aquí esta noche en el banquete, suegro. —Joffrey alzó el cáliz por encima de su cabeza para que todos pudieran admirarlo.

—Ese trasto es casi tan alto como yo —murmuró Tyrion en voz baja—. Si se bebe la mitad de lo que cabe ahí, caerá borracho como una cuba.

«Bien —pensó ella—. Con un poco de suerte se romperá el cuello.»

Lord Tywin esperó a que todos terminaran de entregar los regalos para darle el suyo al Rey: una espada larga. Sansa vio que la vaina era de cerezo, oro y cuero rojo, con adornos de cabezas de leones, también de oro. Los ojos de los leones eran rubíes. Todos los presentes quedaron en silencio mientras Joffrey desenvainaba la espada y la alzaba por encima de la cabeza. Las ondulaciones negras y rojas del acero brillaron bajo la luz de la mañana.

—Es magnífica —dijo Mathis Rowan.

—Sobre esa espada se compondrán canciones, señor —dijo Lord Redwyne.

—Una espada regia —dijo Ser Kevan Lannister.

El rey Joffrey estaba tan emocionado que parecía querer matar a alguien allí mismo. Hendió el aire y se echó a reír.

—¡Una gran espada debe tener un gran nombre, mis señores! ¿Cómo la voy a llamar?

Sansa se acordó de *Colmillo de León,* la espada que Arya había tirado al Tridente, y de *Comecorazones,* la que Joffrey la había obligado a besar antes de la batalla. Se preguntó si querría que Margaery besara aquella.

Los invitados no dejaban de gritar sugerencias de nombres para la nueva hoja. Joff rechazó una docena antes de oír uno que le gustó.

—*¡Lamento de Viuda!* —exclamó—. ¡Sí! ¡Dejará viuda a más de una mujer! —Cortó de nuevo el aire—. Y cuando me enfrente a mi tío Stannis le partiré en dos su espada mágica.

Joff probó a lanzar un tajo, y Ser Balon Swann tuvo que retroceder apresuradamente. Las carcajadas resonaron en la sala ante la expresión del rostro de Ser Balon.

—Cuidado, Alteza —avisó Ser Addam Marbrand al Rey—. El acero valyrio es peligroso; corta mucho.

—Lo recuerdo. —Joffrey empuñó a *Lamento de Viuda* con las dos manos y, con todas sus fuerzas, lanzó un tajo contra el libro que Tyrion le acababa de regalar. La gruesa portada de cuero se partió en dos—. ¡Vaya si corta! No es la primera vez que veo acero valyrio.

Le hizo falta una docena de tajos más para partir el grueso tomo. Cuando lo consiguió, el muchacho estaba jadeante. Sansa vio como su señor esposo se esforzaba por contener la ira.

—¡Espero que no volváis nunca contra mí esa arma tan temible, señor! —gritó Ser Osmund Kettleblack.

—Pues no me deis motivo para ello, ser.

Joffrey empujó con la espada un trozo de *Vidas de cuatro reyes* y volvió a envainar a *Lamento de Viuda.*

—Alteza —dijo Ser Garlan Tyrell—, puede que no lo supierais, pero en todo Poniente solo había cuatro ejemplares de ese libro iluminados por el propio Kaeth.

—Ahora solo hay tres. —Joffrey se quitó el cinto de la espada para ponerse el nuevo—. Lady Sansa y tú me debéis un regalo mejor, tío Gnomo. Este está todo roto.

—Tal vez un cuchillo, señor, que haga juego con la espada. —Tyrion miraba a su sobrino con sus ojos dispares—. Un puñal de acero valyrio tan bueno como el de la espada... ¿con empuñadura de huesodragón, por ejemplo?

—¿Sabes...? —Joff lo miró sobresaltado—. Sí, un puñal a juego con mi espada, sí. —Asintió—. Con empuñadura... de oro con rubíes. El huesodragón es muy vulgar.

—Como quieras, Alteza.

Tyrion se bebió otra copa de vino. Prestaba a Sansa tan poca atención como si estuviera a solas en sus estancias, pero cuando llegó el momento de ir a la ceremonia nupcial la tomó de la mano.

Mientras cruzaban el patio, el príncipe Oberyn de Dorne se reunió con ellos. Llevaba del brazo a su amante de pelo negro. Sansa miró a la mujer con curiosidad. Era ilegítima, no estaba casada y le había dado dos hijas bastardas al príncipe, pero no se avergonzaba de nada y miraba a los ojos hasta a la propia Reina. Shae le había dicho que la tal Ellaria adoraba a una diosa lysena del amor.

—Cuando el príncipe la conoció era casi una puta, mi señora —le confió su doncella—, y ahora es casi una princesa.

Sansa no había estado nunca tan cerca de la dorniense. «En realidad no es hermosa —pensó—, pero tiene algo que llama la atención.»

—En cierta ocasión tuve la suerte de ver el ejemplar de *Vidas de cuatro reyes* que se conserva en la Ciudadela —le comentó el príncipe Oberyn a su señor esposo—. Las iluminaciones eran bellísimas, pero me parece que Kaeth se mostró demasiado generoso con el rey Viserys.

—¿Demasiado generoso? —Tyrion se quedó mirándolo—. En mi opinión le quita demasiada importancia a Viserys. El libro debería haberse titulado *Vidas de cinco reyes.*

—Viserys apenas reinó quince días —dijo el príncipe riéndose.

—Reinó más de un año —señaló Tyrion.

—Un año, quince días, ¿qué más da? —Oberyn se encogió de hombros—. Envenenó a su sobrino para subir al trono, y cuando lo consiguió no hizo nada.

—Baelor se mató él solito de tanto ayunar —replicó Tyrion—. Su tío lo sirvió lealmente como Mano, igual que había servido antes al Joven Dragón. Puede que Viserys tan solo reinara un año, pero gobernó durante quince mientras Daeron iba de guerra en guerra y Baelor se dedicaba a rezar. —Hizo una mueca—. Y aunque quitara de en medio a su sobrino, ¿no os parece comprensible? Alguien tenía que salvar el reino de las idioteces de Baelor.

—Pero... —Aquello había sido como un mazazo para Sansa—. Baelor el Santo fue un gran rey. Recorrió descalzo todo el Sendahueso para firmar la paz con Dorne y rescató al Caballero Dragón de un pozo de serpientes. Las víboras no lo atacaron porque su alma era pura y santa.

—Si fuerais una víbora, ¿querríais morder un palo seco y sin sangre como Baelor el Santo, mi señora? —preguntó el príncipe Oberyn con una sonrisa—. Yo preferiría clavar los colmillos en algo más jugoso...

—Mi príncipe os está tomando el pelo, Lady Sansa —intervino Ellaria Arena—. A los septones y a los bardos les gusta decir que las serpientes no mordieron a Baelor, pero no es verdad. Lo mordieron cincuenta veces; debería haber muerto de eso.

—En ese caso, Viserys habría reinado una docena de años —dijo Tyrion—, cosa que habría sido mucho mejor para los Siete Reinos. Se dice que Baelor perdió el juicio por culpa de todo aquel veneno.

—Sí —dijo el príncipe Oberyn—, pero en esta Fortaleza Roja donde vivís no he visto serpientes, así que ¿cómo explicáis lo de Joffrey?

—Prefiero no explicarlo. —Tyrion inclinó la cabeza en gesto rígido de saludo—. Por favor, disculpadnos, nos espera la litera.

El enano ayudó a Sansa a subir y trepó tras ella con torpeza.

—Ten la bondad de correr las cortinas, mi señora.

—¿Te parece necesario, mi señor? —Sansa no quería encerrarse tras los cortinajes—. Hace un día muy bonito.

—Seguramente a los gentiles habitantes de Desembarco del Rey les dará por tirar boñigas contra la litera si ven qué voy dentro. Haznos ese favor a los dos, mi señora: corre las cortinas.

Hizo lo que le pedía. Se quedaron un rato allí sentados, en una atmósfera cada vez más calurosa y cargada.

—Siento lo que ha pasado con tu libro, mi señor —se obligó a decir Sansa.

—El libro era ya de Joffrey. Si lo hubiera leído, habría aprendido alguna que otra cosa. —Parecía distraído—. Tendría que haberme dado cuenta. Tendría que haber imaginado... muchas cosas.

—Puede que el puñal lo complazca más.

—Sí. —El enano hizo una mueca que le tensó y le retorció la cicatriz—. Se ha ganado un buen puñal, ¿no te parece? —Por suerte, Tyrion no esperó a que respondiera—. Recuerdo que Joff discutió con tu hermano Robb en Invernalia. Dime, ¿Su Alteza tuvo algún enfrentamiento también con Bran?

—¿Con Bran? —La pregunta la dejó perpleja—. ¿Antes de que se cayera? —Trató de hacer memoria. Había pasado mucho tiempo—. Bran era un niño encantador; todo el mundo lo quería. Recuerdo que Tommen y él peleaban con espadas de madera, era un juego.

Tyrion volvió a encerrarse en un silencio taciturno. Sansa oyó en el exterior el tintineo lejano de las cadenas; estaban levantando el rastrillo. Un momento más tarde se oyó un grito, y su litera volvió a mecerse con el movimiento. Ya que no podía mirar el paisaje, se concentró en observarse las manos entrecruzadas. Se sentía incómoda con los ojos dispares de su esposo clavados en ella.

«¿Por qué me mira así?»

—¿Querías a tus hermanos tanto como quiero yo a Jaime?

«¿Qué es esto? ¿Una trampa de los Lannister para acusarme de traición?»

—Mis hermanos eran traidores y como traidores murieron. Querer a un traidor es traición.

—Robb se alzó en armas contra su legítimo rey. Según la ley, eso lo convirtió en traidor. Pero los otros murieron demasiado jóvenes para entender siquiera qué es la traición. —Su menudo esposo soltó un bufido y se frotó la nariz—. ¿Sabes qué le pasó a Bran en Invernalia, Sansa?

—Se cayó. Se pasaba la vida trepando y al final se cayó, como nos temíamos. Y Theon Greyjoy lo mató, pero eso fue después.

—Theon Greyjoy. —Tyrion dejó escapar un suspiro—. Tu madre me acusó de... En fin, no te quiero angustiar con detalles desagradables. Me acusó en falso. Jamás le hice ningún daño a tu hermano Bran, igual que no pienso hacerte ningún daño a ti.

«¿Qué quiere que le diga?»

—Me alegro de saberlo, mi señor. —Su esposo quería algo de ella, pero Sansa no sabía qué.

«Es como un niño hambriento, pero no tengo comida que darle. ¿Por qué no me deja en paz?»

Tyrion volvió a frotarse los restos de la nariz, una deplorable costumbre que atraía la atención hacia su feo rostro.

—No me has preguntado nunca cómo murieron Robb y tu señora madre.

—Es que... prefiero no saberlo. Me daría pesadillas.

—En ese caso no te diré nada más.

—Eres... muy bondadoso.

—Sí, claro —respondió Tyrion—. Soy la viva imagen de la bondad. Y también entiendo de pesadillas.

Tyrion

La corona nueva que su padre había regalado a la Fe era el doble de alta que la destrozada por la turba, una maravilla de cristal y oro batido. Rayos de todos los colores del arco iris relampagueaban y centelleaban cada vez que el Septón Supremo movía la cabeza, pero Tyrion no dejaba de preguntarse cómo podría soportar el peso. Y hasta él tenía que reconocer que Joffrey y Margaery formaban una pareja regia allí de pie, juntos, entre las imponentes estatuas doradas del Padre y la Madre.

La novia estaba preciosa con su vestido de seda color marfil y encaje myriense; la falda estaba decorada con dibujos florales hechos con perlas pequeñas. Como viuda de Renly podría haberse presentado con los colores de la Casa Baratheon, oro y negro, pero llegó como una Tyrell, con una capa de doncella con un centenar de rosas de hilo de oro bordadas sobre terciopelo verde. Tyrion se preguntó si sería doncella de verdad.

«Aunque Joffrey no notaría la diferencia.»

El Rey estaba casi tan esplendoroso como su novia, con su jubón color rosa oscuro bajo una capa de terciopelo carmesí en la que se veían los emblemas del venado y el león. La corona le enmarcaba los rizos, oro sobre oro.

«Yo salvé esa mierda de corona para él. —Tyrion cambiaba el peso del cuerpo de un pie al otro, incómodo. No podía estarse quieto—. Demasiado vino.»

Se le tendría que haber ocurrido ir a orinar antes de salir de la Fortaleza Roja. La noche sin dormir que había pasado con Shae también se dejaba notar, pero lo que más deseaba en el mundo era estrangular al imbécil de su regio sobrino.

«No es la primera vez que veo acero valyrio», había alardeado el chico. Los septones siempre hablaban de cómo el Padre en las alturas nos juzga a todos.

«Si el Padre tuviera la bondad de caerse y aplastar a Joff como si fuera un escarabajo pelotero, hasta recuperaría la fe.»

Lo tendría que haber sabido desde el principio. Jaime jamás enviaría a otro hombre a matar por él, y Cersei era demasiado astuta para emplear un cuchillo que había sido visto en sus manos, pero Joff, aquel canalla arrogante, cruel, idiota...

Recordó la fría mañana en que había bajado por los peldaños del edificio de la biblioteca de Invernalia y se encontró al príncipe Joffrey bromeando con el Perro acerca de matar lobos.

«Mandar un perro para matar a un lobo», había dicho. Pero ni siquiera Joffrey era tan idiota como para ordenar a Sandor Clegane que matara a un hijo de Eddard Stark; el Perro se lo habría contado a Cersei de inmediato. El chico habría buscado su herramienta entre el desagradable grupo de jinetes libres, comerciantes y vivanderos que se habían pegado al séquito del Rey durante el viaje hacia el norte.

«Cualquier estúpido con la cara picada de viruelas, dispuesto a jugarse la vida para conseguir el favor de un príncipe y un puñado de monedas. —Tyrion se preguntó a quién se le habría ocurrido esperar a que Robert saliera de Invernalia antes de cortarle el cuello a Bran—. A Joff, probablemente. Seguro que le pareció el colmo de la astucia.»

Tyrion recordó que el puñal del príncipe tenía el pomo cubierto de piedras preciosas, e incrustaciones de oro en la hoja. Al menos, Joff no fue tan cretino como para utilizar aquella arma, sino que buscó entre las de su padre. Robert Baratheon era un hombre de generosidad descuidada; habría dado a su hijo cualquier puñal que hubiera querido... Pero Tyrion se imaginó que el chico se había limitado a coger uno. Robert había llegado a Invernalia con un largo séquito de caballeros y criados, una enorme casa con ruedas y todo un convoy de equipaje. Sin duda, algún criado diligente se habría asegurado de que las armas del Rey viajaran con él por si quería utilizar alguna.

El cuchillo que había elegido Joff era sencillo, nada de filigranas de oro, piedras preciosas en la empuñadura ni incrustaciones de plata en la hoja. El rey Robert no lo utilizaba nunca; probablemente hasta se había olvidado de que lo tenía. Pero el acero valyrio tenía un filo mortífero, tanto como para atravesar la piel, los tendones y el músculo en un golpe rápido. «No es la primera vez que veo acero valyrio.» Pero es muy probable que todavía no lo hubiera visto nunca en aquella ocasión. De lo contrario no habría cometido la estupidez de elegir el cuchillo de Meñique.

Lo que aún no sabía era por qué. ¿Tal vez por simple crueldad? Si algo le sobraba a su sobrino era aquello. Tyrion tuvo que hacer un esfuerzo para no vomitar todo el vino que había bebido, para no mearse en los calzones o para no hacer ambas cosas. Cambió de pie, incómodo. Tendría que haber cerrado la boca en el desayuno.

«Ahora el chico sabe que lo sé. Esta lengua mía me va a llevar a la tumba.»

Se formularon los siete votos, se invocaron las siete bendiciones y se intercambiaron las siete promesas. Cuando terminó la canción nupcial y nadie se alzó para impedir el matrimonio llegó el momento del intercambio de capas. Tyrion se apoyó sobre la otra pierna atrofiada y trató de ver algo entre su padre y su tío Kevan.

«Si los dioses son justos, Joff hará una chapuza. —Evitó por todos los medios mirar a Sansa para que la amargura no le aflorase a los ojos—. Maldita sea, podrías haberte arrodillado. Joder, ¿tanto te habría costado doblar esas rígidas rodillas Stark y permitirme que conservara un poco de dignidad?»

Mace Tyrell le quitó la capa de doncella a su hija con gesto tierno, al tiempo que Joffrey aceptaba la capa de desposada que le tendía su hermano Tommen y la desplegaba con un movimiento. A sus trece años, el niño rey era tan alto como su esposa de dieciséis; no le haría falta subirse a la espalda de un bufón. Cubrió a Margaery con el tejido dorado y carmesí, y le abrochó la capa al cuello. Y así la muchacha pasó de estar bajo la protección de su padre a estar bajo la de su esposo.

«Pero ¿quién la protegerá de Joff? —Tyrion miró al Caballero de las Flores, que estaba con el resto de la Guardia Real—. Más os vale tener siempre la espada bien afilada, Ser Loras.»

—¡Con este beso te entrego en prenda mi amor! —exclamó Joffrey con voz retumbante.

Margaery repitió las palabras, y entonces la atrajo hacia sí y le dio un largo beso en la boca. Los destellos de colores volvieron a danzar en torno a la corona del Septón Supremo mientras declaraba que Joffrey de las Casas Baratheon y Lannister, y Margaery de la Casa Tyrell, eran una sola carne, un solo corazón, una sola alma.

«Bien, ya se acabó. Ahora volvamos al castillo, a ver si puedo mear de una vez.»

Ser Loras y Ser Meryn, ataviados con sus armaduras blancas y sus capas níveas, encabezaron la procesión que salió del septo. Tras ellos, precediendo al Rey y a la Reina, iba el príncipe Tommen, cuya misión consistía en arrojar al suelo pétalos de rosa de la cesta que llevaba. Después de la pareja real iba la reina Cersei con Lord Tyrell, y tras ellos, la madre de la desposada, del brazo de Lord Tywin. Un poco más atrás cojeaba la Reina de las Espinas, con una mano en el brazo de Ser Kevan Lannister y la otra en el bastón, con los guardias gemelos siguiéndola de cerca por si se caía. Después iban Ser Garlan Tyrell y su señora esposa, y por fin les tocó a ellos.

—Mi señora...

Tyrion le ofreció el brazo a Sansa. Ella lo tomó obediente, pero Tyrion advirtió su rigidez mientras recorrían juntos el pasillo. Ni por un momento bajó la vista hacia él.

Oyó los aplausos y las aclamaciones incluso antes de llegar a la puerta. El pueblo amaba tanto a Margaery que hasta estaba dispuesto a volver a amar a Joffrey. Había sido la esposa de Renly, el apuesto príncipe que los quería tanto que había vuelto de la tumba para salvarlos. Y con ella, por el camino de las Rosas, desde el sur, habían llegado las riquezas de Altojardín. Los muy idiotas, por lo visto, no recordaban que había sido Mace Tyrell el que cerró el camino de las Rosas y provocó la terrible hambruna.

Salieron al fresco aire del otoño.

—Ya pensaba que no íbamos a escapar —bromeó Tyrion.

—Sí, mi señor. —Sansa no tuvo más remedio que mirarlo—. Como vos digáis. —Parecía triste—. Pero la ceremonia ha sido muy hermosa.

«Y la nuestra, no.»

—Ha sido muy larga; dejémoslo ahí. Tengo que volver al castillo para echar una meada. —Tyrion se frotó el muñón de la nariz—. Ojalá me hubieran encargado cualquier misión fuera de la ciudad. Meñique fue muy listo.

Joffrey y Margaery seguían de pie en la parte superior de las escaleras, desde donde se dominaba la gran plaza de mármol, rodeados por la Guardia Real. Ser Addam y sus capas doradas contenían a la multitud, mientras la estatua del rey Baelor el Santo los contemplaba benevolente. A Tyrion no le quedó más remedio que esperar junto con todos los demás para felicitar a los novios. Besó la mano de Margaery y le deseó toda la felicidad del mundo. Por suerte había más gente tras ellos esperando su turno, de manera que no tuvieron que entretenerse.

Su litera había quedado al sol, y entre las cortinas hacía mucho calor. Cuando se pusieron en marcha, Tyrion se reclinó y se apoyó en un codo mientras Sansa iba sentada mirándose las manos.

«Es tan bonita como la Tyrell.» Tenía una hermosa cabellera castaña rojiza y los ojos del azul oscuro de los Tully. El dolor le había dado un aspecto triste y vulnerable, que la hacía parecer aún más bella. Habría querido llegar a ella, romper la armadura de su cortesía. ¿Fue aquello lo que lo hizo hablar? ¿O solo la necesidad de olvidarse de su vejiga llena?

—He estado pensando que, cuando los caminos vuelvan a ser seguros, podríamos viajar a Roca Casterly. —«Lejos de Joffrey y de mi hermana.» Cuanto más pensaba en lo que había hecho Joff con *Vidas de cuatro reyes,* más preocupado estaba. «Seguro que significaba algo»—. Me encantaría enseñarte la Galería Dorada y la Boca del León, y también la Sala de los Héroes, donde Jaime y yo jugábamos cuando éramos niños. Se oye el retumbar del mar cuando las olas baten...

Sansa alzó la cabeza muy despacio. Tyrion sabía qué estaba viendo: el brutal ceño hinchado, el muñón de la nariz, la cicatriz rosada y los ojos desiguales. Los ojos de ella, en cambio, eran grandes, azules, vacíos.

—Iré adonde desee mi señor esposo.

—Esperaba que te agradara la idea, mi señora.

—Me agradará agradar a mi esposo.

«Eres un hombrecillo patético. —Tyrion apretó los labios—. ¿Pensabas que la harías sonreír diciendo tonterías sobre la Boca del León? ¿Cuándo has hecho sonreír a una mujer si no es con oro?»

—No, ha sido una idea tonta. Solo un Lannister puede estar a gusto en la Roca.

—Sí, mi señor. Como quieras.

Tyrion alcanzó a oír los gritos de los ciudadanos que aclamaban al rey Joffrey.

«Dentro de tres años, ese muchacho cruel será un hombre, gobernará por derecho propio... y los enanos inteligentes estarán a mucha distancia de Desembarco del Rey. Tal vez en Antigua. O quizá en las Ciudades Libres. Siempre he querido ver el Titán de Braavos. Puede que a Sansa le guste.»

Le habló con dulzura de Braavos, y se encontró con un muro de cortesía hosca tan gélido e inexpugnable como el Muro que había visto en el norte. En ambas ocasiones lo invadió el desánimo.

El resto del viaje transcurrió en silencio. Al poco rato, Tyrion descubrió que habría dado cualquier cosa por que Sansa dijera algo, lo que fuera, pero la niña no hablaba nunca. Cuando la litera se detuvo en el patio del castillo, se apoyó en el brazo de un mozo de cuadras para bajar.

—Tenemos que estar en el banquete dentro de una hora, mi señora. Enseguida volveré contigo.

Se alejó con pasos rígidos. Desde el otro lado del patio le llegó la carcajada sin aliento de Margaery, mientras Joffrey la bajaba de la silla de montar.

«Algún día, el chico será tan alto y fuerte como Jaime —pensó—, y yo seguiré siendo un enano entre sus pies. Y seguro que querrá hacerme aún más bajo...»

Encontró un retrete y dejó escapar un suspiro de alivio mientras orinaba el vino de la mañana. En ciertas ocasiones una meada era casi tan buena como una mujer, y aquella era una de ellas. Deseó poder librarse de sus dudas y culpas con tanta facilidad.

Podrick Payne lo aguardaba ante sus habitaciones.

—Os he puesto el jubón nuevo. Aquí no. En la cama. En el dormitorio.

—Sí, ahí es donde guardamos la cama. —Sansa estaría allí dentro, vistiéndose para el banquete. Y Shae también—. Vino, Pod.

Tyrion bebió junto a la ventana, mientras contemplaba el caos de las cocinas, abajo. El sol no acariciaba todavía la parte superior de la muralla del castillo, pero ya le llegaba el olor de los panes horneados y las carnes asadas. Los invitados no tardarían en llenar el salón del trono, todos expectantes; aquella sería una velada de canciones y esplendor, ideada no solo para unir Altojardín con Roca Casterly, sino también para anunciar su poder y riqueza como lección para cualquiera que pudiera pensar en oponerse al reinado de Joffrey.

Pero ¿quién estaría tan loco como para cuestionar a Joffrey en aquel momento, después de lo que les había pasado a Stannis Baratheon y a Robb Stark? Todavía había escaramuzas en las tierras de los ríos, pero la pinza se cerraba por todas partes. Ser Gregor Clegane había cruzado el Tridente para apoderarse del Vado Rubí, y luego tomó Harrenhal casi sin esfuerzo. Varamar se había rendido a Walder Frey el Negro, y Poza de la Doncella estaba en manos de Lord Randyll Tarly, así como el Valle Oscuro y el camino Real. En el oeste, Ser Daven Lannister se había unido a Ser Forley Prester en el Colmillo Dorado para marchar hacia Aguasdulces. Ser Ryman Frey avanzaba desde Los Gemelos con dos mil lanceros para reunirse con ellos. Y Paxter Redwyne aseguraba que su flota zarparía pronto del Rejo para emprender el largo viaje alrededor de Dorne y a través de los Peldaños de Piedra. Los piratas lysenos de Stannis estarían en inferioridad numérica de diez a uno. La contienda que los maestres empezaban a llamar la guerra de los Cinco Reyes estaba a punto de terminar. Se decía que Mace Tyrell se quejaba de que Lord Tywin no había dejado ninguna victoria para él.

—¿Mi señor? —Pod estaba a su lado—. ¿Os vais a cambiar? Os he dejado el jubón. En la cama. Para la fiesta.

—¿La fiesta? —replicó Tyrion con amargura—. ¿Qué fiesta?

—La fiesta, el banquete de bodas. —A Pod se le escapó el sarcasmo, por supuesto—. El del rey Joffrey y Lady Margaery. Quiero decir, la reina Margaery.

—Muy bien, joven Podrick, vamos a ponernos festivos. —Tyrion decidió que aquella noche se iba a emborrachar a conciencia.

Shae estaba arreglándole el pelo a Sansa cuando entraron en el dormitorio. «Alegría y dolor —pensó al verlas juntas—. Risas y lágrimas.» Sansa lucía una túnica de raso plateado con ribetes de armiño y unas mangas tan amplias que casi tocaban el suelo, con los puños de suave fieltro morado. Shae la había peinado con un gusto exquisito, recogiéndole el pelo en una redecilla de plata con gemas moradas. Tyrion nunca la había visto tan hermosa, aunque en aquellas mangas largas llevaba la señal del luto.

—Lady Sansa —le dijo—, esta noche vas a ser la mujer más hermosa del banquete.

—Mi señor es demasiado amable.

—Mi señora —dijo Shae implorante—, ¿no puedo ir a serviros en la mesa? Me muero por ver salir las palomas de la empanada.

—La Reina ha elegido a todos los criados. —Sansa la miraba insegura.

—Y habrá demasiada gente en la sala. —Tyrion no tuvo más remedio que tragarse la contrariedad que sentía—. Pero habrá músicos por todo el castillo, y mesas en el patio exterior, con comida y bebida para todos.

Inspeccionó su jubón nuevo, de terciopelo carmesí con hombreras acolchadas y mangas abombachadas con cortes que dejaban ver la seda negra del forro. «Hermosa prenda. Solo hace falta un hombre hermoso que la luzca.»

—Ven, Pod, ayúdame a ponerme esto.

Se bebió otra copa de vino mientras se vestía; luego tomó a su esposa por el brazo y la acompañó al exterior del torreón para unirse a la marea de seda, satén y terciopelo que fluía hacia el salón del trono. Algunos invitados ya habían entrado para ocupar sus lugares en los bancos. Otros remoloneaban ante las puertas para disfrutar de aquella tarde cálida tan poco propia de la estación. Tyrion y Sansa recorrieron el patio para recitar las frases corteses de rigor.

«Se le da muy bien», pensó al verla decir a Lord Gyles que parecía mejor de su tos, alabar la túnica de Elinor Tyrell e interesarse por las costumbres matrimoniales de las Islas del Verano al hablar con Jalabhar Xho. Su primo Ser Lancel estaba allí; lo había llevado Ser Kevan, y era la primera vez que abandonaba el lecho desde la batalla. «Parece un cadáver.» El pelo de Lancel se había vuelto blanco y quebradizo, y estaba flaco como un palo. Si no se hubiera apoyado en su padre, se habría caído, seguro. Pero cuando Sansa ensalzó su valor y dijo cuánto se alegraba de verlo restablecido, tanto Lancel como Ser Kevan sonrieron. «Habría sido una buena reina para Joffrey, y una esposa aún mejor si hubiera tenido el sentido común de amarla.» Se preguntó si su sobrino sería capaz de amar a nadie.

—Esta noche estáis exquisita, pequeña —le dijo Lady Olenna Tyrell a Sansa, cuando se acercó a ellos cojeando, con un traje de hilo de oro que debía de pesar más que ella—. Esperad, que el viento os ha revuelto el pelo. —La anciana le colocó unos cuantos mechones en su sitio y le enderezó la redecilla del cabello—. Sentí mucho enterarme de vuestras pérdidas —le dijo mientras—. Ya sé, ya sé, vuestro hermano era un traidor espantoso, pero si empezamos a matar hombres en las bodas, les dará todavía más miedo contraer matrimonio. Así, ya está. —Lady Olenna sonrió—. Me complace deciros que partiré de vuelta a Altojardín pasado mañana. Ya estoy harta de esta ciudad hedionda, toda para vosotros. ¿Querréis acompañarme para ver aquello unos días, mientras los hombres están fuera en su guerra? Voy a echar muchísimo de menos a mi Margaery y a sus encantadoras damas. Vuestra compañía sería todo un consuelo.

—Sois muy buena conmigo, mi señora —dijo Sansa—, pero mi lugar está con mi señor esposo.

Lady Olenna le dedicó a Tyrion una sonrisa arrugada, desdentada.

—¿Sí? Perdonad a esta vieja tonta, mi señor. No pretendía robaros a vuestra adorable esposa. Imaginé que partiríais al frente de un ejército Lannister contra algún terrible enemigo.

—Un ejército de dragones y venados. El consejero de la moneda debe permanecer en la corte para asegzurarse de que los soldados reciben la paga.

—Claro. Dragones y venados, qué agudo. Y también peniques del enano. He oído hablar de esos peniques. Sin duda, recolectarlos debe de ser un trabajo muy arduo.

—Dejo que sean otros quienes los recolecten, mi señora.

—¿De veras? Me imaginaba que os querríais encargar vos en persona. No podemos permitir que le roben a la corona sus peniques del enano, por supuesto que no. ¿Verdad?

—Los dioses no lo quieran. —Tyrion empezaba a preguntarse si Lord Luthor Tyrell no se habría tirado por el acantilado adrede—. Tendréis que disculparnos, Lady Olenna; debemos ocupar nuestros sitios.

—Yo también. Setenta y siete platos, nada menos. ¿No os parece un poco excesivo, mi señor? Yo no voy a comer más de tres o cuatro bocados, pero claro, vos y yo somos muy pequeños, ¿eh? —Volvió a acariciar el pelo de Sansa—. Venga, niña, seguid y tratad de ser más feliz —le dijo—. A ver, ¿dónde están mis guardias? Izquierdo, Derecho, ¿dónde os habéis metido? Venid, acompañadme al estrado.

Aunque aún quedaba una hora para la puesta del sol, la sala del trono ya estaba iluminada con antorchas que ardían en todos los apliques de las paredes. Los invitados estaban junto a las mesas mientras los heraldos declamaban los nombres y títulos de las damas y señores que iban entrando. Pajes ataviados con la librea real los escoltaron por el ancho pasillo central. Arriba, la galería estaba abarrotada de músicos con tambores, flautas, violines, cuernos y gaitas.

Tyrion se agarró del brazo de Sansa e hizo el recorrido andando peor que nunca sobre las piernas torcidas. Sentía todos los ojos clavados en él, picoteándole la nueva cicatriz que lo había dejado aún más feo que antes. «Que miren —pensó mientras se subía a su asiento—. Que miren y murmuren cuanto quieran hasta hartarse; no me voy a esconder para darles un gusto.»

La Reina de las Espinas fue la siguiente, arrastrando los pies con pasitos cortos. Tyrion no habría sabido decir cuál de los dos tenía un aspecto más absurdo, si él con Sansa o la menuda anciana entre sus dos guardias gemelos de más de dos varas y media.

Joffrey y Margaery entraron en el salón del trono a lomos de sendos corceles blancos. Los pajes corrían ante ellos y arrojaban pétalos de rosa bajo sus cascos. También el Rey y la Reina se habían cambiado de ropa para el banquete. Joffrey vestía calzones a rayas color negro y carmesí, y un jubón de hilo de oro con mangas de satén negro e incrustaciones de ónice. Margaery había cambiado la recatada túnica que luciera en el septo por otra mucho más reveladora, un vestido de brocado color verde claro con el corpiño de encaje muy ceñido, que le dejaba al descubierto los hombros y el nacimiento de los menudos pechos. Llevaba suelta la cabellera rojiza, que le caía en cascada por la espalda y los blancos hombros, y le llegaba casi hasta la cintura. Se ceñía las sienes con una delicada corona de oro. Su sonrisa era tímida y dulce.

«Es una chica encantadora —pensó Tyrion—, y un destino mucho mejor que el que merece mi sobrino.»

La Guardia Real los escoltó hasta el estrado, hacia los asientos de honor situados a la sombra del Trono de Hierro, que para la ocasión estaba cubierto de largos gallardetes de seda color oro Baratheon, carmesí Lannister y verde Tyrell. Cersei abrazó a Margaery y la besó en ambas mejillas. Lord Tywin hizo lo mismo, y luego, Lancel y Ser Kevan. Joffrey recibió besos cariñosos del padre de su esposa y de sus dos nuevos hermanos, Loras y Garlan. Nadie parecía tener prisa por besar a Tyrion. Cuando el Rey y la Reina ocuparon sus asientos, el Septón Supremo se levantó para bendecir la mesa.

«Por lo menos no babea tanto como el anterior», se consoló Tyrion.

A Sansa y a él les habían asignado asientos en el lado de la derecha del Rey, muy lejos de él, junto a Ser Garlan Tyrell y su esposa, Lady Leonette. Había una docena de invitados sentados más cerca de Joffrey, cosa que un hombre más susceptible habría considerado un insulto, dado que hacía muy poco tiempo había sido la Mano del Rey. Pero Tyrion habría estado más satisfecho si en vez de una docena hubiera sido un centenar.

—¡Que se llenen las copas! —proclamó Joffrey después de recibir el permiso de los dioses. Su copero vertió una jarra entera de un espeso tinto del Rejo en el cáliz dorado que Lord Tyrell le había regalado aquella mañana. El Rey tuvo que cogerlo con ambas manos—. ¡Por mi esposa, la Reina!

—¡Margaery! —gritó todo el salón—. ¡Margaery! ¡Margaery! ¡Por la Reina!

Un millar de copas entrechocaron, y el banquete se dio por comenzado. Tyrion Lannister bebió con todos los demás, vació su copa en aquel primer brindis e hizo señas para que se la volvieran a llenar en cuanto estuvo sentado de nuevo.

El primer plato era una crema de champiñones con caracoles rehogados en mantequilla, que se sirvió en cuencos dorados. Tyrion apenas si había probado el desayuno, y el vino ya se le había subido a la cabeza, de manera que agradeció mucho la comida. Terminó su plato enseguida.

«Uno menos; solo quedan setenta y seis. Setenta y siete platos cuando todavía hay niños hambrientos en la ciudad, hombres que matarían por un rábano. Si nos pudieran ver ahora, tal vez no les tendrían tanto cariño a los Tyrell.»

Sansa probó una cucharada de crema y apartó el cuenco a un lado.

—¿No es de tu gusto, mi señora? —preguntó Tyrion.

—Va a haber tantos platos, mi señor... Tengo el estómago pequeño.

Jugueteó nerviosa con el pelo y miró hacia donde estaba Joffrey, con su reina Tyrell. «¿Le gustaría estar en el lugar de Margaery? —Tyrion frunció el ceño—. Hasta una niña debería tener más sentido común.»

Se volvió para distraerse con algo, pero mirase hacia donde mirase había mujeres, mujeres hermosas y felices que eran de otros hombres. Margaery, claro, que sonreía con dulzura mientras Joffrey y ella bebían del gran cáliz matrimonial de siete caras. Su madre, Lady Alerie, canosa y atractiva, todavía orgullosa al lado de Mace Tyrell. Las tres primitas de la Reina, vivarachas como pajarillos. La morena esposa myriense de Lord Merryweather, con sus grandes ojos negros como nubes de tormenta. Ellaria Arena, sentada entre los dornienses (Cersei les había dado una mesa propia justo bajo el estrado, en un lugar de gran honor, pero tan lejos de los Tyrell como permitía la anchura del salón), que en aquel momento se reía de algo que le había dicho la Víbora Roja.

Y había una mujer sentada casi al final de la tercera mesa por la izquierda... La mujer de uno de los Fossoway, según creía, con un embarazo avanzado. El vientre abultado no menguaba en absoluto su delicada belleza, ni tampoco su disfrute de la comida y de las caricias. Tyrion la observó mientras su esposo le daba los mejores pedacitos de comida de su plato. Bebían de la misma copa y, a menudo, se besaban sin motivo aparente. Siempre que lo hacían, él le ponía la mano sobre el vientre en gesto cariñoso, tierno y protector.

¿Qué haría Sansa si se inclinaba sobre ella y la besaba en aquel momento? «Apartarse, probablemente. O aguantar con valor, como era su deber. Si de algo sabe esta esposa mía es de cumplir con su deber.» Si le decía que aquella noche quería desvirgarla, también lo soportaría porque era su deber y no lloraría más de lo justo.

Indicó por gestos que quería más vino. Cuando se lo pusieron ya se estaba sirviendo el segundo plato, un pastel de hojaldre relleno de cerdo, huevos y piñones. Sansa no probó más que un mordisco del suyo, mientras los heraldos anunciaban al primero de los siete bardos.

Hamish el Arpista, con su barba blanca, anunció que ejecutaría «para los oídos de dioses y hombres una canción jamás antes escuchada en los Siete Reinos». Según dijo, su título era «Lord Renly cabalgó de nuevo».

Acarició con los dedos las cuerdas del arpa, y el salón del trono se llenó de un dulce sonido.

—«Desde su trono de huesos, el Señor de la Muerte contempló al caballero asesinado» —empezó Hamish.

Luego siguió cantando cómo Renly, arrepentido de su intento de usurpar la corona de su sobrino, desafió al mismísimo Señor de la Muerte y volvió a la tierra de los vivos para defender el reino del ataque de su hermano.

«Y por esto tuvo que acabar el pobre Symon en un caldero», meditó Tyrion. Al final, cuando la sombra del valiente Lord Renly voló hasta Altojardín para ver por última vez el rostro de su amada, la reina Margaery tenía los ojos llenos de lágrimas.

—Renly Baratheon no se arrepintió de nada en toda su vida —le dijo el Gnomo a Sansa—, pero si algo entiendo de esto, Hamish acaba de ganar un laúd dorado.

El Arpista les cantó luego varias canciones más conocidas. «Una rosa de oro» en honor a los Tyrell, sin duda, al igual que «Las lluvias de Castamere» tenía como objetivo adular a su padre. Con «Doncella, Madre y Vieja» deleitó al Septón Supremo, y «Mi señora esposa» sirvió para conquistar a todas las jovencitas románticas del salón, así como a algunos muchachitos. Tyrion apenas prestaba atención mientras probaba los buñuelos de maíz dulce y un pan de avena caliente con trocitos de dátil, manzana y naranja, además de mordisquear una costilla de jabalí.

Después de aquello, los platos y los espectáculos se fueron sucediendo con asombrosa profusión, espoleados por una marea de vino y cerveza. Hamish dejó paso a un oso pequeño y viejo que bailaba con torpeza al ritmo de la flauta y el tambor, mientras los invitados a la boda probaban la trucha preparada con una costra de almendras troceadas. El Chico Luna se subió a los zancos y caminó entre las mesas persiguiendo a Mantecas, el gordísimo bufón de Lord Tyrell, mientras los señores y las damas comían garzas asadas y empanadas de queso y cebolla. Los saltimbanquis de una compañía pentoshi dieron volteretas, caminaron sobre las manos, mantuvieron platos en equilibrio con los pies y se subieron unos encima de los hombros de otros para formar una pirámide. Sus proezas fueron acompañadas de cangrejos cocidos con picantes especias orientales, fuentes enteras de carnero guisado en leche de almendras con zanahorias, pasas y cebollas, y tartaletas de pescado recién salidas del horno, que se sirvieron tan calientes que no se podían coger con los dedos.

A continuación, los heraldos convocaron a otro bardo: Collio Quaynis de Tyrosh, con una espesa barba color bermellón y un acento tan ridículo como había augurado Symon. Collio empezó con su versión de «La danza de los dragones», que en realidad era una composición ideada para que la cantaran a dúo un hombre y una mujer. Tyrion la soportó con una segunda ración de perdiz a la miel y varias copas de vino. La evocadora balada sobre dos amantes moribundos en medio de la Maldición de Valyria les habría gustado mucho más a los asistentes si Collio no la hubiera cantado en alto valyrio, idioma que la mayoría desconocía. Pero se los volvió a ganar con «Bessa la tabernera» y su letra tan picante. Se sirvieron pavos reales con todo su plumaje, asados enteros y rellenos de dátiles, al tiempo que Collio llamaba a un tamborilero, hacía una marcada reverencia ante Lord Tywin y entonaba las primeras notas de «Las lluvias de Castamere».

«Si tengo que aguantar siete versiones, bajaré al Lecho de Pulgas a pedirle perdón al estofado.» Tyrion se volvió hacia su esposa.

—¿Cuál prefieres?

—¿Cómo decís, mi señor? —Sansa lo miraba parpadeando.

—De los bardos, ¿cuál prefieres?

—Lo... Lo siento, mucho, mi señor. No estaba prestando atención.

Tampoco estaba comiendo.

—¿Sucede algo, Sansa?

Lo había preguntado sin pensar, y al momento se sintió como un imbécil. «Toda su familia ha muerto, la han casado conmigo, y yo le pregunto que si sucede algo.»

—No, mi señor. —Apartó la vista de él y fingió un interés nada convincente en el Chico Luna, que en aquel momento lanzaba dátiles a Ser Dontos.

Cuatro maestros piromantes conjuraron bestias de llamas que se desgarraron entre ellas con zarpas de fuego mientras los criados servían cuencos de sopa roja, una mezcla de caldo de carne con vino endulzado con miel y salpicado de almendras blanqueadas y trocitos de capón. Luego llegaron los flautistas, los perros amaestrados y los tragasables, además de los guisantes con mantequilla, los frutos secos y los trocitos de cisne escalfados en una salsa de azafrán y melocotones.

«Otra vez cisne no, por los dioses», murmuró Tyrion al recordar la cena que había compartido con su hermana la víspera de la batalla.

Un malabarista hacía girar por el aire media docena de hachas y espadas al tiempo que se servían brochetas de carne de la que goteaba sangre al cortarla, una yuxtaposición que Tyrion consideró aceptablemente ingeniosa, aunque tal vez no de muy buen gusto.

Los heraldos hicieron sonar las trompetas.

—Para competir por el laúd dorado —exclamó uno—, ¡aquí llega Galyeon de Cuy!

Galyeon era un hombretón de pecho amplio, barba negra, cráneo calvo y una voz retumbante que llegaba a todos los rincones del salón del trono. Lo acompañaban nada menos que seis músicos.

—Nobles señores y hermosas damas, esta noche os voy a cantar solo una canción —anunció—. Es la canción de la batalla del Aguasnegras y de cómo se salvó el reino. —El tamborilero empezó a golpear el tambor con un ritmo lento, ominoso.

—«El sombrío señor recorría la torre —comenzó Galyeon— de su castillo negro cual noche umbría.»

—«Su cabello era negro y su alma negra era» —cantaron los músicos al unísono.

Se les sumó una flauta.

—«Sed de sangre y envidia eran sus atributos, y su alma rebosaba antipatía —cantó Galyeon—. "Mi hermano, en su tiempo, gobernó siete reinos. Tomaré lo que fue suyo y mío será. Que su hijo pruebe la punta de mi daga", le dijo a su esposa malvada.»

—«Un joven muy valiente de rubia cabellera» —entonaron los músicos mientras un violín y un arpa empezaban a tocar.

—Si alguna vez vuelvo a ser la Mano, lo primero que haré será ahorcar a todos los bardos —comentó Tyrion en voz demasiado alta.

Lady Leonette rio con disimulo. Ser Garlan se inclinó hacia él.

—Una hazaña que no se cante no es menos hazaña —dijo.

—«El sombrío señor reunió sus legiones, que a su lado como cuervos formaron, y sedientas de sangre sus naves abordaron...»

—Y al pobre Tyrion la nariz le cortaron —terminó Tyrion.

Lady Leonette se volvió a reír.

—Deberíais haceros bardo, mi señor. Vuestras rimas son tan buenas como las de ese Galyeon.

—No, mi señora —intervino Ser Garlan—. Mi señor de Lannister nació para hacer grandes cosas, no para cantar sobre ellas. De no ser por su cadena y su fuego valyrio, el enemigo habría logrado cruzar el río. Y si los salvajes de Tyrion no hubieran matado a la mayoría de los exploradores de Lord Stannis, jamás los habríamos podido coger desprevenidos.

Tyrion sintió una oleada de absurda gratitud al oír aquello, que además sirvió para apaciguarlo mientras Galyeon cantaba interminables versos acerca del valor del niño rey y de su madre, la reina dorada.

—Eso que dice es mentira —dijo Sansa de repente.

—Nunca creas nada de lo que dice una canción, mi señora.

Tyrion le hizo una seña a un criado para que les volviera a llenar las copas. No tardó en hacerse de noche al otro lado de los altos ventanales, y Galyeon seguía cantando. Su canción tenía setenta y siete versos, aunque más bien parecían un millar. «Uno por cada invitado presente en la sala.» Tyrion se pasó los veinte últimos bebiendo vino para reprimir el impulso de meterse champiñones en las orejas. Cuando el bardo terminó de hacer reverencias, algunos invitados estaban ya tan borrachos que habían empezado a proporcionarles diversiones alternativas de manera involuntaria a los demás. El Gran Maestre Pycelle se quedó dormido mientras unos bailarines de las Islas del Verano se cimbreaban y giraban vestidos con túnicas de sedas vaporosas y plumas de vivos colores. Se estaban sirviendo tajadas de alce relleno de queso azul cuando uno de los caballeros de Lord Rowan apuñaló a un dorniense. Los capas doradas se los llevaron a los dos, al primero a pudrirse en una celda y al otro a las dependencias del maestre Ballabar, para que lo cosiera.

Tyrion jugueteaba con una rodaja de cabeza de jabalí especiada con canela, clavo, azúcar y leche de almendras cuando el rey Joffrey se puso de repente en pie.

—¡Haced entrar a los reales justadores! —gritó con la lengua trabada por el vino al tiempo que daba unas palmadas.

«Mi sobrino está aún más borracho que yo», pensó Tyrion al tiempo que observaba como los capas doradas abrían las grandes puertas del fondo del salón. Desde donde estaba solo se vieron las puntas de dos lanzas cuando dos jinetes entraron juntos. Los recibió una oleada de risas que recorrió el pasillo central hasta llegar al Rey. «Deben de ir montados en ponis», pensó... hasta que los vio bien.

Los justadores eran una pareja de enanos. Uno iba montado en un perro gris muy feo, de patas largas y morro grueso. El otro cabalgaba a lomos de una enorme cerda de piel moteada. Las armaduras de madera pintada traqueteaban con el movimiento de los diminutos jinetes en sus sillas de montar. Llevaban escudos más grandes que ellos, y forcejeaban valerosos con sus lanzas mientras avanzaban tambaleantes en medio del regocijo general. Uno de los caballeros iba ataviado en oro, con un venado negro pintado en el escudo; el otro vestía de gris y blanco, y su emblema era un lobo. Sus monturas lucían armaduras similares. Tyrion contempló los rostros divertidos a todo lo largo del estrado. Joffrey estaba congestionado y sin aliento, Tommen gritaba deleitado y saltaba en la silla; Cersei reía educada tapándose la boca con la mano, hasta Lord Tywin parecía entretenido. De todos los sentados en la mesa principal, la única que no sonreía era Sansa Stark. Se lo habría agradecido de todo corazón, pero la verdad era que la mirada de la joven estaba perdida en la distancia, como si ni siquiera hubiera visto la entrada de los ridículos jinetes.

«La culpa no es de los enanos —decidió Tyrion—. Cuando terminen, alabaré su actuación y les regalaré una buena bolsa de plata. Mañana averiguaré quién ha planeado este espectáculo, y me encargaré de hacerle llegar otro tipo de gratitud.»

Cuando los enanos detuvieron sus monturas bajo el estrado para saludar al Rey, al caballero del lobo se le cayó el escudo. Se inclinó a recogerlo, pero entonces, el caballero del venado perdió el control de la pesada lanza y le dio un golpe en la espalda. El caballero del lobo se cayó de su cerdo, y la lanza se le escapó de las manos; fue a rebotar contra la cabeza de su rival. Ambos acabaron en el suelo, en una maraña de brazos y piernas. Cuando se levantaron, los dos intentaron montarse en el perro. Hubo muchos gritos y empujones, y al final volvieron a estar en las sillas, solo que cada uno a lomos de la montura del otro, con los escudos cambiados y mirando hacia la cola de los animales.

Tardaron un buen rato en montar bien, cada uno en su montura y con el escudo correspondiente, pero al final se dirigieron hacia extremos opuestos del salón y emprendieron el galope para embestirse. En medio de las risas y carcajadas de las damas y los señores, los hombrecitos chocaron; la lanza del caballero del lobo acertó de pleno en el yelmo del caballero del venado y le arrancó la cabeza, que salió volando por los aires con una estela de sangre para ir a aterrizar en el regazo de Lord Gyles. El enano decapitado correteó alocado entre las mesas, agitando los brazos. Los perros ladraron, las mujeres gritaron y el Chico Luna se tambaleó en sus zancos, hasta que Lord Gyles sacó del yelmo destrozado una sandía chorreante. En aquel momento, el caballero del venado sacó la cabeza de la armadura, y otra oleada de risas recorrió el salón. Los caballeros esperaron a que cesaran las carcajadas y trazaron círculos el uno en torno al otro gritándose insultos pintorescos. Cuando estaban a punto de separarse para otra justa, el perro derribó a su jinete y montó a la cerda. La enorme marrana chilló de angustia mientras los invitados chillaban de risa. Las carcajadas se redoblaron cuando el caballero del venado saltó sobre el caballero del lobo, se bajó los calzones de madera y empezó a empujar contra el trasero del otro con movimientos frenéticos.

—¡Me rindo, me rindo! —gritó el enano de abajo—. ¡Sacadme la espada, buen caballero!

—¡Lo intento, lo intento, pero no dejáis de mover la vaina! —replicó el enano de arriba, para jolgorio de todos.

A Joffrey se le salía el vino por la nariz. Se puso en pie con dificultades y a punto estuvo de tirar el alto cáliz de vino.

—¡Es el campeón! —gritó—. ¡Ya tenemos campeón!

El silencio empezó a hacerse en el salón cuando los presentes vieron que el Rey estaba hablando. Los enanos se separaron, sin duda en espera del agradecimiento real.

—Aunque no es un verdadero campeón —siguió Joff—. Un verdadero campeón derrota a todos los que lo retan. —El Rey se subió a la mesa—. ¿Quién podría desafiar a nuestro pequeño campeón? —Se volvió hacia Tyrion con una sonrisa alegre—. ¡Tío! Tú defenderás el honor del reino, ¿verdad? ¡Monta en la cerda!

Las carcajadas lo golpearon como una ola. Más tarde, Tyrion no recordaría haberse levantado, ni haberse subido a la silla, pero de repente se encontró de pie sobre la mesa. La estancia era un borrón de rostros burlones iluminados por la luz de las antorchas. Retorció el rostro en una mueca, la imitación de sonrisa más espantosa que jamás se había visto en los Siete Reinos.

—Alteza —exclamó—, yo montaré en la cerda de buena gana... ¡pero solo si tú montas en el perro!

—¿Por qué? —Joff frunció el ceño, confuso—. ¿Por qué yo? Yo no soy un enano.

«Has picado, Joff.»

—¿Por qué va a ser? ¡Porque de todos los hombres presentes en el salón eres el único al que puedo vencer sin esfuerzo!

No habría sabido decir qué le resultó más grato, si el instante de silencio estupefacto, la repentina carcajada general que lo siguió o la expresión de rabia ciega que vio en el rostro de su sobrino. El enano saltó al suelo, y cuando volvió a mirar, Ser Osmund y Ser Meryn estaban ayudando a Joff a bajar también. Cuando se dio cuenta de que Cersei lo miraba, Tyrion le lanzó un beso.

Fue un alivio que los músicos empezaran a tocar de nuevo. Los pequeños justadores salieron del salón llevándose al perro y a la cerda; los invitados se centraron de nuevo en sus platos de cabeza de jabalí, y Tyrion pidió otra copa de vino. De repente sintió la mano de Ser Garlan en la manga.

—Cuidado, mi señor —le avisó el caballero—. El Rey.

Tyrion se volvió en el asiento. Joffrey estaba casi encima de él, congestionado y tambaleante; el vino se derramaba por el borde del gran cáliz nupcial de oro que llevaba con ambas manos.

—Alteza...

Fue lo único que le dio tiempo a decir antes de que el Rey le vaciara el cáliz en la cabeza. El vino le corrió por la cara como un torrente rojo.

Le empapó el pelo, le escoció en los ojos, le hizo arder la herida, le bajó por las mejillas y caló el terciopelo de su jubón nuevo.

—¿Qué te ha parecido esto, Gnomo? —se burló Joffrey.

Los ojos de Tyrion echaban chispas. Se limpió la cara con la manga y parpadeó para intentar ver con claridad.

—Eso no ha estado bien, Alteza —oyó decir a Ser Garlan con voz tranquila.

—Claro que sí, Ser Garlan. —Tyrion no podía permitir que la situación se pusiera aún peor con la mitad del reino mirando—. No son muchos los reyes que honran a un humilde súbdito sirviéndole de su cáliz real. Lástima que el vino se haya derramado.

—No se ha derramado —replicó Joffrey, demasiado torpe para aceptar la salida que le ofrecía Tyrion—. Y no te estaba sirviendo.

La reina Margaery apareció de repente al lado de Joffrey.

—Mi amado rey —suplicó la joven Tyrell—, por favor, venid y volvamos a nuestro lugar; ya hay otro bardo esperando.

—Alaric de Eysen —dijo Lady Olenna Tyrell, apoyada en su bastón y prestando al enano empapado en vino tan poca atención como le prestaba su nieta—. Espero de todo corazón que nos toque «Las lluvias de Castamere». Hace casi una hora que no la oigo, y se me está olvidando la letra.

—Además, Ser Addam quiere ofrecer un brindis —insistió Margaery—. Por favor, Alteza...

—No tengo vino —declaró Joffrey—. ¿Cómo voy a brindar sin vino? Ven a servirme, tío Gnomo. Ya que no quieres justar, serás mi copero.

—Lo considero todo un honor.

—¡No es ningún honor! —chilló Joffrey—. Agáchate y recoge mi cáliz. —Tyrion hizo lo que se le decía, pero cuando fue a coger el asa, Joff le dio una patada al cáliz—. ¡Que lo recojas! ¡No sé qué eres más, si torpe o feo! —Tuvo que arrastrarse por debajo de la mesa para coger la copa—. Bien, ahora llénalo de vino. —Le pidió una jarra a una sirvienta y llenó el cáliz hasta sus tres cuartas partes—. No, enano, de rodillas. —Tyrion se arrodilló y alzó la pesada copa sin saber si iba a recibir un segundo baño, pero Joffrey la cogió con una mano, bebió un largo trago y la puso en la mesa—. Ya te puedes levantar, tío.

Al tratar de levantarse tuvo un calambre en las piernas y casi volvió a caer de bruces; tuvo que agarrarse a una silla para guardar el equilibrio. Ser Garlan le tendió una mano. Joffrey se echó a reír, y también Cersei. Luego, otros. No veía quiénes eran, pero los oía.

—Alteza. —La voz de Lord Tywin era de una corrección impecable—. Van a traer la empanada. Se requiere vuestra espada.

—¿La empanada? —Joffrey cogió a su reina de la mano—. Vamos, mi señora, es la empanada.

Los invitados se levantaron entre gritos y aplausos, y entrechocaron sus copas de vino a medida que media docena de cocineros sonrientes transportaban la inmensa empanada por el pasillo central. Medía dos varas de diámetro, tenía la corteza muy dorada, y en su interior se oían ruidos de aves encerradas.

Tyrion volvió a subirse a la silla. Lo único que le faltaba para tener un día completo era que una paloma se le cagara encima. El vino le había empapado el jubón y la ropa interior; sentía la humedad sobre la piel. Debería haber ido a cambiarse, pero no estaba permitido que nadie abandonara el banquete hasta la ceremonia del encamamiento. Calculó que para aquello quedaban lo menos veinte o treinta platos.

El rey Joffrey y su reina bajaron del estrado para ir al encuentro de la empanada. Joff fue a desenvainar la espada, pero Margaery le puso una mano en el brazo para detenerlo.

—La *Lamento de Viuda* no se hizo para cortar empanadas.

—Cierto. —Joffrey alzó la voz—. ¡Ser Ilyn, vuestra espada!

«El espectro del banquete —pensó Tyrion cuando Ser Ilyn Payne salió de las sombras del fondo del salón. Observó como la Justicia del Rey, flaco y sombrío, avanzaba hacia allí. Tyrion era demasiado joven para haber conocido a Ser Ilyn antes de que perdiera la lengua—. Seguro que en aquellos tiempos era muy diferente, pero ahora el silencio forma parte de él, tanto como esos ojos vacíos, la cota de malla oxidada y el mandoble que lleva a la espalda.»

Ser Ilyn hizo una reverencia ante los reyes, se echó la mano detrás del hombro y desenvainó más de dos varas de reluciente plata ornamentada llena de runas. Se arrodilló para ofrecer la enorme espada a Joffrey con el puño por delante. El pomo era un pedazo de vidriagón tallado en forma de calavera sonriente, con ojos de rubíes que centelleaban con fuego rojizo.

—¿Qué espada es esa? —preguntó Sansa pegando un respingo en el asiento.

A Tyrion aún le escocían los ojos por el vino. Parpadeó y la volvió a mirar. El mandoble de Ser Ilyn era tan largo y ancho como *Hielo,* pero demasiado plateado; el acero valyrio tenía una oscuridad propia, un alma de humo. Sansa le agarró el brazo.

—¿Qué ha hecho Ser Ilyn con la espada de mi padre?

«Debería haberle devuelto *Hielo* a Robb Stark», pensó Tyrion. Miró en dirección a su padre, pero Lord Tywin estaba observando al Rey.

Joffrey y Margaery juntaron las manos para levantar el mandoble, y juntos lo blandieron para trazar un arco plateado. Cuando la corteza de la empanada se rompió, las palomas salieron volando en un remolino de plumas blancas y se dispersaron en todas las direcciones, aleteando hacia las ventanas y las vigas. Un grito de admiración subió de los bancos, y los violinistas y flautistas de la galería empezaron a tocar una briosa melodía. Joff tomó a su esposa en brazos y dio unas alegres vueltas con ella.

Un criado puso ante Tyrion un trozo de empanada caliente de paloma y lo cubrió con una cucharada de crema de limón. En aquella empanada, las palomas estaban cocinadas de verdad, pero no le resultaban más apetitosas que las que revoloteaban por el salón. Sansa tampoco estaba comiendo.

—Estás muy pálida, mi señora —dijo Tyrion—. Te hace falta respirar aire fresco, y yo necesito un jubón limpio. —Se levantó y le ofreció la mano—. Vamos.

Pero Joffrey regresó antes de que pudieran retirarse.

—¿Adónde vas, tío? ¿No te acuerdas de que eres mi copero?

—Tengo que cambiarme de ropa, Alteza. ¿Tenemos tu permiso para retirarnos?

—No. Me gustas así. Sírveme vino.

El cáliz del Rey estaba sobre la mesa, donde lo había dejado. Tyrion tuvo que volverse a subir a la silla para alcanzarlo. Joff se lo quitó de las manos y bebió a tragos largos; se le movía la nuez mientras el vino violáceo le corría por la barbilla.

—Mi señor —dijo Margaery—, deberíamos volver a nuestro lugar. Lord Buckler quiere brindar por nosotros.

—Mi tío no se ha comido aún la empanada de paloma. —Joffrey sostuvo el cáliz con una mano y metió la otra en la ración de empanada de Tyrion—. No comerse la empanada trae mala suerte —le recriminó al tiempo que se llenaba la boca de paloma caliente y especiada—. Mira qué buena está. —Escupió los trozos de corteza, tosió y se metió en la boca otro puñado—. Aunque un poco seca. Habrá que pasarla con algo. —Joff bebió un trago de vino y volvió a toser, en aquella ocasión con más violencia—. Quiero verte... cof... montar en esa... cof, cof, cerda, tío. Quiero...

Un ataque de tos le impidió seguir hablando. Margaery lo miró con preocupación.

—¿Alteza?

—Es... cof... la empanada, no... cof... La empanada... —Joff bebió otro trago, o más bien lo intentó, porque escupió el vino cuando lo dominó otro ataque de tos que lo hizo doblarse por la cintura. Se le estaba poniendo la cara muy roja—. No... cof... no puedo... cof, cof...

El cáliz se le escapó de la mano y el oscuro vino tinto corrió por el estrado.

—¡Se está ahogando! —exclamó la reina Margaery.

Su abuela corrió a su lado.

—¡Ayudad al pobre muchacho! —gritó la Reina de las Espinas con una voz que era diez veces su estatura—. ¡Imbéciles! ¿Os vais a quedar ahí mirando? ¡Ayudad a vuestro rey!

Ser Garlan empujó a Tyrion a un lado y empezó a golpear a Joffrey en la espalda. Ser Osmund Kettleblack le abrió el cuello del jubón. De la garganta del muchacho salió un sonido agudo espantoso, como el de alguien que tratara de sorber todo un río a través de un junco hueco; luego, el sonido cesó, y el silencio fue aún más espantoso.

—¡Dadle la vuelta! —gritó Mace Tyrell a nadie en concreto—. ¡Dadle la vuelta, sacudidlo por los tobillos!

—¡Agua, que beba agua! —sugería alguien más allá.

El Septón Supremo empezó a rezar en voz alta. El Gran Maestre Pycelle pidió a gritos que lo llevaran a sus habitaciones para coger unas pócimas. Joffrey se llevó las manos engarfiadas a la garganta; las uñas dejaron surcos ensangrentados en la carne. Bajo la piel, tenía los músculos duros como piedras. El príncipe Tommen gritaba y lloraba.

«Va a morir», comprendió Tyrion. Sentía una extraña calma, aunque a su alrededor reinaba el caos. Otra vez le estaban dando golpes en la espalda a Joff, pero tenía el rostro cada vez más oscuro. Los perros ladraban, los niños chillaban, los hombres se gritaban consejos inútiles unos a otros. La mitad de los invitados al banquete se había puesto de pie. Unos se empujaban para ver mejor; otros corrían hacia las puertas, ansiosos por salir tan deprisa como fuera posible.

Ser Meryn le abrió la boca al Rey para meterle una cuchara por la garganta. En aquel momento, los ojos del muchacho se cruzaron con los de Tyrion.

«Tiene los ojos de Jaime. —Aunque nunca había visto a Jaime tan asustado—. No tiene más que trece años. —Joffrey intentó hablar, pero solo emitió un sonido seco como un chasquido. Tenía los ojos dilatados de terror y alzó una mano... en busca de la de su tío o señalando—. ¿Me está pidiendo perdón o cree que puedo salvarlo?»

—¡Nooo! —aulló Cersei—. Ayúdalo, padre, que alguien lo ayude, ¡mi hijo! ¡Mi hijo!

«Visto lo visto —Tyrion pensó en Robb Stark—, mi boda parece cada vez mejor.» Buscó con la mirada a Sansa, para saber cómo se estaba tomando aquello, pero en el salón había demasiada confusión, y no la vio. Lo que sí vio en cambio fue el cáliz nupcial, en el suelo, olvidado por todos. Se dirigió hacia donde estaba y lo recogió. Aun quedaba en el fondo un dedo de vino purpúreo. Tyrion pensó un momento y lo derramó en el suelo.

Margaery Tyrell lloraba abrazada a su abuela.

—Sé valiente, sé valiente —le repetía la anciana.

La mayor parte de los músicos había huido, aunque en la galería quedaba un flautista que tocaba una marcha fúnebre. Al fondo del salón del trono, los invitados se arremolinaban y se empujaban en torno a las puertas. Los capas doradas de Ser Addam se dirigieron hacia allí para restaurar el orden. Hombres y mujeres salían a la noche; unos lloraban, otros se tambaleaban y vomitaban, algunos estaban pálidos de miedo. Tyrion pensó demasiado tarde que tal vez habría sido mejor que él también se hubiera marchado.

Cuando oyó el grito de Cersei supo que todo había terminado.

«Debería marcharme —pensó Tyrion—. Ahora mismo.» Pero lo que hizo fue acercarse a ella.

Su hermana estaba sentada en un charco de vino y acunaba el cadáver de su hijo. Tenía el vestido manchado y desgarrado, y el rostro, blanco como la nieve. Un perro negro y flaco se acercó a ella y olfateó el cuerpo de Joffrey.

—El chico ha muerto, Cersei —dijo Lord Tywin. Puso una mano enguantada en el hombro de su hija al tiempo que uno de los guardias espantaba al perro—. Suéltalo. Déjalo ya.

Ella no lo oyó. Hicieron falta dos guardias reales para obligarla a aflojar los dedos de manera que el cadáver del rey Joffrey Baratheon cayera al suelo, inerte.

El Septón Supremo se arrodilló junto a él.

—Padre de los cielos, juzga con justicia a nuestro bondadoso rey Joffrey —entonó el comienzo de la plegaria por los muertos.

Margaery Tyrell empezó a sollozar, y Tyrion oyó a su madre, Lady Alerie, intentando consolarla.

—Se ha atragantado, cariño. Se ha atragantado con la empanada. No ha tenido nada que ver contigo. Se ha atragantado, lo hemos visto todos.

—No se ha atragantado. —La voz de Cersei era más afilada que la espada de Ser Ilyn—. Mi hijo ha sido envenenado. —Miró a los caballeros blancos, que la rodeaban sin saber qué hacer—. ¡Guardia Real, cumplid con vuestro deber!

—¿Cómo decís, mi señora? —preguntó Ser Loras Tyrell, inseguro.

—¡Detened a mi hermano! —le ordenó Cersei—. ¡Ha sido él, el enano! ¡Y su mujer! Han matado a mi hijo, a vuestro rey. ¡Apresadlos! ¡Apresadlos a los dos!

Sansa

Muy lejos, al otro lado de la ciudad, una campana empezó a tañer. Sansa se sentía como si estuviera viviendo en un sueño.

—Joffrey ha muerto —les dijo a los árboles, para ver si así despertaba. No estaba muerto aún cuando salió del salón del trono. La última vez que lo vio había caído de rodillas con las manos en la garganta, y se arrancaba la piel mientras luchaba por respirar. El espectáculo era tan espantoso que tuvo que huir corriendo entre sollozos. Lady Tanda también había huido.

—Tenéis muy buen corazón, mi señora —le dijo a Sansa—. Pocas doncellas llorarían así por el hombre que las rechazó y las casó con un enano.

«Muy buen corazón. Tengo muy buen corazón.» Una carcajada histérica le subió por la garganta, pero Sansa la consiguió reprimir. Las campanas tañían lentas y pesarosas. *Dong... dong... dong...* Habían sonado igual cuando murió el rey Robert. Joffrey estaba muerto, estaba muerto, estaba muerto, muerto, muerto. ¿Por qué lloraba cuando de lo que tenía ganas era de bailar? ¿Eran lágrimas de alegría?

La ropa estaba donde la había dejado escondida la noche anterior. Sin doncellas que la ayudaran, tardó más que de costumbre en desatarse las lazadas del vestido. Sentía una extraña torpeza en las manos, aunque no estaba tan asustada como debería dadas las circunstancias.

—Los dioses son crueles al llevárselo tan joven y tan guapo, en el banquete de su boda —le había dicho Lady Tanda.

«Los dioses son justos —pensó Sansa. Robb también había muerto en un banquete nupcial; por quien lloraba era por él—. Por él y por Margaery.» Pobre Margaery, dos veces casada y dos veces viuda. Sansa sacó un brazo de la manga, se bajó el vestido y se lo sacudió de las piernas. Lo dobló como mejor pudo y lo metió en el hueco de un roble, y sacudió la ropa que había tenido escondida allí.

—Ropa abrigada —le había dicho Ser Dontos—, y que sea oscura. No tenía nada de color negro, de modo que había elegido un vestido marrón de lana gruesa. Lo malo era que el corpiño estaba adornado con perlas de agua dulce. «La capa las tapará.» La capa era verde, con una capucha amplia. Se puso el vestido y se echó la capa por los hombros, aunque de momento no se subió la capucha. También se puso los zapatos, sencillos y resistentes, sin tacón y con la puntera cuadrada. «Los dioses han escuchado mis plegarias —pensó. Se sentía torpe y aturdida—. Mi piel se ha vuelto de porcelana, de marfil, de acero...» Movía las manos como si las tuviera entumecidas, como si fuera la primera vez que se arreglaba el pelo. Durante un momento deseó tener allí a Shae, para que la ayudara a quitarse la redecilla.

Cuando se la consiguió soltar, la larga cabellera castaño rojiza le cayó sobre los hombros. El entramado de hilo de plata le brilló entre los dedos; las piedras relucían negras a la luz de la luna. «Amatistas negras de Asshai.» Faltaba una. Sansa se acercó la redecilla a los ojos para verla mejor. Había una mancha negra en la cavidad de plata de la que se había desprendido la gema.

De repente le entró pánico; el corazón le golpeó las costillas, y contuvo la respiración un instante.

«¿Por qué tengo tanto miedo? No es más que una amatista, una amatista negra de Asshai, nada más. Se debe de haber soltado del engarce, no pasa nada. Estaba floja y se ha caído, y ahora estará tirada en cualquier parte, en el salón del trono, en el patio, a no ser que...»

Ser Dontos le había dicho que la redecilla era mágica, que la llevaría a casa. Le había dicho que la tenía que lucir aquella noche en el banquete nupcial de Joffrey. Tensó el entramado de hilo de plata sobre los nudillos. Frotó con el pulgar una y otra vez el agujero donde había estado la gema. Trató de detenerse, pero los dedos no la obedecían. Su pulgar se veía atraído hacia el agujero como la lengua hacia el hueco que ha dejado un diente. «¿Qué clase de magia?» El Rey estaba muerto, el rey cruel que mil años antes había sido su príncipe azul. Si Dontos había mentido en lo de la redecilla para el pelo, ¿no habría mentido también en todo lo demás? «¿Y si no viene a buscarme? ¿Y si no hay barco, ni bote en el río, ni manera de escapar?» ¿Qué sería de ella entonces?

Oyó un tenue crujido de hojas y se guardó la redecilla de plata en lo más hondo del bolsillo de la capa.

—¿Quién anda ahí? —llamó—. ¿Quién va?

El bosque de dioses estaba sombrío y penumbroso, y las campanas tañían marcando el camino de Joff hacia la tumba.

—Yo. —Salió de entre los árboles tambaleándose, borracho perdido. La agarró del brazo para recuperar el equilibrio—. Ya he venido, dulce Jonquil. Aquí está vuestro Florian; no tengáis miedo.

—Dijisteis que tenía que llevar la redecilla del pelo. —Sansa dio un paso atrás para librarse de su mano—. La redecilla de plata con... ¿qué piedras son estas?

—Amatistas. Amatistas negras de Asshai, mi señora.

—No son amatistas, ¿verdad? ¿Verdad? ¡Me habéis mentido!

—Amatistas negras —le juró—. Eran mágicas.

—¡Eran asesinas!

—Más bajo, mi señora, más bajo. No ha sido ningún asesinato. Se ha atragantado con la empanada de paloma. —Dontos soltó una carcajada—. Qué empanada tan sabrosa. Plata y gemas, nada más: plata, gemas y magia.

Las campanas tañían; el silbido del viento era como el ruido que había hecho Joff al intentar respirar.

—Vos lo habéis envenenado. Habéis sido vos. Me habéis cogido una gema del pelo...

—Callad, vais a hacer que nos maten. Yo no he hecho nada. Vamos, nos tenemos que marchar; os estarán buscando. Han detenido a vuestro esposo.

—¿A Tyrion? —preguntó, consternada.

—¿Acaso tenéis otro esposo? El Gnomo, el enano, ella cree que es quien ha matado al Rey. —La tomó de la mano y tiró de ella—. Por aquí, nos tenemos que marchar, daos prisa, no tengáis miedo.

Sansa lo siguió sin oponer resistencia. «No soporto los llantos de las mujeres», había dicho Joff en cierta ocasión, pero en aquel momento, el único llanto era el de su madre. En los cuentos de la Vieja Tata, los grumkins creaban objetos mágicos que podían convertir los deseos en realidad.

«¿Mi deseo de que muriera lo ha matado?», se preguntó antes de recordar que ya era demasiado mayor para creer los en grumkins.

—¿Tyrion lo ha envenenado?

Sabía que su señor esposo odiaba a su sobrino; ¿sería posible que lo hubiera matado? «¿Sabía lo de la redecilla del pelo, lo de las amatistas negras? Él le servía el vino a Joff.» ¿Cómo se podía hacer que alguien se atragantara poniéndole una amatista en el vino? «Si ha sido Tyrion, pensarán que fui su cómplice», comprendió con un estremecimiento de pánico. ¿De qué otra manera podía ser? Eran marido y mujer; Joff había matado a su padre y se había burlado de ella con la muerte de su hermano. «Una sola carne, un solo corazón, una sola alma.»

—No habléis, querida —dijo Dontos—. Fuera del bosque de dioses no podemos hacer ningún ruido. Subíos la capucha para que os oculte el rostro.

Sansa asintió y obedeció.

Estaba tan borracho que a veces le tenía que dar el brazo para que no se cayera. Las campanas tañían por toda la ciudad, cada vez más numerosas. Caminó con la cabeza gacha y siempre entre las sombras, siguiendo a Dontos de cerca. Mientras estaban bajando por las escaleras de mármol, se dejó caer de rodillas y vomitó. «Mi pobre Florian», pensó Sansa mientras el bufón se limpiaba la boca con una manga ancha. «Ropa oscura», le había dicho él, pero bajo la capa marrón llevaba su antigua sobrevesta: franjas horizontales rojas y rosa bajo un yelmo negro y tres coronas de oro, las divisas de la Casa Hollard.

—¿Por qué lleváis el jubón de caballero? Joff dijo que os condenaría a muerte si os volvíais a vestir como tal; os van a... oh...

Nada de lo que hubiera decretado Joff tenía ya la menor importancia.

—Quería volver a ser un caballero. Al menos para esto. —Dontos se incorporó como pudo y la cogió del brazo—. Vamos. Y guardad silencio, nada de preguntas.

Siguieron bajando por las escaleras y cruzaron un patio pequeño. Ser Dontos abrió una puerta muy pesada y encendió una vela. Estaban en una galería larga. A lo largo de las paredes había armaduras vacías, oscuras y polvorientas, con los yelmos coronados por hileras de escamas que les caían por la espalda. Al pasar junto a ellas, la luz de la vela hacía que las sombras de las escamas se retorcieran y giraran. «Los caballeros huecos se están transformando en dragones», pensó.

Un último tramo de escaleras los llevó hasta una puerta de roble con refuerzos de hierro.

—Ahora tenéis que ser fuerte, mi amada Jonquil, ya casi estamos.

Cuando Dontos levantó la tranca y abrió la puerta, Sansa sintió una brisa fresca en el rostro. Atravesó seis varas de muralla y se encontró fuera del castillo, en la cima de un acantilado. El río estaba abajo; el cielo, arriba, ambos igual de negros.

—Tenemos que bajar —dijo Dontos—. Os espera un remero que os llevará hasta el barco.

—Me voy a caer. —Bran se había caído, y a él le encantaba trepar.

—No, no caeréis. Hay una especie de escalerilla, una escalerilla secreta tallada en la piedra. Tocad aquí, mi señora, ¿la notáis? —Se arrodilló y la hizo mirar por el borde del acantilado, le tomó la mano y la ayudó a tantear hasta que sus dedos rozaron una oquedad excavada en la roca—. Es casi como una escalera de verdad.

Pero seguía siendo una caída muy alta.

—¡No puedo!

—Tenéis que hacerlo.

—¿No hay otro camino?

—Este es el camino. Para una muchacha joven y fuerte como vos no será difícil. Agarraos bien y no miréis abajo; llegaréis al fondo enseguida. —Tenía los ojos brillantes—. En cambio, vuestro pobre Florian está viejo, gordo y borracho. Yo soy quien debería tener miedo. Siempre me caía del caballo, ¿recordáis? Así fue como empezó todo. Estaba borracho y me caí del caballo. Joffrcy mc quiso cortar la cabeza, pero vos me salvasteis. Vos me salvasteis, querida.

«Está llorando», advirtió.

—Y ahora vos me habéis salvado a mí.

—Solo si bajáis. Si no, habré conseguido que nos maten a los dos.

«Ha sido él —pensó—. Ha matado a Joffrey.» Tenía que bajar, tanto por él como por sí misma.

—Vos primero, ser. —Si se caía, al menos que no fuera sobre ella, arrastrándola al fondo del acantilado.

—Como mi señora ordene. —Le dio un beso húmedo y se tumbó al borde del precipicio, donde movió las piernas con torpeza hasta que encontró un punto de apoyo—. Bajaré un poco y después me seguiréis. Vais a bajar, ¿verdad? Me lo tenéis que jurar.

—Bajaré —le prometió ella.

Ser Dontos desapareció. Sansa oía sus bufidos y jadeos a medida que descendía. Prestó atención al tañido de las campanas; contó los repiques. Al llegar a diez se tumbó al borde del acantilado y buscó con los dedos de los pies hasta encontrar un punto de apoyo. Las murallas del castillo se alzaban imponentes sobre ella, y durante un momento deseó con todas sus fuerzas volver a subir y correr hacia sus cálidas habitaciones, en el torreón de la cocina.

«Sé valiente —se dijo—. Sé valiente como las damas de las canciones.»

No se atrevía a mirar abajo. Mantenía la vista fija en la pared del acantilado; se aseguraba cada asidero antes de buscar el siguiente. La piedra era basta y fría. A veces se le resbalaban los dedos, y las oquedades no estaban distribuidas a intervalos tan regulares como habría sido de desear. Las campanas no dejaban de sonar. A mitad del trayecto, los brazos le temblaban, y supo que se iba a caer.

«Un paso más —se dijo—. Un paso más. —Tenía que seguir bajando. Si se detenía, sabía que no volvería a ponerse en marcha, y el amanecer la encontraría aún aferrada a la pared del acantilado, paralizada por el pánico—. Un paso más, un paso más.»

El suelo la cogió desprevenida. Tropezó y cayó con el corazón latiéndole a toda velocidad. Cuando quedó boca arriba y vio la distancia que había recorrido, sintió que la cabeza se le llenaba de brumas y clavó los dedos en la tierra.

«Lo he logrado. Lo he logrado, no me he caído, he conseguido bajar y ahora me voy a casa.»

Ser Dontos la ayudó a ponerse en pie.

—Por aquí. Ahora mucho silencio, silencio, silencio...

Caminaron protegidos por las densas sombras negras, al pie de los acantilados. Por suerte, el trayecto fue corto. Cincuenta pasos río abajo aguardaba un hombre sentado en un pequeño esquife, casi oculto por los restos de una galera de gran tamaño que había varado allí después de arder. Dontos cojeó hacia él, jadeante.

—¿Oswell?

—Nada de nombres —dijo el otro—. Al bote. —Se sentó a los remos. Era de edad avanzada, alto y flaco, con el pelo largo blanco, la nariz ganchuda y los ojos escondidos bajo la capucha—. Subid, deprisa —masculló—. Nos tenemos que marchar.

Cuando ambos estuvieron a bordo, el hombre de la capucha metió las palas en el agua y empezó a remar hacia el canal. A sus espaldas, las campanas seguían tañendo para anunciar la muerte del niño rey. Aparte de ellos no había nadie más en el oscuro río.

Avanzaban río abajo al ritmo lento y firme de los remos; se deslizaron sobre galeras hundidas, pasaron junto a mástiles rotos, cascos quemados y velas desgarradas. Las palas de los remos estaban envueltas en trapos, de modo que se movían casi sin el menor ruido. Una neblina empezaba a alzarse de las aguas. Sansa divisó las murallas almenadas de una de las torres con cabestrantes del Gnomo, pero la gigantesca cadena estaba bajada, y nada les impidió pasar por el lugar donde había muerto un millar de hombres. La orilla se fue alejando, la niebla se hizo más espesa, el sonido de las campanas era cada vez más distante. Por fin, hasta las luces desaparecieron, se perdieron a sus espaldas. Estaban en la bahía del Aguasnegras, y el mundo se reducía a agua oscura, neblina serpenteante y su silencioso compañero a los remos.

—¿Tenemos que ir muy lejos? —preguntó.

—Silencio.

El remero era entrado en años, pero también más fuerte de lo que parecía y con una voz imperiosa. Tenía algo en el rostro que le resultaba familiar, aunque Sansa no habría sabido decir qué era.

—Ya queda cerca. —Ser Dontos le tomó una mano entre las suyas y se la acarició con gesto amable—. Vuestro amigo está cerca, os espera.

—¡Silencio! —volvió a gruñir el remero—. El sonido llega muy lejos por la superficie del agua, Ser Bufón.

Sansa se sonrojó, se mordió el labio y guardó silencio. Desde entonces, lo único que se oyó fue el sonido amortiguado de los remos contra el agua.

El cielo del este empezaba a mostrar los primeros atisbos de luz del amanecer cuando Sansa vio por fin una forma fantasmal que emergía en la oscuridad: era una galera mercante con las velas desplegadas, que avanzaba despacio con una sola hilera de remos. Cuando estuvieron más cerca alcanzó a distinguir el mascarón de proa, un tritón con una corona dorada que soplaba un cuerno en forma de caracola. Oyó una llamada, y la galera empezó a girar.

Se situaron a un costado, y desde arriba lanzaron una escala por encima de la baranda. El remero soltó los remos dentro del bote y ayudó a Sansa a ponerse en pie.

—Venga, arriba. Ya os tengo, niña, arriba.

Sansa le dio las gracias por su amabilidad, pero no recibió más respuesta que un gruñido. Subir por la escala de cuerda fue mucho más sencillo que bajar por el acantilado. El remero llamado Oswell la seguía de cerca, mientras que Ser Dontos permanecía en el bote.

Junto a la baranda la esperaban dos marineros, que la ayudaron a subir a la cubierta. Sansa estaba tiritando.

—Tiene frío —oyó decir a alguien. El hombre se quitó la capa y se la puso sobre los hombros—. Mejor así, ¿verdad, mi señora? Tranquila, lo peor ha pasado ya.

Reconoció la voz al instante. «Pero si está en el Valle», pensó. A su lado se encontraba Ser Lothor Brune con una antorcha.

—¡Lord Petyr! —llamó Dontos desde el bote—. Tengo que volver antes de que empiecen a buscarme.

—Pero antes vuestra recompensa —dijo Petyr Baelish poniendo una mano en la baranda—. Diez mil dragones, ¿verdad?

—Diez mil. —Dontos se frotó la boca con el dorso de la mano—. Tal como prometisteis, mi señor.

—Ser Lothor, la recompensa.

Lothor Brune bajó la antorcha. Tres hombres se adelantaron hasta la regala, levantaron las ballestas y dispararon. Una saeta acertó a Dontos en el pecho, mientras miraba hacia arriba, y le perforó la corona de la izquierda del jubón. Los otros se le clavaron en la garganta y en el vientre. Sucedió tan deprisa que ni Dontos ni Sansa tuvieron tiempo de gritar. Cuando todo hubo terminado, Lothor Brune tiró la antorcha sobre el cadáver. El pequeño bote ardió mientras la galera se alejaba.

—¡Lo habéis matado! —Sansa se agarró a la baranda y vomitó. ¿Había escapado de los Lannister para caer en manos aún peores?

—Mi señora —murmuró Meñique—, desperdiciáis vuestro dolor con semejante hombre. Era un borracho, no vuestro amigo.

—Pero me salvó...

—Os vendió por la promesa de diez mil dragones. Vuestra desaparición os convertirá en sospechosa de la muerte de Joffrey. Los capas doradas empezarán a buscar, y el eunuco hará tintinear las monedas. Dontos... Bueno, ya lo habéis oído. Os vendió por oro, y cuando se lo hubiera gastado en bebida os habría vendido de nuevo. Una bolsa de dragones compra el silencio de cualquiera durante un tiempo, pero una saeta disparada con puntería lo compra para siempre. —Esbozó una sonrisa triste—. Todo lo que hizo fue por orden mía. Yo no me habría atrevido a ayudaros de manera abierta. Cuando me enteré de cómo le salvasteis la vida en el torneo de Joffrey, supe que sería el instrumento ideal.

—Decía que era mi Florian. —Sansa volvía a sentir náuseas.

—¿Por casualidad recordáis qué os dije aquel día en que vuestro padre se sentó en el Trono de Hierro?

Recordó el momento con toda claridad.

—Me dijisteis que la vida no era una canción. Que algún día lo descubriría y sería doloroso. —Se le llenaron los ojos de lágrimas, pero no habría sabido decir si lloraba por Ser Dontos Hollard, por Joff, por Tyrion o por sí misma—. ¿Es que todo son mentiras, siempre mentiras? ¿Es que nadie es sincero?

—Casi nadie. Excepto vos y yo, claro. —Sonrió—. Si queréis volver a casa, acudid esta noche al bosque de dioses.

—La nota... ¿era vuestra?

—Tenía que ser en el bosque de dioses. No hay otro lugar en la Fortaleza Roja fuera del alcance de los pajaritos del eunuco... las ratitas, como los llamo yo. En el bosque de dioses hay árboles en vez de paredes, cielo en vez de techo, raíces y tierra en vez de suelo. Las ratas no tienen por dónde corretear. Y las ratas tienen que esconderse; si no, los hombres las ensartan con sus espadas. —Lord Petyr la cogió del brazo—. Permitidme que os muestre vuestro camarote. Habéis tenido un día muy largo y duro; debéis de estar agotada.

El pequeño esquife no era ya más que un jirón de humo y llamas tras ellos, casi perdido en la inmensidad del mar bajo el cielo del amanecer. No tenía vuelta atrás; el único camino que le quedaba era hacia delante.

—Sí, agotada —reconoció.

—Habladme del banquete —dijo mientras la acompañaba a las cubiertas inferiores—. La Reina se tomó muchas molestias. Los bardos, los malabaristas, el oso bailarín... ¿A vuestro pequeño esposo le gustaron mis enanos justadores?

—¿Eran vuestros?

—Tuve que mandar a buscarlos en Braavos y esconderlos en un burdel hasta el día de la boda. No sé qué ocasionaron más, si gastos o problemas. Os sorprendería saber lo difícil que es ocultar a un enano, y en cuanto a Joffrey... Bueno, se puede llevar a un perro hasta el agua, pero hacer que beba es otra cosa. Cuando le hablé de mi pequeña sorpresa, me dijo: «¿Para qué quiero enanos en mi banquete? Odio a los enanos». Lo tuve que coger por el hombro y susurrarle: «No tanto como los odiará vuestro tío».

La cubierta se mecía bajo sus pies, y Sansa se sentía como si el mundo entero fuera inestable.

—Creen que Tyrion envenenó a Joffrey. Ser Dontos me dijo que lo habían hecho prisionero.

—La viudedad os sentará muy bien, Sansa —dijo Meñique con una sonrisa.

La sola idea le provocó una sensación extraña en la boca del estómago. Tal vez no tendría que volver a compartir una cama con Tyrion. Aquello era lo que deseaba... ¿verdad?

El camarote era de techo bajo y tamaño reducido, pero en el estrecho saliente para el colchón habían puesto un lecho de plumas para hacerlo más cómodo, y encima, pieles gruesas y abrigadas.

—No es gran cosa, ya lo sé, pero espero que estéis cómoda. —Meñique señaló un baúl de cedro situado bajo el ojo de buey—. Ahí tenéis ropa limpia. Vestidos, ropa interior, medias abrigadas, una capa... solo lana y lino, lo siento, no son dignas de una doncella tan hermosa, pero os servirán hasta que os encontremos algo mejor.

«Lo tenía todo preparado para mí.»

—Mi señor, no... No comprendo... Joffrey os dio Harrenhal, os nombró Señor Supremo del Tridente... ¿Por qué...?

—¿Por qué querría verlo muerto? —Meñique se encogió de hombros—. No tengo ningún motivo concreto. Además, estoy a un millar de leguas de distancia, en el Valle. Hay que confundir siempre a los enemigos. Si nunca están seguros de quién es uno ni de qué quiere, no tienen manera de saber qué será lo próximo que haga. A veces, la mejor manera de desconcertarlos es hacer movimientos que no tienen sentido, o que incluso parece que van contra los intereses de uno. No lo olvidéis cuando juguéis al juego, Sansa.

—¿A qué... a qué juego?

—Al único juego que importa: el juego de tronos. —Le apartó un mechón de pelo de la cara—. Ya tenéis edad suficiente para saber que vuestra madre y yo fuimos más que amigos. Hubo un tiempo en que Cat era lo único que yo quería en este mundo. Me atreví a soñar con la vida que llevaríamos, con los hijos que me daría... pero ella era hija de Aguasdulces, hija de Hoster Tully. Familia, Deber, Honor, Sansa. Familia, Deber, Honor; eso significaba que nunca tendría su mano. Pero ella me dio algo mejor, el regalo que una mujer solo puede dar una vez. ¿Cómo podría darle la espalda a su hija? En un mundo mejor habríais sido hija mía, no de Eddard Stark. Mi querida hija, mi queridísima hija... Olvidaos ya de Joffrey, pequeña. De Dontos, de Tyrion, de todos. No volverán a molestaros. Ahora estáis a salvo; es lo único que importa. Estáis a salvo conmigo, en un barco rumbo a casa.

Jaime

«El Rey ha muerto», le dijeron, sin saber que Joffrey no era solo su soberano, sino también su hijo.

—El Gnomo lo degolló con un puñal —declaró un vendedor callejero en laposada del camino donde se detuvieron para pasar la noche—. Y luego se bebió su sangre en un gran cáliz de oro.

Aquel hombre no reconoció al caballero manco y barbudo que llevaba un murciélago en el escudo. Los demás, tampoco, de manera que decían cosas que se habrían cuidado muy bien de decir si hubieran sabido quién los estaba escuchando.

—Qué va, fue con veneno —insistió el posadero—. Por lo visto, al chico se le puso la cara más negra que una ciruela.

—Que el Padre lo juzgue con justicia —murmuró un septón.

—La esposa del enano lo ayudó a asesinarlo —juraba un arquero con la librea de Lord Rowan—. Luego se esfumó del salón en medio de una nube de azufre, y desde entonces se ha visto un huargo fantasmal que ronda por la Fortaleza Roja con las fauces llenas de sangre.

Jaime escuchó los comentarios en silencio, dejándose empapar por el alcance de la noticia, el cuerno de cerveza olvidado en su única mano.

«Joffrey. Mi sangre. Mi primogénito. Mi hijo. —Trató de visualizar el rostro del chico, pero sus rasgos se transformaban enseguida en los de Cersei—. Estará de duelo, con los cabellos revueltos, los ojos enrojecidos de tanto llorar, la boca le temblará cada vez que intente hablar. Cuando me vea llorará otra vez, aunque tratará de contener las lágrimas. —Su hermana rara vez lloraba delante de alguien que no fuera él. No soportaba que los demás pensaran que era débil. Solo le mostraba las heridas a su mellizo—. Acudirá a mí en busca de consuelo y venganza.»

Al día siguiente, por insistencia de Jaime, cabalgaron sin descanso. Su hijo había muerto, y su hermana lo necesitaba.

Cuando divisaron la ciudad, con sus atalayas como moles negras ante el cielo del ocaso, Jaime Lannister se puso al medio galope junto con Walton Patas de Acero, detrás de Nage, que llevaba el estandarte de paz.

—Qué peste, ¿a qué huele? —se quejó el norteño.

«A muerte», pensó Jaime.

—A humo, a sudor y a mierda —dijo—. En pocas palabras, a Desembarco del Rey. Si tenéis buen olfato, os llegará también el olor de la traición. ¿Nunca habíais olido una ciudad?

—Olí Puerto Blanco, pero no apestaba de esta manera.

—Puerto Blanco es a Desembarco del Rey lo que mi hermano Tyrion es a Ser Gregor Clegane.

Nage los precedió en el ascenso de una pequeña colina, con el estandarte de paz de las siete colas ondeando al viento y la brillante estrella de siete puntas bien visible en la parte superior. Pronto vería a Cersei, a Tyrion y a su padre.

«¿Será posible que mi hermano haya matado al chico?» A Jaime no le parecía concebible.

Era extraño, pero estaba tranquilo. Sabía que, cuando un hombre pierde a su hijo, enloquece de dolor. Se arranca los cabellos de raíz, maldice a los dioses y jura venganza. Entonces, ¿por qué no sentía nada virulento? «El chico vivió y murió creyendo que Robert Baratheon era su padre.»

Sí, Jaime lo había visto nacer, aunque lo hizo más por Cersei que por el niño. Pero no lo llegó a tener en brazos. «¿Qué dirá la gente? —le advirtió su hermana cuando por fin los dejaron solos—. Ya es bastante grave que Joff se parezca a ti; solo falta que te dediques a hacerle monerías.» Jaime se rindió sin presentar batalla. El crío no había sido más que una cosita rosada y berreante que exigía demasiada parte del tiempo de Cersei, del amor de Cersei y de las tetas de Cersei. Por lo que a él respectaba, se lo podía quedar Robert.

«Y ahora está muerto.» Se imaginó a Joff tendido, frío e inmóvil, con el rostro ennegrecido por el veneno, y siguió sin sentir nada. Tal vez fuera cierto que era un monstruo, como decían. Si el Padre se le apareciera en aquel momento y le ofreciera recuperar su mano o a su hijo, Jaime sabía qué elegiría. Al fin y al cabo, tenía otro hijo y semilla suficiente para muchos más. «Si Cersei quiere otro bebé, se lo daré... y esta vez lo cogeré en brazos, y que los Otros se lleven a cualquiera a quien no le guste.» Robert se pudría ya en su tumba, y Jaime estaba harto de mentiras.

Guiado por un impulso, dio media vuelta y cabalgó en busca de Brienne.

«Los dioses sabrán por qué me molesto. Es la criatura menos sociable que he tenido la desgracia de conocer.» La moza cabalgaba muy por detrás y varios pasos a un lado de la columna, como para dejar bien claro que no formaba parte del grupo. Por el camino habían ido encontrando atuendos masculinos para ella: una túnica aquí, un manto allí, unos calzones y una capa con capucha, incluso una vieja coraza de hierro. Parecía más cómoda vestida de hombre, pero nada la haría parecer atractiva. «Ni feliz.» Una vez lejos de Harrenhal, no había tardado en recuperar su tozudez.

—Quiero recuperar mis armas y mi armadura —había insistido.

—Oh, por los dioses, volvamos a vestirla de acero —replicó Jaime, harto—. El yelmo, sobre todo. Todos estaremos mucho mejor si mantenéis la boca cerrada y el visor bajado. —En aquello, Brienne pudo complacerlo, pero sus silencios hoscos no tardaron en minar el buen humor de Jaime, casi tanto como los interminables intentos de Qyburn por adularlo.

«Los dioses me asistan, nunca imaginé que acabaría extrañando la compañía de Cleos Frey.» Empezaba a pensar que habría sido mejor dejarla con el oso.

—Desembarco del Rey —anunció Jaime cuando la encontró—. Nuestro viaje ha terminado, mi señora. Habéis cumplido vuestro juramento: me habéis traído a Desembarco del Rey. A falta de unos cuantos dedos y una mano.

—Eso era solo la mitad del juramento. —Los ojos de Brienne solo mostraban indiferencia—. Le prometí a Lady Catelyn que le devolvería a sus hijas. Al menos a Sansa. Y ahora...

«No llegó a conocer a Robb Stark, pero llora su muerte más que yo la de Joff.» O quizá lloraba por Lady Catelyn. Fue en Bosquepinto donde se enteraron de aquella otra noticia, de labios de un caballero gordo y de rostro rubicundo llamado Ser Bertram Beesbury, cuyo blasón mostraba tres colmenas sobre un campo de franjas negras y doradas. Según Beesbury, el día anterior, una tropa de hombres de Lord Piper había pasado por Bosquepinto al galope hacia Desembarco del Rey bajo un estandarte de paz.

—Ahora que ha muerto el Joven Lobo, Piper considera que no tiene sentido seguir luchando —comentó Beesbury—. Su hijo está prisionero en Los Gemelos.

Brienne abrió y cerró la boca como una vaca a punto de ahogarse con el bolo regurgitado, de manera que le correspondió a Jaime sonsacarle toda la historia de la Boda Roja.

—Todo gran señor tiene vasallos rebeldes que lo envidian —dijo más tarde a Brienne—. Mi padre tenía a los Reyne y a los Tarbeck; los Tyrell tienen a los Florent; Hoster Tully tenía a Walder Frey... Lo único que mantiene en su sitio a esos hombres es la fuerza. En el momento en que huelen la menor debilidad... Durante la Edad de los Héroes, los Bolton tenían la costumbre de desollar a los Stark y ponerse sus pieles a modo de capas.

Estaba tan desolada que a Jaime casi le dieron ganas de intentar consolarla.

Desde aquel día era como si Brienne estuviera medio muerta. Ni siquiera llamarla *moza* provocaba en ella ninguna reacción. «La han abandonado las fuerzas.» Aquella mujer había dejado caer una roca sobre Robin Ryger, había peleado contra un oso con una espada de torneo, le había arrancado la oreja de un mordisco a Vargo Hoat, había luchado contra Jaime hasta la extenuación... y ahora estaba acabada, rota.

—Hablaré con mi padre para que os devuelva a Tarth, si lo deseáis —le dijo—. O, si preferís quedaros, tal vez os pueda encontrar un lugar en la corte.

—¿Como dama de compañía de la Reina? —dijo ella con amargura.

Jaime la recordó con aquella túnica de seda rosa y trató de no imaginar lo que diría su hermana de semejante compañera.

—Tal vez haya un puesto en la Guardia de la Ciudad.

—No serviré con perjuros y asesinos.

«Entonces, ¿para qué te molestaste en aprender el manejo de la espada?», podría haberle dicho. Pero se tragó las palabras.

—Como queráis, Brienne.

Con una mano, hizo dar la vuelta al caballo y se alejó.

La Puerta de los Dioses estaba abierta cuando llegaron junto a ella, pero había dos docenas de carromatos alineados a lo largo del camino, cargados de barriles de sidra, bidones de manzanas, balas de heno y algunas de las calabazas más grandes que Jaime había visto en su vida. Casi todos los carromatos estaban vigilados por soldados con los blasones de señores menores, por mercenarios con cotas de malla y corazas, o sencillamente por el rubicundo hijo de un campesino armado con una lanza de fabricación casera, con la punta endurecida al fuego. Jaime les sonrió cuando pasó junto a ellos al trote. En la puerta, los capas doradas le cobraban unas monedas a cada conductor antes de permitir la entrada de los carromatos.

—¿Qué pasa aquí? —exigió saber Patas de Acero.

—Tienen que pagar por el derecho de entrar en la ciudad para vender su mercancía. Por orden de la Mano del Rey y el consejero de la moneda.

Jaime contempló la larga hilera de carros, carromatos y caballos cargados.

—¿Y aun así hacen cola para pagar?

—Aquí se puede ganar mucho, ahora que han acabado las batallas —les comentó alegremente el molinero del carro más cercano—. Los Lannister defienden la ciudad, nada menos que el viejo Lord Tywin de la Roca. Se dice que caga plata.

—Oro —lo corrigió Jaime con tono seco—. Y supongo que Meñique acuña las monedas con pétalos de margarita.

—Ahora el consejero de la moneda es el Gnomo —dijo el capitán de la puerta—. Mejor dicho, lo era hasta que lo detuvieron por asesinar al Rey. —Miró a los norteños con gesto de desconfianza—. ¿Quiénes sois vosotros?

—Hombres de Lord Bolton; venimos a ver a la Mano del Rey.

El capitán le echó un vistazo a Nage, con su estandarte de paz.

—Querrás decir que venís a doblar la rodilla. No sois los primeros. Id directos al castillo, y nada de altercados.

Les hizo un gesto para que entraran y volvió a concentrarse en los carromatos.

Si Desembarco del Rey estaba de luto por la muerte del niño rey, Jaime no vio muestras de ello. En la calle de las Semillas, un hermano mendicante con su túnica raída rezaba en voz alta por el alma de Joffrey, pero los transeúntes no le prestaban más atención que a un postigo suelto azotado por el viento. Por lo demás, la ciudad estaba como siempre: capas doradas con sus armaduras negras; aprendices de panadero que vendían panes, empanadas y pasteles calientes; putas asomadas por las ventanas con los corpiños a medio atar, y alcantarillas hediondas con los residuos de la noche. Se cruzaron con cinco hombres que intentaban sacar a rastras un caballo muerto de un callejón y, más adelante, con un malabarista que hacía girar cuchillos en el aire para deleite de un grupo de niños y soldados de los Tyrell borrachos.

Al atravesar aquellas calles conocidas en compañía de doscientos norteños, un maestre sin cadena y una mujer de increíble fealdad, Jaime descubrió que nadie lo miraba dos veces. No supo si sonreír o sentirse molesto.

—No me conocen —le dijo a Patas de Acero mientras cruzaban la plaza de los Zapateros.

—Vuestro rostro es diferente, y también vuestro blasón —señaló el norteño—. Además, ahora tienen un nuevo Matarreyes.

Las puertas de la Fortaleza Roja estaban abiertas, pero una docena de capas doradas armados con picas cerraban el paso. Bajaron las puntas cuando Patas de Acero se acercó al trote, pero Jaime reconoció al caballero blanco que estaba al mando.

—Ser Meryn... —saludó.

—¿Ser Jaime? —Los ojos caídos de Ser Meryn Trant se abrieron como platos.

—Menos mal que alguien me recuerda. Decidles a los hombres que se hagan a un lado.

Había pasado mucho tiempo desde la última vez que alguien se hubiera precipitado a obedecer una orden suya. Jaime había olvidado lo grata que era aquella sensación.

En el patio de armas encontraron a otros dos caballeros de la Guardia Real, que no vestían capas blancas la última vez que Jaime sirviera allí. «Muy propio de Cersei: me nombra Lord Comandante y luego elige a mis hombres sin consultarme.»

—Por lo que veo, me han dado dos nuevos hermanos —dijo al tiempo que desmontaba.

—Tenemos ese honor, ser.

El Caballero de las Flores estaba tan deslumbrante y puro con sus sedas y su armadura blanca que, en comparación, Jaime se sintió sucio y andrajoso. Se volvió hacia Meryn Trant.

—Por lo visto no les habéis explicado bien sus deberes a nuestros nuevos hermanos, ser.

—¿Qué deberes? —preguntó Meryn Trant a la defensiva.

—El de mantener con vida al Rey, por ejemplo. ¿Cuántos monarcas habéis perdido desde que me fui de la ciudad? Dos, ¿no?

Fue entonces cuando Ser Balon le vio el muñón.

—Vuestra mano...

—Ahora lucho con la izquierda. —Jaime se forzó a sonreír—. Así resulta más emocionante. ¿Dónde puedo encontrar a mi señor padre?

—En sus habitaciones, con Lord Tyrell y el príncipe Oberyn.

«¿Ahora, Mace Tyrell y la Víbora Roja comparten el pan? Esto es cada vez más extraño.»

—¿La Reina también está con ellos?

—No, mi señor —respondió Ser Balon—. La podéis encontrar en el septo, rezando por el rey Joff...

—¡Vos!

Jaime se volvió. El último de los norteños había descabalgado, y por fin, Loras Tyrell había divisado a Brienne. Ella lo miró con gesto estúpido, agarrada a las riendas.

—Ser Loras...

—¿Por qué? —exigió Loras Tyrell, avanzando a zancadas hacia ella—. ¿Por qué? Decidme, ¿por qué? Él os trató bien, os dio la capa arco iris. ¿Por qué lo matasteis?

—No lo maté. Habría muerto por él.

—Por él moriréis. —Ser Loras desenvainó la espada larga.

—No fui yo.

—Con su último aliento, Emmon Cuy juró que sí.

—Estaba fuera de la tienda; no pudo ver nada...

—Porque dentro de la tienda solo estabais Lady Stark y vos. ¿Queréis decir que esa vieja fue capaz de atravesar el acero de un tajo?

—¡Había una sombra! Sé que parece cosa de locos, pero... Yo estaba ayudando a Renly a ponerse la armadura, y de repente se apagaron las velas, y había sangre por todas partes... Lady Catelyn dijo que fue Stannis... No, su sombra. Yo no tuve nada que ver, lo juro por mi honor.

—Vos no tenéis honor. Desenvainad la espada. No quiero que se diga que os maté mientras estabais indefensa.

—Guardad la espada, ser —ordenó Jaime interponiéndose entre ellos.

Ser Loras dio un paso a un lado para esquivarlo.

—¿Sois cobarde además de asesina, Brienne? ¿Por eso escapasteis, con su sangre en las manos? ¡Desenvainad la espada, mujer!

—Más os vale que no lo haga. —Jaime volvió a cerrarle el paso—. De lo contrario, será vuestro cadáver el que tengamos que retirar. La moza es tan fuerte como Gregor Clegane, aunque no sea tan bonita.

—Esto no os concierne, ser. —Ser Loras lo apartó a un lado.

—Soy el Lord Comandante de la Guardia Real, mocoso arrogante. —Jaime agarró al muchacho con la mano buena y lo zarandeó—. Soy tu comandante, al menos mientras vistas esa capa blanca. Ahora, envaina esa puta espada, o te la quitaré y te la meteré hasta un lugar que ni siquiera Renly encontró jamás.

El muchacho titubeó un segundo, lo necesario para que Ser Balon Swann interviniera.

—Haced lo que os dice el Lord Comandante, Loras.

Varios capas doradas desenvainaron el acero, y en respuesta, unos cuantos hombres de Fuerte Terror hicieron lo mismo.

«Espléndido —pensó Jaime—. Apenas desmonto del caballo, ya organizo un baño de sangre en el patio.»

Ser Loras Tyrell volvió a envainar la espada con un movimiento rabioso.

—Vaya, no ha sido tan difícil, ¿eh?

—Quiero que sea detenida —señaló Ser Loras—. Lady Brienne, os acuso del asesinato de Lord Renly Baratheon.

—Por si os sirve de algo —dijo Jaime—, la moza tiene honor. Más honor del que he visto en vos. Y es posible que diga la verdad. Por mi vida que no es lo que se dice lista, pero hasta a mi caballo se le ocurriría una mentira mejor, si fuera una mentira lo que quisiera decir. Pero, dado que insistís... Ser Balon, escoltad a Lady Brienne a una celda de la torre y retenedla allí con vigilancia. Buscad también alojamientos adecuados para Patas de Acero y sus hombres, hasta que mi padre considere oportuno recibirlos.

—Sí, mi señor.

Los grandes ojos azules de Brienne lo miraban ofendidos, mientras una docena de capas doradas al mando de Balon Swann se la llevaban.

«Me deberías estar lanzando besos, moza —habría querido decirle. ¿Por qué todo el mundo tenía que malinterpretar todo lo que hacía?—. Aerys. Siempre igual. Todo se remonta a Aerys.»

Jaime le dio la espalda y cruzó el patio a zancadas.

Otro caballero de armadura blanca guardaba las puertas del septo real. Era un hombre alto, de barba negra, hombros anchos y nariz aguileña. Al ver a Jaime esbozó una sonrisa agria.

—¿Adónde crees que vas?

—Al septo. —Jaime señaló con el muñón—. A ese septo. Quiero ver a la Reina.

—Su Alteza está de luto. ¿Por qué querría recibir a alguien como tú?

«Porque soy su amante y porque soy el padre de su hijo asesinado», habría querido decir.

—Por los siete infiernos, ¿quién sois vos?

—Un caballero de la Guardia Real, y más te valdría aprender un poco de respeto, tullido, o te cortaré la otra mano y mañana te tendrás que tomar las gachas a sorbos.

—Soy el hermano de la Reina, ser.

—Qué, ¿habéis escapado? —Al caballero blanco le parecía de lo más divertido—. ¿Y de paso habéis crecido, mi señor?

—Su otro hermano, imbécil. Y el Lord Comandante de la Guardia Real. Venga, échate a un lado o lo lamentarás.

—Si sois... —El imbécil lo miró con más atención—. Ser Jaime. —Se irguió—. Os ruego que me perdonéis, mi señor. No os había reconocido. Tengo el honor de ser Ser Osmund Kettleblack.

«¿Y qué tiene eso de honorable?»

—Quiero estar un rato a solas con mi hermana. Encargaos de que nadie entre en el septo, ser. Si nos molestan, os cortaré la cabeza.

—Sí, señor. Como digáis, señor.

Ser Osmund le abrió la puerta.

Cersei estaba de rodillas delante del altar de la Madre. El féretro de Joffrey estaba a los pies del Desconocido, encargado de guiar al otro mundo a los que acaban de morir. El olor del incienso era tan denso que el aire se podía cortar; había un centenar de velas ardiendo, que elevaban otras tantas plegarias.

«Joff va a necesitar de todas y cada una de ellas.»

—¿Quién es? —Su hermana giró la cabeza. Después, cuando lo vio, preguntó—: ¿Jaime? —Se levantó, los ojos rebosantes de lágrimas—. ¿Eres tú de verdad? —Pero no fue hacia él.

«Nunca viene a mí —pensó Jaime—. Siempre espera, siempre deja que vaya a ella. Ella otorga, pero yo se lo tengo que pedir.»

—Tendrías que haber venido antes —murmuró cuando la tomó entre sus brazos—. ¿Por qué no pudiste venir antes, para salvarlo? Mi hijo...

«Nuestro hijo.»

—Vine tan pronto como pude. —Se liberó del abrazo y retrocedió un paso—. Ahí fuera hay una guerra, hermana.

—Qué delgado estás. Y tu pelo, tu pelo dorado...

—El pelo me volverá a crecer. —Jaime alzó el muñón. «Tiene que verlo cuanto antes»—. Esto no.

—Los Stark... —dijo Cersei abriendo los ojos como platos.

—No. Fue cosa de Vargo Hoat.

—¿De quién? —Aquel nombre no le decía nada.

—La Cabra de Harrenhal. Por poco tiempo.

Cersei desvió la mirada hacia el ataúd de Joffrey. Habían vestido al rey difunto con una armadura dorada que recordaba a la de Jaime de una manera escalofriante. El visor del yelmo estaba cerrado, pero las velas arrancaban suaves destellos del oro, de manera que el chico parecía luminoso y valiente en la muerte. La luz de las velas jugaba también con los rubíes que decoraban el corpiño del vestido de luto de Cersei; hacía que parecieran llamas diminutas. El cabello le caía sobre los hombros, sin peinar, desarreglado.

—Él lo mató, Jaime. Me lo había advertido. Me dijo que un día, cuando me sintiera segura y feliz, haría que mi alegría se me convirtiera en cenizas en la boca.

—¿Tyrion te dijo eso? —Jaime no lo quería creer. A los ojos de los dioses y de los hombres, matar a alguien de la misma sangre era peor que matar a un rey. «Él sabía que era hijo mío. Yo quería a Tyrion. Siempre fui bueno con él. Bueno, excepto en una ocasión... pero él no sabía la verdad acerca de aquello. ¿O sí?»—. ¿Por qué iba a matar a Joff?

—Por una puta. —Le agarró la mano buena y la sostuvo entre las suyas—. Me dijo que lo iba a matar. Joff lo supo. Mientras agonizaba, señaló a su asesino. Nuestro hermanito es un monstruo retorcido. —Besó los dedos de Jaime—. Lo matarás, ¿verdad?, lo matarás por mí. Vengarás a nuestro hijo.

Jaime apartó la mano.

—Sigue siendo mi hermano. —Le agitó el muñón ante la cara, por si no lo había visto bien—. Y no estoy precisamente en condiciones de matar a nadie.

—Tienes otra mano, ¿no? Y tampoco te estoy pidiendo que derrotes al Perro en combate. Tyrion es un enano encerrado en una celda. Si se lo ordenas, los guardias te dejarán pasar.

—Tengo que saber más. —La sola idea le revolvía el estómago—. Tengo que saber cómo fue.

—Lo sabrás —le prometió Cersei—. Habrá un juicio. Cuando sepas todo lo que hizo, desearás su muerte tanto como yo. —Le acarició el rostro—. Sin ti estaba perdida, Jaime. Tenía miedo de que los Stark me enviaran tu cabeza. No lo habría soportado. —Lo besó. Fue un beso ligero, apenas un roce de los labios, pero cuando la rodeó con los brazos la sintió temblar—. Sin ti no estoy entera, Jaime.

En el beso que él le devolvió no había ternura, solo hambre. Cersei abrió la boca para dejar paso a su lengua.

—No —protestó débilmente cuando los labios bajaron hacia el cuello—. Aquí no. Los septones...

—Los Otros se lleven a los septones.

La besó de nuevo, la besó en silencio, la besó hasta que empezó a gemir... Entonces barrió las velas con el brazo, la subió al altar de la Madre y le levantó las faldas y las mudas de seda. Ella lo golpeaba en el pecho con puños débiles; murmuraba algo sobre el riesgo, el peligro, sobre su padre, sobre los septones, sobre la ira de los dioses... Jaime no la oía. Se desanudó los calzones, se subió al altar y le abrió las blancas piernas. Le pasó la mano entre los muslos y le arrancó la ropa interior. Vio entonces que tenía la sangre lunar, pero no le importó.

—Deprisa —le susurraba ella—, deprisa, deprisa, sigue, no pares, deprisa. Jaime, Jaime, Jaime. —Lo guio con las manos—. Sí —gimió Cersei ante su embestida—, mi hermano, mi querido hermano, sí, así, así, te tengo, ya estás en casa, ya estás en casa, ya estás en casa...

Le besó la oreja y le acarició el pelo corto, hirsuto. Jaime se perdió en su carne. Sentía como el corazón de Cersei latía al mismo ritmo que el suyo, y notaba la humedad de la sangre y la semilla allí donde se unían.

Pero en cuanto hubieron terminado, la Reina se lo quitó de encima.

—Déjame levantarme. Si nos encuentran así...

De mala gana, rodó hacia un lado y la ayudó a bajarse del altar. El mármol blanquecino estaba manchado de sangre. Jaime lo limpió con la manga y recogió las velas que había derribado. Por suerte, todas se habían apagado al caer.

«Si el septo se hubiera incendiado, no me habría dado ni cuenta.»

—Esto ha sido una locura. —Cersei se estiró el vestido—. Nuestro padre está en el castillo... Hemos de tener cuidado.

—Estoy harto de tener cuidado. Los Targaryen se casaban entre hermanos; ¿por qué nosotros no podemos hacer lo mismo? Cásate conmigo, Cersei. Ponte en pie ante todo el reino y di que es a mí a quien quieres. Celebraremos un banquete de bodas y tendremos otro hijo para sustituir a Joffrey.

—No tiene gracia. —Cersei dio un paso atrás.

—¿Acaso me estoy riendo?

—¿Es que te has dejado el cerebro en Aguasdulces? —La tensión se palpaba en su voz—. El derecho de Tommen al trono deriva de Robert, lo sabes muy bien.

—Heredará Roca Casterly, ¿no le basta con eso? Que sea nuestro padre quien se siente en el trono. Lo único que yo quiero es tenerte a ti.

Hizo ademán de acariciarle la mejilla. Por la fuerza de la costumbre, el brazo que alzó fue el derecho. Cersei se apartó del muñón.

—No... No digas esas cosas. Me estás asustando, Jaime. No seas idiota. Una palabra nos lo podría costar todo. ¿Qué te han hecho?

—Me han cortado la mano.

—No, es algo más; has cambiado. —Retrocedió un paso—. Seguiremos hablando luego. Mañana. He mandado encerrar a las doncellas de Sansa Stark en una celda de la torre. Tengo que ir a interrogarlas... y tú debes ver a nuestro padre.

—He viajado mil leguas para estar contigo, y por el camino he perdido lo mejor de mí mismo. No me digas que me vaya.

—Vete —repitió ella al tiempo que se volvía.

Jaime se anudó los calzones e hizo lo que le ordenaba Cersei. Estaba agotado, pero no podía irse a la cama. A aquellas alturas, su señor padre sabría ya que había vuelto a la ciudad.

La Torre de la Mano estaba vigilada por guardias de la Casa Lannister, que lo reconocieron al instante.

—Los dioses son bondadosos por haberos devuelto a nosotros, ser —dijo uno al tiempo que le franqueaba el paso.

—Los dioses no han tenido nada que ver. La que me ha devuelto ha sido Catelyn Stark. Ella y el señor de Fuerte Terror.

Subió por las escaleras y entró en la estancia sin hacerse anunciar. Su padre estaba sentado junto a la chimenea, a solas, circunstancia que Jaime agradeció. No sentía el menor deseo de exhibir la mano mutilada ante Mace Tyrell o la Víbora Roja, y menos aún ante los dos juntos.

—Jaime —dijo Lord Tywin como si se hubieran visto por última vez durante el desayuno—, Lord Bolton me indujo a pensar que llegarías antes. Tenía la esperanza de que estuvieras aquí para la boda.

—Me retrasaron. —Jaime cerró la puerta con suavidad—. Tengo entendido que mi hermana se superó a sí misma. Setenta y siete platos y un regicidio; nunca se había visto una celebración así. ¿Desde cuándo sabes que estoy libre?

—El eunuco me lo dijo a los pocos días de tu fuga. Envié hombres a buscarte por las tierras de los ríos. Gregor Clegane, Samwell Spicer, los hermanos Plumm... Varys también hizo correr la voz, pero con discreción. Estuvimos de acuerdo en que cuantas menos personas supieran que estabas libre, menos intentarían darte caza.

—¿Varys te mencionó también esto? —Jaime se acercó a la chimenea para que su padre lo viera mejor.

Lord Tywin se levantó bruscamente de la silla; el aliento se le escapó entre los dientes con un siseo.

—¿Quién te ha hecho eso? Si Lady Catelyn cree que...

—Lady Catelyn me puso una espada en la garganta y me obligó a jurar que le devolvería a sus hijas. Esto fue obra de tu Cabra. ¡De Vargo Hoat, el señor de Harrenhal!

—Ya no. —Lord Tywin apartó la vista, asqueado—. Ser Gregor ha tomado el castillo. Casi todos los mercenarios desertaron y abandonaron a su capitán, y algunos de los antiguos criados de Lady Whent les abrieron una poterna. Clegane encontró a Hoat a solas, en Sala de las Cien Chimeneas, medio enloquecido de dolor y fiebre por una herida que se le había infectado. Me dijeron que tenía una herida en la oreja.

Jaime no pudo contener una carcajada. «¡La oreja! ¡Es increíble!» Se moría de ganas de contárselo a Brienne, aunque seguro que a la moza no le haría ni la mitad de gracia que a él.

—¿Ha muerto ya?

—No tardará. Le han cortado las manos y los pies, pero por lo visto, a Clegane le resulta divertido el ceceo del qohoriense.

—¿Y qué hay de sus Compañeros Audaces? —A Jaime se le había borrado la sonrisa.

—Los pocos que se quedaron en Harrenhal están muertos. El resto se dispersó. Seguramente se dirigirán hacia los puertos o tratarán de ocultarse en los bosques. —Volvió a clavar los ojos en el muñón de Jaime, y la rabia le tensó la boca—. Les cortaremos la cabeza. A todos, sin excepción. ¿Puedes manejar la espada con la mano izquierda?

«Apenas puedo vestirme solo por las mañanas.» Jaime alzó la mano en cuestión para que su padre se la inspeccionase.

—Cinco dedos, como la otra. No veo por qué no va a funcionar igual.

—Bien. —Su padre se sentó—. Me alegro. Tengo un regalo para ti. Por tu regreso. Desde que Varys me lo dijo.

—A menos que se trate de una mano nueva, puede esperar. —Jaime se sentó en una silla frente a él—. ¿Cómo murió Joffrey?

—Veneno. Se intentó que pareciera que se había atragantado con la comida, pero hice que los maestres le abrieran la garganta, y no encontraron ninguna obstrucción.

—Cersei dice que fue Tyrion.

—Tu hermano le sirvió al Rey el vino envenenado, ante los ojos de un millar de personas.

—Qué estúpido por su parte, ¿no?

—He mandado detener al escudero de Tyrion. Y a las doncellas de su esposa. Veremos qué nos cuentan. Los capas doradas de Ser Addam están buscando a la Stark, y Varys ha ofrecido una recompensa. Se hará la justicia del rey.

«La justicia del rey.»

—¿De verdad ejecutarías a tu hijo?

—Ha sido acusado de regicidio, con el agravante de que estaba emparentado con la víctima. Si es inocente, no tiene nada que temer. Lo primero que tenemos que hacer es valorar las pruebas que hay contra él.

«Pruebas.» Jaime se imaginaba el tipo de pruebas que se podían presentar en aquella ciudad de mentirosos.

—Renly también murió en circunstancias extrañas, justo cuando le convenía a Stannis.

—A Lord Renly lo asesinó uno de sus guardias, una mujer de Tarth.

—Esa mujer de Tarth es la que me ha traído aquí. La he encerrado en una celda para apaciguar a Ser Loras, pero antes creeré en el fantasma de Renly que en quien diga que ella le hizo el menor daño. En cambio, Stannis...

—Lo que mató a Joffrey fue el veneno, no la brujería. —Lord Tywin volvió a mirar el muñón de Jaime—. No puedes servir en la Guardia Real sin mano para manejar la espada...

—Sí que puedo —interrumpió—. Y serviré. Hay precedentes. Si quieres, consultaré el Libro Blanco y te los buscaré. Entero o mutilado, un caballero de la Guardia Real sirve de por vida.

—Eso lo cambió Cersei cuando sustituyó a Ser Barristan por motivos de edad. Un regalo adecuado a la Fe persuadirá al Septón Supremo para que te libere de los votos. Reconozco que tu hermana cometió una estupidez al prescindir de Selmy, pero ahora que ha abierto las puertas...

—Alguien las tiene que volver a cerrar. —Jaime se levantó—. Estoy harto de mujeres de noble cuna que me cubren de mierda, Padre. A mí nadie me preguntó si quería ser Lord Comandante de la Guardia Real, pero por lo visto lo soy. Tengo un deber...

—Así es. —Lord Tywin se levantó también—. Un deber para con la Casa Lannister. Eres el heredero de Roca Casterly. Ahí es donde tienes que estar. Tommen te acompañará, como pupilo y escudero. En la Roca es donde aprenderá a ser un Lannister; quiero mantenerlo alejado de su madre. He decidido buscarle un nuevo esposo a Cersei. Puede que Oberyn Martell, en cuanto consiga convencer a Lord Tyrell de que ese matrimonio no supondría una amenaza para Altojardín. Y ya va siendo hora de que tú también te cases. Los Tyrell se empeñan ahora en casar a Margaery con Tommen, pero si te ofreciera a ti en su lugar...

—¡No! —Jaime había soportado todo lo soportable. No, más de lo soportable. Estaba harto, harto de los señores, de las mentiras, harto de su padre, de su hermana, harto de toda aquella mierda—. No. No. No. No. No. ¿Cuántas veces tengo que decir que no para que lo entiendas? ¿Oberyn Martell? Es infame, y no solo porque pone veneno en su espada. Tiene más bastardos que Robert y se acuesta con muchachitos. Y si en algún momento se te ha pasado por la cabeza que me iba a casar con la viuda de Joffrey...

—Lord Tyrell me asegura que sigue siendo doncella.

—Por lo que a mí respecta, puede morir doncella. ¡No la quiero, y tampoco quiero tu Roca!

—Eres mi hijo...

—Soy un caballero de la Guardia Real. ¡Soy el Lord Comandante de la Guardia Real! ¡Y no pienso ser otra cosa!

Las llamas de la chimenea arrancaban destellos de las espesas patillas que enmarcaban el rostro de Lord Tywin. Una vena le latía en el cuello. Pero no habló. Y no habló. Y no habló.

El silencio se fue haciendo más y más tenso, hasta que por último, Jaime no lo pudo soportar.

—Padre... —empezó.

—No sois mi hijo. —Lord Tywin se volvió—. Decís que sois el Lord Comandante de la Guardia Real y nada más. Muy bien, ser. Id a cumplir con vuestro deber.

Davos

Sus voces se alzaban como pavesas que se arremolinaran en el cielo púrpura del anochecer.

—Aléjanos de la oscuridad, oh, Señor. Inflama nuestros corazones para que podamos recorrer tu camino de luz.

La hoguera nocturna ardía en la creciente oscuridad; era como una gran bestia brillante, cuya cambiante luz anaranjada proyectaba sombras de siete varas por todo el patio. En las murallas de Rocadragón, el ejército de gárgolas y figuras grotescas parecía moverse inquieto.

Davos observaba el espectáculo desde una ventana en forma de arco situada en la galería superior. Vio a Melisandre alzar los brazos como si quisiera abrazar las llamas tremolantes.

—R'hllor —entonó con voz alta y clara—, tú eres la luz de nuestros ojos, el fuego de nuestros corazones, el calor de nuestras entrañas. Tuyo es el sol que calienta nuestros días; tuyas, las estrellas que nos guardan en la noche oscura...

—Señor de la Luz, defiéndenos. La noche es oscura y alberga cosas aterradoras.

La reina Selyse era la que le daba las respuestas, con el rostro anguloso transido de fervor. El rey Stannis se encontraba junto a ella; tenía las mandíbulas apretadas y las puntas de la corona de oro rojo brillaban cada vez que movía la cabeza. «Está con ellos, pero no es uno de ellos», pensó Davos. Entre ambos se encontraba la princesa Shireen; la luz del fuego hacía que las zonas grises de la cara y el cuello parecieran casi negras.

—Señor de la Luz, protégenos —entonó la Reina.

El Rey no daba las respuestas, como los demás. Estaba contemplando las llamas. Davos se preguntó qué vería en ellas. «¿Otra visión de la guerra que se avecina? ¿O tal vez algo más cercano a casa?»

—R'hllor, que nos concedes el aliento, te damos las gracias —cantó Melisandre—. R'hllor, que nos concedes los días, te damos las gracias.

—Te damos las gracias por el sol que nos calienta —respondieron la reina Selyse y los demás fieles—. Te damos las gracias por las estrellas que velan por nosotros. Te damos las gracias por el fuego de los hogares y las antorchas que mantienen a raya la oscuridad.

Las voces que recitaban eran menos que la noche anterior, o aquello le pareció a Davos; menos rostros iluminados por la luz anaranjada del fuego. Pero ¿qué pasaría al día siguiente? ¿Habría menos aún... o más?

La voz de Ser Axell Florent resonó como un trompetazo. El resplandor del fuego lamía como una monstruosa lengua anaranjada el rostro del hombre de pecho abombado y piernas torcidas. Davos pensó que tal vez Ser Axell le diera las gracias más adelante. Lo que iban a hacer aquella noche bien podía convertirlo en Mano del Rey, como había soñado.

—Te damos las gracias por Stannis, nuestro rey según tu voluntad —exclamó Melisandre—. Te damos las gracias por el puro fuego blanco de su bondad, por la espada roja de justicia que esgrime, por el amor que inspira en su leal pueblo. Guíalo y defiéndelo, R'hllor, y dale fuerzas para aniquilar a sus enemigos.

—Dale fuerzas —respondieron la reina Selyse, Ser Axell, Devan y los demás—. Dale valor. Dale sabiduría.

Cuando era niño, los septones le habían enseñado a Davos que al rezar le debía pedir sabiduría a la Vieja, valor al Guerrero y fuerza al Herrero. Pero en aquel momento a quien rezaba era a la Madre, para que mantuviera a su querido hijo Devan a salvo del demoniaco dios de la mujer roja.

—¿Lord Davos? Será mejor que empecemos. —Ser Andrew le tocó el codo—. ¿Mi señor?

El título le seguía sonando raro, pero Davos se apartó de la ventana.

—Sí. Ha llegado el momento.

Stannis, Melisandre y los hombres de la Reina seguirían rezando una hora o más. La sacerdotisa roja encendía hogueras a diario al llegar el ocaso, para dar las gracias a R'hllor por el día que terminaba y suplicarle que a la mañana siguiente volviera a enviar el Sol para que dispersara la oscuridad. «Un contrabandista tiene que conocer las mareas y saber aprovecharlas.» En definitiva, no era más que Davos el contrabandista. Se llevó la mano mutilada al cuello en busca de su suerte y no encontró nada. La bajó de golpe y aceleró el paso un poco más.

Sus compañeros lo siguieron a zancadas para mantenerse a su altura. El Bastardo de Canto Nocturno tenía el rostro picado de viruelas y un aire de caballerosidad destrozada; Ser Gerald Gower era grueso, rudo y rubio; Ser Andrew Estermont era una cabeza más alto que los demás, con la barba en forma de punta de lanza y las cejas castañas muy pobladas.

«Todos son hombres buenos, cada uno a su manera —pensó Davos—. Y pronto serán hombres muertos si algo sale mal esta noche.»

—El fuego es un ser vivo —le había dicho la mujer roja cuando le pidió que lo enseñara a ver el futuro en las llamas—. Está siempre en movimiento, siempre cambiando... como un libro cuyas letras danzaran y se movieran mientras intentáis leerlas. Hacen falta años de adiestramiento para ver las formas que moran más allá de las llamas, y más años todavía para aprender a distinguir entre las formas de lo que será y las de lo que puede ser o de lo que fue. Y aun entonces es difícil, muy difícil. Los hombres de las tierras del ocaso no lo entendéis.

Davos le preguntó cómo había hecho Ser Axell para aprender el truco tan deprisa, pero ella se limitó a sonreír con gesto enigmático.

—Cualquier gato puede mirar el fuego y ver ratones rojos.

No había querido mentir a los hombres del Rey.

—Puede que la mujer roja vea nuestras intenciones —les advirtió.

—Entonces deberíamos empezar por matarla —propuso Lewys el Pescadero—. Conozco un lugar perfecto para tenderle una emboscada. Cuatro de nosotros con espadas bien afiladas...

—Nos condenarías a todos —dijo Davos—. El maestre Cressen trató de matarla, y ella lo supo al instante. Supongo que lo vería en las llamas. Creo que percibe enseguida cualquier amenaza contra su persona, pero no puede verlo todo. Si no le hacemos caso, quizá no se fije en nosotros.

—Esconderse y actuar a hurtadillas no es honorable —objetó Ser Triston de Colina Cuenta, que había sido vasallo de los Sunglass antes de que Lord Guncer acabara en el fuego de Melisandre.

—¿Y es honorable arder en la hoguera? —le preguntó Davos—. Ya visteis morir a Lord Guncer. ¿Es eso lo que queréis? Ahora mismo no me hacen falta hombres de honor. Me hacen falta contrabandistas. ¿Estáis conmigo o no?

Estaban con él. Loados fueran los dioses, estaban con él.

El maestre Pylos le enseñaba cálculo a Edric Tormenta cuando Davos abrió la puerta, seguido de cerca por Ser Andrew; los otros se habían quedado atrás para vigilar las escaleras y la puerta del sótano. El maestre interrumpió la lección.

—Por hoy ya es suficiente, Edric.

El chico se quedó desconcertado ante la intromisión.

—Lord Davos, Ser Andrew... Estamos haciendo sumas.

—Cuando yo tenía tu edad detestaba las sumas, primo —dijo Ser Andrew con una sonrisa.

—A mí tampoco me gustan mucho. Prefiero la historia; se cuentan muchas cosas.

—Edric —dijo el maestre Pylos—, busca tu capa. Irás con Lord Davos.

—¿Por qué? —Edric se puso en pie—. ¿Adónde vamos? —Apretó los labios con gesto testarudo—. No pienso rezar al Señor de la Luz. Soy devoto del Guerrero, igual que mi padre.

—Ya lo sabemos —dijo Davos—. Vamos, muchacho, no tenemos tiempo que perder.

Edric se puso una gruesa capa de lana sin teñir. El maestre Pylos lo ayudó a abrochársela y le subió la capucha de manera que el rostro le quedara oculto entre las sombras.

—¿No venís con nosotros, maestre? —preguntó el chico.

—No. —Pylos se tocó la cadena de diversos metales que llevaba al cuello—. Mi lugar está aquí, en Rocadragón. Ve con Lord Davos y haz todo lo que te diga. Recuerda que es la Mano del Rey. ¿Qué te he dicho de la Mano del Rey?

—La Mano habla con la voz del Rey.

—Eso es —dijo el joven maestre con una sonrisa—. Venga, vete.

Davos había albergado sus dudas acerca de Pylos. Tal vez le guardara cierto rencor por ocupar el lugar de Cressen, pero en aquel momento admiraba su valor. «Esto le podría costar la vida a él también.»

En el exterior de las habitaciones del maestre, Ser Gerald Gower aguardaba en las escaleras. Edric Tormenta lo miró con curiosidad.

—¿Adónde vamos, Lord Davos? —preguntó mientras descendían.

—Al mar. Te está esperando un barco.

—¿Un barco? —El chico se detuvo de golpe.

—Sí, uno de los de Salladhor Saan. Salla es buen amigo mío.

—Iré contigo, primo —lo tranquilizó Ser Andrew—. No temas.

—No tengo miedo —se indignó Edric—. Pero... ¿no viene también Shireen?

—No —respondió Davos—. La princesa tiene que quedarse aquí, con sus padres.

—Entonces tengo que ir a verla —explicó Edric—. Para despedirme. Si no, se va a poner muy triste.

«No tan triste como si te viera arder en la hoguera.»

—No hay tiempo ahora —intervino Davos—. Le diré a la princesa que te acordaste de ella. Y puedes escribirle una carta cuando llegues a tu destino.

—¿Seguro que me tengo que marchar? —El chico frunció el ceño—. ¿Es que mi tío no me quiere en Rocadragón? ¿Lo he molestado en algo? No ha sido mi intención. —Volvía a tener su expresión más obstinada en el rostro—. Quiero ver a mi tío. Quiero ver al rey Stannis.

Ser Andrew y Ser Gerald se miraron.

—No hay tiempo para eso, primo —dijo Ser Andrew.

—¡Quiero verlo! —insistió Edric casi a gritos.

—Él no te quiere ver. —Davos tenía que decir algo para que siguiera caminando—. Yo soy su Mano; hablo con su voz. ¿Quieres que vaya y le diga que no quieres obedecer? ¿Sabes hasta qué punto se enfadará? ¿No has visto nunca a tu tío enfadado? —Se quitó el guante y le mostró al chico los cuatro dedos que Stannis le había cortado—. Yo sí.

No era más que un puñado de mentiras. Stannis Baratheon no estaba en absoluto furioso cuando le cortó las puntas de los dedos a su Caballero de la Cebolla; solo fue una demostración de su férreo sentido de la justicia. Pero por aquel entonces, Edric Tormenta no había nacido, y no tenía manera de saberlo. La amenaza surtió el efecto deseado.

—No os tendría que haber hecho eso —dijo, pero permitió que Davos le cogiera la mano y lo llevara escaleras abajo.

El Bastardo de Canto Nocturno se reunió con ellos ante la puerta de la planta baja. Caminaron con paso vivo para atravesar el patio envuelto en sombras antes de bajar unos cuantos peldaños, bajo la cola pétrea de un dragón. Lewys el Pescadero y Omer Blackberry aguardaban junto a la poterna, al lado de dos guardias atados que yacían a sus pies.

—¿El bote? —les preguntó Davos.

—Está ahí —señaló Lewys—. Con cuatro remeros. La galera está anclada nada más pasar la punta. Es la *Loco Prendos*.

«Un barco con el nombre de un loco. Qué apropiado.» Davos dejó escapar una risita. Siempre le había gustado el humor negro de Salla. Se agachó al lado de Edric Tormenta.

—Ahora me tengo que marchar —dijo—. Te está esperando un bote de remos que te llevará a la galera; luego cruzarás el mar. Eres hijo de Robert, así que sé que, pase lo que pase, te portarás como un valiente.

—Sí, pero... —titubeó el muchacho.

—Piensa que es como una aventura. —Davos trataba de parecer animado y alegre—. Es el principio de la mayor aventura de tu vida. Que el Guerrero te proteja.

—Que el Padre os juzgue con justicia, Lord Davos.

El chico salió con su primo Ser Andrew por la poterna. Lo siguieron todos los demás, excepto el Bastardo de Canto Nocturno. «Que el Padre me juzgue con justicia», pensó Davos entristecido. El único juicio que lo preocupaba en aquel momento era el del Rey.

—¿Qué hacemos con estos dos? —les preguntó Ser Rolland a los guardias cuando hubieron cerrado y atrancado la puerta.

—Arrastradlos a una bodega —dijo Davos—. Los podréis liberar en cuanto Edric esté lejos, a salvo.

El Bastardo asintió con un gesto seco. No había nada más que decir; lo fácil ya lo habían hecho. Davos se puso el guante y deseó una vez más no haber perdido su suerte. En los tiempos en que llevaba la bolsita de huesos colgada del cuello había sido un hombre mejor, más valiente... Se pasó los dedos mutilados por el pelo castaño, cada vez más escaso, y se preguntó si no le haría falta cortárselo. Quería estar presentable cuando fuera a ver al Rey.

Rocadragón no le había parecido nunca tan oscuro y temible. Caminó despacio, y sus pisadas resonaron contra los muros negros y los dragones.

«Dragones de piedra que ojalá no despierten jamás. —El Tambor de Piedra se alzaba imponente ante él. Los guardias de la puerta descruzaron las lanzas al verlo acercarse—. No le abren paso al Caballero de la Cebolla, sino a la Mano del Rey. —Davos era la Mano al entrar y no podía dejar de preguntarse qué sería al salir—. Si es que salgo...»

La escalera le pareció más larga y empinada que nunca, o tal vez fuera simplemente que estaba cansado.

«La Madre no me hizo para estas tareas. —Había ascendido demasiado, y demasiado deprisa, y allí arriba, en la cima de la montaña, le faltaba el aire y le costaba respirar. De muchacho había soñado con riquezas sin fin, pero de aquello hacía mucho tiempo. Ya de adulto, lo único que había querido eran unas cuantas fanegas de tierra fértil, un hogar en el que envejecer y una vida mejor para sus hijos. El Bastardo Ciego solía decirle que un contrabandista inteligente no abarcaba demasiado ni atraía mucha atención—. Unas cuantas fanegas, un techo de madera, un *ser* delante de mi nombre... Debería haberme dado por satisfecho. —Si sobrevivía a aquella noche, se llevaría a Devan de vuelta al cabo de la Ira, con su dulce Marya—. Lloraremos juntos a nuestros hijos muertos, educaremos a los que nos quedan para que sean hombres buenos y no volveremos a hablar de reyes.»

La Cámara de la Mesa Pintada estaba oscura y desierta cuando entró Davos; el Rey debía de estar todavía junto a la hoguera nocturna, con Melisandre y los hombres de la Reina. Se arrodilló y encendió la chimenea para templar la estancia y devolver las sombras a sus rincones. Luego recorrió la sala hasta cada una de las ventanas para correr los pesados cortinajes de terciopelo y abrir los postigos de madera. El viento entró cargado de olor a sal y a mar, y le agitó la sencilla capa marrón.

Al llegar a la ventana que daba al norte se apoyó en el alféizar para aspirar el aire fresco de la noche. Trató de divisar las velas izadas de la *Loco Preńdos,* pero hasta donde alcanzaba la vista, el mar estaba oscuro y desierto.

«¿Ya se ha alejado tanto?» Rezaba por que así fuera, y con ella, el muchacho. La luna creciente entraba y salía de detrás de los jirones de nubes, y Davos contempló las estrellas que le resultaban tan conocidas. Allí estaba la Galera, rumbo al oeste, y el Farol de la Vieja, cuatro estrellas brillantes que acotaban una bruma dorada. Las nubes ocultaban la mayor parte de la constelación llamada Dragón de Hielo; solo se veía el radiante ojo azulado que señalaba el camino hacia el norte. «El cielo está lleno de estrellas de contrabandistas.» Aquellas estrellas eran viejas amigas; Davos esperaba que le dieran suerte.

Pero al bajar la vista del cielo hacia las murallas del castillo perdía toda seguridad. Las alas de los dragones de piedra proyectaban grandes sombras negras a la luz de la hoguera nocturna. Trató de decirse que no eran más que esculturas frías y sin vida. «Este era su lugar. Un lugar para dragones y Señores Dragón, el asentamiento de la Casa Targaryen.» Por las venas de los Targaryen corría la sangre de la antigua Valyria...

El viento soplaba en la estancia, y las llamas se agitaban en la chimenea. Se quedó escuchando los crujidos de la leña. Cuando se apartó de la ventana, su sombra lo adelantó, larga y delgada, y cayó como una espada sobre la Mesa Pintada. Esperó mucho rato. Oyó pisadas de botas en los peldaños de piedra cuando subieron. La voz del Rey lo precedía.

—No son tres —iba diciendo.

—Tres son tres —oyó responder a Melisandre—. Os lo juro, Alteza. Lo he visto morir y he oído los gritos de su madre.

—En la hoguera nocturna. —Stannis y Melisandre entraron juntos por la puerta—. Las llamas son engañosas. Lo que es, lo que será, lo que puede ser... No me lo podéis garantizar...

—Alteza. —Davos dio un paso adelante—. Lo que Lady Melisandre ha visto es cierto. Vuestro sobrino Joffrey ha muerto.

Si el Rey se sorprendió de encontrarlo en la Cámara de la Mesa Pintada, no dio muestras de ello.

—Lord Davos —saludó—. No era mi sobrino, aunque durante años creí que sí.

—Se atragantó con la comida durante su banquete de bodas —dijo Davos—. Puede que lo envenenaran.

—Es el tercero —dijo Melisandre.

—Sé contar, mujer. —Stannis rodeó la mesa, pasó junto a Antigua y el Rejo, y subió hacia las islas Escudo y la desembocadura del Mander—. Parece que las bodas son más peligrosas que las batallas últimamente. ¿Se sabe quién lo envenenó?

—Dicen que su tío, el Gnomo.

—Es un hombre peligroso. —Stannis apretó los dientes—. Lo aprendí demasiado bien en el Aguasnegras. ¿Cómo os ha llegado la noticia?

—El lyseno sigue comerciando con Desembarco del Rey. Salladhor Saan no tiene motivos para mentirme.

—No, me imagino que no. —El Rey pasó los dedos por la mesa—. Joffrey... Recuerdo que antes había una gata en las cocinas... Los cocineros la querían mucho, y le daban de comer restos y cabezas de pescado. Un cocinero le dijo al chico que tenía gatitos en la barriga, pensando que tal vez querría quedarse con uno. Joffrey abrió con un puñal al pobre animal para ver si era verdad. Cuando encontró los gatitos, se los llevó a su padre para enseñárselos, y Robert le dio un golpe tal que pensé que lo había matado. —El Rey se quitó la corona y la puso sobre la mesa—. Enano o sanguijuela, quienquiera que lo matara le ha hecho un servicio al reino. Ahora tendrán que enviar a buscarme.

—No será así —dijo Melisandre—. Joffrey tiene un hermano.

—Tommen —dijo el Rey de mala gana.

—Coronarán a Tommen y gobernarán en su nombre.

Stannis apretó los puños.

—Tommen es mejor muchacho que Joffrey, pero nació del mismo incesto. Es otro monstruo, otra sanguijuela sobre esta tierra. Poniente necesita la mano de un hombre, no la de un niño.

—Salvad el reino, mi señor —dijo Melisandre acercándose a él—. Dejadme que despierte a los dragones de piedra. Tres son tres. Entregadme al chico.

—Edric Tormenta —dijo Davos.

—Sé cómo se llama. —Stannis se volvió hacia él, gélido de ira—. No quiero oír vuestros reproches. Esto me gusta tan poco como a vos, pero tengo un deber para con el reino. Y mi deber... —Se volvió hacia Melisandre—. ¿Me juráis que no hay otra manera de hacerlo? Jurádmelo por vuestra vida, porque os prometo que, si mentís, moriréis muy lentamente.

—Vos sois aquel que deberá enfrentarse al Otro, aquel cuya llegada se profetizó hace cinco mil años. El cometa rojo fue vuestro heraldo. Sois el príncipe que nos fue prometido; si caéis, el mundo caerá con vos. —Melisandre se acercó todavía más, con los labios rojos entreabiertos y el rubí palpitante—. Entregadme al chico —susurró—, y yo os entregaré vuestro reino.

—No puede —intervino Davos—. Edric Tormenta se ha ido.

—¿Cómo que se ha ido? —Stannis se giró—. ¿Qué queréis decir?

—Está a bordo de una galera lysena, a salvo en alta mar.

Davos observó el rostro blanco en forma de corazón de Melisandre. Vio en él la sombra de la consternación, la repentina inseguridad. «¡No lo había previsto!»

Los ojos del Rey eran como heridas azules en sus cuencas.

—¿Se han llevado al bastardo de Rocadragón sin mi permiso? ¿Una galera, decís? Si ese pirata lyseno cree que lo puede usar para sacarme oro...

—Esto es obra de vuestra Mano, señor. —Melisandre clavó una mirada de certeza en Davos—. Lo traeréis de vuelta. Lo traeréis de vuelta.

—El muchacho está fuera de mi alcance —dijo Davos—. Y también fuera del vuestro, mi señora.

Sus ojos rojos lo hicieron estremecer.

—Tendría que haberos dejado en la celda, ser. ¿Sabéis qué habéis hecho?

—Cumplir con mi deber.

—Hay quien diría que ha sido traición.

Stannis se dirigió hacia la ventana para contemplar la noche. «¿Está buscando el barco?»

—Yo os saqué de la nada, Davos. —Su voz sonaba más cansada que furiosa—. ¿Un poco de lealtad era mucho pedir?

—Cuatro de mis hijos murieron por vos en el Aguasnegras. Yo mismo estuve a punto de morir. Tenéis toda mi lealtad, igual que siempre. —Davos Seaworth había pensado mucho las palabras que iba a decir a continuación; sabía que su vida dependía de ellas—. Alteza, me hicisteis jurar que os daría consejo sincero, que os obedecería con presteza, que defendería el reino de vuestros enemigos y que protegería a vuestro pueblo. ¿Acaso Edric Tormenta no es parte de vuestro pueblo? ¿No es una de las personas que juré proteger? He cumplido mi juramento. ¿Cómo se puede considerar traición?

—Yo no pedí esta corona. —Stannis volvió a apretar los dientes—. El oro es frío y me pesa en la cabeza, pero mientras sea el Rey tengo un deber. Si he de sacrificar a un niño en las llamas para salvar a un millón de la oscuridad... El sacrificio... nunca es fácil, Davos. De lo contrario no sería verdadero sacrificio. Decídselo, mi señora.

—Azor Ahai templó a *Dueña de Luz* con la sangre del corazón de su amada esposa —dijo Melisandre—. Si un hombre que tiene un millar de vacas le entrega una al dios, no significa nada. En cambio, un hombre que le ofrezca su única vaca...

—La mujer habla de vacas —le dijo Davos al Rey—. Yo estoy hablando de un niño, del amigo de vuestra hija, del hijo de vuestro hermano.

—El hijo de un rey, con el poder de la sangre real en las venas. —El rubí de Melisandre le brillaba en la garganta como una estrella roja—. ¿Creéis que lo habéis salvado, Caballero de la Cebolla? Cuando caiga la Larga Noche, Edric Tormenta morirá como todos los demás, esté donde esté. Morirá, y también morirán vuestros hijos. La oscuridad y el frío se adueñarán de la tierra. Os entrometéis en asuntos que no podéis comprender.

—Hay muchas cosas que no comprendo —reconoció Davos—. Nunca he dicho lo contrario. Entiendo de ríos y de mares, de la forma de las costas y de dónde acechan las rocas en los bajíos. Sé de calas secretas en las que un barco puede atracar sin que nadie lo vea. Y sé que un rey protege a su pueblo; de lo contrario, no es un rey.

—¿Os estáis burlando de mí? —Stannis tenía el rostro sombrío—. ¿Acaso un contrabandista de cebollas pretende enseñarme cuál es el deber de un rey?

—Si os he ofendido —dijo Davos dejándose caer sobre una rodilla—, cortadme la cabeza. Moriré como he vivido siempre, leal a vos. Pero antes, escuchadme. Por las cebollas que os traje y los dedos que me cortasteis, escuchadme.

Stannis, con los tendones del cuello tensos como cuerdas, desenvainó a *Dueña de Luz*. El brillo de la hoja iluminó la estancia.

—Decid lo que queráis, pero que sea deprisa.

Davos rebuscó entre los pliegues de la capa y sacó el pergamino arrugado. Era fino y frágil, pero también el único escudo que tenía.

—La Mano del Rey tiene que saber leer y escribir. El maestre Pylos me ha estado enseñando.

Estiró la carta sobre la rodilla y, a la luz de la espada mágica, empezó a leer.

Jon

Soñó que estaba otra vez en Invernalia y que cojeaba entre los reyes de piedra sentados en sus tronos. Sus ojos de granito gris se movían para seguirlo a medida que avanzaba; sus dedos de granito se apretaban en torno a los pomos de las espadas oxidadas que tenían en el regazo.

—No eres un Stark —les oía murmurar con sus roncas voces de granito—. Aquí no hay lugar para ti. Márchate.

—¿Padre? —llamó internándose en la oscuridad—. ¿Bran? ¿Rickon? —Nadie respondió. Una brisa helada le soplaba alrededor del cuello—. ¿Tío? —llamó—. ¿Tío Benjen? ¿Padre? Por favor, Padre, ayúdame.

Arriba se oían tambores. «Están celebrando un banquete en la sala principal, pero no me quieren a su lado. No soy un Stark; no me corresponde estar aquí.» La muleta se le resbaló de la mano, y cayó de rodillas. Las criptas estaban cada vez más oscuras. «Se ha apagado la luz.»

—¿Ygritte? —susurró—. Perdóname. Por favor. —Pero solo era un huargo, gris y cadavérico, salpicado de sangre, los ojos dorados brillando tristes en la oscuridad...

La celda estaba oscura, y sentía el lecho duro bajo su peso. Su cama, recordó, su cama de su celda de mayordomo, bajo las estancias del Viejo Oso. Tendría que haberle proporcionado sueños más gratos. Pese a las pieles, seguía teniendo frío. Antes de la expedición, Fantasma compartía la celda con él y le daba calor en lo más gélido de la noche. Y, entre los salvajes, Ygritte dormía a su lado. «Los he perdido a los dos.» Él mismo había quemado el cadáver de Ygritte; sabía que era lo que ella habría querido, y en cuanto a Fantasma... «¿Dónde estás?» ¿Habría muerto también? ¿Era aquello lo que significaba su sueño, el lobo ensangrentado de las criptas? Pero el lobo de su sueño era gris, no blanco. «Gris, como el lobo de Bran.» ¿Los thenitas le habrían dado caza para matarlo, después de lo sucedido en Corona de la Reina? Si era así, también había perdido a Bran para siempre.

Jon seguía tratando de encontrar el sentido de todo aquello cuando sonó el cuerno.

«El Cuerno del Invierno», pensó, todavía adormilado y confuso. Pero Mance no había llegado a encontrar el cuerno de Joramun, de modo que no podía tratarse de aquello. Sonó una segunda llamada, tan larga y grave como la primera. Jon sabía que tenía que levantarse e ir al Muro, lo sabía bien, pero le costaba tanto...

Apartó las mantas a un lado y se sentó. El dolor de la pierna se había atenuado; no era nada que no pudiera soportar. Se había acostado con los calzones y la túnica puestos, para estar más abrigado, de modo que solo tuvo que ponerse las botas, el cuero, la cota de malla y la capa. El cuerno volvió a sonar, dos llamadas largas, de modo que se colgó a *Garra* del hombro, tanteó en busca de la muleta y cojeó escaleras abajo.

En el exterior era noche cerrada, el cielo estaba nublado y hacía un frío gélido. Sus hermanos salían de las torres y fortalezas, abrochándose los cinturones de la espada mientras caminaban en dirección al Muro. Jon buscó a Pyp y a Grenn con la mirada, pero no los encontró. Tal vez uno de ellos fuera el centinela que hacía sonar el cuerno.

«Es Mance; por fin viene —pensó casi aliviado—. Habrá lucha, y después descansaremos. Vivos o muertos, pero descansaremos.»

En el lugar donde había estado la escalera solo quedaba una inmensa maraña de madera chamuscada y hielo desmenuzado al pie del Muro, así que tenían que subir con la grúa, pero en la jaula solo cabían diez hombres, y cuando Jon llegó ya estaba muy arriba. Tendría que esperar a que volviera. No era el único que esperaba: con él aguardaban Seda, Mully, Bota de Sobra, Tonelete y el corpulento y rubio Hareth, con sus dientes saltones. Todos lo llamaban *Caballo*. Había sido mozo de cuadras en Villa Topo, y fue uno de los pocos aldeanos que se quedaron en el Castillo Negro. Los demás se habían apresurado a volver a sus campos y sus chozas, o a sus camas del burdel subterráneo. En cambio, Caballo, el muy idiota, con aquellos dientes inmensos, había preferido vestir el negro. También se quedó Zei, la prostituta que se había mostrado tan hábil con la ballesta, y Noye había acogido a tres niños huérfanos cuyo padre había muerto en la escalera. Eran muy pequeños, de nueve, ocho y cinco años, pero por lo visto, nadie más los quería.

Mientras aguardaban el regreso de la jaula, Clydas les llevó tazones de vino especiado caliente, y Hobb Tresdedos repartió pedazos de pan moreno. Jon cogió el suyo y lo empezó a mordisquear.

—¿Es Mance Rayder? —preguntó Seda con ansiedad.

—Eso esperamos.

En la oscuridad acechaban cosas mucho peores que los salvajes. Jon recordó lo que le había dicho el rey salvaje en el Puño de los Primeros Hombres, en medio de la nieve teñida de rojo. «Cuando los muertos caminan, los muros, las estacas y las espadas no sirven de nada. No se puede luchar contra los muertos, Jon Nieve. Nadie lo sabe ni la mitad de bien que yo.» Solo con pensarlo sentía el viento aún más frío.

Por fin, la jaula volvió a bajar entre chirridos, meciéndose al final de la larga cadena. Entraron en silencio y cerraron la puerta.

Mully tiró tres veces de la cuerda de la campana. Un instante después empezaron a subir, al principio a trompicones, luego con un movimiento más fluido. Nadie decía nada. Al llegar arriba, la jaula se columpió de costado a medida que iban saliendo de uno en uno. Caballo le tendió una mano a Jon para ayudarlo a saltar al hielo. El frío le golpeó los dientes como un puño.

En la parte superior del Muro ardía una hilera de hogueras, en cubos de hierro situados sobre pértigas más altas que un hombre. El cuchillo helado del viento sacudía y agitaba las llamas, de manera que la luz anaranjada no dejaba de cambiar. Tenían una provisión abundante de haces de flechas, ballestas, lanzas y proyectiles para el escorpión. Las rocas estaban apiladas en montones de cinco varas de altura, y a su lado había enormes barriles de madera llenos de brea y aceite de lámpara. Bowen Marsh había dejado el Castillo Negro bien provisto de todo excepto de hombres. El viento azotaba las capas negras de los centinelas espantapájaros que se erguían a lo largo del baluarte con lanzas en las manos.

—Espero que no haya sido uno de estos el que ha hecho sonar el cuerno —le dijo Jon a Donal Noye cuando se acercó a él cojeando.

—¿Oyes eso? —preguntó Noye.

Les llegaban el sonido del viento, los relinchos de los caballos... y algo más.

—Un mamut —dijo Jon—. Eso ha sido un mamut.

El aliento del herrero se le convertía en escarcha bajo la nariz ancha y aplastada. El norte del Muro era un mar de oscuridad que parecía extenderse hasta el infinito. Jon divisaba el tenue brillo rojo de fuegos lejanos que se movían por el bosque. Era Mance, no cabía duda. Los Otros no encendían antorchas.

—¿Cómo lucharemos contra ellos si no los podemos ver? —preguntó Caballo.

Donal Noye se volvió hacia los dos gigantescos trabuquetes que había conseguido reparar Bowen Marsh.

—¡Necesito luz! —rugió.

A toda prisa cargaron barriles de brea en las palas y les prendieron fuego con una antorcha. El viento avivó las llamas, que pronto crepitaron vigorosas con furia roja.

—¡YA! —rugió Noye.

Los contrapesos cayeron de golpe, y los brazos del trabuquete golpearon las amortiguaciones de las traviesas. La brea ardiente voló por la oscuridad y proyectó sobre el terreno una luz parpadeante y espectral. Durante un instante, Jon atisbó los mamuts que se movían con pesadez en la penumbra, y enseguida desaparecieron de nuevo. «Hay una docena, puede que más.» Los barriles chocaron contra el suelo y estallaron. Un mamut barritó, un sonido grave que retumbaba, y un gigante rugió algo en la antigua lengua con una voz que era como un trueno. Jon sintió que un escalofrío le recorría la espalda.

—¡Otra vez! —gritó Noye, y los trabuquetes se volvieron a cargar. Otros dos barriles de brea ardiente surcaron la oscuridad para ir a estrellarse entre las filas enemigas. En aquella ocasión, uno fue a dar contra un árbol seco y le prendió fuego al instante.

«No hay una docena de mamuts —vio Jon—. Hay un centenar.»

Se acercó al borde del precipicio. «Cuidado —pensó—, la caída es larga.» Alyn el Rojo hizo sonar una vez más el cuerno de centinela, *aaahuuuuuuuuuuuuuuuuuuuuu, aaahuuuuuuuuuuuuuuuuuuuuu.* Aquella vez, los salvajes respondieron, y no sonó un cuerno, sino una docena, así como tambores y caramillos. «Estamos aquí —parecía decir—. Venimos a derribar vuestro Muro, a robaros las tierras y raptar a vuestras mujeres.» El viento aullaba; los trabuquetes crujían y saltaban; los barriles volaban... Tras los gigantes y los mamuts, Jon divisó a los hombres, que avanzaban hacia el Muro con arcos y hachas. ¿Eran veinte o veinte mil? No había manera de saberlo en la oscuridad. «Esto es una batalla entre ciegos, pero Mance tiene unos cuantos millares más que nosotros.»

—¡La puerta! —gritó Pyp—. ¡Están en la PUERTA!

El Muro era demasiado grande para que lo pudieran asaltar por medios convencionales, demasiado alto para escaleras o torres de asalto, demasiado grueso para los arietes. No existía catapulta capaz de lanzar una piedra de tamaño suficiente para abrir una brecha, y si trataban de prenderle fuego, el hielo derretido apagaría las llamas. Era posible escalarlo, como habían hecho los invasores cerca de Guardiagrís, pero había que ser fuerte, ágil y de mano firme, y aun así se corría el riesgo de acabar como Jarl, ensartado en un árbol.

«Si quieren pasar, tienen que tomar la puerta.»

Pero la puerta era un túnel zigzagueante que atravesaba el hielo, con una entrada más pequeña que la de cualquier castillo de los Siete Reinos, y tan estrecho que los exploradores tenían que llevar los caballos por las riendas y en fila. Tres puertas de hierro cerraban el recorrido del pasadizo, cada una de ellas asegurada con cadenas y protegida por un matacán. La puerta exterior era de roble macizo de un palmo de grosor y con refuerzos de hierro; no les resultaría fácil derribarla. «Pero Mance tiene mamuts —pensó— y gigantes.»

—Ahí abajo debe de hacer mucho frío —dijo Noye—. ¿Qué tal si les damos un poco de calor, muchachos?

Habían alineado al borde del precipicio una docena de garrafas llenas de aceite para las lámparas. Pyp recorrió la hilera con una antorcha en la mano y las fue prendiendo de una en una. Owen el Bestia iba detrás de él y las empujaba para precipitarlas por el borde. Las lenguas de fuego amarillo aletearon en torno a las garrafas mientras caían. Cuando perdieron de vista la última, Grenn sacó de una patada las cuñas que sujetaban un tonel de brea y lo empujó para que también cayera rodando por el borde. Abajo, los sonidos cambiaron; pasaron de gritos a alaridos de dolor, que les sonaron como música celestial.

Pero los tambores siguieron batiendo; los trabuquetes se alzaban y se estremecían, y el sonido de las gaitas les llegaba en el aire nocturno como el canto de extraños pájaros salvajes. El septón Cellador también empezó a cantar con voz trémula, trabucada por el vino.

Madre gentil, fuente de toda piedad,
salva a nuestros hijos de la guerra y la maldad,
contén las espadas y las flechas detén...

—Al primero al que se le ocurra detener una flecha lo tiro del Muro de una patada en el culo —le espetó Donal Noye—. Empezando por ti, septón. ¡Arqueros! ¿Dónde cojones están los arqueros?

—Aquí —dijo Seda.

—Y aquí —dijo Mully—. Pero ¿cómo vamos a encontrar blancos? Todo está oscuro. ¿Dónde están los enemigos?

—Dispara muchas flechas —dijo Noye señalando hacia el norte—; alguno encontrarás. Y al menos les meterás un poco de miedo en el cuerpo. —Dio la vuelta y escudriñó el corro de rostros iluminados por el fuego—. Necesito dos arqueros y dos lanceros que me ayuden a defender el túnel si consiguen derribar la puerta. —Más de diez dieron un paso adelante; el herrero eligió a cuatro—. Jon, el Muro está en tus manos hasta que yo vuelva.

Durante un momento, Jon pensó que había oído mal. Parecía como si Noye lo estuviera dejando al mando.

—¿Qué has dicho, mi señor?

—¿Qué señor ni qué cojones? Soy herrero. He dicho que el Muro está en tus manos.

«Aquí hay hombres mayores —habría querido responder Jon—. Hay hombres más expertos. Yo todavía estoy tan verde como la hierba del verano. Estoy herido, y aún me acusan de deserción.» Se le había secado la boca.

—Sí —consiguió responder.

Más adelante, Jon Nieve se sentiría como si aquella noche la hubiera soñado. Codo con codo con los soldados de paja, con arcos o ballestas en las manos agarrotadas por el frío, sus arqueros lanzaron un centenar de andanadas de flechas contra hombres a los que en ningún momento llegaron a ver. De cuando en cuando les llegaba como respuesta alguna flecha de los salvajes. Envió a hombres a las catapultas más pequeñas, y el aire se llenó de rocas del tamaño del puño de un gigante, pero la oscuridad las engulló igual que él se había podido tragar un puñado de avellanas. Los mamuts barritaban en la oscuridad; voces extrañas gritaban en lenguas más extrañas todavía, y el septón Cellador rezaba en voz tan alta y tan borracho suplicando que llegara el amanecer que, más de una vez, Jon se sintió tentado de darle él mismo la prometida patada en el culo. Oyeron como un mamut agonizaba al pie del muro y vieron como otro se alejaba en estampida por el bosque, arrollando hombres y árboles a su paso. El viento soplaba cada vez más frío. Hobb subió en la grúa con tazones de sopa de cebolla, y Owen y Clydas se los fueron repartiendo a los arqueros para que pudieran beber entre andanada y andanada de flechas. Zei ocupó un lugar entre ellos con su ballesta. Al trabuquete de la derecha se le estropeó algo del mecanismo a causa del exceso de uso, y el contrapeso se soltó de repente con resultados catastróficos. El brazo se quebró hacia un lado con un crujido estrepitoso. El trabuquete de la izquierda siguió funcionando, pero los salvajes no tardaron en aprender a evitar el lugar adonde iban a parar sus proyectiles.

«Deberíamos tener veinte trabuquetes, no dos, y deberían estar montados sobre trineos y plataformas giratorias, para que pudiéramos moverlos.» Eran consideraciones inútiles. Conseguía lo mismo que deseando tener otro millar de hombres y quizá un par de dragones.

Donal Noye no regresó, ni tampoco los que habían bajado con él para defender aquel túnel frío y negro. «El Muro está en mis manos», se recordaba Jon cada vez que le empezaban a fallar las fuerzas. Él también estaba disparando con el arco; tenía los dedos rígidos y entumecidos, medio congelados. Volvía a tener fiebre, y la pierna le temblaba de manera incontrolable, con lo que el dolor era como un cuchillo al rojo blanco que le recorría el cuerpo.

«Una flecha más y descansaré —se dijo medio centenar de veces—. Solo una flecha más. —Siempre que se le vaciaba el carcaj, uno de los topos huérfanos le llevaba otro—. Este carcaj es el último. No puede faltar mucho para el amanecer.»

Cuando llegó la mañana, ninguno de ellos se dio cuenta al principio. El mundo seguía inmerso en la oscuridad, pero el negro se había transformado en gris, y las formas empezaban a dejarse entrever en la penumbra. Jon bajó el arco y contempló la masa de nubes densas que ocultaban el cielo hacia el este. Le parecía ver un brillo tras ellas, pero tal vez no fuera más que un sueño. Puso otra flecha en el arco.

Y fue entonces cuando el sol naciente iluminó el campo de batalla con haces de luz blanquecina. Jon se quedó sin respiración al contemplar casi mil pasos de terreno despejado que separaban el Muro del bosque. En media noche lo habían convertido en un erial de hierba ennegrecida, brea burbujeante, piedras destrozadas y cadáveres. El cadáver del mamut quemado ya empezaba a atraer a los cuervos. También había gigantes muertos en el suelo, pero tras ellos...

A su izquierda, alguien dejó escapar un gemido.

—Ay, Madre, apiádate de nosotros —empezó a sollozar el septón Cellador—. Ay, Madre, apiádate de nosotros...

Entre los árboles estaban todos los salvajes del mundo: gigantes, wargs y cambiapieles; hombres de las montañas, marineros del agua salada, caníbales del río de hielo, habitantes de las cavernas con el rostro pintado, carros de perros de la Costa Helada, hombres Pies de Cuerno con las plantas como cuero endurecido, todos los pueblos que había reunido Mance para cruzar el Muro. «Esta no es vuestra tierra —les querría gritar—. Aquí no hay lugar para vosotros. Marchaos.» Imaginó la risa de Tormund Matagigantes si lo oyera. «No sabes nada, Jon Nieve», le habría dicho Ygritte. Flexionó la mano de la espada y abrió y cerró los dedos, aunque sabía que no se llegaría al cuerpo a cuerpo allí arriba.

Estaba helado y febril, y de repente, el peso del arco era más de lo que podía soportar. Comprendió que la batalla contra el Magnar no había sido nada, que la de aquella noche era menos que nada, apenas una sonda, un puñal en la oscuridad para tratar de cogerlos desprevenidos. La verdadera batalla no había hecho más que empezar.

—No sabía que fueran tantos —dijo Seda.

Jon sí. Ya los había visto antes, pero no así, desplegados para el combate. Durante la marcha, la columna de salvajes había estado dispersa a lo largo de muchas leguas, como un enorme gusano, pero no los había visto a todos a la vez. En cambio, en aquel momento...

—Ahí vienen —dijo alguien con voz ronca.

Los mamuts estaban en el centro de las filas de salvajes. Eran más de ciento, todos montados por gigantes que esgrimían mazas y grandes hachas de piedra. Otros gigantes caminaban a su lado y empujaban un gran tronco de árbol sobre enormes ruedas de madera. Uno de los extremos estaba muy afilado. «Un ariete», pensó con desánimo. Si la puerta de abajo aún resistía, bastarían unos cuantos besos de aquella monstruosidad para reducirla a astillas. A ambos lados de los gigantes avanzaban los jinetes, con arneses de cuero reforzado y lanzas endurecidas al fuego, incontables arqueros y cientos de hombres a pie con arpones, hondas, porras y escudos de cuero. Los carretones de huesos de la Costa Helada traqueteaban en los flancos, tras las reatas de perros blancos que saltaban sobre las rocas y las raíces al descubierto. «La furia de los salvajes», pensó Jon mientras escuchaba el sonido agudo de las gaitas, los ladridos y aullidos de los perros, el barritar de los mamuts, los gritos y silbidos del pueblo libre, los rugidos de los gigantes que hablaban en la antigua lengua. El eco de sus tambores contra el hielo era como el retumbar de un trueno.

Sintió como a su alrededor los hombres caían en la desesperación.

—Deben de ser más de cien mil —gimió Seda—. ¿Cómo vamos a detener a tantos?

—El Muro los detendrá —se oyó decir Jon. Dio la vuelta y lo repitió en voz más alta—. El Muro los detendrá. ¡El Muro se defiende! —No eran más que palabras vacías, pero necesitaba pronunciarlas casi tanto como sus hermanos necesitaban oírlas—. Mance nos quiere acobardar por la fuerza del número. ¿Acaso nos cree idiotas? —Estaba ya hablando a gritos; se le había olvidado el dolor de la pierna, y todos lo escuchaban—. Los carretones, los jinetes, todos esos imbéciles de a pie... ¿qué nos pueden hacer aquí arriba? ¿Y alguno de vosotros ha visto a un mamut trepar por una pared? —Se echó a reír, y Pyp, Owen y otra media docena de hombres rieron con él—. No son nada, son aún menos que estos hermanos nuestros de paja, no pueden llegar a nosotros, no pueden hacernos daño y no nos dan miedo. ¿Nos dan miedo?

—¡NO! —gritó Grenn.

—Ellos están ahí abajo, y nosotros, aquí arriba —siguió Jon—, y mientras defendamos la puerta, no pueden pasar. ¡No pueden pasar! —Para entonces, todos gritaban ya, rugían palabras de ánimo, agitaban en el aire las espadas y las ballestas con las mejillas enrojecidas... Jon vio a Tonelete, que llevaba bajo el brazo el cuerno de batalla—. Hermano —le dijo—, llama al combate.

Tonelete sonrió, se llevó el cuerno a los labios y lo hizo sonar dos veces, dos bramidos largos que indicaban que había salvajes. Otros cuernos repitieron la llamada, hasta que el propio Muro pareció estremecerse y el eco de los tonos graves ahogó cualquier otro sonido.

—Arqueros —ordenó Jon cuando los cuernos callaron—, apuntad a los gigantes que llevan el ariete, todos, ¡hasta el último! Disparad cuando lo ordene, no antes. ¡LOS GIGANTES Y EL ARIETE! Quiero que les lluevan flechas a cada paso que den, pero esperaremos hasta que estén a nuestro alcance. El primero que desperdicie una flecha tendrá que bajar a recogerla, ¿entendido?

—¡Entendido! —gritó Owen el Bestia—. ¡Entendido, Lord Nieve!

Jon se echó a reír, se rio como un borracho o como un demente, y sus hombres rieron con él. Se dio cuenta de que los carretones y los jinetes de los flancos iban ya muy por delante de la columna central. Los salvajes no habían recorrido ni una tercera parte de la distancia, y su línea de batalla ya se estaba truncando.

—Cargad el trabuquete grande con abrojos —ordenó Jon—. Owen, Tonelete, enfilad los trabuquetes pequeños hacia el centro. Quiero los escorpiones cargados con lanzas incendiarias; las soltaréis cuando yo diga. —Señaló a los niños de Villa Topo—. Tú, tú y tú, encargaos de las antorchas.

Los arqueros salvajes disparaban a medida que avanzaban, corrían un tramo, se detenían, disparaban y adelantaban un poco más. Eran tantos que el aire estaba siempre lleno de flechas. Todas, por supuesto, se quedaban cortas. «Qué desperdicio —pensó Jon—. No tienen la menor disciplina.» Los pequeños arcos de cuerno y madera del pueblo libre tenían mucho menos alcance que los largos de tejo de la Guardia de la Noche, y los salvajes intentaban disparar contra hombres que estaban a trescientas varas sobre ellos.

—Que disparen lo que quieran —dijo Jon—. Esperad. Aguantad. —Las capas les ondeaban a las espaldas—. Tenemos el viento en contra; eso nos resta alcance. Esperad.

«Más cerca, más cerca.» Las gaitas aullaban, los tambores retumbaban; las flechas de los salvajes volaban y caían al suelo.

—¡TENSAD!

Jon alzó el arco y se llevó la flecha hasta la oreja. Seda hizo lo mismo, así como Grenn, Owen el Bestia, Bota de Sobra, Jack Bulwer el Negro, Arron y Emrick. Zei se puso la ballesta a la altura del hombro. Jon veía como se acercaba el ariete, veía como los mamuts y los gigantes lo arrastraban a ambos lados. Eran tan pequeños que parecía como si los pudiera aplastar a todos con una mano. «Ojalá tuviera una mano así de grande.» Se acercaron por aquella explanada convertida en matadero. Un centenar de cuervos posados en el cadáver del mamut muerto levantaron el vuelo cuando los salvajes pasaron a ambos lados. Más cerca, cada vez más cerca, hasta que...

—¡DISPARAD!

Las flechas negras silbaron mientras descendían como serpientes con alas emplumadas. Jon no aguardó a ver dónde se clavaban. Tan pronto como hubo soltado la primera flecha puso la segunda en el arco.

—CARGAD. TENSAD. DISPARAD. —En cuanto la flecha voló, buscó la siguiente—. CARGAD. TENSAD. DISPARAD. —Una vez, y otra, y otra. Jon ordenó a gritos que entrara en acción el trabuquete, y oyó el crujido y el golpe contra el travesaño acolchado cuando un centenar de abrojos con púas de acero salieron volando por el aire—. ¡Los trabuquetes pequeños! —ordenó—. ¡Los escorpiones! ¡Arqueros, disparad a voluntad!

Las flechas de los salvajes empezaban ya a golpear el Muro, a cuarenta varas por debajo de ellos. Un segundo gigante se giró y se tambaleó. «Cargad, tensad, disparad.» Un mamut se volvió contra el que tenía al lado, y los gigantes cayeron rodando por el suelo. «Cargad, tensad, disparad.» Vio que el ariete estaba en el suelo, inútil, y que los gigantes que lo transportaban yacían muertos o moribundos.

—¡Flechas de fuego! —gritó—. ¡Quiero ver cómo arde ese ariete!

Los bramidos de los mamuts heridos y los gritos retumbantes de los gigantes se mezclaban con los tambores y los caramillos para componer una música horrenda, pero sus arqueros seguían tensando y disparando como si todos se hubieran quedado de repente tan sordos como el difunto Dick Follard. Tal vez fueran la escoria de la orden, pero seguían siendo hombres de la Guardia de la Noche, o casi; no importaba. «Por eso es por lo que no podrán pasar.»

Uno de los mamuts había enloquecido y, en su estampida, aplastaba a los salvajes con el cuerpo o los destrozaba bajo las patas. Jon volvió a levantar el arco y clavó otra flecha en el lomo peludo de la bestia, para azuzarlo todavía más. Hacia el este y el oeste, las líneas del ejército salvaje habían llegado al Muro sin encontrar oposición. Los carros llegaban o daban vueltas mientras los jinetes se agrupaban sin objetivo bajo el imponente acantilado de hielo.

—¡En la puerta! —le llegó el grito. Tal vez fuera Bota de Sobra—. ¡Mamut en la puerta!

—¡Fuego! —rugió Jon—. ¡Grenn, Pyp!

Grenn tiró el arco a un lado, tumbó de costado un barril de aceite y lo hizo rodar hasta el borde del muro, donde Pyp partió a martillazos la clavija que lo cerraba, metió en el agujero un trapo y le prendió fuego con una antorcha. Entre los dos lo empujaron para que cayera. Cuarenta varas más abajo chocó contra un saliente del muro y estalló, y el aire se llenó de duelas destrozadas y aceite ardiendo. Para entonces, Grenn ya estaba empujando hacia el borde un segundo barril, igual que Tonelete. Pyp encendió los dos.

—¡Le ha dado! —gritó Seda; estaba tan asomado por el borde que, durante un momento, Jon dio por seguro que se iba a caer—. ¡Le ha dado, le ha dado, le ha dado!

Le llegó el rugido del fuego y vio a un gigante envuelto en llamas, que se tambaleaba y rodaba por el suelo.

De repente, los mamuts huían en estampida para escapar del humo y las llamas, presas del pánico, aplastando a todos los que tenían detrás. Se vieron obligados a retroceder; gigantes y salvajes emprendieron la huida para apartarse de su camino. En un instante, todo el centro de su columna se derrumbaba. Los jinetes de los flancos se encontraron abandonados y también retrocedieron sin siquiera haber visto la sangre. Hasta los carros volvieron por donde había llegado sin haber hecho otra cosa que armar mucho ruido y presentar un aspecto aterrador.

«Cuando se desbandan, se desbandan a base de bien», pensó Jon Nieve mientras los observaba retroceder. Los tambores habían quedado en silencio. «¿Qué te parece esta música, Mance? ¿Qué te parece la mujer del dorniense?»

—¿Tenemos algún herido? —preguntó.

—Esos cabrones me han dado en la pierna. —Bota de Sobra se arrancó la flecha y la agitó en el aire—. ¡En la de madera!

El Muro estalló en gritos de alegría. Zei agarró a Owen por las manos, giró en círculos con él y le dio un largo beso en la boca delante de todos. También trató de besar a Jon, pero él le puso una mano en el hombro y la apartó con suavidad, aunque también con firmeza.

—No —dijo. «Para mí se acabaron los besos.» De repente se sentía tan débil que no podía ni mantenerse en pie. Desde la rodilla hasta la ingle, el dolor era insoportable. Tanteó hasta dar con la muleta—. Pyp, ayúdame a llegar a la jaula. Grenn, estás al mando del Muro.

—¿Yo? —dijo Grenn.

—¿Él? —dijo Pyp.

Habría sido difícil decidir cuál de los dos parecía más horrorizado.

—P-p-pero... —tartamudeó Grenn— ¿qué hago s-si los salvajes vuelven a atacar?

—Detenerlos —respondió Jon.

En la jaula, cuando ya bajaban, Pyp se quitó el yelmo y se secó la frente.

—Sudor helado. ¿Habrá cosa más asquerosa que el sudor helado? —Se echó a reír—. Dioses, creo que en mi vida había tenido tanta hambre; me comería un uro entero, te lo juro. ¿Qué te parece? ¿Le pedimos a Hobb que nos guise a Grenn? —Al ver la cara de Jon se le borró la sonrisa—. ¿Qué te pasa? ¿Es la pierna?

—La pierna —asintió Jon. Hasta hablar le costaba un gran esfuerzo.

—Pero no la batalla, ¿verdad? Hemos ganado.

—Eso lo hablaremos cuando veamos la puerta —dijo Jon con tono sombrío.

«Quiero un fuego, una comida caliente, una cama abrigada y algo para que la pierna me deje de doler», pensó. Pero antes tenía que examinar el túnel y averiguar qué había sido de Donal Noye.

Tras la batalla con los thenitas habían tardado casi todo un día en despejar de hielo y vigas rotas la puerta interior. Calvasucia y Tonelete, así como otros constructores, habían argumentado acaloradamente que deberían dejar allí los escombros, que serían otro obstáculo para Mance. Pero semejante decisión habría implicado abandonar la defensa del túnel, y de aquello, Noye no quería ni oír hablar. Mientras hubiera hombres en los matacanes, y arqueros y lanceros detrás de cada una de las puertas interiores, unos pocos hermanos valientes podrían mantener a raya a centenares de salvajes y entorpecer el camino con cadáveres. No tenía la menor intención de proporcionar una ruta despejada a través del hielo para Mance Rayder. Por tanto, retiraron los peldaños rotos con cuerdas y palas y volvieron a excavar el camino hasta la puerta.

Jon aguardó junto a los fríos barrotes de hierro mientras Pyp iba a ver al maestre Aemon para pedirle la llave de repuesto. Se sorprendió al ver que era el propio maestre quien se la llevaba, acompañado de Clydas, que portaba una lámpara.

—Sube a mis habitaciones en cuanto termines —dijo el anciano mientras Pyp retiraba las cadenas—. Tengo que cambiarte el vendaje y ponerte una cataplasma fresca. Y supongo que querrás un poco de vino del sueño para quitarte el dolor.

Jon asintió con gesto débil. La puerta se abrió. Pyp encabezó la marcha, seguido por Clydas, que llevaba la lámpara. Jon tuvo que esforzarse para mantenerse al paso del maestre Aemon. El hielo se cerraba en torno a ellos, sentía como el frío se le metía en los huesos, sentía todo el peso del Muro sobre la cabeza. Era como meterse por la garganta de un dragón de hielo. El túnel describió una curva, luego otra. Pyp abrió la segunda puerta de hierro. Avanzaron más, giraron de nuevo y vieron a lo lejos una luz, tenue, escasa, a través del hielo.

«Mala cosa —supo Jon al instante—. Muy, muy mala cosa.»

—Hay sangre en el suelo —dijo Pyp.

En los siete últimos pasos del túnel era donde habían luchado, donde habían muerto. La puerta exterior de roble reforzado estaba destrozada, arrancada de las bisagras, y un gigante se había arrastrado entre las astillas. La luz de la lámpara bañó una escena espeluznante con su brillo rojizo. Pyp se volvió a un lado para vomitar, y en aquel momento, Jon envidió la ceguera del maestre Aemon.

Noye y sus hombres lo habían estado esperando tras una puerta de barrotes de hierro igual que las dos que Pyp acababa de abrir. Los dos ballesteros habían conseguido disparar una docena de saetas mientras el gigante avanzaba hacia ellos. Luego llegó el turno de los lanceros, que clavaron sus picas entre los barrotes. Pese a todo, el gigante tuvo fuerzas para meter los brazos, arrancarle la cabeza a Calvasucia, agarrar la puerta de hierro y destrozar los barrotes. Por todo el suelo había eslabones rotos de la cadena.

«Un gigante. Todo esto ha sido obra de un solo gigante.»

—¿Están todos muertos? —preguntó el maestre Aemon con voz tranquila.

—Sí. Donal fue el último. —La espada de Noye estaba clavada en la garganta del gigante casi hasta la empuñadura. A Jon, el armero siempre le había parecido un hombre muy corpulento, pero atrapado entre los enormes brazos del gigante casi parecía un niño—. El gigante le rompió la columna vertebral. No sé cuál murió primero. —Cogió la lámpara y se adelantó para ver más—. Mag. —«Soy el último de los gigantes», recordó con tristeza, pero no había tiempo para lamentos—. Era Mag el Poderoso. El rey de los gigantes.

Necesitaba ya la luz del sol. Dentro del túnel hacía demasiado frío, estaba demasiado oscuro, y el hedor de la sangre y la muerte era asfixiante. Jon le devolvió la lámpara a Clydas, rodeó como pudo los cadáveres, cruzó entre los barrotes retorcidos y caminó hacia al luz del día, que se divisaba más allá de la puerta destrozada.

El imponente corpachón de un mamut muerto bloqueaba el camino parcialmente. Uno de los colmillos de la bestia se le enganchó en la capa y le hizo un desgarrón al pasar. En el exterior había otros tres gigantes muertos, medio enterrados en piedras, légamo y brea endurecida. Vio el punto donde el fuego había derretido el Muro, donde grandes planchas de hielo se habían desprendido por el calor para ir a estrellarse contra el terreno ennegrecido. Alzó la vista para contemplar el lugar de donde había bajado.

«Desde aquí parece inmenso, como si estuviera a punto de aplastar al que lo mira.»

Jon regresó adonde lo aguardaban los demás.

—Tenemos que reparar la puerta exterior lo mejor que podamos y bloquear esta sección del túnel. Con cascotes, con trozos de hielo, con lo que sea. Hasta la segunda puerta si es posible. Ser Wynton tendrá que tomar el mando; es el último caballero que queda. Pero es imprescindible que se ponga en marcha ya; los gigantes volverán antes de que nos demos cuenta. Tenemos que decirle...

—Le puedes decir lo que quieras —lo interrumpió el maestre Aemon con suavidad—. Sonreirá, asentirá y se le olvidará al momento. Hace treinta años, Ser Wynton Stout estuvo a doce votos de ser elegido Lord Comandante. Lo habría hecho muy bien. Hace diez años todavía habría sido capaz de actuar. Pero ya no. Lo sabes tan bien como lo sabía Donal, Jon.

Era verdad.

—Entonces, vos estáis al mando —le dijo Jon al maestre—. Lleváis toda la vida en el Muro; los hombres os seguirán. Tenemos que cerrar la puerta.

—Soy un maestre, llevo la cadena, hice el juramento. Mi orden sirve, Jon. Nosotros damos consejos, no órdenes.

—Pero alguien tiene que...

—Tú. Tienes que ponerte al mando.

—No.

—Sí, Jon. No hace falta que sea durante mucho tiempo, solo hasta que vuelva la guarnición. Donal te eligió, igual que te eligió antes Qhorin Mediamano. El Lord Comandante Mormont te nombró mayordomo para que aprendieras de él. Eres hijo de Invernalia y sobrino de Benjen Stark. O tú o nadie. El Muro está en tus manos, Jon Nieve.

Arya

Todas las mañanas al despertarse sentía el agujero en su interior. No era hambre, aunque a veces también. Era como un hueco, un vacío allí donde había tenido el corazón, donde habían estado sus hermanos y sus padres. También le dolía la cabeza. No tanto como al principio, pero mucho. Arya ya se había acostumbrado, y al menos el chichón iba desapareciendo. Pero el agujero de su interior seguía igual.

«El agujero no se va a curar nunca», se decía cuando se echaba a dormir.

Algunas mañanas, Arya no quería despertarse. Se acurrucaba bajo la capa con los ojos muy apretados y trataba de dormirse de nuevo a pura fuerza de voluntad. Si el Perro no se lo hubiera impedido, habría dormido noche y día.

Y soñaba. Los sueños eran lo mejor. Casi todas las noches soñaba con lobos. Una gran manada de lobos, con ella a la cabeza. Era más grande que ninguno de los demás, más fuerte, más ágil y más rápida. Podía vencer al caballo en una carrera y al león en un combate. Cuando mostraba los dientes, hasta los hombres huían de ella. No tenía nunca el estómago vacío demasiado tiempo, y el pelaje la mantenía abrigada incluso cuando el viento soplaba gélido. Y sus hermanos estaban con ella, muchos, fieros, temibles, suyos. No la abandonarían jamás.

Pero si sus noches estaban llenas de lobos, sus días pertenecían al perro. Sandor Clegane la obligaba a levantarse todas las mañanas, tanto si quería como si no. La maldecía con su voz rasposa o la levantaba por la fuerza y la sacudía. En cierta ocasión le vació sobre la cabeza el yelmo lleno de agua fría. Ella se levantó de un salto, escupiendo y tiritando, y trató de darle una patada, pero él se limitó a reírse.

—Sécate y echa de comer a los malditos caballos —ordenó, y ella obedeció.

Tenían dos monturas: Desconocido y una yegua alazana a la que Arya llamaba Gallina, porque Sandor decía que seguro que había escapado de Los Gemelos igual que ellos dos. La noche que siguió a la matanza la habían encontrado vagando sin jinete por un prado. Era un buen caballo, pero Arya no podía sentir cariño alguno hacia un ser cobarde. «Desconocido habría peleado.» Aun así, cuidaba de la yegua lo mejor que podía. Era mejor que montar en el mismo caballo que el Perro. Además, tal vez Gallina fuera una cobarde, pero también era joven y fuerte. Arya creía que tal vez podría correr más que Desconocido si llegaba la ocasión.

El Perro ya no la vigilaba tan de cerca como antes. En ocasiones parecía que no le importaba si se iba o se quedaba, y por las noches ya no la ataba en la capa.

«Una noche de estas lo mataré mientras duerme —se decía, pero nunca lo hacía—. Un día de estos me alejaré con Gallina al galope y no me podrá alcanzar», pensaba, pero tampoco lo hacía. ¿Adónde podía ir? Invernalia ya no existía. El hermano de su abuelo estaba en Aguasdulces, pero no lo conocía, y él no la conocía a ella. Tal vez Lady Smallwood la acogiera en Torreón Bellota... y tal vez no. Además, Arya no estaba segura de poder encontrar el camino de vuelta a Torreón Bellota. A veces pensaba que podría volver a la posada de Sharna, si las inundaciones no se la habían llevado por delante. Podría quedarse con Pastel Caliente, o tal vez Lord Beric la encontraría allí. Anguy la enseñaría a manejar el arco; podría cabalgar al lado de Gendry y hacerse bandida, igual que Wenda, la Gacela Blanca de las canciones.

Pero no eran más que idioteces, sueños como los que tendría Sansa. Pastel Caliente y Gendry la habían abandonado en cuanto tuvieron ocasión, y Lord Beric y los bandidos no querían más que cobrar un rescate por ella, igual que el Perro. Ninguno de ellos la quería tener cerca. «Nunca fueron mi manada, ni siquiera Pastel Caliente y Gendry. Creía que sí, pero era una idiota, una niña idiota, sin pizca de loba.»

De manera que seguía con el Perro. Cabalgaban todos los días; jamás dormían dos veces en el mismo sitio. Siempre que les era posible esquivaban las ciudades, pueblos y castillos. Una vez le había preguntado a Sandor Clegane adónde iban.

—Lejos —replicó—. No te hace falta saber más. Ahora mismo vales menos que un escupitajo para mí, así que no quiero oírte gimotear. Debería haber dejado que te metieras en aquel castillo de mierda.

—Ojalá —respondió ella, pensando en su madre.

—Entonces estarías muerta. Me deberías dar las gracias. Me deberías cantar una canción bonita, igual que hizo tu hermana.

—¿A ella también le diste un hachazo?

—Te pegué con el plano de la hoja, loba idiota. Si te hubiera dado con el filo todavía habría tozos de tu cabeza flotando en el Forca Verde. Y cierra esa maldita boca de una vez. Lo que tendría que hacer es entregarte a las hermanas silenciosas. A las niñas que hablan demasiado les cortan la lengua.

Aquello no había sido justo. Quitando aquella ocasión, Arya no hablaba casi nunca. Podían pasar días enteros sin que ninguno de los dos dijera una palabra. Ella estaba demasiado vacía para hablar, y el Perro, demasiado furioso. Arya percibía su rabia; se la veía en el rostro, en su manera de apretar la boca y fruncirla, en las miradas que le echaba... Siempre que cogía el hacha para cortar madera y encender fuego se dejaba llevar por una ira sorda, asestaba golpes salvajes al árbol, al tronco o a la rama rota hasta que tenían astillas y leña para encender veinte hogueras. A veces después se quedaba tan agotado y magullado que se tumbaba directamente a dormir y ni siquiera prendía el fuego. Arya detestaba aquellas ocasiones y también lo detestaba a él. Aquellas noches era cuando más rato contemplaba el hacha. «Parece muy pesada, pero seguro que la podría blandir.» Y desde luego no lo golpearía con el plano de la hoja.

Muy de vez en cuando en su camino se encontraban con más gente: campesinos en los campos, porquerizos con sus piaras, una lechera que tiraba de su vaca, un escudero que llevaba un mensaje por un camino vecinal... No quería hablar con ellos tampoco. Era como si vivieran en un mundo lejano y hablaran una lengua incomprensible; no tenían nada que ver con ella, ni ella con ellos.

Además, no era prudente dejarse ver. De cuando en cuando divisaban columnas de jinetes por los tortuosos caminos que discurrían entre las granjas, siempre con el estandarte de las torres gemelas de los Frey ondeando ante ellos.

—A la caza de los norteños que hayan podido escapar —comentó el Perro cuando pasaron de largo—. Siempre que oigas cascos de caballos agacha la cabeza, y deprisa; seguro que no es ningún amigo.

Un día, en el hueco que formaban las raíces de un roble caído, se encontraron con otro superviviente de Los Gemelos. El distintivo que llevaba en el pecho mostraba una doncella desnuda, de color rosa, bailando en un torbellino de sedas, y les dijo que era uno de los hombres de Ser Marq Piper; un arquero, aunque había perdido el arco. Tenía el hombro izquierdo todo torcido e hinchado; les dijo que era por un golpe de mangual que le había destrozado la armadura y se la había clavado en la carne.

—Y fue un norteño —sollozó—. Su emblema era un hombre ensangrentado, y cuando vio el mío hasta gastó bromas; dijo que el hombre rojo y la chica rosa deberían juntarse. Bebí a la salud de su Lord Bolton; él bebió a la de Ser Marq; juntos brindamos por Lord Edmure, Lady Roslin y el Rey en el Norte. Luego me mató.

Al decir aquello tenía los ojos brillantes por la fiebre, y Arya supo que lo que decía era verdad. La hinchazón del hombro era espantosa, y tenía todo el costado izquierdo manchado de sangre y pus. Además, apestaba. «Huele como un cadáver.» El hombre les suplicó un trago de vino.

—Si tuviera vino, me lo bebería yo —le replicó el Perro—. Os puedo dar agua y el don de la piedad.

El arquero lo miró bastante rato antes de responder.

—Sois el perro de Joffrey.

—Ahora soy mi propio perro. ¿Queréis el agua?

—Sí. —El hombre tragó saliva—. Y la piedad. Por favor.

Poco antes habían pasado junto a un pequeño lago. Sandor le entregó el yelmo a Arya con la orden de que fuera a llenarlo, de manera que regresó a la orilla. El barro le cubría la puntera de las botas. Utilizó la cabeza de perro a modo de cubo; el agua se escapaba por los agujeros de los ojos, pero en el fondo aún quedaba bastante.

Cuando regresó, el arquero alzó el rostro y ella le derramó el agua en la boca. El hombre la tragó tan deprisa como pudo, y lo que no consiguió tragar le corrió por las mejillas y hacia la sangre seca de los bigotes, de manera que pronto tuvo la barba cubierta de lágrimas rosadas. Cuando se acabó el agua, agarró el yelmo y lamió el acero.

—Qué buena —dijo—. Pero ojalá hubiera sido vino. Me apetecía vino.

—A mí también.

El Perro clavó el puñal en el corazón del hombre casi con ternura; el peso de su cuerpo hundió la punta a través del jubón, la cota de malla y el protector acolchado. Al sacar la hoja y limpiarla en la ropa del muerto, miró a Arya.

—Ahí es donde está el corazón, niña. Así se mata a un hombre.

«Y de otras maneras.»

—¿Lo enterramos?

—¿Para qué? —replicó Sandor—. A él no le importa, y nosotros no tenemos palas. Que se lo queden los lobos y los perros salvajes. Tus hermanos y los míos. —Le lanzó una mirada dura—. Pero antes cogemos lo que llevara, claro.

En la bolsa del arquero había dos venados de plata y casi treinta cobres. Su puñal tenía una bonita piedra rosada en el puño. El Perro sopesó el cuchillo y se lo tiró a Arya. Ella lo cogió por la empuñadura, se lo puso al cinto y se sintió un poco mejor. No era *Aguja,* pero era acero. El hombre muerto también tenía un carcaj lleno de flechas, que no servía de nada sin arco. Sus botas eran demasiado grandes para Arya y demasiado pequeñas para el Perro, de modo que se las dejaron. Ella cogió también su casco, aunque le caía casi hasta la nariz y se lo tenía que echar hacia atrás para ver.

—Seguro que también tenía un caballo, o no habría conseguido escapar —dijo Clegane mirando a su alrededor—, pero el animal de los cojones se ha ido. No sabemos cuánto tiempo llevaba aquí.

Cuando llegaron a las estribaciones de las Montañas de la Luna, las lluvias casi habían cesado. Arya podía ver el sol, la luna y las estrellas, y se dio cuenta de que se dirigían hacia el este.

—¿Adónde vamos? —preguntó de nuevo.

—Tienes una tía que vive en el Nido de Águilas. —El Perro había decidido responderle en aquella ocasión—. Puede que ella quiera pagar un rescate por tu culo flaco, aunque solo los dioses saben por qué. Cuando lleguemos al camino alto lo podemos seguir hasta la Puerta de la Sangre.

«La tía Lysa.» Al pensar en ella, Arya se sentía igual de vacía. Quería a su madre, no a la hermana de su madre. No la conocía, igual que tampoco conocía a su tío abuelo, el Pez Negro. «Tendríamos que haber entrado en el castillo.» No podían estar seguros de que hubieran muerto su madre y Robb. No los habían visto morir, ni nada parecido. A lo mejor, Lord Frey se había limitado a cogerlos prisioneros. A lo mejor los tenían encadenados en una mazmorra, o los Frey los iban a llevar a Desembarco del Rey para que Joffrey les cortara la cabeza. No estaban seguros.

—Tendríamos que volver —decidió de repente—. Tendríamos que volver a Los Gemelos a buscar a mi madre. No puede estar muerta. Tenemos que ayudarla.

—Creía que era tu hermana la que tenía la cabeza llena de canciones —gruñó el Perro—. Es cierto que Frey podría haberle perdonado la vida a tu madre para pedir un rescate, pero por los siete infiernos te juro que no voy a meterme solo en ese castillo para sacarla.

—Solo no. Yo iría contigo.

—¡Eso! ¡Seguro que el viejo se mea del susto nada más verte! —El Perro emitió un sonido que podía pasar por una carcajada.

—¡Lo que pasa es que te da miedo morir! —replicó ella, despectiva.

Clegane se rio de nuevo, en aquella ocasión con una carcajada de verdad.

—La muerte no me asusta. Solo el fuego. Y venga, calla de una vez o te cortaré la lengua yo mismo para ahorrarles el trabajo a las hermanas. Nosotros vamos al Valle.

Arya no creía que le fuera a cortar la lengua de verdad; lo decía igual que cuando Ojorrojo decía que le iba a arrancar el pellejo a latigazos. De todos modos, no pensaba comprobarlo. Sandor Clegane no era Ojorrojo.

Ojorrojo no cortaba a la gente por la mitad ni golpeaba a nadie con un hacha. Ni siquiera con el plano del hacha.

Aquella noche se acostó pensando en su madre y se preguntó si no debería matar al Perro mientras dormía e ir ella misma a rescatar a Lady Catelyn. Al cerrar los ojos vio su rostro ante los párpados. «Está tan cerca que casi la puedo oler...»

Y entonces, de repente, la pudo oler de verdad. Era un olor tenue oculto bajo otros olores: el del musgo, el barro y el agua; el hedor de las hierbas que se pudrían y los hombres que se pudrían. Trotó despacio por el suelo blando hasta la orilla del río, bebió agua a lametones, alzó la cabeza y olisqueó. El cielo estaba gris y cubierto de nubes; el río, verde y cubierto de cosas que flotaban. Los cadáveres se amontaban en las zonas de aguas poco profundas. Algunos se movían todavía empujados por la corriente; otros habían quedado varados en las orillas. Sus hermanos se arremolinaban en torno a ellos y desgarraban a dentelladas la carne sabrosa, madura.

También estaban allí los cuervos, que graznaban a los lobos y llenaban el aire de plumas. Tenían la sangre más caliente, y una de sus hermanas había atrapado a uno por el ala justo cuando emprendía el vuelo. Aquello le dio ganas de coger ella también un cuervo. Deseaba notar el sabor de la sangre, oír el crujido de los huesos entre los dientes, llenarse el estómago de carne caliente, no fría. Tenía hambre y estaba rodeada de carne, pero sabía que no podía comer.

El olor era cada vez más fuerte. Alzó las orejas y escuchó los gruñidos de su manada, los graznidos de los cuervos furiosos, el batir de las alas y el sonido del agua que corría. A lo lejos se oían cascos de caballos y gritos de hombres vivos, pero no eran lo que le interesaba. Lo único que le interesaba era el olor. Volvió a olfatear el aire. Allí estaba; entonces lo vio: una figura blancuzca que se deslizaba río abajo, desviada aquí y allá por los salientes. Los juncos se inclinaban sobre ella.

Chapoteó por las aguas bajas y se lanzó a las más profundas moviendo las patas. La corriente era fuerte, pero ella lo era más. Nadó guiada por el olfato. Los olores del río eran húmedos e intensos, pero no eran los que la impulsaban. Nadó en pos de la estela de sangre fría, del dulce hedor empalagoso de la muerte. La persiguió como tantas veces había perseguido a un ciervo entre los árboles y al final la atrapó, y cerró las mandíbulas en torno a un brazo blanco. Lo sacudió para hacer que se moviera, pero en la boca solo tenía muerte y sangre. Estaba empezando a cansarse, y tuvo que hacer un esfuerzo para tirar del cadáver hasta la orilla. Cuando lo consiguió arrastrar hasta el barro, uno de sus hermanos pequeños se acercó con la lengua fuera. Tuvo que espantarlo de un gruñido para que no comiera. Después hizo una pausa para sacudirse el agua del pelaje. La cosa blanca yacía de bruces sobre el lodo, con la carne muerta arrugada y pálida, y un reguero de sangre fría le salía de la garganta.

«Levántate —pensó—. Levántate y ven aquí, a comer y a correr con nosotros.»

El ruido de caballos le hizo volver la cabeza. «Hombres.» Se acercaban en contra del viento, así que no le había llegado su olor, y en aquel momento los tenía casi encima. Hombres a caballo con ondulantes alas negras, amarillas y rosadas, y largas garras afiladas en las manos. Algunos de sus hermanos más jóvenes mostraron los dientes para defender la comida que habían encontrado, pero ella les lanzó mordiscos al aire hasta que se dispersaron. Así era la vida salvaje. Los ciervos, las liebres y los cuervos huían de los lobos, y los lobos huían de los hombres. Abandonó en el barro el frío trofeo blanco que había conseguido arrastrar hasta allí y huyó, y no se avergonzó por ello.

A la mañana siguiente, el Perro no tuvo que gritar ni sacudir a Arya para que se despertara. Por una vez se había levantado antes que él, y hasta había abrevado a los caballos. Desayunaron en silencio hasta que Sandor lo rompió.

—Eso que dijiste de tu madre...

—No importa —dijo Arya con voz átona—. Ya sé que está muerta. La he visto en un sueño.

El Perro se quedó mirándola bastante rato y al final asintió. No se volvió a hablar del tema, y cabalgaron hacia las montañas.

En las colinas más elevadas se encontraron con una aldea pequeña, aislada y rodeada de árboles centinela color gris verdoso y altos pinos soldado, y Clegane decidió que podían arriesgarse a entrar.

—Nos hace falta comida —dijo—, y un techo bajo el que refugiarnos. No creo que aquí sepan qué pasó en Los Gemelos, y con un poco de suerte no me reconocerán.

Los aldeanos estaban construyendo una empalizada de madera en torno a sus casas, y cuando vieron la envergadura de hombros del Perro les ofrecieron comida, refugio y hasta algunas monedas a cambio de su trabajo.

—Si hay también vino, hecho —les gruñó.

Al final se conformó con cerveza, y todas las noches bebió hasta caer dormido.

Pero su sueño de vender a Arya murió en aquellas colinas.

—Por encima de nosotros ya hay escarcha, y los pasos altos están nevados —le dijo el anciano de la aldea—. Si no morís de hambre, os congelaréis, y si no, algún gatosombra os hará pedazos, o tal vez los osos cavernarios. Además, también están los clanes. Los Hombres Quemados no tienen miedo de nada desde que Timett el Tuerto regresó de otra guerra. Y hace medio año, Gunthor, hijo de Gurn, atacó con sus Grajos de Piedra un poblado que no está ni a tres leguas de aquí. Se llevaron a todas las mujeres y hasta el último saco de grano, y mataron a la mitad de los hombres. Ahora tienen acero, buenas espadas y cotas de malla, y vigilan el camino alto. Allí están todos: los Grajos de Piedra, los Serpientes de Leche, los Hijos de la Niebla... Seguro que os llevaríais a unos cuantos por delante, pero al final os matarían y se quedarían con vuestra hija.

«¡No soy su hija!», habría gritado Arya de no estar tan cansada. Ya no era hija de nadie. Ya no era nadie. Ni Arya, ni Comadreja, ni Nan, ni Arry, ni Perdiz, ni siquiera Chichones. Solo era una niña que de día viajaba con un perro y de noche soñaba con lobos.

La aldea era silenciosa. Tenían colchones rellenos de paja sin apenas chinches; la comida era sencilla pero abundante, y el aire olía a pinos. Pese a todo, Arya llegó a la conclusión de que detestaba aquel lugar. Los aldeanos eran unos cobardes. Ninguno se atrevía a mirar al Perro a la cara, al menos durante mucho tiempo. Algunas mujeres trataron de ponerle un vestido y obligarla a coser, pero ninguna de ellas era Lady Smallwood, así que no se lo consintió. Además, había una niña que la seguía a todas partes, la hija del anciano de la aldea. Tenía la misma edad que Arya, pero no era más que una cría; lloraba si se hacía un rasguño en la rodilla y llevaba a todas partes un muñeco de trapo de lo más idiota. El muñeco representaba a un guerrero, más o menos, así que la niña lo llamaba Ser Soldado y decía que cuidaba de ella.

—Lárgate —le dijo Arya cien veces—. Déjame en paz.

Pero no le hizo caso, así que al final Arya le quitó el muñeco, lo rasgó y le sacó el relleno de la barriga con un dedo.

—¡Ahora sí que parece un soldado! —le gritó antes de tirar el muñeco a un arroyo.

Después de aquello, la niña dejó de perseguirla, y Arya se pasaba los días cuidando de Gallina y de Desconocido o paseando por los bosques. A veces encontraba un palo y se dedicaba a practicar sus labores de aguja, pero entonces se acordaba de lo que había pasado en Los Gemelos y lo golpeaba contra cualquier árbol hasta destrozarlo.

—Puede que nos quedemos aquí una temporada —le dijo el Perro dos semanas más tarde. Estaba ebrio de cerveza, pero más ensimismado que dormido—. No podemos llegar al Nido de Águilas, y los Frey aún estarán buscando supervivientes en las tierras de los ríos. Aquí parece que hacen falta espadas para enfrentarse a los de los clanes. Podemos descansar, y a lo mejor, hacer llegar una carta a tu tía.

El rostro de Arya se ensombreció. No quería quedarse, pero tampoco tenía adónde ir. A la mañana siguiente, cuando el Perro fue a cortar árboles y acarrear leña, volvió a meterse en la cama.

Pero cuando el trabajo se terminó y la alta empalizada de madera se alzó en torno a la aldea, el anciano dejó bien claro que allí no había lugar para ellos.

—Cuando llegue el invierno ya nos costará bastante dar de comer a los nuestros —explicó—. Además... un hombre como vos atrae la sangre.

—De modo que sabéis quién soy. —Sandor apretó los labios.

—Sí. Aquí no llegan muchos viajeros, pero a veces vamos al mercado y a las ferias. Hemos oído hablar del perro del rey Joffrey.

—Cuando vengan a visitaros esos Grajos de Piedra tal vez os convenga tener un perro.

—Es posible. —El hombre titubeó, pero hizo acopio de valor—. Aunque se dice que perdisteis el coraje en la batalla del Aguasnegras. Se dice...

—Ya sé qué se dice. —La voz de Sandor sonaba como dos sierras que se frotaran entre ellas—. Pagadme y nos marcharemos.

Al partir, el Perro tenía una bolsa llena de monedas de cobre, un pellejo de cerveza amarga y una espada nueva. En realidad, se trataba de una espada muy vieja, pero para él era nueva. Se la había cambiado a su propietario por el hacha que había cogido en Los Gemelos, la que había utilizado para hacerle aquel chichón a Arya. La cerveza se acabó en menos de un día, pero Clegane afilaba la espada todas las noches, sin dejar de maldecir a su anterior propietario por cada melladura y cada punto oxidado.

«Si ha perdido el coraje, ¿qué le importa si la espada está afilada o no?» No era una pregunta que Arya pudiera hacerle en voz alta, pero a menudo pensaba sobre el tema. ¿Era por aquello por lo que había huido de Los Gemelos y se la había llevado?

Al regresar a las tierras de los ríos se encontraron con que las lluvias no eran tan abundantes y las aguas crecidas habían empezado a retroceder. El Perro decidió dirigirse al sur, de vuelta al Tridente.

—Iremos a Aguasdulces —le dijo a Arya mientras asaban una liebre que había matado—. A lo mejor el Pez Negro quiere comprarse una loba.

—No me conoce. Ni siquiera sabrá si de verdad soy yo. —Arya estaba cansada de ir a Aguasdulces. Tenía la sensación de que llevaba años viajando hacia allí sin llegar jamás. Cada vez que emprendía la marcha hacia Aguasdulces acababa en un lugar peor—. No te pagará ningún rescate. Seguro que te ahorca y ya está.

—Que lo intente. —Giró la cabeza y escupió.

«No habla como si hubiera perdido el coraje.»

—Ya sé qué podemos hacer —dijo Arya. Aún le quedaba un hermano. «Jon me querrá aunque nadie más me quiera. Me llamará hermanita y me revolverá el pelo.» Pero era un viaje largo, y sabía que no conseguiría llegar sola. Ni siquiera había podido llegar a Aguasdulces—. Podríamos ir al Muro.

—La niña lobo quiere unirse a la Guardia de la Noche, ¿eh? —La risa de Sandor fue como un gruñido.

—Mi hermano está en el Muro —insistió, testaruda.

—El Muro está a mil leguas de aquí. —Hizo una mueca involuntaria con la boca—. Tendríamos que abrirnos paso luchando entre esos malditos Frey solo para llegar al Cuello. En esos pantanos hay lagartos león que desayunan lobos. Y aunque llegáramos al norte sin que nos despellejaran, la mitad de los castillos están ocupados por hombres del hierro, sin mencionar que hay miles de norteños de mierda.

—¿Te dan miedo? —preguntó—. ¿Has perdido el coraje?

Durante un momento pensó que la iba a abofetear. Pero para entonces, la liebre ya estaba tostada, con el exterior crujiente y gotas de grasa que restallaban al caer entre las llamas. Sandor la arrancó del espetón, la partió en dos con sus enormes manazas y tiró la mitad al regazo de Arya.

—A mi coraje no le pasa nada —dijo al tiempo que arrancaba una pata—, pero tu hermano y tú me importáis tanto como una cagada de rata. Y yo también tengo un hermano.

Tyrion

—Tyrion —dijo Ser Kevan con tono cansado—, si de verdad eres inocente de la muerte de Joffrey, no te costará nada demostrarlo en el juicio.

—¿Quién me va a juzgar? —preguntó Tyrion apartándose de la ventana.

—La justicia corresponde al trono. El Rey ha muerto, pero tu padre sigue siendo la Mano. Dado que el acusado es su hijo, y su nieto fue la víctima, les ha pedido a Lord Tyrell y al príncipe Oberyn que sean jueces también.

Aquello no sirvió para tranquilizar a Tyrion en absoluto. Mace Tyrell había sido el suegro de Joffrey, aunque por muy poco tiempo, y la Víbora Roja era... En fin, una serpiente.

—¿Se me permitirá exigir un juicio por combate?

—No te lo recomiendo.

—¿Por qué no? —Si así se había salvado en el Valle, ¿por qué no allí?—. Respóndeme, tío. ¿Se me concederán un juicio por combate y un campeón que pruebe mi inocencia?

—Desde luego, si es eso lo que deseas. Pero más vale que lo sepas: en caso de que se celebre un juicio así, tu hermana piensa pedir que su campeón sea Ser Gregor Clegane.

«La muy puta se adelanta a mis movimientos. Lástima que no cligiera a un Kettleblack.» Ninguno de los tres hermanos le daría el menor trabajo a Bronn, pero la Montaña que Cabalga era harina de otro costal.

—Tendré que consultarlo con la almohada.

«Lo que tengo que hacer es hablar con Bronn, y cuanto antes.» No quería ni pensar en cuánto le iba a costar aquello. Bronn tenía un alto concepto del valor de su pellejo.

—¿Tiene Cersei algún testigo contra mí?

—Más y más cada día que pasa.

—En ese caso, yo también necesitaré testigos.

—Dime a quién quieres y Ser Addam enviará a la Guardia para asegurarse de que se presenten en el juicio.

—Preferiría ir a buscarlos en persona.

—Se te acusa de regicidio y del asesinato de tu sobrino. ¿De verdad crees que se te va a permitir que entres y salgas a tu antojo? —Ser Kevan señaló la mesa—. Tienes pluma, tinta y pergamino. Escribe los nombres de los testigos que necesites y haré todo lo que esté en mi mano para proporcionártelos; te doy mi palabra de Lannister. Pero no saldrás de esta torre más que para asistir al juicio.

—¿Se permitirá entrar y salir a mi escudero? —Tyrion no quiso rebajarse a suplicar.

—¿A ese muchacho, cómo se llama, Podrick Payne? Desde luego, si es eso lo que deseas. Haré que te lo envíen.

—Por favor. Mejor temprano que tarde, y mejor ahora que temprano. —Anadeó hasta la mesa, pero al oír como se abría la puerta se volvió—. Tío...

Ser Kevan se detuvo.

—¿Sí?

—No he sido yo.

—Ojalá pudiera creerte, Tyrion.

Cuando se cerró la puerta, Tyrion Lannister se subió a la silla, afiló la pluma y sacó un pergamino en blanco. «¿Quién hablará en mi favor?» Mojó la pluma en el tintero.

La hoja seguía virginal cuando llegó Podrick Payne algo más tarde.

—Mi señor —saludó el muchacho.

—Ve a buscar a Bronn y dile que venga enseguida. —Tyrion dejó la pluma—. Dile que habrá oro, más del que ha soñado jamás, y no se te ocurra volver sin él.

—Sí, mi señor. Quiero decir, no. No volveré.

Salió de la estancia.

No había vuelto cuando se puso el sol; tampoco cuando amaneció. Tyrion se quedó dormido sentado junto a la ventana, y cuando despertó con las primeras luces del alba estaba rígido y dolorido. Un criado le llevó el desayuno: gachas, manzanas y un cuerno de cerveza ligera. Comió en la mesa, todavía con el pergamino en blanco delante. Una hora más tarde, el mismo criado volvió a recoger el cuenco.

—¿Has visto a mi escudero? —le preguntó Tyrion.

El hombre sacudió la cabeza.

Con un suspiro, volvió a sentarse a la mesa y mojó la pluma en el tintero. «Sansa», escribió. Se quedó mirando el nombre con los dientes tan apretados que hasta le dolió.

Suponiendo que Joffrey no se hubiera atragantado con un trozo de empanada, cosa que hasta a Tyrion le costaba creer, Sansa lo debía de haber envenenado. «Joff poco menos que le puso la copa en el regazo, y le había dado motivos más que suficientes.» Cualquier duda que Tyrion pudiera albergar había desaparecido con su esposa. «Una sola carne, un solo corazón, una sola alma.» Hizo una mueca. «No tardó mucho en demostrar cuánto le importaban los votos, ¿verdad? Bueno, enano, ¿y qué esperabas?»

Aun así... ¿de dónde había sacado Sansa el veneno? Lo que no se podía creer era que la niña hubiera actuado sola. «¿De verdad me interesa encontrarla?» ¿Se creerían los jueces que aquella chiquilla, la esposa de Tyrion, había envenenado a un rey a espaldas de su marido? «Yo no, desde luego.» Y Cersei insistiría en que lo habían planeado juntos.

De todos modos, al día siguiente le entregó el pergamino a su tío. Al verlo, Ser Kevan frunció el ceño.

—¿Tu único testigo es Lady Sansa?

—Ya pensaré en otros, dame tiempo.

—Más vale que se te ocurran deprisa. Los jueces quieren empezar el juicio de hoy en tres días.

—Es demasiado pronto. Me tienes aquí encerrado; ¿cómo voy a encontrar testigos de mi inocencia?

—A tu hermana no le ha costado nada encontrar testigos de tu culpabilidad. —Ser Kevan enrolló el pergamino—. Ser Addam ha puesto a sus hombres a buscar a tu esposa. Varys ha ofrecido cien venados a quien lo informe de su paradero, y cien dragones a quien le entregue a la chica. Si es posible dar con ella, la encontrarán, y te la traeré. No veo nada de malo en que marido y mujer compartan celda y se den apoyo y consuelo.

—Qué amable. ¿Has visto a mi escudero?

—Te lo envié ayer, ¿no vino?

—Sí que vino —reconoció Tyrion—, pero se volvió a marchar.

—Haré que venga otra vez.

Pero Podrick Payne no regresó hasta la mañana siguiente. Entró en la habitación titubeante, con el miedo escrito en la cara. Bronn entró tras él. El caballero mercenario vestía un jubón con adornos de plata y una gruesa capa de montar, y llevaba colgados del cinturón de la espada un par de guantes de cuero fino.

Solo con ver la expresión de Bronn, Tyrion sintió que se le hacía un nudo en la boca del estómago.

—Has tardado mucho.

—El chico no paraba de suplicar; de lo contrario, ni habría venido. Me esperan para cenar en el castillo de Stokeworth.

—¿En Stokeworth? —Tyrion saltó de la cama—. Dime, ¿qué se te ha perdido allí?

—Una esposa. —Bronn sonrió como un lobo que estuviera viendo un corderito perdido—. Pasado mañana me voy a casar con Lollys.

—Con Lollys. —«Perfecto, joder, perfecto.» La hija retrasada de Lady Tanda conseguía un marido caballero y una especie de padre para el bastardo que llevaba en la barriga, y Ser Bronn del Aguasnegras subía otro peldaño. Aquello llevaba la odiosa firma de Cersei—. La zorra de mi hermana te ha vendido un caballo cojo. Esa chica no tiene sesos.

—Si quisiera sesos, me casaría contigo.

—Lollys está preñada de otro hombre.

—En cuanto escupa al cachorro le haré uno mío.

—Ni siquiera es la heredera de Stokeworth —le señaló Tyrion—. Tiene una hermana mayor. Falyse. Que, por cierto, está casada.

—Desde hace diez años, y todavía no ha parido —dijo Bronn—. Su señor esposo no frecuenta su lecho. Se dice que prefiere a las vírgenes.

—Como si prefiere a las cabras, no importa. Cuando Lady Tanda muera, las tierras pasarán a manos de su hija mayor.

—A menos que Falyse muera antes que su madre.

Tyrion se preguntó si Cersei tendría la más remota idea de la clase de serpiente que había puesto a mamar del pecho de Lady Tanda. «Y si la tiene, ¿le importará?»

—Entonces, ¿por qué has venido?

—En cierta ocasión —contestó Bronn encogiéndose de hombros— me dijiste que si alguien hablaba conmigo para que te vendiera, tú doblarías la oferta.

«Sí.»

—¿Y qué quieres? ¿Dos esposas o dos castillos?

—Con uno de cada me vale. Pero si lo que quieres es que mate a Gregor Clegane en tu nombre va a tener que ser un castillo muy, muy grande.

En los Siete Reinos sobraban las doncellas de noble cuna, pero ni la solterona más vieja, más pobre y más fea del reino accedería a casarse con un canalla plebeyo como Bronn. «A no ser que tuviera los sesos aguados y un niño sin padre en la barriga, fruto de medio centenar de violaciones.» Lady Tanda había estado tan desesperada por buscarle marido a Lollys que hasta había perseguido a Tyrion durante un tiempo, y aquello había sido antes de que medio Desembarco del Rey se la tirase. Sin duda, Cersei había endulzado la oferta, y Bronn era caballero, así que resultaba un partido adecuado para la hija pequeña de una casa menor.

—Ahora mismo ando muy corto de castillos y de doncellas nobles —reconoció Tyrion—, pero te puedo ofrecer oro y gratitud, como antes.

—Oro ya tengo. ¿Y qué se puede comprar con gratitud?

—Te sorprenderías. Un Lannister siempre paga sus deudas.

—Tu hermana también es una Lannister.

—Mi señora esposa es la heredera de Invernalia. Si salgo de esta con la cabeza sobre los hombros, puede que algún día gobierne el norte en su nombre. Te podría reservar un buen pedazo.

—Muy largo me lo fías —dijo Bronn—. Además, allí hace un frío de cojones. Lollys es suave y cálida, y está cerca. Dentro de dos noches me la podría estar follando.

—No es precisamente una perspectiva halagüeña.

—¿De verdad? —Bronn sonrió—. Reconócelo, Gnomo: si te dieran a elegir entre tirarte a Lollys y luchar contra la Montaña, tendrías los calzones bajados y la polla tiesa antes de que me diera tiempo a parpadear.

«Me conoce demasiado bien.» Tyrion probó una táctica diferente.

—Tengo entendido que Ser Gregor resultó herido en el Forca Roja y otra vez en el Valle Oscuro. Seguro que ahora es más lento.

—Nunca ha sido rápido. —Bronn hizo una mueca—. Solo monstruosamente grande y monstruosamente fuerte. Y desde luego, más rápido de lo que se podría esperar de un hombre de su tamaño. Tiene un alcance increíble con la espada y parece que no siente los golpes como los demás.

—¿Tanto miedo te da? —preguntó Tyrion con la esperanza de provocarlo.

—Sería imbécil si no me diera miedo. —Bronn se encogió de hombros—. Es posible que pudiera derrotarlo. Bailaría a su alrededor hasta que estuviera tan cansado de lanzarme golpes que no pudiera levantar la espada. O lo derribaría de alguna manera. Cuando están tumbados de espaldas no importa lo altos que sean. Pero es muy arriesgado. Un paso en falso y me puedo dar por muerto. ¿Por qué voy a correr el riesgo? Eres el hijoputa más feo que he visto en mi vida y aun así me caes bien... pero si peleo por ti, pase lo que pase salgo perdiendo. O la Montaña me saca las tripas o lo mato yo y pierdo Stokeworth. Yo vendo mi espada, no la regalo. No soy tu hermano.

—No —dijo Tyrion con tristeza—. Eso es verdad. —Hizo un gesto de despedida con la mano—. Pues venga, márchate. Corre a por Stokeworth y a por tu Lady Lollys. Ojalá tu matrimonio te proporcione más alegrías que a mí el mío.

Ya junto a la puerta, Bronn titubeó un instante.

—¿Qué vas a hacer, Gnomo?

—Mataré a Gregor yo mismo. Menuda canción saldría de eso, ¿eh?

—Espero oírla cantar. —Bronn sonrió una última vez y salió de la estancia, del castillo y de su vida.

Pod arrastró los pies por el suelo.

—Lo siento mucho.

—¿Por qué? ¿Tienes tú la culpa de que Bronn sea un canalla insolente con el corazón podrido? Siempre ha sido un canalla insolente con el corazón podrido. Por eso mismo me caía bien.

Tyrion se sirvió una copa de vino y se la llevó al asiento que había junto a la ventana. En el exterior, el día era gris y lluvioso, pero con perspectivas más alegres que las suyas. Podría enviar a Podrick Payne en busca de Shagga, claro, pero en lo más profundo del bosque Real había tantos lugares donde esconderse que, a veces, los bandidos podían pasarse decenios sin que los apresaran. «Y a Pod le cuesta encontrar el camino hasta la cocina cuando lo mando a buscar un trozo de queso.» Timett, hijo de Timett, debía de haber vuelto ya a las Montañas de la Luna. Y pese a lo que le había dicho a Bronn, enfrentarse en persona contra Ser Gregor Clegane sería una farsa aún mayor que la de los enanos justadores de Joffrey. No tenía la menor intención de morir con los oídos llenos de carcajadas burlonas. «Genial esto del juicio por combate.»

Ser Kevan lo volvió a visitar más tarde, y otra vez al día siguiente. Su tío lo informó con educación de que Sansa no había aparecido. Tampoco se encontraba al bufón Ser Dontos, que se había esfumado la misma noche. ¿Tenía Tyrion otros testigos a los que quisiera hacer llamar? No, no los tenía. «¿Cómo coño puedo demostrar que no le puse veneno en el vino si mil personas me vieron llenar la copa de Joff?»

Aquella noche no pudo conciliar el sueño. Se pasó las horas tumbado en la oscuridad, contemplando el dosel de la cama y contando sus fantasmas. Vio a Tysha sonriendo cuando lo besaba; vio a Sansa desnuda y temblando de miedo. Vio a Joffrey desgarrándose la garganta, con la sangre corriéndole por el cuello a medida que el rostro se le oscurecía. Vio los ojos de Cersei, la sonrisa astuta de Bronn, la risa traviesa de Shae... Ni siquiera pensando en Shae se le levantaba. Se acarició con la esperanza de que, si despertaba su polla y la dejaba satisfecha, luego le sería más fácil descansar, pero no lo consiguió.

Y así llegó el amanecer, y con él, el día en el que empezaría su juicio.

No fue Ser Kevan quien acudió a buscarlo aquella mañana, sino Ser Addam Marbrand, con una docena de capas doradas. Tyrion había desayunado huevos cocidos, panceta tostada y pan frito, y se había vestido con sus mejores galas.

—Ser Addam —dijo—, pensaba que mi padre enviaría a la Guardia Real para que me escoltara hasta la sala del juicio. Sigo siendo miembro de la familia real, ¿no?

—Así es, mi señor, pero mucho me temo que la mayor parte de la Guardia Real va a presentar testimonio contra vos. Lord Tywin pensó que no sería apropiado que también os custodiara.

—Los dioses no quieran que hagamos algo poco apropiado. Por favor, adelante.

El juicio se iba a celebrar en el salón del trono, donde Joffrey había muerto. Ser Addam lo escoltó cuando cruzó las imponentes puertas de bronce, y también cuando recorrió la larga alfombra; sentía todos los ojos clavados en él. Se habían congregado cientos de personas para presenciar su juicio. O al menos esperaba que estuvieran allí para mirar. «Por lo que sé, puede que todos vayan a declarar contra mí.» Divisó en la galería a la reina Margaery, pálida y hermosa con sus ropas de luto. «Dos veces casada, dos veces viuda, y solo tiene dieciséis años.» Junto a ella estaba su madre, muy alta, y su menuda abuela al otro lado, rodeadas por sus damas y por los caballeros de la casa de su padre, que ocupaban toda la galería.

El estrado estaba todavía al pie del desierto Trono de Hierro, aunque se habían retirado todas las mesas menos una. Frente a ella estaban sentados el fornido Lord Mace Tyrell, con un manto dorado sobre ropas verdes, y el esbelto príncipe Oberyn Martell, con una larga túnica a rayas naranja, amarillas y escarlata. Lord Tywin Lannister se había situado entre ellos.

«Puede que aún me quede alguna esperanza. —El dorniense y el de Altojardín se detestaban—. Si encuentro la manera de utilizar eso en mi favor...»

El Septón Supremo empezó con una plegaria en la que se pedía al Padre en las alturas que los guiara hacia la justicia. En cuanto hubo terminado, el padre en la Tierra se inclinó hacia delante.

—Tyrion, ¿mataste tú al rey Joffrey?

«No pierde un instante.»

—No.

—Menos mal, qué alivio —comentó Oberyn Martell en tono seco.

—¿Fue entonces Sansa Stark? —preguntó Lord Tyrell.

«Si yo hubiera estado en su lugar lo habría matado, desde luego.» Pero, estuviera donde estuviera Sansa, fuera cual fuera el papel que había desempeñado, seguía siendo su esposa. Al rodearle los hombros con su capa había jurado protegerla, aunque para ello hubiera tenido que subirse sobre la espalda de un bufón.

—Los dioses mataron a Joffrey. Se atragantó con la empanada de paloma.

—¿Culpas a los cocineros? —Lord Tyrell se había puesto rojo.

—A ellos o a las palomas. Pero a mí no me metáis en esto.

Tyrion oyó algunas risitas nerviosas y supo que había cometido un error. «Vigila esa lengua, enano idiota, o te cavará una tumba.»

—Hay testigos contra ti —dijo Lord Tywin—. Primero los escucharemos a ellos; luego podrás presentar a tus testigos. Solo hablarás cuando te demos permiso.

Tyrion no pudo hacer otra cosa que asentir.

Ser Addam le había dicho la verdad: el primer hombre al que se hizo pasar fue Ser Balon Swann, de la Guardia Real.

—Mi señor Mano —empezó después de que el Septón Supremo le tomara juramento de decir solo la verdad—, tuve el honor de luchar al lado de vuestro hijo en el puente de barcos. Pese a su tamaño es un valiente, y me niego a creer que hiciera esto de lo que se le acusa.

Un murmullo recorrió el salón. Tyrion se preguntó a qué estaría jugando Cersei. «¿Por qué presenta un testigo que me considera inocente?» No tardó en descubrirlo. De mala gana, Ser Balon relató cómo había tenido que apartar a Tyrion de Joffrey el día de la revuelta.

—Golpeó a Su Alteza, es cierto. Pero no fue más que un momento de ira. Una tormenta de verano. La turba había estado a punto de matarnos a todos.

—En tiempos de los Targaryen, el hombre que osaba golpear a alguien de sangre real perdía la mano con la que lo había tocado —observó la Víbora Roja de Dorne—. ¿Es que al enano le volvió a crecer, o los Espadas Blancas olvidasteis cumplir con vuestro deber?

—Él también es de sangre real —respondió Ser Balon—. Además, era la Mano del Rey.

—No —intervino Lord Tywin—. Desempeñaba las funciones de la Mano, pero en mi lugar.

Ser Meryn Trant estuvo encantado de ampliar el relato de Ser Balon cuando ocupó su lugar como testigo.

—Tiró al Rey al suelo y empezó a darle patadas. Gritaba que era una injusticia que Su Alteza hubiera escapado ileso de la turba.

Tyrion empezaba a entender el plan de su hermana. «Ha arrancado con un hombre conocido por su honradez y le ha sacado todo lo posible. A partir de ahora, cada testigo contará algo peor hasta hacer que parezca una mezcla entre Maegor el Cruel y Aerys el Loco, con un toque de Aegon el Indigno para dar color.»

Ser Meryn pasó a relatar cómo Tyrion había detenido a Joffrey cuando estaban golpeando a Sansa Stark.

—El enano le preguntó a Su Alteza si sabía qué le había pasado a Aerys Targaryen. Cuando Ser Boros habló en defensa del Rey, el Gnomo amenazó con hacerlo matar.

El propio Blount fue el siguiente y corroboró aquella historia. Si Ser Boros le guardaba algún rencor a Cersei por expulsarlo de la Guardia Real, no lo demostró, y dijo lo que ella quería oír.

Tyrion no pudo seguir en silencio.

—¿Por qué no les decís a los jueces qué estaba haciendo Joffrey?

—Ordenasteis a vuestros salvajes que me mataran si abría la boca —contestó el hombretón de la papada mirándolo—, esa es la verdad.

—Tyrion —intervino Lord Tywin—, solo puedes hablar cuando lo indiquemos. Esto es una advertencia.

Tyrion, rabioso, se mordió los labios.

Los siguientes fueron los Kettleblack, los tres, por turnos. Osney y Osfryd relataron su cena con Cersei antes de la batalla del Aguasnegras y no omitieron ninguna de las amenazas que había formulado.

—Le dijo a Su Alteza la Reina que le iba a hacer daño —narró Ser Osfryd—. Que iba a sufrir.

Su hermano Osney fue un poco más lejos.

—Dijo que esperaría un día en que ella se sintiera segura y feliz y haría que la alegría se le convirtiera en cenizas en la boca.

Ninguno mencionó a Alayaya.

Ser Osmund Kettleblack, la viva imagen de la caballería con su inmaculada armadura de lamas y su capa de lana blanca, declaró bajo juramento que el rey Joffrey sabía desde hacía mucho tiempo que su tío Tyrion pretendía asesinarlo.

—Fue el día en que me entregaron la capa blanca, mis señores —les dijo a los jueces—. Aquel valiente muchacho me dijo: «Mi buen Ser Osmund, guardadme bien, pues mi tío quiere hacerme daño. Quiere sentarse en el trono en mi lugar».

—¡Mentira! —exclamó Tyrion. Aquello era más de lo que podía soportar. Dio dos pasos adelante antes de que los capas doradas lo arrastraran a su sitio.

—¿Tendremos que encadenarte de pies y manos como a un vulgar bandolero? —le preguntó Lord Tywin frunciendo el ceño.

Tyrion rechinó los dientes. «El segundo error, idiota, idiota, enano idiota. Mantén la calma o estás perdido.»

—No. Os pido perdón, mis señores. Sus mentiras me enfurecen.

—Sus verdades, querrás decir —intervino Cersei—. Padre, te ruego que le pongas grilletes; es por tu seguridad. Ya has visto cómo es.

—Yo he visto que es un enano —señaló el príncipe Oberyn—. El día en que tema la ira de un enano será el día en que decida ahogarme en un tonel de vino.

—No harán falta grilletes. —Lord Tywin miró hacia las ventanas y se levantó—. Se está haciendo tarde. Seguiremos mañana por la mañana.

Aquella noche, a solas en la celda de la torre con un pergamino en blanco y una copa de vino, Tyrion no pudo evitar pensar en su esposa. No en Sansa, sino en su primera esposa, Tysha. «La esposa puta, no la esposa loba.» El amor que decía sentir por él había sido fingido, pero él se lo había creído, y al creerlo había sido feliz. «A mí dadme dulces mentiras y guardaos vuestras amargas verdades.» Se bebió el vino y pensó en Shae. Más tarde, cuando Ser Kevan acudió para la cotidiana visita nocturna, Tyrion pidió ver a Varys.

—¿Crees que el eunuco hablará en tu defensa?

—No lo sabré hasta que charle con él. Ten la bondad de pedirle que venga a verme, tío.

—Como quieras.

Los maestres Ballabar y Frenken abrieron el segundo día de juicio. También habían abierto el noble cadáver del rey Joffrey, y juraron que no habían encontrado ningún trocito de empanada de paloma ni de ningún otro alimento en la garganta real.

—La causa de su muerte fue el veneno, mis señores —dijo Ballabar, a lo que Frenken asintió con gesto serio.

Luego hicieron entrar al Gran Maestre Pycelle, que llegó apoyado en un bastón retorcido, caminando tembloroso, con unos cuantos pelos blancos saliéndole del largo cuello de pollo. Últimamente estaba demasiado débil para mantenerse en pie, de manera que los jueces permitieron que declarara sentado en una silla y tras una mesa. Sobre la mesa había varios frasquitos. Pycelle fue nombrando el contenido de cada uno.

—Setagrís —dijo con voz temblorosa—. Se extrae de hongos venenosos. Solano, sueñodulce, danza del diablo... Esto es ojociego. A esto lo llaman sangre de viuda, por el color. Una pócima muy cruel: hace que a la víctima se le cierren la vejiga y los intestinos hasta que se ahoga en sus propios venenos. Esto es matalobos; esto, veneno de basilisco; esto son lágrimas de Lys. Sí, los reconozco todos. El Gnomo Tyrion Lannister los robó de mis habitaciones cuando me hizo encerrar con falsos cargos.

—¡Pycelle! —exclamó Tyrion, aun a riesgo de incurrir en la ira de su padre—, ¿es posible que alguno de estos venenos ahogue a un hombre?

—No. Para eso hay que recurrir a uno más raro. Cuando era niño, en la Ciudadela, mis maestros lo llamaban tan solo *el estrangulador.*

—Pero no habéis encontrado ni rastro de ese raro veneno, ¿verdad?

—No, mi señor. —Pycelle lo miró y parpadeó—. Lo gastasteis todo en matar al niño más noble que jamás pusieron los dioses sobre esta tierra.

—Joffrey era estúpido y cruel —soltó Tyrion; la rabia le había nublado los sentidos—, pero yo no lo maté. Cortadme la cabeza si queréis, pero no tuve nada que ver con la muerte de mi sobrino.

—¡Silencio! —exclamó Lord Tywin—. Es la tercera vez que te lo digo. En la próxima ocasión ordenaré que te pongan los grilletes y la mordaza.

A Pycelle lo siguió toda una procesión interminable y agotadora. Damas y señores, nobles caballeros, gente de alta cuna y de baja estofa por igual: todos habían asistido al banquete de bodas; todos habían visto cómo se ahogaba Joffrey, cómo se le ponía la cara tan negra como una ciruela de Dorne. Lord Redwyne, Lord Celtigar y Ser Flement Brax habían oído a Tyrion amenazar al Rey; dos criados, un malabarista, Lord Gyles, Ser Hobber Redwyne y Ser Philip Foote lo habían visto llenar el cáliz nupcial. Lady Merryweather juró que había visto al enano poner algo en el vino del Rey mientras Joff y Margaery estaban cortando la empanada. El anciano Estermont, el joven Peckledon, el bardo Galyeon de Cuy, y los escuderos Morros y Jothos Slynt relataron cómo Tyrion había cogido el cáliz mientras Joff agonizaba y había derramado en el suelo el resto del vino envenenado.

«¿Cuándo me he creado tantos enemigos?» Lady Merryweather era una completa desconocida para él. Tyrion no sabía si era miope o si la habían comprado. Por suerte, Galyeon de Cuy no había puesto música a su declaración; de lo contrario habría contado con setenta y siete versos de mierda.

Cuando su tío lo visitó aquella noche después de la cena, su trato era frío y distante.

«Él también cree que fui yo.»

—¿Quieres presentar algún testigo? —le preguntó Ser Kevan.

—No, no como tal. A menos que hayáis encontrado a mi esposa.

Su tío hizo un gesto de negación.

—Parece que el juicio lleva muy mal camino para ti.

—¿De verdad? ¿Tú crees? No me había dado cuenta. —Tyrion se rascó la cicatriz—. Varys no ha venido.

—Ni vendrá. Mañana declarará contra ti.

«Estupendo.»

—Ya veo. —Se reacomodó en el asiento—. Satisface mi curiosidad, tío. Siempre has sido un hombre justo; ¿qué te ha convencido a ti?

—¿Para qué robar los venenos de Pycelle si no ibas a utilizarlos? —respondió Ser Kevan sin tapujos—. Y Lady Merryweather vio...

—¡Nada! No vio nada, porque no había nada que ver. Pero ¿cómo lo puedo demostrar? ¿Cómo puedo demostrar algo si estoy aquí encerrado?

—Puede que haya llegado el momento de que confieses.

Pese a los gruesos muros de piedra de la Fortaleza Roja, Tyrion oía el repiqueteo constante de la lluvia.

—¿Me lo repites, tío? Me ha parecido que me decías que debía confesar.

—Si reconocieras tu culpabilidad ante el trono y te arrepintieras del crimen, tu padre no decretaría la espada. Se te permitiría vestir el negro.

Tyrion se le rio a la cara.

—Las mismas condiciones que Cersei le ofreció a Eddard Stark, y todos sabemos cómo terminó aquello.

—Tu padre no tuvo nada que ver en esa ocasión.

Al menos, aquello era verdad.

—El Castillo Negro está lleno de asesinos, ladrones y violadores —señaló Tyrion—, pero cuando estuve allí no conocí a ningún regicida. ¿Quieres que crea que si me confieso culpable de regicidio y de asesinar a mi sobrino, mi padre sonreirá, me perdonará y me mandará al Muro con una muda de ropa interior abrigada? —Soltó una carcajada grosera.

—No he dicho nada de que te perdone —insistió Ser Kevan—. Con una confesión, este asunto quedaría en suspenso. Por eso me ha dicho tu padre que te transmita esta oferta.

—Dale las gracias de mi parte, tío, pero dile que ahora mismo no estoy de humor para confesar.

—Yo que tú cambiaría de humor. Tu hermana quiere tu cabeza, y al menos Lord Tyrell se inclina a satisfacerla.

—De modo que uno de mis jueces ya me ha condenado sin escuchar ni una palabra de mi defensa. —No esperaba otra cosa—. Al menos dime, ¿se me permitirá hablar y presentar testigos?

—No tienes ningún testigo —le recordó su tío—. Tyrion, si eres culpable de esta monstruosidad, el Muro es un destino mucho mejor que el que mereces. Y si eres inocente... Bueno, ya sé que se combate en el norte, pero pase lo que pase en este juicio, para ti será un lugar más seguro que Desembarco del Rey. El populacho está convencido de que eres culpable. Si cometieras la estupidez de salir a las calles, te desmembrarían.

—Ya veo que la sola posibilidad te aterra.

—Eres el hijo de mi hermano.

—Eso se lo podrías recordar a él.

—¿Crees que te permitiría vestir el negro si no fueras de su sangre y de la de Joanna? Ya sé que Tywin te parece un hombre duro, pero no es más duro de lo necesario. Nuestro padre era amable y bondadoso, pero tan débil que sus vasallos se burlaban de él cuando se emborrachaban. Algunos no dudaban en desafiarlo abiertamente. Otros señores nos pedían prestado oro y no se molestaban en devolverlo. En la corte se bromeaba acerca de los leones desdentados. Hasta su amante le robaba. ¡Una mujer que era poco más que una prostituta se llevaba las joyas de mi madre! A Tywin le correspondió devolver a la Casa Lannister a su lugar, igual que le correspondió gobernar este reino cuando no tenía más de veinte años. Llevó esa pesada carga sobre los hombros hasta los cuarenta, y lo único que consiguió fue despertar la envidia de un rey loco. En vez de los honores que se merecía tuvo que soportar agravios y más agravios, pero trajo paz, abundancia y justicia a los Siete Reinos. No es más que un hombre. Harías bien en confiar en él.

Tyrion parpadeó, atónito. Ser Kevan siempre había sido firme, impasible y pragmático. Nunca lo había oído hablar con tanta vehemencia.

—Lo quieres mucho.

—Es mi hermano.

—De acuerdo... Pensaré en lo que me has dicho.

—Piénsalo bien. Y deprisa.

No pensó en otra cosa durante toda la noche, pero al llegar la mañana no tenía ni un ápice más claro si podía confiar en su padre. Un criado le llevó gachas y miel para desayunar, pero el único sabor que sentía en la boca era el de la bilis ante la sola idea de hacer una confesión.

«Me llamarán asesino toda la vida. Durante mil años, o más si se me recuerda, seré conocido como el enano monstruoso que envenenó a su joven sobrino en su banquete de bodas.» Con solo pensarlo se puso tan furioso que lanzó el cuenco con la cuchara contra la pared, en la que dejó una mancha de gachas. Ser Addam Marbrand la miró con curiosidad cuando acudió para escoltar a Tyrion al juicio, pero tuvo la delicadeza de no preguntar nada.

—Lord Varys —anunció el heraldo—, consejero de los rumores.

Empolvado, acicalado y con olor a agua de rosas, la Araña no dejó de frotarse las manos mientras hablaba.

«Lavándoselas de mi vida —pensó Tyrion mientras escuchaba el lastimero relato del eunuco acerca de cómo el Gnomo había intentado privar a Joffrey de la protección del Perro y lo que había comentado con Bronn sobre las ventajas de que Tommen fuera el Rey—. Las medias verdades son peores que las mentiras directas.»

A diferencia de los otros, Varys tenía documentos: pergaminos enteros llenos de anotaciones, detalles, fechas, conversaciones... Era tanto el material que solo recitarlo llevó todo aquel día, y la mayor parte resultaba condenatorio. Varys confirmó la visita a medianoche a las habitaciones del Gran Maestre Pycelle, y el robo de las pócimas y venenos, y confirmó las amenazas que había hecho a Cersei la noche de la cena. Confirmó hasta el último detalle excepto el envenenamiento en sí. Cuando el príncipe Oberyn le preguntó cómo sabía todo aquello si no había estado presente en ninguno de los acontecimientos, el eunuco dejó escapar una risita.

—Me lo contaron mis pajaritos. Su misión es saber, al igual que la mía.

«¿Cómo puedo contrainterrogar a un pajarito? —pensó Tyrion—. Tendría que haberle cortado la cabeza al eunuco el día que llegué a Desembarco del Rey. Maldito sea. Y maldito sea yo por haber confiado en él.»

—¿Hemos terminado de escuchar a tus testigos? —le preguntó Lord Tywin a su hija mientras Varys salía del salón.

—Casi —respondió Cersei—. Te ruego que me permitas presentar uno más mañana ante el tribunal.

—Como quieras —dijo Lord Tywin.

«Genial —pensó Tyrion, rabioso—. Después de esta farsa de juicio, la ejecución va a ser casi un alivio.»

Aquella noche meditaba sentado junto a la ventana y bebía una copa de vino cuando oyó voces al otro lado de la puerta.

«Ser Kevan viene a saber qué respondo», pensó al instante.

Pero el que entró no fue su tío. Tyrion se levantó para hacer una reverencia burlona ante el príncipe Oberyn.

—¿Se permite a los jueces visitar al acusado?

—A los príncipes se les permite hacer lo que les venga en gana. Al menos eso les he dicho a vuestros guardias. —La Víbora Roja se sentó.

—Mi padre se va a disgustar mucho con vos.

—La felicidad de Tywin Lannister no ha sido nunca una de mis prioridades. ¿Estáis bebiendo vino de Dorne?

—No, del Rejo.

—Agua roja. —Oberyn hizo una mueca—. ¿Lo envenenasteis vos?

—No. ¿Y vos?

—¿Todos los enanos tienen la lengua así de larga? —preguntó el príncipe con una sonrisa—. El día menos pensado, alguien os la va a cortar.

—No sois el primero que me lo dice. A veces pienso que debería cortármela yo mismo; no hace más que meterme en líos.

—Ya me he dado cuenta. Bien pensado, beberé un poco de zumo de uvas de Lord Redwyne.

—Como queráis.

Tyrion le sirvió una copa. El príncipe se la llevó a los labios, paladeó el vino y lo tragó.

—No está del todo mal. Mañana os enviaré un vino dorniense bien fuerte. —Bebió otro trago—. Ya encontré a la puta de pelo rubio que buscaba.

—Así que habéis estado en casa de Chataya.

—En casa de Chataya me acosté con la chica de piel negra. Creo que se llama Alayaya. Es exquisita, y eso a pesar de las cicatrices de la espalda. Pero la puta a la que me refiero es vuestra hermana.

—¿Ya os ha seducido? —preguntó Tyrion, nada sorprendido.

Oberyn soltó una carcajada.

—No, pero lo hará si pago su precio. Hasta ha llegado a insinuar la posibilidad de un matrimonio. ¿Qué mejor esposo para Su Alteza que un príncipe de Dorne? Ellaria dice que debería aceptar. Solo con imaginarse a Cersei en nuestra cama se pone caliente, la muy guarra. Así ni siquiera tendríamos que pagar el penique del enano. Lo único que me pide vuestra hermana a cambio es una cabeza, una cabeza bastante grande y sin nariz.

—¿Y? —inquirió Tyrion, a la espera.

El príncipe Oberyn hizo girar el vino en la copa antes de responder.

—Cuando el Joven Dragón conquistó Dorne, hace ya mucho tiempo, dejó al señor de Altojardín para que nos gobernara tras la claudicación de Lanza del Sol. Aquel Tyrell y los suyos fueron de fortaleza en fortaleza dando caza a los rebeldes y asegurándose de que seguíamos de rodillas. Llegaba con su ejército, se apoderaba de un castillo, se quedaba todo un ciclo lunar y luego partía hacia el siguiente. Tenía la costumbre de echar a los señores de sus habitaciones y dormir en sus lechos. Una noche se encontraba en una cama con dosel de terciopelo. Cerca de las almohadas había un cordón para llamar al servicio, por si quería que le llevaran a una moza. A Lord Tyrell le gustaban las mujeres dornienses, cosa comprensible, de manera que tiró del cordón, y el dosel se le abrió sobre la cabeza y le cayó encima un centenar de escorpiones rojos. Su muerte fue la chispa que prendió el fuego que pronto se extendió por todo Dorne, con lo que las victorias del Joven Dragón quedaron en nada en menos de quince días. Los hombres arrodillados nos levantamos, y volvimos a ser libres.

—Ya conocía la historia —replicó Tyrion—. ¿Qué me queréis decir con ella?

—Solo una cosa: si alguna vez me encuentro un cordón junto a la cama y tiro de él, preferiría mil veces que me cayeran encima los escorpiones a que fuera la Reina desnuda.

—Al menos en eso estamos de acuerdo —dijo Tyrion sonriendo.

—Lo cierto es que tengo mucho que agradecerle a vuestra hermana. De no ser por su acusación durante el banquete, tal vez me estarían juzgando a mí en vez de a vos. —Los ojos del príncipe brillaban divertidos—. Al fin y al cabo, ¿quién sabe más de venenos que la Víbora Roja de Dorne? ¿Quién tiene más motivos para mantener a los Tyrell lejos de la corona? Una vez muerto Joffrey, según las leyes dornienses, el Trono de Hierro debería pasar a su hermana Myrcella, quien da la casualidad de que es la prometida de mi sobrino, gracias a vos.

—Aquí no se aplica la ley dorniense. —Tyrion había estado tan inmerso en sus propios problemas que no se había detenido a pensar en la sucesión—. Podéis estar seguro de que mi padre coronará a Tommen.

—Desde luego, puede coronar a Tommen aquí, en Desembarco del Rey. Pero mi hermano también puede coronar a Myrcella en Lanza del Sol. ¿Vuestro padre hará la guerra contra vuestra sobrina en defensa de vuestro sobrino? ¿Y vuestra hermana? —Se encogió de hombros—. Tal vez debería casarme con la reina Cersei; la única condición que le pondría sería que apoyara a su hija en vez de a su hijo. ¿Qué creéis que me respondería?

«Que jamás», se disponía a decir Tyrion, pero las palabras se le atragantaron. Cersei siempre había sentido amargura al verse apartada del poder por culpa de su sexo. «Si la ley dorniense se aplicara en occidente, tendría derecho a heredar Roca Casterly.» Jaime y ella eran mellizos, pero Cersei había sido la primera en nacer; no hacían falta más argumentos. Al defender la causa de Myrcella estaría defendiendo la suya propia.

—No sé qué haría mi hermana si tuviera que elegir entre Tommen y Myrcella —reconoció—. Pero da igual; mi padre no le permitirá tomar una decisión.

—Vuestro padre no vivirá eternamente —señaló el príncipe Oberyn.

Hubo algo en su manera de decirlo que hizo que a Tyrion se le erizara el vello de la nuca. De pronto se volvió a acordar de Elia y de lo que había hecho Oberyn el día de su llegada, mientras cruzaban el campo quemado.

«Quiere la cabeza que dio la orden, no solo la mano que blandió la espada.»

—No es buena idea hablar como un traidor en la Fortaleza Roja, príncipe. Los pajaritos están escuchando.

—Que escuchen. ¿Acaso es traición decir que un hombre es mortal? *Valar morghulis,* como decían en la antigua Valyria. «Todos los hombres mueren.» Y la Maldición demostró que era verdad. —El dorniense se dirigió hacia la ventana y contempló la noche—. Se dice que no tenéis ningún testigo que presentarnos.

—Albergaba la esperanza de que solo con ver mi dulce rostro quedaríais convencidos de mi inocencia.

—Os equivocáis, mi señor. La Flor Gorda de Altojardín está convencido de que sois culpable y quiere veros morir. Su adorada Margaery también bebía de ese cáliz, como nos ha recordado cien veces.

—¿Y vos? —preguntó Tyrion.

—Los hombres rara vez son aquello que parecen. Y vos parecéis tan culpable que estoy seguro de que sois inocente. De todos modos, lo más probable es que seáis condenado. A este lado de las montañas no abunda la justicia. No ha habido justicia para Elia, para Aegon ni para Rhaenys. ¿Por qué va a haberla para vos? A lo mejor al verdadero asesino de Joffrey lo ha devorado un oso. Son cosas que pasan en Desembarco del Rey. Ah, no, esperad, lo del oso fue en Harrenhal, ahora me acuerdo.

—¿Ese es vuestro juego? —Tyrion se frotó el muñón de la nariz. No tenía nada que perder con decirle la verdad a Oberyn—. Había un oso en Harrenhal y mató a Ser Amory Lorch.

—Mala suerte para él —dijo la Víbora Roja—. Y para vos. ¿Todos los hombres desnarigados mienten así de mal?

—No estoy mintiendo. Ser Amory sacó a rastras a la princesa Rhaenys de debajo de la cama de su padre y la mató a puñaladas. Lo acompañaban varios soldados, pero no sé quiénes eran. —Se inclinó hacia delante—. Fue Ser Gregor Clegane quien destrozó la cabeza del príncipe Aegon contra una pared y violó a vuestra hermana Elia con las manos todavía manchadas de sangre y sesos.

—Lo que hay que ver. Un Lannister diciendo la verdad. —Oberyn le dedicó una sonrisa fría—. Fue vuestro padre quien dio la orden, ¿verdad?

—No. —La mentira le salió sin vacilaciones; ni siquiera se paró a preguntarse por qué defendía a Lord Tywin.

—Qué hijo tan obediente. —El dorniense arqueó una fina ceja negra—. Y qué mentira tan endeble. Fue Lord Tywin quien puso a los hijos de mi hermana ante el rey Robert, envueltos en capas escarlata de los Lannister.

—Esto lo tendríais que hablar con mi padre; él era el que estaba allí. Yo estaba en la Roca y era tan pequeño que pensaba que la cosa que tenía entre las piernas solo valía para mear.

—Sí, pero ahora estáis aquí, y me atrevo a decir que en una situación un tanto comprometida. Vuestra inocencia puede ser tan evidente como la cicatriz que tenéis en la cara, pero eso no os va a salvar. Y tampoco vuestro padre. —El príncipe dorniense sonrió—. En ambio, yo sí podría.

—¿Vos? —Tyrion lo miró bien—. Solo sois uno de los tres jueces. ¿Cómo me podríais salvar?

—Como juez, no. Como campeón.

Jaime

Era un libro blanco sobre una mesa blanca en una habitación blanca.

La habitación era redonda, y las paredes, de piedra blanca con tapices de lana blanca. Ocupaba el primer piso de la Torre de la Espada Blanca, una esbelta edificación de cuatro pisos que se alzaba en un ángulo del muro del castillo y desde la que se dominaba la bahía. En la cripta se guardaban las armas y armaduras; los pisos segundo y tercero albergaban las celdas austeras y pequeñas donde dormían los seis hermanos de la Guardia Real.

Había ocupado una de aquellas celdas durante dieciocho años, pero aquella misma mañana había trasladado sus pertenencias al piso superior, que se destinaba por completo a las estancias del Lord Comandante. Aquellas habitaciones también eran austeras, pero más espaciosas. Y quedaban por encima de la muralla exterior, de manera que tenía vistas al mar.

«Va a ser agradable —pensó—. Las vistas y todo lo demás.»

Tan pálido como la habitación, Jaime estaba sentado junto al libro, vestido con las ropas blancas de la Guardia Real mientras aguardaba a sus Hermanos Juramentados. De la cadera le colgaba una espada larga. Del otro lado de la cadera. Antes siempre llevaba la espada a la izquierda y la desenvainaba con la derecha. Aquella mañana se la había colgado a la derecha para poder desenvainarla con la izquierda, y el peso en aquel lado le hacía sentirse extraño; cuando intentó desenvainar la espada, el movimiento le pareció torpe y antinatural. La ropa también le sentaba mal. Se había puesto el atuendo de invierno de la Guardia Real, una túnica y unos calzones de lana blanca y una gruesa capa del mismo color, pero todo le quedaba demasiado holgado.

Jaime se había pasado los días en el juicio de su hermano, siempre al fondo de la sala. Tyrion no lo vio desde donde estaba, o tal vez no lo reconoció, cosa que tampoco lo habría sorprendido. Por lo visto, la mitad de la corte ya no lo conocía. «Soy un desconocido entre los de mi Casa.» Su hijo estaba muerto, su padre lo había desheredado y su hermana... no había permitido que se encontraran a solas ni una sola vez, después de aquel primer día en el septo real durante el velatorio de Joffrey. E incluso entonces, cuando atravesaron con él la ciudad para llevarlo a su tumba, en el Gran Septo de Baelor, Cersei mantuvo en todo momento una distancia prudente.

Volvió a mirar a su alrededor, en la Sala Circular. Las paredes estaban cubiertas de paramentos de lana blanca, y sobre la chimenea había un escudo blanco con dos espadas cruzadas. La silla que había detrás de la mesa era de roble negro, antigua, con cojines de cuero blanqueado, muy desgastados. «Desgastados por el culo flaco de Barristan el Bravo, y por el de Ser Gerold Hightower, que lo precedió, y por el del príncipe Aemon, el Caballero Dragón; el de Ser Ryam Redwyne; el del Demonio de Darry; el de Ser Duncan el Alto y el de Griffin Alyn Connington el Pálido...» ¿Qué hacía el Matarreyes en tan noble compañía?

Pues allí estaba.

La misma mesa era también antigua, de arciano, blanquecina como el hueso, tallada en forma de enorme escudo que reposaba sobre tres corceles blancos. La tradición mandaba que, en las escasas ocasiones en que se reunían los siete, el Lord Comandante ocupara el puesto de honor en la cabecera del escudo, con tres hermanos a cada lado. El libro que tenía junto al codo era enorme: medía tres palmos de altura y más de dos de anchura, y tenía mil páginas de excelente pergamino blanco entre unas tapas de cuero blanco, con los goznes y los cierres de oro. Su título real era *El libro de los hermanos,* pero por lo general todos lo llamaban, sencillamente, el «Libro Blanco».

El Libro Blanco contenía la historia de la Guardia Real. Todos y cada uno de los caballeros que habían servido en ella tenían su página, en la que se detallaban su nombre y sus hazañas para la posteridad. En la esquina superior izquierda de cada página aparecía dibujado el escudo que había lucido cada hermano en el momento en que fue elegido, coloreado con tonos vivos. En la esquina inferior derecha estaba el escudo de la Guardia Real: níveo, sin dibujos, puro. Todos los escudos de la parte superior eran diferentes; todos los escudos de la parte inferior eran iguales. Y entre ellos estaban escritos todos los hitos de la vida y el servicio de cada hombre. Los dibujos de los blasones y las iluminaciones eran obra de los septones que el Gran Septo de Baelor enviaba tres veces al año, pero al Lord Comandante le correspondía la misión de mantener actualizadas las anotaciones.

«Ahora es mi misión.» En cuanto aprendiera a escribir con la mano izquierda, claro. El Libro Blanco estaba muy atrasado. Había que anotar las muertes de Ser Mandon Moore y Ser Preston Greenfield, así como la breve y sanguinaria etapa de servicio de Sandor Clegane en la Guardia Real. Había que crear páginas nuevas para Ser Balon Swann, Ser Osmund Kettleblack y el Caballero de las Flores. «Tengo que llamar a un septón para que dibuje los escudos.»

Ser Barristan Selmy había sido el predecesor de Jaime como Lord Comandante. El escudo que aparecía en la parte superior de su página mostraba las armas de la Casa Selmy: tres espigas de trigo amarillas sobre fondo marrón. Jaime sonrió al ver que Ser Barristan se había tomado tiempo para reseñar su propio despido antes de abandonar el castillo, aunque no lo sorprendió.

Ser Barristan de la Casa Selmy. Hijo primogénito de Ser Lyonel Selmy, de Torreón Cosecha. Sirvió como escudero de Ser Manfredd Swann. Apodado *el Bravo* a los diez años, cuando con una armadura prestada se presentó como caballero misterioso en el torneo de Refugionegro, en el que fue derrotado y desenmascarado por Duncan, Príncipe de las Libélulas. Armado caballero a los dieciséis años por el rey Aegon V Targaryen, tras llevar a cabo grandes hazañas como caballero misterioso en el torneo de invierno de Desembarco del Rey, derrotando al príncipe Duncan el Pequeño y a Ser Duncan el Alto, Lord Comandante de la Guardia Real. Mató en combate singular a Maelys el Monstruoso, el último de los Fuegoscuro que pretendían el trono, durante la guerra de los Reyes Nuevepeniques. Derrotó a Lormelle Lanza Larga y a Cedrik Tormenta, el Bastardo de Puertabronce. Nombrado miembro de la Guardia Real a los veintitrés años por el Lord Comandante Ser Gerold Hightower. Defendió la posición contra todos los desafiantes en el torneo de Puente de Plata. Vencedor en el combate cuerpo a cuerpo de Poza de la Doncella. Pese a una herida de flecha en el pecho, consiguió poner a salvo al rey Aerys II durante la Resistencia del Valle Oscuro. Vengó la muerte de su Hermano Juramentado Ser Gwayne Gaunt. Rescató a Lady Jeyne Swann y a su septa de la Hermandad del Bosque Real, derrotando a Simon Toyne y al Caballero Sonriente, y acabó con la vida del primero. En el torneo de Antigua derrotó y desenmascaró al caballero misterioso Escudonegro, que resultó ser el Bastardo de Tierras Altas. Único campeón en el torneo de Lord Steffon en Bastión de Tormentas, en el que descabalgó a Lord Robert Baratheon, al príncipe Oberyn Martell, a Lord Leyton Hightower, a Lord Jon Connington, a Lord Jason Mallister y al príncipe Rhaegar Targaryen. Recibió heridas de flecha, lanza y espada durante la batalla del Tridente, en la que combatió al lado de sus Hermanos Juramentados y del príncipe Rhaegar de Rocadragón. Perdonado y nombrado Lord Comandante de la Guardia Real por el rey Robert I Baratheon. Sirvió en la guardia de honor que acompañó a Lady Cersei de la Casa Lannister hasta Desembarco del Rey, para su matrimonio con el rey Robert. Encabezó el ataque a Viejo

Wyk durante la Rebelión de Balon Greyjoy. Campeón del torneo de Desembarco del Rey a los cincuenta y siete años. Despedido del servicio por el rey Joffrey I Baratheon a los sesenta y un años por motivo de su avanzada edad.

La primera parte de la historia de Ser Barristan la había escrito Ser Gerold Hightower con caligrafía amplia y contundente. La letra de Selmy, más menuda y elegante, retomaba la narración con el relato de sus heridas en el Tridente.

En comparación, la página de Jaime era escueta.

Ser Jaime de la Casa Lannister. Hijo primogénito de Lord Tywin y Lady Joanna de Roca Casterly. Sirvió contra la Hermandad del Bosque Real como escudero de Lord Sumner Crakehall. Armado caballero a los quince años por Ser Arthur Dayne, de la Guardia Real, por su valor en el campo de batalla. Elegido para la Guardia Real a los quince años por el rey Aerys II Targaryen. Durante el saqueo de Desembarco del Rey mató al rey Aerys II al pie del Trono de Hierro. Llamado a partir de entonces *Matarreyes*. El crimen le fue perdonado por el rey Robert I Baratheon. Sirvió en la guardia de honor que acompañó hasta Desembarco del Rey a su hermana, Lady Cersei Lannister, para su matrimonio. Campeón en el torneo celebrado en Desembarco del Rey con motivo de la boda real.

Resumida de aquella manera, su vida parecía bastante escueta y miserable. Ser Barristan podría haber reseñado al menos algunas de sus victorias en otros torneos. Y Ser Gerold se podría haber molestado en detallar un poco más las hazañas que había llevado a cabo cuando Ser Arthur Dayne acabó con la Hermandad del Bosque Real. Le había salvado la vida a Lord Sumner cuando Ben Barrigas estaba a punto de destrozarle la cabeza, aunque al final se le había escapado el forajido. Y había demostrado su valía contra el Caballero Sonriente, aunque al final fue Ser Arthur el que lo mató. «Qué gran pelea y qué gran enemigo.» El Caballero Sonriente había sido un demente, una mezcla imposible de caballerosidad y crueldad, pero no conocía la palabra miedo. «Y Dayne, con *Albor* en la mano...» Hacia el final, la espada larga del forajido tenía tantas melladuras que Ser Arthur se había detenido para darle tiempo a coger otra arma. «La que quiero es esa espada blanca vuestra», le dijo el caballero ladrón cuando reanudaron la pelea, aunque para entonces sangraba por una docena de heridas. «En ese caso, la tendréis, ser», respondió la Espada del Amanecer, y con aquello puso fin al combate.

«En aquellos tiempos, el mundo era más sencillo —pensó Jaime—. Y los hombres y las espadas eran de mejor acero.» ¿O sería porque entonces solo tenía quince años? Todos descansaban ya en sus tumbas: la Espada del Amanecer, el Caballero Sonriente, el Toro Blanco, el príncipe Lewyn, Ser Oswell Whent, siempre de mal humor, el impetuoso Jon Darry, Simon Toyne y su Hermandad del Bosque Real, el fanfarrón Sumner Crakehall... «Y el muchacho que fui... ¿cuándo murió? ¿Cuando me pusieron la capa blanca? ¿Cuando le rajé la garganta a Aerys?» Aquel muchacho quería convertirse en Ser Arthur Dayne, pero se había transformado en el Caballero Sonriente.

Al oír que se abría la puerta, cerró el Libro Blanco y se puso en pie para recibir a sus Hermanos Juramentados. Ser Osmund Kettleblack fue el primero en entrar. Sonrió a Jaime como si fueran viejos compañeros de armas.

—Ser Jaime —dijo—, si hubierais tenido este aspecto la otra noche, os habría reconocido al instante.

—¿De veras?

Jaime tenía serias dudas. Los criados lo habían bañado y afeitado; le habían lavado el pelo y se lo habían cepillado. Cuando se miró al espejo ya no vio al hombre que había cruzado las tierras de los ríos con Brienne... Pero tampoco vio al que había sido. Tenía el rostro enjuto y macilento, y profundas arrugas debajo de los ojos.

«Parezco un viejo.»

—Tomad asiento, ser.

Kettleblack obedeció. Los demás Hermanos Juramentados fueron entrando de uno en uno.

—Mis señores —empezó Jaime en tono formal cuando estuvieron reunidos los cinco—, ¿quién guarda al Rey?

—Mis hermanos Ser Osney y Ser Osfryd —respondió Ser Osmund.

—Y mi hermano Ser Garlan —dijo el Caballero de las Flores.

—¿Garantizan su seguridad?

—Sí, mi señor.

—Entonces, tomad asiento.

Las frases eran las rituales. Antes de que los siete iniciaran una reunión había que confirmar que el rey estaba protegido.

Ser Boros y Ser Meryn se sentaron a su derecha, dejando entre ellos una silla vacía que correspondía a Ser Arys Oakheart, que estaba en Dorne. Ser Osmund, Ser Balon y Ser Loras ocuparon los asientos de su izquierda. «Los viejos y los nuevos.» Jaime no sabía si debía interpretarlo de alguna manera. A lo largo de la historia había habido ocasiones en las que la Guardia Real se había dividido, la más notable y terrible durante la Danza de los Dragones. ¿Era otra cosa contra la que debía guardarse?

Ocupar la silla del Lord Comandante, la misma en la que Barristan el Bravo se había sentado durante tantos años, hacía que se sintiera extraño. «Y aún más extraño por sentarme aquí tullido.» De todos modos, era su asiento, y aquella era ahora su Guardia Real. «Los siete de Tommen.»

Jaime había servido muchos años con Meryn Trant y Boros Blount; eran luchadores aceptables, pero Trant era taimado y cruel, y Blount, huraño y fanfarrón. Ser Balon Swann era más digno de su capa, y por supuesto el Caballero de las Flores era, al menos en teoría, todo lo que un caballero debía ser. Al quinto hombre, el tal Osmund Kettleblack, no lo conocía de nada.

Se preguntó qué le habría dicho Ser Arthur Dayne a semejante grupo. «Algo así como "¡Qué bajo ha caído la Guardia Real!", seguro. Y yo le habría respondido que fue cosa mía. Que yo abrí la puerta y no hice nada cuando empezaron a entrar las alimañas.»

—El Rey ha muerto —empezó Jaime—. El hijo de mi hermana, un muchacho de trece años, asesinado en su banquete de bodas, en su castillo. Los cinco estabais presentes. Los cinco lo estabais protegiendo. Y aun así ha muerto.

Esperó a ver qué le decían, pero ni siquiera carraspearon para aclararse la garganta.

«El joven Tyrell está furioso, y Balon Swann, avergonzado», percibió. En los otros tres, Jaime no vio más que indiferencia.

—¿Fue mi hermano? —les espetó sin contemplaciones—. ¿Fue Tyrion quien envenenó a mi sobrino?

Ser Balon se agitó en la silla, inquieto. Ser Boros cerró el puño. Ser Osmund se encogió de hombros con gesto indiferente. Fue Meryn Trant quien respondió por fin.

—Fue él quién le llenó la copa de vino a Joffrey. Debió de ser entonces cuando le vertió el veneno.

—¿Estáis seguro de que el veneno estaba en el vino?

—¿Dónde si no? —dijo Ser Boros Blount—. El Gnomo vació la copa en el suelo. ¿Por qué lo hizo, si no fue para derramar el vino que habría demostrado su culpabilidad?

—Sabía que el vino estaba envenenado —dijo Ser Meryn.

—El Gnomo no era el único que estaba en el estrado —dijo Ser Balon Swann frunciendo el ceño—. Ni mucho menos. El banquete estaba ya muy avanzado; los invitados se habían puesto de pie, se movían, cambiaban de lugar, iban al servicio; los criados iban y venían... El Rey y la Reina acababan de cortar la empanada rellena de palomas; todos los ojos estaban fijos en ellos, o bien en aquellas palomas, malditas sean mil veces. Nadie se fijaba en la copa de vino.

—¿Quién más había en el estrado? —preguntó Jaime.

—La familia del Rey y la familia de la novia —respondió Ser Meryn—. También el Gran Maestre Pycelle y el Septón Supremo...

—Ese es el envenenador —sugirió Ser Osmund Kettleblack con una sonrisa artera—. Menudo santurrón, ese vejestorio. Nunca me ha gustado. —Rio.

—No —replicó el Caballero de las Flores, sin sonreír—. La envenenadora fue Sansa Stark. Por lo visto, todos han olvidado que mi hermana bebía también de ese cáliz. Sansa Stark era la única persona presente que podía querer matar a Margaery, además de al Rey. Puso el veneno en la copa con la esperanza de matarlos a los dos. Además, si no es culpable, ¿por qué huyó?

«Lo que dice el muchacho tiene lógica. Aún es posible que Tyrion sea inocente.» Pero no había manera de encontrar a la chiquilla. Tal vez Jaime debería encargarse en persona de aquel asunto. Para empezar, habría que saber cómo había conseguido salir del castillo. «Puede que Varys tenga algún secretito.» Nadie conocía la Fortaleza Roja tan bien como el eunuco.

De todos modos, aquello tendría que esperar. En aquel momento, Jaime tenía preocupaciones más acuciantes. «Decís que sois el Lord Comandante de la Guardia Real —le había espetado su padre—. Id a cumplir con vuestro deber.» Aquellos cinco no eran los hermanos que habría querido, pero eran los hermanos que tenía. Ya iba siendo hora de que los pusiera en su sitio.

—Fuera quien fuera el envenenador, Joffrey está muerto —les dijo—, y ahora el Trono de Hierro le corresponde a Tommen. Tengo intención de que lo ocupe hasta que el pelo se le vuelva blanco y se le caigan los dientes. Y no por culpa de un veneno. —Jaime se volvió hacia Ser Boros Blount. En los últimos años había ganado mucho peso, aunque tenía un esqueleto de huesos grandes capaz de soportarlo—. Por vuestro aspecto es obvio que os gusta comer, Ser Boros. De ahora en adelante, probaréis todo lo que Tommen vaya a comer o beber.

Ser Osmund Kettleblack se echó a reír, y el Caballero de las Flores sonrió, pero Ser Boros se puso rojo como una remolacha.

—¡No soy catador! ¡Soy un caballero de la Guardia Real!

—Es triste reconocerlo, pero lo sois. —Cersei jamás debería haberlo despojado de la capa blanca, pero su padre, al devolvérsela, no había hecho más que multiplicar la vergüenza—. Mi hermana me ha contado con cuánta presteza dejasteis a mi sobrino en manos de los mercenarios de Tyrion. Espero que las zanahorias y los guisantes os resulten menos amenazadores. Cuando vuestros Hermanos Juramentados estén en el patio, entrenándose con la espada y el escudo, vos os podréis entrenar con la cuchara y el tenedor. A Tommen le encantan las tartas de manzana. Tratad de que no se las robe ningún mercenario.

—¿Vos os atrevéis a hablarme así? ¿Vos?

—Tendríais que haber muerto antes de permitir que os arrebataran a Tommen.

—¿Igual que moristeis vos protegiendo a Aerys, ser? —Ser Boros se puso en pie y echó la mano al pomo de la espada—. No pienso tolerar esto, ¡no lo voy a tolerar! Si alguien tiene que dedicarse a probar comida, mejor que seáis vos. ¿Para qué otra cosa vale un tullido?

—Estoy de acuerdo —dijo Jaime con una sonrisa—. Soy tan incapaz como vos de proteger al rey. De modo que dejad de acariciar esa espada y desenvainadla; veremos qué tal os sirven vuestras dos manos contra la mía. Al final, uno de nosotros habrá muerto, y la Guardia Real saldrá ganando. —Se levantó—. O, si lo preferís, podéis ir a cumplir con vuestras obligaciones.

—¡Bah! —Ser Boros escupió un coágulo de flema verdosa a los pies de Jaime y salió, sin sacar la espada de la vaina.

«Es un cobarde, menos mal.» Pese a la edad, la gordura y su poca habilidad con la espada, Ser Boros lo podría haber hecho pedazos. «Pero eso no lo sabe, y los demás tampoco lo deben saber. Temían al hombre que fui; hacia el hombre que soy solo sentirían compasión.»

Jaime volvió a sentarse y se volvió hacia Kettleblack.

—A vos no os conozco, Ser Osmund. Me parece curioso. He tomado parte en torneos, combates cuerpo a cuerpo y batallas por los Siete Reinos. Conozco a todos los caballeros errantes, jinetes libres y escuderos con ínfulas hábiles o torpes que alguna vez hayan roto una lanza en las lizas. Entonces, ¿cómo es que nunca había oído hablar de vos, Ser Osmund?

—No sabría deciros, mi señor. —El tal Ser Osmund sonreía de oreja a oreja, como si Jaime y él fueran viejos compañeros de armas que estuvieran bromeando—. Aunque la verdad es que soy soldado, no caballero de torneos.

—¿Dónde servisteis antes de que os encontrara mi hermana?

—Pues... aquí y allá, mi señor.

—He viajado hacia el sur hasta Antigua; hasta Invernalia en el norte. He viajado al oeste hasta Lannisport, y hasta Desembarco del Rey en el este. Pero nunca he estado en Aquí. Y tampoco en Allá. —A falta de dedo, Jaime señaló la nariz ganchuda de Ser Osmud con el muñón—. Os lo preguntaré por última vez. ¿Dónde habéis servido?

—En los Peldaños de Piedra. También en las Tierras de la Discordia. Por allí siempre hay batallas. Cabalgué con los Galantes. Luchábamos por Lys, y a veces por Tyrosh.

«Luchabas por cualquiera que te pagara.»

—¿Cómo obtuvisteis el rango de caballero?

—En el campo de batalla.

—¿Quién os armó caballero?

—Ser Robert... Piedra. Ya ha muerto, mi señor.

—Me lo imaginaba.

Supuso que Ser Robert Piedra habría sido un bastardo del Valle, que vendía su espada en las Tierras de la Discordia. Por otra parte, muy bien pudiera ser un nombre que Ser Osmund se acababa de inventar a partir de un rey muerto y una pared del castillo.

«¿En qué diantres estaba pensando Cersei cuando le dio a este una capa blanca?»

Al menos era probable que Kettleblack supiera utilizar la espada y el escudo. Los mercenarios rara vez se encontraban entre los más honorables de los hombres, pero para seguir vivos precisaban de cierta habilidad en el uso de las armas.

—Muy bien, ser —dijo Jaime—. Podéis retiraros.

El hombre recuperó la sonrisa y salió contoneándose como un pavo.

—Ser Meryn. —Jaime sonrió al hosco caballero del pelo color rojo óxido y bolsas debajo de los ojos—. Tengo entendido que Joffrey os utilizaba para castigar físicamente a Sansa Stark. —Con su única mano le acercó el Libro Blanco—. Por favor, mostradme dónde pone que entre nuestros votos está el juramento de dar palizas a mujeres y niños.

—Hice lo que Su Alteza me ordenaba. Juramos obedecerlo.

—De ahora en adelante ejerceréis la obediencia con mejor criterio. Mi hermana es la reina regente. Mi padre es la Mano del Rey. Yo soy el Lord Comandante de la Guardia Real. Obedecednos a nosotros. Y a nadie más.

—¿Nos estáis diciendo que no obedezcamos al Rey? —El rostro de Ser Meryn estaba tenso, con una expresión testaruda.

—El Rey tiene ocho años. Nuestro principal deber es el de protegerlo, y en eso entra protegerlo de sí mismo. Utilizad esa cosa que guardáis dentro del yelmo. Si Tommen quiere que le ensilléis el caballo, obedeced. Si os dice que matéis a su caballo, venid a verme.

—Sí, señor. Como ordenéis.

—Retiraos.

Mientras salía, Jaime se volvió hacia Ser Balon Swann.

—Ser Balon, os he visto más de una vez en las lizas y he peleado contra vos en los combates cuerpo a cuerpo. Me han dicho que demostrasteis vuestro valor cien veces durante la batalla del Aguasnegras. La Guardia Real se honra de contar con vos entre sus miembros.

—El honor es mío, mi señor —dijo Ser Balon, pero parecía receloso.

—Tan solo querría haceros una pregunta. Nos habéis servido con lealtad, es cierto... Pero Varys me dice que vuestro hermano cabalgó con Renly y luego con Stannis, mientras que vuestro señor padre decidió no convocar a sus vasallos y permaneció tras los muros de Timón de Piedra durante toda la guerra.

—Mi padre es un anciano, mi señor. Ya hace mucho que cumplió los cuarenta. Sus días de luchar pasaron hace mucho.

—¿Y qué hay de vuestro hermano?

—Donnel resultó herido en la batalla y se rindió ante Ser Elwood Harte. Cuando se pagó el rescate por él, juró lealtad al rey Joffrey, como hicieron muchos otros prisioneros.

—Es cierto —dijo Jaime—. Pero, de todos modos... Renly, Stannis, Joffrey, Tommen... ¿Cómo es que se saltó a Balon Greyjoy y a Robb Stark? Habría podido convertirse en el primer caballero del reino en jurar lealtad a los seis reyes.

—Donnel cometió errores, pero ahora es leal a Tommen. —La incomodidad de Ser Balon era evidente—. Os doy mi palabra.

—El que me preocupa no es Donnel el Constante; sois vos. —Jaime se inclinó hacia delante—. ¿Qué haréis si el valeroso Ser Donnel le entrega su espada a otro usurpador y un día se presenta en el salón del trono? Allí estaréis vos, vestido de blanco, entre vuestro rey y vuestra sangre. ¿Qué haréis?

—Mi... mi señor, eso no va a suceder.

—A mí me sucedió —replicó Jaime. Swann se secó la frente con la manga de la túnica blanca—. ¿No me respondéis?

—Mi señor. —Ser Balon se levantó—. Por mi espada, por mi honor, por el nombre de mi padre, os juro... que no haré lo que hicisteis vos.

—Muy bien —dijo Jaime riéndose—. Volved a vuestros deberes... y decidle a Ser Donnel que debería añadir una veleta a su escudo.

Y, por último, quedó a solas con el Caballero de las Flores.

Esbelto como la hoja de una espada, ágil y en perfecta forma, Ser Loras Tyrell lucía una nívea túnica de lino y calzones blancos de lana, con un cinturón de oro en torno a la cintura y un broche también de oro en forma de rosa para sujetarse la hermosa capa de seda. Su cabello era una suave mata castaña, a juego con unos ojos del mismo color, que brillaban llenos de insolencia.

«Cree que esto es un torneo y que ha llegado su momento de entrar en la liza.»

—Diecisiete años y ya sois caballero de la Guardia Real —dijo Jaime—. Supongo que estaréis orgulloso. El príncipe Aemon, el Caballero Dragón, tenía diecisiete años cuando recibió el nombramiento. ¿Lo sabíais?

—Sí, mi señor.

—¿Y sabíais que yo tenía quince?

—También, mi señor.

Sonrió. Jaime detestaba aquella sonrisa.

—Yo era mejor que vos, Ser Loras. Era más alto, más fuerte y más rápido.

—Y ahora sois más viejo —dijo el muchacho—. Mi señor.

No tuvo más remedio que echarse a reír. «Esto es increíble. Tyrion se burlaría de mí hasta la muerte si me viera ahora, comparando tamaños de pollas con este mocoso.»

—Más viejo y más sabio, ser. Tendríais que aprender de mí.

—¿Igual que vos aprendisteis de Ser Boros y Ser Meryn?

Aquella flecha había estado a punto de dar en el blanco.

—Yo aprendí del Toro Blanco y de Barristan el Bravo —le espetó Jaime—. Aprendí de Ser Arthur Dayne, la Espada del Amanecer, que os podría haber matado a los cinco con la mano izquierda mientras se sujetaba la polla con la derecha para mear. Aprendí del príncipe Lewyn de Dorne, de Ser Oswell Whent, de Ser Jonothor Darry, hombres buenos todos ellos.

—Hombres muertos todos ellos.

«Es como yo —comprendió Jaime de repente—. Estoy hablando conmigo mismo, tal como era, todo confianza, todo arrogancia, todo caballerosidad hueca... Esto es lo que pasa cuando uno es demasiado bueno siendo demasiado joven.»

Al igual que en un combate a espada, a veces era mejor probar con un golpe diferente.

—Se dice que luchasteis de manera impresionante en la batalla... casi tan bien como el fantasma de Lord Renly, que estaba a vuestro lado. Un Hermano Juramentado no tiene secretos para su Lord Comandante. Decidme, ser, ¿quién llevaba la armadura de Renly?

Durante un momento pareció que Loras Tyrell iba a negarse a responder, pero al final recordó sus votos.

—Mi hermano —dijo de mala gana—. Renly era más alto que yo, y de pecho más ancho. Su armadura me quedaba muy suelta, pero a Garlan le sentaba bien.

—¿De quién partió la idea? ¿De vos o de él?

—Nos lo sugirió Meñique. Dijo que los soldados ignorantes de Stannis se asustarían.

—Y así fue. —«Y de paso, algunos caballeros y señores menores»—. Bien, les habéis proporcionado a los bardos un tema sobre el que componer muchas rimas, no es pequeño logro. ¿Qué hicisteis con Renly?

—Lo enterré con mis propias manos, en un lugar que él mismo me mostró cuando yo era escudero en Bastión de Tormentas. Allí nadie lo encontrará para turbar su descanso. —Miró a Jaime, desafiante—. Defenderé al rey Tommen con todas mis fuerzas, lo juro. Si es necesario, daré mi vida por él. Pero jamás traicionaré a Renly, ni de palabra ni de obra. Era el rey que debería haberse sentado en el trono. Era el mejor de todos.

«Era el que mejor vestía, eso no lo discuto —pensó Jaime. Pero, por una vez, no lo dijo en voz alta. La arrogancia se había desvanecido de la voz de Ser Loras en cuanto empezó a hablar de Renly—. Me ha dicho la verdad. Es orgulloso, atolondrado y un completo idiota, pero no es falso. Por ahora, no.»

—Como queráis. Solo una cosa más, y podréis volver a vuestros deberes.

—¿Sí, mi señor?

—Todavía tengo a Brienne de Tarth en una celda de la torre.

—Mejor estaría en un calabozo sin ventanas. —La boca del muchacho se convirtió en una línea dura.

—¿Estáis seguro de que es eso lo que merece?

—Merece la muerte. Le dije a Renly que no había lugar para una mujer en la Guardia Arcoiris. Ganó el combate cuerpo a cuerpo porque utilizó un truco.

—Sé de otro caballero al que le gustaban los trucos. En cierta ocasión, eligió una yegua en celo para enfrentarse a un rival que montaba un corcel de muy mal genio. ¿Qué truco fue el que utilizó Brienne?

—Saltó y... —Ser Loras se puso rojo—. Bueno, no importa. Venció, lo reconozco. Su Alteza le puso en los hombros una capa arco iris. Y ella lo mató. O dejó que muriera.

—Hay mucha diferencia.

«La diferencia entre mi crimen y la vergüenza de Boros Blount.»

—Ella había jurado protegerlo. Ser Emmon Cuy, Ser Robar Royce y Ser Parmen Crane también lo habían jurado. ¿Cómo es posible que nadie le causara mal alguno, si ella estaba dentro de la tienda y los demás en la entrada? A menos que todos tomaran parte en la conspiración.

—En el banquete de la boda estabais cinco de vosotros —señaló Jaime—. ¿Cómo fue posible que Joffrey muriera? A menos que todos tomarais parte en la conspiración.

—No pudimos hacer nada; era imposible. —Ser Loras se puso rígido.

—Es lo mismo que dice la moza. Ella llora a Renly igual que vos. Y os aseguro que yo nunca lloré por Aerys. Brienne es fea, y testaruda como una mula, pero le falta cerebro para mentir y es leal hasta la estupidez. Juró que me traería a Desembarco del Rey, y aquí estoy. Si he perdido una mano... Bueno, fue tanto culpa suya como mía. Considerando todo lo que hizo para protegerme, no me cabe duda de que habría luchado por Renly, si hubiera habido un enemigo contra el que luchar. Pero... dice que era una sombra. —Jaime sacudió la cabeza—. Desenvainad la espada, Ser Loras. Mostradme cómo lucharíais vos contra una sombra. Me encantaría verlo.

—Escapó —dijo Ser Loras sin hacer ademán de levantarse—. Salió huyendo con Catelyn Stark. Lo dejaron en un charco de sangre y salieron huyendo. ¿Por qué huyeron si no fue cosa suya? —Se quedó mirando la mesa—. Renly me había asignado la vanguardia. De lo contrario habría sido yo quien lo habría ayudado a ponerse la armadura. Era una tarea que me confiaba a menudo. Aquella misma noche habíamos... habíamos rezado juntos. Cuando me marché, estaba con ella. Ser Parmen y Ser Emmon vigilaban la tienda, y Ser Robar Royce también estaba allí. Ser Emmon juró que Brienne había... aunque...

—Seguid —indicó Jaime al percibir un atisbo de duda.

—El gorjal estaba atravesado. Fue un golpe limpio, que cortó un gorjal de acero. Y la armadura de Renly era del mejor acero que existe. ¿Cómo pudo dar semejante golpe? Yo mismo lo intenté y me fue imposible. Para ser una mujer, tiene una fuerza monstruosa, pero hasta la Montaña habría necesitado un hacha, y pesada. Además, ¿para qué ponerle la armadura y luego cortarle la garganta? —Miró a Jaime, confuso—. Pero si no fue ella... ¿Cómo pudo matarlo una sombra?

—Preguntádselo a Brienne. —Jaime había tomado una decisión—. Id a su celda. Preguntadle lo que queráis y escuchad lo que os responda. Si después seguís convencido de que fue ella la que asesinó a Lord Renly, me encargaré de que lo pague. Vos seréis quien decida. Acusadla o dejadla libre. Lo único que os pido es que seáis justo, por vuestro honor de caballero.

—Seré justo. —Ser Loras se levantó—. Por mi honor.

—En ese caso, hemos terminado.

El joven se dirigió hacia la puerta, pero al llegar se volvió.

—A Renly le parecía absurda. Una mujer que vestía armadura de hombre y se hacía pasar por caballero...

—Si la hubiera visto alguna vez vestida con sedas rosa y encajes de Myr no se habría quejado tanto.

—Le pregunté por qué la mantenía a su lado, si tan grotesca le parecía. Me dijo que todos los demás caballeros querían algo de él: castillos, honores, riquezas... En cambio, lo único que le pedía Brienne era morir por él. Cuando lo vi todo ensangrentado, cuando me enteré de que ella había huido y los tres estaban ilesos... Pero si es inocente, entonces, Robar y Emmon...

No consiguió expresar lo que sentía. Jaime no se había parado a mirarlo desde aquel punto de vista.

—Yo habría hecho lo mismo, Ser.

La mentira le salió sin esfuerzo, pero Ser Loras pareció agradecerla.

Cuando se hubo marchado, el Lord Comandante quedó a solas en la habitación blanca, meditabundo. El Caballero de las Flores había estado tan enloquecido de dolor por la muerte de Renly que había matado a dos de sus Hermanos Juramentados, pero a Jaime no se le había pasado por la cabeza hacer lo mismo con los cinco que no habían conseguido proteger a Joffrey.

«Era mi hijo, mi hijo secreto... ¿Qué soy yo si no levanto la mano que me queda para vengar a quien lleva mi sangre, al fruto de mi semilla?»

Tendría que matar al menos a Ser Boros, aunque solo fuera para librarse de él.

Se miró el muñón e hizo una mueca.

«Algo tengo que hacer con esto. —Si el difunto Ser Jacelyn Bywater tenía una mano de hierro, él se haría fabricar una de oro—. Puede que a Cersei le guste. Una mano de oro para acariciar su pelo dorado, para estrecharla con fuerza contra mí.»

Pero lo de la mano podía esperar. Antes tenía que ocuparse de otras cosas. Tenía que pagar otras deudas.

Sansa

La escalerilla que llevaba al castillo de proa era empinada y estaba llena de astillas, de manera que Sansa aceptó la mano que le tendía Lothor Brune.

«Ser Lothor», tuvo que recordarse; lo habían armado caballero por su valor en la batalla del Aguasnegras, aunque ningún caballero luciría aquellos calzones remendados ni las botas tan gastadas, o aquel jubón de cuero que el agua salada había desgastado y agrietado. Brune era un hombre callado, regordete, de rostro cuadrado y nariz aplastada, y tenía una mata de pelo blanco. «Pero es más fuerte de lo que parece.» Lo sabía por la facilidad con que la levantaba, como si no pesara nada.

Ante la proa de la *Rey Pescadilla* se divisaba una playa inhóspita, azotada por los vientos, desprovista de vegetación. Pese a todo, la recibieron con alegría. Habían tardado mucho tiempo en recuperar el rumbo; la última tormenta los había apartado de tierra firme, además de barrer la cubierta de la galera con unas olas tales que Sansa había estado segura de que se hundirían sin remedio. Oyó comentar al viejo Oswell que dos hombres habían caído por la borda y otro más se había precipitado desde el mástil y se había roto el cuello.

Ella no se había atrevido a subir a la cubierta casi nunca. Su camarote era pequeño, húmedo y frío, y Sansa había estado enferma la mayor parte del viaje. Enferma de miedo, enferma de fiebre, enferma con mareos... No conseguía retener nada en el estómago y hasta le costaba dormir. Siempre que cerraba los ojos veía a Joffrey echándose las manos a la garganta, desgarrándose la piel del cuello y agonizando con trozos de empanada en los labios y manchas de vino en el jubón. Y el viento que aullaba entre los aparejos le recordaba el espantoso sonido agudo que había hecho intentando respirar. A veces soñaba también con Tyrion.

—No hizo nada —le dijo en cierta ocasión a Meñique cuando fue a verla a su camarote para interesarse por su salud.

—Es cierto que no mató a Joffrey, pero no se puede decir que tuviera las manos limpias. ¿Sabíais que tuvo otra esposa antes que vos?

—Sí, me lo dijo.

—¿Os dijo también que, cuando se aburrió de ella, se la regaló a los guardias de su padre? Puede que con el tiempo os hubiera hecho lo mismo a vos. No derraméis ni una lágrima por el Gnomo, mi señora.

El viento le agitaba el cabello con dedos salados, y Sansa se estremeció. Pese a estar tan cerca de la costa, el movimiento del barco le revolvía el estómago. Necesitaba desesperadamente un baño y ropa limpia.

«Debo de estar demacrada como un cadáver, y huelo a vómito.»

Lord Petyr llegó junto a ella tan alegre como siempre.

—Buenos días. La brisa marina es muy tonificante, ¿verdad? A mí siempre me abre el apetito. —Le rodeó los hombros con un brazo, en gesto cariñoso—. ¿Os encontráis bien? Estáis tan pálida...

—No es nada, solo el estómago. Estoy un poco mareada.

—Una copa de vino os sentará bien. Os la serviré en cuanto lleguemos a la orilla. —Petyr señaló en dirección a una vieja torre de sílex que destacaba ante el triste cielo gris mientras las olas rompían contra las rocas de su pie—. Bonita, ¿eh? Mucho me temo que no hay un lugar seguro para anclar; tendremos que ir a la orilla en bote.

—¿Aquí? —No quería desembarcar en aquel lugar. Tenía entendido que los Dedos eran un lugar deprimente, y aquella torrecilla tenía aspecto triste y abandonado—. ¿No me puedo quedar en el barco hasta que zarpemos hacia Puerto Blanco?

—La *Rey* va a poner rumbo al este, hacia Braavos. Sin nosotros.

—Pero... mi señor, me dijisteis... Me dijisteis que íbamos a casa.

—Y ahí está, por pobre que resulte. Mi casa, mi hogar ancestral. Por desgracia, no tiene nombre. El asentamiento de un gran señor debería tener nombre, ¿verdad? Invernalia, el Nido de Águilas, Aguasdulces... Esos sí que son castillos. Ahora soy el señor de Harrenhal, que suena muy bien, pero ¿qué era antes? ¿El señor de la Cagarruta de Oveja, dueño de Aburrimiento Mortal? No sé, como que les falta algo a esos títulos. —Sus ojos verde grisáceo la miraron con inocencia—. Parecéis decepcionada. ¿Pensabais que nos dirigíamos hacia Invernalia, pequeña? Invernalia fue tomada, quemada y saqueada. Todos aquellos a quienes conocíais y amabais han muerto. Los norteños que no se han rendido a los hombres del hierro están luchando entre ellos; hasta han atacado el Muro. Invernalia fue vuestro hogar de la infancia, Sansa, pero ya no sois una niña. Sois una mujer y tenéis que crear vuestro propio hogar.

—Pero no aquí —protestó ella con desaliento—. Es un lugar tan...

—¿Tan pequeño, tan sombrío, tan feo? Sí, todo eso y mucho más. Los Dedos son un lugar precioso para las piedras. Pero no tengáis miedo; no nos quedaremos más de un par de semanas. Creo que vuestra tía ya viene a recibirnos. —Sonrió—. Lady Lysa y yo vamos a contraer matrimonio.

—¿Os vais a casar? —Sansa estaba atónita—. ¿Con mi tía?

—El señor de Harrenhal y la señora del Nido de Águilas.

«Dijisteis que a quien amabais era a mi madre.» Pero claro, Lady Catelyn estaba muerta, de manera que aunque hubiera amado a Petyr en secreto y le hubiera entregado su virginidad, ya no tenía importancia.

—Estáis muy callada, mi señora —dijo Petyr—. Yo creía que me daríais vuestra bendición. No es corriente que un niño que nació para heredar piedras y cagarrutas de oveja contraiga matrimonio con la hija de Hoster Tully y viuda de Jon Arryn.

—Señor... Rezo por que viváis juntos muchos años, tengáis muchos hijos y seáis muy felices el uno con el otro.

Habían pasado años desde la última vez que Sansa viera a la hermana de su madre. «Será buena conmigo, lo hará por mi madre, seguro. Es de mi propia sangre.» Y el Valle de Arryn era muy hermoso; lo decían todas las canciones. Tal vez no estuviera tan mal pasar allí una temporada.

Lothor y el viejo Oswell los llevaron a la orilla en el bote de remos. Sansa iba acurrucada en la proa, abrigada con la capa y con la capucha en la cabeza para protegerse del viento. No podía dejar de preguntarse qué la esperaba. Los criados salieron de la torre para recibirlos: una anciana flaca y una mujer de mediana edad un tanto gruesa; dos viejos de pelo blanco y una niña de dos o tres años con un orzuelo. Al reconocer a Petyr se arrodillaron en las rocas.

—Mi servicio —dijo—. A la niña no la conozco; debe de ser otra de los bastardos de Kella. Escupe uno cada pocos años.

Los dos ancianos se metieron en el agua hasta los muslos para levantar a Sansa del bote de manera que no se mojara las faldas. Oswell y Lothor caminaron chapoteando hasta la orilla, al igual que el propio Meñique. Le dio un beso en la mejilla a la anciana y sonrió a la más joven.

—¿Quién es el padre de esta, Kella?

—No os sabría decir, mi señor; no soy de las que dicen que no. —La mujer gorda se echó a reír.

—Cosa que seguro que agradecen mucho los mozos de por aquí.

—Nos alegramos de que estéis en casa, mi señor —dijo uno de los ancianos. Tenía al menos ochenta años, pero llevaba una brigantina claveteada, y del costado le colgaba una espada larga—. ¿Cuánto tiempo os vais a quedar?

—Tan poco como me sea posible, Bryen, no temáis. ¿Qué tal está la torre? ¿Habitable?

—Si hubiéramos sabido que veníais, habríamos puesto juncos frescos en los suelos, mi señor —dijo la vieja—. Hemos encendido la chimenea con bostas secas.

—El olor de la mierda al arder siempre me trae recuerdos de mi hogar. —Petyr se volvió hacia Sansa—. Grisel fue mi ama de cría, y ahora se encarga del castillo. Umfred es el mayordomo, y Bryen... ¿no te nombré capitán de la guardia la última vez que pasé por aquí?

—Sí, mi señor. También dijisteis que me daríais más hombres, pero se os olvidó. El perro y yo hacemos todas las guardias.

—Y salta a la vista que las hacéis muy bien. Nadie me ha robado ninguna de mis rocas ni de mis cagarrutas de oveja, eso se nota. —Petyr hizo un gesto en dirección a la mujer gorda—. Kella se encarga de mis incontables rebaños. ¿Cuántas ovejas tengo ahora mismo, Kella?

La mujer se paró a pensar un momento.

—Veintitrés, mi señor. Había veintinueve, pero los perros de Bryen mataron una, y sacrificamos otras para salar la carne.

—Ah, cordero en salazón. Ahora sí que me siento en casa. Cuando desayune huevos de gaviota y sopa de algas, ya estaré completamente seguro.

—Como queráis, mi señor —dijo la anciana Grisel.

—Vamos a ver si mis estancias son tan lúgubres como las recuerdo. —Lord Petyr hizo una mueca.

Empezó a subir por la costa de rocas resbaladizas cubiertas de algas medio podridas. Al pie de la torre de sílex, unas cuantas ovejas pastaban la escasa hierba que crecía entre el redil y el establo de techo de paja. Sansa tuvo que mirar muy bien por dónde pisaba; había excrementos por todas partes.

Vista desde dentro, la torre parecía aún más pequeña. Una escalera de piedra sin protecciones ascendía pegada a la pared de la bodega al tejado. No había más que una habitación en cada piso. Los criados vivían y dormían en la cocina de la planta baja, cuyo espacio compartían con un enorme mastín pinto y media docena de perros ovejeros. Encima había un modesto salón, y en la parte superior estaba el dormitorio. No había ventanas; solo troneras en el muro exterior, situadas a intervalos regulares a lo largo de la curva de la escalera. Sobre la chimenea colgaban una espada larga rota y un escudo de roble astillado con la pintura cuarteada.

Sansa no reconoció el emblema pintado en el escudo, una cabeza de piedra gris con ojos llameantes sobre verde claro.

—Es el escudo de mi abuelo —le explicó Petyr al ver que lo estaba mirando—. Su padre había nacido en Braavos y vino al Valle como mercenario contratado por Lord Corbray, de manera que mi abuelo eligió como emblema la cabeza del Titán cuando lo nombraron caballero.

—Es muy feroz —dijo Sansa.

—Demasiado feroz para un tipo tan afable como yo —sonrió Petyr—. Prefiero mil veces mi sinsonte.

Oswell hizo otros dos viajes a la *Rey Pescadilla* para descargar provisiones. Entre las cosas que llevó a la orilla había varios toneles de vino, y Petyr le sirvió a Sansa una copa, tal como había prometido.

—Bebed, mi señora; espero que os calme el estómago.

El hecho de tener suelo firme bajo los pies ya se lo había calmado hasta cierto punto, pero Sansa obedeció: levantó la copa con ambas manos y bebió un trago. El vino era excelente, del Rejo, le pareció. Sabía a roble, a fruta y a noches cálidas de verano. Los sabores le estallaban en la boca como flores que se abrieran bajo el sol. Lo único que esperaba era poder retenerlo. Lord Petyr estaba siendo muy amable con ella y no quería echarlo a perder vomitándole encima.

En aquel momento la estaba mirando por encima de su copa, con los claros ojos gris verdoso que reflejaban... ¿Podía ser diversión? ¿O tal vez otra cosa? Sansa no habría sabido decirlo.

—Grisel —llamó a la vieja—, trae algo de comer. Nada indigesto; mi señora está delicada del estómago. ¿Qué tal un poco de fruta? Oswell ha traído naranjas y granadas de la *Rey*.

—Sí, mi señor.

—¿Podría tomar un baño? —le preguntó Sansa.

—Le diré a Kella que traiga agua, mi señora.

Sansa bebió otro trago de vino y trató de pensar un tema de conversación cortés, pero Lord Petyr le ahorró la molestia. Esperó a que Grisel y los demás criados se hubieran retirado antes de empezar a hablar.

—Lysa no vendrá sola. Antes de que llegue tenemos que aclarar quién sois.

—¿Quién soy...? No entiendo...

—Varys tiene informadores por todas partes. Si Sansa Stark apareciera en el Valle, el eunuco se enteraría antes de un mes, lo que nos traería... desagradables complicaciones. En estos momentos, nadie que se apellide Stark está a salvo, así que les diremos a los acompañantes de Lysa que sois mi hija natural.

—¿Natural? —Se espantó Sansa—. ¿Vuestra hija bastarda?

—Bueno, difícilmente podríais ser mi hija legítima. No me he casado nunca; eso lo sabe todo el mundo. ¿Cómo os queréis llamar?

—Pues... Podría llamarme como mi madre...

—¿Catelyn? Demasiado evidente... pero tal vez podáis usar el nombre de mi madre, Alayne. ¿Os gusta?

—Alayne suena muy bien. —Sansa esperaba ser capaz de recordarlo—. Pero ¿no podría ser hija legítima de algún caballero que os sirva? Quizá murió heroicamente en la batalla y...

—No tengo ningún caballero heroico que me sirva, Alayne. Semejante historia solo conseguiría atraer preguntas indeseadas como un cadáver atrae a los cuervos. En cambio, es de mala educación curiosear sobre el origen de los hijos naturales. —Inclinó la cabeza a un lado—. A ver, ¿quién sois?

—Alayne... Piedra, ¿verdad? —Lord Petyr asintió—. Pero ¿quién es mi madre?

—¿Kella?

—No, por favor —suplicó mortificada.

—Era una broma. Vuestra madre fue una noble de Braavos, hija de un príncipe mercader. Nos conocimos en Puerto Gaviota cuando yo estaba al mando del tráfico marítimo. Murió al daros a luz y os dejó en manos de la Fe. Tengo unos cuantos libros piadosos para que les echéis un vistazo; acostumbraos a citarlos. No hay nada que evite las preguntas indeseadas tanto como un montón de balidos religiosos. En cualquier caso, después de florecer decidisteis que no queríais ser septa y me escribisteis una carta. Así supe de vuestra existencia. —Se acarició la barba con un dedo—. ¿Seréis capaz de recordarlo todo?

—Creo que sí. Será como un juego, ¿verdad?

—¿Os gustan los juegos, Alayne?

Iba a tardar en acostumbrarse al nuevo nombre.

—¿Los juegos? No sé... depende...

Antes de que pudiera decir nada más regresó Grisel con una gran bandeja en equilibrio, que puso entre los dos. Había manzanas, peras, granadas, unas uvas un tanto mustias y una gran naranja sanguina. La anciana les llevó también una hogaza redonda de pan y un cuenco de barro con mantequilla. Petyr cortó una granada en dos con el puñal y le ofreció la mitad a Sansa.

—Deberíais tratar de comer algo, mi señora.

—Gracias, mi señor.

No era fácil comer granadas sin mancharse, de manera que Sansa escogió una pera y le dio un mordisquito delicado. Estaba muy madura, y el jugo le corrió por la barbilla.

Lord Petyr soltó una semilla con la punta del puñal.

—Estoy seguro de que extrañáis muchísimo a vuestro padre. Lord Eddard era un hombre valiente, honrado, leal... Pero, como jugador, un completo desastre. —Se llevó la semilla a la boca con el puñal—. En Desembarco del Rey hay dos tipos de personas: los jugadores y las piezas.

—¿Yo era una pieza? —Temía la respuesta, pero se la imaginaba.

—Sí, pero eso no tiene por qué preocuparos. Todavía sois casi una niña. Todo hombre y toda doncella empiezan siendo piezas, aunque algunos se crean jugadores. —Se comió otra semilla—. Por ejemplo, Cersei. Se cree astuta, pero la verdad es que es previsible hasta la náusea. Su poder depende de su belleza, su noble cuna y su riqueza, y de esas tres cosas solo la primera es suya en realidad, pero no tardará en abandonarla. Entonces será digna de compasión. Quiere poder, pero cuando lo consigue no sabe qué hacer con él. Todo el mundo quiere algo, Alayne, y cuando uno sabe qué quiere un hombre, sabe quién es y cómo manejarlo.

—¿Igual que vos manejasteis a Ser Dontos para que envenenara a Joffrey? —Había tenido que ser Dontos; después de mucho pensarlo, estaba segura.

—Ser Dontos el Tinto era un odre de vino con patas —dijo Meñique riéndose—. No se le podía encomendar una tarea de tal importancia; habría hecho una chapuza, o me habría traicionado. No, lo único que tenía que hacer Dontos era sacaros del castillo... y asegurarse de que llevabais puesta la redecilla de plata en el banquete.

«Las amatistas negras.»

—Pero... Si no fue Dontos, ¿quién fue? ¿Es que tenéis... otras piezas?

—Aunque volvierais patas arriba Desembarco del Rey no encontraríais ni un hombre con un sinsonte bordado en el pecho, pero eso no quiere decir que carezca de amigos. —Petyr se dirigió hacia las escaleras—. Oswell, sube un momento para que te vea Lady Sansa.

El anciano apareció segundos más tarde, todo sonrisas y reverencias.

—¿Qué tengo que ver? —preguntó Sansa, mirándolo con inseguridad.

—¿Lo reconocéis? —preguntó Petyr.

—No.

—Miradlo mejor.

Examinó el rostro arrugado y resecado por el viento, la nariz ganchuda, el pelo canoso, las manos grandes y nudosas... Había en él algo que le resultaba familiar, pero Sansa tuvo que hacer un gesto de negación.

—No. Nunca había visto a Oswell antes de subir a su bote, estoy segura.

—No, pero tal vez mi señora conozca a mis tres hijos. —Oswell sonrió mostrando un montón de dientes cariados.

Lo de los tres hijos y la sonrisa hicieron que cayera en la cuenta.

—¡Kettleblack! —Sansa abrió los ojos como platos—. ¡Sois un Kettleblack!

—Para servir a mi señora.

—La señora está más que servida. —Lord Petyr lo despidió con un gesto y volvió a concentrarse en la granada, mientras Oswell bajaba por la escalera arrastrando los pies—. Decidme, Alayne, ¿qué puñal es más peligroso? ¿El que esgrime un enemigo o el escondido que os pone en la espalda alguien a quien no llegáis a ver?

—El puñal escondido.

—Chica lista. —Sonrió con los finos labios teñidos de rojo por las semillas de granada—. Cuando el Gnomo despidió a los guardias de la Reina, ella hizo que Ser Lancel contratara mercenarios. Lancel dio con los Kettleblack, cosa que a vuestro pequeño esposo le pareció excelente, ya que estaban a sueldo de él a través de Bronn. —Dejó escapar una risita—. Pero fui yo quien le dijo a Oswell que enviara a sus hijos a Desembarco del Rey cuando descubrí que Bronn estaba buscando espadas. Ahí tenéis, Alayne, tres puñales escondidos en el lugar perfecto.

Sansa recordó que Ser Osmund había pasado casi todo el banquete al lado del Rey.

—¿De modo que uno de los Kettleblack puso el veneno en la copa de Joff?

—¿Acaso he dicho yo eso? —Lord Petyr cortó en dos la naranja sanguina con el puñal y le ofreció la mitad a Sansa—. Esos muchachos son demasiado traicioneros para formar parte de un plan así... y Osmund era aún menos digno de confianza después de entrar en la Guardia Real. He descubierto que esa capa blanca tiene un efecto extraño sobre los hombres, hasta sobre hombres como él. —Echó la cabeza hacia atrás y exprimió la naranja sanguina para beberse el zumo—. Me encanta el zumo, pero detesto que se me pongan los dedos pegajosos —dijo al tiempo que se secaba las manos—. Manos limpias, Sansa. Hagáis lo que hagáis, aseguraos de tener siempre las manos limpias.

Sansa se puso un poco de zumo de la naranja en la cuchara.

—Pero si no fueron los Kettleblack y no fue Ser Dontos... Vos ni siquiera estabais en la ciudad, y Tyrion no pudo ser...

—¿No se os ocurre nadie más, pequeña?

—No... —Sansa sacudió la cabeza.

—Apuesto cualquier cosa a que en algún momento de la noche alguien os dijo que teníais la redecilla del pelo mal puesta y os la enderezó. —Petyr sonrió.

—No es posible... —Sansa se llevó una mano a la boca—. Si ella quería llevarme a Altojardín, si me iba a casar con su propio nieto...

—Sí, con el amable, piadoso y bondadoso Willas Tyrell. Dad gracias; de menuda os habéis salvado. Os habríais muerto de aburrimiento. En cambio, la vieja no tiene nada de aburrida, eso es seguro. Esa bruja es temible, y no es ni mucho menos tan frágil como aparenta. Cuando llegué a Altojardín para regatear por la mano de Margaery, dejó la fanfarria a su señor hijo mientras ella hacía preguntas inteligentes sobre la naturaleza de Joffrey. Yo lo puse por las nubes, claro... mientras mis hombres hacían correr historias muy preocupantes entre los sirvientes de Lord Tyrell. Así se juega a este juego.

»También sembré la semilla de la idea de que Ser Loras vistiera el blanco. No lo sugerí yo, claro, habría sido demasiado directo, pero algunos hombres de mi partida esparcieron relatos aterradores de cómo la turba había asesinado a Ser Preston Greenfield y violado a Lady Lollys, y se repartieron unas cuantas monedas de plata entre el ejército de bardos de Lord Tyrell, para que cantara las hazañas de Ryam Redwine, Serwyn del Escudo Espejo y el príncipe Aemon, el Caballero Dragón. En las manos adecuadas, un arpa puede ser tan peligrosa como una espada.

»Mace Tyrell llegó a pensar que la idea de nombrar miembro de la Guardia Real a Ser Loras como parte del contrato matrimonial había sido suya. ¿Quién mejor para proteger a su hija que su espléndido hermano caballero? Y de paso se libraba de la dura tarea de buscar tierras y esposa para un tercer hijo, cosa que nunca es sencilla y, en el caso de Ser Loras, resulta doblemente difícil.

»El caso es que Lady Olenna no tenía la menor intención de permitir que Joff le hiciera daño a su adorada nieta, pero a diferencia de su hijo, también se daba cuenta de que, por debajo de las flores y las ropas exquisitas, Ser Loras es tan impulsivo como Jaime Lannister. Pones a Joffrey, a Margaery y a Loras en una olla y ahí tienes: la receta del guiso de Matarreyes. La anciana también comprendió otra cosa. Su hijo estaba decidido a que Margaery fuera reina, y para eso le hacía falta un rey... Pero no tenía por qué ser Joffrey. Esperad y veréis como pronto tenemos otra boda real. Margaery se casará con Tommen. Conservará la corona y la virginidad, dos cosas que no quiere, pero en fin, ¿qué importa? La gran alianza occidental estará a salvo... al menos durante un tiempo.

«Margaery y Tommen.» Sansa no sabía qué decir. Se había encariñado con Margaery Tyrell y con su menuda abuela, siempre tan brusca. Pensó con melancolía en Altojardín, en sus patios y sus músicos, en las barcazas que surcaban el Mander... Un lugar tan diferente de aquella playa inhóspita donde se encontraban. «Al menos aquí estoy a salvo. Joffrey está muerto, ya no me puede hacer daño, y ahora únicamente soy una chica bastarda, Alayne Piedra, que no tiene esposo ni derechos.» Además, su tía no tardaría en llegar. La larga pesadilla de Desembarco del Rey había quedado atrás, así como su parodia de matrimonio. Allí podría crear un nuevo hogar, tal como había dicho Petyr.

Pasaron ocho días antes de que llegara Lysa Arryn. Durante cinco de ellos no hizo más que llover, y Sansa se los pasó sentada ante el fuego, aburrida e inquieta, al lado del viejo perro ciego. El animal estaba demasiado enfermo y desdentado para seguir haciendo la ronda de guardia con Bryen. Lo único que hacía era dormir, pero cuando le dio una palmadita en la cabeza, gimió y le lamió la mano, con lo que se hicieron amigos íntimos. Cuando dejó de llover, Petyr la llevó a recorrer sus dominios, cosa que les ocupó menos de medio día. Tal como le había dicho, era el dueño de un montón de rocas. Había un lugar donde la marea subía en un chorro de más de diez varas por un agujero del suelo, y otro donde habían grabado en una piedra la estrella de siete puntas de los nuevos dioses. Petyr le dijo que marcaba uno de los lugares donde los ándalos habían desembarcado cuando llegaron del otro lado del mar para arrebatarles el Valle a los primeros hombres.

Tierra adentro vivía una docena de familias, en chozas de piedras amontonadas, alrededor de una turbera.

—Mi pueblo —le dijo Petyr, aunque solo el mayor de los habitantes parecía conocerlo. También había una cueva de un ermitaño, aunque sin ermitaño—. Ya está muerto, pero cuando era niño, mi padre me trajo a verlo. Aquel tipo no se había bañado en cuarenta años, ya os podéis imaginar cómo olía, pero se suponía que tenía el don de la profecía. Me palpó un poco y dijo que sería un gran hombre, y a cambio de eso, mi padre le dio un pellejo de vino. —Petyr soltó un bufido burlón—. Yo le habría podido decir lo mismo por media copa.

Por fin, una tarde gris de mucho viento, Bryen volvió corriendo a la torre con sus perros ladrando tras él para anunciar que se acercaban jinetes procedentes del sudoeste.

—Es Lysa —dijo Lord Petyr—. Vamos, Alayne, salgamos a recibirla.

Se pusieron las capas y esperaron en el exterior. Los jinetes eran apenas una veintena, una escolta muy modesta para la señora del Nido de Águilas. Con ella cabalgaban tres doncellas y una docena de caballeros de su Casa, con armaduras y corazas. También la acompañaba un septón y un atractivo bardo de bigote ralo y largos rizos color arena.

«¿Es posible que sea mi tía?» Lady Lysa tenía dos años menos que su madre, pero aquella mujer aparentaba diez más. La espesa cabellera castaña rojiza le llegaba a la cintura, pero bajo el costoso vestido de terciopelo y el corpiño recamado de joyas, el cuerpo se notaba fofo y carnoso. Llevaba el rostro rosado muy pintado, y tenía los pechos amplios y caídos. Era de miembros gruesos, más alta que Meñique y también más pesada; además tampoco mostró ninguna elegancia en su manera torpe de bajarse del caballo.

Petyr se arrodilló para besarle los dedos.

—El Consejo Privado del Rey me ordenó cortejarte y ganarme tu corazón, mi señora. ¿Qué dices? ¿Me aceptarás como señor y esposo?

Lady Lysa hizo morritos y lo ayudó a levantarse para estamparle un beso en la mejilla.

—Bueno, es posible que me deje convencer. —Soltó una risita—. ¿Me has traído regalos que predispongan mi corazón?

—La paz del rey.

—Oh, al cuerno la paz del rey. ¿Qué más me traes?

—A mi hija. —Meñique le hizo un gesto con la mano a Sansa para que se adelantara—. Mi señora, permite que te presente a Alayne Piedra.

Lysa Arryn no pareció nada contenta de verla. Sansa hizo una profunda reverencia con la cabeza inclinada.

—¿Una bastarda? —oyó decir a su tía—. ¿Has sido travieso, Petyr? ¿Quién es la madre?

—Ya está muerta. Quería llevar a Alayne al Nido de Águilas.

—¿Y qué hago allí con ella?

—Se me ocurre un par de cosas —dijo Lord Petyr—, pero ahora mismo me interesa mucho más lo que voy a hacer yo contigo, mi señora.

El gesto adusto se disolvió en el rostro rosado y redondo de su tía, y durante un momento, Sansa pensó que Lysa Arryn se iba a echar a llorar.

—Cuánto te he echado de menos, mi querido Petyr, no lo sabes, no te lo puedes ni imaginar. Yohn Royce me ha estado causando muchos problemas; no para de exigirme que llame a mis banderizos y vaya a la guerra. Y todos los demás que revolotean a mi alrededor, Hunter, Corbray, ese odioso Nestor Royce... se quieren casar conmigo y tomar a mi hijo como pupilo, pero ninguno me ama de verdad. Solo tú, Petyr. Llevo tanto tiempo soñando contigo...

—Y yo contigo, mi señora. —La rodeó con un brazo y la besó en el cuello—. ¿Nos podremos casar pronto? ¿Cuándo?

—Ahora —suspiró Lady Lysa—. He traído a mi septón, un bardo e hidromiel para el banquete de bodas.

—¿Aquí? —Aquello no le gustó en absoluto—. Preferiría casarme contigo en el Nido de Águilas, delante de toda tu corte.

—A la porra con mi corte. Ya he esperado demasiado; no soportaría esperar un minuto más. —Lo estrechó entre sus brazos—. Quiero compartir la cama contigo esta noche, mi amor. Quiero que tengamos un hijo, un hermano para Robert o tal vez una niñita adorable.

—Yo también sueño con eso, cariño. Pero nos convendría mucho más una gran boda pública, a la vista de todo el Valle...

—¡No! —Dio una patada contra el suelo—. Te quiero ahora, esta misma noche. Y te lo advierto, después de tantos años de silencio y susurros pienso gritar cuando me hagas el amor. ¡Voy a gritar tan fuerte que me oirán desde el Nido de Águilas!

—¿Y por qué no nos acostamos ahora y nos casamos más adelante?

—Ay, Petyr Baelish, qué malo eres. —Lady Lysa rio como una niña pequeña—. No, he dicho que no, soy la señora del Nido de Águilas, ¡te ordeno que te cases conmigo ahora mismo!

—Será como ordene mi señora —dijo Petyr encogiéndose de hombros—. Como de costumbre, no puedo decirte que no a nada.

Pronunciaron los votos antes de que hubiera transcurrido una hora, bajo la cúpula azul del cielo, mientras el sol se ponía por el oeste. Después se montaron mesas sobre caballetes bajo el pequeño torreón de sílex, y celebraron un banquete a base de codornices, venado y jabalí asado, que pasaron con un buen hidromiel muy ligero. A medida que oscurecía se fueron encendiendo las antorchas. El bardo de Lysa cantó «El voto que no se pronunció», «Las estaciones de mi amor» y «Dos corazones que laten como uno». Incluso varios caballeros jóvenes invitaron a Sansa a bailar. Su tía también bailó; sus faldas giraban cuando Petyr le hacía dar vueltas. El hidromiel y el matrimonio le habían quitado años a Lady Lysa. Se reía de cualquier cosa mientras su esposo la tuviera cogida de la mano, y cada vez que lo miraba le brillaban los ojos.

Cuando llegó la hora del encamamiento, sus caballeros se la llevaron torre arriba, desnudándola por el camino y gritando chistes soeces. «Tyrion me salvó de eso», recordó Sansa. No habría estado tan mal que la desnudaran para el hombre que amaba, que la desnudaran amigos que los querían a ambos... «Pero Joffrey...» No pudo contener un escalofrío.

Su tía solo había llevado tres doncellas, de manera que insistieron en que Sansa las ayudara a desvestir a Lord Petyr y llevarlo a su lecho nupcial. Él se dejó hacer con buen talante, y dando tanto como recibía. Cuando lo tuvieron en la torre y desnudo, las otras mujeres tenían los rostros congestionados, los corpiños desanudados, los mantos torcidos y las faldas revueltas. Pero Meñique se limitó a sonreír a Sansa mientras lo llevaban al dormitorio donde lo aguardaba su señora esposa.

Lady Lysa y Lord Petyr tenían el dormitorio del tercer piso para ellos solos, pero la torre era pequeña y, fiel a su palabra, su tía estuvo gritando. Había empezado a llover, de manera que los invitados del banquete tuvieron que trasladarse al salón del piso de abajo y oyeron casi todo lo que decía.

—Petyr —gemía Lady Lysa—. Oh, Petyr, Petyr, mi amado Petyr, ah, ah, ¡ah! Ahí, Petyr, ahí. Ahí es donde tienes que estar. —El bardo de Lady Lysa se lanzó a cantar una versión soez de «La cena de mi señora», pero ni siquiera su voz y su instrumento conseguían imponerse a los gritos—. Hazme un hijo, Petyr —aulló—. Hazme un bebé, un bebé. Oh, Petyr, mi amor, mi amor, ¡Peeetyyyr!

El último grito fue tan escandaloso que los perros empezaron a ladrar, y dos de las doncellas de su tía apenas pudieron contener las carcajadas.

Sansa bajó por las escaleras y salió al exterior, a la noche. Una lluvia ligera caía sobre los restos del banquete, pero el aire tenía un olor fresco y limpio. No la abandonaba el recuerdo de su noche de bodas con Tyrion. «En la oscuridad soy el Caballero de las Flores —le había dicho—. Podría ser bueno contigo.» No era más que otra mentira de un Lannister. «Los perros olfatean las mentiras, ¿sabes?», le había dicho en cierta ocasión el Perro. Era casi como si pudiera oír su voz rasposa, su tono brusco. «Mira a tu alrededor y olisquea bien. Esto está lleno de mentirosos... y todos son mejores que tú.» Se preguntó qué habría sido de Sandor Clegane. ¿Sabría que habían matado a Joffrey? ¿Le importaría? Había sido el escudo juramentado del príncipe durante muchos años.

Se quedó allí mucho rato. Cuando por fin se fue a la cama, helada y empapada, solo quedaban unas brasas de turba en la chimenea del salón oscuro. Arriba ya no se oía nada. El joven bardo estaba sentado en un rincón, tocando una canción queda solo para sí mismo. Una de las doncellas de su tía besaba a un caballero en la silla de Lord Petyr; cada uno de ellos tenía las manos perdidas bajo las ropas del otro. Algunos de los caballeros dormían el sueño de los borrachos; otro estaba en el retrete y vomitaba estrepitosamente. Sansa se encontró al perro ciego de Bryen en la pequeña alcoba en que ella dormía, bajo las escaleras, y se tumbó a su lado. El animal se despertó y le lamió la cara.

—Pobre perro viejo —dijo mientras le acariciaba el pelaje.

—Alayne. —El bardo de su tía estaba de pie junto a ella—. Hermosa Alayne, soy Marillion. Os he visto regresar de la lluvia. La noche es fría y húmeda, deja que te dé calor.

El viejo perro levantó la cabeza y gruñó, pero el bardo le dio un manotazo, y el animal gimoteó y se escabulló.

—¿Marillion? —dijo insegura—. Sois... sois muy amable al preocuparos por mí, pero... os ruego que me disculpéis. Estoy muy cansada.

—Lo que estáis es muy bella. Me he pasado la noche componiendo canciones sobre vos. Una melodía sobre vuestros ojos, una balada sobre vuestros labios, un dueto sobre vuestros pechos... Pero no las voy a cantar; resultarían muy pobres, indignas de tanta hermosura. —Se sentó en su cama y le puso una mano en la pierna—. En vez de eso, dejad que os cante con mi cuerpo.

—Estáis borracho —le dijo cuando le llegó una bocanada del aliento del bardo.

—Yo no me emborracho nunca. El hidromiel solo me hace feliz. Estoy en llamas. —Le deslizó la mano muslo arriba—. Y vos también.

—Apartad esa mano. No os estáis comportando.

—Tened piedad de mí; llevo horas cantando canciones de amor. Tengo la sangre alborotada, igual que vos, estoy seguro... No hay mujeres tan lujuriosas como las bastardas. ¿Estáis húmeda de amor por mí?

—¡Soy doncella! —protestó.

—¿De verdad? Oh, Alayne, Alayne, mi hermosa doncella, entregadme el regalo de vuestra inocencia. Luego les daréis las gracias a los dioses. Os haré cantar más alto que Lady Lysa.

—Si no me dejáis en paz, mi... mi padre os mandará ahorcar. Lord Petyr —amenazó Sansa apartándose de él, asustada.

—¿Meñique? —El bardo rio entre dientes—. Lady Lysa me aprecia mucho, y soy el favorito de Lord Robert. Si vuestro padre me ofende, lo destruiré con un verso. —Le puso la mano en un pecho y se lo apretó—. Tenéis que quitaros esas ropas empapadas; no querréis que os las arranque. Vamos, mi dulce señora, seguid los dictados de vuestro corazón...

Sansa oyó el susurro del acero sobre el cuero.

—Bardo —dijo una voz ronca—, lárgate de aquí si quieres volver a cantar.

Había muy poca luz, pero vio el destello de una hoja. El bardo también.

—Búscate una moza para ti... —El cuchillo se movió como un relámpago y el hombre gritó—. ¡Me has cortado!

—Te haré algo peor que cortarte si no te vas.

Un instante después, Marillion había desaparecido. El otro hombre se quedó allí, mirando a Sansa, de pie en la oscuridad.

—Lord Petyr me dijo que cuidara de vos.

Era la voz de Lothor Brune. «No la del Perro, no, claro, era imposible. Tenía que ser Lothor, por supuesto...»

Aquella noche, Sansa apenas pudo dormir. Se la pasó dando vueltas como cuando había estado a bordo de la *Rey Pescadilla.* Soñó con la muerte de Joffrey, pero mientras se desgarraba el cuello y la sangre le corría por los dedos, vio con espanto que se transformaba en su hermano Robb. También soñó con su noche de bodas, con los ojos de Tyrion, que la devoraban mientras se desnudaba. Aunque aquel Tyrion era mucho más alto, era enorme, y cuando se subía a la cama, su rostro tenía cicatrices solo en un lado. «Cantarás para mí», gruñó, y Sansa despertó para encontrarse de nuevo al lado de la cama al perro viejo y ciego.

—Ojalá fueras Dama —le dijo.

Al llegar la mañana, Grisel subió al dormitorio para llevarles a los señores una bandeja de pan recién hecho, mantequilla, miel, frutas y nata. Cuando volvió le dijo que se requería la presencia de Alayne. Sansa, todavía adormilada, tardó un momento en recordar que Alayne era ella.

Lady Lysa seguía en la cama, pero Lord Petyr estaba levantado y vestido.

—Tu tía quiere hablar contigo —le dijo mientras se ponía una bota—. Le he dicho quién eres.

«Loados sean los dioses.»

—Os... os lo agradezco, mi señor.

—Ya he tenido más dosis de hogar de lo que puedo aguantar. —Petyr se subió la otra bota—. Partiremos hacia el Nido de Águilas esta tarde.

Besó a su señora esposa, le lamió de los labios una mancha de miel y se dirigió hacia las escaleras.

Sansa se quedó al pie de la cama mientras su tía se comía una pera y la examinaba.

—Ahora lo veo claro —dijo Lady Lysa. Dejó el corazón en la bandeja—. Te pareces mucho a Catelyn.

—Eres muy amable.

—No es un halago. A decir verdad, te pareces demasiado a Catelyn. Habrá que hacer algo por remediarlo. Te tendremos que oscurecer el pelo antes de llevarte al Nido de Águilas.

«¡Oscurecerme el pelo!»

—Lo que tú digas, tía Lysa.

—No me llames así jamás. No debe llegar a Desembarco del Rey noticia alguna de tu presencia aquí. No pienso poner en peligro a mi hijo. —Mordisqueó un trocito de panal—. He conseguido que el Valle quedara al margen de esta guerra. La cosecha ha sido abundante, las montañas nos protegen y el Nido de Águilas es inexpugnable. Pero de todos modos no quiero atraer las iras de Lord Tywin. —Lysa dejó el panal y se lamió la miel de los labios—. Me ha dicho Petyr que estuviste casada con Tyrion Lannister. Ese enano malvado...

—Me obligaron a casarme con él; yo no quería.

—Tampoco quería casarme yo —dijo su tía—. Jon Arryn no era un enano, pero sí un viejo. A lo mejor ahora al verme no te das cuenta, pero el día de mi boda yo era tan bonita que nadie habría mirado a tu madre. Y lo único que quería Jon eran las espadas de mi padre para ayudar a sus muchachitos. Tendría que haberlo rechazado, pero era tan viejo... ¿Cuánto podría vivir? Le faltaba la mitad de los dientes, y el aliento le olía a queso podrido. No soporto a los hombres con mal aliento. Petyr siempre lo tiene fresco... Fue el primer hombre al que besé, ¿sabes? Mi padre decía que era de origen demasiado humilde, pero yo sabía que llegaría muy arriba. Jon le encargó las aduanas y el tráfico marítimo de Puerto Gaviota para complacerme, pero cuando multiplicó por diez los ingresos, mi señor esposo se dio cuenta de lo listo que era y le encomendó otros encargos; hasta lo llevó a Desembarco del Rey para que fuera consejero de la moneda. Fue muy duro verlo todos los días, estando casada con aquel hombre tan viejo y tan frío. Jon cumplía con su deber en el dormitorio, pero no me podía dar placer, igual que no me podía dar hijos. Su semilla era vieja y floja. Todos mis bebés menos Robert murieron; perdí tres hijas y dos hijos. Perdí a todos mis bebés, y aquel viejo seguía viviendo, y seguía, con su aliento asqueroso... Así que ya ves, yo también he padecido. —Lady Lysa sorbió por la nariz—. ¿Sabes que tu pobre madre ha muerto?

—Me lo dijo Tyrion —asintió Sansa—. Me contó que los Frey los habían asesinado a Robb y a ella en Los Gemelos.

—Tú y yo somos dos mujeres que estamos solas. —De repente, a Lady Lysa se le habían llenado los ojos de lágrimas—. ¿Tienes miedo, pequeña? Sé valiente. Jamás abandonaría a una hija de Cat. Nos une la sangre. —Hizo un gesto a Sansa para que se le acercara—. Puedes venir a darme un beso, Alayne.

Ella, obediente, se acercó y se arrodilló junto a la cama. Su tía estaba bañada en perfumes dulces, pero por debajo de ellos olía a leche agria. Sabía a maquillaje y a polvos.

Cuando se levantó y dio un paso atrás, Lady Lysa la agarró por la muñeca.

—Ahora dime la verdad —le ordenó con tono brusco—. ¿Estás embarazada? No me mientas; si me mientes, me daré cuenta.

—No —dijo ella, desconcertada por la pregunta.

—Pero eres una mujer. Has florecido, ¿no?

—Sí. —Sansa sabía que aquello no lo podría ocultar mucho tiempo en el Nido de Águilas—. Pero Tyrion no... nunca me... —Se sintió sonrojar—. Todavía soy doncella.

—¿Es que el enano era impotente?

—No. Es que era... era... —«¿Bueno?» No podía decir aquello; su tía lo detestaba—. Tenía... tenía prostitutas, mi señora. Me lo dijo él.

—Prostitutas. —Lysa le soltó la muñeca—. Claro, claro. ¿Qué mujer se iría a la cama con un monstruo así si no fuera por oro? Tendría que haber matado al Gnomo cuando lo tuve en mi poder, pero me engañó. Es un bicho astuto. Su mercenario mató a mi buen Ser Vardis Egen. Catelyn no tendría que haber venido con él, ya se lo dije. Además, cuando se fue se llevó a nuestro tío. No estuvo bien. El Pez Negro era mi Caballero de la Puerta; desde que nos dejó, los clanes de las montañas se han vuelto cada vez más insolentes. Bueno, Petyr lo resolverá pronto. Lo nombraré Lord Protector del Valle. —Por primera vez, su tía sonrió, y fue casi con afecto—. Puede que no parezca tan alto o tan fuerte como otros, pero vale más que ninguno. Confía en él y haz lo que te diga.

—Eso haré, tía... mi señora.

Lady Lysa pareció satisfecha.

—Conocía a ese muchacho, a Joffrey. Siempre estaba insultando a mi Robert; una vez le pegó con una espada de madera. Los hombres te dirán que el veneno es deshonroso, pero las mujeres tenemos otro tipo de honor. La Madre nos hizo para proteger a nuestros hijos. Para nosotras, la única deshonra es no conseguirlo. Lo sabrás cuando tengas un hijo.

—¿Un hijo? —preguntó Sansa, insegura.

—Aún faltan muchos años para eso. —Lysa hizo un gesto desdeñoso con la mano—. Eres demasiado joven para ser madre. Pero algún día querrás tener hijos, igual que querrás casarte.

—Eh... Ya estoy casada, mi señora.

—Sí, pero pronto enviudarás. Date por satisfecha de que el Gnomo prefiriera a las putas. No estaría muy bien que mi hijo aceptara los despojos de ese enano, pero dado que no llegó a tocarte... ¿Qué te parecería casarte con tu primo, Lord Robert?

La sola idea desalentaba a Sansa. Lo único que sabía de Robert Arryn era que se trataba de un niño enfermizo. «No quiere que me case con su hijo por mí; es por mis derechos. Nadie se casará conmigo por amor, jamás.» Pero las mentiras le salían ya con facilidad.

—Me muero de ganas de conocerlo, mi señora. Aunque todavía es un niño, ¿no?

—Tiene ocho años y mala salud. Pero es un muchachito muy bueno, muy listo e inteligente. Será un gran hombre, Alayne. «La semilla es fuerte», dijo mi señor esposo antes de morir. Fueron sus últimas palabras. A veces, los dioses nos dejan atisbar el futuro en nuestro lecho de muerte. No hay motivo para que no os caséis en cuanto tengamos noticia de que tu esposo Lannister ha muerto. Será una boda secreta, claro; no se puede saber que el señor del Nido de Águilas se casa con una bastarda. No sería apropiado. Nada más ruede la cabeza del Gnomo, los cuervos nos traerán la noticia desde Desembarco del Rey. Robert y tú os podéis casar al día siguiente, qué maravilla, ¿verdad? Le convendrá tener una amiguita. Solía jugar con el hijo de Vardis Egen cuando volvimos al Nido de Águilas, y también con los hijos de mi mayordomo, pero todos era muy bruscos, y no tuve más remedio que echarlos. ¿Lees bien, Alayne?

—La septa Mordane tenía la gentileza de decir que sí.

—Robert tiene los ojos delicados, pero le gusta que le lean —le confió Lady Lysa—. Lo que más le gusta son las historias con animales. ¿Te sabes la canción del pollo que se disfrazaba de zorro? Se la canto una y otra vez, y no se cansa nunca de ella. También le gusta jugar al «salto de la rana», a «gira la espada» y a «entra en mi castillo», pero lo tienes que dejar ganar siempre. Es lo más correcto, ¿no te parece? Al fin y al cabo es el señor del Nido de Águilas, no lo debes olvidar. Eres de noble cuna, y los Stark de Invernalia siempre fueron orgullosos, pero ahora Invernalia ha caído y no eres más que una mendiga, así que deja a un lado ese orgullo. Dada tu situación, la gratitud te conviene mucho más. Sí, y la obediencia. Mi hijo tendrá una esposa agradecida y obediente.

Jon

Las hachas resonaban día y noche.

Jon no recordaba la última vez que había dormido. Cuando cerraba los ojos, soñaba con la batalla; cuando despertaba, combatía. Hasta en la Torre del Rey se oía el incesante tañido del bronce, la piedra y el acero robado al morder la madera. Sonaba aún más alto cuando intentaba descansar en el cobertizo situado encima del Muro. Mance tenía también almádenas, así como largas sierras con dientes de hueso y pedernal. En una ocasión, mientras se hundía en un sueño extenuado, se produjo un tremendo crujido en el bosque Encantado, y un árbol centinela se derrumbó en una nube de polvo y agujas.

Cuando Owen fue a buscarlo estaba despierto, metido bajo un montón de pieles sobre el suelo del cobertizo.

—Lord Nieve —dijo Owen, sacudiéndolo por el hombro—, ya amanece.

Le dio la mano a Jon y lo ayudó a incorporarse. Había otros despertándose, empujándose mutuamente mientras se ponían las botas y abrochaban los cinturones de las espadas en el mínimo espacio del cobertizo. Nadie hablaba. Estaban demasiado agotados para hablar. Muy pocos de ellos se habían siquiera alejado del Muro en aquellos días. Subir y bajar en la jaula llevaba demasiado tiempo. El Castillo Negro había quedado en manos del maestre Aemon, Ser Wynton Stout y otros pocos hombres, demasiados viejos o enfermos para combatir.

—He tenido un sueño: el Rey había venido —dijo Owen con alegría—. El maestre Aemon enviaba un cuervo, y el rey Robert venía con todos sus ejércitos. He soñado que veía sus estandartes dorados.

—Sería un espectáculo muy bien recibido, Owen —le dijo Jon, obligándose a sonreír.

Haciendo caso omiso del pinchazo de dolor de la pierna, se echó una capa negra de piel por encima de los hombros, cogió la muleta y salió al Muro para enfrentarse a un nuevo día.

Una ráfaga de viento le recorrió con tentáculos de hielo el largo cabello castaño. A mil pasos al norte, los campamentos de los salvajes se despertaban; sus hogueras lanzaban lenguas humeantes que lamían el pálido cielo de la aurora. A lo largo del borde del bosque se veían sus tiendas de campaña de cuero y pieles, y hasta una basta edificación de troncos y ramas entretejidas. Al este se veían filas de caballos; al oeste, mamuts, y por doquier había hombres que afilaban espadas, ponían puntas a lanzas bastas o preparaban armaduras rudimentarias con pieles, huesos y cuernos. Jon sabía que por cada hombre que veía se escondían muchos más entre los árboles. La espesura les ofrecía cierta protección ante los elementos y los ocultaba de los ojos de los odiados cuervos.

Los arqueros salvajes ya estaban avanzando, cubiertos por los manteletes redondos que empujaban.

—Ahí vienen nuestras flechas para el desayuno —anunció Pyp alegremente, tal como hacía cada mañana.

«Qué suerte que se lo pueda tomar a broma —pensó Jon—. Al menos queda alguien con humor.» Tres días antes, una de aquellas flechas para el desayuno había alcanzado a Alyn el Rojo de Palisandro en una pierna. Todavía se podía ver su cadáver en la base del Muro, si uno se atrevía a asomarse lo suficiente. Jon pensaba que para ellos era mejor sonreír ante la broma de Pyp que meditar sobre el cadáver de Alyn.

Los manteletes eran escudos de madera con amplitud suficiente para que se escondieran detrás cinco arqueros del pueblo libre. Los arqueros los empujaron tanto como se atrevieron y a continuación se agacharon detrás para apuntar con sus flechas a través de ranuras de la madera. La primera vez que los salvajes los sacaron, Jon había pedido flechas de fuego y había logrado incendiar media docena, pero después de aquello, Mance comenzó a cubrir los manteletes con pieles sin curtir. Así ni todas las flechas en llamas del mundo los habrían hecho arder. Incluso los hermanos comenzaron a apostar cuál de los centinelas de paja recibiría más flechazos antes de que acabaran con ellos. Edd el Penas iba a la cabeza con cuatro, pero Othell Yarwick, Tumberjon y Watt del lago Largo tenían tres por cabeza. Había sido idea de Pyp comenzar a bautizar los señuelos con los nombres de los hermanos perdidos.

—Así parece que somos más —dijo.

—Que somos más con flechas en la panza —se quejó Grenn, pero como aquello parecía elevar la moral de sus hermanos, Jon dejó siguieran con el juego de los nombres y las apuestas.

Al borde del Muro había un ornamentado ojo myriense de bronce, que se erguía sobre tres patas largas y finas. El maestre Aemon lo había usado tiempo atrás para mirar a las estrellas, antes de que los ojos le fallaran. Jon apuntó el tubo hacia abajo para ver mejor a los adversarios. Incluso a aquella distancia era inconfundible la enorme tienda de campaña blanca de Mance Rayder, confeccionada con pieles de osos de las nieves.

Las lentes myrienses acercaban lo suficiente a los salvajes para verles las caras. Aquella mañana no vio al propio Mance, pero Dalla, su mujer, estaba fuera atendiendo el fuego, mientras su hermana Val ordeñaba una cabra junto a la tienda. Dalla estaba tan hinchada que era un milagro que pudiera moverse.

«El niño debe de estar a punto de nacer», pensó Jon. Desplazó el ojo hacia el este y buscó entre las tiendas de campaña y los árboles, hasta encontrar a la tortuga. «Eso también llegará pronto.» Los salvajes habían desollado a uno de los mamuts muertos durante la noche y estaban extendiendo la piel sanguinolenta por encima del techo de la tortuga, una capa más encima de los pellejos y las pieles de oveja. La tortuga tenía una cima redonda y ocho ruedas grandes, y bajo las pieles había un robusto armazón de madera. Cuando los salvajes comenzaron a armarla, Seda pensó que estaban construyendo una nave. «No se equivocaba mucho.» La tortuga era como un casco puesto al revés y abierto por proa y popa, una verdadera edificación sobre ruedas.

—¿Ya está a punto? —preguntó Grenn.

—Casi. —Jon apartó el ojo—. Parece que la terminarán hoy. ¿Has llenado los toneles?

—Hasta el último. Se han congelado por la noche. Pyp los acaba de revisar.

Grenn había cambiado mucho; ya no era el muchacho grande, torpe y congestionado del que Jon se había hecho amigo. Había crecido medio palmo; se le habían ensanchado el pecho y los hombros, y no se había cortado el cabello ni arreglado la barba desde el Puño de los Primeros Hombres. Aquello lo hacía parecer tan corpulento y greñudo como un uro, el apodo que le había colgado Ser Alliser Thorne durante los entrenamientos. Sin embargo, en aquel momento parecía muy cansado. Asintió al oír la respuesta de Jon.

—He estado oyendo sus hachas toda la noche. No han parado de talar, no me han dejado dormir.

—Entonces vete a dormir ahora.

—No me hace falta.

—Sí. Quiero que estés descansado. Vete, diré que te despierten para que no te pierdas la batalla. —Se obligó a sonreír—. Eres el único capaz de mover esos toneles.

Grenn se marchó refunfuñando y Jon volvió a concentrarse en el ojo para examinar el campamento de los salvajes. De vez en cuando, una flecha le pasaba por encima de la cabeza, pero había aprendido a no prestarles atención. La distancia era grande, y el ángulo no resultaba favorable, por lo que eran pocas las posibilidades de que acertaran. Seguía sin ver rastro alguno de Mance Rayder en el campamento, pero divisó a Tormund Matagigantes y a dos de sus hijos en torno a la tortuga. Los hijos se afanaban con la piel del mamut mientras Tormund roía la pata asada de una cabra y daba órdenes a gritos. En otra parte encontró a Varamyr Seispieles, el cambiapieles salvaje, que caminaba entre los árboles con su gatosombra pisándole los talones.

Cuando oyó el traqueteo de las cadenas del cabestrante y el gruñido metálico de la puerta de la jaula al abrirse, supo que se trataba de Hobb, que les llevaba el desayuno como todas las mañanas. La visión de la tortuga de Mance le había quitado el apetito. El aceite se les había terminado, y el último barril de brea había salido disparado del Muro dos días atrás. Pronto escasearían también las flechas, y no había armeros que fabricaran más. Y dos noches antes había llegado un cuervo del oeste, de Ser Denys Mallister. Al parecer, Bowen Marsh había perseguido a los salvajes hasta la Torre Sombría y más allá, hasta la oscuridad de la Garganta. En el Puente de los Cráneos se había enfrentado al Llorón y a trescientos salvajes, y había vencido en un combate sangriento. Pero la victoria había sido muy cara. Más de cien hermanos muertos, entre ellos Ser Endrew Tarth y Ser Aladale Wynch. Llevaron al Viejo Granada, gravemente herido, a la Torre Sombría. El maestre Mullin los atendía, pero pasaría algún tiempo antes de que estuviera en condiciones de volver a Castillo Negro.

Al leer aquello, Jon había despachado a Zei a Villa Topo en su mejor caballo, para que les pidiera a los lugareños que mandaran gente al Muro. La muchacha no volvió. Cuando envió a Mully tras ella, el hombre regresó diciendo que toda la villa estaba desierta, incluido el burdel. Lo más probable era que Zei y los demás se hubieran marchado por el camino Real.

«Quizá deberíamos hacer lo mismo», fue la sombría reflexión de Jon.

Se obligó a comer, aunque no tenía hambre. Ya era bastante con no poder dormir; no podía seguir adelante sin comida. «Además, esta podría ser mi última comida. Podría ser la última comida para todos nosotros.» Cuando Jon ya tenía el estómago lleno de pan, panceta, cebollas y queso, oyó un grito.

—¡AHÍ VIENE! —exclamó Caballo.

Nadie tuvo que preguntar a qué se refería. A Jon no le hizo falta el ojo myriense del maestre para ver como avanzaba entre las tiendas de campaña y los árboles.

—No se parece mucho a una tortuga —comentó Seda—. Las tortugas no tienen pelo.

—La mayoría tampoco tiene ruedas —dijo Pyp.

—Que suene el cuerno de guerra —ordenó Jon, y Tonelete dio dos toques largos, para despertar a Grenn y a otros que estaban dormidos porque habían montado guardia durante la noche.

Si los salvajes atacaban, el Muro necesitaría de todos los hombres. «Bien saben los dioses que tenemos pocos.» Jon miró a Pyp, a Tonelete y a Seda, a Caballo y a Owen el Bestia, a Tim Lenguatrabada, a Mully, a Bota de Sobra y a los demás, y trató de imaginárselos marchando codo con codo, espada con espada, contra un centenar de salvajes aullantes en la gélida oscuridad de aquel túnel, con unas pocas barras de hierro entre ellos. A aquello se reduciría todo si no podían detener la tortuga antes de que abrieran una brecha en la puerta.

—Es muy grande —dijo Caballo.

—Piensa en toda la sopa que podremos hacer. —Pyp chasqueó los labios.

La broma murió sin nacer. Hasta Pyp sonaba agotado.

«Parece medio muerto —pensó Jon—, pero me imagino que todos estamos igual.» El Rey-más-allá-del-Muro disponía de tantos hombres que podía lanzar contra ellos fuerzas descansadas a cada momento, mientras que el mismo puñado de hermanos negros tenía que enfrentarse a todos los ataques, y aquello había minado sus energías.

Jon sabía que los hombres que iban bajo la madera y las pieles empujaban con fuerza, metían los hombros y se tensaban para que las ruedas siguieran girando, pero tan pronto como lanzaran la tortuga contra la puerta, cambiarían las cuerdas por hachas. Al menos, Mance no enviaba mamuts aquel día. Para Jon era un alivio. La fuerza titánica de aquellas bestias no servía de nada contra el Muro, y sus dimensiones las convertían en blancos fáciles. El último había tardado día y medio en morir, y sus barritos agónicos eran un sonido espantoso.

La tortuga avanzaba lentamente por encima de piedras, tocones y arbustos. Los primeros ataques le habían costado al pueblo libre cien hombres o más. La mayoría aún yacía donde había caído. En las treguas, los cuervos se posaban sobre ellos y les rendían tributo, pero en aquellos momentos los pájaros levantaban el vuelo entre graznidos. No les gustaba el aspecto de aquella tortuga; a él, tampoco.

Seda, Caballo y los demás lo estaban mirando, Jon lo sabía, en espera de sus órdenes. Estaba tan cansado que apenas se daba cuenta de nada.

«El Muro está en mis manos», se recordó.

—Owen, Caballo, a las catapultas. Tonelete, tú y Bota de Sobra, a los escorpiones. Los demás, tensad los arcos. Disparad las flechas. A ver si la podemos quemar.

Jon sabía que, con toda probabilidad, era un gesto fútil, pero aun así era mejor que quedarse allí de pie impotentes.

La tortuga, lenta y voluminosa, era un blanco fácil, y sus arqueros y ballesteros la convirtieron enseguida en un puerco espín de madera... pero los pellejos húmedos la protegían, igual que ocurría con los manteletes, y las flechas ardientes se apagaban casi al instante de clavarse. Jon soltó una maldición para sus adentros.

—Escorpiones —ordenó—. Catapultas.

Los proyectiles de los escorpiones se hundieron profundamente en los pellejos, pero no hicieron más daño que las flechas ardientes. Las rocas rebotaron en el techo de la tortuga y dejaron muescas en las gruesas capas de pieles. Una roca lanzada por los grandes trabuquetes la habría aplastado, pero una de las máquinas con que contaban todavía estaba rota, y los salvajes se habían apartado del sitio donde caían los proyectiles de la otra.

—Jon, sigue avanzando —dijo Owen el Bestia.

Ya se había dado cuenta. Palmo a palmo, la tortuga se aproximaba; reptaba, se abría camino y se balanceaba mientras atravesaba el terreno de la carnicería. Cuando los salvajes lograran alinearla contra el Muro, les proporcionaría toda la protección que necesitaban mientras empleaban las hachas contra la puerta exterior que tan precipitadamente habían reparado. En el interior, bajo el hielo, apenas tardarían unas horas en quitar los escombros dispersos del túnel, y entonces, lo único que se interpondría entre ellos y el reino serían dos verjas de hierro, unos pocos cadáveres medio congelados y todos los hermanos que Jon pudiera poner en su camino para pelear y morir abajo, en la oscuridad.

A la izquierda se oyó el sonido de la catapulta, y el aire se llenó de piedras voladoras. Cayeron sobre la tortuga como granizo y rebotaron hacia un lado sin causar el menor daño. Los arqueros de los salvajes seguían disparando flechas desde debajo de sus manteletes. Una se clavó en el rostro de un hombre de paja.

—¡Cuatro para Watt del lago Largo! —gritó Pyp—. ¡Tenemos un empate! —La siguiente silbó junto a su oído—. ¡Eh! —gritó mirando hacia abajo—. ¡Yo no participo en el torneo!

—Las pieles no arden —dijo Jon, tanto para sí como para los otros. Su única esperanza era intentar aplastar la tortuga cuando llegara al pie del Muro. Para aquello necesitaban rocas. No importaba cuán robusta fuera la estructura de la tortuga; si desde trescientas varas de altura caía sobre ella una roca grande, algún daño le tendría que causar—. Grenn, Owen, Tonelete, ha llegado el momento.

A lo largo del cobertizo habían alineado una docena de toneles de roble grandes. Estaban llenos de piedra molida, la gravilla que los hermanos negros esparcían habitualmente por los caminos para tener mejor agarre al transitar por la parte superior del Muro. El día anterior, después de ver como el pueblo libre cubría la tortuga con pieles de oveja, Jon le había ordenado a Grenn que vertiera agua en los toneles, toda la que cupiera. El agua llenaría los intersticios de la piedra molida y, durante la noche, todo aquello se congelaría hasta formar una masa sólida. Era lo más parecido a una gran roca que podían conseguir.

—¿Por qué tenemos que congelarlos? —le había preguntado Grenn—. ¿Por qué no hacemos rodar los toneles tal como están?

—Si golpean el Muro en la caída se reventarán, y la gravilla suelta caerá como una lluvia. Y no nos va a bastar con una simple lluvia para detener a esos hijoputas —fue la respuesta de Jon.

Arrimó el hombro a un tonel para ayudar a Grenn, mientras Tonelete y Owen se ocupaban de otro. Lograron balancearlo adelante y atrás, para romper las tenazas del hielo que se había formado en torno a la base.

—Esta mierda pesa una tonelada —dijo Grenn.

—Derríbalo y hazlo rodar —dijo Jon—. Con cuidado; si te pasa por encima de un pie, terminarás como Bota de Sobra.

Cuando el tonel quedó tumbado, Jon agarró una antorcha y la hizo oscilar sobre la superficie del Muro, de un lado a otro, lo suficiente para derretir levemente el hielo. La fina capa de agua ayudó a que el tonel rodara con más facilidad, tal vez demasiada; estuvieron a punto de perderlo. Pero finalmente, uniendo las fuerzas de los cuatro, hicieron rodar su gran roca hasta el borde y la pusieron de nuevo en vertical.

En el momento en que Pyp los llamó a gritos tenían ya alineados encima de la puerta cuatro de los enormes toneles de roble.

—¡Tenemos una tortuga en la puerta! —avisó.

Jon ancló bien la pierna herida y se inclinó para echar un vistazo.

«Parapetos, Marsh tendría que haber construido parapetos.» Tendrían que haber hecho tantas cosas... Los salvajes arrastraban a los gigantes muertos para apartarlos de la puerta. Caballo y Mully les lanzaban rocas, y a Jon le pareció ver que un hombre caía, pero las piedras eran demasiado pequeñas para tener algún efecto sobre la tortuga. Se preguntó qué haría el pueblo libre con el mamut muerto del camino, pero pronto lo averiguó. La tortuga tenía casi la anchura de un gran salón, así que se limitaron a pasar por encima del cadáver. La pierna de Jon cedió, pero Caballo le agarró el brazo y tiró de él hasta dejarlo en lugar seguro.

—No deberías asomarte tanto —dijo el muchacho.

—Tendríamos que haber construido parapetos. —A Jon le pareció oír el golpe de hachas contra la madera, pero probablemente no fuera más que el miedo que le zumbaba en las orejas. Miró a Grenn—. Adelante.

Grenn se colocó detrás de un tonel, apoyó el hombro, gruñó y comenzó a empujar. Owen y Mully se movieron para ayudarlo. Desplazaron el tonel un palmo, después otro, después otro, hasta que de pronto desapareció.

Oyeron el impacto cuando golpeó el Muro en su caída, y después hubo un estruendo mayor, el sonido de la madera al partirse, seguido por chillidos y alaridos. Seda gritó, y Owen el Bestia se puso a bailar en círculos mientras Pyp se asomaba.

—¡La tortuga estaba rellena de conejos! —gritó—. ¡Mirad cómo salen corriendo!

—¡Otra vez! —ladró Jon.

Grenn y Tonelete apoyaron los hombros contra el tonel siguiente y lo lanzaron al vacío.

Cuando terminaron, la parte delantera de la tortuga de Mance era una ruina aplastada y hecha astillas, y los salvajes salían a toda prisa por el otro extremo en busca de su campamento. Seda apuntó con la ballesta y les envió cuatro saetas para que corrieran más deprisa. Grenn sonreía debajo de la barba; Pyp gastaba bromas, y ninguno de ellos moriría aquel día.

«Pero mañana...» Jon echó una mirada al cobertizo. Donde poco antes había doce toneles llenos de gravilla ya solo quedaban ocho. De repente se dio cuenta de lo cansado que estaba y de cuánto le dolía la herida. «Necesito dormir. Aunque sea unas horas.» Podía ir a ver al maestre Aemon para que le diera vino del sueño.

—Voy a bajar a la Torre del Rey —les dijo—. Llamadme si a Mance se le ocurre cualquier cosa. Pyp, estás al mando del Muro.

—¿Yo? —dijo Pyp.

—¿Él? —dijo Grenn.

Sonrió y los dejó allí perplejos, mientras se dirigía hacia la jaula.

Desde luego, la copa de vino le fue de gran ayuda. En cuanto se tendió en el estrecho camastro, el sueño se apoderó de él. Sus sueños fueron extraños e informes, llenos de voces desconocidas, de llantos y gritos, con el sonido de un cuerno de guerra que sonaba grave y alto, una nota retumbante que flotaba en el aire.

Cuando despertó, el cielo estaba negro al otro lado de la aspillera que le servía de ventana, y cuatro hombres que no conocía estaban de pie junto a él. Uno de ellos llevaba una lámpara.

—Jon Nieve —dijo bruscamente el de mayor estatura—, ponte las botas y ven con nosotros.

Su primer pensamiento aturdido fue que, de alguna manera, el Muro había caído mientras él dormía, que Mance Rayder había mandado más gigantes u otra tortuga y habían irrumpido por la puerta. Pero cuando se frotó los ojos vio que los desconocidos vestían todos de negro.

«Son hombres de la Guardia de la Noche», comprendió.

—¿Adónde? ¿Quiénes sois?

El hombre alto hizo un gesto, y dos de los otros levantaron a Jon del lecho. Con la lámpara abriendo camino, lo sacaron de su celda y le hicieron subir medio tramo de escaleras, hasta llegar a las habitaciones privadas del Viejo Oso. Vio al maestre Aemon de pie junto al fuego, con las manos cruzadas sobre el puño de un bastón de endrino. El septón Cellador estaba medio borracho, como siempre, y Ser Wynton Stout dormía en un asiento junto a la ventana. Los demás hermanos le resultaban desconocidos. Todos menos uno.

Ser Alliser Thorne, inmaculado en su capa con ribetes de piel, se volvió hacia él.

—Aquí tienes al cambiacapas, mi señor. El bastardo de Ned Stark, de Invernalia.

—No soy ningún cambiacapas, Thorne —dijo Jon con frialdad.

—Eso ya lo veremos. —En el sillón de cuero, tras el escritorio sobre el que el Viejo Oso escribía sus cartas, estaba sentado un hombre corpulento, ancho y de papada colgante, a quien Jon no conocía—. Sí, ya lo veremos —repitió—. Supongo que no negarás que eres Jon Nieve, el bastardo de Stark, ¿no?

—Prefiere que lo llamen Lord Nieve. —Ser Alliser era un hombre enjuto y esbelto, compacto y nervudo, y en aquel momento, sus ojos de pedernal parecían burlarse de él.

—Fuiste tú quien me apodó Lord Nieve —dijo Jon. A Ser Alliser le encantaba ponerles motes a los chicos que entrenaba cuando era maestro de armas en el Castillo Negro. El Viejo Oso había enviado a Thorne a Guardiaoriente del Mar. «Esos hombres deben de ser de Guardiaoriente. El pájaro ha llegado hasta Cotter Pyke y nos ha mandado ayuda»—. ¿Cuántos hombres habéis traído? —le preguntó al hombre sentado al otro lado del escritorio.

—Aquí las preguntas las hago yo —respondió el hombre de la papada—. Se te acusa de violar los votos, de cobardía y deserción, Jon Nieve. ¿Niegas haber abandonado a la muerte a tus hermanos en el Puño de los Primeros Hombres y haberte unido al salvaje Mance Rayder, que se hace llamar Rey-más-allá-del-Muro?

—¿Abandonado? —Jon estuvo a punto de atragantarse con la palabra.

—Mi señor —intervino el maestre Aemon—, Donal Noye y yo debatimos este asunto cuando Jon Nieve volvió con nosotros y consideramos satisfactorias las explicaciones que nos dio.

—Pues yo aún no estoy satisfecho, maestre —dijo el hombre de la papada—. Quiero oír personalmente esas explicaciones. Y las oiré.

—Yo no abandoné a nadie —dijo Jon tragándose la rabia—. Dejé el Puño con Qhorin Mediamano para explorar el Paso Aullante. Me uní a los salvajes siguiendo órdenes. Mediamano temía que Mance hubiera encontrado el Cuerno del Invierno...

—¿El Cuerno del Invierno? —Ser Alliser rio entre dientes—. ¿También te ordenaron contar sus snarks, Lord Nieve?

—No, pero conté sus gigantes lo mejor que pude.

—Ser —espetó el hombre de la papada—. Te dirigirás a Ser Alliser como *ser,* y a mí, como *mi señor.* Soy Janos Slynt, señor de Harrenhal y comandante aquí, en el Castillo Negro, hasta el momento en que Bowen Marsh regrese con su guarnición. Nos tratarás con la debida cortesía, sí. No voy a permitir que un caballero ungido, como el noble Ser Alliser, sea insultado por el bastardo de un traidor. —Levantó una mano y apuntó un dedo grueso al rostro de Jon—. ¿Niegas haber llevado a tu lecho a una mujer salvaje?

—No. —El dolor de Jon por la muerte de Ygritte era demasiado reciente para negarla—. No, mi señor.

—Supongo que también fue Mediamano quien te ordenó follar con esa puta asquerosa, ¿no? —preguntó Ser Alliser con una mueca.

—Ser. No era una puta, ser. Mediamano me dijo que hiciera cualquier cosa que me exigieran los salvajes, pero... no negaré que fui más allá de lo que me exigía el deber, que... me encariñé con ella.

—Entonces admites haber roto tus votos —dijo Janos Slynt.

La mitad de los hombres del Castillo Negro visitaba Villa Topo de tiempo en tiempo para buscar tesoros escondidos en el burdel, Jon lo sabía, pero no deshonraría a Ygritte equiparándola a las rameras de Villa Topo.

—Rompí mis votos con una mujer. Lo admito. Sí.

—¡Sí, mi señor!

Cuando Slynt fruncía el ceño, la papada se le estremecía. Era tan ancho como el Viejo Oso, y sin duda sería igual de calvo si llegaba a la edad de Mormont. Ya había perdido la mitad del pelo, aunque no podía tener más de cuarenta años.

—Sí, mi señor —se corrigió Jon—. Cabalgué con los salvajes y comí con ellos, como me ordenó Mediamano, y compartí mis pieles con Ygritte. Pero os juro que nunca cambié de capa. Huí del Magnar tan pronto como pude, y nunca tomé las armas contra mis hermanos ni contra el reino.

Los ojillos de Lord Slynt lo estudiaron.

—Ser Glendon —ordenó—, traed al otro prisionero.

Ser Glendon era el hombre alto que lo había sacado de la cama. Dejó el recinto acompañado por otros cuatro hombres, pero regresaron enseguida con un cautivo, un hombrecillo cetrino y enjuto, atado de pies y manos. Tenía una sola ceja, grandes entradas separadas por un pico de pelo y un bigote que más bien parecía una salpicadura de lodo sobre el labio superior. Tenía el rostro hinchado y lleno de hematomas, y había perdido la mayoría de los dientes.

Los hombres de Guardiaoriente tiraron con rudeza al cautivo al suelo. Lord Slynt lo miró con el ceño fruncido.

—¿Es este el hombre de quien hablaste?

—Sí. —Los ojos amarillos del cautivo parpadearon.

Fue en aquel instante cuando Jon reconoció a Casaca de Matraca. «Sin la armadura parece otro hombre», pensó.

—Sí —repitió el salvaje—, este es el cobarde que mató a Mediamano. Fue allá arriba, en los Colmillos Helados, después de que hubiéramos cazado a otros cuervos y los hubiéramos matado a todos. También habríamos matado a este, pero imploró por su despreciable vida y se ofreció a unirse a nosotros si lo aceptábamos. Mediamano juró que antes mataría a este cuervo, pero el lobo destrozó a Qhorin, y este le cortó la garganta.

Le dedicó a Jon una sonrisa torva y a continuación escupió sangre a sus pies.

—¿Bien? —le preguntó bruscamente Janos Slynt a Jon—. ¿Lo niegas? ¿O alegarás que Qhorin te ordenó que lo mataras?

—Me lo dijo... —Las palabras salieron con dureza—. Me dijo que hiciera cualquier cosa que me pidieran. Cualquier cosa.

La vista de Slynt paseó por los aposentos y se posó en los demás hombres de Guardiaoriente.

—¿Acaso este chico cree que me ha caído en la cabeza un carro lleno de nabos?

—Tus mentiras no te salvarán ahora, Lord Nieve —le advirtió Ser Alliser Thorne—. Te vamos a sacar la verdad, bastardo.

—Os he dicho la verdad. Nuestros caballos estaban agotados, y Casaca de Matraca nos alcanzaba. Qhorin me dijo que fingiera que me unía a los salvajes. «Te exijan lo que te exijan, no puedes negarte», me dijo. Sabía que me obligarían a matarlo. Casaca de Matraca lo iba a matar de todos modos; eso también lo sabía.

—¿Así que ahora dices que el gran Qhorin Mediamano tenía miedo de este bicho? —Slynt miró a Casaca de Matraca y resopló.

—Todos los hombres temen al Señor de los Huesos —gruñó el salvaje.

Ser Glendon le pegó una patada, y el prisionero volvió a sumirse en el silencio.

—No he dicho eso —insistió Jon.

—¡Ya te he oído! —exclamó Slynt dando un puñetazo sobre el escritorio—. Parece que Ser Alliser te ha tomado bien la medida. Mientes con esa boca de bastardo. No pienso tolerarlo. ¡Y no lo voy a tolerar! ¡Puede que engañaras a ese herrero tullido, pero no a Janos Slynt! Ah, no, ni hablar. Janos Slynt no se traga tus mentiras con tanta facilidad. ¿Crees que tengo la cabeza llena de coles?

—No sé de qué tenéis llena la cabeza, mi señor.

—Lord Nieve no es nada más que un arrogante —dijo Ser Alliser—. Asesinó a Qhorin, de la misma manera que sus compinches cambiacapas mataron a Lord Mormont. No me sorprendería saber que todo era parte del mismo contubernio. Es posible que Benjen Stark haya tenido algo que ver en esto. Por lo que sabemos, ahora mismo puede estar sentado en la tienda de Mance Rayder. Ya sabéis cómo son estos Stark, mi señor.

—Sí, lo sé demasiado bien —repuso Janos Slynt.

Jon se quitó el guante y les mostró su mano quemada.

—Me quemé la mano defendiendo a Lord Mormont de un espectro. Y mi tío era un hombre de honor. No habría violado sus votos jamás.

—¿Como tú? —se burló Ser Alliser.

—Lord Slynt —dijo el septón Cellador aclarándose la garganta—. Este muchacho se negó a hacer sus votos en el septo, como debe ser, y cruzó el Muro para pronunciar sus palabras ante un árbol corazón. Dijo que eran los dioses de su padre, pero también son los dioses de los salvajes.

—Son los dioses del norte, septón. —El maestre Aemon se mostró cortés, pero firme—. Mis señores, cuando Donal Noye fue asesinado, quien se hizo cargo del Muro y lo defendió contra toda la furia del norte fue este joven, Jon Nieve. Ha demostrado ser un hombre valiente, leal y lleno de recursos. De no ser por él, vos, Lord Slynt, habríais encontrado a Mance Rayder sentado en esa butaca. Estáis cometiendo un tremendo error. Jon Nieve era el mayordomo de Lord Mormont y su escudero. Fue elegido para esa misión porque el Lord Comandante lo consideraba muy prometedor. Y yo también.

—¿Prometedor? —dijo Slynt—. Bueno, la promesa puede resultar falsa. La sangre de Qhorin Mediamano lo salpica. Dices que Mormont confiaba en él, pero ¿de qué vale eso? Sé lo que es que a uno lo traicionen hombres en los que confiaba. Oh, sí. Y también sé cómo se comportan los lobos. —Señaló al rostro de Jon—. Tu padre murió como un traidor.

—Mi padre fue asesinado. —A Jon no le importaba ya qué le hicieran, pero no estaba dispuesto a soportar más mentiras sobre su padre.

—¿Asesinado? —Slynt enrojeció—. Cachorro insolente... El cadáver del rey Robert no se había enfriado cuando Lord Eddard se alzó contra su hijo. —Se levantó; era un hombre de menor estatura que Mormont, pero de pecho y brazos muy gruesos, con la barriga a juego. El broche de su capa, sobre el hombro, era una pequeña lanza dorada con la punta de esmalte rojo—. Tu padre murió por la espada, pero era de noble cuna; había sido Mano del Rey. Para ti bastará con una cuerda. Ser Alliser, llevaos a este cambiacapas a una celda de hielo.

—Mi señor es sabio —dijo Ser Alliser cogiendo a Jon del brazo.

Jon dio un paso atrás y agarró al caballero por la garganta con tal ferocidad que lo levantó del suelo. Lo habría estrangulado si los hombres de Guardiaoriente no lo hubieran detenido. Thorne retrocedió tambaleándose y frotándose las marcas que los dedos de Jon le habían dejado en el cuello.

—Ya lo habéis visto, hermanos. Este chico es un salvaje.

Tyrion

Cuando llegó el amanecer, Tyrion se dio cuenta de que no soportaba pensar en la comida. «Puede que me hayan condenado antes de la puesta del sol.» Tenía el estómago lleno de bilis, y le picaba la nariz. Se la rascó con la punta del puñal. «Solo tengo que soportar a un testigo más, y luego me tocará el turno.» Pero ¿qué podía hacer? ¿Negarlo todo? ¿Acusar a Sansa y a Ser Dontos? ¿Confesar, con la esperanza de pasar el resto de sus días en el Muro? ¿Tirar los dados y rezar por que la Víbora Roja pudiera derrotar a Ser Gregor Clegane?

Tyrion pinchó la grasienta salchicha con indiferencia. Habría preferido que fuera su hermana.

«En el Muro hace un frío de cojones, pero al menos estaría lejos de Cersei.» Como explorador no sería gran cosa, pero en la Guardia de la Noche no solo hacían falta hombres fuertes; también eran necesarios los inteligentes. Aquello le había dicho el Lord Comandante Mormont cuando visitó el Castillo Negro. «Está el problema de esos votos tan molestos, claro.» Aquello implicaba el fin de su matrimonio y de cualquier derecho que pudiera tener sobre Roca Casterly, pero no parecía que su destino fuera disfrutar de ninguna de las dos cosas. Y si mal no recordaba, en una aldea cercana había un prostíbulo.

No era la vida que había soñado, pero era una vida. Para ganársela, lo único que tenía que hacer era confiar en su padre, levantarse sobre aquellas piernas atrofiadas y decir: «Sí, lo confieso, fui yo». Aquello era lo que le retorcía las tripas. Casi deseaba haberlo hecho, ya que de todas maneras iba a pagar por ello.

—¿Mi señor? —dijo Podrick Payne—. Están aquí, mi señor. Ser Addam. Y los capas doradas. Esperan fuera.

—Dime la verdad, Pod: ¿Crees que fui yo?

El chico titubeó. Cuando intentó hablar, lo único que le salió fue una especie de gemido.

«Estoy perdido.» Tyrion suspiró.

—No hace falta que respondas. Has sido un buen escudero. Mejor de lo que merecía. Pase lo que pase hoy, te doy las gracias por tus leales servicios.

Ser Addam y seis capas doradas aguardaban al otro lado de la puerta. Por lo visto, aquella mañana no tenía nada que decirle. «Otro hombre honrado que cree que he asesinado a uno de mi sangre.» Tyrion reunió toda la dignidad que pudo y anadeó escaleras abajo. Sintió las miradas de todos clavadas en él mientras cruzaba el patio: los guardias de la muralla, los mozos de cuadras de los establos, los pinches de cocina, las lavanderas, las criadas... Dentro del salón del trono, los caballeros y los señores menores les abrieron paso y susurraron comentarios a los oídos de sus damas.

En cuanto Tyrion ocupó su lugar ante los jueces, otro grupo de capas doradas entró en el salón escoltando a Shae.

«Varys la ha traicionado —pensó. Sintió una mano helada que le oprimía el corazón. Luego lo recordó—. No. Yo fui quien la traicionó. Tendría que haberla dejado con Lollys. Interrogaron a las doncellas de Sansa, claro; yo habría hecho lo mismo.» Tyrion se frotó el muñón de la nariz y se preguntó por qué querría interrogarla Cersei. «Shae no sabe nada que pueda hacerme daño.»

—Lo planearon entre los dos —dijo ella, la muchacha a la que amaba—. El Gnomo y Lady Sansa lo planearon tras la muerte del Joven Lobo. Sansa quería vengar a su hermano, y Tyrion pretendía ocupar el trono. A continuación iba a matar a su hermana, y después, a su señor padre, para convertirse en la Mano del príncipe Tommen. Pero cuando pasara un año o así, antes de que Tommen se hiciera demasiado mayor, también lo haría matar y se coronaría él mismo.

—¿Cómo sabes todo esto? —exigió saber el príncipe Oberyn—. ¿Por qué haría partícipe el Gnomo de sus planes a la doncella de su esposa?

—Algunas cosas las oí de pasada, mi señor —dijo Shae—, y otras se le escapaban a mi señora. Pero casi todas las supe de sus labios. No era solo la doncella de Sansa; también he sido la puta del enano todo el tiempo que lleva en Desembarco del Rey. La mañana de la boda me llevó a rastras abajo, adonde guardan los cráneos de los dragones, y me folló allí mismo, en medio de los monstruos. Cuando me vio llorar me dijo que era una ingrata, que no cualquier chica tenía el honor de ser la puta de un rey. Fue entonces cuando me contó cómo pensaba llegar al trono. Me dijo que ese pobre chico, Joffrey, nunca conocería a su esposa tal como él me estaba conociendo a mí. —Entonces empezó a sollozar—. No quería ser una puta, mis señores. Me iba a casar. Mi prometido era un escudero, un muchacho bueno, valiente y gentil. Pero el Gnomo me vio en el Forca Verde y puso al chico con el que me iba a casar en la primera fila de la vanguardia, y cuando murió, mandó a sus salvajes a que me llevaran a su tienda. A Shagga, el grandullón, y a Timett, el del ojo quemado. Me dijo que si no lo complacía me entregaría a ellos, así que obedecí. Luego me trajo a la ciudad para tenerme cerca siempre que me quisiera. Me obligaba a hacer unas cosas horribles...

—¿Qué clase de cosas? —El príncipe Oberyn la miró con curiosidad.

—Cosas que no se pueden contar. —Cuando las lágrimas empezaron a correr por aquel bello rostro, no hubo hombre en la sala que no deseara tomar a Shae en sus brazos para consolarla—. Con la boca y... con otras partes, mi señor. Todas mis partes. Me utilizó de todos los modos posibles y... Y me obligaba a decirle lo grande que era. Me obligaba a llamarlo *mi gigante.* Mi gigante de Lannister.

Osmund Kettleblack fue el primero en echarse a reír. Luego se le unieron Boros y Meryn, Cersei, Ser Loras, y más damas y señores de los que habría podido contar. La repentina oleada de risas retumbó en el Trono de Hierro y sacudió las vigas del techo.

—Es verdad —protestó Shae—. Mi gigante de Lannister.

Las carcajadas se redoblaron. Las bocas se abrieron en muecas de diversión infinita; las barrigas temblaron. Algunos se rieron tanto que se les salieron los mocos.

«Yo os salvé a todos —pensó Tyrion—. Salvé esta ciudad de mierda y vuestras vidas insignificantes.» Había cientos de personas en el salón del trono y todas se reían, a excepción de su padre. O era lo que le parecía. Hasta la Víbora Roja reía a carcajadas, y Mace Tyrell parecía al borde de un ataque, pero Lord Tywin Lannister, sentado entre ellos, parecía una estatua de piedra con los dedos entrecruzados bajo la barbilla.

—¡MIS SEÑORES! —rugió Tyrion dando un paso adelante.

Tuvo que gritar mucho para hacerse oír. Su padre alzó una mano. Poco a poco se fue haciendo el silencio en el salón.

—Quitad a esa puta mentirosa de mi vista y confesaré —dijo Tyrion.

Lord Tywin asintió e hizo una señal. Shae puso cara de terror cuando los capas doradas formaron en torno a ella. Su mirada se llegó a cruzar con la de Tyrion mientras la escoltaban fuera de la estancia. ¿Fue vergüenza lo que vio en sus ojos, o tal vez miedo? Se preguntó qué le habría prometido Cersei.

«Te dará el oro, las joyas, lo que sea que le pidieras —pensó mientras veía alejarse su espalda—, pero antes de que cambie la luna te tendrá divirtiendo a los capas doradas en sus barracones.»

Tyrion alzó la vista hacia los duros ojos verdes de su padre, con sus motas de frío oro.

—Culpable —dijo—, muy culpable. ¿Es eso lo que queríais que dijera?

Lord Tywin no respondió. Mace Tyrell asintió. El príncipe Oberyn parecía algo decepcionado.

—¿Reconocéis que envenenasteis al Rey?

—Ni por asomo —respondió Tyrion—. De la muerte de Joffrey soy inocente. Soy culpable de un crimen mucho más horrendo. —Dio un paso hacia su padre—. Nací. Sobreviví. Soy culpable de ser un enano, lo confieso. Y por muchas veces que me haya perdonado mi bondadoso padre, siempre he persistido en mi infamia.

—Esto es absurdo, Tyrion —declaró Lord Tywin—. Habla del asunto que nos ocupa. No se te está juzgando por ser enano.

—Ahí es donde te equivocas, mi señor. Se me ha estado juzgando por ser enano toda mi vida.

—¿No tienes nada que decir en tu defensa?

—Solo una cosa: Yo no lo hice. Pero ahora me gustaría haberlo hecho. —Se volvió para enfrentarse a la sala, a aquel mar de caras pálidas—. Me gustaría tener veneno suficiente para todos vosotros. Hacéis que lamente no ser el monstruo que creéis que soy, pero así es. Soy inocente, y sé que aquí no voy a conseguir justicia. No me dejáis más salida que recurrir a los dioses. Exijo un juicio por combate.

—¿Es que has perdido los sesos? —dijo su padre.

—No, los he encontrado. ¡Exijo un juicio por combate!

Su querida hermana estaba de lo más satisfecha.

—Lo asiste ese derecho, mis señores —les recordó a los jueces—. Que lo juzguen los dioses. Ser Gregor Clegane luchará por Joffrey. Regresó a la ciudadhace dos noches para poner su espada a mi servicio.

El rostro de Lord Tywin estaba tan granate que, durante un instante, Tyrion pensó que también él había bebido vino envenenado. Dio un puñetazo en la mesa, tan furioso que no podía hablar. Fue Mace Tyrell quien se volvió hacia Tyrion.

—¿Tenéis un campeón que defienda vuestra inocencia? —le preguntó.

—Lo tiene, mi señor. —El príncipe Oberyn de Dorne se puso en pie—. El enano me ha convencido.

El rugido fue ensordecedor. Una de las cosas que más satisfacción provocaron a Tyrion fue la sombra de duda que asomó a los ojos de Cersei. Hizo falta un centenar de capas doradas dando golpes contra el suelo con el asta de la lanza para que se volviera a hacer el silencio en el salón del trono. Para entonces, Lord Tywin Lannister ya había recuperado la compostura.

—Este asunto quedará zanjado mañana —declaró con voz retumbante—. Yo me desentiendo.

Lanzó una mirada fría y airada a su hijo enano y salió de la estancia por la puerta del rey, detrás del Trono de Hierro, acompañado por su hermano Kevan.

Más tarde, de nuevo en su celda de la torre, Tyrion se sirvió una copa de vino y envió a Podrick Payne a buscar queso, pan y aceitunas. Dudaba mucho de que pudiera retener en el estómago nada más contundente.

«¿Creías que me dejaría matar como un borrego, Padre? —le preguntó a la sombra que las velas proyectaban contra la pared—. Me parezco demasiado a ti para eso.» Sentía una extraña tranquilidad al haber arrancado de las manos de su padre el poder sobre la vida y la muerte, para ponerlo en manos de los dioses. «Suponiendo que existan los dioses y que yo les importe una mierda. Si no, estoy en manos del dorniense.» Pasara lo que pasara, Tyrion tenía la satisfacción de saber que había hecho añicos los planes de Lord Tywin. Si el príncipe Oberyn ganaba, se acrecentaría el odio de Altojardín contra el dorniense; Mace Tyrell vería como el hombre que había dejado tullido a su hijo hacía que el enano que estuvo a punto de envenenar a su hija escapara de su justo castigo. Y si la Montaña triunfaba, era más que probable que Doran Martell exigiera saber por qué a su hermano se le había dado la muerte, en vez de la justicia prometida por Tyrion. Tal vez Dorne coronara a Myrcella al fin y al cabo.

Casi valía la pena morir con tal de causar tantos problemas. «¿Irás a ver cómo acaba todo, Shae? ¿Estarás con los demás para presenciar cómo Ser Ilyn me corta esta cabeza tan fea? ¿Echarás de menos a tu gigante de Lannister cuando esté muerto?» Apuró el vino, tiró la copa a un lado y empezó a cantar a voz en grito.

Anduvo toda la urbe
y bajó de su colina,
por callejones y escalas,
para ver a su querida.
Era un tesoro secreto,
su alegría y deshonra.
Nada es torre ni cadena
si hay un beso que trastorna.

Ser Kevan no fue a visitarlo aquella noche. Seguramente estaba con Lord Tywin, tratando de aplacar a los Tyrell. «Me temo que no volveré a ver a mi tío.» Se sirvió otra copa de vino. Una lástima que hubiera hecho matar a Symon Pico de Oro antes de aprenderse toda la letra de la canción. Lo cierto era que no estaba tan mal, sobre todo comparada con las que se escribirían acerca de él en adelante.

—«Las manos de oro son frías, las de mujer, siempre tibias...» —cantó.

Podría intentar escribir el resto por su cuenta. Si llegaba a vivir lo suficiente.

Aquella noche, de manera sorprendente, Tyrion disfrutó de un sueño largo y reparador. Se levantó con las primeras luces del alba, bien descansado y con un saludable apetito, y desayunó pan frito, morcilla, pasteles de manzana y una ración doble de huevos fritos con cebollas y guindillas picantes dornienses. Luego les pidió permiso a los guardias para ir a ver a su campeón. Ser Addam se lo concedió.

Tyrion se encontró al príncipe Oberyn bebiendo una copa de vino tinto mientras le ponían la armadura. Sus ayudantes eran cuatro jóvenes señores dornienses.

—Buenos días, mi señor —dijo el príncipe—. ¿Queréis un poco de vino?

—¿Os parece que debéis beber antes del combate?

—Siempre bebo antes de los combates.

—Eso puede hacer que os maten. Peor aún, puede hacer que me maten a mí.

El príncipe Oberyn se echó a reír.

—Los dioses defienden a los inocentes. Y vos sois inocente, o eso espero.

—Solo de matar a Joffrey —reconoció Tyrion—. Espero que sepáis a qué estáis a punto de enfrentaros. Gregor Clegane es...

—¿Grande? Eso tengo entendido.

—Mide más de dos varas y media, y debe de pesar al menos quince arrobas de puro músculo. Lucha con un mandoble, pero lo esgrime con una sola mano. En cierta ocasión cortó a un hombre en dos de un golpe. Su armadura es tan pesada que un hombre de menor envergadura no soportaría su peso, no hablemos ya de moverse con ella.

—No es la primera vez que mato a un hombre corpulento. —El príncipe Oberyn no parecía nada impresionado—. El truco está en que pierdan el equilibrio. En cuanto caen se pueden dar por muertos. —El dorniense parecía tan despreocupado y tranquilo que Tyrion casi sintió seguridad, hasta que se volvió hacia uno de sus ayudantes—. ¡Daemon, mi lanza! —pidió. Ser Daemon se la arrojó, y la Víbora Roja la atrapó en el aire.

—¿Vais a enfrentaros a la Montaña con una lanza?

Tyrion volvía a estar nervioso. En una batalla, las filas de lanceros eran una fuerza temible, pero un combate singular contra una espada hábil era otra cosa muy diferente.

—En Dorne nos gustan las lanzas. Además, es la única manera de contrarrestar su alcance. Examinadla, Lord Gnomo, pero no la toquéis.

La lanza, de fresno torneado, medía casi tres varas; el asta era lisa, gruesa y pesada. Terminaba en más de media vara de acero, con una punta fina en forma de hoja que se estrechaba para formar un agudísimo aguijón. Los bordes parecían suficientemente afilados para afeitarse con ellos. Cuando Oberyn hizo girar el asta entre las palmas de las manos, emitieron un brillo negro.

«¿Aceite? ¿O tal vez veneno?» Tyrion prefería no saberlo.

—Espero que la sepáis manejar —dijo con tono dubitativo.

—No tendréis motivos de queja. Aunque puede que Ser Gregor sí. Por gruesa que sea su armadura, habrá aberturas en las articulaciones. En la cara interior del codo y la rodilla, bajo los brazos... Os aseguro que ya encontraré dónde hacerle cosquillas. —Dejó la lanza a un lado—. Se dice que un Lannister siempre paga sus deudas. Tal vez os gustaría volver conmigo a Lanza del Sol cuando termine de correr la sangre. A mi hermano Doran le encantará conocer al legítimo heredero de Roca Casterly... Sobre todo si lo acompaña su encantadora esposa, la señora de Invernalia.

«¿Acaso la serpiente cree que tengo a Sansa escondida quién sabe dónde, como si fuera una nuez que guardara para el invierno?» Si era así, Tyrion no tenía la menor intención de sacarlo de su error.

—Ahora que lo decís, un viaje a Dorne sería de lo más agradable.

—Id con tiempo; será una visita larga. —El príncipe Oberyn bebió un trago de vino—. Doran y vos tenéis muchos intereses en común, muchas cosas de las que os gustará hablar. Música, comercio, historia, vino, el penique del enano... Las leyes de la herencia y la sucesión... Sin duda, la reina Myrcella agradecerá el consejo de su tío en los duros tiempos que nos aguardan.

Si los pajaritos de Varys estaban escuchando, Oberyn les acababa de dar mucho que oír.

—Os voy a aceptar esa copa de vino —dijo Tyrion.

«¿La reina Myrcella?» Todo habría sido mucho más tentador si hubiera tenido a Sansa escondida en una manga. «Si ella apoyara a Myrcella contra Tommen, ¿la seguiría el norte?» Lo que la Víbora Roja insinuaba era traición. ¿Sería capaz Tyrion de empuñar las armas contra Tommen y contra su padre? «Cersei escupiría sangre.» Tal vez valdría la pena únicamente por aquel motivo.

—¿Recordáis aquello que os conté cuando nos conocimos, Gnomo? —preguntó el príncipe Oberyn mientras el Bastardo de Bondadivina se arrodillaba ante él para ajustarle las grebas—. El motivo de que mi hermana y yo fuéramos a Roca Casterly no fue solo ver si teníais cola. Habíamos emprendido una especie de búsqueda. Una búsqueda que nos llevó a Campoestrella, al Rejo, a Antigua, a las islas Escudo, a Refugio Quebrado y por último a Roca Casterly... pero nuestro auténtico destino era el matrimonio. Doran estaba prometido a Lady Mellario de Norvos, de modo que se había quedado como castellano de Lanza del Sol, pero aún no había matrimonios concertados para mi hermana ni para mí.

»A Elia todo le parecía de lo más emocionante. Estaba en esa edad, ya sabéis, y su salud delicada le había impedido viajar mucho hasta entonces. Yo, en cambio, me entretenía burlándome de todos los pretendientes de mi hermana. Estaba el Señorito Ojobizco, el Escudero Labiosdebabosa, uno al que llamé la Ballena Andante... cosas así. El único medio pasable fue el joven Baelor Hightower. Un muchacho atractivo, sí; mi hermana se había enamoriscado de él hasta el día en que tuvo la desgracia de tirarse un pedo delante de nosotros. Enseguida pasé a llamarlo Baelor de los Vientos, y después de aquello, Elia no podía ni mirarlo sin echarse a reír. He de reconocer que era yo un jovencito monstruoso; me tendrían que haber cortado aquella lengua cruel.

«Sí», asintió Tyrion para sus adentros. Baelor Hightower ya no era joven, pero seguía siendo el heredero de Lord Leyton, rico y atractivo, un caballero de impecable reputación. Con el paso del tiempo habían llegado a llamarlo Baelor el Sonriente. Si Elia se hubiera casado con él, en vez de con Rhaegar Targaryen, estaría viviendo en Antigua mientras sus hijos crecían junto a ella. Se preguntó cuántas vidas habría apagado aquel pedo.

—Lannisport era la última parada de nuestro viaje —prosiguió el príncipe Oberyn mientras Ser Arron Qorgyle lo ayudaba a ponerse la túnica de cuero acolchada y empezaba a atársela a la espalda—. ¿Sabíais que nuestras madres se conocían desde hacía mucho?

—Creo recordar que habían estado juntas en la corte. Como compañeras de la princesa Rhaella, ¿no?

—Exacto. Me parece que las madres lo tenían todo planeado. El Escudero Labiosdebabosa y los demás, y las diferentes doncellas granujientas que habían desfilado ante mí, no eran más que las almendras que precedían al banquete; su único objetivo era abrirnos el apetito. El plato fuerte se iba a servir en Roca Casterly.

—Cersei y Jaime.

—Qué enano tan listo. Elia y yo éramos mayores, claro. Vuestros hermanos no tendrían más de ocho o nueve años. Pero una diferencia de cinco o seis años no es gran cosa. Y en nuestro barco había un camarote vacío, un camarote muy bonito, como el que se reservaría para una persona de noble cuna. Como si nuestra intención fuera volver con alguien a Lanza del Sol. Tal vez con un joven paje, o con una compañera para Elia. Vuestra señora madre pretendía comprometer a Jaime con mi hermana, o a Cersei conmigo. Puede que ambas cosas.

—Es posible —dijo Tyrion—, pero mi padre...

—Gobernaba los Siete Reinos, pero en casa lo gobernaba su señora esposa. Eso decía siempre mi madre. —El príncipe Oberyn levantó los brazos para que Lord Dagos Manwoody y el Bastardo de Bondadivina pudieran meterle por la cabeza la cota de malla—. En Antigua nos llegaron noticias de la muerte de vuestra madre y del niño monstruoso que había dado a luz. Podríamos haber dado media vuelta, pero mi madre decidió seguir adelante con el viaje. Ya os conté el recibimiento que nos esperaba en Roca Casterly.

»Lo que no os dije es que mi madre esperó el tiempo que consideró oportuno y habló con vuestro padre sobre nuestras intenciones. Años más tarde, en su lecho de muerte, me contó que Lord Tywin nos había rechazado de malos modos. Le dijo que su hija se casaría con el príncipe Rhaegar, y cuando le pidió que comprometiera a Jaime con Elia, os ofreció a vos en su lugar.

—Oferta que ella consideró un insulto, claro.

—Es que lo era. Hasta vos tendréis que reconocerlo.

—Claro, claro. —«Todo tiene raíces en el pasado, en nuestras madres, en nuestros padres y en los padres de nuestros padres. No somos más que marionetas; nos mueven los hilos de los que nos precedieron, y algún día, nuestros hijos tendrán que bailar como les dicten nuestros hilos»—. Bueno, el príncipe Rhaegar se casó con Elia de Dorne, no con Cersei Lannister de Roca Casterly. Así que al final ese combate lo ganó vuestra madre.

—Eso creía ella —asintió el príncipe Oberyn—, pero vuestro padre no es hombre que perdone ese tipo de menosprecios. Les enseñó esa lección a Lord y Lady Tarbeck, y también a los Reyne de Castamere. En Desembarco del Rey se la enseñó a mi hermana. Mi yelmo, Dagos. —Manwoody se lo entregó; era un yelmo alto, dorado, con un disco de cobre en la frente, el sol de Dorne. Tyrion vio que le habían quitado el visor—. Elia y sus hijos llevan demasiado tiempo esperando justicia. —El príncipe Oberyn se puso unos guantes de cuero rojo y suave, y volvió a coger la lanza—. Hoy por fin la van a tener.

El lugar elegido para el combate era el patio exterior. Tyrion se vio obligado a correr para mantenerse a la altura del príncipe Oberyn, que caminaba a largas zancadas.

«La serpiente está deseando empezar —pensó—. Esperemos que tenga el veneno a punto.» El día era gris, y hacía viento. El sol luchaba por asomarse entre las nubes; Tyrion era tan incapaz de predecir quién vencería en aquella batalla como de aventurar el resultado de la otra, de la que dependía su vida.

Al parecer, más de un millar de personas se habían congregado para ver si su destino era la vida o la muerte. Estaban de pie en los adarves del castillo y se apelotonaban en las escaleras de torres y torreones. Observaban desde las puertas de los establos, desde ventanas y puentes, desde tejados y balcones... Y el patio estaba abarrotado; había tanta gente que los capas doradas y los caballeros de la Guardia Real tuvieron que empujarla hacia atrás a fin de hacer sitio para el combate. Algunos habían sacado sillas para ver más cómodos el espectáculo; otros estaban subidos sobre barriles.

«Tendríamos que haberlo organizado en Pozo Dragón —pensó Tyrion con amargura—. Podríamos haber cobrado un penique por persona, y tendríamos para pagar la boda de Joffrey y también su funeral.» Algunos de los mirones hasta habían llevado a sus hijos pequeños; se los subían a los hombros para que no perdieran detalle. En cuanto divisaron a Tyrion empezaron a gritar y a señalar.

La propia Cersei parecía una niña al lado de Ser Gregor. La Montaña, con armadura, era el hombre más gigantesco que se había visto jamás. Bajo la larga sobrevesta amarilla con los tres perros negros de la Casa Clegane llevaba una gruesa coraza sobre la cota de malla, de acero gris mate, mellada y arañada en mil combates. Debajo debía de vestir prendas de cuero grueso curtido y acolchamientos. Llevaba un yelmo de cúspide plana atornillado al gorjal, con respiraderos en torno a la boca y la nariz, y una estrecha hendidura que le permitía ver. La cresta del yelmo era un puño de piedra.

Si las heridas que había recibido afectaban a Ser Gregor, Tyrion no veía ningún indicio de ello desde el otro lado del patio.

«Parece como si lo hubieran esculpido en roca.» Su mandoble estaba clavado en el suelo delante de él; eran más de dos varas de metal mellado. Las gigantescas manos de Ser Gregor, enfundadas en guanteletes de lamas de acero, agarraban el puño a ambos lados de la cruz. Hasta la concubina del príncipe Oberyn palideció al verlo.

—¿Vas a luchar contra eso? —preguntó Ellaria Arena con voz insegura.

—Voy a matarlo —replicó su amante con tono despreocupado.

A medida que se acercaba la hora de la verdad, Tyrion también empezaba a tener sus dudas. Cada vez que miraba al príncipe Oberyn deseaba más y más que su defensor fuera Bronn... O mejor todavía, Jaime. La Víbora Roja llevaba una armadura ligera: grebas, avambrazos, gorjal, hombreras y bragadura de acero. Por lo demás, el atuendo de Oberyn era de cuero flexible y finas sedas. Sobre la cota de malla llevaba las lamas de cobre brillante, pero entre ambas cosas no le proporcionaban ni la cuarta parte de protección que a Gregor su pesada armadura. Sin el visor, el yelmo del príncipe era poco más que un casco; ni siquiera tenía defensa para la nariz. El escudo redondo de acero era muy brillante, y mostraba el emblema del sol y la lanza en oro rojo, oro amarillo, oro blanco y cobre.

«Bailará a su alrededor hasta que esté tan cansado que no pueda ni levantar el brazo; luego lo derribará.» Por lo visto, la Víbora Roja tenía el mismo plan que Bronn, pero el mercenario le había expuesto muy claramente los riesgos que conllevaba semejante táctica. «Espero por los siete infiernos que sepas lo que haces, serpiente.»

Al lado de la Torre de la Mano, a medio camino entre los dos campeones, se había erigido una plataforma. Allí estaban sentados Lord Tywin y su hermano Ser Kevan. El rey Tommen no estaba presente, cosa por la que Tyrion dio las gracias.

Lord Tywin le lanzó una mirada breve a su hijo enano antes de levantar la mano. Una docena de heraldos tocaron una fanfarria con sus trompetas para silenciar a la multitud. El Septón Supremo se adelantó con su alta corona de cristal y rezó al Padre en las alturas para que los ayudara en aquel juicio, y al Guerrero para que diera su fuerza al brazo del hombre cuya causa fuera justa. «Ese soy yo», estuvo a punto de gritar Tyrion; pero solo conseguiría que se rieran, y estaba harto de oír risas.

Ser Osmund Kettleblack le entregó a Clegane un escudo gigantesco de pesado roble ribeteado en hierro negro. Mientras la Montaña metía el brazo izquierdo por las cintas, Tyrion se fijó en que habían pintado otro emblema encima de los perros de la Casa Clegane. Aquella mañana, Ser Gregor lucía la estrella de siete puntas que los ándalos habían llevado a Poniente cuando cruzaron el mar Angosto para doblegar a los primeros hombres y a sus dioses.

«Qué detalle tan pío, Cersei, pero no creo que con eso compres a los dioses.»

Cincuenta pasos los separaban. El príncipe Oberyn avanzó con rapidez; Ser Gregor, a ritmo más ominoso. «El suelo no tiembla bajo sus pisadas —se dijo Tyrion—; es el corazón, que se me ha desbocado.» Cuando estuvieron a tan solo diez pasos de distancia, la Víbora Roja se detuvo.

—¿Te han dicho quién soy? —preguntó.

—Un muerto cualquiera —gruñó Ser Gregor en respuesta—, qué más da.

Siguió avanzando, inexorable. El dorniense se echó a un lado.

—Soy Oberyn Martell, uno de los príncipes de Dorne —dijo mientras la Montaña se giraba para no perderlo de vista—. La princesa Elia era mi hermana.

—¿Quién? —preguntó Gregor Clegane.

La lanza larga de Oberyn se disparó en un aguijonazo, pero Ser Gregor recibió la punta con el escudo, la desvió hacia un lado y contraatacó con un tajo relampagueante del mandoble. El dorniense lo esquivó con un giro. La lanza volvió a atacar. Clegane la desvió con la espada; Martell la recogió velozmente y la volvió a lanzar. Se oyó el chirrido del metal contra el metal cuando la punta se deslizó por la coraza de la Montaña, desgarró el jubón y dejó un brillante arañazo en el acero de debajo.

—Elia Martell, princesa de Dorne —siseó la Víbora Roja—. La violaste. La asesinaste. Mataste a sus hijos.

Ser Gregor gruñó. Lanzó un tajo bestial hacia la cabeza del dorniense. El príncipe Oberyn lo esquivó sin dificultad.

—La violaste. La asesinaste. Mataste a sus hijos.

—¿Has venido a charlar o a pelear?

—He venido a hacer que confieses.

Con un golpe rápido, la Víbora Roja acertó a la Montaña en el vientre, pero sin resultado. Gregor le lanzó una estocada y falló. La lanza larga se abrió camino por encima de la espada. Entró y salió como la lengua de una serpiente, haciendo una finta abajo y entrando por arriba, intentando pinchar el bajo vientre, el escudo, los ojos...

«Al menos, la Montaña es un blanco grande», pensó Tyrion. Era muy difícil que el príncipe Oberyn errara, aunque ninguno de sus golpes había logrado atravesar la pesada armadura de Ser Gregor. El dorniense seguía dando vueltas a su alrededor, pinchándolo para retroceder después, obligando al hombre más corpulento a dar la vuelta una y otra vez. «Clegane lo está perdiendo de vista.» El yelmo de la Montaña tenía una estrecha ranura para los ojos, lo que limitaba mucho su visión. Oberyn aprovechaba aquello, así como su rapidez y la longitud de su arma.

Todo siguió igual durante lo que pareció un tiempo infinito. Cruzaban el patio avanzando y retrocediendo, dando vueltas en espiral... Ser Gregor lanzaba tajos al aire, mientras la lanza de Oberyn golpeaba un brazo, una pierna, la sien en dos ocasiones... El enorme escudo de madera de Gregor también recibía lo suyo, hasta que una cabeza de perro asomó bajo la estrella y en otro sitio apareció el roble desnudo. Clegane gruñía de cuando en cuando, y en una ocasión, Tyrion lo oyó mascullar una maldición, aunque el resto del tiempo combatía en un silencio hosco.

Al contrario que Oberyn Martell.

—La violaste —decía, haciendo una finta—. La asesinaste —decía, eludiendo un golpe en arco del mandoble de Gregor—. Mataste a sus hijos —gritó, lanzando la punta de la lanza a la garganta del gigante, solo para ver como arañaba el grueso gorjal de acero con un chirrido.

—Oberyn está jugando con él —dijo Ellaria Arena.

«Un juego de idiotas», pensó Tyrion.

—La Montaña es demasiado grande para ser el juguete de nadie.

Por todo el patio, la multitud de espectadores iba cerrándose en torno a los dos combatientes, avanzando palmo a palmo para ver mejor. La Guardia Real intentó hacerlos retroceder, empujando violentamente a los mirones con los grandes escudos blancos, pero había cientos de mirones y solo seis hombres de blanca armadura.

—La violaste. —El príncipe Oberyn paró un tajo bestial con la lanza—. La asesinaste. —Atacó a Clegane en los ojos con tanta celeridad que el hombrón dio un salto atrás—. Mataste a sus hijos. —La lanza descendió hacia un lado, arañando el peto de la Montaña—. La violaste. La asesinaste. Mataste a sus hijos.

La lanza era un codo y medio más larga que la espada de Ser Gregor, más que suficiente para mantenerlo a una distancia incómoda. La Montaña lanzaba tajos a la lanza cada vez que Oberyn atacaba, intentaba cortar la punta, pero con el mismo éxito que si intentara cortarle las alas a una mosca.

—La violaste. La asesinaste. Mataste a sus hijos. —Gregor trató de embestir, pero Oberyn lo eludió y lo rodeó por la espalda—. La violaste. La asesinaste. Mataste a sus hijos.

—Cállate. —Ser Gregor parecía moverse un poco más lentamente, y su mandoble no se alzaba tan alto como al principio del combate—. Cierra la boca, joder.

—La violaste —dijo el príncipe, desplazándose a la derecha.

—¡Basta!

Ser Gregor dio dos zancadas y dejó caer la espada sobre la cabeza de Oberyn, pero el dorniense retrocedió una vez más.

—La asesinaste —dijo.

—¡CÁLLATE!

Gregor cargó de frente, hacia la punta de la lanza, que chocó con la parte derecha de su peto y resbaló hacia un lado con un espantoso chirrido metálico. De pronto, la Montaña estaba tan cerca que podía golpear; su espada se movía en el aire como una mancha acerada. La multitud gritaba también. Oberyn esquivó el primer tajo y soltó la lanza, inútil ahora que Ser Gregor estaba a tan poca distancia. El dorniense paró el segundo golpe con el escudo. El metal chocó contra el metal con un estruendo ensordecedor, haciendo que la Víbora Roja retrocediera. Ser Gregor lo siguió, dando grandes voces.

«No utiliza palabras; se limita a rugir como un animal», pensó Tyrion. La retirada de Oberyn se convirtió en saltos precipitados hacia atrás, a unos pocos dedos del mandoble que le lanzaba estocadas contra el pecho, los brazos, la cabeza...

Las caballerizas estaban a su espalda. Los espectadores gritaban y se empujaban para apartarse del camino. Uno de ellos tropezó con la espalda de Oberyn. Ser Gregor lanzó un golpe descendente con toda su fuerza salvaje. La Víbora Roja se lanzó a un lado, dando una voltereta. El desafortunado caballerizo que se encontraba detrás de él no fue tan rápido. En el momento en que levantaba el brazo para protegerse el rostro, la espada de Gregor lo sajó entre el codo y el hombro.

—¡CállaTE! —rugió la Montaña al oír el grito del caballerizo, y el siguiente tajo fue lateral: la mitad superior de la cabeza del chico atravesó volando el patio, salpicando sangre y sesos.

De pronto, cientos de espectadores parecieron perder todo interés en la culpa o inocencia de Tyrion Lannister, a juzgar por cómo se empujaban y cargaban unos contra otros con tal de escapar del patio. Pero la Víbora Roja de Dorne estaba nuevamente de pie, con su lanza en la mano.

—Elia —dijo, mirando a Ser Gregor—. La violaste. La asesinaste. Mataste a sus hijos. Venga, pronuncia su nombre.

La Montaña se giró. El yelmo, el escudo, la espada y el jubón eran un amasijo rojo; estaba salpicado de sangre de pies a cabeza.

—Hablas demasiado —gruñó—. Me das dolor de cabeza.

—Quiero que lo digas. Era Elia de Dorne.

La Montaña bufó con desprecio y avanzó... y en aquel momento, el sol irrumpió entre las nubes bajas que habían ocultado el cielo desde el amanecer.

«El sol de Dorne», dijo Tyrion para sus adentros, pero fue Gregor Clegane el primero que se movió para dejarlo a su espalda. «Es estúpido y brutal, pero tiene los instintos de un guerrero.»

La Víbora Roja se agachó con los ojos entrecerrados y volvió a atacar con la lanza. Ser Gregor intentó cortarla, pero aquello no había sido más que una finta. Perdido el equilibrio, trastabilló y dio un paso.

El príncipe Oberyn inclinó su abollado escudo de metal. Un dardo de luz solar lanzó su destello cegador, se reflejó sobre el oro y el cobre bruñidos, y entró por la estrecha ranura del yelmo de su enemigo. Clegane levantó el escudo para cubrirse del resplandor. La lanza del príncipe Oberyn se movió como un relámpago y encontró el espacio desprotegido de la pesada armadura: la axila. La punta atravesó la malla y el duro cuero curtido. Gregor soltó un rugido gutural cuando el dorniense hizo girar la lanza antes de tirar de ella para liberarla.

—¡Elia, dilo, Elia de Dorne! —Daba vueltas en torno a él, con la lanza preparada para asestar otro golpe—. ¡Dilo!

Tyrion rezaba una oración propia. «Cae y muere —decía—. ¡Maldita sea, cae y muere!» La sangre que manaba del brazo de la Montaña era suya, y todavía debía de caerle más por dentro de la armadura. Cuando Ser Gregor intentó dar un paso, se le dobló una rodilla. Tyrion pensó que iba a caer.

El príncipe Oberyn estaba ahora a sus espaldas.

—¡ELIA DE DORNE! —gritó.

Ser Gregor comenzó a volverse, pero con demasiada lentitud y demasiado tarde. Aquella vez, la lanza le golpeó la corva, atravesando las capas de malla metálica y cuero entre la greba y la pieza del muslo. La Montaña retrocedió, se tambaleó y cayó al suelo de cara. Se le escapó el mandoble de las manos. Giró lenta y pesadamente para tenderse boca arriba.

El dorniense tiró a un lado su escudo destrozado, agarró la lanza con las dos manos y se apartó lentamente. Detrás de él, la Montaña soltó un gemido e intentó incorporarse, apoyándose en el codo. Oberyn giró con la rapidez de un gato y corrió hacia su enemigo caído. Emitió un grito feroz al bajar la lanza con todo el peso de su cuerpo detrás. El crujido del asta de fresno al partirse fue un sonido casi tan dulce como el gemido furioso de Cersei, y durante unos instantes, al príncipe Oberyn le salieron alas.

«La serpiente ha saltado sobre la Montaña.» Vara y media de lanza rota asomaba del vientre de Clegane mientras el príncipe Oberyn se levantaba con una voltereta y se sacudía el polvo. Tiró a un lado el pedazo de lanza y recogió el mandoble de su adversario.

—Si mueres antes de pronunciar su nombre, te perseguiré por los siete infiernos —prometió.

Ser Gregor intentó incorporarse. La lanza rota lo había atravesado y lo clavaba al suelo. Entre gruñidos, agarró el asta con las dos manos, pero no pudo arrancársela. Bajo su cuerpo se extendía un gran charco de sangre.

—Cada minuto que pasa me siento más inocente —le dijo Tyrion a Ellaria Arena, que estaba a su lado.

El príncipe Oberyn se aproximó a Gregor Clegane.

—¡Di su nombre!

Puso un pie en el pecho de la Montaña y levantó el mandoble con ambas manos. Tyrion no llegaría nunca a saber si tenía la intención de cortarle la cabeza a Gregor o de darle una estocada por la ranura del yelmo.

La mano de Clegane se alzó de súbito y agarró al dorniense por la corva. La Víbora Roja dejó caer el mandoble en un fiero tajo, pero había perdido el equilibrio, y el filo se limitó a hacer una nueva abolladura en el avambrazo de la Montaña. La espada quedó olvidada mientras la mano de Gregor se tensaba y giraba, haciendo que el dorniense cayera encima de él. Lucharon cuerpo a cuerpo, cubiertos de polvo y sangre, mientras la lanza rota oscilaba de un lado a otro. Tyrion vio horrorizado que la Montaña había abrazado al príncipe con un brazo enorme, pegándolo a su pecho como un amante.

—Elia de Dorne —oyeron decir a Ser Gregor cuando estuvieron a la distancia necesaria para un beso. Su voz grave resonaba dentro del yelmo—. Yo maté a esa mocosa llorona. —Lanzó la mano libre hacia el rostro desprotegido de Oberyn y le clavó los dedos acerados en los ojos—. Fue después cuando la violé. —Clegane hundió el puño en la boca del dorniense, destrozándole los dientes—. Y al final le reventé la puta cabeza. Así.

Cuando echó hacia atrás el enorme puño, la sangre de su guantelete parecía humear en el aire frío del amanecer. Se oyó un crujido escalofriante. Ellaria Arena aulló de terror, y el desayuno de Tyrion le subió ardiente hacia la boca. Cayó de rodillas mientras vomitaba la panceta, las salchichas, los pasteles de manzana y la ración doble de huevos fritos con cebolla y guindillas picantes dornienses.

No oyó a su padre pronunciar las palabras que lo condenaron. Quizá no hizo falta palabra alguna.

«Puse mi vida en manos de la Víbora Roja, y la ha perdido.» Cuando cayó en la cuenta, demasiado tarde, de que las serpientes no tienen manos, Tyrion empezó a reírse histérico.

Estaba a medio camino en la escalera de caracol cuando se dio cuenta de que los capas doradas no lo llevaban de vuelta a sus aposentos de la torre.

—Me van a encerrar en las celdas negras —dijo.

Nadie se molestó en responderle. ¿Para qué hablar con un muerto?

Daenerys

Dany desayunó bajo el palo santo que crecía en el jardín de la terraza, mientras veía cómo sus dragones se perseguían alrededor de la cúspide de la Gran Pirámide, donde antes se había alzado la enorme arpía de bronce. En Meereen había muchas pirámides menores, pero ninguna tenía ni la mitad de la altura que aquella. Desde allí alcanzaba a ver toda la ciudad: los callejones estrechos y tortuosos, las anchas calles de adoquines, los templos y los graneros, las chozas y los palacios, los burdeles y las casas de baños, los jardines y las fuentes, los grandes círculos rojos que eran las arenas de combate... Y al otro lado de las murallas estaban el mar color estaño, los meandros del Skahazadhan, las colinas resecas, los bosques quemados, los campos ennegrecidos... Allí arriba, en su jardín, Dany se sentía a veces como una diosa que viviera en la montaña más alta del mundo.

«¿Se sentirán así de solos todos los dioses?» Seguro que algunos sí. Missandei le había hablado del Señor de la Armonía, adorado por el Pueblo Pacífico de Naath; según la pequeña escriba era el único dios verdadero, el dios que había habido siempre y que no dejaría de existir nunca, el que había creado la luna, las estrellas, la tierra y todas las criaturas que en ella habitan. «Pobre Señor de la Armonía.» Dany se compadecía de él. Debía de ser espantoso estar eternamente solo, atendido por hordas de mujeres mariposa que podía crear o eliminar a voluntad. En Poniente había al menos siete dioses, aunque Viserys le había dicho que, según algunos septones, los siete no eran más que diferentes aspectos de un único dios, siete facetas de un único cristal. Aquello resultaba de lo más confuso. Según tenía entendido, los sacerdotes rojos creían en dos dioses que estaban eternamente en guerra. Aquello le gustaba todavía menos. No quería estar eternamente en guerra.

Missandei le sirvió huevos de pato y salchicha de perro, y media copa de vino endulzado mezclado con el zumo de una lima. La miel atraía a las moscas, pero una vela aromática las mantenía a distancia. Allí arriba las moscas no eran tan molestas como en el resto de la ciudad, y era otra de las cosas que le gustaban de la pirámide.

—Recuérdame que hay que hacer algo con respecto a las moscas —dijo Dany—. ¿Hay muchas moscas en Naath, Missandei?

—En Naath lo que hay son mariposas —respondió la escriba en la lengua común—. ¿Más vino?

—No. La corte se va a reunir enseguida.

Dany había cobrado mucho afecto a Missandei. La pequeña escriba de los enormes ojos dorados tenía una sabiduría impropia de su edad. «Además, es valiente. Ha tenido que serlo, para sobrevivir con la vida que le ha tocado.» Tenía la esperanza de ver algún día aquella fabulosa isla de Naath. Missandei decía que el pueblo pacífico empuñaba instrumentos musicales en vez de armas. No mataban, ni siquiera a los animales; solo comían fruta, carne jamás. Los espíritus en forma de mariposas que eran sagrados para su Señor de la Armonía protegían la isla de aquellos que querían hacerles daño. Muchos conquistadores habían zarpado rumbo a Naath para manchar de sangre las espadas, pero antes de llegar enfermaron y murieron. «Pero las mariposas no los salvaron cuando llegaron los barcos de los esclavistas.»

—Algún día te llevaré a casa, Missandei —le prometió Dany. «¿Me habría vendido Jorah si le hubiera prometido esto mismo?»—. Te lo juro.

—Una se da por satisfecha con serviros, Alteza. Naath seguirá siempre donde está. Sois muy bondadosa con vuestra... conmigo.

—Y tú conmigo. —Dany tomó a la niña de la mano—. Ven, ayúdame a vestirme.

Jhiqui y Missandei la bañaron, mientras Irri sacaba la ropa que se iba a poner. Aquel día llevaría una túnica de brocado violeta con un fajín de plata, y en la cabeza, la corona en forma de dragón tricéfalo que le había regalado la Hermandad de la Turmalina en Qarth. Las zapatillas también eran plateadas, con unos tacones tan altos que temía caerse en cualquier momento. Cuando estuvo vestida, Missandei le llevó un espejo de plata bruñida para que se pudiera ver. Dany se contempló en silencio. «¿Es este el rostro de una conquistadora?» A ella no le parecía más que el de una niñita.

Por el momento, nadie la llamaba Daenerys la Conquistadora, aunque tal vez más adelante... Aegon el Conquistador había tomado Poniente con tres dragones, pero ella había tomado Meereen con ratas de las cloacas y una polla de madera, en menos de un día. «Pobre Groleo.» Sabía que seguía llorando la pérdida de su barco. Si una galera de combate podía embestir otro barco, ¿por qué no una puerta? Aquello era lo que había pensado cuando ordenó a los capitanes llevar los barcos a la orilla. Los mástiles se habían convertido en arietes, y un enjambre de libertos desmanteló los cascos para construir manteletes, tortugas, catapultas y escaleras. Los mercenarios habían bautizado cada ariete con un nombre obsceno, y fue el mástil principal de la *Meraxes,* antes la *Travesura de Joso,* el que derribó la puerta este. Lo llamaban *la Polla de Joso.* La batalla había sido dura y sangrienta durante casi todo el día, y ya estaba bien entrada la noche cuando la madera empezó a astillarse y el mascarón de proa de hierro de la *Meraxes,* una cara de bufón sonriente, la atravesó.

Dany había querido ponerse al frente del ataque, pero sus capitanes le dijeron al unísono que sería una locura, y sus capitanes nunca estaban de acuerdo en nada. De manera que se quedó en la retaguardia, ataviada con una larga cota de malla, a lomos de la plata. Oyó cómo caía la ciudad a media legua de distancia, cuando los gritos desafiantes de los defensores se convirtieron en alaridos de miedo. En aquel momento, sus dragones empezaron a rugir y llenaron la noche de llamas. Supo al instante que los esclavos se habían rebelado.

«Mis ratas de cloaca les han arrancado las cadenas a mordiscos.»

Cuando los Inmaculados aplastaron los últimos reductos de resistencia y hubieron terminado los saqueos, Dany entró en la ciudad. El montón de cadáveres acumulado ante la puerta destrozada era tan grande que los libertos tardaron casi una hora en abrirle un camino para la plata. Dentro yacía abandonada la *Polla de Joso,* junto con la gran tortuga de madera cubierta de pieles de caballo que la había protegido. Cabalgó al paso junto a edificios quemados y ventanas rotas, por calles de adoquines cuyos sumideros estaban atascados de cadáveres hinchados y rígidos. Los esclavos de manos ensangrentadas la aclamaban al pasar y la llamaban madre.

En la plaza, ante la Gran Pirámide, los meereenos estaban acuclillados y desesperados. A la luz de la mañana, los Grandes Amos parecían cualquier cosa menos grandes. Despojados de las joyas y los *tokars* ribeteados, resultaban patéticos y despreciables; no eran más que un rebaño: ancianos con los huevos arrugados y la piel llena de manchas y jóvenes con peinados ridículos. Unas mujeres eran gordas y fofas, y otras, secas como leña vieja, todas con los afeites corridos por las lágrimas.

—Quiero a vuestros cabecillas —les dijo Dany—. Entregadlos, y los demás seréis perdonados.

—¿Cuántos? —había preguntado una anciana entre sollozos—. ¿A cuántos hay que entregar para que nos perdonéis la vida?

—A ciento sesenta y tres —fue su respuesta.

Los hizo clavar en postes de madera alrededor de la plaza, cada uno señalando al siguiente. Al dar la orden, la furia ardía abrasadora en su interior, y se sentía como un dragón vengativo. Pero más tarde, cuando pasó ante los moribundos de los postes, cuando oyó los gemidos y olió la sangre y las entrañas...

Dany frunció el ceño y dejó el espejo.

«Fue justo. Fue justo. Lo hice por los niños.»

La sala de audiencias estaba en un nivel inferior, era una estancia de techos altos llena de ecos, con paredes de mármol violáceo. Pese a su grandiosidad, se trataba un lugar gélido. Allí había habido un trono, un objeto estrafalario de madera dorada y tallada en forma de fiera arpía. Dany lo había contemplado bastante rato antes de ordenar que lo convirtieran en leña.

—No estoy dispuesta a sentarme en el regazo de la arpía —dijo.

Utilizaba como trono un sencillo banco de ébano. Para ella resultaba suficiente, aunque le habían dicho que los meereenos murmuraban que no era digno de una reina.

Sus jinetes de sangre la estaban aguardando ya. En sus trenzas aceitadas tintineaban campanillas de plata, y lucían el oro y las joyas de muchos muertos. Las riquezas de Meereen superaban todo lo imaginable. Hasta los mercenarios parecían saciados, al menos por el momento. Al otro lado de la estancia, Gusano Gris vestía el sencillo uniforme de los Inmaculados, con el casco de púa debajo de un brazo. Al menos en ellos sí que podía confiar, o eso quería creer... Y también en Ben Plumm el Moreno, el íntegro Ben, con su pelo entrecano y su rostro lleno de arrugas, tan querido por los dragones... Y a su lado, Daario, deslumbrante de oro. Daario, Ben Plumm, Gusano Gris, Irri, Jhiqui, Missandei... Mientras los miraba, Dany se descubrió preguntándose quién sería el siguiente en traicionarla.

«El dragón tiene tres cabezas. Hay dos hombres en el mundo en los que puedo confiar; ojalá los encuentre. Entonces no estaría sola. Seríamos tres contra el mundo, como Aegon y sus hermanas.»

—¿Ha sido tranquila la noche o solo me lo ha parecido? —preguntó Dany.

—Al parecer ha sido tranquila, Alteza —dijo Ben Plumm el Moreno.

Aquello la alegró. El saqueo de Meereen había sido brutal, como sucedía en todas las ciudades que caían, pero ahora que ya era suya, Dany estaba decidida a poner fin a los destrozos. Decretó que se colgara a los asesinos; que a los saqueadores les fuera cortada una mano, y a los violadores, el miembro viril. Ocho asesinos pendían ya de las murallas, y los Inmaculados habían llenado un canasto de un celemín con manos ensangrentadas y blandos gusanos rojos. Meereen volvía a estar en calma.

«¿Durante cuánto tiempo?»

Una mosca le zumbó al lado de la cara. Dany la espantó, molesta, pero volvió al instante.

—En esta ciudad hay demasiadas moscas.

—Esta mañana tenía moscas en la cerveza. Hasta me he tragado una. —Ben Plumm soltó una carcajada.

—Las moscas son la venganza de los muertos. —Daario sonrió y se acarició el mechón central de la barba—. Los cadáveres crían gusanos, y los gusanos crían moscas.

—Pues nos libraremos de los cadáveres, empezando por los de la plaza. ¿Te encargarás de eso, Gusano Gris?

—La Reina ordena, unos obedecen.

—Más vale que traigas sacos y palas, Gusano —le aconsejó Ben el Moreno—. Esos están bien maduros. Se van cayendo a pedazos de los postes y están llenos de...

—Ya lo sabe. Y yo también.

Dany recordaba el horror que había sentido al ver la plaza del Castigo de Astapor.

«Yo he cometido una crueldad de la misma magnitud, pero sin duda lo merecían. La justicia, por dura que sea, sigue siendo justicia.»

—Alteza —intervino Missandei—, los ghiscarios honran a sus muertos prestigiosos enterrándolos en las criptas que hay debajo de sus mansiones. Si hervís los huesos para limpiarlos y los devolvéis a sus parientes, alabarán vuestra bondad.

«Las viudas me seguirán maldiciendo.»

—Que así se haga. —Dany se volvió hacia Daario—. ¿Cuántos han solicitado audiencia esta mañana?

—Se han presentado dos que quieren contemplar vuestro esplendor. —Daario había saqueado todo un guardarropa nuevo en Meereen, y para que le hicieran juego las tres puntas de la barba y la cabellera rizada, se las había teñido de morado oscuro. Eso hacía que sus ojos también parecieran casi violeta, como si fuera un valyrio extraviado—. Llegaron anoche en la *Estrella Índigo,* una galera mercante procedente de Qarth.

«Una galera de esclavos, querrás decir.» Dany frunció el ceño.

—¿Quiénes son?

—El capitán de la *Estrella* y un hombre que dice hablar en nombre de Astapor.

—Recibiré primero al emisario.

Resultó ser un hombrecillo pálido, con rostro de hurón y ristras de perlas y oro en torno al cuello.

—¡Vuestra Adoración! —exclamó—. Me llamo Ghael. Traigo saludos a la Madre de Dragones en nombre del rey Cleon de Astapor, Cleon el Grande.

—Yo dejé el gobierno de Astapor en manos de un Consejo —dijo Dany poniéndose rígida—. Un sanador, un sabio y un sacerdote.

—Vuestra Adoración, esos canallas taimados traicionaron la confianza que depositasteis en ellos. Se descubrió que estaban conspirando para devolver el poder a los Bondadosos Amos y encadenar otra vez al pueblo. Cleon el Grande puso de manifiesto sus intenciones y les cortó la cabeza con el hacha de carnicero, y el agradecido pueblo de Astapor quiso coronarlo por su valor.

—Noble Ghael —dijo Missandei en el dialecto de Astapor—, ¿se trata del mismo Cleon que antes fuera propiedad de Grazdan mo Ullhor?

La voz de la niña parecía cándida, pero resultó evidente que la pregunta ponía nervioso al enviado.

—Cierto —reconoció—. Es un gran hombre.

Missandei se acercó a Dany.

—Era carnicero en las cocinas de Grazdan —le susurró al oído—. Se decía de él que era capaz de matar un cerdo más deprisa que ningún otro hombre de Astapor.

«He puesto Astapor en manos de un rey carnicero.» Dany sintió náuseas, pero sabía que no podía permitir que el enviado se diera cuenta.

—Rezaré para que el rey Cleon gobierne con bondad y sabiduría. ¿Qué quiere de mí?

—¿Podríamos hablar en privado, Alteza? —Ghael se frotó la boca.

—No tengo secretos para mis capitanes y comandantes.

—Como deseéis. Cleon el Grande me pide que os transmita su devoción hacia la Madre de Dragones. Dice que vuestros enemigos son sus enemigos, y los peores de todos ellos son los Sabios Amos de Yunkai. Os propone un pacto entre Astapor y Meereen contra los yunkai'i.

—Juré que nada malo sucedería a Yunkai si liberaba a los esclavos —dijo Dany.

—Esos perros yunkios no son dignos de confianza, Vuestra Adoración. En estos mismos momentos están conspirando contra vos. Están reclutando un ejército: se lo ha visto entrenarse junto a las murallas de la ciudad; hay barcos de guerra en construcción; han partido enviados rumbo al Nuevo Ghis y Volantis, hacia el oeste, para pactar alianzas y contratar mercenarios. Incluso han enviado jinetes a Vaes Dothrak para lanzar un *khalasar* contra vos. Cleon el Grande me pide que os diga que no tengáis miedo. Astapor tiene buena memoria. Astapor no os dejará desamparada. Como muestra de su compromiso, Cleon el Grande se ofrece a sellar la alianza con un matrimonio.

—¿Un matrimonio? ¿Conmigo?

—Cleon el Grande os dará muchos hijos fuertes —dijo Ghael con una sonrisa. Tenía los dientes rotos y llenos de caries.

Dany se quedó sin palabras, pero la pequeña Missandei acudió en su ayuda.

—¿Le dio muchos hijos a su primera esposa?

—Cleon el Grande tiene tres hijas de su primera esposa. —El enviado la miraba, descontento—. Dos de sus nuevas esposas están embarazadas. Pero si la Madre de Dragones accede a casarse con él, las repudiará a todas.

—Es muy noble por su parte —dijo Dany—. Meditaré sobre lo que me habéis dicho, mi señor.

Dio orden de que se alojara a Ghael en la parte baja de la pirámide.

«Todas las victorias se convierten en escoria en mis manos —pensó—. Haga lo que haga, todo termina en muerte y espanto.» Cuando corriera la voz de lo que había acaecido en Astapor, y no tardaría en suceder, decenas de miles de los nuevos libertos meereenos querrían seguirla cuando partiera hacia occidente, por temor de lo que les pudiera suceder si se quedaban... Pero lo que les sucedería durante la marcha podía ser todavía peor. Aunque vaciara hasta el último granero de la ciudad y la dejara morir de hambre, ¿cómo podría alimentar a tantos? Tenía por delante un camino cargado de adversidades, peligros y sangre. Ser Jorah se lo había advertido. La había advertido de tantas cosas... La había... «No, no quiero pensar en Jorah Mormont. Que siga así un poco más.»

—Recibiré al capitán de la galera —anunció.

Esperaba que tal vez le llevara mejores noticias, pero fue en vano. El capitán de la *Estrella Índigo* era de Qarth, así que derramó copiosas lágrimas cuando le preguntó por Astapor.

—La ciudad se desangra. Los cadáveres se pudren en las calles; cada pirámide es un campamento armado, y en los mercados no hay comida ni esclavos en venta. ¡Y lo peor son los niños! Los secuaces del Rey Carnicero han cogido a todos los niños de noble cuna de Astapor para preparar nuevos Inmaculados, aunque tardarán años en entrenarlos.

Lo que más sorprendió a Dany fue lo poco sorprendida que se quedó con la noticia. Se acordó de Eroeh, la chica lhazareena a la que había intentado proteger, y de lo que le había sucedido.

«Lo mismo pasará en Meereen cuando me marche», pensó. Los esclavos de las arenas de combate, criados y entrenados para matar, ya empezaban a resultar demasiado pendencieros y desafiantes. Por lo visto pensaban que la ciudad era suya, junto con todos sus habitantes. Entre los que había hecho ahorcar estaban dos de ellos. «No puedo hacer nada más», se dijo.

—¿Qué queréis de mí, capitán?

—Esclavos —dijo—. Tengo las bodegas llenas a reventar de marfil, ámbar gris, pieles de caballos rayados y otras mercancías de calidad.

—No tenemos esclavos en venta —dijo Dany.

—Perdonad, mi reina. —Daario dio un paso adelante—. La orilla del río está llena de meereenos que suplican vuestro permiso para venderse a este mercader. Son incontables.

—¿Quieren ser esclavos? —preguntó Dany boquiabierta.

—Los que se ofrecen son de hablar culto y noble cuna, dulce Reina. Los esclavos como estos son muy valorados. En las Ciudades Libres serían instructores, escribas, esclavos de cama, o incluso sanadores y sacerdotes. Dormirían en lechos blandos, comerían alimentos exquisitos y vivirían en mansiones. Aquí lo han perdido todo; viven inmersos en el miedo y la mugre.

—Ya entiendo. —Tal vez no fuera tan sorprendente, si las noticias sobre Astapor eran ciertas. Dany meditó un instante—. Si un hombre o una mujer quiere venderse, puede hacerlo. —Alzó una mano—. Pero no permitiré que vendan a los niños, ni que el marido venda a la esposa.

—En Astapor, cada vez que un esclavo cambiaba de manos, la ciudad se quedaba con una décima parte del precio —le dijo Missandei.

—Nosotros haremos lo mismo —decidió Dany. Para ganar una guerra hacía falta tanto oro como espadas—. Una décima parte. En monedas de oro o plata, o en marfil. Meereen no tiene necesidad de azafrán, clavos ni pieles extravagantes.

—Se hará como ordenáis, gloriosa Reina —dijo Daario—. Mis Cuervos de Tormenta recolectarán el diezmo para vos.

Dany sabía que, si los Cuervos de Tormenta se encargaban de la recaudación, se perdería al menos la mitad del oro. Pero los Segundos Hijos no eran más de fiar, y los Inmaculados, aunque incorruptibles, eran analfabetos.

—Hay que llevar un registro —ordenó—. Buscad entre los libertos a unos pocos que sepan leer, escribir y hacer cuentas.

Terminadas sus gestiones, el capitán de la *Estrella Índigo* hizo una reverencia y se retiró. Dany se acomodó inquieta en el asiento de ébano. Tenía miedo de lo que iba a continuación, pero sabía que ya lo había demorado demasiado tiempo. Yunkai y Astapor, amenazas de guerra, proposiciones de matrimonio, la marcha hacia el oeste que pendía sobre ella como una sombra... «Necesito a mis caballeros. Necesito sus espadas y necesito sus consejos.» Pero la sola idea de volver a ver a Jorah

Mormont la hacía sentir como si se hubiera tragado una nube de moscas: furiosa, nerviosa y asqueada. Casi las oía zumbar en su vientre. «Soy de la sangre del dragón. Tengo que ser fuerte. Cuando me enfrente a ellos, en mis ojos debe haber fuego, no lágrimas.»

—Decidle a Belwas que haga venir a mis caballeros —ordenó Dany para no permitirse cambiar de opinión—. A mis buenos caballeros.

El ascenso había dejado jadeante a Belwas el Fuerte cuando cruzó las puertas con ellos, agarrando a cada uno por un brazo con una manaza enorme. Ser Barristan entró con la cabeza bien alta, pero Ser Jorah se acercó sin levantar la vista del suelo de mármol.

«Uno se siente orgulloso, y el otro, culpable.»

El anciano se había afeitado la barba blanca. Sin ella parecía diez años más joven. En cambio, su oso de pelo cada vez más escaso tenía un aspecto envejecido. Se detuvieron ante el asiento. Belwas el Fuerte retrocedió un paso, cruzó los brazos ante el pecho lleno de cicatrices y quedó a la espera. Ser Jorah carraspeó para aclararse la garganta.

—*Khaleesi*...

Cuánto había añorado el sonido de su voz... Pero debía mostrarse firme.

—Silencio. Yo os diré cuándo podéis hablar. —Se levantó—. Cuando os envié por las cloacas, en parte tenía la esperanza de no volver a veros. Me pareció un fin muy adecuado para los mentirosos: morirían ahogados en excrementos de traficantes. Pensé que los dioses se encargarían de vosotros, pero volvisteis a mí. Mis galantes caballeros de Poniente, un informador y un cambiacapas. Mi hermano os habría colgado a los dos. —Al menos Viserys sí; en cuanto a lo que habría hecho Rhaegar ya no estaba tan segura—. He de reconocer que me ayudasteis a ganar esta ciudad...

—Ganamos esta ciudad para vos. —Ser Jorah apretó los labios—. Nosotros, las ratas de cloaca.

—Silencio —ordenó de nuevo.

Aunque lo que decía era verdad. Mientras la *Polla de Joso* y los otros arietes destrozaban las puertas de la ciudad y mientras los arqueros disparaban andanadas de flechas llameantes por encima de las murallas, Dany había enviado a doscientos hombres por el río al abrigo de la oscuridad, para prender fuego a los cascos de los barcos allí donde estaban atracados. Pero el objetivo de aquello no era más que ocultar su verdadero propósito. Cuando las naves en llamas atrajeron la atención de los defensores de las murallas, un puñado de nadadores osados se aventuraron a meterse en el río, encontraron una entrada de las cloacas y abrieron las rejas de hierro oxidadas. Ser Jorah, Ser Barristan, Belwas el Fuerte y veinte locos valerosos atravesaron las aguas marrones y subieron por un túnel de ladrillo. Eran una mezcla de mercenarios, Inmaculados y libertos. Dany había ordenado que eligieran solo a hombres sin familia... y, a ser posible, sin sentido del olfato.

Habían tenido tanta suerte como valor. Un mes entero había transcurrido desde las últimas lluvias, y el agua de las cloacas no les llegaba más que hasta el muslo. Llevaban las antorchas envueltas en hule para mantenerlas secas, así que disponían de luz. Algunos de los libertos tenían miedo de las enormes ratas, hasta que Belwas el Fuerte atrapó una y, de un mordisco, la despedazó. Un gran lagarto blancuzco se les acercó por detrás, agarró con las fauces la pierna de un hombre y se lo llevó, pero la siguiente vez que vieron ondulaciones en el agua, Ser Jorah mató a la bestia con la espada. Se equivocaron en algunas encrucijadas, pero cuando llegaron a la superficie, Belwas el Fuerte los guio hasta la arena de combate más cercana, donde cogieron por sorpresa a unos pocos guardias y rompieron las cadenas de los esclavos. En menos de una hora, la mitad de los esclavos de Meereen se habían rebelado.

—Ayudasteis a ganar esta ciudad —repitió, testaruda—. Y en el pasado me servisteis bien. Ser Barristan me salvó del Bastardo del Titán, y también del Hombre Pesaroso en Qarth. Ser Jorah me salvó del envenenador de Vaes Dothrak y de los jinetes de sangre de Drogo tras la muerte de mi sol y estrellas. —Tanta gente la había querido matar que a veces perdía la cuenta—. Y pese a todo me mentisteis y me traicionasteis. —Se volvió hacia Ser Barristan—. Protegisteis a mi padre durante muchos años, en el Tridente luchasteis junto a mi hermano, pero abandonasteis a Viserys en el exilio y os arrodillasteis ante el Usurpador. ¿Por qué? Quiero saber la verdad.

—Hay verdades duras. Robert era... un buen caballero y valiente... Nos perdonó la vida a mí y a otros muchos... El príncipe Viserys no era más que un niño, habrían tenido que pasar muchos años para que estuviera en condiciones de reinar y... Perdonadme, mi reina, pero me habéis pedido que diga la verdad. Incluso de niño, vuestro hermano Viserys era digno hijo de su padre, muy diferente de Rhaegar.

—¿Digno hijo de su padre? —Dany frunció el ceño—. ¿Qué queréis decir?

—En Poniente, a vuestro padre lo llamaban el Rey Loco. —El anciano caballero ni siquiera parpadeó—. ¿No os lo ha dicho nadie?

—Viserys, sí. —«El Rey Loco»—. El que lo llamaba así era el Usurpador; el Usurpador y sus perros. —«El Rey Loco»—. Infamias.

—¿Por qué pedís la verdad si luego vais a cerrar los oídos para no escucharla? —le dijo Barristan con voz amable. Titubeó un momento antes de continuar—. Ya os dije que utilicé un nombre falso para que los Lannister no supieran que me había unido a vos. No era toda la verdad, no era ni la mitad de la verdad, Alteza. Lo que quería era observaros un tiempo antes de juraros lealtad. Para asegurarme de que no...

—¿De que no era digna hija de mi padre?

Y si no era hija de su padre, ¿quién era?

—De que no estabais loca —terminó Ser Barristan—. Pero no veo la lacra en vos.

—¿La lacra? —le espetó Dany.

—No soy un maestre que pueda citaros la historia, Alteza. Mi vida han sido las espadas, no los libros. Pero hasta los niños saben que los Targaryen han bordeado siempre la locura. Vuestro padre no fue el primero. En cierta ocasión, el rey Jaehaerys me dijo que la locura y la grandeza no son más que dos caras de la misma moneda. Según él, cada vez que nacía un Targaryen, los dioses tiraban la moneda al aire y el mundo entero contenía el aliento para ver de qué lado caía.

«Jaehaerys. Este anciano conoció a mi abuelo.» Aquello la hizo meditar. La mayor parte de lo que sabía de Poniente se lo había contado su hermano, y el resto, Ser Jorah. Ser Barristan sabría mucho más que los dos juntos. «Él puede decirme de dónde vengo.»

—¿Estáis diciendo que soy una moneda en las manos de algún dios, ser?

—No —replicó Ser Barristan—. Sois la legítima heredera de Poniente. Os serviré fielmente como caballero hasta el fin de mis días, si es que me consideráis digno de volver a llevar una espada. Si no, me daré por satisfecho con servir como escudero a Belwas el Fuerte.

—¿Y si decido que solo sois digno de ser mi bufón? —dijo Dany, despectiva—. ¿O tal vez mi cocinero?

—Sería un honor, Alteza —dijo Selmy con tranquila dignidad—. Se me da bien asar manzanas y hervir carne de buey, y he asado muchos patos en la hoguera de un campamento. Espero que os gusten grasientos, con la piel quemada y la carne todavía cruda.

—Tendría que estar loca para comer semejante bazofia. —No pudo por menos que sonreír—. Ben Plumm, entregad vuestra espada larga a Ser Barristan.

Pero Barbablanca no la aceptó.

—Tiré mi espada a los pies de Joffrey, y desde entonces no he vuelto a tocar una. Solo de la mano de mi legítima reina volveré a aceptar una espada.

—Como deseéis. —Dany cogió la espada de Ben el Moreno y se la ofreció por el puño. El anciano la aceptó con gesto reverente—. Ahora, arrodillaos y prestad juramento.

Ser Barristan hincó una rodilla en el suelo, depositó la espada ante ella y recitó el juramento tradicional. Dany apenas le prestó atención.

«Este ha sido el fácil —pensó—. El difícil va a ser el otro.» Cuando terminó el juramento, se volvió hacia Jorah Mormont.

—Ahora vos, ser. Decidme la verdad.

El hombretón tenía el cuello rojo, Dany no sabía si por la rabia o por la vergüenza.

—He intentado decírosla un centenar de veces. Os advertí que Arstan no era lo que parecía. Os advertí de que Xaro y Pyat Pree no eran de confianza. Os advertí...

—Me advertisteis contra todo el mundo excepto contra vos. —Su insolencia la ponía furiosa. «Tendría que ser más humilde, tendría que suplicar mi perdón»—. No confiéis en nadie, me decíais, solo en Jorah Mormont... ¡y mientras, vos erais la marioneta de la Araña!

—No soy la marioneta de nadie. Acepté el oro del eunuco, sí. Aprendí unas claves y escribí unas cuantas cartas, pero nada más.

—¿Nada más? ¡Me espiasteis, me vendisteis a mis enemigos!

—Durante un tiempo, sí —reconoció de mala gana—. Luego dejé de hacerlo.

—¿Cuándo? ¿Cuándo parasteis?

—Envié un informe en Qarth, pero...

—¿En Qarth? —Dany había tenido la esperanza de que hubiera terminado mucho antes—. ¿Y qué les dijisteis desde Qarth? ¿Que me erais leal y no queríais saber más de ellos? —Ser Jorah no se atrevía a mirarla a la cara—. Cuando murió Khal Drogo, me pedisteis que fuera con vos a Yi Ti y al mar de Jade. ¿Eran vuestros deseos o los de Robert?

—Solo quería protegeros —insistió—. Tenía que apartaros de ellos. Sabía que son unas serpientes...

—¿Serpientes? ¿Y vos qué sois, ser? —Se le ocurrió algo inimaginable—. ¿Les dijisteis que estaba embarazada de Drogo?

—*Khaleesi...*

—No intentéis negarlo, ser —intervino Ser Barristan con brusquedad—. Yo estaba presente cuando el eunuco se lo dijo al Consejo, y Robert decretó que Su Alteza y el niño debían morir. Vos erais el informador, ser. Incluso se comentó que os podríais encargar del trabajo a cambio de un indulto.

—Es mentira. —Ser Jorah tenía el rostro sombrío—. Yo jamás habría... Daenerys, fui yo quien impidió que bebierais el vino.

—Cierto. ¿Cómo supisteis que el vino estaba envenenado?

—Pues... lo sospeché... Con la caravana llegó una carta de Varys; me decía que intentarían asesinaros. Él os quería tener vigilada, pero sin que sufrierais daño alguno. —Se dejó caer de rodillas—. Si no hubiera sido yo, habrían encontrado otro informador. Lo sabéis bien.

—Sé que me traicionasteis. —Se tocó el vientre, donde había muerto su hijo Rhaego—. Sé que un envenenador trató de matar a mi hijo por vuestra culpa. Eso es lo que sé.

—No... no. —Sacudió la cabeza—. No tuve intención de... Perdonadme. Tenéis que perdonarme.

—¿Tengo que perdonaros? —Era demasiado tarde. «Tendría que haber empezado por suplicar perdón.» Ya no podía exculparlo, como había sido su intención. Había arrastrado al vendedor de vinos atado a la yegua hasta que no quedó nada de él. ¿No merecía lo mismo el hombre que la había vendido? «Es Jorah, mi oso valiente, el brazo derecho que jamás me falló. Sin él habría muerto, pero...»—. No, no puedo perdonaros —dijo.

—Habéis perdonado al viejo.

—Me mintió en cuanto a su nombre. Vos vendisteis mis secretos a los que mataron a mi padre y robaron el trono de mi hermano.

—Os he protegido. He luchado por vos. He matado por vos.

«Me habéis besado —pensó—. Me habéis traicionado.»

—Entré en las cloacas como una rata. Todo por vos.

«Tal vez habría sido mejor para vos que hubierais muerto en ellas.» Dany no dijo nada. No había nada que decir.

—Daenerys —terminó—, os he amado.

Ya estaba. «Tres traiciones conocerás. Una por oro, una por sangre y una por amor.»

—Dicen que los dioses no hacen nada sin un propósito. No habéis muerto en la batalla, así que debe de ser que aún quieren algo de vos. Pero yo, no. No deseo teneros cerca. Quedáis desterrado, ser. Volved con vuestros amos a Desembarco del Rey; recoged el indulto que os prometieron. O marchaos a Astapor. No me cabe duda de que el Rey Carnicero necesitará caballeros.

—No. —Tendió la mano hacia ella—. Daenerys, por favor, escuchadme...

Ella le dio un golpe en el brazo.

—No os atreváis a tocarme de nuevo, ni a pronunciar mi nombre. Tenéis hasta el amanecer para recoger vuestras pertenencias y salir de esta ciudad. Si la luz del día os encuentra todavía en Meereen, haré que Belwas el Fuerte os arranque la cabeza. Así será. Creedme. —Se volvió bruscamente; las faldas se le enrollaron a las piernas. «No soportaré verle el rostro»—. Sacad a este mentiroso de mi vida —ordenó.

«No debo llorar. No debo llorar. Si lloro, lo perdonaré.» Belwas el Fuerte cogió a Ser Jorah por el brazo y lo sacó casi a rastras. Cuando Dany miró de reojo, el caballero caminaba como si estuviera borracho, lento y tambaleante. Apartó la vista de nuevo hasta que oyó que las puertas se abrían y se cerraban. Entonces se dejó caer en el asiento de ébano. «Ya se ha ido. Mi padre y mi madre; mis hermanos; Ser Willem Darry; Drogo, que era mi sol y estrellas; su hijo, que se me murió dentro, y ahora Ser Jorah...»

—La Reina tiene buen corazón —ronroneó Daario entre los bigotes morados—, pero ese hombre es más peligroso que todos los Oznaks y todos los Meros juntos. —Acarició la empuñadura de las dos espadas, aquellas lascivas mujeres doradas, con manos fuertes—. No tenéis ni siquiera que dar la orden, mi resplandor. Con que hagáis un pequeño gesto de asentimiento, vuestro Daario os traerá su cabeza.

—Dejadlo en paz. La balanza ya está equilibrada. Que se vaya a casa.

Dany se imaginó a Jorah entre viejos robles nudosos, arbustos de espino en flor, piedras grises cubiertas de musgo y arroyuelos gélidos que discurrían por colinas elevadas. Lo vio entrar en un torreón de grandes troncos, donde los perros dormían junto a la chimenea y el olor a carne e hidromiel impregnaba el ambiente espeso.

—Hemos terminado por ahora —les dijo a sus capitanes.

Tuvo que controlarse para no correr escaleras arriba por los peldaños de mármol. Irri la ayudó a despojarse de los ropajes de recibir a la corte para ponerse algo más cómodo: unos amplios pantalones de lana, una túnica de fieltro muy suelta y un chaleco pintado dothraki.

—¡Pero si estáis temblando, *khaleesi*! —dijo la muchacha cuando se arrodilló para atarle las sandalias.

—Tengo frío —mintió Dany—. Tráeme el libro que estaba leyendo anoche.

Quería perderse entre las palabras, en otros tiempos y lugares. El grueso volumen encuadernado en cuero estaba lleno de canciones e historias de los Siete Reinos. En realidad eran cuentos para niños, demasiado simples y fantasiosos para tratarse de historias reales. Todos los héroes eran altos y atractivos, y a los traidores se los reconocía por sus ojos huidizos. Pero, de todos modos, le gustaban. La noche anterior había leído acerca de las tres princesas de la torre roja y el rey que las había encerrado por el crimen de ser hermosas. Cuando la doncella le llevó el libro, a Dany no le costó encontrar la página donde había dejado la lectura, pero fue inútil. Descubrió que tenía que leer cada párrafo una docena de veces.

«Ser Jorah me regaló este libro el día de mi boda, el día en que me casé con Khal Drogo. Pero Daario tiene razón: no debería haberlo desterrado. Tendría que haberlo conservado a mi lado, o si no, haberlo hecho matar.» Jugaba a ser reina, pero a veces volvía a sentirse como una niñita asustada. «Viserys siempre me decía que era estúpida. ¿De verdad estaría loco?» Cerró el libro. Podía volver a llamar a Ser Jorah si lo deseaba. O enviar a Daario a matarlo.

Dany rehuyó la decisión saliendo a la terraza. Se encontró a Rhaegal dormido junto al estanque, una gran espiral verde y bronce que se tostaba al sol. Drogon estaba posado en la cima de la pirámide, allí donde se había alzado la gran arpía de bronce antes de que ordenara que la derribaran. Al verla, el dragón extendió las alas y rugió. No había ni rastro de Viserion, pero al acercarse al antepecho para escudriñar el horizonte divisó a lo lejos las alas claras que sobrevolaban el río.

«Está cazando. Cada día se vuelven más atrevidos. —Pero se seguía poniendo nerviosa cuando se alejaban demasiado en sus vuelos—. Puede que algún día uno de ellos no regrese.»

—¿Alteza?

Se volvió al oír la voz de Ser Barristan a su espalda.

—Perdonadme, Alteza. Solo quería deciros... ahora que sabéis quién soy... —El anciano titubeó—. Un caballero de la Guardia Real está en presencia de su rey día y noche. Por ese motivo, nuestros juramentos nos exigen proteger sus secretos de la misma manera que protegeríamos su vida. Pero, por derecho, los secretos de vuestro padre ahora os pertenecen a vos, al igual que su trono, y... pensé que tal vez quisierais hacerme algunas preguntas.

«¿Preguntas?» Tenía cien preguntas, mil, diez mil. ¿Por qué en aquel momento no se le ocurría ninguna?

—¿De verdad estaba loco mi padre? —se le escapó. «¿Por qué pregunto semejante cosa?»—. Viserys decía que eso de la locura era una estratagema del Usurpador...

—Viserys era un niño, y la Reina lo protegía tanto como le era posible. Ahora creo que en vuestro padre siempre hubo un punto de locura. Pero también era encantador y generoso, de modo que se le perdonaban sus errores. El comienzo de su reinado fue muy prometedor... pero, a medida que pasaban los años, los errores fueron cada vez más frecuentes, hasta que...

—¿Seguro que quiero escuchar eso ahora mismo? —lo interrumpió Dany.

—Posiblemente no. —Ser Barristan meditó un instante—. Ahora mismo, no.

—Ahora mismo, no —convino ella—. Algún día. Algún día me lo tendréis que contar todo. Lo bueno y lo malo. Espero que haya algo bueno que decir sobre mi padre.

—Desde luego, Alteza. Sobre él y sobre los que lo precedieron. Vuestro abuelo Jaehaerys y su hermano, su padre Aegon, vuestra madre... y Rhaegar. Más que ningún otro.

—Me habría gustado conocerlo —dijo con melancolía.

—A mí me habría gustado que os conociera —dijo el anciano caballero—. Cuando estéis preparada os lo contaré todo.

Dany lo besó en la mejilla y le dio permiso para retirarse.

Aquella noche, sus doncellas le sirvieron cordero, una ensalada de zanahorias y uvas pasas maceradas en vino, y un pan caliente y hojaldrado que rezumaba miel. No consiguió comer ni un bocado.

«¿Se sentiría tan cansado Rhaegar alguna vez? —se preguntó—. ¿O Aegon, después de la conquista?»

Aquella noche, cuando llegó la hora de acostarse, Dany se llevó a Irri a la cama por primera vez desde lo que sucedió en el barco. Pero mientras se estremecía de alivio y pasaba los dedos por la espesa cabellera negra de su doncella, imaginaba que era Drogo quién la tenía entre sus brazos... solo que, sin saber por qué, el rostro de su sol y estrellas se seguía transformando en el de Daario.

«Si deseara a Daario solo tendría que decirlo.» Permaneció despierta en la cama, con las piernas entrelazadas con las de Irri. «Hoy tenía los ojos casi violeta.»

Aquella noche, los sueños de Dany fueron muy agitados, y en tres ocasiones la despertaron pesadillas que apenas si podía recordar. Después de la tercera vez estaba demasiado inquieta para intentar dormir de nuevo. La luz de la luna se colaba por las ventanas inclinadas y teñía de plata los suelos de mármol. Una brisa fresca soplaba a través de las puertas abiertas de la terraza. Irri dormía profundamente a su lado; tenía los labios entreabiertos, y un pezón oscuro le asomaba de las sábanas de seda. Durante un momento, Dany se sintió tentada, pero a quien deseaba era a Drogo, o tal vez a Daario. No a Irri. La doncella era dulce y hábil, pero sus besos tenían el sabor del deber.

Se levantó y dejó a Irri dormida a la luz de la luna. Jhiqui y Missandei dormían en sus lechos. Dany se puso una túnica y, descalza, salió a la terraza. El aire era gélido, pero le gustaba la sensación de la hierba entre los dedos de los pies, el sonido de las hojas susurrándose entre ellas... La brisa provocaba ondas en la superficie del pequeño estanque donde se bañaba, y hacía que el reflejo de la luna danzara y se estremeciera.

Se apoyó en el bajo antepecho de ladrillos para contemplar la ciudad. Meereen también dormía. «Tal vez perdida en sueños de tiempos mejores.» La noche cubría las calles como un manto negro, ocultaba los cadáveres, las ratas grises que salían de las cloacas para devorarlos, los enjambres de moscas zumbonas... A lo lejos, las antorchas brillaban rojas y amarillas allí donde los centinelas hacían las rondas, y de cuando en cuando se divisaba la luz tenue de un farol que se movía por un callejón. Tal vez uno de ellos fuera de Ser Jorah, que guiaba su caballo a paso lento hacia las puertas de la ciudad. «Adiós, viejo oso. Adiós, traidor.»

Ella era Daenerys de la Tormenta, La que no Arde, *khaleesi* y reina, Madre de Dragones, exterminadora de brujos, rompedora de cadenas, y no había ni una persona en el mundo en la que pudiera confiar.

—¿Alteza? —A su lado estaba Missandei, envuelta en una túnica y calzada con sandalias de madera—. Me he despertado y he visto que no estabais. ¿Habéis dormido bien? ¿Qué estáis mirando?

—Mi ciudad —dijo Dany—. Buscaba una casa con una puerta roja, pero de noche todas las puertas son negras.

—¿Una puerta roja? —se extrañó Missandei—. ¿De qué casa habláis?

—De ninguna. No importa. —Dany cogió a la niña de la mano—. No me mientas nunca, Missandei. No me traiciones nunca.

—Jamás —prometió Missandei—. Mirad, está amaneciendo.

El cielo se había tornado azul cobalto desde el horizonte hasta el cénit, y hacia el oriente, más allá de las colinas, se divisaba un brillo entre dorado pálido y rosa. Dany siguió cogida de la mano con Missandei mientras veían salir el sol. Todos los adoquines grises se fueron tornando rojos, amarillos, azules, verdes, anaranjados... Ante sus ojos, las arenas de combate color escarlata se convirtieron en heridas sangrantes. Más allá, la cúpula dorada del Templo de las Gracias deslumbraba con su brillo, y las estrellas de bronce parpadeaban en las murallas allí donde la luz del sol naciente arrancaba destellos de las púas en los cascos de los Inmaculados. En la terraza, unas cuantas moscas zumbaban con torpeza. Un pájaro empezó a gorjear en el palo santo; luego lo siguieron otros dos. Dany inclinó la cabeza para escuchar su canto, pero los sonidos de la ciudad no tardaron en ahogarlo.

«Los sonidos de mi ciudad.»

Aquella mañana convocó a los capitanes y comandantes en el jardín, en vez de bajar a la sala de audiencias.

—Aegon el Conquistador llevó la sangre y el fuego a Poniente, pero luego le dio paz, prosperidad y justicia. En cambio, yo no he traído más que ruina y muerte a la bahía de los Esclavos. He sido más *khal* que reina: he arrasado, saqueado y pasado de largo.

—Es que no hay por qué quedarse —dijo Ben Plumm el Moreno.

—Alteza, los traficantes de esclavos fueron los causantes de su desgracia —dijo Daario Naharis.

—También habéis traído libertad —señaló Missandei.

—¿Libertad para morir de hambre? ¿Qué soy? ¿Un dragón o una arpía? «¿Estoy loca? ¿Tengo la lacra?»

—Un dragón —dijo Ser Barristan sin titubeos—. Meereen no es Poniente, Alteza.

—Pero ¿cómo podré gobernar los Siete Reinos, si no puedo dirigir ni una ciudad?

El caballero no supo qué responderle. Dany les dio la espalda, para contemplar la ciudad una vez más.

—Mis hijos necesitan tiempo para curarse y aprender. Mis dragones necesitan tiempo para crecer y fortalecer las alas. Y yo también. No dejaré que esta ciudad siga el camino de Astapor. No permitiré que la arpía de Yunkai vuelva a encadenar a los que he liberado. —Se volvió para mirarlos—. No proseguiré la marcha.

—¿Qué haréis entonces, *khaleesi*? —preguntó Rakharo.

—Quedarme —respondió ella—. Gobernar. Reinar.

Jaime

El Rey estaba sentado a la cabecera de la mesa, con un montón de cojines debajo del trasero, y firmaba los documentos a medida que se los iban presentando.

—Ya solo quedan unos pocos, Alteza —le aseguró Ser Kevan Lannister—. Esto es un decreto contra Lord Edmure Tully, según el cual se le confisca Aguasdulces, con todas sus tierras y sus rentas, por rebelarse contra su legítimo rey. Esto es un decreto similar contra su tío, Ser Brynden Tully, el Pez Negro.

Tommen fue firmándolos uno tras otro, mojando la pluma con cuidado y escribiendo su nombre con letra amplia, infantil.

Jaime lo miraba desde el otro extremo de la mesa y pensaba en tantos y tantos señores que aspiraban a ocupar un asiento en el Consejo Privado del Rey. «Por mí que se queden con el mío.» Si aquello era el poder, ¿por qué se parecía tanto al aburrimiento? Allí, mirando cómo Tommen mojaba de nuevo la pluma en el tintero, no se sentía especialmente poderoso. Lo que se sentía era aburrido.

«Y magullado.» Le dolían todos los músculos del cuerpo; tenía las costillas y los hombros llenos de magulladuras por la paliza recibida, cortesía de Ser Addam Marbrand. Solo con recordarla se le tensaba el rostro en una mueca de dolor. Su única esperanza era que Marbrand mantuviera la boca cerrada. Jaime lo conocía desde que era niño y servía como paje en Roca Casterly. Confiaba en él como en quien más, tanto como para pedirle que cogieran escudos y espadas de torneo. Había querido saber si podía luchar con la mano izquierda.

«Y ahora ya lo sé.» La certeza era aún más dolorosa que la paliza que le había propinado Ser Addam, y la paliza había sido tal que aquella mañana apenas si había conseguido vestirse. Si la pelea hubiera sido real, Jaime habría muerto dos docenas de veces. Cambiar de mano parecía tan sencillo... Y no lo era. Todos los instintos lo inducían a error. Antes solo tenía que moverse; entonces estaba obligado a pensar primero. Y, mientras pensaba, Marbrand lo golpeaba. Con la mano izquierda ni siquiera podía sujetar bien la espada; Ser Addam lo había desarmado tres veces, le había arrancado el arma y la había lanzado por los aires.

—Esto les otorga tierras, rentas y un castillo a Ser Emmon Frey y a su señora esposa, Lady Genna. —Ser Kevan puso otro montón de pergaminos delante del Rey. Tommen mojó la pluma y firmó—. Esto es un decreto de legitimidad para el hijo natural de Lord Roose Bolton de Fuerte Terror. Y esto nombra a Lord Bolton vuestro Guardián del Norte.

Tommen mojaba y firmaba, mojaba y firmaba.

—Esto otorga a Ser Rolph Spicer la propiedad del castillo Castamere, así como el título de señor.

Tommen garabateó su nombre.

«Tendría que haber acudido a Ser Ilyn Payne», reflexionó Jaime. La Justicia del Rey no era tan amigo suyo como Marbrand, y seguramente le habría dado una paliza mucho peor... pero, al no tener lengua, luego no habría podido alardear de ello. Lo único que hacía falta era que Ser Addam bebiera una copa de más y se le escapara un comentario, y el mundo entero sabría la clase de inútil en que se había convertido. «Lord Comandante de la Guardia Real.» Era sin duda una broma cruel... aunque no tanto como el regalo que le había enviado su padre.

—Esto es vuestro indulto real para Lord Gawen Westerling, su señora esposa y su hija, Jeyne, dándoles la bienvenida de vuelta a la paz del rey —siguió Ser Kevan—. Esto es un indulto real para Lord Jonos Bracken de Seto de Piedra. Esto es un indulto para Lord Vance. Esto, para Lord Goodbrook. Esto, para Lord Mooton, de Poza de la Doncella.

—Parece que lo tienes todo bajo control, tío —dijo Jaime levantándose—. Dejo a Su Alteza a tu cargo.

—Como quieras. —Ser Kevan se levantó también—. Jaime, tendrías que ir a ver a tu padre. Esta brecha que se ha abierto entre nosotros...

—La ha abierto él. Y no la cerrará si me envía regalos con ánimo de escarnecerme. Díselo, si es que lo puedes apartar de los Tyrell el tiempo suficiente.

—Te hizo el regalo de corazón —dijo su tío con una expresión afligida—. Pensamos que tal vez te animaría para...

—¿Para que me creciera una nueva mano?

Jaime se volvió hacia Tommen. Aunque tenía los rizos dorados y los ojos verdes de Joffrey, el nuevo rey no compartía gran cosa con su difunto hermano. Era regordete, con el rostro redondo y sonrosado, y hasta le gustaba leer.

«Mi hijo, aún no tiene ni nueve años. El niño no es aún el hombre.» Tendrían que pasar siete años antes de que Tommen empezara a gobernar por derecho propio. Hasta entonces, el reino estaría bajo el firme control de su señor abuelo.

—Alteza —dijo—, solicito permiso para retirarme.

—Como queráis, Ser Tío. —Tommen se volvió hacia Ser Kevan—. ¿Los puedo sellar ya, tío abuelo?

Hasta el momento, lo que más le gustaba de ser rey era apretar el sello real contra el lacre caliente.

Jaime salió a zancadas de la sala del Consejo. Al otro lado de la puerta se encontró con Ser Meryn Trant, firme y rígido, de guardia con la armadura blanca y la capa nívea.

«Si este, Kettleblack o Blount supieran lo vulnerable que soy...»

—Quedaos aquí hasta que Su Alteza haya terminado —dijo—, luego escoltadlo de vuelta a Maegor.

—Como digáis, mi señor —dijo Trant, inclinando la cabeza.

Aquella mañana, el patio de armas estaba lleno de gente y ruido. Jaime se dirigió hacia los establos, donde un nutrido grupo de hombres ensillaba los caballos.

—¡Patas de Acero! —llamó—. De modo que ya os ponéis en marcha.

—En cuanto mi señora monte —dijo Patas de Acero Walton—. Mi señor de Bolton nos espera. Ah, ya está aquí.

Un mozo de cuadras salió del establo con una hermosa yegua gris de las riendas. La montaba una niña delgada, de ojos inexpresivos, abrigada con una gruesa capa. Era gris, al igual que el vestido que llevaba debajo, con ribetes de seda blanca. El broche que se la cerraba ante el pecho tenía forma de cabeza de lobo, con ópalos a modo de ojos rasgados. Llevaba la larga cabellera castaña suelta al viento. Jaime pensó que tenía un rostro muy atractivo, aunque los ojos eran tristes y recelosos.

Al verlo, la niña inclinó la cabeza.

—Ser Jaime —dijo con voz baja, nerviosa—, qué amable por vuestra parte venir a despedirme.

—Veo que me conocéis. —Jaime clavó la mirada en ella.

La niña se mordió el labio.

—Tal vez no me recordéis, mi señor. Entonces era más pequeña, pero... tuve el honor de conoceros en Invernalia, cuando el rey Robert fue a visitar a mi padre, Lord Eddard. —Bajó los grandes ojos castaños—. Soy Arya Stark —murmuró.

Jaime no había prestado nunca mucha atención a Arya Stark, pero le pareció que aquella niña era mayor.

—Tengo entendido que partís para contraer matrimonio.

—Han dispuesto que me case con el hijo de Lord Bolton, Ramsay. Era un Nieve, pero Su Alteza le ha concedido el apellido Bolton. Dicen que es muy valiente. Estoy dichosa.

«Entonces, ¿por qué pareces tan asustada?»

—Os deseo todo lo mejor, mi señora. —Jaime se volvió hacia Patas de Acero—. ¿Os han dado el dinero que se os prometió?

—Sí, y ya lo hemos compartido. Tenéis toda mi gratitud. —El norteño sonrió—. Un Lannister siempre paga sus deudas.

—Siempre —dijo Jaime, lanzando una última mirada en dirección a la niña.

Se preguntó si habría alguna similitud. No es que tuviera mucha importancia; la verdadera Arya Stark se encontraría con toda probabilidad enterrada en una tumba anónima del Lecho de Pulgas. Sus padres habían muerto, y también todos sus hermanos. ¿Quién osaría destapar el fraude?

—Buen viaje —le dijo a Patas de Acero.

Nage alzó el estandarte de paz; los norteños formaron una columna tan desastrada como sus capas de piel y salieron al trote por la puerta del castillo. En medio de la columna, la niña delgada de la yegua gris parecía muy menuda y desamparada.

Algunos caballos todavía se espantaban en la mancha negra del suelo de arena prensada, allí donde la tierra se había bebido la sangre del mozo de cuadras al que Gregor Clegane había matado de manera tan torpe. Solo con verla, Jaime se ponía furioso. Le había dicho a la Guardia Real que mantuviera alejado al gentío, pero el imbécil de Ser Boros se había distraído con el duelo. Parte de la culpa había sido del estúpido muchacho, claro, y otra parte, del dorniense muerto. Pero sobre todo, de Clegane. El golpe que cortó el brazo al muchacho había sido pura mala suerte, pero el segundo...

«En fin, Gregor lo está pagando caro.» El Gran Maestre Pycelle le estaba tratando las heridas pero, a juzgar por los alaridos que se oían en las estancias del maestre, la curación no iba tan bien como debería.

—La carne se le pudre, y las heridas rezuman pus —le había dicho Pycelle al Consejo—. Ni siquiera los gusanos quieren acercarse a tal inmundicia. Sufre convulsiones tan violentas que lo he tenido que amordazar para que no se arranque la lengua de un mordisco. He cortado tanto tejido como he podido, y he tratado la podredumbre con vino hirviendo y moho de pan, pero no ha servido de nada. Las venas del brazo se le están volviendo negras. Cuando lo sangré, todas las sanguijuelas murieron. Mis señores, tengo que saber qué sustancia maligna puso en su lanza el príncipe Oberyn. Propongo que detengamos a los otros dornienses hasta que sean más sinceros.

Lord Tywin se había negado.

—Ya vamos a tener suficientes problemas con Lanza del Sol por la muerte del príncipe Oberyn. No tengo la menor intención de empeorar las cosas tomando prisioneros a sus acompañantes.

—En ese caso, mucho me temo que Ser Gregor morirá.

—Sin duda. Es lo que le juré al príncipe Doran en la carta que le envié junto con el cadáver de su hermano. Pero es imprescindible que lo mate la justicia del rey, no una lanza envenenada. Curadlo.

—Mi señor... —El Gran Maestre Pycelle lo miraba, consternado.

—Curadlo —repitió Lord Tywin, contrariado—. Supongo que estáis informado de que Lord Varys ha enviado pescadores a las aguas que rodean Rocadragón. Informan de que la isla está defendida por un destacamento simbólico. Los lysenos se han ido de la bahía, y con ellos, la mayor parte de los hombres de Stannis.

—Excelente —dijo Pycelle—. Propongo que dejemos que Stannis se pudra en Lys. Nos hemos librado de ese hombre y de sus ambiciones.

—¿Acaso perdisteis también el cerebro cuando Tyrion os afeitó la barba? Estamos hablando de Stannis Baratheon. Ese hombre luchará hasta el final, y ni siquiera entonces se detendrá. Si se ha marchado, quiere decir que tiene intención de reanudar la guerra. Lo más probable es que se dirija a Bastión de Tormentas y trate de alzar en armas a los señores de la tormenta. Si es así, estará perdido. Pero si fuera más osado apostaría por Dorne. Trataría de ganar Lanza del Sol para su causa, y la guerra podría prolongarse años y años. De modo que no ofenderemos más a los Martell, por ningún motivo. Los dornienses podrán marcharse cuando deseen, y vos curaréis a Ser Gregor.

De modo que la Montaña gritó, día y noche. Por lo visto, Lord Tywin Lannister podía intimidar al propio Desconocido.

Mientras subía por la escalera espiral de la Torre de la Espada Blanca, Jaime oyó los ronquidos de Ser Boros en su celda. La puerta de Ser Balon también estaba cerrada; aquella noche le correspondía velar por el Rey, de modo que se pasaría el día durmiendo. Aparte de los ronquidos de Blount, la torre estaba muy silenciosa, cosa que le convenía a Jaime.

«Yo también debería descansar.» La noche anterior, tras el baile con Ser Addam, el dolor de los golpes le había impedido dormir.

Pero al entrar en el dormitorio, se encontró con su hermana, que lo esperaba.

Estaba junto a la ventana abierta contemplando las murallas del castillo y el mar, más allá. El viento de la bahía soplaba en torno a ella y le ceñía el vestido al cuerpo de una manera que a Jaime le aceleró el pulso. La túnica era blanca, tan blanca como las colgaduras de las paredes y los cortinajes de la cama. Espirales de esmeraldas diminutas adornaban los extremos de las anchas mangas y le adornaban el corpiño. La redecilla de oro con la que se recogía el pelo estaba cuajada de esmeraldas más grandes. El escote de la túnica dejaba al descubierto los hombros y la parte superior de los pechos.

«Qué hermosa es.» Lo único que deseaba en el mundo era tomarla entre sus brazos.

—Cersei. —Cerró la puerta con suavidad—. ¿Qué haces aquí?

—¿Adónde si no podía ir? —Cuando se volvió, vio que su hermana tenía los ojos llenos de lágrimas—. Nuestro padre me ha dejado bien claro que ya no me quiere en el Consejo. Jaime, tienes que hablar con él.

—Hablo con Lord Tywin todos los días. —Jaime se quitó la capa y la colgó de un gancho de la pared.

—¿Por qué eres tan terco? Lo único que quiere...

—Es obligarme a abandonar la Guardia Real y enviarme de vuelta a Roca Casterly.

—No es tan grave. A mí también me envía de vuelta a Roca Casterly. Me quiere bien lejos, para manejar a Tommen a su antojo. ¡Tommen es hijo mío, no suyo!

—Tommen es el Rey.

—¡Es un niño! Es un niñito asustado que ha visto cómo asesinaban a su hermano durante su banquete de bodas. Y ahora le están diciendo que se tiene que casar. ¡Esa chica le dobla la edad y ya ha enviudado dos veces!

Jaime se acomodó en una silla y trató de hacer caso omiso del dolor de los músculos magullados.

—Los Tyrell se muestran insistentes. Y no veo que tenga nada de malo. Tommen ha estado muy solo desde que Myrcella partió hacia Dorne. Le gusta estar con Margaery y con sus doncellas. Deja que los casen.

—Es tu hijo...

—Es mi semilla. No me ha llamado nunca padre, igual que Joffrey. Me lo dijiste un millón de veces, me advertiste que no mostrara demasiado interés por ellos.

—¡Era para protegerlos! Y también para protegerte a ti. ¿Qué habrían pensado si mi hermano se mostrara paternal con los hijos del rey? Hasta Robert habría sospechado algo.

—Bueno, ya no está en condiciones de sospechar nada. —La muerte de Robert le había dejado un regusto amargo en la boca. «Debí ser yo quien lo matara, y no Cersei»—. Yo tan solo quería que muriera a mis manos. —«Cuando aún tenía dos»—. Si hubiera permitido que lo de matar reyes se convirtiera en costumbre, como a él le gustaba decir, te habría tomado como esposa ante los ojos de todo el mundo. No me avergüenzo de amarte; solo me avergüenzo de las cosas que he hecho para ocultarlo. Aquel chiquillo de Invernalia...

—¿Acaso te dije yo que lo tirases por la ventana? Si hubieras tomado parte en la cacería, como te supliqué, no habría pasado nada. Pero no, tenías que estar conmigo, no podías esperar a que volviéramos a la ciudad.

—Ya estaba harto de esperar. No soportaba ver a Robert meterse a trompicones en tu cama noche tras noche, siempre preguntándome si te exigiría que cumplieras tus deberes como esposa. —De repente, Jaime recordó algo más que le daba vueltas en la cabeza, algo relativo a Invernalia—. En Aguasdulces, Catelyn Stark estaba convencida de que yo había enviado a un criminal para cortarle el cuello a su hijo. Decía que le había dado un puñal.

—Ah, ya —replicó ella, despectiva—. Tyrion también me preguntó por ese asunto.

—Lo del puñal era cierto. Las cicatrices que Lady Catelyn tenía en las manos no eran imaginarias; me las enseñó. ¿Fuiste tú la que...?

—Por favor, no digas tonterías. —Cersei cerró la ventana—. Sí, tenía la esperanza de que el crío muriese. Igual que tú. ¡Pero si hasta Robert pensaba que habría sido lo mejor para él! «Matamos a los caballos cuando se rompen una pata y a los perros cuando se quedan ciegos, pero somos demasiado débiles para mostrarnos igual de misericordiosos con un niño tullido», me dijo. Con esas palabras. Claro que él también estaba ciego en ese momento, de tanto beber.

«¿Robert?» Jaime había velado por el rey suficientes veces para saber que, cuando bebía de más, Robert Baratheon decía cosas que al día siguiente negaría airado.

—¿Estabais a solas cuando Robert hizo ese comentario?

—Me imagino que no creerás que lo dijo delante de Ned Stark. Claro que estábamos a solas. Con los niños. —Cersei se quitó la redecilla del pelo, la colgó de un poste de la cama y sacudió la cabeza para desenredar los rizos dorados—. A lo mejor fue Myrcella la que envió al hombre del puñal, ¿qué te parece?

Pretendía que fuera una burla, pero Jaime vio al momento que había dado en el clavo.

—Myrcella no. Joffrey.

—A Joffrey no le caía bien Robb Stark —dijo Cersei con el ceño fruncido—, pero el crío no le importaba lo más mínimo. Si él mismo no era más que un niño...

—Un niño ansioso por que ese cerdo que le dijiste que era su padre le diera una palmadita en la espalda. —Se le ocurrió una idea incómoda—. Tyrion estuvo a punto de morir por culpa de ese puto puñal. Si supiera que todo fue obra de Joffrey, tal vez ese fuera el motivo por el que...

—No me importa el motivo —lo interrumpió Cersei—. Por mí, que se lleve sus razones al infierno. Si hubieras visto cómo murió Joff... Luchó, Jaime, luchó por cada bocanada de aire, pero era como si un espíritu maligno le estuviera apretando la garganta. Si hubieras visto cuánto terror había en sus ojos... Cuando era pequeño, venía a mí corriendo cada vez que tenía miedo o se había hecho daño, y yo lo protegía. Pero aquella noche no pude hacer nada. Tyrion lo asesinó ante mí, ¡y no pude hacer nada! —Cersei se dejó caer de rodillas delante de la silla de Jaime y le cogió la mano entre las suyas—. Joff está muerto y Myrcella está en Dorne. Solo me queda Tommen. Por favor, Jaime, no dejes que nuestro padre me lo arrebate. Por favor.

—Lord Tywin no me ha pedido mi aprobación. Puedo hablar con él, pero no me prestará atención...

—Te prestará atención si accedes a dejar la Guardia Real.

—No voy a dejar la Guardia Real.

—Jaime, para mí eres mi caballero de la brillante armadura. —Su hermana trató de contener las lágrimas—. ¡No puedes abandonarme cuando más te necesito! Me va a arrebatar a mi hijo, me va a enviar lejos... y, si no lo impides, ¡nuestro padre me va a obligar a casarme de nuevo!

Jaime no tendría que haberse sorprendido, pero se sorprendió. Aquellas palabras fueron un golpe más duro que ninguno de los que le había asestado Ser Addam Marbrand.

—¿Con quién?

—¿Y qué más da? Con cualquier señor, yo qué sé. Con alguien a quien necesite nuestro padre. No me importa. No quiero tener otro esposo. ¡No quiero tener a ningún otro hombre en mi cama, nunca, solo a ti!

—¡Pues díselo!

—Ya vuelves a decir tonterías. —Cersei retiró las manos—. ¿Quieres que nos separen, como aquella vez, cuando nuestra madre nos encontró jugando? Tommen perdería el trono, Myrcella su matrimonio... Quiero ser tu esposa, somos el uno para el otro, pero no puede ser, Jaime. También somos hermanos.

—Los Targaryen...

—¡Nosotros no somos Targaryen!

—Baja la voz —dijo, desdeñoso—. Si sigues gritando así, vas a despertar a mis Hermanos Juramentados. Y eso no puede ser, ¿verdad? La gente se enteraría de que has venido a verme.

—Jaime —sollozó ella—, ¿no te das cuenta de que lo deseo tanto como tú? No me importa con quién vayan a casarme, a quien quiero a mi lado es a ti, a quien quiero en mi cama es a ti, a quien quiero dentro de mí es a ti. Entre nosotros no ha cambiado nada. Te lo voy a demostrar.

Le levantó la túnica y empezó a desatarle la lazada de los calzones.

—No —dijo Jaime, casi contra su voluntad—. No, aquí no. —Nunca lo habían hecho en la Torre de la Espada Blanca y mucho menos en las estancias del Lord Comandante—. En este lugar no, Cersei.

—Tú me tomaste a mí en el septo. No hay diferencia.

Le sacó la polla e inclinó la cabeza. Jaime la apartó con el muñón de la mano derecha.

—¡No! ¡Te he dicho que aquí no!

Se obligó a ponerse de pie. Durante un momento vio confusión y miedo en aquellos ojos verdes. Después, solo rabia. Cersei se recompuso, se levantó y se arregló las faldas.

—¿Qué te cortaron en Harrenhal? ¿La mano o la virilidad? —Sacudió la cabeza, y la cabellera se le agitó sobre los blancos hombros desnudos—. Qué estupidez he cometido al acudir a ti. No has tenido valor para vengar a Joffrey, ¿por qué ibas a tenerlo para proteger a Tommen? Dime: si el Gnomo hubiera matado a tus tres hijos, a los tres, ¿te habrías encolerizado por fin?

—Tyrion no les va a hacer ningún daño a Tommen ni a Myrcella. Y sigo sin estar seguro de que matara a Joffrey.

—¿Cómo puedes decir semejante cosa? —La boca de su hermana se retorció en un gesto de rabia—. Con todo lo que nos amenazó...

—Las amenazas no quieren decir nada. Tyrion jura que no tuvo nada que ver.

—Vaya, así que jura que no tuvo nada que ver. Y los enanos no mienten, claro.

—A mí, no. Igual que no me mentirías tú.

—Eres un completo idiota. Te ha mentido un millón de veces, igual que yo. —Se volvió a recoger el pelo y se lo sujetó con la redecilla que había colgado del poste de la cama—. Por mí puedes pensar lo que quieras. Ese pequeño monstruo está en una celda negra, y Ser Ilyn le cortará la cabeza muy pronto. A lo mejor la quieres de recuerdo. —Echó una mirada en dirección a la almohada—. Te estará mirando mientras duermes a solas, en esa cama tan blanca y tan fría. Hasta que se le pudran los ojos, claro.

—Es mejor que te vayas, Cersei. Me estás haciendo enfadar.

—Ay, qué miedo, un tullido enfadado. —Se echó a reír—. Lástima que Lord Tywin Lannister no tuviera ningún hijo varón. Yo podría haber sido el heredero que buscaba, pero nací sin polla. Hablando del tema, será mejor que te guardes la tuya, hermano. Ahí, colgándote de los calzones, parece muy triste y muy pequeña.

Cuando hubo salido, Jaime siguió su consejo y se ató la lazada con mano torpe. Sentía un profundo dolor en los dedos fantasmales.

«He perdido una mano, un padre, un hijo, una hermana y una amante, y pronto perderé un hermano. Y aún dicen que la Casa Lannister ha ganado la guerra.»

Se puso la capa y bajó al piso inferior, donde Ser Boros Blount se estaba tomando una copa de vino cn la sala común.

—Cuando acabéis de beber, decidle a Ser Loras que quiero verla.

Ser Boros era demasiado cobarde para hacer nada aparte de mirarlo con odio.

—¿A quién queréis ver?

—Transmitidle el mensaje a Loras.

—Sí, señor. —Ser Boros apuró la copa—. Sí, Lord Comandante.

Pero se tomó su tiempo, o tal vez le costó mucho encontrar al Caballero de las Flores. Tuvieron que pasar varias horas antes de que llegaran juntos, el joven esbelto y atractivo con la doncella enorme y fea. Jaime estaba sentado a solas, en la habitación circular, y hojeaba sin interés el Libro Blanco.

—Lord Comandante —dijo Ser Loras—, ¿deseabais ver a la Doncella de Tarth?

—Así es. —Jaime les hizo gestos con la mano izquierda para que se acercaran más—. He de suponer que ya habéis hablado con ella.

—Tal como me ordenasteis, mi señor.

—¿Y bien?

—Puede... —El muchacho se puso rígido—. Puede que sucediera tal como dice esta mujer, ser. Que fuera Stannis. No estoy seguro.

—Varys me ha dicho que el castellano de Bastión de Tormentas también pereció en circunstancias extrañas —señaló Jaime.

—Ser Cortnay Penrose —dijo Brienne con tristeza—. Era un buen hombre.

—Era un testarudo. Un día se interpone en el camino del rey de Rocadragón y al siguiente salta de una torre. —Jaime se levantó—. Seguiremos hablando en otro momento, Ser Loras. Dejadme a solas con Brienne.

Cuando Tyrell hubo salido, comprobó que la moza estaba tan fea y desgarbada como siempre. La habían vestido otra vez con ropas de mujer, aunque aquellas le quedaban mucho mejor que el espantoso harapo rosa que le había hecho usar la Cabra.

—El azul os sienta muy bien, mi señora —observó Jaime—. Hace juego con vuestros ojos.

«Tiene unos ojos asombrosos.»

Brienne se miró el vestido, sonrojada.

—La septa Donyse ha puesto rellenos en el corpiño para darle forma. Me ha dicho que la enviabais vos. —Seguía de pie al lado de la puerta, como si pensara huir en cualquier momento—. Estáis...

—¿Diferente? —Se las arregló para esbozar una sonrisa—. Más carne sobre las costillas y menos piojos en el pelo, nada más. El muñón sigue siendo el mismo. Cerrad la puerta y venid.

Brienne obedeció.

—La capa blanca...

—Es nueva, pero seguro que pronto la mancharé.

—No es eso... Iba a deciros que os sienta bien. —Se acercó un poco más, titubeante—. Jaime, ¿de verdad pensáis lo que le dijisteis a Ser Loras? ¿Lo de... el rey Renly, lo de la sombra?

—Yo mismo habría matado a Renly si nos hubiéramos encontrado en el campo de batalla. —Jaime se encogió de hombros—. ¿Qué me importa quién le cortara el cuello?

—Le dijisteis que tenía honor...

—Soy el Matarreyes, ¿o lo habéis olvidado? Que yo diga que tenéis honor es como que una puta jure que sois doncella. —Se inclinó hacia delante y alzó la vista hacia ella—. Patas de Acero va de camino hacia el norte; le entregará a Arya Stark a Roose Bolton.

—¿Se la lleváis a él? —exclamó con desaliento—. Hicisteis un juramento a Lady Catelyn...

—Con una espada en el cuello, pero no importa. Lady Catelyn está muerta. No podría devolverle a sus hijas aunque las tuviera. Y la niña a la que mi padre envió con Patas de Acero no era Arya Stark.

—¿Que no era Arya Stark?

—Ya me habéis oído. Mi señor padre encontró a una cría norteña flaca, más o menos de la misma edad y complexión. La vistió de blanco y gris, le cerró la capa con un broche de plata en forma de lobo y la envió a casarse con el bastardo de Bolton. —Alzó el muñón para señalarla—. Quería decíroslo antes de que os lanzarais al galope para rescatarla y os hicierais matar en balde. Sois bastante buena con la espada, pero no tanto como para enfrentaros sola a doscientos hombres.

—Cuando Lord Bolton descubra que vuestro padre le ha pagado con moneda falsa... —Brienne sacudió la cabeza.

—Ya lo sabe. Los Lannister mentimos, ¿recordáis? Y no importa; esta chica cumple su objetivo. ¿Quién va a decir que no es Arya Stark? Todas las personas cercanas a la niña han muerto, a excepción de su hermana, que ha desaparecido.

—Si todo esto es verdad, ¿por qué me lo contáis? Me estáis entregando los secretos de vuestro padre.

«Los secretos de la Mano —pensó—. Yo ya no tengo padre.»

—Pago mis deudas, como todo leoncito bueno. Le prometí a Lady Stark que le entregaría a sus hijas... y una de ellas sigue con vida. Puede que mi hermano sepa dónde está, pero no lo confiesa. Cersei está convencida de que Sansa lo ayudó a asesinar a Joffrey.

—No creeré nunca que esa dulce niña sea una envenenadora. —La moza tensó los labios en gesto obstinado—. Lady Catelyn decía que tenía un gran corazón. Fue vuestro hermano. Ser Loras me dijo que hubo un juicio.

—Dos, para ser exactos. Tanto las palabras como las espadas le fallaron. Una mierda. ¿Lo visteis desde la ventana?

—Mi celda daba al mar, pero oí los gritos.

—El príncipe Oberyn de Dorne ha muerto, Ser Gregor Clegane yace moribundo y Tyrion ha sido condenado ante los ojos de los dioses y los hombres. Lo tienen en una celda negra y van a matarlo.

—Vos no creéis que sea culpable —dijo Brienne mirándolo.

—¿Lo veis, moza? —Jaime le dedicó una sonrisa burlona—. Nos conocemos demasiado bien. Tyrion ha querido ser como yo toda la vida, pero nunca seguiría mis pasos en lo de matar reyes. Sansa Stark mató a Joffrey. Mi hermano calla para protegerla. De cuando en cuando le entran estos ataques de caballerosidad. El último le costó la nariz. Este le va a costar la cabeza.

—No —dijo Brienne—. No ha sido la hija de mi señora. No ha podido ser ella.

—Esa es la moza idiota y testaruda que recordaba.

Ella se puso roja.

—Me llamo...

—Brienne de Tarth. —Jaime suspiró—. Tengo un regalo para vos.

Metió la mano bajo la silla del Lord Comandante y sacó un objeto envuelto en pliegues de terciopelo escarlata.

Brienne se aproximó como si el objeto la fuera a morder y apartó la tela con una enorme mano pecosa. Los rubíes centellearon a la luz. Cogió el tesoro con timidez, cerró los dedos en torno al puño de cuero y, muy despacio, desenvainó la espada. Las ondulaciones brillaban de color sangre y negro. Un dedo de luz se reflejaba a lo largo del filo.

—¿Es acero valyrio? Nunca había visto colores como estos.

—Ni yo. Hubo un tiempo en el que habría dado la mano derecha por esgrimir una espada como esta. Parece que lo he hecho, pero conmigo estaría desperdiciada. Es para vos. —Siguió hablando antes de que Brienne tuviera ocasión de rechazarla—. Una espada así debe tener nombre. Me complacería mucho si la llamarais *Guardajuramentos*. Una cosa más: la espada tiene un precio.

A la mujer se le nubló el rostro.

—Ya os dije que no serviré...

—A perjuros y asesinos. Sí, ya lo recuerdo. Escuchadme bien, Brienne: los dos hicimos juramentos relacionados con Sansa Stark. Cersei está empeñada en sacar a la niña de su escondrijo para matarla...

El poco agraciado rostro de Brienne se retorció de ira.

—Si creéis que voy a matar a la hija de mi señora por una espada, estáis...

—Escuchad y callad —le espetó, furioso por su presunción—. Quiero que encontréis a Sansa antes que ella y la pongáis a salvo. Si no, ¿cómo vamos a cumplir el juramento que hicimos a vuestra querida y difunta Lady Catelyn?

—Yo creía... —La moza parpadeó.

—Ya sé qué creíais. —De repente, Jaime estaba harto de ella. «No hace más que balar como una oveja de mierda»—. Tras la muerte de Ned Stark, su mandoble quedó en poder de la Justicia del Rey —le explicó—. Pero mi padre consideró que era un desperdicio dejar un arma de tanta calidad en manos de un simple verdugo. Le dio una espada nueva a Ser Ilyn, y ordenó que fundieran *Hielo* y la volvieran a forjar. Hubo acero suficiente para dos espadas nuevas. Vos tenéis una de ellas. Por si os interesa saberlo, estaréis defendiendo a la hija de Ned Stark con el acero de Ned Stark.

—Ser, os debo una discul...

—Coged la maldita espada y marchaos antes de que cambie de opinión —la interrumpió—. En los establos hay una yegua baya, tan fea como vos, pero mejor entrenada. Corred en pos de Patas de Acero, buscad a Sansa o marchaos a casa, a vuestra isla de zafiros, me da igual. No quiero volver a veros.

—Jaime...

—Matarreyes —le recordó—. Más os valdría usar la espada para limpiaros la cera de los oídos, moza. Hemos terminado.

Brienne persistió, empecinada.

—Joffrey era vuestro...

—Era mi rey. Dejadlo en eso.

—Decís que Sansa lo mató. Entonces, ¿por qué la protegéis?

«Porque para mí Joff no era más que un poco de semilla en el coño de Cersei. Y porque merecía morir.»

—He puesto y quitado reyes, pero Sansa Stark es mi última oportunidad de demostrar mi honor. —Jaime sonrió—. Además, los matarreyes tenemos que ayudarnos entre nosotros. ¿Os marcháis de una vez o no?

La mano enorme de la mujer asió con fuerza a *Guardajuramentos*.

—Así será. Encontraré a la niña y la pondré a salvo. Lo haré por su madre. Y por vos.

Hizo una reverencia rígida, dio la vuelta y se marchó.

Jaime quedó a solas junto a la mesa, mientras las sombras empezaban a reptar por la habitación. Cuando se puso el sol, encendió una vela y abrió el Libro Blanco por la página que le correspondía a él. En un cajón encontró pluma y tinta. Bajo la última línea que había anotado Ser Barristan, empezó a escribir con la mano torpe de un niño de seis años al que el maestre empezara a enseñar las letras.

Derrotado en el bosque Susurrante por Robb Stark, el Joven Lobo, durante la guerra de los Cinco Reyes. Cautivo en Aguasdulces, consiguió la libertad a cambio de una promesa incumplida. Capturado de nuevo por los Compañeros Audaces y mutilado por orden de su capitán, Vargo Hoat, perdió la mano de la espada por obra de Zollo el Gordo. Devuelto a Desembarco del Rey por Brienne, la Doncella de Tarth.

Cuando terminó aún quedaban por llenar más de tres cuartos de la página, entre el león de oro, en el escudo rojo de la parte superior, y el escudo blanco vacío de la inferior. Ser Gerold Hightower había empezado su historia, y Ser Barristan Selmy la había continuado, pero el resto lo tendría que escribir el propio Jaime Lannister. En adelante podría escribir lo que decidiera.

Lo que decidiera...

Jon

Soplaba un vendaval desde el este con tanta fuerza que la pesada jaula se bamboleaba cada vez que una ráfaga la apresaba entre sus dientes. Aullaba a lo largo del Muro, arañaba el hielo y hacía que la capa de Jon azotara los barrotes metálicos. El cielo era de un gris pizarra; el sol, apenas una leve mancha brillante tras las nubes. Al otro lado del campo de batalla se divisaba el brillo de miles de hogueras, pero sus luces parecían pequeñas e impotentes contra aquel fondo de oscuridad y frío inmensos.

«Va a ser un día lúgubre.» Jon Nieve se aferró a los barrotes con las manos enguantadas y se sujetó con fuerza mientras el viento martillaba la jaula una vez más. Cuando miró hacia abajo, más allá de sus pies, el terreno se perdía en las sombras como si lo bajaran a una sima sin fondo. «Bueno, en realidad, la muerte es algo así como una sima sin fondo —pensó—, y cuando termine este día, mi nombre quedará envuelto en sombras para siempre.»

Los hombres decían que los hijos bastardos nacían de la lujuria y las mentiras, y que su naturaleza era impredecible y traicionera. En otros tiempos, Jon había querido demostrar que se equivocaban, enseñarle a su señor padre que podía ser un hijo tan bueno y fiel como Robb.

«Lo he estropeado todo.» Robb se había convertido en un rey heroico, y si algún recuerdo quedaba de Jon sería como cambiacapas, como alguien que había roto sus votos, como un asesino. Se alegraba de que Lord Eddard no estuviera vivo para ver su vergüenza.

«Debí quedarme en aquella caverna con Ygritte. Si hay otra vida después de esta, espero poder decírselo. Me arañará el rostro, como el águila, y me maldecirá por cobarde, pero aun así se lo diré.» Flexionó la mano con la que empuñaba la espada, como le había enseñado el maestre Aemon. El hábito se había convertido en parte de sí mismo, y necesitaba tener los dedos flexibles para contar aunque fuera con una mínima posibilidad de matar a Mance Rayder.

Lo habían sacado aquella mañana tras cuatro días en el hielo, encerrado en una celda de poco más de dos varas de altura, de anchura y de profundidad, demasiado baja para ponerse de pie, demasiado estrecha para acostarse. Los mayordomos habían descubierto mucho tiempo atrás que los alimentos y la carne se conservaban mejor en las despensas heladas excavadas en la base del Muro... pero los prisioneros, no.

—Vas a morir ahí dentro, Lord Nieve —le había dicho Ser Alliser antes de cerrar la pesada puerta de madera, y Jon lo había creído.

Pero aquella mañana lo habían sacado. Lo llevaron entumecido y tembloroso a la Torre del Rey para comparecer una vez más ante Janos Slynt y su papada.

—Ese viejo maestre dice que no puedo ahorcarte —declaró Slynt—. Le ha escrito a Cotter Pyke, y hasta ha tenido el descaro de mostrarme la carta. Dice que no eres ningún cambiacapas.

—Aemon ha vivido demasiado, mi señor —le aseguró Ser Alliser—. Ha perdido los sesos, igual que la vista.

—Sí —dijo Slynt—. Un ciego con una cadena al cuello. ¿Quién se cree que es?

«Aemon Targaryen —pensó Jon—, hijo de un rey, hermano de un rey, un hombre que pudo ser rey...» Pero no dijo nada.

—De todos modos —dijo Slynt—, no permitiré que se diga que Janos Slynt ahorcó a un hombre injustamente. Ni hablar. He decidido darte una última oportunidad de demostrar que eres tan leal como dices, Lord Nieve. Una última oportunidad para cumplir con tu deber, ¡eso es! —Se puso de pie—. Mance Rayder quiere parlamentar con nosotros. Sabe que ahora que ha llegado Janos Slynt no tiene la menor posibilidad de vencer, así que ese Rey-más-allá-del-Muro quiere discutir. Pero es un cobarde y no quiere venir aquí. Sin duda sabe que lo colgaría. ¡Lo colgaría por los pies desde la cima del Muro, con una cuerda de setenta varas! Pero no vendrá. Exige que le mandemos un emisario.

—Vamos a mandarte a ti, Lord Nieve —sonrió Ser Alliser.

—¿A mí? —La voz de Jon no mostraba emoción alguna—. ¿Por qué a mí?

—Tú cabalgaste con esos salvajes —dijo Thorne—. Mance Rayder te conoce. Será más proclive a confiar en ti.

—Todo lo contrario. —Estaba tan equivocado que Jon casi se echó a reír—. Mance sospechó de mí desde el principio. Si me presento en su campamento, vestido otra vez con una túnica negra y hablando en nombre de la Guardia de la Noche, sabrá que lo he traicionado.

—Ha pedido un emisario y se lo vamos a mandar —dijo Slynt—. Si eres demasiado cobarde para enfrentarte a ese rey cambiacapas, podemos devolverte a tu celda de hielo. Y esta vez sin las pieles.

—No será necesario, mi señor —dijo Ser Alliser—. Lord Nieve hará lo que le pedimos. Quiere demostrarnos que no es un cambiacapas, que es un miembro leal de la Guardia de la Noche.

Thorne era con mucho el más inteligente de los dos, supo Jon; todo aquel plan llevaba su huella. Estaba atrapado.

—Iré —dijo con voz cortante, seca.

—Mi señor —le recordó Janos Slynt—. Te dirigirás a mí...

—Iré, mi señor. Pero estáis cometiendo un error, mi señor. Estás enviando al hombre menos adecuado, mi señor. En cuanto me vea, Mance se enfurecerá. Mi señor tendría más posibilidades de llegar a un acuerdo si enviara a...

—¿Un acuerdo? —Ser Alliser dejó escapar una risita.

—Janos Slynt no llega a acuerdos con salvajes sin ley, Lord Nieve. No, ni hablar.

—No te enviamos para que hables con Mance Rayder —explicó Ser Alliser—. Te enviamos a que lo mates.

El viento silbó entre los barrotes, y Jon Nieve se estremeció. La pierna le dolía muchísimo, y la cabeza también. No estaba en condiciones de matar ni a un gatito, pero aquella era su misión.

«Era una trampa mortal.» El maestre Aemon insistía en la inocencia de Jon, y Lord Janos no se había atrevido a dejarlo morir en el hielo. Aquel plan era mejor. «Nuestro honor no significa más que nuestra vida, siempre que el reino esté a salvo», había dicho Qhorin Mediamano en los Colmillos Helados. Debía recordarlo. Si daba muerte a Mance, o si lo intentaba y fallaba, el pueblo libre lo mataría. Aunque quisiera, no le quedaba ni la posibilidad de desertar: para Mance era un mentiroso y un traidor más allá de toda duda.

Cuando la jaula se detuvo con una sacudida, Jon saltó al suelo y dio unos golpecitos en la empuñadura de *Garra* para liberar en su vaina la espada bastarda. La puerta estaba a unos pocos pasos a su izquierda, bloqueada aún por las ruinas destrozadas de la tortuga dentro de la cual se pudría un mamut. También había otros cadáveres dispersos entre toneles rotos, brea endurecida y zonas de hierba quemada, todo a la sombra del Muro. Jon no tenía el menor deseo de permanecer allí. Echó a andar en dirección al campamento de los salvajes, dejando atrás el cadáver de un gigante con la cabeza aplastada por una piedra. Un cuervo arrancaba trozos de sesos de la calavera rota. Cuando pasó por su lado, el pájaro lo miró.

—Nieve —le graznó—. Nieve, nieve. —Extendió las alas y echó a volar.

Apenas había comenzado a andar cuando un jinete solitario emergió del campamento de los salvajes y se encaminó hacia él. Se preguntó si Mance salía a parlamentar en tierra de nadie.

«Así me resultaría más fácil. Aunque no hay manera de que me resulte fácil.» Pero a medida que se acortaba la distancia entre ellos, Jon fue viendo que el jinete era bajo y corpulento, con los brazos robustos llenos de pulseras doradas y una barba blanca que le cubría parte del ancho pecho.

—¡Ja! —rugió Tormund cuando estuvieron a la misma altura—. Jon Nieve, el cuervo. Temía no volver a verte.

—Nunca pensé que temieras nada, Tormund.

Aquello hizo sonreír al salvaje.

—Bien dicho, chaval. Veo que tu capa vuelve a ser negra. A Mance no le va a gustar. Si has venido a cambiar de bando otra vez, será mejor que te subas a tu Muro a toda prisa.

—Me envían a parlamentar con el Rey-más-allá-del-Muro.

—¿A parlamentar? —Tormund se echó a reír—. Vaya palabrita. ¡Ja! Mance quiere hablar, cierto. Pero no creo que quiera hablar contigo.

—Es a mí a quien han enviado.

—Ya lo veo. En fin, vamos. ¿Quieres montar?

—Puedo ir andando.

—Nos has dado duro aquí. —Tormund volvió su caballo hacia el campamento de los salvajes—. Hay que reconoceros el mérito a tus hermanos y a ti. Doscientos hombres muertos y una docena de gigantes. El propio Mag entró por esa puerta vuestra y no regresó.

—Murió por la espada de un valiente llamado Donal Noye.

—¿Sí? ¿Era un gran señor ese Donal Noye? ¿Uno de vuestros brillantes caballeros con ropa interior de acero?

—Era herrero y solo tenía un brazo.

—¿Un herrero manco acabó con Mag el Poderoso? Debió de ser un combate digno de ver. Seguro que Mance le compondrá una balada. —Tormund cogió el pellejo que llevaba en la montura y sacó el tapón de corcho—. Esto nos hará entrar en calor. Por Donal Noye y Mag el Poderoso. —Bebió un trago y se lo pasó a Jon.

—Por Donal Noye y Mag el Poderoso.

El pellejo estaba lleno de un hidromiel tan fuerte que a Jon le lagrimearon los ojos, y unos tentáculos de fuego le bajaron serpenteando por dentro del pecho. Tras la celda de hielo y el frío descenso en la jaula, la sensación de calor era muy grata.

Tormund cogió el pellejo, bebió otro trago y se secó los labios.

—El Magnar de Thenn nos juró que abriría la puerta y que lo único que tendríamos que hacer sería entrar cantando. Iba a derribar todo el Muro.

—Derribó una parte —dijo Jon—. Sobre su cabeza.

—¡Ja! —dijo Tormund—. Bueno, Styr nunca valió gran cosa. Cuando un hombre no tiene barba, pelo ni orejas, no hay manera de agarrarlo si uno se pelea con él. —Mantuvo su caballo al paso para que Jon pudiera cojear a su lado—. ¿Qué te ha pasado en la pierna?

—Una flecha. Creo que de Ygritte.

—Esa sí que es una mujer de verdad. Un día besa y al siguiente acribilla a flechas.

—Está muerta.

—¿Sí? —Tormund movió la cabeza, apenado—. Una lástima. Si hubiera tenido diez años menos, yo mismo la habría secuestrado. Qué pelo. Bueno, los fuegos más calientes arden más deprisa. —Levantó el pellejo de hidromiel—. ¡Por Ygritte, besada por el fuego! —Bebió un trago largo.

—Por Ygritte, besada por el fuego —repitió Jon cuando Tormund volvió a pasarle el pellejo. Su trago fue más largo todavía.

—¿La mataste tú?

—No, mi hermano.

Jon no había averiguado cuál y tenía la esperanza de no saberlo nunca.

—Cuervos de mierda. —El tono de Tormund era áspero pero extrañamente tierno—. Ese canalla de Lanzalarga me secuestró a la hija. Munda, mi manzanita de otoño. La sacó de mi tienda delante de las narices de sus cuatro hermanos. Toregg se la pasó durmiendo, el muy patán, y Torwynd... Bueno, lo llaman Torwynd el Manso, eso lo dice todo, ¿no? Pero los más jóvenes se pelearon con él.

—¿Y Munda? —preguntó Jon.

—Ella es sangre de mi sangre —dijo Tormund con orgullo—. Le partió un labio y le arrancó la mitad de una oreja, y tiene tantos arañazos en la espalda que no puede ni ponerse la capa. La verdad es que el muchacho le gusta mucho. ¿Y por qué no? No pelea con lanza, ¿sabes? En su vida. ¿De dónde crees que salió ese nombre? ¡Ja!

Pese a estar donde estaba y pese a las circunstancias, Jon no pudo contener la risa. Ygritte le había tenido mucho cariño a Ryk Lanzalarga. Esperaba que fuera feliz con Munda, la hija de Tormund. Alguien tenía que ser feliz en alguna parte.

«No sabes nada, Jon Nieve», le habría dicho Ygritte.

«Sé que voy a morir —pensó él—. Al menos, eso lo sé.»

«Todos los hombres mueren. —Casi podía oírla—. Y las mujeres también, y todo animal que vuela, nada o corre. Lo que importa no es cuándo se muere, sino cómo, Jon Nieve.»

«Para ti es fácil decirlo —le respondió en su pensamiento—. Tuviste una muerte de valiente, en combate, cuando atacabas el castillo de un enemigo. Yo moriré como un cambiacapas y un asesino.»

Tampoco sería rápida su muerte, a no ser que le llegara con el filo de la espada de Mance.

Pronto estuvieron entre las tiendas. Era el habitual campamento salvaje, un revoltijo descontrolado de hogueras para cocinar y agujeros para orinar, con niños y cabras que vagaban a su antojo, ovejas que balaban entre los árboles y pieles de caballos colgadas a secar. Carecía de planificación, de orden y de defensas. Pero había hombres, mujeres y animales por doquier.

Muchos no les prestaron atención, pero por cada uno que se concentraba en sus asuntos había diez que se detenían a mirar: niños agachados junto al fuego, viejas con carros tirados por perros, habitantes de las cavernas con los rostros pintarrajeados, jinetes con garras, serpientes y cabezas cortadas pintadas en sus escudos... Todos se volvían para echar un vistazo. Jon también vio a mujeres del acero, con largas cabelleras agitadas por el viento que suspiraba entre los pinos y les llevaba su aroma.

Allí no había colinas dignas de tal nombre, pero la tienda de pieles blancas de Mance Rayder se alzaba en un punto elevado sobre terreno pedregoso, en el mismo límite de los árboles. El Rey-más-allá-del-Muro lo esperaba fuera; su capa negra y roja hecha jirones aleteaba al viento. Jon vio que Harma Cabeza de Perro estaba con él, de vuelta de sus ataques y maniobras de distracción a lo largo del Muro. También estaba allí Varamyr Seispieles, junto a su gatosombra y dos flacos lobos grises.

Cuando vieron quién era el enviado de la Guardia, Harma volvió la cabeza y escupió, y uno de los lobos de Varamyr mostró los dientes y empezó a gruñir.

—Debes de ser muy valiente o muy estúpido, Jon Nieve, para volver a nosotros con una capa negra —dijo Mance Rayder.

—¿Qué otra cosa puede llevar un hombre de la Guardia de la Noche?

—Mátalo —instó Harma—. Devuelve su cuerpo en esa jaula que tienen y diles que manden a otro. La cabeza me la quedaré para mi estandarte. Un cambiacapas es peor que un perro.

—Te advertí que mentía. —El tono de Varamyr era suave, pero su gatosombra miraba hambriento a Jon con los ojos grises convertidos en dos hendiduras—. Nunca me gustó su olor.

—Recoged las zarpas, fieras. —Tormund Matagigantes saltó del caballo—. Hay que escuchar al chico. Si le ponéis una garra encima, puede que me haga esa capa de piel de gatosombra que tanto me apetece.

—Tormund Besacuervos —se burló Harma—. Pura palabrería, viejo.

—Cuando un caballo se acostumbra a la silla, cualquier hombre puede cabalgarlo —dijo con voz suave el cambiapieles. Tenía el rostro grisáceo, los hombros caídos y la cabeza calva; un ratón humano con ojos de lobo—. Cuando una bestia se habitúa a un hombre, cualquier cambiapieles puede metérsele dentro. Orell se marchitaba dentro de sus plumas; por eso me quedé con el águila. Pero la unión funciona en ambos sentidos, warg. Orell vive ahora dentro de mí, me está susurrando cuánto te odia. Y yo puedo planear por encima del Muro y ver con ojos de águila.

—Así que lo sabemos todo —dijo Mance—. Sabemos los pocos que erais cuando conseguisteis detener la tortuga. Sabemos cuántos han venido desde Guardiaoriente. Sabemos cómo se van agotando vuestros suministros. Hasta vuestra escalera ha desaparecido, y en esa jaula solo pueden subir unos pocos cada vez. Lo sabemos todo. Y ahora tú sabes que lo sabemos. —Apartó el faldón de la tienda—. Entra. Los demás, esperad fuera.

—¿Cómo? ¿Yo también?—dijo Tormund.

—Tú sobre todo. Como siempre.

Dentro hacía calor. Había un pequeño fuego bajo los agujeros de salida del humo, y un brasero ardía cerca del montón de pieles donde yacía Dalla, pálida y sudorosa. Su hermana le sostenía la mano.

«Val», recordó Jon.

—Sentí mucho lo que le pasó a Jarl —le dijo.

—Siempre trepaba demasiado deprisa. —Val lo miraba con ojos color gris claro.

Era tan blanca como la recordaba, esbelta, de pechos generosos, grácil hasta cuando no se movía, con los pómulos altos muy marcados y una gruesa trenza de cabellos color miel que le caía hasta la cintura.

—Se acerca la hora de Dalla —explicó Mance—. Val y ella se quedan. Saben lo que tengo intención de decir.

Jon mantuvo su expresión tan inamovible como el hielo. «Ya era bastante canalla asesinar a un hombre en su tienda durante una tregua. ¿También tengo que matarlo delante de su esposa mientras nace su hijo?» Cerró los dedos en torno a la empuñadura de la espada. Mance no vestía armadura, pero llevaba la espada envainada colgada del cinturón. Y en la tienda había otras armas: dagas y puñales, un arco y un carcaj con flechas, una lanza con punta de bronce recostada tras aquel...

Cuerno negro.

Jon se quedó sin respiración.

Un cuerno de guerra, un gigantesco cuerno de guerra.

«Mierda.»

—Sí —dijo Mance—. El Cuerno del Invierno, el mismo que Joramun hizo sonar en cierta ocasión para despertar a los gigantes de la tierra.

El cuerno era enorme; solo la curva medía casi tres varas, y la boca era tan ancha que habría podido meter el brazo hasta el codo. «Si de verdad es un cuerno de uro, debió de ser el más grande que haya existido.» Al principio pensó que las bandas metálicas que lo circundaban eran de bronce, pero al acercarse vio que eran de oro. «Oro viejo, más tostado que amarillo, con runas grabadas.»

—Ygritte me dijo que no habíais encontrado el cuerno.

—¿Crees que los cuervos son los únicos que pueden mentir? Para ser un bastardo, me caías bien... pero nunca confié en ti. Mi confianza hay que ganársela.

—Si has tenido el Cuerno de Joramun desde el principio, ¿por qué no lo has usado? —preguntó Jon mirándolo a la cara—. ¿Por qué te has molestado en construir tortugas y mandar thenitas para que nos maten mientras dormimos? Si este cuerno puede hacer lo que dicen las canciones, ¿por qué no lo haces sonar y terminamos de una vez?

Fue Dalla la que le respondió. Tenía la barriga tan grande que apenas si pudo incorporarse sobre el montón de pieles junto al brasero.

—Nosotros, el pueblo libre, sabemos cosas que los arrodillados han olvidado. A veces, el camino más corto no es el más seguro, Jon Nieve. El Señor Astado dijo una vez que la brujería es una espada sin empuñadura. No hay manera segura de agarrarla.

—Ningún hombre sale de cacería con una sola flecha en su carcaj —dijo Mance, pasando una mano a lo largo de la curva del gran cuerno—. Tenía la esperanza de que Styr y Jarl cogieran desprevenidos a tus hermanos y nos abrieran la puerta. Hice que tu guarnición se dispersara con amagos, incursiones y ataques secundarios. Bowen Marsh picó el anzuelo, como esperaba, pero tu banda de tullidos y huérfanos resultó ser más terca de lo previsto. Pero no creas que nos has detenido. La verdad sigue siendo que sois muy pocos, y nosotros, demasiados. Podría continuar atacando aquí y mandar diez mil hombres a atravesar la bahía de las Focas en balsas para tomar Guardiaoriente por la retaguardia. También podría asaltar la Torre Sombría; conozco los accesos tan bien como cualquiera. Podría mandar hombres y mamuts a excavar las puertas en los castillos que habéis abandonado, todo eso a la vez.

—Entonces, ¿por qué no lo haces?

En ese momento podría haber sacado a *Garra,* pero quería oír lo que decía el salvaje.

—La sangre —dijo Mance Rayder—. Al final vencería, sí, pero me desangraríais, y mi gente ya ha perdido demasiada sangre.

—Tus pérdidas no han sido tan grandes.

—Contra vosotros, no. —Mance estudió el rostro de Jon—. Ya viste el Puño de los Primeros Hombres. Sabes qué pasó allí. Sabes a qué nos enfrentamos.

—Los Otros...

—Se hacen más fuertes a medida que los días se acortan y las noches se vuelven más frías. Primero matan, y después mandan a tus muertos contra ti. Los gigantes no han podido nada contra ellos; tampoco los thenitas, los clanes del río de hielo ni los hombres Pies de Cuerno.

—¿Ni tú?

—Ni yo. —En aquella admisión había ira y una amargura demasiado profunda para expresarla con palabras—. Raymun Barbarroja, Bael el Bardo, Gendel y Gorne, el Señor Astado, todos vinieron al sur como conquistadores; en cambio yo he venido con el rabo entre las piernas para esconderme detrás de vuestro Muro. —Volvió a palpar el cuerno—. Si toco el Cuerno del Invierno, el Muro caerá. Al menos, eso es lo que dicen las canciones. Entre mi gente, los hay que no desean otra cosa...

—Pero una vez caiga el Muro —dijo Dalla—, ¿qué detendrá a los Otros?

—Tengo una mujer sabia. —Mance le dedicó una sonrisa cariñosa—. Una verdadera reina. —Se volvió de nuevo hacia Jon—. Regresa y diles que abran la puerta y nos dejen pasar. Si lo hacen les daré el cuerno, y el Muro permanecerá en pie hasta el fin de los tiempos.

«Abrir la puerta y dejarlos pasar.» Era fácil de decir, pero... ¿qué ocurrirá luego? ¿Gigantes acampados en las ruinas de Invernalia? ¿Caníbales en el bosque de los Lobos, carros de guerra por los Túmulos, el pueblo libre secuestrando a las hijas de los armadores y plateros de Puerto Blanco, a las pescaderas de Costa Pedregosa...?

—¿Eres un verdadero rey? —preguntó Jon de repente.

—No he llevado nunca una corona en la cabeza ni he plantado el trasero en ningún trono, si eso es lo que preguntas —replicó Mance—. Mi nacimiento fue de los más humildes; ningún septón me ungió la cabeza con óleos. No poseo castillos, y mi reina lleva pieles y ámbar, no seda y zafiros. Soy mi propio campeón, mi propio bufón y mi propio arpista. No se llega a Rey-más-allá-del-Muro por herencia familiar. El pueblo libre no sigue a un nombre, y no le importa qué hermano nazca antes. Ellos siguen a los luchadores. Cuando dejé la Torre Sombría había cinco hombres que juraban que tenían madera de reyes. Tormund era uno de ellos; el Magnar, otro. Maté a los tres restantes cuando dejaron claro que lucharían antes de seguirme.

—Puedes matar a tus enemigos —dijo Jon con brusquedad—, pero ¿puedes gobernar a tus amigos? Si dejamos que pase tu gente, ¿tienes la fuerza suficiente para hacerle respetar la paz del rey y obedecer las leyes?

—¿Las leyes de quién? ¿Las de Invernalia y Desembarco del Rey? —Mance se echó a reír—. Cuando queramos leyes ya nos haremos las nuestras. También puedes quedarte con tu justicia del rey y con sus impuestos. Te ofrezco el cuerno, no nuestra libertad. No nos arrodillaremos ante vosotros.

—¿Y si rechazamos la oferta?

Jon no dudaba de que aquella sería la respuesta. El Viejo Oso habría escuchado al menos, aunque se habría opuesto a la sola idea de permitir que treinta o cuarenta mil salvajes vagaran por los Siete Reinos. Pero Alliser Thorne y Janos Slynt lo rechazarían sin dedicarle un segundo de atención.

—Si os negáis —dijo Mance Rayder—, Tormund Matagigantes tocará el Cuerno del Invierno dentro de tres días, al amanecer.

Podía llevar el mensaje de vuelta al Castillo Negro y contarles lo del Cuerno, pero si dejaba vivo a Mance, Lord Janos y Ser Alliser se aferrarían a aquello como prueba de que era un cambiacapas. Mil ideas atravesaron la cabeza de Jon.

«Si pudiera destruir el cuerno, si pudiera destrozarlo aquí y ahora...» Pero antes de que pudiera dar forma a ningún plan oyó el sonido grave de otro cuerno, que las paredes de piel de la carpa hacían más tenue. Mance también lo oyó. Con el ceño fruncido, se dirigió a la puerta. Jon lo siguió.

El cuerno de guerra sonaba con más fuerza. Su llamada había revuelto el campamento de los salvajes. Tres hombres Pies de Cuerno pasaron corriendo con picas en las manos. Los caballos resoplaban y relinchaban; los gigantes rugían en la antigua lengua y hasta los mamuts se mostraban inquietos.

—El cuerno de los exploradores —le dijo Tormund a Mance.

—Algo se acerca. —Varamyr estaba sentado con las piernas cruzadas sobre la tierra a medio congelar, y sus lobos, incansables, describían círculos a su alrededor. Una sombra pasó por encima de él, y Jon levantó la vista para ver las alas color gris azulado del águila—. Viene del este.

«Cuando los muertos caminan, las paredes, las estacas y las espadas no significan nada —recordó—. No puedes luchar con los muertos, Jon Nieve. Ningún hombre sabe eso tan bien como yo.»

—¿Del este? —Harma hizo una mueca—. Los espectros deberían estar a nuestra espalda.

—Del este —repitió el cambiapieles—. Algo se acerca.

—¿Los Otros? —preguntó Jon.

—Los Otros no vienen jamás cuando el sol brilla en el cielo —dijo Mance con un gesto de negación.

Los carros de guerra traqueteaban en el campo de batalla, llenos de jinetes que agitaban lanzas de hueso afilado. El Rey soltó un gruñido.

—¿Adónde demonios se creen que van? Quenn, haz que esos idiotas vuelvan a su sitio. Que alguien me traiga mi caballo. La yegua, no el potro. También quiero mi armadura. —Mance lanzó una mirada suspicaz en dirección al Muro. Encima del parapeto helado estaban los soldados de paja llenos de flechas, pero no había señal de ninguna otra actividad—. Harma, que monten tus exploradores. Tormund, busca a tus hijos y forma una triple línea de lanceros.

—Sí —dijo Tormund mientras se alejaba con paso vivo.

—Los veo —dijo el pequeño cambiapieles de aspecto ratonil, con los ojos cerrados—. Vienen siguiendo las corrientes y los senderos de los animales...

—¿Quiénes?

—Hombres. Hombres a caballo. Hombres vestidos de acero. Hombres de negro.

—Cuervos. —Mance pronunció la palabra como si fuera una maldición. Se volvió hacia Jon—. ¿Creen mis antiguos hermanos que me atraparán con los calzones bajados si me atacan mientras parlamentamos?

—Si planeaban un ataque, a mí no me lo dijeron.

Jon no podía creerlo. Lord Janos no contaba con suficientes hombres para atacar el campamento de los salvajes. Además, estaba al otro lado del Muro, y la puerta estaba sellada con escombros.

«Slynt había planeado otro tipo de traición; esto no puede ser cosa suya.»

—Si has vuelto a mentirme no saldrás vivo de aquí —le advirtió Mance.

Sus guardias le llevaron el caballo y la armadura. Jon vio gente correr por todo el campamento, cada cual con un propósito diferente. Algunos formaban como si fueran a asaltar el Muro mientras otros se escondían en el bosque; había mujeres que llevaban hacia el este carros tirados por perros; hacia el oeste vagaban los mamuts. Se llevó la mano a la espalda y sacó a *Garra* en el momento en que una fina línea de exploradores aparecía por la linde del bosque, a unas trescientas varas. Llevaban cotas negras, medios yelmos negros y capas negras. Mance sacó su espada, con la armadura aún a medio poner.

—No sabías nada de esto, ¿verdad? —le dijo a Jon con voz gélida.

Los exploradores se lanzaron sobre el campamento de los salvajes abriéndose camino entre los macizos de aulaga y los grupos de árboles, sobre las raíces y las rocas. Los salvajes corrieron a enfrentarse con ellos lanzando gritos de guerra y agitando garrotes, espadas de bronce, hachas de pedernal, cualquier cosa, contra sus viejos enemigos. «Un grito, un tajo y la muerte de un valiente»; era lo que Jon había oído decir a los hermanos sobre la manera de combatir del pueblo libre.

—Puedes creer lo que quieras —le dijo a Mance—, pero no sabía nada de ningún ataque.

Antes de que Mance pudiera replicar, Harma pasó como un relámpago al galope, al frente de treinta jinetes. Su estandarte la precedía: un perro muerto empalado en una lanza, que salpicaba sangre a cada paso. Mance la contempló mientras chocaba con los exploradores.

—Quizá sea verdad lo que dices. Parecen hombres de Guardiaoriente. Marineros a caballo. Cotter Pyke siempre ha tenido más redaños que cerebro. Atrapó al Señor de los Huesos en Túmulo Largo; debe de haber pensado que también le funcionaría conmigo.

—¡Mance! —se oyó un grito. Era un explorador que acababa de salir de los árboles a lomos de un caballo con la boca llena de espuma—. Mance, hay más, nos tienen rodeados, hombres de hierro, de hierro, un ejército de hombres de hierro.

Con una maldición, Mance montó su caballo.

—Varamyr, quédate y cuida de que no le pase nada a Dalla. —El Rey-más-allá-del-Muro apuntó su espada hacia Jon—. Y vigila también a este cuervo. Si intenta huir, rájale la garganta.

—Será un placer. —El cambiapieles era una cabeza más bajo que Jon, encorvado y blando, pero el gatosombra podía sacarle las tripas con una garra—. También vienen del norte —le dijo Varamyr a Mance—. Será mejor que vayas.

Mance se colocó el yelmo con las alas de cuervo. Sus hombres ya habían montado.

—Punta de flecha —espetó Mance—, conmigo, en formación de cuña.

Pero, en cuanto clavó los talones en los ijares de la yegua y salió disparado por el campo en dirección a los exploradores, los hombres que corrían en pos de él abandonaron cualquier parecido con una formación.

Jon dio un paso hacia la tienda pensando en el Cuerno del Invierno, pero el gatosombra se interpuso moviendo la cola. Las fosas nasales de la bestia estaban dilatadas; la saliva le goteaba de los incisivos curvos. «Huele mi miedo.» En aquel momento echó de menos a Fantasma más que nunca. A sus espaldas, los dos lobos gruñían.

—Estandartes —oyó murmurar a Varamyr—. Veo estandartes dorados, ah... —Un mamut pasó cerca, barritando, con media docena de arqueros en la torre de madera que llevaba sobre el lomo—. El Rey... no...

En aquel momento, el cambiapieles echó la cabeza hacia atrás y lanzó un grito.

El sonido era estremecedor; hendía los oídos con un dolor inmenso. Varamyr cayó al suelo retorciéndose, y el gato comenzó a aullar también... y muy arriba, en lo más alto del cielo oriental, ante una pared de nubes, Jon vio que el águila ardía. Durante un segundo ardió con más fuerza que una estrella, envuelta en rojo, oro y naranja, con las alas agitándose enloquecidas en el aire como si pudiera escapar del dolor. Voló más alto, más y más y más.

El grito hizo que Val saliera de la tienda con el rostro blanco.

—¿Qué pasa, qué ocurre? —Los lobos de Varamyr peleaban entre sí; el gatosombra había desaparecido entre los árboles; el hombre seguía retorciéndose en el suelo—. ¿Qué le pasa? —preguntó Val horrorizada—. ¿Dónde está Mance?

—Allí —señaló Jon—. Se ha ido a luchar.

El Rey iba al frente de su cuña dispersa hacia un grupo de exploradores; su espada brillaba.

—¿Se ha ido? No puede irse ahora. Ha empezado.

—¿La batalla?

Vio como se dispersaban los exploradores ante la sangrienta cabeza de perro de Harma. Los jinetes gritaron, lanzaron tajos y persiguieron a los hombres de negro, que retrocedieron hacia el bosque. Pero más hombres salían de la espesura, una columna de soldados a caballo. «Caballería pesada», vio Jon. Harma tuvo que reagrupar sus fuerzas y dar la vuelta para enfrentarse a ellos, pero la mitad de sus hombres ya se había adelantado demasiado.

—¡El parto! —le estaba gritando Val.

Por doquier se oían las trompetas, con un sonido alto y estridente. «Los salvajes no tienen trompetas, solo cuernos de guerra.» Ellos lo sabían tan bien como él; aquello hizo que el pueblo libre corriera en desorden: algunos, hacia el combate; otros, en dirección contraria. Un mamut pisoteó un rebaño de ovejas que tres hombres intentaban llevar hacia el oeste. Los tambores retumbaban mientras los salvajes corrían para formar en columnas o líneas de defensa, pero eran demasiado lentos, demasiado desorganizados; era demasiado tarde. El enemigo salía del bosque, del este, del norte, del noreste, tres grandes columnas de caballería pesada, todo acero bruñido, con sobrevestas de lana de vivos colores. No eran los hombres de Guardiaoriente; aquellos solo habían formado una línea de avanzadilla. Era un ejército. «¿El ejército del rey?» Jon estaba tan confuso como los salvajes. ¿Habría vuelto Robb? ¿Había decidido hacer algo por fin el niño del Trono de Hierro?

—Es mejor que vuelvas a entrar en la tienda —le dijo a Val.

Al otro lado del campo de batalla, una columna había barrido a Harma Cabeza de Perro. Otra había aplastado el flanco de los lanceros de Tormund mientras su hijo y él intentaban hacerlos regresar a la desesperada. Los gigantes montaban en sus mamuts, cosa que no les gustaba en absoluto a los caballeros que montaban los caballos con armadura; Jon vio como los corceles y los caballos de batalla relinchaban y se dispersaban a la vista de aquellas montañas de carnes bamboleantes. Pero también había miedo en el bando de los salvajes; cientos de mujeres y niños huían de la batalla, algunos para ir a meterse directamente entre los cascos de los caballos. Vio como el carro de perros de una anciana se interponía en el camino de tres carros de combate y los hacía chocar entre sí.

—Dioses —susurró Val—, dioses, ¿por qué hacen eso?

—Vuelve a la tienda y quédate con Dalla. Aquí no estás a salvo.

Tampoco lo estaría dentro, pero no tenía por qué decírselo.

—Tengo que buscar a la comadrona.

—Tendrás que hacer de comadrona tú. Me quedaré aquí hasta que vuelva Mance.

Lo había perdido de vista, pero volvió a localizarlo: se abría paso a través de un grupo de hombres a caballo. Los mamuts habían dispersado la columna central, pero las otras dos se acercaban en formación de pinza. En la linde oriental del campo, unos cuantos arqueros disparaban flechas en llamas contra las carpas. Vio a un mamut que arrancaba a un jinete de su silla y lo lanzaba a quince varas de distancia con un movimiento de la trompa. Los salvajes pasaban a su lado, mujeres y niños que huían de la batalla junto con algunos hombres que los apuraban. Unos pocos lanzaron miradas torvas en dirección a Jon, pero tenía a *Garra* en la mano y nadie lo molestó. Hasta Varamyr huyó gateando.

De los árboles salían más y más hombres, ya no solo caballeros, sino también jinetes libres, arqueros a caballo y hombres de armas con armadura ligera y capellina, docenas, cientos de hombres. Hacían ondear un verdadero bosque de estandartes. El viento los agitaba demasiado deprisa para que Jon pudiera ver los blasones, pero logró distinguir un caballito de mar, un campo de aves, un anillo de flores... Y amarillo, mucho amarillo, estandartes amarillos con un emblema rojo. ¿De quién eran aquellos blasones?

Al este, al norte y al noreste vio bandas de salvajes que intentaban resistir y pelear, pero los atacantes los estaban barriendo. El pueblo libre aún contaba con superioridad numérica, pero los atacantes tenían armaduras de acero y caballería pesada. En lo más ardoroso de la batalla vio a Mance de pie sobre los estribos. Su capa roja y negra, y su yelmo con alas de cuervo, lo hacían fácilmente reconocible. Levantó la espada, y sus hombres corrían ya hacia él cuando una cuña de caballeros chocó con ellos con lanzas, espadas y picas. La yegua de Mance se levantó sobre las patas traseras y corcoveó, y una lanza le atravesó el pecho. Luego lo arrastró la marea de acero.

«Se ha terminado —pensó Jon—, no tienen nada que hacer.» Los salvajes corrían y arrojaban sus armas. Los hombres Pies de Cuerno, los habitantes de las cavernas, los thenitas con armaduras de bronce... Todos huían. Mance había desaparecido, alguien exhibía la cabeza de Harma clavada en un palo, las líneas de Tormund estaban rotas... Solo resistían los gigantes sobre sus mamuts, islas peludas en un mar de acero rojo. Las llamas pasaban de una tienda a otra, y algunos pinos también empezaron a arder. Y en medio del humo llegó otra cuña de caballería pesada. Sobre los jinetes ondeaban las enseñas mayores, estandartes reales grandes como sábanas, una de ellas amarilla con largas lenguas puntiagudas que señalaban un corazón ardiente, y otra como una lámina de oro batido con un venado negro que tremolaba con el viento.

«Robert», pensó Jon en un momento de locura, acordándose del pobre Owen. Pero cuando las trompetas volvieron a sonar y los caballeros se lanzaron a la carga, el nombre que gritaban era otro.

—¡Stannis! ¡Stannis! ¡STANNIS!

Jon dio la vuelta y entró en la tienda.

Arya

Junto a la posada, en una horca maltratada por la intemperie, los huesos de una mujer se mecían y traqueteaban con cada ráfaga de viento.

«Esta posada la conozco.» Pero no había ninguna horca junto a la puerta cuando durmió allí con su hermana Sansa, bajo la mirada atenta de la septa Mordane.

—Será mejor que no entremos —dijo Arya de repente—. Puede que haya fantasmas.

—¿Sabes cuánto hace que no bebo una copa de vino? —Sandor Clegane desmontó—. Además, tenemos que averiguar en qué manos está el Vado Rubí. Si quieres, quédate con los caballos, por mí...

—¿Y si te reconocen? —Sandor ya no se molestaba en ocultar el rostro; por lo visto, no le importaba si lo reconocían o no—. A lo mejor te quieren coger prisionero.

—Que lo intenten.

Soltó la tira de sujeción de la espada para poder desenvainar con facilidad y empujó la puerta.

Arya no volvería a tener mejor ocasión de huir. Podía montar a lomos de Gallina y llevarse también a Desconocido. Se mordió el labio. Luego, llevó a los caballos a los establos y entró tras él.

«Lo han reconocido.» Lo supo al instante por el silencio. Pero aquello no era lo peor. Ella también los conocía. Al posadero flaco no, ni a las mujeres, ni a los campesinos reunidos junto a la chimenea. A los otros. A los soldados. Conocía a los soldados.

—¿Qué, Sandor? ¿Buscando a tu hermano? —Polliver había tenido la mano bajo el corpiño de la chica sentada en su regazo, pero ya la había sacado.

—Buscando una copa de vino. —Clegane tiró un puñado de monedas de cobre al suelo—. Posadero, una jarra de tinto.

—No quiero problemas, ser —dijo el posadero.

—A mí no me llames *ser.* —Se le frunció la boca—. ¿Qué pasa? ¿Estás sordo? ¡He pedido vino! —El hombre salió corriendo perseguido por los gritos de Clegane—. ¡Dos copas! ¡La niña también tiene sed!

«Solo son tres», pensó Arya. Polliver apenas si la miró de reojo, y el chico sentado junto a él ni siquiera le prestó atención, pero el tercero le clavó una mirada larga y atenta. Era un hombre de mediana estatura y constitución, con un rostro tan corriente que no se sabía qué edad tenía. «El Cosquillas. El Cosquillas y Polliver.» A juzgar por su edad y su atuendo, el chico no era más que un escudero. Tenía una enorme espinilla blanca a un lado de la nariz y unas cuantas rojas en la frente.

—¿Es el cachorrito perdido del que hablaba Ser Gregor? —le preguntó al Cosquillas—. ¿El que se hizo pipí en la alfombra y se escapó?

El Cosquillas puso una mano en el brazo del niño a modo de advertencia e hizo un gesto con la cabeza. Arya lo entendió perfectamente. El escudero, no. O quizá no le importaba.

—Ser Gregor dice que el cachorrito de su hermano escondió el rabo entre las patas cuando la batalla se puso seria en Desembarco del Rey. Dice que huyó gimoteando. —Miró al Perro con una sonrisa burlona de lo más idiota.

Clegane miró al escudero sin decir palabra. Polliver empujó a la chica para que se bajara de su regazo y se puso en pie.

—El chico está borracho —dijo. El soldado era casi tan alto como el Perro, aunque ni mucho menos tan musculoso. Una barbita afilada le cubría la barbilla y la mandíbula, espesa, negra y bien recortada, pero en la cabeza apenas si tenía pelo—. No pasa nada; es que no sabe beber.

—Entonces, que no beba.

—El cachorrito no me asusta... —empezó el chico, pero el Cosquillas le retorció la oreja como quien no quiere la cosa entre el índice y el pulgar, y las palabras se transformaron en un aullido de dolor.

El posadero regresó a toda prisa con dos copas de barro y una jarra sobre una bandeja de latón. Sandor se llevó la jarra a la boca. Arya vio cómo se le movían los músculos del cuello al tragar. Cuando la volvió a dejar caer de golpe en la mesa ya estaba por la mitad.

—Ahora ya puedes servir. Y más vale que recojas esas monedas de cobre; son las únicas que vas a ver hoy.

—Nosotros pagaremos cuando terminemos de beber —dijo Polliver.

—Cuando terminéis de beber le haréis cosquillas al posadero para averiguar dónde guarda el oro. Es lo que hacéis siempre.

De repente, el posadero pareció recordar que tenía algo al fuego. Los parroquianos también se estaban marchando, y las chicas habían desaparecido. Lo único que se oía en la sala común era el tenue crepitar del fuego en la chimenea.

«También nosotros deberíamos marcharnos.» De aquello, Arya estaba segura.

—Si venís en busca de Ser Gregor, llegáis demasiado tarde —dijo Polliver—. Estaba en Harrenhal, pero ya se ha ido. La Reina lo mandó llamar. —Arya vio que llevaba tres hojas al cinto: una espada larga a la izquierda, y a la derecha, un puñal y otra arma más estilizada, demasiado larga para ser un puñal y demasiado corta para ser una espada—. Supongo que sabréis que el rey Joffrey ha muerto —añadió—. Envenenado en su banquete nupcial.

Arya dio un paso más hacia el centro de la estancia. «Joffrey está muerto.» Casi lo podía ver ante sí, con aquellos rizos rubios y la sonrisa antipática en los labios gordos y blandos. «¡Joffrey está muerto!» Sabía que tendría que alegrarse, pero aún se sentía vacía por dentro. Joffrey había muerto, sí, pero ¿qué importaba, si Robb había muerto también?

—Bravo por mis valientes hermanos de la Guardia Real. —El Perro soltó un bufido despectivo—. ¿Quién lo mató?

—Dicen que el Gnomo. Con la ayuda de su mujercita.

—¿Qué mujercita?

—Se me olvidaba que habéis estado escondido debajo de una piedra. La norteña, la chica de Invernalia. Nos han dicho que mató al Rey con un hechizo y se transformó en un lobo con alas de murciélago para salir volando por la ventana de una torre. Pero se fue sin el enano, y Cersei quiere cortarle la cabeza.

«Qué idiotez —pensó Arya—. Sansa solo se sabe canciones, no hechizos, y jamás se casaría con el Gnomo.»

El Perro se sentó en el banco más cercano a la puerta. La boca se le contrajo, pero solo por donde estaba quemada.

—Lo debería meter en fuego valyrio y cocerlo. O hacerle cosquillas hasta que la luna se vuelva negra. —Alzó la copa de vino y la vació de un trago.

«Es como ellos —pensó Arya al verlo. Se mordió el labio con tanta fuerza que notó sabor a sangre—. Igual que los demás. Tendría que matarlo mientras duerme.»

—¿Así que Gregor tomó Harrenhal? —preguntó Sandor.

—No le costó mucho —respondió Polliver—. Los mercenarios huyeron en cuanto corrió la voz de que nos acercábamos: solo quedaron unos pocos. Uno de los cocineros nos abrió una poterna. Quería vengarse de la Cabra, que le había cortado un pie. —Rio entre dientes—. Nos lo quedamos a él como cocinero y a un par de mozas para que nos calentaran la cama, y a todos los demás los pasamos por la espada.

—¿A todos? —preguntó Arya sin poder contenerse.

—Bueno, Ser Gregor se quedó con la Cabra para divertirse un rato.

—¿El Pez Negro sigue en Aguasdulces? —intervino Sandor.

—Por poco tiempo —respondió Polliver—. Ha empezado el asedio. El viejo Frey ahorcará a Edmure Tully a menos que rinda el castillo. Ahora mismo solo se está luchando de verdad en el Árbol de los Cuervos. Los Blackwood y los Bracken. Los Bracken están de nuestra parte.

El Perro sirvió una copa de vino para Arya y otra para sí, y se la bebió mientras contemplaba la chimenea.

—Así que el pajarito consiguió escapar, ¿eh? Bien por ella, joder. Le dio por culo al Gnomo y salió volando.

—Darán con ella —le aseguró Polliver—, aunque haga falta la mitad del oro de Roca Casterly.

—Según dicen, es una muchacha preciosa —dijo el Cosquillas. Chasqueó los labios y sonrió—. Dulce como la miel.

—Y cortés —asintió el Perro—. Toda una damita. No como su maldita hermana.

—A ella también la encontraron —le dijo Polliver—. A la hermana pequeña. La van a casar con el bastardo de Bolton.

Arya bebió un trago de vino para que no le pudieran ver la boca. No entendía de qué hablaba Polliver. «Sansa no tiene ninguna otra hermana.» Sandor Clegane se echó a reír.

—¿Qué os hace tanta gracia? —quiso saber Polliver.

—Si quisiera que lo supierais, os lo habría dicho. —El Perro no le dedicó a Arya ni una mirada fugaz—. ¿Hay barcos en Salinas?

—¿En Salinas? ¿Cómo voy a saberlo yo? Tengo entendido que los mercaderes han vuelto a Poza de la Doncella. Randyll Tarly se apoderó del castillo y encerró a Mooton en una celda de la torre. No he oído nada de Salinas.

—¿Os haríais a la mar sin despediros de vuestro hermano? —preguntó el Cosquillas, inclinándose hacia delante. A Arya le dio escalofríos oírle formular la pregunta—. Él preferiría que volvierais con nosotros a Harrenhal, Sandor, estoy seguro. O a Desembarco del Rey...

—Que le den por culo a la ciudad. Que le den por culo a él. Que os den por culo a vosotros.

El Cosquillas se encogió de hombros, se irguió y se llevó una mano a la nuca para rascársela. Fue como si todo sucediera a la vez; Sandor se puso en pie de un salto, Polliver desenvainó la espada, y la mano del Cosquillas se movió como un relámpago y envió un rayo plateado que cruzó la sala común. Si el Perro no se hubiera estado moviendo, el cuchillo le habría sajado la nuez, pero solo le arañó las costillas antes de clavarse y quedar vibrando en una pared, cerca de la puerta. Sandor se echó a reír, con una risa tan fría y hueca que parecía proceder del fondo del más profundo de los pozos.

—Estaba deseando que hicierais alguna tontería.

Sacó la espada de la vaina justo a tiempo para detener el primer golpe de Polliver.

Arya retrocedió un paso cuando empezó la canción del acero. El Cosquillas saltó del banco con una espada corta en una mano y un puñal en la otra. Hasta el rechoncho escudero de pelo castaño se había levantado y se buscaba el puño de la espada. Arya cogió la copa de vino y se la tiró a la cara. Tuvo mejor puntería que en Los Gemelos: la copa lo acertó de pleno en la enorme espinilla blanca, y el chico cayó de culo.

Polliver era un combatiente serio y metódico; presionaba a Sandor hacia atrás con firmeza y manejaba la espada con precisión brutal. Las estocadas del Perro eran más torpes; sus quites, apresurados, y sus movimientos, lentos y descoordinados.

«Está borracho —comprendió Arya con desaliento—. Ha bebido demasiado sin meterse comida en el estómago.» Y el Cosquillas se deslizaba ya junto a la pared para situarse tras él. Cogió la segunda copa de vino y se la tiró, pero fue más rápido que el escudero y agachó la cabeza a tiempo. La mirada que le lanzó estaba llena de promesas gélidas. «¿Dónde está escondido el oro de la aldea?», le oía preguntar. El idiota del escudero se estaba agarrando al borde de la mesa para incorporarse sobre las rodillas. Arya empezaba a sentir el sabor del pánico en la garganta. «El miedo hiere más que las espadas. El miedo hiere más...»

Sandor dejó escapar un gruñido de dolor. Tenía el lado quemado de la cara rojo desde la sien a la mejilla, y le faltaba el muñón de la oreja. Aquello lo había hecho enfadar. Hizo retroceder a Polliver con un ataque feroz, lanzando golpes con la vieja espada mellada que había conseguido en las colinas. El barbudo cedía terreno, pero ninguno de los tajos lo llegaba a rozar. Y en aquel momento, el Cosquillas saltó sobre un banco, rápido como una serpiente, y con el filo de su espada corta lanzó un tajo contra el cuello del Perro.

«Lo están matando.» Arya no tenía más copas, pero sí algo mejor que lanzar. Sacó el puñal que le habían robado al arquero moribundo y trató de lanzarlo contra el Cosquillas, tal como había hecho él. Pero no era lo mismo que tirar una piedra o una manzana. El cuchillo cabeceó y le dio con el puño. «Ni siquiera lo ha notado.» Estaba demasiado concentrado en Clegane.

Cuando lanzó la puñalada, Clegane se movió a un lado, con lo que consiguió un instante de respiro. La sangre le corría por la cara y por el corte del cuello. Los dos hombres de la Montaña lo atacaron sin miramientos. Polliver le lanzaba tajos a la cabeza y a los hombros mientras el Cosquillas trataba de apuñalarle la espalda y el vientre. La pesada jarra de vino seguía sobre la mesa. Arya la cogió con ambas manos, pero justo cuando la levantaba, alguien la agarró por el brazo. La jarra se le resbaló entre los dedos y se hizo añicos contra el suelo. Se retorció hacia un lado y se encontró frente a frente con el escudero.

«¡Serás idiota, te has olvidado de él!» Vio que se le había reventado la espinilla blanca.

—¿Tú eres el cachorro del cachorro?

El chico tenía la espada en la mano derecha y el brazo de Arya en la izquierda; en cambio, ella tenía las manos libres, así que se sacó el cuchillo de la vaina y lo volvió a envainar en su vientre, retorciéndolo. Él no llevaba cota de malla, ni siquiera coraza, así que la hoja entró igual que cuando había matado con *Aguja* al mozo de cuadras de Desembarco del Rey. Los ojos del escudero estaban muy abiertos cuando le soltó el brazo. Arya se volvió hacia la puerta y arrancó de la pared el cuchillo del Cosquillas.

Polliver y el Cosquillas tenían arrinconado al Perro detrás de un banco, y uno de ellos le había hecho un buen corte en el muslo. Sandor estaba apoyado en la pared, sangrando y jadeante. No parecía que pudiera tenerse en pie, y mucho menos, luchar.

—Dejad la espada y os llevaremos a Harrenhal —le dijo Polliver.

—¿Para que pueda matarme Gregor en persona?

—Tal vez os deje en mis manos —dijo el Cosquillas.

—Si me queréis, venid a por mí.

Sandor se apartó de la pared y se acuclilló a medias tras el banco, con la espada cruzada ante el cuerpo.

—¿Creéis que no lo haremos? —bufó Polliver—. Estáis borracho.

—Es posible —replicó el Perro—, pero vosotros estáis muertos.

Lanzó una patada repentina hacia el banco, que fue a chocar contra las espinillas de Polliver. El barbudo consiguió mantenerse en pie, pero el Perro se agachó para esquivar su tajo y alzó la espada en un fiero revés. La sangre salpicó el techo y las paredes. La hoja había acertado a Polliver en medio de la cara, y cuando el Perro la liberó de un tirón, se llevó la mitad de su cabeza.

El Cosquillas retrocedió. Arya olió su miedo. De repente, la espada corta que él llevaba en la mano parecía casi un juguete comparada con la larga hoja que blandía el Perro, y tampoco llevaba armadura. Se movía deprisa, con los pies ligeros, sin apartar los ojos de Sandor Clegane. Por eso, a Arya no le costó nada ponerse tras él y apuñalarlo.

—¿Dónde está escondido el oro de la aldea? —le gritó mientras le clavaba el puñal en la espalda—. ¿Plata, piedras preciosas? —Lo apuñaló dos veces más—. ¿Hay más comida? ¿Dónde está Lord Beric Dondarrion? —Estaba encima de él y lo seguía apuñalando—. ¿Qué dirección tomó? ¿Cuántos hombres llevaba? ¿Cuántos caballeros, cuántos arqueros, cuántos hombres de a pie, cuántos, cuántos, cuántos, cuántos, cuántos? ¿Dónde está escondido el oro de la aldea?

Cuando Sandor consiguió apartarla, ya tenía las manos rojas y pegajosas.

—Basta —fue lo único que dijo.

Él mismo sangraba como un cerdo degollado y arrastraba una pierna al caminar.

—Hay uno más —le recordó Arya.

El escudero se había arrancado el cuchillo del vientre y trataba de detener la hemorragia con las manos. Cuando el Perro lo puso en pie, empezó a gritar y a lloriquear como un bebé.

—Piedad —lloró—, por favor. No me matéis. Madre, ten piedad.

—¿Tengo cara de ser tu madre? —La cara del Perro ni siquiera parecía humana—. A este también lo has matado —le dijo a Arya—. Le has perforado las tripas; no hay nada que hacer. Pero va a tardar mucho en morir.

—Yo venía por las chicas —sollozó el muchacho, que parecía no oírlo—. Polly dijo que me harían un hombre... Oh, dioses, por favor, llevadme a un castillo... A un maestre, llevadme a un maestre, mi padre tiene oro... Solo venía por las chicas... piedad, ser.

El Perro le dio una bofetada que lo hizo gritar de nuevo.

—A mí no me llames *ser.* —Se volvió hacia Arya—. Este es tuyo, loba. Encárgate tú.

Arya sabía a qué se refería. Fue hacia donde estaba Polliver y se arrodilló en la sangre del hombre para desatarle el cinto de la espada. Junto al puñal estaba el arma más estilizada, demasiado corta para ser la espada de un hombre... pero en su mano era perfecta.

—¿Recuerdas dónde está el corazón? —preguntó el Perro.

Arya asintió. El escudero puso los ojos en blanco.

—Piedad.

Aguja se deslizó entre sus costillas y se la concedió.

—Bien. —La voz de Sandor sonaba tensa de dolor—. Si estos tres venían de putas aquí es que Gregor domina el vado además de Harrenhal. Pueden llegar más animales de los suyos en cualquier momento, y ya hemos matado a bastantes cabrones por hoy.

—¿Adónde vamos? —preguntó.

—A Salinas. —Le apoyó una mano enorme en el hombro para no caerse—. Coge un poco de vino, loba. Y todas las monedas que encuentres; nos van a hacer falta. Si hay barcos en Salinas, podemos llegar al Valle por mar. —La boca se le retorció, y le salió más sangre de donde había tenido la oreja—. Puede que Lady Lysa te case con su pequeño Robert. Menuda pareja ibais a hacer.

La risotada se le transformó en un gemido.

Cuando llegó el momento de marchar necesitó la ayuda de Arya para subir a lomos de Desconocido. Se había atado una tira de tela en torno al cuello y otra alrededor del muslo. También había cogido la capa del escudero, que estaba colgada de un clavo junto a la puerta. La capa era verde, con el emblema de una flecha también verde en un arco blanco, pero en cuanto el Perro se la arrebujó contra la herida que quedaba donde había tenido la oreja, no tardó en tornarse roja. Arya tenía miedo de que se derrumbara en cuanto se pusieran en marcha, pero Sandor se mantuvo firme en la silla.

No podían correr el riesgo de encontrarse con quienquiera que fuera el que dominaba el Vado Rubí, así que en vez de seguir por el camino Real se desviaron por el sudeste, entre campos llenos de hierbajos, bosques y cenagales. Tardaron horas en llegar a las orillas del Tridente. Arya vio que el río había vuelto mansamente a su cauce habitual; las lluvias se habían llevado todo su lodazal de rabia. «Hasta el río está cansado», pensó.

Cerca de la ribera encontraron unos sauces que crecían en medio de un montón de rocas erosionadas. Rocas y árboles formaban una especie de refugio natural donde podían protegerse sin ser vistos desde el río ni desde el sendero.

—Esto nos valdrá —dijo el Perro—. Abreva a los caballos y coge un poco de leña para encender una hoguera.

Al desmontar tuvo que agarrarse a la rama de un árbol para no caerse.

—¿No nos delatará el humo?

—Si alguien nos quiere encontrar, solo tiene que seguir mi rastro de sangre. Venga, agua, leña. Pero antes tráeme el pellejo de vino.

Después de encender la hoguera, Sandor puso el yelmo entre las llamas, vació dentro la mitad del pellejo de vino y se dejó caer contra una piedra cubierta de musgo, como si no pensara volver a levantarse.

Le ordenó a Arya que lavara la capa del escudero y la cortara en tiras. Luego las metió también en el yelmo.

—Si tuviera más vino bebería hasta perder el sentido. Tendría que mandarte de vuelta a aquella posada de mierda a buscar un par de pellejos más.

—No —replicó Arya.

«No se atreverá, ¿verdad? Si lo intenta, me iré a caballo y lo dejaré aquí tirado.»

Al ver el miedo reflejado en su cara, Sandor se echó a reír.

—Era una broma, niña lobo. Una puta broma. Búscame un palo, como así de largo y no muy grueso. Y límpialo de barro; no me gusta el sabor a barro.

Los dos primeros que le llevó no le gustaron. Cuando encontró uno que le pareció adecuado, las llamas habían chamuscado el hocico de su perro hasta los ojos. Dentro, el vino hervía a borbotones.

—Tráeme la taza de las alforjas y llénala hasta la mitad —le dijo—. Y ten cuidado. Como se te derrame te mandaré a buscar más. Luego me viertes el vino sobre las heridas. ¿Sabrás hacerlo? —Arya asintió—. Entonces, ¿a qué esperas? —gruñó.

La primera vez que llenó la taza, Arya rozó el acero con los nudillos y se quemó tanto que le salieron ampollas. Tuvo que morderse el labio para no gritar. El Perro utilizó el palo con el mismo objetivo: le clavó los dientes mientras ella le echaba el vino. Primero limpió el corte del muslo; luego, el de la parte trasera del cuello, que era menos profundo. Mientras le curaba la pierna, Sandor apretó el puño derecho y dio golpes contra el suelo. Cuando le llegó el turno al cuello, mordió el palo con tanta fuerza que lo rompió, y Arya tuvo que ir a buscarle otro. El terror se reflejaba en los ojos del hombre.

—Vuelve la cabeza.

Vertió el vino sobre la carne viva, la herida roja donde había tenido la oreja, y unas lenguas de sangre oscura y vino tinto se le deslizaron por la mandíbula. Entonces, pese al palo, gritó, y después se desmayó del dolor.

El resto, Arya lo tuvo que improvisar. Sacó las tiras de la capa del escudero del fondo del yelmo y las utilizó para vendar las heridas. Cuando le llegó el turno a la de la oreja tuvo que envolverle la mitad de la cabeza para detener la hemorragia. Cuando terminó, el sol se ponía ya sobre el Tridente. Dejó pastar a los caballos, los maneó, y por último se acomodó como mejor pudo en un nicho que quedaba entre dos rocas. El fuego siguió ardiendo un rato antes de consumirse. Arya contempló la luna entre las ramas del árbol bajo el que se refugiaba.

—Ser Gregor, la Montaña —dijo en voz baja—. Dunsen, Raff el Dulce, Ser Ilyn, Ser Meryn, la reina Cersei.

Se sintió rara al dejar fuera de la lista a Polliver y al Cosquillas. Y a Joffrey, también a Joffrey. Se alegraba de que hubiera muerto, pero le habría gustado verlo morir o, mejor aún, matarlo ella.

«Polliver dijo que Sansa y el Gnomo lo mataron. —¿Sería verdad? El Gnomo era un Lannister, y Sansa—... Ojalá me pudiera transformar en lobo, ojalá me salieran alas y pudiera marcharme volando.»

Si Sansa también había caído, ella era la única Stark que quedaba. Jon estaba en el Muro, a mil leguas de distancia, pero era un Nieve, y aquellos tíos y tías a los que el Perro quería venderla tampoco eran Stark. No eran lobos.

Sandor gimió, y Arya giró para ponerse de costado y mirarlo. Se dio cuenta de que también había omitido su nombre. ¿Por qué? Trató de pensar en Mycah, pero le costaba recordar su cara. No lo había conocido durante mucho tiempo.

«Lo único que hizo fue jugar a las espadas conmigo.»

—El Perro —susurró—. *Valar morghulis* —añadió.

Tal vez por la mañana estaría muerto...

Pero, cuando la pálida luz del amanecer empezó a filtrarse entre los árboles, fue él quien la despertó con la punta de la bota. Había soñado otra vez que era una loba, que perseguía a un caballo sin jinete colina arriba, seguida por su manada, pero el pie de Sandor la devolvió a la realidad justo cuando lo iban a matar.

El Perro estaba todavía muy débil, y sus movimientos eran lentos y torpes. Daba cabezadas en la silla; sudaba, y la oreja le volvía a sangrar a través de las vendas. Tenía que hacer acopio de todas sus fuerzas solo para no caerse de Desconocido. Si los hombres de la Montaña los hubieran perseguido, Arya dudaba que hubiera tenido fuerzas para levantar una espada. Se volvió para mirar, pero tras ellos no había nada más que un cuervo que revoloteaba de árbol en árbol. El único sonido que le llegaba era el del río.

Sandor Clegane se estaba tambaleando bastante antes del mediodía. Aún quedaban muchas horas de luz cuando la hizo detenerse.

—Tengo que descansar —fue lo único que dijo.

En aquella ocasión, al desmontar, cayó sin poder apoyarse en nada. No trató de levantarse, sino que se arrastró débilmente hasta debajo de un árbol y se apoyó en el tronco.

—Mierda —maldijo—. Mierda. —Vio que Arya lo estaba mirando—. Te despellejaría viva por una copa de vino, niña.

Ella le llevó agua. Sandor bebió un poco, se quejó de que sabía a barro y se hundió en un sueño febril y ruidoso. Lo tocó, y la piel le ardía. Arya olfateó las vendas como hacía a veces el maestre Luwin cuando le trataba un corte o un arañazo. Lo que más le había sangrado era la cara, pero era la herida de la pierna la que tenía un olor raro.

Se preguntó si aquello de Salinas estaría lejos y si podría llegar por su cuenta. «No tendría que matarlo. Si me marcho a caballo y lo dejo aquí, se morirá él solo. Se morirá de fiebre y se quedará aquí tirado bajo el árbol hasta el fin de los tiempos.» Pero quizá sería mejor que lo matara ella misma. Había matado al escudero en la posada, y el chico no había hecho más que agarrarla por el brazo. El Perro, en cambio, había matado a Mycah. «A Mycah y a muchos más. Seguro que ha matado a más de cien Mycahs.» Probablemente la habría matado también a ella si no fuera por el rescate.

Aguja centelleó cuando se la sacó del cinturón. Al menos, Polliver la había conservado afilada y en buen estado. Giró el cuerpo de lado en una posición de danzarina del agua que le salió por instinto. Las hojas secas crujieron bajo sus pies. «Rápida como una serpiente —pensó—. Suave como la seda de verano.»

Sandor abrió los ojos.

—¿Recuerdas dónde está el corazón? —preguntó en un susurro ronco.

—Solo... iba a... —Se había quedado inmóvil como una piedra.

—¡No mientas! —gruñó—. Detesto a los mentirosos. Y a los mentirosos cobardes, aún más. Venga. Hazlo. —Al ver que Arya no se movía, entrecerró los ojos—. Maté a tu amiguito, el hijo del carnicero. Casi lo corté por la mitad, y me reí. —Emitió un sonido extraño; Arya tardó un momento en comprender que estaba sollozando—. Y el pajarito, tu hermana, tu preciosa hermana... Me quedé allí, con mi capa blanca, y dejé que la golpearan. Yo le arrebaté aquella canción de mierda, no me la dio. Y me la habría llevado a ella. Me la tendría que haber llevado. Me la tendría que haber follado hasta matarla; le tendría que haber arrancado el corazón antes de dejarla para ese enano. —Un espasmo de dolor le retorció el rostro—. ¿Qué quieres, loba? ¿Que te lo suplique? ¡Vamos! El don de la piedad... venga a tu amigo Michael...

—Mycah. —Arya se alejó de él—. No te mereces el don de la piedad.

El Perro la observó con los ojos brillantes de fiebre mientras ensillaba a Gallina. En ningún momento intentó levantarse para detenerla.

—Una loba de verdad remataría a un animal herido —le dijo cuando la vio montar.

«A lo mejor te encuentran lobos de verdad —pensó Arya—. A lo mejor les llega tu olor cuando se ponga el sol.» Así aprendería qué les hacían los lobos a los perros.

—No me tendrías que haber pegado con el hacha —dijo—. Tendrías que haber salvado a mi madre.

Hizo dar la vuelta a la yegua y se alejó de él sin volver la vista atrás.

Una luminosa mañana, seis días más tarde, llegó a un lugar donde el Tridente empezaba a ensancharse y el aire olía más a sal que a árboles. Siguió avanzando, siempre cerca del agua; pasó junto a prados y granjas, y poco después del mediodía divisó una ciudad.

«Ojalá sea Salinas», pensó esperanzada. Un pequeño castillo dominaba la ciudad; era poco más que un torreón, apenas una edificación alta, cuadrada, con un patio y una muralla exterior. En la mayor parte de las tiendas, posadas y tabernas que rodeaban el puerto se veían los efectos de incendios y saqueos, pero algunos edificios aún parecían habitados. El puerto estaba allí, y hacia el este se extendía la bahía de los Cangrejos, con aguas que centelleaban azules y verdes bajo el sol.

Y había barcos.

«Tres —contó Arya—, hay tres.» Dos de ellos no eran más que remeros fluviales, barcazas de bajíos hechas para surcar las aguas del Tridente. El tercero era más grande, un mercante marino con dos hileras de remos, proa dorada y tres mástiles altos con velas plegadas de color morado. El casco también estaba pintado de morado. A lomos de Gallina, Arya recorrió el muelle para verlo mejor. En un puerto, los forasteros no eran tan raros como en una aldea, y a nadie pareció importarle quién era ni qué hacía allí.

«Necesito plata.» Se mordió el labio. A Polliver le habían quitado un venado y una docena de cobres; al escudero con espinillas que ella había matado, ocho platas, y tan solo había un par de monedas en el bolso del Cosquillas. Pero el Perro le había dicho que le quitara las botas y que le descosiera el dobladillo del jubón empapado de sangre. Ella había puesto un venado bajo cada pulgar, en las botas, y tres dragones de oro en el dobladillo, que volvió a coser. Sandor se había quedado con todo.

«No fue justo. Eran tan míos como suyos.» Si le hubiera concedido el don de la piedad... Pero no lo había hecho. No podía volver atrás, de la misma manera que no podía suplicar ayuda. «Suplicando no se consigue nada.» Tenía que vender a Gallina, y ojalá sacara suficiente por ella.

Un muchachito del puerto le dijo que los establos se habían quemado, pero su propietaria había llevado el negocio a la parte trasera del septo. A Arya no le costó dar con ella: era una mujer alta, corpulenta, con un agradable olor a caballo. Le gustó Gallina nada más verla; le preguntó a Arya cómo una yegua así había llegado a su poder y sonrió al oír su respuesta.

—Es un caballo de crianza —dijo—, eso se nota a la legua, y no dudo que perteneciera a un caballero, cariño. Pero ese caballero no era tu hermano muerto. Llevo muchos años haciendo negocios con el castillo, así que sé cómo es la gente de buena cuna. Esta yegua es de buena cuna, y tú no. —Clavó un dedo en el pecho de Arya—. No sé si la encontraste o la robaste, me da igual, pero fue una de dos. Solo así una pequeñaja harapienta como tú podría montar semejante palafrén.

—Entonces, ¿no me la vais a comprar? —Arya se mordió el labio.

—Sí, cariño, pero aceptarás lo que te ofrezca. —La mujer se rio entre dientes—. O eso o vamos al castillo, y a lo mejor allí no te dan nada. Y si te descuidas, te ahorcan por robarle el caballo a un buen caballero.

Había media docena de habitantes de Salinas en las cercanías, cada uno dedicado a sus asuntos, así que Arya comprendió que no podía matar a la mujer. Por lo tanto, tuvo que morderse el labio y dejarse estafar. La bolsa que obtuvo daba pena de puro exigua, y cuando pidió algo más por la silla, la manta y las riendas, la mujer se rio de ella.

«Al Perro no lo habría timado», pensó durante el largo trayecto de vuelta a los muelles. Le pareció una distancia inmensamente más larga que cuando la había recorrido a caballo.

La galera morada seguía allí. Si hubiera zarpado mientras se dejaba estafar, habría sido demasiado para ella. Cuando llegó estaban subiendo por la plancha un barril de hidromiel. Trató de ir detrás, pero un marinero de la cubierta empezó a gritarle en un idioma que no conocía.

—Quiero ver al capitán —le dijo Arya.

Lo único que consiguió fue que gritara más, pero el jaleo atrajo la atención de un hombre corpulento de pelo cano con una chaqueta de lana morada, que por suerte hablaba la lengua común.

—Yo soy el capitán —dijo—. ¿Qué quieres? Date prisa; la marea no espera.

—Quiero ir al norte, al Muro. Mirad, tengo para pagar. —Le entregó la bolsa—. La Guardia de la Noche tiene un castillo a la orilla del mar.

—Guardiaoriente. —El capitán se vació la bolsa en la palma de la mano y frunció el ceño—. ¿Esto es todo lo que tienes?

«No es suficiente», supo Arya antes de que se lo dijera. Lo veía bien claro en su rostro.

—No me hace falta camarote ni nada así —dijo—. Puedo dormir en la bodega o...

—Que venga como chica de camarote —dijo un remero que pasaba por allí con una bala de algodón al hombro—. Puede dormir conmigo.

—Cuidado con lo que dices —le replicó el capitán.

—También puedo trabajar —insistió Arya—. Sabría fregar las cubiertas. Estuve un tiempo fregando las escaleras de un castillo. O podría remar...

—No —le replicó—, no podrías. —Le devolvió las monedas—. Y aunque pudieras, tampoco importaría, niña. No se nos ha perdido nada en el norte. No hay nada más que hielo, guerra y piratas. De hecho, nos encontramos con una docena de barcos piratas al doblar Punta Zarpa Rota, y no tengo ninguna gana de volver a verlos. Nosotros vamos a poner rumbo hacia casa, y te recomiendo que hagas lo mismo.

«Yo no tengo casa —pensó Arya—. No tengo manada. Y ahora ni siquiera tengo caballo.»

El capitán empezó a dar la vuelta; ya no había más que hablar.

—¿Qué barco es este, mi señor? —preguntó a la desesperada.

El hombre se detuvo lo justo para dedicarle una sonrisa cansada.

—Es la *Hija del Titán,* de la Ciudad Libre de Braavos.

—¡Esperad! —exclamó Arya de repente—. Tengo otra cosa.

Se la había escondido tan bien en la ropa interior, para que nadie se la quitara, que tuvo que hurgar un rato para encontrarla, todo ello mientras los remeros se reían y el capitán aguardaba con impaciencia evidente.

—Una moneda de plata más no va a cambiar nada, niña —le dijo.

—No es de plata. —Cerró los dedos en torno a ella—. Es de hierro. Tomad.

Le apretó contra la palma de la mano la pequeña moneda de hierro que Jaqen H'ghar le había dado, tan gastada que el hombre cuya cabeza aparecía en ella no tenía ya rasgos.

«Seguro que no vale nada, pero...»

El capitán la examinó, parpadeó y clavó la vista en Arya.

—Esto... ¿Cómo...?

«Jaqen me dijo que dijera las palabras también.» Arya se cruzó los brazos sobre el pecho.

—*Valar morghulis* —exclamó con firmeza, como si supiera lo que significaba.

—*Valar dohaeris* —respondió él mientras se tocaba la frente con dos dedos—. Tendrás un camarote, por supuesto.

Samwell

—Chupa con más fuerza que el mío. —Elí acariciaba la cabeza del bebé mientras lo sostenía contra el pecho.

—Es que tiene hambre —dijo Val, la mujer rubia a la que los hermanos negros llamaban la princesa salvaje—. Hasta ahora ha vivido de leche de cabra y de las pócimas que le hacía el maestre ciego.

El niño aún no tenía nombre, como tampoco lo tenía el de Elí. Era la costumbre de los salvajes. Por lo visto, ni siquiera el hijo de Mance Rayder tendría un nombre hasta que llegara su tercer año, aunque Sam había oído a los hermanos llamarlo el principito o el nacido en la batalla.

Contempló cómo el niño mamaba del pecho de Elí, y luego se fijó en cómo lo miraba Jon.

«Jon está sonriendo. —Una sonrisa triste, sí, pero al menos era una sonrisa. Sam se alegró de verla—. Es la primera vez que lo veo sonreír desde que volvió.»

Habían caminado desde el Fuerte de la Noche hasta Lago Hondo, y luego, de Lago Hondo a Puerta de la Reina, siempre por un sendero angosto que iba de un castillo al siguiente, sin perder nunca de vista el Muro. A un día y medio del Castillo Negro, mientras se forzaban a seguir la marcha con los pies encallecidos, Elí oyó caballos tras ellos, y se volvió para ver una columna de jinetes negros que procedían del oeste.

—Mis hermanos —la tranquilizó Sam—. Por este camino no va nadie más que la Guardia de la Noche.

Resultó que era Ser Denys Mallister, de la Torre Sombría, con un herido Bowen Marsh y los supervivientes de la batalla del Puente de los Cráneos. Cuando Sam vio a Dywen, a Gigante y a Edd Tollett el Penas, se derrumbó y se echó a llorar.

Fueron ellos los que le relataron la batalla que había tenido lugar al pie del Muro.

—Stannis llegó a Guardiaoriente con sus caballeros, y Cotter Pyke lo guio por los caminos de los exploradores para coger desprevenidos a los salvajes —le contó Gigante—. Los destrozó. Mance Rayder cayó prisionero y perdió a un millar de sus mejores hombres, entre ellos Harma Cabeza de Perro. Por lo que nos han dicho, los demás se dispersaron como hojas en una tormenta.

«Los dioses son bondadosos», pensó Sam.

Si no se hubiera extraviado cuando Elí y él iban hacia el sur, tras huir del Torreón de Craster, se habrían topado de frente con la batalla... o, como mínimo, se habrían metido en el campamento de Mance. A Elí y al niño les habría ido bien, pero a él no. Sam había oído anécdotas sobre lo que hacían los salvajes con los cuervos capturados. Se estremeció.

Pero nada de lo que le contaron sus hermanos pudo prepararlo para lo que se encontró al llegar al Castillo Negro. La sala común había ardido hasta los cimientos, y de la gran escalera de madera solo quedaban montones de hielo quebrado y troncos chamuscados. Donal Noye había muerto, igual que Rast, Dick el Sordo, Alyn el Rojo y otros muchos, pero el castillo estaba lleno de gente como jamás lo había visto Sam; en su mayoría no eran hermanos negros, sino soldados del Rey, más de un millar. Por primera vez que se recordara había un rey en la Torre del Rey, y ondeaban estandartes en la Lanza, en la Torre de Hardin, en el Torreón Gris y en el Torreón del Escudo, y también en otros edificios que llevaban años bandonados.

—El grande, el dorado con el venado negro, es el estandarte real de la Casa Baratheon —le dijo a Elí, que no había visto nunca un estandarte—. El del zorro con las flores es de la Casa Florent. La tortuga es el de Estermont; el pez espada es el de Bar Emmon, y las trompetas cruzadas son de Wensington.

—Tienen tantos colores como las flores. —Elí señaló en dirección a uno—. Me gustan aquellos, los amarillos con el fuego. Y mira, algunos guerreros llevan el mismo dibujo en los jubones.

—Un corazón llameante. No sé a qué casa corresponde ese blasón.

No tardó en averiguarlo.

—Son los hombres de la Reina —le dijo Pyp, después de lanzar un grito de alegría y proclamar «¡Atrancad las puertas, muchachos, es Sam el Mortífero, ha vuelto de la tumba», mientras Grenn lo abrazaba con tal fuerza que pensó que le iba a romper las costillas—. Pero mejor no preguntes dónde está la Reina. Stannis la dejó en Guardiaoriente con su hija y toda su flota. No ha venido con más mujer que la roja.

—¿La roja? —repitió Sam, inseguro.

—Melisandre de Asshai —dijo Grenn—. La hechicera del Rey. Se dice que quemó vivo a un hombre en Rocadragón para que Stannis tuviera vientos favorables en su viaje hacia el norte. También cabalgó junto a él en la batalla y le dio una espada mágica. Se llama *Dueña de Luz.* Ya la verás. Brilla como si tuviera dentro un trozo del sol. —Miró de nuevo a Sam y sonrió con una sonrisa amplia, bobalicona—. Aún no me puedo creer que estés aquí.

Jon Nieve también había sonreído al verlo, pero con una sonrisa cansada, como la que tenía en aquel momento.

—Así que lo has logrado —dijo—. Además, has traído a Elí. Bien hecho, Sam.

Por lo que explicaba Grenn, Jon lo había hecho bastante mejor que bien. De todos modos, y aunque había conseguido el Cuerno del Invierno y a un príncipe salvaje, nada de ello parecía ser suficiente para que Ser Alliser Thorne y sus amigos dejaran de llamarlo cambiacapas. El maestre Aemon decía que la herida se le estaba curando bien, pero que Jon tenía también otras cicatrices más profundas que las que le rodeaban el ojo.

«Llora por su chica salvaje y por sus hermanos.»

—Qué curioso —comentó Sam—. Craster no sentía ningún aprecio por Mance, ni Mance por Craster, pero ahora la hija de Craster está amamantando al hijo de Mance.

—Yo tengo leche —dijo Elí en voz baja, tímida—. El mío toma solo un poco. No es tan codicioso como este.

Val, la mujer salvaje, se volvió para enfrentarse a ellos.

—He oído hablar a los hombres de la Reina; dicen que la mujer roja quiere quemar a Mance en cuanto recupere las fuerzas.

—Mance es un desertor de la Guardia de la Noche. —Jon le lanzó una mirada llena de cansancio—. Eso se castiga con la muerte. Si lo hubiera capturado la Guardia, ya lo habrían ahorcado, pero es prisionero del Rey, y nadie sabe qué piensa el Rey, excepto la mujer roja.

—Quiero verlo —dijo Val—. Quiero enseñarle a su hijo. Al menos se merece eso antes de que lo matéis.

—Nadie puede verlo, excepto el maestre Aemon, mi señora —intentó explicarle Sam.

—Si de mí dependiera, Mance podría abrazar a su hijo. —La sonrisa de Jon se había desvanecido—. Lo siento mucho, Val. —Se volvió—. Sam y yo tenemos que ocuparnos de nuestras obligaciones. Bueno, al menos Sam. Preguntaremos si puedes visitar a Mance. Es lo único que te prometo.

Sam se demoró un instante para dar un apretoncito en la mano a Elí y prometerle que regresaría después de la cena. Luego, se apresuró en pos de Jon. Había guardias ante la puerta, hombres de la Reina armados con lanzas. Jon ya estaba a medio camino del tramo de escaleras, pero se detuvo a esperar cuando oyó a Sam jadear tras él.

—Le tienes algo más que cariño a Elí, ¿verdad?

—Elí es buena. —Sam se había sonrojado—. Es buena y amable. —Se alegraba de que hubiera terminado la larga pesadilla; se alegraba de volver a estar con sus hermanos en el Castillo Negro... pero algunas noches, a solas en su celda, recordaba el calor que emanaba del cuerpo de Elí cuando se acurrucaban bajo las pieles, con el bebé entre ambos—. Ella... me hizo más valiente, Jon. No valiente, pero sí un poco valiente.

—Sabes que no puedes seguir con ella —le dijo Jon con cariño—, igual que yo no podía seguir con Ygritte. Pronunciaste el juramento, Sam, igual que yo. Igual que todos nosotros.

—Ya lo sé. Elí dijo que sería mi esposa, pero... Le conté lo del juramento y le expliqué qué significaba. No sé si se puso contenta o triste, pero se lo conté. —Tragó saliva, nervioso—. Jon, ¿puede haber honor en una mentira, si es por una... por una buena causa?

—Según la mentira y su causa. —Jon lo miró—. No te lo recomiendo. No vales para mentir, Sam. Te sonrojas, tartamudeas y te salen gallos.

—Es verdad —dijo—, pero podría mentir en una carta. Con la pluma en la mano se me da mejor. Es que... se me ha ocurrido una idea. Cuando las cosas se calmen un poco por aquí, he pensado que lo mejor para Elí sería... He pensado que podría enviarla a Colina Cuerno. Con mi madre, mis hermanas y mi... mi p-p-padre. Si Elí dijera que el bebé es mío... —Se estaba sonrojando de nuevo—. Mi madre lo querría, estoy seguro. Le buscaría un lugar a Elí, no sé, en el servicio; no sería tan duro como servir a Craster. Y en cuanto a Lord R-Randyll, pues... no lo reconocería jamás, pero hasta lo complacería el pensar que le he hecho un bastardo a una chica salvaje. Al menos le demostraría que soy bastante hombre como para acostarme con una mujer y engendrar un hijo. Una vez me dijo que estaba seguro de que moriría virgen, de que ninguna mujer querría nunca... Ya sabes... Jon, si lo hago, si escribo esta mentira... ¿sería bueno? El niño llevaría una vida...

—Crecería como bastardo en el castillo de su abuelo. —Jon se encogió de hombros—. No sé, depende en buena parte de tu padre y de cómo sea el niño. Si sale a ti...

—Imposible. Su padre era Craster. Ya lo conociste: era duro como el tocón de un árbol viejo, y Elí es más fuerte de lo que parece.

—Si el chico demuestra habilidad con la espada o con la lanza, seguramente tendrá un lugar en la guardia de tu padre, como mínimo —dijo Jon—. No es raro que a los bastardos los eduquen como escuderos y luego los armen caballeros. Pero tienes que estar seguro de que Elí resultará convincente. Por lo que me has contado de Lord Randyll, no creo que se tome muy bien que lo engañen.

Había más guardias apostados junto a las escaleras del exterior de la torre. Pero aquellos eran hombres del Rey. Sam había aprendido a distinguirlos enseguida. Los hombres del Rey eran tan terrenales e impíos como cualquier otro soldado, mientras que los de la Reina sentían una devoción fervorosa por Melisandre de Asshai y su Señor de la Luz.

—¿Vas otra vez al patio a entrenarte? —le preguntó Sam mientras caminaban—. ¿Crees que es conveniente tanto entrenamiento antes de que se te termine de curar la pierna?

—¿Qué otra cosa puedo hacer? —Jon se encogió de hombros—. Marsh me ha apartado del servicio; teme que siga siendo un cambiacapas.

—Eso solo lo piensan unos pocos —lo tranquilizó Sam—. Ser Alliser y sus amigos. La mayoría de los hermanos saben que no es verdad. Seguro que el rey Stannis también lo sabe. Le trajiste el Cuerno del Invierno y capturaste al hijo de Mance Rayder.

—Solo protegí a Val y al bebé de los saqueadores cuando huyeron los salvajes, y los defendí hasta que nos encontraron los exploradores. No capturé a nadie. Desde luego, es obvio que el rey Stannis tiene bien controlados a sus hombres. Los deja saquear hasta cierto punto, pero hasta ahora solo he oído que violaran a tres mujeres salvajes, y han castrado a los culpables. Me imagino que tendría que haber estado matando al pueblo libre mientras huía. Ser Alliser no para de decir que la única vez que desenvainé la espada fue para defender a nuestros enemigos. Según él, no maté a Mance Rayder porque estábamos compinchados.

—Eso no lo piensa más que Ser Alliser —dijo Sam—. Y ya saben todos cómo es.

Con su noble cuna, su rango de caballero y sus muchos años de servicio en la Guardia, Ser Alliser Thorne podría haber sido un buen candidato para el título de Lord Comandante, pero todos los hombres que había entrenado mientras había ejercido como maestro de armas lo despreciaban. Su nombre se había barajado, por supuesto, pero tras quedar en un triste sexto lugar el primer día, y llegar incluso a perder votos el segundo, Thorne se había retirado para dar su apoyo a Lord Janos Slynt.

—Lo que todos saben es que Ser Alliser es un caballero de noble estirpe, hijo legítimo, mientras que yo soy el bastardo que mató a Qhorin Mediamano y se acostó con una mujer del acero. Me llaman warg, los he oído. A ver, ¿cómo puedo ser un warg si no tengo lobo? —Frunció los labios—. Ya ni siquiera sueño con Fantasma. Todos mis sueños transcurren en las criptas, con los reyes de piedra en sus tronos. A veces oigo la voz de Robb y la de mi padre, como si estuvieran en un banquete. Pero nos separa un muro, y sé que no estoy invitado.

«Los vivos no están invitados a los banquetes de los muertos.» A San se le rompía el corazón, pero tenía que guardar silencio.

«Bran no está muerto, Jon —habría querido decirle—. Está con unos amigos; viajan hacia el norte a lomos de un alce gigante, en busca de un cuervo de tres ojos que vive en lo más profundo del bosque Encantado.»

A él mismo le sonaba tan demencial que a veces pensaba que lo había soñado todo, que había sido una escena fruto de la fiebre, el miedo y el hambre... Pero de todos modos se lo habría contado de no ser porque había dado su palabra.

Tres veces había tenido que jurar que mantendría el secreto: una al propio Bran, otra a aquel extraño muchachito, Jojen Reed, y la última a Manosfrías.

—El mundo cree que el chico está muerto —le había dicho su salvador en el momento de separarse—. Deja que sus huesos descansen en paz. No queremos que vengan a buscarnos. Júralo, Samwell de la Guardia de la Noche. Júralo por la vida que me debes.

Sam se agitó, inquieto y triste.

—Lord Janos no será elegido Lord Comandante. —Era el mejor consuelo que podía ofrecer a Jon, el único consuelo—. De verdad.

—Sam, eres un bobo encantador. Abre los ojos. Esto lo pusieron en marcha hace días. —Jon se apartó el pelo de los ojos—. Sé pocas cosas, pero de esa no me cabe duda. En fin, discúlpame; tengo que ir a golpear a alguien con una espada.

Sam no pudo hacer nada más que mirar cómo se alejaba hacia la armería y el patio de entrenamiento. Allí era donde Jon Nieve pasaba la mayor parte de sus horas de vigilia. Muerto Ser Endrew y desinteresado Ser Alliser, el Castillo Negro no tenía maestro de armas, de modo que Jon se había echado sobre los hombros la tarea de trabajar con algunos de los reclutas más verdes: Seda; Caballo; Petirrojo Saltarín, con su pie zambo; Arron y Emrick. Y cuando estaban de servicio se entrenaba a solas durante horas con la espada, el escudo y la lanza, o se medía con cualquiera que se prestara voluntario.

«Sam, eres un bobo encantador —las palabras de Jon le resonaron durante todo el camino de vuelta hacia el torreón del maestre—. Abre los ojos. Esto lo pusieron en marcha hace días.»

¿Sería posible que tuviera razón? Cualquier candidato necesitaba los votos de dos tercios de los Hermanos Juramentados para convertirse en Lord Comandante de la Guardia de la Noche, y tras nueve días y nueve votaciones no había ninguno que estuviera ni siquiera cerca de ese porcentaje. Lord Janos había estado ganando terreno, sí; primero había superado a Bowen Marsh y luego a Othell Yarwyck, pero seguía muy por detrás de Ser Denys Mallister, de la Torre Sombría y de Cotter Pyke, de Guardiaoriente del Mar.

«Uno de ellos será el nuevo Lord Comandante, no cabe duda», se dijo Sam.

Stannis también había puesto guardias ante la puerta del maestre. En las estancias hacía calor; estaban abarrotadas de hombres heridos en la batalla, tanto hermanos negros como soldados del Rey y soldados de la Reina. Clydas caminaba entre ellos con jarras de leche de cabra y vino del sueño, pero el maestre Aemon aún no había regresado de su visita matutina a Mance Rayder. Sam colgó la capa de un clavo y subió para ayudar. Pero, incluso mientras hacía recados, daba de beber y cambiaba vendas, las palabras de Jon le seguían resonando en los oídos.

«Sam, eres un bobo encantador. Abre los ojos. Esto lo pusieron en marcha hace días.»

Pasó más de una hora antes de que encontrara ocasión de excusarse para ir a atender a los cuervos. De camino a la pajarera, se detuvo para mirar el recuento que había hecho de la votación de la noche anterior. Cuando empezó todo, se habían presentado más de treinta nombres, pero prácticamente todos se retiraron en cuanto quedó claro que no tenían ninguna posibilidad de ganar. Desde la noche anterior solo quedaban siete. Ser Denys Mallister había conseguido doscientas trece fichas; Cotter Pyke, ciento ochenta y siete; Lord Slynt, setenta y cuatro; Othell Yarwyck, sesenta; Bowen Marsh, cuarenta y una; Hobb Tresdedos, cinco, y Edd Tollett, el Penas, una.

«Pyp y sus bromas tontas.»

Sam pasó páginas para consultar recuentos anteriores. Ser Denys, Cotter Pyke y Bowen Marsh habían estado perdiendo votos desde el tercer día, y Othell Yarwyck, desde el sexto. El único cuyas cifras mejoraban, día tras día, era Lord Janos Slynt.

Los pájaros graznaban en la pajarera, de modo que dejó los papeles y subió por las escaleras para darles de comer. Comprobó con satisfacción que habían llegado tres cuervos más.

—Nieve —graznaron—. Nieve, nieve, nieve.

Era la palabra que les había enseñado. Pese a los nuevos cuervos, la pajarera parecía muy vacía. De los pájaros que había enviado Aemon solo unos pocos habían regresado por el momento.

«Pero uno llegó a Stannis. Uno llegó a Rocadragón, a un rey al que todavía le importamos.»

A mil leguas hacia el sur, Sam sabía que su padre había puesto la Casa Tarly al servicio de la causa del chico que ocupaba el Trono de Hierro, pero ni el rey Joffrey ni el pequeño rey Tommen habían hecho ningún gesto cuando la Guardia pidió ayuda.

«¿De qué sirve un rey que no defiende su reino?», pensó furioso al recordar la noche en el Puño de los Primeros Hombres y el terrible viaje hasta el Torreón de Craster en medio de la oscuridad, entre la nieve y el miedo. Cierto, los hombres de la Reina lo incomodaban, pero al menos estaban allí.

Aquella noche, a la hora de la cena, Sam buscó a Jon Nieve, pero no se encontraba en la gigantesca cripta de piedra donde comían los hermanos. Acabó por ocupar un lugar en el banco cerca de sus otros amigos. Pyp estaba hablando con Edd el Penas de la competición para ver cuál de los soldados de paja recibía más flechas de los salvajes.

—Casi todo el tiempo fuiste por delante, pero el último día, Watt del lago Largo recibió tres y te adelantó.

—Nunca gano nada —se quejó Edd el Penas—. En cambio, los dioses siempre sonrieron a Watt. Cuando los salvajes lo derribaron en el Puente de los Cráneos, no cayó sobre las rocas, sino en un estanque. Eso sí que es tener suerte.

—¿Cayó desde muy arriba? —quiso saber Grenn—. ¿Salvó la vida al caer en el estanque?

—No —replicó Edd el Penas—. Ya estaba muerto; le habían partido la cabeza de un hachazo. Pero tuvo la suerte de no caer contra las rocas.

Hobb Tresdedos les había prometido a los hermanos una pata asada de mamut para aquella noche, tal vez con la esperanza de arañar unos cuantos votos.

«Si era eso lo que pretendía, tendría que haber buscado un mamut más joven», pensó Sam mientras se sacaba una hebra de ternilla de entre los dientes. Dejó la comida a un lado con un suspiro.

Pronto habría otra votación, y la tensión que se palpaba en el aire era más espesa que el humo. Cotter Pyke estaba sentado junto al fuego, rodeado de exploradores de Guardiaoriente. Ser Denys Mallister ocupaba un lugar cercano a la puerta, con un grupo más reducido de hombres de la Torre Sombría.

«Janos Slynt tiene el mejor lugar —advirtió Sam—, a medio camino entre las llamas y la corriente.»

Se alarmó al ver junto a él a Bowen Marsh, ojeroso y demacrado, con la cabeza todavía vendada, pero escuchando lo que fuera que estuviera diciendo Lord Janos. Se lo comentó a sus amigos.

—Y mira allí —le dijo Pyp—. Ser Alliser está hablando a Othell Yarwyck al oído.

Después de la cena el maestre Aemon se levantó para preguntar si algún hermano quería tomar la palabra antes de votar con las fichas. Edd el Penas se puso en pie, con el semblante tan sombrío como siempre.

—Solo quiero decirle a quienquiera que esté votando por mí que, sin lugar a dudas, sería un pésimo Lord Comandante. Al igual que el resto de los candidatos.

Tras él tomó la palabra Bowen Marsh, con una mano sobre el hombro de Lord Slynt.

—Hermanos y amigos, pido que mi nombre se retire de la lista de candidatos. La herida todavía me molesta, y la carga de ser Lord Comandante resultaría excesiva para mí... pero no para Lord Janos, que durante muchos años estuvo al mando de los capas doradas en Desembarco del Rey. Espero que todos le demos nuestro apoyo.

Sam oyó murmullos airados en la zona de la estancia donde estaba Cotter Pyke, y Ser Denys miró a uno de sus compañeros y asintió. «Es demasiado tarde; el daño ya está hecho.» Se preguntó dónde estaría Jon y por qué se había mantenido al margen.

Casi todos los hermanos eran analfabetos, de manera que, por tradición, las votaciones se hacían depositando fichas en una enorme olla de hierro, que Hobb Tresdedos y Owen el Bestia habían sacado a rastras de la cocina. Los barriles de las fichas estaban en un rincón, tras una gruesa cortina, de manera que los votantes pudieran hacer su elección en secreto. Estaba permitido que un amigo votara en nombre de otro que estuviera de servicio, de modo que algunos hombres cogían dos fichas, tres o cuatro, y Ser Denys y Cotter Pyke depositaban los votos de las guarniciones que habían dejado atrás.

Cuando por fin se quedaron solos en la estancia, Sam y Clydas volcaron la olla delante del maestre Aemon. Una cascada de conchas marinas, piedras y monedas de cobre cubrió la mesa. Las manos arrugadas de Aemon se movieron a una velocidad sorprendente: pusieron las conchas en un lado, las piedras en otro y las monedas en un tercero, y amontonaron juntas las pocas puntas de flecha, clavos y bellotas. Sam y Clydas contaron los montones y tomaron cada uno nota de los resultados.

Aquella noche le correspondía a Sam ser el primero en anunciar los resultados.

—Doscientos tres para Ser Denys Mallister —dijo—. Ciento sesenta y nueve para Cotter Pyke. Ciento treinta y siete para Lord Janos Slynt, setenta y dos para Othell Yarwyck, cinco para Hobb Tresdedos y dos para Edd el Penas.

—Yo he contado ciento sesenta y ocho para Pyke —dijo Clydas—. Según mis cuentas faltan dos votos, y según las de Sam, uno.

—Sam ha contado bien —dijo el maestre Aemon—. Jon Nieve no ha depositado ficha. No importa; ninguno de los candidatos está cerca.

Sam sintió más alivio que decepción. Pese al apoyo de Bowen Marsh, Lord Janos seguía teniendo únicamente un tercio de los votos.

—¿Quiénes son los cinco que siguen votando por Hobb Tresdedos? —preguntó, intrigado.

—Hermanos que no lo quieren en las cocinas, seguro —dijo Clydas.

—Ser Denys ha perdido diez votos desde ayer —señaló Sam—. Y Cotter Pyke, casi veinte. Mala cosa.

—Mala cosa para sus esperanzas de ocupar el puesto de Lord Comandante, sin duda —dijo el maestre Aemon—. Eso no nos corresponde a nosotros decidirlo. Diez días no son tanto tiempo. Hubo una vez una elección que duró casi dos años, con unas setecientas votaciones. Los hermanos tomarán una decisión a su debido tiempo.

«Sí —pensó Sam—, pero ¿qué decisión?»

Más tarde, mientras tomaban copas de vino rebajado con agua en la intimidad de la celda de Pyp, a Sam se le soltó la lengua y empezó a pensar en voz alta.

—Cotter Pyke y Ser Denys Mallister están perdiendo terreno, pero entre los dos todavía tienen dos tercios de los votos —les comentó a Pyp y a Grenn—. Cualquiera de ellos sería un buen Lord Comandante. Alguien tendría que convencer a uno de ellos de que se retirase y le diese su apoyo al otro.

—¿Alguien? —dijo Grenn, dubitativo—. ¿Quién?

—Grenn es tan tonto que cree que podría ser él —dijo Pyp—. Quizá cuando «alguien» acabe con lo de Pyke y Mallister, debería convencer al rey Stannis de que se case con la reina Cersei.

—El rey Stannis ya está casado —objetó Grenn.

—¿Qué puedo hacer con él, Sam? —suspiró Pyp.

—Cotter Pyke y Ser Denys no se llevan bien —insistió Grenn, testarudo—. Se pelean por todo, ¡por todo!

—Sí, pero solo porque tienen opiniones diferentes acerca de lo que es mejor para la Guardia —señaló Sam—. Si nosotros les explicáramos...

—¿Nosotros? —lo interrumpió Pyp—. ¿Cómo es que *alguien* se ha convertido en *nosotros*? Yo soy un mono de feria, ¿recuerdas? Y Grenn es... Bueno, Grenn. —Sonrió a Sam y movió las orejas—. En cambio, tú... Tú eres hijo de un lord, el mayordomo del maestre...

—Y Sam el Mortífero —terminó Grenn—. Mataste al Otro.

—Lo que lo mató fue el vidriagón —dijo Sam por enésima vez.

—Hijo de un lord, el mayordomo del maestre y Sam el Mortífero —caviló Pyp—. Podrías hablar con ellos, tal vez...

—Podría —dijo Sam con voz tan lúgubre como la de Edd el Penas—, si no fuera demasiado cobarde para enfrentarme a ellos.

Jon

Jon, con la espada en la mano, describió un lento círculo en torno a Seda, obligándolo a volverse.

—Levanta el escudo —dijo.

—Es demasiado pesado —se quejó el chico de Antigua.

—Es tan pesado como tiene que ser para parar una espada —repuso Jon—. Venga, levántalo.

Avanzó un paso y lanzó un golpe. Seda alzó súbitamente el escudo, a tiempo para parar el tajo con el borde, y lanzó una estocada con su acero a las costillas de Jon.

—Bien —dijo Jon al notar el impacto en su escudo—. Eso ha estado muy bien. Pero tienes que darte impulso con el cuerpo. Añade tu peso al filo del acero y harás más daño que si usas solo la fuerza del brazo. Vamos, inténtalo de nuevo: atácame, pero mantén arriba el escudo o haré que la cabeza te suene como una campana.

Sin embargo, Seda retrocedió un paso y se levantó el visor.

—Jon —dijo, con voz ansiosa.

Cuando se volvió, ella estaba de pie detrás de él, rodeada por media docena de hombres de la Reina.

«No es de extrañar que se haya hecho el silencio en el patio.» Había visto a Melisandre junto a sus hogueras nocturnas y en sus idas y venidas por el castillo, pero nunca tan de cerca. «Es bella», pensó; pero en los ojos rojos había algo más que perturbador.

—Mi señora.

—El Rey quiere hablar contigo, Jon Nieve.

—¿Me permitís cambiar de ropa? —Jon clavó en el suelo la espada de prácticas—. Mi aspecto no es adecuado para presentarme ante un rey.

—Te esperaremos en la cima del Muro —dijo Melisandre.

«“Te esperaremos” —se fijó Jon—, no “te esperará”. Es tal como cuentan. Esta es su auténtica reina, no la que dejó en Guardiaoriente.»

Colgó la cota y el peto en la armería, regresó a su celda, se quitó las ropas empapadas de sudor y se puso otras negras limpias. Sabía que en la jaula haría frío y viento, y que encima del hielo lo notaría todavía más, por lo que eligió una capa con un grueso capuchón. Por último recogió a *Garra* y se la colgó a la espalda.

Melisandre lo esperaba en la base del Muro. Había despedido a los hombres de la Reina.

—¿Qué quiere de mí Su Alteza? —le preguntó Jon cuando entraron en la jaula.

—Todo lo que puedas dar, Jon Nieve. Es un rey.

Jon cerró la puerta y tiró de la cuerda de la campana. La polea comenzó a girar. Ascendieron. El día era claro y el Muro lloraba; largas lenguas de agua bajaban por su cara iluminada por el sol. En el espacio cerrado de la jaula de hierro notaba intensamente la presencia de la mujer roja.

«Hasta huele a rojo.» El aroma le recordó la forja de Mikken, el olor del hierro cuando estaba al rojo blanco; era un aroma de humo y sangre. «Besada por el fuego», pensó, recordando a Ygritte. El viento se introdujo entre las largas túnicas rojas de Melisandre y las hizo aletear contra las piernas de Jon, que se encontraba de pie, a su lado.

—¿No tenéis frío, mi señora? —le preguntó.

Ella se echó a reír.

—Nunca. —El rubí de su garganta parecía palpitar al unísono con su corazón—. El fuego del Señor vive en mí, Jon Nieve. Siéntelo. —Le cogió la mano y se la llevó a la mejilla, y la mantuvo allí para que percibiera su calor—. Así debe ser la vida —le dijo—. Solo la muerte es fría.

Stannis Baratheon estaba solo, de pie junto al borde del Muro, contemplando el campo donde había ganado su batalla y el inmenso bosque verde de más allá. Llevaba los mismos calzones, túnica y botas negras que debía usar un hermano de la Guardia de la Noche. Solo su capa lo diferenciaba: una pesada capa dorada, ribeteada de piel negra, con un broche en forma de corazón ardiente.

—Alteza, os he traído al bastardo de Invernalia —dijo Melisandre.

Stannis se volvió para estudiarlo. Los ojos, bajo las espesas cejas, eran pozos azules insondables. Las mejillas hundidas y el mentón voluntarioso estaban cubiertos por una barba de un negro azulado, bien recortada, que no hacía gran cosa para ocultar la delgadez de su rostro. Tenía los dientes apretados, y el cuello, los hombros y la mano derecha, tensos.

Jon se acordó de algo que Donal Noye le había dicho en una ocasión con respecto a los hermanos Baratheon. «Robert era el auténtico acero. Stannis es puro hierro: negro, duro y fuerte, pero quebradizo como suele ser el hierro. Se partirá antes de doblarse.» Inquieto, se arrodilló mientras se preguntaba para qué lo necesitaba aquel rey quebradizo.

—Levántate. He oído muchas cosas y muy variadas sobre ti, Lord Nieve.

—No soy ningún lord, señor. —Jon se levantó—. Sé lo que habéis oído. Que soy un cambiacapas y un cobarde. Que maté a mi hermano Qhorin Mediamano para que los salvajes me perdonaran la vida. Que cabalgué con Mance Rayder y tomé una mujer salvaje.

—Sí. Todo eso y mucho más. También dicen que eres un warg, un cambiapieles que merodea por las noches con forma de lobo. —La sonrisa del rey Stannis era dura—. ¿Qué hay de verdad en lo que se cuenta?

—Yo tenía un huargo, Fantasma. Lo abandoné cuando subí al Muro, cerca de Guardiagrís, y desde entonces no he vuelto a verlo. Qhorin Mediamano me dio la orden de unirme a los salvajes. Sabía que me obligarían a matar para ponerme a prueba, y me dijo que hiciera cualquier cosa que me pidieran. La mujer se llamaba Ygritte. Con ella rompí los votos, pero os juro por el nombre de mi padre que nunca he cambiado de capa.

—Te creo —le dijo el Rey, y aquello lo sorprendió.

—¿Por qué?

—Conozco a Janos Slynt. —Stannis resopló—. Y también conocí a Ned Stark. Tu padre no era mi amigo, pero habría que ser tonto para poner en duda su honor o su sinceridad. Tú te pareces a él. —Stannis Baratheon era un hombre alto y le sacaba una cabeza a Jon, pero estaba tan delgado que aparentaba diez años más de los que tenía—. Sé mucho más de lo que te imaginas, Jon Nieve. Sé que fuiste tú quien encontró el puñal de vidriagón que utilizó el hijo de Randyll Tarly para matar al Otro.

—La encontró Fantasma. La hoja estaba envuelta en la capa de un explorador, y la habían enterrado al pie del Puño de los Primeros Hombres. También había otras armas... puntas de lanza y de flecha, todas de vidriagón.

—Sé que aquí defendiste la puerta —dijo el rey Stannis—. De no ser así, yo habría llegado demasiado tarde.

—Donal Noye defendió la puerta. Murió abajo, en el túnel, combatiendo contra el rey de los gigantes.

—Noye me hizo mi primera espada, así como la maza de Robert. —Stannis hizo una mueca—. Si el dios hubiera querido preservar su vida, habría sido mejor Lord Comandante de vuestra orden que cualquiera de los idiotas que se pelean ahora por el cargo.

—Cotter Pyke y Ser Denis Mallister no son idiotas, señor —dijo Jon—. Son hombres buenos y competentes. También lo es Othell Yarwyck a su manera. Lord Mormont confiaba en ambos.

—Vuestro Lord Mormont era demasiado confiado. De otro modo, no habría muerto de esa forma. Pero estábamos hablando de ti. No he olvidado que fuiste tú quien nos trajo este cuerno mágico, y quien capturó a la mujer y al hijo de Mance Rayder.

—Dalla murió. —Jon aún estaba triste por aquello—. Val es su hermana. No tuve que esforzarme mucho para capturarlos a ella y al niño, Alteza. Vos habíais hecho huir a los salvajes, y el cambiapieles que Mance había dejado para custodiar a su reina enloqueció cuando ardió el águila. —Jon miró a Melisandre—. Algunos dicen que sois vos quien hizo eso.

—El Señor de la Luz tiene garras feroces, Jon Nieve —dijo ella con una sonrisa; el largo cabello cobrizo le cubría parte del rostro.

Jon asintió y volvió a mirar al Rey.

—Alteza, habéis hablado de Val. Ella ha pedido ver a Mance Rayder, llevarle a su niño. Eso sería... un acto de bondad.

—Ese hombre es un desertor de vuestra orden. Vuestros hermanos insisten en que debe morir. ¿Por qué debería tener un acto de bondad con él?

—Si no es por él —dijo Jon, que no sabía qué contestar a aquello—, que sea por Val. O por su hermana, la madre del niño.

—¿Le tienes cariño a esa tal Val?

—Apenas la conozco.

—Me dicen que tiene un aspecto muy dulce.

—Sí, mi señor —admitió Jon.

—La belleza puede ser traicionera. Mi hermano aprendió esa lección con Cersei Lannister. Ella lo asesinó, no lo dudes. Así como a tu padre y a Jon Arryn. —El Rey puso mala cara—. Tú cabalgaste con esos salvajes. ¿Crees que tienen algún honor?

—Sí —dijo Jon—, pero es un tipo de honor propio, señor.

—¿Y Mance Rayder?

—Sí. Eso creo.

—¿El Señor de los Huesos?

—Lo llamábamos Casaca de Matraca —respondió Jon tras vacilar un instante—. Traicionero y sediento de sangre. Si tiene algún honor, lo esconde bien debajo de su traje de huesos.

—¿Y ese otro hombre, Tormund de los muchos nombres, que se nos escapó después de la batalla? Respóndeme sinceramente.

—Tormund Matagigantes me parecía de los hombres que pueden ser buenos amigos pero malos enemigos, Alteza.

Stannis asintió bruscamente.

—Tu padre era un hombre de honor. No fue mi amigo, pero vi su valía. Tu hermano fue un rebelde y un traidor que quería robar la mitad de mi reino, pero ningún hombre puede poner en duda su valor. ¿Y tú?

«¿Quiere que diga que cuenta con mi amor?»

—Soy un hombre de la Guardia de la Noche —al decir aquello, la voz de Jon era severa, formal.

—Palabras. Las palabras solo son viento. ¿Por qué crees que abandoné Rocadragón y vine al Muro, Lord Nieve?

—No soy ningún lord, señor. Habéis venido porque os lo pedimos, eso espero. Aunque no sé por qué os tomasteis tanto tiempo.

Sorprendentemente, Stannis sonrió al oír aquello.

—En esa osadía se nota que eres un Stark. Sí, debí haber llegado antes. De no ser por mi Mano, no habría venido. Lord Seaworth es un hombre de humilde cuna, pero me recordó mi deber cuando todo lo que tenía en la cabeza eran mis derechos. Davos dijo que había puesto el carro delante de los caballos. Yo estaba tratando de ganar el trono para salvar el reino, cuando debería intentar salvar el reino para ganar el trono. —Stannis señaló hacia el norte—. Ahí es donde encontraré al enemigo que nací para combatir.

—Que su nombre no se mencione —añadió Melisandre en voz baja—. Es el Dios de la Noche y el Terror, Jon Nieve, y esas formas de la nieve son sus criaturas.

—Me cuentan que diste muerte a uno de esos cadáveres andantes para salvar la vida de Lord Mormont —dijo Stannis—. Es posible que esta sea también tu guerra, Lord Nieve. Si me ofreces tu ayuda.

—Mi espada pertenece a la Guardia de la Noche, Alteza —respondió Jon Nieve con precaución.

Aquello no le gustó al Rey. Stannis hizo rechinar los dientes.

—Necesito de ti algo más que una espada —dijo.

—¿Mi señor? —Jon no lo entendía.

—Necesito el norte.

«El norte.»

—Mi... mi hermano Robb era el Rey en el Norte...

—Tu hermano era el legítimo señor de Invernalia. Si se hubiera quedado en casa y hubiera cumplido con su deber, en lugar de coronarse y salir a la conquista de las tierras fluviales, hoy estaría vivo. Pero dejemos eso. Tú no eres Robb, lo mismo que yo no soy Robert.

La brusquedad de sus palabras había destruido cualquier simpatía que Jon hubiera podido albergar hacia Stannis.

—Yo quería a mi hermano —dijo.

—Y yo al mío. Pero fueron lo que fueron; lo mismo pasa con nosotros. Soy el único rey auténtico de Poniente, al norte o al sur. Y tú eres el hijo bastardo de Ned Stark. —Stannis lo estudió con los oscuros ojos azules—. Tywin Lannister ha nombrado Guardián del Norte a Roose Bolton, para recompensarlo por traicionar a tu hermano. Los hombres del hierro pelean entre sí desde la muerte de Balon Greyjoy, pero aún conservan Foso Cailin, Bosquespeso, la Ciudadela de Torrhen y buena parte de la Costa Pedregosa. Las tierras de tu padre se desangran, y yo no tengo el tiempo ni las fuerzas necesarios para restañar las heridas. Lo que hace falta es un señor de Invernalia. Un señor de Invernalia leal a su legítimo rey.

«Me lo está diciendo a mí», pensó Jon con aturdimiento.

—Invernalia no existe ya. Theon Greyjoy la quemó.

—El granito no arde con facilidad —dijo Stannis—. El castillo se puede reconstruir en su momento. Lo que hace a un señor no son los muros, sino el hombre. Tus norteños no me conocen, no tienen ningún motivo para quererme, pero yo necesito su fuerza para las batallas que me aguardan. Necesito a un hijo de Eddard Stark para que gane esas batallas bajo mi estandarte.

«Quiere hacerme señor de Invernalia.» Las ráfagas de viento eran cada vez más fuertes, y Jon se sentía tan mareado que temía caer del Muro.

—Alteza, olvidáis que soy un Nieve, no un Stark.

—Eres tú el que olvida con quién está hablando.

—Un rey puede borrar la mancha de la ilegitimidad con un gesto, Lord Nieve —dijo Melisandre, poniendo una tibia mano sobre el brazo de Jon.

«Lord Nieve.» Ser Alliser Thorne lo llamaba así para burlarse de su nacimiento ilegítimo. Muchos de sus hermanos también se acostumbraron a darle aquel nombre, algunos con afecto, otros para zaherirlo. De pronto, sonaba distinto a oídos de Jon. Sonaba... auténtico.

—Sí —dijo con vacilación—, otros reyes han legitimado a bastardos, pero... sigo siendo un hermano de la Guardia de la Noche. Me arrodillé ante un árbol corazón y juré no poseer tierra alguna ni tener jamás ningún hijo.

—Jon. —Melisandre estaba tan cerca que podía percibir la calidez de su aliento—. R'hllor es el único dios verdadero. Un voto hecho ante un árbol no tiene más valor que un juramento que hicieras ante tus zapatos. Abre tu corazón y deja que la Luz del Señor entre en él. Quema esos arcianos y acepta Invernalia como un regalo del Señor de la Luz.

Cuando Jon era muy joven, demasiado para comprender qué significaba ser un bastardo, soñaba que Invernalia sería suya algún día. Más tarde, cuando era mayor, aquellos sueños lo avergonzaban. Invernalia sería para Robb y sus hijos, o para Bran o Rickon, en caso de que Robb muriera sin descendencia. Y a continuación estaban Sansa y Arya. Hasta soñar otra cosa parecía una deslealtad, como si los estuviera traicionando en su corazón, deseando su muerte.

«Nunca quise esto —pensó mientras se encontraba de pie ante el rey de ojos azules y la mujer roja—. Yo quería a Robb; yo los quería a todos... Nunca quise que le pasara nada a ninguno de ellos, pero les pasó. Y ahora solo quedo yo.»

Todo lo que tenía que hacer era decir una palabra, y sería Jon Stark, ya nunca más Jon Nieve. Todo lo que tenía que hacer era jurar lealtad a aquel rey, e Invernalia sería suya. Todo lo que tenía que hacer...

Era abjurar otra vez de sus votos.

Y en aquella ocasión no sería una estratagema. Para reivindicar el castillo de su padre tenía que volverse en contra de los dioses de su padre.

El rey Stannis volvió a mirar hacia el norte, con la capa dorada colgando de los hombros.

—Quizá me haya equivocado contigo, Jon Nieve. Los dos sabemos las cosas que se dicen de los bastardos. Quizá te falte el honor de tu padre o el talento de tu hermano con las armas. Pero tú eres el arma que me ha dado el Señor. Te he encontrado aquí, de la misma manera que tú encontraste el depósito de vidriagón bajo el Puño, y tengo la intención de utilizarte. Ni siquiera Azor Ahai ganó su guerra solo. Maté a mil salvajes, tomé cautivos a otros mil y dispersé al resto, pero ambos sabemos que volverán. Melisandre lo ha visto en sus hogueras. Ese Tormund Puño de Trueno debe de estar ahora mismo organizándolos y planeando un nuevo asalto. Y mientras más nos desangremos mutuamente, más débiles estaremos en el momento en que el enemigo real caiga sobre nosotros.

—Como digáis, Alteza. —Jon había llegado a las mismas conclusiones. Se preguntó adónde quería llegar aquel rey.

—Mientras tus hermanos han estado luchando para decidir quién los dirigirá, yo he hablado con el tal Mance Rayder. —Rechinó los dientes—. Es un hombre soberbio, henchido de orgullo. No me dejará más opción que entregarlo a las llamas. Pero hemos hecho otros cautivos, entre los que hay otros cabecillas. El que se hace llamar Señor de los Huesos, algunos de los jefes de clanes, el nuevo Magnar de Thenn. A tus hermanos no les gustará, y tampoco a los señores de tu padre, pero tengo la intención de dejar que los salvajes crucen el Muro... los que me juren lealtad, prometan respetar la paz del rey, cumplir sus leyes y aceptar como su dios al Señor de la Luz. Hasta los gigantes, en caso de que esas enormes rodillas puedan doblarse. Los asentaré en el Agasajo en cuanto se lo haya arrebatado a tu nuevo Lord Comandante. Cuando se levanten los vientos fríos, viviremos o moriremos juntos. Ha llegado el momento de que nos aliemos contra nuestro enemigo común. —Miró a Jon—. ¿Estarás de acuerdo?

—Mi padre soñaba con colonizar el Agasajo —admitió Jon—. Mi tío Benjen y él hablaban de eso. —«Pero no pensó nunca en poblarlo con salvajes... aunque tampoco galopó nunca con ellos.» No se engañaba; el pueblo libre sería un vecino peligroso que se rebelaría a cada paso. Pero cuando comparaba el cabello rojo de Ygritte con los fríos ojos azules de los espectros, la elección resultaba sencilla—. Estoy de acuerdo.

—Bien —dijo el rey Stannis—, porque el modo más seguro de sellar una nueva alianza es con un matrimonio. Tengo la intención de casar a mi señor de Invernalia con esa princesa de los salvajes.

Tal vez porque había pasado demasiado tiempo con el pueblo libre, no pudo contener una carcajada.

—Alteza —dijo—, cautiva o no, si creéis que podéis entregar a Val a nadie, me temo que os quedan muchas cosas por aprender sobre las mujeres salvajes. Quien se case con ella debe estar preparado para subir a su ventana de la torre y llevársela a punta de espada...

—¿Quien se case con ella? —Stannis lo midió con la mirada—. ¿Significa eso que no vas a casarte con esa chica? Te advierto que es parte del precio que tienes que pagar por el nombre y el castillo de tu padre. Esa unión es necesaria para ayudar a asegurar la fidelidad de nuestros nuevos súbditos. ¿Me estás rechazando, Jon Nieve?

—No —respondió Jon demasiado deprisa. El Rey hablaba de Invernalia, y no era algo que se pudiera rechazar fácilmente—. Quiero decir... Esto ha sido totalmente inesperado, Alteza. ¿Puedo pediros un tiempo para pensarlo?

—Como quieras. Pero piénsalo deprisa. No soy un hombre paciente, como van a descubrir muy pronto tus hermanos negros. —Stannis puso una mano flaca y descarnada en el hombro de Jon—. No hables de lo que hemos tratado aquí hoy. Con nadie. Pero cuando regreses, solo tienes que doblar la rodilla, poner tu espada a mis pies y prometer ponerte a mi servicio, y te levantarás como Jon Stark, el señor de Invernalia.

Tyrion

Al oír ruidos al otro lado de la gruesa puerta de su celda, Tyrion Lannister se dispuso a morir.

«Ya iba siendo hora —pensó—. Venga, venga, acabemos de una vez. —Se puso de pie. Había estado sentado sobre las piernas, y se le habían dormido. Se inclinó y se las frotó para calmar los pinchazos—. No pienso llegar ante el verdugo tambaleándome.»

Se preguntó si lo matarían allí abajo, en la oscuridad, o si lo arrastrarían por la ciudad para que Ser Ilyn Payne le pudiera cortar la cabeza. Tras la farsa que había sido el juicio, tal vez su querida hermana y su querido padre preferirían librarse de él discretamente en vez de arriesgarse a una ejecución pública.

«Si me dejaran hablar, le podría contar al populacho un par de cositas.» Pero no serían tan estúpidos, claro.

Cuando las llaves tintinearon y la puerta de la celda se empezó a abrir hacia dentro entre crujidos, Tyrion apoyó la espalda en la pared húmeda. Habría dado cualquier cosa por un arma.

«Todavía me queda la posibilidad de morder y dar patadas. Al menos moriré con el sabor de la sangre en la boca.» Le habría gustado tener tiempo para buscar unas buenas últimas palabras. Un «A tomar por culo todos» no le granjearía un lugar interesante en la historia.

La luz de una antorcha le iluminó la cara. Se protegió los ojos con una mano.

—Venga, ¿es que te da miedo un enano? —Demasiados días sin hablar; tenía la voz ronca—. Acaba ya de una vez, hijo de puta piojosa.

—Esa no es manera de hablar de nuestra señora madre. —El hombre se adelantó. Llevaba la antorcha en la mano izquierda—. Esto es incluso peor que mi celda en Aguasdulces, aunque no tan húmedo, claro.

Durante un momento, Tyrion se quedó sin respiración.

—¿Eres tú?

—La mayor parte de mí. —Jaime estaba demacrado y llevaba el pelo corto—. Me dejé una mano en Harrenhal. Fue nuestro padre quien trajo a los Compañeros Audaces desde el otro lado del mar Angosto. Ha tenido ideas mejores.

Alzó el brazo, y Tyrion vio el muñón. No pudo controlarse y cedió ante un ataque de risa histérica.

—Ay, dioses —dijo—. Lo siento mucho, Jaime, pero... por los dioses, mira qué pareja hacemos. Manco y Desnarigado, los hermanos Lannister.

—Hubo días en los que mi mano olía tan mal que me habría gustado no tener nariz. —Jaime bajó la antorcha para examinar el rostro de su hermano—. Vaya cicatriz. Impresionante.

—Me obligaron a luchar en una batalla sin la protección de mi hermano mayor. —Tyrion se apartó de la luz.

—He oído que casi quemaste la ciudad.

—Mentira cochina. Solo quemé el río. —De pronto Tyrion recordó dónde estaba y por qué—. ¿Has venido a matarme?

—Serás ingrato... Si vas a ponerte tan antipático, te dejaré aquí para que te pudras.

—No creo que el destino que me reserva Cersei sea la putrefacción.

—La verdad, no. Te quiere decapitar mañana, en donde se celebraban antes los torneos.

—¿Habrá comida? —Tyrion se volvió a reír—. Oye, tienes que ayudarme con lo de las últimas palabras; no se me ocurre nada interesante.

—No te harán falta últimas palabras. He venido a rescatarte. —La voz de Jaime tenía una extraña solemnidad.

—¿Quién te ha dicho que necesito que me rescaten?

—¿Sabes una cosa? Casi se me había olvidado lo insoportable que puedes llegar a ser. Ahora que me lo has recordado, me parece que dejaré que Cersei te corte la cabeza.

—Eso no me lo creo. —Salió de la celda—. ¿Es de día o de noche ahí arriba? No sé cuánto tiempo llevo aquí.

—Hace tres horas que pasó la medianoche. La ciudad duerme. Jaime volvió a poner la tea en el aplique del muro que separaba dos celdas. El pasadizo estaba tan mal iluminado que Tyrion casi tropezó con el carcelero, que estaba tirado en el duro suelo de piedra. Le dio un golpecito con el pie.

—¿Está muerto?

—No, dormido. Igual que los otros tres. El eunuco les puso sueñodulce en el vino, pero no tanto como para matarlos. Bueno, eso dice él. Te está esperando en la escalera, vestido con una túnica de septón. Vas a ir por las cloacas hasta el río; te aguarda una galera en la bahía. Varys tiene agentes en las Ciudades Libres que se encargarán de que no te falte dinero... Pero intenta no llamar mucho la atención. No me cabe duda de que Cersei enviará hombres a buscarte. Harías bien en adoptar otro nombre.

—¿Otro nombre? Claro, qué buena idea. Y cuando los Hombres sin Rostro vengan a matarme les diré: «No, no, os equivocáis de hombre, soy otro enano con una espantosa cicatriz en la cara».

Los dos Lannister se echaron a reír ante lo absurdo de la situación. Luego, Jaime se arrodilló y le dio un rápido beso en cada mejilla; sus labios acariciaron el tejido cicatrizado.

—Gracias, hermano —dijo Tyrion—. Me has salvado la vida.

—Tenía... una deuda contigo. —La voz de Jaime era extraña.

—¿Una deuda? —Inclinó la cabeza a un lado—. No te entiendo.

—Mejor. Hay puertas que están mejor cerradas.

—Cielos —dijo Tyrion—. ¿Por qué? ¿Hay algo muy feo al otro lado? ¿Será que alguien hizo alguna vez un comentario cruel sobre mí? Trataré de no llorar. Dime de qué se trata.

—Tyrion...

«Jaime tiene miedo.»

—Dime de qué se trata —insistió.

—Tysha —dijo en voz baja su hermano, apartando la vista.

—¿Tysha? —Sintió un nudo en la boca del estómago—. ¿Qué pasa con ella?

—No era ninguna puta. No le pagué para que se acostara contigo. Nuestro padre me ordenó que te mintiera. Tysha era... lo que aparentaba. La hija de un campesino; nos la tropezamos en el camino por casualidad.

Tyrion oía el sonido quedo de su respiración siseante a medida que el aire le salía por la cicatriz de la nariz. Jaime no lo miraba a los ojos. Tysha. Trató de recordar cómo era.

«Una niña, apenas una niña, tendría la edad de Sansa.»

—Era mi esposa —graznó—. Se había casado conmigo.

—Nuestro padre dijo que fue por tu oro. Era una plebeya, y tú, un Lannister de Roca Casterly. Lo único que quería era tu oro, así que al fin y al cabo era como una puta, de manera que... de manera que en el fondo no era ninguna mentira, y... y me dijo que te hacía falta una buena lección. Que así aprenderías y me darías las gracias...

—¿Que te daría las gracias? —dijo Tyrion con voz ahogada—. La entregó a sus guardias. A un barracón entero de guardias. Me obligó a... mirar.

«Sí, y no solo a mirar. Yo también la tomé... Era mi esposa...»

—No sabía que fuera a hacer aquello. Tienes que creerme.

—¿De verdad? —rugió Tyrion—. ¿Por qué tengo que creer nada de lo que me digas? ¡Era mi esposa!

—Tyrion...

Lo abofeteó. Fue un simple sopapo de revés, pero puso en él todas sus fuerzas, todo su miedo, toda su rabia, todo su dolor... Jaime estaba en cuclillas, en equilibrio inestable, de manera que el golpe lo hizo caer de espaldas.

—Sí... Me imagino que me lo he ganado.

—Te has ganado mucho más que eso, Jaime. Tú, mi querida hermana y nuestro amante padre. Sí, no hay manera de sumar todo lo que os habéis ganado. Pero os lo pagaré, podéis estar seguros. Un Lannister siempre paga sus deudas.

Tyrion se alejó con sus andares torpes tan deprisa que a punto estuvo de tropezar con el carcelero otra vez. No recorrió ni una docena de pasos antes de darse de bruces con una puerta de hierro que cortaba el paso.

«Dioses.» Tuvo que contenerse para no gritar.

—Tengo las llaves del carcelero —dijo Jaime acercándose a él.

—Pues abre de una puta vez. —Se echó a un lado.

Jaime hizo girar la llave en la cerradura, empujó la puerta y la cruzó. Miró hacia atrás.

—¿Vienes?

—Contigo no, desde luego. —Tyrion cruzó la puerta—. Dame las llaves y vete. Ya encontraré a Varys yo solo. —Inclinó la cabeza y miró a su hermano con aquellos ojos dispares—. ¿Qué tal peleas con la mano izquierda, Jaime?

—Bastante peor que tú —respondió con amargura.

—Mejor. Así, si nos volvemos a encontrar, estaremos igualados. El enano y el tullido.

—Yo te he dicho la verdad. —Jaime le tendió el aro de las llaves—. Me debes otro tanto. ¿Fuiste tú? ¿Lo mataste?

—¿Seguro que quieres saberlo? —preguntó Tyrion. La pregunta había sido como otro cuchillo que le retorcieran en las entrañas—. Joffrey habría sido mucho peor rey que Aerys. Le robó un puñal a su padre y se la dio a un gañán para que le cortara el cuello a Brandon Stark, ¿lo sabías?

—Pues... me lo imaginaba.

—Bueno, los hijos salen a sus progenitores. Joff también me habría matado a mí en cuanto llegara al poder. Por el crimen de ser bajo y feo, del cual soy tan obviamente culpable.

—No has respondido a mi pregunta.

—Eres un pobre idiota tullido. ¿Es que te lo tengo que deletrear todo? De acuerdo. Cersei es una zorra mentirosa; ha estado follando con Lancel y con Osmund Kettleblack y, por lo que yo sé, puede que se tire hasta al Chico Luna. Y yo soy el monstruo que todos dicen. Sí, maté al canalla de tu hijo.

Se forzó a sonreír. A la escasa luz de las antorchas debió de ser un espectáculo pavoroso.

Jaime se volvió sin decir palabra y se marchó.

Tyrion se quedó mirando cómo se alejaba a zancadas de sus largas piernas. Una parte de él habría querido llamarlo, decirle que no era verdad, pedirle perdón. Pero luego pensó en Tysha y siguió en silencio. Escuchó las pisadas cada vez más distantes hasta que dejó de oírlas, y se puso en marcha para buscar a Varys.

El eunucó aguardaba en la oscuridad de una escalera de caracol. Vestía una túnica apolillada con una capucha que le ocultaba la palidez de la piel de la cara.

—Habéis tardado tanto que empezaba a temerme que hubiera fallado algo —dijo cuando vio a Tyrion.

—No, por los dioses —le aseguró Tyrion en tono venenoso—. ¿Qué podría fallar? —Volvió la cabeza para mirarlo—. Durante el juicio pedí que fuerais a verme.

—Me resultó imposible. La Reina me tenía vigilado día y noche. No me habría atrevido a ayudaros.

—Ahora me estáis ayudando.

—¿De verdad? Vaya. —Varys rio entre dientes. En aquel sitio de piedra fría y oscuridad retumbante, el sonido parecía fuera de lugar—. Vuestro hermano es muy persuasivo.

—Varys, sois frío y rastrero como una babosa, ¿no os lo ha dicho nadie? Hicisteis todo lo posible por matarme. Tal vez debería devolveros el favor.

—El perro fiel siempre recibe patadas, y por bien que teja la araña, nadie la quiere. —El eunuco suspiró—. Pero temo por vuestra vida si me matáis, mi señor. Puede que no encontrarais nunca la salida de aquí. —Sus ojos brillaban, oscuros y húmedos, a la luz cambiante de la antorcha—. Estos túneles están llenos de trampas en las que caen los confiados.

—¿Confiado? —Tyrion soltó un bufido—. Soy el hombre más desconfiado que hay en el mundo, en parte gracias a vos. —Se frotó la nariz—. En fin, mago, decidme, ¿dónde está mi inocente esposa doncella?

—Me duele reconocer que no he encontrado ni rastro de Lady Sansa en Desembarco del Rey. Tampoco sé nada de Ser Dontos Hollard, que a estas alturas ya tendría que haber aparecido borracho por cualquier sitio. Los vieron juntos en las escaleras de mármol la noche en que ella desapareció. Después se les perdió la pista. Aquella noche hubo mucha confusión. Mis pajaritos guardan silencio. —Varys dio un tironcito de la manga del enano y lo guio hacia la escalera—. Tenemos que descender, mi señor; no podemos quedarnos aquí.

«Al menos eso es verdad.» Tyrion siguió de cerca al eunuco, con los talones rozando la basta piedra a medida que descendían. En la escalera de caracol hacía un frío que helaba los huesos, y enseguida empezó a tiritar.

—¿En qué parte de las mazmorras estamos? —preguntó.

—Maegor el Cruel decretó que en su castillo hubiera cuatro niveles de mazmorras —respondió Varys—. En el nivel superior están las celdas grandes, donde se podía encerrar juntos a los delincuentes vulgares. Hay ventanas estrechas en la parte superior de los muros. En el segundo nivel hay unas celdas más pequeñas, donde se encerraba a los prisioneros de noble cuna. No hay ventanas, pero las antorchas de los pasillos dejan entrar la luz entre los barrotes. En el tercer nivel, las celdas son aún más pequeñas y las puertas, de madera maciza. Las llaman *celdas negras*. Ahí es donde estabais vos y donde os precedió Eddard Stark. Pero todavía hay un nivel más bajo. Cuando un hombre baja al cuarto nivel no vuelve a ver la luz del sol, ni a oír una voz humana, ni a respirar un segundo sin sufrir un dolor indescriptible. Maegor destinaba estas celdas a la tortura. —Habían llegado al pie de las escaleras. Una puerta daba paso a la oscuridad, ante ellos—. Este es el cuarto nivel. Dadme la mano, mi señor. Aquí es mejor caminar a oscuras. Hay cosas que seguro que no querríais ver.

Tyrion se quedó inmóvil un instante. Varys ya lo había traicionado en una ocasión. ¿Quién sabía a qué jugaba el eunuco? ¿Y qué mejor lugar para matar a alguien que allí, en la oscuridad, en un lugar cuya existencia no conocía nadie? Probablemente, su cadáver no aparecería jamás. Por otra parte, ¿tenía alguna alternativa? ¿Volver a subir y salir por la puerta principal? Aquello sí que era imposible.

«Jaime no tendría miedo», pensó antes de recordar lo que le había hecho su hermano. Cogió la mano que le tendía el eunuco y se dejó guiar en la oscuridad, siempre en pos del suave susurro del cuero contra la piedra. Varys caminaba deprisa; de cuando en cuando le susurraba advertencias como «Cuidado, delante tenemos tres peldaños» o «El túnel desciende un poco en este punto, mi señor».

«Llegué aquí como Mano del Rey y entré a caballo por las puertas al frente de mis hombres —pensó Tyrion—, y me marcho como una rata que se escabulle en la oscuridad de la mano de una araña.»

Ante ellos apareció una luz demasiado tenue para ser la del sol, que fue aumentando de intensidad a medida que se acercaban a ella. Al cabo de un rato pudo distinguir una puerta en forma de arco cerrada por otra verja de hierro. Varys sacó la llave. Daba a una pequeña estancia redonda en la que había otras cinco puertas, todas con verjas de hierro. También había una abertura en el techo, y una serie de asideros clavados en la pared, que se perdían en las alturas. A un lado había un brasero muy ornamentado en forma de cabeza de dragón. Los carbones de la boca abierta de la bestia se habían reducido a brasas, pero aún despedían una luz naranja mortecina. Por escasa que fuera, la luz era un agradable cambio tras la negrura del túnel.

Por lo demás, la encrucijada estaba vacía, pero en el suelo había un mosaico de un dragón de tres cabezas hecho de teselas rojas y negras. Tyrion se quedó un instante pensando; luego lo recordó.

«Este es el lugar del que me habló Shae la primera vez que Varys me la llevó a la cama.»

—Estamos bajo la Torre de la Mano.

—Sí. —Las bisagras congeladas protestaron cuando Varys abrió una puerta que llevaba mucho tiempo cerrada. Fragmentos de metal oxidado cayeron al suelo—. Por aquí llegaremos al río.

Tyrion se dirigió muy despacio hacia la escalera y pasó la mano por el peldaño más bajo.

—Por aquí se llega a mi antiguo dormitorio.

—Ahora es el dormitorio de vuestro señor padre.

—¿Cuánto hay que subir? —Miró hacia arriba.

—Mi señor, estáis muy débil para esas locuras. Además, no disponemos de tiempo. Tenemos que irnos.

—He de aclarar un asunto allí arriba. ¿Cuánto hay que subir?

—Doscientos treinta peldaños, pero sea lo que sea lo que pretendéis...

—Doscientos treinta peldaños, ¿y luego?

—El túnel de la izquierda, pero prestadme atención...

—¿Está muy lejos el dormitorio? —Tyrion puso un pie en el peldaño más bajo.

—No serán más de sesenta pasos. Id siempre con una mano pegada a la pared. Así notaréis las puertas. La del dormitorio es la tercera. —Dejó escapar un suspiro—. Esto es una locura, mi señor. Vuestro hermano os ha salvado la vida. ¿La vais a tirar a la basura, junto con la mía?

—Varys, en estos momentos, la única cosa que me importa menos que mi vida es la vuestra. Esperadme aquí.

Dio la espalda al eunuco y empezó a subir mientras contaba para sus adentros.

Peldaño a peldaño, ascendió hacia la oscuridad. Al principio aún veía la silueta de cada asidero a medida que lo agarraba, así como la textura basta de la piedra gris en la que se incrustaban, pero a medida que ascendía, la oscuridad era cada vez más impenetrable.

«Trece, catorce, quince, dieciséis. —Al llegar a los treinta, los brazos le temblaban ya por el esfuerzo. Se detuvo un instante para recuperar el aliento y miró hacia abajo. Muy lejos brillaba un círculo de luz tenue, en parte oscurecida por sus pies. Tyrion prosiguió el ascenso—. Treinta y nueve, cuarenta, cuarenta y uno. —A los cincuenta le ardían las piernas. La escalerilla era interminable, agotadora—. Sesenta y ocho, sesenta y nueve, setenta. —A los ochenta le ardía la espalda como un infierno. Pero siguió subiendo. No habría sabido decir por qué—. Ciento trece, ciento catorce, ciento quince.»

Al llegar a los doscientos treinta, el pozo era negro como la noche, pero sintió el aire caliente que surgía del túnel, a su izquierda. Era como el aliento de una bestia gigantesca. Asomó el pie con torpeza y tanteó hasta dar con el suelo. El túnel era aún más angosto que el pozo. Cualquier persona de estatura normal habría tenido que ir a cuatro patas, pero Tyrion era suficientemente bajo para caminar erguido.

«Mira, por fin encuentro un lugar diseñado para enanos.» Sus botas rozaban la piedra sin apenas hacer ruido. Caminó despacio y contó los pasos al tiempo que tanteaba las hendiduras de las paredes. Pronto empezó a oír voces; al principio, amortiguadas e ininteligibles; luego, más claras. Escuchó con atención. Dos guardias de su padre hacían chistes sobre la puta del enano, hablaban de cómo disfrutarían cuando se la follaran y de las ganas que tendría de ver una polla de verdad en vez del miembro retorcido y diminuto del Gnomo.

—Seguro que lo tiene ganchudo —dijo Lum. Luego empezaron a hablar de cómo moriría Tyrion al día siguiente—. Ya verás cómo llora como una mujer y pide clemencia —insistía Lum.

Lester aventuró que se enfrentaría al hacha con la valentía de un león, porque era un Lannister, y estaba dispuesto a apostarse las botas nuevas.

—Anda y vete a cagarte en tus botas nuevas —replicó Lum—. Sabes de sobra que no me caben en este pedazo de pies que tengo. Te cambio la apuesta: si gano yo, me limpias la cota de malla dos semanas.

Durante unos pocos pasos, Tyrion pudo oír todas y cada una de las palabras de la discusión, pero cuando siguió avanzando, las voces se apagaron enseguida.

«No me extraña que Varys no quisiera que subiera por la escalerilla —pensó Tyrion mientras sonreía en la oscuridad—. Pajaritos. Sí, claro.»

Llegó junto a la tercera puerta y la tanteó bastante, antes de rozar con los dedos un pequeño gancho de hierro clavado entre dos piedras. Cuando lo empujó hacia abajo se oyó un crujido sordo que, en el silencio reinante, sonó como una avalancha, y junto a sus pies se abrió un cuadrado de tenue luz anaranjada.

«¡La chimenea!» Estuvo a punto de echarse a reír. El hogar estaba lleno de cenizas calientes, y había un tronco ennegrecido con el centro todavía brillante. Pasó sobre las brasas con paso ligero, deprisa para no quemarse las botas. Los carbones calientes crujieron suavemente bajo sus pies. Cuando se encontró en lo que había sido su dormitorio se detuvo durante un buen rato, mientras recuperaba la respiración con jadeos en el silencio. ¿Lo habría oído su padre? ¿Echaría mano de la espada? ¿Daría la voz de alarma?

—¿Mi señor? —dijo una voz de mujer.

«Esto me habría hecho daño hace tiempo, cuando aún sentía dolor.» El primer paso fue el más difícil. Cuando llegó junto a la cama, Tyrion echó las cortinas a un lado, y allí estaba, vuelta hacia él con una sonrisa adormilada en los labios. Se esfumó en cuanto lo vio, y se subió las mantas hasta la barbilla como si así se pudiera proteger.

—¿Esperabas a alguien más alto, querida?

—No quería decir aquellas cosas; la Reina me obligó. —Los ojos de la muchacha se anegaron de lágrimas—. Por favor. Vuestro padre me da tanto miedo...

Se incorporó y dejó que la manta se le deslizara hasta el regazo. No llevaba ropa alguna; nada a excepción de la cadena que le rodeaba el cuello. Una cadena de manos entrelazadas, cada una agarrada a la siguiente.

—Mi señora Shae —saludó Tyrion en voz baja—. Durante todo el tiempo que estuve en la celda negra, a la espera de la muerte, no dejaba de recordar lo hermosa que eres. Vestida con sedas, con lana basta o con aire.

—Mi señor no tardará en volver. Tenéis que marcharos, o... ¿habéis venido a llevarme con vos?

—¿Te gustó? ¿Alguna vez te gustó? —Le puso la mano en la mejilla mientras recordaba todas las veces que lo había hecho. Todas las veces que le había rodeado la cintura con las manos, que le había apretado los pechos pequeños y firmes, que le había acariciado la melenita morena, que le había tocado los labios, los pómulos, las orejas... Todas las veces que la había abierto con un dedo para sondear su secreta dulzura y hacerla gemir—. ¿Alguna vez te gustó que te tocara?

—Más que nada en el mundo —respondió ella—, mi gigante de Lannister.

«No podrías haber dicho nada peor, cariño.»

Tyrion deslizó una mano bajo la cadena de su padre y la retorció. Los eslabones se tensaron y se le hincaron en el cuello.

—Las manos de oro son frías, las de mujer, siempre tibias... —dijo.

Retorció una vez más las manos frías al tiempo que las tibias le borraban a golpes las lágrimas de los ojos.

Más tarde encontró el puñal de Lord Tywin en la mesilla de noche y se lo colgó del cinturón. De la pared colgaban una maza con cabeza en forma de león, un hacha de guerra y una ballesta. El hacha de guerra sería poco útil dentro de un castillo, y la maza estaba demasiado alta, pero justo debajo de la ballesta había un baúl de madera y hierro. Se subió en él y descolgó la ballesta, junto con un carcaj lleno de saetas. Puso un pie en la cuerda, la tensó y cargó el arma.

Jaime le había hablado más de una vez de los peligros de las ballestas. Si Lum y Lester acudían de donde fuera que estuvieran enfrascados en su conversación, no tendría tiempo de cargarla de nuevo, pero al menos se llevaría a uno al infierno por delante. A Lum, si le dejaban elegir.

«Te tendrás que limpiar la cota de malla tú solito, Lum. Has perdido.»

Fue hasta la puerta, se detuvo a escuchar un instante y la abrió muy despacio. En un nicho de la piedra ardía una lamparilla que proyectaba una luz amarillenta en el pasillo desierto. Lo único que se movía era la llama. Tyrion retrocedió con la ballesta pegada a la pierna.

Encontró a su padre donde sabía que estaría: sentado en la penumbra del retrete de la torre, con la túnica enroscada en torno a la cintura. Al oír las pisadas, Lord Tywin alzó los ojos. Tyrion le dedicó una reverencia burlona.

—Mi señor...

—Tyrion... —Si tenía miedo, Tywin Lannister no daba muestras de ello—. ¿Quién te ha liberado de la celda?

—Ojalá te lo pudiera decir, pero hice un juramento sagrado.

—El eunuco —decidió su padre—. Haré que le corten la cabeza. ¿Esa ballesta es la mía? Suéltala.

—¿Qué harás si me niego, Padre? ¿Castigarme?

—Esta fuga es una estupidez. No te van a matar, si es eso lo que temes. Mi intención sigue siendo enviarte al Muro, pero no podía hacerlo sin el permiso de Lord Tyrell. Deja la ballesta y pasaremos a mis habitaciones a hablar de este asunto.

—También podemos hablar aquí. Puede que no me apetezca ir al Muro, Padre. Allí arriba hace un frío de cojones, y para frialdad, ya he tenido bastante con la que me has mostrado tú. Así que dime una cosa, solo una, y me marcharé. Es una pregunta muy sencilla, lo mínimo que me debes.

—Yo no te debo nada.

—Toda mi vida me has dado menos que nada, pero esto me lo darás. ¿Qué hiciste con Tysha?

—¿Tysha?

«Ni siquiera recuerda su nombre.»

—La chica con la que me casé.

—Ah, sí. Tu primera puta.

—La próxima vez que digas esa palabra, te mataré —amenazó Tyrion, apuntando al pecho de su padre.

—No tienes valor para eso.

—¿Quieres que lo averigüemos? Es una palabra muy corta, y por lo visto te sale muy fácilmente. —Tyrion hizo un gesto impaciente con la ballesta—. Tysha. ¿Qué hiciste con ella después de darme la lección?

—No me acuerdo.

—Pues inténtalo. ¿Ordenaste que la mataran?

Su padre frunció los labios.

—No había motivo para semejante cosa; había aprendido cuál era su lugar... y, si mal no recuerdo, se le pagó por su trabajo. Supongo que el mayordomo la envió de vuelta. No se me ocurrió preguntar.

—¿De vuelta adónde?

—Al lugar de donde vienen las putas.

Tyrion apretó el dedo. La ballesta se disparó justo mientras Lord Tywin empezaba a levantarse. La saeta se le clavó en la ingle, y se volvió a sentar con un gruñido. La saeta se había hincado profundamente, hasta las plumas. La sangre manaba a borbotones en torno al asta, y le salpicaba el vello del pubis y los muslos desnudos.

—Me has disparado —dijo con incredulidad. Tenía los ojos vidriosos por la conmoción.

—Siempre has sido único a la hora de analizar una situación de crisis, mi señor —dijo Tyrion—. Seguro que por eso eres la Mano del Rey.

—No... No eres... hijo mío.

—En eso te equivocas, Padre. De hecho, soy tu viva imagen. Anda, hazme un favor y muérete deprisa. Me está esperando un barco.

Por una vez en su vida, su padre hizo lo que Tyrion le pedía. La prueba fue el hedor repentino cuando se le aflojaron los intestinos en el momento de la muerte.

«Bueno, al menos estaba en el lugar adecuado», pensó Tyrion. Pero la peste que llenó el escusado fue prueba fehaciente de que el chiste acerca de su padre que se repetía tan a menudo era una mentira más.

Obviamente, Lord Tywin Lannister no cagaba oro.

Samwell

El Rey estaba muy enfadado. Sam se dio cuenta al instante.

A medida que los hermanos negros iban entrando de uno en uno y se arrodillaban ante él, Stannis apartó a un lado su desayuno: pan duro, huevos cocidos y carne en salazón. Lo miró con frialdad. A su lado, la mujer roja, Melisandre, parecía meditabunda.

«Yo no pinto nada aquí —pensó Sam con ansiedad cuando le clavó los ojos rojos—. Alguien tenía que ayudar al maestre Aemon a subir las escaleras. No me mires; no soy más que el mayordomo del maestre.» Los demás eran aspirantes al puesto que había ocupado el Viejo Oso, todos menos Bowen Marsh, que se había retirado de la elección pero seguía siendo el castellano y el Lord Mayordomo. Sam no entendía por qué Melisandre parecía tan interesada en él.

El rey Stannis tuvo de rodillas a los hermanos negros durante un lapso de tiempo extraordinariamente largo.

—Levantaos —dijo al final.

Sam le ofreció su hombro al maestre Aemon para ayudarlo a ponerse en pie.

El carraspeo de Lord Janos Slynt para aclararse la garganta quebró el silencio tenso.

—Alteza, permitid que os diga lo honrados que nos sentimos por que nos hayáis convocado aquí. Cuando vi vuestros estandartes desde el Muro, supe que el reino estaba salvado y le dije al buen Ser Alliser: «Ahí viene un hombre que no olvida su deber. Un hombre fuerte y un verdadero rey». ¿Puedo felicitaros por vuestra victoria sobre los salvajes? Los bardos la llevarán por todo el reino, estoy seguro...

—Los bardos pueden hacer lo que quieran —le espetó Stannis—. Dejaos de adulaciones, Janos, no os servirán de nada. —Se puso en pie y los miró con el ceño fruncido—. Lady Melisandre me ha dicho que aún no habéis elegido al Lord Comandante. Estoy disgustado. ¿Cuánto va a durar esta tontería?

—Señor —empezó Bowen Marsh en tono defensivo—, nadie ha conseguido por ahora dos tercios de los votos. Solo llevamos diez días.

—Nueve más de los necesarios. Tengo que ocuparme de unos prisioneros, tengo que poner orden en un reino y tengo que ganar una guerra. Hay que tomar decisiones relativas al Muro y a la Guardia de la Noche. Por derecho, vuestro Lord Comandante debería tener voz en esas decisiones.

—En efecto, así es —dijo Janos Slynt—. Pero una cosa es cierta: nosotros, los hermanos, solo somos soldados. ¡Soldados, sí! Y como bien sabrá Vuestra Alteza, a los soldados se les da mejor acatar órdenes. En mi opinión, les convendría contar con vuestra regia orientación. Por el bien del reino. Para ayudarlos a elegir con sabiduría.

Algunos de los otros interpretaron la sugerencia como una afrenta.

—¿Quieres que el Rey nos ayude también a limpiarnos el culo? —dijo Cotter Pyke, furioso.

—La elección de un Lord Comandante les corresponde a los Hermanos Juramentados y a nadie más —insistió Ser Denys Mallister.

—Si eligieran con sabiduría, no me estarían votando a mí —gimió Edd el Penas.

—Alteza —intervino el maestre Aemon, tan sosegado como siempre—, la Guardia de la Noche ha estado eligiendo a su líder desde que Brandon el Constructor erigió el Muro. Hasta Jeor Mormont hemos tenido novecientos noventa y siete comandantes en sucesión ininterrumpida, cada uno de ellos elegido por los hombres a los que luego dirigiría. Es una tradición de hace muchos milenios.

—No deseo sabotear vuestros derechos y tradiciones. —Stannis apretó los dientes—. En cuanto a lo de la «regia orientación», Janos, si lo que pretendéis es que les diga a vuestros hermanos que os elijan a vos, al menos tened la valentía de decirlo.

Aquello tomó por sorpresa a Lord Janos, que sonrió inseguro y empezó a sudar, pero Bowen Marsh salió en su defensa.

—¿Quién mejor para dirigir a los capas negras que el hombre que antes dirigió a los capas doradas, señor?

—En mi opinión, cualquiera de vosotros. Hasta el cocinero. —Le lanzó una mirada gélida a Slynt—. Janos no ha sido el primer capa dorada en aceptar un soborno, desde luego, pero tal vez sí haya sido el primer comandante que se ha llenado la bolsa vendiendo puestos y ascensos. Al final, la mitad de los oficiales de la Guardia de la Ciudad le pagaban parte de su salario. ¿No es verdad, Janos?

—¡Mentiras, mentiras y nada más! —Slynt tenía el cuello amoratado—. Todo hombre fuerte se granjea enemistades. Vuestra Alteza lo sabe bien: susurran mentiras a nuestras espaldas. Nada se pudo demostrar jamás, nadie declaró...

—Dos hombres que estaban dispuestos a declarar murieron de manera repentina mientras hacían sus rondas. —Stannis entrecerró los ojos—. No intentéis jugar conmigo, mi señor. Vi las pruebas que Jon

Arryn presentó al Consejo Privado. Si yo hubiera sido el rey, habríais perdido algo más que el cargo, os lo aseguro, pero Robert se limitó a encogerse de hombros. Aún recuerdo lo que dijo: «Todos roban, qué más da. Más vale un ladrón conocido que otro por conocer; el próximo podría ser hasta peor». Las palabras de Petyr en la boca de mi hermano, sin duda. Meñique tenía olfato para el oro; estoy seguro de que arregló las cosas para que la corona se beneficiara de vuestra corrupción tanto como vos.

A Lord Slynt le temblaba la mandíbula de rabia, pero antes de que pudiera seguir protestando, intervino el maestre Aemon.

—Alteza, por ley, los delitos y faltas de todo hombre se borran cuando pronuncia sus votos y se convierte en Hermano Juramentado de la Guardia de la Noche.

—Soy consciente de ello. Si resulta que Lord Janos es lo mejor que puede ofrecer la Guardia de la Noche, apretaré los dientes y tragaré con él. No me importa a qué hombre elijáis, mientras elijáis ya. Tengo una guerra por delante.

—Alteza —dijo Ser Denys Mallister con cautelosa cortesía—, si os referís a los salvajes...

—No. Y lo sabéis de sobra, ser.

—Igual que vos debéis de saber que, aunque os estamos agradecidos por la ayuda que nos prestasteis contra Mance Rayder, no podemos colaborar con vos para conquistar el trono. La Guardia de la Noche no toma parte en las guerras de los Siete Reinos. Desde hace ocho mil años...

—Conozco vuestra historia, Ser Denys —lo interrumpió el Rey con brusquedad—. Os doy mi palabra de que no os pediré que alcéis las espadas contra ninguno de los rebeldes y usurpadores que se enfrentan a mí. Espero de vosotros que sigáis defendiendo el Muro como habéis hecho siempre.

—Defenderemos el Muro hasta que caiga el último hombre —dijo Cotter Pyke.

—Que probablemente seré yo —apuntó Edd el Penas con tono resignado.

—También quiero otras cosas de vosotros. —Stannis cruzó los brazos—. Cosas que quizá no me entreguéis de tan buena gana. Quiero vuestros castillos. Y quiero el Agasajo.

Las palabras, tan bruscas, prendieron en los ánimos de los hermanos negros como un frasco de fuego valyrio que cayera sobre un brasero. Marsh, Mallister y Pyke trataron de hablar todos a la vez. El rey Stannis los dejó hacer hasta que terminaron.

—Mis hombres os triplican en número —dijo entonces—. Si quiero, puedo apoderarme de las tierras, pero prefiero hacerlo de manera legal, con vuestro consentimiento.

—El Agasajo fue entregado a la Guardia de la Noche a perpetuidad, Alteza —insistió Bowen Marsh.

—Lo que significa que, por ley, no se os puede robar ni arrebatar. Pero lo que fue entregado una vez, puede ser entregado de nuevo.

—¿Qué uso le daríais al Agasajo? —exigió saber Cotter Pyke.

—Uno mejor del que le habéis dado vosotros. En cuanto a los castillos, Guardiaoriente, el Castillo Negro y la Torre Sombría seguirían en vuestro poder. Dotadlos de guarniciones, como habéis hecho hasta ahora. Pero los demás los necesito para las mías, si es que vamos a defender el Muro.

—No tenéis hombres suficientes —objetó Bowen Marsh.

—Algunos de los castillos abandonados son poco más que ruinas —señaló Othell Yarwyck, el capitán de los constructores.

—Las ruinas se pueden reconstruir.

—¿Pretendéis reconstruirlos? —apuntó Yarwyck—. ¿Quién se va a encargar?

—Eso es cosa mía. Quiero que me sea entregado un documento en el que se detalle el estado actual de cada castillo y qué haría falta para restaurarlo. Mi intención es dotarlos a todos de guarniciones este mismo año, y tener hogueras nocturnas encendidas ante las entradas.

—¿Hogueras nocturnas? —Bowen Marsh miró a Melisandre, inseguro—. ¿Ahora tenemos que encender hogueras nocturnas?

—Así es. —La mujer se puso en pie con un revoloteo de seda escarlata y la larga cabellera cobriza ondeándole sobre los hombros—. Las meras espadas no pueden poner coto a esta oscuridad. Solo es posible con la Luz del Señor. No os engañéis, buenos caballeros y valientes hermanos: la guerra en la que estamos inmersos no es una disputa banal sobre tierras y honores. La nuestra es una guerra por la vida, y si cayéramos derrotados, el mundo moriría con nosotros.

Sam advirtió que los oficiales no sabían cómo tomarse la afirmación. Bowen Marsh y Othell Yarwyck intercambiaron una mirada dubitativa; Janos Slynt estaba echando humo y Hobb Tresdedos tenía cara de preferir estar cortando zanahorias en aquel momento. Pero todos, sin excepción, se sorprendieron al oír al maestre Aemon.

—Habláis de la guerra por el amanecer, mi señora —murmuró el anciano—. Pero ¿dónde está el príncipe prometido?

—Lo tenéis delante de vosotros —declaró Melisandre—, aunque vuestros ojos no lo saben ver. Stannis Baratheon es Azor Ahai redivivo, el guerrero de fuego. En él se cumplen las profecías. El cometa rojo surcó los cielos para anunciar su llegada, y esgrime a *Dueña de Luz,* la Espada Roja de los Héroes.

A Sam le resultaba evidente que aquellas palabras incomodaban sobremanera al Rey. Stannis apretó los dientes.

—Me llamasteis y acudí, mis señores —dijo—. Ahora tendréis que vivir conmigo o morir conmigo. Más vale que os vayáis acostumbrando. —Hizo un brusco gesto de despedida—. Eso es todo. Maestre, quedaos un momento. Y vos, Tarly. Los demás os podéis marchar.

«¿Yo? —pensó Sam, asombrado, mientras sus hermanos hacían una reverencia y se dirigían a la salida—. ¿Qué querrá de mí?»

—Tú fuiste el que mató a aquella criatura en la nieve —dijo el rey Stannis cuando los cuatro estuvieron a solas.

—Sam el Mortífero —sonrió Melisandre.

—No, mi señora. —Sam se sintió sonrojar—. Alteza. O sea, sí, soy yo. Soy Samwell Tarly, sí.

—Tu padre es un buen soldado —dijo el rey Stannis—. En cierta ocasión derrotó a mi hermano, en Vado Ceniza. Mace Tyrell se quedó con el honor de aquella victoria, pero Lord Randyll lo tenía todo zanjado antes de que Tyrell supiera dónde estaba el campo de batalla. Mató a Lord Cafferen con ese mandoble valyrio que tiene y le envió su cabeza a Aerys. —El Rey se rascó la mandíbula con un dedo—. No eres el tipo de hijo que le habría imaginado.

—N-no soy el tipo de hijo que él habría querido, señor.

—Si no hubieras vestido el negro, serías un rehén muy útil —caviló Stannis.

—Ha vestido el negro, señor —señaló el maestre Aemon.

—Soy consciente de eso —dijo el Rey—. Soy consciente de más cosas de las que imagináis, Aemon Targaryen.

—Solo soy Aemon, señor —dijo el anciano inclinando la cabeza—. Al forjar nuestras cadenas de maestres olvidamos los nombres de las casas que nos vieron nacer.

El Rey le dedicó un breve asentimiento, dando a entender que no le importaba.

—Me han contado que mataste a aquella criatura con un puñal de obsidiana —le dijo a Sam.

—S-sí, Alteza. Me lo dio Jon Nieve.

—Vidriagón. —La risa de la mujer roja sonaba a música—. Fuego helado, en la lengua de la antigua Valyria. No es de extrañar que sea anatema para esos fríos hijos de los Otros.

—En Rocadragón, donde tenía mi asentamiento, hay mucha obsidiana de esta en los antiguos túneles, bajo la montaña —le dijo el Rey a Sam—. Grandes rocas, inmensas. La mayor parte era negra, pero creo recordar que también la había verde, roja y hasta morada. Le he enviado un mensaje a Ser Rolland, mi castellano, para que empiece a extraerla. Me temo que no podré seguir defendiendo Rocadragón mucho más tiempo, pero tal vez el Señor de la Luz nos conceda suficiente fuego helado para armarnos contra estas criaturas antes de que caiga el castillo.

—S-s-señor, el puñal... —Sam carraspeó para aclararse la garganta—. Cuando traté de apuñalar a un espectro, el vidriagón se hizo pedazos.

—La necromancia anima a esos espectros —explicó Melisandre con una sonrisa—, pero siguen siendo carne muerta. Para ellos bastará con acero y fuego. En cambio, esos a los que llamas los Otros son diferentes.

—Demonios de nieve, hielo y frío —dijo Stannis Baratheon—. El antiguo enemigo. El único enemigo que importa de verdad. —Volvió a concentrarse en Sam—. Me han dicho que esa chica salvaje y tú pasasteis bajo el Muro a través de una especie de puerta mágica.

—La P-puerta Negra —tartamudeó Sam—. Está dcbajo del Fuerte de la Noche.

—El Fuerte de la Noche es el más grande y más antiguo de los castillos del Muro. Ahí es donde pienso asentarme mientras dure esta guerra. Me mostrarás esa puerta.

—S-sí —dijo Sam—. A-aunque... no s-sé si...

«No sé si seguirá allí, no sé si se abrirá para alguien que no vista el negro, no sé si...»

—Me la mostrarás —zanjó el Rey—. Ya te diré cuándo.

—Alteza —intervino el maestre Aemon con una sonrisa—, antes de retirarnos, ¿nos haríais el gran honor de mostrarnos esa espada maravillosa de la que tanto hemos oído hablar?

—¿Queréis ver a *Dueña de Luz*? ¿No estáis ciego?

—Sam será mis ojos.

—La ha visto todo el mundo —dijo el Rey frunciendo el ceño—; ¿por qué no la va a ver también un ciego?

El cinturón del arma y la vaina colgaban de un clavo, cerca de la chimenea. Lo bajó y desenfundó la espada larga. El acero rozó la madera y el cuero al salir, y su brillo bañó la estancia: trémulo, cambiante, una danza de luz naranja, roja y dorada, todos los colores del fuego.

—Cuéntame, Samwell —pidió el maestre Aemon tocándole el brazo.

—Brilla mucho —dijo Sam con voz queda—. Como si estuviera en llamas. No hay fuego, pero el acero es amarillo, rojo y naranja; relampaguea y centellea como un rayo del sol en el agua, aunque más bonito. Ojalá la pudierais ver, maestre.

—Ahora la veo, Sam. Una espada llena de luz solar. Qué hermosa visión. —El anciano hizo una reverencia rígida—. Alteza, mi señora, habéis sido muy bondadosos.

Cuando el rey Stannis envainó la espada deslumbrante, la habitación pareció quedarse a oscuras, aunque el sol entraba a raudales por la ventana.

—Bien, ya la habéis visto. Ya podéis regresar a vuestras tareas. Y no olvidéis lo que os he dicho: más vale que vuestros hermanos elijan a un Lord Comandante esta noche, o haré que se arrepientan.

Mientras Sam lo ayudaba a bajar por la estrecha escalera, el maestre Aemon parecía perdido en sus pensamientos. Pero cuando cruzaban el patio se volvió hacia él.

—No sentí ningún calor. ¿Y tú, Sam?

—¿Calor? ¿De la espada? —Trató de hacer memoria—. El aire tremolaba alrededor de la hoja, como si debajo hubiera un brasero caliente.

—Pero el caso es que no sentiste calor, ¿verdad? Y la vaina donde estaba la espada era de madera y cuero, ¿no? Oí el sonido cuando Su Alteza la desenfundó. ¿Estaba chamuscado el cuero, Sam? ¿La madera parecía quemada en algún punto?

—No —reconoció Sam—. Que yo viera, no.

El maestre Aemon asintió. Una vez de vuelta en sus habitaciones, pidió a Sam que encendiera el fuego y lo ayudara a ocupar su asiento junto a la chimenea.

—Es duro ser tan viejo —suspiró al tiempo que se acomodaba en el cojín—. Y más duro todavía, estar ciego. Echo de menos el sol. Y los libros. Sobre todo echo de menos los libros. —Aemon hizo un gesto de despedida con la mano—. Puedes retirarte; no te necesitaré hasta la votación.

—La votación... Maestre, ¿no podéis hacer algo? Lo que ha dicho el Rey sobre Lord Janos...

—Lo he oído —asintió el maestre Aemon—, pero soy maestre, Sam; llevo la cadena, presté juramento. Mi deber es aconsejar al Lord Comandante, sea quien sea. No sería correcto que se me viera preferir a uno o a otro.

—Yo no soy maestre —dijo Sam—. ¿Puedo hacer algo?

—Vaya, Samwell, pues no lo sé. —Aemon volvió hacia Sam los ojos ciegos y esbozó una tenue sonrisa—. ¿Tú qué crees?

«Que sí —pensó Sam—. Tengo que hacer algo. —Y lo tenía que hacer cuanto antes. Si se paraba a pensar, sin duda perdería todo rastro de valor—. Soy un hombre de la Guardia de la Noche —se recordó mientras cruzaba el patio a toda prisa—. Pertenezco a la Guardia de la Noche. Puedo hacerlo.» Hubo un tiempo en el que temblaba y tartamudeaba si Lord Mormont lo miraba, pero aquello era cosa del antiguo Sam, antes del Puño de los Primeros Hombres y del Torreón de Craster, antes de los espectros, de Manosfrías y del Otro a lomos de su caballo muerto. El nuevo Sam era más valiente. «Elí me hizo más valiente», le había dicho a Jon. Y era verdad. Tenía que ser verdad.

Cotter Pyke era el que más miedo le daba de los dos comandantes, de manera que Sam fue a hablar primero con él, mientras aún sentía vivas las llamas del valor. Lo encontró en el antiguo Torreón del Escudo, jugando a los dados con tres hombres de Guardiaoriente y un sargento pelirrojo que había llegado con Stannis de Rocadragón.

Cuando Sam le pidió permiso para hablar con él un momento, Pyke rugió una orden, y los demás cogieron los dados y las monedas y los dejaron a solas.

Nadie habría calificado a Cotter Pyke de atractivo, aunque el cuerpo que se cubría con la cota de malla y los calzones de lana gruesa era esbelto, duro, nervudo y fuerte. Tenía los ojos pequeños y muy juntos, la nariz rota, y un pico de pelo sobre la frente, entre las entradas, tan afilado como una punta de lanza. La viruela le había destrozado la cara, y la barba que se había dejado crecer para ocultar las cicatrices era rala y estaba desaseada.

—¡Sam el Mortífero! —fue su saludo—. ¿Seguro que apuñalaste a uno de los Otros y no al muñeco de nieve de cualquier chiquillo?

«Mal empezamos.»

—Lo que lo mató fue el vidriagón, mi señor —explicó Sam sin energía.

—Claro, no me cabe duda. Bueno, dime qué quieres, Mortífero. ¿Te ha enviado el maestre a verme?

—Eh... —Sam tragó saliva—. Acabo de estar con él, mi señor.

No era ninguna mentira, pero si Pyke lo interpretaba mal, se sentiría más inclinado a escucharlo. Respiró profundamente y empezó a formular la súplica. Pyke lo interrumpió antes de que dijera veinte palabras.

—Quieres que me arrodille y bese el dobladillo de esa capa tan bonita que tiene Mallister, ¿no? Debería habérmelo imaginado. Los nobles de pacotilla formáis rebaños, como las ovejas. Bueno, pues haz el favor de decirle a Aemon que te ha hecho malgastar saliva, y a mí, tiempo. Si alguien debe retirarse es Mallister. Es demasiado viejo para el cargo, ¿por qué no se lo dices? Si lo elegimos a él, antes de un año estaremos reunidos aquí de nuevo, eligiendo a otro.

—Es anciano —accedió Sam—, pero tiene mucha experiencia.

—Sí, experiencia en sentarse en su torre y mirar mapas. ¿Qué planes tiene? ¿Escribir cartas a los espectros? Es un caballero, no hay duda, pero no es un luchador, y me la pela a quién derribase de un caballo en cualquier torneo de hace cincuenta años. El que peleaba en su lugar era Mediamano; eso lo puede ver hasta un viejo ciego. Y con esta mierda de rey pegado a nosotros, necesitamos un luchador más que nunca. Hoy Su Alteza no quiere más que ruinas y campos yermos, no hay duda, pero ¿qué querrá mañana? ¿Crees que Mallister tiene agallas para enfrentarse a Stannis Baratheon y a esa puta roja? —Soltó una carcajada—. A mí me parece que no.

—Entonces, ¿no le daréis vuestro apoyo? —preguntó Sam, decepcionado.

—¿Quién eres? ¿Sam el Mortífero o Dick el Sordo? No, no le voy a dar mi apoyo. —Pyke lo señaló con el dedo—. A ver si te enteras bien, chico. No quiero ese puesto de mierda, no lo he querido nunca. Cuando mejor lucho es cuando tengo una cubierta de barco bajo los pies, no un caballo entre las piernas, y el Castillo Negro está demasiado lejos del mar. Pero que me metan por el culo una espada al rojo si permito que la Guardia de la Noche quede a las órdenes de ese presuntuoso de la Torre Sombría. Anda, corre a contarle al viejo lo que te he dicho. —Se levantó—. Fuera de mi vista.

Sam tuvo que hacer acopio de todo el valor que le quedaba para formular otra pregunta.

—¿Q-qué pasaría si fuera otro? ¿Daríais vuestro apoyo a un tercero?

—¿A quién? ¿A Bowen Marsh? Solo vale para contar cucharas. Othell sigue órdenes; hace lo que le dicen y lo hace bien, pero nada más. Slynt... Bueno, sus hombres lo aprecian, eso sí, y casi valdría la pena apoyarlo para ver si Stannis vomita, pero no. Tiene demasiado de Desembarco del Rey. A un sapo le salen alas y ya cree que es un dragón. —Pyke se echó a reír—. Así pues, ¿quién nos queda? ¿Hobb? Bueno, sí, lo podríamos elegir, pero entonces, ¿quién nos haría el guiso de carnero, Mortífero? Tienes pinta de ser aficionado al guiso de carnero.

No había más que decir. Sam, derrotado, apenas si pudo tartamudear una despedida cortés antes de retirarse.

«Me saldrá mejor con Ser Denys —trató de convencerse mientras recorría el castillo. Denys era un caballero, de noble cuna y conversación culta, y había tratado a Sam con suma cortesía cuando se lo encontró con Elí en el camino—. Ser Denys me escuchará, me tiene que escuchar.»

El comandante de la Torre Sombría había nacido bajo la Torre Retumbante de Varamar, y era un Mallister de los pies a la cabeza. El cuello de su jubón de terciopelo negro era de marta cibelina, al igual que los puños de las mangas. Un águila de plata clavaba las garras en los pliegues de su capa. Tenía la barba blanca como la nieve; estaba casi calvo, y sí, unas arrugas profundas le surcaban el rostro. Pero al moverse aún conservaba la elegancia; también tenía todos los dientes, y los años no habían nublado sus ojos azul grisáceo ni sus modales corteses.

—Mi señor de Tarly —dijo cuando su mayordomo guio a Sam hasta la Lanza, donde se alojaban los hombres de la Torre Sombría—. Me alegra ver que os habéis recuperado de vuestra dura experiencia. ¿Me permitís que os ofrezca una copa de vino? Si mal no recuerdo, vuestra señora madre es una Florent. Alguna ocasión tendremos para que os hable del día en que descabalgué a vuestros dos abuelos en el mismo duelo. Pero no será hoy. Sé que tenemos problemas más acuciantes. Sin duda venís de parte del maestre Aemon. ¿Quiere ofrecerme algún consejo?

Sam bebió un trago de vino y trató de elegir las palabras con cuidado.

—La cadena y el juramento de un maestre... En fin, no sería correcto que se dijera que ha influido en la elección del Lord Comandante...

—Y por eso no ha venido a verme en persona. —El anciano caballero sonrió—. Sí, Samwell, lo entiendo. Tanto Aemon como yo tenemos muchos años y mucha experiencia en estos asuntos. Decidme lo que me tengáis que decir.

El vino era dulce, y a diferencia de Cotter Pyke, Ser Denys escuchó la súplica de Sam con toda cortesía. Pero, cuando terminó, el anciano caballero sacudió la cabeza.

—Estoy de acuerdo: sería un día triste para la historia de la Guardia si un rey llegara a nombrar al Lord Comandante. Y más este rey. Dudo que conserve la corona mucho tiempo. Pero lo cierto, Samwell, es que debería ser Pyke quien se retirase. Tengo más apoyos que él y estoy más preparado para el cargo.

—Así es —asintió Sam—, pero Cotter Pyke también puede ocupar el cargo. Se dice que ha demostrado a menudo su valor en la batalla. —No quería ofender a Ser Denys ensalzando a su rival, pero si no, ¿cómo lo iba a convencer para que se retirase?

—Muchos de mis hermanos han demostrado su valor en la batalla. Con eso no basta. Hay asuntos que no se pueden resolver con un hacha en la mano. Seguro que el maestre Aemon lo comprenderá, aunque ya sé que Cotter Pyke no. El Lord Comandante de la Guardia de la Noche es, ante todo, un señor. Tiene que estar en condiciones de tratar con otros señores... y con reyes. Tiene que ser un hombre digno de respeto. —Ser Denys se inclinó hacia delante—. Vos y yo somos hijos de grandes señores. Conocemos la importancia de la cuna, de la sangre; sabemos que no hay nada que sustituya al entrenamiento desde la infancia. Yo era escudero a los doce años, caballero a los dieciocho y campeón a los veintidós. He sido comandante de la Torre Sombría desde hace treinta y tres años. La sangre, la cuna y la formación me han capacitado para tratar con reyes. En cambio, Pyke... Bueno, ya lo visteis: preguntó si Su Alteza le tenía que limpiar el culo. Mirad, Samwell, no tengo por costumbre hablar mal de mis hermanos, pero seamos sinceros. Los hijos del hierro son una raza de piratas y ladrones, Cotter Pyke se dedicaba a violar y asesinar desde que era un niño. El maestre Harmune le tiene que leer y escribir las cartas; lleva años haciéndolo. No, por mucho que me disguste decepcionar al maestre Aemon, mi honor me impide hacerme a un lado para dejar paso a Pyke de Guardiaoriente.

—¿Os haríais a un lado si se tratara de otro? —En aquella ocasión, Sam estaba preparado—. ¿De un candidato más adecuado?

—No he deseado nunca este honor en sí —dijo Ser Denys tras meditar un instante—. En la última elección, me hice a un lado de buena gana cuando se presentó Lord Mormont, igual que hice con Lord Qorgyle en la elección anterior. Mientras la Guardia de la Noche quede en buenas manos, me doy por satisfecho. Pero Bowen Marsh no está a la altura de esta misión, y tampoco Othell Yarwyck. En cuanto al que se hace llamar señor de Harrenhal, no es más que el hijo de un carnicero ensalzado por los Lannister. No es de extrañar que sea tan sobornable y corrupto.

—Hay alguien más —barboteó Sam—. El Lord Comandante Mormont confiaba en él, igual que Donal Noye y Qhorin Mediamano. Aunque su cuna no es tan noble como la vuestra, su sangre es antigua. Nació y fue educado en un castillo; aprendió a manejar la espada y la lanza con un caballero, y las letras, con un maestre de la Ciudadela. Su padre fue señor y su hermano, rey.

—Puede ser —dijo Ser Denys tras pasar largo rato acariciándose la barba blanca—. Es muy joven, pero... puede ser. Mejor sería elegirme a mí, no te quepa duda. Sería lo más inteligente.

«Jon dijo que podía haber honor en una mentira si se contaba por una buena causa.»

—Si no elegimos a un Lord Comandante esta noche, el rey Stannis nos impondrá a Cotter Pyke —susurró Sam—. Se lo dijo esta mañana al maestre Aemon después de haceros salir a los demás.

—Ya veo. —Ser Denys se levantó—. Tengo que meditar sobre lo que me habéis contado, Samwell. Transmitidle mi gratitud también al maestre Aemon.

Cuando salió de la Lanza, Sam estaba temblando.

«¿Qué he hecho? —pensó—. ¿Qué he dicho? —Si descubrían que había mentido, le harían...—. ¿Qué? ¿Enviarme al Muro? ¿Arrancarme las entrañas? ¿Transformarme en un espectro?» De repente, todo le pareció absurdo. ¿Cómo era posible que hubiera tenido tanto miedo de Cotter Pyke y de Ser Denys Mallister, cuando había visto como un cuervo devoraba la cara de Paul el Pequeño?

A Pyke no le hizo gracia verlo de vuelta.

—¿Otra vez tú? Date prisa, empiezas a molestarme.

—Solo será un momento —le prometió Sam—. Dijisteis que no os retiraríais ante Ser Denys, pero sí ante otro.

—¿De quién se trata esta vez, Mortífero? ¿De ti?

—No. De un luchador. Donal Noye lo puso al mando del Muro cuando llegaron los salvajes, y fue el escudero del Viejo Oso. Su único inconveniente es que nació bastardo.

—¡Por todos los infiernos! —Cotter Pyke se echó a reír—. Eso le metería una lanza por el culo a Mallister, ¿eh? Casi valdría la pena solo por eso. Y el chico no lo haría mal. —Bufó, despectivo—. Por supuesto, yo lo haría mucho mejor, eso lo sabe cualquier idiota.

—Cualquier idiota —asintió Sam—. Hasta yo. Pero... Bueno, no sé, no debería decíroslo... pero el rey Stannis tiene intención de imponernos a Ser Denys si no elegimos a un lord comandante esta noche. Se lo dijo esta mañana al maestre Aemon, después de haceros salir a los demás.

Jon

Férreo Emmett era un explorador larguirucho y desgarbado cuya fuerza, resistencia y habilidad con la espada eran el orgullo de Guardiaoriente. Jon siempre salía de las sesiones de entrenamiento agarrotado y magullado, y al día siguiente se despertaba con el cuerpo cubierto de moratones, que era exactamente lo que quería. Su destreza no mejoraría jamás si se entrenaba con adversarios del nivel de Seda, Caballo o el propio Grenn.

Le gustaba pensar que la mayoría de los días daba tanto como recibía, pero no estaba siendo el caso en aquella ocasión. La noche anterior apenas había podido dormir; tras una hora de dar vueltas inquieto, dejó de intentarlo, se vistió y subió a la cima del Muro para ver salir el sol y seguir debatiéndose con la oferta de Stannis Baratheon. La falta de sueño se estaba cobrando su precio, y Emmett lo obligaba a retroceder por el patio sin misericordia tajo tras tajo; de cuando en cuando le asestaba de propina un golpe con el escudo. Jon tenía el brazo entumecido por el dolor de los impactos, y la espada, embotada por tantos entrenamientos, se le hacía cada vez más pesada.

Estaba a punto de bajar el arma y pedir un alto cuando Emmett hizo una finta baja y lo alcanzó por encima del escudo con un tajo terrible que lo acertó en la sien. Se tambaleó aturdido; tanto la cabeza como el yelmo le resonaban por la fuerza del golpe. Durante un momento, el mundo que se divisaba al otro lado de las hendiduras se convirtió en una mancha difusa.

Y entonces los años se borraron; volvía a estar en Invernalia y llevaba un jubón de cuero acolchado en lugar de coraza y cota de malla. La espada que esgrimía era de madera, y el que se enfrentaba a él no era Férreo Emmett, sino Robb.

Se entrenaban juntos todas las mañanas desde que aprendieron a caminar; Nieve y Stark fintaban y esquivaban entre los edificios de Invernalia; gritaban, se reían y, a veces, si nadie los estaba mirando, también lloraban. Cuando luchaban no eran niños pequeños, sino caballeros y héroes poderosos.

—¡Soy el príncipe Aemon, el Caballero Dragón! —gritaba Jon.

—¡Pues yo soy Florian el Bufón! —respondía Robb también a gritos.

—¡Soy el Joven Dragón! —proclamaba Robb en otras ocasiones.

—¡Y yo soy Ser Ryam Redwyne! —decía Jon.

Aquella mañana, él había sido el primero.

—¡Soy el señor de Invernalia! —exclamó como había hecho antes en cientos de ocasiones.

Pero aquella vez, aquella vez, la respuesta de Robb fue muy diferente.

—No puedes ser el señor de Invernalia, porque eres bastardo. Mi señora madre dice que nunca serás el señor de Invernalia.

«Creía que se me había olvidado.» Notaba el sabor de la sangre en la boca, por el golpe que había recibido.

Al final, Halder y Caballo lo tuvieron que apartar de encima de Férreo Emmett, uno por cada brazo. El explorador se sentó en el suelo aturdido, con el escudo casi hecho astillas, el visor del yelmo torcido y la espada a seis pasos de distancia.

—¡Ya basta, Jon! —le estaba gritando Halder—. Está en el suelo, lo has desarmado. ¡Ya basta!

«No. No basta. Nunca bastará.» Jon soltó la espada.

—Lo siento mucho —susurró—. ¿Te he hecho daño, Emmett?

Férreo Emmett se quitó el yelmo abollado.

—¿Qué sueles entender cuando te gritan «me rindo», Lord Nieve? —Pero lo decía con tono amable. Emmett era un hombre agradable, y le encantaba la música de las espadas—. Que el Guerrero me proteja —gimió—, ahora sé cómo se sintió Qhorin Mediamano.

Aquello ya fue demasiado. Jon se sacudió de las manos de sus amigos y volvió a la armería a solas. Todavía le zumbaban los oídos por el golpe que le había dado Emmett. Se sentó en el banco y se puso la cabeza entre las manos.

«¿Por qué estoy tan furioso? —se dijo. Pero era una pregunta idiota—. Señor de Invernalia. Podría ser el señor de Invernalia. Podría ser el heredero de mi padre.»

Pero no era el rostro de Lord Eddard el que veía en el aire ante sí; era el de Lady Catelyn. Con aquellos ojos color azul oscuro y la boca siempre dura, siempre fría; en cierto modo, era parecida a Stannis.

«Hierro —pensó—, pero quebradizo.» Lo estaba mirando como lo había mirado siempre en Invernalia cada vez que era mejor que Robb con la espada, con las cuentas o con casi cualquier cosa. «¿Quién eres? —parecía preguntarle aquella mirada—. Este no es tu lugar. ¿Qué haces aquí?»

Sus amigos seguían en el patio de entrenamientos, pero Jon no se encontraba en condiciones de salir a enfrentarse a ellos. Abandonó la armería por la puerta trasera y bajó un tramo de peldaños de piedra para adentrarse en las gusaneras, la red de túneles subterráneos que entrelazaban las torres y torreones del castillo. El trayecto hasta la sala de los baños era corto; allí podría lavarse el sudor y relajarse en una bañera de piedra caliente. El calor le quitó en parte el dolor de los músculos y le hizo recordar los burbujeantes estanques de barro de Invernalia, que llenaban de vapores el bosque de dioses.

«Invernalia —pensó—. Theon la destruyó, la quemó, pero yo la podría reconstruir.» Sin duda, aquello sería era lo que habría querido su padre, y también Robb. Jamás habrían permitido que el castillo quedara en ruinas.

«No puedes ser el señor de Invernalia, porque eres bastardo», oyó decir de nuevo a Robb. Y los reyes de piedra le gruñían con sus gargantas de granito. «¿Qué haces aquí? Este no es tu lugar.»

Cuando Jon cerró los ojos, vio el árbol corazón con aquellas ramas blancas, aquellas hojas rojas y aquel rostro solemne. Lord Eddard decía siempre que el arciano era el corazón de Invernalia... pero para salvar el castillo, Jon tendría que arrancar aquel corazón de sus antiquísimas raíces y echárselo de comer al hambriento dios de fuego de la mujer roja.

«No tengo derecho —pensó—. Invernalia les pertenece a los antiguos dioses.»

El sonido de unas voces que despertaban ecos en el techo abovedado lo llevó de vuelta al Castillo Negro.

—La verdad, no sé —iba diciendo un hombre con tono dubitativo—. Tal vez, si lo conociera mejor... Lord Stannis no ha hablado muy bien de él, eso os lo aseguro.

—¿Cuándo ha hablado muy bien de nadie Stannis Baratheon? —La voz inflexible de Ser Alliser era inconfundible—. Si permitimos que sea Stannis quien elija al Lord Comandante, nos convertiremos en sus vasallos de hecho. Tywin Lannister no lo olvidará, y sabemos muy bien que al final él va a ser el vencedor. Ya derrotó a Stannis una vez, en el Aguasnegras.

—Lord Tywin está a favor de Slynt —dijo Bowen Marsh con voz de preocupación—. Si quieres te enseño la carta, Othell. Dice que es «su leal amigo y servidor».

Jon Nieve se sentó bruscamente, y los tres hombres se detuvieron de golpe al oír el chapoteo.

—Mis señores —saludó con cortesía helada.

—¿Qué haces aquí, bastardo? —preguntó Thorne.

—Bañarme. Pero ya me voy, no quiero estropearos la conspiración.

Jon salió del agua, se secó, se vistió y los dejó a solas con sus tramas.

Una vez fuera se dio cuenta de que no tenía la menor idea de adónde ir. Pasó de largo junto a los restos de la Torre del Lord Comandante, donde hacía tiempo había salvado al Viejo Oso de un cadáver andante; pasó de largo junto al lugar donde Ygritte había muerto con aquella sonrisa triste en los labios; pasó de largo junto a la Torre del Rey, donde había aguardado la llegada del Magnar y sus thenitas con Seda y Dick Follard el Sordo; pasó de largo junto a los restos chamuscados de la gran escalera de madera... La puerta interior estaba abierta, de manera que Jon bajó por el túnel y cruzó el Muro. Sentía el frío que lo rodeaba, el peso de todo aquel hielo sobre la cabeza. Pasó de largo del lugar donde Donal Noye y Mag el Poderoso habían luchado y muerto juntos, cruzó la nueva puerta exterior y salió a la fría luz del sol.

Entonces se detuvo para tomar aliento y meditar. Othell Yarwyck no era hombre de convicciones fuertes, excepto cuando se trataba de la madera, la piedra y el mortero. El Viejo Oso lo había sabido muy bien.

«Thorne y Marsh lo convencerán; Yarwyck apoyará a Lord Janos, y Lord Janos será el próximo Lord Comandante. ¿Qué me quedará a mí, si no es Invernalia?»

El viento soplaba contra el Muro y le agitaba la capa. Sentía como el hielo emanaba frío, igual que una hoguera emana calor. Jon se subió la capucha y echó a andar otra vez. La tarde estaba avanzada; el sol empezaba a descender hacia el oeste. A cien pasos de distancia se encontraba el campamento donde el rey Stannis había confinado a los prisioneros salvajes en un cerco de zanjas, estacas afiladas y vallas de madera muy altas. A su izquierda estaban los restos de las tres grandes hogueras donde los vencedores habían quemado los cadáveres de los del pueblo libre que habían caído junto al Muro, tanto los de los enormes gigantes como los de los menudos hombres Pies de Cuerno. El campo de batalla era todavía un erial desolado de hierba quemada y brea endurecida, pero el pueblo de Mance había dejado su rastro por todas partes: una piel desgarrada que tal vez fuera parte de una tienda, la maza de un gigante, la rueda de un carro, una lanza rota, un montón de excrementos de mamut... En las lindes del bosque Encantado, donde se habían alzado las tiendas, Jon se sentó en el tocón de un roble.

«Ygritte quería que fuera un salvaje. Stannis quiere que sea el señor de Invernalia. Y yo, ¿qué quiero ser? —El sol se fue deslizando por el cielo para perderse detrás del Muro, allí donde describía una curva entre las colinas del oeste. Jon contempló la inmensa mole de hielo que se iba tiñendo de los rojos y rosas del ocaso—. ¿Qué prefiero? ¿Que Lord Janos me ahorque por cambiacapas o renegar de mis votos, casarme con Val y convertirme en el señor de Invernalia?» Planteada así, la decisión parecía sencilla... aunque si Ygritte siguiera con vida había sido más sencilla todavía. A Val no la conocía de nada. Desde luego, resultaba atractiva y había sido la hermana de la reina de Mance Rayder, pero aun así...

«Si quisiera su amor, podría secuestrarla; tal vez me daría hijos. Tal vez algún día podría tener en brazos a un niño de mi propia sangre. —Un hijo. Jon Nieve jamás se había atrevido a soñar con aquello desde que tomó la decisión de pasar la vida en el Muro—. Podría ponerle el nombre de Robb. Val no querrá separarse de su sobrino; podríamos tenerlo como pupilo en Invernalia, y también al hijo de Elí. Así Sam no tendría que mentir. Además acogeremos a Elí; Sam podrá ir a verla una vez al año, o algo así. El hijo de Mance y el hijo de Craster crecerán como hermanos, igual que Robb y yo.»

Era lo que quería. Lo supo al instante. Lo deseaba más de lo que había deseado nada en toda su vida.

«Siempre lo he querido —pensó con un aguijonazo de culpabilidad—. Que los dioses me perdonen.»

La punzada del hambre que sentía era aguda como una hoja de vidriagón. Un hambre abrumadora. Lo que necesitaba era comida, una presa, un ciervo pardo que apestara a miedo o un alce grande, orgulloso y desafiante. Necesitaba matar y llenarse la barriga de carne fresca y sangre caliente, oscura. Solo con pensarlo se le hacía la boca agua.

Al principio no comprendió qué sucedía. Cuando lo entendió se puso en pie de un salto.

—¿Fantasma?

Se volvió hacia el bosque y lo vio acercarse con sus pisadas silenciosas en la penumbra verde. El aliento le salía de las fauces abiertas en nubes cálidas y blancas.

—¡Fantasma! —gritó, y el huargo echó a correr hacia él.

Estaba más flaco, pero también más grande, y el único ruido que hacía era el de las hojas secas cuando las aplastaba bajo las patas. Al llegar junto a Jon saltó sobre él, y juntos se debatieron entre la hierba negra y las sombras alargadas que las estrellas empezaban a proyectar sobre ellos.

—Dioses, ¿dónde has estado? —preguntó Jon cuando Fantasma dejó de tironearle del brazo con los dientes—. Creía que te me habías muerto, igual que Robb, igual que Ygritte, igual que todos. No volví a sentir tu presencia desde que subí por el Muro, ni siquiera en sueños.

El huargo no respondió, claro; se limitó a lamer el rostro de Jon con una lengua que era como una lija húmeda; sus ojos iluminados por la escasa luz brillaron como dos soles rojos.

«Ojos rojos —comprendió Jon—, pero no como los de Melisandre. —Tenía ojos de arciano—. Ojos rojos, boca roja y pelaje blanco. Sangre y hueso, como un árbol corazón. Pertenece a los antiguos dioses.» Y era el único blanco entre todos los lobos huargo. Eran seis los cachorros que Robb y él habían encontrado entre las nieves del verano tardío: cinco grises, negros y castaños para los cinco Stark, y uno blanco, blanco como la nieve.

Fue entonces cuando supo la respuesta.

Al pie del Muro, los hombres de la Reina habían encendido la hoguera nocturna. Vio a Melisandre salir del túnel, al lado del Rey, para dirigir las plegarias que, según ella, mantendrían a raya la oscuridad.

—Vamos, Fantasma —dijo Jon al lobo—. Ven conmigo. Tienes hambre, lo sé. Lo noto.

Juntos corrieron hacia la puerta; dieron un rodeo para esquivar la hoguera en la que las llamas cada vez más altas arañaban el vientre oscuro de la noche.

La presencia de los hombres del Rey era mucho más notable en los patios del Castillo Negro. Al paso de Jon se detuvieron boquiabiertos. Comprendió que ninguno de ellos había visto hasta entonces un huargo, y Fantasma doblaba en tamaño a los lobos comunes que merodeaban por sus bosques sureños. Mientras se encaminaba hacia la armería, Jon alzó la vista y vio a Val ante la ventana de su torre.

«Lo siento mucho —pensó—, no voy a ser yo quien te secuestre para sacarte de ahí.»

En el patio de entrenamiento se encontró con una docena de hombres del Rey con antorchas y lanzas en las manos. Su sargento miró a Fantasma y frunció el ceño; al menos dos de sus hombres bajaron las lanzas, hasta que intervino el caballero que estaba al mando.

—Llegas tarde para la cena —le dijo a Jon.

—En ese caso apartaos de mi camino, ser —replicó Jon; y lo obedeció.

Los sonidos lo asaltaron antes de que llegara al pie de las escaleras: voces alzadas, maldiciones, alguien que daba puñetazos en la mesa... Jon entró en la sala casi sin que nadie se diera cuenta. Sus hermanos ocupaban todos los bancos y las mesas, y había más de pie que sentados; todos gritaban y nadie comía. No había comida.

«¿Qué está pasando aquí?» Lord Janos chillaba algo acerca de cambiacapas y traición; Férreo Emmett estaba de pie sobre una mesa con la espada desenvainada; Hobb Tresdedos insultaba a un explorador de la Torre Sombría... Un hombre de Guardiaoriente aporreaba la mesa con el puño sin cesar para exigir silencio, pero lo único que conseguía era añadir más ruido a la cacofonía que retumbaba contra el techo abovedado.

Pyp fue el primero en ver a Jon. Cuando divisó a Fantasma sonrió, se llevó dos dedos a la boca y silbó como solo podía silbar un muchacho criado entre cómicos. El sonido agudo sajó el clamor como una espada. Cuando Jon avanzó hacia la mesa fueron más los hermanos que lo vieron y cayeron en el silencio. El ruido fue reduciéndose a meros murmullos que se extinguían, hasta que el único sonido que se oyó fue el roce de las botas de Jon contra el suelo de piedra y el crepitar de los troncos en la chimenea.

Fue Ser Alliser Thorne el que rompió el silencio.

—Vaya. Por lo visto, el cambiacapas se ha decidido a honrarnos con su presencia.

Lord Janos tenía el rostro congestionado y le temblaban las manos.

—¡Es la fiera! —jadeó—. ¡Mirad! ¡Es la fiera que mató a Mediamano! Hay un warg entre nosotros, hermanos. ¡Es un WARG! Este... este monstruo no puede ser nuestro comandante. ¡Este monstruo no puede vivir!

Fantasma enseñó los dientes, pero Jon le puso una mano en la cabeza.

—Mi señor —pidió—, ¿os importaría explicarme qué está pasando aquí?

Fue el maestre Aemon quien le respondió desde el otro extremo de la sala.

—Han propuesto tu nombre para el cargo de Lord Comandante, Jon.

—¿Quién? —dijo al tiempo que miraba a sus amigos. La sola idea era tan absurda que no pudo contener una sonrisa.

Sin duda era una de las bromas de Pyp. Pero el muchacho se encogió de hombros, y Grenn sacudió la cabeza. Fue Edd Tollett el Penas quien se levantó.

—He sido yo. Ya sé, ya sé, es una canallada hacerle esto a un amigo, pero con tal de que no me toque a mí...

—Esto es... —Lord Janos estaba echando chispas—. Esto es una afrenta. Lo que tendríamos que hacer es ahorcar a este crío. ¡Sí! ¡Voto por que lo ahorquemos por warg y por cambiacapas, al lado de su amigo Mance Rayder! ¿Lord Comandante? ¡No lo pienso tolerar!

—¿Qué es eso de que tú no va a tolerar qué? —preguntó Cotter Pyke levantándose—. Puede que a tus capas doradas los tuvieras bien entrenados para que te lamieran el culo, pero la capa que llevas ahora es negra.

—Cualquier hermano puede presentar un candidato para que lo consideremos; basta con que haya pronunciado los votos —aportó Ser Denys Mallister—. Tollett está en su derecho, mi señor.

Una docena de hombres empezaron a hablar a la vez, trataban de acallarse unos a otros, y pronto la sala volvió a ser un caos de gritos. En esta ocasión fue Ser Alliser Thorne quien se subió a la mesa de un salto y alzó las manos para pedir silencio.

—¡Hermanos! —exclamó—. ¡Así no vamos a conseguir nada! Propongo que votemos. Ese monarca que ha ocupado la Torre del Rey ha apostado a sus hombres ante todas las puertas, para que no podamos comer ni salir de aquí mientras no hayamos elegido al nuevo Lord Comandante. ¡Pues hagámoslo! Votaremos, volveremos a votar y, si hace falta, nos pasaremos así la noche hasta que terminemos... pero antes de que depositemos las fichas, creo que el capitán de los constructores quería decirnos algo.

Othell Yarwyck se levantó despacio, con el ceño fruncido. El corpulento constructor se frotó la mandíbula prominente.

—Quiero retirarme de la elección. Si me hubierais querido, ya habéis tenido diez ocasiones para elegirme, pero en ninguna de ellas me han votado tantos como era necesario. Iba a decir que los que estaban depositando mi ficha deberían elegir a Lord Janos...

—Lord Slynt es el mejor candidato... —asintió Ser Alliser.

—No había terminado, Alliser —se quejó Yarwyck—. Lord Slynt era comandante de la Guardia de la Ciudad en Desembarco del Rey, eso lo sabemos todos, y también que era el señor de Harrenhal...

—¡Pero si en su vida ha puesto los pies en Harrenhal! —gritó Cotter Pyke.

—Es verdad —replicó Yarwyck—. En fin, el caso es que ahora que estoy aquí hablando no recuerdo qué me hizo pensar que Slynt sería la mejor opción. Eso sería como darle una bofetada al rey Stannis, y no veo de qué nos iba a servir. Puede que Nieve sea más apropiado. Lleva más tiempo en el Muro, es el sobrino de Ben Stark y sirvió como escudero al Viejo Oso. —Yarwyck se encogió de hombros—. Elegid a quien queráis mientras no sea a mí.

Se sentó. Jon vio que el rostro de Janos Slynt había pasado del rojo al púrpura; en cambio, Alliser Thorne se había puesto pálido. El hombre de Guardiaoriente volvía a dar puñetazos en la mesa, pero esta vez lo que pedía a gritos era la olla. Algunos de sus amigos se unieron a la petición.

—¡La olla! —rugieron como un solo hombre—. ¡La olla, la olla, LA OLLA!

La olla estaba en un rincón, junto a la chimenea: era un caldero grande, barrigón, con dos asas enormes y una tapa muy pesada. El maestre Aemon dio una orden a Sam y a Clydas, que fueron a buscarla, la cogieron por las asas y la pusieron sobre la mesa. Unos cuantos hermanos habían empezado ya a formar una cola junto a los cubos de las diferentes fichas cuando Clydas levantó la tapa y estuvo a punto de dejársela caer sobre los pies. Un enorme cuervo salió repentinamente de la olla con un graznido brusco, en medio de un remolino de plumas. Revoloteó hacia arriba, tal vez en busca de una viga en la que posarse o una ventana por la que escapar, pero en la bóveda no había ni una cosa ni la otra. El cuervo estaba atrapado. Graznó de nuevo y voló en torno a la estancia una vez, dos veces, tres veces... Fue entonces cuando Jon oyó el grito de Samwell Tarly.

—¡A ese pájaro lo conozco! ¡Es el cuervo de Lord Mormont!

El cuervo se posó sobre la mesa más cercana a Jon.

—Nieve —graznó. Era un pájaro viejo, sucio y roñoso—. Nieve —dijo de nuevo—. Nieve, nieve, nieve.

Caminó hasta el extremo de la mesa, extendió de nuevo las alas y voló para posarse en el hombro de Jon.

Lord Janos Slynt se dejó caer sentado, pero la carcajada burlona de Ser Alliser retumbó por toda la estancia.

—Ser Cerdi nos toma a todos por idiotas, hermanos —dijo—. Ha sido él quien le ha enseñado el truquito al pajarraco. Todos los cuervos que tenemos dicen ahora lo mismo: «nieve». Subid a las pajareras si no me creéis. En cambio, el de Mormont sabía muchas más palabras.

El cuervo inclinó la cabeza a un lado y miró a Jon.

—¿Maíz? —dijo, esperanzado. Al no obtener ni maíz ni respuesta, lanzó otro graznido—. ¿Olla? ¿Olla? ¿Olla?

Lo que ocurrió a continuación fue un torrente de puntas de flecha, una inundación de puntas de flecha, suficientes puntas de flecha para enterrar las escasas piedras, conchas y monedas de cobre que cayeron en la olla.

Cuando terminó el recuento, Jon se vio rodeado. Unos le daban palmadas en la espalda, mientras otros hincaban la rodilla en tierra ante él como si fuera un señor de verdad. Seda, Owen el Bestia, Halder, Sapo, Bota de Sobra, Gigante, Mully, Ulmer del Bosque Real, Donnel Hill el Suave y otro medio centenar de hermanos formaron un corro en torno a él. Dywen entrechocó los dientes de madera.

—Los dioses se apiaden de nosotros; nuestro Lord Comandante todavía lleva pañales.

—Espero que esto no signifique que no te puedo dar una paliza de muerte en el próximo entrenamiento, mi señor. —Férreo Emmett sonrió.

Hobb Tresdedos quería saber si seguiría compartiendo la mesa con todos los hombres o si querría que le sirvieran las comidas en sus habitaciones. Hasta Bowen Marsh se acercó para decirle que le gustaría seguir siendo Lord Mayordomo si así lo deseaba Lord Nieve.

—Lord Nieve —dijo Cotter Pyke—, como la cagues te arranco el hígado y me lo como crudo con cebollas.

Ser Denys Mallister fue más cortés.

—Lo que me pidió el joven Samwell fue muy duro —le confesó el anciano caballero—. Cuando salió elegido Lord Qorgyle me dije: «No importa; lleva en el Muro más tiempo que tú, ya llegará tu momento». Cuando se votó a Lord Mormont pensé: «Es fuerte y decidido, pero también anciano; puede que aún llegue tu momento». Pero tú eres casi un niño, Lord Nieve, y ahora tengo que volver a la Torre Sombría con la certeza de que mi momento no llegará jamás. —Esbozó una sonrisa cansada—. No hagas que lamente lo que he hecho. Tu tío era un gran hombre, igual que tu padre y el padre de tu padre. Espero que estés a su altura.

—Eso —dijo Cotter Pyke—. Puedes empezar por decirles a los hombres del Rey que hemos terminado y que queremos cenar de una puta vez.

—Cenar —graznó el cuervo—. Cenar, cenar.

Cuando se los informó de la elección, los hombres del Rey se retiraron de la puerta, y Hobb Tresdedos salió hacia la cocina con media docena de ayudantes para ir a buscar la comida. Jon no esperó a que volvieran. Salió al exterior y caminó sin saber si estaba soñando, con el cuervo en el hombro y Fantasma pisándole los talones. Pyp, Grenn y Sam iban tras él sin parar de charlar, pero casi no oyó ni una palabra hasta que Grenn se acercó para hablarle en susurros.

—Ha sido cosa de Sam.

—¡Ha sido cosa de Sam! —ratificó Pyp. El muchacho había cogido un pellejo de vino antes de salir; bebió un largo trago—. Sam, Sam, Sam el mago —entonó—, Sam el genio, Sam, Sam, el maravilloso Sam. ¡Ha sido cosa de Sam! Pero ¿cuándo te las arreglaste para meter el cuervo en la olla, Sam? Y por los siete infiernos, ¿cómo podías estar seguro de que iba a volar hacia Jon? Imagínate que va y se posa en el cabezón de Janos Slynt, menuda cagada.

—Yo no he tenido nada que ver con lo del pájaro —insistió Sam—. Por poco me meo encima cuando lo he visto salir volando de la olla.

Jon se echó a reír, algo sorprendido de volver a oír una carcajada propia.

—Sois una panda de locos, por si no os habíais enterado.

—¿Nosotros? —dijo Pyp—. ¿Que nosotros estamos locos? Oye, que yo sepa, aquí solo hay uno que acabe de convertirse en el Lord Comandante número novecientos noventa y ocho de la Guardia de la Noche. Será mejor que bebas un poco de vino, Lord Jon. Vas a necesitar mucho, mucho vino.

De manera que Jon Nieve cogió el pellejo que le ofrecía y bebió un trago. Pero solo uno. El Muro estaba en sus manos; la noche era oscura, y tenía que enfrentarse a un rey.

Sansa

Se despertó al instante con los nervios a flor de piel. Durante un momento no recordó dónde estaba. Había soñado que volvía a ser pequeña y todavía compartía el dormitorio con su hermana Arya. Pero la que se agitaba en sueños era su doncella, no su hermana, y aquello no era Invernalia, sino el Nido de Águilas.

«Y yo soy Alayne Piedra, una bastarda.» La habitación era fría y negra, aunque bajo las sábanas tenía calor. Aún no había llegado el amanecer. A veces soñaba con Ser Ilyn Payne, y despertaba con el corazón desbocado, pero aquel sueño había sido distinto.

«Con mi hogar. He soñado con mi hogar.»

El Nido de Águilas no era su hogar. No era más grande que el Torreón de Maegor, y tras las imponentes murallas blancas no había más que montañas y un descenso largo y traicionero por Cielo, Nieve y Piedra hasta el pueblo llamado Puertas de la Luna, en lo más profundo del valle. No había adónde ir y muy poco que hacer. Los criados más viejos le contaban que aquellos salones habían resonado con carcajadas cuando su padre y Robert Baratheon eran pupilos de Jon Arryn, pero de aquellos días hacía ya muchos años. Su tía tenía poca gente en el Nido de Águilas y rara vez permitía que los invitados traspasaran las Puertas de la Luna. Aparte de su anciana doncella, la única compañía de Sansa era Lord Robert, de ocho años y una edad mental de tres.

«Y Marillion. Siempre Marillion.» Cuando tocaba para todos durante las cenas, el joven bardo parecía cantar solo para ella, cosa que a su tía no le hacía la menor gracia. Lady Lysa mimaba a Marillion; había despedido a dos criadas y hasta a un paje por contar mentiras acerca de él.

Lysa estaba tan sola como siempre. Su flamante esposo pasaba más tiempo al pie de la montaña que con ella en la cima. En aquel momento estaba ausente; llevaba cuatro días fuera, en reuniones con los Corbray. A base de fragmentos de conversaciones escuchadas aquí y allá, Sansa se había enterado de que los banderizos de Jon Arryn estaban resentidos con Lysa por su matrimonio y envidiaban la autoridad de Petyr como Lord Protector del Valle. La rama principal de la Casa Royce estaba al borde de la rebelión por la negativa de su tía a ayudar a Robb en la guerra, y los Waynwood, los Redfort, los Belmore y los Templeton los apoyaban plenamente. Los clanes de las montañas también estaban causando problemas, y el anciano Lord Hunter había muerto de manera tan repentina que sus dos hijos más jóvenes acusaban a su hermano mayor de haberlo asesinado. El Valle de Arryn se había librado de los peores efectos de la guerra, pero desde luego no era el lugar idílico que le había asegurado su tía.

«No me voy a poder dormir —pensó Sansa—. Tengo un caos en la cabeza.» De mala gana apartó la almohada, se quitó de encima las mantas, se dirigió hacia la ventana y abrió los postigos.

Estaba nevando sobre el Nido de Águilas.

Fuera, los copos descendían suaves y silenciosos como recuerdos. «¿Ha sido esto lo que me ha despertado?» La capa de nieve ya era gruesa en el jardín, un manto que cubría la hierba y adornaba arbustos y estatuas con su brillo blanco al tiempo que empezaba a pesar en las ramas de los árboles. Aquel espectáculo devolvió a Sansa a las frías noches de hacía tanto tiempo, al largo verano de su infancia.

La última vez que había visto nieve fue el día que partió de Invernalia.

«Fue una nevada más ligera que esta —recordó—. Los copos que tenía Robb en el pelo se estaban derritiendo cuando me abrazó, y la bola de nieve que intentó hacer Arya se le deshacía en las manos. —Dolía recordar lo feliz que había sido aquella mañana. Hullen la había ayudado a montar, y ella había partido a caballo bajo la nevada para ver el ancho mundo—. Aquel día pensé que mi canción estaba empezando, pero en realidad estaba a punto de terminar.»

Sansa dejó abiertos los postigos mientras se vestía. Sabía que haría frío, aunque las torres del Nido de Águilas rodeaban el jardín y lo resguardaban de lo más duro de los vientos de la montaña. Se puso ropa interior de seda y una combinación de lino, y por encima, un vestido abrigado de lana azul de cordero, dos pares de medias en las piernas, botas atadas hasta las rodillas, gruesos guantes de cuero y, por último, una suave capa de piel de zorro blanco con capucha.

Su doncella se arrebujó en la manta cuando la nieve empezó a entrar por la ventana. Sansa abrió la puerta y bajó por la escalera de caracol. Cuando abrió la puerta que daba al jardín, el espectáculo era de una belleza tal que contuvo el aliento para no trastornar una hermosura tan perfecta. La nieve seguía cayendo en un silencio fantasmal y se depositaba en el suelo, en un manto grueso inmaculado. Todos los colores habían desaparecido; solo había blancos, negros y grises. Las torres blancas, la nieve blanca, las estatuas blancas, negras sombras y negros árboles, y por encima de todo, el oscuro cielo gris.

«Es un mundo puro —pensó Sansa—. No es lugar para mí.»

Pese a todo, pisó la nieve. Las botas se le hundieron hasta el tobillo en la blanda superficie blanca sin hacer el menor ruido. Sansa paseó sin rumbo entre arbustos escarchados y árboles oscuros y escuálidos, y se preguntó si estaría soñando todavía. Los copos que caían le acariciaban el rostro, ligeros como el beso de un amante, y se le derretían en las mejillas. En el centro del jardín, junto a la estatua de la mujer llorosa que yacía rota y medio enterrada en el suelo, volvió el rostro hacia el cielo y cerró los ojos. Sintió la nieve en las pestañas, la saboreó en los labios... Era el sabor de Invernalia, el sabor de la inocencia, el sabor de los sueños.

Cuando volvió a abrir los ojos descubrió que estaba de rodillas. No recordaba haberse dejado caer. Le pareció que el cielo gris se había aclarado un poco.

«Amanece —pensó—. Un día más. Un nuevo día.» Pero los que añoraba eran los días antiguos; rezaba por que volvieran. Pero ¿a quién podía rezar? Sabía que aquel jardín se había concebido como bosque de dioses, pero no había suficiente tierra, y era demasiado pedregosa para que arraigaran los arcianos.

«Un bosque de dioses sin dioses, tan vacío como yo.»

Cogió un puñado de nieve y lo apretó entre los dedos. La nieve era densa y húmeda, mantenía la forma sin problemas. Sansa empezó a hacer bolas; les daba forma y las pulía hasta que quedaban redondas, blancas, perfectas. Recordó una nevada veraniega en Invernalia, cuando Arya y Bran le habían tendido una emboscada una mañana al salir del torreón. Cada uno de sus hermanos tenía preparada una docena de bolas de nieve, y ella, ninguna. Bran se había subido al tejado del puente cubierto, fuera de su alcance, pero a Arya la persiguió por los establos y en torno a la cocina hasta que ambas se quedaron sin aliento. Tal vez le habría dado alcance, pero resbaló en el hielo. Su hermana se acercó para ver si se había hecho daño. Cuando le dijo que no, Arya le tiró otra bola de nieve a la cara, pero Sansa la agarró por la pierna y la hizo caer, y le estaba frotando la nieve en el pelo cuando Jory llegó para separarlas entre carcajadas.

«¿Qué voy a hacer con las bolas de nieve? —Contempló con tristeza su pequeño arsenal—. No tengo a quién tirárselas. —Dejó caer la que estaba haciendo en aquel momento—. También podría hacer un caballero de nieve —pensó—. O también...»

Juntó dos de las bolas de nieve, añadió una tercera, las rodeó con más nieve y palmeó el conjunto para darle forma de cilindro. Cuando lo tuvo listo lo puso en pie y, con la punta del meñique, abrió agujeros a modo de ventanas. Las almenas de la parte superior exigían más atención, pero cuando acabó ya tenía una torre.

«Ahora me hacen falta las murallas —pensó Sansa—, y después, una fortaleza.» Puso manos a la obra.

La nieve caía, y el castillo se alzaba. Dos murallas hasta la altura del tobillo, la interior más elevada que la exterior. Torres y torreones, fortines y escaleras, una cocina redonda, una armería cuadrada, los establos a lo largo de la cara interior de la muralla oeste... Al empezar era solo un castillo, pero no pasó mucho tiempo antes de que Sansa supiera que era Invernalia. Bajo la nieve encontró palitos y ramas caídas, que despuntó para hacer los árboles del bosque de dioses. Las lápidas del camposanto las hizo con trocitos de corteza de árbol. No tardó en tener los guantes y las botas completamente blancos; las manos le cosquilleaban y sentía los pies fríos y empapados, pero no le importaba. Lo único que importaba era el castillo. Algunas cosas le costaba recordarlas, pero la mayoría las conseguía visualizar como si hubiera estado en Invernalia el día anterior. La Torre de la Biblioteca, con la escalera de piedra enroscada por el exterior; el puesto de guardia; los dos grandes baluartes; la puerta en forma de arco; las almenas, en la parte superior...

Mientras tanto, la nieve no dejaba de caer; se acumulaba entre sus edificaciones tan deprisa como ella las alzaba. Estaba alisando el tejado en pendiente del salón principal cuando oyó una voz. Alzó la vista y vio a su doncella llamándola desde la ventana. ¿Se encontraba bien su señora? ¿Quería desayunar? Sansa sacudió la cabeza y siguió dando forma a la nieve para poner una chimenea en un extremo del salón principal, casi imaginando que el fuego ardía en el interior.

El amanecer se coló como un ladrón en su jardín. El gris del cielo se hizo aún más claro, y los árboles y los arbustos se tornaron color verde oscuro bajo sus estolas de nieve. Unos cuantos criados salieron a mirarla durante un rato; no les hizo caso, y pronto volvieron al interior del edificio, donde hacía más calor. Sansa vio a Lady Lysa que la contemplaba desde su balcón envuelta en una túnica de terciopelo azul con ribetes de piel de zorro, pero cuando volvió a mirar, su tía ya no estaba. El maestre Colemon se asomó por la ventana de la pajarera y estuvo un rato mirándola desde arriba, flaco y tiritando, pero mordido por la curiosidad.

Todos los puentes se le caían. Había un puente cubierto entre la armería y el torreón principal, y otro que iba del cuarto piso de la torre de la campana al segundo de la pajarera, pero por mucho que les diera forma con todo cuidado, se le derrumbaban sin remedio. La tercera vez que uno se cayó, masculló una maldición y se dejó caer sentada, frustrada e impotente.

—Apretad la nieve en torno a un palito, Sansa.

No habría sabido decir cuánto tiempo llevaba mirándola, ni cuándo había regresado del Valle.

—¿Un palito? —repitió sorprendida.

—Así tendrá más consistencia y se mantendrá en pie, creo yo —dijo Petyr—. ¿Puedo entrar en vuestro castillo, mi señora?

—No me lo rompáis, tened... —Sansa recelaba.

—¿Cuidado? —Sonrió—. Invernalia ha resistido contra enemigos mucho más temibles que yo. Porque es Invernalia, ¿verdad?

—Sí —reconoció Sansa.

—Cuando Cat se fue al norte con Eddard Stark, soñaba a menudo con ese lugar. —El hombre recorrió el muro exterior—. En mis sueños era un sitio frío y oscuro.

—No. Siempre hacía calor, hasta cuando nevaba. El agua de los manantiales calientes se bombeaba por el interior de los muros para mantenerlos a buena temperatura, y en los jardines de cristal era siempre como en el día más caluroso del verano. —Se irguió para contemplar el gran castillo blanco—. No se me ocurre cómo hacer el tejado de cristal de los jardines.

Meñique se acarició la barbilla, desprovista de barba desde que Lysa le había pedido que se afeitara.

—Los cristales estarían encajados en una estructura de madera, ¿no? Pues ahí tenéis: hacedlo con ramitas. Las peláis, las entrecruzáis y utilizáis tiras de corteza para que el conjunto se sostenga. Esperad, os enseñaré.

Recorrió el jardín para recoger ramas y palitos, y les fue sacudiendo la nieve. Cuando tuvo suficientes salvó las dos murallas de una zancada larga y se acuclilló en mitad del patio. Sansa se acercó para ver qué hacía. Petyr trabajaba con manos hábiles y seguras, y pronto tuvo un enrejado de ramitas muy semejante al que había servido como tejado de cristal para los jardines de Invernalia.

—Los cristales nos los tendremos que imaginar, claro —dijo mientras le entregaba la estructura.

—Es perfecto —dijo.

—Y esto también —dijo él rozándole la cara.

—¿El qué? —Sansa lo miró sin comprender.

—Vuestra sonrisa, mi señora. ¿Os hago otro?

—Si sois tan amable...

—Nada me complacería más.

Ella alzó las paredes de los jardines de cristal mientras Meñique iba poniendo los tejados, y cuando terminaron la ayudó a ampliar las murallas y a construir la caseta de la guardia. Sansa utilizó palitos para los puentes cubiertos, y tal como él había dicho, se mantuvieron en pie. El Primer Torreón fue muy sencillo; no era más que una torre vieja, redonda y achaparrada, pero se volvió a quedar bloqueada a la hora de poner las gárgolas que bordeaban la cima. La respuesta la tenía otra vez Petyr.

—Ha estado nevando sobre vuestro castillo, mi señora —señaló—. ¿Cómo son las gárgolas cuando están cubiertas de nieve?

—Solo son bultos blancos. —Sansa había cerrado los ojos para rememorarlas.

—Pues ahí tenéis. Las gárgolas son difíciles, pero los bultos blancos no cuestan nada.

Y así fue.

La torre rota fue todavía más fácil. Juntos hicieron una torre alta, arrodillados hombro con hombro para darle un acabado pulido, y cuando la pusieron en pie, Sansa metió los dedos en la cima, agarró un puñado de nieve y se lo tiró a él a la cara. Petyr dejó escapar un grito cuando la nieve se le metió por el cuello del jubón.

—Eso no ha sido nada galante, mi señora.

—Como tampoco lo fue que me trajerais aquí después de prometerme que me llevaríais a casa.

No sabía de dónde había sacado el valor para hablarle con tanta franqueza.

«De Invernalia —pensó—. Entre los muros de Invernalia soy más fuerte.»

—Sí, en eso no os dije la verdad... —El rostro del Petyr se tensó—. Tampoco en otra cosa.

—¿En qué otra cosa? —Sansa sentía un nudo en el estómago.

—Antes os dije que nada me complacería más que ayudaros a edificar este castillo. Siento comunicaros que eso también era mentira. Hay algo que me complacería mucho más. —Dio un paso hacia ella—. Esto.

Sansa intentó retroceder, pero él la agarró por los brazos y de repente la estaba besando. Se resistió débilmente, con lo que solo consiguió que la estrechara más contra él. Tenía la boca sobre la suya, engullía sus palabras. El aliento le sabía a menta. Durante un segundo se rindió a su beso... pero enseguida volvió la cara y se debatió para liberarse.

—¿Qué hacéis?

—Besar a una doncella de nieve. —Petyr se enderezó la capa.

—¡Tenéis que besarla a ella! —Sansa alzó la vista hacia el balcón de Lysa, pero ya no había nadie allí—. ¡A vuestra esposa!

—Ya lo hago. Lysa no tiene motivos de queja. —Sonrió—. Ojalá tuvierais delante un espejo, mi señora. Estáis hermosísima. Estáis cubierta de nieve como un cachorrillo de oso, pero tenéis el rostro tan sonrojado que apenas si podéis respirar. ¿Cuánto hace que lleváis aquí? Debéis de tener mucho frío. Dejad que os dé calor, Sansa. Quitaos los guantes, dadme las manos.

—¡No! —Hablaba casi igual que Marillion la noche que se había emborrachado durante el banquete. Solo que en aquella ocasión no acudiría Lothor Brune para salvarla, Ser Lothor servía a Petyr—. No me deberíais besar. Podría ser vuestra hija...

—Podríais ser mi hija —reconoció con una sonrisa pesarosa—. Pero el caso es que no lo sois. Sois hija de Eddard Stark y de Cat. Y de verdad pienso que podríais ser aún más bella que vuestra madre cuando tenía la edad que vos tenéis.

—Petyr, por favor. —Su voz sonaba demasiado débil—. Por favor...

—¡Un castillo!

La voz era un chillido agudo, infantil. Petyr se apartó de ella.

—Lord Robert. —Esbozó un amago de reverencia—. ¿No sería mejor que no salierais sin los guantes?

—¿Habéis hecho vos el castillo, Lord Meñique?

—Lo ha hecho casi todo Alayne, mi señor.

—Es Invernalia —aportó Sansa.

—¿Invernalia?

Para sus ocho años, Robert era muy menudo, un niño flaco de piel llena de manchas y ojos siempre llorosos. Tenía bajo un brazo un muñeco de trapo deshilachado que llevaba a todas partes.

—Invernalia es el asentamiento de la Casa Stark —le explicó Sansa a su futuro esposo—. Es el gran castillo del norte.

—No es tan grande. —El niño se arrodilló ante el puesto de guardia—. Mira, viene un gigante que lo va a derribar. —Puso al muñeco de pie en la nieve y lo hizo avanzar—. Pom, pom, pom, soy un gigante, soy un gigante —entonó—. Jo, jo, jo, abrid las puertas o las derribaré, jo, jo, jo.

Agarró el muñeco por la cintura y le hizo balancear las piernas para derribar primero la torre de un puesto de guardia y luego la del otro.

Aquello colmó la paciencia de Sansa.

—¡Para ahora mismo, Robert!

En vez de obedecer, el niño volvió a sacudir el muñeco y derribó una muralla. Ella le intentó agarrar la mano, pero lo que alcanzó fue el muñeco. Se oyó el sonido de la tela al desgarrarse, y de pronto se encontró con la cabeza en la mano, mientras Robert se quedaba con el cuerpo y las piernas. El relleno de algodón y serrín se derramó sobre la nieve.

A Lord Robert le empezaron a temblar los labios.

—¡Lo has matadooo! —aulló.

Luego llegaron los temblores. Al principio no fueron más que unos estremecimientos, pero casi al instante se derrumbó sobre el castillo agitando los miembros con movimientos convulsos. Las torres blancas y los puentes de nieve saltaron en pedazos. Sansa se quedó paralizada, horrorizada, pero Petyr Baelish agarró a su primo por las muñecas y llamó a gritos al maestre.

Los guardias y las criadas llegaron enseguida para ayudar a sujetar al pequeño, seguidos de inmediato por el maestre Colemon. La enfermedad de los temblores de Robert Arryn no era ninguna novedad para los habitantes del Nido de Águilas; Lady Lysa los tenía a todos bien entrenados para salir corriendo al primer grito del niño. El maestre sostuvo la cabeza del pequeño señor y le hizo beber media copa de vino del sueño al tiempo que murmuraba palabras tranquilizadoras. Poco a poco, la violencia del ataque se fue calmando hasta que no quedó más que un leve temblor de las manos.

—Llevadlo a mis habitaciones —ordenó Colemon a los guardias—. Lo calmaré con una sangría.

—Ha sido culpa mía. —Sansa les mostró la cabeza de trapo—. Le he roto el muñeco en dos. No era mi intención, de verdad, pero...

—El señor estaba destruyendo el castillo —dijo Petyr.

—Era un gigante —sollozó el niño—. No era yo; el que rompía el castillo era un gigante. ¡Y ella lo ha matado! ¡Es mala! ¡Es una bastarda y es mala! ¡No quiero que me sangren!

—Hay que aligeraros la sangre, mi señor —dijo el maestre Colemon—. La sangre mala es lo que os pone furioso, y la furia es lo que provoca los temblores. Vamos.

Se llevaron al muchacho.

«Mi señor esposo —pensó Sansa mientras contemplaba las ruinas de Invernalia. La nevada había cesado, y hacía más frío que antes. A lo mejor a Lord Robert le entraban temblores durante la ceremonia nupcial—.

Joffrey al menos tenía salud.» Una ira incontrolable se apoderó de ella. Cogió una rama y ensartó en ella la cabeza del muñeco; a continuación clavó la rama en el puesto de guardia destrozado de su castillo de nieve. Los criados la miraron horrorizados, pero cuando Meñique vio lo que había hecho, se echó a reír.

—Si lo que cuentan las leyendas es cierto, no es el primer gigante cuya cabeza acaba adornando las murallas de Invernalia.

—No son más que cuentos —dijo al tiempo que daba media vuelta.

Cuando llegó a sus habitaciones, Sansa se quitó la capa y las botas mojadas y se sentó junto al fuego de la chimenea. Sin duda tendría que dar cuentas por el ataque de Lord Robert.

«Puede que Lady Lysa me eche de aquí.» Su tía tenía la mano ligera a la hora de expulsar a los que incurrían en su ira, y nada la airaba tanto como sospechar que alguien había tratado mal a su hijo.

Sansa habría agradecido que la expulsara de allí. Las Puertas de la Luna eran un lugar mucho más grande que el Nido de Águilas, y también mucho más animado. Lord Nestor Royce parecía testarudo y gruñón, pero en realidad era su hija Myranda la que gobernaba el castillo, y todo el mundo comentaba lo alegre y amante de las diversiones que era. Ni siquiera la supuesta condición de bastarda de Sansa sería un problema allí abajo; una de las hijas ilegítimas del rey Robert estaba entre los sirvientes de Lord Nestor, y se comentaba que Lady Myranda y ella eran amigas íntimas, casi como hermanas.

«Le diré a mi tía que no me quiero casar con Robert. —Ni el propio Septón Supremo podía declarar casada a una mujer si ella se negaba a pronunciar los votos. Dijera lo que dijera su tía, no era ninguna mendiga. Tenía trece años; era una mujer, florecida y casada; era la heredera de Invernalia. A veces se compadecía de su primo, pero ni se podía imaginar que alguna vez quisiera casarse con él—. Antes preferiría volver a casarme con Tyrion. —Si Lady Lysa se enteraba, la mandaría lejos de allí... lejos de los pucheros, los temblores y los ojos llorosos de Robert, lejos de las miradas insistentes de Marillion, lejos de los besos de Petyr—. Se lo voy a decir. ¡Se lo voy a decir!»

Ya estaba muy avanzada la tarde cuando Lady Lysa la mandó llamar. Sansa llevaba todo el día haciendo acopio de valor, pero en cuanto Marillion apareció en su puerta volvió a sentirse invadida por las dudas.

—Lady Lysa requiere vuestra presencia en la Sala Alta.

Mientras se dirigía a ella, el bardo la desnudaba con los ojos, pero a aquello ya estaba acostumbrada.

Marillion era atractivo, aquello no se podía negar: juvenil, esbelto, de piel inmaculada, cabellos color arena y sonrisa encantadora. Pero había conseguido que lo detestara todo el Valle, excepto su tía y el pequeño Lord Robert. Según los criados, Sansa no era la primera doncella que tenía que soportar su acoso, y las demás no habían tenido a un Lothor Brune que las defendiera. Pero Lady Lysa no quería ni oír una queja contra él. Desde su llegada al Nido de Águilas, el bardo se había convertido en su favorito. Sus canciones dormían a Lord Robert todas las noches, y también servían para humillar a los pretendientes de Lady Lysa con versos que se burlaban de sus puntos flacos. Su tía lo había cubierto de oro y regalos, ropajes lujosos, un brazalete de oro, un cinturón con incrustaciones de adularias, un hermoso caballo... Hasta le había dado el halcón favorito de su difunto esposo. Con ello, lo que había conseguido era que Marillion se mostrara extremadamente cortés en presencia de Lady Lysa y extremadamente arrogante en cuanto le daba la espalda.

—Gracias —le dijo Sansa con tono seco—. Ya sé por dónde se va.

Pero no surtió efecto.

—Mi señora ha dicho que te lleve ante ella.

«¿Que me lleve?» Aquello no le gustaba nada.

—¿Ahora hacéis las veces de guardia?

Meñique había echado al capitán de la Guardia del Nido de Águilas, para poner en su lugar a Lothor Brune.

—¿Acaso hace falta que te guarden? —preguntó Marillion—. Por cierto, estoy componiendo otra canción, una canción tan dulce y triste que derretirá hasta tu corazón helado. La voy a titular «Una rosa al borde del camino». Habla de una niña bastarda tan bella que hechizaba a todos los hombres que la miraban.

«Soy una Stark de Invernalia», habría querido decirle. Pero se calló y asintió, y dejó que la escoltara por las escaleras de la torre y por el puente. La Sala Alta llevaba cerrada desde que ella había llegado al Nido de Águilas. Sansa se preguntó por qué la habría abierto su tía. Por lo general prefería la comodidad de sus estancias o la calidez acogedora de la sala de audiencias de Lord Arryn, que tenía vistas a la catarata.

Dos guardias con capas color azul cielo flanqueaban con lanzas en las manos las puertas de madera tallada de la Sala Alta.

—No permitáis que entre nadie mientras Alayne esté con Lady Lysa —les dijo Marillion.

—De acuerdo, señor.

Los hombres los dejaron pasar y cruzaron las lanzas. Marillion cerró las puertas y las atrancó con una tercera lanza, más larga y gruesa que las de los guardias de la parte de fuera.

—¿Y eso por qué? —Sansa sintió una punzada de inquietud.

—Mi señora te está esperando.

Miró a su alrededor, insegura. Lady Lysa estaba sentada en el estrado elevado, en una silla de respaldo alto de arciano tallado, sola. A su derecha había una segunda silla aún más alta con un montón de cojines azules en el asiento, pero Lord Robert no la ocupaba. Sansa esperaba que se estuviera recuperando, pero Marillion no se lo diría aunque lo supiera.

Sansa recorrió la alfombra de seda azul entre hileras de columnas acanaladas finas como lanzas. El suelo y las paredes de la Sala Alta eran de mármol blanco con vetas azules. Por las estrechas ventanas en forma de arco de la pared este entraban haces de clara luz diurna. Entre las ventanas había antorchas colgadas de altos apliques de hierro, pero no estaban encendidas. Sus pisadas resonaban suaves sobre la alfombra. Fuera, el viento soplaba frío y solitario.

En medio de tanto mármol blanco, hasta la luz del sol parecía gélida... aunque no tan gélida como su tía. Lady Lysa se había vestido con una túnica de terciopelo color crema y llevaba un collar de zafiros y adularias. Tenía la melena castaña rojiza recogida en una gruesa trenza que le caía sobre un hombro. Se quedó sentada en la silla alta, con el rostro enrojecido e hinchado bajo los afeites y los polvos, mientras su sobrina se aproximaba. A su espalda, un gran estandarte colgaba de la pared, con la luna y el halcón de la Casa Arryn en crema y azul.

—¿Me habéis mandado llamar, mi señora? —dijo Sansa, deteniéndose ante el estrado con una reverencia.

Seguía oyendo el sonido del viento, así como los suaves acordes que rasgueaba Marillion al otro lado de la sala.

—He visto lo que has hecho esta mañana —dijo Lady Lysa.

—Espero que Lord Robert se encuentre mejor. —Sansa se estiró los pliegues de la falda—. No era mi intención romperle el muñeco, pero me estaba destrozando el castillo de nieve; yo solo...

—¡No te hagas la inocente, a mí no me engañas! —gritó su tía—. No me refería al muñeco de Robert. Te vi darle un beso.

La Sala Alta pareció enfriarse un poquito más. Fue como si las paredes, el suelo y las columnas se hubieran convertido en hielo.

—Fue él quien me besó a mí.

—¿Y por qué iba a hacer semejante cosa? —La ira hacía que a Lysa se le dilataran las aletas de la nariz—. Tiene una esposa que lo quiere, una mujer de verdad, no una cría. No le hace ninguna falta una mocosa como tú. Confiésalo, niña: te echaste encima de él. Fue así.

—Eso no es cierto. —Sansa dio un paso atrás.

—¿Adónde vas? ¿Tienes miedo? Ese comportamiento tan promiscuo merece un castigo, pero no seré dura contigo. Tenemos un niño de los azotes para Robert, como tienen por costumbre en las Ciudades Libres. Con lo delicado que está de salud, él no soportaría la vara. Ya buscaré a alguna pueblerina que reciba tus azotes, pero antes tienes que reconocer lo que has hecho. No soporto a los mentirosos, Alayne.

—Yo estaba haciendo un castillo de nieve —dijo Sansa—. Lord Petyr me ayudó; luego me besó. Eso fue lo que visteis.

—¿Es que no sabes qué es el honor? —le replicó su tía con brusquedad—. ¿O es que me tomas por idiota? Es eso, ¿verdad? Me tomas por idiota, ya lo veo. Pues no soy idiota. Te crees que puedes tener al hombre que quieras solo porque eres joven y bonita; no creas que no me he fijado en las miradas que le echas a Marillion. Yo me entero de todo lo que sucede en el Nido de Águilas, jovencita, y ya he conocido a muchas de tu calaña. Pero te equivocas mucho si piensas que esos ojos grandes y esas sonrisas de ramera te ganarán el amor de Petyr. ¡Es mío! —Se puso de pie—. Todos me lo han intentado quitar. Mi señor padre, mi esposo, tu madre... Sí, sobre todo Catelyn. Le gustaba besar a mi Petyr, vaya si le gustaba.

—¿A mi madre? —Sansa retrocedió otro paso.

—Sí, a tu madre, a tu querida madre, a mi amada hermana Catelyn. No te hagas la inocente conmigo, sabandija mentirosa. Durante todos aquellos años, en Aguasdulces, estuvo jugando con Petyr como si fuera un pelele. Lo embrujaba con sonrisas, con palabras cariñosas y miradas de ramera, y convertía sus noches en una tortura.

—¡No! —«Mi madre está muerta —habría querido gritar—. Era tu hermana y ahora está muerta»—. No es verdad. Ella no haría semejante cosa.

—¿Cómo lo sabes? ¿Dónde estabas? —Lysa se bajó de la silla alta en un remolino de faldas—. ¿Acaso viniste con Lord Bracken y Lord Blackwood cuando nos visitaron para que mi padre resolviera sus diferencias? El bardo de Lord Bracken cantó para nosotros, y aquella noche, Catelyn bailó seis veces con Petyr, ¡seis veces, que las conté! Cuando los señores empezaron a discutir, mi padre se los llevó a su sala de audiencias, de manera que no quedó nadie que nos impidiera beber. Edmure, pese a lo joven que era, se emborrachó... y Petyr trató de besar a tu madre, pero ella lo rechazó de un empujón. ¡Se rio de él! Tenía una cara de dolor tal que pensé que se me iba a romper el corazón; luego bebió tanto que se desmayó encima de la mesa. El tío Brynden lo llevó a la cama para que mi padre no lo encontrara de aquella manera. Supongo que no lo recuerdas, ¿verdad? —La miró con furia—. ¿Verdad?

«¿Qué le pasa? ¿Está borracha o loca?»

—Yo entonces no había nacido, mi señora.

—No habías nacido. Pero yo sí, así que no te atrevas a decirme qué es verdad y qué es mentira. Sé muy bien cuál es la verdad. ¡Tú lo besaste!

—Fue él quien me besó —insistió Sansa—. Yo no quería...

—Cállate, no te he dado permiso para hablar. Lo provocaste, igual que tu madre aquella noche en Aguasdulces, con sus sonrisas y sus bailes. ¿Creías que se me iba a olvidar? Fue la noche en que subí a escondidas a su dormitorio para consolarlo. Sangré, pero fue el dolor más dulce que se pueda imaginar. Entonces me dijo que me quería, pero antes de quedarse dormido me llamó Cat. Aun así me quedé con él hasta que el cielo empezó a iluminarse. Tu madre no se lo merecía; ni siquiera le dio una prenda suya cuando se enfrentó a Brandon Stark. Yo le habría dado mi prenda, yo se lo di todo. Ahora es mío, no de Catelyn ni tuyo.

La decisión de Sansa se había marchitado a la vista de la ira de su tía. Lysa Arryn la estaba asustando tanto como antes la reina Cersei.

—Es vuestro, mi señora —dijo con voz que intentaba sonar dócil y arrepentida—. ¿Me dais permiso para retirarme?

—No. —El aliento de su tía olía a vino—. Si no fueras quien eres te echaría de aquí. Te mandaría abajo con Lord Nestor, a las Puertas de la Luna o de vuelta a los Dedos. ¿Qué te parecería pasarte el resto de tu vida en esa costa desolada, rodeada de viejas sucias y cagarrutas de oveja? Esos eran los planes de mi padre para Petyr. Todo el mundo creía que era por lo de aquel duelo idiota con Brandon Stark, pero no era por eso. Mi padre me dijo que debería dar gracias a los dioses de que un señor tan importante como Jon Arryn me aceptara ya mancillada, pero yo sabía que era solo por las espadas. Tuve que casarme con Jon, o mi padre habría renegado de mí, igual que hizo con su hermano, pero yo había nacido para ser de Petyr. Te lo estoy diciendo para que entiendas cuánto nos queremos, cuánto hemos sufrido, cuánto hemos soñado el uno con el otro. Hicimos un bebé, un bebé precioso. —Lysa se puso las manos en el vientre como si todavía tuviera allí la criatura—. Cuando me lo robaron, me prometí que no volvería a permitir semejante cosa. Jon quería enviar a mi pequeño Robert a Rocadragón, y ese rey borracho se lo habría entregado a Cersei Lannister, pero no se lo permití... Igual que no permitiré que me robes a mi Petyr Meñique. ¿Me has oído bien, Alayna, Sansa o como quiera que te llames? ¿Oyes bien lo que te digo?

—Sí. Os juro que no volveré a besarlo ni... ni a provocarlo. —Sansa pensaba que aquello era lo que su tía quería escuchar.

—Ah, así que lo reconoces. Fuiste tú, tal como me imaginaba. Eres tan ramera como tu madre. —Lysa la agarró por la muñeca—. Ven conmigo, quiero que veas una cosa.

—Me estáis haciendo daño. —Sansa se retorció—. Por favor, tía Lysa, no he hecho nada. ¡Lo juro!

—¡Marillion! —llamó a gritos su tía, haciendo oídos sordos a sus protestas—. ¡Te necesito, Marillion! ¡Te necesito!

El bardo había permanecido discretamente al fondo de la estancia, pero acudió al instante a la llamada de Lady Arryn.

—¿Sí, mi señora?

—Toca una canción. Toca «Falsedad y belleza».

Los dedos de Marillion acariciaron las cuerdas.

—«El señor llegó a caballo, era un día en que llovía. Ey-noni, ey-noni, ey-noni-ey...»

Lady Lysa tiró del brazo de Sansa. Tenía que elegir entre caminar y que la arrastrara, de manera que optó por caminar hasta el centro de la sala, hasta un par de columnas y una puerta de arciano blanco que hendía la pared de mármol. La puerta estaba bien cerrada, con tres pesadas trancas de bronce, pero al otro lado se oía el aullido del viento. Al ver la media luna tallada en la madera, Sansa clavó los pies en el suelo.

—La Puerta de la Luna. —Trató de liberarse—. ¿Por qué me enseñáis la Puerta de la Luna?

—Ahora chillas como un ratón, pero bien atrevida que eras en el jardín, ¿no? Bien atrevida que eras en la nieve.

—«La dama estaba cosiendo, era un día en que llovía —cantó Marillion—. Ey-noni, ey-noni, ey-noni-ey...»

—Abre la puerta —ordenó Lysa—. ¡Te he dicho que la abras! ¡Ábrela o llamo a mis guardias! —Dio un empujón hacia delante a Sansa—. Al menos tu madre era valiente. ¡Quita las trancas!

«Si hago lo que me dice me dejará en paz.» Sansa cogió una de las trancas de bronce, la soltó y la apartó a un lado. La segunda tintineó contra el mármol; luego, la tercera. Apenas había tocado el picaporte cuando la pesada puerta de madera restalló hacia dentro y golpeó la pared con estrépito. La nieve se había amontonado en torno al marco y entró como un torbellino, a lomos de una ráfaga de aire gélido que dejó a Sansa tiritando. Trató de apartarse, pero su tía estaba detrás de ella. Lysa la cogió por la muñeca y con la otra mano la empujó por la espalda, con fuerza, hacia la puerta abierta.

Al otro lado había cielo blanco, nieve que caía y nada más.

—Mira abajo —ordenó Lady Lysa—. ¡Mira abajo!

Trató de debatirse, pero los dedos de su tía se le clavaban como zarpas en el brazo. Lysa le dio otro empujón y Sansa gritó. El pie izquierdo se le resbaló en un trozo de hielo que se soltó. Ante ella no había nada: solo el vacío y un torreón, doscientas varas más abajo, que colgaba de la ladera de la montaña.

—¡No! —gritó Sansa—. ¡Me estáis asustando!

A sus espaldas, Marillion seguía rasgueando la lira y cantando.

—«Ey-noni, ey-noni, ey-noni-ey...»

—¿Todavía quieres que te dé permiso para retirarte? ¿Eh? ¿Eh?

—No. —Sansa clavó los pies en el suelo y se retorció para intentar retroceder, pero su tía no cedía—. Por aquí no, por favor...

Extendió una mano y trató de aferrarse al marco de la puerta, pero no lo consiguió, los pies se le resbalaban en el suelo de mármol mojado. Lady Lysa la empujaba con fuerza inexorable; su tía pesaba dos arrobas más que ella.

—«La dama le dio un beso escondida en el pajar» —cantaba Marillion.

Sansa se retorció hacia un lado, histérica y aterrorizada, y un pie se le deslizó hacia el vacío. Dejó escapar un grito.

—«Ey-noni, ey-noni, ey-noni-ey...»

El viento le azotaba las faldas y le mordía las piernas desnudas con dientes gélidos. Sentía los copos de nieve que se le derretían en las mejillas. Agitó los brazos, dio por casualidad con la gruesa trenza castaña rojiza de Lysa y se aferró a ella.

—¡Mi pelo! —chilló su tía—. ¡Suéltame el pelo!

Estaba temblando y sollozando. Trastabillaron al borde del abismo. Muy lejos, tras ellas, oyó a los guardias golpeando la puerta con las lanzas y exigiendo que les dejaran entrar. Marillion interrumpió la canción.

—¡Lysa! ¿Qué está pasando aquí? —El grito se impuso a los sollozos y a las respiraciones jadeantes. Las pisadas resonaron al otro extremo de la Sala Alta—. ¡Apartaos de ahí! ¿Qué estás haciendo, Lysa?

Los guardias seguían golpeando la puerta. Meñique había entrado por la puerta de los señores, situada tras el estrado.

Cuando Lysa se volvió, aflojó un poco las manos, y Sansa consiguió liberarse. Cayó de rodillas, y así fue como la vio Petyr Baelish. Se detuvo de repente.

—¿Alayne? ¿Cuál es el problema?

—¡Ella! —Lady Lysa agarró un mechón de cabellos de Sansa—. Ella es el problema. ¡Te besó!

—Decídselo —suplicó Sansa—. Decidle que estábamos construyendo un castillo...

—¡Cállate! —chilló su tía—. No te he dado permiso para hablar; ¿a quién le importa tu castillo?

—No es más que una niña, Lysa. La hija de Cat. ¿Qué diantres estabas haciendo?

—¡Iba a casarla con mi Robert! No tiene gratitud, No tiene... decencia. No te puede besar, no eres suyo. ¡No eres suyo! Le estaba enseñando una lección, nada más.

—Ya comprendo. —Se acarició la barbilla—. Y creo que ella también lo entiende, ¿verdad, Alayne?

—Sí —sollozó Sansa—. Lo entiendo.

—No la quiero tener aquí. —Su tía tenía los ojos llenos de lágrimas—. ¿Por qué la tuviste que traer al Valle, Petyr? No es lugar para ella, no tiene por qué estar aquí.

—Pues la mandaremos a otro lugar. A Desembarco del Rey, si quieres. —Dio un paso hacia ellas—. Venga, suéltala. Deja que se aleje de la puerta.

—¡No! —Lysa le dio otro tirón de pelo a Sansa. La nieve se arremolinaba en torno a ellas y hacía que les restallaran las faldas—. No es posible que sientas nada por ella. No es posible. No es más que una niña idiota con la cabeza hueca, no te ama como yo, no te ama como te he amado siempre. Lo he demostrado, ¿no? —Las lágrimas corrían por el rostro enrojecido e hinchado de su tía—. Te entregué mi doncellez. También te habría dado un hijo, pero lo mataron con té de la luna, con atanasia, menta, ajenjo, una cucharada de miel y un poco de poleo. No fui yo, yo no lo sabía, me limité a beber lo que me daba mi padre...

—El pasado, pasado está, Lysa. Lord Hoster ha muerto, y su viejo maestre, también. —Meñique se acercó un paso más—. ¿Has vuelto a beber vino? No deberías hablar tanto. No nos conviene que Alayne sepa más de lo debido, ¿recuerdas? Y tampoco Marillion.

—Cat nunca te dio nada —dijo Lady Lysa sin hacerle caso—. Yo fui la que te consiguió tu primera asignación y la que hizo que Jon te llevara a la corte para que pudiéramos estar juntos. Me prometiste que no lo olvidarías jamás.

—Y no lo he olvidado. Estamos juntos, tal como has querido siempre, tal como habíamos planeado siempre. Pero suelta a Sansa...

—¡No quiero! ¡La vi besándote en la nieve! Es igual que su madre, Catelyn te besó en el bosque de dioses, pero para ella no significó nada, ¡no te quería! ¿Por qué la amabas a ella? Yo fui la que te lo dio todo, yo, yo, ¡yooo!

—Lo sé, mi amor. —Dio un paso más—. Y aquí estoy. Lo único que tienes que hacer es darme la mano, vamos. —Extendió los dedos hacia ella—. No hacen falta lágrimas.

—Lágrimas, lágrimas, lágrimas —sollozó histérica—. No hacen falta lágrimas... No fue eso lo que me dijiste en Desembarco del Rey. Me dijiste que pusiera las lágrimas en el vino de Jon y las puse. ¡Lo hice por Robert y por nosotros! Y escribí a Catelyn, le conté que los Lannister habían matado a mi señor esposo, tal como me dijiste. Fuiste tan listo... Siempre has sido muy listo, se lo dije a mi padre, qué listo es Petyr, llegará muy lejos, ya lo verás, y también es bueno y cariñoso, y llevo a su hijo en el vientre... ¿Por qué la tuviste que besar? ¿Por qué? Ahora estamos juntos, después de tanto, tanto tiempo, estamos juntos, ¿por qué la tuviste que besar a ellaaa?

—Lysa —suspiró Petyr—, después de todo lo que hemos sufrido tendrías que confiar más en mí. Te juro que no volveré a apartarme de tu lado mientras nos quede vida a los dos.

—¿De verdad? —le preguntó, llorosa—. ¿Me lo dices de verdad?

—De verdad. Vamos, suelta a la niña y ven a darme un beso.

Lysa se echó en brazos de Meñique entre sollozos. Mientras se abrazaban, Sansa se alejó arrastrándose de la Puerta de la Luna y se abrazó a la columna más cercana. El corazón le latía a toda velocidad. Tenía el pelo lleno de nieve, y le faltaba el zapato derecho.

«Se me debe de haber caído.» Se estremeció y se aferró a la columna con más fuerza todavía.

Meñique dejó que Lysa sollozara un momento contra su pecho; luego le puso las manos en los brazos y le dio un ligero beso.

—Mi celosa mujer, qué tontita —le dijo sonriendo—. Solo he amado a una mujer, te lo prometo.

—¿Solo a una? —Lysa Arryn le dedicó una sonrisa trémula—. Petyr, Petyr, ¿me lo juras? ¿Solo a una?

—Solo a Cat.

Le dio un empujón brusco, breve.

Lysa cayó hacia atrás y resbaló en el mármol mojado. Y desapareció. No gritó en ningún momento. Durante largos segundos no se oyó más sonido que el del viento.

—La habéis... la habéis... —Marillion lo miraba boquiabierto.

Los guardias seguían gritando al otro lado de la puerta, golpeándola con las astas de las lanzas. Lord Petyr ayudó a Sansa a ponerse en pie.

—¿Estáis herida? —Ella negó con la cabeza—. Entonces, deprisa, abrid la puerta, que entren mis guardias —dijo—. No hay tiempo que perder. Este bardo ha asesinado a mi señora esposa.

Epílogo

El camino que llevaba hasta Piedrasviejas rodeaba dos veces la colina antes de alcanzar la cima. Pedregoso y lleno de maleza, el tránsito por él habría sido lento incluso con buen tiempo, y encima, la nevada de la noche anterior lo había dejado hecho un lodazal.

«Esto no es natural, nieve en las tierras de los ríos en otoño», pensó Merrett con melancolía. En realidad no había sido una gran nevada; lo justo para tender sobre el suelo un manto blanco durante la noche. Casi toda la nieve se había fundido cuando salió el sol, pero Merrett lo seguía considerando un mal presagio. Entre las lluvias, las inundaciones, el fuego y la guerra habían perdido dos cosechas y buena parte de la tercera. Si el invierno empezaba demasiado pronto habría hambre en las tierras de los ríos. Muchos pasarían necesidades y algunos morirían. La única esperanza de Merrett era no ser uno de ellos.

«Pero puede que lo sea. Con la suerte que tengo, seguro. Porque la única suerte que he tenido en mi vida es la mala.»

Bajo las ruinas del castillo, la ladera inferior de la colina tenía tanta maleza que en ella se podría haber ocultado medio centenar de bandidos.

«Hasta es posible que me estén vigilando ahora mismo.» Merrett miró a su alrededor, pero no vio nada más que aulagas, helechos, cardos, cálamos aromáticos y zarzas entre los pinos y los centinelas verde grisáceo. En los alrededores, los esqueletos de los álamos y los robles achaparrados poblaban el terreno como malas hierbas. No vio a ningún bandido, pero aquello tampoco significaba nada. Los bandidos se sabían esconder mejor que los hombres honrados.

Merrett detestaba aquellos bosques, y a los bandidos los odiaba con todo su corazón. «Los bandidos me robaron la vida que tenía», le habían oído decir cuando bebía demasiado. Según su padre, bebía demasiado y demasiado a menudo. Lo decía constantemente y en voz alta.

«Y es verdad —reconoció con tristeza. Cuando uno vivía en Los Gemelos tenía que distinguirse por algo; de lo contrario se olvidaban de su existencia, pero no tardó en comprender que la reputación de ser el más bebedor del castillo no mejoraba en absoluto sus perspectivas—. Tuve el sueño de ser el mejor caballero que jamás hubiera esgrimido una lanza, pero los dioses me lo arrebataron. ¿Por qué no me voy a tomar una copa de vino de cuando en cuando? Me calma los dolores de cabeza.

Además, mi mujer es una arpía, mi padre me desprecia y mis hijos no valen para nada. ¿Qué motivos tengo para estar sobrio?»

Pero en aquel momento estaba sobrio. Bueno, había tomado dos cuernos de cerveza con el desayuno y una copita de tinto antes de ponerse en marcha, pero solo para amortiguar el dolor de cabeza. Merrett sentía cómo se le iba acumulando tras los ojos, y sabía que, si le daba la más mínima oportunidad, pronto se sentiría como si le hubiera estallado una tormenta entre las orejas. A veces, los dolores eran tan violentos que hasta le dolía llorar. En aquellas ocasiones, lo único que podía hacer era tumbarse en la cama, con la habitación a oscuras y un paño húmedo sobre los ojos, y maldecir su suerte y al bandido sin nombre que le había hecho aquello.

Solo con pensarlo se ponía nervioso. En aquel momento no podía permitirse el lujo de padecer una migraña.

«Si vuelvo a casa con Petyr sano y salvo, puede que cambie mi suerte. —Llevaba el oro; lo único que le hacía falta era subir hasta la cima de Piedrasviejas, reunirse con los bandidos de mierda en las ruinas del castillo y hacer el intercambio. Un sencillo pago de rescate. Ni él lo podía estropear... a no ser que tuviera un dolor de cabeza tan fuerte que le impidiera cabalgar. Al anochecer tenía que estar en las ruinas, no acurrucado lloriqueando al borde del camino. Merrett se frotó la sien con dos dedos—. Una vuelta más a la colina y habré llegado.» Cuando recibieron el mensaje y se presentó voluntario para llevar el rescate, su padre lo miró con los ojos entrecerrados.

—¿Tú, Merrett? —preguntó. Luego se echó a reír por la nariz, con aquella repulsiva carcajada que tenía—. Je, je. Je, je. Je, je.

Merrett casi tuvo que suplicar para que le entregaran la bolsa con el maldito oro.

Algo se movió entre la maleza al borde del camino. Merrett tiró de las riendas con fuerza y echó mano de la espada, pero solo era una ardilla.

—Idiota —se dijo al tiempo que volvía a envainar la espada que no había terminado de sacar—. Los bandidos no tienen cola. Por todos los infiernos, Merrett, contrólate.

El corazón le palpitaba a toda prisa, como si fuera un muchachito novato en su primera misión.

«Como si esto fuera el bosque Real y me tuviera que enfrentar a la antigua Hermandad, no a los bandidos del señor del relámpago.» Durante un instante sintió la tentación de dar media vuelta y trotar colina abajo en busca de la taberna más próxima. Con aquella bolsa de oro se podía comprar mucha cerveza, la suficiente para olvidarse de Petyr Espinilla.

«Que lo ahorquen, él se lo ha buscado. Es lo que se merece por largarse con una puta vivandera como un venado en celo.»

La cabeza había empezado a dolerle; por el momento no era grave, pero sabía que iría a peor. Merrett se frotó el puente de la nariz. La verdad era que no tenía derecho a pensar así de Petyr. «Yo hice lo mismo a su edad.» En su caso, la única consecuencia grave habían sido unas viruelas, pero aun así no estaba en condiciones de juzgarlo. Las putas tenían su encanto, sobre todo para alguien con una cara como la de Petyr. Sí, el pobre chico tenía esposa, pero ella era parte del problema, no la solución. No solo le doblaba la edad; encima, si los rumores eran ciertos, se acostaba con su hermano Walder. Por Los Gemelos siempre corrían muchos rumores, y pocos de ellos eran ciertos, pero en aquel caso concreto, Merrett les daba crédito. Walder el Negro era hombre que conseguía todo lo que quería, la esposa de su hermano incluida. También se había acostado con la mujer de Edwyn, aquello lo sabía todo el mundo, era bien sabido que Walda la Bella se metía en su cama de cuando en cuando, y hasta se decía que había conocido a la séptima Lady Frey mucho mejor de lo debido. No era de extrañar que se negara a casarse. ¿Para qué comprar una vaca cuando había a su alrededor tantas ubres a la espera de que las ordeñara?

Merrett maldijo entre dientes y espoleó los flancos de su caballo para seguir cabalgando colina arriba. Por tentadora que resultara la perspectiva de gastarse el oro en bebida, sabía que si no regresaba con Petyr Espinilla, más valía que no regresara jamás.

Lord Walder cumpliría pronto los noventa y dos años. El oído empezaba a fallarle, los ojos hacía tiempo que no le servían de casi nada, y la gota se le había agravado hasta el punto de que había que transportarlo a todas partes. Todos sus hijos estaban de acuerdo en que no podía durar mucho más.

«Cuando muera cambiará todo, y no será para mejor. —Su padre era quejica y testarudo, con voluntad de hierro y lengua de víbora, pero su prioridad era cuidar de los suyos—. De todos los suyos, hasta de los que lo disgustan y decepcionan. Hasta de aquellos cuyos nombres no recuerda.» Pero cuando el viejo muriera...

Mientras Ser Stevron fue el heredero, las cosas eran diferentes. El viejo llevaba sesenta años educando a Stevron; le había metido en la cabeza la importancia de la familia. Pero Stevron había muerto en la campaña del Joven Lobo, en el oeste.

—De tanto esperar, sin duda —bromeó Lothar el Cojo cuando llegó el cuervo con la noticia.

Y sus hijos y nietos eran otro tipo de Frey. El heredero era en aquel momento Ser Ryman, el hijo de Stevron, un hombre testarudo, codicioso y corto de miras. Y después de Ryman iban sus hijos Edwyn y Walder el Negro, que eran aún peores.

—Por suerte se odian entre sí más de lo que nos odian a nosotros —había comentado Lothar el Cojo en cierta ocasión.

Merrett no estaba tan seguro de que fuera una suerte, y para sus adentros pensaba que Lothar era el más peligroso de todos. Lord Walder había ordenado el asesinato de los Stark en la boda de Roslin, pero fue Lothar el Cojo quien lo planeó todo con Roose Bolton, hasta las canciones que habría que tocar. Lothar era un tipo divertido para emborracharse con él, pero Merrett no era tan idiota como para darle la espalda. En Los Gemelos se aprendía enseguida que solo se podía confiar en los hermanos de padre y madre, y ni siquiera en ellos ciegamente.

Cuando el anciano muriera, cada hijo tendría que defender su territorio, y también cada hija. Sin duda, el nuevo señor del Cruce conservaría a su lado en Los Gemelos a algunos de sus tíos, sobrinos y primos: a algunos, los que le cayeran bien, aquellos en los que confiara, o más probablemente los que considerase útiles.

«A los demás nos echará, y nos las tendremos que arreglar por nuestra cuenta.»

Aquella posibilidad tenía muy preocupado a Merrett. En tres años cumpliría los cuarenta; era demasiado viejo para llevar la vida de un caballero errante... aunque hubiera sido caballero, cosa que no era. No tenía tierras ni riquezas propias. Lo único que poseía eran las ropas que llevaba puestas y poca cosa más; ni siquiera el caballo que montaba era suyo. No era tan listo como para hacerse maestre, ni tan piadoso como para hacerse septón, ni tan violento como para hacerse mercenario.

«Los dioses no me dieron más don que el de nacer, y hasta en eso fueron tacaños.» ¿De qué servía venir al mundo en el seno de una casa rica y poderosa si uno era el noveno hijo? Contando con los nietos y bisnietos, Merrett tenía más posibilidades de que lo eligieran Septón Supremo que de heredar Los Gemelos.

«No tengo suerte —pensó con amargura—. Nunca he tenido una pizca de suerte.»

Era un hombre corpulento, de pecho amplio y hombros anchos, aunque su estatura no pasara de la media. Sabía que en los diez últimos años había engordado y tenía las carnes blandas, pero cuando era más joven, Merrett había sido casi tan robusto como Ser Hosteen, el mayor de sus hermanos de padre y madre, quien a su vez tenía fama de ser el más fuerte de la progenie de Lord Walder Frey. Cuando era niño lo habían enviado a Refugio Quebrado, a servir de paje en la familia de su madre. El viejo Lord Sumner no tardó en convertirlo en su escudero, y todos dieron por supuesto que tardaría pocos años en convertirse en Ser Merrett, pero los bandidos de la Hermandad del Bosque Real echaron por tierra aquellos planes. Mientras otro de los escuderos, su compañero Jaime Lannister, se cubría de gloria, Merrett empezó por contagiarse de viruelas por culpa de una vivandera, y luego encima lo tomó prisionero una mujer, ¡una mujer!, a la que llamaban Gacela Blanca. Lord Sumner había pagado rescate por él a los bandidos, pero en la siguiente batalla lo derribó un golpe de mangual que le rompió el yelmo y lo dejó inconsciente dos semanas. Más adelante le dijeron que todos lo habían dado por muerto.

Merrett no murió, pero los combates se terminaron para él. El menor golpe en la cabeza le producía un dolor atroz y lo reducía a un bulto lloroso. Dadas las circunstancias, la caballería era una meta que quedaba fuera de su alcance. Así se lo dijo con todo cariño Lord Sumner. Lo mandaron de vuelta a Los Gemelos, para hacer frente al desdén ponzoñoso de Lord Walder.

Después de aquello, la suerte de Merrett fue de mal en peor. Su padre había conseguido arreglarle un buen matrimonio; lo casó con una de las hijas de Lord Darry, en los tiempos en los que los Darry contaban con el favor del rey Aerys. Pero apenas hubo desvirgado a su esposa, el rey Aerys perdió el trono. A diferencia de los Frey, los Darry se habían manifestado leales a los Targaryen, lo que les costó la mitad de sus tierras, buena parte de sus riquezas y casi todo su poder. En cuanto a su señora esposa, lo consideró decepcionante desde el primer día, y durante años se empeñó en parir una hija tras otra, tres que salieron adelante, una que nació muerta y otra que murió siendo un bebé, antes de darle por fin un hijo. Su hija mayor resultó una ramera, y la segunda, una glotona. Cuando encontraron a Ami en los establos con nada menos que tres mozos de cuadra, se vio obligado a casarla con un caballero errante de mierda. Creía que la situación no podía empeorar... hasta que Ser Pate decidió hacerse un nombre derrotando a Ser Gregor Clegane. Ami volvió viuda al castillo, para desesperación de Merrett y, sin duda, para regocijo de todos los mozos de cuadras de Los Gemelos.

Merrett abrigó la esperanza de que su suerte estuviera cambiando por fin cuando Roose Bolton eligió casarse con su Walda y no con otra de sus primas más delgadas y atractivas. La alianza con Bolton era importante para la Casa Frey, y su hija había contribuido a cimentarla; pensaba que aquello le daría ciertas ventajas. El viejo no tardó en desengañarlo.

—La ha elegido porque está gorda —le dijo Lord Walder—. ¿Te crees que a Bolton le importa un pedo de bufón que sea hija tuya? ¿Crees que pensó: «Eh, mira, Merrett el Memo, justo el hombre que quiero tener como suegro»? Tu Walda es una cerda vestida de seda; por eso la ha elegido, y desde luego no te voy a dar las gracias. La misma alianza nos habría salido a mitad de precio si tu puerquita soltara la cuchara alguna vez.

La humillación definitiva se la asestaron con una sonrisa, cuando Lothar el Cojo lo llamó para hablar del papel que desempeñaría durante la boda de Roslin.

—Todos tendremos que hacer lo que nos corresponda según nuestras respectivas capacidades —le dijo su hermanastro—. Tú tendrás una misión, solo una, Merrett, pero creo que estás muy cualificado para ella. Quiero que te encargues de que Jon Umber, el Gran Jon, esté tan borracho que no pueda tenerse en pie, no digamos ya pelear.

«Y hasta en eso fracasé.» Había engatusado al corpulento norteño para que bebiera vino suficiente para matar a tres hombres normales, pero después de encamar a Roslin, el Gran Jon aún consiguió arrebatarle la espada al primero que se le aproximó, rompiéndole el brazo en el proceso. Hicieron falta ocho hombres para encadenarlo, y de ellos, dos resultaron heridos y uno muerto, por no mencionar que el pobre Ser Leslyn Haigh perdió media oreja. Cuando vio que ya no podía luchar con las manos, Umber había empezado a pelear con los dientes.

Merrett se detuvo un momento y cerró los ojos. La cabeza le martilleaba como el tambor que habían tocado en la boda, y durante unos instantes, apenas si consiguió mantenerse en la silla.

«Tengo que seguir adelante —se dijo. Si conseguía llevar de vuelta a Petyr Espinilla se ganaría sin duda el favor de Ser Ryman. Tal vez Petyr fuera un infeliz, pero no era tan frío como Edwyn ni tan temperamental como Walder el Negro—. El chico me estará agradecido, y su padre verá que soy leal y que vale la pena contar conmigo.»

Pero solo si llegaba con el oro antes de que se pusiera el sol. Merrett echó una mirada al cielo.

«Justo a tiempo.» Le hacía falta algo para calmar los temblores de las manos. Cogió el pellejo para el agua que colgaba de la silla, quitó el corcho y bebió un largo trago. El vino era espeso y dulce, de un rojo tan oscuro que casi parecía negro, pero dioses, qué bien sabía.

En tiempos pasados, la muralla de Piedrasviejas había rodeado la cima de la colina como una corona que ciñera las sienes de un rey. Ya solo quedaban los cimientos y unos cuantos montones de piedras llenas de musgo. Merrett cabalgó a lo largo de la marca de la muralla hasta llegar al sitio que debió de ocupar el puesto de guardia. Allí las ruinas eran más abundantes, y tuvo que desmontar y tirar de su palafrén. Hacia el oeste, el sol había desaparecido tras un banco de nubes bajas. Las laderas estaban cubiertas de helechos y aulagas, y cuando cruzó la muralla inexistente, las hierbas le llegaron hasta el pecho. Merrett desenvainó la espada y miró a su alrededor con cautela, pero no vio ni rastro de los bandidos.

«¿Será que me he equivocado de día?» Se detuvo y se frotó las sienes con los pulgares, pero no consiguió aliviar la presión que sentía tras los ojos. «Por los siete infiernos...»

Desde lo más profundo del castillo le llegó una música tenue que se colaba entre los árboles.

A pesar de la capa, Merrett empezó a tiritar. Volvió a abrir el pellejo y bebió otro trago de vino.

«Debería volver a montarme en el caballo, ir a Antigua y gastarme el oro en bebida. No se consigue nada bueno tratando con bandidos. —Aquella zorra de Wenda le había grabado a fuego una gacela en una nalga mientras lo tenía prisionero. No era de extrañar que su esposa lo considerase despreciable—. Tengo que hacer esto bien. Puede que Petyr Espinilla sea algún día el señor del Cruce. Edwyn no tiene hijos, y Walder el Negro solo tiene bastardos. Petyr recordará quién vino a buscarlo.» Bebió otro trago, le puso el corcho al pellejo y tiró de las riendas de su palafrén para avanzar entre las piedras rotas, las matas de aulaga y los arbolillos esqueléticos azotados por el viento, siguiendo los sonidos hacia lo que había sido el patio del castillo.

El suelo estaba cubierto por una gruesa capa de hojas, caídas como soldados tras una batalla encarnizada. Un hombre vestido con ropas verdes desteñidas y llenas de remiendos estaba sentado a horcajadas en un sepulcro de piedra y rasgueaba las cuerdas de una lira. La música era suave y triste. Merrett conocía aquella canción. «En los salones de reyes que ya no están, Jenny baila con sus fantasmas...»

—Bájate de ahí —dijo Merrett—. Estás sentado encima de un rey.

—Al bueno de Tristifer no le molesta mi culo. Lo llamaban Martillo de Justicia. Hace mucho que no oye canciones nuevas.

El bandido bajó de un salto. Era delgado y esbelto, con el rostro fino y rasgos de zorro, pero tenía una boca tan ancha que al sonreír parecía como si se le conectaran las orejas. Unas cuantas hebras de fino cabello castaño le caían por la frente. Se las apartó con la mano libre.

—¿Os acordáis de mí, mi señor?

—No. —Merrett frunció el ceño—. ¿De qué os conozco?

—Canté en la boda de vuestra hija. Bastante bien, por cierto. Aquel tal Pate con el que se casó era primo mío. Es que en Sietecauces todos somos primos, cosa que no le impidió mostrarse mezquino cuando llegó la hora de pagarme. —Se encogió de hombros—. ¿Cómo es que vuestro señor padre no me llama nunca para tocar en Los Gemelos? ¿No hago suficiente ruido para su gusto? Tengo entendido que prefiere la música bien alta.

—¿Traéis el oro? —preguntó a su lado una voz más ronca.

Merrett tenía la garganta seca. «Mierda de bandidos, siempre se esconden entre los arbustos.» En el bosque Real había pasado lo mismo. Cuando pensaban que habían atrapado a cinco, salían diez más de la nada.

Cuando se volvió, estaban todos a su alrededor; era un grupo heterogéneo de viejos con piel como el cuero y muchachos de mejillas imberbes más jóvenes que Petyr Espinilla, todos ellos vestidos con harapos de lana basta, corazas y restos de armaduras, sin duda robadas a sus víctimas. Con ellos había una mujer envuelta en una capa que era tres veces más grande de lo que le hacía falta, con la capucha calada hasta los ojos. Merrett estaba demasiado aturdido para contarlos, pero parecía haber al menos una docena; tal vez llegaran a veinte.

—He hecho una pregunta. —El que hablaba era un hombretón barbudo de dientes verdosos torcidos y nariz rota, más alto que Merrett, aunque con menos barriga. Se cubría la cabeza con un yelmo, y de los anchos hombros le colgaba una capa llena de remiendos—. ¿Dónde está nuestro oro?

—En la alforja. Cien dragones. —Merrett carraspeó para aclararse la garganta—. Os los entregaré en cuanto vea que Petyr...

Un bandido achaparrado y tuerto dio un paso adelante antes de que terminara la frase, metió la mano en la bolsa de la silla de montar y dio con la saca. Merrett hizo ademán de detenerlo, pero enseguida se lo pensó mejor. El bandido desató el nudo, sacó una moneda y la mordió.

—Es oro —confirmó. Sopesó la saca—. Y está todo.

«Se van a quedar con el oro y con Petyr», pensó Merrett con un repentino ataque de pánico.

—Es todo el rescate, justo lo que pedisteis. —Le sudaban las palmas de las manos; se las tuvo que secar contra los calzones—. ¿Cuál de vosotros es Beric Dondarrion?

Antes de convertirse en bandido, Dondarrion había sido un gran señor; tal vez todavía fuera un hombre de honor.

—Pues yo, me parece que yo —dijo el tuerto.

—No seas mentiroso, Jack —le replicó el barbudo de la capa amarilla—. Me toca a mí ser Lord Beric.

—¿Entonces a mí me toca ser Thoros? —El bardo se echó a reír—. Siento tener que deciros que la presencia de Lord Beric ha sido requerida en otra parte, mi señor. Corren tiempos difíciles, y hay muchas batallas. Pero os trataremos igual que os habría tratado él, no tengáis miedo.

Merrett tenía miedo, mucho miedo. La cabeza le dolía terriblemente. Si aquello seguía mucho rato, se echaría a llorar.

—Ya tenéis el oro —dijo—. Entregadme a mi sobrino y me marcharé.

En realidad, Petyr era medio sobrino nieto suyo, pero no había necesidad de entrar en detalles.

—Está en el bosque de dioses —dijo el hombre de la capa amarilla—. Enseguida os llevaremos con él. Encárgate de su caballo, Notch.

Merrett entregó las riendas de mala gana, pero no tenía otra opción.

—El pellejo de agua —se oyó decir—. Dejadme beber un trago de vino para calmar...

—No bebemos con gentuza como vos —replicó con tono brusco el hombre de la capa amarilla—. Seguidme, es por aquí.

Las hojas crujían bajo los pies de Merret; cada paso hacía que una lanzada de dolor le atravesara la sien. Caminaron en silencio azotados por las ráfagas de viento. Los últimos restos de luz del sol poniente le daban en los ojos cuando trepó por el montecillo musgoso que era todo lo que quedaba del torreón central. Al otro lado estaba el bosque de dioses.

Petyr Espinilla estaba colgado de la rama de un roble; una cuerda le ceñía el cuello largo y flaco. Los ojos saltones sobresalían en el rostro ennegrecido y parecían mirar acusadores a Merrett. «Has llegado demasiado tarde», sintió que le decían. Pero no era verdad, ¡no era verdad! Había llegado en el momento en que le dijeron.

—¡Lo habéis matado! —graznó.

—Eh, a este no se le escapa una —dijo el tuerto.

Un uro galopaba por la cabeza de Merrett.

«Madre, ten misericordia», pensó.

—Pero he traído el oro...

—Muy amable por vuestra parte —dijo el bardo con una sonrisa—. Nos encargaremos de que se le dé un buen uso.

Merrett se volvió para no ver a Petyr. Notaba el sabor de la bilis en la garganta.

—No teníais derecho...

—Teníamos una cuerda —dijo capa amarilla—. No hace falta más derecho.

Dos de los bandidos cogieron a Merrett por los brazos y se los ataron a la espalda. Él estaba demasiado conmocionado para resistirse.

—No —fue lo único que pudo decir—. Solo venía a pagar el rescate de Petyr. Dijisteis que si traía el oro antes del anochecer no le haríais daño...

—Bueno —respondió el bardo—, ahí nos habéis pescado, mi señor. Fue una mentirijilla.

El bandido tuerto se adelantó. Llevaba en la mano un rollo de cuerda de cáñamo. Hizo un lazo, que pasó alrededor del cuello de Merrett, y se lo ató con un fuerte nudo, bajo una oreja. Lanzó el otro extremo por encima de la rama del roble. El hombretón de la capa amarilla lo cogió.

—¿Qué hacéis? —Merrett se imaginaba lo idiota que debía de parecer, pero ni aun entonces podía creerse lo que estaba sucediendo—. No os atreveréis a colgar a un Frey.

—Qué gracia —dijo el de la capa amarilla echándose a reír—, lo mismo dijo el otro, el crío de las espinillas.

«No lo dice en serio, no lo puede decir en serio.»

—Mi padre os pagará. Valgo un buen rescate, mucho más que Petyr, por lo menos el doble.

El bardo suspiró.

—Puede que Lord Walder esté medio ciego y postrado por la gota, pero no es tan idiota como para morder el mismo anzuelo dos veces. Mucho me temo que la próxima vez nos enviará un centenar de espadas en vez un centenar de dragones.

—¡Exacto! —Merrett trataba de parecer firme, pero la voz lo traicionaba—. ¡Enviará un millar de espadas y os matará a todos!

—Antes nos tendrá que atrapar. —El bardo alzó la vista hacia el pobre Petyr—. Además, no podrá ahorcarnos dos veces, ¿no creéis? —Arrancó una nota melancólica de las cuerdas de la lira—. Venga, venga, no os caguéis encima todavía. Solo tenéis que responderme a una pregunta, y les diré que os suelten.

—¿Qué queréis saber? —Merrett les diría lo que fuera con tal de salvar la vida—. Os diré la verdad, lo juro.

—Pues mirad, el caso es que estamos buscando un perro que se ha escapado. —El bandido le dedicó una sonrisa alentadora.

—¿Un perro? —Merrett no entendía nada—. ¿Qué clase de perro?

—Lo llaman Sandor Clegane. Thoros dice que se dirigía a Los Gemelos. Hemos encontrado al barquero que lo ayudó a cruzar el Tridente y al pobre imbécil al que asaltó en el camino Real. ¿No lo veríais en la boda, por casualidad?

—¿En la Boda Roja? —Merrett se sentía como si el cráneo le fuera a estallar, pero más le valía hacer memoria. Había habido mucho jaleo, pero si alguien hubiera visto al perro de Joffrey rondando por los alrededores de Los Gemelos, habría corrido la voz—. En el castillo no estuvo. Al menos, en el banquete principal... puede que estuviera en el banquete de los bastardos o en los campamentos, pero... No, me lo habrían dicho...

—Iba con una niña —insistió el bardo—. Una chiquilla flaca, de unos diez años. O tal vez un niño de la misma edad.

—Me parece que no —dijo Merrett—. No, que yo sepa no estuvo.

—¿No? Vaya, qué lástima. En fin, arriba con este.

—¡No! —chilló Merrett—. No, no, os he respondido, ¡dijisteis que me soltaríais!

—Creo recordar que lo que dije fue que les diría que os soltaran. —El bardo miró a capa amarilla—. Suéltalo, Lim.

—Vete a tomar por culo —le replicó el bandido corpulento.

El bardo se encogió de hombros con gesto impotente y empezó a tocar «El día en que ahorcaron a Robin el Negro».

—¡Por favor! —Los últimos restos del valor de Merrett le corrían por la pierna abajo—. No os he hecho ningún daño. He traído el oro, tal como pedisteis. He respondido a vuestra pregunta. ¡Tengo hijos!

—El Joven Lobo no los tendrá nunca —señaló el bandido tuerto.

—Nos humilló. —El dolor de cabeza casi impedía pensar a Merrett—. El reino entero se reía de nosotros; teníamos que limpiar esa mancha de nuestro honor. —Era lo que había repetido sin cesar su padre.

—Es posible. Pero ¿qué saben unos campesinos de mierda sobre el honor de los señores? —Capa amarilla se dio tres vueltas en torno a la mano con el extremo de la cuerda—. En cambio, sabemos mucho de asesinatos.

—No fue ningún asesinato. —Su voz era un chillido—. Fue venganza; teníamos derecho a vengarnos. Era la guerra. Aegon, al que llamábamos Cascabel, un pobre retrasado que nunca hizo daño a nadie... Lady Stark le cortó el cuello. Perdimos a un centenar de hombres en los campamentos. A Ser Garse Goodbrook, el marido de Kyra, y a Ser Tytos, el hijo de Jared; le abrieron la cabeza con un hacha... El huargo de Stark mató a cuatro de nuestros perros lobos y le arrancó el brazo al jefe de las perreras, y eso que lo habían dejado hecho un alfiletero con las ballestas...

—Así que, después de matarlos a los dos, cosisteis su cabeza al cuello de Robb Stark —dijo capa amarilla.

—Eso fue cosa de mi padre. Yo no hice más que beber. No se puede matar a nadie por beber. —En aquel momento, Merrett recordó algo, una cosa que tal vez podría salvarlo—. Se dice que Lord Beric siempre concede un juicio, que no mata a ningún hombre a menos que haya pruebas contra él. No podéis demostrar nada contra mí. La Boda Roja fue cosa de mi padre, de Ryman y de Lord Bolton. Lothar preparó las carpas para que se derrumbaran y situó a los ballesteros en la galería con los músicos; Walder el Bastardo iba al frente de los que atacaron los campamentos... Id a por ellos, no a por mí; yo no hice más que beber vino... ¡No tenéis testigos!

—Da la casualidad de que en eso os equivocáis. —El bardo se volvió hacia la mujer encapuchada—. ¿Mi señora?

Los bandidos abrieron paso para que se acercara sin decir palabra. Cuando se quitó la capucha, Merrett sintió que algo le atenazaba el pecho y se quedó un momento sin respiración.

«No. No es posible; la vi morir. Estuvo muerta un día y una noche antes de que la desnudaran y tiraran su cadáver al río. Raymund le rajó el cuello de oreja a oreja. Estaba muerta.»

La capa y el cuello de la túnica ocultaban el tajo que le había hecho el puñal de su hermano, pero tenía el rostro aún peor de lo que recordaba. En el agua, la carne se había vuelto blanda como un flan, y tenía el color de la leche cortada. Había perdido la mitad del pelo, y el resto se le había vuelto blanco y quebradizo como el de una vieja. Bajo el maltratado cuero cabelludo, el rostro era un amasijo de piel desgarrada y sangre negra, allí donde ella misma se lo había destrozado con las uñas. Pero los ojos eran lo más espantoso. Los ojos lo veían y lo odiaban.

—No habla —dijo el hombretón de la capa amarilla—. El corte del cuello fue demasiado profundo para eso, canallas. Pero lo recuerda todo. —Se volvió hacia la mujer muerta—. ¿Qué decís vos, mi señora? ¿Tomó parte en la matanza?

Los ojos de Lady Catelyn no se apartaron ni un instante de los suyos. Asintió.

Merrett Frey abrió la boca para suplicar, pero el nudo corredizo ahogó las palabras. Los pies se le separaron del suelo, y la cuerda se le hincó en la carne tierna, debajo de la barbilla. Lo izaron mientras pataleaba, se debatía y se retorcía. Arriba. Arriba. Arriba.

APÉNDICE

Los reyes y sus cortes

El rey en el Trono de Hierro

JOFFREY BARATHEON, el primero de su nombre, un niño de trece años, hijo mayor del rey Robert I Baratheon y la reina Cersei de la Casa Lannister;

— su madre, LA REINA CERSEI de la Casa Lannister, reina regente y Protectora del Reino;
  — espadas juramentadas de Cersei:
    — SER OSFRYD KETTLEBLACK, hermano menor de Ser Osmund Kettleblack, de la Guardia Real;
    — SER OSNEY KETTLEBLACK, hermano menor de Ser Osmund y Ser Osfryd;
— su hermana, LA PRINCESA MYRCELLA, una niña de nueve años, pupila del príncipe Doran Martell en Lanza del Sol;
— su hermano, EL PRÍNCIPE TOMMEN, un niño de ocho años, el siguiente en la línea de sucesión al Trono de Hierro;
— su abuelo, TYWIN LANNISTER, señor de Roca Casterly, Guardián del Occidente y Mano del Rey;
— sus tíos y primos por parte de padre:
  — STANNIS BARATHEON, hermano de su padre, señor rebelde de Rocadragón, que se hace llamar rey Stannis I;
  — SHIREEN, la hija de Stannis, una niña de once años;

— [Renly Baratheon], hermano de su padre, señor rebelde de Bastión de Tormentas, asesinado en medio de su ejército;
— Ser Eldon Estermont, el hermano de su abuela;
— Ser Aemon Estermont, el hijo de Ser Eldon;
— Ser Alyn Estermont, el hijo de Ser Aemon;
— sus tíos y primos, por parte de madre:
— Ser Jaime Lannister, apodado el Matarreyes, hermano de su madre, prisionero en Aguasdulces;
— Tyrion Lannister, apodado el Gnomo, hermano de su madre, un enano, herido en la Batalla del Aguasnegras;
— Podrick Payne, escudero de Tyrion;
— Ser Bronn del Aguasnegras, capitán de la guardia de Tyrion, antiguo mercenario;
— Shae, concubina de Tyrion, una prostituta que ahora trabaja como doncella de Lollys Stokeworth;
— Ser Kevan Lannister, hermano de su abuelo;
— Ser Lancel Lannister, el hijo de Ser Kevan, antiguo escudero del rey Robert, herido en la batalla del Aguasnegras, agonizante;
— [Tygett Lannister], hermano de su abuelo, muerto de viruela;
— Tyrek Lannister, el hijo de Tygett, escudero, desaparecido desde la gran revuelta;
— Lady Ermesande Hayford, esposa niña de Tyrek;
— sus hermanos ilegítimos, hijos bastardos del rey Robert:
— Mya Piedra, una doncella de diecinueve años al servicio de Lord Nestor Royce, de las Puertas de la Luna;
— Gendry, aprendiz de herrero, fugitivo en las tierras de los ríos y que desconoce su origen;
— Edric Tormenta, el único hijo bastardo reconocido del rey Robert, pupilo de su tío Stannis en Rocadragón;
— sus Guardias reales:
— Ser Jaime Lannister, Lord Comandante;
— Ser Meryn Trant;
— Ser Balon Swann;
— Ser Osmund Kettleblack;
— Ser Loras Tyrell, apodado el Caballero de las Flores;
— Ser Arys Oakheart;

— su Consejo Privado:
- — Lord Tywin lannister, Mano del Rey;
- — Ser Kevan Lannister, consejero de los edictos;
- — Lord Petyr Baelish, apodado Meñique, consejero de la moneda;
- — Varys, un eunuco, apodado la Araña, consejero de los rumores;
- — Lord Mace Tyrell, consejero naval;
- — Gran Maestre Pycelle;

— su corte y servidores:
- — Ser Ilyn Payne, la Justicia del Rey, verdugo;
- — Lord Hallyne el Piromante, sapiencia del Gremio de Alquimistas;
- — Chico Luna, bufón;
- — Ormond de Antigua, arpista y bardo real;
- — Dontos Hollard, bufón y borracho, antes un caballero de apodo Ser Dontos el Tinto;
- — Jalabhar Xho, príncipe del Valle de la Flor Roja, un exiliado de las Islas del Verano;
- — Lady Tanda Stokeworth;
  - — su hija Falyse, casada con Ser Balman Byrch;
  - — su hija Lollys, de treinta y cuatro años, soltera y corta de inteligencia, embarazada tras una violación;
  - — maestre Frenken, su sanador y consejero;
- — Lord Gyles Rosby, un anciano enfermo;
- — Ser Tallad, un joven caballero prometedor;
- — Lord Morros Slynt, escudero, hijo mayor del antiguo Comandante de la Guardia de la Ciudad;
  - — Jothos Slynt, su hermano menor, escudero;
  - — Danos Slynt, su hermano más joven aún, paje;
- — Ser Boros Blount, antiguo caballero de la Guardia Real, destituido por cobardía por la reina Cersei;
- — Josmyn Peckledon, escudero y héroe de la batalla del Aguasnegras;
- — Ser Philip Foote, nombrado Señor de las Marcas por su valor durante la batalla del Aguasnegras;
- — Ser Lothor Brune, apodado Lothor Devoramanzanas por sus hazañas durante la batalla del Aguasnegras, antiguo jinete libre al servicio de Lord Baelish;

— otros señores y caballeros en Desembarco del Rey:
- — MATHIS ROWAN, señor de Sotodeoro;
- — PAXTER REDWYNE, señor del Rejo;
  - — SER HORAS y SER HOBBER, apodados HORROR y BABOSO, los hijos gemelos de Lord Paxter;
  - — MAESTRE BALLABAR, sanador de Lord Redwyne;
- — ARDRIAN CELTIGAR, el señor de la isla Zarpa;
- — LORD ALESANDER STAEDMON, apodado EL CODICIOSO;
- — SER BONIFER HASTY, apodado EL BUENO, un caballero famoso;
- — SER DONNEL SWANN, heredero de Timón de Piedra;
- — SER RONNET CONNINGTON, apodado RONNET EL ROJO, el Caballero de Nido del Grifo;
- — AURANE MARES, el bastardo de Marcaderiva;
- — SER DERMOT DE LA SELVA, un caballero famoso;
- — SER TIMON RASCAESPADAS, un caballero famoso;

— habitantes de Desembarco del Rey:
- — la Guardia de la Ciudad (los *capas doradas*);
  - — [SER JACELYN BYWATER], apodado MANO DE HIERRO, Comandante de la Guardia de la Ciudad, asesinado por sus hombres durante la batalla del Aguasnegras;
  - — SER ADDAM MARBRAND, Comandante de la Guardia de la Ciudad, sucesor de Ser Jacelyn;
- — CHATAYA, dueña de un burdel de lujo;
  - — ALAYAYA, su hija;
  - — DANCY, MAREI, JAYDE, chicas de Chataya;
- — TOBHO MOTT, maestro armero;
- — PANZA DE HIERRO, herrero;
- — HAMISH EL ARPISTA, un bardo famoso;
- — COLLIO QUAYNIS, un bardo tyroshi;
- — BETHANY DEDOSDIESTROS, una mujer bardo;
- — ALARIC DE EYSEN, un bardo que ha viajado mucho;
- — GALYEON DE CUY, un bardo conocido por la extensión de sus canciones;
- — SYMON PICO DE ORO, un bardo.

El estandarte del rey Joffrey muestra, afrontados, el venado coronado de Baratheon, de sable sobre oro, y el león de los Lannister, de oro sobre gules.

El rey en el Norte
El rey del tridente

ROBB STARK, señor de Invernalia, Rey en el Norte y Rey del Tridente, hijo mayor de Eddard Stark, señor de Invernalia, y Lady Catelyn de la Casa Tully;

— su lobo huargo, VIENTO GRIS;

— su madre, LADY CATELYN de la Casa Tully, viuda de Lord Eddard Stark;

— sus hermanos:

- — LA PRINCESA SANSA, una doncella de doce años, prisionera en Desembarco del Rey;
  - — [DAMA], la loba huargo de Sansa, muerta en Castillo Darry;
- — LA PRINCESA ARYA, una niña de diez años, desaparecida y dada por muerta;
  - — NYMERIA, la loba huargo de Arya, desaparecida cerca del Tridente;
- — EL PRÍNCIPE BRANDON, llamado BRAN, heredero del Norte, un niño de nueve años, dado por muerto;
  - — VERANO, el lobo huargo de Bran;
  - — compañeros y protectores de Bran:
    - — MEERA REED, una doncella de dieciséis años, hija de Lord Howland Reed, de Atalaya de Aguasgrises;
    - — JOJEN REED, su hermano, de trece años;
    - — HODOR, un mozo de cuadra retrasado mental, de dos varas y media de altura;

— EL PRÍNCIPE RICKON, un niño de cuatro años, dado por muerto;
  — PELUDO, el lobo huargo de Rickon;
  — compañera y protectora de Rickon:
    — OSHA, una salvaje cautiva, que sirvió como pinche de cocina en Invernalia;
— JON NIEVE, su hermanastro, Hermano Juramentado de la Guardia de la Noche;
  — FANTASMA, el lobo huargo de Jon;

— sus tíos y tías, por parte de padre:
  — [BRANDON STARK], el hermano mayor de su padre, asesinado por orden del rey Aerys II Targaryen;
  — [LYANNA STARK], la hermana de su padre, muerta en las montañas de Dorne durante la Rebelión de Robert;
  — BENJEN STARK, el hermano menor de su padre, miembro de la Guardia de la Noche, desaparecido más allá del Muro;

— sus tíos, tías y primos, por parte de madre:
  — LYSA ARRYN, la hermana menor de su madre, señora del Nido de Águilas y viuda de Lord Jon Arryn;
    — ROBERT ARRYN, el hijo de ambos, señor del Nido de Águilas;
  — SER EDMURE TULLY, el hermano menor de su madre, heredero de Aguasdulces;
  — SER BRYNDEN TULLY, el hermano de su abuelo, apodado EL PEZ NEGRO;

— sus espadas juramentadas y compañeros:
  — OLYVAR FREY, su escudero;
  — SER WENDEL MANDERLY, segundo hijo del señor de Puerto Blanco;
  — PATREK MALLISTER, heredero de Varamar;
  — DACEY MORMONT, hija mayor de Lady Maege Mormont y heredera de la Isla del Oso;
  — JON UMBER, apodado EL PEQUEÑO JON, heredero de Último Hogar;
  — DONNEL LOCKE, OWEN NORREY, ROBIN FLINT, norteños;

— sus señores banderizos, capitanes y comandantes:

con el ejército de Robb en las tierras del oeste:
  — SER BRYNDEN TULLY, apodado EL PEZ NEGRO, al mando de los exploradores y los escoltas;

— JON UMBER, apodado EL GRAN JON, comandante de la vanguardia;
— RICHARD KARSTARK, señor de Bastión Kar;
— GALBART GLOVER, señor de Bosquespeso;
— MAEGE MORMONT, señora de la Isla del Oso;
— [SER STEVRON FREY], hijo mayor de Lord Walder Frey y heredero de Los Gemelos, muerto en Cruce de Bueyes;
  — SER RYMAN FREY, el hijo mayor de Ser Stevron;
    — WALDER FREY EL NEGRO, el hijo de Ser Ryman;
— MARTYN RÍOS, hijo bastardo de Lord Walder Frey;
con las huestes de Roose Bolton en Harrenhal:
— ROOSE BOLTON, señor de Fuerte Terror;
— SER AENYS FREY, SER JARED FREY, SER HOSTEEN FREY, SER DANWELL FREY;
  — RONEL RÍOS, su hermanastro bastardo;
— SER WYLIS MANDERLY, heredero de Puerto Blanco;
  — SER KYLE CONDON, caballero a su servicio;
— RONNEL STOUT;
— VARGO HOAT, de la Ciudad Libre de Qohor, capitán de un grupo de mercenarios, la Compañía Audaz;
  — URSWYCK, apodado EL FIEL, su teniente;
  — SEPTÓN UTT, su teniente;
  — TIMEON DE DORNE, RORGE, IGGO, ZOLLO EL GORDO, MORDEDOR, TOGG JOTH de Ibben, PYG, TRESDEDOS, sus hombres;
  — QYBURN, un maestre sin cadena y en ocasiones necromante, su sanador;
con el ejército norteño, atacando el Valle Oscuro:
— ROBETT GLOVER, de Bosquespeso;
— SER HELMAN TALLHART, de la Ciudadela de Torrhen;
— HARRION KARSTARK, único hijo superviviente de Lord Rickard Karstark y heredero de Bastión Kar;
viajando hacia el norte con los huesos de Lord Eddard:
— HALLIS MOLLEN, capitán de la guardia en Invernalia;
  — JACKS, QUENT, SHADD, guardias;
— sus señores banderizos y castellanos en el norte:
— WYMAN MANDERLY, señor de Puerto Blanco;
— HOWLAND REED, señor de Atalaya de Aguasgrises, un lacustre;

— MORS UMBER, apodado CARROÑA, y HOTHER UMBER, apodado MATAPUTAS, tíos del Gran Jon, ambos castellanos en Último Hogar;
— LYESSA FLINT, señora de Atalaya de la Viuda;
— ONDREW LOCKE, señor de Castillo Viejo, un anciano;
— [CLEY CERWYN], señor de Cerwyn, un niño de catorce años, caído en combate en Invernalia;
  — JONELLE CERWYN, su hermana, una doncella de veintidós años, ahora señora de Cerwyn;
— [LEOBALD TALLHART], hermano menor de Ser Helman, castellano en la Ciudadela de Torrhen, caído en combate en Invernalia;
  — la esposa de Leobald, BERENA de la Casa Hornwood;
  — BRANDON, hijo de Leobald, un niño de catorce años;
  — BEREN, hijo de Leobald, un niño de diez años;
  — [BENFRED], el hijo de Ser Helman, muerto a manos de los hombres del hierro en la Costa Pedregosa;
  — EDDARA, la hija de Ser Helman, una niña de nueve años, heredera de la Ciudadela de Torrhen;
— LADY SYBELLE, esposa de Robett Glover, prisionera de Asha Greyjoy en Bosquespeso;
  — GAWEN, el hijo de Robett, de tres años, legítimo heredero de Bosquespeso, prisionero de Asha Greyjoy;
  — ERENA, la hija de Robett, un bebé de un año, prisionera de Asha Greyjoy en Bosquespeso;
  — LARENCE NIEVE, hijo bastardo de Lord Hornwood, pupilo de Galbart Glover, de trece años, prisionero de Asha Greyjoy en Bosquespeso.

El estandarte del Rey en el Norte sigue siendo el mismo desde hace miles de años: el lobo huargo gris de los Stark de Invernalia que corre sobre un campo de plata helada.

El rey en el Mar Angosto

STANNIS BARATHEON, el primero de su nombre, segundo hijo de Lord Steffon Baratheon y Lady Cassana de la Casa Estermont, anteriormente señor de Rocadragón;

— su esposa, LA REINA SELYSE de la Casa Florent;

— LA PRINCESA SHIREEN, la hija de ambos, una niña de once años;

— CARAMANCHADA, su bufón retrasado mental;

— EDRIC TORMENTA, su sobrino ilegítimo, un niño de doce años, hijo bastardo del rey Robert con Delena Florent;

— DEVAN SEAWORTH y BRYEN FARRING, sus escuderos;

— su corte y servidores:

— LORD ALESTER FLORENT, señor de la fortaleza de Aguasclaras y Mano del Rey, tío de la Reina;

— SER AXELL FLORENT, castellano de Rocadragón y capitán de los hombres de la Reina, tío de la Reina;

— LADY MELISANDRE DE ASSHAI, apodada LA MUJER ROJA, sacerdotisa de R'hllor, Señor de la Luz y Dios de la Llama y la Sombra;

— MAESTRE PYLOS, sanador, instructor y consejero;

— SER DAVOS SEAWORTH, apodado EL CABALLERO DE LA CEBOLLA y en ocasiones MANICORTO, antes contrabandista;

— la esposa de Davos, LADY MARYA, hija de un carpintero;

— los siete hijos de ambos:

— [DALE], desaparecido en el Aguasnegras;

— [ALLARD], desaparecido en el Aguasnegras;

— [MATTHOS], desaparecido en el Aguasnegras;
— [MARIC], desaparecido en el Aguasnegras;
— DEVAN, escudero del rey Stannis;
— STANNIS, un niño de nueve años;
— STEFFON, un niño de seis años;
— SALLADHOR SAAN, de la Ciudad Libre de Lys, que se hace llamar príncipe del mar Angosto y señor de la bahía Aguasnegras, dueño de la *Valyria* y de una flota de galeras;
— MEIZO MAHR, un eunuco a su servicio;
— KHORANE SATHMANTES, capitán de su galera *Baile de Shayala;*
— GACHAS y LAMPREA, dos carceleros;
— sus señores banderizos:
— MONTERYS VELARYON, Señor de las Mareas y dueño de Marcaderiva, un niño de seis años;
— DURAM BAR EMMON, señor de Punta Aguda, un niño de quince años;
— SER GILBERT FARRING, castellano de Bastión de Tormentas;
— LORD ELWOOD MEADOWS, segundo de Ser Gilbert;
— MAESTRE JURNE, consejero y sanador de Ser Gilbert;
— LORD LUCOS CHYTTERING, apodado PEQUEÑO LUCOS, un joven de dieciséis años;
— LESTER MORRIGEN, señor de Nido de Cuervos;
— sus caballeros y espadas juramentadas:
— SER LOMAS ESTERMONT, tío del Rey por parte de madre;
— SER ANDREW ESTERMONT, su hijo;
— SER ROLLAND TORMENTA, apodado EL BASTARDO DE CANTO NOCTURNO, un hijo ilegítimo del difunto Lord Bryen Caron;
— SER PARMEN CRANE, apodado PARMEN EL PÚRPURA, prisionero en Altojardín;
— SER ERREN FLORENT, hermano menor de la reina Selyse, prisionero en Altojardín;
— SER GERALD GOWER;
— SER TRISTON DE COLINA CUENTA, antiguamente al servicio de Lord Guncer Sunglass;
— LEWYS, apodado EL PESCADERO;
— OMER BLACKBERRY.

El rey Stannis ha elegido para su estandarte el corazón ardiente del Señor de la Luz: un corazón de gules entre llamas naranja en campo de oro brillante. Dentro del corazón aparece el venado coronado de la Casa Baratheon, de sable.

La reina al otro lado del agua

DAENERYS TARGARYEN, la primera de su nombre, *khaleesi* de los dothrakis, llamada DAENERYS DE LA TORMENTA, LA QUE NO ARDE, MADRE DE DRAGONES, única heredera superviviente de Aerys II Targaryen, viuda de Khal Drogo, de los dothrakis;

— sus jóvenes dragones, DROGON, VISERION, RHAEGAL;

— su Guardia de la Reina:

— SER JORAH MORMONT, antiguo señor de la Isla del Oso, exiliado por tráfico de esclavos;

— JHOGO, *ko* y jinete de sangre, el látigo;

— AGGO, *ko* y jinete de sangre, el arco;

— RAKHARO, *ko* y jinete de sangre, el *arakh;*

— BELWAS EL FUERTE, antiguo esclavo eunuco de los reñideros de Meereen;

— ARSTAN, apodado BARBABLANCA, su viejo escudero, un hombre de Poniente;

— sus doncellas:

— IRRI, una niña dothraki de quince años;

— JHIQUI, una niña dothraki de catorce años;

— GROLEO, capitán de la gran coca *Balerion,* marino pentoshi a sueldo de Illyrio Mopatis;

— sus difuntos parientes:

— [RHAEGAR], su hermano, príncipe de Rocadragón y heredero del Trono de Hierro, muerto a manos de Robert Baratheon en el Tridente;

— [RHAENYS], hija de Rhaegar con Elia de Dorne, asesinada durante el saqueo de Desembarco del Rey;

— [AEGON], hijo de Rhaegar con Elia de Dorne, asesinado durante el saqueo de Desembarco del Rey;

— [VISERYS], su hermano, autoproclamado rey Viserys, el tercero de su nombre, apodado EL REY MENDIGO, muerto en Vaes Dothrak por orden de Khal Drogo;

— [DROGO], su marido, un gran *khal* de los dothrakis, invicto en combate, muerto a causa de una herida;

— [RHAEGO], su hijo con Khal Drogo, nacido muerto, asesinado en el útero por Mirri Maz Duur;

— sus enemigos conocidos:

— KHAL PONO, otrora *ko* de Drogo;

— KHAL JHAQO, otrora *ko* de Drogo;

— MAGGO, su jinete de sangre;

— LOS ETERNOS DE QARTH, un grupo de brujos;

— PYAT PREE, un brujo de Qarth;

— LOS HOMBRES PESAROSOS, un gremio de asesinos de Qarth;

— sus aliados inciertos, pasados y presentes:

— XARO XHOAN DAXOS, un príncipe mercader de Qarth;

— QUAITHE, una portadora de sombras enmascarada de Asshai;

— ILLYRIO MOPATIS, magíster de la Ciudad Libre de Pentos, que concertó el matrimonio de Daenerys con Khal Drogo;

— en Astapor:

— KRAZNYS MO NAKLOZ, un rico mercader de esclavos;

— MISSANDEI, su esclava, una niña de diez años, del pueblo pacífico de Naath;

— GRAZDAN MO ULLHOR, un anciano mercader de esclavos, muy rico;

— CLEON, su esclavo, carnicero y cocinero;

— GUSANO GRIS, un eunuco de los Inmaculados;

— en Yunkai:

— GRAZDAN MO ERAZ, emisario y aristócrata;

— MERO DE BRAAVOS, apodado EL BASTARDO DEL TITÁN, capitán de los Segundos Hijos, una compañía de mercenarios;

— BEN PLUMM EL MORENO, un sargento de los Segundos Hijos, mercenario de linaje dudoso;

— PRENDAHL NA GHEZN, un mercenario ghiscario, capitán de los Cuervos de Tormenta, una compañía de mercenarios;
— SALLOR EL CALVO, un mercenario de Qarth, capitán de los Cuervos de Tormenta;
— DAARIO NAHARIS, un llamativo mercenario tyroshi, capitán de los Cuervos de Tormenta;

— en Meereen:

— OZNAK ZO PAHL, un héroe de la ciudad.

El estandarte de Daenerys Targaryen es el de Aegon el Conquistador y la dinastía establecida por él: un dragón de tres cabezas, de gules sobre campo de sable.

El rey de las Islas y del Norte

BALON GREYJOY, el noveno de su nombre desde el Rey Gris, se ha proclamado Rey de las Islas del Hierro y del Norte, Rey de la Sal y de la Roca, Hijo del Viento Marino y Lord Segador de Pyke;

— su esposa, LA REINA ALANNYS de la Casa Harlaw;

— sus hijos:
- — [RODRIK], su hijo mayor, muerto en Varamar durante la Rebelión de Greyjoy;
- — [MARON], su segundo hijo, muerto en Pyke durante la Rebelión de Greyjoy;
- — ASHA, su hija, capitana del *Viento Negro,* que ha tomado Bosquespeso;
- — THEON, su hijo menor, capitán del *Zorra Marina* y durante poco tiempo príncipe de Invernalia;
  - — WEX PYKE, el escudero de Theon, hijo bastardo del hermanastro de Lord Botley, un chico mudo de doce años;
  - — la tripulación de Theon, los hombres del *Zorra Marina:*
    - — URZEN; MARON BOTLEY, apodado BIGOTES DE PEZ; STYGG; GEVIN HARLAW; CADWYLE;

— sus hermanos:
- — EURON, apodado OJO DE CUERVO, capitán del *Silencio,* famoso proscrito, pirata y bandolero;
- — VICTARION, Lord Capitán de la Flota de Hierro, capitán del *Victoria de Hierro;*
- — AERON, apodado PELOMOJADO, un sacerdote del Dios Ahogado;

— su casa en Pyke:
— MAESTRE WENDAMYR, sanador y consejero;
— HELYA, mayordomo del castillo;
— sus guerreros y espadas juramentadas:
— DAGMER, apodado BARBARROTA, capitán del *Bebespuma;*
— DIENTEAZUL, capitán de un barcoluengo;
— ULLER, SKYTE, remeros y guerreros;
— ANDRIK EL TACITURNO, un hombre gigantesco;
— QARL, apodado QARL LA DONCELLA, lampiño pero mortífero;
— habitantes de Puerto Noble:
— OTTER GIMPKNEE, posadero y proxeneta;
— SIGRIN, carpintero de ribera;
— sus señores banderizos:
— SAWANE BOTLEY, señor de Puerto Noble, en Pyke;
— LORD WYNCH, de Castroferro, en Pyke;
— STONEHOUSE, DRUMM y GOODBROTHER, de Viejo Wyk;
— LORD GOODBROTHER, SPARR, LORD MERLYN y LORD FARWYND de Gran Wyk;
— LORD HARLAW, de Harlaw;
— VOLMARK, MYRE, STONETREE y KENNING, de Harlaw;
— ORKWOOD y TAWNEY, de Monteorca;
— LORD BLACKTYDE, de Marea Negra;
— LORD SALTCLIFFE y LORD SUNDERLY, de Acantilado de Sal.

Otras casas mayores y mejores

Casa Arryn

Los Arryn descienden de los Reyes de la Montaña y el Valle, una de las líneas más antiguas y puras de la nobleza ándala. La Casa Arryn no tomó parte en la guerra de los Cinco Reyes, sino que preservó sus fuerzas para proteger el Valle de Arryn. Su estandarte muestra una luna y un halcón, de plata sobre campo de azur. El lema de los Arryn es: Tan Alto como el Honor.

ROBERT ARRYN, señor del Nido de Águilas, Defensor del Valle, Guardián del Oriente, un niño enfermizo de ocho años;

— su madre, LADY LYSA de la Casa Tully, tercera esposa y viuda de Lord Jon Arryn, y hermana de Catelyn Stark;

— sus criados y sirvientes:

— MARILLION, un bardo joven y apuesto, protegido de Lady Lysa;

— MAESTRE COLEMON, consejero, sanador e instructor;

— SER MARWYN BELMORE, capitán de la guardia;

— MORD, un carcelero brutal;

— sus señores banderizos, caballeros y criados:

— LORD NESTOR ROYCE, Mayordomo Jefe del Valle y castellano de las Puertas de la Luna, de la rama menor de la Casa Royce;

— SER ALBAR, el hijo de Lord Nestor;

— MYRANDA, la hija de Lord Nestor;

— MYA PIEDRA, una niña bastarda a su servicio, hija natural del rey Robert I Baratheon;

— LORD YOHN ROYCE, apodado YOHN BRONCE, señor de Piedra de las Runas, de la rama principal de la Casa Royce, primo de Lord Nestor;

— SER ANDAR, el hijo mayor de Lord Yohn;

— [SER ROBAR], el segundo hijo de Lord Yohn, caballero de la Guardia Arcoiris de Renly Baratheon, muerto en Bastión de Tormentas a manos de Ser Loras Tyrell;

— [SER WAYMAR], el hijo menor de Lord Yohn, un hombre de la Guardia de la Noche, desaparecido más allá del Muro;

— SER LYN CORBRAY, un pretendiente de Lady Lysa;

— MYCHEL REDFORT, su escudero;

— LADY ANYA WAYNWOOD;

— SER MORTON, el hijo mayor y heredero de Lady Anya, un pretendiente de Lady Lysa;

— SER DONNEL, el segundo hijo de Lady Anya, el Caballero de la Puerta;

— EON HUNTER, señor de Arcolargo, un anciano y pretendiente de Lady Lysa;

— HORTON REDFORT, señor de Fuerterrojo.

Casa Florent

Los Florent de la fortaleza de Aguasclaras son banderizos de los Tyrell, a pesar de su derecho preferente a Altojardín por lazos de sangre con la Casa Gardener, los antiguos Reyes del Dominio. Al estallar la guerra de los Cinco Reyes, Lord Alester Florent siguió a los Tyrell y se puso de parte del rey Renly, pero su hermano Ser Axell se decantó por el rey Stannis, a quien había servido durante años como castellano de Rocadragón. Su sobrina Selyse era y es la reina del rey Stannis. Cuando Renly murió en Bastión de Tormentas, los Florent fueron los primeros banderizos de Renly que se pasaron al bando de Stannis con todas sus fuerzas. El blasón de la Casa Florent muestra una cabeza de zorro en un círculo floral.

ALESTER FLORENT, señor de Aguasclaras;
— su esposa, LADY MELARA de la Casa Crane;
— sus hijos:
  — ALEKYNE, heredero de Aguasclaras;
  — MELESSA, casada con Lord Randyll Tarly;
  — RHEA, casada con Lord Leyton Hightower;
— sus hermanos:
  — SER AXELL, castellano de Rocadragón;
  — [SER RYAM], muerto al caerse del caballo;
    — LA REINA SELYSE, la hija de Ser Ryam, casada con el rey Stannis Baratheon;
    — [SER IMRY], hijo de Ser Ryam, comandante de la flota de Stannis Baratheon en el Aguasnegras, desaparecido con la *Furia;*

— Ser Erren, el segundo hijo de Ser Ryam, prisionero en Altojardín;
— Ser Colin;
— Delena, la hija de Ser Colin, casada con Ser Hosman Norcross;
— Edric Tormenta, hijo de Delena, un bastardo del rey Robert I Baratheon, de doce años de edad;
— Alester Norcross, hijo de Delena, de ocho años;
— Renly Norcross, hijo de Delena, un niño de dos años;
— maestre Omer, hijo de Ser Colin, de servicio en Roble Viejo;
— Merrell, hijo de Ser Colin, escudero en el Rejo;
— Rylene, casada con Ser Rychered Crane.

Casa Frey

Poderosos, ricos y numerosos, los Frey son banderizos de la Casa Tully, pero no siempre se han mostrado diligentes a la hora de cumplir con su deber. Cuando Robert Baratheon luchó con Rhaegar Targaryen en el Tridente, los Frey no llegaron hasta después de finalizada la batalla, y de ahí en adelante Lord Hoster Tully siempre llamó a Lord Walder *el finado Lord Frey.* También se dice de Walder Frey que es el único señor de los Siete Reinos que se ha sacado un ejército entero de los calzones.

Al comenzar la guerra de los Cinco Reyes, Robb Stark obtuvo la fidelidad de Lord Walder prometiéndole que se casaría con una de sus hijas o nietas. Dos nietos de Lord Walder fueron enviados a Invernalia para vivir allí en condición de pupilos.

WALDER FREY, Señor del Cruce;
- los herederos de su primera esposa, [LADY PERHA de la Casa Royce]:
  - [SER STEVRON], el hijo mayor, muerto tras la batalla de Cruce de Bueyes;
    - [CORENNA SWANN], su esposa, muerta de una enfermedad que la consumió;
    - SER RYMAN, el hijo mayor de Stevron, heredero de Los Gemelos;
      - EDWYN, hijo de Ryman, casado con Janyce Hunter;
        - WALDA, la hija de Edwyn, una niña de ocho años;
      - WALDER, apodado WALDER EL NEGRO, hijo de Ryman;
      - PETYR, apodado PETYR ESPINILLA, hijo de Ryman;

— Mylenda Caron, su esposa;
— Perha, la hija de Petyr, una niña de cinco años;
— [Jeyne Lydden], su esposa, muerta al caer de un caballo;
— Aegon, un retrasado mental al que apodan Cascabel, hijo de Stevron;
— [Maegelle], la hija de Stevron, fallecida durante un parto, casada con Ser Dafyn Vance;
— Marianne, la hija de Maegelle, una doncella;
— Walder Vance, hijo de Maegelle, escudero;
— Patrek Vance, hijo de Maegelle;
—[Marsella Waynwood], su esposa, muerta de parto;
— Walton, hijo de Stevron, casado con Deana Hardyng;
— Steffon, apodado el Dulce, hijo de Walton;
— Walda, apodada Walda la Bella, la hija de Walton;
— Bryan, hijo de Walton, escudero;
— Ser Emmon, casado con Genna de la Casa Lannister;
— Ser Cleos, hijo de Emmon, casado con Jeyne Darry;
— Tywin, hijo de Cleos, escudero de once años;
— Willem, hijo de Cleos, paje en Marcaceniza, de nueve años;
— Ser Lyonel, hijo de Emmon, casado con Melesa Crakehall;
— Tion, hijo de Emmon, prisionero en Aguasdulces;
— Walder, apodado Walder el Rojo, hijo de Emmon, de catorce años, escudero en Roca Casterly;
— Ser Aenys, casado con [Tyana Wylde], muerta de parto;
— Aegon el Sangriento, hijo de Aenys, bandolero;
— Rhaegar, hijo de Aenys, casado con Jeyne Beesbury;
— Robert, hijo de Rhaegar, un niño de trece años;
— Walda, apodada Walda la Blanca, la hija de Rhaegar, una niña de diez años;
— Jonos, hijo de Rhaegar, un niño de ocho años;
— Perriane, casada con Ser Leslyn Haigh;
— Ser Harys Haigh, hijo de Perriane;
— Walder Haigh, el hijo de Harys, un niño de cuatro años;
— Ser Donnel Haigh, hijo de Perriane;
— Alyn Haigh, hijo de Perriane, escudero;

— de su segunda esposa, [LADY CYRENNA de la Casa Swann]:
— SER JARED, su hijo mayor, casado con [Alys Frey];
— SER TYTOS, el hijo de Jared, casado con Zhoe Blanetree;
— ZIA, la hija de Tytos, una doncella de catorce años;
— ZACHERY, el hijo de Tytos, un niño de doce años, que estudia en el septo de Antigua;
— KYRA, la hija de Jared, casada con Ser Garse Goodbrook;
— WALDER GOODBROOK, el hijo de Kyra, un niño de nueve años;
— JEYNE GOODBROOK, la hija de Kyra, una niña de seis años;
— SEPTÓN LUCEON, de servicio en el Gran Septo de Baelor, en Desembarco del Rey;
— de su tercera esposa, [LADY AMAREI de la Casa Crakehall]:
— SER HOSTEEN, su hijo mayor, casado con Bellena Hawick;
— SER ARWOOD, el hijo de Hosteen, casado con Ryella Royce;
— RYELLA, la hija de Arwood, una niña de cinco años;
— ANDROW y ALYN, los hijos gemelos de Arwood, de tres años;
— LADY LYTHENE, casada con Lord Lucias Vypren;
— ELYANA, la hija de Lythene, casada con Ser Jon Wylde;
— RICKARD WYLDE, el hijo de Elyana, de cuatro años;
— SER DAMON VYPREN, el hijo de Lythene;
— SYMOND, casado con Betharios de Braavos;
— ALESANDER, hijo de Symond, bardo;
— ALYX, la hija de Symond, una doncella de diecisiete años;
— BRADAMAR, hijo de Symond, un niño de diez años, acogido en Braavos como pupilo de Oro Tendyris, un mercader de esa ciudad;
— SER DANWELL, casado con Wynafrei Whent;
— [muchos abortos y niños nacidos muertos];
— MERRETT, casado con Mariya Darry;
— AMEREI, llamada AMI, hija de Merrett, de dieciséis años, viuda de [Ser Pate del Forca Azul];
— WALDA, apodada WALDA LA GORDA, hija de Merrett, de quince años, casada con Lord Roose Bolton;
— MARISSA, hija de Merrett, una doncella de trece años;

— WALDER, apodado WALDER EL PEQUEÑO, el hijo de Merrett, un niño de siete años, hecho cautivo en Invernalia cuando era pupilo de Lady Catelyn Stark;

— [SER GEREMY], ahogado, casado con Carolei Waynwood;

— SANDOR, el hijo de Geremy, un chico de doce años, escudero de Ser Donnel Waynwood;

— CYNTHEA, la hija de Geremy, una niña de nueve años, pupila de Lady Anya Waynwood;

— SER RAYMUND, casado con Beony Beesbury;

— ROBERT, hijo de Raymund, de dieciséis años, estudiante en la Ciudadela de Antigua;

— MALWYN, hijo de Raymund, de quince años, aprendiz de alquimista en Lys;

— las hijas gemelas de Raymund, SERRA y SARRA, doncellas de catorce años;

— CERSEI, apodada ABEJITA, hija de Raymund, de seis años;

— de su cuarta esposa, [LADY ALYSSA de la Casa Blackwood]:

— LOTHAR, apodado LOTHAR EL COJO, su hijo mayor, casado con Leonella Lefford;

— TYSANE, hija de Lothar, una niña de siete años;

— WALDA, hija de Lothar, una niña de cuatro años;

— EMBERLEI, hija de Lothar, una niña de dos años;

— SER JAMMOS, casado con Sallei Paege;

— WALDER, apodado WALDER EL MAYOR, el hijo de Jammos, un niño de ocho años, hecho cautivo en Invernalia cuando era pupilo de Lady Catelyn Stark;

— los hijos gemelos de Jammos, DICKON y MATHIS, de cinco años;

— SER WHALEN, casado con Sylwa Paege;

— HOSTER, el hijo de Whalen, un niño de doce años, escudero de Ser Damon Paege;

— MERIANNE, llamada MERRY, la hija de Whalen, una niña de once años;

— LADY MORYA, casada con Ser Flement Brax;

— ROBERT BRAX, hijo de Morya, de nueve años, acogido en Roca Casterly como paje;

— WALDER BRAX, hijo de Morya, un niño de seis años;

— JON BRAX, hijo de Morya, un niño de tres años;

— TYTA, apodada TYTA LA DONCELLA, una doncella de veintinueve años;

— de su quinta esposa, [LADY SARYA de la Casa Whent]:

— sin descendientes;

— de su sexta esposa, [LADY BETHANY de la Casa Rosby]:

— SER PERWYN, su hijo mayor;

— SER BENFREY, casado con Jyanna Frey, una prima;

— DELLA, apodada DELLA LA SORDA, la hija de Benfrey, una niña de tres años;

— OSMUND, el hijo de Benfrey, un niño de dos años;

— MAESTRE WILLAMEN, de servicio en Arcolargo;

— OLYVAR, escudero de Robb Stark;

— ROSLIN, una doncella de dieciséis años;

— de su séptima esposa, [LADY ANNARA de la Casa Farring]:

— ARWYN, una doncella de catorce años;

— WENDEL, su hijo mayor, un niño de trece años, acogido como paje en Varamar;

— COLMAR, prometido a la Fe, de once años;

— WALTYR, llamado TYR, un niño de diez años;

— ELMAR, anteriormente prometido con Arya Stark, un niño de nueve años;

— SHIREI, una niña de seis años;

— de su octava esposa, LADY JOYEUSE de la Casa Erenford:

— sin descendencia hasta ahora;

— hijos naturales de Lord Walder con diferentes madres:

— WALDER RÍOS, apodado WALDER EL BASTARDO;

— SER AEMON RÍOS, el hijo de Walder el Bastardo;

— WALDA RÍOS, la hija de Walder el Bastardo;

— MAESTRE MELWYS, de servicio en Rosby;

— JEYNE RÍOS, MARTYN RÍOS, RYGER RÍOS, RONEL RÍOS, MELLARA RÍOS, otros.

Casa Lannister

Los Lannister de Roca Casterly siguen siendo el apoyo principal de las aspiraciones del rey Joffrey al Trono de Hierro. Se jactan de que descienden de Lann el Astuto, el legendario embaucador de la Edad de los Héroes. El oro de Roca Casterly y el Colmillo Dorado los han convertido en los más ricos entre las grandes Casas. El blasón de los Lannister es un león de oro en campo carmesí. Su lema es: ¡Oye mi Rugido!

TYWIN LANNISTER, señor de Roca Casterly, Guardián del Occidente, Escudo de Lannisport y Mano del Rey;

- — SER JAIME, apodado EL MATARREYES, su hijo, hermano mellizo de la reina Cersei, Lord Comandante de la Guardia Real y Guardián del Oriente, prisionero en Aguasdulces;
- — LA REINA CERSEI, su hija, hermana melliza de Jaime, viuda del rey Robert I Baratheon, reina regente en nombre de su hijo Joffrey;
  - — EL REY JOFFREY BARATHEON, su hijo, un niño de trece años;
  - — LA PRINCESA MYRCELLA BARATHEON, su hija, una niña de nueve años, pupila del príncipe Doran Martell en Dorne;
  - — EL PRÍNCIPE TOMMEN BARATHEON, su hijo, un niño de ocho años, heredero del Trono de Hierro;
- — TYRION, apodado EL GNOMO y MEDIOHOMBRE, su hijo enano, malherido en la batalla del Aguasnegras;
- — sus hermanos:
  - — SER KEVAN, el hermano mayor de Lord Tywin;
    - — la esposa de Ser Kevan, DORNA de la Casa Swyft;

— Ser Lancel, hijo de Kevan, antes escudero del rey Robert, herido y agonizante;
— Willem, hijo de Kevan, hermano gemelo de Martyn, escudero, cautivo en Aguasdulces;
— Martyn, hijo de Kevan, hermano gemelo de Willem, escudero, cautivo de Robb Stark;
— Janei, hija de Kevan, una niña de dos años;
— Genna, su hermana, casada con Ser Emmon Frey;
— Ser Cleos Frey, hijo de Genna, cautivo en Aguasdulces;
— Ser Lyonel, hijo de Genna;
— Tion Frey, hijo de Genna, escudero, cautivo en Aguasdulces;
— Walder, apodado Walder el Rojo, hijo de Genna, escudero en Roca Casterly;
— [Ser Tygett], su segundo hermano, muerto de viruelas;
— la viuda de Tygett, Darlessa de la Casa Marbrand;
— Tyrek, su hijo, escudero del Rey, desaparecido;
— [Gerion], su hermano menor, desaparecido en el mar;
— Gloria, la hija bastarda de Gerion, de once años;
— [Ser Stafford Lannister], su primo, hermano de la difunta Lady Joanna, muerto en Cruce de Bueyes;
— Cerenna y Myrielle, las hijas de Ser Stafford;
— Ser Daven, el hijo de Ser Stafford;
— sus primos:
— Ser Damion Lannister, casado con Lady Shiera Crakehall;
— Ser Lucion, su hijo;
— Lanna, su hija, casada con Lord Antario Jast;
— Margot, casada con Lord Titus Peake;
— sus criados y sirvientes:
— maestre Creylen, sanador, instructor y consejero;
— Vylarr, capitán de la guardia;
— Lum y Lester el Rojo, guardias;
— Wat Sonrisablanca, bardo;
— Ser Benedict Broom, maestro de armas;
— sus señores banderizos:
— Damon Marbrand, señor de Marcaceniza;
— Ser Addam Marbrand, su hijo y heredero;

— ROLAND CRAKEHALL, señor de Refugio Quebrado;
- — [SER BURTON CRAKEHALL], su hermano, asesinado por Lord Beric Dondarrion y sus bandidos;
- — SER TYBOLT CRAKEHALL, su hijo mayor y heredero;
- — SER LYLE CRAKEHALL, apodado JABALÍ, su segundo hijo, cautivo en el Castillo de la Princesa Rosada;
- — SER MERLON CRAKEHALL, su hijo menor;

— [ANDROS BRAX], señor de Valdelcuerno, ahogado durante la batalla de los Campamentos;
- — [SER RUPERT BRAX], su hermano, muerto en Cruce de Bueyes;
- — SER TYTOS BRAX, su hijo mayor; ahora señor de Valdelcuerno, prisionero en Los Gemelos;
- — [SER ROBERT BRAX], su segundo hijo, caído en la batalla de los Vados;
- — SER FLEMENT BRAX, su tercer hijo, ahora heredero;

— [LORD LEO LEFFORD], ahogado en el Molino de Piedra;

— REGENARD ESTREN, señor de Salón del Viento, prisionero en Los Gemelos;

— GAWEN WESTERLING, señor del Risco, prisionero en Varamar;
- — su esposa, LADY SYBELL de la Casa Spicer;
  - — SER ROLPH SPICER, su hermano;
  - — SER SAMWELL SPICER, su primo;
- — sus hijos:
  - — SER RAYNALD WESTERLING;
  - — JEYNE, una doncella de dieciséis años;
  - — ELEYNA, una niña de doce años;
  - — ROLLAM, un niño de nueve años;

— LEWYS LYDDEN, señor de Cuevahonda;

— LORD ANTARIO JAST, prisionero en el Castillo de la Princesa Rosada;

— LORD PHILIP PLUMM;
- — SER DENNIS PLUMM, SER PETER PLUMM y SER HARWYN PLUMM, apodado PEÑAFUERTE, sus hijos;

— QUENTEN BANEFORT, señor de Fuerte Desolación, prisionero de Lord Jonos Bracken;

— sus caballeros y capitanes:

— SER HARYS SWYFT, suegro de Ser Kevan Lannister;

— SER STEFFON SWYFT, el hijo de Ser Harys;

— JOANNA, la hija de Ser Steffon;

— SHIERLE, la hija de Ser Harys, casada con Ser Melwyn Sarsfield;

— SER FORLEY PRESTER;

— SER GARTH GREENFIELD, prisionero en el torreón del Árbol de los Cuervos;

— SER LYMOND VIKARY, prisionero en Descanso del Caminante;

— LORD SELMON STACKSPEAR;

— SER STEFFON STACKSPEAR, hijo de Selmon;

— SER ALYN STACKSPEAR, el hijo menor de Selmon;

— TERRENCE KENNING, señor de Kayce;

— SER KENNOS DE KAYCE, un caballero a su servicio;

— SER GREGOR CLEGANE, apodado LA MONTAÑA QUE CABALGA;

— POLLIVER, CHISWYCK, RAFF EL DULCE, DUNSEN y EL COSQUILLAS, soldados a su servicio;

— [SER AMORY LORCH], dado de comida a un oso por Vargo Hoat tras la caída de Harrenhal.

Casa Martell

Dorne fue el último de los Siete Reinos en jurar lealtad al Trono de Hierro. La sangre, las costumbres y la historia colocan a los dornienses a cierta distancia de los otros reinos. Cuando comenzó la guerra de los Cinco Reyes, Dorne no tomó partido. Con el compromiso entre Myrcella Baratheon y el príncipe Trystan, Lanza del Sol proclamó su apoyo al rey Joffrey y convocó a sus señores vasallos. El blasón de los Martell es un sol de gules atravesado por una lanza de oro. Su lema es: Nunca Doblegado, nunca Roto.

DORAN NYMEROS MARTELL, señor de Lanza del Sol, príncipe de Dorne;

— su esposa, MELLARIO, de la Ciudad Libre de Norvos;

— sus hijos:

— LA PRINCESA ARIANNE, su hija mayor, heredera de Lanza del Sol;

— EL PRÍNCIPE QUENTYN, su hijo mayor;

— EL PRÍNCIPE TRYSTANE, su hijo menor, prometido a Myrcella Baratheon;

— sus hermanos:

— [LA PRINCESA ELIA], su hermana, esposa del príncipe Rhaegar Targaryen, asesinada durante el saqueo de Desembarco del Rey;

— sus hijos:

— [LA PRINCESA RHAENYS], niña de corta edad, asesinada durante el saqueo de Desembarco del Rey;

— [EL PRÍNCIPE AEGON], un bebé, asesinado durante el saqueo de Desembarco del Rey;

— EL PRÍNCIPE OBERYN, apodado LA VÍBORA ROJA, su hermano;

— ELLARIA ARENA, la concubina del príncipe Oberyn;

— OBARA, NYMERIA, TYENE, SARELLA, ELIA, OBELLA, DOREA, LOREZA, apodadas LAS SERPIENTES DE ARENA, las hijas bastardas del príncipe Oberyn;

— los compañeros del príncipe Oberyn:

— HARMEN ULLER, señor de Sotoinfierno;

— SER ULWYCK ULLER, hermano de Harmen;

— SER RYON ALLYRION;

— SER DAEMON ARENA, apodado EL BASTARDO DE BONDADIVINA, hijo natural de Ser Ryon;

— DAGOS MANWOODY, señor de Sepulcro del Rey;

— MORS y DICKON, hijos de Dagos;

— SER MYLES MANWOODY, hermano de Dagos;

— SER ARRON QORGYLE;

— SER DEZIEL DALT, apodado EL CABALLERO DE LIMONAR;

— MYRIA JORDAYNE, heredera de Tor;

— LARRA BLACKMONT, señora de Montenegro;

— JYNESSA BLACKMONT, su hija;

— PERHOS BLACKMONT, su hijo, escudero;

— sus sirvientes:

— AREO HOTAH, mercenario norvoshi, capitán de la guardia;

— MAESTRE CALEOTTE, consejero, sanador e instructor;

— sus señores banderizos:

— HARMEN ULLER, señor de Sotoinfierno;

— EDRIC DAYNE, señor de Campoestrella;

— DELONNE ALLYRION, señora de Bondadivina;

— DAGOS MANWOODY, señor de Sepulcro del Rey;

— LARRA BLACKMONT, señora de Montenegro;

— TREMOND GARGALEN, señor de Costa Salada,

— ANDERS YRONWOOD, señor de Palosanto;

— NYMELLA TOLAND.

Casa Tully

Lord Edmyn Tully de Aguasdulces fue uno de los primeros señores del río que juraron lealtad a Aegon el Conquistador. El victorioso Aegon lo recompensó alzando la Casa Tully por encima de todas las Casas del Tridente. El emblema de los Tully representa una trucha saltarina de plata sobre campo ondulado de azur y gules. Su lema es: Familia, Deber, Honor.

HOSTER TULLY, señor de Aguasdulces;

— su esposa, [LADY MINISA de la Casa Whent], muerta de parto;

— sus hijos:

— CATELYN, viuda de Lord Eddard Stark de Invernalia;

— ROBB STARK, su hijo mayor, señor de Invernalia, Rey en el Norte y Rey del Tridente;

— SANSA STARK, hija de Catelyn, una doncella de doce años, prisionera en Desembarco del Rey;

— ARYA STARK, hija de Catelyn, de diez años, desaparecida desde hace un año;

— BRANDON STARK, hijo de Catelyn, de ocho años, dado por muerto;

— RICKON STARK, hijo de Catelyn, de cuatro años, dado por muerto;

— LYSA, viuda de Lord Jon Arryn del Nido de Águilas;

— ROBERT, su hijo, señor del Nido de Águilas y Defensor del Valle, un niño enfermizo de siete años;

— Ser Edmure, su único hijo, heredero de Aguasdulces;
— amigos y compañeros de Ser Edmure:
— Ser Marq Piper, heredero del Castillo de la Princesa Rosada;
— Lord Lymond Goodbrook;
— Ser Ronald Vance, apodado el Malo; y sus hermanos, Ser Hugo, Ser Ellery y Kirth;
— Patrek Mallister, Lucas Blackwood, Ser Perwyn Frey, Tristan Ryger, Ser Robert Paege;
— Ser Brynden, apodado el Pez Negro, su hermano;
— sus criados y sirvientes:
— maestre Vyman, consejero, sanador e instructor;
— Ser Desmond Grell, maestro de armas;
— Ser Robin Ryger, capitán de la guardia;
— Lew el Largo, Elwood, Delp, guardias;
— Utherydes Wayn, mayordomo de Aguasdulces;
— Rymund de las Rimas, bardo;
— sus señores banderizos:
— Jonos Bracken, señor del Seto de Piedra;
— Jason Mallister, señor de Varamar;
— Walder Frey, Señor del Cruce;
— Clement Piper, señor del Castillo de la Princesa Rosada;
— Karyl Vance, señor de Descanso del Caminante;
— Norbert Vance, señor de Atranta;
— Theomar Smallwood, señor de Torreón Bellota;
— su esposa, Lady Ravella de la Casa Swann;
— Carellen, su hija;
— William Mooton, señor de Poza de la Doncella;
— Shella Whent, despojada señora de Harrenhal;
— Ser Halmon Paege;
— Tytos Blackwood, señor del Árbol de los Cuervos.

Casa Tyrell

Los Tyrell ascendieron al poder como mayordomos de los Reyes del Dominio, cuyas posesiones incluían las fértiles llanuras del suroeste, que se extienden de las Marcas de Dorne al río Aguasnegras y llegan hasta las orillas del mar del Ocaso. Alegan descender, por línea materna, de Garth Manoverde, el rey jardinero de los primeros hombres, que llevaba una corona de enredaderas y flores, y hacía florecer los campos. Cuando Mern IX, el último rey de la Casa Gardener, perdió la vida en el Campo de Fuego, su mayordomo, Harlen Tyrell, rindió Altojardín ante Aegon el Conquistador. Aegon le concedió el castillo y el mando sobre el Dominio. El blasón de los Tyrell muestra una rosa de oro sobre campo de sinople. Su lema es: Crecer Fuerte.

Lord Mace Tyrell declaró su apoyo a Renly Baratheon al comienzo de la guerra de los Cinco Reyes y le otorgó la mano de su hija Margaery. Tras la muerte de Renly, Altojardín formó una alianza con la Casa Lannister, y Margaery quedó prometida con el rey Joffrey.

MACE TYRELL, señor de Altojardín, Guardián del Sur, Defensor de las Marcas y Alto Mariscal del Dominio;
— su esposa, LADY ALERIE de la Casa Hightower de Antigua;
— sus hijos:
  — WILLAS, su hijo mayor, heredero de Altojardín;
  — SER GARLAN, apodado EL GALANTE, su segundo hijo;
    — su esposa, LADY LEONETTE de la Casa Fossoway;
  — SER LORAS, apodado EL CABALLERO DE LAS FLORES, su hijo menor, Hermano Juramentado de la Guardia Real;

— MARGAERY, su hija, una viuda de quince años, prometida del rey Joffrey I Baratheon;
  — compañeras y damas de Margaery:
    — MEGGA, ALLA y ELINOR TYRELL, sus primas;
    — ALYN AMBROSE, el prometido de Elinor, escudero;
  — LADY ALYSANNE BULWER, una niña de ocho años;
  — MEREDYTH CRANE, llamada MERRY;
  — TAENA DE MYR, esposa de Lord Orton Merryweather;
  — LADY ALYCE GRACEFORD;
  — SEPTA NYSTERICA, una hermana de la Fe;

— su madre viuda, LADY OLENNA de la Casa Redwyne, apodada LA REINA DE LAS ESPINAS;
  — ARRYK y ERRYK, apodados IZQUIERDO y DERECHO, los guardias de Lady Olenna;

— sus hermanas:
  — LADY MINA, casada con Paxter Redwyne, señor del Rejo;
  — sus hijos:
    — SER HORAS REDWYNE, hermano gemelo de Hobber, apodado HORROR;
    — SER HOBBER REDWYNE, hermano gemelo de Horas, apodado BABOSO;
    — DESMERA REDWYNE, una doncella de dieciséis años;
  — LADY JANNA, casada con Ser Jon Fossoway;

— sus tíos y primos:
  — GARTH, llamado EL GROSERO, hermano de su padre, Lord Senescal de Altojardín;
    — GARSE y GARRETT FLORES, hijos bastardos de Garth;
  — SER MORYN, hermano de su padre, Lord Comandante de la Guardia de la Ciudad de Antigua;
    — [SER LUTHOR], hijo de Moryn, casado con Lady Elyn Norridge;
      — SER THEODORE, hijo de Luthor, casado con Lady Lia Serry;
        — ELINOR, la hija de Theodore;
        — LUTHOR, hijo de Theodore, escudero;
      — MAESTRE MEDWICK, hijo de Luthor;
      — OLENE, la hija de Luthor, casada con Ser Leo Blackbar;
    — LEO, apodado LEO EL VAGO, hijo de Moryn;

— MAESTRE GORMON, hermano de su padre, un erudito de la Ciudadela;
— [SER QUENTIN], su primo, muerto en Vado Ceniza;
 — SER OLYMER, el hijo de Quentin, casado con Lady Lysa Meadows;
  — RAYMUND y RICKARD, los hijos de Olymer;
  — la hija de Olymer, MEGGA;
— MAESTRE NORMUND, su primo, de servicio en Corona Negra;
— [SER VICTOR], su primo, muerto a manos del Caballero Sonriente de la Hermandad del Bosque Real;
 — VICTARIA, la hija de Victor, casada con [Lord Jon Bulwer], fallecido a causa de una fiebre estival;
  — LADY ALYSANNE BULWER, la hija de ambos, de ocho años;
 — SER LEO, el hijo de Victor, casado con Lady Alys Beesbury;
  — ALLA y LEONA, las hijas de Leo;
  — LYONEL, LUCAS y LORENT, los hijos de Leo;

— sus sirvientes y criados en Altojardín:
— MAESTRE LOMYS, consejero, sanador e instructor;
— IGON VYRWEL, capitán de la guardia;
— SER VORTIMER CRANE, maestro de armas;
— MANTECAS, bufón, gordísimo;

— sus señores banderizos:
— RANDYLL TARLY, señor de Colina Cuerno;
— PAXTER REDWYNE, señor del Rejo;
— ARWYN OAKHEART, señora de Roble Viejo;
— MATHIS ROWAN, señor de Sotodeoro;
— ALESTER FLORENT, señor de la fortaleza de Aguasclaras, un rebelde que apoya a Stannis Baratheon;
— LEYTON HIGHTOWER, Voz de Antigua, Señor del Puerto;
— ORTON MERRYWEATHER, señor de Granmesa;
— LORD ARTHUR AMBROSE;

— sus caballeros y espadas juramentadas:
— SER MARK MULLENDORE, lisiado durante la batalla del Aguasnegras;
— SER JON FOSSOWAY, de los Fossoway de la manzana verde;
— SER TANTON FOSSOWAY, de los Fossoway de la manzana roja.

Rebeldes, bandidos y hermanos juramentados

Los hermanos juramentados de la Guardia de la Noche

Exploradores más allá del Muro:

JEOR MORMONT, apodado EL VIEJO OSO, Lord Comandante de la Guardia de la Noche;

— JON NIEVE, el bastardo de Invernalia, su mayordomo y escudero, desaparecido mientras exploraba el Paso Aullante;

— FANTASMA, su lobo huargo, blanco y silencioso;

— EDDISON TOLLETT, apodado EDD EL PENAS, su escudero;

— THOREN SMALLWOOD, al mando de los exploradores;

— DYWEN; DAGA; PIESLIGEROS; GRENN; BEDWYCK, apodado GIGANTE; OLLO MANOMOCHA; GRUBBS; BERNARR, apodado BERNARR EL MORENO; otro BERNARR, apodado BERNARR EL NEGRO; TIM PIEDRA; ULMER DEL BOSQUE REAL; GARTH, apodado PLUMAGRÍS; GARTH DE GREENAWAY; GARTH DE ANTIGUA; ALAN DE ROSBY; RONNEL HARCLAY; AETHAN; RYLES; MAWNEY, exploradores;

— JARMEN BUCKWELL, al mando de los oteadores;

— BANNEN, KEDGE OJOBLANCO, TUMBERJON, FORNIO, GOADY, exploradores y oteadores;

— SER OTTYN WYTHERS, al mando de la retaguardia;

— SER MALADOR LOCKE, al mando de la impedimenta;

— DONNEL COLINA, apodado DONNEL EL SUAVE, su escudero y mayordomo;

— HAKE, intendente y cocinero;

— CHETT, un mayordomo feo, encargado de los perros;

— SAMWELL TARLY un mayordomo gordo, encargado de los cuervos, apodado SER CERDI;

— LARK, llamado DE LAS HERMANAS; su primo ROLLEY DE VILLAHERMANA; KARL EL PATIZAMBO; MASLYN; PAUL EL PEQUEÑO; SERRUCHO; LEW EL ZURDO; OSS EL HUÉRFANO; BILL EL REFUNFUÑÓN, mayordomos;

— [QHORIN MEDIAMANO], al mando de los exploradores de la Torre Sombría, muerto en el Paso Aullante;
— [ESCUDERO DALBRIDGE, EGGEN], exploradores, muertos en el Paso Aullante;
— SERPIENTE DE PIEDRA, explorador y montañero, perdido en el Paso Aullante;
— BLANE, segundo de Qhorin Mediamano, al mando de los hombres de la Torre Sombría en el Puño de los Primeros Hombres;
— SER BYAM FLINT;

en el Castillo Negro:
— BOWEN MARSH, Lord Mayordomo y castellano;
— MAESTRE AEMON (TARGARYEN), sanador y consejero, un ciego de cien años de edad;
— su mayordomo, CLYDAS;
— BENJEN STARK, capitán de los exploradores, desaparecido y presumiblemente muerto;
— SER WYNTON STOUT, explorador durante ochenta años;
— SER ALADALE WYNCH, PYPAR, DICK FOLLARD EL SORDO, HAL EL PELUDO, JACK BULWER EL NEGRO, ELRON, MATTHAR, exploradores;
— OTHELL YARWYCK, capitán de los constructores;
— BOTA DE SOBRA, HENLY EL JOVEN, HALDER, ALBETT, TONELETE, CALVASUCIA DE POZA DE LA DONCELLA, constructores;
— DONAL NOYE, armero, herrero y mayordomo, manco;
— HOBB TRESDEDOS, mayordomo y cocinero;
— TIM LENGUATRABADA, SIMPLE, MULLY, HENLY EL VIEJO, CUGEN, ALYN EL ROJO DE PALISANDRO, JEREN, mayordomos;
— SEPTÓN CELLADOR, un religioso borracho;
— SER ENDREW TARTH, maestro de armas;
— RAST, ARRON, EMRICK, SEDA, PETIRROJO SALTARÍN, reclutas que todavía se están entrenando;
— CONWY, GUEREN, reclutadores y recolectores;

en Guardiaoriente del Mar:
— COTTER PYKE, Comandante de Guardiaoriente;
— MAESTRE HARMUNE, sanador y consejero;

— SER ALLISER THORNE, maestro de armas;
— JANOS SLYNT, ex comandante de la Guardia de la Ciudad de Desembarco del Rey, señor de Harrenhal durante poco tiempo;
— SER GLENDON HEWETT;
— DAREON, mayordomo y juglar;
— FÉRREO EMMETT, explorador famoso por su fuerza;

en la Torre Sombría:
— SER DENYS MALLISTER, Comandante de la Torre Sombría;
— WALLACE MASSEY, su mayordomo y escudero;
— MAESTRE MULLIN, sanador y consejero.

La hermandad sin estandartes una cofradía de bandidos

BERIC DONDARRION, señor de Refugionegro, llamado EL SEÑOR DEL RELÁMPAGO, dado por muerto con frecuencia;

— THOROS DE MYR, su mano derecha, un sacerdote rojo;

— EDRIC DAYNE, su escudero, señor de Campoestrella, de doce años;

— sus seguidores:

— LIM, apodado LIM CAPA DE LIMÓN, antes soldado;

— HARWIN, hijo de Hullen, antes al servicio de Lord Eddard Stark en Invernalia;

— BARBAVERDE, un mercenario tyroshi;

— TOM DE SIETECAUCES, un bardo de fama dudosa, apodado TOM SIETECUERDAS y TOM SIETE;

— ANGUY EL ARQUERO, arquero de las Marcas de Dorne;

— JACK-CON-SUERTE, buscado por forajido, tuerto;

— EL CAZADOR LOCO, de Septo de Piedra;

— KYLE, NOTCH, DENNETT, arqueros;

— MERRIT DE ALDEALUNA, WATTY EL MOLINERO, LUKE EL LÚCIDO, MUDGE, DICK LAMPIÑO, bandidos de su grupo;

en la Posada del Hombre Arrodillado:

— SHARNA, la encargada, cocinera y partera;

— su marido, llamado MARIDO;

— CHICO, un huérfano de la guerra;

en El Melocotón, un burdel de Septo de Piedra:

— ATANASIA, la propietaria, pelirroja;

— ALYCE, CASS, LANNA, JYZENE, HELLY, CAMPY, algunos de sus melocotones;

en Torreón Bellota, la residencia de la Casa Smallwood:

— LADY RAVELLA, antes de la Casa Swann, esposa de Lord Theomar Smallwood;

aquí, allá y en cualquier parte:

— LORD LYMOND LYCHESTER, un anciano que desvaría y que una vez contuvo a Ser Maynard en el puente;

— MAESTRE ROONE, su joven cuidador;

— el fantasma de Alto Corazón;

— la Dama de las Hojas;

— el septón de Danza de Sally.

Los salvajes o pueblo libre

MANCE RAYDER, Rey-más-allá-del-Muro;

— DALLA, su mujer embarazada;

— VAL, su hermana menor;

— sus cabecillas y capitanes:

— HARMA, apodada CABEZA DE PERRO, al mando de la vanguardia;

— EL SEÑOR DE LOS HUESOS, apodado CASACA DE MATRACA, cabecilla de una partida de guerra;

— YGRITTE, una mujer del acero joven, miembro de su banda;

— RYK, apodado LANZALARGA, miembro de su banda;

— RAGWYLE, LENYL, miembros de su banda;

— JON NIEVE, su cautivo, el cuervo desertor;

— FANTASMA, su lobo huargo, blanco y silencioso;

— STYR, Magnar de Thenn;

— JARL, un explorador joven, amante de Val;

— GRIGG LA CABRA, ERROK, QUORT, BODGER, DEL, FORÚNCULO, DAN EL CAÑAMEÑO, HENK EL TIMÓN, DEDODELPIÉ, PULGARES DE PIEDRA, exploradores;

— TORMUND, Rey del Aguamiel en el Salón Rojo, apodado MATAGIGANTES, GRAN HABLADOR, SOPLADOR DEL CUERNO, ROMPEDOR DEL HIELO, PUÑO DE TRUENO, MARIDO DE OSAS, PORTAVOZ ANTE LOS DIOSES y PADRE DE EJÉRCITOS, cabecilla de una partida de guerra;

— TOREGG EL ALTO, TORWYRD EL MANSO, DORMUND y DRYN, sus hijos; MUNDA, su hija;

— [ORELL], apodado ORELL EL ÁGUILA, cambiapieles muerto a manos de Jon Nieve en el Paso Aullante;

— MAG MAR TUN DOH WEG, apodado MAG EL PODEROSO, de los gigantes;

— VARAMYR, apodado SEISPIELES, cambiapieles, dueño de tres lobos, un gatosombra y un oso de las nieves;

— EL LLORÓN, explorador y cabecilla de una partida de guerra;

— [ALFYN MATACUERVOS], explorador, muerto a manos de Qhorin Mediamano, de la Guardia de la Noche;

CRASTER, del Torreón de Craster, que no se arrodilla ante nadie;
— ELÍ, su hija y esposa, con un niño en el vientre;
— DYAH, FERNY, NELLA, tres de sus diecinueve esposas.

Pesos y medidas

En esta edición de *Canción de hielo y fuego* se utiliza un sistema de pesos y medidas inspirado en el castellano del siglo XVIII. Las equivalencias de las unidades que aparecen con más frecuencia en la obra son las siguientes:

LONGITUD:

Dedo: 1,74 cm
Palmo: 12 dedos, o algo más de 20 cm
Codo: 2 palmos
Vara y **paso**: ambos equivalentes a 2 codos, o 4 palmos
Legua: 5.000 pasos, o algo más de 4 km

SUPERFICIE:

Fanega: 6.440 m^2, o algo más de ½ hectárea

VOLUMEN:

Cuartillo (líquidos): ¼ de azumbre, o ½ litro
Azumbre (líquidos): 4 cuartillos, o 2 litros
Cuartillo (áridos): ¼ de celemín, o algo más de 1 litro
Celemín (áridos): 4 cuartillos, o 4,625 litros

PESO:

Arroba: 11,5 kg
Quintal: 4 arrobas, o 46 kg

Y ahora, un adelanto especial
del próximo volumen de la gran saga,

Canción de hielo y fuego

de

GEORGE R. R. MARTIN:

Festín de cuervos

La fascinante continuación de

Tormenta de espadas

El Profeta

Aeron Pelomojado estaba ahogando hombres en Gran Wyk cuando le llevaron la noticia de que el rey había muerto.

La mañana era fría y desapacible; el mar tenía el mismo color plomizo que el cielo. Los tres primeros hombres habían ofrecido sus vidas al Dios Ahogado sin temor alguno, pero la fe del cuarto era débil, y cuando sus pulmones pidieron aire desesperadamente, empezó a forcejear. Aeron, metido hasta la cintura en la espuma de las olas, agarró por los hombros al muchacho desnudo y le metió la cabeza bajo el agua cuando trató de tomar una bocanada de aire.

—Ten valor —le dijo—. Venimos del mar, y al mar hemos de volver. Abre la boca y bebe la bendición del dios. Que tus pulmones se llenen de agua; así morirás y podrás renacer. Es inútil que te resistas.

Tal vez el chico no lo oyera con la cabeza bajo las olas, o tal vez hubiera perdido por completo la fe; el caso fue que empezó a patalear y debatirse de una manera tan desaforada que Aeron tuvo que pedir ayuda. Cuatro de sus hombres ahogados se metieron en el agua para sujetar al muchacho.

—Señor Dios que te ahogaste por nosotros —rezó el sacerdote con una voz tan retumbante como el mar—, permite que tu siervo Emmond renazca del mar, como renaciste tú. Bendícelo con sal, bendícelo con piedra, bendícelo con acero.

Por fin terminó todo. Ya no salían burbujas de la boca del muchacho, y sus miembros habían perdido toda la fuerza. Emmond quedó flotando en las aguas bajas, pálido, frío, en paz.

Entonces advirtió Pelomojado que, en la playa de guijarros, junto a sus hombres ahogados, había tres jinetes. Aeron conocía a Sparr, un anciano de rostro afilado y ojos llorosos cuya voz temblorosa era ley en aquella parte del Gran Wyk. Lo acompañaban su hijo Steffarion y otro joven, ataviado con una capa color rojo oscuro ribeteada de piel, que se sujetaba al hombro con un broche ornamentado con la forma del cuerno de guerra negro y dorado de los Goodbrother.

«Uno de los hijos de Gorold», supo el sacerdote nada más verlo. La esposa de Goodbrother le había dado tres hijos varones de buena estatura después de una docena de hijas; se decía que no había manera de distinguirlos. Aeron Pelomojado ni se dignó intentarlo. Ya se tratara de Greydon, de Gormond o de Gran, no tenía tiempo para él.

Gruñó una orden brusca, y sus hombres ahogados cogieron el cadáver del muchacho por los brazos y las piernas para llevarlo a tierra. El sacerdote los siguió; su único atuendo era un taparrabos de piel de foca. Volvió a la orilla chapoteando, empapado y con la piel de gallina, y pisó la arena húmeda y fría y los guijarros pulidos por las mareas. Uno de sus hombres ahogados le tendió una gruesa túnica de tejido basto con estampado de cuadros azules y grises, los colores del mar, los del Dios Ahogado. Aeron se puso la túnica y se soltó el pelo. Era una melena negra, empapada; no la había tocado navaja alguna desde el día en que el mar lo elevó. Le caía por los hombros como una capa harapienta, nudosa, hasta más allá de la cintura. Aeron tenía por costumbre entretejerse tiras de algas en los mechones, y también se adornaba así la barba enmarañada y sin recortar.

Los hombres ahogados habían formado un círculo en torno al chico muerto y estaban rezando. Norje le subía y bajaba los brazos mientras Rus, arrodillado a horcajadas sobre él, le bombeaba el pecho, pero cuando llegó Aeron, todos le abrieron paso. Separó los labios fríos del muchacho con los dedos y le dio a Emmond el beso de la vida, una vez, y otra, y otra, y otra, hasta que el mar le brotó de la boca como un torrente. El chico empezó a toser y escupir, parpadeó y abrió unos ojos llenos de miedo.

«Otro que vuelve.» Se decía que era una señal del favor del Dios Ahogado. Los demás sacerdotes perdían un hombre de cuando en cuando; le había sucedido incluso a Tarle el Tres Veces Ahogado, al que se consideraba tan santo que hasta fue elegido para coronar a un rey. En cambio, a Aeron Greyjoy, nunca. Él era Pelomojado, el que había visto las estancias acuosas del dios y había vuelto para contarlo.

—Levántate —le dijo al chico, que vomitaba agua, al tiempo que le daba palmadas en la espalda desnuda—. Te has ahogado y has vuelto entre nosotros. Lo que está muerto no puede morir.

—Sino que se levanta. —El chico sufrió un violento ataque de tos y vomitó más agua—. Se levanta otra vez. —Cada palabra le costaba un sufrimiento, pero así era el mundo: para vivir, todos los hombres tenían que luchar—. Se levanta otra vez. —Emmond se puso en pie a duras penas—. Más grande. Más fuerte.

—Ahora perteneces al dios —le dijo Aeron.

Los otros hombres ahogados lo rodearon, y cada uno le dio un puñetazo y un beso para recibirlo en la hermandad. Uno lo ayudó a ponerse una túnica basta de cuadros azules, verdes y grises; otro le entregó un garrote de madera de deriva.

—Ahora perteneces al mar, así que el mar te ha armado —le dijo Aeron—. Rezamos para que esgrimas el garrote con valor contra todos los enemigos de tu dios. —Después, el sacerdote se volvió hacia los tres jinetes, que los observaban sin descabalgar—. ¿Habéis venido a que os ahoguemos, mis señores?

Sparr carraspeó.

—Ya me ahogaron de pequeño —dijo—. Y a mi hijo también, el día de su nombre.

Aeron soltó un bufido. No le cabía duda de que Steffarion Sparr había sido entregado al Dios Ahogado poco después de su nacimiento. Y también sabía cómo: una pasada rápida por una pila de agua marina que apenas llegó a mojar la cabeza del bebé. No era de extrañar que otros mandaran sobre los hijos del hierro, sobre los mismos que otrora habían extendido sus dominios hasta dondequiera que se pudiera oír el batir de las olas.

—Eso no es un ahogamiento —les replicó a los jinetes—. Quien no muere de verdad no podrá levantarse de entre los muertos. ¿A qué habéis venido, si no es a demostrar vuestra fe?

—El hijo de Lord Gorold os trae noticias. —Sparr señaló al joven de la capa roja, que no aparentaba más de dieciséis años.

—¿Cuál eres tú? —le preguntó Aeron con tono brusco.

—Gormond. Gormond Goodbrother, para servir a mi señor.

—A quien tenemos que servir es al Dios Ahogado. ¿Has sido ahogado, Gormond Goodbrother?

—Sí, Pelomojado, en el día de mi nombre. Mi padre me ha enviado a buscaros para que vayáis a hablar con él. Tiene que veros.

—Pues aquí estoy. Dile a Lord Gorold que venga a regocijar sus ojos.

Aeron cogió el pellejo de cuero que le tendió Rus después de llenarlo de agua marina. El sacerdote quitó el corcho y bebió un trago.

—Tengo que llevaros a la fortaleza —insistió el joven Gormond desde su caballo.

«Tiene miedo de desmontar, no se le vayan a mojar las botas.»

—Y yo tengo que cumplir la misión del dios. —Aeron Greyjoy era un profeta. No estaba dispuesto a tolerar que un señor cualquiera le diera órdenes como si fuera un siervo.

—Gorold ha recibido un pájaro —dijo Sparr.

—El pájaro de un maestre; viene de Pyke —confirmó Gormond.

«Alas negras, palabras negras.»

—Los cuervos vuelan sobre la sal y la piedra. Si hay noticias que me afecten, comunicádmelas ya.

—La noticia que traemos únicamente la podéis oír vos, Pelomojado —dijo Sparr—. No es un asunto del que pueda hablar delante de estos otros.

—«Estos otros» son mis hombres ahogados, siervos del dios, igual que yo. No tengo secretos para ellos, ni tampoco para nuestro dios, junto a cuyo mar sagrado nos encontramos.

Los jinetes se miraron.

—Díselo —indicó Sparr, y el joven de la capa roja reunió todo su valor.

—El rey ha muerto —dijo sin más rodeos.

Cuatro palabras, cuatro palabras breves, pero el propio mar se estremeció cuando vibraron en el aire.

Había cuatro reyes en Poniente, pero Aeron no tuvo que preguntar a cuál se refería. Era Balon Greyjoy y nadie más quien gobernaba en las Islas del Hierro.

«El rey ha muerto. ¿Cómo es posible?» Aeron había visto a su hermano mayor hacía apenas una luna, cuando regresó a las Islas del Hierro tras el asedio de la Costa Pedregosa. El pelo entrecano de Balon se había tornado casi blanco durante la ausencia del sacerdote, y tenía los hombros más encorvados que cuando zarparon los barcoluengos. Pero por lo demás, el rey no le había parecido enfermo.

Aeron Greyjoy había edificado su vida sobre dos pilares poderosos. Aquellas cuatro palabras, aquellas cuatro palabras breves, acababan de derribar uno de ellos.

«Solo me queda el Dios Ahogado. Rezo por que me haga tan fuerte e incansable como el mar.»

—Decidme cómo ha muerto mi hermano.

—Su Alteza estaba cruzando un puente en Pyke cuando se cayó. Se estrelló contra las rocas.

La fortaleza de los Greyjoy se alzaba en una punta de tierra y un montón de islotes; las torres y torreones se cimentaban en gigantescos montículos de piedra que surgían del mar. Unía todo Pyke un entramado de puentes en forma de arco de piedra tallada, y largos tramos cimbreantes de cuerda de cáñamo y planchas de madera.

—¿Rugía la tormenta cuando cayó? —preguntó Aeron con brusquedad.

—Sí —le respondió el joven.

—Fue el Dios de la Tormenta quien lo derribó —proclamó el sacerdote. El mar y el cielo llevaban mil millares de años guerreando. Del mar habían nacido los hijos del hierro y los peces que los sustentaban hasta en los días más fríos del invierno; en cambio, las tormentas solo acarreaban infortunios y aflicción—. Mi hermano Balon nos volvió a hacer grandes, y eso le granjeó las iras del Dios de la Tormenta. Ahora está ya en las estancias acuosas del Dios Ahogado, y las sirenas atienden todos sus deseos. Nos corresponde a nosotros, los que quedamos atrás en este valle seco y lúgubre, terminar su inmensa labor. —Volvió a poner el corcho al pellejo de agua—. Hablaré con tu señor padre. ¿A qué distancia estamos de Cuernomartillo?

—A seis leguas. Podéis montar atrás en mi caballo.

—Iré más deprisa si voy solo. Dame tu caballo, y que el Dios Ahogado te bendiga.

—Llevaos mi caballo, Pelomojado —le ofreció Steffarion Sparr.

—No. Su montura es más fuerte. El caballo, chico.

El joven apenas titubeó un instante antes de desmontar y tenderle las riendas a Pelomojado. Aeron puso un pie negro y descalzo en el estribo y subió a la silla. No le gustaban los caballos, eran bestias de las tierras verdes que debilitaban a los hombres, pero las circunstancias lo obligaban a cabalgar.

«Alas negras, palabras negras.» Sentía que se fraguaba una tormenta, lo oía en las olas, y las tormentas nunca llevaban nada bueno.

—Reuníos conmigo en Guijarra, al pie de la torre de Lord Merlyn —les dijo a sus hombres ahogados al tiempo que obligaba al caballo a girar.

El camino era escarpado, un ascenso por colinas entre bosques y desfiladeros pedregosos, apenas un sendero que en ocasiones desaparecía bajo los cascos del caballo. Gran Wyk era la mayor de las Islas del Hierro; su extensión era tal que las fortalezas de algunos señores no se habían edificado junto al sagrado mar. La de Gorold Goodbrother era una de ellas. Sus torreones se alzaban en las colinas de Peñafuerte, tan lejos del reino del Dios Ahogado como se podía estar en aquellas islas. El pueblo de Gorold se afanaba en las minas de este, en la pétrea oscuridad subterránea. Algunos morían sin haber visto jamás el agua salada.

«No es de extrañar que esta gente sea hosca y extraña.»

Mientras cabalgaba, Aeron pensó en sus hermanos.

Nueve hijos había engendrado la entrepierna de Quellon Greyjoy, el Señor de las Islas del Hierro. Harlon, Quenton y Donel habían nacido del vientre de la primera esposa de Lord Quellon, una Stonetree. Balon, Euron, Victarion, Urrigon y Aeron eran hijos de la segunda, una Sunderly de Acantilado de Sal. Quellon contrajo nupcias por tercera vez con una muchacha de las tierras verdes, que le dio un hijo enfermizo y retrasado llamado Robin, el hermano al que más valía olvidar. El sacerdote no guardaba recuerdo alguno de Quenton ni de Donel, que habían muerto cuando eran aún muy niños. De Harlon sí se acordaba; aunque entre nieblas difusas, tenía en la mente una imagen con el rostro gris y rígido que hablaba siempre en susurros en una habitación sin ventanas, cada vez más débiles a medida que la psoriagrís le convertía en piedra la lengua y los labios.

«Algún día celebraremos un banquete de pescado en las estancias acuosas del Dios Ahogado, los cuatro juntos, y también Urri.»

Nueve hijos había engendrado la entrepierna de Quellon Greyjoy, pero solo cuatro habían vivido lo suficiente para llegar a adultos. Así eran las cosas en aquel mundo frío, donde los hombres pescaban en el mar, cavaban en la tierra y morían, mientras las mujeres parían niños de vida breve en lechos de sangre y dolor. Aeron había sido el último de los cuatro krákens, y también el más patético; Balon, en cambio, era el mayor y el más osado, un muchacho decidido e intrépido que tan solo pensaba en devolverles la gloria de antaño a los hijos del hierro. A los diez años escaló los Acantilados de Pedernal hasta la torre encantada del Señor Ciego; a los trece era capaz de manejar los remos de un barcoluengo y bailaba la danza del dedo mejor que cualquier otro hombre de las islas; a los quince había navegado con Dagmer Barbarrota hasta los Peldaños de Piedra y se había pasado el verano saqueando. Allí mató por primera vez, y también tomó a sus dos primeras esposas de sal. A los diecisiete años, Balon capitaneaba ya su propio barco. No se podía pedir más de un hermano mayor, aunque la verdad era que nunca había mostrado nada que no fuera desprecio hacia Aeron.

«Yo era joven y pecador; su desprecio era más de lo que merecía. Más vale el desprecio de Balon el Bravo que el afecto de Euron Ojo de Cuervo. —Y si el tiempo y el dolor habían amargado el temperamento de Balon a lo largo de los años, cierto era también que lo habían hecho más decidido que ningún otro hombre—. Nació como hijo de un señor y murió como rey, asesinado por un dios celoso —pensó Aeron—, y ahora se acerca la tormenta, una tormenta mayor que ninguna que hayan visto estas islas.»

Hacía ya horas que había oscurecido cuando el sacerdote divisó las afiladas almenas de hierro de Cuernomartillo, que se alzaba hacia la media luna. La fortaleza de Gorold era pesada y voluminosa, construida con grandes bloques de piedra extraídos del acantilado que descendía en picado tras ella. En la base de las murallas, las entradas de las cuevas y las antiguas minas se abrían como negras bocas desdentadas. Al ser de noche, las puertas de hierro de Cuernomartillo estaban ya cerradas y atrancadas. Aeron las golpeó con una piedra hasta que el estrépito despertó a un guardia.

El joven que le abrió era la viva imagen de Gormond, cuyo caballo había montado.

—¿Cuál eres tú? —preguntó Aeron con tono brusco.

—Gran. Mi padre os está esperando.

La estancia era húmeda, llena de corrientes y de sombras. Una hija de Gorold le ofreció al sacerdote un cuerno de cerveza; otra atizó un fuego mortecino que dejaba escapar más humo que calor. El propio Gorold Goodbrother estaba hablando en voz baja con un hombre delgado, vestido con una túnica gris de buena calidad, que llevaba al cuello la cadena de metales diversos que lo identificaba como maestre de la Ciudadela.

—¿Dónde está Gormond? —preguntó Gorold al ver a Aeron.

—Vuelve a pie. Decidles a las mujeres que se retiren, mi señor. Y lo mismo al maestre. —No le gustaban los maestres: sus cuervos eran criaturas del Dios de la Tormenta, y tampoco confiaba en sus curaciones después de lo de Urri.

«Ningún hombre que tal se considere elegiría una vida de sumisión, ni forjaría una cadena de servidumbre, ni la llevaría en torno al cuello.»

—Gysella, Gwin, marchaos —ordenó Goodbrother—. Tú también, Gran. El maestre Murenmure se quedará.

—Se marchará —insistió Aeron.

—Estáis en mis estancias, Pelomojado. No os corresponde a vos decir quién se queda y quién se va. El maestre se queda.

«Este hombre vive demasiado lejos del mar», se dijo Aeron.

—En ese caso, seré yo quien se vaya —replicó.

Los juncos secos crujieron bajo la piel agrietada de las plantas descalzas de sus pies cuando dio la vuelta y echó a andar hacia la salida. Por lo visto había recorrido un largo camino para nada.

Aeron estaba ya casi junto a la puerta cuando el maestre carraspeó.

—Euron Ojo de Cuervo se ha sentado en el Trono de Piedramar.

Pelomojado se giró. De pronto hacía más frío en la estancia.

«Ojo de Cuervo está a medio mundo de aquí. Balon lo expulsó hace dos años y juró que, si regresaba, le costaría la vida.»

—Contádmelo todo —dijo con voz ronca.

—Echó anclas en Puerto Noble al día siguiente de la muerte del rey, y exigió el castillo y la corona en su condición del mayor de los hermanos de Balon —dijo Gorold Goodbrother—. Ahora ha enviado cuervos para exigir a los capitanes y los reyes de todas las islas que acudan a Pyke, se arrodillen ante él y le rindan homenaje como rey legítimo.

—No. —Aeron Pelomojado no se paró a medir sus palabras—. Solo un hombre piadoso puede sentarse en el Trono de Piedramar. Ojo de Cuervo no adora a más dios que su orgullo.

—Vos estuvisteis en Pyke hace poco; hablasteis con el rey —insistió Goodbrother—. ¿Os dijo algo Balon sobre su sucesión?

«Sí.» Habían hablado en la Torre del Mar, mientras el viento aullaba contra las ventanas y las olas batían en la base sin cesar. Balon había sacudido la cabeza desesperado cuando Aeron le habló del único hijo que le quedaba con vida.

—Como me temía, los lobos lo han hecho débil —fueron las palabras del rey—. Le pedí al dios que le quitase la vida para que no se interpusiera en el camino de Asha.

Aquello era la perdición de Balon: se veía reflejado en su hija, tan indómita, tan decidida, y creía que lo podría suceder. En aquello se equivocaba, como había tratado de explicarle Aeron.

«Ninguna mujer gobernará jamás a los hijos del hierro, ni siquiera una mujer como Asha», le había insistido, pero cuando Balon no quería escuchar algo era como si estuviera sordo.

Antes de que el sacerdote pudiera responder a Gorold Goodbrother, el maestre volvió a carraspear y se puso a farfullar.

—Por derecho, el Trono de Piedramar le corresponde a Theon, y si el príncipe está muerto, a Asha. Esa es la ley.

—Esa es la ley de las tierras verdes —replicó Aeron con desprecio—. ¿Y a nosotros qué nos importa? Somos los hijos del hierro, los hijos del mar, los elegidos del Dios Ahogado. No nos gobernará una mujer, igual que no nos gobernará un impío.

—¿Qué pasa con Victarion? —preguntó Gorold Goodbrother—. Está al mando de la Flota de Hierro. ¿Creéis que Victarion aspirará al trono, Pelomojado?

—Euron es el hermano mayor... —empezó a decir el maestre.

Aeron lo hizo callar con una mirada. Tanto en las pequeñas aldeas de pescadores como en las imponentes fortalezas de piedra, aquella mirada de Pelomojado bastaba para hacer que a las doncellas les temblaran las rodillas y los niños salieran chillando a la carrera en busca de sus madres, y por supuesto, allí bastó para acallar al siervo de la cadena al cuello.

—Euron es el mayor —dijo el sacerdote—, pero Victarion es el más devoto.

—¿A qué llegaremos? ¿Habrá guerra entre ellos? —preguntó el maestre.

—El hijo del hierro no derramará la sangre del hijo del hierro.

—Muy piadoso por vuestra parte, Pelomojado —apuntó Goodbrother—. Lástima que vuestro hermano no opine lo mismo. Mandó ahogar a Sawane Botley por decir que el Trono de Piedramar le correspondía a Theon por derecho.

—Si lo ahogaron, no se derramó sangre —replicó Aeron.

El maestre y el señor intercambiaron una mirada.

—Tengo que enviar un mensaje a Pyke cuanto antes —dijo Gorold Goodbrother—. Quiero vuestro consejo, Pelomojado. ¿Cómo ha de ser? ¿De pleitesía o de desafío?

Aeron se acarició la barba.

«He visto la tormenta, y su nombre es Euron Ojo de Cuervo.»

—Por ahora no enviéis más que silencio —le dijo al señor—. Tengo que rezar antes de tomar una decisión.

—Rezad cuanto queráis —intervino el maestre—, pero eso no va a cambiar la ley. Theon es el heredero legítimo, y después de él, Asha.

—¡Silencio! —rugió Aeron—. Los hijos del hierro llevan demasiado tiempo escuchándoos a vosotros, a los maestres de la cadena, que no paráis de parlotear sobre las tierras verdes y sus leyes. Ya va siendo hora de que volvamos a escuchar al mar. Ya va siendo hora de que escuchemos la voz de dios. —Su propia voz retumbó en la sala llena de humo, tan poderosa que ni Gorold Goodbrother ni su maestre se atrevieron a replicar.

«El Dios Ahogado está conmigo —pensó Aeron—. Él me ha mostrado el camino.»

Goodbrother le ofreció una habitación cómoda en el castillo para pasar la noche, pero el sacerdote rehusó. Rara vez dormía bajo el tejado de un castillo, y jamás tan lejos del mar.

—Ya tendré comodidades en las estancias acuosas del Dios Ahogado, bajo las olas. Nacimos para sufrir, para que el sufrimiento nos haga fuertes. Lo único que necesito es un caballo descansado para volver a Guijarra.

Goodbrother lo complació de buena gana; hasta le ordenó a su hijo Greydon que lo acompañara para mostrarle al sacerdote el camino más corto para llegar al mar a través de las colinas. Aún faltaba una hora para el amanecer cuando se pusieron en marcha, pero las monturas eran robustas y seguras, y pese a la oscuridad, el viaje no fue largo. Aeron cerró los ojos y rezó en silencio antes de empezar a adormilarse en la silla de montar.

El sonido le llegó quedo, suave; era el chirrido de una bisagra oxidada.

—Urri —musitó al tiempo que se despertaba lleno de temores.

«Aquí no hay ninguna bisagra, ninguna puerta. No está Urri.»

Un hacha arrojadiza le había arrancado la mitad de la mano a Urri cuando tenía catorce años, mientras jugaba a la danza del dedo en ausencia de su padre y sus hermanos mayores, que habían partido a la guerra. La tercera esposa de Lord Quellon era una Piper del Castillo de la Princesa Rosada, una muchacha de pechos grandes y fofos, y ojos pardos de cervatillo. En vez de curar la mano de Urri según las Antiguas Costumbres, con fuego y agua marina, se lo encomendó a su maestre de las tierras verdes, que aseguró que le podía coser los dedos amputados. Así lo hizo, y después empleó pócimas, cataplasmas y hierbas, pero la mano se pudrió y las fiebres se apoderaron de Urri. Cuando el maestre se decidió a amputarle el brazo, ya era demasiado tarde.

Lord Quellon no regresó de su último viaje; el Dios Ahogado, en su inmensa bondad, le concedió el don de la muerte en el mar. El que regresó en su lugar fue Lord Balon, junto con sus hermanos Euron y Victarion. Cuando Balon se enteró de lo que le había pasado a Urri, le cortó tres dedos al maestre con un cuchillo de cocina y le ordenó a la esposa Piper de su padre que se los volviera a coser. Las cataplasmas y las pócimas le sirvieron de tanto como a Urrigon: murió entre delirios febriles, y la tercera esposa de Lord Quellon no tardó en seguirlo cuando la comadrona le sacó del vientre una hija muerta. Aeron se alegró; había sido su hacha la que hirió la mano de Urri mientras bailaban la danza del dedo juntos, tal como hacían siempre los amigos y los hermanos.

Solo con recordar los años que siguieron a la muerte de Urri volvía a sentir vergüenza. A los dieciséis años decía ser un hombre, pero en realidad no era más que un odre con piernas. Se dedicaba a cantar, a bailar (pero nunca la danza del dedo; esa no la volvió a practicar), hacía chistes, gastaba bromas y se burlaba de todos. Tocaba la flauta, hacía juegos malabares, montaba caballos y era capaz de beber más que cualquier Wynch, más que cualquier Botley y también más que la mitad de los Harlaw. El Dios Ahogado le concede un don a todo hombre, incluso a él: no había nadie capaz de mear durante más tiempo ni llegando más lejos que Aeron Greyjoy, como demostraba en todos los banquetes a los que asistía. En cierta ocasión apostó su nuevo barcoluengo contra un rebaño de cabras a que era capaz de apagar el fuego de una chimenea con la única ayuda de su polla. Aeron disfrutó de festines a base de cabra durante todo un año y le puso a su barcoluengo el nombre de *Tormenta Dorada,* aunque Balon amenazó con colgarlo del mástil cuando averiguó cómo era el mascarón que su hermano pretendía poner en la proa.

Al final, el *Tormenta Dorada* se hundió ante las costas de Isla Bella durante la primera rebelión de Balon, destrozado por una imponente galera de combate llamada *Furia,* cuando Stannis Baratheon le tendió una trampa a Victarion y acabó con la Flota de Hierro. Pero el dios, que tenía otros planes para Aeron, lo llevó hasta la orilla. Unos pescadores lo tomaron prisionero, lo encadenaron y lo llevaron a Lannisport, donde se pasó el resto de la guerra enterrado en las entrañas de Roca Casterly, demostrando que los krákens eran capaces de mear más y más lejos que los leones, los jabalíes y los pollos.

«Aquel hombre ya murió. —Aeron se había ahogado y había renacido del mar como profeta del dios. Ningún mortal podía asustarlo ya; tampoco la oscuridad... ni los recuerdos, los huesos del alma—. El sonido de una puerta que se abre, el chirrido de una bisagra oxidada. Euron ha vuelto.» No importaba. Él era el sacerdote Pelomojado, el amado del dios.

—¿Habrá guerra? —le preguntó Greydon Goodbrother a medida que el sol empezaba a iluminar las colinas—. ¿Una guerra de hermano contra hermano?

—Solo si lo desea el Dios Ahogado. Ningún impío se sentará en el Trono de Piedramar.

«Ojo de Cuervo peleará; de eso no cabe duda. —No había mujer capaz de derrotarlo, ni siquiera Asha. Las mujeres estaban hechas para luchar sus batallas en el lecho del parto. Y Theon tampoco le servía de nada; aunque estuviera vivo, no era más que un muchacho de sedas y sonrisas. Sí, había demostrado su valía en Invernalia, pero Ojo de Cuervo no era un niño tullido. Las cubiertas del barco de Euron estaban pintadas de rojo para disimular mejor la sangre que las empapaba—. Victarion. Victarion tiene que ser el rey; si no, la tormenta acabará con todos nosotros.»

Greydon se separó de él cuando el sol brillaba ya alto en el cielo; tenía que ir a llevar la noticia de la muerte de Balon a sus primos de las torres de Fosa, Torreón Picodecuervo y Lago del Cadáver. Aeron continuó solo, subió por las colinas y descendió a los valles, siempre por un camino pedregoso que se hacía más ancho y frecuentado a medida que se acercaba al mar. Se detenía a rezar en cada aldea que cruzaba, así como en los patios de los señores menores.

—¡Nacimos del mar y al mar hemos de volver! —les decía. Su voz era profunda como el océano, y retumbaba como las olas—. El Dios de la Tormenta, en su ira, arrancó a Balon del castillo y lo estrelló contra las rocas. Ahora celebra sus banquetes bajo las olas, en las estancias acuosas del Dios Ahogado. —Alzó las manos—. ¡Balon ha muerto! ¡El rey ha muerto! ¡Pero un rey regresará! ¡Porque lo que está muerto no puede morir, sino que se alza de nuevo, más duro, más fuerte! ¡Un rey se levantará!

Algunos de los que lo escuchaban dejaban los picos y los azadones para seguirlo, de manera que, cuando pudo oír otra vez el sonido de las olas, había una docena de hombres que caminaba tras su caballo, todos tocados por el dios y deseosos de ahogarse.

En Guijarra vivían varios miles de pescadores cuyas casuchas parecían amontonarse en torno a la base de una fortaleza cuadrangular con un torreón en cada esquina. Unos cuarenta hombres ahogados de Aeron lo esperaban acampados en una playa de arena gris, con tiendas de piel de foca y cabañas construidas con madera transportada por el mar. Tenían las manos endurecidas por el salitre, llenas de marcas de las redes y los sedales, encallecidas por remos, picos y hachas; pero en ese momento, aquellas manos esgrimían garrotes de madera de deriva, dura como el hierro, pues el dios los había armado con su arsenal submarino.

Habían construido un refugio para el sacerdote justo en el límite de la marea alta. Se metió en él de buena gana después de ahogar a sus nuevos seguidores.

«Dios mío —rezó—, háblame en el rumor de las olas, dime qué debo hacer. Los capitanes y los reyes aguardan tu palabra. ¿Quién debe suceder a Balon? Cántame en la lengua del leviatán para que sepa su nombre. Dime, oh señor que habitas bajo las aguas, ¿quién tendrá la fuerza para combatir la tormenta en Pyke?»

Aunque el viaje a caballo hasta Cuernomartillo lo había dejado agotado, Aeron Pelomojado era incapaz de descansar en el refugio de madera con techumbre de algas negras. Las nubes ocultaron la luna y las estrellas como una capa; la oscuridad era un manto grueso, tanto sobre el mar como sobre su corazón.

«Balon quería que lo sucediera Asha, carne de su carne, pero una mujer no puede gobernar a los hijos del hierro. Tiene que ser Victarion. —Nueve hijos había engendrado la entrepierna de Quellon Greyjoy, y de ellos, el más fuerte era Victarion, más toro que hombre, tan intrépido como obediente—. Y ese es el gran peligro. —El hermano pequeño le debe obediencia al mayor, y Victarion no es hombre que vaya a izar las velas contra la tradición—. Pero no siente ningún afecto hacia Euron desde la muerte de la mujer.»

En el exterior, por encima de los ronquidos de sus hombres ahogados y el aullido del viento, alcanzaba a oír el batir de las olas, el martilleo de su dios, que lo llamaba al combate. Aeron salió del pequeño refugio a la noche gélida. Se irguió desnudo, alto, pálido, descarnado, y desnudo se adentró en el mar de sal negra. El agua estaba helada, pero no se estremeció con la caricia de su dios. Una ola se estrelló contra su pecho y lo hizo tambalear. La siguiente le rompió por encima de la cabeza. Se saboreó la sal de los labios y sintió al dios a su alrededor mientras le retumbaban los oídos con la gloria de su cántico.

«Nueve hijos engendró la entrepierna de Quellon Greyjoy, y yo fui el más patético de todos ellos, débil y asustadizo como una niña. Pero ya no. Aquel hombre se ahogó, y el dios me ha hecho fuerte. —El frío mar salado lo rodeó, lo abrazó, se le metió bajo la débil carne humana y le tocó los huesos—. Huesos —pensó—. Los huesos del alma. Los huesos de Balon, los huesos de Urri. La verdad está en nuestros huesos, porque la carne se pudre, mientras que los huesos permanecen. Y en la colina de Nagga, los huesos de la sala del Rey Gris...»

Fue un Aeron Pelomojado flaco, pálido y tembloroso el que volvió a la orilla, un Aeron más sabio que el que había entrado en el mar. Porque había encontrado la respuesta en sus huesos y veía claro el camino que se abría ante sí. La noche era tan fría que su cuerpo parecía humear mientras se dirigía hacia el refugio, pero un fuego ardía en su corazón y, por una vez, consiguió conciliar un sueño que no fue perturbado por el chirrido de las bisagras.

Cuando despertó, el día era luminoso y soplaba un viento fuerte. Aeron desayunó un caldo de almejas y algas cocinado sobre leña arrastrada por el mar. Nada más terminar, Merlyn bajó de su torreón con una docena de guardias para ir a buscarlo.

—El rey ha muerto —le dijo Pelomojado.

—Ya lo sé. Recibí un pájaro. Y acaba de llegar otro. —Merlyn era un hombre calvo, gordo, flácido, que se hacía llamar *lord,* al estilo de las tierras verdes, y se vestía con prendas de piel y terciopelo—. Un cuervo me convoca en Pyke y el otro en Diez Torres. Los krákens tenéis demasiados brazos; ¿qué queréis? ¿Que me divida? ¿Qué me decís vos, sacerdote? ¿Adónde debo enviar mis barcoluengos?

Aeron frunció el ceño. Diez Torres era el territorio del señor de Harlaw.

—¿Habéis dicho Diez Torres? ¿Qué kraken os llama allí?

—La princesa Asha. Ha puesto rumbo a casa. El Lector ha enviado cuervos para convocar a todos sus amigos a Harlaw. Dice que Balon tenía intención de que ella ocupara el Trono de Piedramar.

—Será el Dios Ahogado el que decida quién ocupará el Trono de Piedramar —replicó el sacerdote—. Arrodillaos para que os bendiga. —Lord Merlyn se dejó caer de rodillas; Aeron quitó el corcho del pellejo y le derramó un chorro de agua marina por la calva—. Señor Dios, que te ahogaste por nosotros, permite que tu siervo Meldred renazca del mar. Bendícelo con sal, bendícelo con piedra, bendícelo con acero. —El agua corrió por las mejillas rechonchas de Merlyn, y le empapó la barba y el manto de piel de zorro—. Lo que está muerto no puede morir —terminó Aeron—, sino que se levanta de nuevo, más duro y más fuerte. —Cuando Merlyn se levantó para retirarse lo detuvo con un gesto—. Quedaos y escuchad, para que podáis repetirle al mundo la palabra del dios.

A un metro de la orilla, las olas rompían contra una roca de granito redondeada. Aeron Pelomojado se subió a ella para que todos sus discípulos pudieran verlo y escuchar lo que les iba a decir.

—Nacimos del mar y al mar hemos de volver —comenzó, como en tantos cientos de ocasiones—. El Dios de la Tormenta, en su ira, arrancó a Balon de su castillo y lo estrelló contra las rocas; ahora celebra sus banquetes bajo las olas. —Alzó las manos—. ¡El rey del hierro ha muerto! ¡Pero vendrá otro rey! ¡Porque lo que está muerto no puede morir, sino que se levanta, más duro, más fuerte!

—¡Un rey se levantará! —gritaron los hombres ahogados.

—Un rey se levantará. Así será. Pero ¿quién? —Pelomojado escuchó un instante, pero únicamente le respondieron las olas—. ¿Quién será nuestro rey?

Los hombres ahogados empezaron a hacer chocar los garrotes de madera de deriva.

—¡Pelomojado! —gritaron—. ¡Pelomojado rey! ¡Aeron rey! ¡Queremos a Pelomojado!

Aeron sacudió la cabeza.

—Si un padre tiene dos hijos, y al uno le da un hacha y al otro una red, ¿cuál quiere que sea el guerrero?

—¡El hacha es para el guerrero! —le gritó Rus—. ¡La red es para el que pesca en los mares!

—Así es —dijo Aeron—. El dios me enterró bajo las olas y ahogó al ser indigno que fui. Cuando me devolvío a la superficie me había dado ojos para ver, oídos para oír y voz para proclamar su palabra, para que fuera su profeta y enseñara su verdad a los que la han olvidado. No seré yo quien ocupe el Trono de Piedramar... ni tampoco Euron Ojo de Cuervo. Porque he escuchado al dios, y el dios dice: ¡ningún impío se sentará en mi Trono de Piedramar!

Merlyn cruzó los brazos ante el pecho.

—¿Quién será entonces? ¿Asha? ¿O Victarion? ¡Decídnoslo, sacerdote!

—El Dios Ahogado os lo dirá, pero no será aquí. —Aeron señaló el rostro blanco y seboso de Merlyn—. No debéis mirarme a mí, ni a las leyes de los hombres, sino al mar. Izad las velas y moved los remos, mi señor; tenéis que ir a Viejo Wyk. Vos, y también todos los capitanes y reyes. No acudáis a Pyke para inclinaros ante el impío, ni a Harlaw para confabular con mujeres intrigantes. Poned rumbo a Viejo Wyk, donde se alzaron las estancias del Rey Gris. Os convoco en nombre del Dios Ahogado, ¡en su nombre os convoco a todos! Dejad los salones y las chozas, los castillos y los torreones, ¡regresad a la colina de Nagga para celebrar una asamblea de sucesión!

Merlyn se lo quedó mirando boquiabierto.

—¿Una asamblea de sucesión? No ha habido una verdadera asamblea desde hace...

—¡... demasiado tiempo! —exclamó Aeron con aflicción—. Pero en el amanecer de los tiempos, los hijos del hierro elegían a sus reyes, nombraban al mejor de entre todos ellos. Ya va siendo hora de que volvamos a las Antiguas Costumbres, porque solo eso nos volverá a hacer grandes. Fue en una asamblea de sucesión donde se eligió a Urras Pie de Hierro como Gran Rey y se le ciñeron las sienes con una corona de madera arrastrada por el mar. Sylas el Chato, Harrag Hoare, el Viejo Kraken... Todos fueron elegidos por una asamblea. Y de esta asamblea de sucesión surgirá un hombre que acabará el trabajo que ha comenzado el rey Balon, un hombre que nos hará recuperar la libertad. No vayáis a Pyke, ni a las Diez Torres de Harlaw; yo os digo: ¡id a Viejo Wyk! Buscad en la colina de Nagga y en los huesos de la cámara del Rey Gris, porque en ese lugar sagrado, cuando la luna se ahogue y resurja, nombraremos a un rey digno, a un rey piadoso. —Volvió a alzar las manos huesudas—. ¡Escuchad! ¡Escuchad las olas! ¡Escuchad al dios! Nos está hablando, oíd lo que nos dice: ¡solo la asamblea puede elegir al rey!

La multitud respondió con un rugido; los hombres ahogados entrechocaron los garrotes.

—¡Una asamblea! —gritaron—. ¡Una asamblea, una asamblea! ¡Solo la asamblea puede elegir al rey!

El clamor era tal que, sin duda, Ojo de Cuervo alcanzó a oír los gritos en Pyke, y el malévolo Dios de la Tormenta, en sus estancias nubosas. Y Aeron Pelomojado supo que había obrado bien.

TAMBIÉN DE GEORGE R. R. MARTIN

JUEGO DE TRONOS

Libro I de la serie Canción de hielo y fuego

Con *Juego de Tronos* George R. R. Martin ha creado una obra maestra, ofreciendo todos los mejores aspectos del género. En el legendario mundo de los Siete Reinos, donde el verano puede durar décadas y el invierno toda una vida, y donde rastros de una magia primitiva surgen en los rincones más sombríos, la tierra del norte, Invernalia, está protegida por un colosal muro de hielo que detiene a fuerzas oscuras y sobrenaturales. Ya considerado un clásico moderno, la impresionante serie de Martin perdurará como uno de los grandes logros de la imaginación y de la literatura fantástica.

Ficción/Fantasía

CHOQUE DE REYES

Libro II de la serie Canción de hielo y fuego

"Ahora hay más reyes en el reino que ratas en un castillo", afirma uno de los personajes de *Choque de reyes*. Después de la sospechosa muerte de Robert Baratheon, el monarca de los Siete Reinos, su hijo Joffrey ha sido impuesto por la fuerza, aunque "quienes realmente gobiernan son su madre, un eunuco y un enano", como dice la voz del pueblo. Cuatro nobles se proclaman, a la vez, reyes legítimos, y las tierras de Poniente se estremecen entre guerras y traiciones. Y todo este horror se encuentra presidido por la más ominosa de las señales: un inmenso cometa color sangre suspendido en el cielo.

Ficción/Fantasía

LA SAGA CONTINÚA EN...

Festín de cuervos (IV)
Danza de dragones (V)

VINTAGE ESPAÑOL
Disponibles en su librería favorita.
www.randomhouse.com